U0754263

周紹良批校《敦煌變文集》

（上）

王重民等 編
周紹良 批校

國家圖書館出版社

圖書在版編目(CIP)數據

周紹良批校《敦煌變文集》：全二册／王重民等編，周紹良批校．-- 北京：國家圖書館出版社，2017.12

ISBN 978-7-5013-6146-5

Ⅰ．①周… Ⅱ．①王…②周… Ⅲ．①敦煌學－變文－文學研究－中國－文集 Ⅳ．①I207.76-53

中國版本圖書館 CIP 數據核字(2017)第 146418 號

書　　名　周紹良批校《敦煌變文集》(全二册)
著　　者　王重民等　編　周紹良　批校
責任編輯　程魯潔
封面設計　愛圖工作室

出　　版　國家圖書館出版社(100034　北京市西城區文津街 7 號)
(原書目文獻出版社　北京圖書館出版社)
發　　行　010-66114536　66126153　66151313　66175620
66121706(傳真)　66126156(門市部)
E-mail　nlcpress@nlc.cn(郵購)
Website　www.nlcpress.com→投稿中心
經　　銷　新華書店
印　　裝　河北三河弘翰印務有限公司
版　　次　2017 年 12 月第 1 版　2017 年 12 月第 1 次印刷

開　　本　787×1092(毫米)　1/16
印　　張　91.5

書　　號　ISBN 978-7-5013-6146-5
定　　價　900.00 圓

出版説明

周紹良（一九一七—二〇〇五），著名紅學家、敦煌學家、佛學家、收藏家。他出身於顯赫世家，其祖父是著名實業家周學熙，父親是著名佛學家周叔迦。周紹良先生一生潛心於中國傳統文化的研究，對敦煌俗文學及小説研究成就頗高。一九五四年，周紹良主編的《敦煌變文彙録》出版，這是第一部變文校釋彙集。

一九五七年，王重民、王慶菽、向達、周一良、啓功、曾毅公等幾位先生根據王慶菽從法、英等國拍攝帶回來的膠捲、照片進行整理，選定七十八篇敦煌變文，編定出版了《敦煌變文集》。這部書的内容比《敦煌變文彙録》增加了一倍多，幾位先生對《敦煌變文集》採用一人負責過録，其餘五人傳觀傳校、提供意見的方式進行了審校並由人民文學出版社出版。時任人民文學出版社第五編輯室編輯的周紹良先生擔任了此書的責任編輯。隨著周紹良先生在敦煌學方面的造詣日漸精益，他對《敦煌變文集》中的許多録文有不同的理解，對原録文的不少文字加以改定，這些改動都反映在他批校的《敦煌變文集》中。

二〇一五年，我社幾位編輯去家中拜訪了周啓晉先生，周啓晉先生出示了家中收藏的他父親周紹良先生批校過的兩部《敦煌變文集》，並慷慨允諾我們影印出版。這兩部書由周先生在不同時期加以批校，批校内容的不同也體現了不同時期周先生對敦煌變文理解的深入與變化。我們對這兩部批校本一一進行整理核對，將批校文字重複的部分衹保留一份，而有不同批校的書頁則兩頁放在一起加以影印，以便讀者更加深入瞭解周先生對敦煌文獻研究變化的過程。我們按照周先生批校的原貌採用雙色影印的方式，使讀者能夠更方便地閲讀原文與批校文字。

白化文先生在跟隨周紹良先生學習時曾見到周先生批校的《敦煌變文集》，白先生對周先生批校的内容做了充分肯定，並撰寫了一篇讀後感。我們將白先生的這篇鈐印了他印章的讀後感影印，附於文後。通過白先生這篇簡短的讀後感，我們能從側面瞭解周紹良批校的精湛與他研究敦煌文學的巨大成就。

國家圖書館出版社

二〇一七年十二月

敦煌变文集

上集

王重民 王庆菽 向达
周一良 启功 曾毅公 编

人民文学出版社
一九五七年·北京

至德周紹良

出版說明

早在公元七世紀末期以前，我國寺院中盛行一種「俗講」。紀錄這種俗講的文字，名叫「變文」。變文是用接近口語的文字寫成的，中間有說有唱。說唱的材料，大部採取佛經中的故事，也有不少是採取民間傳說和歷史故事的。宋元話本以及寶卷、鼓詞、彈詞之類，莫不和變文有密切關係，可以說它們都是繼承了變文這一文學形式的傳統。

從一些材料上證明，宋眞宗時（公元九九八——一〇二二），曾經明令禁止僧人講唱變文。於是這一重要的文學形式，湮沒無聞。一直到一八九九年，敦煌石室發現了數約兩万個卷子，其中多半是寫本，年代從公元四世紀末到十世紀末。若干變文的卷子，夾雜在佛經和其他文件中。這些寶貴的文學遺產的出現，使得我國文學史爲之增加顏色，面目一新。

所引爲遺憾的，乃是最早的敦煌石室發現者——英人斯坦因、法人伯希和，把那些卷子當做「古董」，用「海外奪寶」的方式，騙過昏瞶的淸政府，大量盜刼，裝載而去。及至我國學者們去收拾殘餘，其中已經沒有什麽珍品了。

過去國內也曾零星出版過一些變文的輯本。由於材料蒐集的困難，校訂工作的繁複，那些輯本，不能滿足一般讀者和研究者們的需要。讀者和研究者們，迫切期待比較完備的變文彙編本。

本書係王重民、王慶菽、向達、周一良、啓功、曾毅公（依姓氏笔劃排列）六位先生所合編。將國內外公私收藏的變文之類的東西，盡可能地分別拍攝照片或抄寫，根據一百八十七個寫本，過錄之後，經過互校，編選了七十八種，計分正文八卷。篇中有旁注，篇末有校記。在爭取保存原貌的要求下，力求讀者披閱的便利。對於研究者的資料供應，本書應該被認爲是從来變文輯本中最豐富的一部。關於本書編纂經過和整理校勘的方法，編纂者另有引言和敍例，刊於書首，請讀者參閱。

人民文學出版社編輯部

張議潮收复河西圖（壁画摹本）

六師不忿又爭先　化出水牛甚可憐　直入場中驚四衆　磨角掘地喊連天
外道齊聲皆道好　我法乃遣國人傳　舍利座上不驚惶　良由聖力解難當
總衆衣服安心意　化出威凌師子王　哮吼兩眼如星電　纖牙峻爪利如霜
意氣英雄而振尾　向前直擬水牛傷　掣剉登時消化了　並骨且蹄盡消亡
兩度佛家皆得勝　外道修醜只難當

巴黎藏伯四五二四号
“降魔变文”的一段

倫敦藏斯三四九一号
“破 魔 变 文”插 圖

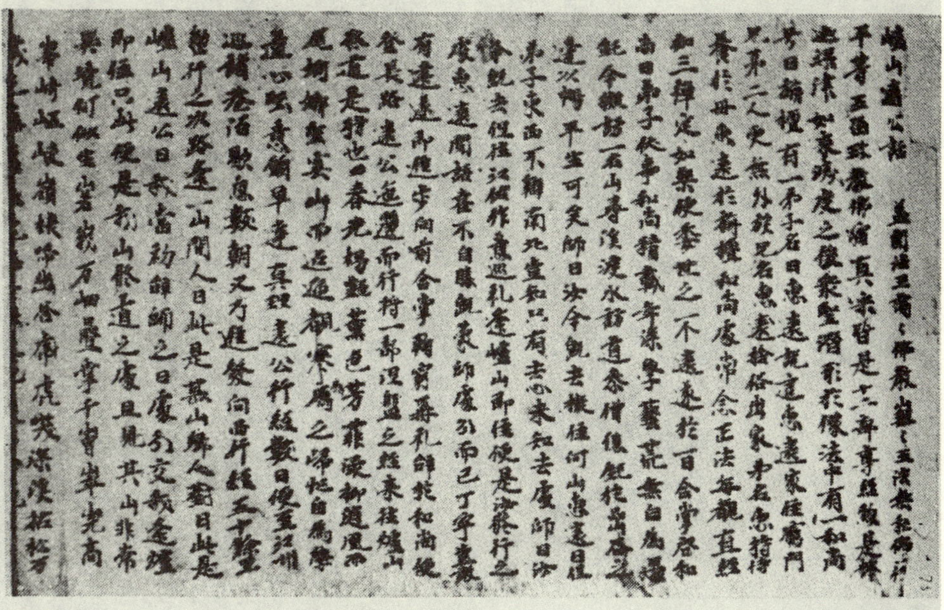

倫敦藏斯二〇七三号

“爐 山 远 公 話”首 段

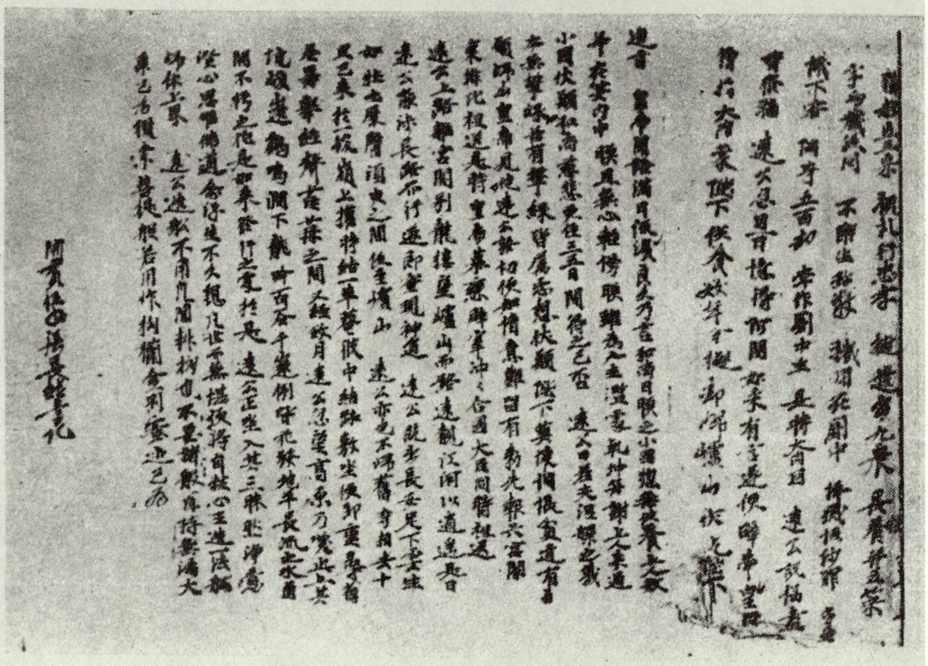

倫敦藏斯二〇七三号

“爐山远公話”尾段

倫敦藏斯二一四四号

“韓 衾 虎 話 本”首 段

倫敦藏斯二一四四号

“韓 衾 虎 話 本”尾 段

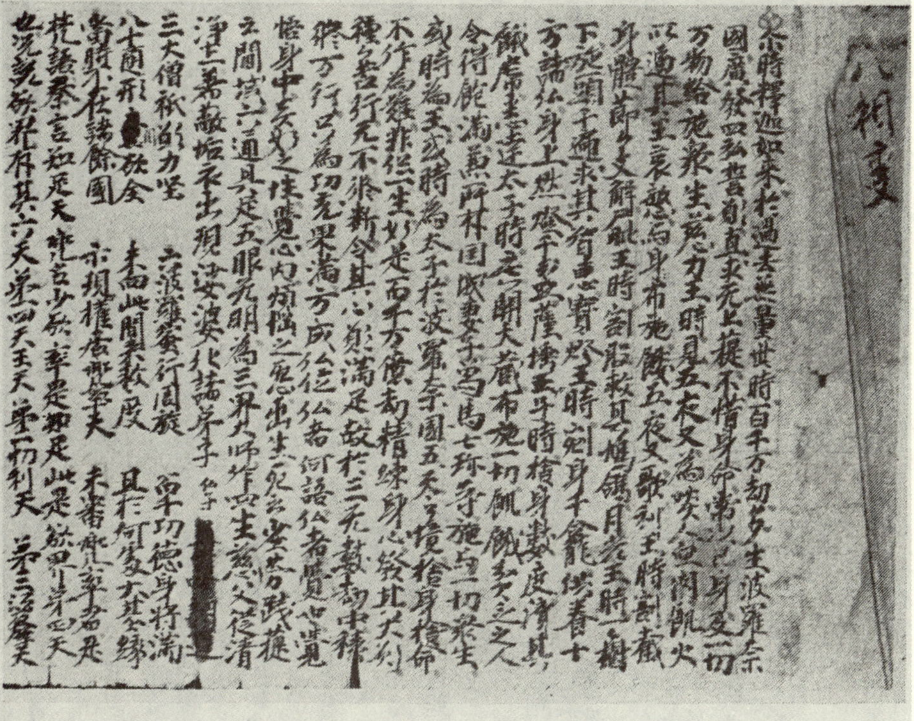

北京圖書館藏云字二十四号

“八 相 变 文”首 段

北京圖書館藏盈字七十六号

“目 連 变 文”尾 段

倫敦藏斯六五五一号

“于闐国和尚阿弥陀經講經文”首段(一)

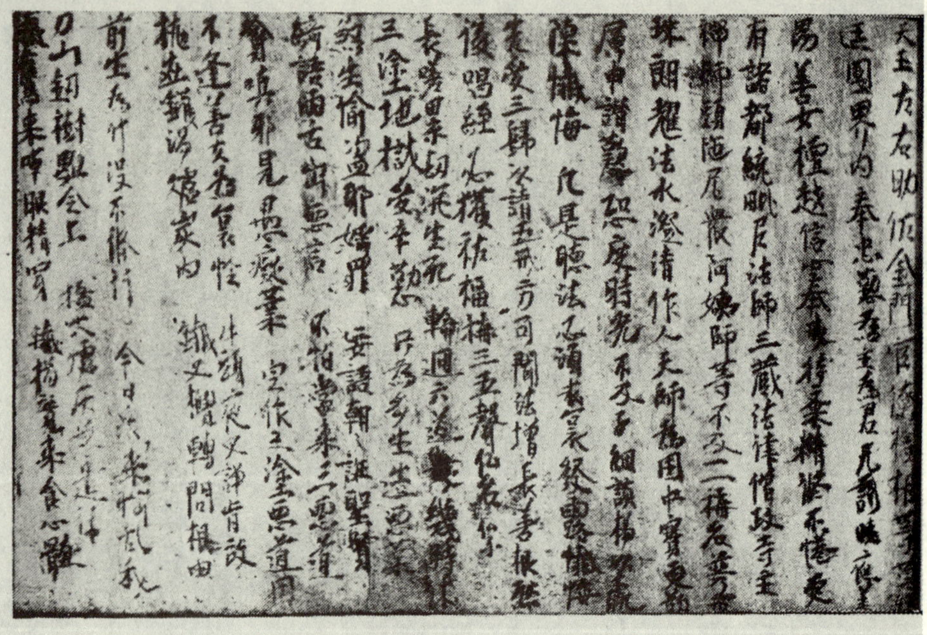

倫敦藏斯六五五一号

“于闐国和尚阿弥陀經講經文”首段(二)

敦煌變文集引言

一八九九年的初夏，敦煌千佛洞的藏經洞發見了。藏經洞的藏書總數量大約有兩萬個卷子，此外還有一些畫幡之類的東西。五十多年來「敦煌石室藏書」遭受了種種的變化，至今分散在世界上的各個大圖書館裏：收藏最多的是倫敦的不列顛博物院，巴黎的國家圖書館和我們的北京圖書館。其他如日本、蘇聯以及各國的私人手裏還有一些，不過數量不如以上三處的多。英、法兩國下手最早，掠奪去的都是精品，等到我們去收拾殘餘，賸下的大部分已是糟粕了。

這兩萬多卷的藏書，絕大多數是寫本，一小部分是木刻本。寫本的年代，大概自公元後四世紀末期起，至十世紀末期止。刻本中有公元後八六八年刻的金剛經，首尾完整，是世界上現存最早的木刻本書。藏書內容絕大多數是佛教經典，下餘一部分爲道教、景教、摩尼教的經典，以及經、史、子、集四部書籍，各種賬籍等等。這些書籍多是漢文，此外也有不少用中亞古代習用的文字如回紇、康居、龜茲、和闐、梵藏等文書寫的卷子。古代敦煌爲「華戎所支一都會」，是中西交通的咽喉之地，由石室藏書就可以見出其地位之複雜了。

兩萬多卷石室藏書的發見，使中國和西域中古史的研究增加了一大批新的史料，因而引起中外學者的注意，逐漸形成「敦煌學」的一門學問，在東方學的研究中佔據了相當重要的地位。敦煌學的方面是很廣泛的，幾十年來中外學者研究的結果，對於中國和西域中古史作出了不少的貢獻。

但是他們的研究不是沒有缺點的。他們仍然不能擺脫正統派的思想，只注意於正經正史的方面。敦煌石室藏書中有不少的賬籍、轉帖、和民間文學作品，都是研究中古時代社會經濟史和人民文學史絕好的材料。幾十年來，這一方面的東西，因爲沒有受到應有的重視，於是傳布既然不多，研究的文章也寥寥可數；像本書所發表的一些作品，就是埋沒不彰的一個顯著例子。

敦煌石室藏書中和文學有關的東西內容很複雜：有唐人的詩，有唐末五代的詞，而最多的是形式和後代彈詞類似有說有唱的說唱體作品。這些說唱體作品的內容，多數取材於佛經，也有不少是取材於民間傳說和歷史故事。本書所收就是以說唱體爲主的一些作品。

敦煌所出說唱體的文學作品，最初被誤認爲佛曲，如羅振玉在敦煌零拾中所著錄的幾篇，就是這樣標題的。後來因爲像目連變、八相變等等，變文的名稱尚保存在原卷之中，於是又把這一類作品泛指爲變文。但是像這一類的作品，固然有些是題上變文的名稱的，是否就可以一律稱爲變文文學呢？或者還是有其他的通稱呢？二十年來，我們根據唐代段安節的樂府雜錄、盧氏雜說，以及九世紀上半期日本僧人圓仁入唐後所作的入唐求法巡禮行記，知道唐代寺院中盛行一種俗講。後來又發見巴黎藏伯字三八四九號卷子紙背所書俗講儀式，對於俗講的內容算是比較清楚一點了。現在可以肯定地說佛曲的名稱是錯誤的。同時我們也提出這樣一個說法：唐代寺院中所盛行的說唱體作品，乃是俗講的話本。變文云云，只是話本的一種名稱而已。

這些話本如述說秋胡、和廬山慧遠的廬山遠公話等故事，用的是散文體，大概有說無唱。如目連變文、八相變文、王陵變文以及以季布爲題材的歌，詞文、傳文之類，則散文与韻文相間，有說有唱，和後世的講唱文學如彈詞等極其相似。

據日本僧人圓仁入唐求法巡禮行記的記載，九世紀上半期長安有名的俗講法師，左街爲海岸、體虛、齊高、光影四人，右街爲文漵及其他二人。其中文漵尤爲著名，爲京國第一人。這些人可以稱爲俗講大師，他們所講的話本今俱不傳。現存的作品中有作者之名的只頻婆娑羅王后宮綵女功德意供養塔生天因緣變文末尾提到作者保宣的名子。此外如巴黎藏伯字二一八七破魔變文，北京藏雲字二四號八相變文，末尾都有一段獻詞，可以看出卽是話本作者的自述。巴黎藏伯字三八〇八號長興四年中興殿應聖節講經文，又伯字二四一八號父母恩重經講經文，也是出於俗講法師之手。可惜這些人的名子除保宣而外，都不傳了。圓仁還紀載了道教的俗講，並提到講南華等經的道士矩令費。至於道教俗講的話本，還沒有見到。

唐代講唱變文一類話本的不限於寺院道觀，民間也很流行，並爲當時人民所喜愛。趙璘因話錄和段安節樂府雜錄都提到俗講大師文漵的故事，說他「聽者塡咽寺舍」，說他「其聲宛暢，感動里人」。人民喜愛之情於此可見。全唐詩裏收有唐末詩人吉師老看蜀女轉昭君變詩一首，是唐代還有婦女從事講唱變文的。吉師老的詩裏有「清詞堪嘆九秋文」和「畫卷開時塞外雲」兩句，前一句指講唱者一定持有話本，後一句則講唱之際並有圖畫隨時展開，與講唱相輔而行。巴黎藏伯字四五二四號爲降魔變文，述舍利弗降六師外道故事中的勞度叉鬥聖一段，卷子背面有圖畫，畫的就是勞度叉鬥聖的故事，每段圖畫都和變文相應，相當於後世的帶圖本小說。這可爲吉師老詩作證明。而現存敦煌話本卷末往往有立鋪等話語，立鋪或一鋪指畫而言。都可以說明開講俗講話本時是有圖畫的。

開講俗講時除用圖畫外，似乎也用音樂伴唱。變文唱辭上往往注有「平」「側」「斷」諸字，我們猜想這是指唱時用平調、側調、或斷金調而言。

唐代寺院中盛行俗講，各地方也「轉」變文。變文之流究竟起於何時？先起於寺院？還是這一類講唱文學，民間由来已久？這一些問題，都因文獻不足，難以確定。我們知道，變文、變相是彼此相應的，變相是畫，洛陽龍門石刻中有唐武后時所刻的涅槃變一鋪，所知唐代變相以此爲最早。因此可以這樣說，最遲到七世紀的末期，變文便已經流行了。九世紀上半期有像文漵法師那樣的名聞京國的俗講大師，「歷事五朝，二十餘年，數經流放，聲譽未墮！」上自帝王，下至氓庶，無不傾倒；勢力和影響之大，可想而知。

唐代俗講爲宋代說話人開闢了道路，俗講文學的本身，也和宋人話本有近似之點，是宋以後白話小說的一個雛型。一般認爲韓愈「文起八代之衰」，那就是說韓愈一反梁齊以来文章綺靡之弊，改宗古文。古文運動就是散文運動。文體解放的一個影響是傳奇文學的興起，傳奇就是一種短篇小說。八九世紀以後，正統文學方面古文興起，茁發了傳奇文學。戲曲方面參軍戲、大曲之類也大盛了。這些對於俗講文學都不能說是絕無關係的。

據唐代對於文漵的紀載，文漵的俗講，「釋徒苟知眞理及文義稍精，亦甚嗤鄙之。」那就是說俗講太淺了，是以不登大雅之堂，不見賞於文人學士。可是也正因爲這樣「吒庶易誘」，於是「愚夫冶婦樂聞其說，聽者塡咽寺舍，瞻禮崇奉，呼爲和尙。敎坊効其聲調以爲歌曲。」成爲人民大衆所喜聞樂道的一種新的文學。這對於宋以後的說話人、話本以及民間文學的逐漸形成，是起了一定的先驅作用的。

首先是俗講文學開闢了一個廣闊的園地，利用種種題材来向人民羣衆講唱。僅就本書所收的變文一類作品而言，其取材已甚廣泛：有佛經，有民間傳說，也有歷史故事。其敷衍佛經故事，目的並不在於宣傳宗敎，如講唱舍利弗降六師外道的降魔變，文殊向維摩詰居士問病的維摩變，場面極其熱鬧而又有趣味。宗敎的意義幾乎全爲人情味所遮蓋了。敷衍民間傳說和歷史故事的如秋胡小說、伍子胥、王陵、季布、昭君等，也都是一般人所喜歡聽的。宋代說話人之講經、說史，在俗講文學中已經有了萌芽了。

其次是採用了接近口語的文字，並蒐集了一部分口語辭彙，爲宋以後的民間文學初步地準備了條件。同時對於人物的心理以及動作，加以細緻的分析和描寫，因而像兩卷本的維摩詰經可以敷衍成爲數十萬言的維摩變文，在技術方面給後来的話本和白話小說以很大的啓示。

第三、宋代說話人在中國文學史，特別是民間文學方面，佔有相當重要的地位。但是過去對於說話人的淵源關係很模糊，講文學史的談到這裏戛然而止，無法追溯上去。自從發現了俗講和保存在敦煌石室藏書中的俗講話本以後，宋代說話人的来龍去脈，纔算弄清楚了。對研究中國文學史和民間文學的人而言，這自然是一件大事。不僅如此。清末以来，因爲找出了一部分所謂宋人話本，大家便很高興，以爲這一發現，一方面知道了「三言、二拍」的根據、来源，一方面可以幫助我們了解宋代說話人的話本情形，爲中國文學史的研究寫下了新的一頁。現在所發表的七十八篇文學作品，就時間上講，大概都是唐末到宋初的東西，比所謂宋人話本要早得多。在內容方面，如維摩變文一類，眞可以當得起洋洋大文四字，雖然是殘闕不全了，然其波瀾壯闊、氣勢雄偉之處，還可以窺見一二。從研究中國文學史的眼光来看，其價值最少應和所謂宋人話本等量齊觀，爲中國文學史的研究者提供了一部嶄新的材料。

至於這部書的編集經過我們也可以說一說。

敦煌石室藏書發見以後，首先是王國維先生，後来鄭振鐸先生和他的一些朋友們，纔重視其中俗講文學和其他的通俗文學作品。一九三四年以後，王重民先生到了巴黎和倫敦，周覽了伯希和、斯坦因刼去的敦煌石室藏書，大量攝照了變文之類的作品。這些照片現在都藏在北京圖書館，清華大學圖書館也收藏了一部分。一九四八年，王慶菽先生留學倫敦，後来又去巴黎，她特別注意俗講文學和其他的通俗文學作品，一面抄錄，一面攝照了一大批的顯微照片。本書所收倫敦、巴黎藏的變文一類作品，主要的是根據兩位王先生的照片和鈔本。北京圖書館所藏的，則以前北平圖書館館刊上所發表的敦煌叢抄爲根據，用原卷校勘並增補。這是本書的主要来源。其餘一些零星篇章，有的是私人所藏據原卷或傳鈔本過錄，有的是根據發表了的過錄，在每篇裏都予以說明。

大約是在一九五四年的時候，王重民、王慶菽兩位先生發起編纂這一部集子，當時約了對敦煌所出通俗文學有興趣有研究的周一良、啓功、曾毅公三位先生，也約上了我，一齊来做編集校勘的工作。並承人民文學出版社的好意，答應出版這部書。這些工作，兩位王先生和周、啓、曾三位先生花的工夫最多，我只是相幫而已。

我們的工作大概是這樣進行的：根據照片或原卷過錄一個本子，然後由一人主校，其餘五人輪流互校一遍，把各人校勘的意見，綜合起来，作成校記，附在每一篇的後面。我們校勘的原則是絕不改動原文，如認爲原卷有誤字脫字之處，另爲注出附在下面。敦煌所出通俗文學作品，因爲原来是在民間流傳的，所以俗寫別字不一而足。這些俗寫別字，仔細推敲，也有一定的規律：一是多用筆畫簡單的同音字代替原来筆畫繁複的字，如以「交」代替「敎」之類。一是結合兩字的字頭成爲一個字，如將「菩薩」二字簡寫爲「卉」，「菩提」簡寫爲「⿱艹提」之類。像這些情形，我們都盡量保持原来的字形，而將我們所認爲是的正字，注在下面。簡字運動有很長的歷史，並且是人民大衆所迫切需要的，敦煌通俗文學作品就是一個最好的例子。我們之所以這樣作，也想提供一點材料爲簡字運動作參考。校勘的詳細規定，另見凡例，這裏不多談了。

我們六個人都是用業餘和會後的時間從事於這一工作的。有的人往往是午夜以後，還在那裏丹黄雜下，不以爲苦。敦煌石室藏書發見已經五十多年了，直到解放以後我們纔算是有機會把這一部分作品彙集起来出版，以供研究中國文學史者的參考。我們知道我們的工夫不是白費的，從事於中國文學史的研究工作者是會欣賞我們的工作的。我們的工作因爲都是在匆忙中擠出来的，自然免不了錯誤，希望讀者多多指教，我們願意接受意見，隨時改正我們的錯誤。

末了，我們還得謝謝鄭振鐸先生，沒有他的鼓勵和幫助，我們這一部書是不會這樣順利出版的。

一九五六年三月二十七日向達謹記於北京。

敦煌變文集敍例

我們整理敦煌變文的計劃和步驟，擬從下面三個方面進行：

一　校印本　　把敦煌所出變文和與變文有關的資料，逐錄校勘，排印成爲一個最完備的彙編本，供研究和閱讀古典文學的人使用。

二、選注本　　從校印本內選出最優秀的作品，加上簡明的注解，供一般讀者使用。

三　影印本　　將可能找到的原卷或照片，用珂羅版影印，以保存原形，供專門研究的人使用。

此敦煌變文集就是我們計劃中的校印本，根據一百八十七個寫本校定成爲七十八種，再依故事內容分卷排列。

是集分類，先依歷史故事與佛敎故事分爲兩大類。歷史故事又依文體有說有唱、有說無唱和對話體分爲三卷，每卷更依歷史時代次序之。佛敎故事則依佛（釋迦）的故事、佛經講唱文和佛家故事，亦分爲三卷。押座文及其他短文則置于末後，總爲一卷。又搜神記與孝子傳包含着變文的原始資料，別分一卷。

校印本的主要加工工作是整理與校勘，茲逑校輯條例如下：

一　文題

1　凡有原題者依原題，原題前後題不同者依前題，無前題者依後題。

2　無題者依內容或他書擬補文題，而以【　】括之，並在校記第一條內作說明。

二　底本與校本

1　凡有兩卷以上者以比較完整、比較清晰之本爲底卷，而以他卷校之。底卷在校記內稱原卷，別卷以甲乙丙丁……爲次，並作爲代號。各卷的原編號、題記及書寫殘缺情況，均記入校記第一條。

2　迻錄底卷原文要忠實，凡缺字、誤字、別字及不易認識的字均依原樣迻錄。

三　校勘體例

1　由于變文是口語，而抄寫變文的人又限于文化水平，所以各本上異文和差別字甚多。因尚有影印本，故校印本稍從嚴，不關重要的異文均從省略，而特別着重在缺字、誤字、別字及不易認識的文字上面，儘可能掃除這些閱讀上的障礙。

2　缺字：底本缺字用□表之，缺幾字用幾□。若不能確定所缺字數，則用▯表之，而在校記內注明約缺若干字。（缺角、殘行、空洞、破字有需說明者亦在校記內注明之。）

3　凡缺字能據別本或上下文補足時，所補之字以［　］括之。如底本原是脫誤，則先作［□］，然後旁注補字于（　）內。

4　誤字和別字多是因字形或字音相近致誤的，凡是校者以意改正的均旁注于該字之下，而用（　）括之；據別本校正的，凡可從者旁注于（　）內，再于校記中記明所據何本；次要異文不旁注于（　）內，只記于校記中。其他最常見的別體字，如「暫」作「蹔」或「𨗇」，「慚」作「慙」，「鑁銉」作「鑁黜」，一般可以認識者，則不加注解。

5　不易認識的字大概是唐末五代的俗體字，而今已不通行，凡經過研究而能確信者則用誤字、別字例用（　）旁注于該字之下，不能確信而又可作一說者，則記所疑於校記內。

6　敦煌寫本中有很多的同聲通用字，如「猶」與「由」、「如」與「而」、「以」與「已」、「列」與「烈」、「事」「仕」與「士」、「留」與「流」、「感」「憨」與「敢」之類，在今日閱讀起來有的地方很容易看出，有的地方不容易看出；凡有需要注解方能明顯的地方，亦間採用別字例旁注之。

四　標點與分段

1　散文與韻文分段。韻文分兩層排列；散文內應再分段者提行。

2　基本上採用「標點符號用法」所規定的標點，但有的如破折號，使用極少。

3　問答詞用「　」括之。

4　人名用——，書名用﹏﹏，其餘不用。

5　［　］（　）兩符號，校勘文字時專用之，已在「校勘體例」內說明。

五　我們編者六人，每篇變文由一人負責逐錄，由其餘五人傳觀傳校，提供意見，最後由逐錄人總記于校記之內。故每篇後均記逐錄者姓氏，以示負責。

王重民　王慶菽
向　達　周一良　記
啓　功　曾毅公
（依姓氏筆畫排列）

一九五六年三月三十日

敦煌變文集目次

卷四

卷五

卷六

卷七

卷八

敦煌變文集卷一

【伍子胥變文】〔一〕

昔周國欲末，六雄競起，八□諍(爭)侵。

南有楚國平王，安仁治化者也。王乃朝庭萬國，神威遠振，統領諸邦。外典明臺，內昇宮殿。南與天門作鎮，北以淮海爲關，東至日月爲邊，西與佛國爲境。開山川而地軸，調律呂以辯陰陽。駕紫極以定天關，摵黃龍而來負翼。六龍降瑞，地像嘉和，風不鳴條，雨不破塊。街衢道路，濟濟鏘鏘，蕩蕩坦坦然，留名萬代。

楚之上相，姓仵(伍)名奢，文武附身，情存社稷。手提三尺之劍，〔二〕清(請)託六尺之軀。萬邦受命，性行淳直，議(儀)節忠貞，意若風雲，心如鐵石，恒懷匪懈，宿夜兢兢。事君□致爲美，順而成之；主若有僭，犯顏而諫。

伍奢乃有二子，見事於君。小者子胥，大名子尚。一事梁國，一事鄭邦，並悉忠貞，爲人洞達。

楚王太子，長大未有妻房。王問百官：「誰有女堪爲妃后？朕聞：國無東宮，半國曠地，東海流泉

卷八

敦煌變文集卷一

【伍子胥變文】[一]

昔周國欲末，六雄競起，八□諍(爭)侵。

南有楚國平王，安仁治化者也。王乃朝庭萬國，神威遠振，統領諸邦。外典明臺，內昇宮殿。南與天門作鎮，北以淮海爲關，東至日月爲邊，西與佛國爲境。開山川而地軸，調律呂以辯陰陽。駕紫極以定天關，撼黃龍而來負翼。六龍降瑞，地像嘉和，風不鳴條，雨不破塊。街衢道路，濟濟鏘鏘，蕩蕩坦坦然，留名萬代。

楚之上相，姓伡(伍)名奢，文武附身，情存社稷。手提三尺之劍，[二]淸(請)託六尺之軀。萬邦受命，性行淳直，諫(議)節忠貞，意若風雲，心如鐵石，恒懷匪懈，宿夜兢兢。事君□致爲美，順而成之；主若有僁，犯顏而諫。

伍奢乃有二子，見事於君。小者子胥，大名子尙。一事梁國，一事鄭邦，並悉忠貞，爲人洞達。

楚王太子，長大未有妻房。王問百官：「誰有女堪爲妃后？朕聞：國無東宮，半國曠地，東海流泉

溢，樹無枝，半樹死；太子爲半國之尊，未有妻房，卿等如何？」大夫魏陵啓言王曰：「臣聞秦穆公之女，年登二八，美麗過人。眉如盡月，頰似凝光，眼似流星，面如花色。髮長七尺，鼻直顏(額)方，耳似璫珠，手垂過膝，拾指纖長。願王出勅，與太子平章。儻如得稱聖情，萬國和光善事。」

遂遣魏陵，召募秦公之女。楚王喚其魏陵曰：「勞卿遠路，冒涉風霜。」其王見女，姿容麗質，忽生狼虎之心。魏陵曲取王情：「願陛下自納爲妃后。東宮太子，別與外求。美女無窮，豈坊(妨)大道。」王聞魏陵之語，喜不自昇(勝)，即納秦女爲妃，在內不朝三日。

伍奢聞之，忿怒。不懼雷電之威，披髮直至殿前，觸聖情而直諫。王即驚懼，問曰：「有何不祥之事？」伍奢啓曰：「臣今見王無道，慮恐失國喪邦。忽若國亂臣逃，豈不由秦公之女。」與子娶婦，自納爲妃，共子爭妻，可不慚於天地！此乃混沌法律，顛倒禮儀。臣欲諫交，恐社稷難存！」王乃面慚失色，羞見羣臣。「國相，可(何)不聞道：成謀不說，覆水難收，事已[如]斯，勿復重諫！」

伍奢見王無道，自納秦女爲妃，不懼雷電之威，觸聖情而直諫：「陛下是萬人之主，統領諸邦，何得信受魏陵之言！」(下闕)

[三]孝之心，□果救吾之難，幽冥懸□[四]別。子尚遠承父書相喚，悲泣將□平王囚禁，遠書相命，欲救慈父，□王曰：「卿父今被嚴刑，囚繫□救父傒，何名孝子？卿須急去，更莫再三。」子尚即辭鄭王，星夜

奔於梁國，見弟子胥，具言書意。「今爲平王無道，信受倿(佞)臣之言，囚繫慈父之身，擬將嚴峻，吾今遠至，喚弟相隨。事意不得久停，願弟急須裝束。」子胥見兄所說，遙知父被勾留，追委事由，書當多僞(僞)，報其兄曰：「平王無道，乃用賊臣之言，囚禁父身，擬將誅剪。見我兄弟在外，慮恐在後讐冤(怨)，詐作慈父之書，遠道妄相下脫，此之情況，足得一□□□〔五〕誅戮，駞(馳)書相命，必是妖言，擬收□□□□不可登途，由如鈍鳥盪羅，泉魚(下闕)

曰：

「今却返具述胥言。適有麤疏，請君勿責。」使人得語，便即却廻，將繩自縛，乃見平王。啓平王

「奉命身充爲急使，　日夜奔波歷數州，
會稽山南相趁及，　拔劍擬欲斬臣頭。
臣懼子胥手中劍，　子胥怕臣俱惣休。
彼此相擬不相近，　遙語聲聲說事由。
却廻報你平王道：　即日興兵報父讐。」

楚帝聞此語，怕(猶)陛大嗔：「教逆小人，何由可耐。一寸之草，豈合量天；一笙毫毛，擬拒爐炭。子胥狂語，何足可觀；風裏野言，不須採拾！」楚王便獄中喚出仵奢子尚，處法徒刑。子尚臨死之時，仰面向天嘆而言曰：「吾當不用弟語，遠來就父同誅，奈何！奈何！更知何道？吾死之後，願弟得存。忽爾天

道開通，爲父讐寃殺楚。」遺語已訖，便卽殺之。父子二人，同時誅戮。

楚王出勑，遂捉子胥處若爲勑曰：「梁國之臣，逆賊子胥，父事於君，不能忠謹，徒(圖)謀社稷，暴戾貪殘。子尚鄭國之臣，并父同時殺訖；唯有子胥逃逝，目下未獲。如能捉獲送身，賞金千斤，日封千邑戶。隱藏之者，法有常刑。先斬一身，然[後]誅九族。所由寬縱，解任科徵(懲)，盡日奏聞，因(姻)身送上。」勑既下行，水楔不通，州縣相知，牓標道路。村坊搜括，誰敢隱藏；競擬追收，以貪重賞。

子胥行至莽蕩山間，按劍悲歌而歎曰：

子胥發忿乃長吁，大丈夫屈厄何嗟嘆。
天網恢恢道路窮，使我恓惶沒投竄！
渴乏無食可充腸，迥野連翩而失伴，
遙聞天漸(塹)足風波，山岳岩巇接雲漢。
窮洲楫際絕舩(舟)[穴]舡，若爲得達江南岸？
下食([illegible])儻若逆人心，不免此處生留難。

悲歌以(已)了，更復前行，信業隨緣，至於潁水。風來拂耳，聞有打紗之聲，不敢前盪，隈形卽立。

子胥行至潁水傍，渴乏飢荒難進路，
遙聞空裏打紗聲，屈節斜身便卽住。
慮恐此處人相掩，捻腳攢形而暎(映)樹；

量久穩審不須驚，　漸向樹間偷眼覷。
津傍更亦沒男夫，　唯見輕盈打紗女，
水底將頭百過窺，　波上玉腕千廻舉。
卽欲向前從乞食，　心意懷疑生遊(猶)豫，
進退不敢輒諮量，　踟躕卽欲低頭去。

女子泊(拍)紗於水，舉頭忽見一人，行步獐狂，精神悅惚，面帶飢色，腰劍而行，知是子胥，乃懷悲曰：「兒聞桑間一食，靈輒爲之扶輪；黃雀得藥封瘡，銜白環而相報。我雖貞潔，質素無虧，今於水上泊紗，有幸得逢君子，雖卽家中不被，何惜此之一餐。」緩步岸上而行，乃喚：「遊人且住，劍客是何方君子？何國英才？相貌精神，容儀聳幹。緣何急事？步涉長途。失伴周章，精神悅惚。觀君面色，必然心有所求。若非俠客懷寃，定被平王捕逐？兒有貧家一惠，敢屈君餐。情裏如何？希垂降步。」子胥答曰：「僕是楚人，身充越使，比緣貢獻，西進楚王。及與梁鄭二國計會軍國，乘附(舩)[船]却返，行至小江，遂被狂賊侵欺，有幸得存。今日登山驀嶺，糧食罄窮，空中聞娘子打紗之聲，觸處尋聲訪覓。下官形骸若此，自拙爲人，恐失王遲(程)，奔波有實；今遊會稽之路，從何可通？乞爲指南，不敢忘(望)食！」女子答曰：「兒聞古人之語，蓋不虛言。情去意實難留，斷弦由可續，君之行李，足亦可知。見君盼後看前，面帶愁容而步涉，江山迢遞，冒染風塵，今乃不棄卑微，敢欲邀君一食：

兒家本住南陽縣，　二八容光如皎練，

泊紗潭下照紅粧，　水上荷水(花)不如面。
客行由同海泛舟，　博(薄)暮皈巢畏日晚，
儻若不棄是卑微，　願君努力當餐飯。」

子胥即欲前行，再三苦被留連，人情實亦難通(違)，水畔蹐(蹲)身，即坐吃飯。三口便即停餐，媿賀(荷)女人，即欲進發。更蒙女子勸諫，盡足食之。慚愧彌深，乃論心事。子胥答曰：

「下官身是仵子胥，　避楚逃逝入南吳。
慮恐平王相捕逐，　爲此星夜涉窮途。
蒙賜一餐堪充飽，　未審將何得相報？
身輕體健目精明，　即欲取別登長路。
僕是棄背帝鄉賓，　今被平王見尋討，
恩澤不用語人知，　幸願娘子知懷抱。」
子胥語已向前行，　女子號咷發聲哭：
「旅客惸惸實可念，　以死匍匐乃食生，
食我一餐由未足，　婦人不恆丈夫情。
君雖貴重相辭謝，　兒意慚君亦不輕。」
語已含啼而拭淚，　「君子容儀頓顦顇，

儻若在後被追收，　必道女子相帶累。
三十不與丈夫言，　與母同居住鄰里，
嬌愛容光在目前，　列(烈)女忠貞浪虛棄。」
喚言仵相物(勿)懷擬(疑)，　遂即抱石投河死。
子胥迴頭聊[八]長望，　怜念女子懷惆悵，
遙見抱石透(投)河亡，　不覺失聲稱寃枉。
無端潁水滅人蹤，　落淚悲嗟倍悽愴：
「儻若在後得高遷，　唯贈百金相殯葬！」

子胥哭已[了][九]，更復前行。風塵慘面，蓬塵暎天，精神暴亂，忽至深川。水泉無底，岸潤無邊。登山入谷，遶澗尋源，龍蛇塞路，拔劍盪前，虎狼滿道，遂即張弦。餓乃蘆中餐草，渴飲巖下流泉。丈夫爲讐發憤，將死由如睡眠。川中忽遇一家，遂即叩門乞食。有一婦人出應，遠蔭弟[語][一〇]聲，遙知是弟子胥。切語相思慰問，子胥緘口不言。知弟渴乏多時，遂取葫蘆盛飯，幷將苦苣爲虀。子胥賢士，逆知阿姊之情，審細思量，解而言曰：「葫蘆盛飯者內苦外甘也，苦苣爲虀(齏)者以苦和苦也。義合遣我速去速去，不可久停。」便即辭去。姊問弟曰：「今乃進發，欲投何處？」子胥答曰：「欲投越國。父兄被殺，不可不讐。」阿姉(姊)抱得弟頭，哽咽聲嘶，不敢大哭，歎言：「痛哉！苦哉！自撲搥凶(胸)[一一]，共弟前身何罪，受此孤恓！」

曠大劫來有何罪?　如今孤負阿爺孃。
雖得人身有富貴,　父南子北各分張。
忽憶父兄行坐哭,〔一二〕　令兒寸寸斷肝腸,
不知弟今何處去?　遺吾獨自受恓惶。
我今更無眷戀處,　恨不將身自滅亡!」
子胥別姊稱「好住!　不須啼哭淚千行。
父兄枉被刑〔一三〕誅戮,　心中寫火劇煎湯。
丈夫今無天日分,　雄心結怨苦蒼蒼;
儻逢天道開通日,　誓願活捉楚平王。
捥心幷戀(臠)割,　九族惣須亡,
若其不如此,　誓願不還鄉!」

作此語了,遂即南行。行得廿餘里,遂乃眼瞤「耳熱,遂即」〔一四〕畫地而卜,占見外甥來趁。用水頭上攘之,將竹插於腰下,又用木劇(屐)倒着,並畫地戶天門,遂即臥於蘆中,呪而言曰:「捉我者殃,趁我者亡,急急如律令!」子胥有兩個外甥——子安子永,「至家有一人食處,知是胥舅,不顧母之孔懷,遂即生惡意奔遂(逐),我若見楚帝取賞,必得高遷。逆賊今既至門,何因不捉?」行可十里,遂即息於道旁。子永」〔一五〕少解陰陽,遂即畫地而卜,占見阿舅頭上有水,定落河傍,腰間有竹,塚墓城(成)荒,木劇到(倒)

着，不進傍徨。若着此卦，必定身亡；不復尋覓，廢我還鄉。子胥屈節看文，乃見外甥不趁，遂即奔走，星夜不停。

川中又遇一家，牆壁異常嚴麗，孤莊獨立，四廻無人，不恥八尺之軀，遂即叩門乞食。

子胥叩門從乞食，　其妻斂容而出應，
劃見知是自家夫，　即欲發言相識認。
婦人卓立審思量，　不敢向前相附近，
以禮設拜乃逢迎，　怨結啼聲而借問：
「妾家住在荒郊側，　四廻無鄰獨棲宿，
君子從何至此間，　面帶愁容有飢色？
落草獐狂似怯人，　屈節攢刑而乞食。
妾雖禁閉在深閨，　與君影響微相識。」
子胥報言娘子曰：
「僕是楚人充遠使，　涉歷山川歸故里，
在道失路乃迷昏，　不覺行由來至此。
鄉關迢遰海西頭，　遙遙阻隔三江水，
適來專輒橫相忓，　自側於身實造次。

貴人多望錯相認，　不省從來識娘子；
今欲進發往江東，　幸願存情相指示。」

其妻遂作藥名〔詩〕〔一六〕問曰：「妾是仵茄之婦細辛，早仕於梁，就禮未及當歸，使妾閑居獨活。蓄莨薑芥，澤瀉無憐，仰歎檳榔，何時遠志。近聞楚王無道，遂發柎狐（柴胡）之心，誅妾家破芒硝，屈身苜遼。葳蕤怯弱，石膽難當，夫怕逃人，茱萸得脫。潛形菌草，匿影藜蘆，狀似被趁野干，遂使狂夫莨菪。妾憶淚霑赤石，結恨青箱。夜寢難可決明，日念舌乾卷柏。聞君乞聲厚朴，不覺躑躅君前，謂言夫聟麥門，遂使蓯蓉緩步。看君龍齒，似妾狼牙，桔梗若爲，願陳枳殼。」子胥答曰：「余亦不是仵茄之子，亦不是避難逃人，聽說途之行李。余乃生於巴蜀，長在藿鄉，父是蜈公，生居貝母，遂使金牙採寶，支子遠行。劉寄奴是余賤朋，徐長卿爲之貴友。〔共〕〔一七〕渡蘘河，被寒水傷身，三伴芒消，唯余獨活。每日懸腸斷續（續斷），情思飄颻，獨步恒山，石膏難渡，披巖巴戟，數値狼胡，乃意款冬，忽逢鍾乳，留心半夏，不見鬱金，余乃返步當歸，芎窮至此。我之羊齒，非是狼牙，桔梗之情，願知其意。」妻答曰：「君莫急急，卽路遙長，

縱使從來不相識，　錯相識認有何妨，
妾是公孫鍾鼎女，　疋配君子事貞良，
夫主姓仵身爲相，　束髮千里事君王。
自從一別音書絕，　憶君愁腸氣欲絕，

遠道冥冥斷寂寥，兒家不慣長欲別。
紅顏顦顇不如常，相思落淚何曾歇，
年光虛擲守空閨，誰能渡得芳菲節。
青樓日夜滅容光，只緣蕩子事（仕）於梁。
嬾向庭前覩〔一八〕明月，愁歸帳裏抱鴛鴦。
遠附雁書將不達，天塞阻隔路遙長，
欲織殘機情不憙，畫眉羞對鏡中粧。
偏憐鵲語蒲桃架，念驚雙栖白玉堂，
君作秋胡不相識，妾亦無心學採桑。
見君口中〔一九〕雙板齒，爲此識認意相當。
麤飯一餐終不惜，願君且住莫悤忙。」
子胥被認相辭謝，方便軟言而帖寫：
「娘子莫漫橫相干，人間大有相似者。
娘子夫主姓仵身爲相，僕是寒門居草野；
儻見夫聟爲通傳，以理勸諫令歸舍。
今緣事急往江東，不得停留復日夜。」

其婦知謀大事，更亦不敢驚動。如法供給，以理發遣。

子胥被婦認識，更亦不言。丈夫未達於前，遂被婦人相識，豈緣小事，敗我大儀。列士抱石而行，遂即打其齒落。晝即看日，夜乃觀星，奔走不停，遂至吳江北岸。慮恐有人相掩，潛身伏在蘆中，按劍悲歌而歎曰：

「江水淼漫波濤舉，連天沸或淺或深，
飛沙蓬勃遮雲漢，清風激浪喻摧林。
白草遍野覆〔二〇〕平原，綠柳分行垂兩岸，
烏鵲拾食遍交橫，魚龍踊躍而撩亂。
水猫遊撻戲爭奔，千廻不覺長吁嘆。
忽憶父兄狂（枉）被誅，即得五內心腸爛。
思量讎恨痛哀嗟，今日相逢不相捨，
我若命盡此江潭，死活惚看今日夜。
不辭骸骨掩長波，父兄之讎終不斷，
上蒼靡草惚由風，還是諸天威力化。」

悲歌以（已）了，行至江邊遠盼。唯見江潭廣闊，如何得渡？蘆中引頸，廻首寂然。不遇汎舟之賓，永絕乘楂之客。唯見江烏出岸，白露（鷺）鳥而爭飛；魚鱉縱橫，鸕鴻芬（紛）泊。又見長洲浩汗，漠浦波濤，霧起

冥昏，雲陰靉靆。樹摧老岸，月照孤山，龍振（震）鰲驚，江沌作浪，若有失鄉之客，登岫嶺以思家；乘查（楂）之賓，指參辰而爲正（征）。岷山一住，似虎狼盤旋，濆濆如鼓角之聲，並無船而可渡。經餘再宿，隱匿蘆中。波上唯見一人，唱謳歌而撥棹，手持輪鉤，欲以（似）漁（漁）人，即出蘆中，乃喚言：「執鉤乘船之仕，蹔屈就岸相看，勿辭之勞，幸願存情相顧。」漁人聞喚，當乃尋聲，蘆中忽見一人，便即搖船就岸。收輪卷索，息棹停竿，隨流水上，翩翩歌清風而問曰：「君子今欲何去？逈在江傍浦側，不見乘船泛客，又無伴侶，蕭（蕭）然。爲當流浪漂蓬，獨立窮舟旅岸。縱使求船覓渡，在此寂絕舟船；不恥下末愚夫，願請具陳心事。」子胥答曰：「吾聞人相知於道術，魚相望（忘）於江湖，下麦（走）身是遊人，豈敢虛相誑語！今緣少許急事，欲往江南行李。自拙爲人，幸願先生知委，儻蒙賜渡，恩可殺身，若也不容，自當息意。」漁人答曰：「適來鑒貌辨色，觀君與凡俗不同。君子懷抱可知，更亦不須分雪。我聞別人不賤，別玉不貧。秦穆公賜酒蒙恩，能言獨正三軍，空籠而獲重貴。觀君艱辛日久，渴乏多時，不可空腸渡江，欲設子之一餐。吾家去此往返十里有餘，來去稍遲，子莫疑怪。」子胥答曰：「但求船渡，何敢望餐！」漁人答曰：「吾聞麒麟得食，日行千里；鳳凰得食，飛騰四海。」答語已了，留船即去。乃向家中取食。子胥聞得此語，即與漁人看船。子胥心口思惟：「此人向我道家中取食，不多喚人來捉我以否？」遂即拋船而走，遂向蘆中藏身。漁人逡巡之間，即到船所。其漁人乃取得美酒一榼，魚肉五斤，薄餅十番，飯攜一罐，行至船所，不見蘆中之士，唯見岸上空船。顧戀之情，悲傷不已。漁人歌而喚曰：「蘆中之仕，何故潛身？出來此處相看，吾乃終無惡意，不須疑慮，莫作二難。爲子取食到來，何故不相就食？」子胥聞船人此語，知無惡意，遂即出於蘆中，愧賀(荷)取食艱辛，逢迎卑謝。於時鋪設，兩共同餐。便即鼓棹搖船，至於江半。子胥得食喫足，心自思惟：「凡人得他一食，慚人一[illegible]([illegible])[三二]；得人兩食，爲他着力。」懷中璧玉，以贈船人，畏暮貪前，與物不相承領。子胥慮嫌信少，更脫寶劍於酬。漁人息棹廻身，乃報子胥言曰：「君莫造次，大須三思，一惠之餐，有何所直！人之屈厄，魚鱉同羣；君子迍邅，龍蛇共處。楚王捕逐於子，捉獲賞賜千金；隱匿之人，誅身滅族。吾上不貪明君重賞，下不避誅戮之囊([illegible])，子欲寶劍相讐(酬)，何如平王之物？龍泉寶劍，與子防身；璧玉荊珍，將充所貴。後若高遷富貴，莫忘一朝。自賫蒲柳之年，逢君日晚，劍璧之事，請更莫留。子若表我心懷，更亦不須辭謝。」子胥見人不受，情中漸覺不安。心口思惟，慮恐船人嫌我信物輕少。雖是君王寶物，知欲如何，遂擲劍於江中，放神光而煥爛。劍乃三涌三沒，水上偏偏(翩翩)。江神遥聞劍吼，戰悼([illegible])湧沸騰波，魚鱉忙怕攢埿，魚龍奔波透出。江神以手捧之，懼怕乃相分付。劍既離水，魚鱉跳梁，日月貞明，山林皎亮，雲開霧歇，霞散煙流，岸樹迎賓，江風送客。遠望沙傍白露(鷺)，博(薄)暮擬欲歸林。浦側不見來船，汎客又無伴侶。唯見孤山淼漫，廻盼故鄉，拭淚沾衣，心懷鬱燠。渡江欲至南岸，子胥乃問船人曰：「先生姓何名誰？鄉貫住在何州縣？」漁人答曰：「我亦無姓無名，長住江而爲伴。横干奠浦，綰劍深潭，今日兩賊相逢，何用稱名道姓！君爲蘆中之事(士)，我爲船上之人，意義足亦可知，富貴不須相忘。」子胥曰：「蒙先生一濟，無有忘時，遇藥傷蚍[illegible]能返報。」漁人問曰：「只今逃逝，擬投何國？」子胥曰：「擬投越國。」漁人曰：「子投越國，——越國與楚和順，元不交兵，慮恐捉子送身，懷報讐心不達。子投吳國，必得流通。吳王常與楚讐，兩國不相和順。吳與楚國數爲征戰，無有賢臣，得子甚要。」子胥問船人曰：「吳國如何可投得？」船人曰：「子至吳國，入於都市，泥塗其面，披髮獐狂，東西馳走，大哭三聲。」子胥曰：「此法幸願解之。」船人答曰：「泥塗其面者，外濁內清；大哭三聲，東西馳走者，覓其明主也；披髮在市者理合如斯也。吾非聖人，經事多矣。」子胥蒙他教示，遂即拜謝漁人。慮恐楚使相逢，不得久停，至岸即發。哽咽聲嘶，由如四鳥分飛，狀若三荊離別；遂別漁人南行，眷戀之情，悲傷不已。廻頭遙望，忽見漁人覆船而死。子胥愧荷漁人，哽咽悲啼不已，遂作悲歌而歎曰：

大江水兮淼無邊，　雲與水兮相接連；
痛兮痛兮難可忍，　苦兮苦兮冤復冤。
自古人情有離別，　生死富貴總關天，
先生恨胥何勿[三二]事？　遂向江中而覆船。
波浪舟兮浮沒沉，　唱冤枉兮痛切深，
一寸愁腸似刀割，　途中不禁淚沾襟。[三三]
望吳邦兮不可到，　思帝鄉兮懷恨深，
儻值明主得遷達，　施展英雄一片心。

悲歌已了，更復[三四]向前，悽愴依然。丈夫契闊，何大迍邅？忠心盡節，事君九年，夙夜匪懈，晨昏無惓。今遭落薄（魄）[三五]，知復何言。語已懷[恨][三六]，氣上衝咽，業也命也，並悉關天。登山驀嶺，渡水尋川，求却不却，求前不前，動即被餓，性命轉然。平王太劇，唱叫稱寃，子胥帶劍，途[二七]步而前。至漭蕩山間，石壁侵天萬丈，入地[二八]騰竹縱橫。遙望松羅，山崖斗(陡)暗，蟲狼離合，百鳥關關，思憶帝鄉，乃為歌曰：

我所思兮道路長，涉江水兮入吳鄉。
父兄冥莫知何在，零[二九]丁遣我獨栖惶。
丈夫流浪隨緣業，生死富貴亦何常，
平王曲受魏陵語，信用讒佞煞忠良。
思故鄉兮愁難止，臨水登山情不已。
楚帝輕盈怜細腰，宮裏美女多餓死，
秦穆公之[三〇]女顏如玉，二八容光若桃李，
見其姿首納為妃，豈合君王[三一]有此理。
自從逃逝鎮懷憂[三二]，使我孤遺無所投，
晝即途中尋鬼路，躡影藏形恒夜遊。
燕山勒頌知何日，冒染蓬塵雙鬢秋，
不慮東西抗天塞，唯愁渴乏渡荒州。
願我平安達前所，行無滯礙得通流；

儻若吳中遇明主，　　興兵先斬魏陵頭。

悲歌已了，由懷慷慨，北背楚關，南登吳會。屬[三三]逢天暗，雲陰靉靆。失路傍徨[三四]，山林擢滯。怪鳥成羣，蟲狼作隊，禽號姓姓，獸名狒狒。忽示心驚，拔劍卽行。[匣中光出，遍野精明，中有日月，北斗七星][三五]，心雄慘烈，不懼千兵。[平王捉我，事未消寧][三六]，儻被擒獲，百死無生。[偸蹤竊道，飲氣吞聲，風吹草動，卽便藏形][三七]。劍歌已了，更復前行。[北跨廣陵，南登吳會，關津忽切，州縣嚴加，勸鋪(捕)交橫，鎭代相續。潛身避影][三八]，一步一前，不經旬月之間，卽至吳國。一依魚人敎示，披髮遂入市中，[涅塗面上][而行][三九]，獐狂大哭三聲，東西馳走，吳國臣佐[四〇]，乘馬入市遊行，正見異色奇才，身長八尺，知是[賢臣][四一]，奔走啓告吳王：「適別龍顏，遊於纏市，見一外國君子，涅塗而獐狂，披髮悲啼，東西馳走。臣以傍觀的審監貌可知，望陛下追問逗遛，必是懷寃俠客！」吳王聞相[四二]此語，心生歡喜，遂集羣臣撥珠簾而說夢：「朕昨夜三更，夢見賢人入境，遂乃身輕體健，踊躍不勝。卿等詳儀(議)，爲朕解其善惡。」百官聞王此語，一時舞道(蹈)呵呵，齊唱太平，俱稱萬歲。「市中有八尺君子，雅合陛下之心，見在羣臣，不勝喜賀。」吳王卽令急使，向市中迎召賢臣。「爲朕傳語，雖不先相識；欲得相見，面申懷抱。」使人得其口勑，走馬直入市中，見子胥具說吳王口勑。子胥奉王勑命，不敢遲違，隨使便行。乃至吳王殿所，匐面在地，哽咽聲嘶，良久而起。吳王知是子胥，便卽悲情予問：「楚王不納忠諫之詞，曲受佞臣之語，枉殺卿之父兄，奈何荼毒，悽愴難論，痛苦之哉，誰復能忍。山河阻隔，遠涉風雲，朕國狹小，勞卿遠至。」子胥良久，攬髮而言：「臣父兄事君不謹，遂被楚帝誅身。臣卽不紹於家，棄父離君求却不却，求前不前，動即被餓，性命轉然。平王太劇，唱叫稱寃，子胥帶劍，遂[二七]步而前。至海蕩山間，石壁侵天萬丈，入地[二八]騰竹縱橫。遙望松羅，山崖斗(陡)暗，蟲狼離合，百鳥關關，思憶帝鄉，乃爲歌曰：

我所思兮道路長，　涉江水兮入吳鄉。
父兄冥寞知何在？　零[二九]丁遣我獨栖惶。
丈夫流浪隨緣業，　生死富貴亦何常，
平王曲受魏陵語，　信用讒佞煞忠良。
思故鄉兮愁難止，　臨水登山情不已，
楚帝輕盈憐細腰，　宮裏美女多餓死。
秦穆公之[三〇]女顏如玉，　二八容光若桃李，
見其姿首納爲妃，　豈合君王[三一]有此理。
自從逃逝鎮懷憂[三二]，　使我孤遺無所投，
晝卽途中尋鬼路，　踊影藏形恒夜遊。
燕山勒頌知何日，　冒染蓬塵雙鬢秋，
不慮東西抗天塞，　唯愁渴乏渡荒州。
願我平安達前所，　行無滯礙得通流，

儻若吳中遇明主，興兵先斬魏陵頭。

悲歌已了，由懷慷慨，北背楚關，南登吳會。屬〔三三〕逢天暗，雲陰靉靆。失路傍徨〔三四〕，山林摧滯。怪鳥成羣，蟲狼作隊，禽號姓字，獸名狒狒。忽示心驚，拔劍卽行。〔匣中光出，遍野精明，中有日月，北斗七星〕〔三五〕，心雄慘烈，不懼千兵。〔平王捉我，事未消寧〕〔三六〕，儻被擒獲，百死無生。〔偸蹤竊道，飲氣吞聲，風吹草動，卽便藏形〕〔三七〕。劍歌已了，更復前行。〔北跨廣陵，南登吳會，關津急切，州縣嚴加，勒鋪(搶)交横，鑌伏相續。潛身避影〕〔三八〕，一步一前，不經旬月之間，卽至吳國。一依漁人敎示，披髮遂入市中，泩塗面上〔而行〕〔三九〕，猖狂大哭三聲，東西馳走，吳國臣佐〔四〇〕，乘馬入市遊行，正見異色奇才，身長八尺，知是〔賢臣〕〔四一〕，奔走啓告吳王：「適別龍顏，遊於𨞏市，見一外國君子，泩塗而猖狂，披髮悲啼，東西馳走。臣以傍觀的審，鑒貌可知，望陛下追問逗遛，必是懷寃俠客！」吳王聞相〔四二〕此語，心生歡喜，遂集羣臣撥珠簾而說夢：「朕昨夜三更，夢見賢人入境，遂乃身輕體健，踊躍不勝。卿等詳儀(議)，爲朕解其善惡。」百官聞王此語，一時舞道(蹈)呵呵，齊唱太平，俱稱萬歲。「市中有八尺君子，雅合陛下之心，見在羣臣，不勝喜賀。」吳王卽令急使，向市中迎召賢臣。「爲朕傳語，雖不先相識；欲得相見，面申懷抱。」使人得其口勑，走馬直入市中，見子胥具說吳王口勑。子胥奉王勑命，不敢遲違，隨使便行。乃至吳王殿所，匐面在地，哽咽聲嘶，良久而起。吳王知是子胥，便卽悲情子問：「楚王不納忠諫之詞，曲受佞臣之語，枉殺卿之父兄，奈何荼毒，悽愴難論，痛苦之哉，誰復能忍。山河阻隔，遠涉風雲，朕國狹小，勞卿遠至。」子胥良久，攬髮而言：「臣父兄事君不謹，遂被楚帝誅身。臣卽不紹於家，棄父離君逃走。臣聞國之將喪，灾害競興。樹欲摧折，風霜共逼。孤情難立，見此艱辛，皂帛(白)難分，龍蚍混雜。臣欲自刎而死，地下羞見佡(先)人。故投託明王，願陛下知臣心素。臣居草野，長在蓬門，不堪事立君王，多幸蒙王收錄。」吳王報言曰：「朕國狹窄，乏少中(忠)良，立卿今欲爲臣屈節，莫將爲所恥？」子胥曰：「臣是小人，虛沾大造，蒙王收錄，早是分外垂恩。更蒙擧立，爲臣死罪，終當不敢。」吳王問左右曰：「卿等如何？」羣烈(列)咸言唱允，悉道：「明王有敢(感)，外國來投。」拜爲匡輔大臣，合國齊稱萬歲。

子胥爲臣志節，恒懷匪懈之心，夙夜兢兢，事君終無二意。言不傷氣，語乃合光，遐邇詵詵，官寮濟濟。天兵不動，征馬停鞭，四塞歸臨，八方安帖。禍亂不作，災害不興，百姓歡忻，歌謠滿路，同於堯舜之年。咸云我皇有感，聖日巍巍，乾川再明。子胥治國一年，風不鳴條，雨不破塊。治國二年，食庫盈益，天下清太(泰)，吏絕貪殘，官寮息暴。治國三年，六夷送款，萬國咸投。治國四年，感得景龍應瑞，赤雀咸(銜)書，芝草並生，嘉和(禾)合秀，耕者讓畔，路不拾遺，三敎並興，城門不閉，更無呼喚，無搖(徭)自活。子胥治國五年，日月重明，市無二價，猫鼠同穴，米麥論分，牢獄無囚，兢說君臣道合，遠近宣讚，愧賀(荷)仵相之功。百姓皆詣子胥之門：「願與仵相爲兵伐楚。」子胥見勇夫投募，不敢自專，遂啓吳王：「臣是小人，濫蒙恩寵，功效未立，何敢興心，自度無堪，終當不敢。」吳王報曰：「朕聞養子備老，積穀擬衰。去歲擬遣相讐，慮恐讐心未發。比年淸太(泰)，皆是仵相之功。今不讐寃，何名孝子？朕國興兵伐楚，正合其時。」勑召國內勇夫，乃與仵相讐報。勑召曰：「仵相父兄，枉被平王誅戮，今欲徵發天兵討楚，召募効力之人。如有判(拚)命相隨，火急即須投募。先賜重賞勳祿，不輕有此。驍列之夫，速來所咨陳牒。」勑既行下，遠近咸知，各悉投名，爭前應募。兵部簡練，選試詮量，勇冠三軍，決勝千里。亦有擲關弄木，手把方梁，抱石跳空，弓彎七札。榜示七日，募得九十萬精兵。賞排借綠，各賜千段。所由將過城外，排立雁行。吳王既見戰卒，列在城南，便即慰勞戰士。吳王問子胥曰：「今欲伐楚，可用幾兵？」子胥啓吳王曰：「且須萬兵。」吳王曰：「萬兵不少以不？」子胥曰：「臣聞一人判死，百人不敵；百若齊心，橫行天下。」吳王曰：「不然，但將九十萬人，始可相伐。」吳王即立子胥爲元帥大將軍，行兵節度，上承天子之敕，爲父報讎使冤。於是廣殺牛羊，城南宴設。酒有千斛，肉乃萬斤，一概均分，食無高下。吳王出城送子胥：「卿但努力，謹慎前路，天道相饒，讎心必先。朕亦無憂於國；卿亦不負幽魂。事了早還，莫令憂慮。」子胥啓吳王曰：「臣今將兵討楚，必稱所心。願陛下莫慮愁心，遠念臣之逞(程)路，計亦不遠旬月中間，事了廻兵，自當死謝！」子胥辭王以(已)了，便即徵發天兵。四十二面大鼓籠天，三十六角音聲括地，傍震百里山林，隱隱轟轟。搦生子(先)鋒，乃先踏道。陣雲鋪於四面，遍野聲滿平原，鐵騎磊落已(以)爭奔，勇夫生[illegible](獰獰)而競透(進)。飛騰千里，恰似魚鱗；萬卒行行，猶如雁翅。長槍排[illegible]，直豎森森，刺天眉角。對掌開弦，彎彎如[illegible]月。白旌落雪，戰劍如霜，弩發雷奔，抽刀劍吼。將軍告令，水楔(泄)不通，大總管出敎嚴嚀，飛鳥難度。兵馬浩浩漸漸，數百里之交橫，金甲胖朧，銀鞍煥爛，騰踏山林，奔波鬧亂。胡菟(狐兔)怕而爭奔，驚龍蚰而競竄。

將軍馬上掉紅旗，　　兵士各各依條貫，

先鋒踏道疾如風，即至黃河東北岸。
先鋒引道路奔騰，排批舟船橫軍渡，
水所由修造橫水蓬飛〔四三〕

兵馬既至江頭，便須宴設兵士。軍官食了，便即渡江。屬風浪靜，山林皎亮，日月貞明，霧卷青天，雲歸滄海。直為人多手衆，至曉即至江西。子胥告令軍兵，大須存心捉溺（搦），此是平王之境，未曾諳悉山川，嶮隘先登，遠致虞候，長巡子將，絞略橫行。傔奏（走）偷路而行，遊奕經餘一月，行逞（程）向盡，欲至楚邦。楚王不幸早亡，立太子昭王，知其軍國。昭王聞子胥兵馬欲至，遂乃徵發天兵，簡練驍雄五戎之士，多賜絹帛，廣立功勳。楚國士曠人稠，遂即興兵百萬，綵毒（旗纛）敵（蔽）日，衣甲漫天，列陣橫行，擬共子胥交戰。城上修營戰格，門門格立，拋車更伏，作冶鎔銅。四面多安擂木，兵馬具備，力敵萬夫。昭王統領勇夫，遂與吳軍相擊。子胥乃布兵列陣，一似魚鱗，跋羅廻吼喚，三聲大鼓，揚名即發。列千軍於楚塞，布萬陣於黃池。須臾鋒劍交橫，抽刀劍吼，槍沾汗血，箭下雹狂。塵土張天，鐵馬嘶滅，一死一進，唯努唯前。各辦殺心，終無退意。西軍大敗，遍野橫屍，干戈不得施張，人人重重相厭（壓）。子胥十戰九勝，戰士不失一兵。昭王見兵被殺，怕懼奔走入城。子胥逐後奔馳，狀如蓬飛撲火；吳軍隨後即趁，恰似風雲一向，靡滅楚軍，狀同熱湯撥雪。子胥遙鞭語昭王曰：「你父平王，至當無道，與子娶婦，自納為妃。忠臣諫言，遂被誅戮；佞臣諂亂，却賜封侯。殺我父兄，枉死傷苦。今乃報讐父罪，即當快吾心意。吾今欲食汝心，將為不足；縱使萬兵相向，未敵我之一身。今取你父骸骨，及你生身，祭我父兄靈魂始得。」昭王怕懼之心，遂卽白幡降伏。吳軍大叫，直入楚城，尋逐昭王，燒其宮殿。昭王棄城而走，遂被伍相擒身。返縛昭王。「你父墳陵，今在何處？」昭王啓子胥曰：「我父平王，已從物化，負君之罪，命處黃泉，事既相當，身從斷割，父債子替，何用屍骸？請快讐心，任從斧越(鉞)。」昭王被考，喫苦不前，忍痛不勝，遂卽道父之墓所。子胥捉得魏陵，斷割拔取心肝，萬斬一身，并誅九族。子胥喚昭王曰：「我父被殺，棄擲深江。」遂乃偃息停流，取得平王骸骨，並魏陵昭帝，並悉總取心肝，行至江邊，以祭父兄靈曰：「小子子胥，深當不孝，父兄枉被誅戮，痛切奈何！比爲勢力不加，所以蹉跎年歲。今還殺伊父子，棄擲深江，奉祭父兄。惟神納受。」子胥祭了，發聲大哭，感得日月無光，江河混沸。忽卽雲昏霧暗，地動山摧。兵衆嗚唏，人倫悽愴，魚龍飲氣(泣)，江水不潮，澗竭泉枯，風塵慘列(烈)。子胥祭了，自把劍結恨之深，重斬平王白骨；其骨隨劍血流，狀似屠羊，取火燒之，當風颺作微塵。卽捉劍斬昭王，作其百段，擲着江中，魚鱉食之，還同我父。子胥尋覓父兄骸不得，立樹乃作父兄，於今見在亳州境內東南一百卅里有餘，後世莫知，今城父懸(縣)是也。

子胥收兵却返，擬伐梁鄭二邦。作書與鄭王曰：「楚平王無道，枉誅我父兄；子尙是君之臣，如何不與設計？遂與楚王遣死，以君賤臣。讐滅楚王，廻兵討鄭。」鄭王得信，忙怕異常，莫知何計。卽欲與兵相敵，慮恐士卒不勝，遂召秘略之人：「止得吳軍兵者，分國共治，更賜千金。」乃有漁人之子，遂卽應募投名：「臣能止得吳軍，不須寸兵尺劍，唯須小船一隻，棹椑一枚，鮑魚一雙，麥飯一謳(甌)，美酒一榼，放在城東水中，臣自有其方法。」鄭王依語，卽覓船等，送在水中。魚人撥棹長歌，乘船遊戲。其鄭王閉却城西門，城頭遥看，設何方計，却得吳軍。子胥兵馬，欲至鄭國三十餘里，先遣健兒看鄭國有幾許兵馬相敵。行至鄭國，四城門牢閉。又行至城東門外，池水中唯獨有一人，乘漏蓋船，口唱歌而言曰：「蘆中一人，豈非窮事(士)乎？我有美酒一榼，魚肉五斤，餅有十摘，飯有一罐，請來就船而食。

凶即請自當，　吉則知吾意，
儻若事明君，　榮華取富貴。
忽爾事相當，　願勿生遺棄。」

其將聞船人此語，遂即却廻，至子胥邊具說船人之語。子胥聞此語已，即知是船人之子。子胥歡喜。「我有冤讎，至當相滅，因他得活，豈得孤(辜)恩？富貴忘貧，黃天不助；有恩不報，豈成人也！有恩若報，風流如(儒)雅。」子胥控馬籠鞭，就水抱得小兒，拍搦悲啼吊問：「汝父沈溺深江，荼毒奈何奈何，願子莫懷讎恨！」鄭王怕懼，乃出城迎拜子胥，向前言曰：「臣聞將軍讎冤得達，喜賀快哉！臣今死罪有餘，乞存草命。」子胥報鄭王曰：「兄事於君，君須藏掩，曲取平王之意，遂往誅身；兄既身亡，君須代命。」鄭王曰：「遠使將書，云捨慈父之罪，臣不細委知，遣往相看。爲言旬月即還，不知平王誅戮。臣今合死，惬意無言。大將軍得允讎心，滅其宗廟，快哉踴躍，喜賀不勝！伏願寬恩，乞存活路。」船人啓言：「大將軍！我被鄭王召募，被吳軍來伐，能却得吳軍兵者，賜金千斤，封邑萬戶。我既貪他重賞，其意如何？」子胥曰：「君不索吾身命，由自與之取賞却兵，敢相違負。」子胥見漁人勸諫，遂即適(釋)放鄭王。鄭王歡喜，乃索酒食如山，三日三夜，供承吳軍兵馬。子胥遂策(册)漁人之子爲楚帝。楚鄭二邦，並乃太平。

即伐天兵，討伐梁帝。梁王聞吳軍欲至，遂殺牛〔四四〕千頭，烹羊萬口，飲食塠如山岳，列在路邊，帳設鋪施。吳軍即至，梁王肘行膝步，拜謝子胥：「伏願寬恩，乞存活路。今聞將軍伐楚，臣等喜賀不勝，遙助(祝)快哉，深加踊躍。」子胥報曰：「我緣急事，不能設計相留，懷恨於君，故來相伐。」子胥見酒食列在城南，乃問梁王，梁王啓大將軍曰：「此酒食可供將軍兵事(士)。」子胥既見此言，即令兵衆飽食。兵事食訖。其兵喫食飽足，精神踊躍，啓子胥言曰：「得他一食，慚人一色([illegible])；得他兩食，謝他不足。」兵將咸言：「大將軍，此語快哉，莫伐梁王。」子胥心口思量：「我有寃讐，端心相滅，因他得活，豈得孤恩。」乃捨梁王之罪，語以(已)進發。乃收天兵，行至潁水河傍，仰面向天嘆而言曰：「我昔逃逝至此，遂從女子求飡，其女亦不相違，抱石投河而死，今日更無餘物，報女子之恩。」一依生存之言，遂取百金投潁水。子胥祭曰：

「我昔逃逝入南吳，在路相逢從乞食，
慚君與我一中飡，抱石投河而命[illegible]([illegible])。
自從分別歲年多，朝朝暮暮長相憶，
念君神識逐波濤，遊魂散漫隨荆棘。」
語已含啼而啓告：「冥靈幸願知懷抱，
既能貞質透河亡，黄泉能莫生惸嗟！」

幽冥路隔不相知，生死由來各異道，

更無餘物奉於君，唯取百金相殯報。」

子胥祭祀訖，廻兵行至阿姊家，捉得兩箇外甥子安子永，乂(刈)其頭，截其耳，打却前頭雙板齒。「我昔逃逝從乞食，捉我欲送楚平王。今日讐之，願汝永爲奴僕。」

天兵有限，不可久停，馬乃擊電奔星，行至子胥妻舍，擬迎婦歸吳國。遂即叩門而喚，其妻掩閉門庭，隔墻遙應，不相容內(納)。子胥報妻曰：「吾昔遭楚難，愧君出應逢迎；今乃讐楚，廻軍相見，望同往日，何爲閉門相却，不覩容光？爲當別有他情，何爲恥胥不受？自茲隔別，每念君恩，愧賀(荷)不輕，故未諮屈。」妻答曰：「君乃昔遭楚難，行路相過，叩門面覩，此乃知君屈厄，妾乃懸繫相似，君乃拒諱不承，妾亦無能苦死。夫妻義重，望君結死同生，君乃先辱不輕，妾即後嫌不受。貧賤不相顧盼，富貴何假提攜？不貪寵祿榮華，願君知兒懷抱！」子胥乃承死罪，隔門拜謝叩頭。其妻既見慇懃，遂乃開門納受。恩愛還同昔日，相命即歸。

子胥告令三軍，單行引隊。今既天下清太(泰)，日月貞明，玉鞭齊打金鞍，乃爲歌曰：

「我天兵兮不可對，塞平川兮千萬隊。

一掃萬里絕塵埃，征討楚軍如瓦碎。

大丈夫兒天道通，提戈驟甲遠從戎，

戰卒驍雄如虎豹，鐵騎生寧(獰)眞似龍。

布陣鋪雲垂曳地，神旗集鶴發陵空，
橫行天下無對當，將知萬國總還同。
樂兮樂兮今日樂，歡兮歡兮今日歡，
金鞭打節齊聲和，尋途逕([illegible])乃入吳中。」

征馬合合雜雜，隱隱淇淇，鐵馬提撕，大軍浩汗。長松青翠，短草黃禾，玉響淸泠，金鞍瑻錫。日夜登其長路，旬月卽到吳中。吳王聞子胥得勝，遂卽從騎迎來。子胥見吳王迎來，下馬〔四五〕拜謝吳王，高聲唱言起居曰：「遇([illegible])臣自別龍顏後，匪懈之心中([illegible])不忘。臣蒙王借兵伐楚，兵衆與臣，共同一心，統領無乖，驅馳合契。兵至河北，營在楚南，平王不幸身亡，立太子昭王知其軍國。聞臣兵至，出敵相交。臣遣驍兵褐([illegible])後，猛將衝前，一向摩滅楚軍，人馬重重相壓。橫屍遍野，血染山川。由如鶻打鵶鵲，狀若豹征狐兔。俗捧崐崘之押([illegible])卵，何得不摧；執炬火巳([illegible])燎毛，如何不盡？昭王見兵退散，遂卽奔走入城藏；臣乃從後奔馳，遂卽城中擒獲。臣巳結恨尤深，卽斬昭王百段。平王枯骨，劍斬血流。臣見此傷，讐心得止。吳之戰士，並總平安；煞楚兵夫，橫屍遍野。王之勢力，得愜讐心。愧賀大王，仰王無盡。不失一兵一馬，衣甲具全，中有驍勇之夫，願王酬功給效。」吳王曰：「朕自別卿之後，戀念不離心懷。慮恐楚卒人多，仮讐之心不達。天道相助，得巳滅楚歸吳；所有功勳，朕自優([illegible])加處分。」子胥隨帝部卒入城，檢納干戈，酬功給效。中有先鋒猛將，賞緋各賜金魚；執毒([illegible])旌兵，皆佔班位；自餘戰卒，各悉酬柱國之勳。一時舞道([illegible])呵呵，咸言君王有感。吳王見子胥有大人之相，遂立子胥爲國大相。

後乃越王勾踐，興兵動衆，來伐吳軍。越國賢臣范蠡諫越王曰：「吳國賢臣仵子胥，上知天文，下知地里(理)，文經武律，以立其身。相貌希奇，精神挺特。吳國大相，國之垓首。王今伐吳，定知自損。」越王言：「我計策以(已)成，不可中途而罷，」遂乃興兵動衆，往伐吳軍。其吳王、越兵來伐，遂遣國相仵子胥將兵往伐。子胥領兵共越兵交戰，殺越兵夫，橫屍遍野，血流漂杵。越王見兵被殺，遂共范蠡捉西(投向)[四六]會稽山避難。越王共范蠡向仵相邊進言曰：「吾見國相爲父報讐，遂來相看，無有往伐之意。」子胥聞此言：「我不緣賢臣范蠡之言，越王合國死矣。」其越王追(退)兵還國後，乃吳王致疾臨死之時，咐囑太子夫差：「汝後安國治人，一取國相子胥之語。」吳王死後，夫差太子爲吳王。

爾時吳王夜夢見殿上有神光，二夢見城頭鬱鬱槍槍(蒼蒼)，三夢[四七]見城門交兵鬥戰，四夢見血流東南。吳王卽遣宰彼(嚭)解夢，宰彼曰：「夢見殿上神光者富(福)祿盛；城頭鬱鬱槍槍者露如霜；南壁下匣北壁匡王壽長；城門交兵者王手備纏綿；血流東南行者越軍亡。」吳王卽遣子胥解夢。其子胥上知天文，下知地理，中知人情，文經武律，一切鬼神，悉皆通變。吳王卽遣解夢。子胥曰：「臣解此夢，是大不祥。王若用宰彼此言，吳國定知除喪。」王曰：「何爲？」子胥直詞解夢：「王夢見殿上神光者有大人至；城頭鬱鬱蒼蒼者荊棘備；南壁下有匣、北壁下有匡[者]王失位；城門交兵戰者越軍至；血流東南者屍遍地。王軍國滅，都緣宰彼之言。」吳王聞子胥此語，振睛努目，拍陛大嗔：「老臣監監，光呪我國。」子胥解夢了，見吳王嗔之，遂從殿上褰衣而下。吳王問子胥曰：「卿何褰衣而下？」子胥曰：「王殿上荆棘生，刺臣脚，是以褰衣而下殿。」王賜子胥燭玉之劍，令遣自死。子胥得王之劍，報諸百官等：「我死之後，割取我頭，懸安城東門上，我當看越軍來伐吳國者哉。」

殺子胥了，越從吳貸粟四百萬石，吳王遂與越王粟，依數分付其粟。將後，越王蒸粟還吳，乃作書報吳王曰：「此粟甚好，王可遣百姓種之。」其粟還吳被蒸，入土並皆不生。百姓失業，一年少乏，飢虛五載。越王即共范蠡平章：「吳國安化治人，多取宰彼之言，共卿作何方計，可伐吳軍？」范蠡啓王曰：「吳國賢臣仵子胥，吳王令遣自死。屋無强樑，必當頹毁；牆無好土，不久即崩；國無忠臣，如何不壞？今有佞臣宰彼，可以貨求必得。」王曰：「將何物貨求？」范蠡啓言王曰：「宰彼好之金寶，好之美女，得此物必是開路，更無疑慮。」越王聞范蠡此語，即遣使人麗水取之黄金，荆山求之白玉，東海採之明珠，南國娉之美女。越王取得此物，即差勇猛之人，往向吳國，贈與宰彼。彼見此物，美女輕盈，明珠昭(照)灼，黄金焕爛，白玉無瑕。越贈宰彼，彼乃歡忻受納。王見此佞臣受貨，求之。又問范蠡曰：「吳王殺仵子胥之時，吳國不熟二年，百姓乏少飢虛，經今五載。」越王喚范蠡問曰：「寡人今欲伐吳國，其事如何？」范蠡啓言王曰：「王今伐吳，正是其時。」越王即將兵動衆四十萬人，行至中路，恐兵士不齊，路逢一努蝸(怒蛙)，在道努鳴，下馬抱之。左右問曰：「王緣何事，抱此怒蝸？」王答：「我一生愛勇猛之人，此怒蝸在道努鳴，遂下馬抱之。」兵衆各自平章：「王見怒蝸，猶自下馬抱之；我等亦須努力，身强力健，王見我等，還如怒蝸相似。」兵士悉皆勇健，怒叫三聲。王見兵仕如此，皆賜重賞。行至江口，未過小江，停歇河邊，有一人上王瓠之酒，王飲不盡，頃(傾)在河中[曰]：「兵事(仕)共寡人同飲。」

其兵總飲河水，例聞水中有酒氣味，兵喫河水，皆得醉。王聞此語，大憙。「單醪投河，三軍告醉。」越王將兵北渡江口，欲達吳國。其吳王聞越來伐，見百姓飢虛，氣力衰弱，無人可敵。吳王夜夢見忠臣伜子胥一言曰：「越將兵來伐，王可思之。」——————[四八]平章：「朕夢見忠臣伜子胥言，越將兵來(下闕)

校記：

[一] 凡四卷，均無題。題名依故事內容補。原編號如下：

甲卷　伯三二一三　存故事開端處。

乙卷　斯六三三一　僅存十二行，且有六斷行。據王慶菽校錄本。

丙卷　斯三二八　存故事的主要部份。

丁卷　伯二七九四　存兩節，皆在丙卷所存部份內。但文句稍有異同，茲將其重要者入校記。

[二] 「劍」下原有「得提」二字，是衍文，今刪。

[三] 乙卷開始。

[四] 此第一斷行，約缺十餘字。下三斷行所缺字數大致相同。

[五] 此斷行與下一斷行，各約缺十餘字。

〔六〕「舟」字用周紹良校。

〔七〕「肥」字用啓校。

〔八〕丁卷「聊」作「耿」。

〔九〕「了」字據丁卷補。

〔一〇〕「語」字據丁卷補。

〔一一〕「自撲搥凶」四字原作「自撲塊搥」，據丁卷改。

〔一二〕丁卷「哭」作「處」。

〔一三〕丁卷「刑」作「楚」。

〔一四〕「耳熱遂即」四字據丁卷補。

〔一五〕從「至家」至「子永」凡五十七字，據丁卷補。

〔一六〕「詩」字據丁卷補。

〔一七〕「共」字據丁卷補。又下句「寒水」上原有「泥」字，當是衍文，據丁卷刪。

〔一八〕丁卷「覩」作「步」。

〔一九〕丁卷「口中」作「當前」。

〔二〇〕「覆」原作「副」，據丁卷改。

〔二一〕「飽」字用啓校。「包」通作「報」，亦通。

〔二二〕丁卷「勿」作「忽」。
〔二三〕「襟」原作「禁」，據丁卷改。
〔二四〕「復」原作「伏」，據丁卷改。下文「知復何言」乙、丙兩卷均作「伏」，依例以意改「復」。
乙卷仅存十三行，此處何來乙卷
〔二五〕「落薄」丁卷同，然應作「落魄」。
〔二六〕「恨」字殘缺，據丁卷補。
〔二七〕「途」字無義，疑應作「徒」。丁卷作「逄」，應讀龐，「逄步」是俗語。
〔二八〕「入地」上原有「滘」字，應是衍文。
〔二九〕「零」原作「遷」，據丁卷改。
〔三〇〕丁卷無「之」字。
〔三一〕「王」原作「臣」，據丁卷改。
〔三二〕丁卷此句作「丈夫逃逝更何愛」。
〔三三〕「屬」原作「厲」，據丁卷改。
〔三四〕丁卷「失路傍偟」作「去路傍邊」。
〔三五〕以上四句依丁卷補。
〔三六〕以上二句依丁卷補。
〔三七〕以上四句依丁卷補。

[三八] 以上七句依丁卷補。

[三九] 「而行」二字依丁卷補。

[四〇] 丁卷此句作「吳臣善別君子」。

[四一] 「賢臣」原作「子胥」，依丁卷改。又原卷此下有「留別諸人，惣是良家同子，來共辛苦。相看情未足，豈忍別生分。後會如何日，離心若至親，從玆一滿別，俱作越鄉人。賢人貴宰」，凡四十八字，與上下文不相連接，亦依丁卷刪去。

[四二] 丁卷「聞」下無「相」字。

[四三] 按此兩句意不可通，當有脫誤。且上言黃河，下言江頭，屬事亦有差誤。

[四四] 「牛」下原有「羊」字，當是衍文，今刪。

[四五] 「下馬」上原有「子胥」兩字，當是衍文，今刪。

[四六] 「投向」二字用王慶菽校。

[四七] 依據下文宰彼和伍子胥解夢內容，「三夢」上當有脫文。脫文疑是「南壁下有匣，北壁下有匡」十字。

[四八] 此處約缺七八字。

王重民校錄

【孟姜女變文】[一]

（前缺）

□貴珍重送寒衣，[二]未□（委）[三]將何可報得？

熱（執）別之時言不久，擬如朝暮再還鄉。

誰爲忽遭槌杵禍？魂銷命盡塞垣亡。

當別已後到長城，當作之官相苦尅，

命盡便被築城中，遊魂散漫隨荆棘（棘）。

勞貴遠道故相看，冒涉風霜捐氣力，

千萬珍重早皈還。貧兵地下長相億（憶）。

其妻聞之大哭叫，不知君在[四]長城妖。

既云骸骨築城中，妾亦更知何所道？

姜女自雹哭黃天，只恨賢夫亡太早。

婦人決列（烈）感山河，大哭卽得長城倒。

古詩曰：

隴上悲雲起，　曠野哭聲哀，
若道人無感，　長城何爲頹？
石壁千尋列，　山河一向迴。
不應城崩倒，　總爲婦人來。
塞外豈中論，　寒心不忍聞。

哭之以（已）畢，心神哀失，懊惱其夫，掩從亡沒。歎此貞心，更加憤鬱。髑髏無數，死人非一，骸骨縱橫，憑何取實？咬指取血，灑長城已（以）表單（丹）心，選其夫骨。

姜女哭道何取此？　玉貌散在黃沙裏，
爲言墳隴有標榥（牓）：　壤壤髑髏若箇是？
嗚呼哀哉難箇擇，　見卽令人愁思起，
一一捻取自看之，　咬指取血從頭試。
若是兒夫血入骨，　不是杞梁血相離。
果報認得却迴還，　幸願不須相惟（遺）棄。
大哭咽喉聲已閉，　雙眼長流淚難止；
黃天忽爾逆人情，　賤妾同向長城死。

三進三退，或悲或恨，鳥獸齊鳴，山林俱振。冤魂□□，□□□□，點血卽消（銷），登時滲盡。□脈骨節，三百餘分，不少一支，□□□□□□。更有數箇髑髏，無人搬運，姜女悲啼，向前借問：「如許髑髏，佳俱(家居)何郡？因取夫迴，為君傳信。君若有神，兒當接引。」

髑髏既蒙問事意，　已得傳言達故里，
魂靈答應杞梁妻，　「我等並是名家子。
被秦差充築城卒，　辛苦不襟(禁)俱役死。
鋪屍野外斷知聞，　春冬鎮臥黃沙裏。
為報閨中哀怨人，　努力招魂存祭祀。
此言為記在心懷，　見我耶孃方便說。
叩頭□□□□□，　□□□□□□。
□骨今歲無人取，　不免□□□□□。
□□□□更加悽，　領納鬼詞答□□。

□□□□□□骨，自將背負，懊惱其[　　]〔五〕文祭曰：「△年△月△日，[　　]庶修(羞)之奠，敬祭[　　]行俱備，文通七篇。昔有之日，名振響(響)於家邦，上下無嫌，剛柔得所。起為差充兵卒，遠築長城，喫苦不襟(禁)，魂魄皈於蒿莗(里)。預若紅花摽(飄)落，長無覩蕚之暉；延白雪以詞(祠)天，氣(豈)有還雲之路。嗚呼，賤妾謹饌單盃，疎蘭尊於玉席，增韻饗巳(以)金盃。惟魂有神，應時納受。」

祭之已了，角束夫骨，自將背負，□□□□，來(下缺)

校記：

〔一〕此卷編號爲伯五〇三九。無前後題。題名依故事擬補。

〔二〕唱辭前，在右下角還存十來字。尙有七字能辨識，卽唱詞前第一行下根「山遍野斷」四字，第二行下根「見神識」三字。

〔三〕原卷只存上半「禾」字，疑當是「委」字。

〔四〕「在」疑當作「作」。啓校「妖」作「夭」，則「在」字可通。

〔五〕此行下截斷損，約缺七八字。次行和再次行下截亦均斷損，亦各缺七八字。

王重民校錄

漢將王陵變〔一〕

憶昔劉項起義爭雄，三尺白刃，博(撥)亂中原。東思禹帝〔二〕，西定强秦。鞍不離馬背，甲不離將身。大陳(陣)七十二陳，小陳三十三陳，陳陳皆輸他西楚霸王。唯有漢高皇帝大殿而坐，詔其張良，附近殿前。張良聞詔，趨至殿前，拜儛禮中(終)，叫呼萬歲。漢帝謂張良曰：「三軍將士，受其楚痛之聲，與寡人宣其口勑。號令三軍，怨寡人者，任居上殿，揔寡人首，送與西楚霸王。」三軍聞語，哽噎悲啼，皆負戈甲，去漢王三十步地遠下營去。夜至一更已盡，左先鋒兵馬使兼御史大夫王陵，右先鋒兵馬使兼御史大夫灌嬰，二將商量，擬往楚家斫營。張良謂灌嬰曰：「凡人斫營，先辭他上命；若不辭他上命，何〔三〕名爲斫營！」二將當時夜半越對，謼得皇帝洽背汗流〔四〕。漢帝謂二人曰：「朕之無其〔五〕詔命，何得夜半二人越對？」遂詔二大臣，附近殿前：「莫朕無天分，一任上殿，揔寡人首，送與西楚霸王，亦得！」王陵奏曰：「臣緣事主，爭敢如然！臣見陛下頻戰頻輸，今夜二將擬往〔楚家〕〔六〕斫營，擬切我王〔七〕本情。」皇帝聞奏，龍顏大悅，開庫賜彫弓兩張，寶箭二百隻，分付與二大臣：「事了早廻，莫令朕之遠憂。」二將辭王，便往斫營處〔八〕，〔從此〕〔九〕一鋪，便是變〔一〇〕初。

此是〔一一〕高皇八九年，自從每每事王前，
寶劍利拔長離鞘，彫弓每每換三弦。

陵語：「大夫今夜出，　楚家軍號總須翻〔一二〕，
選揀諸臣去不得，　將軍擐甲速攀鞍。」
灌嬰大夫和曰：
「自從揮劍事高皇，　大戰曾經數十場，
小陣彭原都無數，　遍體渾身刀箭瘡。
不但今夜斫營去，　前頭風火亦須湯。
白羽新彫一百雙，　龍劍初磨利若霜，
儻若今夜逢項羽，　斬首將來獻我王。」

二將辭王已訖〔一三〕，走出軍門，秣(秣)馬攀鞍，人如電掣，馬似流星，不經旬日之間，便到右軍〔一四〕界首。王陵謂灌嬰曰：「此雙後〔一五〕分天下之日，南去漢營二十里，北去項羽營二十里。」王陵又謂曰：「左將丁腰，右將雍氏，各領馬軍一百餘騎，且在深草潛藏。」丁腰謂雍氏曰：「斷〔一六〕於漢將此處，敢爲巡營。」二將聽得此事。放過楚軍，到峽路山〔一七〕，幹却馬脚。王陵脫著體汗衫，揔一標記：「斫營，先到先待，後到後待，大夫大須審記，莫落他楚家奸。」便樨〔一八〕紫離門探聽更號。玉漏相傳，二更四點，臨入三更，看看則是斫營時節。項羽帳中盛寢之次，不覺〔一九〕精神恍忽，神思不安，捻然驚覺，遍體汗流。人是六十萬之人，營是五花之營，遭遭㩦㩦，愇愇惶惶，人肝膽，奪人眼光。項羽遂乃高喝：「帳前莫有當直使者無？」季布握刀：「奉霸王當直！」「既是當直，與寡人領將三百將士，何不巡營一遭？」

季布應聲唱諾，領三百將士，當時便往巡營。中軍家三十將士各執闊刃蓦刀，當時便喝：「来者甚人？」季布答曰：「我是季布。」「緣甚事得到此間？」「奉霸王巡營。」「既是巡營，有號也無？」季布答曰：「有號外示得。」中軍家將士答：「裏示！」合懼[三〇]馬門閫([illegible])地開來，放出大軍。二將第四隊插身楚下，並無知覺，唯有季布奉霸王巡營，營內並無動靜。「今擬散却兵馬，各歸營幕，望大王進止。」「依卿所奏！」二將勒在帳西角頭立地。營已[三一]入得，號又偷得。王陵謂灌嬰曰：「如何下手斫營？」灌嬰答曰：「嬰且不解斫營。當本奏上漢高皇帝之時，大夫奏，嬰且不奏。一切取大夫指撝。嬰解斫營？」[三二]王陵謂曰：「乍滅者御史大夫官以陵作銜官以否，陵道捉便須捉，陵道斬便須斬。凡人斫營，捉得個知更官徒(從)，斬爲三段，喚作厭兵之法。若捉他知更官徒不得，火急出營，莫洛(落)他楚家奸。」便遂乃揭却一幕，捉得知更官徒，橫駞豎拽，到王陵面前。陵左手攬髮[三三]，右手抬刀，頭隨刃落，含血洒流四方。二將斫營處，謹爲陳說。

羽下精兵六十萬，　團軍下却五花營。
將士夜深渾睡着，　不知漢將入偷營。
王陵擡刀南伴斫，　將士初從夢裏驚。
從帳下來[三四]猶未醒，　亂煞何曾識姓名。
暗地行刀聲劈劈，　帳前死者亂蹤(縱)橫。
項羽領兵至北面，　不那南邊[三五]有灌嬰。

灌嬰揭幕蹤横斫，　　直擬今霄(宵)[二六]作血坑。
項羽連聲唱禍事，　　不遣諸門亂出兵。
二將驀營行數里[二七]，　　在後唯聞相煞聲。

二將斫營已了[二八]，却歸漢朝。王陵先到標下，灌嬰不來，王陵心口思惟：「莫遭項羽獨(毒)手？」道由未竟，灌嬰到來。王陵謂灌嬰曰：「大難過了，更有小難，如何過得？」灌嬰答曰：「大夫斫營得勝，却歸漢朝，何者以爲小難？」王陵謂灌嬰曰：「下手斫營之時，左將丁腰，右將雍氏，各領馬軍百騎[二九]，把却官道，水切[三〇]不通，陵當有其一計，必合過得！」灌嬰謂王陵曰：「請大夫說其此計！」王陵曰：「我到左右二將之前，便宣我王有勑：左將丁腰，右將雍氏，何不存心[三一]覺察，放漢軍入營？見有三十六人斫營，捉得三十四人，更少二人，便須捉得。更須捉得兩人，便請同行，兩盈不知，賺下落馬，踟跪存身，受口勑之次，便乃決鞭走過。」楚將見漢將走過，然知是[三二]斫營漢將，踏後如趕無賴，漢將見楚將趂來，雙弓背射，楚家兒郎，便見箭中，落馬身死。兵馬挍多，趂到界首，歸去不得，便往却廻，而爲轉說。

王陵二將斫營廻，　　走馬南奔却發來。
王陵拔劍先開路，　　灌嬰從後諏龍媒。
處分丁腰及雍氏，　　横遮亂捉疾如飛。
何期漢將多奸詐，　　馬上遙傳霸王追[三三]，二將當聞霸王令，　下馬存身用耳聽。
誰知黑地翻爲白，　黑地相逢知是誰？
王陵下鞭如掣電，　灌嬰獨過似流星，
雙弓背射分分中，　暗地唯聞落馬聲。
爲報北軍不用趕，　今夜須知漢將知，
傳語江東項羽道：　「我是王陵及灌嬰。」

其夜，西楚霸王四更已來，身穿金〔鉀〕，揭上(去)頭牟，返衙(牙)床如坐〔三四〕，詔鍾離末附近帳前。鍾離末蒙〔詔〕趁至帳前，叫呼萬歲。楚王曰：「在夜甚人斫營？與寡人領將一百識文字人，抄錄將來！」鍾離末唱喏(諾)出門，頃刻之間，便到兩軍，抄錄已了，言道：「二十萬人，總著刀箭，五萬人當夜身死。」霸王聞語，轉加大怒：「過在甚人？」鍾離末奏曰：「過在左將丁腰，右將雍氏。」拔至帳前：「遣卿權知南遊奕，何不存心覺察，放漢將入界，斫破寡人六十萬軍營？」二將答曰：「口稱四更已來捉得。」霸王問曰：「捉得不得？」二將奏曰：「被漢將詐宣我王有勑，賺臣落馬受口勑之次，決鞭走過，踏後如趁，雙弓背射，損却五十餘人。」霸王問曰：「甚人斫營？」奏曰：「漢家左先鋒兵馬使兼御史大夫王陵，右先鋒兵馬使兼御史大夫灌嬰。臨去傳語我王，今夜且去，明夜還來，交王急須准備。」二將交雪罪過，過在鍾離末。霸王曰：「拔至帳前！」「何不存心，放漢將斫破寡人軍營？領出軍門，斬爲三段。」鍾離末答曰：「臣啓陛下，與陛下捉王陵去。」楚王曰：「王陵斫營得勝却歸漢朝，甚處捉他？」鍾離末奏曰：「王陵須是漢將，住在綏州茶城村。若見王陵，捉取王陵；若不見，捉取陵母，將來營內，苦楚蒸煮療治，待捉王陵不得之時，取死不晚。」鍾離末領三百將士，人又銜妹(枚)，馬又勒轡，不經旬日，便到綏州茶城村，圍繞陵莊，百匝千遭。新婦檢校田苗，見其兵馬，斂袂堂前，說其本情處，若爲陳說。

陵妻亦(一)見非常恠，　斂袂堂前說本情。
陵母稱言道：「不畏，　應是我兒斫他營。」
只是江東項羽使，　遂交左右出封迎。
離末拔劍至街前，　犀甲彎弓臂上懸，
先說王陵斫營事，　然後始稱霸王言。
「身是楚將鍾離末，　伏仕霸王八九年。
何期王陵生無賴，　暗聽點漏至三更，
損動霸王諸將士，　枉煞平人數百千。
火急西行自分雪，　霸王固取莫摧(推)延。」
陵母聞言面微笑，　「軍將緩語徒□叫，
賤妾只生一箇子，　只合在家養親老；
投書獻策事高皇，　日夜令吾心悄悄；
何期事主合如然，　也解存身也偸號。

王陵斫營爲高皇，　直擬項羽行無道。」

鍾離末曰：「老母如何對臣前頭罵詈楚主！」項上盤枷，枷驅上馬，不經旬日，便到楚國。遊奕走報：「鍾離末王陵母到來！」何用諮陳，三十武士，各執刀捧，驅逐陵母。霸王親問，身穿金鉀，揭去頭牟，搭箭彎弓，臂上懸劍，驅逐陵母，直至帳前。嚇挍（教）陵母言云：「肯修書詔兒已不？」其母遂爲陳說。

無道將軍是項羽，　步卒精神若狼虎。
漢將王陵來斫營，　發使交人捉他母，
遂將生杖引將來，　搭箭彎弓如大怒。
三魂眞遣掌前飛，　收什精神聽我語：
「何得交兒仕漢王？　竊盜偷蹤斫營去！
如今火急要王陵，　但願修書須命取。
若不得王陵入楚來，　常向此間爲受苦。」
陵母天生有大賢，　聞喚王陵意慘然，
須是女兒懷智節，　高聲便答霸王言：
「自從楚漢爭天下，　萬姓惶惶總不安。
斫營比是王陵過，　無拏老母有何愆？」

更欲從頭知有道，　仰面唯稱告上天：
「但願漢存朝帝闕，　老身甘奉入黃泉！」

霸王聞語，轉加大怒，招鍾離末附近帳前：「交卿綏州茶城村捉得王陵母到來，兒又不招，更出無限言語，抵悞(忤)寡人。領將陵母，髡髮齊眉，脫却沿身衣服，與短褐衣，兼帶鐵鉗，轉火隊將士解悶。各決杖伍下，又與三軍將士縫補衣裳。」陵母遂乃喫苦，不禁撲却，槍枷如倒，一手案盤，一手按地，仰面向天哭：「大夫嬌子王陵」一聲。應是楚將聞者，可不肝腸寸斷，若爲陳說。

苦見陵母不招兒，　遂交轉隊苦陵遲，
撲枷臥於槍下倒，　失聲不覺喚嬌兒。
「憶昔汝父臨終日，　塵莫天黃物未知，
道子久後於光祖，　定難安邦必有期。
阿孃長記兒心腹，　一事高皇更不移，
斫營擬是傳天下，　萬代我兒是門眉，
不見乳堂朝榮貴，　先死黃泉事我兒。」
廻頭乃報楚家將：　「大須歸家着鄉土，
一朝兒郎偷得高皇號，　還解捉你兒郎母。」
三三五五暗中渧(啼)，　各各思家總擬歸，

諸將相看淚如雨，莫恠今朝聲哽噎，

蓋有霸王行事處。

漢高皇帝大殿而坐，招其張良附近殿前。張良蒙詔，趨至殿前，漢王曰：「前月廿五日夜，王陵領騎將灌嬰，斫破項羽營亂，並無消息。擬差一人入楚，送其戰書，甚人堪往送書？」張良奏曰：「盧綰堪往送書。」皇帝問曰：「盧綰有何伎藝？」張良曰：「其人問一答十，問十答百，問百答千，心如懸河，問無不答。」皇帝聞奏，便詔盧綰，送其戰書。盧綰奏曰：「前後送書，萬無一廻，願其陛下，造其戰書，臣當敢送。」皇帝造戰書已了，封在匣中，分付盧綰。盧綰辭王已訖，走出軍門，䅩（秣）馬攀鞍，不紀（經）旬日，便到楚家界首。遊奕探著，奏上霸王。霸王聞奏，詔至帳前。盧綰得對，拜舞禮訖，霸王便聞（問）：「漢主來時萬福？」答曰「臣主來時萬福！」「卿等遠來上帳，賜其酒飰！」霸王遂詔鍾離末，領取陵母，返縛，交三十武士，各執刀捧〔三五〕，驅至帳前，□□漢使，見盧綰帳中不問，霸王非常大怒：「帳中飲酒飰盧綰，適來見驅過人否？」盧綰答曰：「臣啓陛下，見！」霸王謂曰：「不是別人：則是前月廿五日夜，王陵領騎將灌嬰，斫破寡人營亂，廿萬人各著刀箭，五萬人當夜身死。取謀臣鍾離末一言，頭取〔三六〕陵母，適來驅過者便是陵母。」盧綰勃跳下階，便奏霸王：「王陵只是不知，或若王陵知了，星夜倍程入楚，救其慈母。」霸王聞奏，龍顏大悅，開庫償（賞）盧綰金拾斤。盧綰接得金十斤，便辭楚王：「臣當送書，甚有嚴限，望大王進止。」楚王曰：「但將漢王書來，尾頭標記一兩行，交戰但戰，要分但分。」辭王已了，走出軍門，䅩馬攀鞍，人如掣電，馬似流星，不經旬日，便到漢國。盧綰送戰書廻，朕要親問。叫

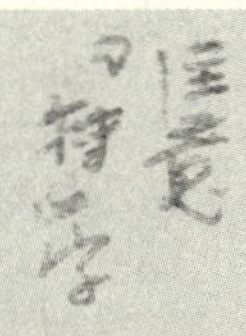

呼萬歲，臣敢不奏：「前者二月二十五日夜，王陵領騎將灌嬰，斫破項羽營亂，取得謀臣鍾離末言，綏州茶城村捉得王陵母，見在營中，受其苦楚。臣不敢不奏。」皇帝聞言，拍按(案)大驚，詔王陵附近殿前：「卿母見在營中，受其苦楚，放卿入楚，救其慈母，卿意者何？」「臣啓陛下，放陵入楚，救其慈母，兼請盧綰相隨。」辭王已了，走出軍門，不經旬日，便到兩軍界首。王陵眼瞤耳熱，暫請盧綰入楚，探其陵母。陵親若在，入楚救其慈母；陵母若無，共大夫却歸漢朝，伏事聖體之君。陵母見送書盧綰，却廻到來，恐怕兒來，兒若到來，兒又死，母亦死，交盧綰却報王陵。陵母於霸王面前，口承修書招兒。霸王聞語，龍顏大悅。「陵母招兒，何用咨陳？」「不用別物，請大王腰間太哥(阿)寶劍！」「但緣招兒，要寡人寶劍，作何使用？」「前後修書招兒，兒並不信，若借大王寶劍，卸下一子頭髮，封在書中，兒見頭髮，星夜倍程，入楚救母。」霸王聞語，拔太哥(阿)劍，度與陵母。陵母得劍，去霸王三十餘步，「爲報我王知。」陵母遂乃自刎，身終。其時天地失瑕之光，而爲轉說。

其時風雲皆慘切，　百鳥見之而泣血；
界首先報王陵知，　然後具奏高皇說。
「汝奉將軍交探親，　入營重見太夫人，
聞道將軍在界首，　舉目南占克是嗔。
荒忙設計如雨息，　恐怕臨時事不眞，
廻頭乃報傳語去，　却發南頭事漢君。

儻若一朝拜金闕，　莫忘孃孃乳哺恩！
莫恠將哀當面報，　夫人自刎楚營門。」
王陵既見使人説，　肝腸寸斷如刀割，
舉身自撲似山崩，　耳鼻之中皆灑血。
「阿孃何必到如斯，　蓋是逆兒行事拙，
儻若一朝漢家興，　舉手先斬鍾離末！」

盧綰報哀已了，却共王陵到於漢界。門家奏言：「王陵救母却廻。」遂乃詔至殿前，拜舞已訖，盧綰曰：「放卿入楚救其慈母，救得已否？」王陵奏曰：「到界首精神恍惚，神思不安，暫請盧綰入楚，探其陵親。陵親見盧綰到來，拔霸王劍自刎身終。」皇帝聞奏，拍按大驚：「與寡人詔張良，」附近殿前，詔太史官邈其夫人靈在金牌之上，對三百員戰將，四十萬羣臣，仰酺大設列饌珍羞，祭其王陵忠臣之母，贈一國太夫人。感得王陵對天子面前，披髮哭其慈母。陵母從楚營內，乘一朵黑雲，空中慚謝皇帝。祭禮處若爲陳説。

嗚呼苦哉將軍母，　受氣之心如辛苦，
寡人何幸得如斯，　常得忠臣相借助。
是時王陵哭母説：　遙望楚營青鬱鬱，
昨日投項爲招兒，　天下聲名無數衆。

王陵在後莫須憂，　　必拜王陵封萬戶。

漢八年楚滅漢與王陵變一鋪。天福四年八月十六日孔目官閻物成寫記[三七]。

校記：

[一] 此變文現存五個小冊子，實爲三個寫本。（第二寫本分裂成爲三部份。）原編號碼如下：

甲卷　斯五四三七，較乙卷開端多出二百七十餘字。

乙卷　伯三六二七(一)

丙卷　伯三八六七

丁卷　伯三六二七(二)　以上三殘冊，筆跡相同，互相銜接，實爲一個寫本。茲用甲卷開端部份（二百七十餘字）與乙丙丁三卷配成全文。甲乙兩卷相重複部份，校其異文入校記。

戊卷　邵洵美先生舊藏，今歸北京大學圖書館。共八頁。包括封面一頁，空白一對頁。封面和空白頁上有題記數行，其標記年月者，有「辛巳年九月」，「太平興國三年索淸子」，「孔目官學仕郎索淸子書記耳。後有人讀諷者，請莫怪也了也」。由他們的筆跡，證明不是寫於同一年月，而且和正文的筆跡也不相同。太平興國三年爲公元九七八年耳，辛巳當爲九八一年。此本應爲此數年內所寫。（辛巳不似九二一年，更不是一〇四一年，因敦煌最晚的寫本爲九九六年。）茲將異文入校記。

篇題依甲戊兩卷前題。兩小冊子封面，亦均題有「漢將王陵變」字樣。

〔二〕戊卷「禹帝」作「愚帝」。

〔三〕戊卷何下有「者」，作「何者名爲斫營」。

〔四〕乙卷從此句開始。

〔五〕「朕之無其」原作「朕無其其」，據甲卷改。

〔六〕「楚家」二字據甲卷補。

〔七〕甲卷無「我王」二字。

〔八〕此句戊卷作「二將便辭王往斫營處」。

〔九〕「從此」二字據甲、戊兩卷補。

〔一〇〕「變」原作「處」，據甲、戊兩卷改。

〔一一〕「是」原作「事」，據甲、戊兩卷改。

〔一二〕甲、戊兩卷「翻」並作「飜」。

〔一三〕「訖」原作「旣」，據甲、戊兩卷改。

〔一四〕甲卷「右軍」作「左軍」。

〔一五〕甲卷「后」作「向」，亦不對。「雙后」意指兩帝。

〔一六〕甲、戊兩卷「斷」作「料」。

〔一七〕甲卷「峽路山」作「峽峈山」。

〔一八〕「摨」不可解。甲卷作「揮」，亦不知其音義。但全句大意，應謂「偷偷的到了紫離門去探聽更號」。

〔一九〕戊卷至「不覺」止。

〔二〇〕「合懼」二字意義不明。若作「何懼」，便應上屬爲句。

〔二一〕原作「已營」，甲卷作「營與」。「營與入得，號又偷得」，意雖可通，尙覺費解。下文「二將斫營已了」，甲卷作「與了」，「與」「已」相混，因據以改作「營已入得」。

〔二二〕「嬰解斫營」，正是說他不解斫營，故此句當爲疑問語氣。

〔二三〕甲卷「攪髮」作「攬髮」。

〔二四〕原卷「來」上衍「去」字，據甲卷刪。

〔二五〕甲卷「邊」作「面」。

〔二六〕甲卷「直擬今霄」作「直是今朝」。

〔二七〕此句甲卷作「將士行算營數里」。

〔二八〕甲卷「已了」作「與了」。

〔二九〕甲卷「百騎」作「一百餘騎」。

〔三〇〕「水切」王疑作「水洩」。

〔三一〕甲卷「存心」作「好心」。

〔三二〕甲卷止此。

〔三三〕乙卷止此。

〔三四〕以上三句原作「身穿金揭上頭牟去衙床如坐」，玆依下文，以意在「金」下補「鉀」字，「上」疑爲「去」，「衙」疑爲「牙」，「如」通作「而」。周云：「頭牟」即「兜牟」，即「兜鍪」也。

〔三五〕丙卷止此。

〔三六〕啓云：「頭取意謂投取，或偸取」。

〔三七〕丁卷止此。

王重民校錄

捉季布傳文一卷[一]

大漢三年楚將季布罵陣漢王羞耻羣臣拔馬收軍詞文：

昔時楚漢定西秦，未辯(辨)龍蛇立二君。
連年戰敗江河沸[二]，累歲相持日月昏。
漢下謀臣眞似雨，楚家猛將恰如雲，
各佐本王爭社稷，數載交鋒未立尊。
後至三年冬十月，沮水河邊再舉軍，
楚漢兩家排陣訖，觀風占氣勢相吞。
馬勒轡珂人繫甲，各憂勝敗在逡巡。
楚家季布能詞說，官爲御史大夫身，
寫[三]奏霸王誇辯捷，稱「有良謀應吉辰，
臣見兩家[四]排陣訖，虎鬥龍爭必損[五]人。
臣罵漢王三五口，不施弓弩[六]遣抽軍。」
霸王聞奏如斯語：「據卿所奏大忠臣！」

戈戟相衝猶不退，如何聞罵肯抽軍？
卿旣舌端懷辯捷，不得妖言惧寡人！」
季布旣蒙王許罵，意似獰龍擬吐雲。
遂喚上將鍾離末〔七〕，各將輕騎後隨身。
出陣拋旗强百步，駐馬攢蹄不動塵。
腰下狼牙椗四羽〔八〕，臂上烏號掛六鈞，
順風高綽低牟熾（幟），迸〔九〕箭長垂鏁甲裙。
遙望漢王招手罵，發言可以動乾坤。
高聲直噉呼：「劉季〔一〇〕公是徐州豐縣人。
母解緝（績）麻居村墅，父能牧放住鄉村。
公曾泗水爲亭長，久於閫闠受飢貧。
因接秦家離亂後，自號爲王假亂眞。
鴟鳥如何披鳳翼？黿鼉爭敢掛龍鱗！
百戰百輸天不佑，十率〔一一〕三分折二分。
何不草繩而自縛〔一二〕，歸降我王〔一三〕乞寬恩，
更若執迷誇鬭敵，活捉生擒放沒因。」

鼙鼓未施旗末[一四]播，語大言高一一聞。
漢王被罵[一五]牽宗祖，羞看左右恥君臣。
鳳怯寒鴉嫌樹鬧，龍怕凡魚避水昏，
抜馬揮鞭而便走，陣似山崩遍野塵。
走到下坡而憩歇，重整戈牟問大臣：
「昨日兩軍[一六]排陣戰，忽聞二將語紛紜[一七]，
陣前立馬搖鞭者，罵詈高聲是甚人？」
問訖蕭何而[一八]奏曰：「昨朝二將騁頑嚚，
凌毀大王臣等辱，罵髑（觸）龍顏天地嗔。
駿馬彫鞍穿鏁甲，旗下依依認得眞，
只是季布鍾離末，終之[一九]更不是餘人。」
漢王聞語深懷怒，拍按頻眉[二〇]叵耐嗔。
「不能助漢餘狂寇[二一]，假政追邦[二二]毀寡人。
寡人若也無天分，公然萬事不言論；
若得片雲遮頂上，楚將投來總安存，
唯有季布鍾離末，火炙油煎未是迍。

卿與寡人同記着，　抄名錄姓莫因循。
忽[三三]期南面稱尊日，　活捉紛(粉)骨細颺塵。」
後至五年冬十月[三四]，　會垓滅楚靜煙塵。
項羽烏江而自刎，　當時四塞絕芬芸。
楚家敗將來投漢，　漢王與賞盡垂恩；
唯有季布鍾離末，　始知口是禍之門。
不敢顯名於聖代；　分頭[三五]逃難自藏身。
是時漢帝與皇業，　洛陽(長安)登極獨稱尊。
四人樂業三邊靜，　八表來甦萬姓忻。
聖德巍巍而偃武，　皇恩蕩蕩盡修文。
心念未能誅[三六]季布，　常是龍顏眉不分，
遂令出勑於天下，　遣捉艱兇搜逆臣。
捉得賞金官萬戶，　藏隱封刀斬[三七]一門。
旬日勑文天下遍，　不論州縣配鄉村。
季布得知皇帝恨，　驚狂莫不喪神魂。
唯嗟世上無藏處，　天寬地窄大愁人，

遂入歷山嵠谷內，偷生避死隱藏身。
夜則村墅偷飧饌，曉入山林伴[二八]獸羣。
嫌日月，愛星辰，晝潛暮出怕逢人。
大丈夫兒遭此難，都緣不識聖明君。
如斯旦夕愁危難，時時自嘆氣如雲。
「一自漢王登九五，黎庶昭蘇萬姓忻；
唯我罪濃憂性命，究竟如何問此身。
自刎他誅應有日，冲天入地若無因。
忍飢受渴終難過，須投分義舊情親。」
初更乍黑人行少，越牆直入馬坊門，
更深潛至堂階下，花藥園中影樹身。
周氏夫妻飧饌次，須臾敢[二九]得動精神；
罷飯停飧驚耳熱，捻筯[三〇]橫匙怪眼瞤。
忽然起立望門問：「階下干當是鬼神？
若是生人須早語，忽然是鬼奔[三一]丘墳；
問看[三二]不言驚動僕，利劍鋼刀必損[三三]君。」

季布暗中輕報曰：「可相[三四]階下無鬼神！
只是舊時親分義，夜送千金來與[三五]君。」
周諡[三六]按聲而問曰：「凡是千金須有恩[三七]，
記[三八]道遠來酬分義，此語應虛莫再論。」
更深越牆來入宅，夜靜無人但說眞。
季布低聲而對曰：「切莫語高動四隣。
不問未能諮說得，既蒙垂問即申陳。
深夜不必盤名姓，僕是去年[三九]罵陣人！」
周氏便知是季布，下階[四〇]迎接敍寒溫[四一]。
乃問：「大夫自隔闊，寒暑頻移度數春，
自從有勑交尋捉，何處藏身更不聞？」
季布聞言而啼泣：「自往難危切莫論。
一從罵破高皇陣，潛山伏草受艱辛。
似鳥在羅憂翅羽，如魚向鼎惜殘鱗[四二]。
特將殘命投仁弟，如何垂分乞安存。」
周氏見其言懇切：「大夫請不下心神。

一自相[四三]交如管鮑，宿素[四四]情深舊拔塵。
今受困厄[四五]天地窄，更向何邊投若人[四六]？
九族潘遭[四七]違敕罪，死生相爲莫憂身。」
執手上堂相對坐，索飲同湌酒數巡。
周氏向妻申子細，還道：「情濃舊故人。
今遭國難來投僕，輒莫談揚[四八]聞四鄰。」
季布遂藏覆壁內，鬼神難知人不[四九]聞。
周氏身名緣在縣，每朝巾幘入公門[五〇]。
處分交妻盤送飯，禮同翁[五一]伯好供懃。
爭那高皇酬恨切，扇開簾捲[五二]問大臣：
「朕遣諸[五三]州尋季布，如何累月音不聞[五四]？
應是官寮心怠慢，至今逆賊未藏身。」
遂遣使司[五五]重出勑，改條換格轉精懃。
白土拂牆交畫影，丹青畫影更邈眞；
所在兩家圍[五六]一保，察有知無具狀申。
先拆重棚除覆壁，後交播土更颺塵；

尋山逐水藁巖穴〔五七〕，踏草搜林塞墓門。
察貌勘名擒捉得，賞金賜玉拜官新；
藏隱一飡停一宿，滅族誅家斬〔五八〕六親。
仍差朱解爲齊使，面別天堦出國門。
驟馬搖鞭旬日到，望捉奸兇貴子孫。
來到濮陽公館下，且〔五九〕述天心宣勑文。
州官縣宰皆憂懼，捕捉惟愁失帝恩。
其時周氏聞宣勑，由如大石陌心珎。
自隱時多〔六〇〕藏在宅，骨寒毛竪失精神。
歸到壁前看季布，面如土色結〔六一〕眉頻，
良久沉吟無別語，唯言禍難在逡巡。
季布不知新使至〔六二〕，却著言辭怪主人：
「院長〔六三〕不須相恐嚇，僕且常聞俗諺云，
古來久住令人賤，從前又說水煩昏。
君嫌叨黷〔六四〕相輕棄，別處難安負罪身〔六五〕，
結交義斷人情薄；僕應自煞〔六六〕在今晨。」

周氏低聲而對曰：「兄且聽言不用嗔。
皇帝恨兄心緊切，專使新來宣勑文。
黃牒分明椗在市[六七]，垂賞搥[六八]金條格新。
先拆重棚除覆壁，後交播土更颺塵。
如斯嚴迅[六九]交尋捉，兄身弟命大難存。
兄且況曾爲御史[七〇]，德重官高藝絕倫[七一]；
氏且一家甘鼎鑊，可惜兄身變微塵。」
季布驚憂而問曰：「只今天使是誰人？」
周氏報[七二]言，「官御史，名姓朱解[七三]受皇恩。」
其時季布聞朱解，點頭微咲兩眉分。
「若是別人憂性命。朱解之徒何是倫[七四]。
見論無能虛受福[七五]，心麤闕武又虧文。
直饒墮却千金賞，遮莫高搥萬挺銀[七六]。
皇威勑牒雖嚴訊[七七]，播塵揚土也無因。
旣交朱解來尋捉，有計隈衣[七八]出得身。」
周氏聞言心大怪，出語如[七九]風弄國君。

「本來發使交尋捉，兄且如何出得身？」
季布乃言：「今有計，弟但〔八〇〕看僕出這身。
兀（髡）髮剪頭披短褐，假作家生一賤人。
但道兗州莊上客〔八一〕，隨君出入往來頻。
待伊朱解迴歸日，扣馬行頭賣僕身。
朱解忽然〔八二〕來買口，商量莫共苦爭論；
忽然〔八三〕買僕身將去，擎鞭執帽不辭辛。
天饒〔八四〕得見高皇面，由如病鶴再凌雲。」
便索剪刀臨欲剪，改刑（形）〔八五〕移貌痛傷神〔八六〕，
擗髮捻刀臨擬剪〔八七〕，氣塡兇（胸）臆淚芬芬（紛紛）。
自嗟告其周院長：「僕恨從前心眼昏，
枉讀詩書虛學劍，徒知〔八八〕氣候別風雲。
輔佐江東無道主，毀駡咸陽有道君，
致使髮膚惜不得，羞看日月恥星辰〔八九〕。
本來事主誇忠赤，變爲不孝辱家門〔九〇〕。」
言訖捻刀和淚剪，占頂〔九一〕遮眉長短勻，

炭染爲瘡煙〔九二〕肉色，　呑炭移音語不眞。
出門入戶〔九三〕隨周氏，　隣家信道典倉身。
朱解東齊爲御史，　歇息因行入市門。
見一賤人長六尺〔九四〕，　遍身肉色似煙勳。
神迷鬼惑生心〔九五〕買，　待將逞似洛陽人〔九六〕。
問「此賤人誰是主？　僕擬商量幾貫文？」
周氏馬前來唱喏，　一依前計〔九七〕具咨聞：
「氏買〔九八〕典倉緣欠闕，　百金卽賣〔九九〕救家貧。
大夫若要商量取，　一依〔一〇〇〕處分不爭論。」
朱解問其周氏曰：　「有何能德〔一〇一〕直千金？」
周氏便誇身上藝：　「雖爲下賤且超羣。
小來父母心怜惜，　緣是家生撫育恩。
偏切按摩能柔軟，　好衣襟襻着香勳，
送語傳言兼識字，　會交伴戀入庠門〔一〇二〕。
若說乘騎能結綰，　曾向莊頭牧馬群。
莫惜百金但買取，　酌量〔一〇三〕驅使不頑嚚。」

朱解見誇如此藝[一〇四]，遂交書契驗虛眞。
典倉牒帋而吮筆[一〇五]，便呈字勢似崩雲。
題姓署名似鳳舞，書年着月象焉存[一〇六]。
上下撒花波對當，行間鋪錦草和眞。
朱解低頭親看札，口呿目瞪忘[一〇七]收脣。
良久搖鞭相嘆羨，看他書札署功勳。
非但百金爲上價，千金於口合校分[一〇八]。
遂給價錢而買得，當時便遣涉風塵。
季布得他相接引，擎鞭執帽不辭辛。
朱解押良何所似？由如煙影嶺頭雲。
不經旬日歸朝闕，具奏東齊無此人。
皇帝既聞無季布，勞卿虛去涉風塵。
放卿歇息歸私第，是朕寬腸[一〇九]未合分。
朱解殿前聞帝語，懷憂拜舞出金門[一一〇]。
歸宅親故[一一一]來軟脚，開筵列饌廣鋪陳。
買得典倉緣利智，廳堂誇向往來賓。

閑來每共論今古[一二二]，悶卽堂前話典墳。
從玆朱解心怜惜，時時誇說向夫人：
「雖然買得愚庸使[一二三]，實是多知而廣聞。
天罰帶鉗披短褐，似山藏玉蛤[一二四]含珍：
是意存心解相向[一二五]，僕應擡舉別安存。」
商量乞與朱家姓，脫鉗除褐換衣新。
今旣收他爲骨肉，令交內外報諸親。
莫喚典倉稱下賤，總交喚作大郎君。
試交騎馬捻毬杖，忽然擊拂便過人，
馬上盤槍兼弄劍，彎弓倍射勝陵君。
勒轡邀鞍雙走馬，蹺身獨立似生神。
揮鞭再騁堂堂貌，敲鐙重誇檀檀身[一二六]。
南北盤旋如掣電，東西懷協似風雲。
朱解當時心大怪，愕然直得失精神[一二七]。
心麤買得庸愚使，看他意氣勝將軍[一二八]。
名曰典倉應是假[一二九]，終知必是楚家臣。

喚向廳前[二〇]而問曰：「濮陽之日爲因循，
用却百金[二一]忙買得，不曾子細問根由。
看君去就非庸賤，何姓何名甚處人？」
季布既蒙子細問，心口思惟要說眞。
擊分聲悽而對曰：「說着來由愁煞人！
不問且言爲賤士，既問須知非下人。
楚王辯士英雄將，漢帝怨家季布身。」
朱解忽聞稱季布，戰灼唯憂禍入門。
「昨見司天占奏狀，三台八坐甚紛芸。
又奏逆臣星晝現，早疑恐在百寮門。
不期自己遭狼狽，將此情由何處申！
誅斬解身甘受死，一門骨肉盡遭迍。」
季布得知心裏怕，甜言美語却安存：
「不用驚狂心草草，大夫定意但安身[二二]。
見今天下搜尋僕，捉得封官金百斤。
君但送僕朝門下，必得加官品位新。」

朱解心麤無遠見，擬呼左右送飽身。
季布出言而便嚇[一二三]：「大夫大似醉昏昏！
順命受恩[一二四]無酌度，合見高皇嚴敕文。
捉僕之人官萬戶，藏僕之家斬六親。
況在君家藏一月，送僕先憂自滅門！」
朱解被其如此說，驚狂轉轉喪神魂[一二五]。
「藏着君來憂性命，送君又道滅一門；
世路盡言君足[一二六]計，今且如何免禍迍？」
季布乃言：「今有計，必應我在君亦存！
明日廳堂排酒饌，朝下總呼諸大臣[一二七]。
座中但說東齊事，道僕愆尤罪過頻；
僕卽出頭親乞命，脫禍除殃必有門。」
屈得夏侯蕭相至，登筵赴會讓卑尊。
朱解自緣心裏怯[一二八]，東齊季布便言論。
侯嬰當得[一二九]心驚怪，遂與蕭何相顧頻。
二臣坐上而言說：「深勞破費味如[一三〇]珍！

皇帝交君捉季布，公然藏在宅中存；
謾排酒饌應難喫，久坐時〔一三一〕多恐損〔一三二〕人。」
二臣拂手擡身起，朱解愁怕轉分芸。
二相宅門纔上馬，朱解親來邀屈頻〔一三三〕。
「解且宅中無季布，且願從容酒壹巡！」
侯嬰既說無季布〔一三四〕，察色聽聲驗取真，
離鞍下馬重登會，既無季布却排論。
是時酒至〔一三五〕蕭何手，動樂唯聞歌曲新。
季布幕中而走出，起居再拜敍寒溫。
上廳抱膝〔一三六〕而呼足，唵土叉灰乞命頻。
「布〔一三七〕曾罵陣輕高祖，合〔一三八〕對三光自殺身。
藏隱至今延草命，恨悔〔一三九〕空留血淚痕；
擔愆負罪來祇候，死生今望相公恩。」
二相坐前相[illegible]見：「慚愧英雄楚下〔一四〇〕臣，
憶昔揮鞭罵陣日，依〔一四一〕[illegible]鐶甲氣如雲。
奈何今日遭摧伏，貌改身移作賤人〔一四二〕，

爭那高皇酬恨切，　僕且如何救得君？」
季布鞠躬[一四三]而啓曰：　「相公試與奏明君」
但道曾過朱解宅，　聞說東齊戶口貧，
州官縣宰皆憂懼，　良田勝土并荒蓁（榛）[一四四]。
爲立千金搜季布，　家家徒費徒（圖賞罷）[一四五]耕耘。
陛下捨僁休尋足[一四六]，　免其金玉感黎民。
此言奏徹高皇耳，　必得諸州收勑文。」
侯嬰蕭何深囊計[一四七]，　「據君良計大尖新。
要其捨罪收皇勑，　半由天子半由臣。
今日與君應面奏，　後世徒知人爲人。」
蕭何便囑侯嬰奏，　面對天階見至尊。
具奏：「東齊人失業，　望金徒費（圖賞）罷耕耘。
陛下捨僁休尋捉，　免其金玉感黎民。」
皇帝既聞人失業，　失聲[一四八]憶得尚書云：
「民唯邦本傾慈[一四九]惠，　本固寧在養人恩[一五〇]。
朕聞[一五一]舊酬（讐）荒國土，　荏苒交他四海貧。

依卿所奏休尋捉，解寃釋結罷言論！」
侯嬰拜舞辭金殿，来看季布助歡忻。
「皇帝捨愆收敕了，君作無憂散憚身！」
季布聞言心更大，「僕恨多時受苦辛。
雖然奏徹休尋捉，且應潛伏守灰塵；
若非有勑千金詔，乍可遭誅徒現身。」
侯嬰聞語懷嗔怒，「爭肯將金詔逆臣！」
季布鞠躬重啓曰：「再奏應開堯舜恩。
但言〔一五二〕季布心頑硬，不慚聖德背〔一五三〕皇恩。
自知罪濃憂鼎鑊，怕投戎狄越江津。
結集狂兵侵漢土，邊方未免動煙塵〔一五四〕，
一似再生東項羽，二變重起定西秦。
陛下千金詔〔一五五〕召取，必能匡佐作忠臣。」
侯嬰聞說如斯語〔一五六〕，「據君可以撥星辰〔一五七〕。
僕便爲君重奏去，將表呈時潘〔一五八〕帝嗔。」
乞待早朝而入內，具表前言奏帝聞：

「昨奉聖慈捨季布，　國泰人安喜氣新。
臣憂季布多頑逆，　不慚聖澤背皇恩〔一五九〕。
陛下登朝休尋捉，　怕投戎狄越（越）江津〔一六〇〕。
結集狂兵侵漢土，　邊方未免動灰塵，
一似再生東項羽。　二憂〔一六一〕重起定西秦。
臣聞季布能多計，　巧會機謀善用軍，
摧鋒狀似霜凋葉，　破陣由如風卷雲。
但立〔一六二〕千金招（詔）召取，　必有忠貞報〔一六三〕國恩。」
皇帝聞言情大悅：　「勞卿忠諫奏來頻！
朕緣爭位遭傷中〔一六四〕，　邊體油瘡是箭痕〔一六五〕。
夢見楚家猶戰酌（灼）〔一六六〕，　況憂季布動乾坤。
依卿所奏千金召，　山河爲誓典功勳。」
季布既蒙賞排〔一六七〕召，　頓改愁腸修表文。
表曰〔一六八〕：　「臣作〔一六九〕天尤合粉身！
臣住〔一七〇〕東齊多朴眞〔一七一〕！　生居陋巷長蓬門。
不知陛下懷龍分，　輔佐江東狠虎君。

狂謀罵陣牽宗祖，自致煎熬鼎鑊迍。
陛下登朝寬聖代，大開舜日布堯雲。
罪臣不煞將金詔，感恩激切卒難申[一七二]。
乞臣殘命歸農業，生死榮[一七三]華九族忻。」
當時隨來於朝闕[一七四]，所司引對入金門。
皇帝捲簾看季布，思量罵陣忽然嗔。
遂令武士齊擒捉，與朕煎熬不用存[一七五]。
臨至捉到蕭墻外，季布高聲殿上聞：
「聖明天子堪匡佐，謾語君王何是論[一七六]？
分明出勑千金詔，賺到朝門却殺臣。
臣罪受誅雖本分，陛下爭堪後世聞？」
皇帝登時聞此語，迴嗔作喜却交存。
「怜卿計策多謀從[一七七]，舊惡些些總莫論[一七八]，
賜卿錦帛并珍玉[一七九]，兼拜齊州爲太守[一八〇]，
放卿衣錦歸鄉井，光榮祿重貴宗親。」
季布得官而謝勑，拜舞天堦喜氣新。

密報〔一八二〕先從朱解得，明明答謝濮陽恩。
敲鐙謳歌歸本去，搖鞭喜得脫風塵。
若論罵陣身登貴，萬古千秋祇一人。
具說漢書修製了，莫道詞人唱不眞。

「大漢三年季布罵陣詞文一卷」〔一八三〕

校記：

〔一〕凡十個寫本，其原編号及校次如下：

原卷　伯三六九七　共六百四十句，四千四百七十四字，全。

甲卷　伯二七四七　存百二十六句。

乙卷　伯二六四八　存百九十四句，與上卷相銜接。

丙卷　伯三三八六　存二十七句。甲、乙、丙三卷爲同一寫本，今并刻入敦煌綴瑣上輯。丙卷末題「大漢三年季布罵陣詞文一卷」。

丁卷　伯三一九七　存三百九十六句。

戊卷　斯五四四〇　小冊子。存二百四十句。已印入敦煌零拾，但多臆改。

己卷　斯二〇五六　存二百三十八句。始前題，訖「唯言禍難在逡巡」。

庚卷　斯五四三九　小冊子。存四百五十三句。文字異同與丁卷相接近。

辛卷　斯五四四一　小冊子。首尾完整，唯中間有脫句。末題：「太平興國三年戊寅歲四月十日記。

　　氾孔目學仕郎陰奴兒自手寫季布一卷。」

壬卷　斯一一五六　存一百三十三句。

馮沅君先生有「季布罵陣詞文補校」（文史哲第一卷第三期）亦間引用。

〔二〕己卷「江河沸」作「江海沸」。

〔三〕甲、辛兩卷「寫」並作「遂」。

〔四〕甲卷「家」旁注「軍」字，己、辛兩卷並作「軍」。

〔五〕「損」原作「捐」，據甲、己、辛三卷改。

〔六〕「弩」原作「努」，據甲、己、辛三卷改。又甲卷「抽軍」作「收軍」。下文「如何聞罵肯抽軍」，甲卷亦作「收軍」。

〔七〕馮沅君云：「史記卷九十二淮陰侯列傳作鍾離眜」。

〔八〕己卷「椗四羽」作「定西羽」。

〔九〕周云：「逢」當是「逆」，「逆箭」與上文「順風」相對。

〔一〇〕辛卷「劉季」作「劉兒」。

〔一一〕己卷「率」作「卒」。

〔一二〕「縛」原作「纏」，據甲、己、辛三卷改。

〔一三〕己卷「王」作「主」。

〔一四〕「未」原作「依」，據甲、己、辛三卷改。

〔一五〕「罵」原作「馬」，據甲、己、辛三卷改。

〔一六〕辛卷「軍」作「家」。

〔一七〕己卷「紛紜」作「芬芸」。

〔一八〕「而」原作「如」，據甲、己、辛三卷改。（而，如字通。）

〔一九〕甲、己、辛三卷「之」作「諸」。

〔二〇〕馮云：應作「拍鞍攢眉」。

〔二一〕「狂寇」，原卷作「枉口」，甲卷作「枉殺」，據己、辛二卷改。「餘」疑當作「除」。

〔二二〕甲卷「邦」作「君」。

〔二三〕甲卷「忽」作「怱」。周云：「忽字似不誤，忽猶言倘。下文忽然買僕身將去，忽然猶謂倘然。」

〔二四〕甲卷「十月」作「三月」。按漢書本紀在十二月。

〔二五〕「頭」原作「投」，據甲、己、辛三卷改。

〔二六〕「誅」原作「追」，據甲、己、辛三卷改。

〔二七〕己卷「斬」作「斫」。

〔二八〕「伴」原作「牛」，據甲、己、辛三卷改。

〔二九〕己卷「敢」作「感」，辛卷作「憨」。馮云：「疑敢爲感之誤。」

〔三〇〕「筋」原作「助」，據乙、己、辛三卷改。

〔三一〕乙卷「奔」字作「葬」，己、辛兩卷作「莽」，庚卷全句作「儻然是鬼奔丘墳」。

〔三二〕己、辛兩卷「看」字作「着」。庚卷全句作「問着不語莫驚僕」。

〔三三〕「損」原作「捐」，據乙、辛兩卷改。

〔三四〕「相」字己、辛兩卷作「想」。庚卷全句作「可想廳前有鬼神」。

〔三五〕「來與」原作「與來」，據庚卷改。

〔三六〕己卷「周謚」作「周讙」，似是周之名。若非名，則疑「謚」爲「氏」字声誤。

〔三七〕庚卷「凡是千金」作「凡受人金」，乙卷「有」作「在」。

〔三八〕庚卷「記」作「忽」。

〔三九〕庚卷「去年」作「前年」。

〔四〇〕辛卷「下階」作「階下」。

〔四一〕庚卷此句後尚有「先曾契義爲兄弟，義重易爲骨肉親」兩句。

〔四二〕馮云：「歧鱗」当爲「鰭鱗」。

〔四三〕 己、庚兩卷「相」作「結」。

〔四四〕 庚卷「宿素」作「契義」。

〔四五〕 「困厄」原作「因危」，據乙、己、庚、辛四卷改。又「窄」字庚卷作「側」。

〔四六〕 庚卷「邊」作「方」，「粦」作「甚」。馮疑「粦」乃「奔」之誤，恐非。

〔四七〕 己卷「遭」作「連」。

〔四八〕 「揚」原作「量」，據乙、己、庚、辛四卷改。

〔四九〕 乙、己、庚、辛四卷「不」作「莫」。

〔五〇〕 庚卷此句下有「如思藏隱經旬日，不交失所意常均」兩句。按「思」應作「斯」。

〔五一〕 己、庚兩卷「翁」作「公」。

〔五二〕 「捲」原作「倦」，據馮校改。

〔五三〕 「諸」原作「之」，據乙、己、庚、辛四卷改。

〔五四〕 「聞」原作「問」，據乙、己、辛三卷改。

〔五五〕 己、庚、辛三卷「使司」作「所司」。

〔五六〕 己卷「圃」作「圓」，庚、辛兩卷作「團」。周云：「當依庚辛卷作「團」，「團保」唐人習語，謂互相保任，見通鑑唐穆宗長慶二年。

〔五七〕 丁、庚兩卷「穴」作「窟」。

〔五八〕「斬」原作「陣」，據丁、己、庚、辛四卷改。

〔五九〕庚、辛兩卷「且」作「具」。

〔六〇〕丁卷「時多」作「多時」。

〔六一〕丁、庚兩卷「結」作「鏺」。

〔六二〕丁、庚兩卷「新」作「專」，「至」作「到」。

〔六三〕句中季布称周氏爲「院長」。下文亦有「自嗟告其周院長」句。按「劍嘯閣批評西漢演義傳」卷七，謂：「布藏於咸陽周長家」，則周長之名似從周院長變化而来，然院長二字不似名。又句中「相」字丁、庚兩卷作「懐」。

〔六四〕庚卷「黷」作「瀆」。

〔六五〕丁、庚兩卷「安」作「藏」，「負」字戊卷作「有」。

〔六六〕「煞」原作「然」，據丁、戊、辛三卷改。

〔六七〕丁、庚兩卷「黄」作「皇」，「椗」作「帖」。

〔六八〕戊卷「搥」作「塠」。

〔六九〕丁、庚兩卷「迅」作「命」。

〔七〇〕辛卷「兄且況曾」作「況且先曾」，丁、庚兩卷「爲」作「官」。

〔七一〕「倫」原作「論」，據丁、戊、庚、辛四卷改。

〔七二〕「報」原作「保」，據丁、戊、庚、辛四卷改。

〔七三〕庚卷「名姓朱解」作「姓朱名解」。

〔七四〕丁、庚兩卷「何是倫」作「更莫論」，戊卷作「不足論」，啓云：「實應作何足論。」

〔七五〕丁、庚兩卷「見論」作「見說」，「福」作「祿」。

〔七六〕丁、庚兩卷「挺」作「鋌」，辛卷作「廷」。

〔七七〕「訊」原作「迅」，據丁、庚兩卷改。

〔七八〕丁卷「隈衣」作「隈伊」，戊、辛兩卷作「隈依」。馮云：「伊依皆較衣好。隈應是偎之誤。」

〔七九〕「如」原作「而」，據戊卷改。又丁、庚兩卷「如風」作「風前」。

〔八〇〕「但」原作「俱」，據戊、庚兩卷改。又丁、庚兩卷「遣身」作「沉輪」。

〔八一〕戊卷「客」作「漢」。

〔八二〕戊卷「朱解」作「朱家」，丁卷「忽然」作「儻然」。

〔八三〕丁卷「忽然」作「天饒」。

〔八四〕丁卷「天饒」作「忽然」。

〔八五〕辛卷「刑」作「形」。

〔八六〕庚卷「神」作「身」。

〔八七〕戊、庚兩卷「擬剪」作「欲剪」。

〔八八〕「知」原作「之」，據丁、戊、庚、辛四卷改。

〔八九〕丁、庚兩卷「星辰」作「乾坤」。

〔九〇〕丁、庚兩卷「家門」作「尊親」。

〔九一〕丁、庚兩卷「占頂」作「苫項」，戊、辛兩卷作「占項」。

〔九二〕丁卷「煙」作「勳」。

〔九三〕丁、庚兩卷「出門入戶」作「出衙入縣」。

〔九四〕丁、庚兩卷「六尺」作「九尺」。

〔九五〕丁、庚兩卷「生心」作「商量」。

〔九六〕戊、辛兩卷「待」作「侍」，丁、庚兩卷「逞」作「誇」。

〔九七〕「前計」原作「錢數」，據丁、庚兩卷改。又丁、庚兩卷「闘」作「陳」。

〔九八〕庚卷「氏買」作「市買」，丁卷作「市賣」。啓云：「作市買者是」。

〔九九〕「賣」原作「買」，據丁卷改。

〔一〇〇〕「依」原作「衣」，據戊卷改，丁卷作「聽」。

〔一〇一〕「德」原作「得」，據辛卷改。

〔一〇二〕丁、庚兩卷此句作「曾文仵氏入公門」。

〔一〇三〕庚卷「酌菫」作「的堪」。

〔一〇四〕丁、庚兩卷「如此藝」作「身上藝」。

〔一〇五〕庚卷「帋」作「紙」，戊卷作「絺」。又「吮」字，原卷、戊、辛兩卷幷作「捐」，丁卷作「允」，以意改「吮」。

〔一〇六〕丁、庚兩卷「焉存」作「烏尊」，戊、辛兩卷作「烏存」。馮云：「原句疑是若烏蹲，與似鳳舞正成對句。」

〔一〇七〕「忘」原作「妄」，據辛卷改。

〔一〇八〕丁、庚兩卷「千金於口」作「萬金隨口」。戊、庚兩卷「校」作「交」，辛卷作「支」。

〔一〇九〕丁、庚兩卷「寬腸」作「寃讎」。又辛卷「寬」作「寃」。

〔一一〇〕丁、庚兩卷「金門」作「朝門」。

〔一一一〕丁、庚兩卷「親故」作「親情」。

〔一一二〕丁、庚兩卷此句作「閑時每喚論稽古」。

〔一一三〕丁、庚兩卷此句作「雖卽買來爲驅使」。

〔一一四〕丁、庚兩卷「蛤」作「海」。

〔一一五〕丁、庚兩卷此句作「是珍若也存心腹」。

〔一一六〕丁卷「檀檀身」作「弓弓身」，庚卷作「了了身」。

〔一一七〕丁、庚兩卷此句作「愕然猜卜失聲頻」。

〔一一八〕丁、庚兩卷「將軍」作「王孫」。

〔一一九〕「是假」原作「是買」，依戊卷改。丁、庚兩卷作「假謁」。

〔一二〇〕丁、庚兩卷「廳前」作「靜房」。

〔一二一〕丁、庚兩卷「百金」作「千金」。

〔一二二〕丁、庚兩卷此句作「大夫定魄且安魂」。

〔一二三〕丁、庚兩卷「而便嚇」作「重嚇問」。

〔一二四〕丁、庚兩卷「順命受恩」作「順使受趂」。

〔一二五〕丁、庚兩卷此句作「添愁怕怖對驚魂」。

〔一二六〕「足」原作「是」，據丁、庚兩卷改。

〔一二七〕丁、庚兩卷此句作「朝庭邀呼諸重臣」。

〔一二八〕丁、庚兩卷「自」作「只」，「怯」作「怕」。

〔一二九〕丁、庚兩卷「得」作「下」。

〔一三〇〕「如」原作「而」，據丁、庚、辛三卷改。

〔一三一〕「時」原作「特」，據丁、庚、辛三卷改。

〔一三二〕「損」原作「捐」，據辛卷改。

〔一三三〕丁、庚兩卷「邀屈頻」作「自邀陳」。

〔一三四〕丁、庚兩卷此句作「蕭何旣見如恩語」。馮云：「旣說與旣見，同爲見說之誤。」

〔一三五〕丁、庚兩卷「酒至」作「盞到」。

〔一三六〕「膝」原作「睞」，庚卷作「臂」。馮云：「睞應是膝字之誤」，今據改。

〔一三七〕「布」原作「而」，據丁、庚兩卷改。

〔一三八〕「合」原作「會」，據丁、庚兩卷改。

〔一三九〕辛卷「恨悔」作「悔恨」。

〔一四〇〕丁、庚兩卷「楚下」作「楚家」。

〔一四一〕「低」原作「頭」，據丁、庚、辛三卷改。

〔一四二〕丁卷此句下有「鶴披鵰翼令心在，虎帶猪皮威猶存」。庚卷亦有此兩句，但下句作「歲帶獵皮威猛存」。

〔一四三〕丁、庚兩卷「鞠躬」作「接聲」。

〔一四四〕馮云：「蟢應是榛之誤」。

〔一四五〕丁、庚兩卷「徒費」作「圖賞」。又辛、壬兩卷「徒耕耘」作「罷耕耘」。

〔一四六〕丁、庚兩卷「休倍足」作「收勑後」。

〔一四七〕丁、庚兩卷「深蒙計」作「皆嗟嘆」。馮云：「瓔爲嬰之誤，下同」。

〔一四八〕丁、庚兩卷「失聲」作「愕然」。

〔一四九〕「慈」原作「資」，據丁、庚兩卷改。又句中「傾」字壬卷作「須」。

〔一五〇〕「本固」二字原作「奔同」，參酌乙、丁、庚三卷以意改。此句丁、庚兩卷作「本顧邦寧四海安」。馮云：

「原句也許是本固邦寧在養人。」

〔一五一〕庚卷「聞」作「爲」。

〔一五二〕丁、庚兩卷「言」作「緣」。

〔一五三〕乙卷「德背」作「聽得」。

〔一五四〕丁、庚兩卷「動煙塵」作「被侵吞」。

〔一五五〕「詔」原作「招」，據壬卷改。

〔一五六〕庚卷「聞」作「見」，「語」作「計」。

〔一五七〕丁、庚兩卷「星辰」作「皇恩」。

〔一五八〕馮疑「潘」是「拌」之借字。周云：「潘字似不誤，蓋是助詞，猶言恐怕。上文九族潘遭違敕罪，亦應解爲恐怕。」

〔一五九〕「澤」字原作「宅」，據乙、丁兩卷改。又丁、庚兩卷「皆皇恩」作「語乾坤」。

〔一六〇〕丁、庚兩卷「樾江津」作「扇邊隣」。又辛、壬兩卷「樾」作「越」。

〔一六一〕乙、丁、庚、辛四卷「二憂」并作「二如」。

〔一六二〕丁、庚兩卷「但立」作「伏願」。

〔一六三〕「報」原作「保」，據乙、丁、庚、辛、壬五卷改。

〔一六四〕丁、庚兩卷「遭傷中」作「相持久」。

〔一六五〕丁、庚兩卷此句作「遍體猶存刀箭痕」。

〔一六六〕馮云：「酌」應是「灼」之誤。上文「戰灼唯憂禍入門」可證。

〔一六七〕庚卷「賞排」作「排賞」，疑「排」應作「牌」。

〔一六八〕丁、庚兩卷無「表曰」二字，也無表文前三句，但有「臣聞天作孼猶可，自作愆尤合分身」兩句。此兩句內「可」字據庚卷丁卷作「何」，「分身」應作「粉身」。

〔一六九〕「作」原作「昨」，據乙卷改。

〔一七〇〕「住」原作「位」，據乙卷改。

〔一七一〕「眞」庚、辛兩卷作「直」，據乙卷改。

〔一七二〕丁、庚兩卷此句下有「一似涸魚重逢水，二如寒草再逢春」兩句。

〔一七三〕「榮」原作「樂」，據庚卷改。

〔一七四〕丁、庚兩卷此句作「当時隨表朝門下」，因疑「來」當爲「表」字形誤。

〔一七五〕丙卷「與」作「以」，「煎煞」丁、庚兩卷作「油煎」。又「熬」字壬卷作「湯」。

〔一七六〕丙、壬兩卷「何是論」作「何處論」，丁、庚兩卷作「不可論」。參閱第七十四條註。

〔一七七〕壬卷「徐」作「略」。

〔一七八〕庚卷此句下有「遂賜千金依誓願」一句。

〔一七九〕庚卷此句作「更兼贈帛及珠珍」。

〔一八〇〕「太守」原作「太君」，據丁、庚兩卷改。

〔一八一〕「報」原作「保」，據丙卷改。

〔一八二〕後題據丙卷補。

王重民校錄

【李陵變文】[一]

(前缺)

□(戰)□□□□□□(圍)，[二]

從來不信三軍勇，是日方知九姓衰。

兇(匈)奴得急於先走，漢將如雲押背趂，

丈夫百戰寧詞(辭)苦，只恐明君不照知。

其時兇(匈)奴落節，輸漢便宜，直至黃昏，收兵不了。着刀者重重着刀，着箭者重重着箭。單于見陣輸失，心懷不分(忿)，直至明朝，乃共老臣伊袂(訾)平章：「昨日見漢將卒(率)徒寘(寡)鮮，旗鼔(鼓)襤褸，舉動迍(迍)迴，狀同隴種(貌龍鍾)。朕本意發遣三五十(千)人，把塔(搭)馬索(索)，從頭縛取。奈何十萬餘騎，不啇(敵)五十(千)，可得嗔他大語！箸(看)陵形執(勢)，言作長盈，□(足)得縱橫。戰由(猶)未息，追取左賢王下兵馬數十万人，四面圍之，一時搦取。漢將得脫，皈(歸)報帝知，言我單于，一一不済(濟)。仍差有旨撥者，西南取紅撓山入，東南取駱駝烽已來，先令應接。如有漢賊渡河來走，一任諸軍隨時儻(撲)掃，自餘家口，向北遠行。」

單于親領万衆兵馬，到　大[三]夫人城，趁上李陵。韓延年報李陵曰：「大將軍暫柚(抽)兵馬，取路而行。」李陵聞言，向南卽走，行經三日，遂被單于趁來。虜旣至强，漢使卆敗，不覺在後，約損五百餘人。李陵嗅(喚)左右曰：「如何不戰？」左右答曰：「將軍□(兵)□□盡，如何更戰？」李陵報曰：「體着三槍四槍者，車上載行；一槍兩槍者，重重更戰。」下營[罷]來了，頓食中間，陵欲擯軍，方令擊皷。一時朾(打)其皷(鼓)不鳴。李陵自歎：「天喪我等！」歎之未了，從弟三車上，有三倏(條)黑氣，向上衝天。李陵處分左右搜(搜)括，得[兩]箇女子，年登二八，夊(亦)在馬前，處分左右斬之，各爲兩叚(段)，其皷不打，自鳴吼嘍。庚(庾)信詩云：「軍中二女憶，塞外夫人城。」更無別文，正用此時(事)。胡還大走，漢夊(亦)爭奔，斬決兇(匈)奴，三千餘騎。旋割其耳，馬上馳行，敍錄之時，擬滯(憑)爲驗。夜望西北，曉望東南，取路而行，故望得脫。忽至平川之所，川靜草深，李陵報左右曰：「緣沒不擯身入草，避難南皈(歸)？」將士聞言，一時入草。

其時李陵忽遇北風大吼，吹草南倒。單于道：「漢賊不朾(打)自死。」左右聞言：「大王，漢賊不朾(打)，如何自死？」單于人從後放火，其煙蓬悖，[熾][五]餤餤(燄)天。「大將軍後底火來，如何勉(免)死？」李陵問：「火去此間近遠？」左右報言：「火去此間一里。」「軍中有火石否？」急手出火，燒却前頭草，後底火來，他自定。前頭火着，後底火滅。上着李陵共單于火中戰處：

陵軍骹骹向前催，　虜騎芬芬(紛紛)逐後來，
陣雲海內初交合，　朔氣燕南望不開。
此時粮盡兵初餓，　早已戰他人力破，
遂被單于放火燒，　欲走知從若邊過？

川中定是羽狠毛，　風裏吹來夜以毛，
紅燄炎炎傳□□（盛），　一迴吹起一迴高。
白雪芬芬（紛紛）平紫塞，　黑煙隊隊人愁寞（寞），
前頭草盡不相連，　後底火來他自定。
「傳聞漢將昔家陳，　慣在長城多苦辛，
十万軍由（猶）不怕死，　況當陵有五千□（人）！
軍中有事須成援，　數將同行不同戰，
遙奔逐北我自知，　滅跡掃除□□□。
平生願望小臣功，　山塞方知火幕空，
聖主徑（經）饒今日下，　可得知陵□□中，
其時將軍遭洛薄（落魄），　在後遺兵我遣收。
臥氍若重從挑（抛）却，　鞚韈輕時任意□。
逢水且須和麮喫，　逢冰莫使咽人喉，
隔是虜庭須決命，　相煞無過死卽休。
國中聖主何年見？　堂上慈親拜未由！
今朝死在胡天鴈，　万里飛來向霸頭。」

單于報左右曰：「入他漢界，早行二千，收兵却迴，各自穩便。」語由(猶)未了，陵下有一官決果管敢校尉，緣撿校撹唯，李陵嗔杇(打)五下，「更作熠沒撿挍，斬煞令軍！」管敢怕李陵斬之，背軍地(逃)走，直至單于帳前。〃勃籠宛轉，跰道(踏)颺聲，口稱死罪。單于問：「是甚沒人？」「李陵官決果管敢。」單于言：「作甚沒來？」「管敢啓陛下：李陵兵馬，箭盡弓折，粮用俱無，去此絕近。大王何不收取？」單于見管敢投來，大咲呵呵。喚言左右曰：「更行三二百里，李陵自伏作奴。」單于〔左右〕聞語，便趁李陵，李陵〔六〕卽張弩射之，寔(突)騎尸(施)蕃王左眼着〔箭〕。單于怕急，不敢登前，馬上逡巡，報左右曰：「急守趁賊來。大家疲乏，雖行千里，約損万人。縱得漢兵，知將何用！不如早迴却。」左右對曰：「大王自將十万人來，覆五千，不蓋其榮，返昭(招)挫褥(辱)，拓迴放後庭還來，小弱不誅，大必有患。陛下更戰，漢必敗降，不至午時，陵軍走敗。」單于聞語，卽〔趁〕李陵。

李陵箭盡弓折，粮用俱無，赤心求於寸刃。李陵處分左右，火急交人折(拆)車，人執一根車輻棒，杇(打)着從頭面奄沙。李陵共單于鬪戰弟三陣處若爲陳說：

狂胡北上振天崖，　大漢南行路上(尚)賒，
交兵欲〔□〕風頭便，　對啇(敵)生曾(憎)日影斜。
後軍事急雖然戰，　漢將懸知力不加，
不𦙶(那)弓刀渾用盡，　遂搦空身左右遮。
臨時用快無過棒，　火急交人折(拆)破車，

人執一根車輻棒　着者從頭面唵沙，
登時草木遭霜箭，　是日山川被血茶。
夜望胡星飛似電，　朝看(看)煞氣狀如霞，
今日爲將黃髭虜，　歲歲還同赤觜鵄。
如何管敢行非里(理)，　遣我將軍不見家，
今朝塞外渾輪失，　更將何面見京華！

戰已了首，須臾黃昏，各自至營。夜深以後，陵自出來，喚左右曰：「吾今不死者，非壯士也！」左右啓大將軍曰：「自從束髮，遠劫單于，一入虜庭，二千餘里。誓擬平於沙漠，擬絕囂塵(塵)，持此微功，用將明主。豈謂將軍失利，將士徒然，負特壯心，乖爲(違)本願。當今日下，實是孤危。觀(魚)遊鑊(鑊)中，鷰巢幕下，纍(纍)熿魚爛，幕動巢傾(傾)，勢(勢)既不全，理難存立。大將軍本意，莫狂(枉)勞人，幸請方圓，擬求生路。」陵曰：「吾文(聞)高文皇帝親御卅萬衆，北征意(塞)上，用(困)於平城。賴得陳平剋(刻)木女誑(誑)他，幸而獲勉(免)。其時猛將如雲，謀臣若雨，一入單于之境，三軍數万，大行一迴。況我今日五千步卒，敵(敵)十萬之軍，何得蚊蚋拒於長風；螻蟻捊於大樹！」「大將軍，虵無頭不行，鳥無翼不飆，軍無將不戰，兵無粮不存。侄(經)饒將軍有黃石三略，陳平六奇，滔神迹之法鬼沒方爲亡人亡。兵無救援，皇天所喪，非有罪兵，願大將軍不如降却。」陵曰：「吾三軍節度，六卿旗鼓，天子受(授)吾命，將破虜皈(歸)朝。奈何「漢」弱胡强，旗鼓零洛(落)，節度恓惶，人雖命在，軍見無粮，眼看(看)食盡，道理

須降。君須去，努力同皈（歸），莫相拋擲。可不聞道：『千世時君，万世鄉里，好即同榮，惡即同恥。』夜果勉臥，平旦早起，若至漢朝，好防胡蟻。吾今薄命，天道若此。儻（黨）若至朝庭，明申道理。起居我北堂慈母；再拜吾南面天子。道陵生作異域之人；死作失鄉之鬼。永別親故，長辭知己。」更欲云云，不能已已。具署（署）李陵共兵士別處若為陳說：

「丈夫出寒（塞）命能判（拚），大衆胡狠事實難，
綷君擬前（剪）兇（匈）奴賊，自坐千金明月鞍。
丈夫失制輸狂虜，負特黃（皇）天孤傅（負）士；
非但無面見天王，黃泉地下羞見祖。
嗟呼歎息乃長吟，只為欺胡若（苦）入深，
上天使爾知何道，陛下應知陵赤心。」
左右聞言皆落淚，「將軍今日何千次，
豈容獨領五千人，戰敵兇（匈）奴十万騎。
赤血滂沛若水流，胡兵遍地橫尸死，
縱令無面見天王，然（亦）合留名在使（史）記。
大丈夫兒（兒—而）金（今）何在，乳哺之恩須愧耳，
將軍後莫輒行非，相將皈（歸）國朝天子。」

陵聞左右說尊堂，　大哭嘹(號)咷(咷)淚万行，
一更若人爲十隻矢，　叅嗟(差)重得見家鄉。
左右今須鳥獸分，　失路迷津望月奔，
償(儻)若南歸見天子，　爲報陵辜陛下恩。」

李陵言訖，長吁數聲，報左右曰：「吾聞鳥之在空，由(猶)須(恃)六翮，皮既不存，三(毛)覆(復)何依？須運不策(筭　測)之謀，非常之計，先降後出，斬虜朝天，帝側(測)陵情，當不信。」於是獲收珍寶，脫下翻(旛)旗，埋着地中，莫令賊見。左右李陵，各自信緣，若至天明，必當受縛。左右聞語，當即星分，恰至天明，胡兵卽至。陵副使韓延「年」着箭洛(落)馬身亾。李陵弓矢俱無，勒轡(轡)便走，搥凶(胸)望漢國，號(號)咷(咷)大哭。赤目明心，誓指山何(河)，不辜漢家明主。抛(拋)下弓刀，便投宊(突)厥。遂延欲語恐長嗔。單于高聲呵責，李陵降服處，若爲：

李陵言訖遂降蕃，　走至單于大帳前，
先守昨來征戰事，　然當盡朕本情元(緣)。
「凱(鎧)四(甲)弓刀渾用盡，　情願長居玉塞垣，
償(儻)若蕃王垂一顧，　於是無心朝漢天。
自從按節爲君將，　一戰凡知幾百年，
所是交兵由漢帝，　奉使何增(曾)敢自專，

虜臣計有弥天罪，今將草命獻三(王)前，
直爲無公(功)謝蕃主，幸願寬恩捨此僭(愆)。」
單于既見李陵降，且責緣何入塞邦？
「每每將兵來討擊，時時領衆踐沙場。
出隊上(尚)由(猶)無万衆，如何輒敢宊(突)邊方，
比日上(尚)能稱漢將，緣何今日自來降？
前頭有將名蘇武，早向胡庭自栄强，
直爲高心欺我國，長交北海牧(牧)伍(羝)羊，
卿今必若来淨伏，勉强留卿鎮虜强(疆)，
已後不煩爲漢將，當卽封爲右效王。」

單于曰：「尋思是你漢家你將，倒不解深謀一時之功，行万里之地。昔者漢家兴(興)盛，与我宊(突)厥和親，單于殊常之儀，坐着我衆蕃之上，我祖仍自不拜，啓讃(讚)不名，侍從臨階，劒履上殿。由(猶)更賜其珂珮，白玉裝弓勒鞅，束封僕(僕)從，浮乘□廐之龍騎，湌百官之珍饍。勑賜赤斗(斗)錢二万貫，紫磨黃金一万鋌(鋌)。更錦繡衣裳，綾羅布絹。合合雜雜，送(送)五百餘車。歲給極多，用之不足。漢家爲言過分，墨(默)啜由(猶)自不(不)平。從孝文皇帝亡来，免得塞庭無事，漢家將作，你的專知抄畧邊壃(疆)，今日捉降，若生是？」

李陵對曰：「臣是小人，虛霑大造，行事不謹，爲將不明，輒駈（驅）一隊之夫，衝万乘之主。臣聞周秦已來，此方兴（興）盛。外有陰山，東西千里，草木蕬（滋）茂，禽獸成羣。本是我大王上祖大王所居之處，臣忩（亦）盡知。臣見砂幕（沙漠）擁截，如何絕□（蹤）往來西隅於中外聖制於常道者也。今日之陛下，唯命具心，生死嘱在大王，去住寧由小子！鼎鑊在近，斧越（鉞）不遙，万一急難，請將駈（驅）使。然敗軍之將，不可禦（語）勇，亡軀大丈夫，不可徒（圖）存。煞活二徒（途），希中一決。」單于聞語，深美（羡）李陵，一見雄才，高山仰指（止）。封官立號，具着胡衣，与［衞］律同行，推挽左右。

陵下散者，可有千人，有命得至漢朝者，揔（總）有四百人。漢帝聞之，喟然歎曰：「我李將軍必是捉矣。」帝喚太史司馬遷，并喚陵老母妻子。帝喚司馬遷向前想（相）陵母妻子面上有死色無：「陵在蕃中有死色無？若無亞色，陵在蕃中。卿想（相）報朕。」司馬遷想（相）了報漢帝：「李陵蕃中在。陵母妻子面上並無死色。」武帝聞之，忽然大怒。「何其小人，背我漢國，降他胡虜！李陵老母妻子付法。」

司馬遷見是三代軍將，向帝殿前口奏：「陛下：臣聞陵祖李廣，名聞海內，勇管（冠）三軍，廿餘年，積（横）量砂幕（沙漠）。若使邉庭苦戰，中國獲安，兴（興）功若此。臣聞陵又邂迊（逅）事急降胡，獲計未成，不久應出。母既非罪，伏乞寬刑，在後不來，臣即甘心鼎鑊。」武帝聞言，捨其母罪。

得至明年，差公孫遨（敖）領兵五万騎，兵到龍勒水北，峻埜（浚稽）山南，与單于兵戰，云索蘇武、李陵。其時有往年敗沒將李敍（緒）教單于兵馬法，打公孫遨（敖）兵馬失利，左穿右穴。公孫遨（敖）怕急，問「蕃中行兵將是阿誰？」是李敍（緒）不能自道：「蕃中行兵馬，不是餘人，是我李陵。」公孫遨（敖）却走至漢朝，「臣兵馬不合失利，盡是李陵教單于兵馬，打臣兵馬，失利輸兵。」武帝聞之，忽然大怒，遂挄（闇）司馬遷，并陵老母妻子於馬市頭付法，血流滿市，狂（枉）法陵母，日月無光，樹枝摧折。誅陵老母妻子處君爲陳說：

「我昔幽閨事君子，擬望千載同終始，
何其沒在虜庭中，孤養少卿在祭□（祀）。
當年初婚新婦時，少卿深得君王意，
寵貴榮華不可當，出入朝庭無禁止。
結親本擬防非禍，養子承望奉甘脂（旨），
何其沒在虜庭中，生死不知居那（那）地？
老母妻子一時誅，曠古已来無此事，
皆是先業（業）薄曰緣，新婦不須生怨□（悔）？」
新婦被法啓尊婆：「枉法嚴刑知奈何？
君王受佞（佞）無披訴（訴），生死今朝一任他。
嗚呼上天無可戀，妾共老母同灾變，
君在單于應不知，與君地下同相見。」

誅陵老母妻子了手，所司奏表於王。即（既）至明年，差富平郡王進朝往於蕃中，看（看）李陵在無？其王進朝行至黃河南岸，作書附與李陵。李陵蕃中聞母被誅，未知虛實。須得王[進]朝書，沙場悲哀大哭，乃將侍從出迊(迎)處若爲：

陵聞漢使入胡庭，　乃將侍從出來迊(迎)，
下馬望鄉拜皇帝，　便即嘷咄(號咷)發哭聲。
「陵家曆大(歷代)爲軍將，　世世從軍爲國征，
失利天兵兀(兒—而)自別(到)，　臨死之時癹(發)爲情。
五千步卒逢狂虜，　此苦從來阿郍(那)經？
身雖屈節只(匈)奴下，　中心不望(忘)漢家城。
遙聞漢主誅陵母，　痛切於身深是苦，
足下辛(新)從帝邑来，　誅滅陵親實已否？」
王[進]朝答道兀(兒—而)言曰，　欲語尋思而氣咽，
「賴得術書司馬下(遷)，　殿前啓答披于(肝)說。
武帝聞之而息怒，　尋思細察將軍苦，
後使公孫遨(敖)入虜庭，　輸兵失利而迴去。
過失推向將軍上，　漢家兵法任交(教)虜，
惣(總)是公孫遨(敖)下倭(佞)言，　然始煞却將軍母。」

陵聞老母被君誅，叫苦號咷（號咷）而氣咽，
雙淚交流若愉（欲）終，肝腸寸寸如刀忉（切）。
使人泣淚相扶得，沙塞遣出腸中血，
良久提撕始得蘇，南望漢國悲號（號）曰：
「憶忹（昔）初至峻嵇（浚稽）北，虜騎芬芬（紛紛）漸相逼，
抽刀避（劈）面血成津，此是報王恩將得。
制不由己降胡虜，曉夜方圓擬皈（歸）國，
今日黃（皇）天應得知，漢家天子辜陵得（德）！

校記：

〔一〕本卷今藏北京圖書館，題目殘失，據故事擬補。本文只存此一本，疑、誤、脫、衍各字，除參酌史記、漢書外，俱從意校，並加分段。

〔二〕本句各字，俱殘存左半，「戰」、「圍」二字外，多不可辨。又「足得縱横」句「足」字；「將軍兵□□盡」句「兵」字；「紅焰炎炎傳□盛」句「盛」字；「況當陵有五千人」句「人」字；「如何絕嶮」句「嶮」字；「孤養少卿在祭祀」句「祀」字；「新婦不須生怨悔」句「悔」字（又似「艾」）；俱僅存殘筆，審辨而知。

〔三〕「到」下原空一字，應是「范」；「大」字衍。又「勑賜」句上原空一格，是抬寫。

〔四〕本卷營字多寫作「⿱𤇾田」，乃唐、五代人習用「營田」二字的合文，此卷俱借作「營壘」之營字。

〔五〕卷背有原寫手另抄一段：自「不打如何自死」起至「後底火滅看李」止。較正面本文缺「此間一」三字，脫「里」下「軍」字。但「焰」上有「熾」字，據以補入。

〔六〕原卷「李陵」重文三處，俱作「李李陵陵」，爲斷句方便俱分寫。

啓　功校錄

【王昭君變文】〔一〕

（前缺）

□□□□□迷，　前□□□□□□，
□□□□此難，　路難荒徑足風惛，
□□□□□□□，　□□景色似醞醖。
緜銀北奏黃盧泊，　原夏南地持白□，
□□□搜骨利幹，　邊草叱沙紇邏分。
陰坂愛長席箕掇，　□谷多生沒咄渾，
縱有衰蓬欲成就，　旋被流沙剪斷根。
□（洒）〔酒〕泉路遠穿龍勒，　石堡雲山接鴈門，
驀水頻過及勑戍，　□□□（塁）見可嵐屯。
如今以暮（[illegible]）單于德，　昔日還承（[illegible]）漢帝恩，
□□□（遂）知難見也，　日月無明照覆盆。
愁腸百結虛成着，　□□□行沒處論，

賤妾儻期蕃裏死，　　遠恨家人昭(招)取魂。

漢女愁吟，蕃王嗟和，寧知惆悵，恨別聲哀，管絃馬上橫彈，即會途間常奏。侍從寂寞，如同邑孝之家，遣妾攢蚖，仗(狀)似敗兵之將。莊子云何者：「所好成毛羽，惡者城(成)瘡癬；」「愛之欲求生，惡之欲求死。」妾聞：「居塞北者，不知江海有萬斛之舡；居江南之人，不知塞北有千日之雪。」此及苦復重苦，怨復重怨。行經數月，途程向盡，歸家沛遙，迊昔不停。即至牙帳，更無城郭，空有山川。地僻多風，黃羊野馬，日見千羣萬羣，□□羝羺(羝)，時逢十隊五隊。似(以)語(契)丹爲東界，吐蕃作西鄰；北倚窮荒，南臨大漢。當心而坐，其富如雲。氈裘之帳，每日調弓，孤格之軍，終朝錯箭。將鬬戰爲業，以獵射爲能。不蠶而衣，不田而食。既無穀麥(麥)，噉肉充粮。少有絲麻，織毛爲服。夫突厥法用，貴杜(壯)賤老，憎女愛(愛)男。懷鳥獸之心，負犬(戎)戎之意。□(冬)天逐暖，即向山南；夏月尋源(凉)，便居山北。河(何)懸尺璧(壁)，寧謝寸陰。是勇直爲作處伽花人多出來掘强。若道一時一餉，猶可安排，歲久月深，如何可度。妾聞：「鄰國者大而小而强自强弱自弱自弱[三]，何用逞雷電之意氣，爭烽火之聲，獨樂一身，苦他万姓。」單于見明妃不樂，唯傳一箭，號令□軍。且有赤狄白狄，黃頭紫頭，知衆明妃，皆來慶賀。須命緤騣柘(拓)駞，載載作舞，倉牛亂歌。百姓知單于意，單于識百姓心。良日可借(惜)，吉日難逢。遂拜昭軍(君)爲煙脂皇后。故□(入)國隨國，入鄉隨鄉，到蕃稟(稟)還立蕃家之名，築拜號作煙脂貴氏處有爲陳：

傳聞突厥(突厥)本同威，　　每喚昭軍(君)作貴妃，呼名更號煙脂氏，猶恐他嫌禮度微。
牙官少有三公子，首領多饒五品緋。
乇下既稱張毳幕，臨時必請定門旗。
搥鐘擊鼓千軍啾，叩角吹螺九姓圍。
澣海上由嗚戛戛，陰山的是搌危危。
罇前校尉歌楊柳，坐上將軍無樂騑（舞落暉），
乍到未閑（嫻）胡地法，初來且着漢家衣。
冬天野馬從他瘦，夏月犛牛任意肥，
邊雲忽然聞此曲，令妾愁腸每憶歸。
蒲桃未必勝春酒，氈帳如何及綵幃？
莫怪適下頻下淚，都為殘雲度嶺西。
上卷立鋪畢，此入下卷。

明妃既策立，元來不稱本情，可汗將為情和，每有善言相向。「異方歌樂，不解奴愁，別城（域）之歡，不令人愛。」單于見他不樂，又傳一箭，告報諸蕃，非時出臘（獵），圍遶烟脂山，用昭軍（君）作中心，万里攢軍，千兵逐獸。昭軍（君）既登高嶺，愁思便生，遂指天嘆帝鄉而曰處若為：

單于傳告報諸蕃，各自排兵向北山。
左邊盡着黃金甲，右件(伴)芬雲(紛紜)似錦團。
黃羊野馬捻槍撥，鹿鹿從頭喫箭川(穿)，
遠指白雲呼且住，聽奴一曲別鄉關：
「妾家宮宛(苑)住奏(秦)川，南望長安路幾千，
不應玉塞朝雲斷，直爲金河夜蒙連。
烔焰山上愁今日，紅粉樓前念昔年，
八水三川如掌內，大道青樓若服(眼)前。
風光日色何處度，春色何時度酒泉？
可唆輪臺寒食後，光景微微上(尙)不傳。
衣香路遠風吹盡，朱履途遙蹋鐙㳤(穿)，
假使邊庭突厥寵，終歸不及漢王怜(憐)。
心驚恐怕牛羊吼，頭痛生曾(憎)乳酪羶，
一朝願妾爲紅□(鶴)[四]，万里高飛入紫煙。
初來不信胡關險，久住方知虜塞□，
祁稚更能何處在？只應弩郍(那)白雲邊。」

昭軍(君)一度登千〔五〕山，千迴下淚，慈母只今何在？君王不見追來。當嫁單于，誰望喜樂。良由畫匠，捉妾陵持，遂使望斷黃沙，悲連紫塞，長辭赤縣，永別神州。虞舜妻賢，涕(啼)能變竹，玘良(杞梁)婦聖，哭烈(裂)長城。乃可恨積如山，愁盈若海。單于不知他怨，至夜方歸。雖還至帳，臥仍不去。因此得病，漸加羸瘦。單于雖是蕃人，不郍(那)夫妻義重。頻多借問，明妃遂作遺言，略敍平生，留將死處若爲陳說：

「妾嫁來沙漠，經冬向晚時，
和明以合調，翼以當威儀。
紅檢(臉)偏承寵，青蛾侍妾時，
〔□□□□□□〕〔六〕，每憐歲寒期。
今果連其病，容華漸漸衰。
五神俱惣(總)散，四代的危危，
月華來映塞，風樹已驚枝。
錬藥須岐伯，看方要巽離，
此間無本草，何處覓良師。
妻東(貌)如紅線〔七〕。
孤鸞視猶影(影猶)〔□□〕，龍劍非人常(尚)憶雌，妾死若留故地葬（葬），　　臨時□（請）報漢王知。

單于答曰：

「憶昔辭鑾（鑾）殿，　　相將出鴈門，
同行復同寢，　　雙馬覆（復）雙奔。
度嶺看玄兔（懸兔），　　臨行望覆盆，
到家蕃裏重，　　長媿漢家恩。
飲食盈帐桉，　　蒲桃滿頡罇，
元來不向口，　　交命若何存，
奉（鳳）管長休息，　　龍城永絶聞，
畫眉無若擇，　　淚眼有新恨（痕）。
願爲寶馬連長帶，　　莫學孤蓬剪斷根，
公主時亾僕亦死，　　誰能在後喪孤魂。」

從昨夜已來，明妃漸困，應爲異物，多不成人。單于重祭山川，再求日月，百計尋方，千般求術，縱令春盡，命也何存。可惜□□（明妃），□（奄）從風燭。故知生有地，死有處。怜至三更，大命方盡。單于脫却天子之服，還着庶人之裳，披髮臨喪，魁渠並至。驍（曉）夜不離喪側，部落豈敢東西。日夜哀吟，無由蹔檄（輟），慟悲切調，乃哭明妃處若爲陳說：

昭軍(君)咋夜子時亡，　突厥今朝發使忙，
三邊走馬傳胡命，　萬里非(飛)書奏漢王。
單于是日親臨哭，　莫捨須臾守看喪，
解劒脫除天子服，　披頭還着庶人裳。
衙官坐位刀離(剺)面，　九姓行哀截耳璫。
[□□□□□□□]【八】，　枷(架)上羅衣不重香，
可惜未殃(央)宮裏女，　嫁來胡地碎紅粧。
首領盡如雲雨集，　異口皆言鬬戰場，
寒風入帳聲猶苦，　曉日臨行哭未殃(央)，
昔日同眠夜卽短，　如今獨寢覺更長。
何期遠遠離京兆，　不憶(意)冥冥臥朔方，
早知死若埋沙裏，　悔不教君還帝鄉。

表奏龍庭。勑未至，單于唆丁寧(靈)塞上衞律，令知葬(葬)事。一依蕃法，不取漢儀。棺槨穹廬，更別方圓。千里之內，以伐醮(樵)薪，周匝一川，不案□馬。且有奔馳勃律，阿寶蕃人，膳主犛牛，兼能煞馬。醞五百瓮(甕)酒，煞十萬口羊，退犢燖駞，飲食盈川，人倫若海。一百里鋪氍毹毛毯，踏上而行；五百里鋪金銀胡瓶，下脚無處。單于親降，部落皆來。傾國成儀，乃葬昭軍(君)處若爲陳說：

詩書既許禮緣情，　今古相傳莫不情，

漢家雖道生離重，　蕃率（[illegible]）〔[illegible]〕猶〔□〕死葬輕。

單于是日親臨送，　部落皆來引仗行，

睹（[illegible]）走熊羆（[illegible]）千里馬，　爭來競逞五軍兵。

牛羊隊隊生埋壙，　任女芬芳（紛紛）聳入坑，

地上築境（[illegible]）猶未了，　泉下惟聞叫哭聲。

蕃家法用將爲重，　漢國如何輒肯行，

若道可汗傾國葬，　焉知死者絕妨生！

黃金白玉蓮（[illegible]）車載，　寶物明珠盡龐（[illegible]）傾，

昔日有秦王合國葬，　校料昭軍（[illegible]）亦未平。

墳高數尺號青塚，　還道軍人爲立名，

只今葬在黃河北，　西南望見受降城。

故知生有地，死有處，可惜明妃，奄從風燭，八百餘年，墳今上（[illegible]）在。後至孝哀皇帝〔[illegible]〕，然發使（[illegible]）和蕃。遂差漢使楊少徵杖節[illegible]來吊[illegible]重錦輻繒，入於虜廷，慰問蕃王。單于聞道漢使來吊，倍加喜悅，光依禮而受漢使吊。宣哀帝問，遂出祭詞處若爲陳說：

明明漢使達邊隅，　稟（凜凜）蕃王出帳趨，

大漢稱尊成命重，高聲讀勑吊單于。

「昨咸來表知其向，今嘆明妃奄逝殂，

故使敎臣來吊祭，遠道兼問有所須。

此間雖則人行義，彼處多應禮不殊，

附馬賜其千匹綵，公主子[一]仍留十解（斛）珠。

雖然與朕山河隔，每每憐鄉（卿）歲月孤，

秋末旣能安葬了，春間暫請赴京都。」

單于受吊復含渧（涕），漢使聞言悉以悲。

「丘山義重恩離（難）捨，江海雖深不可齊，

一從歸漢別連北，萬里長懷霸岸西。

閑時淨（靜）坐觀羊馬，悶卽徐行悅鼓鼙，

嗟呼數月連非禍，誰爲今冬急解奚（奚）[二]？

乍可陣頭失却馬，那堪向老更亡妻！

靈儀好日須安厝，葬事臨時不敢稽。」

莫恠帳前無掃土，直爲渧（啼）多旋作泥。

漢使吊訖，當卽使廻（迴）。行至蕃漢界頭，遂見明妃之塚。青塚寂遼（寥），多經歲月。使人下馬，設

樂沙場，害非單布，酒必重傾，望其青塚，宣哀帝之命，乃述祭詞：

「維年月日，謹以清酌之奠，祭漢公主王昭軍（君）之靈。惟靈天降之精，地降之靈，姝越世之無比，婥妁傾國和陟姡（嫿），丹青寫刑（形）。遠稼（嫁）使兇奴拜首，方代（伐）信義號罷征。賢感敢五百里年間，出德邇應，黃河号一清。祚永長傳万古，圖書且載著往聲。嗚呼嘻噫！在漢室者昭軍（君），亾翠（桀）紂者妮妃，孋姿兩不團矜誇，興皆言爲美。捧荷和國之殊功，金骨埋於万里。嗟呼！別翠之寶帳，長居突厥之穹廬。特也，黑山杜（壯）氣，擾攘兇奴，猛將降亶，計竭窮謀。漂遙（嫖姚）有懼於檢杌（獫狁），衞霍怯於强胡。不稼（嫁）昭軍（君），紫塞難爲運策定，單于欲別，攀戀拜路跪。嗟呼！身殁於蕃裏，魂兮豈忘京都。空留一塚齊天地，岸凡（兀）青山万載孤〔一三〕。」

校記：

〔一〕本卷編號伯希和二五五三。止存此一本，無從比對。原缺題目，據故事擬補。其中脫、衍、疑、誤各字，俱從意校。

〔二〕「酒泉」的「酒」；「望見」的「望」；「定知」的「定」；「冬天」的「冬」；「入國」的「入」；俱殘存下半字。「請報」的「請」存右半「青」；「紅鸖」的「鸖」存左半「霍」；「奄從」的「奄」存左撇。又「搜骨利幹」上一字存下半「儿」；「□□羝羖」句第一字存左半「骨」；俱不知何字。

[三] 此句應是「鄰國者，大强而小弱。强自强，弱自弱」之誤。

[四] 「紅鸛」即「鴻鵠」。

[五] 「千」字衍。

[六] 此处原脱一句。

[七] 此句疑是上文「靑蛾」句下的錯簡。

[八] 此處原脱一句

[九] 「率」即「帥」。

[一〇] 原本「皇帝」上及下文「帝問」上俱空格抬寫。

[一一] 「子」字衍。

[一二] 劉盼遂先生云「解奚」即「解擕」。

[一三] 此祭詞一段，脱誤及衍文更多，不能臆測。

啓　功校錄

【董永變文】[一]

人生在世審思量，暫時吵鬧有何方(妨)；
大衆志心須淨聽，先須孝順阿耶孃。
好事惡事皆抄錄，善惡童子每抄將。
孝感先賢說董永，年登十五二親亡。
自嘆福薄無兄弟，眼中流淚數千行；
爲緣多生無姊妹，亦無知識及親房。
家裏貧窮無錢物，所買(賣)當身殯耶孃。
便有牙人來勾引，所發善願便商量。
長者還錢八十貫，董永只要百千强。
領得錢物將歸舍，諫澤(揀擇)好日殯耶孃。
父母骨肉在堂內，又領攀發出於堂，
見此骨肉音哽咽，號咷大哭是尋常。
六親今日來相送，隨東直至墓邊傍。

一切掩埋總以(已)畢，　董永哭泣阿耶孃。
直至三日復墓了，　拜辭父母幾田常[三]；
父母見兒拜辭次，　願兒身健早歸鄉。
又辭東隣及西舍，　便進前呈(程)數里强。
路逢女人來委問：　「此個郎君住何方？
何姓何名衣(依)實說？　從頭表白說一場！」
「娘子記(旣)言再三問，　一一具說莫分張：
家緣本住朖山下，　知姓稱名董永郎。
忽然慈母身得患，　不經數日早身亡。
慈耶得患先身故，　後乃便至阿孃亡。
殯葬之日無錢物，　所賣當身殯耶孃。」
「世上莊田何不賣？　鸞(賣)身却入殘(賤)人行。
所有莊田不將貨，　棄貨今辰事阿郎。」
「娘子狗賄是好事，　董永爲報阿耶孃。」
「郎君如今行孝儀，　見君行孝感天堂。
數內一人歸下界，　暫到濁惡至他鄉。

帝釋宮中親處分，便遣汝等共田常，
不棄人微同千載，便與相逐事阿郎。」
董永向前便跪拜：「少先(失)父母大恓惶！」
「所賣一身商量了，是何女人立門傍？」
董永對言衣(依)實說「女人住在陰山鄉」
「女人身上解何藝？」「明機妙解織文章！」
便與將絲分付了，都來只要兩間房。
阿郎把數都計算，計算錢物千疋强。
經絲一切總尉了，明機妙解織文章。
從前且織一束錦，梭齊動地樂花香，
日日都來總不織，夜夜調機告吉祥。
錦上金儀對對有，兩兩鴛鴦對鳳凰。
織得錦成便截下，撲將來，便入箱。
阿郎見此箱中物，念此女人織文章。
女人不見凡間有，生長多應住天堂。
但織綺羅數已畢，卻放二人歸本鄉。

二人辭了須好去，　不用將心怨阿郎。
二人辭了便進路，　更行十里到永莊。
卻到來時相逢處，　「辭君却至本天堂！」
娘子便即乘雲去，　臨別分付小兒郎。
但言「好看小孩子，」　董永相別淚千行。
董仲長年到七歲，　街頭由喜(遊戲)道邊旁，
小兒行留被毀罵，　盡道董仲沒阿孃。
遂走家中報慈父：　「汝等因何沒阿娘？」
當時賣身葬父母，　感得天女共田常(填償)。
如今便即思憶母，　眼中流淚數千行。
董永放兒覓父(母)去，　往行直至孫賓(臏)傍：
「夫子將身來誓掛(筮卦)〔三〕，　此人多應覓阿孃。」
「阿孃池邊澡浴來，　先於樹下隱潛藏。
三個女人同作伴，　奔波直至水邊傍。
脫卻天衣便入水，　中心抱取紫衣裳；
此者便是董仲母，　此時修(羞)見小兒郎。」

「我兒幽(幼)小爭知處？　孫賓(臏)必有好陰陽。
阿孃擬收孩兒養，　我兒不儀(宜)住此方，
將取金瓶歸下界，　捻取金瓶孫賓(臏)傍。」
天火忽然前頭現，　先生失却走忙忙，
將爲當時總燒却，　檢尋却得六十張。
因此不知天上事，　總爲董[仲]覓阿孃。

校記：

〔一〕篇題依故事內容擬補。原卷編號爲斯二二〇四，共九三七字，敘述了整個故事。但文義多有前後不相銜接處，疑原本有白有唱，此則只存唱詞，而未錄說白。「降魔變文」畫卷，亦有唱無白，但其他抄本則有唱有白。

〔二〕此變文中「田常」凡三見，下文「便遣汝等共田常」，及「感得天女共田常」。王慶菽周一良疑當作「填償」，謂填償董永的賣身價。向達云：「都不應作填償。田常亦是仙人名，見搜神記。」

〔三〕「誓掛」卽筮卦，用向達說。

王重民校錄

【張義潮變文】[一]

（前缺）諸川吐蕃兵馬還來刧掠沙州。奸人探得事宜，星夜來報僕射：「吐渾王集諸川蕃賊欲來侵凌抄掠，其吐蕃至今尚未齊集。」僕射聞吐渾王反亂，即乃點兵，鏨凶門而出，取西南上把疾路進軍。纔經信宿，即至西同側近，便擬交鋒。其賊不敢拒敵，即乃奔走。僕射遂號令三軍，便須追逐。行經一千里已來，直到退渾國[二]內，方始趂趁。僕射即令整理隊伍，排比兵戈，展旗幟，動鳴鼉，縱八陣，騁英雄。分兵兩道，裹合四邊。人持白刃，突騎爭先。須臾陣合，昏霧漲天，漢軍勇猛而乘勢，拽戟衝山直進前。蕃戎膽怯奔南北，漢將雄豪百當千處：

忽聞犬戎起狼心，叛逆西同把險林，
星夜排兵奔疾道，此時用命總須擒。
雄雄上將謀如雨，蠢蝺蕃戎計豈深？
自十載提戈驅醜虜，三邊獷猂不能侵。
何期今歲興殘害，輙爾依前起逆心。
今日總須摽賊首，斯須霧合已霃霃。
將軍號令兒郎曰：「尅勵無辭百載（戰）勞，

丈夫名宦向槍頭覓， 當敵何須避寶刀！」
漢家持刀如霜雪， 虜騎天寬無處逃。
頭中鋒銛陪壠土， 血濺戎屍透戰襖。
一陣吐渾輸欲盡， 上將威臨煞氣高。

決戰一陣，蕃軍大敗。其吐渾王怕急，突圍便走，登涉高山，把嶮而住。其宰相三人，當時於陣面上生擒，祇向馬前，按軍令而寸斬。生口細小等活捉三百餘人，收奪得駞馬牛羊二千頭疋，然後唱大陣樂而歸軍幕。

燉煌北一千里鎮伊州城西有納職縣，其時回鶻及吐渾居住在彼，頻來抄刼伊州，俘虜人物，侵奪畜牧，曾無暫安。僕射乃於大中十年六月六日，親統甲兵，詣彼擊逐伐除。不經旬日中間，即至納職城。賊等不虞漢兵忽到，都無准備之心。我軍遂列烏雲之陣，四面急攻。蕃賊麞狂，星分南北；漢軍得勢，押背便追。不過五十里之間，煞戮橫屍遍野處：

燉煌上將漢諸侯， 棄却西戎朝鳳樓。
聖主委令權右地， 但是兇奴盡總讎。
昨聞獫狁侵伊鎮， 俘刼邊甿旦夕憂。
元戎叱咤揚眉怒， 當即行兵出遠收。
兩軍相見如龍鬬， 納職城西赤血流。

我將軍意氣懷文武，威慴蓄渾膽已浮。
犬羊纔見唐軍勝，星散迴兵所在抽，
遠來今日須誅剪，押背擒羅豈肯休。
千人中矢沙場殪，銛鍔匑勞[三]墜賊頭，
把鑠紅旗晶耀日，不忝田丹(單)縱火牛。
漢主神資通造化，殄却殘凶總不留。

僕射與犬羊決戰一陣，迴鶻大敗，各自蒼黃抛棄鞍馬，走投入納職城，把劳(牢)而守。於是中軍舉擘(畫)角，連擊錚錚，四面□兵，收奪駞馬之類一萬頭疋。我軍大勝，疋騎不輸，遂即收兵，即望沙州而返。既至本軍，遂乃朝朝秣馬，日日練兵，以備兇奴，不曾暫暇。

先去大中十載，大唐差册立迴鶻使御史中丞王瑞章[四]持節而赴單于，下有押衙陳元弘走至沙州界內，以(與)遊弈使佐承珍相見。承珍忽于曠野之中，迥然逢着一人，猖狂奔走，遂處分左右領至馬前，登時盤詰。陳元弘進步向前，稱是「漢朝使命，北入迴鶻充册立使，行至雪山南畔，被背亂迴鶻劫奪國信，所以各自波逃，信脚而走，得至此間，不是惡人。伏望將軍希垂照察。」承珍知是漢朝使人，與馬馱至沙州，即引入參見僕射。陳元弘拜跪起居，且(具)述根由，立在帳前。僕射問陳元弘：「使人於何處遇賊？本使伏[五]是何人？」元弘進步向前，啓僕射：「元弘本使王瑞章，奉勅持節北入單于，充册立使。行至雪山南畔，遇逢背逆迴鶻一千餘騎，當被劫奪國册及諸勑信。元弘等出自京華，素未諳野戰，彼衆我寡，遂落奸虞。」僕射聞言，心生大怒。「這賊爭敢輒爾猖狂，恣行凶害。」向陳元弘道：「使人且歸公館，便與根尋。」由未出兵之間，至十一年八月五日，伊州刺史王和清差走馬使至，云：「有背叛迴鶻五百餘帳，首領翟都督等將迴鶻百姓已到伊州側。（下缺）」

附錄一〔六〕

二月仲春色光輝，萬戶謳謠總展眉。
太保應時納福祐，夫人百慶無不宜。
三光昨來轉精耀，六郡盡道似堯時。
田地今年別滋潤，家園菓樹似□脂。
□中現有十碨水，潺潺流溢滿□渠，
必定豐熟是物賤，休兵罷甲讀文書。
再看太保顏如佛，恰同堯王似重眉，
弓硬力強箭又（叉）褐，頭邊蟲鳥不能飛。
四面蕃人來跪伏，獻駞納馬沒停時。
甘州可汗親降使，情願與作阿耶兒；
漢路當日無停滯，這廻來往亦無虞。
莫怪小男女陊哆語，童謠謌出在小厮兒。

㐌口承阿郎萬萬歲，夫人等劫石不傾移。
阿耶驅來作證見，阿孃也交作保知，
優償但知馬壹疋，錦令㐌作個出入衣。

附錄二

紅鮮紫尾不須愁，放汝隨波逐浪□，
須好且尋江上月，莫貪香餌更吞鈎。
孤(狐)猿被禁歲年深，放出城南百尺林，
淥水任君連臂飲，青山休作斷(腸)長吟。
遠涉風沙路幾千，暮(慕)恩傳命玉皆(階)前，
墻陰舊意初潮日，磵底松心近對天。
流沙古賽(塞)改多時，人物須存改舊儀，
再遇明王恩化及，遠將情懇赴丹墀。
燉煌昔日舊時人，虜醜隔絕不復親，
明王感化四夷靜，不動干戈萬里辛(新)。
聖雲繚繞拱丹霄，聖上臨軒問百寮，
龍沙沒洛(落)何年歲？賤疏猶言憶本天。

奉奏明王入紫微，　便交西使詔書追，
初霑聖澤愁腸散，　不對天顏誓不歸。
龍沙西□隔恩波，　太保奉詔出京花（華），
莫（[illegible]）才堂堂六尺貌，　口如江海決縣（懸）河〔七〕。

校記：

〔一〕篇題依故事內容擬補。原卷編號爲伯二九六二。首尾殘缺，所記僅大中十年十一年前後事。故事的主人公即歸義軍節度使張義潮，義潮官銜，初加尙書，繼加僕射，後加太保也。變文稱僕射，正是義潮在大中十年左近的加銜。孫楷第先生有「敦煌寫本張義潮變文跋」，載「圖書副刊」第一四五期，（大公報一九三六年八月廿七日。）可參看。

〔二〕「退渾」變文內只此一處，餘皆作吐渾，即吐谷渾。後爲吐蕃所滅，其可汗及部族內屬中國，徙居北方。其未徙者爲吐蕃所役使，後仍自立。劉元鼎使吐蕃記，稱「莫賀延磧北自沙州之西，乃南入吐渾國」，就是變文裏面的吐渾國王。

〔三〕「劄務」下原卷有「七彫反」三字，是給「劄」字注的音。

〔四〕「王瑞章」應作王端章。舊唐書卷十八宣宗紀，資治通鑑卷二百四十九，及大唐詔令集卷一百二十九皆作王

端章。大唐詔令集載端章官銜作「朝議郎檢校秘書監兼衛尉少卿御使中丞上柱國賜紫金魚袋」，所以通鑑稱「衛尉少卿」，變文則稱「御史中丞」。

〔五〕「伏」疑當作「復」。

〔六〕在敦煌殘卷中另有歌頌「太保」的唱文兩篇，都是指的張義潮。茲附錄於後，以作參考。「附錄一」原編號爲伯三五〇〇，「附錄二」爲伯三六四五。

〔七〕原卷止此。

王重民校錄

【張淮深變文】〔一〕

（前缺）

尚書見賊□降伏〔二〕
奠遣波逃星散去
蒙塵首領陳辭曲
奉命差來非本意
今朝死活由神斷
鳥入網中難走脫

迴鶻旣敗，當卽生降，歸。乞所來爲寇非實，慮尚書徵兵來伐爲遊軍，何期天道助乞首領而已。尚書業，累致逃亡，使安西

之窟奈何先陳降

非一二，據汝猖狂，盡

且留性命。首領等

離鼎上當則收賊戈

首尾相連，俘諸丁

寫表聞天處，若爲

尚書神算運籌謀，　廓清龍

破却吐蕃收舊國，　黃河

諸蕃納質歸唐化，　盡欲輪

敢死破殘迴鶻賊，　星馳羽

初言納款投旌戟，　續變

早向瓜州欺牧守，　今朝此處

黃天不許辜神德，　敗績橫

生降不可全坑却，　且放嚴

首領馬前稱萬歲，　言終泣下

尚書〔三〕見賊已歸降，　蹔假威容駐道傍，念汝失鄉淪落衆，　那堪更遺負寒霜。
中軍處分收弓□，　表進戈矛奉大唐，
然後收軍遮逆虜，　□刀生擒入燉煌。

尚書既擒迴鶻，即處分左右馬步都虞候，並令囚繫。遂請幕府修牋，述之露布，封函結款，即□□□，不逾旬月之間，使達京華。表入鳳墀，帝親披覽，延暎天朝。帝謂群臣曰：「□□□□表奏，獲捷匈奴千餘人，縶于囹圄。朕念□□□□□舊懿，衰日會効赤誠；今以子孫流落□□河西，不能堅守誠盟，信任諸下，輒此猖狂。朕聞往古，義不伐亂，匈奴今豈(其)謂矣！」因而厚遇之，群臣皆呼萬歲。乃命左散騎常侍李衆甫，供奉官李全偉，品官楊繼瑀等，上下九使，重賫國信，遠赴流沙。詔賜尚書，兼加重錫，金銀器皿，錦繡瓊珍，羅列毬場，萬人稱賀。詔曰：「卿作鎮龍沙，威臨戎狄，橫戈大漠，殄掃匈奴。生降十角於軍前，對敵能施於七縱。朕深嘉嘆，□更勉懷！」尚書捧讀詔書，東望帝鄉，不覺流涕處，若爲陳說：

皇華西上赴龍庭，　馹騎駢闐出鳳城，
詔命貂冠加九錫，　虎旗龍節曜雙旌。
初離魏闕煙霞靜，　漸過蕭關磧路平。
蓋爲遠銜天子命，　星馳猶戀隴山青。
行歌聖日臨荒壘，　土勤相催倍去程，

遥望燉煌增喜氣，　三峗峯翠目前明。
到日毬場宣詔喻（諭），　勑書褒奬更丁寧。
尚書既覩絲綸誥，　蹈舞懷慙感聖聰。
「微臣幸遇陶唐化，　得復燕山獻御容，
報國願清戎落靜，　煙消萬里更崇墉（庸）。
今生豈料親臨問，　特降天官出九重，
錫賚縑緗難捧授，　百生銘骨誓輸忠！」

尚書授勑已訖，即引天使入開元寺，親拜我玄宗聖容。天使覩往年御座，儼若生前。歎念燉煌雖百年阻漢，沒落西戎，尚敬本朝，餘留帝像。其於（餘）四郡，悉莫能存。又見甘涼瓜肅，雉堞彫殘，居人與蕃醜齊肩，衣着豈忘於左衽；獨有沙州一郡，人物風華，一同內地。天使兩兩相看，一時垂淚，左右驂從，無不慘愴。安下旣畢，日置歌筵，毬樂宴賞，無日不有。是時也，日藏之首，境媚青蒼；紅桃初熟，九醞如江。天使以王程有限，不可稽留。修表謝恩，當即進發。尚書遠送郊外，拜表離筵，碧空秋思，去住愴然，躊躇塞草，信宿留連。握手途中，如何分袂處，若爲陳說：

□從收復已多年，　萬里西門絕戎煙。
去歲官崇驄馬政，　今秋寵遇拜貂蟬。
無何獫狁侵唐境，　引旆奔衝過大泉。

聖主遠憂懷軫慮，皇情頒詔虜庭宣。
丹霄內使人難見，士嶺風沙塞草寒。
跋涉金河勞俊（駿）騎，深塹常侍降樓闌（蘭）。
歸程保重加飧飯，張掖姑臧在目前，
到後金鑾朝奏日，冲融〔四〕敷對爲周旋。
感戴鴻恩何日報。權兵靜塞□龍顏〔五〕。

天使既發，分袂東西。尚書感皇帝之深恩，喜朝廷之天遇。應是生降迴鶻，盡放皈（歸）迴。首領蒼遑，咸稱萬歲。豈料蜂蠆有毒，豺性難馴，天使纔過酒泉，迴鶻王子，領兵西來，犯我㙉埸。潛於西桐海畔，蟻聚雲屯，遠偵烽煙，郎擬爲寇。先鋒遊奕使白通吉，探知有賊，當郎申上。尚書既聞迴鶻□□□諸將點銳精兵，將討匈奴。參謀張大慶越班啓曰：「金□□□，兵不可妄動。季秋西行，兵家所忌。」尚書謂諸將□：「□□□失信，來此窺闚。軍志有言：兵有事不獲而行之，□□□事不獲矣！但持金以壁王相，此時必須剪除。」言訖，□□□軍，誓其衆曰：「迴鶻新受詔命，今又背恩，此所謂□□，理合撲滅，以雪朝廷之憤。將士勉懷盡節，共掃□搶！」傳令既訖，當郎徵兵，鑿凶門而出。風馳霧卷，不逾信宿，已近西桐。賊且依海而住，控險爲勢，□（以）拒官軍。尚書乃處分諸將，盡令卧鼓倒戈，人馬銜枚。東風獵□，微動塵埃；六龍纔過，誓不空廻。先鋒遠探，後騎相催，鐵□千隊，戰馬雲飛。分兵十道，齊突穹廬。鞞鼓大振，白刃交麾，匈奴喪膽，麞竄周諸。頭隨劍落，滿路僵屍。迴鶻大敗。天假雄威處，若爲陳說：

尙書聞賊犯西桐，　便點偏師過六龍。
總是燉煌豪俠士，　□曾征戰破羌戎。
霜刀用苦光威日，　虎豹爭奔煞氣濃，
鉦鼙鬧裏紛紛擊，　戞戞聲齊雹不容。
恰到平明兵裏合，　始排精銳拒先衝，
弓開偃月雙交羽，　斧斫□□立透胸。
血染平原秋草上，　滿川流水變長紅。
南風助我□威急，　西海橫屍幾十重。
是日尙書心膽壯，　天恩從□□□公。
兒郎氣勇　膽顫肉飛　陌刀亂揊
虎鬬□□　□□陣敗　賊透重圍
骨撾捆　賓劒揮　俘諸生口
疋騎無遺
獫狁從茲分散盡，　□□歌樂却東□〔穴〕。

自從司徒歸闕後，有我尚書獨進奏。
□節河西理五州，德化恩沾及飛走。
天生神將□英謀，南破西戎北掃胡，
萬里能令烽火滅，百城黔首賀來蘇。
幾迴獻捷入皇州，天子臨軒許上籌，
「卿能保我山河靜，」即見推輪拜列侯。
河西淪落百餘年，路阻蕭關雁信稀，
賴得將軍開舊路，一振雄名天下知。
年初弱冠卽登庸，匹馬單槍突九重，
曾向祁連□□□，幾迴大漠虜元兇。
西取伊□□□□，□□□□復舊疆，
隣國四時□□□，□□□□□□唐。
退渾小醜□□□，（下缺）

校記：

〔一〕原卷編號爲伯三四五一。篇題依所述故事擬補。孫楷第先生「燉煌寫本張淮深變文跋」,(「歷史語言研究所集刊」第七本第三分。)謂張淮深破沙州迴鶻,唐天子遣上下九使到沙州的年代,「至晚不得在中和四年以後,或當在乾符中」,大概是對的。張景球撰的「張淮深墓誌銘」,稱「乾符之政,以功再建節髦,特降皇華,親臨紫塞。中使曰宋光廷」,可能就是這件事情,而宋光廷就是上下九使中之一。所以這篇變文的寫作時期,應在乾符年間。(公元八七四—八七九年。)又原卷中有朱筆句讀,又有墨筆更改的兩處。卷末「自從司徒歸闕後」二十五句,筆蹟和更改字相同,應是更改人補鈔的,也許是他作的。

〔二〕從第一至第二十七行,下截均殘闕。

〔三〕原卷「尙書」二字旁用墨筆改爲「元戎」。

〔四〕向達云:「冲融卽從容。」

〔五〕原卷此兩句旁用墨筆改爲「感戴鴻恩終不忘,水淸河隴獻天顏。」

〔六〕變文至此似已完畢。「自從司徒歸闕後」云云,是講咸通八年(八六七)張義潮入朝留居長安以後,張淮深治理敦煌的武功和政治,與上文不相銜接,疑是後人補作,在講唱變文以後,作爲煞尾。

王重民校錄

敦煌變文集卷二

舜子變[一]

姚(堯)王里(理)化之時，日落(落)千般祥瑞。舜有親阿孃在堂，樂登夫人便是。樂登夫人染疾在床，三年不豈(起)，夫人喚言苦瘦(瞽叟)，「立有姑(孤)男姑(孤)女，流(留)在兒壻手頂(頭)，願夫莫令邊(鞭)恥[二]」。苦嗽(瞽叟)報言娘子：「閤疾病惣有，夫人大須攝治，」道了命終。舜子三年池(持)孝，淡眼[三]十日寡體。苦嗽(瞽叟)喚言舜子：「我舜子小(少)失却阿孃，家裏無人主領；阿耶取(娶)一個計(繼)阿孃來，我子心裏何似？」舜子抄手啓阿耶：「阿耶若取得計阿孃來，也共親阿孃無二！」苦嗽取得計阿孃，不經旬日中間，苦嗽喚言舜子：「遼陽城兵馬下，今年大好經記(紀)。阿耶暫到遼陽，沿路覓些些宜利。遣我子勾當家事。」

去時只道壹年，三載不歸宅李(裏)，兒遊(憶)[四]阿耶長段(腸斷)，步琴悉(席)[五]上安智(置)。舜子府(撫)琴忠(中)間，門前有一老人立地。舜子卽忙出門：「老人[萬]福尊體！老人從何而來？」老保(老人)

(魅)郎君：「昨從寮楊（遼陽）城來，今得阿耶書信。」舜子走入宅門，跪拜阿孃四拜。後阿孃見舜子跪拜四拜，五讀（五毒）嗔心便豈（起）：「又不是時朝節日，又不是遠來由喜，政（正）午間跪拜四拜，學得甚媿（鬼）禍述魔（術魅）！」舜子叉手啓阿孃：「阿耶暫到寮楊（遼陽），遣舜子勾當家事。去時即來一年，三載不歸宅里。兒遠阿耶腸段（斷），步琴悉上安智。舜子府琴忠間，門前有個老人，昨從寮楊城來，今得阿耶書信，兩拜助（祝）阿孃寒溫，兩拜助（祝）阿孃同喜。」

後阿孃聞道苦嗽到來，心里當時設計，高聲喚言舜子：「實若是阿耶來，家裏苦無供備；阿孃見後菌果子，非常最好，紅桃先（鮮）味。我若啇（摘）得桃來，豈不是於家了事！」舜子問（聞）道摘桃，心裏當時歡喜。舜子上樹摘桃，阿孃也到樹底。解散自家頭計[六]，拔取金芆（釵）手裏，次（刺）破自家脚上，高聲喚言舜子：「我子是孝順之男，豈不下樹與阿孃看次（刺）。」舜子聞言，將爲是眞無爲（僞）[七]，舜子即忙下樹[八]。

* * *

房中臥地不起，不經三兩□□□□□□□叟來至。瞽叟入到宅門，直到自家房□□□後妻向床上臥地不起。瞽叟問言：「娘子前後見我不歸，得甚能歡能喜？今日見我歸家，床上臥不起，爲復是隣里相爭，爲復天行時氣？」後妻忽聞此言，滿目摧摧下淚：「自從夫去遼陽，遣妾勾當家事，前家男女不孝，見妾後園摘桃，樹下多里（埋）惡刺，刺我兩脚成瘡，疼痛直連心髓。當時便擬見官，我看夫妻之義。老夫若也不信，脚掌上見有濃（膿）水。見妾頭黑面白，冀生猪狗之心。」

瞽叟喚言舜子：「阿耶暫到遼陽，遣子勾當家事，緣甚於家不孝？阿孃上樹摘桃，樹下多埋惡刺，刺他兩脚成瘡，這個是阿誰不是？」舜子心自知之，恐傷母情；舜子與招伏罪過，又恐帶累阿孃。「己身是兒，千重萬過，一任阿耶鞭恥。」瞽叟忽聞此言，聞嗔且不可嗔，聞喜且不可喜，高聲喚言「象兒與阿耶三條荊杖來，與打殺前家歌(哥)子。」〔象〕兒〔聞〕〔已〕道取荊杖，走入阿孃房裏，報云：「阿耶交兒取杖，打殺前家歌(哥)子。」後妻報言瞽叟：「男女罪過須打，更莫交分疏道理。」象兒取得荊杖到來，數中揀一條麁牞，約重三兩便不是。把舜子頭髮，懸在中庭樹地，從項決到脚脉，鮮血遍流灑地。瞽叟打舜子，感得百鳥自鳴，慈烏洒血不止。舜子是孝順之男，上界帝釋知委，化一老人，便往下界，來至方便與舜，猶如不打相似。舜卽歸來書堂裏，先念論語孝經，後讀毛詩禮記。

後阿孃來〔一〇〕見舜子，五毒嗔心便起：「自從夫去遼陽，遣妾勾當家事。前家男女不孝，東院酒席常開，西院書堂常閉，夜夜伴涉惡人，不曾歸來宅裏。賣(賣)却田地莊園，學得甚鬼禍術魅！大杖打又不死，忽若堯王勑知，兼我也遭帶累。解士(事)把我離書來，交〔我〕離你眼去！」瞽叟報言娘子：「他緣人命致重，如何打他鞭恥？有計但知說來，一任與娘子鞭恥。」後妻報言瞽叟：「不鞭恥萬事絕言，鞭恥者全不成小事。」

不經兩三日中間，後妻設得計成。妻報瞽叟曰：「妾見後院空倉，三二年來破碎，交伊舜子修倉，四畔放火燒死。」瞽叟報言娘子：「娘子雖是女人，設計大能稀〔卄〕細。」瞽叟喚言舜子：「阿耶見後院倉，三二年破碎；我兒若修得倉全，豈不是兒於家了事。」舜子聞道修倉，便知是後阿娘設計，調和一埿埿水。舜子叉手啓阿孃：「埿水生治不解，須得兩個笠子。」後阿孃問瞽叟曰：「是你怨(冤)家修倉，須得兩個笠子。交伊[共]怨家上倉，不計是兩個笠子，四十個笠子也須燒死。」舜子纔得上倉舍，西南角便有火起。第一把火是阿得(後)孃，續得瞽叟第二，第三不是別人，是小弟象兒。即三具火把鐺脚且燒，見紅炎連天，里(黑)[其]烟且不見天地。舜子恐大命不存，權把二個笠子爲(鵄)，騰空飛下倉舍。舜子是有道君王，感得地神擁起，遂不燒，毫毛不損。歸來書堂院裏，先念論語孝經，後讀毛詩禮記。

後阿孃又見舜子，五毒惡心便起。「自從夫去遼陽，遣妾勾當家事，前家男女不孝，東院酒市(帝)常開，西院書堂常閉，夜夜伴涉惡人，不曾歸來宅裏。貴(賣)却田地莊園，學得甚祟禍術魅，大杖打又[不]死。三具火燒不敬，忽若堯王勅知，兼我也遭帶累。解事把我離書來，交我離你眼去。」瞽叟報言娘子：「緣人命致重，如何但恠理他。有計但知說來，一任與娘子鞭恥。」後妻報言瞽叟：「不鞭恥萬事絶言，鞭恥全成小事。」

不經旬日中間，後妻設得計成：「妾[見][西]廳前枯井，三二年來無水，交伊舜子淘井，把取大石塡壓死。」瞽叟報言娘子：「娘子雖是女人，設計大能精細。」高聲喚言舜子：「阿爺廳前枯井，三二年來無水，汝若淘井出水，不是兒於家了事。」舜聞濤(淘)井，心裏知之，便脫衣裳，井邊跪拜，入井濤埿。上界帝釋，密降銀錢伍百文，入於井中。舜子便於泥罇中置銀錢，令後母挽出。數度訖，上報阿耶孃：「井中水滿錢盡，遣我出着，與飯盤食者，不是阿孃能德。」後母聞言，於瞽叟詐云：「是你怨(冤)家有言，不得使我銀錢；若用我銀錢者，出來報官。渾家不殘性命？」瞽叟便即與大石塡塞。後母一女(心)把着阿耶，殺却前家歌(哥)子。交與甚處出坎。阿耶不聽，拽手埋井。帝釋變作一黃龍，引舜通穴往東家井出。舜叫聲上報，恰值一老母取水，應云：「井中是甚人乎？」舜子答云：「是西家不孝子。」老母便知是舜，牽挽出之。舜即泣淚而拜，老母便與衣裳，串(穿)着身上，與食一盤喫了。報舜云：「汝莫歸家，但取你親阿孃墳墓去，必合見阿孃現身。」一說詞已了，舜即尋覓阿孃墓。見阿孃眞身，悲啼血。阿孃報言舜子：「兒莫歸家，兒大未盡。但取西南角歷山，躬耕必當貴。」

舜取母語，相別行至山中，見百餘傾(頃)空田；心中哽噎。種子犂牛，無處取之。天知至孝，自有羣猪與觜〔三五〕耕地開壟，百鳥銜子拋田，天雨澆溉。其歲天下不熟，舜自獨豐，得數百石穀來。心欲思鄉，擬報父母之恩。行次臨河，舜見以郡(一群)鹿，歎云：「凡爲人身，遊鹿不相似也。」泣淚呼(吁)嗟之次，又見商人數個，舜子問云：「冀郡姚家人口，平善好否？」商人答云：「姚家千萬，阿誰識你親情？有一家姚姓，言遣兒濤井，後母嫉之，共夫塡却井煞兒。從此後阿爺兩目不見，母即玩遇(頑嚚)，負薪詣市。更一小弟，亦復癡癲，極受貧乏，乞食無門。我等只識一家，更諸姚姓，不知誰也。」舜子當即知是父母小弟也。心口思惟，口亦不言。

舜來歷山，俄經十載，便將米往本州。至市之次，見後母負薪，詣市易米。値舜羅(糶)於市，舜識之，便糶與之。舜得母錢，佯忘安置米囊中而去。如是非一。瞽叟怪之，語後妻曰：「非吾舜子乎？」妻曰：「百丈井底埋却，大石擋之，以土塡却，豈有活理？」瞽叟曰：「卿試牽我至市。」妻牽叟詣市，還見糶米少年，叟謂曰：「君是何賢人，數見饒益？」舜曰：「見翁年老，故以相饒。」叟耳識其聲音曰：「此正似吾舜子聲乎？」舜曰：「是也。」便卽前抱父頭，失聲大哭。舜子拭其父淚，與舌舐之，兩目卽明。母亦聰慧，弟復能言。市人見之，無不悲歎。

當時舜子將父母到本家庭。瞽叟湣吾之孝，不自斟量，便集隣里親眷，將刀以殺後母，舜子叉手啓大人：「若殺却阿孃者，舜元無孝道，大人思之。」隣里悲哀，天下未門(聞)此事。父放母命以後，一心一肚快活，天下傳名。堯帝聞之，妻以二女，大者娥皇，小者女英。堯遂卸位與舜帝。英(華)生商均，不肖；舜由此卸位與夏禹王。其詩曰：

瞽叟塡井自目盲，舜子從來歷山耕。
將米冀都逢父母，以舌舐眼再還明。

又詩曰：

孝順父母感於天，舜子濤(淘)井得銀錢。
父母拋石壓舜子，感得穿井東家連。

舜子至孝變文一卷

檢得百歲詩云：「舜年廿學問。卅，堯舉之。五十，大行天下事。六十一，代堯踐帝位。在位卅九年，南巡狩，崩於蒼梧之野，年百歲。葬於南九疑，是爲零陵。舜子姓姚，字重華。」又檢得歷帝紀云：「舜號有虞氏，姓姚，目有重瞳。父名瞽叟，母號握登，顓頊之後，黃帝九代孫。都平陽，後都蒲坂。夏禹代立。」孔安國云：「舜在位五十年，年一百十二歲。崩，葬蒼梧九疑山。帝舜元年戊寅。」

天福十五年歲當己酉朱明蕤賓之日蓂生拾肆葉寫畢記。

校記：

〔一〕現存兩卷，原編號如下：

甲卷　斯四六五四　存前題

乙卷　伯二七二一　存後題

兩卷雖非同一寫本，銜接處殘缺似不多，整個故事，大致得以保全。

〔二〕曾毅公疑「恥」當作「咨」，或作「叱」，下同。

〔三〕曾疑「眼」是「服」字，或是「然」字。

〔四〕原作「逆」亦通，但改「憶」較好。

〔五〕曾疑「悉」當作「膝」。

〔六〕曾疑「計」當作「髻」。

〔七〕「僞」原作「爲」，用曾說。

〔八〕甲卷止此。審閱乙卷開端故事，疑中間所缺，不過數行。

〔九〕「象」「聞」二字依曾說補。

〔一〇〕「亦」當與「一」通，「亦見」卽「一見」。

〔一一〕曾云：「稱」依下文當改作「精」。

〔一二〕「大伊」無意，疑當作「待伊」。

〔一三〕用曾校。

〔一四〕用曾校補。

〔一五〕「與犕」卽「以犕」，謂用犕耕地也。

王重民校錄

韓朋賦一卷〔一〕

昔有賢士，姓韓名朋，少小孤單，遭喪〔二〕遂失「其」〔三〕父，獨養老母。謹身行孝，用身爲主意遠仕。憶母獨注（住），「故娶」〔四〕賢妻。成功素（索）女，始年十七，名曰貞夫。已〔五〕賢至聖，明顯絶華，刑（形）容窈窕，天下更無。雖是女人身，明解經書，凡所造作，皆今〔六〕天符。入門三日，意合〔七〕同居，「共君作誓，各守其軀。君「亦」〔八〕不須再取（娶）婦，如魚如水；妾亦不再「改」〔九〕嫁，死事一夫。」

韓朋出遊，仕於宋國，期去三年，六秋不皈（歸）。朋母憶之〔一〇〕，心煩惣〔一一〕，「其妻〔一二〕念之，内自發心〔一三〕，忽自〔一四〕執筆，遂字造書。其文斑斑〔一五〕，文辭碎金〔一六〕（碎錦），如珠如玉〔一七〕。意欲寄書与人，恐人多言；意欲寄書与鳥，鳥恆高飛；意欲寄書与風，風在空虛。書若〔一八〕有感，直到朋前；「書若無感，零落草間。其妻有感，直到朋前」〔一九〕。韓朋得書，解讀其言。書〔二〇〕曰：「浩浩白水，迴波如（而）〔二一〕流。皎皎明月，浮雲映之。青青〔二二〕之水，冬夏有時〔二三〕。失時不種，禾豆不滋〔二四〕。万物吐化，不違〔二五〕天時。久不相見，心中在思〔二六〕。百年相守，竟〔二七〕好一時。君不憶親，老母心悲。妻獨單弱〔二八〕，夜常孤栖〔二九〕，常懷大憂〔三〇〕。蓋聞百鳥失伴〔三一〕，其聲哀哀〔三二〕；日暮獨宿，夜長栖栖〔三三〕。太山初生，高下崔嵬〔三四〕。上有雙鳥，下有神龜，晝夜遊戲，恒則同皈（歸）。妾〔三五〕今何罪，獨無光暉〔三六〕。海水蕩蕩，無風自〔三七〕波，成人者少，破人者多。南山有鳥，北山張羅，鳥自高飛，羅當奈何。君但平安，妾亦無他〔三八〕。」韓朋得書，意感心悲，不食三日，亦不覺飢。韓朋意欲還家，事無因緣。懷書不謹，遺失殿前。宋王得之，甚愛其言。卽召羣臣，並及太史〔三九〕。誰能取得韓朋妻者，賜金千斤〔四〇〕，封邑万戶。梁伯啓言王曰：「臣能取之〔四一〕。」宋王大喜〔四二〕，卽出八輪之車，爪（騅）騮之馬，〔前後仕從〕〔四三〕便三千餘人，從發道路，疾如風雨。三日三夜，往到朋家。

使者下車，打門而喚。朋母出看，心中驚怕。卽〔四四〕問喚者：「是誰使者？」使者答曰：「我是宋國使來〔四五〕，共朋同友。朋爲公（功）曹，我爲主薄。朋有私〔四六〕書，來寄新婦。」阿婆迴語新婦：「如〔四七〕客此言，朋今事官（仕宦），且得勝途〔四八〕。」貞夫曰：「新婦昨夜夢惡，文文莫莫。見一黃蛇，皎（絞）妾床脚。三鳥並飛，兩鳥相博（搏）。一鳥頭破齒〔四九〕落，毛下〔五〇〕分分（紛紛）〔五一〕，血流落落〔五二〕，馬蹄〔五三〕踏踏，諸臣赫赫。上下不見〔五四〕隣里之人，何況千里之客。客從遠來，終不可信。巧言利語，詐〔五五〕作朋書。〔朋〕〔五六〕言在外，新婦出看〔五七〕。阿婆報客，但道新婦，病臥在床，不勝醫藥。並〔五八〕言謝客，勞苦遠來。」使者對曰：「婦聞夫書，何故〔五九〕不憘〔六〇〕？必有他情，在於隣里。」朋母年老，〔不〕〔六一〕能察意。新婦聞客此言，面目變青變黃：「如〔六二〕客此語，道〔六三〕有他情，卽欲結意，返失其理（[illegible]）。遣妾看客，失母賢子。姑從今已後亦夫（失）婦，婦亦失姑〔六四〕。遂下金機，謝其王事（[illegible]），千秋〔萬歲〕〔六六〕，不當復織〔汝〕〔六七〕。井水淇淇（湛湛），何時取汝？釜竈（竈）尪尪，何時吹〔六八〕汝？床（[illegible]）〔六九〕閨房，何時臥汝？庭前蕩蕩，何時掃汝？園菜青青，何時拾〔七〇〕汝？」出入悲啼，隣里酸楚。仾（低）頭却行，淚下如雨。上堂拜客，使者扶（[illegible]）〔七一〕。貞夫上車，疾如風雨。朋母於後，呼天喚地，〔號咷〕〔七二〕大〔七三〕哭，隣里驚聚。貞夫曰："呼天何益，喚地何免，駟馬一去，何[得][七四]歸返[七五]。"

梁伯迅[七六]速，日日漸遠。初至宋國，九千餘里，光照[七七]宫中。宋王恠之，即召羣臣，并及太史[七八]。開書問卜，怪其所以[七九]。博[八〇]士答曰："今日甲子，明日乙丑，諸臣[八一]聚集，王得好婦。"言語未訖，貞夫即至，面如凝脂，腰如束素，有好文理。宫人美女，無有及似[八二]。宋王見之，甚大歡掊(喜)[八三]。三日三夜，樂不可盡。即拜貞夫，以爲皇后[八四]。前後事(侍)從，入其宫裏[八五]。貞夫入宫，燋爍(憔悴)不樂，病臥不起。宋王曰："卿是庶人之妻，今爲一國之母。有何不樂！衣即綾羅，食即咨口。黄門侍郎，恆在左右。有何不樂，亦不歡憘(喜)？"貞夫答曰："辭家別親，出事韓朋，生死有處，貴賤有殊。蘆葦有地，荆棘有藂，豺貇(狼)有伴，雉兔[八六]有雙。魚鱉有[八七]水，不樂高堂。燕雀[八八]羣飛，不樂鳳凰。妾[是][八九]庶人之妻，不樂[九〇]宋王之婦。"[夫人愁憂不樂，王曰："[夫][九一]人愁思，誰能諫[之][九二]"？梁伯對曰："臣能諫之。朋年卅未滿，二十有餘，姿容窈窕，黑髮[九三]素絲[九四]，齒如珂[九五]珮，耳[九六]如懸珠。是以念之，情意不樂。唯須疾害朋身，以爲四[九七]徒。"宋王遂取其言，即[九八]打韓朋雙[九九]板齒[落][一〇〇]。並着故破之衣裳[一〇一]，使築清陵[一〇二]之臺。貞夫聞之，痛切忏(肝)腸，情中煩惌(怨)，無時不思。貞夫諮[一〇三]宋王[曰][一〇四]："既築清陵[之][一〇五]臺訖，乞願蹔往[觀]看[一〇六]"。宋王許之。[乃]賜[一〇七]八輪之車，瓜(騧)騮之馬，前後侍[一〇八]從，三千餘人，往到臺下。乃見[一〇九]韓朋，剉草飼[一一〇]馬，見妾[羞][一一一]恥，把草遮面。貞夫見之，淚下如雨。貞夫曰："宋王有衣，妾亦不着；王若有[一一二]食，妾亦不嘗。妾念思君，如渴思漿。見君苦痛，割妾心腸。

形〔一一三〕容燋燥（憔悴）〔一一四〕，决〔一一五〕報宋王，何以羞〔一一六〕恥，〔取草遮面〕〔一一七〕，避妾隱藏。」韓朋答曰：「南山有樹，名曰荆蕀（棘），一技（枝）兩刑（莖），葉〔一一八〕小心平。形容燋燥（憔悴），無有心情。蓋聞東流之水，西海之魚，去賤就貴，於意如何？」貞夫聞語，低頭却行，淚下如雨。即裂裙〔一一九〕前〔一二〇〕三寸之帛，卓齒取血，且作私〔一二一〕書，繫箭〔頭〕〔一二二〕上，射与韓朋。朋得此書，便即自死。宋王聞之，心中驚愕，即問〔一二三〕諸臣：「若爲自死？爲人所〔一二四〕煞？」梁伯對曰：「韓朋死時，〔無〕〔一二五〕有傷損之處。唯有三寸素書，〔繫〕〔一二六〕在朋頭下。」宋王即〔取〕〔一二七〕讀之。貞〔夫〕〔一二八〕書曰：「天雨霖〔霖〕〔一二九〕，魚游池中，大鼓無聲，小鼓無音。」〔宋〕〔一三〇〕王曰：「誰能辨〔一三一〕之？」梁伯對曰：「臣能辨之。天雨霖霖是其淚；魚遊池中是其意；大鼓無聲是其氣；小鼓無音是其思〔一三二〕。天下是其言，其義大矣哉〔一三三〕。」貞夫曰：「韓朋已〔一三四〕死，何更再言。唯願大王有恩，以禮葬之，可不得利後〔人〕〔一三五〕。」宋王即遣人城東，輊〔一三六〕百丈〔一三七〕之曠（壙），三公葬之禮也。貞夫乞往觀看，不敢久停〔一三八〕。宋王許之。令乘素〔一三九〕車，前後事（侍）〔一四〇〕從，三千餘人，往到墓所。貞夫下車，繞墓三匝，嗥啼〔一四一〕悲〔一四二〕哭，聲〔一四三〕入雲中，〔臨曠〕（壙）〔一四四〕喚君，君亦不聞。迴頭辭百官：「天能報〔此〕〔一四五〕恩。蓋聞一馬不被二〔一四六〕安（鞍），一女不事二夫〔一四七〕。」言語未訖〔一四八〕，遂即至室，苦酒侵衣，遂脃（脆）如菍（葱），左攬右攬，隨手而無。百官忙怕〔一四九〕，皆悉搥胸。即遣使者，〔走〕〔一五〇〕報宋王。

王聞此語，甚大嗔怒，床頭取劍，煞臣四五〔一五一〕。飛輪來走〔一五二〕，百官集聚。天〔一五三〕下大雨，水流曠（壙）中，難可得取。梁百（伯）諫王曰：「只有万死，無有一生。」宋王即遣〔人〕〔一五四〕捡之。不見貞夫，唯得兩石，一青一白〔一五五〕。宋王覩〔一五六〕之，青石埋〔於〕〔一五七〕道東，白石埋〔一五八〕於道西。道東生於桂樹，道西生於梧桐。枝枝相當〔一五九〕，葉葉相籠〔一六〇〕，根下相連，下有流泉，絕道不通。宋王出遊見之，〔問曰〕〔一六一〕：「此是何樹？」梁伯對曰：「此是韓朋之樹。」「誰能解之？」梁伯對曰：「臣能解之。枝枝相當是其意，葉葉相籠是其恩〔一六二〕，根下相連是其氣〔一六三〕，下有流泉是其淚。」宋王即遣〔人〕〔一六四〕誅伐〔一六五〕之。三日三夜，血流汪汪。二札落水，變成雙鴛鴦，舉翅高飛，還我本鄉。唯有一毛〔羽〕〔一六六〕，甚好端正〔一六七〕。宋王得〔一六八〕之，〔遂〕〔一六九〕即磨拂其身〔一七〇〕，「大好光彩。唯有項上〔一七一〕未好，即將磨拂項上，其頭即落。〔生〕〔一七二〕奪庶人之妻，枉殺賢良。未至三年，宋國〔一七三〕滅亡〔一七四〕。梁伯父子，配在邊疆。行善獲福〔一七五〕，行惡得殃〔一七六〕。

韓朋賦一卷

癸巳年三月八日張懮道書了。」

校記：

〔一〕「韓朋賦一卷」，共有六卷，今以伯二六五三爲原卷，原文首全尾略缺三四行。伯二九二二爲甲卷，標題下有「貞妻□□□士」六字，原文首尾均全，並有書寫年月日，但中間缺去一部分內容。

斯三二二七爲乙卷，原文首全尾缺。

斯三八七三爲丙卷，原文首缺尾全，且首段有數十行下截亦殘缺。

斯四九〇一爲丁卷，斯三九〇四爲戊卷。兩卷原屬同一人之鈔本，乃倫敦博物館整理時未注意所誤編。原文兩卷首尾不全，且首段均略有殘缺。

按此故事最早紀載見於晉干寶搜神記卷十一，其後唐劉恂嶺表錄異、唐釋道世法苑珠林、宋李昉太平御覽存有記錄。

〔二〕甲、乙、丁卷均無「遭喪」二字。

〔三〕「其」字據甲本補。

〔四〕甲、乙卷無「獨注」二字，「故娶」二字據甲、乙卷補。

〔五〕甲卷「已」作「與」。

〔六〕「今」疑爲「合」字。

〔七〕甲卷「合」作「欲」。

〔八〕「亦」字據甲卷補。

〔九〕「改」字據甲、乙、丁卷補。

〔10〕甲、乙、丁卷「之」作「子」。

〔11〕甲、乙、丁卷「心煩惚」作「口亦不言」。

〔一二〕「其妻念之，內自發心，忽自執筆，遂字造書。其文斑斑，文辭碎錦，如珠如玉。」二十七字，據甲、乙、丁卷補。

〔一三〕「自發」二字，據甲、乙卷作「白苑」，「苑」字未詳。

〔一四〕甲卷、乙卷「自」作「然」。

〔一五〕甲卷「斑斑」作「玭玭」，「砒」字未詳。

〔一六〕丁卷「砒金」作「碎錦」。

〔一七〕乙卷「如」作「而」。

〔一八〕「若」原作「君」，據甲、乙卷改。

〔一九〕「書若無感，零落草間。其妻有感，直到朋前」十六字，據甲、乙、丁卷補。又「零」字，甲、丁卷作「乏」。

〔二〇〕甲卷「書」作「詩」。

〔二一〕甲卷「如」作「而」。

〔二二〕乙、丁卷「暎」作「影」。丁卷「青青」作「淸淸」。

〔二三〕「冬夏有時」原作「各變其時」，據甲、乙、丁卷改。

〔二四〕「禾豆不滋」原作「和豆不煎」，據甲、乙、丁卷改。

〔二五〕「違」原作「爲」，據丁卷改。甲卷作「用」，乙卷作「逮」。

〔二六〕甲、乙卷「在思」作「有詞」。

〔二七〕甲卷「竟」作「意」。

〔二八〕甲卷「單弱」作「孤單」。

〔二九〕丁卷「孤栖」作「孤星」。

〔三〇〕甲卷「常懷大憂」作「懷抱徹天」。

〔三一〕甲卷「件」作「羣」。

〔三二〕甲卷「哀哀」作「衾衾」。

〔三三〕丁卷「栖栖」作「星星」。

〔三四〕甲卷「崔嵬」作「迴𨓈」，「𨓈」字未詳。丁卷作「嶊嵬」。

〔三五〕甲、丁卷「妾」作「妻」。

〔三六〕「光暉」原作「光明」，據乙、丁卷改。甲卷作「光胇」，「胇」字未詳。

〔三七〕甲卷「自」作「白」。

〔三八〕「他」原作「化」，據丁卷改。

〔三九〕「史」原作「吏」，據甲、乙卷改。丁本作「使」。

〔四〇〕「斤」原作「金」，據甲本改。又甲卷「封邑萬戶」作「封衣萬斛」。

〔四一〕甲卷於「臣能取之」下，多「淸是庶人之妻」六字。

〔四二〕「喜」原作「憶」，據甲、乙、丁卷改。

〔四三〕「前後仕從」四字，據甲卷補。又甲卷在「前後仕從」句下，爲「入其宫侶」，宫疑「宮」字，「侶」未詳。乙、丁卷在「爪騮之馬」下，爲「便廿餘人」。

〔四四〕「卽」原作「供」，據甲、乙、丁卷改。

〔四五〕甲卷「我是宋國使來」作「我是宋王使來」，乙、丙卷作「我是宋國之使」。

〔四六〕「私」原作「秋」，據乙、丁卷改。

〔四七〕甲卷「如」作「兒」，疑卽「兒」字

〔四八〕甲卷「途」作「常」。

〔四九〕甲卷「破齒」作「被柯」。

〔五〇〕乙、丙卷「毛下」作「毛羽」。

〔五一〕甲卷「分分」作「荾荾」。

〔五二〕甲卷「落落」作「洛洛」。

〔五三〕甲卷「蹄」作「踣」。

〔五四〕甲卷「上下不見」作「上不見下」。

〔五五〕「詐」原作「祚」，據乙、丙卷改。

〔五六〕「朋」字據甲、乙卷補。丙卷「言」作「朋」。

〔五七〕甲卷「看」作「覔」。

〔五八〕「並」原作「氷」，據甲卷改。

〔五九〕「故」原作「古」，據甲、乙卷改。

〔六〇〕甲卷「愭」作「語」，乙卷作「喜」。

〔六一〕「不」字據甲、丙、戊卷補。

〔六二〕戊卷「如」作「知」。

〔六三〕戊卷「道」作「必」。

〔六四〕「失姑」原作「姑道」，據乙、戊卷改。

〔六五〕「遂下金機謝其王事」原作「下機謝其玉袘」，據戊卷改。

〔六六〕「萬歲」二字據丙、戊卷補。

〔六七〕「不當復織」原作「不傷識汝」，據戊卷改。

〔六八〕「吹」原作「夕」，據戊卷改。

〔六九〕戊卷「廗」作「席」，疑卽「席」字。

〔七〇〕戊卷「拾」作「取」。

〔七一〕戊卷「譽」作「舉」。

〔七二〕「號咷」二字，據戊卷補。

〔七三〕「大」原作「天」，據戊卷改。

〔七四〕「得」字，據戊卷補。戊卷原爲「得再」二字。

〔七五〕戊卷無「返」字。

〔七六〕「迅」原作「信」，據丙、戊卷改。

〔七七〕戊卷「照」作「曉」。

〔七八〕「史」原作「吏」，據丙卷改。

〔七九〕戊卷「以」作「異」。

〔八〇〕「博」原作「悟」，據丁、戊卷改。

〔八一〕「臣」原作「𦣞」，據丙、戊卷改。按「𦣞」字疑即武則天所造「臣」之新字为「𢘑」字。

〔八二〕「似」原作「以」，據丙、戊卷改。

〔八三〕丙、戊卷「擡」作「喜」。

〔八四〕「后」原作「吉」，據甲、丙、戊卷改。

〔八五〕「裏」原作「里」，據甲、丙、戊卷改。

〔八六〕「兎」原作「笔」，據丙卷改。

〔八七〕「有」原作「百」，據丙卷改。

〔八八〕「雀」原作「若」，據甲、丙卷改。

〔八九〕「是」字據甲、丙卷補。

〔九〇〕「樂」原作「歸」，據甲卷改。

〔九一〕「夫人愁憂不樂，王曰夫」九字，據丙卷補。

〔九二〕「之」字據甲卷補。

〔九三〕「黑髮」原作「里發」，據甲、丙卷改。

〔九四〕「絲」原作「失」，據甲、丙卷改。

〔九五〕「珂」原作「軻」，據丙卷改。

〔九六〕甲卷「耳」作「目」。

〔九七〕「囚」原作「困」，據甲、丙卷改。

〔九八〕「即」原作「遂」，據甲、丙卷改。

〔九九〕「雙」原作「二」，據甲、丙卷改。

〔一〇〇〕「落」字據甲卷補。

〔一〇一〕「裳」原作「常」，據丙卷改。

〔一〇二〕「陵」原作「淩」，據甲卷改。

〔一〇三〕甲卷「諮」作「語」。

〔一〇四〕「曰」字據甲卷補。

〔一〇五〕「之」字據甲卷補。

〔一〇六〕「觀」字據甲卷補，「看」字下面原有一「下」字，衍，據甲卷刪。

〔一〇七〕「賜」原作「膓」，據丙卷改。「乃」字據丙卷補。

〔一〇八〕「侍」原作「事」，據甲卷爲「仕」，故改爲「侍」。

〔一〇九〕甲卷「見」作「召」。

〔一一〇〕丙卷「飼」作「餧」。

〔一一一〕「羞」字據丙卷補。

〔一一二〕「有」原作「喫」，據甲、丙卷改。

〔一一三〕「形」原作「刑」，據丙卷改。

〔一一四〕丙卷「燋焠」作「顦顇」，卽「憔悴」。

〔一一五〕甲卷「决」作「速」。

〔一一六〕「以羞」原作「足着」，據甲、丙卷改。

〔一一七〕「取草遮面」四字，據甲、丙卷補。

〔一一八〕「葉」原作「葉」，據丙卷改。

〔一一九〕「裙」原作「羣」，據甲、丙卷改。

〔一二〇〕甲卷「前」作「裙」，無「之帛」二字。

〔一二一〕「私」原作「枱」，據甲卷改，丙卷作「移」。

〔一二二〕「頭」字據丙卷補。

〔一二三〕「問」原作「子」，據甲卷改，丙卷作「聞」。

〔一二四〕丙卷「所」作「取」。

〔一二五〕「無」字據甲、丙卷補。

〔一二六〕「繫」字據甲卷補。

〔一二七〕「取」字據丙卷補。

〔一二八〕「夫」字據甲、丙卷補。

〔一二九〕甲、丙卷多一「霖」字，今據補。

〔一三〇〕「宋」字據甲卷補。

〔一三一〕「辨」原作「辦」，據甲、丙卷作「辯」，故改爲「辨」。

〔一三二〕丙卷「思」作「死」。

〔一三三〕丙卷此句爲：「天下是其言，其語大矣哉，貞夫見韓朋自死，再言。」今取「天下是其言」一句以改正「天下事此是卿言」，文意較爲通順。

〔一三四〕「已」原作「以」，據甲卷改。

〔一三五〕「人」字據甲卷補。

〔一三六〕甲卷「輇」作「栓」。

〔一三七〕甲卷「丈」作「仗」，今改爲「丈」。

〔一三八〕「敢」原作「取」，據甲、丙卷改。「停」原作「高」，據甲、丙卷改。

〔一三九〕「素」原作「桒」，據甲、丙卷改。

〔一四〇〕丙卷「事」作「使」，今改爲「侍」。

〔一四一〕丙卷「啼」作「咷」。

〔一四二〕甲卷「悲」作「大」。

〔一四三〕甲卷「聲」作「悲」。

〔一四四〕「臨曠」二字據甲、丙卷補。

〔一四五〕「此」字據甲卷補。

〔一四六〕甲、丙卷「二」作「兩重」。

〔一四七〕丙卷「夫」字下多「聟」。

〔一四八〕「訖」原作「此」，據甲、丙卷改。

〔一四九〕按此句各卷異文甚多，甲卷作：「遂即容皃，須捉衣态，隨手如无，百官害怕。」丙卷作：「遂即苦空須彼衣，衣飾如悲藥，隨手而無。」

〔一五〇〕「走」字據甲卷補。

〔一五一〕甲卷「四五」下多「人也」二字。

〔一五二〕甲卷「走」作「報」。

〔一五三〕甲卷「天」上多「役」字。

〔一五四〕「人」字據甲卷補。

〔一五五〕「白」原作「石」，據甲卷改。

〔一五六〕丙卷「靚」作「歡」。

〔一五七〕「石埋」原作「栓遊」，據甲、丙卷改。「於」字據甲、丙卷補。

〔一五八〕「埋」原作「栓」，據甲卷改。

〔一五九〕丙卷「當」作「對」。

〔一六〇〕甲卷「籠」作「對」。

〔一六一〕「問曰」二字據丙卷補。

〔一六二〕甲、丙卷「恩」作「氣」。

〔一六三〕甲卷「氣」作「思」。丙卷作「義」。

〔一六四〕「人」字據甲卷補。

〔一六五〕「伐」原作「罰」，據丙卷改。

〔一六六〕「羽」字據甲卷補。

〔一六七〕原「甚」下有「相」字，今據甲、丙卷删。「正」原作「政」，據丙卷改。

〔一六八〕甲卷「得」作「愛」。

〔一六九〕「遂」字據甲、丙卷補。

〔一七〇〕按原卷原文至「磨拂其身」句後，即缺。今據甲卷補入後段，並用丙卷比勘。

〔一七一〕丙卷「項上」作「頂上」。

〔一七二〕「生」字據丙卷補。

〔一七三〕「國」原作「王」，據丙卷改。

〔一七四〕「亡」原作「王」，據丙卷改。

〔一七五〕「獲福」原作「權禍」，據丙卷改。

〔一七六〕「殃」原作「羊」，據丙卷改。

王慶菽校錄

【秋胡變文】〔一〕

（前缺）三公何處來？□〔二〕方員足。黃金何處無？我見在朝宰貴，皆從懃學□□□□□□。遠學三二年間，若不乘軒佩卽(印)，誓亦不還故鄉。不依此□□□□□作糞土。」是言已訖，整頓容儀，行至堂前，叉手啓孃曰：「兒聞古者有司馬相如，未學於□□山封達名而顯；蘇秦不學於鬼谷，六國之印不帶不飯。兒聞：學如牛〔毛〕，成如驎(麟)角，陳之典告(誥)，不可一讀卽成；□□見家，不可一步而至。兒今辭孃，遠學三年間，願孃賜許！」其母聞兒此語，不覺眼中流淚，喚言秋胡：「汝且近前，聽孃□之語：外書云，『父母在堂，子不得遠遊，遊必有方。』況汝少小失阿耶，孤單養汝，成立汝身。今捨吾求學，更須審思。念汝在外摽(飄)零，子乃悔將何及。」秋胡重啓阿孃曰：「兒聞曾參至孝，離背父母侍仲尼，无□懈倦，終日披尋三史，洞達九經，以顯先宗，留名萬代。又聞太公□貧好學，卒乃得值文王，後得位至三公，前妻悔將何及。今將身求學，懃心皆於故(古)人，三二年間，定當歸舍！」其母聞兒此語，泣淚重報兒曰：「吾與汝母子，恩□義重，吾不辭放汝遊學。今在家習学，何愁伎藝不成？縱放汝尋師□起，卽立成官宦，汝不如忍意在家，深耕淺種，廣作蠶功，三餘讀書，豈不得達？好與孃團圓，又與少年新婦常相見，好卽共有，惡卽自知，語笑同歡，情羞作用，阻隔孃孃，孤惸寂寂，徒步含啼。縱汝在外得達，廻日□豈得與汝相見？汝今再三，棄吾遊學，努力懃心，早須歸舍，莫遺吾憂。」

秋胡辭母了手，行至妻房中，愁眉不畫，頓改容儀，蓬鬢長垂，眼中泣淚。秋胡啓娘子曰：「夫妻至重，禮合乾坤，上接金蘭，下同棺槨。二形合一，赤體相和，附骨埋牙，共娘子俱爲灰土。今蒙孃敎，聽從遊學，未季(知)娘子賜許己不？」其妻聞夫此語，心中悽愴，語裏含悲，啓言道：「郎君！兒生非是家人，死非家鬼，雖門望之主，不是耶孃檢校之人。寄養十五[年]年，終有離心之意。女生外向，千里隨夫，今日屬配郎君，好惡聽從處分。郎君將身求學，此快兒本情。學問得達一朝，千万早須歸舍！」辭妻了道，服得十袟文書，並是孝經論語尙書左傳公羊穀梁毛詩礼記莊子文選，便卽登逞(程)。

不逕(經)旬月，行至勝山，將身卽入。此山與諸山亦不同：領(嶺)峻侵霜，傍遊日月，崖懸万飙(仞)，藤挂千尋，澗谷汙會(紆迴)，深磎膠(交)結，鳥道不道(通)，人縱(蹤)寂絕。秋胡行至此山，遂登磎入谷，遠澗巡林，道路崎嶇[四]，泉原滴瀹。行至深領(嶺)，地居形勢，山岫高明，林木万根，花藥茂樹，並是白檀烏楊，歸樟蘇方，梓檀騰女，損凡香氣，桃李橄子，含美相思，氣非益智檳榔。秋胡行至林下，見一石堂訖，由羞一尋，仕[是]數千年老仙，洞達九經，明解七略，秋胡卽謝，便乃祇承三年，得九經通達。

學問晚(莌)了，辭先生出山，便卽不歸，却頭(投)魏國，意欲覓官。披髮倡佯(狂)，佯癡放騃，上表奏進陳王，誓不見仕，達知臣患(忠)。列表文曰：「臣聞虎毛未霸，食床之氣以存；鳴鵠一舒，起在排雲之力。度周遊魯，魯侯召而㪅之。太公八十釣魚，文王封爲□(丞)相。臣卽生魯邑，長在魏川，未習巢父之功，祖(組)知許田(由)之意。臣今離鄉別國，來事大王龍庭，陛下慈潤於朝庭，一片地將何惜！頓首死罪。」陳(魏)王得表，憘悅非常。朕聞有天地已(以)來，合得羣臣助□。朕爲元首，臣作股肚(肱)；見魯國賢臣，今來助國，郎拜便(便拜)爲左相，賜戶三千，錦綺綾羅，更賣十万，歌譚(彈)美女，隨意前將，細壯奴婢，任情多少。秋胡自到魏國，經歷數年，敎或(畝)邊戎，摧兒定冠，無怨不休，無伎(使)不朝，行路謳歌，咸稱帝感。

其秋胡妻，自夫遊學已後，經歷六年，書信不通，陰(音)耗隔絕。其妻不知夫在已不？來孝養勤心，出亦當奴，入亦當婢，冬中忍寒，憂(夏)中忍熱，桑蠶織絡，以事阿婆，晝夜懃心，無時蹔捨。其秋胡母，愧見新婦獨守空房，心無異想，遂喚新婦曰：「我兒當去，元期三年，何因六載不皈？不知命化零洛(落)？仰愧新婦無夫，共貧寒阿婆，不勝珍重！不可交新婦孤眠獨宿，不可長守空房，任從改嫁他人。阿婆終不敢留住，未審新婦意內如何？」其新婦聞婆此語，不覺痛切於心，便即泣淚，向前啓言阿婆：「新婦父母疋配，本擬恭懃阿婆；婆兒遊學不來，新婦只合盡形供養，何爲重嫁之事，令新婦癒割於心？婆敎新婦，不敢違言；於後忽爾兒來，遣妾將何申吐？」婆忽聞此語，不覺放聲大哭，泣淚成行，彼此收心。

又經十(卅)載，通前六秋，忽成九載。秋胡至第九載三月三日早朝，憶母泣淚含悲，叉手殿前，跪王四拜，口奏一言：「臣啓陛下：臣聞昊天之重，七日絕漿，網(罔)極之勞，三年泣血。董永賣身葬父母，天女以之酬恩；郭巨埋子賜金，黃(皇)天照察。賞衣之子，不怨霜寒；巢父之男，寧辭守□而死。臣爲慈父早亡，惟母獨居，乳哺養臣，今得成立。臣又聞：慈烏有返哺之報恩，羊羔有跪母酬謝，牛懷舐犢之情，母子寧不眷戀？臣別家鄉，以(已)經九載，慈母死活莫知。臣今忠列(烈)事王，家內無由知委。大王慈雲，廣布甘露，但養萬人，梨(黎)元盡皆無怨。臣得重賞，由如衣錦夜行；特望天恩，放臣皈國，還於故里，豈不是大王慈恩？臣得見慈母酬恩，方乃知臣是子。伏聽勅旨，死罪如何？」陳(魏)王聞得此言，泣淚集會羣臣，以表其臣：「朕聞有天有地，方物(萬物)生焉，置六於君臣助借。朕爲元首，作朕股肛(肱)。朕此國中，秋胡揚名才而助國，自從封爲宰想(相)，有孝有忠，李金石，威名播起於万里，其顏獨秀，才德居標。臣憶念慈母，今欲放還，朕有戀情，宜賜黃金百挺，亂採(綵)千段，蹔放歸，奉謝尊堂。如鄉(卿)事達，見母早來。」秋胡既奉王勅，一憘一悲，起(悲)乃違背王庭，憘乃得見慈母。

拜王了手，便即登呈(程)。至採桑之時，行至本國。乘車即身着紫袍金帶，隨身並將從騎桑中而過，變服前行。其樹赴(拂)地婆娑，伏乃枝條掩映，欲覓於人，借問家內消息如何。舉頭忽見貞妻，獨在桑間採葉，形容變段(斷)，面不曾粧，蓬鬢長垂，憂心採桑。秋胡忽見貞妻，良久占(瞻)相，容儀婉美，面如白玉，頰帶紅蓮，腰若柳條，細眉段絕。停暫(暫停)住馬，向前上熟看之，只爲不識其妻，古(故)贈詩一首：

玉面映紅粧，金鈎轝採桑。眉黛條間發，羅襦葉裏藏。頰奪春桃李，身如白雪霜。

秋胡喚言道：「娘子！不聞道：採桑不如見少年，力田不如豐年！仰賜黃金二兩，亂採(綵)一束，蹔請娘子片時在於懷抱，未委娘子賜許以不？」其婦下樹，斂容儀，不識其夫，喚言郎君：「新婦夫聟(婿)遊學，經今九載，消息不通，陰(音)信隔絕。阿婆年老，獨坐堂中，新婦寧可冬中忍寒，下(夏)中忍熱，桑蚕織絡，以事阿婆。一馬不被兩鞍，單牛豈有雙車並駕？家中貧薄，寧可守餓而死，豈樂黃金爲重？忽而一朝夫至，遣妾將何申吐？縱使黃金積到天畔，亂採(綵)墮(垜)似丘山，新婦寧有戀心，可以守貧取死。」其秋胡聞說此語，面帶羞容，乘車便過。行至數步，心吏歎言：「我聞貞夫烈婦，自古至今耳聞，今時目前交見。誰家婦堪上史記，万代傳名。」說言未訖，行至家中。

正見慈母獨坐空堂，不知兒來，遂歎言曰：「秋胡汝當遊學，元期三周，可(何)爲去今九載？爲當命化零落？爲當身化黃泉？命從風化，爲當逐樂不歸？」語未到頭，遂見其子，身着紫袍，在孃前立。恐孃不識，走入堂中，跪拜阿孃：「識兒以不？兒是秋胡。今得事達，報孃汝(乳)哺之恩。」其母聞兒此語，喚言秋胡：「我念子不以爲言，言作隔生，何其面敍。孃樂子黃金繒綵，不是戀汝官榮，愄(愧)汝新婦，九年孤眠獨宿。汝今得貴，不是汝學問懃勞，是我孝順新婦功課。」使人往詣桑林中，喚其新婦。未及行至路傍，正見採桑而迴，村人報曰：「夫聟(婿)見至，奉婆處分，令遣喚來。」含笑卽歸，向家與夫相見。

忽聞夫至，喜不自勝，喜在心中，面含笑色。行至家，向北堂覓見其夫，得見慈母。新婦欲拜謝阿婆，便乃入房中，取鏡臺粧束容儀，與夫相見。乃畫翠眉，便拂芙蓉，身着嫁時衣裳，羅扇遮面，欲似初嫁之時。行至堂前設禮，助婆歡憘。見新婦來至，愧謝九年孝養功勞，便下堂階，哭泣喚言：「新婦！我兒來至，遊學必(畢)功，軒卽(印)隨身，身爲國相，黃金繒綵，愧謝孝恩，願新婦領受。」得婆語迴面拜夫，熟向看之，乃是桑間繒(贈)金宰貴。情中不喜，面變淚下交流，結氣不語。阿婆甚怪，重問新婦：「我兒九年不在，新婦今得孝名，何謂(爲)今見兒來，忽尔今朝不憘？新婦必有私[情]，在於隣里，何不早吐實情？若無他心，不合如此！」新婦聞婆此語，泣淚交流，復願阿婆聽說，不喜由緒。「新婦實無私情，只恨婆兒二種事不安：一即於家不孝，二乃於國不忠。」阿婆喚言新婦：「我兒於國不忠，豈得官榮歸舍？若於家不孝，金綵亦不合見吾。若無他心，何故湧生言語？」新婦啓言阿婆：「兒若於慈孝，天恩賜金，交將歸舍，報娘乳哺之恩。今即來及見母，桑間已繒(贈)於人，所以於國不忠，於家不孝。新婦父母疋配本身，承事九年，供養多門，宣少之儀，阿婆願希慈新婦。(下缺)

校記：

〔一〕編號爲斯一三三三。依故事補題。此卷差誤較多，凡所增補校正，多用啓功曾毅公二家說。

〔二〕約缺十字。

〔三〕「五」下原卷有重文號「々」，當衍。

〔四〕「嶇」上原有「峻」字，應是衍文。删。

王重民校錄

前漢劉家太子傳〔一〕

昔前漢欲末之時，漢帝忽遇患疾，頗有不安，似當不免。乃遺囑其太子〔曰〕〔二〕：「汝緣年少，或若治國不得，有人奪其社稷者，汝但避投〔三〕南陽郡。彼先有受恩之人，必合救汝。」其時遂有漢帝丈人王莽（莽），在於宮中，見其孫年少，遂設計謀，擬奪帝業。忽遇漢帝崩後，於內宮不放言語漏泄，遂於街衢敎示童兒作童謠。歌曰：「王莽捉〔四〕天下，竹節生銅馬。」遂便不放外人知聞，便稱帝位。

其太子逃逝，投於南陽郡。至於城北十里已來，不知〔五〕投取之地，遂於磻陁石上而坐〔六〕。至夜，郡中唯有一人，名曰張老，先多受漢帝恩德。其張老有一子，夜作瑞夢，見城北十里磻陁石上，有一童子，顏容端正，諸相具足，忽然驚覺，遍體汗流，至於明旦，具以〔七〕夢狀告白其父。父曰：「劉家太子，逃逝多時，不知所在。汝乃莫令人知，往彼看探。」其子於父言敎，至於彼處磻陁石上，有一太子，端嚴而坐〔八〕。遂便問曰：「君子是何處之人？姓名是甚？在此而坐？」太子答曰：「乞本無父母，亦無宗枝，且（但）緣家貧，遊行莨（浪）蕩。」其人遂引往詣家中，引至入門，其父遙見，便識太子。走至下階，即便拜儛。問其事〔理〕〔九〕已了，却便充爲養男，不放人知。一同〔一〇〕親子，便往學問〔一一〕。

纔經一月，諸州頒下，漢帝有勑曉示，告言道：「劉家太子逃逝他州，誰人捉得，封邑萬戶。」其時南陽郡太守，諸坊諸曲出牓曉示；並及諸坊，各懸布鼓，擊之音響，以辯凡聖。諸坊各有監官，每有人來，胥遣打布鼓，〔都無音響〕〔一二〕。遂有一童子，過在街坊，不聽打鼓，卽放過去。更經一日過街，亦乃不聽打鼓。直至三件，監官遂喚童子問曰：「何不聽打鼓？」

童子答曰：「乞此鼓，切不可打者，若打者必有不祥之事。」

問曰：「有〔何〕〔一三〕不祥？」

答曰：「若打一下，諸坊布鼓自鳴；若打兩下，江河騰沸；若打三下，天地昏暗。」

於是打其三聲，天地昏暗，都無所見。太子遂乃潛身走出城外。逢見耕夫。遂詔耕夫，說是根本：「劉家太子被人篡位，追捉之事，諸州頒下，出其兵馬，並乃擒捉。」其耕夫遂耕〔一四〕壟土下埋地〔一五〕。口中銜七粒粳米，日食一粒，以濟殘命。兼銜竹筒，出於土外，與出氣息。其時捉獲不得，遂〔一六〕遣太史占之，奏曰：「劉家太子今乃身死，在三尺土底，口中蛆出，眼裏竹生。」因此諸州，却收兵馬。

其太子却乃出土，問其耕夫：「今投甚處，與得軍兵，却得父業？」耕夫答曰：「崑崙山上有一太白星，若見此星，得其言教，必乃却得父業。」答曰：「如若憑脚足而〔行〕〔一七〕，雖勞一生，終不得見；汝若有其能，得至心啓請，必合得見。」其後啓願，遂乃得見。問其言教，遂與兵却得父業。故云：「南陽白水張，見王不下床，」此之事也。

史記曰：漢武帝使大夫張騫賫衣糧〔一八〕尋盟津河上源，西王母〔聞此〕〔一九〕莫然嘆曰：「盟津河在崑崙山腹壁出，其山舉高三阡三百六十萬里，縱雖卿一生如去〔二〇〕，猶不能至。卿可還國，與卿支幾之石〔二一〕，報卿君命。」張騫用其言，將石還國，具與西王母言奏帝。〔帝〕〔二二〕得此石，在於殿前，驀

(寨)及國內，誰能識之？東方朔識之：「此是西王母支幾玉石，因何至此？」帝乃大悅龍顏，封張騫爲定遠侯。

至七月七夕，西王母頭戴七盆花〔三三〕，駕雲母之車，來在殿上。空中而遊，帝見之心動，遂不得仙。西王母將桃五枚，在殿上奉帝；帝食桃，手把其核，如〔三四〕不弃之。王母謂帝曰：「陛下何不弃其核？」帝曰：「朕見桃美味，欲藉之後園。」西王母嘆而應之曰：「此桃藉之，一千年始生，二千年始長，三千年始結花，四千年始結子，五千年始熟。陛下受命不過一百年，〔欲〕〔三五〕藉此桃，與誰人食之？」當此之時，座有東方朔在於殿前過見，西王母指東方朔云：「此小兒三度到我樹下偷桃，我捉得，繫著織機脚下，放之而去，今已長成。」

帝與〔三六〕東方朔曰：「卿大短命！」東方朔啓帝曰：「陛下何得知臣短命？」「朕讀許負相書云：鼻下一寸，受年一百；卿鼻下無一寸，是以知也。」東方朔得此言，伏地大嘆。帝曰：「朕道卿短命，何可嘆也？」東方曰：「臣〔三七〕不敢嘆陛下之言，嘆彭祖〔太醜〕〔三八〕。」〔帝曰〕：「卿不見彭祖〔三九〕，何以知其醜也？」「臣讀周書云：彭祖受年七百歲。陛下向者(言)：鼻下一寸，〔受年一百〕〔四〇〕，壽年七百，上脣漏長七寸，豈不醜乎？」帝得此言，與西〔王〕母俱特大嘆。

同賢記曰：楚大夫宋玉有一良友，託玉求士(仕)，而謂玉曰：「吾子(幼)與結朋交，長同偕子，得至楚朝，(係)爲引接。」宋玉謂其友曰：「吾才輕力弱，不堪達子。與孟嘗君甚友，將子向孟嘗君之家，必能用子。」其友用玉此言，遂到孟嘗君之家。三年，不蒙採用。其友來責玉曰：「吾本託玉求士(仕)，至若不能達我，我自息心；何乃引我至孟嘗君之家，三年不得士（仕）者，是誰過也？」宋玉對曰：「薑因地而生，不因地而辛；女因媒而嫁，不因媒而親；子亦可因我而生，不因我而賢。三年不保士者，子自不才，何怨我也！」其友曰：「不然，昔有鷦鷯之鳥，毛衣五色緤，人皆愛之。怨人取其子巢窠，於甚條楊枝上安巢；大風旣至，巢破子死，良由所託處楊使之然也。嘗見一鼠作窟在社樹之下，人欲動（勳）之，恐然社樹；正欲收之，畏倒社牆，鼠得保命長，畢身一死者，良由所託處强使然也。但韓盧天下之疾狗，東郭騷欲內狡兔，此狗若指兔規之，則指十煞十；若指虎而規之，亦至十指十〔三二〕；若指空中規之，則累世逐空而不得一。子之指玉，乃指空乎？」宋玉無言，以遂對，用爲大失也。

史記曰：鄭簡公作書與燕照（昭）王，夜中作，娛（誤）擧燭字書內，送燕王，燕王得此書解之士（曰）：「擧者高也，燭者明也，欲使寡人高明而治道乎？」遂卽退讒佞，進賢者，其國大治，由錯於「擧燭」之字也。

漢書云：董賢字聖卿，雲陽人也。漢哀帝愛賢，與之日臥於殿上，以手厷枕賢頭。帝欲起，賢未覺，怜賢不欲動之，命左右拔刀割斷袖而起。封賢爲大司馬東安侯。因諸臣大會，而欲捨天位與賢，而謂諸臣曰：「朕欲法堯而禪位與賢！」王閣進諫曰：「天下者高帝之天，非陛下有之。昔高帝與項楫戰爭之日，九年之中，七十二戰，身被痛毒，始定大業，積得（德）累功，爲萬〔世〕之基。今以董賢之姿，而禪位與之，臣恐國社不安，靈棄先之。」帝得此言，遂不得賢；自此以後，王閣不得入。會漢哀旣崩，皇后遣安〔漢〕〔三三〕公王莽，禁賢獄中，賢共婦俱時自倒而死也。

劉家太子變一卷

校記：

〔一〕凡存四寫本，其原編號及校次如下：

原卷　伯三六四五　首尾完具。

甲卷　斯五五四七　殘存開端。

乙卷　伯四六九二　殘存開端。

丙卷　伯四〇五一　首尾殘缺。

按西王母故事和後面三個故事，都與劉家太子故事沒有關係。因原卷有之，亦照原文迻錄。

〔二〕「曰」字據乙卷補。

〔三〕甲卷「避投」作「避難投於」。

〔四〕乙卷「捉」作「卓」。

〔五〕「知」原作「之」，據甲卷改。

〔六〕「坐」原卷作「座」，據甲、乙兩卷改。

〔七〕「具以」原作「以況」，據甲卷改。

〔八〕「坐」原卷作「座」，據甲、乙兩卷改。

〔九〕「理」字據乙、丙兩卷補。甲卷作「里」，亦「理」之誤字。

〔一〇〕甲、乙、丙三卷「一同」作「共同」。

〔一一〕甲卷「便往學問」作「往遣學問」。

〔一二〕「都無音響」四字據丙卷補。

〔一三〕「何」字據丙卷補。

〔一四〕丙卷「耕」作「犂」。

〔一五〕丙卷「地」作「郄」。

〔一六〕「遂」原作「出」，據丙卷改。

〔一七〕「行」字據丙卷補。

〔一八〕「賫衣糧」三字原作「費衣」，據丙卷改。

〔一九〕「聞此」二字依丙卷補。

〔二〇〕「如去」意同「而去」。

〔二一〕太平御覽卷五十一引荆楚歲時記作「支機石」。

〔二二〕「帝」字據丙卷補。

〔二三〕丙卷「七盆花」作「七笙花」。

〔二四〕「如」亦通作「而」。

〔二五〕「欲」字據丙卷補。

〔二六〕丙卷「與」作「語」。

〔二七〕「臣」原作「辰」，據丙卷改。

〔二八〕「太醜」二字據丙卷補。

〔二九〕「帝曰卿不見彭祖」七字據丙卷補。

〔三〇〕「受年一百」四字據上文以意補。又按「受年」似作「壽年」較佳。上文「受命」亦作「壽命」較佳。

〔三一〕「至十指十」意不可通，疑亦應作「指十煞十」。

〔三二〕「漢」字以意補，因王莽曾封安漢公。

王重民校錄

𢈔山遠公話[一]

蓋聞法王蕩蕩，佛教巍巍，王法無私，佛行平等。王留玫教，佛演眞宗，皆是十二部尊經，惣是釋迦梁津。如來滅度之後，衆聖潛形於像法中。有一和尚，號曰旃檀。有一弟子，名曰惠遠。說這惠遠，家住鴈門，兄弟二人，更無外族。兄名惠遠，捨俗出家，弟名惠持，侍養於母。惠遠於旃檀和尚處，常念正法，每覩直(眞)經，知口禪定如樂，便委世之不遠。遂於一日，合掌啓和尚曰：「弟子伏事和尚，積載年深，學藝荒蕪，自爲愚鈍。今擬訪一名山，尋溪渡水，訪道參僧，偲(隱)鈍(遁)於嵒谷之邊，以暢平生可矣。」師曰：「汝今旣去，擬往何山？」惠遠曰：「但弟子東西不辯(辨)，南北豈知，只有去心，未知去處。」師曰：「汝今旣去，但往江佐(左)，作意巡禮，逢𢈔山卽住，便是汝修行之處。」惠遠聞語，喜不自勝，旣蒙師處分，而已丁寧，豈敢有違。遂卽進步向前，合掌鞠窮(躬)，再禮辭於和尚，便登長路。

遠公迤邐而行，將一部涅盤之經，來往𢈔山修道。是時也，春光揚艶，薰色芳菲，淥(綠)柳隨風而尾婀娜，望雲山而迢遞，覩寒鴈之歸忙。自爲學道心堅，意願早達眞理。遠公行經數日，便至江州。巡諸巷陌，歇息數朝，又乃進發。向西行經五十餘里，鑿[二]行之次，路逢一山，闇(問)人曰：「此是甚山？」鄉人對曰：「此是𢈔山。」遠公曰：「我當初辭師之日，處分交代，逢𢈔卽住，只此便是我修道之處。」且見其山非常，異境何似生[三]，峇(嵯)峨萬岫，疊掌千層(層)，崒岏(岏)高峯，崎嶇峻嶺。猿啼幽谷，虎

〔二六〕丙卷「與」作「語」。

〔二七〕「臣」原作「辰」，據丙卷改。

〔二八〕「太醜」二字據丙卷補。

〔二九〕「帝曰卿不見彭祖」七字據丙卷補。

〔三〇〕「受年一百」四字據上文以意補。又按「受年」似作「壽年」較佳。上文「受命」亦作「壽命」較佳。

〔三一〕「至十指十」意不可通，疑亦應作「指十煞十」。

〔三二〕「漢」字以意補，因王莽曾封安漢公。

王重民校錄

廬山遠公話〔一〕

蓋聞法王蕩蕩，佛教巍巍，王法無私，佛行平等。王留政教，佛演眞宗，皆是十二部尊經，惣是釋迦梁津。如來滅度之後，衆聖潛形於像法中。有一和尚，號曰旃檀。有一弟子，名曰惠遠。說這惠遠，家住鴈門，兄弟二人，更無外族。兄名惠遠，捨俗出家，弟名惠持，侍養於母。惠遠於旃檀和尚處，常念正法，每覩直（眞）經，知□禪定如樂，便委世之不遠。遂於一日，合掌啓和尚曰：「弟子伏事和尚，積載年深，學藝荒蕪，自爲愚鈍。今擬訪一名山，尋溪渡水，訪道參僧，偲（隱）鈓（迹）於嵒谷之邊，以暢平生可矣。」師曰：「汝今既去，擬往何山？」惠遠曰：「但弟子東西不辯（辨），南北豈知，只有去心，未知去處。」師曰：「汝今既去，但往江佐（左），作意巡禮，逢廬山卽住，便是汝修行之處。」惠遠聞語，喜不自勝，旣蒙師處分，而已丁寧，豈敢有違，遂卽進步向前，合掌鞠窮（躬）再禮，辭於和尚，便登長路。

遠公迤邐而行，將一部涅盤之經，來往廬山修道。是時也，春光揚艷，薰色芳菲，淥（綠）柳隨風而婀娜，望雲山而迢遞，覩寒鴈之歸忙。自爲學道心堅，意願早達眞理。遠公行經數日，便至江州。巡諸巷陌，歇息數朝，又乃進發。向西行經五十餘里，整〔二〕行之次，路逢一山，問（問）人曰：「此是甚山？」鄉人對曰：「此是廬山。」遠公曰：「我當初辭師之日，處分交代，逢廬卽住，只此便是我山修道之處。」且見其山非常，異境何似生〔三〕。嵜（嵯）峨萬岫，疊掌千層（層），崒岏（岏）高峯，崎嶇峻嶺。猿啼幽谷，虎嗥（嘷）深溪。枯松[illegible]萬歲之藤[illegible]，桃花弄千春之色[illegible]。遠公貪翫此山，日將西過[illegible]，遂入深山，覓一居止之處。便於香爐（爐）峯頂北邊，權時結一草菴。[illegible]間取其火石，叩其火石，遂焚無價寶香，[illegible]跏敷座，便念涅[illegible]經，約有數卷。是經聲朗朗，遠近皆聞，法韻珊珊，梵音遠振，敢（[illegible]）得大石搖動，百草亞身[illegible]，瑞鳥靈禽，皆來讚嘆。是時也，山神於廟中忽見有此祥瑞，驚怪非常，山神曰：「今日是阿誰當直？」有堅牢（[illegible]）樹神，走至殿前唱喏，狀如豹[illegible]相似，一頭三面，眼如懸鏡，手中執一等身鐵棒，言云：「是乙（某）當直。」山神曰：「既是你當直，我適來於此廟中，忽覺山石搖動，鳥獸驚忙。與我巡檢此山，有何祥瑞？恐是他方聖賢，至我此山。又恐有異類精靈，於此山中廻避。若與我此山安樂，卽便從伊，若與我此山不安，汝便當時發遣出此山中。」樹神唱喏，遍歷山川，尋溪渡水，應是山林樹下，例皆尋遍，不見一人。却至香爐峯北邊，見一僧人，造一禪菴，結跏敷坐，念經之次。樹神亦見[illegible]，當時隱却神鬼之形，化一箇老人之體，年侵蒲柳，髮白桒（桑）榆，直至菴前，高聲「不審和尚！」遠公曰：「萬福。」老人漸近前來，啓而言曰：「弟子未委和尚從何方而來，得至此間，欲求何事？伏願慈悲，乞垂一說。」遠公曰：「但貧道從鴈門而來時投此山，住持修道。」老人又問：「適來聞和尚妙[illegible]（[illegible]）[illegible]，是何之聲？」遠公曰：「適（[illegible]）來之聲，便是貧道念經之聲。若有衆生聞者，惣願離苦解脫。」老人聞語，頻稱：「善哉！」又問和尚：「和尚既至此間，所須何物？」遠公曰：「但貧道若得一寺舍伽藍住持，也（[illegible]）兒（[illegible]）尾（[illegible]）霜，便是貧道所願也。」老人曰：「若要別事卽無，若要寺舍伽藍，卽當小事。弟子只在西邊村內居住，待到村中与諸多老人商量，却來與和尚造寺。」老人言訖，且辭和尚去也。於是老人辭却和尙，去菴前百步已來，忽然不見。當時變却老人之身，却復鬼神之體，來至山神殿前，鞠躬唱喏：「臣奉大王處分，遍歷山川，搜尋精靈狐魅，並不見一人。行至香爐峯頂北邊，見一僧人，立一禪菴，結跏敷座，念經之次。云道從鴈門而來，時投此山，住持修道。」山神聞語，惟稱大奇。我從无量刼來，守鎭此山，並不曾見有僧人，來投此山。皆是与我山中長福穰(禳)灾。」山神又問：「僧人到此，所須何物？」樹神奏曰：「[illegible]來問他，並不要諸事。言道只要一寺舍伽藍居止。」山神曰：「若要別事卽難，若要寺舍住持，渾當小事。汝也不要東西，与我點檢山中鬼神，与此和尙造寺。」樹神奉勑，便於西坡之上，長叫三聲，雲露(霧)吽(陣)凸闇，應是山間鬼神，悉皆到來。是日夜揀鍊神兵，閃電百般，雷鳴千鍾(種)，徹曉喧喧。神鬼造寺，直至天明，造得一寺，非常有異。且見重樓重閣，与刀(忉)利而無殊。寶殿寶臺，與西方無二。樹木藂林，擁(蓊)鬱花開，不揀四時。泉水傍流，豈有春冬叚(段—斷)絕。更有名花嫩藥，生於覺悟之傍，瑞鳥靈禽，飛向精舍之上。於是遠公出菴而望，忽見一寺造成，嘆念非常，思惟良久，遠公曰：「非我之所能，是他大涅槃經之威力。」覩此其希，遠公次成偈曰：

脩(修)築(竹)蕭蕭四序春，　交橫流水淨無塵，

緣(綠)牆[illegible]([illegible])枝枝[illegible]([illegible])，　[illegible]([illegible])地莓苔點點新。

疏野[illegible]([illegible])交城市鬧，　清虛不共俗爲鄰，

山神此地修精舍，　要請僧人轉法[illegible]([illegible])。

於是遠公自入寺中，房房巡遍，院院皆行，是事皆有。只是小水，無處投尋。遠公曰：「此寺甚好如法，

唉(嘯)深溪。枯松[□]萬歲之藤蘿，桃花弄千春之色。遠公貪翫此山，日將西遇[四]，遂入深山，覓一居止之處。便於香爐(爐)峯頂北邊，權時結一草菴。羼間取其火石，叩其火石，遂焚無價寶香，跍跏敷座，便念涅盤經，約有數卷。是經聲朗朗，遠近皆聞，法韻珊珊，梵音遠振，敢(感)得大石搖動，百草虫身[五]，瑞鳥靈禽，皆來讚嘆。是時也，山神於廟中忽見有此祥瑞，驚怪非常，山神曰：「今日是阿誰當直？」有堅窂(牢)樹神走至殿前唱喏，狀如豹雷相似，一頭三面，眼如懸鏡，手中執一等身鐵棒，言云：「是乞(某)當直。」山神曰：「既是你當直，我適來於此廟中，忽覺山石搖動，鳥獸驚忙。與我巡檢此山，有何祥瑞？恐是他方聖賢，至我此山。又恐有異類精靈，於此山中廻避。若與我此山安樂，即便從伊。若與我此山不安，汝便當時發遣出此山中。」樹神唱喏，遍歷山川，尋溪渡水，應是山林樹下，例皆尋遍，不見一人。却至香爐峯北邊，見一僧人，造一禪菴，跍跏敷坐，念經之次。樹神亦見[六]，當時隱却神鬼之形，化一箇老人之體，年侵蒲柳，髮白菜(桑)榆，直至菴前，高聲不審和尚。遠公曰：「萬福。」老人漸近前來，啓而言曰：「弟子未委和尚從何方而來，得至此間，欲求何事？伏願慈悲，乞垂一說。」遠公曰：「但貧道從鴈門而來，投此山，住持修道。」老人又問：適來聞和尚妙磬(響)[七]，是何之聲？」遠公曰：「商(適)來之聲，便是貧道念經之聲。若有衆生聞者，惣願離苦解脫。」老人聞語，頻稱：「善哉！」又問和尚：「和尚既至此間，所須何物？」遠公曰：「但貧道若得一寺舍伽藍住持，已(以)兌(免)尾(風)霜，便是貧道所願也。」老人曰：「若要別事即無，若要寺舍伽藍，即當小事。弟子只在西邊村內居住，待到村中与諸多老人商量，却來與和尚造寺。」老人言訖，且辭和尚去也。於是老人辭却和尙，去菴前百步已來，忽然不見。當時變却老人之身，却復鬼神之體，來至山神殿前，鞠躬唱喏：「臣奉大王處分，遍歷山川，搜尋精靈狐魅，並不見一人。行至香爐峯頂北邊，見一僧人，立一禪菴，跍跏敷座，念經之次。云道從鴈門而來，時投此山，住持修道。」山神聞語，惟稱大奇。我從无量刧來，守鎭此山，並不曾見有僧人，來投此山，皆是与我山中長福穰（禳）灾。山神又問：「僧人到此，所須何物？」樹神奏曰：「適來問他，並不要諸事。言道只要一寺舍伽藍居止。」山神曰：「若要別事卽難，若要寺舍住持，渾當小事。汝也不要東西，与我點檢山中鬼神，与此和尙造寺。」樹神奉勑，便於西坡之上，長叩三聲，雲露（霧）卌（陡）［亼］闇，應是山間鬼神，悉皆到來。是日夜揀鍊神兵，閃電百般，雷鳴千鐘（種），徹曉喧喧，神鬼造寺，直至天明，造得一寺，非常有異。且見重樓重閣，与切（忉）利而無殊，寶殿寶臺，與西方無二。樹木藂林，擁（蓊）鬱花開，不揀四時。泉水傍流，豈有春冬段（段—斷）絶，更有名花嫩蘂，生於覺悟之傍，瑞鳥靈禽，飛向精舍之上。於是遠公出菴而望，忽見一寺造成，嘆念非常，思惟良久，遠公曰：「非我之所能，是他大涅槃經之威力。」覩此其希，遠公次成偈曰：

「脩（修）築（竹）蕭蕭四序春，交横流水淨無塵，
緣（椽）牆擘例（薜荔）枝枝淥（綠），赴（鋪）地莓苔點點新。
疏野兊（兌）交城市閙，清虛不共俗爲鄰，
山神此地修精舍，要請僧人轉法轉（輪）。」

於是遠公自入寺中，房房巡遍，院院皆行，是事皆有，只是小水，無處投尋。遠公曰：「此寺甚好如法，

則無水漿，如何居止？久後僧衆到來，如何有水？」遂下佛殿前來，見大石一所，其(基)下莫有水也。遠公遂巳(以)錫杖撅之，方得其水，從地而瀉(涌)出，至今號爲錫杖泉。有寺號爲化成(城)之寺，寺下有水流注，號爲白蓮池。

遠公入寺安居，約經數月，便有四遠聽衆，來奔此寺。遠公是日爲諸徒衆廣說大涅槃經之義。前後一年，聽衆如雲，施利若雨。所有聽人，盡於會下，說此會中有一老人，聽經一年，道這箇老人，來也不曾通名，去也不曾道字，自從開講卽坐，講罷方始歸去。」遠公深有所恠，遂令(念)同行与我喚此老人。」「老人」蒙(家)喚，直至遠公面前。遠公曰：「老人住居何處？聽法多時，不委姓名，要知委的。」老人曰：「弟子雖聽一年，並不會他涅槃經中之義，終也不能說得姓名。」老人言訖，走出寺門，隨後看之，並無蹤由。是何人也？便是廬山千尺潭龍，來聽遠公說法。遠公見老人去後，每自思惟，心生梅(悔)責，此箇老人前後聽法來一年，尙自不會涅槃經中之義理，何况本情(慣)[之]衆生，聞者如何得會。我今縱須[于也]製涅槃經之疏抄。」言訖，啓告十方諸佛，弟子今者爲諸衆生迷心不解，未悟大乘。今擬製造涅槃經疏抄，令一切衆生心開悟解，得佛法及(既)明，埽捨邪政(捨邪歸正)，永斷踨疑(疑蹤)。」遂於佛殿前，將紫雲毫神筆，啓告十方諸佛，如來立(十)地靈祇，咸願証知，若諸賢聖不許，願筆當時却下。」言訖焚香度過，啓告處(虔)心，遂將其筆望空便擲，是時其筆空中訖(屹)然而住。遠公知契諸佛如來之心，遂乃却請其筆空中而下。爭得知？至今江州廬山有擲筆峯見在。遠公便製疏抄，前後三年，方始得成，猶恐文字差錯，義理不通，將其疏抄八百餘卷，至寺東門外夾置疏抄於火中，廣積香火，重重啓告十方諸佛菩薩賢聖，弟子今者爲諸衆生迷心不解，未悟大乘，欲悟疑情，故修疏抄。若經与義相同，願火不能燒之。若与疏抄經（疏抄經）相同，水不能溺。」言訖便燒疏抄。是時紅焰連天，黑煙蓬悖（勃），經在其中，一無傷損。遠公知疏抄違〔[illegible]〕於佛心。猶自未稱其心，遂再取疏抄俯臨白蓮華池畔，望水便擲，其疏抄去水上一丈已來，綸（[illegible]）然而住，遠公知遠契佛心。後取其疏抄將入寺內，於經藏中安置。於後徒衆不少，聽人極多。遠公便爲衆宣揚大涅槃經義，直得諸方來聽，雨驟雲奔，競來聽法。前後開啓，約近數年。

忽時壽他（州）界內，有一群賊，姓白名庄，說其此人，少年好勇，常行劫盜，不顧危亡，心生好煞。白庄耳內，忽聞人說江州廬山有一化成之寺中，甚是富貴，施利極多，財帛不少。遠結徒黨五百餘人，星夜倍程，来至江州界內，當郎[illegible]（[illegible]）軍而便即住。於是白庄語諸徒黨：「莫向人說，恐怕人知，來日齋（齋）時，劫[illegible]（[illegible]）寺去。」諸人唱喏。故知俗彥（諺）云有語：「人發善願，天必從之；人發惡願，天必除之。」白庄只於當處發願，早被本處土地便知蜜（密）現神通，來至廬山寺告報衆僧。房房告報，院院令知，地神於空中告其僧曰：「來日齋（齋）時，有群賊来劫此寺，請諸僧人切須廻避。」於是衆僧聞知，心懷驚怖，各自東西廻避，盡謀走計。是時衆僧例總波逃走出，惟有遠公上足弟子雲慶和尚，爲師禮法，緣情切未敢東西廻避，直至和尚菴前，啓和尚曰：「適來有一神人報來云：言有賊徒來劫此寺，伏願和尚慈悲，且往（[illegible]）東西廻避。」遠公曰：「只如汝未知時，吾早先知此是（事）。若夫涅槃經之義，本無恐怖，若有恐怖，何名爲涅槃。汝与僧衆，火急各自廻避。吾在此間，終不能去得。」雲慶見和尚再三不肯廻避，兩（[illegible]）淚則無水漿，如何居止？久後僧衆到來，如何有水？」遂下佛殿前來，見大石一所，共（其）下莫有水也。遠公遂已（以）錫杖撅之，方得其水，從地而湧（涌）出，至今號爲錫杖泉。有寺號爲化成（城）之寺，寺下有水流注，號爲白蓮池。

遠公入寺安居，約經數月，便有四遠聽衆，來奔此寺。遠公是日爲諸徒衆廣說大涅槃經之義。前後一年，聽衆如雲，施利若雨。所有聽人，盡於會下，說此會中有一老人，聽經一年，道這箇老人，來也不曾通名，去也不曾道字，自從開講即坐，講罷方始歸去。遠公深有所恠，豕今（遂令）同行与我喚此老人。［老人］蒙（蒙）喚，直至遠公面前。遠公曰：「老人住居何處？聽法多時，不委姓名，要知委的。」老人曰：「弟子雖聽一年，並不會他涅槃經中之義，終也不能說得姓名。」老人言訖，走出寺門，隨後看之，並無蹤由。是何人也？便是爐山千尺潭龍，來聽遠公說法。遠公見老人去後，每自思惟，心生悔（悔）責：此箇老人前後聽法來一年，尚自不會涅槃經中之義理，何況卒悟（悟）［九］衆生，聞者如何得會？我今縱須［一〇］製涅槃經之疏抄。言訖，啓告十方諸佛：「弟子今者爲諸衆生迷心不解，未悟大乘。今擬製造涅槃經疏抄，令一切衆生心開悟解，得佛法[illegible]（既）明，帰捨邪政（捨邪歸正），永斷蹤疑（疑蹤）。」遂於佛殿前，將紫雲毫神筆，啓告十方諸佛，如來立（土）地靈祇，咸願証知，若諸賢聖不許，願筆當時却下。」言訖焚香度過，啓告虔（虔）心，遂將其筆望空便擲，是時其筆空中訖（屹）然而住。遠公知契諸佛如來之心，遂乃却請其筆空中而下。爭得知？至今江州爐山有擲筆峯見在。遠公便製疏抄，前後三年，方始得成，猶恐文字差錯，義理名通，將其疏抄八百餘卷，至寺東門外夾置疏抄於火中，廣積香火，[illegible]重啓告十方諸佛菩薩賢聖，弟子今者爲諸衆生迷心不解，未悟大乘，欲悟疑情，故修疏抄。若經与義相同，願火不能燒之。若与疏抄經（疏抄与經）相同，水不能溺。」言訖便燒疏抄。是時紅焰連天，黑煙蓬悖（勃），經在其中，一無傷損。遠公知疏抄遠［契］於佛心。猶自未稱其心，遂再取疏抄俯臨白蓮華池畔，望水便擲，其疏抄去水上一丈已來，紇（屹）然而住，遠公知遠契佛心。後取其疏抄將入寺內，於經藏中安置。於後徒衆不少，聽人極多。遠公便爲衆宣揚大涅槃經義，直得諸方來聽，雨驟雲奔，競來聽法。前後開啓，約近數年。

忽時壽世（州）界內，有一羣賊，姓白名荘，說其此人，少年好勇，常行刼盜，不顧危亡，心生好煞。白荘耳內，忽聞人說江州爐山有一化成之寺中，甚是富貴，施利極多，財帛不少。遠結徒黨五百餘人，星夜倍程，来至江州界內，當卽乇（屯）軍而便卽住。於是白荘語諸徒黨：「莫向人說，恐怕人知，來日齋（齋）時，刼乇（此）寺去。」諸人唱喏。故知俗諺（諺）云有語：「人發善願，天必從之；人發惡願，天必除之。」白荘只於當處發願，早被本處土地便知，密（密）現神通，來至爐山寺告報衆僧。房房告報，院院令知，地神於空中告其僧曰：「來日齋（齋）時，有群賊来刼此寺，請諸僧人切須廻避。」於是衆僧聞知，心懷驚怖，各自東西廻避，盡謀走計。是時衆僧例總波逃走出，惟有遠公上足弟子雲慶和尚，爲師禮法，緣情切未敢東西廻避，直至和尚菴前，啓和尚曰：「商來有一神人報來云：言有賊徒來刼此寺，伏願和尚慈悲，且徃（往）東西廻避。」遠公曰：「只如汝未知時，吾早先知此是（事）。若夫涅槃經之義，本無恐怖，若有恐怖，何名爲涅槃。汝与僧衆，火急各自廻避。吾在此間，終不能去得。」雲慶見和尚再三不肯廻避，雨（雨）淚悲啼，自家走出寺門，隨衆波逃。遠公見諸僧去後，獨坐禪菴，並無恐怖。須臾白㽵領諸徒黨来到寺下。於是白㽵捕(布)陣於其橫嶺，排兵在於長川，瞰(喊)得山崩石裂(烈)，東西亂走，南北奔衝，奔(齊)入寺中，唯稱活(活)捉。白㽵比(地)入寺中，望其大收資財，應是院院搜集，寺內都無一物。白㽵道：「大奇，我昨日商量之時，並無人得知，阿誰告報寺中，盡交東西廻避？」白㽵處分左右：「与我寺內寺外，處處搜尋，若也捉得師僧，速領將来見我。」左右唱喏，諸處搜尋，並無一人。行至寺東門外，見一僧人於禪菴之內，安然而坐。左右不敢驚怖，抽身却入寺中，直至白㽵面前，啓西言曰：「西来奉將軍處分寺內寺外，搜尋僧人，處處並總不遂(見)。行至寺門外，見一僧人，不敢不報。」白㽵曰：「僧在何處？」左右啓言將軍：「見在寺東門外禪菴中坐。」於是白㽵高聲便喚，令左右擁至馬前。問遠公曰：「是你，寺中有甚錢帛衣物，速須搬運出来？」遠公進步向前啓白㽵：「曰此([illegible])先来貧虛，都無一物。縱有些些施利，旋(旋)惣盤纏齋(齋)供，實無財帛，不敢誑忘(妄)將軍。」於是白㽵子細占視遠公，心生愛慕，爲緣遠公是菩薩相，身有白銀相光，身長七尺，㒵(貌)如塗漆，唇若點朱。白㽵一見，乃語左右曰：「此箇僧人，堪与我爲一驅(驅)使之人。」白㽵曰：「我要你作一手力，得之已否？」遠公進步向前，願捨此身，与將軍爲奴，情願馬前驅使。遠公曰：「更有小事，合具上聞，將軍爲當要貧道身？爲當要貧道業？」白㽵曰：「甚是身？甚是業？」遠公曰：「貧道念經爲業。若要貧道驅使，只是此身。若要貧道，只須莫障貧道念經。」白㽵曰：「我但得你驅使，阿誰蘭你念經？」遠公唱喏，便隨他後。去寺百步已来，遠公重啓將軍曰：「放貧道却入寺內，脫此僧依(衣)，在於寺中，却来至此，願隨將軍旌(旌)旗。」白庄曰：「却即早来，勿令我恠。若也来遲，遣左右棍(捉)来，只向馬前腰斬三截，莫言不道。」遠公唱喏，入寺中於殿前而立。時有上足弟子雲慶在於高峯之上，望見本師，在於寺內。奔走下山，直至大師面前，啓和尚曰：「廼来狂寇(寇)奔衝，至甚驚怕。且喜賊軍抽退，助和尚喜。」遠公曰：「若夫涅槃經義，本無恐怖，若有恐怖，何名爲涅槃。汝自今已後，切須精進，善爲住持，吾今與汝隔生永別。」雲慶問和尚曰：「何以發如此之言？」遠公曰：「我廼来於門外設誓，与他將軍爲奴。来更久住不得，汝在後切須努力。」雲慶聞語，舉身自僕(撲)，七孔之中，皆流鮮血，良久乃甦，從地起来，乃成偈曰：

我等如羅(飛)鳥，和尚如大樹，
大樹今既移，遣衆棲何處？
化身何所在，空留涅槃兮(向)，
願乘智惠燈，莫忘迷去路。

雲慶言訖，轉更悲啼。遠公曰：「恐將軍恠遲。」走出寺門，趁他旌旗，隨逐他後。日来月往，相隨数年。

雲慶見和尚去後，再集僧衆，將涅槃經疏抄開啓講莚(筵)。應是聽衆，悉皆雨淚，如見大師無異。於是雲慶見和尚数年並無消息，遂將涅槃經疏抄分付与道安和尚。道安既收得涅槃經疏抄，便將往東都福光寺內開啓講筵。不知道安是何似生，致(感)得［聽］衆如雲，施利若雨。時邊(遇)晉文皇帝王化東都，道安開講，敢(感)得天花亂墜，樂味花香。敢(感)得五色雲現，人更轉多，無數聽衆，踏破講筵，開啓不得。道安遂寫遠(表)奏上晉文皇帝：「臣奉勑旨，於福光寺內講涅槃經。聽人轉多，有亂法筵，開啓不得，伏乞勑旨，別賜指揮。」是時有勑：「若要聽道安講者，每人納絹一疋，方得聽一日。」當時緣愚(遇)清平，百物時賤，每日納絹一疋，約有三二万人。寺院狹小，無處安排。又寫遠(表)奏聞皇帝：「臣奉勑旨，於福光寺內開講，切(竊)唯前勑令交納絹一疋，聽衆轉多，難爲制約，伏乞重賜指揮。」當時有勑：「要聽道安講者，每人納錢一百貫文，方得聽講一日。」如此隔(隔)勒，逐日不破三五千人，來聽道安於東都開講。

遠公還在何處？遠公常隨白庄逢州打州，逢縣打縣，朝遊川野，暮宿山林，凡髮肩(肩)齊，身掛短褐，一隨他後，數載有餘。思念空門，無由再入。況是白庄累行要跡，伴涉凶徒，好煞惡生，以刼爲活。忽因一日，在於山間，白庄於東嶺之上安居，遠公向西坡上止宿。是時也，秋尾(風)乍起，落葉(葉)颼颼，山靜林疏，霜雲草木。風經林內，吹竹如絲，月照青天，丹霞似錦。長流水邊，心懷惆悵。朦(朦)朧睡著，乃見夢中十方諸佛，悉現雲間，無量聖賢，皆来至此。喚言：「菩薩起，莫戀光(无)明睡着，證取涅槃之位，何得不爲衆生念涅槃經。」遠公夢中瞻(瞻)禮無休。遠公是具足凡夫，敢(感)得阿閦如来受記，喚遠公近前：「汝心中莫生悵忘(惘)。汝有宿債未常(償)，緣汝前世曾爲保兒，今世令来計會，債主不遠，常朝宰相，常隣相公身，是已後却賣此身，得錢五百貫文還他白(白)庄，却来爐山，与汝相見。」遠公家(寐)中驚覺，悵忘(惘)非常，遂乃起坐，念涅槃[經]數卷。白庄於東嶺上驚覺，遂乃問左右曰：「西邊是甚聲音？」左右曰：「啓將軍，西邊是擄来者賤奴念經聲。」白庄聞語，大奴(怒)非常，遂喚遠公直至面前，高聲責曰：「你若在寺舍伽藍，要念即(則)不可。今況是隨逐於我，爭合念經！」遠公曰：「將軍當日擄賤奴来時，許交念經。」白庄曰：「我早晚許你念經？」遠公當即不語，被左右道：「將軍實是許他念經。」白庄曰：「念經即是閑事，我等各自帶煞，不欲得聞念經之聲。」遠公曰：「既不許念經，不要高聲，默念得之已否？」白庄曰：「不然。緣我當時擄許你將来，一爲不得錢物，二爲手下無人，所得惡發，擄你將来。我今身數不少，手力極多，却放你歸山，任意修行。」遠公曰：「捨身与阿郎爲奴，須盡阿郎一世，中路抛離，何名捨身。阿郎若且要伏事，万事絕言。若不要賤[奴]之時，但將賤奴諸處賣却，得錢与阿郎沽酒買肉，得之已否？」白庄聞(問)語，呵呵大唉(笑)：「你也大錯，我若之處，買得你来，即便將舊契券，即賣得你。況是擄得你来，交我如何賣你？」遠公曰：「阿郎不賣，万事絕言，若要賣之，但作家生厮(兒)，賣即無契卷(券)。」白庄曰：「交我將你，況甚處賣得你？」遠公曰：「若要賣賤奴之時，但將佳(往)東都賣得。」白庄聞語，懷(懷)然大怒：「這下等賤人心裏不改閒無。自擬到東都，見及上下經臺，陳論過狀，道我是賊，令捉獲我。」遠公曰：「賤奴若有此意，機謀阿郎，願當来當來世，死墮地獄，無有出期。但請阿郎勿懷僾(憂)慮，的無此事。」白庄聞語，然而信之。遂使散却手下徒黨，只留三、五人，作一商客，將三五箇頭疋，將諸行貨，直向東都，来賣遠公，向口馬行頭来賣。是時遠公来至市内，執標而自賣身。是時万衆千人，無不嘆念。且見遠公標身長七尺，白銀相光，額廣眉高，面如滿月，髮如塗漆，脣若點朱。行步中王，手垂過膝，東西舉步而行。看衆咨嗟，無不愛念。是時看人三三作隊，五五成行：「我今世上過却千万留賤之人，實是不曾見有。」嘆念之次，看人轉多。是時遠公心懷惆悵，怨恨自身，知宿債未了，專待賣身已常（償）他白莊。須臾之間，敢（感）得帝釋化身下來，作一箇崔相公使下，直至口馬行頭，高聲便喚口馬牙人，此箇量口，並不得諸處貨賣。當朝宰相崔相公宅內，只消得此人。若是別人家，買他此人不得。」牙人聞語，盡言實有此是（事）。遂領遠公來至崔相宅。是時白莊亦隨後而来，遠公曰：「阿郎但不用来，前頭好惡，有賤奴身在，若也相公歡喜之時，所得錢物，一一阿郎領取。」白莊曰：「前頭事，須好好祇對，遠公勿令厥錯。」遠公唱喏。便隨他牙人，直至相公門首。門人問牙人曰：「甚人交来？」「奉親隨喚来，緣此箇生口，不敢將別處貨賣，特来將与相公宅內消得此口。」門官曰：「且至在此，容我入報相公。」門官有至廳前啓相公：「門生有一生口牙人，今領一賤人見相公，不敢不報。」相公曰：「交引入来。」於是門官得相公處分，牙人引入遠公，直至廳前，遂見相公，折身便拜，立在一邊。相公一見，唯稱大奇，我昨夜夢中見一神人，入我宅內，今日見此生口，莫是應我夢也。相公問牙人曰：「此是白莊家厮兒，爲復別處買来？」牙人啓相公：「是白莊家生厮兒。」相公曰：「既是白莊家生厮兒，應無契卷（券）。」相公問牙人曰：「此箇厮兒，要多少来錢賣？」牙人未言，遠公進步向前啓相公曰：「若要賤賣奴身，只要相公五百貫錢文。」相公曰：「身上有何伎藝？消得五百貫錢。至甚不多，略說身上伎藝看。」遠相公（遠公）對曰：「但賤奴能知人家已前三百年客（富），又知人家向後二百年貧。搢藝衣服，四時湯藥。傳言送語，無問不答。諸家書體，粗會数般。疋馬單槍，任請比試。鋤禾刈麥，薄會些些。買賣交關，盡知去處。若於手下駈使，来之如風，實不頑慢。相公不信，賤奴自書，書賣身之契，卽知詣實。」相公處分左右，取紙筆来度与。遠公接得緜(紙)筆，遂請香爐，登時度過。拜謝相公已了，聽(廳)前自書賣身之契，不与凡同。遠公啓曰：「年月賣身与相公爲奴，伏事盡忠，須畢阿郎一世。若也中路抛弃(棄)，當當来世，死墮地獄，受罪既畢，身作畜生。搭鞍垂鐙，口中御(銜)鐵，已負前愆。若也盡阿郎一世，當當来世，十地果圓，同生佛會。」書契既了，度与相公。相公接得，唯稱大奇，莫是菩薩摩訶薩至我宅中。遂令取錢，分付与牙人五百貫文，當卽分付与白庄。白庄得錢，更不敢久住，却至壽([illegible])州界內。

相公買得賤奴，便令西院住([illegible])人領於房內安下。遠公曰(因)自知當(償)債，更不敢怨恨他人，出入往来，一任鞭鐙驅使。遠公忽曰(因)一日，獨坐房中，夜久更深，再擬殘燈，見天河間靜，月朗長空，久坐多時，朦朧睡着，又乃夢中見十方諸佛，悉現虛([illegible])空，無量之聖賢，皆来雲集，喚言菩薩起，莫戀无明睡，證取涅槃之位，何得不爲衆生念經。遠公遂乃驚覺，起坐念涅槃經，直至天明。是時相公於廳中忽聞念經之聲，便起，漸漸獨行，来至西院門前，聽念經聲。遂令左右交屈夫人。夫人蒙屈，来至西門前，相公与夫人来廳(聽)念經，直至天明。来日早辰，相公朝退，昇廳而坐，便令左右喚西院住([illegible])人將来。是時三十住人齊至廳前，相公問昨夜西院內，阿那箇住([illegible])人念經之聲。時有住人團座頭啓相公曰：「倚(昨)夜念經，更不是別人，卽是新買到賤奴念經之聲。」相公聞道新来賤奴念經，相公問遠公曰：「昨夜念經，是汝已否？」遠公曰：「是賤奴念經之聲。」相公問曰：「是何經題？」遠公對曰：「夜昨念者，是大涅槃經。」相公問汝念得多少卷数？遠公對曰：「賤奴念得一部十二卷，昨夜惣念作隊，五五成行，我今世上過却千万留賤之人，實是不曾見有。嘆念之次，看人轉多。是時遠公心懷惆悵，怨恨自身，知宿債未了，專待賣身已常(以償)他白庄。須臾之間，敢(感)得帝釋化身下来，作一箇崔相公使下，直至口馬行頭，高聲便喚口馬牙人，此箇量口，並不得諸處貨賣，當朝宰相崔相公宅內，只消得此人。若是別人家，買他此人不得。牙人聞語，盡言實有此是(事)。遂領遠公来至崔相宅。是時白庄亦隨後而来，遠公曰：「阿郎但不用来，前頭好惡，有賤奴身在，若也相公歡喜之時，所得錢物，一一阿郎領取。」白庄曰：「前頭事，須好好祗對，遠公勿令厥錯。」遠公唱喏。便隨他牙人，直至相公門首。門人問牙人曰：「甚人交来。」奉親隨喚来，緣此箇生口，不敢將別處貨賣，特来將与相公宅內消得此口。」門官曰：「且至在此，容我入報相公。」門官有至廳前啓相公：「門生有一生口牙人，今領一賤人見相公，不敢不報。」相公曰：「交引入来。」於是門官得相公處分；牙人引入遠公，直至廳前，遂見相公，折身便拜，立在一邊。相公一見，唯稱大奇，我昨夜夢中見一神人，入我宅內，今日見此生口，莫是應我夢也。相公問牙人曰：「此是白庄家厮兒，爲復別處買来？」牙人啓相公：「是白庄家生厮兒。」相公曰：「既是白庄家生厮兒，應無契卷(券)。」相公問牙人曰：「此箇厮兒，要多小来錢賣？」牙人未言，遠公進步向前啓相公曰：「若要賤賣奴身，只要相公五百貫錢文。」相公曰：「身上有何伎藝？消得五百貫錢。至甚不多，略說身上伎藝看。」遠相公(遠公)對曰：「但賤奴能知人家已前三百年宿(富)，又知人家向後二百年貧。搯藝衣服，四時湯藥。傳言送語，無問不答。諸家書體，粗會数般。疋馬單槍，任請比試。鋤禾刈麥，薄會些些。買賣交關，盡知去處。若於手下駈使，来之如風，實不頑慢。相公不信，賤奴自書，書賣身之契，即知詣實。」相公處分左右，取紙筆来度与，遠公接得絺(紙)筆，遂請香爐，登時度過，拜謝相公已了，聽(廳)前自書賣身之契，不与凡同。遠公啓曰：「厶年厶月賣身与相公爲奴，伏事盡忠，須畢阿郎一世。若也中路抛弃(棄)，當當来世，死墮地獄，受罪既畢，身作畜生。搯鞍垂鐙，口中御(啣)鐵，已負前愆。若也盡阿郎一世，當當来世，十地果圓，同生佛會。」書契既了，度与相公。相公接得，唯稱大奇，莫是菩薩摩訶薩至我宅中，遂令取錢分付与牙人五百貫文，當即分付与白莊。白莊得錢，更不敢久住，却至壽(壽)州界內。

相公買得賤奴，便令西院徃(住—家)〔三〕人領於房內安下。遠公曰(因)自知常(償)債，更不敢怨恨他人，出入往来，一任鞭鐙駈使。遠公忽曰(因)一日，獨坐房中，夜久更深，一再擬殘燈，見天河間靜，月朗長空，久坐多時，朦朧睡着，又乃夢中見十方諸佛，悉現盂(虚)空，無量之聖賢，皆来雲集，喚言菩薩起，莫戀无明睡，證取涅槃之位，何得不爲衆生念經。遠公遂乃驚覺，起坐念涅槃經，直至天明。是時相公於廳中，忽聞念經之聲便起，漸漸獨行，来至西院門前，聽念經聲。遂令左右交屈夫人。夫人蒙屈，来至西門前，相公与夫人来廳(聽)念經，直至天明。来日早辰，相公朝退，昇廳而坐，便令左右喚西院徃(家人將来。是時三十徃人齊至廳前，相公問昨夜西院內，阿那箇徃(家)人念經之聲。時有佳人團座頭啓相公曰：「僧(昨)夜念經，更不是別人，即是新買到賤奴念經之聲。」相公聞道新来賤奴念經，相公問遠公曰：「昨夜念經，是汝已否？」遠公曰：「是賤奴念經之聲。」相公問曰：「是何經題？」遠公對曰：「夜昨念者，是大涅槃經。」相公問汝念得多小卷数？遠公對曰：「賤奴念得一部十二卷，昨夜惣念過。」相公曰：「汝莫慢語。」遠公曰：「爭敢誑(妄)相公。」相公遂令遠公重坐念涅槃經。於是遠公重開題目(日)，再舉舌〔言〕經聲，一念之終，並無厥錯。相公見之，頻稱善哉。遂喚宅中大小良賤三百餘口，惣至廳前，相公處分：自今已後，新来賤奴，人不得下眼看之。」兼与外名，名爲善慶。

相公每日下朝，常在福光寺內聽(廳)道安講經，納錢一百貫文。又於来日，將善慶隨逐来至寺內。緣爲善慶，初伏事相公，不得入寺聽經，只在寺門外邊与他看馬。須臾之間，見聽衆雲奔雨驟，皆至寺內。須臾鐘聲已罷，便舉經題，梵音遠響(響)，漸歷耳根，善慶聞之，心懷惆悵。遠公曰：「不知甚生道安，講讚得尒許多能解？願我一朝再登高座，重政(證)十地之果，与一切衆生消災。有形無形，有相無相，皆因涅槃而滅度。」須臾之間，便□下講，男女齊散，相公歸宅。廳中歇息既定，昇廳而坐。夫□(人)掩袂，直至相公面前，啓相公曰：「只如相公數年，於福光寺內，聽道安上人講涅槃經，還聽得何法？見說涅槃經義，無量無邊，相公記得多少来經文？何得默然而不言，並不爲妾說一句半句之偈？」相公曰：「夫人乘(曾)讀法華經已否？」夫人曰：「曾讀法華經。」相公言：「經中道不請說之，聞必不聽。」夫人曰：「願相公爲宅內良賤略說多少，令心開悟解。」相公言道：「得爲夫人說涅槃經中之義。」夫人便處分家人掃灑廳館，高設床座，喚大小良賤三百餘口，齊至廳前，請相公說涅槃經中之義。應是諸人默然而聽。相公是夜先爲夫人說其八苦交煎。第一說其生苦。「生苦者，生身託母蔭在胎中，臨月之間，由如蘇酪。九十日內，然可成形，男在阿孃左邊，女在阿孃右脇，貼著俯近心肝，稟氣成形。乃受諸苦，賢愚一等，貴賤亦同。慈母之恩，應無兩種。母喫熱飯，不異鑊湯煮身；母喫冷物，恰如寒冰地獄。母若食飽，由如夾口之中，母若飢時，生受倒懸之苦。十月滿足，生產欲臨，百骨節開張，由如鋸解。直得四支體折，五臟疼痛，不異刀傷，何殊劍切。千生萬死，便即悶絕，莫知命若懸絲，不忌再活。須臾母子分解，血似屠羊，阿孃迷悶之間，乃問是男是女。若言是女，且得母子分解平善。若是道（是）兒，總忘却百骨節疼痛，迷悶之中，便即含笑，此即名爲孝順之男。若是吾（忤）逆之子，如何分㝃（娩）：在其阿孃腹內，令母不安，蹴踏阿孃，無時暫歇，忽居心上，忽至腰間，五藏之中，無處不到。十月滿足乃生，是時手把阿孃心肝，脚踏阿孃膀骨，三朝五日，不肯平安，從此阿孃大命轉然。其母看看是死，叫聲動地，似劍到（割）心。兄弟阿孃，莫知爲計，怨家債主，得命方休。旣先忍子，還須後死，即此爲生。」相公是也（夜）又爲夫人說其老苦。「老苦者，人受百歲，由如星火，須臾之間，七十八十，氣力衰微。昔時聲少，貌似春花，今旣老來，阿（何）殊秋草。筋（皺）皮鶴髮，當欲枯乾，眼（眼）暗耳聾，青黃不辨（辨）。四支沉重，百骨酸疼，去天漸遠，去地應近。夜臥床枕，千轉萬迴，是時不能世間之事，如由夢裏。若不□（見）路傍桃李年年花發，曜日江（紅）顏，伏今何在。若也老病來侵，白髮無緣再黑，昔時壯氣，隨八節而彫（凋）殘，舊日紅顏，隨四時而改變。是人皆老，貴賤亦同，不諫（揀）賢愚，是共老苦。不如聞早，須造福田，人命剎那，看看過世。大須用意，便乃修行，一失身無由再復，此即名爲老苦。」相公是夜乃爲夫人說其病苦。夫人又聞（問）「何名爲病苦？」「病苦者，四大之處，何曾有實，衆緣假合，地水火風，一脈不調，是病俱起。忽然困重著床，魂魄不安，五神俱失，□（[illegible]）乾舌縮，腦痛頭痛，百骨節之間，由如鋸解。曉夜受苦，無有休期，求生不得，求死不得。世間妙術，只治有命之人，畢死如何救得。（能療病不能痊損，累日連宵，受諸過。」相公曰：「汝莫慢語。」遠公曰：「爭敢誑忌(妄)相公。」相公遂令遠公重坐念涅槃經。於是遠公重開題日(目)，再擧旣〔三〕經聲，一念之終，並無厥錯。相公見之，頻稱善哉。遂喚宅中大小良賤三百餘口，物至廳前。相公處分：自今已後，新来賤奴，人不得下眼看之。兼与外名，名爲善慶。

相公每日下朝，常在福光寺內廳(聽)道安講經，納錢一百貫文。又於来日，將善慶隨逐来至寺內。緣爲善慶，初伏事相公，不得入寺聽經，只在寺門外邊与他看馬。須臾之間，見聽衆雲奔雨驟，皆至寺內。須臾鐘聲已罷，便擧經題，梵音遠嚮(響)，漸歷耳根。善慶聞之，心懷惆悵。遠公曰：「不知甚生道安，講讚得尒許多能解。願我一朝再登高座，重政(證)十地之果，与一切衆生滅災，有邪無邪，有相無相，皆因涅槃而滅度。」須臾之間，便□下講，男女齊散。相公歸宅，廳中歇息既定，昇廳而坐。夫□(人)掩袂，直至相公面前，啓相公曰：「只如相公數年，於福光寺內，聽道安上人講涅槃經，還聽得何法。見說涅槃經義，無量無邊，相公記得多少来經文。何得默然而不言，並不爲妾說一句半句之偈。」相公曰：「夫人衆(曾)讀法華經已否？」夫人曰：「曾讀法華經。」相公言：「經中道不請說之，聞必不聽。」夫人曰：「願相公爲宅內良賤略說多少，令心開悟解。」相公言道，「得爲夫人說涅槃經中之義。」夫人便處分家人掃灑廳館，高設床座，喚大小良賤三百餘口，齊至廳前，請相公說涅槃經中之義。應是諸人默然而聽。相公是夜先爲夫人說其八苦交煎。第一說其生苦。生苦者，生身託母蔭在胎中，臨月之間，由如蘇酪，九十日內，然可成形。男在阿孃左邊，女在阿孃右脇，貼著俯近心肝，禀氣成形。乃受諸苦，賢愚一等，貴賤亦同。慈母之恩，應無兩種。母喫熱飯，不異鑊湯煑身，母喫冷物，恰如寒冰地獄。母若食飽，由如夾口之中。母若飢時，生受倒懸之苦。十月滿足，生產欲臨，百骨節開張，由如鋸解。直得四支體折，五臟疼痛，不異刀傷，何殊劍切。千生萬死，便即悶絕，莫知命若懸絲，不忘再活。須臾母子分解，血似屠羊，阿孃迷悶之間，乃問是男是女。若言是女，且得母子分解平善。若是道(是)兒，總忘却百骨節疼痛，迷悶之中，便即含笑，此即名爲孝順之男。若是吾(忤)逆之子，如何分免(娩)，在其阿孃腹內，令母不安，蹴踏阿孃，無時暫歇，忽居心上，忽至腰間，五藏之中，無處不到。十月滿足乃生，是時手把阿孃心肝，脚踏阿孃胯骨，三朝五日，不肯平安，從此阿孃大命轉然。其母看看是死，叫聲動地，似劍到(剜)心。兄弟阿孃，莫知爲計，怨家債主，得命方休。既先忍子，還須後死，即此爲生。相公是也(夜)又爲夫人說其老苦。「老苦者，人受百歲，由如星火，須臾之間，七十八十，氣力衰微。昔時聲少，貌似春花，今既老來，阿(何)殊秋草。筋(雞)皮鶴髮，當欲枯乾，明(眼)暗耳聾，青黃不辯(辨)。四支沉重，百骨酸疼，去天漸遠，去地應近。夜臥床枕，千轉萬迴，是時不能世間之事，如由夢裏。若不□(見)路傍桃李年年花發，曉日江(紅)顏，伏今何在。若也老病來侵，白髮無緣再黑，昔時壯氣，隨八節而彫(凋)殘，舊日紅顏，隨四時而改變。是人皆老，貴賤亦同，不諫(揀)賢愚，是共老苦。不如聞早，須造福田，人命刹那，看看過世。大須用意，便乃修行，一失身無由再復，此即名爲老苦。」相公是夜乃爲夫人說其病苦。夫人又聞(問)：「何名爲病苦？」病苦者，四大之處，何曾有實，衆緣假合，地水火風，一脈不調，是病俱起。忽然困重著床，魂魄不安，五神俱失，□(舌)乾舌縮，腦痛頭痛，百骨節之間，由如鋸解。曉夜受苦，無有休期，求生不得，求死不得。世間妙術，只治有命之人，畢死如何救得。能療藥不能痊損，累日連宵，受諸大苦。假使祁(祇)婆濃藥，鷁鵲行針，死病到來，無能勉(免)得。世人狂(誑)受邪言，未病在床，便冤(怨)神鬼，燒錢解禁，狂(枉)殺衆生。如是之人，墮於地獄，大限不過百歲，其中七十早希，三人同受百歲，能得幾時。人生在世，若有妙術，合有千歲之人，何不用意三思，狂(枉)受師人誑赫(嚇)。此卽名爲病苦。」相公是夜爲夫人說其死苦。「其死苦者：四大欲將歸滅，魂魄逐風摧，兄弟長辭，耶孃永隔。妻兒男女，無由再會。交期朋友，往還一别，無由再見。金銀錢物，一任分將，庄(莊)店莊園，不能將去。貪愛死苦，四大分離，魂魄飛颺，莫知何在。三寸氣斷，卽是來生，一人死了，何時再生。生聞英雄，死論福得(德)，隨業受之，任他所配，或居地獄，或在天堂，或爲畜生，或爲餓鬼，六道輪迴，無有休期。再得人身，萬中希一。卽此名爲死苦。」相公是也(夜)又爲夫人說五蔭(陰)苦。「五蔭(陰)苦者：人生在世，由(猶)如晝夜。濃(膿)血皮膚，綺羅纏體，五陰之內，七孔常流，內懷糞穢之膻腥，遊血骨外。且看膿囊涕唾，日夜長流，處處不堪，全無實相。所欲皆從三寸氣生，是三毒之苗，五臟五欲之本，所以大師有偈：

　　薄皮裹膿血，筋纏臭骨頭，
　　從頭觀至足，遍體是濃(膿)流。

如是名般衆苦，逼迫其身，此卽名爲五蔭(陰)苦。」相公是夜又爲夫人說求不得苦者，人生在世，各有所有(又)，願有福者，求無上菩提。且三世之中，求得人生天之福。幾箇能受世榮，求得人間資財，中路便遭身天。若求金銀疋帛，㤻㤻榮心，縱得衣食，自充不足。耶孃兄弟，各自救療。生男養女，分頭自求。前生不種，累㤻不修。欲得世上榮，須是今生修福。今朝苦勸聽众，總知衣食是宿生住(注)定。所已(以)師有偈：

今年定是有来年，　如何不種来年穀，
今生定是有来生，　如何不修来生福。

多如是般，此卽名爲求不得苦。相公是夜又爲夫人説怨憎會苦。「怨憎會苦者：人生在世，貪欲在心，見他有妻，便欲求妻。既得妻子，不經三二年間，便卽生男種女，此卽喻於何等預探。若採花胡蝶般（盤）旋，只在虛空，忽見一窠牡丹，將身便採芳藥。不覺蜘蛛在於其上，團團結就，百匝千遭，胡蝶被裹在於其中，萬計無由出得。此者顛（預）苦。凡夫愛色，亦復如是，見他年少，便生愛慕之心，歲月年深，遂便有男有女。既乃長大成人，不孝父母，五逆瀰天，不近智者，伴涉徒。出語不解三思，毁辱六親，兼及尊長。若在家中，便卽費人心力。或若出外，常須憂懼。此卽是名多生寃家，世世無休期。善因苦勸，聽衆便知。欲得後世無寃，不如今生修於淨行，寃家永隔，不遠心服（懷），男女因緣，其中多少。所已（以）大師有偈：

自從曠刧受深流，　六道輪迴處處遇，
若不今生猛斷却，　寃家相報幾時休。

此卽名爲寃憎會苦。」相公是也（夜）又爲夫人説其愛別離苦者。如是家中養得一男，父母看如珠玉，長大成人，纔辨（辦）東西，便卽離鄉別邑。父母日夜懸心而望，朝朝倚戶，而至啼悲。從此意念病成，看承眼（服）藥，何時得見。忽至冬年節歲，六親悉在眼前，忽憶在外之男，遂卽氣咽塡凶（胸），此卽名爲愛別大苦。假使祁（祇）婆濃藥，鷁鵲行針，死病到來，無能勉（免）得。世人狂（枉）受邪言，未病在床，便寃（怨）神鬼，燒錢解禁，狂（枉）殺衆生。如是之人，墮於地獄，大限不過百歲，其中七十早希，三人同受百歲，能得幾時。人生在世，若有妙術，合有千歲之人，何不用意三思，狂（枉）受師人誑赫（嚇）。此卽名爲病苦。

相公是夜爲夫人說其死苦。其死苦者：四大欲將歸滅，魂魄逐風摧，兄弟長辭，耶孃永隔，妻兒男女，無由再會，交期朋友，往還一別，無由再見。金銀錢物，一任分將，底（邸）店莊園，不能將去。貪愛死苦，四大分離，魂魄飛颺，莫知何在。三寸去斷，卽是來生。一人死了，何時再生。生聞英雄，死論福得（德），隨業受之，任他所配，或居地獄，或在天堂，或爲畜生，或爲餓鬼，六道輪迴，無有休期。再得人身，萬中希一。卽此名爲死苦。

相公是也（夜）又爲夫人說五蔭（陰）苦。五蔭（陰）苦者：人生在世，由如晝夜。濃（膿）血皮膚，綺羅纏體，五陰之內，七孔常流，內懷糞穢之膻腥，遊血骨外。且看膿囊涕唾，日夜長流，處處不堪，全無實相。所欲皆從三寸氣生，是三毒之苗，五臟五欲之本，所以大師有偈：

薄皮裹膿血，筋纏臭骨頭，
從頭觀至足，遍體是濃流。

如是名般衆苦，逼迫其身，此卽名爲五蔭（陰）苦。

相公是夜又爲夫人說求不得苦者。人生在世，各有所有（求），願有福者，求無上菩提。且三世之中，求得人生天之福。幾箇能受世榮，求得人間資財，中路便遭身夭。若求金銀疋帛，刼刼榮心，縱得衣食，自充不足。耶孃兄弟，各自救療。生男養女，分頭自求。前生不種，累刼不修。欲得世上榮，須是今生修福。今朝苦勸聽众，總知衣食是宿生住定。所已（以）師有偈：

今年定是有来年，如何不種来年穀，
今生定是有来生，如何不修来生福。

多如是般，此卽名爲求不得苦。相公是夜又爲夫人說怨憎會苦。怨憎會苦者：人生在世，貪欲在心，見他有妻，便欲求妻。既得妻子，不經三二年間，便卽生男種女，此卽喻於何等預探。若採花胡蝶般(盤)旋，只在虛空，忽見一窠牡丹，將身便採芳蘂，不覺蜘蛛在於其上，團團結就，百匝千遭，胡蝶被裹在於其中，萬計無由出得。此者頼(預)苦。凡夫愛色，亦復如是，見他年少，便生愛慕之心，歲月年深，遂便有男有女。既乃長大成人，不孝父母，五逆彌天，不近智者，伴涉徒。出語不解三思，毁辱六親，兼及尊長。若在家中，便卽費人心力，或若出外，常須憂懼。此卽是名多生寃家，世世無休期。善因苦勸，聽衆便知。欲得後世無寃，不如今生修於淨行，寃家永隔，不遶心服(腹)，男女因緣，其中多少。所已(以)大師有偈：

自從曠刧受深流，六道輪迴處處遇，
若不今生猛斷却，寃家相報幾時休。

此卽名爲寃憎會苦。相公是也(夜)又爲夫人說其愛別離苦者。如是家中養得一男，父母看如珠玉，長大成人，纔辯(辨)東西，便卽離鄉別邑。父母日夜懸心而望，朝朝倚戶，而至啼悲。從此意念病成，看承眠(服)藥，何時得見。忽至冬年節歲，六親悉在眼前，忽憶在外之男，遂卽氣咽塡兒(胸)，此卽名爲愛別

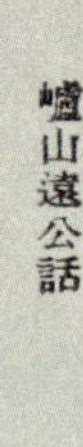

離苦。」相公是也（夜）說八苦交煎已了，應是宅中大小良賤三百餘口，悉皆拜謝相公。爲（惟）有善慶紛紛下淚。善慶口卽不言，心裏思量：我憶昔在𢈢山之日，初講此經題目，便敢（感）得大石搖動，百草亞身，瑞鳥靈禽飛来，滿似祥雲不散，常遊紫殿之傍，瑞氣盤旋，不離朱樓之側。諸天聞法，十類聞經，有形無形，［有相］無相，皆爲涅槃而行滅度。善慶思惟既畢，滿目是淚，相公怪之，問善慶曰：「吾爲你講經，有何事里（裏）頻啼泣，汝且爲復怨恨阿誰，解事速說情由，不說眼看喫杖。」善慶進步向前啓相公曰：「賤奴並不怨恨他別人，只爲道安上人說法，總不能平等。」相公曰：「是他道安上人，自到京中講讚，王侯將相，每日聽他說法。汝且不會見他說法，爭得知道他講讚不能平等？」善慶進步向前啓相公曰：「善慶昨夜隨從阿郎入寺，隔在門外，不得聞經。便知道安上人說法，不能平等。賤奴身雖居下賤，佛法薄會些些，緇服（服）不同，法應無二。從此道安說法，不能平等，不解傳法入三等之人耳，及四生十類。」相公曰：「何者名爲四生十類，及三等之人耳？与我子細說看，令我心開悟，解得佛法分明。」善慶曰：「三等之人者：弟一（第一）是床上病兒，第二是因（囚）徒繫閉，第三不自由人。法師高座上不解方便，遍達傳說入三等之人耳，有如是之過，是以說法不解平等。」相公曰：「何者是四生十類？」善慶啓相公：「四生者：是胎生、卵生、濕生、化生，是爲四生。十類者：是有形、無形、有相、無相、非有相、非無相、四足、二足、多足、無足，此者名爲十類。」相公語善慶曰：「我緣不會，与我子細說看，我便捨邪歸政（正）。」善慶曰：「胎生者，是法之人，北来兩人入寺聽經，一人無是，入得寺中聽經，一人是有貪性，當卽却迴而去。其人入得寺中，一人於善法堂中坐定，聽得一自（字）之妙法，入於心身，便即心生歡喜。忽憶不来之人，即便心生肺忘，縱有言而能聽受，悶悶不已。如母胎中之子，被浮雲之障日，荏苒之間，便墮在胎生之中。卵生者：亦是聽法之人，故来入寺聽經，在善法堂前坐，心欲屬著法師，法師不解，且說外緣。便將甚生法說，与衆生迷朦，難合難知，悶悶不已，遂即墮在卵生之中。濕生者：如是之人多受匿法，得一句一偈，不曾說向於人，貪愛潤己，不解爲衆宣揚。以是因緣，便墮在濕生之中。化生者：入寺中聽法，得一句妙法，分別得無量無邊，宣義文牽敎化，而恒河沙等如一然燈，於十燈亦百燈，於千燈亦爲千萬億之燈，燈燈不絕，此即名爲化生。」於是相公問：「十類者何？」善慶曰：「第一、有形者：見塑龕塑像，便即虛心禮拜，直云佛如須彌山，見形發心，此即名爲有形。第二、是無形者：不立性處不見性，如水中之月，空裏之風，萬法皆無，一無所有，此即名爲無形。第三、是有相者：著街衢見端正之人，便言前境修来，来入寺中聽法。見法師肥白，便即心生愛戀，即被纏縛，即有忘(妄)想，既有忘(妄)想，即有无明，既有无明，即有煩惱，既有煩惱，即有沈輪(淪)，既有沈輪，即有地獄，累刼犯之身心不定，即受其苦，此即名爲有相。第四、無相者：萬法皆虛，何曾有實，東西無跡，南北無蹤，是事不於身心，一體迥超三界，此即名爲無相。第五、非有相者：當說即有，說罷還無，當立即有，不立即還無，當信即有，不□(信)即還無，萬法不於心身，此即名爲非有相。第六、非無相者：無言無語，無去無来，無動無念，不生不滅，即是眞如，無去無来，便爲佛性，□(此)即名爲非無相。第七、二足者：人生在世，有身智浮名爲二足。忽即有□(身)而無知(智)，忽即有智而無身，只此身智，不愚(遇)相逢，所已(以)沈輪惡道。身智若也相逢，便乃生於佛道。所已(以)大師有偈：

離苦。」相公是也（夜）說八苦交煎已了，應是宅中大小良賤三百餘口，悉皆拜謝相公。爲（唯）有善慶紛紛下淚。善慶口卽不言，心裏思量：「我憶昔在𢈔山之日，初講此經題目，便敢（感）得大石搖動，百草叓身，瑞鳥靈禽飛来，滿似祥雲不散，常遊紫殿之傍，瑞氣盤旋，不離朱樓之側。諸天聞法，十類聞經，有形無形，［有相］無相，皆爲涅槃而行滅度。」善慶思惟旣畢，滿目是淚。相公怪之，問善慶曰：「吾爲你講經，有何事里（理）頻啼泣？汝且爲復怨恨阿誰？解事速說情由，不說眼看喫杖。」善慶進步向前啓相公曰：「賤奴並不怨恨他別人，只爲道安上人說法，總不能平等。」相公曰：「是他道安上人，自到京中講讚，王侯將相，每日聽他說法，汝且不曾見他說法，爭得知道他講讚不能平等？」善慶進步向前啓相公曰：「善慶昨夜隨從阿郎入寺，隔在門外，不得聞經，便知道安上人說法，不能平等。賤奴身雖居下賤，佛法薄會些些，緇眠（服）不同，法應無二。從此道安說法，不能平等，不解傳法入三等之人耳，及四生十類。」相公曰：「何者名爲四生十類，及三等之人耳？与我子細說看，令我心開悟，解得佛法分明。」善慶曰：「三等之人者：弟子一（第一）［四］是床上病兒，第二是因（囚）徒繫閉，第三不自由人。法師高座上不解方便，遍達傳說入三等之人耳，有如是之過，是以說法不解平等。」相公曰：「何者是四生十類？」善慶啓相公：「四生者：是胎生、卵生、濕生、化生，是爲四生。十類者：是有形、無形、有相、無相、非有相、非無相、四足、二足、多足、無足，此者名爲十類。」相公語善慶曰：「我緣不會，与我子細說看，我便捨邪歸政（正）。」善慶曰：「胎生者，是法之人，北来兩人入寺聽經，一人無是，入得寺中聽經，一人是有貪性，當卽却迴而去。其人入得寺中，一人於善法堂中坐定，聽得一自（字）之妙法，入於心身，便卽心生歡喜。忽憶不来之人，卽便心生肺忘，縱有言而能聽受，悶悶不已。如母胎中之子，被浮雲之障日，荏苒之間，便墮在胎生之中。卵生者：亦是聽法之人，故来入寺聽經，在善法堂前坐，心欲屬著法師。法師不解，且說外緣，便將甚生法說，与衆生迷朦，難命難知，悶悶不已，遂卽墮在卵生之中。濕生者：如是之人多受匿法，得一句一偈，不曾說向之人，貪愛潤己，不解爲衆宣揚。以是因緣，便墮在濕生之中。化生者：北入寺中聽法，得一句妙法，分別得無量無邊，宣義文牽敎化，而恒河沙等如一然燈，於十燈亦百燈，於千燈亦爲千萬億之燈，燈燈不絕，此卽名爲化生。」於是相公問：「十類者何？」善慶曰：「第一、有形者，見遟龕塑像，便卽虛心禮拜，直云佛如須彌山，見形發心，此卽名爲有形。第二、是無形者，不立性處不見性，如水中之月，空裏之風，萬法皆無，一無所有，此卽名爲無形。第三、是有相者，著街衢見端正之人，便言前境修来。来入寺中聽法，見法師肥白，便卽心生愛戀，卽被纏縛，卽有忘(妄)想，既有忘(妄)想，卽有无明，既有无明，卽有煩惱，既有煩惱，卽有沈輪(淪)，既有沈輪，卽有地獄，累劫犯之身心不定，卽受其苦，此卽名爲有相。第四、無相者，萬法皆虛，何曾有實，東西無跡，南北無蹤，是事不於身心，一體逈超三界，此卽名爲無相。第五、非有相者，當說卽有，說罷還無，當立卽有，不立卽還無。當信卽有，不□(信)卽還無。萬法不於心身，此卽名爲非有相。第六、非無相者，無言無語，無去無来，無動無念，不生不滅，卽是眞如，無去無来，便爲佛性，□(此)卽名爲非無相。第七、二足者，人生在世，有身智浮名爲二足，忽卽有□(身)而無知(智)，忽卽有智而無身，只此身智，不愚(遇)相逢，所已(以)沈輪惡道，身智若也相逢，便乃生於佛道。所已(以)大師有偈：

身生智未生，　智□(生)身已老，
身恨智生遲，　智恨身生早。
身智不相逢，　曾經幾度老，
身智若相逢，　即得成佛道。

有此身智，此即名爲二足。 第八、四足者，人生四大，屬地水火風，四方四海，此即名爲四足。 第九、多足者，萬法皆通，是無不會，世間之事，盡總皆之(知)。一切經書，問無不答，十二部尊經，記在心中，此即名爲多足。 第十、無足者，雖即爲人，是事不困，不辯(辨)東西，与畜生無異，此即名爲無足。 上来十類，各各不同，更若有疑，任相公所問。」相公聞語，由於(猶如)甘露入心。夫人聞之，也似醍醐灌頂。 相公喚善慶近前：「適来據汝宣揚，不者(諸)於道安，与我更說少多，令我心開悟，解得佛法分明。」於是善慶爲相公說十二因緣：「無明緣，行行緣，識識緣，名色緣，六入緣，觸觸緣，受受緣，愛愛緣，取取緣，有有緣，生生緣，老病死(憂)悲苦惱緣，无名(明)滅，即行滅，即識滅，即名色滅，即六入滅，即觸滅，即受滅，即愛滅，即取滅，即生滅，即老病死憂悲苦惱滅，此十二因緣。」相公聞之，頻稱善哉。 夫人此時嘆念，得無量福田。 善慶此時遂下高座啓相公：「只如道安法師，如虛空中，造立堂殿，終不能成就，臨欲成就，還當墮落。 賤奴身雖爲下賤，佛法一般，衣服不同，體無兩種。 賤奴今者欲擬從相公入於寺中，与法師道安同時於義。」相公曰：「汝若有心，吾也不障。」於是相公与夫人令善慶西院內香湯沐浴，重換衣裝，放善慶且歸房中歇息，待来日侵晨，別有處分。 善慶既歸房中，澄心淨意，直至天明，更無睡眠。須臾入朝之時，善慶亦從相公入內。相公朝却，退歸宅內歇息，遂喚善慶。相公曰：「是他道安是國內高僧，汝須子細思量。」善慶啓相公曰：「俗𧦬(諺)云有語：入山不避狼虎者，是樵父之勇也，入水不避蛟龍者，是漁(漁)父之勇也。但賤奴若得道安論義，如渴得漿，如寒得火，請相公高枕無憂。」只時(待)講降時便去。

須臾之間已至，相公先遣錢二百貫文，然後將善慶来入寺內。其時聽衆如雲，施利若雨，鍾(鐘)聲旣動，卽上講。都講舉□(題)，維那作梵，四衆瞻仰，如登靈鷲山中。道安欲擬忻心，若座奄(菴)羅會上。於是道安手把如意，身座寶臺，廣焚無價寶香，卽宜妙義，發聲乃唱，便舉經題云：「大涅槃經如来壽量品第一。」開經已了，歎佛威儀，先表聖賢，後談帝德。「伏願今皇帝道應龍□，德光金闕，握金鏡如耀九天，從神光而臨八表。願諸王太子，金枝(枝)永固，玉葉恒春。公主貴肥(妃)，貞華永耀。朝廷卿相，盡孝盡忠。郡縣官寮，唯淸唯直。座下善男善女，千災霧卷，痛逐雲奔，災害不侵，功德圓滿。三塗地獄，悉苦停酸。法界衆生，同霑此福。」嘆之已了，擬入經題。其時善慶亦其堂內起来，高聲便喚，止住經題。四衆見之，無不驚愕。善慶漸近前来，指云：「道安上人，大能說法，闍梨開經講讚，渲(宣)佛眞宗，廣度愚迷，宣揚聖教，文詞璨瓚(燦爛)，城(域)內無雙，利益衆生，莫知其數。長於苦海，如作法船，結大果因，渡人生死。未審所講是何經文？爲衆諸生，宣揚何法？誰家章疏，演唱眞宗，欲委根元，乞垂請說。法師講讚，海內知名，人主稱傳，國中第一。相公在此，聊述聲揚，暖道場將爲法樂，上人若垂大造，立儀將来，不棄蒭蕘，卽當恩幸。」於是道安聞語，作色動容，嘖善慶曰：「乙空便額，我佛如来妙

身生智未生，　　智□(生)身已老，
身恨智生遲，　　智恨身生早。
身智不相逢，　　曾經幾度老，
身智若相逢，　　即得成佛道。

有此身智，此即名爲二足。第八、四足者，人生四大，屬地水火風，四方四海，此即名爲四足。第九、多足者，萬法皆通，是無不會，世間之事，盡總皆之(知)。一切經書，問無不答。十二部尊經，記在心中。此即名爲多足。第十、無足者，雖即爲人，是事不困，不辯(辨)東西，与畜生無異，此即名爲無足。上来十類，各各不同，更若有疑，任相公所問。」相公聞語，由於(猶如)甘露入心，夫人聞之，也似醍醐灌頂。相公喚善慶近前：「適来據汝宣揚，不若(弱)於道安，与我更說少多，令我心開悟，解得佛法分明。」於是善慶爲相公說十二因緣：無明緣，行行緣，識識緣，名色緣，六入緣，觸觸緣，受受緣，愛愛緣，取取緣，有有緣，生生緣，老病死優(憂)悲苦惱緣，无名(明)滅，即行滅，即識滅，即名色滅，即六入滅，即觸滅，即受滅，即愛滅，即取滅，即生滅，即老病死憂悲苦惱滅，此十二因緣。相公聞之，頻稱善哉。夫人此時嘆念，得無量福田。善慶此時遂下高座啓相公：「只如道安法師，如虛空中，造立堂殿，終不能成就。臨欲成就，還當墮落。賤奴身雖爲下賤，佛法一般，衣服不同，體無兩種。賤奴今者欲擬從相公入於寺中，与法師道安同時故義。」相公曰：「汝若有心，吾也不障。」於是相公与夫人令善慶西院內香湯沐浴，重換衣裝，放善慶且歸房中歇息，待来日侵晨，別有處分。善慶既歸房中，澄心淨意，直至天明，更無睡眠。須臾入朝之時，善慶亦從相公入內。相公朝却，退歸宅內歇息，遂喚善慶。相公曰：「是他道安是國內高僧，汝須子細思量。」善慶啓相公曰：「俗彥（諺）云有語：入山不避狼虎者，是樵父之勇也。入水不避蛟龍者，是魚（漁）父之勇也。但賤奴若得道安論義，如渴得漿，如寒得火，請相公高枕無憂。」只時（待）講降時便去。

須臾之間已至，相公先遣錢二百貫文，然後將善慶来入寺內。其時聽衆如雲，施利若雨。鍾（鐘）聲既動，卽上講。都講舉[□]，維那作梵，四衆瞻仰，如登靈鷲山中。道安欲擬忻心，若座奄（菴）羅會上。於是道安手把如意，身座寶臺，廣焚無價寶香，卽宣妙義，發聲乃唱，便舉經題云：大涅槃經如来壽量品第一。開經已了，歎佛威儀，先表聖賢，後談帝德。伏願今皇帝道應龍踪，德光金闕，握金鏡如曜九天，從神光而臨八表。願諸王太子，金支（枝）永固，玉葉恒春。公主貴肥（妃），貞華永曜。朝廷卿相，盡孝盡忠。郡縣官寮，唯淸唯直。座下善男善女，千災霧卷，瘴逐雲霄。災害不侵，功德圓滿。三塗地獄，悉苦停酸。法界衆生，同霑此福。嘆之已了，擬入經題。其時善慶亦其堂內起来，高聲便喚，止住經題。四衆見之，無不驚愕。善慶漸近前来，指云：「道安上人，大能說法，闍梨開經講讚，渲（宣）佛眞宗，廣度愚迷，宣揚聖敎，文詞璨瓓（燦爛），城（域）內無雙，利益衆生，莫知其數。長於苦海，如作法船，結大果因，渡人生死。未審所講是何經文？爲衆諸生，宣揚何法？誰家章疏，演唱眞宗，欲委根元，乞垂請說。法師講讚，海內知名，人主稱傳，國中第一。相公在此，聊述聲揚，暖道場將爲法樂，上人若垂大造，立儀將来，不棄芻蕘，卽當恩幸。」於是道安聞語，作色動容，嘖善慶曰：「亡空便額，我佛如来妙典，義里(理)幽玄，佛法難思，非君所會。不辭与汝解脫，似頑石安在水中，水體姓(性)本潤，頑石無由入得。汝見今身，且爲下賤，如何卽得自由佛法。付囑國王大臣，智者方能了義。汝可不聞道外書言，堪与言卽言，不堪与言失言。夫子留敎，上遣如思，不与你下愚之人解說。維那檢校，莫遣喧囂。聽經時光，可借(惜)汝不解，低頭莫語，用意專聽。上座講筵，聽衆宣揚，普皆聞法。不事在作一箇問法之人。」但知會下座者，不逆其意，若是諸人卽怕你道安，是他善慶，阿誰怕你。於是善慶聞語，轉更高聲，遙指道安怒聲責曰：「闍梨去就，也是一箇志道宵像，所出言問，不合聖意。我如来留敎，經乃分明，蠢動含靈，皆霑佛性。公還誦金剛經以否？胎、卵、濕、化，十類、四生，有形、無形，有相、無相，皆得涅槃而言滅度。我乃是人，豈得不合聞法。我爲下賤，佛性無殊。緇眼(服)不同，法應無二。不見道孔丘雖聖，著人迷對囚之言。大覺世尊，上(尚)有金槍之難。維摩居士，由(猶)遭光嚴童子喝責。忍辱先人，被歌利王割截身體。君子不欺闇室，蓋俗事之常談。賤奴擬問經文，座主忘空便額。只如峻山，却生毒藥，淤泥之中，乃生蓮華。彼布袋裏有明珠，錦袋裏成(盛)糠，何用座主。莫望山採木，以貝(錢)取之，若作如思，還失其子羽。只如佛法，大體均平，似降甘澤，普其總潤。不可平田殘草下頻滋，坑坎丘陵不蒙惠澤，雨元(原)平等，自然莫殺，彼我之心，一切無異。不見藥王菩薩，皆標四時，五菓桃李，皆從八節。因地而生藥草，喩中分明。乃說大根大樹大枝大葉，各逐根基，因地而所有。不可不甘甜菓子，雨便甘甜，苦澀菓子，雨便苦澀。雨元(原)一味，受性自殊。但行平等之心，法界自然安樂。相公在於座主莫謾生人，但之好好立義，將来願好相面對。」於是道安被數讚羅，非常耻見相公，羞看四衆。遂攬典尺，抛在一邊，漸近前来，怒聲責曰：「善慶，汝豈不聞道，鬪不著底，死亦難當。豈緣一鼠之謙(愆)，勞發千均(鈞)之弩。汝欲見吾之鼓，不辭對答往来，蟭蟟共鵬鳥，如同飛對。汝虛抛氣力，解事低頭莫語，用意專聽。這遍若不取我指撝，不免相公邊，請杖決了，趁出寺門，不得聞經。謾說狂詞，悔將何及。」善慶聞語，轉爲高聲，搖(遙)指道安：「許公輙行操次，座主身披法服，常宣眞經。合興無量之心，具六波羅蜜行，發菩提心，利益衆生，出於三界。何得心無慈愍，毒害尤深，欺誑平人，擬於相公邊請杖。據思行卽不合眞宗，所出言辭，何殊外道。闍梨自稱鵬鳥，直擬舉翼摩天。歎他乃作蟭蟟，栖宿常居小草，不見道心。麁(粗)者失欺，敲者忘意。况今朝莫語，便須用意，莫難謾麁(粗)疏。詞理若乖，便爲弟子，勞把纏頭，莫交失乎(手)。若也祇對一字參差，却到賤奴向相公邊請杖，就高座上拽下決了，趁出寺門，不得爲衆宣揚，莫言不道。」道安備(被)難，度(杜)口無詞，恥見相公，羞看四衆。量(良)久之間，乃喚善慶近前：「上來言語，總是共汝作劇，汝也莫生頗(叵)我之心，吾也不見汝過。初見汝說，實載驚疑，皆將[來]爲腦(惱)亂講筵，有煩聽衆。吾今知汝實是能人，若問經題，吾能奉答。」善慶曰：「闍梨自稱，却道莫生頗我之心，如来留敎隨經，皆因阿闍世尊談宣，是人總會。今言許問，不敢有違。但知且問經名，後乃必當有問。」道安曰：「適来問貧道所講經文，當是大涅槃經。」善慶聞之，分明記取。」善慶問曰：「「何者名爲大？[何者名涅?]何者名爲涅？何者名爲槃？」道安答曰：「大者是廣也，要廣利一切衆生，出於苦海。涅者是不生之義，不生不滅，卽契眞如，無去無来，便爲佛性。槃之一字，般運衆生，出於三界，令達彼岸。」善慶曰：「上来三字義七般。」「善慶聞之，切須記當。一者、喩若春楊(陽)旣動，典，義里(理)幽玄，佛法難思，非君所會。不辭与汝解脱，似頑石安在水中，水體姓(性)本潤，頑石無由入得。汝見今身，且爲下賤，如何卽得自由佛法付囑國王大臣，智者方能了義。汝可不聞道外書言，堪与言卽言，不堪与言失言。夫子留敎，上遣如思不与你下愚之人解說。維那檢校，莫遣喧囂。聽經時光，可昔(惜)汝不解低頭莫語，用意專聽。上座講筵，聽衆宣揚，普皆聞法不事在作一箇問法之人」。但知會下座者，不逆其意，若是諸人卽怕你道安，是他善慶，阿誰怕你。於是善慶聞語，轉更高聲，遙指道安怒聲責曰：「闍梨去就，也是一箇志道脊像，所出言問，不合聖意。我如来留敎，經乃分明，蠢動含靈，皆霑佛性。公還誦金剛經以否？胎、卵、濕、化，十類、四生，有形、無形，有相、無相，皆得涅槃而言滅度。我乃是人，豈得不合聞法。我爲下賤，佛性無殊。緇眠(服)不同，法應無二。不見道孔丘雖聖，著久迷對曰之言，大覺世尊，上(尙)有金槍之難。維摩居士，由(猶)遭光嚴童子喝責，忍辱先人，被歌利王割截身體。君子不欺闇室，蓋俗事之常談，賤奴擬問經文，座主忘空便額。只如峻山，却生毒藥，淤埿之中，乃生蓮華。彼布袋裏有明珠，錦袋裏成(盛)糠，何用座主。莫望山採木，以皃(貌)取之，若作如思，還失其子羽。只如佛法，大體均平，似降甘澤，普其總潤。不可平田殘草下頻滋，坑坎丘陵不蒙惠澤，雨元(原)平等，自然莫殺，彼我之心，一切無異。不見藥王菩薩，皆標四時，五菓桃李，皆從八節因地而生藥草，喻中分明，乃說大根大樹大枝大葉，各逐根基，因地而所有。不可不甘甜菓子，雨便甘甜，苦澀菓子，雨便苦澀。雨元(原)一味，受性自殊，但行平等之心，法界自然安樂。相公在於，座主莫謾生人，但之好好立義，將来願好相祗對。」於是道安被數[齒辟][齒羅]，非常耻見相公，羞看四衆。遂攬典尺，抛在一邊，漸近前来，怒聲責曰：「善慶，汝豈不聞道，鬭不著底，死亦難當。豈緣一鼠之謙（慊），勞發千均（鈞）之弩。汝欲見吾之鼓，不辭對答往来，蟭蟟共鵬鳥，如同飛對？汝虛抛氣力，解事低頭莫語，用意專聽。這遍若不取我指撝，不免相公邊，請杖決了，趁出寺門，不得聞經。謾說狂詞，悔將何及。」善慶聞語，轉爲高聲，搖（遥）指道安：「許公輙行操次，座主身披法服，常宣眞經。合與無量之心，具六波羅蜜行，發菩提心，利益衆生，出於三界。何得心無慈愍，毒害尤深，欺誑平人，擬於相公邊請杖。據思行即不合眞宗，所出言辭，何殊外道。闍梨自稱鵬鳥，直擬舉翼摩天，歎他乃作蟭蟟，栖宿常居小草，不見道心。麁（粗）者失欺，敲者忘意。况今朝莫語，便須用意，莫難謾麁（粗）疏，詞理若乖，便爲弟子，勞把纏頭，莫交失乎（手）。若也祗對一字參差，却到賤奴向相公邊請杖，就高座上拽下決了，趁出寺門，不得爲衆宣揚，莫言不道。」道安備（被）難，度（杜）口無詞，恥見相公，羞看四衆。量（良）久之間，乃喚善慶近前：「上來言語，總是共汝作劇，汝也莫生頗（頗）我之心，吾也不見汝過。初見汝說，實載驚疑，將將〔一五〕爲腦（惱）亂講筵，有煩聽衆。吾今知汝實是能人，若問經題，吾能奉答。」善慶曰：「闍梨自稱，却道莫生頗我之心，如来留敎隨經，皆因阿闍世尊談定，是人總會。今言許問，不敢有違。但知且問經名，後乃必當有問。」道安曰：「適来問貧道所講經文，當是大涅槃經。」善慶聞之，分明記取。」善慶問曰：「「何者名爲大？〔一六〕何者名爲涅？何者名爲槃？」道安答曰：「大者是廣也，要廣利一切衆生，出於苦海。涅者是不生之義，不生不滅，即契眞如，無去無来，便爲佛性。槃之一字，般運衆生，出於三界，令達彼岸。」善慶曰：「上来三字義七般。」「善慶聞之，切須記當。一者，喻若春楊（陽）既動，萬草皆生，不論淺谷深峽，處處盡皆也(花)發。妙法經名記(既)立，如来宣說流行，衆生不揀高低，聞經例皆發善。二者、喻如綆(繩)木之義，便即去邪歸正。三者、喻湧衆之義，湛湛不滅不流，經文長在世間，流轉無休無歇。四者、喻如江海，能通萬斛之船。衆生欲過江潮，第一須漢(憑)舡。經文流轉於世間，能超出離之人，欲擬進道修行，第一須憑經力。五者、喻於天地覆載衆生，若也天地全無，萬像憑何如(而)立？涅槃經文，既有衆生，於此修行，若名[世]也經法全無，憑[illegible]何如出世。六者、喻如經緯，能成錦綵羅紈，直續大絹与綾，皆總因他經緯。妙法經名既立，修道者因此如(而)成。直至無上菩提，盡總憑他經力。七者、喻如路逕，解通往来之人。欲行千里之人，起發因他道路。衆生發心修道，先須讀誦經文。所已(以)後聖道從資取衆。上来七義，各各不同，共論(釋)經之字，善慶聞之，還須記取。」善慶曰：「經之一字，還有多般，更有經名已否？」道安答曰：「涅槃之義，無量無邊，卒(本)說經名，如何得盡？譬如世間百姓，萬戶千門，憑何而處理？遂乃立斯(其)州縣，縣各自列(封)土分疆。經之一字，分宣萬法。因此各異州縣，要藉官長，妙法須立經名。州縣若無官人，百姓憑何而理？經文製其疏抄者，梳也。譬如亂髮獲其梳理。萬法既立經名，衆聖因茲成道。上来所答，並總依經，更若有疑，任君再問。」善慶曰：「經之七義，且放闍梨，更問多少，許之已否？」道安答曰：「貧道天以人爲師，義若湧泉，法如流水，汝若要問，但請問之，今對与前疑速說。」善慶曰：「若夫佛法師書，總歸依輕塵[足]嶽，墜露添流，依[之]莫惻(測)其涯，敢之窒(窮)窮其際。但賤奴今問法師，似螢光競日，螗螂巨(拒)轍，自知鴻鳥，敢登於鳳臺。雷音之下，有鼓難鳴。碧玉之前，那逞寸鐵。只如佛性，遍滿有情，再問我佛如来，以何爲體？」道安答曰：「善慶近前，莫致謙詞，我佛以慈悲爲體。」善慶又問曰：「既言我佛慈悲爲體，如何不度羼提衆生？」道安答曰：「汝緣不會，聽我說著，羼提衆生，緣自造惡業。譬如人家養一男，長大成人，竊盜於鄉黨之內，事既彰露，便被州縣捉来，遂卽送入形(刑)獄，受他拷(栲)楚，文案既成，招伏愆罪，領上法場，看看是死。父母雖有恩慈，王法如何救得？我佛雖有慈悲，爭那佛力不以(似)他業力，如此之難爲救度。」善曰(慶)問曰：「羼提衆生，雖造惡業，我佛慈悲，亦合救之。上来所說，總屬外緣。我佛如来，以何爲性？」道安答曰：「以平等爲性。」善慶問曰：「既稱平等爲性，緣何衆生沈輪(淪)生死，佛卽證無餘涅槃？」道安答曰：「衆生沈輪(淪)惡道，從无明妄想而生。佛證無餘涅槃，從一切皆盡。」善慶又問曰：「衆生无明有煩惱，與佛性如何？」道安答曰：「无明煩惱是衆生，一切斷處爲佛性。所以衆生不離於佛，色不離衆生。上来所說言詞，謹答例皆如是。」善慶曰：「闍梨適来所說言詞，大遠講讚，經文大錯，總是信口落荒，只要悅喻門徒，順耳且聽。如江湖大海，其中有多少衆生，或卽是黿鼉，或若是鰕鱔龍魚，如是多般，盡屬於水。雖然魚水相同，於其中間有異，魚不得水，如(魚)便死，水不得魚湛然。衆生離佛卽有沈輪(淪)，佛離衆生有寂滅。蓋聞佛者出世獨尊，一相之中逈起三界，爲慈悲之故，救度衆生。若佛与凡同，所說例皆不是。涅槃之經，甚處譬喻幽玄，今對衆前，略請上人一說。」道安答曰：「涅槃經譬喻，其數最多，大喻三千，小喻八百，於其中間」善慶問曰：「黑風義者何？」道安答曰：「黑風義者，是衆生无明之風。衆生從無量劫来，彼此風搖動不定。將此風分爲八般，引義臺友(教)，杂(本)說不盡。」於是善慶知道道安不解，解說不能。善慶問曰：「闍梨既稱國之大德，卽合問一答十。雖有髑髏，還無兩眼，凡人渡水，第一須解怕(拍)浮，不解徒勞入水。黑風之義，誰人所講經文，阿誰章疏？」於是道安心疑(擬)答，口不能答，口擬答，心不能答，手脚專顚，唯稱大罪。「願汝慈悲，與我解說。」善慶說曰：「涅槃經義，大無恐怖，但請安心，勿令懷憂慮。不問別餘，卽問上人，涅槃經疏抄，從甚處得来？」道安答曰：「從爐山遠大師處得来。」善慶曰：「如今者，若見遠公，還相識已否？」「向遠道安曰：「如今若見遠公，實當不識。」善慶曰：「旣言不識，疏抄從甚處得来？」道安答曰：「向遠公上足弟子雲慶和尙處得來。」善慶曰：「若覓諸人，實當不是，若覓遠公，只這賤奴便是。」道安聞語，由身自懷疑惑，「我聞大師身有異相，腕有肉環，若是大師，現出其相。」於是遠公爲破疑情，(宣)其左膊，果然腕有肉環，放大光明，聽衆皆普見。於是道安起下高座，擧身自撲，七孔之中，皆流鮮血，步步向前，巳(以)懺前悔，擬將尖刀剜眼，自恨生盲，不識上人。雨淚悲啼，伏願上人慈悲懺悔。遠公曰：「汝莫心懷疑慮，不用苦賜(切)悲啼。汝是具足凡夫，如何得識於吾所講涅槃之義。早是入吾師位，待我拜謝相公，迴来与汝宣揚政(正)法。」於是遠公直至相公面前，啓相公曰：「但賤奴伏事相公日未淺(淺,來)施汗馬之功，輙入寺中，有亂於法會。蒙相公慈造，未施罪愆，今對衆前，請科痛杖。」於是相公聞語，擧身自撲，匐面在地，更不再起。良久乃甦，進步向前啓上人曰：「但弟子雖宰相，觸事無堪，濟擧三睽(顧)，朝定奬(廷奬)用，凡夫肉眼，豈辯(辨)聖賢，負罪彌天，且放免尤。六載爲奴，駈使常在宅內，或卽麁(粗)語嗔喝於上人，如是罪愆，如何懺悔。」遠公曰：「緣貧道宿世曾爲保見(兒)，有其債負未還，欲得今世無寃，合来此處計會。一常(償)百了，事且無疑。自今已後，前眼相看，更不用憂慮。」於是相公聞語，轉更悲啼，伏願上人慈悲，与說宿生果。遠公曰：「相公前世作一箇商人，他家白庄也是一個商人，相公遂於白庄邊借錢五〔百〕〔廿〕貫文。是時貧道作保，後乃相公身亡，貧道欲擬塡還，不幸亦死。輪迴數遍，不悉（遇）相逢，已是因緣，保債得債。」於是相公聞語，進步向前，雨淚悲啼，自責愆過：「弟子自負他人債，即合自己常（償）塡，勞使上人之身，弟子若悉（遇）此生死後，必沉地獄。」遠公曰：「今債已常（償）了，勿致疑。從今已後，更不復作苦。勸門徒弟子欠債，直須還他。貧道爲作保人，上（尚）自六載爲奴不了。凡夫淺識，不且罪愆，廣造衆罪，如何懺悔。」是時聽衆雨淚悲啼，嗟念遠公，盡懷惆悵，千人瞻禮，萬衆咨嗟。是日聽衆悉斷慳貪。是時遠公由（猶）未了，遂被會下諸弟（第）及相公，再請遠公重昇高座。是日遠公由（猶）如臨崖枯木，再得逢春；亦似鉤鍋（涸轍）〔中〕之魚，蒙放却歸江海。天生意氣，不与凡同，骨貌神姿，世人之罕有。重聲鐘罄，再舉經題，爲衆宣揚。其時道安亦〔二〇〕在會下而座。是時遠公纔開經之題目，便感得地皆六種震搖，五色常（祥）雲，長空而遍。百千天衆，共奏宮商，無量聖賢，同聲梵音。經聲歷歷，法韻珊珊。大衆覩此敱希，聽衆言罕有。是時相公再在連（蓮）宮之會，重開香積之筵，大集兩街僧尼，遂將金刀落髮。相公是日只於福光寺內，且將此事，寫表奏上晉文皇帝。

皇帝攬表大悅，龍顏頻稱善哉，惟言罕有。當時有勑：令中書門下，排比釋、道、儒三教，同至福光寺內，迎請遠公入其大內供養。是時續有勑旨：賜遠公如意數珠串，亦（玉）環錫鈦（杖）一条，意著僧依（衣）數對，兼將御輦，来迎遠公入內。勑既行下，內外咸知，卿宰相排比，何銖（殊）鬲（鼎）沸威儀，直入寺中，便請大師上轝。是時遠公再三不肯，貧道是一界(介)凡僧，每謝君王，請命尼僧，却擬歸山，卽是貧道所願。崔相公進步向前啓言和尙：「伏願慈悲，莫違所請。皇帝於大內顒顒專望，瞻仰上人，一爲法界衆生，二願莫違皇帝淸命。」遠公旣蒙再三邀請，遂乃進步而行，百般伎藝仙樂前迎，羣宰喜賀當今萬歲。遠公出得寺門，約行百步已來，忽然騰空而去，莫知所在。相公憂懼，作禮天空，虔誠啓告，大師有無邊之力，伏願乞捨慈悲，且依君王請命。行行啓告，迤邐而行。是日也，遠公早先至閣門領取勑旨。於是皇帝知道遠公到來，便出宮門，千迴瞻禮，萬遍虔恭。亦見遠公，龍顏大悅，喜也無盡。於是帝曰：「朕之少(小)國，喜遇上人降臨，國人安泰，皆因和尙。」只於大內供養數年，六宮領仰，五院虔恭。皇帝於和尙處受三皈五戒，無從不依。自從遠公於大內見諸宮常將字紙穢用茅廁之中，悉嗔諸人，以爲偈曰：

「儒童說五典，釋敎立三宗，
視禮行忠孝，撻遣出九農。
〈長揚〉拜五策，字与藏經同，
不解生珍敬，穢用在廁中。
悟滅恆沙罪，多生懺不客([illegible])，
陷身五百刼，常作廁中虫。」

是時大內因遠公說偈，盡皆修福。遠公忽因一日，憶得阿閦如来有言，遂便辭皇帝：「臣僧於大內，蒙

陛下供養數年，今擬却歸廬山，伏乞陛下進旨(止)。」皇帝聞語，滿目淚流，良久乃言和尚曰：「朕之小國，總無供養，上人數年，在其內中，朕且無心輕慢。朕雖爲人主，濫處乾坤，每謝上人，來過小國。伏願和尚慈悲，更住三、五日間，得之已否？」遠公曰：「若夫涅槃之義，本無攀緣，若有攀緣，皆屬忘(妄)想。伏願陛下，莫懷惆悵，貧道有願歸山。」皇帝見他遠公語切，便知情意難留，有勑先報六宮，闈裏排比祖送。是時皇帝慕戀，辟宰冲冲，合國大臣，同時祖送。

遠公上路，離宮闕，別龍樓，望廬山而路遠，覩江河以逍遙。是日遠公能涉長路而行，遂卽密現神通。遠公既出長安，足下雲生，如壯士展臂，須臾之間，便至廬山。遠公亦也不歸舊寺，相去十里已來，於一峻嶺上，權時結一草菴，彼中結跏敷坐，便卽重尋舊卷，再舉經聲。荏苒之間，又經數月，遠公忽望高原，乃嗾([illegible])此上，其境峻峯鶴鳴，澗下龍吟，百谷千峯，例皆花發。地平長流之水，薗開不朽之花，是如来修行之處。於是遠公正坐，入其三昧，然淨意澄心，思唯佛道，念浮生不久，想凡世而無堪，便將自性心王，造一法船，歸依上界。遠公造船，不用凡間料物，也不要諸般，自持無漏大乘，已爲攬索，菩提般若，用作抅(勾)欄，金剛密迹，已爲([illegible])

開寶五年張長繼書記(原卷抄至此止)。

便請大師上轝。是時遠公再三不肯，貧道是一界(介)凡僧，每謝君王，請命厄僧，却擬歸山，卽是貧道所願。」崔相公進步向前啓言和尚：「伏願慈悲，莫違所請，皇帝於大內顒顒專望，瞻仰上人，一爲法界衆生，二願莫違皇帝清命。」遠公既蒙再三邀請，遂乃進步而行，百般伎藝仙樂前迎，羣宰喜賀當今萬歲。遠公出得寺門，約行百步已來，忽然騰空而去，莫知所在。相公憂懼，作禮天空，虔誠啓告，大師有無邊之力，伏願乞捨慈悲，且依君王請命。行行啓告，迤邐而行。是日也，遠公早先至閤門領取勑旨。於是皇帝知道遠公到來，便出宮門，千迴瞻禮，萬遍虔恭。亦見遠公，龍顏大悅，喜也無盡。於是帝曰：「朕之少(小)國，喜遇上人降臨，國人安泰，皆因和尚。」只於大內供養數年，六宮領仰，五院虔恭。皇帝於和尚處受三皈五戒，無從不依。自從遠公於大內見諸宮常將字紙穢用茅廁之中，悉嗔諸人，以爲偈曰：

儒童說五典，釋教立三宗。
視禮行忠孝，揵遣出九農。
長揚幷五策，字与藏經同。
不解生珍敬，穢用在廁中。
悟滅恆沙罪，多生懺不客(容)，
陷身五百刼，常作廁中虫。

是時大內因遠公說偈，盡皆修福。遠公忽因一日，憶得阿閦如来有言，遂便辭皇帝：「臣僧於大內，蒙陛下供養數年，今擬却歸廬山，伏乞陛下進旨(止)。」皇帝聞語，滿目淚流，良久乃言和尚曰：「朕之小國，總無供養，上人數年，在其內中，朕且無心輕慢。朕雖爲人主，濫處乾坤，每謝上人，來過小國。伏願和尚慈悲，更住三、五日間，得之已否？」遠公曰：「若夫涅槃之義，本無攀緣，若有攀緣，皆屬忘(妄)想。伏願陛下，莫懷惆悵，貧道有願歸山。」皇帝見他遠公語切，便知情意難留，有勑先報六宮，闇裏排比祖送。是時皇帝慕戀，辟宰冲冲，合國大臣，同時祖送。

遠公上路，離宮闕，別龍樓，望廬山而路遠，覩江河以逍遙。是日遠公能涉長路而行，遂卽寄現神通。遠公既出長安，足下雲生，如壯士展臂，須臾之間，便至廬山。遠公亦也不歸舊寺，相去十里已來，於一峻嶺上，權時結一草菴，彼中結跏敷坐，便卽重尋舊卷，再舉經聲。荏苒之間，又經數月，遠公忽望高原，乃喚(援)此上，其境峻峯鶴鳴，澗下龍吟，百谷千峯，例皆花發。地平長流之水，菌開不朽之花，是如来修行之處。於是遠公正坐，入其三昧，然淨意澄心，思唯佛道，念浮生不久，想凡世而無堪，便將自性心王，造一法船，歸依上界。遠公造船，不用凡間料物，也不要諸般，自持無漏大乘，已爲攬索，菩提般若，用作拘(勾)欄，金剛密迹，已爲(下闕)

開寶五年張長繼書記(原卷抄至此止)。

校記：

〔一〕本卷編號爲斯二〇七三，標題原有。

〔二〕原「整」字，卽「整」字，此處當爲「正」字之意，唐人有時通用。

〔三〕周一良云「何似生」，卽言怎生也。例如：陸游春晴詩：「薄宦忘歸何似生。」

〔四〕「遇」字，向達疑是「隅」之誤。

〔五〕「虫身」卽曲身之意。

〔六〕「亦見」卽「一見」，在敦煌卷中，此字常通用。

〔七〕「嚮」向達疑卽「響」之別字。

〔八〕原「卄」字，卽「斗」字，与「陡」通，謂陡然而闇也。

〔九〕本卷凡「悟」均寫作「悟」，以後一律改爲「悟」。

〔一〇〕「縱須」疑當作「總須」。

〔一一〕「遠相公」應作「遠公」，相字衍。

〔一二〕「徍」，下文作「佳」，疑卽「家」。

〔一三〕「旣」字衍文。

〔一四〕「弟子一」應作「第一」，「子」字衍文。

〔一五〕「將將」，下一將字，疑爲衍文。

〔一六〕「何者名爲大」五字依下文補。

〔一七〕「若若」，有一「若」字爲衍文。

〔一八〕「百」字據前文補。

〔一九〕「鉤錮」，向達以爲「溝壑」，王重民以爲「溝涸」。

〔二〇〕「亦」字衍文。

王慶菽校錄

【韓擒虎話本】〔一〕

會昌〔二〕既臨朝之日，不有三宝，毁坼（拆）迦藍，感得海內僧尼，尽惣还俗迴避。說其中有一僧名號法華和尚，家住邢州，知主上与道，遂復裹經題，眞（直）至隨州山內隱藏，權時繫一茅菴。莫不朝朝轉念，日日看經。感得八个人，不顯姓名，日日來聽。或朝一日，有七人先來，一人後到。法華和尚心內有宜（疑），發言便問：「啓言老人，住居何處？姓字名誰？每日八人齊來，君子因何後到？」老人答曰：「厶（某）〔三〕等不是別人，是八大海龍王，知和尚看一部法華經義，□迴施功德，与我等水族眷屬，例皆同沾福利。某等眷屬，並無報答，恐和尚有難，特來護助，去來莫怪後到。爲隨州楊堅，限百日之內，合有天分，爲戴平天冠（冠）不穩，与换（換）腦蓋骨去來。和尚若也不信，使君現患生腦疼次，与人醫療。某等弟兄八人別与報答，有一合（盒）龍膏，度与和尚。若到隨州使君面前，巳（以）膏便塗，必得痊差（瘥）。若也得教（效），事須委囑：限百日之內，有使臣詔來，進一日亡，退一日則傷。若巳（以）後爲君，事復再興佛法，卽是某等願足。且辭和尚去也。」道遊（由）言訖，忽然不見。

法華和尚見龍王去後，直到隨州衙門。門司入報：「外頭有一僧，善有妙術，口稱醫療，不感（敢）不報。」使君聞語，遂命和尚昇廳而坐。發言相問，是某怵（乙）患生腦疼，檢盡藥方，醫療不得。知道和尚現有妙術，若也得教（效），必不相負。」法華和尚聞語，遂（遂）袖內取出合（盒）子，巳（以）龍仙膏往頂門便塗。說此膏未到頂門一手也乎;才到腦蓋骨上，一似佛手捻却。使君得敎(教)，頂謁再三，啓言和尚：「雖自官家明有宣頭，不得隱藏師僧，且在某衙府迴避，乞(豈)不好事。」法華和尚聞語，億(憶)得龍王委囑，不感(敢)久住。啓言使君：「限百日之內，合有天分。若有使臣詔來，進一日亡，退一日傷。即是貧道願足。若也已後爲君，事須再與佛法。且辭使君歸山去也。」使君見和尚去後，心內由(猶)自有疑，遂書壁爲記。

前後不經成(數)旬，裹(果)然司天太監，夜伩(觀)虔(乾)象，知隨州楊堅限百日之內，合有天分，具表奏聞。皇帝攬表，似大杵中心，遂差殿頭高品直詣隨州宣詔。使君蒙詔，不感(敢)久住，遂与來使登徒(途)進發，迅速不停，直至長安十里有餘常樂驛安下。態(憩)歇才定。使君忽思量得法華和尚委囑：「限百日之內，合有天分，進一日亡，退一日傷。是我今朝現(見)，必應遭他毒手。」思量言訖，遂命天使同共商量。後來日朝現(見)。天使唱喏，具表奏聞。皇帝攬表，大悅龍顏。唯有楊妃滿目流淚。皇帝亦見[四]，宣問皇后：「緣卽罪楊堅一人，不于(干)皇后之事。」楊妃拜謝，便來后宮，心口思量：「阿耶[五]來日朝近(覲)，必應遭他毒手。我爲皇后，榮得云(身)爲，不如服毒先死，免見使君受苦。」思量言訖，香湯沐浴，改挨(換)衣裝，滿一盃藥酒在鏡臺前頭，皇后重梳嬋媛(蟬鬢)，載(再)畫娥媚(蛾眉)。整梳裝之次，鏡內忽見一人，迴故(顧)而趣，員(原)是聖人，從坐而起。皇帝宣問：「皇后梳裝如常，要酒何用？」楊妃蒙問，繫(喜)從天降，啓言聖人：「但臣妾梳裝，須飲此酒一盞，一要取(散)髮，二要貯顏[六]。且徒(圖)供奉聖人，別無餘事。」皇帝聞語，喜不自身(勝)，「皇后上(尚)自貯顏，寡人飲了也莫端正。」楊妃聞語，連忙捧盞，啓言陛下：「臣妾飲時，號臼（曰）發裝（粧）酒。聖人若飲，改却酒名，喚郎甚得，號曰万歲盃。願聖人万歲，万万歲！」皇帝不知藥酒，捻得便飲。說者酒未飲之時，一事無；才到口中，腦烈（裂）身死。楊妃亦見，拽得靈襯（櫬），在龍床底下。權時抱（把）歛（斂）壁遮闌。便來前殿，遂差內使一人，直到宣詔楊堅。使君蒙詔，一似大杵中心，不感（敢）稱（當）他宣命，當時朝現（見），直詣閤門。所司入奏，楊妃聞奏，便賜對。使君得對，趍過簫墻〔七〕，拜舞叫呼万歲。楊妃亦見，處分左右：「册起使君，便賜上殿。」楊堅舉目忽見皇后，心口思量：「是我今日莫逃得此難。」思量言訖，便上殿來。楊妃問言：「阿耶莫怕，主上龍歸滄海，今日便作万乘軍（君）王。」楊堅聞語，猶自疑或（惑）：「若也不信，何到龍床底下，見其靈襯，方可便信。」楊堅啓言皇后：「某緣力微，如何郎是？」皇后問言：「阿耶朝庭与甚人訴（素）善？」「某与左右金吾有分。」皇后聞言，緣二人權綰總在手頭，何憂大事不成。遂來前殿，差一人宣詔左右金吾上將軍胡朗。二人蒙詔，直至殿前，忽見楊堅，心內有疑。皇后宣問：「將軍知道，与使君有分。主上已龍歸滄海，今擬册立使君爲軍（君），卿意者何？」朗啓言皇后：「册立則得，爭況合朝大臣，如何郎是？」皇后問言：「將軍今夜點檢御軍五百，復得闊刃陌刀[illegible]甲幕下埋伏。阿奴來日，前朝自幾（己）宣問：若也册立使君爲軍（君），万事不言；一句參差，殿前惣殺。別立一作大臣，乞（豈）不好事。」將軍唱喏，遂點檢御軍五百，甲幕下埋伏乞（訖）。後來日前朝，應是文武百寮大臣惣在殿前。皇后宣問：「主上以（已）龍歸滄海，今擬册立隨州楊使君爲乾坤之主，卿意者何？」道猶言訖，拂袖便去。應是文武百寮大臣不那（測）河（涯）海（由），心內疑或（惑），望殿而趣，見一白羊身長一丈二尺，張[illegible]（牙）利口，便下殿來，哮吼如雷，擬吞合朝大臣。衆人亦見，便知楊堅合有天分，一斉拜舞，叫呼万歲。遂乃册立，自稱随文皇帝。感得四夷歸順，八蠻來降。

時有金璘〔八〕陳王，知道楊堅爲軍(君)，心生不負(服)。宣詔合朝大臣，惣在殿前，當時宣問：「阿奴今擬興兵，收伏狂秦，卿意者何？」時有鎭國上將軍任蠻奴越班走出奏而言曰：「臣啓陛下，且願拜將出師，剪戮後，收下西秦，駕行便去。」陳王聞語，衣(依)卿所奏。」遂拜簫磨呵〔九〕周羅侯二人爲將，收伏狂秦。二人受宣，拜舞謝恩，領軍四十餘万，登途進發。不經旬日，直至鍋口下營憩歇。二將商量，兩道衍軍，各二十餘萬。簫磨呵打宋、汴、陳、許，周羅侯收安、伏、唐、鄧。寄(既)入界守(首)，鄉村百姓具表聞天，皇帝攬表，似大㤝中心。遂搥鍾(鐘)擊鼓，聚集文武百寮大臣，惣在殿前。皇帝宣問：「阿奴無得(德)，檻(濫)處爲軍(君)，今有金璘陳叔古(寶)便生爲(違)背，不順阿奴，今擬拜將出師剪戮，甚人去得？」時有左勒將賀若弼越班走出，啓言陛下：「臣願請軍去得。」賀若弼才請軍之次，有一個人不忿。是甚人？是卽大名將是韓熊男，幼失其父，自訓其名号曰衾虎〔一〇〕，心生不分(忿)，越班走出，臣啓陛下：「蹄觥小水，爭福大海滄波；賈(假)饒螻蟻成塠(堆)，儻(那)能与天爲患。臣願請軍，尅日活捉(擒)陳王進上。」感(敢)不奏。」皇帝聞語，亦見衾虎一十三歲，妳腥未落，有日大胥，「今阿奴何愁社稷！」擬拜韓衾虎爲將，恐爲阻着賀若弼，擬二人惣拜爲將，殿前上(尙)自如此，領兵在外，必爭人我。卿二人且歸私地(第)，後來日前朝，別有宣至(旨)〔一一〕。」乞(迄)後來日前朝，合朝大臣惣在殿前，遂色(邑)金鑄印，拜弟(第)楊素爲都招討使〔一二〕，弟(第)二拜賀若弼爲副知節，第三韓衾虎爲行營馬步使。三人受宣，拜舞謝恩，走出朝門，領軍三十餘万，登途進發。迅速不停，直到鄭州。有先峯(鋒)馬探(探)〔一三〕得蕭磨呵領軍二十餘万，陳留下營，具事由迴報。上將軍楊素聞語，當處下營，昇帳〔一四〕而坐。遂喚二將，惣在面前，遂問二將：「随文皇帝殿前有言，請軍(君)尅收金璘。如今賊軍府迫，甚人去得？若也得勝迴過，具表奏聞。」將軍才問，韓衾虎越班便出，啓言將軍：「衾虎去得。」「要軍多少？」「要馬步軍三万五千。」便令交付。

衾虎得兵，進軍便起，迅速不停。來到絳縣(中牟)〔一五〕境上，駐(屯)軍便住。衾虎昇帳而坐，遂喚一官健只在面前，載(再)三處分：「公解探事，一取將軍處分，探得軍機，速便早迴，与公重賞。」官健唱喏。正(改)换(换)衣裝，作一百姓裝裹(束)，擔得一栲栳饅頭，直到蕭磨呵寨內，當時便賣。探得軍機，卽便迴來。到將軍帳前唱喏便報。衾虎問言：「官健，軍機若何？」官健祗對：「馬軍是海眼皂旗，步人是紅旗，勝字由心，大開寨門，一任百姓，來往買賣。」衾虎聞語，便知蕭磨呵不是作家戰將。自故(古)有言：「軍慢卽將妖，主慢卽國傾。」道由言訖，處分兒郎，正(改)擬(换)旗號，夜至黃昏，登途便起。去蕭磨呵寨廿餘里，偷路而過，迅速不停。來到金璘江淉(岸)，虜劫舟舡，領軍便過。到得南淉(岸)，應是舟舡，溺在水中，遂却繼〔一六〕自家旗号，題其衾虎之名。引軍打劫，直到石頭店(店)〔一七〕。人戶告叙(急)，具表奏聞。陳王攬表，似大杵中心，遂擂鍾(鐘)打皷，聚集文武百寮(僚)大臣，惣在殿前。陳王宣問：「阿奴無得(德)，檻(濫)處稱尊，今有隋駕兵仕(士)〔一八〕到來，甚人敵得？」陳王救(殺)問，時有三十年名將鎮國任蠻奴越班走出，臣啓大王：「不知随駕兵事多少？」緣衾虎領軍三万五千，臣願請軍三万五千，不消

([illegible])展陣開旗，聞蠻奴之名，卽便降來。」陳王聞語，便交點檢，物([illegible])令遲滯。蠻奴遂領軍三万五千，直到衾虎陣面，一齊撥旗大噉(喊)，色(索)隨駕兵事交戰。衾虎亦見，領軍便來，高聲便問：「上將姓字名誰，官居何[illegible]([illegible])？」將軍祗對：「某姓任名蠻奴，官職鎮國大將軍。」衾虎聞言，滿目淚流。億(憶)得：「亡父委囑：『若也巳後爲將，到金璘之日，有一名將任蠻奴与阿耶同堂學業，傳筆抄書。見面之時，切須存其父子之礼。』誰知今日相逢！」思量言訖，遂乃前來啓言將軍：「但衾虎王拔在身，拜跪不得，乞將軍不恠。」蠻奴聞語，卽次便是韓熊男，心口思量：「父不得与子交戰。」問言衾虎：「收軍却迴，蠻奴奏上陳王差使，和同作一礼義之國，乞(豈)不好事！」衾虎聞語，心生不分(忿)。啓言將軍：「但某面辭隨文皇帝之日，尅收金璘。一事未成，迴去須得三般之物，進上隨文皇帝，卽便却迴。」蠻奴聞語：「弟(第)一要何物？」衾虎答曰：「某弟一、要陳家地理山河、人戶數目，卽便却迴。」蠻奴聞語：「事後某奏上陳王。」蠻奴問言：「弟二要何物？」衾虎答曰：「某弟二、要兵馬庫藏，賞設三軍，卽便却迴。」蠻奴問：「弟三要何物？」衾虎答言：「某弟三、要陳叔寳(寶)手(首)進上隨文皇帝，卽便却迴。」蠻奴聞言，知子笒禮，忽然大怒。衾虎亦見，拔劍便赫，問言將軍：「但衾虎手內之劍，是隨文皇帝殿前宣賜，上含霜雪，臨陣交[illegible](鋒)，不識親疏。」蠻奴聞語，迴馬遂排一左掩右夷陣，色(索)隨駕兵士交戰。衾虎亦見，破顏微咲，問言諸將：「還識此陣？」諸將例皆不識。但衾虎雖在幼年，也曾博攬(覽)亡父兵書。「此是左掩右移(夷)陣，見前面津口紅旗，下面物是鎗棬[一九]，李(裏)有碉勾搭索，不得打着，切須旣(記)。」當見右夷陣上，人緣(員)敎(較)多，前頭物是弓弩。衾虎有令：「撥旗大噉(喊)，旗亞齊入，若一人退後，斬刹(殺)諸將，莫言不道！」言訖，搬旗大噉(喊)，一齊便入。此陣一擊，當時瓦解。蠻奴領得戰殘兵士，便入城來。陳王聞語，大怒非常，處分左右，令交托(拖)入。橫拖到(倒)拽，直至殿前。責而言曰：「叵(叵)耐遮(這)賊，臨陣交鋒，識認親情，壞却阿奴社稷。敗軍之將，罪合〔一〇〕難存，亡國大夫，罪當難赦，拖出軍門，斬了報來。」任蠻奴不忿(忿)，册起頭稍，「合負大王万死，乞載(再)請軍，与隨駕兵士交戰。」陳王聞語，念見名將，郎大功諸(勳)，處分左右，放起頭稍。蠻奴拜舞謝恩，奏而言曰：「臣願請軍，救(救)〔一一〕与隨駕兵士交戰，得勝迴過，册立大王，面南稱尊，不是好事！」陳王聞語，便交點檢在城兵士，便令交割。蠻奴領軍，心生不忿(忿)，從城排一引龍出水陣，直至隨駕兵士陣前，拔(拔)旗大噉(喊)，便索交戰。衾虎亦見，破顔微咲(笑)，或遇諸將，「蠻奴是郎大名將，乍舒(輸)心生不忿(忿)，從城排一大陣，識也不識？」諸將啓言將軍：「但某郎知用命，不會兵書，將軍若何？」衾虎聞語，「但某雖自年幼，也覽亡父兵書，若逢引龍出水陣，須排五虎擬山陣。」道由言訖，此陣便圓，緣無將來頭(投)，心生疑惑(惑)。迴覩此陣，虎無爪齒(牙)，爭恐猛利。遂抽衙(隨)隊弓箭五百人，已(以)安爪齒(牙)。排此陣是甚時甚節？是寅年、寅月、寅日、寅時。此陣既圓，上合天地。蠻奴亦見，失却隨駕兵士，見遍野惣是大蟲，張齒(牙)利口，來吞金璘。蠻奴心口思微(惟)：「若逢五虎擬山之陣，須排三十六万人倫槍之陣，擊十日十夜，勝敗由未知。我把(把)些子兵士，似一斤之肉，入在虎齒(牙)，不螻咬嚼，博唼之間，並乃傾盡。我聞攻(功)成者去，未來者休，不如擣(倒)戈(戈)卸甲來降。」思量言訖，莫不草繩自縛，黃麻半(絆)肘，直到將軍馬前。衾虎亦見，處分左右，册起蠻奴，「具狄(教)者煞，來頭(投)便是一家，容某奏上隨文皇帝，請作叔父恩養，即是衾虎願足。」道由言訖，領軍便入城遲（池）。陳王見隨駕兵士到來，遂乃波逃〔走〕入一枯井，神明不助，化爲平地。將士亦見，當下擒（擒）將，把（把）在將軍馬前。責而言曰：「叵耐遮（這）賊心生爲倍（違背），效（攪）亂中國（原），今日把来，有甚李（理）說？」陳王偹側（被責），度（杜）口無詞。遂陷居（車）而甲（戰），同朝隨文皇帝。迅速不停，直到新安界首（首）。有先送（鋒）使探得周羅侯領軍二十餘万，疑（擬）刼本主。衾虎聞言，遂命陳王側（責）而言曰：「是（事）君爲陷（違背），於天不祐，先斬公手（首），在（再）居中營，後周羅侯交戰。」陳王聞語，啓言將軍：「容某修書与周羅侯降来，必（若）不好事。」衾虎聞語，便令修書。陳王書曰：「阿奴本任金璘之日，地管五十餘州，三百餘縣，握万里山河，權軍百万，便擬橫行天下，自号稱尊。不知衾虎兵士到来一擊，當時瓦解，當下擒（擒）將，賈（假）饒卿雖自權軍，不得与隋駕交戰。若也心中疑或（惑），於天不祐。今陳王書到周羅侯手內開坼。」修書訖必（既畢），遂差一小將直至周羅侯寨內送書。羅侯得書，滿目淚流，心口思量：「我主上由（猶）自擒（擒）將，假饒得勝迴戈（戈），歹（功）歸何處？」思量言訖：「大凡男子，隨幾（機）而變，不如降他。」先送二十万軍衣甲，然後草繩自縛，直到將軍馬前，啓而言曰：「某緣是敗君（軍）之將，死活二徒（途），伏乞將軍一降。」衾虎聞言：「或遇將軍，具狱（敵）者煞，来頭（投）便是一家。」既得主將二人，登途進發，星夜不停，同朝隨文皇帝。皇帝覽表，大悅龍顏，便令賜對。衾虎得對，先進上主將二人，然後送過鑷墙，拜舞叫呼万歲。皇帝亦見，大悅龍顏，賜卿且歸私地（第）憩歇。後（候）楊素到来，別有宣至。衾虎拜舞謝恩，走出朝門，私宅憩歇。前後不經旬日，楊素戰鑷磨呵得勝迴過，直詣閤門。所司入奏。皇帝聞奏，便令賜對。楊素得對，趍過籬墻，拜舞叫呼萬歲。皇帝亦見，遂詔合朝大臣，惣在殿前，色金鑄印，遂拜韓衾虎爲開國公，姚(遥)守陽州節度。第二拜楊素東涼留守。第三賜賀若弼錦綵羅綾、金銀器物。三將受宣，拜舞謝恩，走出朝門，各歸私地(第)。

前後不經旬日，有北蕃大下婢(單)于遂差突厥守(首)領爲使，直到長安，遂色(索)随文皇帝交戰。皇帝聞語，聚集文武百寮大臣，惣在殿前，皇帝宣問：「婢(單)于色(索)寡人交戰，卿意者[何]？」皇帝才問，蕃使不識朝疑(儀)，越班走出，臣啓陛下：「蕃家弓箭爲上，賭射只在殿前。若解微臣箭得，年年送供(貢)，累歲稱臣。若也解箭不得，只在殿前，定其社稷。」皇帝聞奏，卽在殿前，遂安社(射)墮(垛)，晝二鹿，便交賭射。蕃人已見，喜不自昇(勝)，拜謝皇帝，當時便射。箭發離弦，勢同僻(劈)竹，不東不西，恰向鹿齊(臍)中箭。皇帝亦見，宣問大臣：「甚人解得？」時有左勒將賀若弼臣願解箭。」皇帝聞語，衣(依)卿所奏。賀若弼此時臂上捻弓，署間取箭，答(搭)闊(括)齊弦，當時便射。箭起離弦，不東不西，同孔便中。皇帝亦見，大悅龍顔，應是合朝大臣，一齊拜舞，叫呼万歲。時韓衾虎亦見箭不解，不恐拜舞，獨立殿前。皇帝宣問：「卿意者何？」衾虎奏曰：「臣願解箭。」皇帝聞語，衣(依)卿所奏。衾虎拜謝，遂臂上捻弓，署間取箭，答(搭)闊(括)當弦，當時便射。箭既離弦，世(勢)同雷吼，不東不西，去蕃人箭闊(括)便中，從櫛至鏃，突然便過，去射墮(垛)十步有餘，入土三尺。蕃人亦見，驚怕非常，連忙前来，側身便拜。衾虎亦見，責而言曰：「叵耐小獸，便意生心，擾亂中園(原)。如今殿前，有何理說？」蕃將聞語，驚怕非常，當時使辭，登徒(途)進發。随文皇帝亦見，遂差韓衾虎爲使和番。衾虎受宣，拜舞謝恩，面辭聖人，与蕃將登途進發。

前後不經旬日，便到蕃家解守(首)。單于接得天使，昇帳而坐，遂喚三十六射鵰王子，惣在面前處分：「緣天使在此，並無歌樂，蕃家弓箭爲上，射鵰落(落)鴈(雁)，供養天使。」王子唱喏，一時上馬，忽見一鵰從北便來，王子亦見，當時便射，箭既離弦，不東不西，况鵰前翅過。單于亦見，忽然大怒，處分左右，把下王子，便擗腹取心，有挫我蕃家先祖。天使亦見，仿(方)便來救，啓言蕃王：「王子此度且放。但某願請弓箭，射鵰供養單于。」單于聞語，遂度与天使弓箭。衾虎接得，思微(惟)中間，忽有雙鵰，爭食飛来。衾虎亦見，喜不自勝，祗揖(揖)蕃王，當時来射。衾虎十步地走馬，二十步把臂上捻弓，三十步齊間取箭，四十步搭闊(括)當弦，拽弓叫圓，五十步翻身倍(背)射，箭既離弦，世(勢)同僻(劈)竹，不東不西，况前鵰咽喉中箭，突然而過，况後鵰僻(劈)心便著，双鵰齊落馬前。蕃王亦見，一齊唱好。天使接世(勢)便嚇：「但衾虎弓箭少會些些，随文皇帝有一百二十指撝射鷹(雁)都［無］盡惣好手。」蕃王聞語，連忙下馬，遙望南朝拜舞，叫呼万歲。拜舞既了，遂揀細馬百疋(匹)，明駝千頭，骨咄羱羝麋鹿麝香，盤纏天使。衾虎便辭，登途進發。前後不經旬日，便達長安，直詣閤門。所司入奏，皇帝聞語，便令賜對。衾虎得對，趂過簾墻，拜舞叫呼万歲。皇帝亦見，喜不自昇(勝)，遂賜衾虎錦綵羅紈(紈)，金銀器物，美人一對，且歸私地(第)憩歇，一月後別有進旨。衾虎拜武(舞)謝恩，便来□□(私第)憩歇。

前後不經兩旬，忽覺神思(思)不安，眼［瞤］［二四］耳熱，心口思量，昇廳而坐，由未定，惚(忽)然十字地烈(裂)，涌出一人，身披黃金鏁甲，頂戴鳳翅，頭毛(牟)按三丈頭低，高聲唱喏。衾虎亦見，當時便問：「公是甚人？」神人答曰：「某緣（原）是五道將來（軍）。」「何來？」「夜來三更奉天苻（符）牒下，將軍合作陰司之主。」衾虎聞語：「或遇五道大神，但某請假三日，得之已府（否）？」五道大神啓言將軍：「緣鬼神陰司，無人主管，一時一刹（剎）不得。」衾虎聞語，惚（忽）然大怒，問：「你屬甚人所管？」「某屬大王所管。」衾虎側（責）言：「不緣未辭本主，左脇下与一百鐵棒。」五道將軍聞語。□（嚇）得甲（浹）貝（背）汗流，臣啓大王：「莫道三日，請假一月已来惣得。」衾虎處分五道將軍：「速去陰司檢鬼神，後弟（第）三日祇候。」五道將軍唱喏，影（隱）滅身形。衾虎見五道將軍去後，遂寫表聞天，具事由奏上隨文皇帝。皇帝攬表，驚訝非常，宣詔衾虎，直到殿前。「緣朕之無得（德），濫處稱尊，不知將軍作陰司之主，阿奴社禝若何？」衾虎奏曰：「臣啓陛下，若有大難，但知啓告，微臣必領陰軍相助。」皇帝聞奏，遂詔合朝大臣內宴三日，只在殿前与衾虎取別。恰到第三日，對歌歡之此（次），忽有一人著紫，忽見一人著緋，乘一朵黑雲，立在殿前，高聲唱喏。衾虎亦見，「殿前立者甚人？當時祇對。」「某緣二人是天曹地府，来取大王，更無別事。」衾虎聞語：「且賜酒飯管領，且在一邊。」二人唱喏，各歸一面。衾虎且与聖人取別，面辭合朝大臣，来入自宅內，委囑妻男，合宅良賤，且辭去也。道由言訖，便奔床臥，才著錦被蓋却，摸馬舉鞍，便昇雲霧[三五]，来到隨文皇帝殿前，且辭陛下去也。皇帝亦見，滿目淚流，遂執蓋酹酒祭而言曰。畫本既終，並無抄略。（原文至此完）

校記：

〔一〕本卷編號爲斯二一四四，原無標題。依故事内容擬題。

〔二〕會昌爲唐武宗年號。離隋朝後二百五十二年。因周武帝和唐武宗都是反對佛教的，所以説話人對歷史年代發生錯誤。

〔三〕卷中「某」字俱寫作「厶」，兹爲排版之便，以後俱用「某」字。

〔四〕「亦見」即「一見」，下同。

〔五〕「耶」即「爺」，下同。

〔六〕向達認爲「貯顏」應作「住顏」。

〔七〕「簫墻」即「蕭牆」，下同。

〔八〕「金璘」即「金陵」，下同。

〔九〕隋書高祖本紀，簫磨呵作蕭摩訶。

〔一〇〕卷中「擒虎」俱作「衾虎」。

〔一一〕王重民云「宣至」疑當作「宣旨」。

〔一二〕王重民云「招罰使」當作「招討使」。

〔一三〕本卷内凡「探」字，均寫作「掬」或「探」，今後一律改爲「探」。

〔一四〕「桭」即「帳」，下同。

〔一五〕啓功云「終謀」即「中牟」。

〔一六〕王重民云「却繼」疑當作「翹起」。

〔一七〕「店」疑「店」。

〔一八〕「隨駕兵仕」即「隋家兵士」，下「隨駕兵事」同。

〔一九〕「鹿巷」二字，疑當作「鹿砦」。

〔二〇〕向達云「令」當作「領」。

〔二一〕王重民云「敬」當作「敢」，因「敬」与交戰，不妥。用「敢」字較好。

〔二二〕向達云「波逃」是唐人習語，曾見張淮深變文及廬山遠公話。

〔二三〕「都」下疑有脱字，當是「都護」或「都尉」。

〔二四〕「眼」下原空一格，啓功云應是脱「瞷」字。

〔二五〕「霧」原作「露」，啓功以爲當作「路」，慶菽以爲應作「霧」。

王慶菽校錄

【唐太宗入冥記】〔一〕

（前缺）〔二〕閻使人□□□□□□□□□□罪未了，□□語驚而言曰：「憶德（得）武德三年至伍年收六十四頭□□曰，　朕自親征，無陣不經，無陣不歷，殺人數廣。昔日□□，今受罪由（猶）自未了，　朕即如何歸得生路？」憂心若醉。□□即引行，　帝〔三〕乃隨逐，入得朝門蕭〔四〕立定，通事「捨□□唐天子太宗皇帝李丗（世）生魂。」使人唱喏，引至殿□□設拜，　皇帝不施拜禮。殿上有高品一人喝云：「大唐天子□□□（太宗皇）帝，何不拜舞？」　皇帝未喝之時，由（猶）校（較）可，亦（廿）見被喝，便即□（高）聲而言：「索　朕拜舞者，是何人也？　朕在長安之日，只是受□□□（人拜舞），不慣拜人。殿上索　朕拜舞者，應莫不是人？　朕是大□□□（唐天子），閻羅王是鬼團頭，因何索　朕拜舞？」閻羅王被罵，□□着（羞）見地獄，有恥於羣臣。遂乃作色動容，處分左右，□□□閻羅□□□推勘頁〔五〕過□□□唱喏，便引□□□□□□□□□長安去也。今問□□判官名甚？□□□判官懆惡，不敢道名字。　帝曰：「卿近前來輕道。」「□□□姓催（崔）名子玉。」「　朕當識」。纔言訖，使人引　皇帝至□□院門，使人奏曰：「伏惟　陛下且立在此，容臣入報判官□□□速來。」言訖，使者到廳前拜了，「啓判官，奉大王處□□（分將）太宗皇〔帝〕〔六〕生魂到，領判官推勘，見在門外，未敢引□（入）。」□（崔）子玉聞語，驚忙起立，惟言「禍事」。兼云：「子玉是人臣，□□遠迎　皇帝，却交人君向門外祇候，微臣子玉

□□乖礼！又復見(現)任輔楊(陽)〔[illegible]〕縣尉，當家伍佰餘口，躍馬肉食。□是　皇帝所司〔一〇〕，今到冥司，全無主領之分，事將□息。若勘　皇帝命盡，即万事絕言。或若有壽，□□長安，伍佰餘口，則須變爲魚肉。豈不緣子玉冥司□乖。此時催子玉憂惶不已。皇帝見使人久不出□□(來，心)口思惟，應莫被使者於催判官說　朕惡事？」　皇□(帝)□時，未免憂惶。於「是」催子玉忙然索公服執槐笏□□下廳，安定神思。須臾，自通名銜唱喏，走出，至　□(皇)帝前拜舞，吋呼萬歲，匐面在地，專候進旨。　□(皇)帝問曰：「　朕前拜舞者，不是輔陽縣尉催子玉否？」□□稱臣。「賜卿無畏，平身祇對　朕。」此時皇帝緣心□□，便問催子玉，「卿与李乹風爲知己朝庭否？」催子玉□□(答曰)：「臣與李乹風爲朝庭。」帝曰：「卿既與李乹風爲□□(知己)朝庭，情分如何？」子玉曰：「臣與李乹風爲朝廷已來，□□管鮑。」帝曰：「甚濃厚！李乹風有書与卿，見在□□。」催子「玉」聞道有書，情似不悅。皇帝遂取書，分付□□(催子)玉跪而授之，拜舞謝　帝訖，收在懷中。皇帝問□□(催子)玉，「何不讀書？」催子玉奏曰：「臣緣卑，不合對　陛下讀□□□有失朝儀。」帝曰：「賜卿無畏，与　朕讀之。」催子玉既□□□命拜了，對　帝前坼(拆)書便讀。子玉讀書已了，情意□□，更無君臣之礼。對　帝前遙望長安，便言：「李乹風□□眞共你是朝庭，豈合將書囑這箇事來！」皇帝□(聞)此語，毛(無)地自容。遂低心下意，軟語問催子「玉」曰：「卿□書中事意，可否之間，速奏一言，与寬　朕懷。」催子□□(玉答)曰：「得則得，在事實校(較)難。」皇帝又問道校難之□□意便慘然。遂即告子玉曰：「　朕被卿追來，束手□至，且緣太宗(子)年幼，國計事大，不忘歸生多時。如□□朕三、五日間，与卿却到長安，囑咐社稷与太子了，□來對會非晚。」　皇帝此時論着太子，涕淚交流。□□（子玉）見君王惆悵，遂卽奏曰：「伏惟　陛下，且賜寬懷。　過□□臣商量。」　皇帝遂□（依）催子玉所請，　進步而行。催□□（子玉）前，　皇帝隨後，入得屏牆內東面，見有廿所已來，□□（皇帝）問從者，第六曹司內有兩人哭爲何事，得尔許哀。□□催子〔玉〕奏曰：「不是餘人，健成元吉二太子。」　皇帝聞之，□□語催子玉曰：「　朕不因卿追來到此，憑何得見兄弟□？」□（催）子玉奏曰：「二太子在來多時，頻通款狀，苦請追取　陛下。□□稱訴寃屈，詞狀頗切，所以追到　陛下對直。　陛〔下〕若不見□□，臣與　陛下作計校有路；　陛下若入曹司，与二太子相見，□□怨家相逢，臣亦無門救得　陛下。應不得却歸長□（安）。惟　陛下不用看去，甚將穩便。」　帝聞此語，更不敢□□，遂偬偬（忽忽）上廳而坐。其催子玉於階下立通曹官入□□皇帝，唱喏走入，拜了起居，再拜走出。　帝問催□□（子玉）曰：「適來廳前拜者是何人？」　催子玉奏曰：「是六曹官。」　帝又問：「何爲六曹官？」　催子玉奏曰：「陽道呼爲六曹官，□□（陰道）呼爲六曹官。」　皇帝曰：「卿何不上廳与　朕相伴語□？」□（催）子玉奏曰：「臣緣官卑，不合〔与〕　陛下同廳對坐。」　帝曰：「卿至□□（長安）之日，卿卽官卑，今在冥司，須□□上來。」　催子玉拜了，□□〔二〕坐。　皇帝旣頭而看屏牆外，□……□亦見便識。催子玉以手招之，□……□走到廳前拜了，上廳立定□……□在長安之日，有何善事，造何□……□子童〔三〕向前叉手啓判官云：「　皇□……□來並無善事，亦不書寫經像，□……□陰道与功德爲憑，今　皇帝□……□帝却歸生路。催子玉又問□……□□□善童子啓判官曰：「　皇

帝□□□下大赦三度曲恩，催子玉曰：「□□□判放着三万六千五百五十□□□
□□□造多少功德？」善童子曰：「此事□□□量功德使即知。」催子玉問□□□〔二三〕
（上缺）〔二四〕將來逡巡取到，放在案□□□□□□□本院喚即須來。」六曹官唱喏，却歸本□
□□□皇帝曰：「此案上三卷文書，便是　陛下命祿。及造□□，一一見在其中。今欲与　陛下檢尋
勾改，未敢擅□。」□(皇)帝曰：「依卿所奏，与　朕盡意如法勾改。」催子玉却據□□而坐，檢尋文部
(籍)，　皇帝命祿歸盡。遂依命祿上□□命祿額上添祿，又注：「十年天子，再歸陽道。」催子玉添□
(祿)已訖，心口思惟：「我緣生時官卑，不因追　皇帝至□□，憑何得見　皇帝面？今此覓取一員政官。」
遂□□匆奏曰：「臣與陛下勾改之案了。」　皇帝曰：「如何也？卿□速奏朕知。」崔子玉又心口思惟：
「我不辤便道注得『□□天子』即得，忽若　皇帝不遂我心中所求之事，不可却□□三年伍年，且須
少道。」崔子玉奏曰：「微臣何無得　陛下□躬到此。但臣与　陛下添注命祿，更得五年，却□陽道。」
「　朕若到長安城，天上應有進貢物，悉□(賜)与卿。」崔子玉又心口思惟：「此度許五年，即賜我錢物。
□□更許五年，正合得一員政官。」遂再奏曰：「臣緣□□，昔言已□(注)得五年歸生路，臣与李乹風爲知
与(己)□□將書來苦囑，非不慇懃。臣與李乹風更与　陛□(下)□五年，計十年，再歸長安城。」　皇帝
等聞所奏，語□□(崔子)玉：「　朕深愧卿與　朕再三添注。　朕若到長安城，□□有進貢錢物，悉惣賜
卿。」崔子玉又心口思惟：「　皇□(帝)兩度只与我錢物，盡不道与崔子玉官職，將知　皇□(帝)大惜官
職。」崔子玉見　皇帝不道与官，心口思□(惟)，良久不語。　皇帝遂問崔子玉：「卿適來奏　朕，□朕

却歸陽道。 朕到長安取卿，卿須朝 朕。」崔□□(子玉)曰：「臣當朝 陛下。」 帝曰：「卿早晚放朕歸去？」崔□□(子玉)奏曰：「伏惟 陛下通一紙文狀，以爲案底。」 帝曰：「 朕□之日，不曾解通文狀，如何通得？」崔子玉曰〔中書〕又心口思惟：「□不痛(痛)〔未〕嚇，然可覓得官職！」子玉遂乃奏曰：「 陛下若□□(不通)文狀，臣有一箇問頭， 陛下若答得，即却歸長安；若□□(答不)得，應不及再歸生路。」 皇帝聞已，忙怕極甚，苦囑□(崔)子玉：「卿與我出一箇異(異)問頭， 朕必不負卿。」崔子玉覓官心切，便索紙(紙)祇撰(筆) 皇帝了，自出問□(頭)云：「問大唐天子太宗皇帝去武德七年，爲甚□□(殺兄)弟於前殿，囚慈父於後宮？仰答！」崔子玉書□□与 皇帝。〔皇帝〕把得問頭尋讀，悶悶不已，如杵中心，拋(拋)□(問)頭在地，語子玉：「此問頭交 朕爭答不得！」子玉見□□有憂，遂收問頭，執而奏曰：「 陛下答不得，臣□(爲) 陛下代答得無？」 皇帝既聞其奏，大悅龍顏，「□(代)卿所奏。」崔子玉又奏云：「臣爲 陛下答此問頭，必□陛下大開口。」 帝曰：「与 朕答問頭，又交 朕大開口，何□？」子玉奏曰：「不是那箇大開口，臣緣在生官卑，見(現)□(任)輔陽縣尉。乞 陛下殿前賜臣一足之地，立死□幸。」 皇帝語子玉：「卿要何官職？卿何不早道！」又□(問)：「是何處人事(氏)？」崔子玉奏曰：「臣是蒲州人事(氏)。」 皇帝曰：「□卿蒲州刺史兼河北廿四州採訪使，官至御史大夫，賜□□(紫金)魚袋，仍賜蒲州縣庫錢二萬貫，与卿資家。」崔□□(子玉)奉口勑賜官，下廳拜舞，謝 皇帝訖，上廳坐定。□(答)問頭亦，報：「天符(符)使下。」崔子玉問：「何來？」使啓判官：「判官往□□授蒲州刺史兼河北廿四州採訪使，官至御史大夫，賜紫□(金)□(魚)袋，仍賜輔陽縣正庫錢二萬貫。今日天苛崔子玉云。」□(皇)帝曰：「天符早知，　朕聞陰補陽授，　蓋不虛矣。」崔子玉□□与　皇帝答問頭，此時只用六字便答了。云：「大聖滅族□□。」崔子玉書了似　帝，歡喜倍常。崔子玉呈了收却，又□(曰)：「　陛下若到長安，須修功德，發走馬使，令放天下大赦，仍□□門街西邊寺錄，講大雲經。陛下自出己分錢，抄寫大□□(雲經)。」崔子玉遂依　帝命取紙一依前功德數抄寫一本，度与□□(皇帝)收得插在懷中。　皇帝語子玉曰：「　朕稍似飢餧(餒)，如□□(何得)飯？」子玉奏曰：「　陛下若飢，臣當取飯。」崔子玉左右處□□(下缺)

校記：

〔一〕本卷編號爲斯二六三〇，標題原缺，依王國維、魯迅以來所擬之標題。

按唐太宗入冥，生魂被勘事，見唐張鷟朝野僉載卷六。

〔二〕本卷原甚殘闕，每行末各缺二、三字。又原卷似分爲多頁，爲倫敦博物館整理時誤黏，故秩序倒置，文義不明。現在開首一段，是原來放在中間的，今移置在首。

〔三〕本卷凡「朕」「帝」「陛下」，「皇帝」等字前，均原空一格。

〔四〕「蕭」字下，原卷未缺，啓功云：疑當脫「牆」字。

〔五〕此字殘存右半「頁」字。

〔六〕原卷至此殘闕，以下是另一殘紙粘接處。

〔七〕卷內崔子玉姓，有時誤寫作「催」，今悉存原樣。

〔八〕「帝」字，據上文補。

〔九〕「輔陽」，王重民疑爲「滏陽」。

〔一〇〕「司」王重民疑當作「賜」。

〔一一〕原卷至此以下十三行，每行殘闕下半行。

〔一二〕「子童」二字，疑倒置，應作「童子」。

〔一三〕原卷至此即缺。

〔一四〕按此段原卷爲首段，今依文義與上段互調，但中間尚有殘闕，故文義仍不能銜接。

〔一五〕「曰」字當是衍文。

〔一六〕「庯」即「痛」字，疑作「恫」字較合。

王慶菽校錄

【葉淨能詩】〔一〕

（前缺）〔會〕稽（稽）山會葉觀中，女見（冠）□□悉解符錄（錄），後（復）依〔太〕上老君之敎。淨能一見慕之，便卽留意，住在觀內，□一道仕（士）日夜精修，懃苦而學。長年廿，便入道門。身爲擇（釋）冠黃被（帔），卷不離手，志誠（誠）敢（感）神，遂得神人而見，淨能亦不知何處而來。書云：淨能年幼，專心道門，感得天（大）羅宮〔廿〕帝釋，差一神人，送此符本一卷與淨能，令淨能志心懃而學，勿遣人知也。得成，無所不遂，尊師[illegible]（容）姿（容）昇天，須去卽〔去〕〔三〕，須來便來。推五岳卽須臾，喝太陽海水，時向逆流，通幽動〔微〕〔四〕，制約宇宙，造化之內，無人可皆（偕）。若不志道法之玄，心都被符所損，天上天下，一切靈祇名字，留在此符本之中，吾亦不能言，忠人知天文，辭尊師去後，於大羅天中，爲期相見。須臾之間，淨能不見神人。當時傾心在道，更無退心。便開符讀之，脚下分明，悉仕（注）鬼神名字，皆論世上精魅。不禁小耶（邪），忽要拔地移山，卽使一神符。淨能便於會稽山內，精法人（上）應天門，下通〔地〕〔五〕理，天下鬼神，盡被淨能招將，神祇無有不伏驅使。淨能便於會稽內令人鬼神駈馳魅，無不遂心。要呼便呼，須使便使。若在道精熟，符錄（錄）最絕，宇宙之內，無過葉淨能者矣。

況且道士美貌清暢，情傷（暢）寬閑，若至太處，性同暖急（緩急），一旦意欲遊行，心士只在須臾。日行三萬五萬里，若不飡，動經三十五十日；要飡頓可食六七十料不足。或卽隱身沒影，卽便化作一百箇人。今乃遇(過)唐朝天子，三皇五帝開闢以來，未似我[玄]宗皇帝聖明。朝庭卿相，言無謟(諂)佞。帝號開元。自帝每修道者，勑命天下修造尊容，並及觀舍殿，稱(稱)崇道敎。淨能自會稽山適長安，留名。行經數日，大羅王化作一河水，其河闊五里已來，又無橋舡渡人之處，而試淨能。遂書符一道，抛向水中，其河枯竭，淨能即行。

經數日，得至華州，華陰懸(縣)東五里已來。其年四月選，悉皆赴任。有常州無錫懸(縣)令張令[七]將妻及男女於華岳神前過。其張令將妻，酒脯馳馬，奠祭岳神求福。適會此日岳神在廟中闕第三夫人，放到店中，夜至三更，使人娶之。三更三點，忽爾卒亡。懸(縣)令不知是岳神將娶，號天大哭，情纏綿。其淨能在於側近店上宿，忽聞哭聲甚切。淨能遂問：「何故哭？」張令曰：「其夜妻子卒亡。」淨能曰：「必被岳神取(娶)也！」欲與張令妻再活。張令曰：「啓尊師：若化救得再活，煞身乃不敢有違，安其尊師命矣。」淨能問長官曰：「夫人莫先疾病否？」張令曰：「先無病疾，只到此閒(間)有亡。」淨能救護，誓不辜恩。淨能遂取筆書一道黑符，吹向空中，化爲着黑衣神人，疾速如雲，即到岳神廟前。門人亦(亡)見，走報岳神云：「太一使至。」岳神便屈，使人直入殿前，言：「太一傳語，因何輒娶他生人婦，離他夫婦，失其恩愛？」岳神啓使人曰：「皆奉天曹疋配，與之作第三夫[人]，非闕太一之[□](事)。」乃使廻，但依此諮報。使人唱喏，当時却廻，具依岳神言語諮說。[淨能]作色慍然，又取朱筆書符，吹向空中，化作一使人。身着朱衣，傾(頃)刻之間使至。岳神趍走下殿，祗對使人。使人曰：「不[當]取他生人婦爲妻，太一極怒。今取張令妻何處？」岳神啓言使人曰：「豈敢專擅取他生人婦爲妻，皆奉天曹疋配，伏惟使者照爲諮說，即方（當）〔八〕恩幸。」使人曰：「莫爲此女人損着符（府）君性命，累及天曹！」岳神曰：「伏惟太使，善爲分疏，終不敢相負。」使人迴至店中見淨能，具傳岳神言語，云皆奉天曹疋配，爲定三夫人，非敢專擅。」淨能聞說，作色重容，怒使使人曰：「大不了事！」喝在一邊，又取雄黃及二尺白練絹，畫道符吹向空中，化爲一大將軍。身穿金甲，障上兜鍪（鍪），身長一丈，腰闊數圍。乃拔一劍，大叫如雷，雙目赫然，猶如雷（電）掣。展轉之間，便至岳神廟前。其時張令妻入，正拜堂次，使者高聲作色，「咄！這府君，因何取他生人婦爲妻，太使極怒，令我取你頭來！」都不容岳神分疏，拔劍上殿，便擬斬岳神。岳神見使者上殿，忙懼不已，莫知爲計，方時便走。諸親向前，哀祈（祈）下拜，使但令將張令妻去，親情淸（請）〔九〕迴報府君，不用留此女人，致他太一嗔怒。」岳神自趁走下殿，長跪設拜，哀祈使者，方時却領張令事（妻）歸依（衣）店內，不經時向中間，張令妻卽再甦息。報言夫：「我在岳神前拜堂之次，忽有一將軍，身穿金甲，障上兜鍪（鍪），拔劍上殿，擬斬岳神；岳神怕他，而乃放妾却迴。」張令見妻所說，喜悅自勝，遂與妻同禮謝淨能，啓言：「尊師救得妻子再活，恩重岳山，未委將何詶（酬）答？」張令遂於籠中取絹廿疋上尊師。張令曰：「唯置得此絹，未免貧自孤遺。令身與妻子，卽合永爲奴媄（僕），以謝恩私，伏望尊師，特收薄禮。」淨能曰：「道之法門，不將致物爲念，不求色慾之心，不貪榮貴，唯救世間人疾病，卽是法門。以長官夫婦情深，淨能遂救其性命，但方赴任，將絹以充前程，無使再三。淨能西到長安，自有財帛。」妻遂拜辭淨能。

淨能日，卽策杖尋途。不經旬日，便至長安。且見玄都觀內安置，徒經一月，不出院內，只是彈琴長嘯，以暢其情。觀家奴婢，往往潛看，不見庖厨，亦無飡啜之處。五三濟(擠)流，參謁(謁)問其道術，淨能且說符錄(籙)之能，除(除)其精魅妖邪之病，無不可言矣。遂出一人之口，入萬人之耳，不經信宿，長安兩市百姓，悉知玄都觀內一客道士，解醫療魅病，兼有符錄(籙)之能。

当時策賢坊百姓康太清有一女年十六七，被野狐精魅。或笑或哭，或走或坐，或出街中亂走，卽惡口罵詈人。時有繼(鄰)人報康太清曰：「玄都觀內有一客道士，解醫野狐之病。」康太清聞說，與妻相隨，同詣觀中院內，禮拜淨能。且論疾狀，「輒投尊師救療，死不辜恩。」淨能曰：「此病是野狐之病，欲得除喩(愈)，但將一領氈來，大釘四枚，醫之立差(瘥)。」康太清当時便歸，取氈一領及釘，並引女子，同至觀中。淨能見女子，便知是野狐之病。淨能当時，左手持劍，右手捉女子，斬爲三斷，血流遍地。一院之人，無不驚愕。康太清夫婦號天叫地，高聲唱：「走掇(撥)〔一〇〕懸(縣)門，告玄都觀道士，把劍煞人！」淨能都不忙懼，收氈蓋着死女子屍，釘之內四角，血從氈下交流。看人無數，皆言帝城之內，敢有此事，誰不叫呼。淨能却於房內，彈琴長嘯，都不爲事。須臾，捕賊官及捉事所由等，齊到淨能院內，問：「煞人道士何在？」淨能於房內報之：「在此！官人何必忩忩(怱怱)？」淨能療野狐之病，閑人無知，妄說煞人。」官人迴問，康太清啓言官人曰：「在氈底一人。」其官人見氈下血流傍地，語〔淨〕能曰：「煞人處目驗見在，仍敢拒張！」淨能語官人曰：「何不揭氈看驗之？取此行麁疎法令。」捕賊官遂處分所由，揭氈驗之，曰：「康太清女子爲野狐病並臥，女子宛(宛)然無損，野狐斬爲〔□□〕(三段)。」捕賊官見人，情思愕然。康太清夫妻匍匐作禮。其女魅病，当時便除。捕賊官且(具)事由申上尹，到觀中親自禮揭(謁)，然[□](後)問姓名，瞻仰之極。尹言其異聖事，錄表秦(奏)聞。

開元皇帝好道，不敬釋門，遂命中使至玄覩(都)觀內宣進止，詔淨能。奉詔行直至殿前，皇帝亦(一)見淨能，便說道法淸虛微妙，深懷聖情。皇帝意樂長生不死之術，淨能奏曰：「有銖(錄)符之昇天地，除其精魅魍魎妖邪之病；合陳神丹，于(不)得阻隔。陛下若求志里(治理)長生不死之法，亦將易矣。」玄宗聞淨能所奏，性意悅然，謂淨能曰：「願爲弟子，尊師與朕爲師。」且於觀內安置。觀家勅選一院，每日令人祗擬。皇帝日[日]親自駕幸葉淨能院內，論其道法。及朝庭卿相，無不欲往。百姓已來，皆崇道敎。

忽於一日，皇帝意欲求仙，詔淨能於大內顧閏(問)。淨能奏曰：「臣與陛下搖(遙)探仙藥去。」淨能一身元在觀，化爲[一]身與陛下取仙藥。行至殿(錢)塘江，見水深林林(淼淼)，廣闊莫惻(測)其涯。江有惡蜃，舟舡不敢過之。淨能遂書符一道，抛向江中，其江水沉澄。三月(日)漂其惡蜃於沙灘之[□](于)。淨能亦(于)見，勞時斬爲三斷(段)。便過其江，取得仙藥，進上皇帝。皇帝大悅。唯高力士不信是仙藥，遂奏曰：「臣恐此藥，非是眞藥，臣擬試之！」皇帝曰：「何法而試？」力士奏曰：「臣擬蕭墻之內，堀地道打五百面鼓。陛下詔淨能，言大內有妖起，尊師如何除剪？」皇帝依奏，力士便差人堀地道成，內打五百面鼓。皇帝便詔淨能，奉詔至殿前。皇帝賜上殿，便言大內有妖[鼓]之聲。淨能奉進上除妖鼓之聲，索水一椀(碗)，對皇帝前便潠(噀)之，作法。水亦(于)離口，雲霧斗闇，化作大蛇，便入地道。眼如懸鏡，口若血盆，毒氣成雲，五百人悉皆作噤寒灾聲，不敢打鼓。淨能既聞聲絕，奏曰：「臣[□](啓)陛下，不是妖鼓之聲。」皇帝曰：「不是妖鼓之聲，是何物聲。」淨能奏曰：「陛下試臣符錄(籙)之功，令人打鼓。」皇帝聞奏，慙見淨能，便歸觀內。

前後三日，皇帝詔淨能於大內飲宴，作樂動簫韶。時囑(屬)初秋之月，涼風漸侵。大內宴賞，與賓(嬪)(嬪)妃翫樂，同飲數巡，歌吹滾(繽)紛。皇帝心不歡悅，謂淨能曰：「朕今飲宴，都不似；天師有章令，使宴樂歡娛？」淨能承其帝命，抽身便起，只對殿西角頭一箇鈿(劍)南蠻畫瓮子，可授(受)石已來，淨能移心作法，闇求歡要樂，帝心娛情在炙。於是淨能懷中取筆，便於瓮子上畫一道士，把酒盞飲，帖在瓮子上，其瓮子便變作一箇道士。身長三尺，還着擇(幞)[冠]黃被(帔)，立於殿西角頭。淨能奏曰：「臣見陛下飲似不樂，臣與陛下邀得一箇飲流，此席的[二]畢歡矣。」皇帝聞，謂淨能曰：「是何飲流，性得朕意？」淨能奏曰：「還是一箇道士，妙解章令。又能飲宴，論今說古，無有不知，多解多能，人間皆曉。」陛下詔道士。道士奉(奏)。詔從殿西角，趨而直至殿前，口口稱臣。玄宗亦(一)見，龍顏大悅，妃妃(嬪)婇女，悉皆歡笑。其道士朝儀不失，皇帝便賜昇殿，與朕接坐問答。帝又問：「尊師飲戶大小？」淨能奏曰：「此尊大戶，直是飲流，每巡可加三十五十分，卒難不醉。」其道士巡到便飲，都不推辭。皇帝極歡，同坐與合，妃姤婇女，皆歡(勸)三升。道士被勸校多，巡巡不闕。從巳時飲至申時，道士飲一石已來，酒瓮子恰蕩。罇中有酒五升，淨能意遏道士，奏曰：「陛下席欲散，餘酒擬歡(勸)尊師，伏望陛下允臣所[口](奏)。」皇帝曰：「依奏。」酒便賜尊師，其道士苦不(苦)[三]推辭，奏曰：「臣恐失朝儀而虧禮度。」淨能曰：「知上人是大戶，何用推辭？」道士奏曰：「其酒已尖，實(實)飲不得！」淨能見苦推辭，對皇帝前乃作色怒：「恩此道士，終須議斬首！」皇帝曰：「他有何罪愆，忽而斬之？」淨能奏曰：「緣伊逅我極。」皇帝依奏，令高力事(士)取劍斬道士。[□](頭)隨劍落，抛在一邊；頭元是酒瓮子蓋，身晝瓮子身，向上晝一箇道士，帖符一道。緣酒瓮子恰滿便醉。皇帝一見大笑，妃姤共賀帝情，應內人驚笑不已。高力士再三瞻矚不然，重觀恣(咨)嗟。玄宗皇帝及朝庭大臣，歡(歎)淨能絕古超今，化窮無極，暴書符錄(籙)，[□]聖幽玄，人間(間)罕有，莫側(測)變現，與太上老君而無異矣。

玄宗傾心好道，專意求仙，露膽披肝，思望長生。又貪探符錄(籙)之妙。皇帝又夜夢見一神人，送龍肝來，帝謂神人曰：「此肝自何而來？」神人曰：「上界令神送來！」皇帝夢裏得龍肝，其味甚美，忽然驚說(覺)，都無一物。皇帝思夢，便詔淨能問之。淨能奏曰：「陛下合得龍肉喫。」皇帝曰：「何以得之？」淨能奏曰：「索水一盆，」橫劍其上，作法書符一道，抛着盆中，雲露(霧)斗闇，良久中間，露(霧)收雲散，空中有一神人，送龍腿一隻，可重三十餘斤。淨能收得，進上皇帝。皇帝見龍肉，大悅龍顏，朝庭將相具言：「自古未有似淨能者也！」

開元十三年天下亢旱，帝乃詔百僚。皇帝[曰]：「關外亢旱，關內無雨，卿等如何有？」宰相璟宋(璟)[二三]奏曰：「陛下何不問葉淨能求雨？」皇帝聞，便詔淨能對，奉詔直至殿前。皇帝曰：「天下亢旱，天師如何與朕求雨，以救萬姓？」淨能奏曰：「與陛下追五嶽神問之。」皇帝曰：「便與問。」淨能對皇帝前，便作結壇場，書符五道，先追五嶽直(值)官要雨，五嶽曰：「皆猶(由)天曹。」淨能便追天曹，且(具)言：「切緣百姓抛其麵米餅，在其三年亢旱。」淨能曰：「緣皇帝要雨，何處有餘雨，速令降下！」

天曹曰：「隨天有雨。」葉尊師便令計會五嶽四瀆，速須相將下雨。前後三日雨足，石穀〔一四〕豐熟，萬姓歌謠。

至十四年，皇帝大赦天下，一任百姓點燈供養。諸官看燈，非常作樂。又有勑令：坊市百姓，一任點燈，勿令禁夜。看燈却迴大內，淨能(皇帝)問：「諸州懸(縣)皆如此否？」淨能奏曰：「蜀都〔一五〕有燈，供養至極，伏恐京國不如！」皇帝又問：「劍南去此多少？」淨能奏曰：「去此三千里。」皇帝問曰：「如何知彼？」淨能奏曰：「臣適來從彼看迴。陛下不信臣所奏曰(白)，自去即難；與臣同往，斯須便到。」皇帝曰：「脫將朕去，復何侍從，幾人同行？」淨能奏曰：「可一與人也。」皇帝曰：「復著何色衣服？」淨能奏曰：「供奉之類，盡着素衣。」皇帝曰：「便令高力士等火急裝束，速與卿等同往釼(劍)南看燈。」高力士等面奉進止(旨)，當時被排裝束。於是作法，便將皇帝及左右隨駕等，同□(往)釼(劍)南看燈。疾似飛雲，中(由猶)如電掣。皇帝侍從行時便到釼(劍)南，巡歷街衢，同遊諸處。又見坊市點燈舖設，供養交横，音樂至極，深悦帝情。淨能又將皇帝於蜀王殿上，隨駕同觀，遂令奏樂數曲。皇帝謂淨能曰：「天師，夜更深，朕擬却歸長安。」淨能奏曰：「陛下今日遊蜀川，未能周遍，若欲歸京，如今便行。」淨能再奏曰：「陛下駕幸此郡，須交蜀郡之知看燈，於蜀王殿上奏樂。」帝曰：「如何令人得之(知)朕自看燈來？」淨能奏曰：「陛下須留一事着體之衣於蜀王殿上。後節度使必遣人搜殿，見此汗衫子，必差人進來。陛下然謂朕自看燈作樂，故留汗衫子，以爲不謬。即蜀人及宙宇(宇宙)百姓，咸知陛下看燈，豈不善矣。」皇帝遂留衣，——多(大)汗衫子一領，在蜀王殿上。淨能見皇帝留衣，便作法，須臾之間，相將到長安。淨能奏曰：「此大內。」皇帝展轉懷媿求道仙，歎淨能是(事)事莫側(測)其漄(涯)，符錄(籙)天下每不可比。皇帝專心求長生不死之術，忽聞大內打四下鼓，更漏分明，皇帝迴報淨能：「天師且歸觀內，明晨淨能見朕。」淨能奉勑，便歸觀內。皇帝與高力士說曰：「[蜀]中路遠，阻隔山何(河)，瞚(瞬)息之間，及都(諸)州郡。」其夜節度使及官寮百姓等，又聞蜀王殿上作樂。直至天明，蜀郡人深怪，倍加搜獲，疑是異人。捕逐紛[□]紜(紜)，恐是精怪。又收得少(小)汗衫子一領。數日尋逐，都無蹤由。劍(劍)南節度不敢隱，便錄表聞，奏言異事，謹差幕府兼御史中丞翟常[一六]進表。不經旬日，即到長安。皇帝覽表，展在玉桉，讚之一遍。又見汗衫子，龍顏大悅。焉知不謬。皇帝親問事宜，使人具言：「正月十五日夜二更，車馬侍從，盡着白衣，得有一百餘人，向蜀王殿上作樂，曲終便去。遺却汗衫子一領，搜獲更無蹤由。是此異詳(祥)，本使勒臣奏聞。」皇帝謂翟常曰：「昨正月十五日夜，朕與葉淨[能]及隨駕於蜀王殿上憩歌，故令奏樂。收暢曲羅，及歸迴，恐蜀郡不知朕之遊看，故遺汗衫子。卿速報本使，朕自別有優賞詔[一七]。」翟常拜辭皇帝，便即登途。歡心弈[弈]，雨露[霑]身，六親增榮，九族咸慶，不經旬日，即至蜀中。具言詔命。劍(劍)南人吏百姓，皆言皇帝通神宇宙，天下周遊，非論蜀川境，諸州府不敢輒行法令。

皇帝每日親問淨能道法，淨能時時進法，皇帝每事不遺。忽於一日，皇后無子，擬求淨能曰：「妾聞葉淨能法述(術)通神，妾欲求子，不敢不奏。」皇帝便詔淨能問曰：「朕未登極之日，即有皇后；及至登極已來，全無子息。天師茲(緇)流，為朕求一子，在其國計。朕與皇后，不敢有負天師。」淨能奏曰：

「男女盖緣宿運，淨能何以求之？」淨能乃問天曹，牒地府。淨能便對皇帝書符，吹向空中，當時化爲神，便乃昇天。又書符牒問地府。須臾天曹地府同報曰：「皇后此生不合有子。」淨能具奏。

八月十五日夜，皇帝與淨能及隨駕侍從，於高處飫（翫）月，皇帝謂淨能曰：「月中之事，其可惻（測）焉？」淨能奏曰：「臣說亦恐無益，臣願將陛下往至月宮遊看可否？」皇帝曰：「何以得往？」淨能奏曰：「陛下自行不得，與臣同往，其何難哉！」皇帝大悅龍顔。皇帝曰：「可將侍從同行？」淨能奏曰：「劍南看燈，凡人之處；月宮上界，不同人間。緣陛下有仙分，其可蹔往。」皇帝又問曰：「着何色衣服？」淨能奏曰：「可着白錦綿衣。」皇帝曰：「因何着白錦綿衣？」淨能〔奏曰〕：「緣彼是水晶樓殿，寒氣淩人。」皇帝裝束便行。淨能作法，須臾便到月宮內〔一八〕。觀看樓殿臺閣，與世人不同；門牕〔□〕（戶）牖，全珠（殊）異世。皇帝心看樓殿，及入重門，又見樓處宮閣，直到大殿，皆用水精瑠璃瑪瑙，莫惻（測）涯際。以水精〔一九〕爲牕牖，以水精爲樓臺。又見數箇美人，身着三殊之衣，手中皆擎水精之盤，盤中有器，盡是水精七寶合成。皇帝見皆存禮度。淨能引皇帝直至娑羅樹邊看樹，皇帝見其樹，高下莫惻（測）其涯，枝條直赴三千大千世界。其葉顔色，不異白銀，花如同雲色。皇帝樹下徐行之次，踦躇（踟躕）蹔立，冷氣淩人，雪凝後（徹）骨。皇帝謂淨能曰：「寒氣其（甚）冷，朕欲歸宮。」淨能奏曰：「與陛下相隨遊戲，甚是仙著（華），不並下方，陛下不用悤悤（怱怱），且從容翫月觀看，然乃却迴，豈不善矣。」皇帝倚樹，轉覺凝寒，再問淨能，朕今忍寒不得，願且却歸，若更須臾，須恐將不可。淨能再問（因）帝說，不覺哂然。便乃作法，須臾却到長安。皇帝專心求法，合掌向前，啓言天師：「示朕道法，盡朕一身，永受天錄，與朕爲師。」淨能奏曰：「微臣道法，皆是符錄之功，豈堪傳受。」皇帝至明晨，羣臣朝參，帝曰：「朕昨夜三更，與葉天師同往月宮觀看，見內外清霄迥然，樓殿臺閣悉異，皆是七寶裝飾。」羣臣共駕(賀)皇帝：「三皇五帝周秦已來，未有似陛下者也。若道敎通神，符錄(籙)絕妙，天下無過葉天師耶？」皇帝遂命太史官，批在唐錄。

後經數日，淨能見大內一宮人，美貌殊絕，每見帝寵。淨能遂歸觀內，書一道符，變作一神。神人每至三更，取內人來於觀內寢，恰至天明，却送歸宮。日來月往，已經半年，美人昏似醉，都不覺知。忽奏皇帝曰：「今有孕，惟候其產難，不敢不奏。」皇帝聞奏，當知卽是淨能作法，令人取之。便令美人勿說於人，皇帝詔高力士商量，擬於大殿內敎淨能。淨能於觀內早知之。皇帝爲(謂)高力士曰：「葉淨能移山覆海，變動乾坤，製(制)約宇宙，昇虛空而自在，變化無難，朕擬敎之，恐將難矣；卿有何計，與朕殺之？」力士奏曰：「葉淨能昇雲來往，皆用符錄之功，今因大殿內設計欲謀敎之，淨能何以得知。陛下但詔淨能上殿賜座，殿後窒(密)排五百口劍，陛下洋(佯)問法，淨能道法之次，洋(佯)振龍威，臣聞點號，五百人一時攢劍上殿，而悉必敎之。」皇帝曰：「其計甚善。」力士既奉進言，遂於金吾杖(仗)取五百人及劍，悉如雪霜，伏於殿後，不令人知。皇帝遂詔淨能：〔淨能〕早知伏敎殿後，都不爲事。既至殿前，皇帝賜坐，說其道法。皇帝曰：「便有何法？」淨能知皇帝禍(過)問述(術)法，其數極多。「陛下若擬遍問之，卒無理盡，臣所見只可如斯！」皇帝聞(問)淨能奏，悖然作色，大怒龍威。高力士便遣五百人，一時上殿，擬斬淨能。〔淨能〕見五百人拔劍上殿，都不忙懼，對皇帝前緩步徐行，「吾亦不將忙矣！」五百人一時舉劒，俯臨淨能，淨能思心作法，卽變身入殿柱中，莫覩蹤由。皇帝驚忙，遶柱數匝看之。連聲便喚：「天師！天師！朕無此意，高力士起此異心，幸願天師察朕成（誠）素。」淨能於柱內奏曰：「本願盡陛下一世，誰知陛下中道起此異心？」皇帝遂遣高力士把劒削柱看之。高力士奏（奉）勑削柱。其柱約一半已上，轉起分明，全無淨能蹤由。淨能柱內又奏：「臣且歸大羅天去也！」皇帝與高力士見一條紫氣，昇空而去。皇帝追悔不及。朝廷將相，皆言皇帝怱怱（忽忽）納力士之［口］，致使天師不住人間，却歸於上界，蓋非淨能之過矣。

皇帝自此之後，日夜思慕，寢食不安。旬日之間，中使蜀川一百餘里已來，忽見淨能緩步徐行。淨能見使人，高聲便喚使人且住。使人聞喚，下馬離鞍，向前禮拜，問天師且去，「來日聖官（躬）萬福。」天師（使人）曰：「何得至此間？」淨能曰：「我要歸大羅宮去。來日怱怱，不及辭皇帝。使人與淨能傳語啓陛下，淨能在路，不及修表，伏惟陛下照察。若欲得與臣再相見，須待海竭河枯，山移地沒。」言訖，傾（頃）刻之間，並不相見。其使人遂歸赴闕庭，見皇帝先［奏］其蜀川事由，後奏臣從劒南迴日，去蜀川一百里路，逢葉淨能緩步徐行，喚臣傳奏陛下：「來日怱怱，不及辭陛下。兼緣在路，不及修表。陛下若欲得相見，須待山移地沒，海竭河枯。令臣口奏，不敢不奏。」皇帝聞淨能附使人所奏，臨殿而望蜀川，滿目流淚而大哭曰：

「朕之葉淨能　世上無二　道教精修　清虛玄志　練（鍊）九轉神丹　得長生不死　伏（服）之一粒　較量無比　元始太一神府（符）　印能運動天地　要五曹喚來共語　呼五岳隨手駈使

造化須移則移　乾坤要止則止　亦能荷(扶)朕月宮觀看　伏向蜀[□](卌)遊戲　朕與異心　干戈倫矣　呼之上殿　都無志畏　問之道術　奏言無比　鋒刀遍身　投形柱裏　相之無處　寧知其意　劍南使迴　他早至彼　令傳口奏　能存終始　朕實辜卿　願卿知意　遙望蜀川　空流雙淚　開闢已來　一人而已　與朕標題　烈(列)於淸(靑)史」

葉淨能詩

校記：

〔一〕原編號爲斯六八三六。無前題，依後題補。

〔二〕周云：「佛經有天羅，但不常見；參照下文，此處當是大羅宮。」

〔三〕「去」字依啓意補。

〔四〕「微」字啓依化度寺塔銘補。

〔五〕「地」字依啓意補。

〔六〕「玄」字依啓意補。

〔七〕此故事的主角張令，太平廣記卷三百七十八，說郛卷二十四引逸史並作李主簿。

〔八〕「劣」當作「爲」，用曾校。

〔九〕周云：「唐人常稱親戚爲親情，如舜子變文，韓擒虎話本，皆可證。此處當是『親情請迴報府君』，請誤爲清。」依周說校。

〔一〇〕依周曾說校。

〔一一〕曾謂「的」作「酌」，亦通。

〔一二〕「苦不」與上下文意不合，「不」字疑由疊寫作「々」而誤。

〔一三〕啓云：「指姚崇宋璟，但小說習慣不避牽合，不必改爲宋璟，或宋璟姚崇。」

〔一四〕「石穀」疑應作「食穀」，或「五穀」。

〔一五〕明皇觀燈事，記載頗多，所述地點不同。「幽怪錄」作「廣陵觀燈」。道藏「內三洞羣仙錄」卷十引「仙傳拾遺」，趙道一「眞仙體道通鑑」卷三十九又均作凉州。此作蜀都，與前均不同。

〔一六〕此翟常與前康太清均爲敦煌地方衆所週知的人物，這是敦煌人述葉淨能故事而又地方化的表現。

〔一七〕「詔」字如不是衍文，其上下便有脫字。

〔一八〕葉淨能與唐明皇遊月宮是流傳最廣的故事之一，然在唐代已傳說不一。「龍城錄」「異聞錄」謂爲申天師，「唐逸史」謂爲羅公遠，「集異記」謂爲葉法喜，（按喜當作善。）「明皇雜錄」又作葉法靜，後來就都集中到葉淨能身上。元代王伯成的「天寶遺事諸宮調」是專描寫遊月宮的故事。遺文五則今猶保存於「雍熙樂府」卷四；卷七又有伯成自序一則。

〔一九〕「水精」與「水晶」可通用。上文作「水晶」，下文作「水精」，均依原文迻錄。

王重民校錄

敦煌變文集卷三

孔子項託相問書〔一〕

昔者夫子〔二〕東遊，行至荆山〔三〕之下，路逢三箇小兒。二小兒作戲〔四〕，一小兒不作戲。夫子怪而問曰：「何不戲乎？」小兒答曰：「大戲相煞，小戲相傷〔五〕，戲而無功，衣破裏空。相〔六〕隨擲石，不〔如〕〔七〕歸舂。上至父母，下〔八〕及兄弟，只欲不報，恐受無禮。善思此事，是以不戲，何謂〔九〕怪乎？」項託有相〔一〇〕，隨擁土作城，在內而座。夫子語小兒曰：「何不避車？」小兒答曰：「昔聞〔一一〕聖人有言：上知天文，下知地理(裡)，中知人情，從昔至今，只聞車避城，豈聞城避車？」夫子當時無言而對，遂乃車避城下道。遣人往問：「此是誰家小兒？何姓何名？」小兒答曰：「姓項名託。」

夫子曰：「汝年雖〔一二〕少，知事甚大。」小兒答曰：「吾聞魚生三日，遊於江海；兔生三日，盤地三畝；馬生三日，趁(趂)及其母；人生三月，知識父母。天生自然，何言大小！」

夫子問小兒曰：「汝知何山無石？何水無魚？何門無關？何車無輪？何牛無犢？何馬無駒？何刀無環？何火無煙？何人無婦？何女無夫？何日不足？何日有餘？何雄無雌〔一三〕？何樹無枝？何城無

使？何人〔一四〕無字？」小兒答曰：「土山無石。井水無魚。空門無關。轝車無輪。泥牛無犢。木馬無駒。斫刀無環。螢〔一五〕火無煙。仙人無婦。玉女無夫。冬日不足。夏日有餘。孤雄無雌。枯樹無枝。空城無使。小兒無字。」

夫子曰：「善哉！善哉！吾與汝共遊天下，可得已否〔一六〕？」小兒答曰：「吾不遊也。吾有嚴父，當須侍之；吾有慈母，當須養之；吾有長兄，當須順之；吾有小弟，當須教之。所以〔一七〕不得隨君去也。」

夫子曰：「吾車中有雙陸〔一八〕局，共汝博戲〔一九〕如何？」小兒答曰：「吾不博戲也。天子好博，風雨無〔二〇〕期；諸侯好博，國事不治；吏人好博，文案稽遲〔二一〕；農人好博，耕種失時；學生好博，忘讀書詩〔二二〕；小兒好博，笞撻及之。此是無益之事，何用學之！」

夫子曰：「吾與汝平却天下，可得已否？」小兒答曰：「天下不可平也。或有高山，或有江海，或有公卿，或有奴婢，是以不可平也。」

夫子曰：「吾以汝〔二三〕平却高山，塞却江海，除却公卿，弃却奴婢，天下蕩蕩，豈不平乎？」小兒答曰：「平却高山，獸無所依；塞却江海，魚無所歸；除却公卿，人作是非；弃却奴婢，君子使誰？」

夫子曰：「善哉！善哉」〔二四〕！汝知屋上生松，戶前生葦，床上生蒲，犬吠其主，婦坐使姑，雞化爲雉，狗化爲狐，是何也？」小兒答曰：「屋上生松者是其楊（椽），戶前生葦者是其箔，床上生蒲者是其席。犬吠其主，爲傍有客；婦坐使姑，初來花下也；雞化爲雉，在〔二五〕山澤也；狗化爲狐，在〔二六〕丘陵也。」

夫子語小兒曰：「汝知夫婦是親，父母是親？」小兒曰：「父母是〔親〕〔二七〕。」夫子曰：「夫婦是親。生同床枕，死同棺槨，恩愛極重，豈不親乎？」小兒答曰：「是何言與！是何言與！人之有母〔二八〕，如樹有根；人之有婦，如車有輪。車破更造，必得其新；婦死更娶，必得賢家。一樹死，百枝枯；一母死，衆〔二九〕子孤。將婦比母，豈不逆乎？」

小兒却問夫子曰：「鵝鴨何以能浮？鴻鶴何以能鳴？松柏〔三〇〕何以冬夏常青？」夫子對曰：「鵝鴨能浮者緣脚足方，鴻鶴能鳴者緣咽項長，松柏冬夏常青〔者〕〔三一〕緣心中强。」小兒答曰：「不然也！蝦蟆能鳴，豈猶咽項長？龜〔三二〕鼈能浮，豈猶脚足方？胡竹冬夏常青，豈猶心中强？」夫子問小兒曰：「汝知天高幾許〔三三〕？地厚幾丈？天有幾樑？地有幾柱？風從何來？雨從何起？霜出何邊？露出何處？」小兒答曰：「天地相却萬萬九千九百九十九里，其地厚薄，以天等同〔三四〕。風出蒼吾（梧），雨出高處〔三五〕，霜出於天，露出百草〔三六〕。天亦無樑，地亦無柱，以四方雲而乃相扶，故與〔三七〕爲柱，有何怪乎？」

夫子嘆曰：「善哉！善哉！方知後生實可畏也。」

夫子共項託對答，下下〔三八〕不如項託；夫子有心煞項託，乃爲詩曰：

孫景懸頭而刺股，匡衡鑿壁夜偸光，
子路爲人情〔三九〕好用（勇），貪讀詩書是子張〔四〇〕。
項託七歲能言語，報〔四一〕答孔丘甚能强。
項託入山遊學去，叉手堂前啓孃孃〔四二〕：

「百尺樹下兒〔四三〕學問，　不須受記有何方。」
耶孃年老惛迷去，　寄〔四四〕他夫子兩車草；
夫子一去經年歲，　項託父母不承忘〔四五〕。
取他百〔四六〕束將燒却，　餘者他日餧牛羊。
夫子登時却索草，　耶孃面色轉無光，
當時便欲酬倍價，　每束黃金三錠强。
金錢銀錢總不用，　「婆婆項託在何方？」
「我兒一去經年歲，　百尺樹下學文章。」
〔夫子當時文（聞）此語，　心中歡喜倍勝常〕〔四七〕。
夫子乘馬入山去，　登山驀領（嶺）甚芬方〔四八〕，
樹樹每量無百尺，　葛蔓交脚甚能長。
夫子使人把鍬钁，　撅着地下有石堂：
一重門裏石師子，　兩重門外石金剛，
入到中門側耳聽，　兩伴讀書似雁行。
夫子拔刀撩亂斫，　其人兩兩不相傷；
化作石人總不語，　鐵刀〔四九〕割截血汪汪。

項託殘去猶未盡，　迴頭遙望啓孃孃：
「將兒赤血瓮盛着，　擊向家中七日强。」
阿孃不忍見兒血，　擎將寫（瀉）着〔五〇〕糞塠（堆）傍。
一日二日竹生根，　三日四日竹蒼蒼，
竹竿森森長百尺，　節節兵馬似神王。
弓刀器械沿身帶，　腰間寶劍白如霜，
二人登時却覓勝〔五一〕，　誰〔五二〕知項託在先亡。
夫子當時甚惶怕，　州懸（縣）分明置廟堂。

孔子項託相問書一卷

校記：

〔一〕所据凡十一卷，編号及校次如下：
原卷　伯三八八三　開端文字稍有殘損。
甲卷　伯三八三三　小冊子，題作「孔子項託相詩一首」。
乙卷　伯三二五五　殘。

丙卷　伯三七五四　殘，兩面鈔寫。

丁卷　伯三八八二　殘。

戊卷　斯五五二九　殘。

己卷　斯五六七四　殘。

庚卷　斯五五三〇　殘，書法極惡。

辛卷　斯一三九二　全，但差別字極多。

壬卷　斯三九五　卷端殘缺，末題「天福八年癸卯歲十一月十日浄土寺学郎張延保記」。

癸卷　斯二九四一　僅存開端十九行。

按此故事在敦煌所有俗文中，傳本最多，流傳亦最廣。更從其他有關資料觀之，不但流傳最廣，亦最長。明本「歷朝故事統宗」卷九有「小兒論」一篇，文字尚十同八九。明本「東園雜字」也有這一故事。又解放前，北京打磨廠寶文堂同記書舖，還有鉛印「新編小兒難孔子」在出售，與敦煌本文字猶十同七八。玆並作为附錄。

〔二〕甲卷「夫子」作「孔子」。

〔三〕甲卷「荆山」作「經山」。

〔四〕「戲」原卷作「喜」，甲卷作「虛」，依戊、辛、癸三卷改。下六「戲」字，作「喜」，作「虛」不同，玆均改为「戲」字。

〔五〕「傷」原作「相」，據戊卷改。

〔六〕「相」原作「二」，據戊、辛卷改。

〔七〕「如」據戊卷補。辛卷作「兒」，通「而」，「而」即「如」字。

〔八〕「下」原作「夏」，據戊、辛卷改。

〔九〕「謂」原作「不」，據戊卷改。

〔一〇〕辛卷「相」作「常」。

〔一一〕「聞」原作「問」，據甲卷改。

〔一二〕「雖」原作「須」，據甲、丁兩卷改。

〔一三〕「雌」原作「茈」，據辛卷改。下同。

〔一四〕「人」原作「兒」，據丁、辛兩卷改。

〔一五〕「螢」原作「熒」，據甲卷改，丁卷作「瑩」。

〔一六〕戊卷「已否」作「以不」。下同。

〔一七〕丙卷「所以」作「是以」。

〔一八〕甲、乙、丁、己四卷「雙陸」並作「雙六」。

〔一九〕「戲」原作「喜」，據甲、乙、丙三卷改。

〔二〇〕己卷「無」作「失」。

〔二一〕「遲」原卷作「犀」，據甲卷改。

〔二二〕「書詩」原作「詩書」，據乙、辛兩卷改。

〔二三〕甲卷「吾以汝」作「吾与兒」。

〔二四〕「善哉善哉」四字據乙、丙、己三卷補。

〔二五〕丙、己、壬三卷「在」作「近」。

〔二六〕乙、丙、己、壬四卷「在」作「近」。

〔二七〕「親」字據甲、丙兩卷補。

〔二八〕丙卷「母」作「父」。

〔二九〕「衆」原作「種」，據壬卷改。

〔三〇〕丙、壬兩卷「松柏」作「松竹」。下同。

〔三一〕「者」字據己、壬兩卷補。

〔三二〕己、壬兩卷「龜」作「魚」。

〔三三〕丙卷「許」作「里」。

〔三四〕己卷「以天等同」作「与天共同」。

〔三五〕己卷「處」作「山」。

〔三六〕甲卷以上四句作：「風起於山，雨出江海，霜出河边，露出百草」。

〔三七〕戊卷「與」作「以」。

〔三八〕甲、戊兩卷「下下」作「一一」。「下下」与「一一」意同，「下下」更合北方口語。

〔三九〕甲卷「情」作「程」。

〔四〇〕「張」原作「章」，據丙卷改。

〔四一〕丙、戊兩卷「報」作「对」。

〔四二〕戊卷「孃孃」作「耶孃」，壬卷作「阿孃」。

〔四三〕「兒」原作「如」，據壬卷改。

〔四四〕「寄」是寄存的意思。謂孔子把兩車草寄託給項託的耶孃。

〔四五〕丙卷「忘」作「望」。

〔四六〕丙卷「百」作「兩」。

〔四七〕此兩句据甲、己兩卷補。己卷「常」作「登」、「文」作「問」。按「問」应作「聞」。

〔四八〕甲卷「分方」作「芬方」。

〔四九〕「鐵刀」原作「減力」，據己卷改。又己卷「割截」作「斫着」。

〔五〇〕己卷「着」作「却」。

〔五一〕戊卷「却覓勝」作「各覓强」。

〔五二〕戊卷「誰」作「須」。

附錄一　小兒論

孔子一日領衆徒出遊見諸兒戲一兒獨不戲乃駐車而問之答曰凡戲無益衣破裹空必有鬭爭勞而無功虧體辱親誠亦僞事故乃不戲遂低頭以瓦石作城夫子責其何不避車答曰城當避車乎車當避城乎夫子勒車偏道下而問曰小子汝年尚幼何多詐乎答曰人生三日別於父母魚生三日遊于江湖天生自然豈爲詐乎夫子嘆曰善哉汝居何鄉何里何名何字小兒答曰在敝鄉賤里姓項名託尚未有字子曰我欲與遊戲汝意若何答曰家有父母當事兄長當敬幼弟可教名師可學焉可戲也子曰吾車中有十二棋子欲與賭博未知可乎答曰天子好博其事不理諸侯好博不利於己君子好博學問荒廢小人好博失却家計奴婢好博必被鞭笞農夫好博耕種失時是以無博也子曰欲與平治天下汝意若何答曰天下不可平也或有高山或有江湖或有王侯或有奴婢平却高山鳥獸無依塡却江湖魚鱉無歸除却王侯民多是非舍却奴婢君子使誰天下蕩蕩豈可平乎子曰汝言天下何火無烟何水無魚何山無石何樹無枝何人無婦何女無夫何牛無犢何馬無駒何雄無雌何爲君子何爲小人何爲不足何爲有餘何城無使何人無字答曰螢火無烟井水無魚土山無石枯樹無枝仙人無婦王母無夫石牛無犢木馬無駒孤雄無雌賢爲君子愚爲小人冬日不足夏日有餘空城無使小兒無字子曰汝知天地之綱紀陰陽之終始何左何右何表何裏何父何母何夫何婦風從何來雨從何起雲從何出霧從何至天地相去幾千萬里小兒曰九九八十一是天地之綱紀八九七十二是天地之終始天爲父地爲母日爲夫月爲婦東爲左西爲右南爲表北爲裏風發蒼梧雨生郊市雲出四方霧從地起天地相去萬千餘里東西南北皆有等爾子曰汝言父母夫婦何爲至親答曰父母

親夫婦不親子曰夫婦生則同衾枕死則共棺椁何得不親答曰人無父母如樹無根帶〔根〕一死枝葉便枯千日〔一日〕纔無父母諸子悉皆孤薄以婦比母不亦遠乎人生無婦如車無輪所造更得其新婦死更索必得其親三窗六牖不如一戶之光衆星朗朗不如孤月獨明父母之恩奚可悉論也孔子嘆曰善哉善哉小兒問曰適來問託一一答之託欲請問數事幸弗見弃假如鵝鴨何以能浮鴻鴈何以能鳴松柏何以冬夏常青夫子答曰鵝鴨能浮爲脚足方鴻鴈能鳴爲咽頸長松柏冬夏常青爲心中剛小兒曰不然魚鱉能浮豈爲脚足方蝦蟇能鳴豈爲咽頸長竹亦冬夏常青豈爲心中剛小兒曰天上零零夫子知有幾星子曰適來問地何得談天小兒曰地下碌碌知有幾屋子曰只論眼前何得談天說地小兒曰若論眼前眉毛數得其有幾莖夫子不答而去故有後生可畏之語　明李廷機考正丘宗孔增釋歷朝故事統宗卷九(萬曆二十三年周曰校刻本)

附錄二　新編小兒難孔子

昔文宣王姓孔名丘字仲尼・魯國昌平鄉闕里人・聖人身長九尺六寸・靈王二十一年己酉生於魯國之西・置一學堂・敎三千徒弟七十二賢儒・一日領諸徒弟出遊・路途數個小兒作戲・其中一個不戲・孔子住車而問曰・汝緣何不戲・小兒答曰・凡戲無益・衣破則縫・傷我父母・不及門中必有爭對・勞而無功・豈是好事・故乃不戲・小兒回頭將瓦子作城・孔子曰何不避車乎・小兒答曰・爲車當避於城・惟以城避車・我輩年幼何以避之・孔子曰・你有多大年紀・如何詐作・小兒答曰・人生三日當別父母・兎生一日走於郊野・魚生三日遊於江湖・龍生三日張牙舞爪・天生自然有何詐乎・孔子曰・汝居何鄉何里何姓何名・小兒答曰・吾居賤地姓項名橐無字卽是

小兒・孔子曰・吾車中有三十二棋子・與你博戲・你意下如何・小兒答曰・天子好博四海不理・諸侯好博豈修於己・君子好博學問荒廢・小人好博輸却家私・農夫好博耕種時失・故乃不戲・孔子曰・吾共你同遊・你意下如何・小兒答曰・家有嚴父當須侍之・家有慈母當須養之・家有明師當須學之・家有兄長當須聽之・家有弱弟當須教之・何必與你同遊・孔子曰・你知何火無烟・何水無魚・何山無石・何樹無枝・何人無婦・何婦無夫・何牛無犢・何馬無駒・何城無市・何人無字・何爲不足・何爲有餘・小兒答曰・螢火無烟・井水無魚・土山無石・老樹無枝・仙人無婦・玉女無夫・土牛無犢・木馬無駒・皇城無市・小人無字・冬日不足・夏日有餘・孔子曰・可知父母至親・兄弟至親・夫婦至親・小兒答曰・父母與兄弟至親・夫婦不親・孔子曰・夫婦生則同衾・死則同穴・如何不親・小兒答曰・若曰夫婦至親・一日無父母諸子何以爲倚・將妻性母豈不遠乎・兄弟如手足・夫妻如衣服・衣破再縫又得其新・妻死再娶又得其親・兄弟難以再換・父母如樹根・子孫如樹枝何由而佳・無妻者如車無輪・車造其輪・人得其新・賢家之女世間之屋・三窗六瑩不如一戶之光・衆星朗朗不如皓月之明・孔子曰・你知天地之紀綱・陰陽之致中・何左何右・或表或裏・風從何起・雲從何生・天地相去幾萬里・小兒答曰・九九八十一・乃天地之紀綱・八九七十二・陰陽之致・山東爲左・山西爲右・山外爲表・山內爲裏・風從地起・雲從山生・天地相去有萬萬餘里・孔子曰・我與你平却山河意下如何・小兒答曰・山河不可平・平却無高低・平却高山獸無所倚・塡却江湖魚無所歸・除却王侯人多事非・除却小人君子是誰・孔子不言・小兒問聖人・鵝鴨能以浮水爲何・孔子曰・頼他有登水掌逼水毛・因此浮之・小兒又曰・舟船無逼水毛水上亦能浮之・孔子不答・小兒又問曰・松柏爲何冬夏常青・孔子曰・頼他心實精脉飽滿所以冬夏常青・小兒又

問曰。竹竿心空。心又不實冬夏也亦常青。孔子不答。小兒又問曰。公鷄因何能鳴。孔子曰。頻他頸長因此能鳴。小兒又曰。蛤蟆頸短何亦鳴。孔子不答。小兒又曰。天上明明有多少星。孔子曰。吾與你眼前之事何必論天地。就問你眉毛髮有多少數。聖人無言可答。連忙下車來迎。

王重民校錄

晏子賦〔一〕

昔者〔二〕齊晏子使於〔三〕梁國爲使，梁王〔四〕問左右〔五〕曰：「其人形容何似？」左右對曰：「使者晏子，極其〔六〕醜陋，面目青黑。且脣不附〔七〕齒，髮不附耳，腰不附踝〔八〕，既〔九〕貌觀占（瞻），不成人也。」

梁王見晏子，遂喚從小門而入。

梁王問曰：「卿是何人，從吾狗門而入？」晏子對王曰：「王若置造〔一〇〕人家之門，即從人門而入；君是狗家，即從狗門而入。有何恥乎？」

梁王〔一一〕曰：「齊國無人，遣卿來〔也〕〔一二〕？」晏子對〔一三〕曰：「齊國大臣七十二相，並是聰明志（智）惠，故使向智量〔一四〕之國去；臣最無志（智），遣使無志（智）國來〔也〕〔一五〕。」

梁王曰：「不道卿無智，何以短小？」晏子對王曰：「梧桐樹雖〔一六〕大裏空虛，井水雖〔一七〕深裏無魚，五尺大蛇怯〔一八〕蜘蛛，三寸車轄制〔一九〕車輪。得長何益，得短何嫌！」

梁王曰：「不道卿短小，何以黑色？」晏子對王曰：「黑者天地之性也。黑羊之肉，豈可不食？黑牛駕車，豈可無力？黑狗趁兔，豈可不得？黑雞長鳴，豈可無則？鴻鶴雖白，長在野田；喪車雖白，恒載死人。漆雖黑鬻其前，墨挺〔二〇〕雖黑在王邊〔二一〕。採桑椹黑者先嘗。方知〔二二〕此言見大（白）何益！」

「文」〔二三〕晏子對王曰：「劍雖三尺，能定四方；麒麟雖小，聖君瑞應；箭雖小，煞猛虎；小鎚能鳴大鼓。方知此言見大何意（益）！」

梁王問曰：「不道卿短小，卿先祖是誰？」晏子對王曰：「體有於喪生於事〔二四〕，粳粮稻米出於糞土，健兒論功，儜兒說苦〔二五〕，今臣共其王言，何勞問其〔二六〕先祖！」

王乃〔二七〕問晏子曰：「汝知天地之綱紀，陰陽之本如（性），何者爲公〔二八〕？何者爲母？何者爲左？何者爲右？何者爲夫？何者爲婦？何者爲表？何者爲裏？風從何處出〔二九〕？雨從何處來？霜從何處下？露從何處生？天地相去幾千萬里？何者是君子？何者是小人〔三〇〕？」晏子對王曰：「九九八十一，天地之綱紀；八九七十二，陰陽之本性。天爲公〔三一〕，地爲母，日爲夫，月爲婦，南爲表，北爲裏，東爲左，西爲右，風出高山，雨出江海，霜出青天，露出百草。天地相去萬萬九千九百九十九里。富貴是君子，貧者是小人。出語不窮，是名君子也〔三二〕。」

校記：

〔一〕凡存六卷，原編號及校次如下：

原卷　伯二五六四

甲卷　伯三四六〇　存前半。

乙卷　伯三七一六　全。

丙卷　伯三八二一

丁卷　斯六三三二　裂爲兩斷片，殘缺過多。

戊卷　伯二六四七　文字簡略，不入校。

〔二〕甲、丙兩卷「者」作「有」。

〔三〕乙、丙兩卷「使於」作「其於」。

〔四〕甲卷疊「梁王」二字。啓云：「其於梁國爲使斷句，則梁王下屬爲句，不必疊。」

〔五〕「左右」下原有「對」字，據甲、丙兩卷刪。

〔六〕甲、乙兩卷「極其」作「極甚」。

〔七〕丁卷「附」作「覆」。

〔八〕丙卷「踝」作「跨」。

〔九〕乙卷「旣」作「面」。

〔一〇〕「造」下原有「作」字，据甲、乙、丙、丁四卷刪。

〔一一〕丙卷「梁王」下有「問晏子」三字。

〔一二〕「也」字据甲、乙、丙三卷補。甲卷此句作：「遣卿到來也。」

〔一三〕乙、丙兩卷「對」下有「王」字。

〔一四〕「量」原作「梁」，據甲、乙、丙三卷改。

〔一五〕「也」字据乙、丙兩卷補。

〔一六〕「雖」原作「須」，依乙卷改。丙卷無「雖」字，作「梧桐樹大裏空虛」。又甲卷「大」作「長」。

〔一七〕「雖」原作「須」，據甲、乙、丁三卷改。

〔一八〕丙卷「怯」作「怕」，甲卷作「怕」，当是「怕」字之誤。乙卷作「恨」，誤。

〔一九〕「制」原作「製」，據乙丙兩卷改。甲卷作「政」。

〔二〇〕丙卷「挺」作「定」。

〔二一〕乙卷「邊」作「前」。

〔二二〕「方知」原作「方之」，據乙卷改。下同。

〔二三〕「又」字据乙、丙兩卷補。晏子对王所說的这一段話，從「劍雖三尺」至「見大何益」，啓云：「实是錯簡，应在得長何益，得短何嫌句後。蓋梁王諷晏子短小，晏子駁完了短，接着駁小，然後梁王又提出色黑的譏諷。这一段駁小，應在提出色黑之前甚明。可是三卷俱如此作，可知都是根据錯簡本鈔來的。」

〔二四〕此句意義不明，乙卷作「有檄生於所」，更不明。

〔二五〕乙卷此兩句作「健兒論金（今），嫽兒論說古。」作「今」「古」，似比原卷作「功」「苦」者为優，因爲「何勞問其先祖」張本也。（全用啓說。）

〔二六〕乙丁兩卷「其」作「我」。

〔二七〕乙卷「王乃」作「梁王」。

〔二八〕乙卷「公」作「父」。

〔二九〕乙卷此四句作：「風從何處来？雨從何處下？霜從何處出？露從何處起？」

〔三〇〕此兩句原作「何者是小人？何者是君子？」據乙卷互易。

〔三一〕乙卷「公」作「翁」。

〔三二〕此句原作「是名晏子」，據乙卷改。啓云：「既以貧爲小人，富爲君子，則出語不窮，即是不貧条件之一，故可稱爲君子也。乙卷較优，应改從。」

王重民校錄

鷰子賦[一]

仲春二月，雙鷰翾翔，欲造宅舍，夫妻平章。東西步度，南北占詳，但避將軍太歲，自然得福無殃[二]。取高頭之規，壘泥作窟，上攀樑使，藉草爲床。安不慮危，不巢於翠暮(幕)；卜勝[而][三]處，遂託弘梁。鋪置纔了，暫往坻塘，乃有黃雀，頭腦峻削，倚街傍巷，爲强凌弱，覩鷰不在，入來皎(挍)掠。見他宅舍鮮淨，便卽兀自[四]占着。婦兒男女，共爲歡樂，自誇樓羅。「得伊造作：耕田人[五]打兎，蹠履人喫臛。古語分明，果然不錯。硬努拳頭，偏脫胳膊，鷰若入來，把棒撩脚。伊且單身獨手，嘍我阿莽蘡斫，更被唇口囁嚅，與你到頭尿却。」言語未定，鷰子卽迴，踏地叫喚；雀兒出來，不問好惡，拔拳卽差(搓)，左推右聳，剜耳擿[六]顋，兒捻拽脚，婦下口齧[七]。鷰子被打，可嘆屍骸，頭不能舉，眼不能開。夫妻相對，氣咽聲哀，「不曾觸犯豹尾，緣沒[八]橫羅(罹)鳥災？」遂往鳳凰邊下，下牒分析。「鷰子單貧，造得一宅，乃被雀兒强奪，仍自更著恐嚇，云明敕括客[九]，標入正格。阿你浦[十]逃落藉，不曾見你膺王役，終遣官人棒脊，流向擔崖、象白。雲野鵲是我表丈人，鶉鳩是我家伯，州縣長官，瓜蘿親戚。是你下牒言我，共你到頭，並亦火急離我門前，少時終須喫擿[一一]。鷰子不分(忿)，以理從索，遂被撮頭拖曳，捉衣擠擘，遼亂尊拳，交橫禿剔。父子數人，共相敲擊。鷰子被打，傷毛墮翮，起止不能，命垂朝夕。伏乞檢驗，見有青赤，不勝寃屈，請王科責。」鳳凰云：「鷰子下牒，辭理懇切，雀兒豪橫，不可稱說。終須

〔二七〕乙卷「王乃」作「梁王」。

〔二八〕乙卷「公」作「父」。

〔二九〕乙卷此四句作：「風從何處來？雨從何處下？霜從何處出？露從何處起？」

〔三〇〕此兩句原作「何者是小人？何者是君子？」據乙卷互易。

〔三一〕乙卷「公」作「翁」。

〔三二〕此句原作「是名晏子」，據乙卷改。啓云：「既以貧爲小人，富爲君子，則出語不窮，即是不貧条件之一，故可稱爲君子也。乙卷較优，应改從。」

王重民校錄

鷰子賦〔一〕

仲春二月，雙鷰翱翔，欲造宅舍，夫妻平章。東西步度，南北占詳，但避將軍太歲，自然得福無殃〔二〕。取高頭之規，壘泥作窟，上攀樑使，藉草爲床。安不慮危，不巢於翠暮（幕）；卜勝〔而〕〔三〕處，遂託弘梁。鋪置纔了，暫往坻塘；乃有黃雀，頭腦峻削，倚街傍巷，爲強凌弱，覩鷰不在，入來皎（挍）掠。見他宅舍鮮淨，便卽兀自〔四〕占着。婦兒男女，共爲歡樂，自誇樓玀。「得伊造作：耕田人〔五〕打兎，蹠履人喫臛，古語分明，果然不錯。硬努拳頭，偏脫胳膊，鷰若入來，把棒撩脚。伊且單身獨手，嘍我阿莽孽斫，更被唇口囁嚅，與你到頭尿却。」言語未定，鷰子卽迴，踏地叫喚。雀兒出來，不問好惡，拔拳卽差（搓），左推右聳，剜耳摑〔六〕頭，兒捻拽脚，婦下口嚙〔七〕。鷰子被打，可嘆屍骸，頭不能舉，眼不能開。夫妻相對，氣咽聲哀，「不曾觸犯豹尾，緣沒〔八〕橫羅（罹）鳥災？」遂往鳳凰邊下，下牒分析。「鷰子單貧，造得一宅，乃被雀兒強奪，仍自更著恐嚇，云明勅括客〔九〕，標入正格。阿你浦〔一〇〕逃落藉，不曾見你膺王役，終遣官人棒脊，流向擔崖，象白。雲野鵲是我表丈人，鵓鳩是我家伯，州縣長官，瓜蘿親戚。是你下牒言我，共你到頭；並亦火急離我門前，少時終須喫摑〔一一〕。鷰子不分（忿），以理從索，遂被撮頭拖曳，捉衣擀擘，遼亂尊拳，交橫禿剔。父子數人，共相敲擊。鷰子被打，傷毛墮翮，起止不能，命垂朝夕。伏乞檢驗，見有青赤，不勝寃屈，請王科責。」鳳凰云：「鷰子下牒，辭理懇切，雀兒豪横，不可稱說。終須兩家對面分雪，但知臧否，然可斷決。」專着(差)〔一二〕鴝鵒往捉。

鴝鵒奉命，不敢久停〔一三〕。半走半驟，疾如奔星，行至門外，良久立聽。正聞雀兒，窟裏語聲。「雀兒」〔一四〕云：「〔吾〕〔一五〕昨夜夢惡，今朝眼瞤，若不私鬭，尅被官嗔。比來傜役，徵已應頻。多是〔一六〕鷰子，下牒申論，約束男女，必莫開門。有人覓我，道向東村。」鴝鵒隔門遙喚：「阿你莫漫輒藏！向來聞你所說，急出共我平章。何爲〔一七〕奪他宅舍，仍更打他損傷，鳳凰令遣追捉，身作還自抵當〔一八〕，入孔亦不得脫，任你百種思量。」雀兒怕怖，悚懼恐惶；渾家〔一九〕大小，亦總驚忙。遂出跪拜鴝鵒，喚作大郎二郎：「使人遠來衙〔二〇〕熱，且向窟裡逐涼。卒客無卒主人，蹔坐撩治〔二一〕家常。」鴝鵒〔惡發把腰，即」〔二二〕曰：「者漢大痴，好不自知，恰見寬縱，苟徒過時。飯食浪〔二三〕道，我亦不飢。火急須去，恐王怪遲。」雀兒已愁，貴在淹流，遷延〔二四〕不去，望得脫頭。乾言强語，千祈萬求，「通融〔二五〕放到明日，還有些些束羞(脩)。」鴝鵒惡發，把腰即長〔二六〕，雀兒煩惱，兩眉不皺。撩瞻擒〔二七〕去，須臾到州。

〔鳳凰遙見，問是阿誰，便即低頭跪拜，口稱「百姓雀兒，被鷰傍(謗)奪宅；昨日」〔二八〕奉王帖追，匍匐奔走，不敢來遲。」鷰子文牒，並是虛辭，眯目上下，請王對推。」鳳凰云：「將〔二九〕賊無賴，眼惱蠹害，何由可柰(耐)。胥是捉我支配，捋出脊背，拔却〔三〇〕左腿，揭却惱(腦)蓋。」雀兒被嚇膽碎，口口惟稱死罪，請喚〔三一〕鷰子來對。

鷰子忽硉出頭，曲躬〔三二〕分疏。「雀兒奪宅，今見安居，所被傷損，亦不加諸〔三三〕，目驗取實，「何得稱」〔三四〕虛？」雀兒自隱欺負面孔，終是擯沉〔三五〕請乞設誓，口舌多端：「若實奪鷰子宅舍，即願一代貧寒。朝逢鷹奪〔三六〕，暮逢癡(鴟)〔三七〕筭，行即着網，坐即被彈，經營不進，居處不安，日埋一口，渾家不殘。」呪雖百種作了，鳳凰要自難漫(謾)〔三八〕。鸗子曰：「人急燒香，狗急驀牆，只如〔你〕〔三九〕釘瘡病癩，埋却〔你〕〔四〇〕屍腔〔四一〕。總是轉關作呪，徒擬誑惑大王。」鳳凰大嗔，狀後即判：「雀兒之罪，不得〔四二〕稱筭，推問根由，仍生拒捍。責情且決五百〔四三〕，枷項禁身推斷。」鸗子唱快，喜慰不已〔四四〕。「奪我宅舍，捉我巴毀〔四五〕，將作你吉達到頭，何期天還報你。如今及阿莽次第五下，乃是調子。」

〔于時〕〔四六〕鶺鴒〔四七〕在傍，乃是雀兒昆季，頗有急難之情，不離左右看侍。既見鸗子唱快，便即向前嗔置：「家兄觸悞(悮)明公，下走實增厚愧〔四八〕，切(竊)聞狐死兔悲，惡(物)傷其類；四海盡爲兄弟，何况更同㚖(臭)味。今日自能論競，任他官府處理。死雀就上更彈〔四九〕，何須逐後罵詈。」

婦聞雀兒被杖，不覺精神咀(沮)喪，但知搥胸拍臆，發頭憶想。阿莽兩步並作一步，走向獄中看去。正見雀兒臥地，面色恰似壑〔五〇〕土，脊上縫〔五一〕箇腦子，髣髴亦高尺五。既見雀兒困頓，眼中淚下如雨，口裏便灌小便，瘡上還貼故紙，當時髒髒〔五二〕勸諫，拗捩〔五三〕不相用〔五四〕語。無事破囉啾唧，果見論官理府，更被枷禁不休，於身有阿沒〔五五〕好處？乃是自招禍祟〔五六〕，不得怨他竈祖。雀兒打硬，猶自〔落荒〕〔五七〕謾語。「男兒丈夫，事有錯誤，脊被搯破，更何怕懼。生不一迴，死不兩度。俗語云：寧値〔五八〕十狼九虎，莫逢癡兒一怒。如今會遭夜莽赤推〔五九〕，總是者〔六〇〕黑厮〔六一〕兒作祖。吾今在獄，寧死不辱，汝可早去，喚取鸜鴿。他家頭尖〔六二〕，憑伊覓曲，咬嚙勢要，敎向鳳凰邊遮囑。但知免更喫杖，與他祁〔六三〕摩一束。」

雀兒被禁數日，求守〔六四〕獄子脫枷，獄子再三不肯。雀兒美語咀啜，「官不容針，私〔可〕〔六五〕容車，」叩頭與脫。到晚衙不相苦。死相邀勒，送飯人來定有鈠。獄子曰：「汝今未得清雪，所已留〔六六〕在黃沙。我且忝爲主〔六七〕吏，豈受資賄相遮，萬一〔入〕〔六八〕王耳目，碎即恰似油麻。乍可從君懊惱，不得遣我脫枷〔六九〕。」雀兒嘆曰：「古者三公厄於獄卒，吾乃今朝自見。惟須口中念佛，心中發願，若得官事解散，驗寫多心經一卷。」遂乃嘔嚂本典〔徒少問辯〕〔七〇〕，曹司上下，說公白健。「今日之下，〔乞與〕〔七一〕些些方便，還有紙筆當直，莫言空手冷面。」本典曰：「你欲放〔七二〕鈍，爲當退顛〔七三〕，奪他宅舍，不解卑遜〔七四〕，卻事兇麤，打他見困。你是王法罪人，鳳凰命我責問。明日早起過案，必是更着一頓，杖十已過關天，去死不過半寸。但辦脊背祇承，何用密箄〔七五〕相謕。」雀兒被嚇〔七六〕，更害氣咽〔七七〕，把得問頭，特地更悶。

問：「鷰子造舍，擬自存活，何得麤豪，輒敢強奪？」仰答：「但雀兒明明〔七八〕憸（儉）子，交被老烏趁急，走不擇險，逢孔即入，蹔投鷰舍，[illegible]被拘執〔七九〕。實緣避難，事有急疾，亦非強奪，願王體悉。」

又問：「既稱避難，何得恐赫（嚇），仍更躓打〔八〇〕，使令墜翮，國有常刑，合笞決一百。有何別理，自〔八一〕明白？」仰答：「但雀兒祇緣腦子避難，蹔時留〔連〕〔八二〕鷰舍。既見空閑，暫歇解卸。鷰子到來，〔即欲向前詞謝，不悉事由〕〔八三〕，望風惡駡。父子團頭，牽及上下，忿不思難，便即相打。鷰子既稱墜翮，雀兒今亦跛〔八四〕跨，兩家損處，彼此相亞。若欲確論坐宅，請乞酬其宅價。今欲據法科繩，實即不敢咋呀。見有〔八五〕上柱國勳，請與收贖罪價〔八六〕。」

又問：「奪宅恐嚇，罪不可容，旣有高勳〔八七〕，先於何處立功？」仰答：「但雀兒去貞觀十九年，大將軍征討遼東，雀兒〔投募〕〔八八〕充傔，當時配〔八九〕入先鋒。身不〔騎馬〕〔九〇〕，手不彎弓，口銜艾火，送着上風。高麗遂滅，因此立功，一例蒙上柱國，見有勳告數通。必其欲得磨勘，請檢山海經中。」

鳳凰判云：「雀兒剔禿，强奪鷰屋，推問根由，元無臣伏〔九一〕。旣有上柱國勳收贖，不可久留在獄，宜即適放〔九二〕，勿煩案責。」

雀兒得出，憙不自勝，遂喚鷰子，且飲二升。「比來觸誤，請公哀矜，從今已後，別解祇承，人前並地，莫更啰啰。」

鷰雀旣和，行至〔東〕〔九三〕鄰，並乃有一多事鴻鶴，「借問〔二子〕〔九四〕，比來爭〔九五〕競，雀兒不〔能〕〔九六〕退靜，開眼尿床，違他格令。賴値鳳凰恩擇（澤），放你一生草命；可中鶻子搦得，百年當時〔九七〕了竟。」遂罵鷰子：「你甚〔九八〕頑嚚（騃），些些小事，何得紛紜，直欲危他性命，作得如許不仁。兩箇都無所識，宜悟〔九九〕不與同羣。」

鷰雀同詞而對曰：「何其鳳凰不嗔，乃被〔多事〕〔一〇〇〕鴻鶴責疎〔一〇一〕，你亦未能斷事，到頭沒多詞句，必其〔一〇二〕依有高才，請乞立題詩賦。」

鴻鶴好心，却被譏刺；乃與一詩，以呈〔一〇三〕二子：

鴻鶴宿心有遠志，　鷰雀由來故不知。

一朝自到青雲上，　三歲飛鳴當此時。

鷰雀同詞而對曰：

大鵬信徒(圖)南，鷦鷯巢一枝，

逍遙各自得，何在〔一〇四〕二蟲知。

鷰子賦一卷

校記：

〔一〕凡寫本七種，其編號及校次如下：

原卷　伯二六五三　開端稍有殘缺。

甲卷　伯二四九一　全。用補原卷開端殘缺。

乙卷　伯三六六六　末尾有殘缺。

丙卷　伯三七五七　只存開端十八行。

丁卷　斯六二六七　太破損，多斷行。

戊卷　斯二一四　卷首殘缺，末題「癸未年十二月廿一日永安寺學士郎杜友遂書記之耳」。

已卷　斯五五四。

〔二〕甲卷「殃」作「殊」。

〔三〕「而」字原缺，據乙卷補。

〔四〕「兀自」二字原卷似「穴白」，依啓說逐錄。啓說是，乙卷「自」字尙分明。

〔五〕乙卷「耕田人」作「耕地漢」。

〔六〕乙卷「摑」作「摠」。

〔七〕乙卷「鰈」作「鰊」。

〔八〕原卷始此。

〔九〕甲卷此句作「明云勅括」。

〔一〇〕丙卷「浦」作「浮」。然當作「逋」。

〔一一〕從「恐嚇」到「喫摑」。都是鷰子回宅後，雀兒恐嚇他的話。所以鷰子在牒文裏一一說出來。

〔一二〕丁卷「着」作「差」。

〔一三〕「停」原卷作「庭」，甲卷作「亭」，據乙卷改。

〔一四〕「雀兒」二字據甲卷補。

〔一五〕「吾」字據乙卷補。

〔一六〕甲卷作「事」，周云：「多是較好，謂大概是也。」

〔一七〕「爲」原作「謂」，據甲卷改。

〔一八〕原卷，丁卷此二句作「奉府命遣我追捉，手作還是身當」。乙卷作「奉蔣來遣追捉，手作正自身當」。據甲卷改。

〔一九〕甲、丁兩卷「渾家」並作「家中」。

〔二〇〕「衝」原作「充」。據甲、乙、丁三卷改。

〔二一〕「治」原作「裏」，丁卷作「理」，據甲、乙、丙卷改。「治」「理」意義相同。

〔二二〕「惡發把腰卽」五字，據甲卷補。

〔二三〕「浪」原作「朗」，據甲卷改。

〔二四〕「遷延」原作「千延」，甲卷作「千年」，據乙卷改。

〔二五〕「融」原作「容」，據甲卷改。

〔二六〕丁卷「搯」作「掐」。作搯應釋爲扭，作掐釋爲擉，作擉較佳。

〔二七〕「擒」原作「噤」，據甲卷改。甲卷此句作「竊言擒去」。

〔二八〕從「鳳凰」至「昨日」二十七字，據甲、乙兩卷補。又丁卷「傍」作「謗」，謂被鷰誣謗奪宅也。

〔二九〕甲卷「者」作「這」。

〔三〇〕「却」原作「出」，據甲、乙、丁三卷改。下「却」字原亦作「出」，丁卷作「破」，依甲、乙兩卷改。

〔三一〕甲、丁兩卷「請喚」作「喚取」。

〔三二〕「曲躬」原卷作「躬曲」，據甲、乙兩卷改。

〔三三〕「亦不加諸」句內，甲卷「諸」作「知」，戊卷「亦不」作「不敢」。

〔三四〕「何得稱」三字據甲、乙、丁三卷補。

〔三五〕「終是攢沅」句內，「終」字原作「縫」，據甲卷改。又甲卷「沅」作「阮」，乙、戊兩卷作「伭」。

〔三六〕「奪」原作「集」，乙卷作「準」，據甲卷改。

〔三七〕甲卷「癡」作「鵄」。向疑「癡」應作「鴟」，言暮則爲鴟鳥所卒也。

〔三八〕甲卷「漫」作「謾」。

〔三九〕「你」字據甲、戊兩卷補。

〔四〇〕「你」字據戊卷補。

〔四一〕甲、丁、戊三卷「腔」作「喪」。

〔四二〕戊卷「不得」作「不可」。

〔四三〕甲卷「五百」作「五下」，下文「次第五下」似「五下」近是。

〔四四〕「不已」原作「不以」，據乙卷改。

〔四五〕「巴毀」二字不可解，甲卷「巴」作「粃」，乙、戊兩卷作「把」。

〔四六〕「於時」兩字據甲、乙、戊三卷補。

〔四七〕甲卷「鵙鴿」作「餶鷄」，乙、戊兩卷作「鵜鴿」，丁卷作「鵮鴿」。鶺鴿似雀，作「鶺鴿」近是。

〔四八〕甲、乙、丁、戊四卷「家兄」至「厚愧」十二字並無。

〔四九〕句中「雀」字原作「鳥」，據甲、乙、戊三卷改。又此句甲、乙兩卷作「死雀不就上更彈」，戊卷作「死雀不就上彈」。

〔五〇〕「坌」原作「勃」，據甲卷改。按「坌」卽「塵」字，唐人或寫作「尘」「𡊅」等字形，爲會意字。

〔五一〕甲、乙兩卷「縫」作「躭」，戊卷作「擔」。

〔五二〕甲卷「髎髎」作「勤勤」。

〔五三〕「捩」原作「戾」，戊卷作「列」，據甲卷改。

〔五四〕甲卷「用」作「容」。

〔五五〕甲卷「阿沒」二字作「甚」，乙、戊兩卷作「阿莽」。

〔五六〕「祟」原作「恤」，據甲、乙、戊三卷改。

〔五七〕「落荒」原作「㳍」，據戊卷校補。

〔五八〕乙、戊兩卷「値」作「逢」。

〔五九〕乙、戊兩卷此句作「如今遭他赤吹」。甲卷與原卷接近，「夜」作「者」，無「推」字。

〔六〇〕甲卷「者」作「那」。

〔六一〕「厮」原作「嫗」，據甲卷改。

〔六二〕乙卷「頭尖」作「尖頭」。

〔六三〕甲卷「祁」作「邪」。

〔六四〕甲卷「守」作「其」，乙、戊兩卷作「祈」。

〔六五〕「可」字據甲卷補。

〔六六〕「已」原作「以」，據甲卷改。甲卷「留」作「溜」。

〔六七〕戊卷「主」作「王」。

〔六八〕「入」字據甲卷補。

〔六九〕「脫枷」原作「著杳」，據甲卷改。

〔七〇〕「徒少問辯」原作「日徒沙門辨」，據戊卷删「日」字，餘據甲卷改。

〔七一〕「乞與」二字據甲、戊兩卷補。但甲卷「與」作「以」。

〔七二〕「放」原作「亦」，據甲卷改。

〔七三〕甲卷「退顛」作「䟤顛」，戊卷作「腿顛」。

〔七四〕甲卷「卑㴃」作「裨㴃」，戊卷作「卑選」。

〔七五〕戊卷「密筆」作「筆語」。

〔七六〕「嚇」原作「顤」，據甲卷改。

〔七七〕「咽」原作「憤」，據甲卷改。

〔七八〕「明明」原作「之名」，據甲卷改。

〔七九〕甲卷「拘執」作「敵塹」，戊卷作「抱屈」。

〔八〇〕甲卷「躓打」作「打硬」。

〔八一〕「自」原作「此」，據甲、戊兩卷改。

[八二]「連」字據甲卷補。

[八三]「即欲」至「事由」十字，據戊卷補。

[八四]「跛」原作「被」，據戊卷改。

[八五]「見有」下原有「請」字，據甲卷刪。

[八六]「贖罪價」原作「其贖罪」，據甲卷改。

[八七]甲卷「高勳」作「功勳」。

[八八]「投募」二字據戊卷補。

[八九]「配」原作「被」，據戊卷改。

[九〇]「騎馬」二字原缺，據甲卷補。戊卷作「跨馬」。

[九一]甲卷「臣伏」作「丞伏」，戊卷作「承伏」。

[九二]戊卷「適放」作「且放」，但疑當作「釋放」。

[九三]「東」字據甲卷補。

[九四]「二子」二字據甲、戊兩卷補。

[九五]「爭」原作「諫」，據甲、戊兩卷改。

[九六]「能」字據甲、戊、己三卷補。

[九七]「時」原作「鋪」，據甲、戊、己三卷改。

〔九八〕「甚」原作「是」，據戊、己兩卷改。

〔九九〕戊卷「悟」作「吳」，己卷作「吾」。

〔一〇〇〕「多事」兩字據甲卷補。

〔一〇一〕「疎」原作「所」，據戊卷改。但「所」「疎」都不明白，疑當作「說」。

〔一〇二〕戊卷「其」作「期」。

〔一〇三〕「呈」原作「程」，據己卷改。

〔一〇四〕戊卷「何在」作「何況」。

王重民校錄

【鷰子賦】〔一〕

此歌身自合，　天下更無過。
雀兒和鷰子，　合作開元歌。

鷰子實難及，能語復嘍羅。一生心快健，禽裏更無過。居在堂梁上，銜泥來作窠。追朋伴親侶，濫鳥不相過。秋冬石窟隱，春夏在人間。二月來投藂，八月却皈(歸)山。口銜長命草，餘事且閑閑。經冬若不死，今歲重迴還。遊颺雲中戲，宛轉在空飛；還來歸舊室，各自本窠依。叢中逢一鳥，稱名自雀兒，搖頭徑野說，語裏事哱嘅。

雀兒實嚽[illegible]，變弄別浮沉。知他窠窟好，乃卽橫來侵。問鷰何山鳥？撥地作音聲：「徒勞來索窟，放你且收心。」

鷰子語雀兒：「好得輒行非！問君向者語，元本未相知。一冬來居住，溫暖養妻兒，計你合慙愧，却被怨辯之！」

雀兒語鷰子：「恩澤莫大言，高聲定無理，不假觜頭喧。官司有道理，正敕見明宣。空閑石得坐，雀兒起(豈)自專。」

鷰子語雀兒：「好得合頭癡。向吾宅裏坐，却捉主人欺；如今見我索，詤(謊)語說官司。養蝦蟇得疢病，報你定無疑！」

雀兒語鷰子：「不由君事觜頭。問君行坐處，元本住何州？宅家今括客，特勑捉浮逃；黠兒別設謫，轉急且抽頭。」

鷰聞拍手笑：「不由事君（君事）落荒（謊）。大宅居山所，此乃是吾莊。本貫屬京兆，生緣在帝鄉。但知還他窟，野語不相當。縱使無籍貫，終是不關君。我得永年福，到處即安身。此言並是實，天下亦知聞；是君不信語，乞問讀書人。」

雀兒語鷰子：「何用苦分疏？因何得永年福？言詞總是虛。精神目驗在，活時解自如；功夫何處得，野語誑鄉閭。頭似獨春鳥，身如大襤形，緣身豆汁染，脚手似針釘。恒常事臭大，徑欲漫胡瓶。撫國知何道，悶我永年名。」

「昔本吾王〔三〕殿，鷰子作巢窟。宮人夜遊戲，因便捉窠燒，當時無柱（住）處，堂樑寄一宵。其王見怜愍，愍念亦優饒。莫欺身幼小，意氣極英雄。堂樑一百所，遊颺在雲中。水上吞浮蝛，空裏接飛蟲。眞城無比較，曾娉海龍宮。海龍王第三女，髮長七尺强，銜來腹底臥，鷰豈在稱揚？請讀論語驗，問取公冶長，當時在縲紲，緣鷰免無常。」

雀兒語鷰子：「側耳用心聽！如欲還君窟，且定觜頭聲。赤雀由稱瑞，兄弟在天庭，公王共執手，朝野悉知名。一種居天地，受果不相當。麥熟我先食，禾熟在前嘗。寒來及暑往，何曾別帝鄉？子孫滿天下，父叔遍村坊。自從能識別，慈母實心平。恒思十善業，覺悟欲無常。飢恒飡五穀，不煞一衆生。怜君是遠客，爲此不相爭。」

鷰子自咨嗟：「不向雀兒誇。飢恒食九醞，渴卽飲丹砂。不能別四海，心裏戀洪牙〔三〕。莫怪經冬隱，只爲樂山家。九(久)住人增賤，希來見喜歡；爲此經冬隱，不是怕飢寒。幽巖實快樂，山野打盤(蹣或旋)，本擬將身看，却被看人看。」

「一猪雖然猛，不如衆狗强；窠被奪將去，嚇我作官方。空爭並無益，無過見鳳凰。」

雀旣被鷰撮，直見鳥中王。鳳凰臺上坐，百鳥四邊圍，徘徊四顧望，見鷰口銜詞。「橫被强奪窟，投名言雀兒。抱屈見諫訴，啓奏大王知。」

雀兒及鷰子，皆總立王前，鳳凰親處分，有理當頭宣。鷰子於先語：「聽臣作一言。依實說事狀，發本述因緣。被侵宅舍苦，理屈豈感(敢)言。不分黃頭雀，朋博結豪强。鷰有宅一所，橫被强奪將，理屈難緘嘿，伏乞願商量。日月雖耀赫，無明照覆盆，空辭元無力，誰肯入王門！」

鳳凰嗔雀兒：「何爲捉他欺！彼此有窠窟，忽尔輙行非。」雀兒向前啓：「鳳凰王今怎不知！窮研細諸問，豈得信虛辭！雀兒但爲鳥，各自住村坊，彼此無宅舍，到處自安身。見一空閑窟，破壞故非新；久訪元無主，隨便卽安身。成功不可毀，不能移改張。隨便裏許坐，愛〔四〕護得勞藏。」

鷰子啓大王：「雀兒漫洛荒(落謊)。亦是窮奇鳥，搆揬足詞章。銜泥來作窟，口裏見生瘡，王今不信語，乞問主人郎。」

鳳凰當處分：「二鳥近前頭。不言我早悉，事狀見嘍嘍。薄媚黃頭鳥，便漫說緣由；急手還他窟，不得更勾留。」

雀兒啓鳳凰：「判付亦甘從。王遣還他窟，乞請且通容：雀兒是課戶，豈共外人同。鷰子時來往，從坐不經冬。」

鳳凰語雀兒：「急還鷰子窟。我今已判定，雀兒不合過。朕是百鳥主，法令不可磨，理得合如此，不可有偏頗。」

鷰子理得舍，歡喜復歡忻；雀兒修(羞)欲死，無處可安身。

鷰子不求人，雀兒莫生嗔，昔問(聞)古人語，三斸始成親。往者堯王聖，寫(攝)位二十年。鄭喬[五]事四海，對面即爲婚。元百在家患，臣鄉千埋期。燕王怨秦國，白馬變爲驎。併粮坐守死，萬代得稱傳。百姚憶朝廷，哽咽淚交連。斷馬有王義，由自不能分。午(忤)子胥罰(伐)楚，二邑亦無言。不能攀古得，二人並鳥身。緣爭破壞窟，徒特費精神。錢財如糞土，人義重於山；鷰今實罪過，雀兒莫生嗔。

雀兒共鷰子：「別後不須論。室是君家室，合理不虛然。一冬來修理，涴落悉皆然。計你合慚愧，却攮我見王身。鳳凰住佛法，不擬煞傷人；忽然責情打，幾許愧金身。」

鷰子語雀兒：「此言亦非嗔。緣君修理屋，不索價房錢。一年十二月，月別伍伯文，可中論房課，定是賣君身。」

鷰子賦一首。

校記：

〔一〕篇題依後題補。原卷編号爲伯二六五三。

〔二〕「吾王」疑當作「吳王」。

〔三〕周云：「洪牙當是洪崖，仙人名。」

〔四〕「愛」原作「捘」，不可識，兹迻錄作「愛」，待考。

〔五〕疑指鄭國的子產——公孫僑，則「喬」應作「僑」。

王重民校錄

茶酒論一卷 並序〔一〕

鄉貢進士王敷撰

竊見神農曾嘗百草，五穀從此得分；軒轅製〔二〕其衣服，流傳教示後人。倉頡致其文字，孔丘闡化儒因。不可從頭細說，撮其樞要之陳〔三〕。暫問茶之與酒，兩箇誰有功勳？阿誰卽合卑小，阿誰卽合稱尊？今日各須立理，强者先飾一門。

茶〔四〕乃出来言曰：「諸人莫鬧，聽說些些。百草之首，萬木之〔五〕花。貴之取蘂，重之摘〔六〕芽。呼之茗〔七〕草，號之作茶。貢五侯宅，奉〔八〕帝王家。時新〔九〕獻入，一世榮華。自然尊貴，何用論誇！」酒乃出来：「可笑詞說！自古至〔一〇〕今，茶賤酒貴。單醪投河，三軍告醉。君王飲之〔一一〕，叫呼萬歲；群臣飲之，賜卿無畏。和死定生，神明〔一二〕歆氣。酒食向人，終無惡意，有酒有令〔一三〕，人（仁）義禮智。自合稱尊，何勞比類！」

茶爲酒曰：「阿你不聞道：浮梁歙州，萬國来求，蜀川〔一四〕流頂〔一五〕，其山蓦嶺，舒城太胡（湖），買婢買奴，越郡餘杭，金帛爲囊。素紫天子，人間亦少；商客来求〔一六〕，舡車塞紹〔一七〕。據此蹤由，阿誰合少？」

酒爲茶曰：「阿你不問（聞）〔一八〕道：劑〔一九〕酒乾和，博錦博羅，蒲桃九醞，於身有潤。玉酒瓊漿，仙人盃觴，菊花竹葉，「君王交接」〔二〇〕，中山趙母，甘甜美苦。一醉三年，流傳今古。禮讓鄉閭〔二一〕，調和軍府。阿你頭惱，不須乾努。」

茶爲酒曰：「我之茗草，萬木之心，或白如玉，或似黃金。明(名)僧大德，幽隱禪林，飲之語話，能去昏沉。供養彌勒，奉獻觀音，千劫萬劫，諸佛相欽。酒能破家散宅〔三二〕，廣作邪婬，打却三盞已後，令人只是罪深。」

酒爲茶曰：「三文一㼷(瓷)，何年得富；酒通貴人，公卿所慕。曾道趙主彈琴，秦王擊缶，不可把茶請歌，不可爲茶交舞。茶吃只是胃疼，多吃令人患肚，一日打却十盃，腸脹又同衙鼓。若也服之三年，養蝦蟆得水病報〔三三〕。」

茶爲酒曰：「我三十成名，束帶巾櫛。驀海其〔三四〕江，来朝今〔三五〕室。將到市鄽，安排未畢，人来買之，錢財盈溢。言下便得富饒，不在明朝後日，阿你酒能昏亂，喫了多饒〔三六〕啾唧，街上羅織平人，脊上少須十七。」

酒爲茶曰：「豈不見古人〔三七〕才子，吟詩盡道〔三八〕：渴来一盞，能生養命。又道：酒是消愁藥。又道：酒能養賢。古人糟粕，今乃流傳。茶賤三文五碗，酒賤中(盅)半七文。致酒謝坐，禮讓周施，國家音樂，本爲酒泉。終朝喫你茶水，敢動些些管弦！」

茶爲酒曰：「阿你不見道：男兒十四五〔三九〕，莫與酒家親。君不見生生鳥〔三〇〕，爲酒喪其身。阿你即道：茶喫發病，酒喫養賢，即見道有酒黃酒病，不見道有茶瘋茶顛？阿闍世王爲酒煞父害母〔三一〕，劉零(伶)爲酒一死三年。喫了張眉豎眼，怒鬥宣拳，狀上只言麁豪酒醉，不曾有茶醉相言，不免求首杖子，本典索錢。大枷榼項，背上拋（抛）椓（椽）。便即燒香斷酒，念佛求天，終身不喫，望免〔三二〕迍邅。」兩個政爭人我，不知水在傍邊。

水爲〔三三〕茶酒曰：「阿你兩箇，何用忿忿？阿誰許你，各擬論功！言詞相毀，道西說東。人生四大，地水火風。茶不得水，作何相貌？酒不得水，作甚形容？米麴乾喫，損人腸䐈（胃），茶片乾喫，只糲破喉嚨。萬物須水，五穀之宗，上應乾象，下順吉凶。江河淮濟，有我即通，亦能漂蕩天地，亦能涸煞魚龍。堯時九年災跡，只緣我在其中，感得天下欽奉，萬姓依從。由自不說能聖，兩個〔何〕〔三四〕用爭功？從今已後，切須和同，酒店發富，茶坊不窮。長爲兄弟，須得始終。若人讀之一本，永世不害酒顛茶風（瘋）。

茶酒論一卷

開寶三年壬申歲正月十四日知術院弟子閻海眞自手書記。

校記：

〔一〕題及撰人，皆依原卷。此論現存六寫本，其編號及校次如下：

原卷　伯二七一八　有前後題撰人題名及鈔寫人閻海眞題記。

甲卷　伯三九一〇　書法不佳。

乙卷　伯二九七二

丙卷　伯二八七五

丁卷　斯五七七四

戊卷　斯四〇六

丙、丁、戊三卷是王慶菽同志據她的顯微膠片代校的。

〔二〕「製」原作「制」，據丙、丁兩卷改。

〔三〕戊卷此句作「撮其機要之間」。

〔四〕戊卷「茶」字上有「第一」兩字。次「酒」「茶」「酒」三段均有「第二」「第三」「第四」字樣，以後無。

〔五〕甲卷「之」作「諸」。

〔六〕丙、丁兩卷「擿」作「摘」，戊卷作「作」。

〔七〕「茗」原作「名」，據丙卷改。

〔八〕戊卷「奉」作「進」。

〔九〕「時新」原作「時時」，據丙、戊兩卷改。

〔一〇〕「至」原作「之」，據甲卷改。

〔一一〕甲卷「之」作「諸」。

〔一二〕丁卷「神明」作「神名」。

〔一三〕甲卷「令」作「禮」。

〔一四〕戊卷「蜀川」作「濁山」。

〔一五〕丁卷「流頂」作「流酒」，丙卷作「濛頂」。按作「濛頂」是，當即「蒙頂」。

〔一六〕戊卷「来求」作「凡達」。

〔一七〕戊卷「塞紹」作「塞鬧」。

〔一八〕戊卷「不問」作「曾聞」。按作「聞」是。

〔一九〕丙卷「劑」作「齊」，戊卷作「酎」。

〔二〇〕「君王交接」四字據甲卷補。

〔二一〕「閻」原作「侶」，據甲卷改。

〔二二〕甲卷無「散宅」二字。

〔二三〕乙卷「報」下有「苦」字。啓謂：「報爲鼓字形訛，苦即鼓字音誤。」當是也。

〔二四〕乙卷「其」作「騎」。

〔二五〕甲卷「今」作「金」。

〔二六〕乙卷「多饒」作「更多」。

〔二七〕王慶菽疑「古人」當作「古今」。

〔二八〕乙卷「吟詩盡道」作「詩道」。

〔二九〕甲、乙兩卷「十四五」並作「十四十五」。

〔三〇〕乙卷「生生鳥」作「性性鳥」。

〔三一〕甲卷「殺父害母」作「殺害父母」，乙卷作「殺父母」。

〔三二〕「兔」原作「逸」，據甲、乙兩卷改。

〔三三〕乙卷「爲」作「謂」。

〔三四〕「何」字據甲卷補。

王重民校錄

下女〔夫〕詞 一本〔一〕

〔兒家初發言〕〔二〕：賊來須打，客來須看，報道姑嫂，出來相看。

女答：門門相對，戶戶相當，通問刺史〔三〕，是何祇當〔四〕？

兒答。心遊方外〔五〕，意逐恒娥。日爲西至，更闌〔六〕至此。人先〔七〕馬乏，暫欲停流（留），幸願姑嫂，請垂〔八〕接引！

女答：更深月朗，星斗齊明，不審何方貴客，侵夜得至門庭？

兒答：鳳凰故來至〔九〕此，合得百鳥參迎。姑嫂若無疑□，火急返身却迴。

女答：本是何方君子，何處英才？精神磊朗，因何〔一〇〕到來？

兒答：本是長安君子，進士出身。選得〔一一〕刺史，故至高門。

女答：既是高門君子，貴勝英流，不審來意，有何所求？

兒答：聞君高語，故來相頭（投），窈窕淑女，君子好求！

女答：金鞍駿馬，繡褥交橫，本是何方君子，至此門庭〔一二〕？

兒答：本是長安君子，赤懸（縣）名家，故來參謁，寮（聊）作榮華。

女答：使君貴客，遠涉沙磧〔一三〕，將郎通問，體內如何？

兒答：刺史無才，得［一四］至高門，皆蒙所問，不勝戰陳。

再問：更深夜久，故來相過，姑嫂如［一五］下，體內如何！

女答：庭前井水，金木爲蘭（欄），姑嫂如［一六］下，並得平安。

兒答：上古［一七］王嬌（喬）是先（仙）［一八］客，傳聞列使（史）有荆軻［一九］。今過某公［二〇］來此問，未知體
　　內意如何［二一］？

［女答］［二二］：　孟春已暄，車馬來前，使君［二三］貴客，體內如何？

兒答：此非公管（館），實［二四］不停流（留），有事速語［二五］，請莫乾羞。

女答：亦非公管（館），實不停流（留）；發君歸路，莫失前程。

兒答：車行輞盡，馬行蹄川（穿），姑來過此［二六］，任自方圓。

女答：何方所管？誰人伴換？次第［二七］申陳，不須潦亂。

兒答：燉煌縣攝［二八］，公子伴涉，三史［二九］明閑，九經爲業。

女答：夜久更蘭（闌），星斗西流，馬上刺史，是何之州？

兒答：金雪抗麗，遼（聊）此交遊，馬上刺史，本是沙州。

女答：英毛（髦）蕩蕩，游稱陽陽，通問刺史，是何之鄉？

兒答：三川蕩蕩，九郡［三〇］才郎，馬上刺史，本是燉煌。

女答：何方貴客，侵霄（宵）來至，敢問相郎，不知何里［三一］？

兒答：天下蕩蕩，萬國之[三二]里，敢奉來言，具答如此。

女答：人須之(知)宗，水須之願(知源)[三三]，馬上刺史，望在何川？

兒答：本是三州遊奕，八小英賢，馬上刺史，望在泰(秦)川。

女答：君登貴客，久立門庭，更須申問，可(何)昔(惜)時光？

兒答：並是國中窈窕，明解書章，有疑借[三四]問，可(何)昔(惜)時光。

女答：立客難發遣，展褥舖錦床，請君下馬來，模模[三五]便相量。

束帶結凝粧[三六]，牽繩入此房[三七]，上圓[三八]初出夘，不下有何方(妨)[三九]？

兒答：親賢明鏡近門臺，直爲橋(嬌)[四〇]多不下來，只有[四一]綾羅千萬疋，不要胡傷(觴)[四二]數百盃。

女答：上酒。　酒是蒲桃酒，將來上使君，幸垂與[四三]飲却，延[四四]得萬年春。

兒答：酒是蒲桃酒，先合主人嘗[四五]；姑嫂已不嘗，其酒灑南牆。

女答：酒是蒲桃酒，千錢[四六]沽[四七]一蚪，即問姑嫂郎[四八]，因何灑我酒？

兒答：舍後一薗韭，刈却還如舊[四九]；即問二姑嫂，因何行藥酒？

女答：請下馬詩：　窈窕出蘭[五〇]閨，步步發陽臺，刺史千金重，終[五一]須下馬來。

兒答：刺史乘金鐙，手執白玉鞭，地上不[五二]舖錦，下則實不肯。

女答：錦帳已[五三]舖了，繡褥未曾收，刺史但之下，雙雙宿紫樓。

兒答：使君今夜至門庭，意(一)見恆娥秋月[明][五四]，姑嫂[更][五五]蒙屈下馬，相[五六]郎不敢更相催。

請下床，陋足(漏促)更聲急，星流月色藏，良辰[五七]不可失，終須早下床[五八]。

兒答：[月][五九]落星光曉，更深恐日開，若論成大禮，請須[六〇]自狀來。

論女家大門詞[六一]：柏[六二]是南山柏，將來作門額；門額長時在，女是蹔(暫)來客。

至中門詠[六三]：團金作門扇，磨玉作門鐶，掣却金鈎鏁，拔却紫檀關。

至堆詩：彼處無瓦礫，何故生北堆？不假用鍬钁，且借玉琶摧[六四]。

至堂基詩：瑠璃為四壁，磨玉作基階。何故相要勒？不是太山崔[六五]。

[逢鏁詩][六六]：鏁是銀鈎鏁，銅鐵相鉸過，䰟借鑰匙開，且放刺史過。

至堂門詠：堂門策[六七]四方，裏有四合床，屏風十二扇，錦被晝[六八]文章。

論開撒帳合詩：[第一][六九]一雙青白鴿，遶帳三五[七〇]匝，為言相郎[七一]道：「遶帳三巡看！」

[七二]

去童男童女去行座幛詩[第二去行座障詩][七三]：夜久更蘭(闌)月欲[七四]斜，繡障玲瓏掩綺羅，為報侍娘渾擎却，從他附(駙)馬見青娥。[又云][七五]：錦幛重重掩，羅衣隊隊香，為言姑嫂[七六]道，「去却有何方(妨)！」

[去扇詩][七七]：青春今夜正方新，紅葉開時一朵花。分明寶樹從人看，何勞玉扇更來遮！

千重[七八]羅扇不須[遮][七九]，百美嬌多見不奢，侍娘不用相誓(要)勒，中(終)歸不免屬他家。

〔詠同牢盤〕：一雙同牢盤，將來上二官，爲言相郎道：「遶帳三巡看。」」〔八〇〕

〔去帽惑詩〕〔八一〕：璞璞〔八二〕一頸花，蒙蒙兩鬢渣（遮），少來鬢髮〔八三〕好，不用帽惑〔八四〕遮。

〔去花詩〕〔八五〕：一花却去一花新，前花是價（假）後花眞；假花上有銜花鳥，眞花更有綵（採）花人。

〔脫衣詩〕〔八六〕：山頭寶逕甚昌楊，衫子背後雙鳳凰，襤襠兩袖雙鵶鳥，羅衣接〔八七〕襟入衣箱。

合髮詩：本是楚王宮，今夜得相逢，頭上盤龍結（髻），面上貼花紅。

疏頭詩：月裏娑羅樹，枝高難可攀，暫借牙〔八八〕疏子，篦髮却歸還。

〔繫指頭詩〕：繫本從心繫，心眞繫亦眞。巧將心上繫，付以繫心人」〔八九〕。

詠繫去離心人去情詩〔九〇〕：天交織女渡河津，來向人間只爲人，四畔傍人總遠去，從他夫婦一團新。

〔詠下簾詩〕〔九一〕：宮人玉女自纖纖，娘子恒娥衆裏潛，徵心欲擬觀容貌，暫請傍人與下簾〔九二〕。

校記：

〔一〕所據凡七卷，其編號及校次如下：

原卷　伯三三五〇。

甲卷　斯三八七七。

乙卷　斯五九四九。

兒答：使君今夜至門庭，意（一）見恒娥秋月〔明〕〔五四〕，姑嫂〔更〕〔五五〕蒙屈下馬，相〔五六〕郎不敢更相催。

請下床：陋足（漏促）更聲急，星流月色藏，良辰〔五七〕不可失，終須早下床〔五八〕。

兒答：〔月〕〔五九〕落星光曉，更深恐日開，若論成大禮，請須〔六〇〕自狀來。

論女家大門詞〔六一〕：柏〔六二〕是南山柏，將來作門額，門額長時在，女是蹔（暫）來客。

至中門詠〔六三〕：團金作門扇，磨玉作門鐶，掣却金鈎鏁，拔却紫檀關。

至堆詩：彼處無瓦礫，何故生北堆？不假用鍬钁，且借玉琵攉〔六四〕。

至堂基詩：瑠琉爲四壁，磨玉作基階。何故相要勒？不是太山崔〔六五〕。

〔逢鏁詩〕〔六六〕：鏁是銀鈎鏁，銅鐵相鉸過，䦆借鑰匙開，且放刺史過。

至堂門詠：堂門策〔六七〕四方，裏有四合床，屏風十二扇，錦被畫〔六八〕文章。

論開撒帳合詩：〔第一〕〔六九〕一雙青白鴿，遶帳三五〔七〇〕匝，爲言相郎〔七一〕道：「遶帳三巡看！」〔七二〕

去童男童女去行座幛詩　〔第二去行座障詩〕〔七三〕：夜久更蘭（闌）月欲〔七四〕斜，繡障玲瓏掩綺羅，爲報侍娘渾擎却，從他附（駙）馬見青娥。〔又云〕〔七五〕：錦幛重重掩，羅衣隊隊香，爲言姑嫂〔七六〕道，「去却有何方（妨）！」

〔去扇詩〕〔七七〕：青春今夜正方新，紅葉開時一朵花。分明寶樹從人看，何勞玉扇更來遮！

千重〔七八〕羅扇不須〔遮〕〔七九〕，百美嬌多見不猪，侍娘不用相䙴（要）勒，中（終）歸不免屬他家。

〔詠同牢盤〕：一雙同牢盤，將來上二官，爲言相郎道：「遶帳三巡看。」〔八〇〕

〔去帽惑詩〕〔八一〕：璞璞〔八二〕一頸花，蒙蒙兩鬢渣（遮），少來鬢髮〔八三〕好，不用冒或〔八四〕遮。

〔去花詩〕〔八五〕：一花却去一花新，前花是價（假）後花眞；假花上有銜花鳥，眞花更有綵（採）花人。

〔脱衣詩〕〔八六〕：山頭寶逕甚昌楊，衫子背後雙鳳凰，襤襠兩袖雙鵶鳥，羅衣接〔八七〕褋入衣箱。

合髮詩：本是楚王宮，今夜得相逢，頭上盤龍結（髻），面上貼花紅。

疏頭詩：月裏娑羅樹，枝高難可攀，暫借牙〔八八〕疏子，箄髮却歸還。

〔繫指頭詩〕：繫本從心繫，心眞繫亦眞。巧將心上繫，付以繫心人。〔八九〕

詠繫去離心人去情詩〔九〇〕：天交織女渡河津，來向人間只爲人，四畔傍人總遠去，從他夫婦一團新。

〔詠下簾詩〕〔九一〕：宮人玉女自纖纖，娘子恒娥衆裏潛，微心欲擬觀容貌，暫請傍人與下簾〔九二〕。

唐文粹卷十八收王叡《春桂問答二首》：
問春桂，桃李正芳華，年光隨處滿，何事
獨無花？
春桂答，春華詎能久，風霜搖落時，獨
秀君知不？

校記：

〔一〕所據凡七卷，其編號及校次如下：

原卷　伯三三五〇。

甲卷　斯三八七七。

乙卷　斯五九四九。

丙卷　斯五五一五。

丁卷　伯三八九三。

戊卷　伯三九〇九。

己卷　伯二九七六　此是簡縮本，不入校。

篇題原卷作「下女詞一本」，據甲、乙兩卷改。又北京大學圖書館藏一卷，未入校。

〔二〕「兒家初發言」原作「兒答」，據甲卷改。

〔三〕乙卷「史」作「使」。

〔四〕乙卷「祗」作「知」。甲卷作「低」，誤。

〔五〕原卷從此句以下斷裂，用甲、乙兩卷補。

〔六〕甲卷「蘭」作「南」，依乙卷。「蘭」同「闌」。

〔七〕乙卷「先」作「卑」，應通作「疲」，「憊」等字。

〔八〕乙卷「垂」作「須」。

〔九〕甲卷「至」作「之」，據乙卷改。

〔一〇〕甲卷「何」作「可」，據乙卷改。

〔一一〕甲卷「得」作「德」，據乙卷改。

〔一二〕原卷又從「本是何方君子，至此門庭」句開始。乙卷句同，甲卷作「何方君子，□至門庭」。

〔一三〕「磧」原卷作「場」，據甲、乙兩卷改。周云：「当從甲、乙兩卷作砂磧。此篇多用韻語，砂磧與客協，沙場意不可通。」

〔一四〕「得」原作「德」，據甲、乙兩卷改。

〔一五〕乙卷「如」作「與」。

〔一六〕甲、乙卷「如」並作「已」。

〔一七〕「古」原作「姑」，甲卷作「古」，乙卷作「故」，據甲卷改。

〔一八〕用周校。

〔一九〕原卷此句作「傳聞烈所有經詞」，甲卷作「傳聞到便有荆軻」，乙卷作「傳聞列使有荆軻」。改句據乙卷。

〔二〇〕「今過某公」原作「金過母公」，據甲卷改。

〔二一〕此句原作「未之體內如何」，今依甲卷。

〔二二〕「女答」一行原卷脫，據甲、乙兩卷補。

〔二三〕甲卷作「使君」，乙卷作「刺史」。

〔二四〕乙卷「實」作「亦」。

〔二五〕甲卷「語」作「問」。

〔二六〕甲卷「姑来過此」作「故来相過」。

〔二七〕甲卷「第」作「递」，乙卷作「弟」。当作「第」。

[二八] 乙卷「攝」上有「所」字。

[二九] 「史」原作「使」，據甲卷改。

[三〇] 「郡」原作「共」，據乙卷改。

[三一] 「里」原作「理」，據乙卷改。

[三二] 乙卷「之」作「有」。

[三三] 「知」與「知源」用周校。

[三四] 乙卷「借」作「卽」。

[三五] 乙卷「模模」作「喚喚」。

[三六] 「粧」原作「藏」，據乙卷改。

[三七] 「此房」原作「肆方」，據乙卷改。

[三八] 乙卷「圓」作「圖」。

[三九] 用向校。

[四〇] 乙卷「橋多」作「多嫣」。

[四一] 乙卷「有」作「要」。

[四二] 乙卷「傷」作「箱」，亦不对。周云：「疑当作胡觴。」

[四三] 乙卷「與」作「而」。

〔四四〕「延」原作「逃」，據乙卷改。

〔四五〕「嘗」原作「常」，據乙卷改。下同。

〔四六〕「錢」原作「千」，據乙、丁兩卷改。

〔四七〕丁卷「沽」作「酤」。

〔四八〕乙卷「姑嫂郎」作「二相郎」。

〔四九〕「舊」原作「蕉」，據丁卷改。

〔五〇〕戊卷「蘭」作「鸞」。

〔五一〕「終」原作「中」，據戊卷改。

〔五二〕「不」原作「下」，據戊卷改。

〔五三〕丁卷「已」作「與」。

〔五四〕「明」字據乙、丙、戊三卷補。

〔五五〕「更」字據乙、丙、戊三卷補。

〔五六〕戊卷「相」作「將」。

〔五七〕「辰」原作「晨」，據丙卷改。

〔五八〕此句原作「須臾下床」，乙卷作「中須臾早下床」，據戊卷改。

〔五九〕「月」字據乙卷補。

〔六〇〕乙卷「須」作「便」，丁、戊兩卷作「婹」。

〔六一〕此標題，丙卷作「第一，女壻至大門詠」，丁卷作「詠大門」，戊卷作「为女壻下至大門詠詞」。

〔六二〕「柏」原作「百」，據丙、丁、戊三卷改。

〔六三〕此標題原作「至中門曰」，丙、丁兩卷無「曰」字，戊卷作「至中門詠」，茲據戊卷改。

〔六四〕「摧」原作「推」，據戊卷改。

〔六五〕丙、丁、戊三卷「崔」作「崖」。

〔六六〕此標題據丙、丁兩卷補。

〔六七〕丙卷「策」作「筞」。

〔六八〕「畫」原作「書」，據丙卷改。

〔六九〕「第一」二字據丙卷補。

〔七〇〕丙卷「三五」作「行三」。

〔七一〕丙卷「相郎」作「姑婹」。

〔七二〕丙卷此句作「生開撒帳合」。

〔七三〕此小標題據丙卷補。

〔七四〕「月欲」原作「日落」，據丙、丁兩卷改。

〔七五〕「又云」二字據丙卷補。

[七六] 丙卷「姑嫂」作「侍娘」。

[七七] 此標題據丙、丁兩卷補。

[七八] 「重」原作「從」，據丁卷改。

[七九] 「遮」字據丙、丁兩卷補。

[八〇] 此全詩及標題原卷無，據丙、丁兩卷補。

[八一] 此標題據丙、丁兩卷補。

[八二] 丙、丁兩卷「璞璞」作「琰琰」。

[八三] 丙、丁兩卷「鬢髮」作「頭髮」。

[八四] 「冒或」当即標題內之「帽惑」，丙卷作「毛惑」，均不得其解。

[八五] 此標題據丙、丁兩卷補。

[八六] 此標題據丙、丁兩卷補。

[八七] 丙、丁兩卷「接」作「輒」。

[八八] 「牙」原作「衙」，據丙、丁兩卷改。

[八九] 此全詩及標題原卷無，據丙、丁兩卷補。

[九〇] 此標題丁卷作「去人情詩」。

[九一] 此標題原卷無，據丁卷補。

〔九三〕原卷，丁卷戊卷，從此以後有「呪願補郎文」與「呪願新婦文」。但呪願文各自不同，則因呪願文必須隨着新郎新婦的家庭具体環境而措詞故也。此類呪願文敦煌所出極多，故删去不載。

王重民校錄

敦煌變文集卷四

太子成道經一卷〔一〕

我本師釋迦牟尼求菩提緣，於過去無量世時，百千萬劫，多生波羅奈國。廣發四弘誓願，爲求無上菩提。不惜身命，常以己身一切萬物，給施衆生。慈力王時，見五夜叉，爲啖人血肉，飢火所逼。其王哀慜（愍），以身布施，餧五夜叉。歌利王〔時〕〔二〕，割截身躰，節節支解。尸毗王時，割股〔三〕救其鳩鴿。月光王時，一一樹下，施頭千遍，求其智慧。寶燈王〔時〕〔四〕，剜身千龕，供養十方諸佛，身上燃燈千盞。薩埵王子時，捨身千遍，悉濟其餓虎。悉達太子之時，廣開大藏，布施一切飢餓貪（貧）乏之人，令〔五〕得飽滿。兼所有國城妻子象馬七珍等，施以（與）一切衆生。或時爲王，或時〔爲〕〔六〕太子，〔於〕〔七〕波羅奈國，是五天之城，捨身捨命，給施衆生，不作爲難。非但一生如是，百千萬億劫，精練身心。

發其大願，種種苦行，令其心願滿足。故於三無數劫中，精修苦行〔八〕。只爲功充果滿，上生兜率陁天宮之中。〔其欲界如是。其六天者：一、四天王天；二、忉（忉）利天；三、須夜魔天；四、兜率陁天；五、樂變化天；六、他化自在天。如來世尊，補在第四天中云云〕〔九〕。由前正願，而得成佛，以法化諸天衆。

兜率陁天，是補佛之處。其波羅奈國者，是三千大千世界之中心，百億日月之宰〔一〇〕。一切人賢多生此中。過去迦葉佛與釋迦牟尼佛受記。其釋迦牟尼佛与彌勒佛受記，汝於來世，當得作佛。何故？余〔一一〕天不補，其佛定補在兜率陁天。何故？已上〔人則〕泰，已下〔人則〕極鬧〔一二〕。此兜率陁天是平等之處。過去、未來、現在，三世諸佛，皆補在此天。未來彌勒尊佛今在兜率天上，爲衆生說法〔一三〕，化度後代〔一四〕衆生有緣，人壽〔一五〕八萬四千歲。壤佉王〔一六〕之時，具四衆〔一七〕之兵，乘有自然之寶，從兜率陁天降下閻浮提，生大聖婆羅門家，亦修苦行，從凡而成佛道。何名兜率陁天？兜名少欲，率名知足，小欲號曰兜率陁天也。三無數劫中，積修萬行，施〔捨〕〔一八〕頭目髓腦實甚難。兜率陁天補佛之處。卽今說法化諸天，此是亦生相也。

吟　上從兜率降人間，　託蔭王宮爲生相。
九龍齊溫香和水，　淨浴蓮花葉上身。
聖主摩耶往後園，　彩女頻（嬪）妃奏樂喧。
魚透碧波堪上岸，　無憂花樹最宜觀。
無憂花樹葉敷榮，　夫人緩步彼中行。
舉手或〔一九〕攀枝餘葉，　釋迦聖主袖中生。
釋迦慈父降生來，　還從右脇出身胎。
九龍吐水早是貴〔二〇〕，　千輪足下瑞蓮開。

阿斯陁仙啓大王，　此令瑞應極禎祥。
不是尋常等閑事，　必作菩提大法王。
前生以殿下結良緣，　賤妾如今豈敢專[二一]。
是日耶輸再三請，　太子當時脱指環。
長生不戀世榮華，　厭患王宮爲太子。
捨却輪王七寶位，　夜半逾城願出家。
六時[二二]苦行在山中，　鳥獸同居爲伴侶。
日食麻麥求勝行，　雪山修道證菩提。
見人爲惡處强攢頭，　聞道講經佯不聽[二三]。
今生小善總不曾作，　来世覔人[身][二四]大教難。
火宅忙忙何日休，　五欲終朝[二五]生死苦，
不似聽經求解脱，　學佛修行能不能，
能者嚴心合掌着，　經題名目唱將来。

是時淨飯大王，爲宮中無太子，優悶尋常不樂[二六]。或於一日，作一夢，[夢見][二七]雙陸頻輪者。明日[卽][二八]問大臣是何意旨[二九]？大臣答曰：「陛下夢見雙陸頻輪者，爲宮中無[三〇]太子，所以頻輪。」大王問大臣，如何求得太子？大臣奏大王曰：「城南滿江樹下，有一天祀神，善能求恩乞[三一]福。

兜率陁天，是補佛之處。其波羅奈國者，是三千大千世界之中心，百億日月之宰〔一〇〕。一切人賢多生此中。過去迦葉佛與釋迦牟尼佛受記。其釋迦牟尼佛与彌勒佛受記，汝於來世，當得作佛。何故？余〔一一〕天不補，其佛定補在兜率陁天。何故？已上之天則極泰，已下之天則極鬧〔一二〕。此兜率陁天是平等之處。過去、未來、現在，三世諸佛，皆補在此天。未來彌勒尊佛今在兜率天上，爲衆生說法〔一三〕，化度後代〔一四〕衆生有緣，人壽〔一五〕八萬四千歲。壤佉王〔一六〕之時，具四衆〔一七〕之兵，乘有自然之寶，從兜率陁天降下閻浮提，生大聖婆羅門家，亦修苦行，從凡而成佛道。何名兜率陁天？兜名小欲，率名知足，小欲號曰兜率陁天也。三無數劫中，積修萬行，施〔捨〕〔一八〕頭目髓腦實甚難。兜率陁天補佛之處。卽今說法化諸天，此是亦生相也。

吟　上從兜率降人間，　託蔭王宮爲生相。
九龍齊溫香和水，　淨浴蓮花葉上身。
聖主摩耶往後園，　彩女頻(嬪)妃奏樂喧。
魚透碧波堪上岸，　無憂花樹最宜觀。
無憂花樹葉敷榮，　夫人緩步彼中行。
舉手或〔一九〕攀枝餘葉，　釋迦聖主袖中生。
釋迦慈父降生來，　還從右脇出身胎。
九龍吐水旱是貴〔二〇〕，　千輪足下瑞蓮開。

阿斯陁仙啓大王，　此令瑞應極禎祥。
不是尋常等閑事，　必作菩提大法王。
前生以殿下結良緣，　賤妾如今豈敢專[二一]。
是日耶輸再三請，　太子當時脫指環。
長生不戀世榮華，　厭患王宮爲太子。
捨却輪王七寶位，　夜半逾城願出家。
六時[二二]苦行在山中，　鳥獸同居爲伴侶。
日食麻麥求勝行，　雪山修道證菩提。
見人爲惡處强攢頭，　聞道講經佯不聽[二三]。
今生小善總不曾作，　来世覓人[身][二四]大㪅難。
火宅忙忙何日休，　五欲終朝[二五]生死苦，
不似聽經求解脫，　學佛修行能不能，
能者嚴心合掌着，　經題名目唱將来。

是時淨飯大王，爲宮中無太子，優悶尋常不樂[二六]。或於一日，作一夢，[夢見][二七]雙陸頻輪者。明日[即][二八]問大臣是何意旨[二九]？大臣答曰：「陛下夢見雙陸頻輪者，爲宮中無[三〇]太子，所以頻輪。」大王問大臣，如何求得太子？大臣奏大王曰：「城南滿江樹下，有一天祀神，善能求恩乞[三一]福。

往求太子，必合容許〔三二〕。」是時大王排枇鸞(鑾)駕，親自便往天祀神邊。甚生隊仗？白月纔沉〔三三〕，紅日初生。擬杖才〔三四〕行〔三五〕，天下晏靜。爛滿錦衣花璨璨，無邊神女貝(䫲)瑩瑩。是時大王便到天祀神邊，索酒自發願：

吟　撥掉乘船過大江，神前傾酒三五琖。
　　傾佰不爲諸餘事，男女相兼乞一雙。

夫人道：「大王何必多貪？求男是男，求女是女。一雙難爲求覓〔三六〕。」夫人索酒親自發願澆来〔三七〕甚道：「若是得男，神頭上傘蓋左轉一匝，〔若是〕〔三八〕得女，神道頭上傘蓋右轉一匝。」便乃澆酒云云：

　　撥掉乘船過大池，盡情歌舞樂神祇〔三九〕。
　　謌舞不緣別餘事，伏願大王乞〔一〕〔四〇〕箇兒。

其神頭上傘蓋郎〔便〕〔四一〕左轉。大王共夫人發願已訖，迴鑾駕却入宫中。或於一日，便上綵雲樓上，謀悶之次，便乃睡着。作一貴〔四二〕夢，忽然驚覺，遍體汗流。遂奏大王，具說上事：「賤妾綵雲樓上作一聖夢。夢見從天降下日輪，日輪之內，乃見〔四三〕一孩兒，十相具足，甚是端嚴。兼乘六牙白象，從妾頂門而入，在右脇下安之〔四四〕。其夢如何？不敢〔不〕〔四五〕奏。」大王遂問旨臣，〔旨臣〕〔四六〕答曰：「助大王喜，合生貴子。」大王聞〔說〕〔四七〕，歡喜非常。

吟　始從兜率降人間，託蔭王宫爲生相。
　　九龍齊溫香和〔四八〕水，爭浴蓮花葉王(上)身。

不經旬日之間，便即夫人有孕。雖然懷孕十月，却乃愁憂。遂奏大王，如何計教，得免其憂？大王便語〔四九〕夫人，後薗之內，有一靈樹，號曰無憂。遂遣夫人令〔五〇〕往觀看，得免其憂。遂遣排枇後薗觀看。甚生隊仗？〔是日也〕〔五一〕，敷千重之錦繡，帳〔五二〕萬道之花遊。夫人攄行，頻（嬪）妃從後〔五三〕。

吟　聖主摩耶往後薗，　綵女頻（嬪）妃奏樂喧。
　　魚透碧波堪賞翫，　無憂花色最宜觀。

喜樂之次，腹中不安，欲似〔臨〕〔五四〕產。乃〔遣〕〔五五〕姨母波闍波提抱腰，夫人手攀樹枝，綵〔五六〕女將金盤承接太子〔五七〕。

吟　無憂華樹葉敷榮，　夫人彼中緩步行。
　　舉手或攀枝〔五八〕餘葉，　釋迦聖主袖中生〔五九〕。

是時夫人誕生太子已了，無人扶接。其此太子東西南北，各行七步，蓮花捧足。一手指天，一手指地，口云：天上天下，唯我獨尊。

吟　釋迦慈父降生来，　還從右脇出身胎。
　　九龍吐水早是黃（貴），　千輪足下有瑞蓮開。

大王〔聞之〕〔六〇〕，非常驚愕。我是金輪王孫〔六一〕，王〔六二〕四天下，銀輪王王三天下，銅輪王王二天下，鐵輪王王一天下，粟散天子王一國。此子口云天上天下，爲（唯）我獨尊者，何已斯事。〔心中不決〕〔六三〕，必須〔六四〕召取相師，則知委由。遂乃〔六五〕出勑，召爲相師。忽有一仙人向前揭〔六六〕勑，口云：「我擅往求太子，必合容許〔三二〕。」是時大王排枇鸞（鑾）駕，親自便往天祀神邊。甚生隊仗：白月纔沉形〔三三〕，紅日初生。擬杖才〔三四〕行〔三五〕，天下晏靜。爛滿錦衣花璨璨，無邊神女皃（貌）螢螢。是時大王便到天祀神邊，索酒自發願：

吟　撥掉乘船過大江，　神前傾酒三五甌。
　　傾伾不爲諸餘事，　男女相兼乞一雙。

夫人道：「大王何必多貪？求男是男，求女是女。一雙難爲求覓〔三六〕。」夫人索酒親自發願澆来〔三七〕甚道：若是得男，神頭上傘蓋左轉一匝，〔若是〕〔三八〕得女，神道頭上傘蓋右轉一匝。便乃澆酒云云：

撥掉乘船過大池，　盡情歌舞樂神祇〔三九〕。
詞舞不緣別餘事，　伏願大王乞〔一〕〔四〇〕箇兒。

其神頭上傘蓋郎〔便〕〔四一〕左轉。大王共夫人發願已訖，迴鑾駕却入宮中。或於一日，便上綵雲樓上，謀悶之次，便乃睡着。作一貴〔四二〕夢，忽然驚覺，遍體汗流。遂奏大王，具說上事：「賤妾綵雲樓上作一聖夢。夢見從天降下日輪，日輪之內，乃見〔四三〕一孩兒，十相具足，甚是端嚴。兼乘六牙白象，從妾瑱門而入，在右脇下安之〔四四〕。其夢如何，不敢〔不〕〔四五〕奏。」大王遂問旨臣，〔旨臣〕〔四六〕答曰：「助大王喜，合生貴子。」大王聞〔說〕〔四七〕，歡喜非常。

吟　始從兜率降人間，　託蔭王宮爲生相。
　　九龍齊溫香和〔四八〕水，　爭浴蓮花葉王（上）身。

不經旬日之間，便卽夫人有孕。雖然懷孕十月，却乃愁憂。遂奏大王，如何計較，得免其憂。大王便語〔四九〕夫人，後薗之內，有一靈樹，號曰無憂。遂遣夫人令〔五〇〕往觀看，得免其憂。遂遣排枇後薗觀看。甚生隊仗。〔是日也〕〔五一〕，敷千重之錦繡，帳〔五二〕萬道之花遊。夫人據行，頻（嬪）妃從後〔五三〕。

吟　聖主摩耶往後薗，　綵女頻（嬪）妃奏樂喧。
　　魚透碧波堪賞翫，　無憂花色最宜觀。

喜樂之次，腹中不安，欲似〔臨〕〔五四〕產。乃〔遣〕〔五五〕姨母波闍波提抱腰，夫人手攀樹枝，綵〔五六〕女將金盤承接太子〔五七〕。

吟　無憂華樹葉敷榮，　夫人彼中緩步行。
　　舉手或攀枝〔五八〕餘葉，　釋迦聖主袖中生〔五九〕。

是時夫人誕生太子已了，無人扶接。其此太子東西南北，各行七步，蓮花捧足。一手指天，一手指地，口云天上天下，唯我獨尊。

吟　釋迦慈父降生来，　還從右脇出身胎。
　　九龍吐水早是黄（貴），　千輪足下有瑞蓮開。

大王〔聞之〕〔六〇〕，非常驚愕。我是金輪王孫〔六一〕，王〔六二〕四天下，銀輪王王三天下，銅輪王王二天下，鐵輪王王一天下，粟散天子王一國。此子口云天上天下，爲（唯）我獨尊者，何已斯事。〔心中不決〕〔六三〕，必須〔六四〕召取相師，則知委由。遂乃〔六五〕出勑，召爲相師。忽有一仙人向前揭〔六六〕勑，口云：「我擅能上(止)相〔六七〕。」大王聞說，卽詔相師。阿斯陁仙人蒙詔，卽至殿前。大王告其仙人：「朕生一子，以(與)世間〔人〕〔六八〕有殊，不委是凡是聖？伏願仙人者，〔與〕〔六九〕朕相之。」大王遣宮人抱其太子，度與仙人。仙人抱得太子，悲泣流淚。大王見仙人雨淚，卽便問之仙人〔七〇〕曰：「朕生貢(賁)子，歡喜非常。旣言歡喜，仙人因何悲泣雨〔七一〕淚？」「大王莫怪，〔此〕〔七二〕孩子不詔世間〔七三〕。證得無上菩提之時，我緣不遇〔七四〕，所以悲泣。」仙人相太子已了，便奏大王。仙人答曰：

吟〔七五〕　阿斯陁仙啓大王，　太子瑞應極禎祥。
不是尋〔常〕〔七六〕等閑事，　必作无上〔七七〕大法王。

是時相太子已訖。漸漸長大，習斈人間伎藝，惣乃得成。或於一日，太子愁憂不樂，專心學善，不戀人間。大王聞〔七八〕知，亦生憂悶。大臣云：「主憂則臣辱，主辱則臣死。」臣啓大王，臣〔有〕〔七九〕計。」大王又問臣有何計？諸臣奏曰〔八〇〕：「但遣〔取〕〔八一〕一伴戀之人，〔必合解憂〕〔八二〕。」「何者爲伴戀之人？」「取一新婦，便是伴戀〔之人〕〔八三〕。」大王〔遂〕〔八四〕排備〔八五〕，便〔與〕〔八六〕取新婦。太子聞說，遂奏大王：「若〔與〕〔八七〕兒取其新婦，令巧匠〔八八〕造一金指環，〔兒〕〔八九〕手上帶之。父母及兒三人知〔九〇〕，餘人不知。若與兒有緣，知兒手上金指環者，則爲夫婦。」大王聞太子奏對，遂遣國門高縛綵樓。召其合國人民，有在室女者，盡令〔九一〕於綵雲樓下齊集，當合(令)太子，自揀〔九二〕婚對。太子於綵樓上，便私發願：「若是前生眷屬者，知我手上有金指環。」知者卽爲夫婦。即時有釋種婆羅門，名摩訶郝摩女耶輸陁羅望綵樓上，便思〔九三〕發言：

吟　前生與殿下法([illegible])良緣，　賤妾如今豈敢專。

　　是日耶輸再三請，　太子當時脱指環。

餘殘諸女，盡皆分散，各自還家。只殘耶輸陁羅一身。太子遂問［其女：「夫人能行三從，我納爲妻。不能行者，迴歸亦得。」耶□(輸)陁羅問太子云：「何名三從？」「婦女［九四］有則，在家從父，出嫁從夫，及至夫亡，任從長子［九五］。但[illegible]有一交言語，説與夫人，從你不從？」耶輸答曰：「爭［九六］敢不從。」若［是］［九七］夫人行道，太子座禪，太子行道，夫人坐禪。

後於一時，與父王俱遊至王田［九八］所。政(正)見時人秡(耕)種收苅，極甚勞力。復見壞蟲鳥［九九］鵮啄噉，深生慈愍，在［一〇〇］於閻浮提樹下，寂然而座，思念欲界苦惱。大王遂問太子，有何不樂，殿下奏大王曰：「宮中諜悶，所以不樂。」大王問知，遂遣車匿被駷騌白馬，遣太子觀看。到於東門，忽見一人，忙［一〇一］忙急走。殿下見之，非常驚怪［一〇二］。便遣車匿問之，「有何速事？」「我緣家中有一產婦，欲生其子，痛苦非常，所以奔走。」殿下問言：「郎一人有忙［之事］［一〇三］，諸餘人總有不？」「是［餘］［一〇四］世人，殿下[illegible](哀)然。」太子聞語，愁憂不樂，便却還宮。父王聞道太子還宮，遂遣美人，觀其太子顏狀，必合歡喜。宮人奏大王曰：「太子還宮，更加愁悶。」父王聞説，亦與愁憂。更添音樂，百般悦樂［太子。太子］［一〇五］聞樂，轉更愁憂，處分車匿，来晨被輿朱(騌)騌［白］［一〇六］馬，亦往觀看。遂出南門，忽爾行次，見一老人，髮白面皺，形容憔憔［一〇七］。遂遣車匿，問其老人，曲脊柱［一〇八］杖，君是何［人］［一〇九］？老人答曰：「我是老人。」太子問曰：「何名老人？」老人答能上上相〔六七〕。」大王聞說，卽詔相師。阿斯陁仙人蒙詔，卽至殿前。大王告其仙人：「朕生一子，以(與)世間〔人〕〔六八〕有殊，不委是凡是聖？伏願仙人者，〔與〕〔六九〕朕相之。」大王遣宮人抱其太子，度與仙人。仙人抱得太子，悲泣流淚。大王見仙人雨淚，卽便問之仙人〔七〇〕曰：「朕生賁(貴)子，歡喜非常。既言歡喜，仙人因何悲泣雨〔七一〕淚？」「大王莫怪，〔此〕〔七二〕孩子不詔世間〔七三〕。證得無上菩提之時，我緣不遇〔七四〕，所以悲泣。」仙人相太子已了，便奏大王。仙人答曰：

吟〔七五〕　阿斯陁仙啓大王，　太子瑞應極禎祥。
不是尋〔常〕〔七六〕等閑事，　必作无上〔七七〕大法王。

是時相太子已訖。漸漸長大，習斈人間伎藝，惣乃得成。或於一日，太子愁憂不樂，專心學善，不戀人間。大王問〔七八〕知，亦生憂悶。大臣云：「主憂則臣辱，主辱則臣死。臣啓大王，臣〔有〕〔七九〕計。」大王又問臣有何計？諸臣奏曰〔八〇〕：「但遣〔取〕〔八一〕一伴戀之人，〔必合解憂〕〔八二〕。」「何者爲伴戀之人？」「取一新婦，便是伴戀〔之人〕〔八三〕。」大王〔遂〕〔八四〕排備〔八五〕，便〔與〕〔八六〕取新婦。太子聞說，遂奏大王：「若〔與〕〔八七〕兒取其新婦，令巧匠〔八八〕造一金指環，〔兒〕〔八九〕手上帶之。父母及兒三人知〔九〇〕，餘人不知。若與兒有緣，知兒手上金指環者，則爲夫婦。」大王聞太子奏對，遂遣國門高縛綵樓。召其合國人民，有在室女者，盡令〔九一〕於綵雲樓下齊集，當合(令)太子，自揀〔九二〕婚對。太子於綵樓上，便私發願：若是前生眷屬者，知我手上有金指環。知者卽爲夫婦。即時有釋種婆羅門、名摩訶郗摩女耶輸陁羅望綵樓上，便思〔九三〕發言：

吟　前生與殿下法(結)良緣，　賤妾如今豈敢專。
是日耶輸再三請，　太子當時脫指環。

餘殘諸女，盡皆分散，各自還家。只殘耶輸陁羅一身。太子遂問[其女]：「夫人能行三從，我納爲妻。不能行者，迴歸亦得。」耶□(輸)陁羅問太子云：「何名三從？」「[婦女][九四]有則，在家從父，出嫁從夫，及至夫亡，任從長子[九五]。但乞([illegible])有一交言語，說與夫人，從你不從？」耶輸答曰：「爭[九六]敢不從。」若[是][九七]夫人行道，太子座禪，太子行道，夫人坐禪。

後於一時，與父王俱遊至王田[九八]所。政(正)見時人耕(耕)種收苅，極甚勞力。復見壞蟲烏[九九]鵲啄噉，深生慈愍，在[一〇〇]於閻浮提樹下，寂然而座，思念欲界苦惱。大王遂問太子，有何不樂。殿下奏大王曰：「宮中謀悶，所以不樂。擬往觀看，不敢不奏。」大王問知，遂遣車匿被騠騌白馬，遣太子觀看。到於東門，忽見一人，忙[一〇一]忙急走。殿下見之，非常驚怪[一〇二]。便遣車匿問之，「有何速事？」「我緣家中有一產婦，欲生其子，痛苦非常，所以奔走。」殿下問言：「卽一人有忙[之事][一〇三]，諸餘人總有不？」「是[餘][一〇四]世人，殿下亾(亦)然。」太子聞語，愁憂不樂，便却還宮。父王聞道太子還宮，遂遣美人，觀其太子顏狀，必合歡喜。宮人奏大王曰：「太子還宮，更加愁悶。」父王聞說，亦與愁憂。更添音樂，百般悅樂[太子。太子][一〇五]聞樂，轉更愁憂。處分車匿，来晨被鼻朱(騣)騌[白][一〇六]馬，亦往觀看。遂出南門，忽爾行次，見一老人，髮白面皺，形容燋燋[一〇七]。遂遣車匿，問其老人，曲脊柱[一〇八]杖，君是何[人][一〇九]？老人答曰：「我是老人。」太子問曰：「何名老人？」老人答白：

眼闇都緣不弁[二〇]色，　耳聾萬語不聞聲。
欲行三里二里時，　四迴五迴頭歇吟[二一]。
少年莫歎老人頻，　老人不奪少年春。
此老老人不將去[二二]，　此老還留與後人。

太子遂問：「卽此老人[一][二三]箇老，爲復盡皆如此？」「殿下！大晒尊老，老相[二四]亦復如是。」太子聞已，愁憂不樂，却歸[迴入][二五]宮中。父王聞道太子還宮，遂遣宮人，存問[太子][二六]。太子蒙問，展轉愁憂。大王聞知，亦皆加愁不樂。遂加音樂歡悅太子。太子愁憂不止，遂遣車匿被於駷騌白馬，遂向[二七]西門於前遊觀。觀[二八]看之次，忽見一人劣瘦，置其藥椀，在於頭邊。遂遣車匿問之，「公是何人？」「我是病兒。」「何名[二九]病兒？」「地水火風，四大[成身][三〇]，一大不調，則百脉[三一]病起。此名病兒。」「則公一箇病，但是諸[三二]人亦復如然？」「殿下尊高，並亦如是！」

拔劍平四海，　橫戈敵萬夫。
一朝床上臥，　還要兩[人][三三]扶。

太子聞知[三四]，亦加不悅，便[三五]乃還宮。大王聞知，遂喚太子「吾從養汝，只是懷憂。昨日遊行觀看，見於何物？」太子奏大王曰：「西門觀看，不見別餘，見一病兒，倍加劣瘦。遂遣車匿問之，『則君一人如此，諸人[三六]亦然？』『殿下位[三七]卽尊高，病相亦皆如是。』遂乃愁憂，大王何必怪之。」遂遣宮人引於〔一二八〕太子。「太子」〔一二九〕愁憂不散。於前來日遊於散悶，巡於北門。觀看之次，忽見一人臥於荒郊，膖脹爛壞〔一三〇〕，四畔有人，高聲哭叫。殿下遂喚車匿問之，「此是何人？」喪主答曰：「此是死人。」「何名死人〔一三一〕？卽此一箇人〔一三二〕死？諸人亦然？」殿下！

國王之位大尊高，　煞鬼臨頭無處逃。
死相之身〔一三三〕皆若此，　還漂苦海浪滔滔。

太子聞說死相，更乃愁憂，便却還宮。大王聞太子還宮，遂交親喚殿下。蒙詔遂見大王，「大王」〔一三四〕問其太子：

若說〔一三五〕人間恩愛，　不過父子之情。
若說〔一三六〕此世因緣，　莫若親生男女。
假使百虫七鳥，　〔駈駈猶爲子此身。〕
墮落五道三塗，　皆是爲男爲女〔一三七〕，
金銀珍寶無數，　要者任意〔不〕〔一三八〕難。
若能取我眼睛，　心裏也能潘得〔一三九〕。
取我懷中憐愛子，　千生萬劫實難潘〔一四〇〕。
然須有不多恩愛〔一四一〕，　作福還須自家當〔一四二〕。
父王作罪父王當，　太子他家不受殃。

曰：

眼闇都緣不弁〔二〇〕色，　耳聾萬語不聞聲。
欲行三里二里時，　四迴五迴頭歇吟〔二一〕。
少年莫笑老人頻，　老人不奪少年春。
此老老人不將去〔二二〕，　此老還留與後人。

太子遂問：「即此老人〔一〕〔二三〕箇老，爲復盡皆如此？」「殿下！大晒尊老，老相〔二四〕亦復如是。」太子聞已，愁憂不樂，却歸〔迴入〕〔二五〕宮中。父王聞道太子還宮，遂遣宮人，存問〔太子〕〔二六〕。太子蒙問，展轉愁憂。大王聞知，亦皆加愁不樂。遂加音樂歡悅太子，太子愁憂不止。遂遣車匿被於騌白馬，遂向〔二七〕西門於前遊觀。觀〔二八〕看之次，忽見一人劣瘦，置其藥椀，在於頭邊。遂遣車匿問之，「公是何人？」「我是病兒。」「何名〔二九〕病兒？」「地水火風，四大〔成身〕〔三〇〕，一大不調，則百脉〔三一〕病起，此名病兒。」「則公一箇病，但是諸〔三二〕人亦復如然？」「殿下尊高，並亦如是！」

拔劍平四海，　橫戈敵萬夫。
一朝床上臥，　還要兩〔人〕〔三三〕扶。

太子聞知〔三四〕，亦加不悅，便〔三五〕乃還宮。大王聞知，遂喚太子，「吾從養汝，只是懷憂。昨日遊行觀看，見於何物？」太子奏大王曰：「西門觀看，不見別餘，見一病兒，倍加劣瘦。遂遣車匿問之，『則君一人如此，諸人〔三六〕亦然？殿下位〔三七〕卽尊高，病相亦皆如是。』遂乃愁憂，大王何必怪之。」遂遣宮人引於〔一二八〕太子。〔太子〕〔一二九〕愁憂不散。於前来日遊於散悶，巡於北門。觀看之次，忽見一人臥於荒郊，膖脹爛壞〔一三○〕，四畔有人，高聲哭叫。殿下遂喚車匿問之，「此是何人？」喪主答曰：「此是死人。」「〔何名死人〕〔一三一〕？即此一箇人〔一三二〕死？諸人亦然？」殿下！

國王之位大尊高，　煞鬼臨頭無處逃。
死相之身〔一三三〕皆若此，　還漂苦海浪滔滔。

太子聞說死相，更乃愁憂，便却還宮。大王聞太子還宮，遂交親喚殿下。蒙詔遂見大王，〔大王〕〔一三四〕問其太子：

若說〔一三五〕人間恩愛，　不過父子之情。
若說〔一三六〕此世因緣，　莫若親生男女。
假使百虫七鳥，　「駈駈猶爲子此身。
墮落五道三塗，　皆是爲男爲女」〔一三七〕，
金銀珍寶無數，　要者任意「不」〔一三八〕難。
若能取我眼睛，　心裏也能潘得〔一三九〕。
取我懷中憐愛子，　千生萬劫實難潘〔一四○〕。
然須有亦多恩愛〔一四一〕，　作福還須自家當〔一四二〕。
父王作罪父王當，　太子他家不受殃。

阿娘作罪阿娘受，　女且無因替〔一四三〕阿娘。
自身〔一四四〕作罪自知非，　莫怨〔一四五〕他家妻及〔一四六〕兒。
自作業時應自受，　他家〔一四七〕不肯與你入阿鼻。
父與母子妻及兒，　欲擬相留且暫待〔一四八〕。
爭我此時浮〔一四九〕業斷，　死王嗔怒〔一五〇〕怕来遲。
煞鬼不怕你兄弟多，　任君眷屬總傝㑩。
黑繩繫項〔一五一〕牽將去，　他(地)獄裏還交度〔一五二〕奈河。
遮莫你傝㑩上陵〔一五三〕天，　南州北郡置莊田。
未待此身〔一五四〕裁與謝，　商量男女〔一五五〕擬分錢。
大兒右〔一五六〕道取東畔，　小者莫疑取西邊〔一五七〕。
惡業是門徒自造〔一五八〕着，　別人不肯與你〔一五九〕入黃泉。

見說如是罪事，更乃愁憂。遂遣車匿被於駯騌，往出城去。觀看之次，在於路上，或見一人，削髮染衣，[威]儀祥[序]〔一六〇〕，眞〔一六一〕似鳥(象)王。太子忽見，遂遣車匿向前問之：「君是〔一六二〕何人？」「我是師僧。」「何名師僧？」「諸漏已盡，无復煩惱。衣生架〔一六三〕上，飯生〔一六四〕盂中，此是師僧。」太子聞說，非常喜悅，急便下馬，頂禮三寶。[便問三寶]〔一六五〕，「汝是誰之〔一六六〕弟子？」「我師是三界大師四生慈父釋迦牟尼佛是我[之]〔一六七〕師。」太子聞說，便問三寶，「如[何]〔一六八〕修行，得證此身？」「悍勞忍苦，六時行道，饒益〔一六九〕衆生，乃獲此身。」太子聞說，當便歡喜，頂禮却歸宮中。父王聞道太子歸宮〔一七〇〕，遣人觀占太子喜〔已不喜〕〔一七一〕？宮人却奏〔大王〕〔一七二〕：「太子今日，非常喜說(悅)。太子還宮，共妻耶輸陁羅倍加精進。六時行道，無時有闕。」二月八日，夜半子時，四天王喚於太子：出家時至。太子聞喚，便遣車匿被於騠騌，便擬往於雪山。向後有事，未了〔一七三〕我身，覓其解脫。向後宮人綵〔一七四〕女，苦切嚎咷〔一七五〕。遂喚夫人向前，有其付囑。別無留別，留一瓣〔一七六〕美香，苦有灾難之時，但燒此香，望雪山會上，啓告於〔一七七〕我。是時〔太子〕〔一七八〕，四天王捧馬足，便即逾〔一七九〕城。以手即〔一八〇〕着玉鞭，指其〔一八一〕耶輸腹有胤(孕)。佛未出家時，所生八王子，見一〔一八二〕大聖出家，亦隨修梵行。臨〔一八三〕去之時，宮人睡着，綵女〔一八四〕昏迷。太子擬去，思〔忖〕〔一八五〕再三，恐爲宮人受其苦楚，遂乃城上，留其馬蹤。太子共四天〔一八六〕王便往雪山修道。

已經十月，耶輸降下一男。父王聞之，拍案大怒〔一八七〕。我兒雪山修道，不經一年已来，新婦因何生其孩子？遂遣武士殿前，穿一方丈火坑，滿坑著火，令推新婦並及孩子入於火坑。大王發願，實是朕之孫〔一八八〕子，令推火坑，變作清涼池。大王發願已訖，便令武士推去新婦兼及孩兒。臨推入火坑之時，〔新婦〕〔一八九〕索香爐發願，甚道：

却喚〔一九〇〕危中也大危，　雪山會上亦合知。
賤妾者一身猶乍可，　莫交辜〔一九一〕負一孩兒。

發願已訖，武士推新婦及以〔一九二〕孩兒，便令入火堆〔一九三〕，入火已。其火坑，世尊以〔一九四〕慈火照，變阿娘作罪阿娘受，　女且無因替〔一四三〕阿娘。
自身〔一四四〕作罪自知非，　莫怨〔一四五〕他家妻及〔一四六〕兒。
自作業時應自受，　他家〔一四七〕不肯與你入阿鼻。
父與母子妻及兒，　欲擬相留且暫待〔一四八〕。
爭我此時浮〔一四九〕業斷，　死王嗔怒〔一五〇〕怕来遲。
煞鬼不怕你兄弟多，　任君眷屬總僂儸。
黑繩繫項〔一五一〕牽將去，　他（地）獄裏還交度〔一五二〕奈河。
遮莫你僂儸上陵〔一五三〕天，　南州北郡置莊田。
未待此身〔一五四〕裁與謝，　商量男女〔一五五〕擬分錢。
大兒右〔一五六〕道取東畔，　小者莫疑取西邊〔一五七〕。
惡業是門徒自造〔一五八〕着，　別人不肯與你〔一五九〕入黃泉。

見說如是罪事，更乃愁憂。遂遣車匿被於騂騌，往出城去。觀看之次，在於路上，或見一人，削髮染衣，[威]儀祥[序]〔一六〇〕，眞〔一六一〕似[illegible]（象）王。太子忽見，遂遣車匿向前問之：「君是〔一六二〕何人？」「我是師僧。」「何名師僧？」「諸漏已盡，无復煩惱。衣生架〔一六三〕上，飯生〔一六四〕盂中，此是師僧。」太子聞說，非常喜悅，急便下馬，頂禮三寶。[便問三寶]〔一六五〕，「汝是誰之〔一六六〕弟子？」「我師是三界大師四生慈父釋迦牟尼佛是我[之]〔一六七〕師。」太子聞說，便問三寶，「如[何]〔一六八〕修行，得證此身？」「悍勞忍苦，六時行道，饒益〔一六九〕衆生，乃獲此身。」太子聞說，當便歡喜，頂禮却歸宮中。父王聞道太子歸宮〔一七〇〕，遣人觀占太子喜〔已不喜〕〔一七一〕？宮人却奏〔大王〕〔一七二〕：「太子今日，非常喜說（悅）。太子還宮，共妻耶輸陁羅倍加精進。六時行道，無時有闕。」二月八日，夜半子時，四天王喚於太子，出家時至。太子聞喚，便遣車匿被於駯騌，便擬往於雪山。向後有事，未了〔一七三〕我身，覓其解脫。向後宮人綵〔一七四〕女，苦切嚎咷〔一七五〕。遂喚夫人向前，有其付囑。別無留別，留一瓣〔一七六〕美香，苦有灾難之時，但燒此香，望雪山會上，啓告於〔一七七〕我。是時〔太子〕〔一七八〕，四天王捧馬足，便卽踰〔一七九〕城。以手卽〔一八〇〕着玉鞭，指其〔一八一〕耶輸腹有胤（孕）。佛未出家時，所生八王子，見一〔一八二〕大聖出家，亦隨修梵行。臨〔一八三〕去之時，宮人睡着，綵女〔一八四〕昏迷。太子擬去，思〔忖〕〔一八五〕再三，恐爲宮人受其苦楚，遂乃城上，留其馬蹤。太子共四天〔一八六〕王便往雪山修道。

已經十月，耶輸降下一男。父王聞之，拍案大怒〔一八七〕。我兒雪山修道，不經一年已来，新婦因何生其孩子。遂遣武士殿前，穿一方丈火坑，滿坑著火，令推新婦並及孩子入於火坑。大王發願：實是朕之孫〔一八八〕子，令推火坑，變作清涼池。大王發願已訖，便令武士推去新婦兼及孩兒。臨推入火坑之時，〔新婦〕〔一八九〕索香爐發願，甚道：

却喚〔一九〇〕危中也大危，　雪山會上亦合知。
賤妾者一身猶乍可，　莫交辜〔一九一〕負一孩兒。

發願已訖，武士推新婦及以〔一九二〕孩兒，便令入火堆〔一九三〕，入火已。其火坑，世尊以〔一九四〕慈火照，變作清涼之池。池內有兩枝(朵)蓮花，母子各座一枝(朵)。武士遂奏大王，其新婦推入火坑，並燒不然(燃)。父王聞之，便知是我孫[一九五]子。則喚新婦近前，[即知新婦][一九六]無虛。新婦[便][一九七]辭父王，亦擬雪山修道。新婦既[一九八]去者，父王亦不敢留連[一九九]，大王遂乃處分新婦，甚道：

吟　夫人已解別陽[二〇〇]臺，此事[二〇一]如蓮火裏開。
曉鏡罷看桃李面，紺雲休插鳳凰釵。
無明海水從孜(茲)竭，煩惱叢林任意摧。
努[二〇二]力向鷲峯從聖道，新婦莫慵讒不擊[二〇三]却回來。

處分新婦已訖，新婦便辭大王，往至雪山，亦隨[修][二〇四]道。一呼善來，變成男子，隨佛出家，證得阿羅漢。其子號曰羅睺羅密行。

爲我能知知，現爲我長子。
我今成佛道，受法爲法子。

太子成道經一卷。

此內及外，更有諸妙理，不及具細。誰人樂者，尋成佛因由，則微細甚精妙也[二〇五]。

[二〇六]日食一麻或一麥，長奈座禪觀行，成登[二〇七]正覺，熙連河[二〇八]沐浴，六年苦行氣力劣，若樹神把手引之，出於彼岸。取吉祥草座爲道場，先開有敎，利益羣情[二〇九]，是何人也。最初說法爲五俱輪，此續空宗便令悟解。欲說大乘，先明敎主：

吟　欲知敎法之由漸，先明我佛如來。

始從兜率降人間，托蔭王宮爲太子。

捨却世間一切事，雪山修道證菩〔三〇〕。

〔三一〕先開有敎益羣情，此說空宗令悟解。

後向雪山〔三二〕談妙法，益今利後不思議。

忽然衆集雨天花，毫光遠照東方界。

彌勒共文殊親問答，因茲衆會得聞經。

二深先昌敬羣情，秋子上羣偏領解。

扇拂糟糠令避席，開是悟人說眞宗。

至者因喻曉深宗，說彼如来同長者，

火宅門前化諸子，到来齊上天牛車。

四大聲聞悟一乘，例皆之心生信解〔三三〕。

還似世人無福德，忽因長者付家財。

一雲使雨閏方苗，三草閑花皆結實。

五性三乗(乘)聞妙法，隨根受道各〔三四〕修行。

爲彼當来得佛時，國土因緣夕名〔三五〕字。

十號圓明皆具足，庄(壯)嚴世界地瑠璃。

作清涼之池。池內有兩棵(朵)蓮花，母子各座一棵。武士遂奏大王，其新婦推入火坑，並燒不煞。父王聞之，便知是我孫〔一九五〕子。則喚新婦近前，〔即知新婦〕〔一九六〕無虛。新婦〔便〕〔一九七〕辭父王，亦擬雪山修道。新婦既〔一九八〕去者，父王亦不敢留連〔一九九〕，大王遂乃處分新婦，甚道：

吟　夫人已解別陽〔二〇〇〕臺，　此事〔二〇一〕如蓮火裏開。
曉鏡罷看桃李面，　紺雲休插鳳凰釵。
無明海水從資(茲)竭，　煩惱藂林任意摧。
努〔二〇二〕力向鷲峯從聖道，　新婦莫慵讒不擎〔二〇三〕却回来。

處分新婦已訖，新婦便辭大王，往至雪山，亦隨〔修〕〔二〇四〕道。一呼善来，變成男子，隨佛出家，證得阿羅漢。其子號曰羅睺羅密行。

爲我能知知，　現爲我長子。
我今成佛道，　受法爲法子。

太子成道經一卷。

此內及外，更有諸妙理，不及具細。誰人樂者，尋成佛因由，則微細甚精妙也〔二〇五〕。

〔二〇六〕日食一麻或一麥，長齋座禪觀行，成登〔二〇七〕正覺，熙連河〔二〇八〕沐浴，六年苦行氣力劣，若樹神把手引之，出於彼岸。取吉祥草座爲道場，先開有敎，利益羣情〔二〇九〕，是何人也。最初說法爲五俱輪，此續空宗便令悟解。欲說大乘，先明敎主：

吟　欲知敎法之由漸，　先明我佛如來。

始從兜率降人間，托蔭王宮爲太子。
捨却世間一切事，雪山修道證菩提[三〇]。
[三一]先開有教益羣情，此說空宗令悟解。
後向雪山[三二]談妙法，益今利後不思議。
忽然衆集雨天花，毫光遠照東方界。
彌勒共文殊親問答，因茲衆會得聞經。
二深先昌敬羣情，秋子上羣偏領解。
扇拂糟糠令避席，開是悟人說眞宗。
至者因喻曉深宗，說彼如来同長者，
火宅門前化諸子，到来齊上天牛車。
四大聲聞悟一乘，例皆之心生信解[三三]。
還似世人無福德，忽因長者付家財。
一雲使雨閏方苗，三草閑花皆結實。
五性三乗(乘)聞妙法，隨根受道各[三四]修行。
爲彼當来得佛時，國土因緣夕名[三五]字。
十號圓明皆具足，庄(莊)嚴世界地瑠璃。

過去東方萬八千，久遠大通智勝佛。
我等須爲[三六]聽法衆，早聞妙[三七]理結因緣。
三周化利患周圓，三根總受如来法。
五百高明齊得記，還與親友示衣珠。
受孛無孛亦同愁，上中下品皆蒙記。
正法像法經多劫，地平如掌寶莊嚴。
壁（[illegible]）妙（[illegible]）鑿井向高源，見彼土乾知水遠。
濕土如渥知遊水，淨水持取大乘經。
適来和尚說其眞，修行弟子莫因巡。
各自念佛歸舍去，来遲莫遣阿婆嗔。（全文止）

附錄[三八]

迦維衛國淨飯王，悉達太子厭無常。
誓求無上菩提果，夜半踰城座道場。
太子十九遠離宮，夜半臘身[illegible]。

莫怪不辭父王去，修行〔二二九〕暫到雪山中、
二月八日夜踰城，行至雪山猶未明。
父王憶念號咷〔二三〇〕哭，姨母槌凶(胸)發大聲。
太子行至檀特山，山家修道有何難。
誓願發心離宮闕，降魔成道度人天。
雪山修道定安禪，苦行眞心難更難。
日食一麻或一麥，鵶鵲巢居頂上安。
發遣車匿却迴歸，趺驃(踪)步步淚雙垂。
車匿聞言聲哽咽，渾槌自撲告夫人。
父聞驚走出宮門，姨母號咷問去因。
怨恨去時不相報，肝腸寸斷更無蹤。
父王〔二三一〕爲子納耶輸，顏色〔二三二〕美貌世間無。
綵女如仙都不顧，一心修道向眞如。
踰城修道也從君，無事將鞭指妾身。
六年始養冤家子，此事〔二三三〕何如辯僞眞。
自爲新婦到王宮，將謂君心有始終。

過去東方萬八千，久遠大通智勝佛。

我等須爲〔三六〕聽法衆，早聞妙〔三七〕理結因緣。

三周化利患周圓，三根總受如来法。

五百高明齊得記，還與親友示衣珠。

受斈無斈亦同愁，上中下品皆蒙記。

正法像法經多劫，地平如掌寶莊嚴。

駱（譬）奴（如）鑿井向高源，見彼土乾知水遠。

濕土如渥知遊水，淨水持取大乘經。

適来和尚說其眞，修行弟子莫因巡。

各自念佛歸舍去，来遲莫遣阿婆嗔。（全文止）

附錄〔三八〕

迦維衛國淨飯王，悉達太子厭無常。

誓求無上菩提果，夜半踰城座道場。

太子十九遠離宮，夜半騰身入九重。

莫怪不辭父王去，修行〔二九〕暫到雪山中。
二月八日夜踰城，行至雪山猶未明。
父王憶念號咷〔三〇〕哭，姨母槌凶（胸）發大聲。
太子行至檀特山，山家修道有何難。
誓願發心離宮闕，降魔成道度人天。
雪山修道定安禪，苦行眞心難更難。
日食一麻或一麥，鵶鵲巢居頂上安。
發遣車匿却迴歸，踈驃（蹤）步步淚雙垂。
車匿聞言聲哽咽，渾槌自撲告夫人。
父聞驚走出宮門，姨母號咷問去因。
怨恨去時不相報，肝腸寸斷更無蹤。
父王〔三一〕爲子納耶輸，顏色〔三二〕美貌世間無。
綵女如仙都不顧，一心修道向眞如。
踰城修道也從君，無事將鞭指妾身。
六年始養冤家子，此事〔三三〕何如辯僞眞。
自爲新婦到王宮，將謂君心有始終。

唯望百年同福貴，　拖我如何半路中。
父王〔三四〕聞時可少怒，　釋衆〔三五〕聞之發大嗔。
若法萬般教處置，　中心更向阿誰陳。
勑下令〔三六〕教造火坑，　羅睺母子被驅行。
合掌虔恭齊發願〔三七〕，　如來時爲放光明。
武士擁至火坑傍，　垂垂淚落數千行。
阿娘一身遭大難，　不忍懷中一子傷。
舉手金爐焚寶香，　頭向殿前〔三八〕禮十方。
若是世尊親子恩，　火坑速爲化〔三九〕清涼。
清淨如來金色身，　多劫曾經患苦辛。
今日出離三界內，　救度衆生無等人。

悉〔達〕太子讚一本

校記：

〔一〕「太子成道經一卷」標題原有，見伯二九九九號，在篇末，其內容詞句和結構完全相同的，共有八卷。按此

故事乃根據「佛本行集經」演繹。今以

伯二九九九號爲原卷，原文首尾俱全。由「首句至則微細甚精妙也止」。

斯五四八號爲甲卷，原文首缺六行，尾全。文末有書寫之年月日。

斯二六八二號爲乙卷，原文首尾俱全，只首段缺押座文一首，末句至「我今成佛道，受法爲法子」止。

斯二三五二號爲丙卷，原文首全尾缺。

伯二九二四號爲丁卷，原文首尾不全。

伯二二九九號爲戊卷，原文首尾不全。但數段文首有小標題如：「第二下降閻浮柘胎相」、「第三王宮誕質相」、「第四納妃相」、「第五逾城出家相」等。

斯四六二六號爲己卷，原文只得首段，但因有押座文前開講之一段，故不能列入押座文一類。首句由「我本師釋迦牟尼求菩提緣」起，至「能者虔心合掌着，經題名目唱將來」止。

北京潛字八十號爲庚卷，原文首尾均有缺，中間又殘漏甚多。但其所載材料，比較其他卷多文末一段歌吟和「悉達太子讚」一首。惜殘闕太多，文義不明，故用其他卷子補充，而以本卷作比勘。

〔二〕「時」字據乙卷補。

〔三〕「股」原作「顧」，據乙卷改。

〔四〕「時」字據上例補。

〔五〕「令」原作「合」，據乙、己卷改。

〔六〕「爲」字據乙卷補。

〔七〕「於」字據乙卷補。

〔八〕甲卷「精修苦行」作「積万行」;乙、丁卷作「精修万行」。又乙卷於此句下多「死不滅持」四字。

〔九〕由「其欲界如是至補在第四天中云云」等句,據乙、庚卷補。

〔一〇〕「宰」原作「察」,據甲、丁、庚卷改。

〔一一〕庚卷「余」作「尒」。

〔一二〕此句各卷出入甚多。原卷原作「已上泰寂,已下泰鬧」;甲、丁、庚卷作「已上之天則極泰,已下天則極鬧」。又丁卷於第二句作「已下之天則極鬧」。今參酌各卷改。

〔一三〕庚卷「爲衆生說法」作「爲諸天衆說法」。

〔一四〕庚卷「代」作「乃」。

〔一五〕「壽」原作「受」,據甲、庚卷改。

〔一六〕甲卷「壞怯王」作「輪王攘沷」;庚卷作「轉輪□□法」。

〔一七〕甲卷「衆」作「種」。

〔一八〕「捨」字據庚卷補。

〔一九〕甲卷「或」作「已」。

〔二〇〕甲卷「貴」作「又」,庚卷作「衩」。

〔二一〕「專」原作「傳」，據甲、丙、庚卷改。

〔二二〕甲、庚卷「時」作「年」。

〔二三〕「伴」原作「祥」，據甲、丙、庚卷改。又甲、庚卷「聽」作「聡」。

〔二四〕「身」字據甲、庚卷補。

〔二五〕「終朝」原作「中期」，據丙、庚卷改。

〔二六〕按此句各卷出入甚多。乙、庚卷作「優悶不樂尋或於」。戊卷作「優悶不樂，暴切尋常」。

〔二七〕「夢見」二字，據甲、庚卷補。

〔二八〕「卽」字據乙卷補。

〔二九〕「旨」原作「志」，據甲、乙、庚卷改。又戊卷此句作「明旦召諸大臣，說此夢瑞，是何意旨」。

〔三〇〕戊卷於「無」下多「紹」字。

〔三一〕「乞」原作「訖」，據乙、丁、庚卷改。

〔三二〕戊卷「城南滿江樹下至必合容許」作「城南有一天祀神，若有人志心祈告，無願不遂。大王往此祀中啓告，必合得其太子」。

〔三三〕戊卷「白月纔沉形」作「白月西沉」。

〔三四〕乙、丁卷「才」作「横」。

〔三五〕原有「形」字，今據乙、丁、戊卷删。

[三六]「一雙」二字前，庚卷多「男女」二字。又乙、戊卷「雖爲求覓」作「爭交容許」。

[三七] 戊卷無「澆來」二字。

[三八]「若是」二字據庚卷補。

[三九]「祇」原作「祈」字，據甲、乙、庚卷改。

[四〇]「一」字據乙卷補。

[四一]「便」字據甲卷補。

[四二] 甲、乙、庚卷「貴」作「叉」；丁卷作「寂」；戊本作「賓」。

[四三] 乙卷「見」作「有」。

[四四]「在右脅下安之」原作「右脅而住之」，據乙、庚卷改。

[四五]「不」字據甲、戊、庚卷補。

[四六]「旨臣」二字據甲、戊、庚卷補。

[四七]「說」字據甲卷補。

[四八]「和」原作「如」，據前文改。

[四九]「語」原作「詔」，據甲、戊、庚卷改。

[五〇]「令」原作「合」，據甲、丙、庚卷改。

[五一]「是日也」三字，據甲卷補。

〔五二〕「帳」字據乙卷作「猥」。今意改爲「帳」。

〔五三〕戊卷「頻妃從後」下，作「便合太常作其吟咏」。

〔五四〕「臨」字據丙卷補。

〔五五〕「遣」字據庚卷補。

〔五六〕「綵」原作「祿」，據甲卷改。

〔五七〕按戊卷在由「喜樂之次至承接太子」一段，詞句不同，今錄之以作參考。「巡至無憂樹下，夫人舉手欲攀樹枝，枝條重，把得靈枝一機，從右脅而誕，不奏吟詠。」又庚卷於「承接太子」下，有「此是王宮誕質相也」數字。

〔五八〕「枝」原作「諸」，據庚卷改。

〔五九〕「釋迦聖主袖中生」下，戊卷有一段文字，今錄之作參考。「當時百遼(僚)侍女圍繞逌匝，有一天神自捧金盤承接太子，端然正立，欲求香湯與太子沐浴，便現九龍吐水，與太子沐浴。又奏偈曰。」又甲本於「袖中生」三字之上多一「向」字。

〔六〇〕「聞之」二字據甲、乙卷補。

〔六一〕乙卷無「孫」字。

〔六二〕乙、丁、戊、庚卷「王」字及以下各「王」字下之「王」字，均作「往」。

〔六三〕「心中不決」四字，據戊卷補。

〔六四〕「須」原作「取」，據乙、庚卷改。

〔六五〕戊、庚卷「乃」作「遣」。

〔六六〕「揭」原作「揚」，據甲、庚卷改。

〔六七〕甲、乙、丁、戊、庚卷「上上相」作「解相」。又丙卷作「上相」。

〔六八〕「人」字據甲、丙、丁、戊、庚卷補。

〔六九〕「與」字據甲、乙、丙、丁、庚卷補。

〔七〇〕原有「答」字，據甲、戊、庚卷刪。

〔七一〕甲、乙、丙、丁、戊、庚卷「雨」均作「流」。

〔七二〕「此」字據乙卷補。

〔七三〕甲、乙、丁、庚卷無「不詔世間」四字。

〔七四〕乙、丁、戊、庚卷「我緣不遇」作「我不逢遇」。

〔七五〕丁卷在「吟」字下多「咏詞」二字。

〔七六〕「常」字據甲、乙、丙、丁、戊、庚卷補。

〔七七〕庚卷「無上」作「善提」。

〔七八〕庚卷「問」作「聞」。

〔七九〕「有」字據甲、乙、丁卷補。

〔八〇〕「大王又問臣有何計，諸臣奏曰」原作「卿有何計教」五字，據戊卷改。

〔八一〕「取」字據戊卷補。

〔八二〕「必合解憂」四字據戊卷補。

〔八三〕「之人」二字據乙卷補。

〔八四〕「遂」字據乙卷補。

〔八五〕庚卷「備」作「枇」。

〔八六〕「與」字據甲、乙、戊、庚卷補。

〔八七〕「與」字據乙卷補。

〔八八〕「令巧匠」原作「合孩」，據甲、乙、丙、丁、戊、庚卷改。

〔八九〕「兒」字據甲、丁卷補。

〔九〇〕「知」原作「諸」，據甲、戊、庚卷改。

〔九一〕「令」原作「合」，據甲、丙、戊、庚卷改。

〔九二〕「揀」原作「練」，據庚卷改。

〔九三〕庚卷無「思」字。

〔九四〕「其女：夫人能行三從，我納爲妻，不能行者，迴歸亦得。耶輸陁羅問太子云：何名三從？婦女」原作「夫人三從有則」六字，據戊卷改補。

〔九五〕戊卷於「任從長子」句下，多「此是三從。耶殊答曰：耶合本情。既而從我。」等字。

〔九六〕「爭」原作「羊」，據乙卷改。

〔九七〕「是」字據庚卷補。

〔九八〕「田」原作「國」，據甲、乙、戊卷改。

〔九九〕「鳥」原作「鳴」，據乙卷改。

〔一〇〇〕「在」原作「有」，據甲、乙、丁、戊、庚卷改。

〔一〇一〕「忙」原作「盲」，據乙卷改。

〔一〇二〕乙卷「怪」作「愕」。

〔一〇三〕「之事」二字據乙卷補。

〔一〇四〕「餘」字據甲卷補。

〔一〇五〕「太子太子」四字據甲、乙、庚卷補。

〔一〇六〕「白」字據庚卷補。

〔一〇七〕甲卷「燋燋」作「蕉雄」；乙卷作「燋姑」；丙、戊、庚卷作「燋顇」。

〔一〇八〕「脊柱」原作「脊主」，據乙、庚卷改。

〔一〇九〕「人」字據乙、庚卷補。

〔一一〇〕庚卷「弁」作「辯」，應作「辨」，「辯」通「辨」。

〔一一一〕乙、庚卷「四迴五迴頭歇吟」作「雖是四迴五迴歇」。又戊卷於此句下多「既稱道老，何故衣裳弊破，老人答曰貧」等字。

〔一一二〕戊卷「去」作「起」。

〔一一三〕「一」字據甲卷補。

〔一一四〕戊卷「相」作「到」，「到」下多「至時」二字。

〔一一五〕「迴入」二字，據甲、戊卷補。

〔一一六〕「太子」二字，據乙、庚卷補。

〔一一七〕「向」原作「遣」，據乙、戊、庚卷改。

〔一一八〕「觀」原作「了」，據戊卷改。

〔一一九〕「名」原作「於」，據乙、戊、庚卷改。

〔一二〇〕「成身」二字，據戊卷補。

〔一二一〕「脉」原作「欲」，據甲、乙、丙、戊、庚卷改。

〔一二二〕「諸」原作「之」，據甲、乙、戊、庚卷改。

〔一二三〕「人」字據甲、丙、戊、庚卷補。

〔一二四〕原有「之」字，據甲卷删。

〔一二五〕「便」原作「但」，據甲卷改。

〔一二六〕「人」原作「餘」，據甲、庚卷改。

〔一二七〕「位」原作「倍」，據甲、庚卷改。

〔一二八〕甲、乙、庚卷「於」作「依」。

〔一二九〕「太子」二字據庚卷補。

〔一三〇〕甲、庚卷「壞」下多「在於荒郊」四字。

〔一三一〕「何名死人」四字，據乙、庚卷補。

〔一三二〕甲卷於「人」下多「有」字。

〔一三三〕乙卷「之身」作「之人」。

〔一三四〕「大王」二字，據庚卷補。

〔一三五〕「若說」原作「爲脫」，據乙、庚卷改。又甲卷「說」作「悅」。

〔一三六〕「若說」原作「爲脫說」三字，據乙、庚卷改。又甲本作「爲說」二字。

〔一三七〕「駈駈猶爲子此身，墮落五道三塗，皆是爲男爲女」三句，據乙、庚卷補。

〔一三八〕「不」字據甲、乙、庚卷補。

〔一三九〕甲卷「心裏也能潘得」作「心令耶能伴得」；庚卷作「心裏那能伴得」。

〔一四〇〕乙卷「萬劫」作「百劫」。甲本「實難潘」作「實不難」，「泮」字在「難」字之旁；乙卷作「招難潘」。

〔一四一〕「示多」原作「你名」，據乙、庚本改。又甲卷「然須」作「須然」。

〔一四二〕乙卷「作福還須自家當」作「自身作罪自身當」。

〔一四三〕「替」原作「躰」，據甲、乙卷改。

〔一四四〕「身」原作「劣」，據甲、乙、丙、庚卷改。

〔一四五〕「怨」原作「愁」，據庚卷改。

〔一四六〕「及」原作「子」，據甲卷改。

〔一四七〕甲、庚卷「家」作「人」。

〔一四八〕乙、丙卷「待」作「時」。

〔一四九〕甲、乙、庚卷「浮」作「緣」。

〔一五〇〕「怒」原作「努」，據甲、乙、庚卷改。

〔一五一〕「黑繩繫項」原作「黑⿱罒黽繫須」，據甲、乙、庚卷改。

〔一五二〕「度」原作「座」，據丙卷改。

〔一五三〕「陵」原作「⿰忄桀」，據甲、乙卷改。又丙、庚卷作「憐」。

〔一五四〕「待此身」原作「待此人」，據甲卷改。又乙、丙卷作「待此時」，庚卷作「將此身」。

〔一五五〕原有「子」字，據甲、乙、丙、庚卷刪。

〔一五六〕庚卷「右」作「存」。

〔一五七〕乙卷「莫疑」作「直擬」。「西」原作「面」，據甲、丙卷改。

〔一五八〕「造」原作「遣」，據甲、乙、丙、庚卷改。

〔一五九〕「你」原作「作」，據甲卷改。

〔一六〇〕「威」「序」二字，據甲、庚卷補。

〔一六一〕乙卷「眞」作「直」。

〔一六二〕「是」原作「事」，據甲、乙、丙、庚卷改。

〔一六三〕「架」原作「榮」，據甲、乙、丙卷改。

〔一六四〕庚卷「生」作「在」。

〔一六五〕「便問三寶」四字，據甲、乙、丙、庚卷補。

〔一六六〕「之」原作「知」，據甲、乙、丙卷改。

〔一六七〕「之」字據乙卷補。

〔一六八〕「何」字據甲卷補。

〔一六九〕「益」原作「蓋」，據甲、乙、丙、庚卷改。

〔一七〇〕「歸宮」原作「入」，據甲、乙卷改。

〔一七一〕「已不喜」三字，據甲、乙、丙卷補。

〔一七二〕「大王」二字據甲、丙卷補。

〔一七三〕「了」原作「之」，據甲、乙卷改。

〔一七四〕「綵」原作「採」，據甲、乙卷改。

〔一七五〕「苦切」原作「若物」，據甲、乙、庚卷改。又甲、庚卷「嚎」作「難」。

〔一七六〕「瓣」原作「辯」，據甲、乙卷作「辦」，今改爲「瓣」。

〔一七七〕「告於」原作「生」，據甲、乙卷改。

〔一七八〕「太子」二字，據甲卷補。

〔一七九〕「逾」原作「違」，據甲、乙、庚卷改。

〔一八〇〕甲、乙卷「郎」作「却」。

〔一八一〕「其」原作「共」，據甲卷改。

〔一八二〕甲、乙、庚卷均無「二」字，疑衍文。

〔一八三〕「臨」原作「㤱」，據甲、乙、庚卷改。

〔一八四〕「綵女」原作「緑」，據甲、乙卷改。

〔一八五〕「忖」字據甲、乙卷補。

〔一八六〕「天」下原有「門」字，今據乙卷删。

〔一八七〕「怒」原作「努」，據甲、乙卷改。

〔一八八〕「孫」原作「孩」，據乙卷改。

〔一八九〕「新婦」二字，據甲、乙二卷補。

〔一九〇〕乙卷「却喚」作「可笑」。

〔一九一〕「辜」原作「孤」，據庚卷改。

〔一九二〕甲卷「及以」作「並與」。

〔一九三〕「堆」原作「推」，據甲卷改。

〔一九四〕「以」原作「汝」，據乙、庚卷改。

〔一九五〕「孫」原作「孩」，據甲、乙卷改。

〔一九六〕「即知新婦」四字，據甲、乙卷補。

〔一九七〕「便」字據甲卷補。

〔一九八〕庚卷「既」作「即」。

〔一九九〕「留連」原作「連留」，據乙卷改。

〔二〇〇〕「陽」原作「揚」，據甲、庚卷改。

〔二〇一〕「事」原作「是」，據甲、乙、丙卷改。

〔二〇二〕「努」原作「弩」，據甲、乙、丙卷改。

〔二〇三〕乙、庚卷「擎」作「掔」。

〔二〇四〕「修」字據甲、乙卷補。

〔二〇五〕底卷原文至此已完。

又甲卷文末有書寫年月日一行謂：「長興伍年甲午歲八月十九日蓮臺寺僧洪福寫記諸耳。僧惠定池（持）

念讀誦，知人不取。」

〔二〇六〕由「日食一麻或一麥至雪山修道證𦬠」一段，乃爲乙卷緊接在上文：「我今成佛道，受法爲法子」二句之後面。而庚卷亦載有，但因殘闕太多，今採用乙卷，而以庚本作比勘。

〔二〇七〕「登」原作「等」，據庚卷改。

〔二〇八〕「熙連河」原作「尼連河」，據北京雲字二十四號「八相變」改。

〔二〇九〕庚卷「羣情」作「羣生之情」。

〔二一〇〕「𦬠」即「菩提」二字之合寫。又乙卷原卷全文至此即完。

〔二一一〕由「先開有教益羣情至來遲莫遣阿婆嗔」一段，乃從巴黎國家圖書館伯三一二八號一卷補足。庚卷原亦載有，但因殘闕太多，今用庚卷作比勘。

〔二一二〕庚卷「雪山」作「靈山」。

〔二一三〕庚卷「例皆之心生信解」作「領術之生信解還」。

〔二一四〕「各」原作「谷」，據庚卷改。

〔二一五〕原「夕名」二字，未詳，疑「多名」二字。

〔二一六〕「爲」原作「更」，據庚卷改。

〔二一七〕「妙」原作「如」，據庚卷改。

〔二一八〕由「迦維衛國淨飯王至救度衆生無等人」一本從北京圖書館藏卷皇字七十六號補足，「悉達太子讚一本」

標題原有在文末。按庚卷原亦載有此讚，因太殘闕，故祇用作比勘。

〔三一九〕「行」原作「身」，據庚卷改。

〔三二〇〕庚卷「咷」作「跳」。

〔三二一〕「王」原作「母」，據庚卷改。

〔三二二〕、庚卷「顏色」作「容顏」。

〔三二三〕「事」原作「是」，據庚卷改。

〔三二四〕「王」原作「母」，據庚卷改。

〔三二五〕庚卷「衆」作「種」。

〔三二六〕庚卷「令」作「今」。

〔三二七〕庚卷「齊發願」作「發願重」。

〔三二八〕庚卷「向殿前」作「面殷勤」。

〔三二九〕庚卷「化」作「變」。

王慶菽校錄

【太子成道變文】[一]

尒時太子旣聞和尙之言，深欲出宮修道，遂乃却迴車馬，來入宮中具奏 父王，惟願大王放兒出家修道，我求无上菩提，誓(誓)度一切衆生。便乃有偈：

父王聞奏發齐(聲)悲， 何其我子有別離。
朕憶當時仙人語， 太子長大去修持[二]。
皇宮不紹金輪位， 居山定證佛菩提，
果然今日抛吾去， 因爲西行[三]見死屍。
凈飯大王相勸， 且要[四]我兒爲伴。
今朝爭忍別離， 父子都緣憶[五]戀。
悉達又聞王語， 不肯留身暫住，
我觀宮內歌歡[六]， 日夜由如受苦。
須抛濁世修行， 雪嶺今霈(胥—宵)定去。
無心久戀皇宮， 有願須求出路。
大王爲子轉加愁， 發聲大哭淚交流。

哽咽塡胷腸欲斷[四]，不忍交兒剃頭。
皇宮帝闕無人紹，後嗣應當一世休。
令朕心酸難治位，羣臣見了面含羞。

尒時淨飯大王留連太子，太子都緣不戀皇宮。淨飯大王又勸太子：

我兒年少正當時，爭(非)忍今朝取別離。
順吾尊意權且住，莫入深山受孤恓。
皇宮行有諸伎女，也得交人別猜疑。
若思違逆耶孃命，證得菩提有何爲。

(原文至此完)

校記：

[一] 本卷編號爲伯三四九六，標題原缺。今據故事內容擬題。北京圖書館亦藏有此卷，編號爲推字七十九號，今以之爲甲卷，用作比勘。

[二] 甲卷「持」作「時」。

[三] 甲卷「行」作「門」。

[四] 甲卷「要」作「欲」。

〔五〕甲卷「憶」作「意」。

〔六〕甲卷於「我觀宮內歌歡」句下，多「無心久戀皇宮」一句，疑重。

〔七〕甲卷原文至此句止。

王慶菽校錄

哽咽塡胷腸欲斷[七]，　不忍交兒剃頭。
皇宮帝闕無人紹，　後嗣應當一世休。
令朕心酸難治位，　羣臣見了面含羞。

尒時淨飯大王留連太子，太子都緣不戀皇宮。淨飯大王又勸太子：

我兒年少正當時，　争(爭)忍今朝取別離。
順吾尊意權且住，　莫入深山受孤恓。
皇宮行有諸伎女，　㑒得交人別猜疑。
若思違逆耶孃命，　證得菩提有何爲。

(原文至此完)

校記：

[一] 本卷編號爲伯三四九六，標題原缺，今據故事內容擬題。又北京圖書館亦藏有此卷，編號爲推字七十九號，今以之爲甲卷，用作比勘。

[二] 甲卷「持」作「時」。

[三] 甲卷「行」作「門」。

[四] 甲卷「要」作「欲」。

〔五〕甲卷「憶」作「意」。

〔六〕甲卷於「我觀宮內歌歡」句下，多「無心久戀皇宮」一句，疑重。

〔七〕甲卷原文至此句止。

王慶菽校錄

【太子成道變文】[一]

世尊到道場之內，歎者善男子善女人了後，衆生有者決定之。匕(某)有毛堤子門之內，遍作個大池，一切衆生，並總四面。如乏(是)世岂(尊)心中，某乙在世，不生決定之ㄴ(心)，无其信受。便是善惠身上著祼皮之衣，脫洛(落)與下水上，如蒲并箭，髮如慒(溝)，共世尊渡池如(而)到東岸。先不與善惠受記，後於我受記。到佛滅度後，號釋迦牟尼。如來當時到六欲界天上，作護名菩薩。六年治化衆生，六年已，必便是[二]金團天下(卞)配下界。具檢河東三百六十州，河西十六大國，不巽邢神州懸人語如好檢看。却取上界金團天子到上界之者，河東三百六十州，並總不堪，總是苦取之者。河西十六大國，則加毗衆永成佛釋，衆皆有善。□便是大歲却天門下界与秀(看)，則邡(那)加毗衆永成。到癸丑年之歲七月十五之夜，從於六欲界天上，降下於磨(摩)耶夫人藏中，託胎左脥(腋)但入右。到丙寅之歲，四月八日，於南彌梨薗中，手𢲷(攝或扭)无憂樹，脚紅連(蓮)花右但(誕)下。五百釋衆亂[三]涉，車匿五百白馬共[四]成珠宗(騌騌)共仏(佛)四月八日同時生。九龍吐水，欲太子記脚七步，一手至(指)天，一手至(指)地，口稱爲我爲尊，某乙向上更無人。當時摩耶夫人遣差穴(官)健三人，取取[五]净飯王錢(言)[六]太子但(誕)下在金盤子乘轉巽，從天有九隊雷明，一隊明中，各有獨龍吐水，欲我太子記脚七部(步)，一手至(指)天，一手至(指)地，爲我爲尊，某乙欲(頭)上更無人。净飯王聞老(者)[七]此語，光顏大悅。三個官健，各相如一隊，便喚岳榮之者，打金皷喜樂。得三日已後，更取太子從大覺長者園中，將引淨飯王□□□□後阿姨大哀道夫人拔妳如養胥前成佛。後到大［ ］不樂在家，言道出家，修道，父王並［ ］（下缺）

校記：

〔一〕本卷編號爲斯四四八〇，標題原缺，今據故事內容擬題。

〔二〕「是」字旁原有一「使」字。

〔三〕「乿」字疑「亂」字。

〔四〕原「关」字，未詳，疑「共」字。

〔五〕有一「取」字疑衍。

〔六〕「錢」疑應作「言」。

〔七〕原「耂」字，似「老」字或「者」字。

王慶菽校錄

【太子成道變文】[一]

（上缺）具說生時瑞相。大王聞奏，□□怪□┌──┐令稱異世之事。又詔諸相師，近抱太子。┌──┐阿奴聞諸仙久居巖□，服氣喰霞，尋百韶（韶）之明緣，占吉凶之善惡。孩童雖生宮內，以世絕倫，莫非鬼魅妖神，莫是化生井（菩薩）心中疑誤，決定審詳，善惡二途，分別說解。諸仙奏大王曰：「善生聖子，以世不同，夫人具三十二表，必作轉輪聖王，八十種好者，定爲三界之主。聖子有三十二相，相相幷加諸（莊）嚴，八十隨形，形形總超人貌。在家登金輪王位，釋種千代而興隆，出家定証仏身，救拔四生之重苦。自今日後，願王常勝，願王常尊。英（應）信非邪，定生聖子。當施財實（寶）象馬七珍，須衣与衣，須食与食。」百寮齊聲賀喜，闔國內無不歡忻。思念却返王城，諸天贈一輦轝。若論工，就世所絕希，迎井入在其中，四天王擎轝。更有化生玉女，親身來奉金瓶，前後散衆香花，以韶（韶或韻）龍天左右。護衞太子大王鑾駕全仗而行。近到迦毗羅城，平有一場寶異摩醯（醯）首羅神聖，自右釋種欽虔。士庶供養祗恩，無不從心獲益。大王思忖，欲定思（是）非，將向廣（廟）中，合知所以。毗沙門空中嗔怒一喝，喝去逕（泥）神，趍走太子轝前，一步一禮，乞罪乞罪。咄咄泥龜土像身，大王歡悅，見者无不驚（驚）嗟。非外道不能出禍（譎）詐之言，非天魔不能思害之意。便將太子入到龍城，勑下宮人，嚴持侍養。

其時南天境內，有一年老尊[三]師，道行精專，德業更無過者，非是人間化利，每向三十三天，共帝釋分坐安居，說老空無常理。忽聞忉利天衆，轉身稱喜慶之聲，嚴置道場；散天花客宮〔三〕供養。仙人問彼，有何事由？諸天答之一佛出世，今在贍部洲界迦毗羅城淨飯王宮作爲太子。仙人聞語，速往下方，弃却神通，步行往彼。只將阿陁須童子，入迦毗羅城。時人見之，總生疑怪。自右仙人出入乘五色雲，今因何履地，而値鹿轉相報。大王聞之，□□册上尊者。寒溫未竟，仙人慶賀大王，卑臣福薄業微，不遇太子剩（盛）世。遂請大王遨（邀）見聖子。是以鋪千重之錦繡，啓道場於內宮，設万種之香花，令仙人而相見。孩童纔始睡着，未得覺來，伏乞尊仙，莫生疲悃（倦）。仙人答曰：「太子是四生慈父，睡眠不敢侵身，行時入定，觀心方便，令生拔濟。」大王共仙者入內，遣宮人抱太子禮之。雖媿瞻禮之時，是返往尊仙之面。仙人得覩，哽噎不能發言，惆悵自身，眼中千道淚落。時王夫人及百寮宮人等，見尊仙長哭，盡皆失聲大哭。良久之時，方能停罷。大王道：「朕生一子，歡喜非常，尊仙哭之，有何怪異？」仙人奏曰：「佛世難値，歷万刼而一逢。怨恨自身，臨命終而得見。將思薄福，廣造惡因。碎骨分（粉）身，不將爲是。如斯苦切，實是難陳。伏乞大王，勿生疑阻。」宮人抱出孩兒，相貌端嚴，世下希有，胷前具題万十（字）。仙人一覩，淚雙香流。於是仙人報淨飯大王道：「太子胷（胸）前万字，了了分明，頂上圓光，輝輝現有。不樂珏輪位，直求無上提。練行修身，必作四生父母。王若不信，臣以解之。聖子万行具修，六波羅蜜俱備。十九出家，三十成道。菩提樹下，降伏衆魔。波羅奈城，得无上之法寶。□□□□三十二相周輪，八十隨形，定知是佛。□□□說將。（下缺）

【太子成道變文】〔一〕

（上缺）具說生時瑞相。大王聞奏，□□怪□　　令稱異世之事。又詔諸相師，近抱太子。　　阿奴聞諸仙久居巖□，服氣喰霞，尋百⿰音彡（韶）之明緣，占吉凶之善惡。孩童雖生宮內，以世絕倫，莫非鬼魅妖神，莫是化生井（菩薩），心中疑誤，決定審詳，善惡二途，分別說解。諸仙奏大王曰：「善生聖子，以世不同，夫人具三十二者，必作轉輪聖王，八十種好者，定爲三界之主。聖子有三十二相，相相并加諸（莊）嚴，八十隨形，形形總超人貌。在家登金輪王位，釋種千代而興隆，出家定証仏身，救拔四生之重苦。自今日後，願王常勝，願王常尊。英（應）信非邪，定生聖子。當施財實（寶）象馬七珍，須衣与衣，須食与食。」百寮齊聲賀喜，闔國內無不歡忻。思念却返王城，諸天贈一輦輦。若論工，就世所絕希，迎井入在其中，四天王擎輦。更有化生玉女，親身來奉金瓶，前後散衆香花，以⿰音彡（韶或韻）龍天左右。護衞太子大王鑾駕全仗而行。近到迦毗羅城，平有一場寶異摩醯（醯）首羅神聖，自古釋種欽虔。士庶供養祗恩，無不從心獲益。大王思忖，欲定思（是）非，將向廣（廟）中，合知所以。毗沙門空中嗔怒一喝，喝去遲（泥）神，趍走太子輦前，一步一禮，乞罪乞罪。咄咄泥龕士像身，大王歡悅，見者无不警（驚）嗟。非外道不能出禱（謟）詐之言，非天魔不能思害之意。便將太子入到龍城，勑下宮人，嚴持侍養。

其時南天境內，有一年老尊〔二〕師，道行精專，德業更無過者，非是人間化利，每向三十三天，共帝釋分坐安居，說老空無常理。忽聞忉利天衆，轉身稱喜慶之聲，嚴置道場；散天花客宮〔三〕供養。仙人問彼，有何事由？諸天答之，一佛出世。今在贍部洲界迦毗羅城淨飯王宮作爲太子。仙人聞語，速往下方，弃却神通，步行往彼。只將阿陁須童子，入迦毗羅城。時人見之，總生疑怪。自古仙人出入乘五色雲，今因何履地，而値鹿轉相報。大王聞之，□□册上尊者。寒溫未竟，仙人慶賀大王，卑臣福薄業微，不遇太子剩（盛）世。遂請大王邀（邀）見聖子。是以鋪千重之錦繡，啓道場於內宮，設万種之香花，令仙人而相見。孩童纔始睡着，未得覺來，伏乞尊仙，莫生疲悃（倦）。仙人答曰：「太子是四生慈父，睡眠不敢侵身，行時入定，觀心方便，令生拔濟。」大王共仙者入內，遣宮人抱太子禮之。雖嬪瞻禮之時，是返往尊仙之面。仙人得覩，哽噎不能發言，惆悵自身，眼中千道淚落。時王夫人及百寮宮人等，見尊仙長哭，盡皆失聲大哭。良久之時，方能停罷。大王道：「朕生一子，歡喜非常，尊仙哭之，有何怪異。」仙人奏曰：「佛世難値，歷万刼而一逢，怨恨自身，臨命終而得見。將思薄福，廣造惡因。碎骨分（粉）身，不將爲是。如斯苦切，實是難陳。伏乞大王，勿生疑阻。」宮人抱出孩兒，相貌端嚴，世下希有，胷前具題万子（字）。仙人一覩，淚雙看流。於是仙人報淨飯大王道：「太子胷（胸）前万字，了了分明。頂上圓光，輝輝現有。不樂珍輪位，直求無上提。練行修身，必作四生父母。王若不信，臣以解之。聖子万行具修，六波羅蜜俱備。十九出家，三十成道。菩提樹下，降伏衆魔。波羅奈城，得无上之法寶。□□□□三十二相周輪，八十隨形，定知是佛。□□□說將。（下缺）

校記：

〔一〕本卷編號爲斯四一二八，標題原缺，今據故事內容擬題。

〔二〕原在「年老尊」三字旁有「阿私陁」三字。

〔三〕「宮宮」疑卽「宮」字。

王慶菽校錄

【太子成道變文】〔一〕

（上缺）梵王夫人同議，欲与太子謀於婚媾。其太子見道父王夫人，准擬疋示，不樂如斯。其太子自發心願，求便在後宮結壇說法，集會五百宮人婇（綵）女聽受。諸人不知聖教，數中爲（唯）有耶殊（輸，下同）綵女，識辯（辨）毫相，便施与太子指鐶。其悉達太子，收在懷中。散後告說父王夫人，只此耶殊綵女納眘。寂其太子，日夜轉持戒行，雖求願得耶殊綵女，亦似無妻一般。不曾与女同狀（床），日日四暮其身，夜即取於氈褥，別在一邊，並無貪俗之事。其父王与夫人言說：「我此太子，且与世間不比。具有毫相雙光，常持苦行，心無退轉。」便令宮內專切敬重，不遣外邊私出。其太子見於父母識知毫相，便欲波逃，願求苦行。其父王更切堤坊（提防），恐慮透漏。遂差三十宮常加守護，白日在左右伴坐，夜即鏁閉房門。其太子端然如守行，瑞相轉明。見此世間，有貧有富，有老有亡，其太子更欲雪山修行，不戀世俗。緣太子有於惠眼，漸漸更覓方便。東西守養，年登十九，早知自身，合是有天聖地神，助膺取妄（吾）。後因亭午之間，行至後園散悶，忽見槽上所有百千疋龍馬內，見珠琮（騌騣）白馬一疋。後槽飼馬行官數中，見其一人。太子心中思惟，此者一人一馬，堪共修行。纔嘆羨了，便却歸前宮房內。直至二月七日夜至三更已來，忽見四個神人空中言道：「取太子來，修行時至。」其太子睡校（覺），遍體汗流，端然如（而）座。其守伴宮人，例皆不睡。其太子惠眼，觀見神人，遂言：「據是聖力取來，其房門鏁鏁，宮人不睡，

校記：

〔一〕本卷編號爲斯四一二八，標題原缺，今據故事內容擬題。

〔二〕原在「年老尊」三字旁有「阿私陁」三字。

〔三〕「宮宮」疑即「宮」字。

王慶菽校錄

【太子成道變文】［一］

（上缺）梵王夫人同議，欲与太子謀於婚媾。其太子見道父王夫人，准擬疋示，不樂如斯。其太子自發心願，求便在後宮結壇說法，集會五百宮人婇（綵）女聽受。諸人不知聖敎，數中爲（唯）有耶殊（輸，下同）綵女，識辯（辨）毫相，便施与太子指鐶。其悉達太子，收在懷中。散後告說父王夫人，只此耶殊綵女納眷。寂其太子，日夜轉持戒行，雖求願得耶殊綵女，亦似無妻一般。不曾与女同狀（床），日日四暮其身，夜卽取於氈褥，別在一邊，並無貪俗之事。其父王与夫人言說：「我此太子，且与世間不比。具有毫相雙光，常持苦行，心無退轉。」便令宮內專切敬重，不遣外邊私出。其太子見於父母識知毫相，便欲波逃，願求苦行。其父王更切堤坊（提防），恐慮透漏。遂差三十宮常加守護，白日在左右伴坐，夜卽鏁閉房門。其太子端然如守行，瑞相轉明。見此世間，有貧有富，有老有亡，其太子更欲雪山修行，不戀世俗。緣太子有於惠眼，漸漸更覓方便。東西守養，年登十九，早知自身，合是有天聖地神，助臍取妥（吾）。後因亭午之間，行至後園散悶，忽見槽上所有百千疋龍馬內，見珠琮（騌騌）白馬一疋。後槽飼馬行官數中，見其一人。太子心中思惟，此者一人一馬，堪共修行。纔嘆羨了，便却歸前宮房內。直至二月七日夜至三更已來，忽見四個神人空中言道：「取太子來，修行時至。」其太子睡校（覺），遍體汗流，端然如（而）座。其守伴宮人，例皆不睡。其太子惠眼，覩見神人，遂言：「據是聖力取來，其房門鏁鑠，宮人不睡，

此者有何之計？」語由未了，被神人以手指却一匝，宮人例總瞌（瞌）睡，兼房關鏁並開。當時神人取得太子，便於後園。（下缺）

校記：

〔一〕本卷編號爲斯四六三三，標題原缺，今據故事內容擬題。

王慶菽校錄

【太子成道變文】[一]

（上缺）却且住，不到五歲已上，父王便取妻与太子。於大街中嚛玖從綵色樓子，上坐十六大國。應有大臣（官）長者之女，隊隊如（而）[二]過。太子並惣不看，見前刼婢女破面与咲（笑），便取中脂（指）上金脂（指）環，便杍（打）喜皷（鼓），便与成親。三年之内，别床而宿。太子禪坐，夫人行道。夫人坐禰（禪），太子行道。到七年之時，□□□□□便成出家。父王遣差五百個力助四門，如方四門觀看。先到東門，見生老，悉（皆）車匿：「因何而老？」車匿答曰：「有生□□」太子不寔（寞—樂）[三]便别，却迴而入。南門見病。西門見四（死）。北門見剃髮喫□凡僧。便是苦行跢山[四]。夜半子時，車匿白馬，李三人同而去。太子乘馬而上，妻是耶須（輸）陁羅，夫人並總不覺，著金遶（鞍）至壞角[五]。四天王乘太子馬脚𨻰窒[六]成而去。至五更，到雪山。先庚（廣）[七]歸輪。太子後成佁道，一憚（彈）指中，□兜率天宫中，說是到跢共成无上。（下缺）

校記：

[一] 本卷編號爲斯三零九六，標題原缺，今據故事内容擬題。

此者有何之計？」語由未了，被神人以手指却一匝，宮人例總瞌(瞌)睡，兼房關鏁並開。當時神人取得太子，便於後園。(下缺)

校記：

〔一〕本卷編號爲斯四六三三，標題原缺，今據故事內容擬題。

王慶菽校錄

【太子成道變文】[一]

(上缺)却且住，不到五歲已上，父王便取妻与太子。於大街中㗖玖從綵色樓子，上坐十六大國。應有大亩(宙)長者之女，隊隊如(而)[二]過。太子並惣不看，見前刧婢女破面与咲(笑)，色取中脂(指)上金脂(指)環，便打(打)喜皷(鼓)，便与成親。三年之内，別床而宿。太子禪坐，夫人行道，夫人坐禰(禪)，太子行道。到七年之時，□□□□□便成出家。父王遣差五百個力助四門，如方四門觀看。先到東門，見生老，忩(杳)車匿，因何而老？車匿答曰：「有生□□太子不寍(寞—樂)[三]便別，却迴而入。南門見病。西門見四(死)。北門見削髮喫□凡僧。便是苦行叺山[四]。夜半子時，車匿白馬，李三人同而去。太子乘馬而上，妻是耶須(輸)陁羅，夫人並總不覺，著金邊(鞭)至壞角[五]。四天王乘太子馬脚隨窒[六]成而去。至五更，到雪山。先庻(廣)[七]歸輪。太子後成仏道，一憚(彈)指中，□兜率天宮中，說是到叺共成无上。(下缺)

校記：

[一] 本卷編號爲斯三零九六，標題原缺，今據故事內容擬題。

〔二〕本卷凡「而」均寫作「如」，今一律改爲「而」。

〔三〕原缺下半，疑卽「寞」，當作樂。

〔四〕「豉山」疑「頭山」，未詳。

〔五〕原「角」字，疑「角」字。

〔六〕原「隨壄」，未詳。

〔七〕「廣」疑卽「廣」字。

王慶菽校錄

【八相變】〔一〕

爾時釋迦如來，於過去無量世時，百千萬劫，多生波羅奈國。廣發四弘誓願，直求无上菩提。不惜身命，常以己身，及一切萬物，給施衆生。慈力王時，見五夜叉，爲啖人血肉，飢火所逼，其王哀愍，與身布施餧五夜叉。歌利王時，割截身體，節節支解。尸毗王時，割股救其鳩鴿。月光王時，一一樹下，施頭千遍，求其智慧。寶燈王時，剜身千龕，供養十方諸佛，身上燃燈千盞。薩埵王子時，捨身數度，濟（濟）其餓虎。悉達太子時，廣開大藏，布施一切飢餓貧乏之人，令得飽滿。兼所有國城妻子，象馬七珍等，施與一切衆生。或時爲王，或時爲太子，於波羅奈國五天之境，捨身捨命，不作爲難。非但一生，如是百千萬億劫，精練身心，發其大願，種種苦行，无不修斷，令其心願滿足。故於三无數劫中，積修萬行，只爲功充果滿，方成佛位。佛者何語，佛者覺也。覺悟身中，眞如之性，覺心内煩惱之怨。出生死之坐（塵）勞，踐菩提之閫域。六通具足，五眼元明〔二〕，爲三界大師，作四生慈父。從清淨土，著蔽垢衣，出現娑婆，化諸弟子。佛子

三大僧祇願力堅，六波羅蜜行周旋。
百千功德身將滿，八十隨形相欲全。
未向此間來救度，且於何處大基緣。

當時不在諸餘國，　示現權居兜率天。

未審兜率陁者，是梵語，秦言知足天。兜名少欲，率是知足，此是欲界第四天也。況說欲界，有其六天：第一四天王天；第二忉利天；第三須夜摩天〔三〕；第四兜率陁天；第五樂變化天；第六他化自在天。如是六天之內，近上則玄極太寂，近下則鬧動煩喧，中者兜率陁天，不寂不鬧，所以前佛後佛，總補在依此宮。今我如來世尊，亦當是處。此是上生兜率相，已上總管自下降。

於是「我佛觀見閻浮提衆生業重，流浪難出苦源，縱欲」……

我佛觀見閻浮提衆生，業鄣深重，苦海難離，欲擬下界勞籠，拔超生死。遂遣金團天子，先屆凡間，選一奇方，堪吾降質。於此之時，有何言語云云：

我今欲擬下閻浮，　汝等速須揀一國。
遍看下方諸世界，　何處堪吾託生臨〔四〕。

爾時金團天子，奉遣下界，歷遍凡間，數選奇方，並不堪世尊託質。唯迦毗衞國似應堪居。却往天中具由咨說〔五〕云云：

當日金團天子，　潛身來下人間。
金(今)朝菩薩降生，　福報合生何處。
遍看十六大國，　從頭皆道不堪。
唯有迦毗羅城，　天子聞名第一。

社稷萬年國主，　祖宗千代輪王。
我觀過去世尊，　示現皆生佛國。
看了却歸天界，　隨相菩薩下生。
時當七月中旬，　託蔭摩耶腹內。
百千天子排空下，　同向迦毗羅國生。

是時摩耶夫人夢想有孕，月滿將充。宮中煩悶而愁怨，遂伴嬪妃遊後苑。覩無憂樹，舉手攀枝，釋迦眞身，從右脅誕出。當此之時，有何言語云云：

無憂樹下暫攀花，　右脅生來釋氏家。
五百天人隨太子，　三千宮女捧摩耶。
堂前飛來〔六〕鴛鴦被，　園裏休登翡翠〔七〕車。
產後孩童多瑞相〔八〕，　明君聞奏喜無衙(涯)。

太子既生之下，感得九龍吐水，沐浴一身。舉左手而指天，垂右脾(臂)而於地，東西徐步，起足蓮花。凡人觀此皆殊祥，遇者願瞻之異端。當〔九〕爾之時，道何言語：

九龍吐水浴身胎，　八部神光曜殿臺。
希期(奇)瑞相頭中現，　菡萏蓮花足下開。

又道：

指天天上我爲尊，　指地地中最勝仁。

我生胎分今朝盡，　是降菩薩最後身。

於是大王怜愛太子，將向後宮，令遣頻(嬪)妃，遂交育養。其時被諸大臣道：「大王！太子本是妖精鬼魅，請王須與棄亡。若也存立人間，必定破家滅國。」當爾之時，有何言語云云：

太子生下瑞靈顔，　諸臣猜道是妖姧。

臣請大王須除〔一〇〕棄，　留存家國總不安。

當時文殊菩薩，密見諸臣不識是出世之仙，恐諂損傷太子。遂化作一臣，數越起超班，謹對奏言：「大王審察，莫取諸臣言敎，細意再思。此是〔一一〕異聖奇仁，不同凡類。」當爾之時，有何言語云云：

太子相好無等倫，　降下閻浮化理民。

居家定作輪王位，　出世應爲大法尊。

文殊菩薩遂向大王道：「大王若不信，南山有一阿斯陁仙仁(人)，修行歲久，道行精專。屈請將來，令交瞻相，大王便悉此事。」云云：

南山有一阿斯仙，　修行歲久道行專。

顔貌已過經千載，　早登五道相人間。

瞻看國內呼第一，　世上無比共齊肩。

屈請將來令交相，　臣此今朝不虛然。

既見菩薩語了，大王感取見(而)言，來日屈請仙人。侵晨便至，門守(首)邀請上殿，對說因由，「大王有夫人產生，乃出奇祥太子，生[一二]下便語，口稱唯尊，天上人間，獨我無勝。因(故)請仙哲，占相斯人。」仙師見太子出來，流淚滿目，手拭眼淚，口讚希嗟。當爾之時，道何言語：

大王屈請聖仙[一三]才，侵晨便到門守(首)來。
廣排綺席花敷殿，共王祗擑(揖)上基階。
啓口申說夫人孕，生下太子大奇哉。
仙人忽見淚盈目，呼(吁)嗟傷歎手頤顋。

仙人既召之後，却向大王道：「太子是出世之尊，不是凡人之數。大王今若不信，城南有一泥神，從世已來，人皆覩驗。王疑太子魍魅，但出親驗神前。的是鬼類妖精，其神化爲凝血，若不是精魅之類，只合不動不變。」於爾之時，有何言語：

城南有一摩醯(醯)[一四]神，見說尋常多揬噴。
世上或行詐僞事，就[一五]前定驗現其眞。
大王但將此太子，纔見必令始知聞。
若是禎祥於本主[一六]，的定妖邪化爲塵。

大王明日，廣排天仗，遠出城南，將百萬之精兵，並太子亦隨駕幸。行至神廟五里以來，泥神被北方天王唱(喝)一聲，雖是泥神，一步一倒，直至大王馬前，禮拜乞罪。佛子指天天上我爲尊，　指地地中最勝仁。
我生胎分今朝盡，　是降菩薩最後身。

於是大王怜愛太子，將向後宮，令遣頻(嬪)妃，遂交育養。其時被諸大臣道：「大王！太子本是妖精鬼魅，請王須與棄亡。若也存立人間，必定破家滅國。」當爾之時，有何言語云云：

太子生下瑞靈顏，　諸臣猜道是妖姧。
臣請大王須除〔一〇〕棄，　留存家國總不安。

當時文殊菩薩，密見諸臣不識是出世之仙，恐謟損傷太子。遂化作一臣，數越起超班，謹對奏言：「大王審察，莫取諸臣言敎，細意再思。此是〔一一〕異聖奇仁，不同凡類。」當爾之時，有何言語云云：

太子相好無等倫，　降下閻浮化理民。
居家定作輪王位，　出世應爲大法尊。

文殊菩薩遂向大王道：「大王若不信，南山有一阿斯陁仙仁(人)，修行歲久，道行精專。屈請將來，令交瞻相，大王便悉此事。」云云：

南山有一阿斯仙，　修行歲久道行專。
顏貌已過經千載，　早登五道相人間。
瞻看國內呼第一，　世上無比共齊肩。
屈請將來令交相，　臣此今朝不虛然。

既見菩薩語了，大王感取見(而)言，來日屈請仙人。侵晨便至，門守(首)邀請上殿，對說因由。大王有夫人產生，乃出奇祥太子，生[一二]下便語，口稱唯尊，天上人間，獨我無勝。固(故)請仙哲，占相斯人。仙師見太子出來，流淚滿目，手拭眼淚，口讚希嗟。當爾之時，道何言語：

大王屈請聖仙[一三]才，　侵晨便到門守(首)來。
廣排綺席花敷殿，　共王祗撒(揖)上基階。
啓口申說夫人孕，　生下太子大奇哉。
仙人忽見淚盈目，　呼(吁)嗟傷歎手顛顋。

仙人既召之後，却向大王道：「太子是出世之尊，不是凡人之數。大王今若不信，城南有一泥神，逌世已來，人皆覗驗。王疑太子魍魅，但出親驗神前。的是鬼類妖精，其神化爲凝血，若不是精魅之類，只合不動不變。」於爾之時，有何言語：

城南有一摩醯(醯)[一四]神，　見說尋常多操嗔。
世上或行詐僞事，　就[一五]前定驗現其眞。
大王但將此太子，　纔見必令始知聞。
若是禎祥於本主[一六]，　的定妖邪化爲塵。

大王明日，廣排天仗，遠出城南，將百萬之精兵，並太子亦隨駕幸。行至神廟五里以來，泥神被北方天王唱(喝)一聲，雖是泥神，一步一倒，直至大王馬前，禮拜乞罪。佛子咄咄泥堪土像身，　空將昧語誑時人。
從此大王懷抱子，　便是牟尼大世尊。

又道：

因何不起出門迎，　禮拜求哀乞罪輕。
捨却多生邪見行，　從茲免作鬼神形。

大王道：「聖者尋常多操惡，今日拜禮甚人？」泥神道：「不是禮拜大王，禮拜大王太子。何故？太子有三十二相，八十種好，項背圓光，紫摩(磨)金色。在家作轉輪王位，出家定證佛身，所以禮拜。」大王見說上事，卽便歸宮，處分綵女頻(嬪)妃，伴換太子，恆在左右，不離終朝。太子年登拾玖，戀着五欲。天帝釋道：「太子此來下界，救度衆生，何故縱意自恣，貪着五欲。」太子悟得此事，當便心迴，其時二月一日，太子在於宮中，欲往巡歷四門，遊玩花木。遂遣宮監及諸從人，一齊相隨，同往觀看。天帝釋知太子遊觀四門，各化一身，於此四門，令交太子，悟其生死。纔出東門之外，陌上忽逢一人，行步悤悤，極甚忙切。太子見之，遂遣車匿迎前問之：「公是何人，行步悤速？」其人道：「家中新婦有難，拾月將充，苦痛逼身，所以悤速。」太子又問：「生者只是一人，人間總有？」其人道：「一例如狀〔二二〕。」

我家有子在臨胎，　千般痛苦誕嬰孩。
父子悤忙重發願，　只願平善不逢災。

太子遂聞生者，憂切轉加，便疑(擬)還宮，又作一偈，歎道：

太子聞孩子誕生來，　方知世事實苦哉〔一八〕。
生下人身不長久，　日月流速遞相催。

太子作偈已了，卽便歸宮，迷悶憂煩，極甚不悅。大王見太子愁憂不樂，更添百般細樂，萬種音聲，令遣宮內，爲歡太子，太子都不入耳。再處分車匿，來晨被於朱騣白馬，却往南門觀看。是時太子車駕，及諸侍從員寮，纔出南門，忽爾行次，不逢別事，見一老人，髮白如霜，鬢毛似雪，眉中有千重碎皺，項上有百道麁(粗)筋，雙目則珠淚長垂，兩手乃窂(牢)扶柱杖，看人不識，共語無應，緩行慢行，麁(粗)喘細喘。太子見已，卽便驚忙，當爾之時，道何言語：

策杖低腰是何人，　面無光色鬢如銀。
爲復世人無二種，　爲復老者只一身。

太子見已，莫辨聖凡，令遣車匿問之，此者是何人也？車匿奉命，直見老翁，「是何人，在此而立？數次叫問，都沒膺挨，推築(催促)再三，方始回答。老人道：「吾今桑榆已逼，鍾漏將窮。眼暗都不識人，耳聾不聞音響。十步之內，九步長噓。壽限將臨，此名爲老。殿下旣問，然說實情。」當爾之時，有何言語：

鷄皮鶴髮身憔悴，　耳聾眼暗不能行。
此老都來不將去，　必定留傳與後生。

太子遂遣車匿，却往重問再三：寃(寡)人道：「太子恆在宮園，不知世間之事，爲復人總衰老，爲復只是一人，請不惜情，子細分雪（說）。」車匿蒙使，趁驟直見老翁，具說所問根原，直申太子情懇。老翁蒙擢笑呵呵，說道：「我輩凡夫，高下共同一體空，不是吾之衰老，轉轉便到後生。雖然殿上尊高，老相亦問，復如是。既蒙來問，具說原由。」於此之時，有何言語：

眼暗都緣不辨色，耳聾高語不聞聲。
欲行三里二里時，雖是四迴五迴歇。

太子聞之，轉更泣淚愁眉，迴答一偈：

太子聞言情緒悲，少年全得沒多時。
必若老來何處避，顧戀榮華也是癡。

太子作偈已了，更積愁憂，嘆息長噓，淚珠流滴，當便迴駕，却入宮闈。父王聞太子還宮，遂遣大臣存問：「今晨殿下，散悶閑遊，駕幸南門，見何景像？」太子蒙問，具答上情，改變顏容，都無人色。大臣走出，申奏王知：「今晨太子散煩，愁憂更加轉極。」大王聞奏，怨噎連胸，遂遣綵女嬪妃，相勸伴換。太子無心歡悅，有意愁憂，擡眼不看，兩眉莫展。來日遣被朱踪（騣）白馬，即往西門巡行。忽見一人，四體極甚羸劣，形容瘦損，喘息不安。兩面人扶，千般癡痛，兼有藥椀，在於頭邊，百味飲食將來，一般都不向口。太子遂遣車匿問之：「君是何人？」其人答曰：「我是病兒。」太子又問：「何名病兒？」其人道：「人生世間，地水火風，成其四大。一大不調，百一病起，此名病兒。」又問：「病者唯公一個，爲復盡皆如然？」病兒道：「殿下祿重官高，病患亦復如是。」老人被問，具已咨聞。當爾之時，道何言語：

拔劍平四海， 橫戈敵萬夫。

一朝床枕上， 起臥要人扶。

太子聞偈，哽噎非常，遂乃叫切含悲，亦道一偈：

太子聞道病來侵， 萬般愁苦轉縈心。

貴賤都來同幻化， 何須多要積珠金。

太子作偈已了，卽便歸宮，顏色忙祥，愁憂不止。大王聞太子還宮，遣宮人遂換(喚)太子：「吾從養汝，只是懷愁。昨日遊觀西門，見於何物？」太子奏大王曰：「昨日遊玩，不見別物，見一病兒，形駭(骸)羸瘦。遂遣車匿，所問病者，只是一人？他道世間病患之時，不諫(揀)貴賤。聞此言語，實積憂愁。謹咨大王，何必怪責。」大王遂遣太子，來日却往巡遊。至於北門，忽見一人，歸於逝路。四支全具，九孔□□，臥在荒郊，膖脹壞爛。六親號叫，九族哀啼，散髮拔(拔)頭，渾塠自撲。遂遣車匿往問，問云：「此是何人？」喪主具說實，言道：「此是死事。」「卽公一個死？世間亦復如然？」喪主道：「王侯凡庶一般，死相亦無二種。」當爾之時，有何言語：

國王之位大尊高， 煞鬼臨終无處逃。

死相來侵皆若此， 還漂苦海浪滔滔。

太子答：

太子聞死轉愁眉， 再三怨恨實可悲。

是一人，請不惜情，子細分雪(說)。」車匿蒙使，趁驟直見老翁，具說所問根原，直申太子情懇。老翁蒙擢笑呵呵，說道：「我輩凡夫，高下共同一體空，不是吾之衰老，轉轉便到後生。雖然殿上尊高，老相亦問，復如是。既蒙來問，具說原由。」於此之時，有何言語：

眼暗都緣不弁色，　耳聾高語不聞聲。
欲行三里二里時，　雖是四迴五迴歇。

太子聞之，轉更泣淚愁眉，迴答一偈：

太子聞言情緒悲，　少年全得沒多時。
必若老來何處避，　願戀榮華也是癡。

太子作偈已了，更積愁憂，嘆息長噓，淚珠流滴，當便迴駕，却入宮闈。父王聞太子還宮，遂遣大臣存問。今晨殿下，散悶閑遊，駕幸南門，見何景像。太子蒙問，具答上情，改變顏容，都無人色。大臣走出，申奏王知。今晨太子散煩，愁憂更加轉極。大王聞奏，怨噎連胸，遂遣綵女嬪妃，相勸伴換。太子無心歡悅，有意愁憂，臺眼不看，兩眉莫展。來日遣被朱踪(騣騌)白馬，卽往西門巡行。忽見一人，四體極甚羸劣，形容瘦損，喘息不安。兩面人扶，千般癧痛，兼有藥椀，在於頭邊，百味飲食將來，一般都不向口。太子遂遣車匿問之：「君是何人？」其人答曰：「我是病兒。」太子又問：「何名病兒？」其人道：「人生世間，地水火風，成其四大。一大不調，百一病起，此名病兒。」又問：「病者唯公一個，爲復盡皆如然？」病兒道：「殿下祿重官高，病患亦復如是。」老人被問，具已咨聞。當爾之時，道何言語：

拔劍平四海，　橫戈敵萬夫。

一朝床枕上，　起臥要人扶。

太子聞偈，哽噎非常，遂乃叫切含悲，亦道一偈：

太子聞道病來侵，　萬般愁苦轉縈心。

貴賤都來同幻化，　何須多要積珠金。

太子作偈已了，卽便歸宮，顏色忙祥，愁憂不止。大王聞太子還宮，遣宮人遂換（喚）太子：「吾從養汝，只是懷愁。昨日遊觀西門，見於何物？」太子奏大王曰：「昨日遊玩，不見別物，見一病兒，形骸（骸）羸瘦。遂遣車匿，所問病者，只是一人？他道世間病患之時，不諫（揀）貴賤。聞此言語，實積憂愁。謹咨大王，何必怪責。」大王遂遣太子，來日却往巡遊。至於北門，忽見一人，歸於逝路。四支全具，九孔□□，臥在荒郊，膖脹壞爛。六親號叫，九族哀啼，散髮拔（披）頭，渾塠自撲。遂遣車匿往問，問云：「此是何人？」喪主具說實，言道：「此是死事。」「卽公一個死？世間亦復如然？」喪主道：「王侯凡庶一般，死相亦無二種。」當爾之時，有何言語：

國王之位大尊高，　煞鬼臨終无處逃。

死相來侵皆若此，　還漂苦海浪滔滔。

太子答：

太子聞死轉愁眉，　再三怨恨實可悲。

直饒萬乘君王位，　勢長風促得多少時。

太子吟咏已了，更乃愁憂　嗟嘆我輩凡夫，如何免得此事。悶心數四，憂苦再三，即便還宮，都无喜色。父王聞太子入內，親喚至於面前，遂乃出於善言，親自勸免（勉）：「若說世間恩愛，不過父子情深，細論世上恩情，莫若親生男女。皆是宿生緣業，今世託我胎中，且作國王大臣，此合不愁天地。自經數日，都無歡顏，解悶巡遊，轉加憂惱。百鳥尚爲子屈，何況我輩君王。若是孝順之男，直申心中所願。財物庫藏，任意般將，不管與誰，進（盡）任破用。」既奉父王勸免（勉），原來不稱情懷，愁聚兩眉，淚流雙眼。父王勸諫太子不得，無計思量，當爾之時：

朕緣一國作人王，　富貴凌天極豪強。
比望我子受快樂，　因何愁苦轉悲傷。

太子道：

遮莫高貴逞英豪，　人生再會大難逢。
生老病死相煎逼，　積財千萬總成空。

太子來日，遂遣車匿，被於朱綜（騣騌），往出城門。在於路上，觀看之次，忽見一人，削髮染衣，徐行緩步。太子忽見，即遣車匿問之：「君是何人，在此遊玩？」此人答曰：「我是師僧。」太子却問：「何名師僧？」此人答曰：「諸漏已盡，煩惱頓除。飯在盂中，衣生架上。捨割世間恩愛，唯求佛果菩提。不戀煩誼，精勤大敎，此名師僧。」太子聞已，歡喜非常，下馬虔恭於一心，合掌禮拜於三寶。便問：「和尙，是誰之弟子？」和尙答曰：「我是三教大師、四生慈父、爲人天之道首、作苦海之舟船、釋迦牟尼如來，是我之師父。」和尙蒙問，具答實情。當爾之時：

和尙旣蒙太子問，　實情並乃具說知。
若說我之本師父，　便是如來大牟尼。

和尙吟偈已了，太子却問：「如何修行，證得此身？」和尙道：「精懃行道，忍苦捍勞，救濟衆生，堅持戒學，乃獲此身。」太子聞之，卽便生歡。當爾之時，道何言語：

太子見已便歡忻，　頓捨煩惱斷貪嗔。
无上菩提成佛事，　決定修行證此身。

爾時太子，悟身之而非久，了幻體之無常。其夜子時，感天人而唱道。喚云：「太子，修行時至，何得端然？」太子忽從睡覺，報言空中：「如此喚呼，是何人也？」卽時空中報曰：「我是金團天子，遣助太子修行。正是去時，何勞懈怠？」太子答云：「我大王令五百宮監，守伴三時，不離終朝，如何去得？」天人答言：「我交一瞌睡神下界，令百人盡皆昏沉，卽便相隨，有何不得？」言之已了，宮人並總睡着，只留車匿醒悟，被得朱駿（騍騌）白馬，牽來直近階前。感四天王以捧馬蹄，攢一隊而騰空發。時當二月，日在八晨，離迦毗之羅城，赴雪山而苦行。云云

樓頭纔打三更鼓，　寺裏初聲半夜鐘。
一似門徒彈指頃，　須臾便到雪山中。

太子既離皇闕，已赴雪山。顧嶮嶺之嵯峨，望奇峯之岑崚。乃見千年石蓋，萬歲松蘿，前聖經行之縱(蹤)，後佛修因之地。云云

當時堅意誓心貞，　顧嶺嵯峨不畏驚。
南北東西行七步，　問阿郍(那)盤陁石最平。

太子座已，專注修行。辭妄想以攀緣，絕埃塵而捨割。遣於車匿，却返王城。未去之間，車匿愁切，跪申太子，固訴陳言：「奉旨迴而不達(幸)，慮王妃之勿信。空將白馬，由恐狐疑。車匿鄙詞，難爲的實。」云云

太子夜半出來時，　宮人美女不覺知。
今日空迴白馬去，　大王亦(十)見便生疑。

是時太子，語於車匿，付屬再三，將頭冠以獻父王，牽白馬而却還本厩。朱衣麗服，脫卸收封，迴付宮人，以爲信物。車匿承旨，不憚艱辛，引馬登程，奉歸本國。卽感白馬蹹跪，滿目而滴淚成池，萬樹千花，失光嚴之秀色，含蹄緩步，徐下山來。當爾之時，道何言語：

行行行來下青山，　馬叫人悲慘別顏。
千樹夜花光琛爛，　一溪流水綠潺潺。
心憂到被君王問，　暗地思量奏對言。
亦入城來人總喜，　問太子如今在阿那邊。

太子自別車匿之後，上高嶺之嵒龕，立弘願以堅貞，求菩提之至切。入於禪室，定意安祥，食一麥而爲齋，養四大之幻體。蘆穿透膝，頂鵲爲巢。斷有漏之凡疑，誓無邊之上德。精專聖道，不起邪塵，獨住山間，唯祈淨行。云云

自別車匿住雪山，　苦行殷懃志道專。
日食一麻或一麥，　鵲散巢窠頂上安。

太子一從守道，行滿六年。當臘月八日之時，下山於熙連河沐浴。爲久專懇行，身力全無，唯殘骨筋，體尤困頓。河中洗濯，浣膩潔清，既欲出來，不能攀岸。感文殊而垂手，接臂虛空，承我佛於河灘，達於彼岸。遂逢吉祥長者，鋪香草以殷懃，紫磨嚴身，金黃備體。云云

六年苦行志殷懃，　四智俱圓感覺身。
下向熙連河沐浴，　上登草座勸黎民。
紫金滿覆於其體，　白毫光相素如銀。
文殊長者設願厚，　供養如來大世尊。

我如來既登草座，觀心未圓，忽逢姊妹二人，一時迎前拜禮，口稱名號，是阿難陁。田中牧牛，常遊野陌，每將乳粥，供養樹神。偶見世尊，迴特獻俸。又感四天王掌鉢，來奉於前，併四鉢納一盂中，可集三斗六升。三斗者降其毒，六升者，則六波羅蜜因是也。既備功圓，便能至聖。遂往金剛座上，獨稱三界之尊，鷲嶺峯前，化誘十方情識。降天摩（魔）而戰擷（幟），伏外道以魂驚。顯正摧邪，歸從釋教。云云

自登草座覩難陁，　迴將乳粥獻釋迦。
四王掌鉢除三毒，　功圓淨行六波羅。
金剛座中嚴靈相，　鷲嶺峯前定天魔。
八十隨形皆願備，　三十二相現娑婆。

況說如來八相，三秋未盡根原，略以標名，開題示目。今具日光西下，座久迎時。盈場並是英奇仁，闔郡皆懷云（君儀）雅操。衆中俊哲，藝曉千端，忽滯淹藏，後無一出。伏望府主允從，則是光揚佛日，恩矣恩矣。

校記：

〔一〕本文原藏北京圖書館，編號爲雲字二十四號。紙背全是空白，只有「八相變」三字，當是原有標題，故據以命題。又與此文內容完全相同者，尚有乃字九十一號。今以雲字卷爲原卷，乃字卷爲甲卷，作爲比勘。按此故事亦爲根據佛本行集經加以演繹。

〔二〕「元」原作「无」，據甲卷改，按「元明」即「圓明」。

〔三〕甲卷「須夜摩天」作「須磨他天」。

〔四〕甲卷「臨」作「腹」。

[五] 甲卷「具由咨說」作「且由宮院」。

[六] 甲卷「飛來」作「再政」。

[七] 甲卷「園裏」作「爲危」，「翡翠」作「舉車」。

[八] 甲卷「相」作「福」。

[九] 「當」原作「常」，據甲卷改。

[一〇] 甲卷「除」作「降」。

[一一] 甲卷「是」作「事」。

[一二] 「生」原作「主」，據甲卷改。

[一三] 「仙」字據甲卷補。

[一四] 甲卷「醖」作「酪」。

[一五] 甲卷「就」作「龍」。

[一六] 甲卷「主」作「立」。

[一七] 甲卷「狀」作「然」。

[一八] 甲卷「哉」作「灾」。甲卷原文至此止。

王慶菽校錄

自登草座覩難陁，　迴將乳粥獻釋迦。
四王掌鉢除三毒，　功圓淨行六波羅。
金剛座中嚴靈相，　鷲嶺峯前定天魔。
八十隨形皆願備，　三十二相現娑婆。

況說如來八相，三秋未盡根原，略以標名，開題示目。今具日光西下，座久迎時。盈場並是英奇仁，閤郡皆懷云(云懷)雅操。衆中俊哲，藝曉千端，忽滯淹藏，後無一出。伏望府主允從，則是光揚佛日，恩矣恩矣。

校記：

〔一〕本文原藏北京圖書館，編號爲雲字二十四號。紙背全是空白，只有「八相變」三字，當是原有標題，故據以命題。又與此文內容完全相同者，尚有乃字九十一號。今以雲字卷爲原卷，乃字卷爲甲卷，作爲比勘。按此故事亦爲根據佛本行集經加以演繹。

〔二〕「元」原作「无」，據甲卷改，按「元明」即「圓明」。

〔三〕甲卷「須夜摩天」作「須磨他天」。

〔四〕甲卷「臨」作「腹」。

〔五〕甲卷「具由咨說」作「且由宮院」。

〔六〕甲卷「飛來」作「再政」。

〔七〕甲卷「園裏」作「爲危」，「翡翠」作「舉車」。

〔八〕甲卷「相」作「福」。

〔九〕「當」原作「常」，據甲卷改。

〔一〇〕甲卷「除」作「降」。

〔一一〕甲卷「是」作「事」。

〔一二〕「生」原作「主」，據甲卷改。

〔一三〕「仙」字據甲卷補。

〔一四〕甲卷「醘」作「酴」。

〔一五〕甲卷「就」作「龍」。

〔一六〕甲卷「主」作「立」。

〔一七〕甲卷「狀」作「然」。

〔一八〕甲卷「哉」作「灾」。甲卷原文至此止。

王慶菽校錄

【破魔變文】[一]

降魔變神押座文

年來年去暗更移，　沒一箇將心解覺知，
只昨日顋邊紅艷艷，　如今頭上白絲絲。
尊高蹤(縱)使千人諾，　逼促都成一夢斯[二]，
更見老人腰背曲，　駈駈猶自爲妻兒。

君不見生来死去，似蟻脩還[三]，爲衣爲食，如蝅(蠶)作璽(繭)。假使有拔山擧頂(鼎)之士，終埋在三尺土中。直饒玉提金繡之徒，未免於一械灰燼。莫爲久住，看則去時，雖論有頂之天，總到无常之地。少妻恩厚，難爲與之替死之門；愛子情深，終不代君受苦。忙忙(茫茫)濁世，爭戀久居；棖棖(漠漠)昏迷，如何擬去。不集開常意樹，早折覺花，天宮快樂處，須生地獄下。波吒莫去死，去了却生來。合嘆傷，爭堪你[四]却不思量：

一世似風燈虛沒沒，　百年如春夢苦忙忙，
心頭託手細參詳，　世事從来不久長。
遮莫金銀盈庫藏，　死時爭豈與君將？

紅顏漸漸鷄皮皺，綠鬢看看鶴髮倉(蒼)，
更有向前相識者，從頭老病總無常。
「春夏秋冬四序摧(催)，致令人世有輪廻。
千山白雪分明在，萬樹紅花闇欲開。
鸞来鸞去時復促，花榮花謝〔五〕竟推排，
聞橽直須知覺悟，當来必定免輪廻。
〔欲問若有如此事」〔六〕，經題名目唱將来。

已(以)此開讚大乘所生功德。謹奉莊嚴我當今皇帝貴位，伏願長懸舜日，永保堯年，延鳳邑於千秋，保龍圖於萬歲。伏惟我府主僕射，神資直氣，岳降英靈，懷濟物之深仁，蘊調元之盛業。門傳閥閱，撫養黎民，惣邦教之淸規，均木(水)土之重位。自臨井邑，比樓(屋)如春，皆傳善政之歌，共賀昇平之化。致得歲時豐稔，管境謐寧。山積糧儲於川流，價賣聲傳於井邑。謹將稱贊功德，奉用莊嚴我府主司徒。伏願洪河再復，流水而繞乾坤；此(紫)綬千年，勳業長扶社稷。次將稱讚功德，謹奉莊嚴國母聖天公主。伏願山南朱桂，不變四時；領(嶺)北寒梅，一枝獨秀。又將稱讚功德，奉用莊嚴合宅〔七〕小娘子郎君貴位。兒則朱嬰(纓)奉國，菑負(匡輔)聖朝，小娘子眉奇(齊)龍樓，身臨帝闕。門多美玉，宅納吉祥，千灾不降於門庭，萬善咸臻於貴戶。然後衙前大將，盡孝盡忠；隨從公寮(僚)，惟淸於(與)直。城隍社廟，土地靈壇，高峯常保於千秋，海內咸稱於無事〔八〕。

【破魔變文】[一]

降魔變兩押座文

年來年去暗更移，　沒一箇將心解覺知，
只昨日顋邊紅艷艷，　如今頭上白絲絲。
尊高蹤（縱）使千人諾，　逼促都成一夢斯[二]，
更見老人腰背曲，　駈駈猶自爲妻兒。

君不見生来死去，似蟻循還[三]，爲衣爲食，如蝅（蠶）作蠒（繭）。假使有拔山舉頂（鼎）之士，終埋在三尺土中。直饒玉提金繡之徒，未免於一械灰燼。莫爲久住，看則去時，雖論有頂之天，總到无常之地。少妻恩厚，難爲與之替死之門；愛子情深，終不代君受苦。忙忙（茫茫）濁世，爭戀久居；模模（漠漠）昏迷，如何擬去。不集閑常意樹，早折覺花，天宮快樂處，須生地獄下。波吒莫去死，去了却生来。合嘆傷，爭堪你[四]却不思量：

一世似風燈虛沒沒，　百年如春夢苦忙忙，
心頭託手細參詳，　世事從来不久長。
遮莫金銀盈庫藏，　死時爭豈與君將？

紅顏漸漸鷄皮皺，　綠鬢看看鶴髮倉(蒼)，
更有向前相識者，　從頭老病總無常。
春夏秋冬四序攉(催)，　致令人世有輪廻。
千山白雪分明在，　萬樹紅花闇欲開。
鷰来鷰去時復促，　花榮花謝[五]竟推排，
聞樘直須知覺悟，　當来必定免輪廻。
[欲問若有如此事][六]，　經題名目唱將来。

已(以)此開讚大乘所生功德。謹奉莊嚴我當今皇帝貴位，伏願長懸舜日，永保堯年，延鳳邑於千秋，保龍圖於萬歲。伏惟我府主僕射，神資直氣，岳降英靈，懷濟物之深仁，蘊調元之盛業。門傳閥閱，撫養黎民，揔邦教之清規，均木(水)土之重位。自臨井邑，比榁(屋)如春，皆傳善政之歌，共賀昇平之化。致得歲時豐稔，管境謐寧。山積粮儲於川流，價賣聲傳於井邑。謹將稱贊功德，奉用莊嚴我府主司徒。伏願洪河再復，流水而繞乾坤；此(紫)綬千年，勳業長扶社稷。次將稱讚功德，謹奉莊嚴國母聖天公主。伏願山南朱桂，不變四時；領(嶺)北寒梅，一枝獨秀。又將稱讚功德，奉用莊嚴合宅[七]小娘子郎君貴位。兒則朱嬰(纓)奉國，匡負(匡輔)聖朝，小娘子眉奇(齊)龍樓，身臨帝闕。門多美玉，宅納吉祥，千灾不降於門庭，萬善咸臻於貴戶。然後衙前大將，盡孝盡忠；隨從公寮，惟清於(與)直。城隍社廟，土地靈壇，高峯常保於千秋，海內咸稱於無事[八]。

金仙誕質，本在周朝；像法流行，元因漢代。昭王之世，挾祥夢於千秋；壬午之年，弃皇宮於雪嶺。六載苦行，四智周圓。破九百萬之魔軍，成八十莊嚴之好相。遂得天上天下，惟佛獨尊，三界之中，竟無有比。時當青陽令節，仲景方春，是佛厭王宮之晨（辰），合宅集休祥之日。覩佛玉毫之相，何福不臻；現金人最勝之形，何灾不殄！

三代僧祇願力堅，　六波羅蜜行周圓，
百千功德身將滿，　八十隨形意欲全。
以向此間來救度，　且於何處待幾（機）緣？
當時不在諸餘國，　示現獲居兜率天。

我佛［九］當日爲度衆生，弃捨王宮，雪山修道。今經六載苦修行，四至周圓。當臘月八日之晨，下山於熙蓮河沐浴，洗多年之膩體，證紫磨之金身。出清淨之愛河，遇吉祥之長者。廣舖草座，供養慇勤；牧女獻乳於此時，四王捧鉢於是日。纔登座上，震動魔宮。魔王當尔之時，道何言語：

苦行山中經六年，　四知周圓道果堅。
下山欲救衆生苦，　洗灌（濯）垢膩在熙蓮。
纔出河來逢長者，　廣舖草座結良緣。
牧女獻乳親供養，　四王捧鉢到河邊。
纔座定，震天宮，　故知聖力遍無窮。

魔王登時觀下界，　　方知如来出世中。

於是魔王既觀下界，又不見五逆之男，又不見孝順之子，爲（唯）見我南閻浮提淨飯大王悉達太子成登正覺之時。魔王口中思維道：「若是交他化度衆生，我等門徒，於投佛褁；不如見集（機）先集徒衆，點檢魔宮，惱亂瞿曇，不交出世。」魔王當時道何言語：

魔王忿怒在逡巡，　　廣點妖邪之鬼神。

覩見如来今出世，　　雄心悶耐便生嗔。

不了自家邪神呂（侶），　　擎山覆海滅今（金）人。

處分鬼神齊用命，　　捉將来，暢我身。

於是魔王擊一口［一〇］金鐘，集百万之徒黨。［當時］［一一］差馬頭羅刹哲爲遊弈將軍，擬（捷）疾夜叉保作先鋒大將，鳩槃吒鬼排戈戟以前行，毗舍奢神領甲兵而後擁。召阿脩羅軍衆爲突將，則晵目揚精（睛）；舍毗脇多神後隨，而乃乍瞋乍喜。更有夜叉虞候，羅刹都巡，並劔戟牙，利手鋸爪［一二］，手持鐵棒，膂帶赤蛇。驅精魅以於前行，魍魎鬼神在後。閻羅王爲都統，總管諸軍，五道大神煮押衙大將，又知斬斫。喚風伯雨師作一營，呼行病鬼王別作一隊。妖婆万衆，有耳不聞；器㭊（械）千般，何曾眼見。然後牓兩陣，分四廂，右繞右遮，前驅後截。用惡雷爲戰鼓，披閃雷作朱旗，縱猛風以前蕩，勒毒龍而向後。蚖蛐盤結，遍［一三］地盈川，神鬼交橫，搖精動目。更有飛天之鬼，未憩其形［一四］，或五眼六牙，三身八臂，四肩七耳，九口十頭，黃髮赤髭，頭尖額闊。或腕龐臂細，頭小［一五］脚長，披其弄於山川，呼吸吐其金仙誕質，本在周朝；像法流行，元因漢代。昭王之世，挾祥夢於千秋；壬午之年，弃皇宮於雪嶺。六載苦行，四智周圓，破九百萬之魔軍，成八十莊嚴之好相。遂得天上天下，惟佛獨尊，三界之中，竟無有比。時當青陽令節，仲景方春，是佛厭王宮之晨(辰)，合宅集休祥之日。覩佛玉毫之相，何福不臻；現金人最勝之形，何灾不殄！

三代僧祇願力堅，　六波羅蜜行周圓，
百千功德身將滿，　八十隨形意欲全。
以向此間来救度，　且於何處待幾(機)緣？
當時不在諸餘國，　示現獲居兜率天。

我佛［九］當日爲度衆生，弃捨王宮，雪山修道。今經六載苦修行，四至周圓。當臘月八日之晨，下山於熙蓮河沐浴，洗多年之膩體，證紫磨之金身。出清凈之愛河，遇吉祥之長者。廣鋪草座，供養殷勤；牧女獻乳於此時，四王捧鉢於是日。纔登座上，震動魔宮。魔王當尔之時，道何言語：

苦行山中經六年，　四知周圓道果堅。
下山欲救衆生苦，　洗濁(濯)垢膩在熙蓮。
纔出河來逢長者，　廣鋪草座結良緣。
牧女獻乳親供養，　四王捧鉢到河邊。
纔座定，震天宮，　故知聖力遍無窮。

魔王登時觀下界，　方知如来出世中。

於是魔王旣觀下界，又不見五逆之男，又不見孝順之子，爲(唯)見我南閻浮提凈飯大王悉達太子成登正覺之時。魔王口中思維道：「若是交他化度衆生，我等門徒，於投佛裊；不如見集(機)先集徒衆，點檢魔宫，惱亂瞿曇，不交出世。」魔王當時道何言語：

魔王忿怒在逡巡，　廣點妖邪之鬼神。

覩見如来今出世，　雄心悶耐便生嗔。

不了自家邪神呂(侶)，　擎山覆海滅今(金)人。

處分鬼神齊用命，　捉將来，　暢我身。

於是魔王擊一口[一〇]金鐘，集百万之徒黨。「當時」[一一]差馬頭羅刹諳爲遊弈將軍，摝(捷)疾夜叉保作先鋒大將，鳩槃吒鬼排戈戟以前行，毗舍奢神領甲兵而後擁。召阿脩羅軍衆爲突將，則脊目揚精(睛)；舍毗脇多神後隨，而乃乍瞋乍喜。更有夜叉虞候，羅刹都巡，並鋤戟牙，利毛同爪[一二]，手持鐵棒，膂帶赤虵。驅精魅以於前行，魍魎鬼神在後。閻羅王爲都統，總管諸軍，五道大神兼押衙大將，又知斬斫。喚風伯雨師作一營，呼行病鬼王别作一隊。妖婆万衆，有耳不聞；器㩻(械)千般，何曾眼見。然後辟兩陣，分四廂，右繞右遮，前驅後截。用霹雷爲戰鼓，披閃雷作朱旗，縱猛風以前蕩，勒毒龍而向後。蚖虵盤結，遍[一三]地盈川，神鬼交横，搖精動目。更有飛天之鬼，未麁其形[一四]，或五眼六牙，三身八臂，四肩七耳，九口十頭，黄髮赤髭，頭尖額闊。或腕麄臂細，頭小[一五]脚長，披其弄於山川，呼吸吐其雲霧，搖動日月，震撼乾坤，作啾唧聲，傳波吒號。魔王自領軍衆，来至林中。先鋪䨴䨲之雲，後降潑墨之雨。方樑櫺木，檑塞虛空，捧石擊山，昏蔽[一六]日月。强風忽起，拔樹吹沙，天地旣不辨東西，昏闇豈知[一七]南北。一時號令，便下天来，逡速之間，直至菩提樹下。

點檢邪魔百万般[一八]，　擬捉如來似等閑。
軍前號令諸神鬼，　瞿曇未死不歸還。
魔王自爲都元帥，　總管諸軍依指揮，
䨲䨴之雲空裏報[一九]，　潑下黑霧似墨池。
雨點若着如中箭，　雹子逢人似鏈鎚，
山岳擎來安掌裏，　江河檢來直下傾。
空裏鬧，世間驚，　號令唯聞唱煞聲。
紅旗卷處殘霞起，　皂纛[二〇]懸處碧雲飛，
鬼神雲裏皆勇猛，　魔王時時又震威，
圍繞佛身千萬匝，　擬捉如來暢槊[二一]情。

於是我佛菩提樹下，整念思惟道：「他外[道]等總到來，如何准擬？」遂起慈悲善根力，方便降伏邪徒，不假干戈，寧勞士[二二]馬。如來所持器杖，與彼全殊，且着忍辱甲，執智慧刀，彎禪定弓，端慈悲箭，騎十力馬，下精進鞭。慚愧刀而未舉，鬼將驚忙；智慧劍而未輪，波旬怯懼。垂煙吐炎之輩，反被自燒；

戴石擎山之徒，自沉自墜。外[道]等弓欲張而弦即斷，箭欲發時花自生，槍未盤而自折，劒未輪而乃落。霹雷霹爲梵響，雹[三三]子變成珍珠。紅旗出沒，香風自生，猛火黑煙，栴檀霧降。我佛現其定力，外道波旬無門怯懼，大者霧中覓走，少者雲中摵戰。魔王見此，却且廻軍，羅刹叩頭，由稱死罪。廻戈便發，却往魔宮，毒氣未亡，上生忿怒云云。

魔王神變總騁了[三四]，不能搖動我如來。
寶劒纔揮及即亡，弓欲張而弦即斷，
擎山撮海騁神通，方樑欘木遍虛空，
擬害如來三界主，恰似落葉遇秋風。
魔王自爲都元帥，怕急潛身無處容，
遂向軍[三五]前親號令，火急抽兵却歸宮。
不念自是邪神類，比並天中大世尊，
羅漢雖然是小聖，力敵天魔萬萬重。
鬼神類，萬千般，變化如來氣力灘，
任你前頭多變化，如來不動一毛端。

魔王見此陣勢似輸，且還抽軍，廻歸天上。不察[三六]自家力劣，輒擬惱害如來，忿怒之情，上由（尚猶）未息。然後端居正殿，及（反）據香林，扼腕揚眉，鋪脣叵耐。魔王有其[三]女，忽見父王不樂，遂即向前咨雲霧，搖動日月，震撼乾坤，作啾唧聲，傳波吒號。魔王自領軍衆，來至林中。先鋪靉靆之雲，後降潑墨之雨。方欙檑木，榀塞虛空，捧石擊山，昏蔽[一六]日月。强風忽起，拔樹吹沙，天地既不辯東西，昏闇豈知[一七]南北。一時號令，便下天來，迻速之間，直至菩提樹下。

點檢邪魔百万般[一八]，擬捉如來似等閑。
軍前號令諸神鬼，瞿曇未死不歸還。
魔王自爲都元帥，總管諸軍依指揮，
靉靆之雲空裏報[一九]，潑下黑霧似墨池。
雨點若着如中箭，雹子逢人似連鎚，
山岳擎來安掌裏，江河檢來直下傾。
空裏鬧，世間驚，號令唯聞唱煞聲。
紅旗卷處殘霞起，皀纛[二〇]懸處碧雲飛，
鬼神雲裏皆勇猛，魔王時時又震威，
圍繞佛身千萬匝，擬捉如來暢絜[二一]情。

於是我佛菩提樹下，整念思惟道：「他外[道]等總到來，如何准擬？」遂起慈悲善根力，方便降伏邪徒，不假干戈，寧勞士[二二]馬。如來所持器杖，與彼全殊，且着忍辱甲，執智慧刀，彎禪定弓，端慈悲箭，騎十力馬，下精進鞭。慚愧刀而未舉，鬼將驚忙；智慧劍而未輪，波旬怯懼。垂煙吐炎之輩，反被自燒；

戴石擎山之徒，自沉自墜。外〔道〕等弓欲張而弦卽斷，箭欲發時花自生，槍未盤而自折，劍未輪而及落。霹雷飄爲梵響，雹〔三三〕子變成珍珠。紅旗出沒，香風自生，猛火黑煙，栴檀霧降。我佛現其定力，外道波旬無門怯懼，大者霧中覓走，少者雲中撼戰。魔王見此，却且廻軍，羅刹叩頭，由稱死罪。廻戈便發，却往魔宮，毒氣未亡，上生忿怒云云。

魔王神變總騁了〔三四〕，不能搖動我如來。
寶劍纔揮及卽亡，弓欲張而弦卽斷，
擎山撮海騁神通，方樑欄木遍虛空，
擬害如來三界主，恰似落葉遇秋風。
魔王自爲督元帥，怕急潛身無處容，
遂向軍〔三五〕前親號令，火急抽兵却歸宮。
不念自是邪神類，比並天中大世尊，
羅漢雖然是小聖，力敵天魔萬萬重。
鬼神類，萬千般，變化如來氣力難，
任你前頭多變化，如來不動一毛端。

魔王見此陣勢似輸，且還抽軍，廻歸天上。不察〔三六〕自家力劣，輒擬惱害如來，忿怒之情，上由（尚猶）未息。然後端居正殿，及（反）據香林，扼腕揚眉，舖唇叵耐。魔王有其三女，忽見父王不樂，遂卽向前啓白大王[二七]：

近日恰似改形容，何故憂其情不樂！
爲復諸天相惱亂？爲復宮中有不安？
爲復憂其國境事？爲復憂念諸女身？
惟願父王有慈愍，如今爲女說來由。

父王道云云：

不是憂念諸女身，汝等自然已成長；
也不憂其國境事，天宮快樂更何憂！
吾緣淨飯悉達多，近日已於成正覺，
叵耐見伊今出世，應恐化盡我門徒。
若使交他教化時，化盡門徒諸弟子；
我卽如今設何計，除滅不交出世間。

於是三女遂卽進步向前，諮白父王云云：

瞿曇少小在深宮，色境[二八]歡娛爭斷得？
汝是後生身美貌，整是貪歡逐樂時。
我今齊願下閻浮，惱亂不交伱證果，

必使見伊心退後，　　不成无上大菩提。

魔王聞說斯計，歡[二九]喜非常。庫內綾羅，任奴粧束。側抽蟬鬢，斜插鳳釵，身掛綺羅，臂纏瓔珞。東隣[三〇]美女，實是不如；南國娉人，酌(灼)然不及。玉貌似雪，徒誇落(洛)浦之容；朱臉如花，謾說巫山之貌。行風行雨，傾國傾城。人漂五色之衣，日照三珠之服。仙娥從後，持寶盖以後隨；織女引前，扇香風而塞路。召六宮彩女，發在左邊；命一國夫人，分居右面。直從上界，來到佛前，歌舞齊施，管弦竟(競)奏云云。

論情實是綺羅人，　　若說容儀獨超春。
身掛天宮三珠服，　　足躡巫[三一]山一行雲。云云

第一女道：「世尊！世尊！人生在世，能得幾時？不作榮華，虛生過日。奴家美貌，實是無雙，不合自誇，人間少有。故來相事[三二]，誓盡千年。不弃卑微，永共佛爲琴瑟。」

女道：「勸君莫證大菩提，　　何必將心苦執迷？
我捨慈親來下界，　　情願將身作夫妻。」

佛云：「我今願證大菩提，　　說法將心化羣迷。
苦海之中爲船筏，　　阿誰要你作夫妻！」

第二女道：「世尊！世尊！金輪王氏，帝子[三三]王孫，抛(拋)[三四]却王位，獨在山中寂寞。我今來意，更無別心，欲擬伴在山中，掃地焚香取水。世尊不在之時，我解看家守舍。」

白大王[三七]：

近日恰顏改形容，何故憂其情不樂！
爲復諸天相惱亂？爲復宮中有不安？
爲復憂其國境事？爲復憂念諸女身？
惟願父王有慈愍，如今爲女說來由。

父王道云云：

不是憂念諸女身，汝等自然已成長；
也不憂其國境事，天宮快樂更何憂！
吾緣淨飯悉達多，近日已於成正覺，
叵耐見伊今出世，應是化盡我門徒。
若使交他敎化時，化盡門徒諸弟子；
我卽如今設何計，除滅不交出世間。

於是三女遂卽進步向前，諮白父王云云：

瞿曇少小在深宮，色境[三八]歡娛爭斷得？
沒是後生身美貌，縱是貪歡逐樂時。
我今齊聽下閻浮，惱亂不交令證果，

必使見伊心退後，　不成无上大菩提。

魔王聞說斯計，歡[二九]喜非常。庫內綾羅，任奴粧束。側抽蟬鬢，斜插鳳釵，身掛綺羅，臂纏瓔珞。東隣[三〇]美女，實是不如；南國娉人，酌(灼)然不及。玉貌似雪，徒誇落(洛)浦之容；朱臉如花，謾說巫山之貌。行風行雨，傾國傾城。人漂五色之衣，日照三珠之服。仙娥從後，持寶盖以後隨；織女引前，扇香風而塞路。召六宮彩女，發在左邊；命一國夫人，分居右面。直從上界，來到佛前，歌舞齊施，管弦竟(競)奏云云。

論情實是綺羅人，　若說容儀獨超衆。
身掛天宮三珠服，　足躡巫[三一]山一行雲。云云

第一女道：「世尊，世尊，人生在世，能得幾時。不作榮華，虛生過日。奴家美貌，實是無雙，不合自誇，人間少有。故來相事[三二]，誓盡千年。不弃卑微，永共佛爲琴瑟。」

女道：「勸君莫證大菩提，　何必將心苦執迷？
我捨慈親來下界，　情願將身作夫妻。」

佛云：「我今願證大菩提，　說法將心化羣迷。
苦海之中爲船筏，　阿誰要你作夫妻。」

第二女道：「世尊，世尊，金輪王氏，帝子[三三]王孫，把(抛)[三四]却王位，獨在山中寂寞。我今來意，更無別心，欲擬伴在山中，掃地焚香取水。世尊不在之時，我解看家守舍。」

女道：「奴家愛着綺羅裳，　不勳沉麝自然香；
我捨慈親來下界，　誓將孅(纖)手掃金床。」
佛道：「我今念念是无常，　何處少有不燒香；
佛座四禪本清淨，　阿誰要你掃金床！」

第三女道：「世尊！世尊！奴家年幼，父母偏憐，端正無雙，聰明少有。帝釋梵王，頻來問訊，父母嫌伊門卑，令不交作新婦。我見世尊端整，又是淨飯王子，三端六藝並全，文武兩般雙備。是以拋却父母，故來下界閻浮，不敢與佛爲妻，情願長擎座具。」

女道：「阿奴身年十五春，　恰似芙蓉出水賓(濱)。
帝釋梵王頻來問，　父母嫌卑不許人。
見君文武並皆全，　六藝三端又超羣，
我捨慈親來下界，　不要將身作師僧。」
佛道：「汝今早合捨汝身，　只爲從前障佛因，
大急速須歸上界[三五]，　更莫分云(紛紜)惱亂人。」

魔女不信世尊之言，謾發强詞，輕惱於佛。於是世尊垂金色臂，指魔女身，三箇一時化作老母。且眼如珠盞，面似火曹，額闊頭尖，胸高鼻曲，髮黃齒黑，眉白口青，面皺如皮裹髑髏，項長一似筯(箸)頭鎚子。渾身錦繡，變成兩幅布裙，頭上梳釵，變作一團亂蛇。身跪項縮，恰似害凍老鵶，腰曲脚長，一似過秋穀

鵲。渾身笑具，甚是屍骸，三箇相看，面無顔色。心中不分(忿)，把鏡照看，空留百醜之形，不見千嬌之貌。姊妹三箇，道何言語：

不是天爲蘖，都緣自作灾。
嬌容何處去？醜陋此時來。
眼裏睛如火，胸前瘦似魁。
欲歸天上去，羞見醜頭顋〔三六〕。

魔女三人，變却姮娥之貌，自慚醜陋之軀，羞見天宮，求歸不得。遂即佛前胡跪，啓〔請〕再三，當尓之時，道何言語：

不悟前生業障深，直來下界諂雙林。
蓋爲父母恩義重，不料魔家力來强，
惱亂如來多罪障，容儀變却受怨沉，
惟願釋迦生慈憫，捨記莫記生念心。

佛心慈悲廣大，有願剋從；捨放前愆，許容懺謝。與舊時之美質，轉勝於前；復婉麗之容儀，過於往日。

我佛慈悲廣大願，爲法分形普流傳。
魔女三人騁妾容，變却當初端正面。
殷勤禮拜告如來，暫棄魔宮心敬善，

女道：「奴家愛着綺羅裳，　不動沉麝自然香；
　我捨慈親來下界，　誓將臓(纖)手掃金床。」

佛道：「我今念念是无常，　何處少有不燒香；
　佛座四禪本清淨，　阿誰要你掃金床！」

第三女道：「世尊！世尊！奴家年幼，父母偏憐，端正無雙，聰明少有。帝釋梵王，頻來問訊，父母嫌伊門卑，令不交作新婦。我見世尊端整，又是淨飯王子，三端六藝並全，文武兩般雙備。是以抛却父母，故來下界閻浮，不敢與佛爲妻，情願長擎座具。」

女道：「阿奴身年十五春，　恰似芙蓉出水賓(濱)。
　帝釋梵王頻來問，　父母嫌卑不許人。
　見君文武並皆全，　六藝三端又超羣，
　我捨慈親來下界，　不要將身作師僧。」

佛道：「汝今早合捨汝身，　只爲從前障佛因，
　大急速須歸上界〔三五〕，　更莫分云(紛紜)惱亂人。」

魔女不信世尊之言，謾發强詞，輕惱於佛。於是世尊垂金色臂，指魔女身，三箇一時化作老母。且眼如珠盞，面似火曹，額闊頭尖，胸高鼻曲，髮黃齒黑，眉白口靑，面皺如皮裹髑髏，項長一似筋(筋)頭饐子。渾身錦繡，變成兩幅布裙，頭上梳釵，變作一團亂蛇。身腌項縮，恰似害凍老鵶，腰曲脚長，一似過秋穀

鶻。渾身笑具，甚是屍骸，三箇相看，面無顏色。心中不分（忿），把鏡照看，空留百醜之形，不見千嬌之貌。姊妹三箇，道何言語：

不是天爲孽，　都緣自作灾。
嬌容何處去？　醜陋此時來。
眼裏睛如火，　胸前瘦似魁。
欲歸天上去，　羞見醜頭顋〔三六〕。

魔女三人，變却姮娥之貌，自慚醜陋之軀，羞見天宮，求歸不得。遂卽佛前𨁝跪，啓〔請〕再三，當尔之時，道何言語：

不悟前生業障深，　直來下界詣雙林。
蓋爲父母恩義重，　不料魔家力來强，
惱亂如來多罪障，　容儀變却受怨沉，
惟願釋迦生慈憫，　捨記莫記生念心。

佛心慈悲廣大，有願尅從；捨放前愆，許容懺謝。與舊時之美質，轉勝於前；復婉麗之容儀，過於往日。

我佛慈悲廣大願，　爲法分形普流傳，
魔女三人騁姿容，　變却當初端正面。
殷勤禮拜告如來，　暫棄魔宮心敬善，

醜女却猶端正身，　口過懺除得解免。

魔女却獲端正，還歸本天；當去之時，道何言語：

魔女懺謝却歸天，　歡喜非常禮聖賢。
故知佛力垂加備，　姊妹三人勝於前。
女見魔王說本情，　翟談如來道果成，
我等三人總變却，　豈合不逐再歸程。
傾心禮拜求哀懺，　方始來容罪障輕。
此祭(際)世尊成正覺，　魔王從此莫聲多。
定擬說，且休却，　看看日落向西斜。
念佛座前領取偈，　當來必定座蓮花。

但某乙禪河滴(嫡)派，象猛脫修，學無道化之能，謬處讚揚之位。身心戰灼，悚惕何安？輒述荒蕪，用申美德。

自從僕射鎮一方，　繼統旌幢左大梁。
致孝人慈超舜禹，　文萌宣略邁殷湯。
分茅烈(列)土憂三面，　旰食臨朝念一方。
經上分明親說着，　觀音菩薩作仁王。

觀音世□宰官身，府主唯爲鎮國君，
玉塞南邊消殄氣，黃河西面靜煙塵。
封壃再政（整）還依舊，墻壁重修轉更新。
君聖臣賢菩薩化，生靈盡作太平人。
聖德臣聰四海傳，蠻夷向化靜風煙。
隣封發使和三面，航海餘深到九天。
大治生靈垂雨露，廣敷釋教讚花偏，
小僧願講經功德，更祝僕射萬萬年。

破魔變一卷

天福九年甲辰祀黃鍾之月蓂生十葉冷凝呵笔而寫記。

居淨土寺釋門法律沙門願榮寫。

校記：

〔一〕凡存兩本，原編號如下：

甲卷　伯二一八七　首尾完全無缺。前題作「降魔變神押座文」，後題作「破魔變一卷」，因与另一

「降魔變文」區別，故用後題。前題「押座文」，則專指開端之押座文也。

乙卷　斯三四九一　此卷前段載「功德意生天緣」，後段載「破魔變文」，兩變文前均用同一押座文，故押座文在一卷上鈔寫兩遍。

按甲卷寫於公元九四四年，而變文結尾云：「繼統旌幢左大梁」，則當作於九〇七—九二三年之間。

[二] 乙卷「斯」作「期」。

[三] 「還」向疑卽「垤」字的異音字。

[四] 「你」甲卷作「泥」，據乙卷改。

[五] 「謝」甲卷作「射」，據乙卷改。

[六] 此句據乙卷補。

[七] 乙卷「宅」作「院」。

[八] 乙卷此下有：「又將称讚功德，奉用莊嚴我都僧統和尙。伏願長承帝澤，爲灌頂之國師；永鎭台堦，贊明王於理化。」

[九] 從「我佛至捉將來，暢我身」依乙卷。甲卷極簡略，錄存其文如下：

「於是我佛六年苦行，却下雪山，於熙蓮河沐浴身軀，以證菩提之果。纔出河岸，便逢吉祥長者，舖香地草，纔登坐上，震動魔宮。魔王當汝之時，道何言語：

魔王當時忽然驚，　震動天宮似建鈴。

覩見世尊今出世，　擬捉如來暢努情。」

〔一〇〕乙卷「一口」作「二口」。

〔一一〕「當時」二字據乙卷補。

〔一二〕乙卷「同爪」作「銅抓」。

〔一三〕「遍」甲卷作「邊」，據乙卷改。

〔一四〕乙卷「未⿱邈心其形」，作「異貌奇形」，文字意義與用法均不同。此處「⿱邈心」是動字，應同「邈眞」之「邈」，謂「畫不出他的形相」。

〔一五〕「小」甲卷作「少」，據乙卷改。

〔一六〕「蔽」甲卷作「弊」，據乙卷改。

〔一七〕「知」甲卷作「之」，據乙卷改。

〔一八〕甲卷唱詞開端四句，在乙卷爲十句，茲錄乙卷原詞如下：

「魔王搥鍾擊鼓聲，　點檢邪魔也大奇，
處分各須排甲仗，　槍刀臨陣不須虧。
先鋒踏自須遠探，　收後都巡看便宜。
風伯雨師如前引，　夜叉羅刹後相隨。
右迴左轉如山動，　前遮後截豈乖違。」

「降魔變文」區別，故用後題。前題「押座文」，則專指開端之押座文也。

乙卷　斯三四九一　此卷前段載「功德意生天緣」，後段載「破魔變文」，兩變文前均用同一押座文，故押座文在一卷上鈔寫兩遍。

按甲卷寫於公元九四四年，而變文結尾云：「繼統旌幢左大梁」，則當作於九〇七—九二二年之間。

〔二〕乙卷「斯」作「期」。

〔三〕「還」向疑即「逕」字的異音字。

〔四〕「你」甲卷作「泥」，據乙卷改。

〔五〕「謝」甲卷作「射」，據乙卷改。

〔六〕此句據乙卷補。

〔七〕乙卷「宅」作「院」。

〔八〕乙卷此下有：「又將稱讚功德，奉用莊嚴我都僧統和尙。伏願長承帝澤，爲灌頂之國師；永鎮台堦，贊明王於理化。」

〔九〕從「我佛至捉將來，暢我身」依乙卷。甲卷極簡略，錄存其文如下：

「於是我佛六年苦行，却下雪山，於熙蓮河沐浴身軀，以證菩提之果。纔出河岸，便逢吉祥長者，舖香地草，纔登坐上，震動魔宮。魔王當汝之時，道何言語：

魔王當時忽然驚，　震動天宮似建鈴。

覩見世尊今出世，　　擬捉如來暢努情。」

〔一〇〕乙卷「一口」作「二口」。

〔一一〕「當時」二字據乙卷補。

〔一二〕乙卷「同爪」作「銅抓」。

〔一三〕「遍」甲卷作「邊」，據乙卷改。

〔一四〕乙卷「未慿其形」，作「異貌奇形」，文字意義與用法均不同。此處「慿」是動字，應同「邈眞」之「邈」，謂「畫不出他的形相」。

〔一五〕「小」甲卷作「少」，據乙卷改。

〔一六〕「蔽」甲卷作「弊」，據乙卷改。

〔一七〕「知」甲卷作「之」，據乙卷改。

〔一八〕甲卷唱詞開端四句，在乙卷爲十句，茲錄乙卷原詞如下：

「魔王搥鍾擊鼓聲，　　點檢邪魔也大奇，
處分各須排甲仗，　　槍刀臨陣不須虧。
先鋒踏自須遠探，　　收後都巡看便宜。
風伯雨師如前引，　　夜叉羅刹後相隨。
右迴左轉如山動，　　前遮後截豈乖違。」

〔一九〕乙卷「報」作「布」，同聲通用。

〔二〇〕「蘇」甲卷作「毒」，據乙卷改。

〔二一〕「絮」上文作「努」，乙卷作「怒」，疑應作「奴」，我也。

〔二二〕「士」甲卷作「事」，據乙卷改。

〔二三〕「雹」甲卷作「漢」，據乙卷改。

〔二四〕乙卷此處唱詞多不同，錄其原詞如下：

「端居樹下相顒顒，魔王誇俊騁英雄。
宝劍纔揮鋒刃落，紅旗初展結花叢，
六鈞未挽弓弦斷，四羽初開箭迸空。
更騁惡雷誇丑雹，雹子空中自消溶。
擎山撮海騁神通，方梁欐木數千重。
擬害如來三界主，恰似落葉遇秋風。
魔王雖是都元帥，饒君胆大也枉松（怔忪），
遂向軍前親號令，火急抽兵却歸空。
不念此是邪神類，比並天中大聖蹤。
鬼神類，百千盤，變化神通氣力難，

任你前頭多變化，　　如來不動一毛端。」

〔二五〕「軍」甲卷作「君」，據乙卷改。

〔二六〕「察」甲卷作「刹」，據乙卷改。

〔二七〕從魔女出來以後，甲乙兩卷文詞多不相同；此後全依甲卷，但遇個別字可資校正者，方爲校出，餘不詳校。

〔二八〕「境」甲卷作「兢」，據乙卷改。

〔二九〕「歡」甲卷作「觀」，據乙卷改。

〔三〇〕「隣」甲卷作「陵」，據乙卷改。

〔三一〕「巫」甲卷作「無」，據乙卷改。

〔三二〕「事」下甲卷原有「侍」字，據乙卷刪去。

〔三三〕「子」甲卷作「主」，據乙卷改。

〔三四〕用王慶菽校。

〔三五〕此句甲卷「急」作「然」，「歸」作「婦」，均據乙卷改。

〔三六〕從此以下，乙卷文詞較佳，茲特轉據乙卷，而將甲卷原文錄後：

「魔女形容改變已却，自總覺羞慚。再三求佛於前端政，謝佛恩德，卽往魔宮。當尔之時，道何言語云云。

謝世尊，相加備，　再得形容隨本意。

當來願降辟支迦，　免作女身難出離。

見魔王，甚歡喜，更說釋迦靈聖異。
三十二相得周圓，八十隨形難可比。」

王重民校錄

降魔變文一卷〔一〕

蓋聞如來説法，萬萬恆沙；菩薩傳經，千千世界。爰初鹿苑，度五俱輪，終至雙林，降十梵志。演微言愛河息浪，談般若煩惱山摧，會三點於眞原〔二〕，凈六塵於人境；所以舍衛大城之內，起慈念而度羣生；給孤長者園中，秉智燈而傳法印。如來以著衣持鉢，高步清晨，卽以食時，還至本處。乞食長福德之業，次第表平等之慈，洗足彰持戒之功，敷坐乃安禪靜慮。然後〔三〕人天曉仰而圍繞，龍神肅恭而樂聽，須菩提具威儀而出會，整法服而翹誠，欲興無相之談，乃發有疑之問。故得子稱希有，佛讚善哉。遂乃廣闢玄關，大開義藏，聞經者使四心不倒〔四〕，五眼晶暉，四果咸遣。我人三賢，得遊八正。我人四想，了體性而皆空〔五〕，六類有情，咸歸滅度。初中後之布施，不足爲多，盡十方之虛空，叵知其量。諸相非相〔六〕，見如來之法身；生等無生，得眞妄之平等。然則窮大千之七寶，比四句而全輕；後五濁之衆生，〔等〕〔七〕一聞而超勝境。然後法尚應捨，戀筏却被沉淪，渾彼我於空空，泯是非於妙有。不染六塵之境，契會菩提；卽於六識推求，萬像皆含〔八〕於般若。三世諸佛，從此經生；最妙菩提，從此經出。加以括囊羣教，許爲衆經之要目。傳譯中夏，年餘數〔九〕百。雖則諷誦流布，章疏芬（紛）然，猶恐義未合於聖心，理或乖於中道。伏惟我大唐漢聖主開元天寶聖文神武應道皇帝陛下：化越千古，聲超百王，文該五典之精微，武折九夷之肝膽。八表總無爲之化，四方歌堯舜之風。加以化洽之餘，每弘揚於三教。

見魔王，甚歡喜，　更說釋迦靈聖異。
三十二相得周圓，　八十隨形難可比。」

王重民校錄

降魔變文一卷〔一〕

蓋聞如來説法，萬萬恆沙；菩薩傳經，千千世界。爰初鹿苑，度五俱輪，終至雙林，降十梵志。演微言愛河息浪，談般若煩惱山摧，會三點於眞原〔二〕，淨六塵於人境；所以舍衛大城之內，起慈念而度羣生；給孤長者園中，秉智燈而傳法印。如來以著衣持鉢，高步淸晨，卽以食時，還至本處。乞食長福德之業，次第表平等之慈，洗足彰持戒之功，敷坐乃安禪靜慮。然後〔三〕人天曉仰而圍繞，龍神肅恭而樂聽，須菩提具威儀而出會，整法服而翹試，欲興無相之談，乃發有疑之問。故得子稱希有，佛讚善哉。遂乃廣擗玄關，大開義藏，聞經者使四心不倒〔四〕，五眼晶暉，四果咸遺。我人三賢，得遊八正；我人四想，了體性而皆空〔五〕，六類有情，咸歸滅度。初中後之布施不足爲多，盡十方之虛空叵知其量。諸相非相〔六〕，見如來之法身；生等無生，得眞妄之平等。然則窮大千之七寶，比四匃而全輕；後五濁之衆生，[等]〔七〕一聞而超勝境。然後法尙應捨，戀筏却被沉淪，渾彼我於空空，泯是非於妙有。不染六塵之境，契會菩提；卽於六識推求，萬像皆含〔八〕於般若。三世諸佛，從此經生；最妙菩提，從此經出。加以括囊羣教，許爲衆經之要目。傳譯中夏，年餘數〔九〕百。雖則諷誦流布，章疏芬(紛)然，猶恐義未合於聖心，理或乖於中道。伏惟我大唐漢聖主開元天寶聖文神武應道皇帝陛下，化越千古，聲超百王，文該五典之精微，武折九夷之肝膽。八表總無爲之化，四方歌堯舜之風。加以化洽之餘，每弘揚於三教。

或以探尋儒道，盡性窮原；注解釋宗，句深相遠。聖恩與海泉俱湧，天開與日月〔一〇〕齊明；道教由是重興，佛日因茲重曜。寶林之上，喜貝葉而爭開；總持園中，派法雲而廣潤。然今題首金剛般若波羅蜜經者，「金剛」以堅銳爲喻，「般若」以智慧爲稱，「波羅」彼岸到，弘名「蜜多經」，則貫穿爲義，善政之儀，故號「金剛般若波羅蜜經」。大覺世尊於舍衛國，祇樹給孤之園，宣說此經，開我密藏。四衆圍遶，羣仙護持，天雨四花，雲廓八境。蓋如來之妙力，難可名言者哉！須達爲人慈善，好給濟於孤貧，是以因行立名給孤。布金買地，修建伽藍，請佛延僧，是以列名經內。祇陁覩其重法，施樹同營，緣以君重臣輕，標名有其先後。委被事狀，述在下文。

昔南天竺有一大國，號舍衛城。其王威振九重，風揚八表，三邊息浪，四塞塵清。輔國賢相厥號須達多，善幾策〔一一〕於胷衿，洞時機於卽代。人稱柱石，德重鹽媒（梅）。每以邪見居懷，未崇三寶；不貪榮位，志樂精修。家有子息數人，小者未婚妻室，時因節會，忽自思惟：「吾今家無所之，國內稱尊。小子未婚冠，理須及時就禮。本國若無伉儷，發使外國求之。」當日處分家中，遂使開其庫藏，取黃金千兩，白玉數環，軟錦輕羅，千張萬疋，百頭壯象，當日登途。「君須了事向前，星夜不宜遲滯，以得爲限，莫惜資財。但稱吾子之心，迴日重加賞賜！」拜別以（已）了，唯諾卽行，日夜奔波，卽達前所。巡街曆（歷）巷，注耳頃（傾）心，行李之間，偶值阿難乞食。生平未見，驚愕異常，執錫持盂，抗聲乞食。護彌家崇十善，每親延於佛僧；小大同心，咸欽敬於三寶。小女雖居閨禁，忽聞乞食之聲，良爲敬重尤深，奔走出於門外，五輪〔一二〕投地，瞻禮阿難。問化道之勤勞，啓能仁之納慶。使影墭忽見，儀貌絕倫，西施不足比神姿，洛浦詎齊其艷綵。直衝審視，恐犯於禮儀；遂即緩步抽身，徐問隣人言曰：「此是誰家屋宅？林木森疏，前安閥閱之門，外列長戈之鐵。瓊樓寶閣，菀似皇宮；歌伎池臺，稍異庶人之宅。」隣人曰：「君可（何）不聞輔國之相，厥號護彌？佐理廟堂，日食萬錢之祿；除却國主，第二之尊，國政之規，分寸亦同商議。」使者聞說，驚悚心神，又問隣人言曰：「余之多幸，會遇賢良。未審國相之家，兒女有其多少？僕是殊方之客，奉使來至此間；君亦莫辭淹遛，壍說相家之事。」隣人曰：「國相之女，總有三人：兩箇已仕（適）皇孫，一箇現今在室。芳姿姝麗，蓋國無雙，風軌清規，古今逈絕。」使聞此語，喜尉（慰）難勝，遂即通傳，下函書信。使者既蒙引入，拜賀起居。未述心曲之情，見敘寒溫之境。主客之禮，設會數朝；親姻之議，未蒙許諾。長者忽於一夜，大小忽忙，掃灑堂房，修治院宇，香泥塗餙，異種精華。院院牆匝懸幡，房房盡鋪氈褥。長者見其早起，寢寐不安；復見鋪設精華，驚怪問其所以：「爲當親姻娶會？爲復延屈帝王？因何大小忽忙，嚴麗鋪置？」長者曰：「我亦不緣聚會，亦不諮屈帝王；欲擬請佛延僧，精心供養。」須達多生善習，曾親近於佛僧，忽聞說佛之名，體上汗流陌由。須達曰：「佛者有何神異？僧者有何德能？令我聞名，交流戰汗。住在何處？幸說委由。恨我久處邪途，未知政路。吾今深心渴仰，願說根原。」護彌曰：「佛者不是凡人，迦毗羅城淨飯王子，祖宗相次，御千世之今（金）輪；弈葉尊榮，蓋鸞鳳之苗嫡。」須達聞說，驚心駭神，渴仰之情，不離心腑。願亦方所，欲覲尊顏。護彌報言長者：「佛今不遠，祇在耆闍崛山，統八部龍天，闡三乘之理。今朝已夜，明旦去亦不遲。」長者聞佛德能，不安寢寐，翹誠渴仰，注想慈尊。如來表此專精，遂放毫光照燭，天地洞曉，猶千日之暉盈。須達忽見光明，謂言天曉，尋光直至城門，未開關鑰。須達然知威力，倍增敬仰之心，思念如來，沈吟嗟嘆曰：

崇樓高峻下重關，　行路清霄阻往還，
思謁尊容未得見，　躊躕瞻望力難攀。
每恨生居邪見地，　未蒙智杵碎邪山，
幸願慈尊垂汲引，　專心佇望禮尊顏。

須達歎之既了，如來天耳遙聞，他心即知，萬里殊無障隔。又放神光照曜，城門忽然自開。須達既見門開，尋光直至佛所，旋繞數十餘匝，竭專精之心，注目瞻仰尊顏，悲喜交集處若爲陳[說]：

須達佛心□開悟，　眼中淚落數千行，
弟子生居邪見地，　終朝積罪[illegible][事]魔王；
伏願天師受我請，　降福舍衛作橋樑。

佛知善根成熟，堪化異調，遂即應命依從，受他啟請。喚言長者：「吾爲三界之主，最勝最尊，進止安詳，天龍侍衛，梵王在左，帝釋引前，天仙閟塞虛空，四衆雲奔衢路。事須廣造殿塔，多建堂房，吾今門弟衆多，住止延小。汝亦久師外道，不識軌儀，將我舍利弗相隨，一一問他法式。」須達既蒙受請，更得聖者相隨，即選壯象兩頭，上安樓閣，不經數日，至舍衛之城，遂與聖者相隨，按行伽藍之地。先出城東，遙見一園，花菓極多，池亭甚好，須達挹鞭向前，啟言和尚：「此園堪不？」舍利弗言長者：「園須(雖)即好，惹蒜極多，臭穢勳天，聖賢不堪居住。」須達迴象，却至城西，舉目忽見一園，林木倍勝前者。須達歛容叉手，啟言和尚：「前者既言不堪，此園堪住已不？」舍利弗言長者：「此地曾爲馬市，宰殺衆生，臭穢血腥，實亦不堪住止。」勒鞥(轡)迴車，行至城北，又見一園，林木滋茂，啓言和尚：「此園堪不？」舍利弗言長者：「園雖卽好，林木芺疏，多有酒坊猖婬之室，長衆生之昏闇，滋苦海之根源，此處不堪，別須選擇！」長者巡遊三處，尊者皆言不堪，佛與此地無緣，爲復多生業障。須達忸怩反側，非分伤倖，煩怨迴車，又出城南按行。去城不近不遠，顯望當途，忽見一園，竹木非常蓊蔚，三春九夏，物色芳鮮；冬際秋初，殘花蓊鬱。草青青而吐綠，花照灼而開紅，千種池亭，萬般菓藥，香芬芬而撲鼻，鳥噪咶而啾鳴。樹動揚三寶之名，神鐘震息苦之響。祥鸞瑞鳳，爭呈錦羽之暉；玉女仙童，競奏長生之樂。長者見茲園圃，深叶胸懷，遂卽歛容，啟言和尚：「前者三處，皆言不堪，祇今此園，稱情已不？」舍利弗言長者：「我爲小果，道力卑微，待我入定觀看，然可知其善惡。」舍利弗收心入定，歛念須臾，觀此園亭，盡無過患。過去百千諸佛，皆曾止住其中，說法度人，量塵沙而頗筭。舍利弗既見此事，踊悅身心，含笑舒顏，報言長者：「此園非但今世，堪住我師，賢刧一千如來，皆向此中住止。吉祥最勝，更亦無過，修建伽藍，唯須此地。」舍利弗共長者商度處若爲：

長者既蒙聖加護，一切迷心盡開悟。
舍利弗相隨建道場，擬請如來開四句。
巡城三面不堪居，長者煩怨心猶預。
乘象思村(忖)向前行，忽見一園花菓茂。

須達舍利乘白象，往向城南而顧望，
忽見寶樹數千林，花開異色無般當，
祥雲瑞蓋滿虛空，白鳳青鸞空裏颺。
須達嗟嘆甚希奇，瞻仰尊顏問和尚。
舍利迴頭報須達，「此園妙好希難過，
聖鐘應現樹林間，空裏天仙持供具。
過去諸佛先安居，廣度衆生無億數，
明知聖力不思議，此是如來說法處。」
須達聞說甚驚疑，「觀此園亭國內希，
未知本主誰人是，百計如何買得之？
世上好物人皆愛，不賣之人甚難期。」
良久沈吟情不悅，心裏迴惶便忸怩，
喚得園人來借問：「園主當今是阿誰？
我今事切須相見，火急具說莫遲違。」
園人叉手具分披：「園主富貴不隨宜，
現是東宮皇太子，每日來往自看之。

不向園來三數日，　　倍加修飾勝常時。

長者欲識其園主，　　乃是波斯國主兒！」

須達啓言和尚：「此園堪不？」舍利弗言長者：「此園非但我本師釋迦牟尼愛樂此處，過去塵沙諸佛，亦住此中。垢重之人，履此地而清淨。神鐘天樂，不奏擊而常鳴；異香天花，競繽紛而亂墜。和尚且歸本處，弟子暫往東宮，已(以)禮拔(投)採看了，求之可得已不？若論肯賣，不論價之高低；若死奪楔，方便直須下脫。千方萬計，不得不休。」須達別了卽行，直至東宮門下，非時入內，直見皇儲。太子遙見重臣，遂卽下階迎接。太子曰：「卿是輔國重臣，每吾君之所有；因何惹務，非時忽見寡人？」須達欲直申說，下口稍難；權設詭詐之詞，答儲君曰：「臣昨日因行，偶至太子園所，遙見妖災競起，怪鳥羣鳴。臣乃駐馬觀瞻，忽覺心神戰慴，池亭枯涸，花菓彫疏。」太子不信臣言，發使往觀虛實。」太子聞語，非甚驚惶：「寡人自買此園，久淹年歲，三春夾柳，周青蓑而垂條；九夏名花，遍池亭而照灼。足可消愁適(釋)悶，悅暢心神。卿今忽出此言，不應狂妄？」須達整頓容儀，啓言太子：「太子至尊至貴，一國儲君，卑臣奉仕玉階，股肱王室，豈容詺冈，誑勑何殊？纖毫差馳，臣可〔四〕得全膂領？儲君不信，躬駕親觀，驗其虛實，表愚臣之忠節。」太子曰：「卿爲忠臣，不可虛論，審有此事，如何厭攘(禳)？」須達啟言太子：「物若作怪，必須轉賣與人。」太子書榜四門，道園出賣。衆口可以鑠(爍)金，灾祥自然消散。有人擬買，高索價直：平地遍布黃金，樹枝銀錢皆滿，世人重寶，必無肯買之人。」太子聞言，依從允順，當日書榜，安城四門。須達密計既成，遂別太子。遂於四門之上，折榜將來，直入東宮，往見太子。太子不悉

須達舍利乘白象，往向城南而顧望，
忽見寶樹數千林，花開異色無般當，
祥雲瑞蓋滿虛空，白鳳青鸞空裏颺。
須達嗟嘆甚希奇，瞻仰尊顏問和尚。
舍利迴頭報須達，「此園妙好希難過，
聖鐘應現樹林間，空裏天仙持供具。
過去諸佛先安居，廣度衆生無億數，
明知聖力不思議，此是如來說法處。」
須達聞說甚驚疑，「觀此園亭國內希，
未知本主誰人是，百計如何買得之？
世上好物人皆愛，不賣之人甚難期。」
良久沈吟情不悅，心裏迴惶便忸怩，
喚得園人來借問：「園主當今是阿誰？
我今事切須相見，火急具說莫遲違。」
園人叉手具分披：「園主富貴不隨宜，
現是東宮皇太子，每日來往自看之。

不向園來三數日，　　倍加修飾勝常時。

長者欲識其園主，　　乃是波斯國主兒！」

須達啓言和尚：「此園堪不？」舍利弗言長者：「此園非但我本師釋迦牟尼愛樂此處，過去塵沙諸佛，亦住此中。垢重之人，履此地而清淨。神鐘天樂，不奏擊而常鳴；異香天花，競繽紛而亂墜。和尚且歸本處，弟子暫往東宮，已(以)禮拔(投)探看了，求之可得已不？若論肯賣，不諍價之高低；若死署楔，方便直須下脫。千方萬計，不得不休。」須達別了卽行，直至東宮門下，非時入內，直見皇儲。太子遙見重臣，遂卽下階迎接。太子曰：「卿是輔國重臣，每吾君之所有；因何惹務，非時忽見寡人？」須達欲直申說，下口稍難，權設詭詐之詞，答儲君曰：「臣昨日因行，偶至太子園所，遙見妖災競起，怪鳥羣鳴。臣乃駐馬觀瞻，忽覺心神戰懾，池亭枯涸，花菓彫疏。太子不信臣言，發使往觀虛實。」太子聞語，非甚驚惶：「寡人自買此園，久淹年歲，三春㮣柳，周青藹而垂條；九夏名花，遍池亭而照灼。足可消愁適(釋)悶，悅暢心神。卿今忽出此言，不應狂妄？」須達整頓容儀，啓言太子：「太子至尊至貴，一國儲君，卑臣奉仕玉階，股肱王室，豈容詿冈，詐勑何殊？纖毫差馳，臣可[一四]得全署領？儲君不信，躬駕親觀，驗其虛實，表愚臣之忠節。」太子曰：「卿爲忠臣，不可虛謫；審有此事，如何厭攘(禳)？」須達啓言太子：「物若作怪，必須轉賣與人。太子書榜四門，道園出賣。衆口可以櫟(鑠)金，災祥自然消散。有人擬買，高索價直：平地遍布黃金，樹枝銀錢皆滿，世人重寶，必無肯買之人。」太子聞言，依從允順，當日書榜，安城四門。須達密計既成，遂別太子。遂於四門之上，折榜將來，直入東宮，往見太子。太子不忿此事，乘馬出城，躬親自觀，與須達相隨，直至園所。周迴顧望，與本無殊；四面瞻相，都無變怪；尋問監園之者，並無改張。太子遂生忿怒，雅責須達大臣：「卿今應謀社稷，擬與外國相連，構扇君臣，離間父子，亡家喪國，應亦緣卿！夫爲君子者，居家盡孝，奉國盡忠，恭謹立身，節用法則，斯保其祿位，終其富貴；豈容爲臣不忠，出言虧信，非但殃身招禍，亦乃辱及先宗。寡人聞奏天恩，遣卿容身無地，昇沉榮辱，祇在呼吸之間；對面千里，叨處榮班，尸祿素飡，卿今即是。須奏天廷（庭），身當萬誅！」其時爲法達情，不懼亡軀喪命，君臣兩競，各擬見王。首陀天王空裏聞語，心自思惟：「我若不諫此人，善事必生留難。」隱其天像，化身作一老人，鬢髮鵠白，手執弱杖，直衝太子馬前，抗聲喚言，向前且住，「公子，善惡有理，何用諠諍？尊卑自有禮儀，貴賤須存法式，何得攔街截巷，憤氣高聲！各說本途，理須依實。天子由事三老，古者養老乞言，不假妄構虛詞，擾亂公府。老身依平斷割，必望取無曲情。」太子下馬，不忿厮誑之情，委述根原，陳訴老人言曰；老人聞說，雅責須達大臣，將千種愆違，竪百般過失，振睛怒目，叱訶須達大臣，解太子之瞋心，免善事之留難處。若爲：

太子見園無災怪，　即知須達出狂言。
「卿是忠臣行妄語，　方便下脫寡人園；
修表奏王取進止，　腰斬須臾命不全。」
兩箇相諍語未訖，　中途忽遇首陀天，
面上紅顏千道皺，　眼中冷淚狀如泉。

手駐(拄)千年靈壽杖，戰棹[一五]來迎太子前。
「此是儲君宴會處，咫尺不遠近天顏。
君子誠合而門德，智者不假語聲諠。
有事盡向老人說，均平處斷不交偏。」
太子叉手啓丈人：「暫聽分雪不須瞋，
寡人位處儲天子，往來牢杖(仗)每隨身。
須達大臣短意智，不存上下君臣義，
無端詐計設潛謀，方便欲興篡國意。
幸願丈人照察看，妄說災祥誰不是？」
老人聞說按聲瞋：「比來聞道是忠臣，
言語二三無准[一六]的，盡忠國相理平人。
何須漫說災祥起，詐僞之情行不純。
據此罪愆難捨過，王知腰斬作微塵。」
老人和顏語太子：「人主出言不合二，
寧可高索價難酬，道賣不賣違人意。
老人從來見事多，直言勸諫均平理，

此事，乘馬出城，躬親自觀，與須達相隨，直至園所。周迴顧望，與本無殊；四面瞻相，都無變怪；尋問監園之者，並無改張。太子遂生忿怒，雅責須達大臣：「卿今應謀社稷，擬與外國相連，構扇君臣，離間父子，亡家喪國，應亦緣卿！夫爲君子者，居家盡孝，奉國盡忠，恭謹立身，節用法則，斯保其祿位，終其富貴；豈容爲臣不忠，出言虧信，非但殃身招禍，亦乃辱及先宗。寡人聞奏天恩，遣卿容身無地，昇沉榮辱，祇在呼吸之間；對面千里，叨處榮斑，尸祿素飡，卿今卽是。須奏天斑（庭），身當萬誅！」其時爲法達情，不懼亡軀喪命，君臣兩競，各擬見王。首陀天王空裏聞語，心自思惟：「我若不諫此人，善事必生留難。」隱其天像，化身作一老人鬚鬢鵠白，手策弱杖，直衝太子馬前，抗聲喚言，向前且住：「公子，善惡有理，何用諠諍？尊卑自有禮儀，貴賤須存法式，何得閑街截巷，賁氣高聲！各說本途，理須依實。天子由事三老，古者養老乞言，不假妄構虛詞，擾亂公府。老身依平斷割，必望取無曲情。」太子下馬，不忿欺誑之情，委述根原，陳訴老人言曰；老人聞說，雅責須達大臣，將千種愆違，竪百般過失，振睛怒目，叱訶須達大臣，解太子之瞋心，免善事之留難處，若爲：

太子見園無災怪，　卽知須達出狂言。
「卿是忠臣行妄語，　方便下脫寡人園；
修表奏王取進止，　腰斬須臾命不全。」
兩箇相諍語未訖，　中途忽遇首陀天，
面上紅顏千道皺，　眼中冷淚狀如泉。

手駐(拄)千年靈壽杖，戰棹〔一五〕來迎太子前。
「此是儲君宴會處，咫尺不遠近天顏。
君子誠合而門德，智者不假語聲諠。
有事盡向老人說，均平處斷不交偏。」
太子叉手啓丈人：「暫聽分雪不須瞋，
寡人位處儲天子，往來半杖(仗)每隨身。
須達大臣短意智，不存上下君臣義，
無端詐計設潛謀，方便欲與簒國意。
幸願丈人照察看，妄說災祥誰不是？」
老人聞說按聲瞋：「比來聞道是忠臣，
言語二三無准〔一六〕的，虛霑國相理平人。
何須漫說災祥起，詐僞之情行不純。
據此罪愆難捨過，王知腰斬作微塵。」
老人和顏語太子：「人主出言不合二，
寧可高索價難酬，道賣不賣違人意。
老人從來見事多，直言勸諫均平理，

自今和〔一七〕可莫紛紜，　君臣好好相丞仕。」

須達啓言：「丈人一手可（何）能獨拍？兩手相擊始鳴。一言可以喪邦，差失在毫厘之內。古者一言許諾，重千金而不移；出言易於返（反）掌，收氣難於拔山，豈有先言而不扶（符）於後語！太子出榜，自道賣園，及其折榜平章，卽言不賣。」老人本意，偏爲須達大臣，緣順太子之心，切齒佯瞋須達。須達情地慞惶，抽身數步之外，遂屈帝子〔一八〕向前：「老身雖居臣下，不那爾（耳）順之年，君子出仕五更，夫子問於泰（太）廟。家依長子〔一九〕，國仗忠臣，船因水而運行，脣附齒而相託，脣疎齒路（露），水涸船停。有君闕臣，社稷憑何安立？熟知違情輕觸，祗可相順私和。家和可養冬蠶，進退皆須以禮。太子園必寬廣，林木繁稠，平地與布黃金，樹枝銀錢遍滿，假使頃（傾）倉竭庫，必無肯賣之期，交關不合，本園還在。」太子聞語，便依指揮，遂向須達大臣，索此難齒（酬）之價。須達應時順命，更無低昂，當處對面平章，立地便書文契。多著保證，重置悔罰。恐太子之改張，剋先心而不遂。應時便開庫藏，般（搬）出紫磨黃金。選壯象百頭，馱舁卽送。不那聖力加被，須臾向周，餘殘數步已來，大段欲遍。看布金處，若爲：

須達已蒙老人斷，　卽知和顏稱本心。
便向廐中選壯象，　開庫純馱紫磨金。
峻嶺高岑總安致，　恰恰遍布不容針。
合門眷屬並良賤，　稱念磨訶般若音。
一刹那間遍布了，　聖力明知實甚深。

須達布金欲了，殘功計數非多，心中思忖忸怩，料度當開何藏。沈吟之次，太子便疑，報言長者：「心生猶預，悔亦不遲；下手施功，因何停滯？」須達曰：「假使身肉布地，尚不辭勞，況復小小輕財，敢向佛邊悋(悋)[三〇]惜！佛世難值，歷永刼而一逢，若不懃切精誠，後悔亦將何及！」太子[曰]：「卿今輕財如土，重德猶珍，志意買園，欲將何用？」須達曰：「臣今所買，別有所迷。昨因婚親，幸會得逢大聖。父稱淨飯，母號摩耶，卓然自悟，無師人天，穎稱獨覺。身長丈六，項背圓光，由千日之暉盈，稍難化附；亦能傾(傾)動天地，使人物而安然。移轉山河，不覺往來之相；呑風吸火，殊不損於毫毛。危厄逼身，稱名應時消散。臣今粗述其德，約略而言，廣揚大聖之能，累刼亦難窮盡。」太子聞說，戰汗交流。「審有晟(盛)德如斯，寡人深思頂禮。餘殘未遍，請罷施功；樹上銀錢，寡人亦施。」君唱臣和，雅合順理之儀；見賢思齊，應契先□之典。合心合意，共建伽藍。豈不是船水相依，隣舟共濟？思忖已了，即共舍利弗相隨，步度東西，按行南北。忽見一窠蟻子，壤壤遍地而行，莫知其數。舍利弗見此蟻子，含笑舒顏，對須達祇陁說宿因之處：

須達買得太子園，踊悅身心情不已。
卽屈舍利入園中，校量步度觀其地，
東西巡歷未周圓，忽逢一窠螻蟻子。
舍利弗廻頭報須達：「觀此惡業衆生類，
毗波尸佛出興時，早受蟻身生在此，

自今和〔一七〕可莫紛紜，　君臣好好相丞仕。」

須達啓言：「丈人一手可（何）能獨拍？兩手相擊始鳴。一言可以喪邦，差失在毫厘之內。古者一言許諾，重千金而不移；出言易於返（反）掌，收氣難於拔山，豈有先言而不扶（符）於後語！太子出榜，自道賣園，及其折榜平章，卽言不賣。」老人本意，偏爲須達大臣，緣順太子之心，切齒佯瞋須達。須達情地憧惶，抽身數步之外，遂屈帝子〔一八〕向前：「老身雖居臣下，不那爾（耳）順之年，君子由仕五更，夫子問於泰（太）廟。家依長子〔一九〕，國仗忠臣，船因水而運行，脣附齒而相託。脣疎齒路（露），水涸船停。有君闕臣，社稷憑何安立？熟知達情輕觸，祗可相順私和。家和可養冬蠶，進退皆須以禮。太子國必寬廣，林木繁稠，平地與布黃金，樹枝銀錢遍滿，假使頃（傾）倉竭庫，必無肯置之期，交關不合，本園還在。」太子聞語，便依指揮，遂向須達大臣，索此難雠（酬）之價。須達應時順命，更無低昂，當處對面平章，立地便書文契。多著保證，重置悔罰。恐太子之改張，剋先心而不遂。應時便開庫藏，般（搬）出紫磨黃金。選壯象百頭，馱舁卽送。不那聖力加被，須臾向周，餘殘數步已來，大段欲遍。看布金處，若爲：

須達已蒙老人斷，　卽知和顏稱本心。
便向廐中選壯象，　開庫純馱紫磨金。
峻嶺高岑總安致，　恰恰遍布不容針。
合門眷屬並良賤，　稱念磨訶般若音。
一剎那間遍布了，　聖力明知實甚深。

須達布金欲了，殘功計數非多，心中思忖忸怩，料度當開何藏。沈吟之次，太子便疑，報言長者：「心生猶預，悔亦不遲；下手施功，因何停滯？」須達曰：「假使身肉布地，尚不辭勞，況復小小輕財，敢向佛邊慳（悋）〔二○〕惜！佛世難值，歷永劫而一逢，若不慇切精誠，後悔亦將何及！」太子〔曰〕：「卿今輕財如土，重德猶珍，志意買園，欲將何用？」須達曰：「臣今所買，別有所途。昨因婚親，幸會得逢大聖。父稱淨飯，母號摩耶，卓然自悟，無師人天，穎稱獨覺。身長丈六，項背圓光，由千日之暉盈，稍難化附；亦能頃（傾）動天地，使人物而安然。移轉山河，不覺往來之相；吞風吸火，殊不損於毫毛。危厄逼身，稱名應時消散。臣今粗述其德，約略而言，廣揚大聖之能，累劫亦難窮盡。」太子聞說，戰汗交流。「審有晟（盛）德如斯，寡人深思頂禮。餘殘未遍，請罷施功；樹上銀錢，寡人亦施。」君唱臣和，雅合順理之儀；見賢思齊，應契先□之典。合心合意，共建伽藍。豈不是船水相依，隣舟共濟？思忖已了，即共舍利弗相隨，步度東西，按行南北。忽見一窠蟻子，壤壤遍地而行，莫知其數。舍利弗見此蟻子，含笑舒顏，對須達祇陁說宿因之處：

須達買得太子園，踊悅身心情不已。
即屈舍利入園中，校量步度觀其地，
東西巡歷未周圓，忽逢一窠螻蟻子。
舍利弗迴頭報須達：「觀此惡業衆生類，
毗波尸佛出興時，早受蟻身生在此，

今天更遇釋迦文，此度惡緣應捨離，
與受十戒且三歸，更賜菩提甘露水。
從此以後永長辭，託生諸天徒衆裏。」
長者發意造伽藍，講堂院宇皆周被。
兜率天上樂轟轟，遥見其身生在彼。
布金既了情瞻仰，火急須造伽藍樣，
不惜珍寶及金銀，榜召國中諸巧匠。
三門樓下素（塑）金剛，院院敎畫丹青像。
俠閣精舍及房廊，見者亦得除災障。
琴箏懸在四偶（隅）頭，風吹万道聲聊量（嘹亮）。
亦有簫笛及箜篌，銅跋（鈸）琵琶對方響。
說法高坐寶座嚴，爐燓（焚）牛頭香供養。
九品隨願往來生，迦陵頻伽空裏颺。
長者虔心造精室，諸佛菩薩空中望，
祇陁太子發弘心，願得菩提不漸長。

須達買園既畢，遂與太子却歸，忽於中途，逢着六師外道。未問委的，望風且瞋。「太子爲一國儲君，

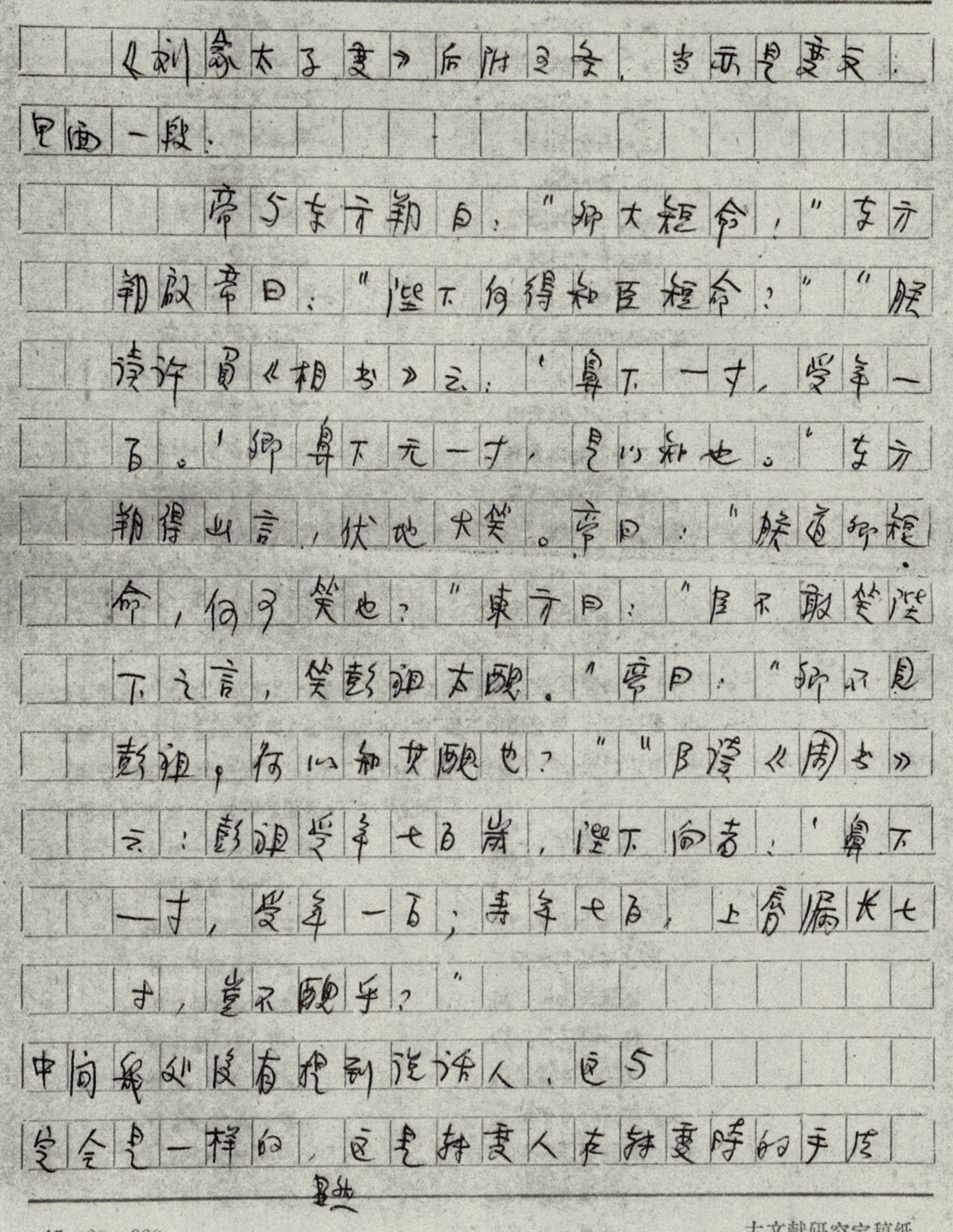

第　　页

《刘家太子变》后附之文，当亦是变文里面一段。

帝与东方朔曰："卿大短命！"东方朔启帝曰："陛下何得知臣短命？""朕读许负《相书》云：'鼻下一寸，受年一百。'卿鼻下无一寸，是以知也。"东方朔得此言，伏地大笑。帝曰："朕道卿短命，何为笑也？"东方曰："臣不敢笑陛下之言，笑彭祖太丑。"帝曰："卿不见彭祖，何以知其丑也？""臣读《周书》云：彭祖受年七百岁，陛下向者：'鼻下一寸，受年一百；寿年七百，上唇漏长七寸，岂不丑乎？"

中间几处没有插别说话人，这与完全是一样的，这是抄变人在抄变时的手法

15×20=300　　古文献研究室稿纸

往來須擁半杖(仗)；長者榮居輔相，匡國佐理之臣，何得辱國自輕，僕從不過十騎？旣堯椽不卓(琢)，爲揚儉素之名，舜館無豎(難)，約除奢侈之患，加以長纓廣袖，還成壯國之威，金柱玉階，顯譽先王之貴。此乃詩書所載，非擅胸襟，因何行李惷惷，輕身單騎！爲當欲謀社稷？爲復別有情懷？事須錄表奏王，我斷取其勑旨。」且看詰問事由，若爲陳說：

「太子國中第二貴，出入百司須准擬，
因何從騎不過十，鑾轝(輿)途呈(程)來至此？
依實向我說看看，好惡不須生拒諱。」
太子下馬報尊師：「須達買園君不知，
擬請如來此說法，寡人情所慕歸依。
適看布金事已了，是以如今還却歸。
此言一一咸依實，露膽披肝願照知。」
六師聞言笑不已，「瞿曇幻術難爲比，
美語甜舌和斷人。生得七朝母卽死，
不能玉殿坐瓊樓，捨父逃走深山裏。
所出之言喚作經，自嘆身金絕殊異。
若來此國損平人，不可開眼而蹋𧀼。

今天更遇釋迦文，　此度惡緣應捨離，
與受十戒且三歸，　更賜菩提甘露水。
從此以後永長辭，　託生諸天徒衆裏。」
長者發意造伽藍，　講堂院宇皆周被。
兜率天上樂轟轟，　遙見其身生在彼。
布金既了情瞻仰，　火急須造伽藍樣，
不惜珍寶及金銀，　榜召國中諸巧匠。
三門樓下素(塑)金剛，　院院敎畫丹青像。
俠閣精舍及房廊，　見者亦得除災障。
琴箏懸在四偶(隅)頭，　風吹万道聲聊量(嘹亮)。
亦有簫笛及箜篌，　銅跋(鈸)琵琶對方響。
說法高坐寶座嚴，　爐燃(焚)牛頭香供養。
九品隨願往來生，　迦陵頻伽空裏颺。
長者虔心造精室，　諸佛菩薩空中望，
祇陁太子發弘心，　願得菩提牙漸長。

須達買園既畢，遂與太子却歸，忽於中途，逢着六師外道。未問委的，望風且瞋。「太子爲一國儲君，往來須擁半杖(仗)；長者榮居輔相，匡國佐理之臣，何得辱國自輕，僕從不過十騎？ 旣堯椽不卓(琢)，爲揚儉素之名，舜飢無鮮(羶)，約除奢侈之患，加以長纓廣袖，還成壯國之威，金柱玉階，顯譽先王之貴。此乃詩書所載，非擅胸襟，因何行李蔘蔘，輕身單騎！ 爲當欲謀社稷？ 爲復別有情懷？ 事須錄表奏王，我斷取其勑旨。」且看詰問事由，若爲陳說：

「太子國中第二貴，出入百司須准擬，
因何從騎不過十，聳轡(轡)途呈(程)來至此？
依實向我說看看，好惡不須生拒諱。」
太子下馬報尊師：「須達買園君不知，
擬請如來此說法，寡人情所慕歸依。
適看布金事已了，是以如今還却歸。
此言一一咸依實，露膽披肝願照知。」
六師聞言笑不已，「瞿曇幻術難爲比，
美語甜舌和斷人。生得七朝母卽死，
不能玉殿坐瓊樓，捨父逃走深山裏。
所出之言喚作經，自嘆身金絕殊異。
若來此國損平人，不可開眼而踢㓤。

明晨修表奏於君，得失皆須對御誠，
無事輙將牛鼻津，何(敢)得比吾江海水！」

六師聞請佛來住，心生忿怒，頰悵(漲)䚡(腮)高，雙眉斗(陡)豎，切齒銜[三二]牙，非常慘醋。

「乍可決命一廻，不能虛生兩度。
門徒盡被該將[三三]，遣我不存生路，
到處卽被欺陵，終日被他作祖。
帝王尚自降他，況復凡流下庶。
吾今怨屈何申，須向王邊披訴。」

六師忿遽，麁行大步，奔走龍庭，擊其怨鼓。王遣所司，問其根緒。六師哽噎聲嘶，良久沈吟不語。啓言大王：「臣聞開闢天地，卽有君臣；日月貞明，賴聖主之感化。卽今八方懇款[三三]，四海來賓。唯有逆子賊臣，欲謀王之國政，懷邪抱諂(佞)，不謹風謠。叨居相國之榮，虛食萬鐘(鍾)之祿。臣聞佞臣破六國，佞婦闘六親；須達祇陁，于今卽是。豈有未聞天珽(庭)，外國鈎引胡神，幻惑平人，自稱是佛。不孝父母，恒乖色養之恩；不敬君王，違背人臣之禮。不懃產業，逢人卽與剃頭，妄說地獄天堂，根尋無人的見。若來[三四]至此，祇恐損國喪家。臣今露膽披肝，伏望聖恩照察。」且看指訴如來，若爲陳說：

「王家太子國之尊，豈合外國引胡神？
逆臣須達爲頭首，勾扇妖訛亂政眞。

直爲瞿曇多幻術，　不忠不孝仕於君，
君王不朝父母拜，　輕凌尊貴敬愚人。
伏望大王開寶鏡，　今日廻光照察臣。」
六師陳情重奏，　傴脊曲躬低首：
「我等所護神通，　累歲淹年積久，
靈異應現千般，　合國識知我手〔三五〕。
想念我之功勞，　一一從師稟受。
小人今日奏王，　特望天恩納祐。」
六師重奏於王曰：　「臣今有事依實說，
賊臣逆子設陰謀，　慮恐國破人消滅。
須達本意請胡神，　城中廣擬行妖孽。
敗我政法不思議，　遠請姦邪極下劣。
此是偎〔三六〕僻不堪依，　伏願明君爲照察。」

王言：「和尚！且審聽採，不須忿恣。朕乃委問根由，察其事跡。差馳有失，兩人總受萬誅。」王勑所司，生擒須達，幷祇陁太子，生杖圍身。立地過問因由處，若爲：

王問：「須達緣何事？　輒爾買園將作寺？

擬請瞿曇至此間，　六師云道災祥起。
朕處深宮總不知，　卿須具說無煩諱。
瞿曇何如眹六師？　擇善而行應好事。」
皇王政坐瑠璃殿，　垂拱勾陳政南面，
斌斌文士理陰陽，　糾糾武夫持寶扇。
掩擒須達問根由，　「數日因何不相見？
更聞外國引胡神，　計卿罪過難容免。」
須達陳情而啓奏：　「臣仕玉階年月久，
頃（傾）肝露膽每兢兢，　不曾分寸行虛謬。
若將外道竝如來，　狀似嘉禾而比莠。
佛身唐唐長丈六，　外道還同螢火幼。
四大海水納毛端，　五色神光出其口，
梵釋天王恆引前，　八部龍神皆從後。
豈將一箇汗蝦蟆，　敢當大聖騏驎鬪！」

王聞襃譽，尙未委其根由，更喚須達向前：「卿須審實，不得差殊，榮辱昇沈，祇在須臾之頃。朕爲一國之主，統御萬邦；卿須盡節存忠，不得因巡易志。天子一怒，可以伏屍百萬，流血千里。佛是誰家種族？先代有沒家門？學道諮稟何人？在身有何道德？不須隱匿，具實說看。忽然分寸差殊，手下身當依法。」

須達啓言陛下：「如來先世，且出千箇輪王，枝葉相承，尊榮不絕。爰祖及父，皆居萬乘之尊；卓子玄孫，咸稱鸞鳳之嫡。父稱淨飯，居八國之最尊；母號摩耶，處天〔□〕之絕世。如來生在南天竺國，長在迦毗羅城，從生至死，從死復生，無事不作，無事不成，無所不曆（歷），無所不經。長在淨飰（飯）王宮，號曰悉達之名。年過十九，知曉死生，二十未滿，騰越宮城。菩提樹下，不染俗情，懃苦累歲，瘦損其形。日食麻麥，引日偸生。鳥鵲巢頂，養子得成。頭如蓬窠，項似針釘，肋如朽屋之椽，眼如井底之星。身體羸劣，狀餓鬼形，積功累德，菩提道成。身長丈六，項背暉盈，胸題萬字，了了分明。廣長舌相，額廣能平，師子王臆，毛螺旋生。如來涅而不死，槃而不生，攪之不濁，澄之卽清；幽之不闇，闇之卽明；覩之不覩其體，聽之不聞其聲，高而不危，下而不頊（傾），變江海而成蘇酪，化大地爲瑠璃水精。拈須彌山，卽知斤兩，斫四海變成乾坑。合眼萬里，開眼卽停。現大身周遍世界，或現小身，徽（微）塵之內藏形。如來將刀斫不恨恨，塗藥著不該該，拾得物不歡喜，失却物不悲啼。大衆裏不覺鬧，獨自坐不恓恓，二心俱一種，平等闊然齊。分身百億，處處過齋。一名悉達，二號如來，爲天人師，具一切智，四生三界，最勝最尊。臣今略述其能，累刼歎終不盡。陛下！」

王聞此語，喜悅難任。「卿雖讚德此能，猶未表其的實，須得對面試譣，然可定其是非。卿之所師，敵得和尙已否？」

須達啓言陛下：「千鈞之弩，為鼷鼠發機；百尺炎爐，不爲毫毛爇焰。不假我大聖天師，最小弟子，亦能祇敵。」

王問：「弟子是誰，對得我和尚？」

須達啓言大王：「佛之弟子，不是餘人，即舍利弗是。」

王曰：「舍利弗者，是我和尚姍甥。近日出家，學法有淺，計其功行，不曆多時。長幼不可比肩，如何對我和尚！」

「晏嬰雖小，能謀虎狼之臣。有德不假年高，無智徒勞百歲，搆之虛誑，不如驗之取實。黃金百練（煉），光色轉更暉盈；鉛錫登爐，應時化爲灰燼。伏望明宣詔令，廣集頒下羣嫁（賢），大決看看，然可定其勝負。六師若勝，臣當萬斬，家口沒官。」

王遂勑下百司：「速須備擬，來月八日，城南建立道場。佛家若强，朕與合國之人，總歸仕（事）佛；分毫差失，二人總須受誅。」

須達既奉勑旨，心中非甚憂惶，遂即歸家，攢眉蹙頞。舍利弗見其憂懼，儀貌改常，遂即驚嗟，怪而問曰：「長者因何憂懼，顏貌改常？」須達曰：「弟子今日入朝，親奉明勑，令來月八日，城南建立道場，各逞神通，定其優劣。佛家若勝，王臣並擬歸誠；六師若强，太子與卑微，俱受誅戮。我今凡夫智淺，未惻（測）聖之高低，幸願慈悲進退，希垂委實！」舍利弗爲適憂心誇顯之處，若爲：

須達啓言舍利弗：「勑令來月之八日，

城南建立大道場，　神通各自般般出。
國王躬駕監其能，　百揆參詳辨得失，
幸願和尙說情懷，　進退分明須一述。」
舍利含笑報須達：「一切妄相皆須割，
外道共我鬭神通，　狀似將魚而與[□]，
朗月未見比螢光，　海水不可論[□]撮。
還同下(夏)日爍春冰，　百練黃金比木末。
外道之徒總是糠，　大風一起無拾掇，
我今降魔的取强，　總建化度成菩薩。」

舍利弗含笑舒顏，報言須達：「我今雖爲小聖，不那諸稟處高，祇如顯政摧邪，絶是小務。天魔億萬，惻塞虛空，猶不能動毫毛，況乃蚊蚋六師，更能祇敵！我今磨刀穀馬，唯佇識練之功，不假淹留，唯須急速。」長者再奏，八日泰(太)遲，菟入猶突，熟食誰能久耐。明日卽須施展，請促八日之期。」須達遂重奏王，王依所請，斑(頒)告百司：「今夜齊明，敷設總須了畢。佛家道場，卿須備擬；六師所要，朕自祇供。明日拂晨，卽須對試。」一明勑告示[三七]已了，須達便卽歸廻。行至家中，覓舍利弗不得。須達撫掌驚嗟，唱言「禍事，大怪出也。明朝許期鬬聖，今日使脚私逃，假令計料不襟，不合相報。弟子爲法，甘分喪軀；太子之身，何辜受戮！」一蒼忙尋逐，不知所去之蹤，遍問街衢，莫委遊行之處。因逢九牛小子，詰問逗遛「汝向野外行時，逢着我和尚已人（不）？」小子曲躬啓言阿翁：「昨日驅牛逐（遂）草，偶至七里澗邊，見一禿頭小兒，身披赤色之衣，樹下端然坐睡，不知是何色類？阿翁自往看之。」長者聞說，卽知委是本身。在此國内之人，更無剃頭之者。長者奔車驟駕，卽至七里澗邊。直至尼枸樹下，併其左右，叉手向前，啓言和尚：「弟子親聞聖旨，約束切嚴；和尚自促時光，許期明日鬬聖，豈容不知急緩？來至此間，不識閑忙，走向此間坐睡。分毫疎失，兩人性命不全，縱然弟子當辜，和尚豈安忍見！」諸啓之處若爲：

長者合掌啓闍梨：「弟子凡愚不覺知。
布金買園無辭彈（憚），外道捉我苦刑持，
弟子躬親蒙進止，勞度叉欲得鬬神威。
恐畏中途生進退，緣玆憂懼乃頻眉。」
舍利弗既聞須達說，便入三昧自思惟。
澄神淨慮安心想，摧伏妄念息諸非。
六賊縱橫不能染，將知定力不思議，
每恐聲聞道力劣，伏願如來爲護持。

舍利弗不移本座，運其神通，卽至鷲峯山頂，悲泣雨淚，哽噎聲嘶，旋繞世尊，數十餘匝，希大聖之威加備之處，若爲：

舍利悲啼啓法王，「如來驅使建僧房，
未及誠心營飾畢，六師羣衆稍難當。
弟子小人神力劣，希垂護念借威光。
儻若一時降伏得，總遣度却入僧行。」
佛告舍利「不須悲，是汝聲聞道力微。
遂喚阿難來近側，架上取我僧伽梨。
曆劫降魔皆使汝，神通智惠不勞施。
「將吾金蘭[二八]袈裟去，無量善神衛護之，
魔王一見皆摧伏，法性清淨證無爲。」

舍利弗忽從定起，左右不見餘人，唯見須達大臣，兼有龍神八部，前後捧擁，四面周廻，阿修羅執日月以引前，緊那羅握刀槍而從後。于時風師使風，雨師下雨，隰(濕)却囂塵，平治道路。神王把棒，金剛執杵，藺擇驍雄，排比隊伍。然後吹法螺，擊法鼓，弄刀槍，振威怒，動似雷奔，行如雲布。亦有雪山象王，金毛師子，震目揚眉，張牙切齒，奮迅毛衣，搖頭擺尾。隊仗映天，槍戈匝地。諍能各擬逞威神，加被我如來大弟子，若爲：

舍利弗與衆而辭別，是日登途便即發。
吡樓天王執金旌，提頭賴吒持玉節，

甲抜全身盡是金，　刀箭渾論純用鐵。
青面金剛色黖然，　火頭金剛瞋不懖，
鐘皷轟轟聲動天，　瑞氣明明而晈潔。
天仙空裏散名花，　讚唄之聲相趁迭。
降魔杵上火光生，　智惠刀邊起霜雪。
但願諸佛起慈悲，　邪愓不久皆摧折。
神力不經彈指間，　須臾即至皇城闕。

波斯匿王見舍利弗，即勑羣僚，各須在意。佛家東邊，六師西畔。朕在北面，官庶南邊。勝負二途，各須明記。和尚得勝，擊金皷而下金籌；佛家若強，扣金鐘而點尚字。各處本位，即任施張。舍利弗徐步安詳，昇師子之座；勞度叉身居寶帳，捧擁四邊。舍利弗即昇寶座，如師子之王，出雅妙之聲，告四衆言曰：「然我佛法之內，不立人我之心，顯政摧邪，假爲施設。勞度叉有何變現，即任施張！」

六師聞語，忽然化出寶山，高數由旬，欽岑碧玉，崔嵬白銀，頂侵天漢，叢竹芳薪。東西日月，南北參晨（辰）。亦有松樹參天，藤蘿萬段，頂上隱士安居，更有諸仙遊觀，駕鶴乘龍，仙歌聊（繚）亂。四衆誰不驚嗟，見者咸皆稱歎。

舍利弗雖見此山，心裏都無畏難，須臾之傾（頃），忽然化出金剛。其金剛乃作何形狀？其金剛乃頭圓像天，天圓祇堪爲蓋；足方萬里，大地纔足爲鈷。眉鬱翠如青山之兩崇，口哏哏猶江海之廣闊，手執寶杵，杵上火焰衝天。一擬邪山，登時粉碎。山花萎悴飄零，竹木莫知所在。百僚齊歎希奇，四衆一時唱快。故云金剛智杵破邪山處，若爲：

六師忿怒情難止，化出寶山難可比。
嶃巖可有數由旬[二九]，紫葛金藤而覆地，
山花鬱翠[三〇]錦文成，金石崔嵬碧雲起。
上有王喬丁令威，香水浮流寶山裏。
飛仙往往散名華，大王遙見生歡喜。
舍利弗見山來入會，安詳不動居三昧，
應時化出大金剛，眉高額闊身軀礧[三一]。
手執金杵火衝天，一擬邪山便粉碎。
[外道哽噎語聲嘶，四衆一時齊唱快][三二]。

于時帝王驚愕，四衆忻忻。此度既不如他，未知更何神變？

其時須達長者遂擊鴻鐘，手執金牌，奏王索其尚字。

六師見寶山摧倒，憤氣衝天，更發瞋心，重奏王曰：「然我神通變現，無有盡期，一般雖則不如，再現保知取勝。」勞度差忽於衆裏，化出一頭水牛。其牛乃瑩角驚天，四蹄似龍泉之劍；垂斛曳地，雙眸

猶日月之明。喊吼一聲，雷驚電吼。四衆嗟嘆，咸言外道得强。

舍利弗雖見此牛，神情宛然不動。忽然化出師子，勇鋭難當。其師子乃口如谿壑，身類雪山，眼似流星，牙如霜劍，奮迅哮吼，直入場中。水牛見之，亡魂跪地。師子乃先懾項骨，後拗脊跟，未容咀嚼，形骸粉碎。帝王驚歎，官庶怡然。六師乃悚懼恐惶，太子乃不勝慶快處，若爲：

六師忿怒在王前〔三三〕，化出水牛甚可憐，
直入場中驚四衆，磨角掘地喊連天。
外道齊聲皆唱好，我法乃遣國人傳。
舍利座上不驚忙，都緣智惠甚難量〔三四〕，
整理〔三五〕衣服安心意，化出威稜師子王。
哮吼兩眼如〔三六〕星電，纖牙迅抓〔三七〕利如霜，
意氣英雄而振尾，向前直擬〔三八〕水牛傷。
〔懾到登時消化了，并骨咀嚼盡消亡〕〔三九〕。
兩度佛家皆得勝，外道意極計無方〔四〇〕。

六師既兩度不如，神情漸加羞恧，强將頑皮之面，衆裏化出水池。四岸七寶莊嚴，內有金沙布地，浮萍菱草，遍綠水而競生；耎柳芙蓉，匝靈沼而氛氳。

舍利見池奇妙，亦不驚嗟，化出白象之王。身軀廣闊，眼如日月，口有六牙，每牙吐七枝蓮花。華

上有七天女，手搊弦管，口奏弦歌，聲雅妙而清新，姿逶迤而姝麗。象乃徐徐動步，直入池中，蹴踏東西，迴旋南北。已（以）鼻吸水，水便乾枯。岸倒塵飛，變成旱地。于時六師失色，四衆驚嗟，合國官僚，齊聲歎異處，若爲：

其池七寶而爲岸，瑪瑙珊瑚爭燦爛。
池中魚躍盡［銜］〔四一〕冠，龜鼈黿鼉競穀竄。
水裏芙蓉光照灼，見者莫不心驚愕。
外道自〔四二〕歎甚希奇，看我此度諍〔四三〕强弱。
舍利舉目而南望，化出六牙大香象。
行步狀如雪山移，身軀廣闊難知量。
口裏嚵巖吐六牙，一一牙高一百〔四四〕丈。
牙上各有七蓮華，華中玉女無般當，
手搊琴瑟奏弦歌，雅妙清新聲合響。
共讚彌陀極樂國，相携祇〔四五〕勸同心往。
象乃動步入池中，蹴踏東西并岸上，
已（以）鼻吸水盡乾枯，六師哽噎懷惆悵。

六師頻頻輸失，心裏轉加懊惱。今朝怪不如他，昨夜夢相顛倒。面色粗赤粗黄，唇口異常乾燥，腹熱狀似湯煎，腸痛猶如刀攪。瞿曇雖是惡狠，不襟羣狗衆咬。舍利弗小智拙謀，魯班前頭出巧。者(這)迴忽若得强，打破承前併藩。不忩欺屈，忽然化出毒龍。口吐煙雲，昏天翳日，揚眉眴目，震地雷鳴，閃電乍闇乍明，祥雲或舒或卷。驚惶四衆，恐動平人，舉國見之，怪其靈異。

舍利弗安詳寶座，殊無怖懼之心，化出金翅鳥王，奇毛異骨，鼓騰雙翅，掩敝(蔽)日月之明，抓距纖長，不異豐城之劍。從空直下，若天上之流星，遙見毒龍，數迴博(搏)援。雖然不飽我一頓，且得噎飢。其鳥乃先啅眼睛，後嗍四竪，兩迴動嘴，兼骨不殘。六師戰懼驚嗟，心神恍忽：

［是日六師漸冒怯，　忩恨罔知無□控。
雖然打强且祗(抵)敵，　終竟懸知自頃(傾)倒。
又更化出毒龍身，　口吐烟雲懷燥暴，
雷鳴電吼霧昏天，　礔礫聲揚似火爆。
場中恐怯並驚嗟，　兩兩相看齊道好」［哭］。
舍利既見毒龍到，　便現奇毛金翅鳥。
頭尾懾剉不將難，　下口其時先啅腦。
肋骨粉碎作微塵，　六師莫知何所道。
三寶威神難測量，　魔王戰悚生煩惱。

王曰：「和尚猥地誇談，千般伎術，人前對驗，一事無能。更有何神，速須變現！」六師强打精神，奏其王曰：「我法之內，靈變卒無盡期。」忽於衆中，化出二鬼。形容醜惡，軀貌拐會，面北塡（坒）而更青，目類朱而復赤。口中出火，鼻裏生煙，行如奔電，驟似飛旋，揚眉瞬目，恐動四邊。見者寒毛卓竪，舍利弗獨自安然。舍利弗踟躕思忖，毗沙門踊現王前。威神赫弈，甲㧞光鮮，地神捧足，寶劍腰懸。二鬼一見，乞命連綿處，若爲：

六師自道無般比，化出兩箇黃頭鬼，

頭腦異種醜屍骸，驚恐四邊令怖畏。

舍利弗舉念暫思惟，毗沙天王而自至。

天王迴顧震睛看，二鬼迷悶而擗地〔四七〕。

外道是日破魔軍，六師膽懾〔四八〕盡亡魂。

賴得慈悲舍利弗，通容忽爾〔四九〕盡威神，

驢螺（騾）負重登長路，方知可（何）得比龍鱗。

祇爲心迷邪小逕，化遺歸依大法門〔五〇〕。

六師雖五度輸失，尚不歸降。「更試一迴看看，後功將補前過。忽然差使更失，甘心啓首歸他。」思惟既了，忽於衆中化出大樹，坡（婆）娑枝葉，敝（蔽）日干雲，聳幹芳條，高盈萬仞。祥擒瑞鳥，遍枝葉而和鳴；翠葉芳花，周數里而斗（陡）闇。于時見者，莫不驚嗟。舍利弗忽於衆裏化出風神，叉手向前，啓言和尚：「三千大千世界，須臾吹却不難；況此小樹纖毫，

似湯煎，腸痛猶如刀攪。瞿曇雖是惡狠，不襟羣狗衆咬。舍利弗小智拙謀，魯班前頭出巧。者（這）迴忽若得强，打破承前併濤。不忿欺屈，忽然化出毒龍。口吐煙雲，昏天翳日，揚眉眴目，震地雷鳴，閃電乍闇乍明，祥雲或舒或卷。驚惶四衆，恐動平人，舉國見之，怪其靈異。

舍利弗安詳寶座，殊無怖懼之心，化出金翅鳥王，奇毛異骨，皷騰雙翅，掩㪚（蔽）日月之明，抓距纖長，不異豐城之劍。從空直下，若天上之流星，遙見毒龍，數廻博（搏）接。雖然不飽我一頓，且得噎飢。其鳥乃先啅眼睛，後嚵四竪，兩廻動嘴，兼骨不殘。六師戰懼驚嗟，心神恍忽：

［是日六師漸冒慘，　忿恨罔知無□控。
雖然打强且祗（抵）敵，　終竟懸知自頃（傾）倒。
又更化出毒龍身，　口吐烟雲懷操暴，
雷鳴電吼霧昏天，　礔礫聲揚似火爆。
場中恐怯並驚嗟，　兩兩相看齊道好］［哭］。
舍利既見毒龍到，　便現奇毛金翅鳥。
頭尾懾剉不將難，　下口其時先啅腦。
肋骨粉碎作微塵，　六師莫知何所道。
三寶威神難測量，　魔王戰悚生煩惱。

王曰：「和尚猥地誇談，千般伎術，人前對驗，一事無能。更有何神，速須變現！」六師强打精神，奏其王曰：「我法之內，靈變卒無盡期。」忽於衆中，化出二鬼。形容醜惡，軀貌拐𣫍，面北塡（比天）而更靑，目類朱而復赤。口中出火，鼻裏生煙，行如奔電，驟似飛旋，揚眉瞬目，恐動四邊。見者寒毛卓竪，舍利弗獨自安然。舍利弗踟躕思忖，毗沙門踊現王前。威神赫弈，甲掓光鮮，地神捧足，寶劍腰懸。二鬼一見，乞命連綿處，若爲：

六師自道無般比，化出兩箇黃頭鬼，
頭腦異種醜屍骸，驚恐四邊令怖畏。
舍利弗舉念暫思惟，毗沙天王而自至。
天王廻顧震睛看，二鬼迷悶而擗地[四七]。
外道是日破魔軍，六師膽懾[四八]盡亡魂。
賴得慈悲舍利弗，通容忍辱[四九]盡威神，
驢螺（騾）負重登長路，方知可（何）得比龍鱗。
祇爲心迷邪小逕，化遺歸依大法門[五〇]。

六師雖五度輸失，尙不歸降。「更試一廻看看，後功將補前過。忽然差使更失，甘心啓首歸他。」思惟旣了，忽於衆中化出大樹，坡（婆）娑枝葉，𢿱（蔽）日干雲，聳幹芳條，高盈萬仞。祥擒瑞鳥，遍枝葉而和鳴；翠葉芳花，周數里而斗（陡）闇。于時見者，莫不驚嗟。

舍利弗忽於衆裏化出風神，叉手向前，啓言和尙：「三千大千世界，須臾吹却不難；況此小樹纖毫，

敢能當我風道！」出言已訖，解袋卽吹。于時地卷如綿，石同塵碎，枝條迸散他方，莖幹莫知所在。外道無地容身，四衆一時唱快處，若爲：

六師頻[□]輸五度，　更向王前化出樹，
高下可有數由旬，　枝條蓊蔚而滋茂。
舍利弗道力不思議，　神通變現甚希奇，
辭佛故來降外道，　次第總遣大風吹。
神王叫聲如電吼，　長虵擿樹不殘枝，
瞬息中間消散盡，　外道飄颻無所依。
六師被吹脚距地，　香爐寶子逐風飛，
寶座頃(傾)危而欲倒，　外道怕急總扶之。
兩兩平章六師弱，　芥子可(何)得類須彌！

時王啓言和尚：「朕比日已來，虛加敬重，廣施玉帛，枉費國儲。故知眞金濫鍮，目驗分析；龍蛇渾雜，方辨其能。和尚力盡勢窮，事事皆弱，總須低心屈節，摧伏歸他。更莫虛長我人，論天說地。」六師聞語，唯諾依從。面帶羞慚，容身無地。舍利弗見邪徒折伏，悅暢心神，非是我身健力能，皆是如來加被。遂騰身直上，勇(踊)在虛空，高七多羅樹，頭上出火，足下出水，或現大身，撊塞虛空，或現小身，猶如芥子。神通變化，現十八般，合國人民，咸皆瞻仰處，若爲：

舍利弗倏忽現神通，　勇(躍)身直上在虛空，
或現大身遍法界，　小身藏形芥子中。
勞度叉愕然合掌立，　我法豈得與他同。
共汝捨邪歸政路，　相將慚謝盡卑恭。
鬪聖已來極下劣，　迴心豈敢不依從，
各擬悔謝歸三寶，　更亦無心事火龍。
累曆歲年枉氣力，　終日從空復至空，
各自抽身奉仕佛，　免被當來鐵碓舂[五一]。

降魔變文一卷

或見不是處，有人讀者，即與政著。

校記：

[一] 題依原卷。甲卷前題作「降魔變一卷」，無「文」字，當是簡稱。今有六卷，其中一卷裂爲兩段，實爲五卷。其目如下：

原卷　全卷完整，但裂爲二段。第一段在倫敦，編號爲斯五五一一。僅存開端九行。第二段在國內，驗

敢能當我風道！」出言已訖，解袋卽吹。于時地卷如綿，石同塵碎，枝條迸散他方，莖榦莫知所在。外道無地容身，四衆一時唱快處，若爲：

六師頻[□]輪五度，更向王前化出樹，
高下可有數由旬，枝條蓊蔚而滋茂。
舍利弗道力不思議，神通變現甚希奇，
辭佛故來降外道，次第總遣大風吹。
神王叫聲如電吼，長虵擿樹不殘枝，
瞬息中間消散盡，外道飄颻無所依。
六師被吹脚距地，香爐寶子逐風飛，
寶座頃(傾)危而欲倒，外道怕急總扶之。
兩兩平章六師弱，芥子可(何)得類須彌！

時王啓言和尚：「朕比日已來，虛加敬重，廣施玉帛，枉費國儲。故知眞金濫鍮，目驗分析；龍蛇渾雜，方辨其能。和尚力盡勢窮，事事皆弱，總須低心屈節，摧伏歸他。更莫虛長我人，論天說地。」六師聞語，唯諾依從。面帶羞慚，容身無地。舍利弗見邪徒折伏，悅暢心神，非是我身健力能，皆是如來加被。遂騰身直上，勇(踴)在虛空，高七多羅樹，頭上出火，足下出水，或現大身，惻塞虛空，或現小身，猶如芥子。神通變化，現十八般，合國人民，咸皆瞻仰處，若爲：

舍利弗倏忽現神通，　勇(踴)身直上在虛空，
或現大身遍法界，　小身藏形芥子中。
勞度叉愕然合掌立，　我法豈得與他同。
共汝捨邪歸政路，　相將慚謝盡卑恭。
闘聖已來極下劣，　迴心豈敢不依從，
各擬悔謝歸三寶，　更亦無心事火龍。
累曆歲年枉氣力，　終日從空復至空，
各自抽身奉仕佛，　免被當來鐵碓舂[五二]。

降魔變文一卷

或見不是處，有人讀者，即與政著。

校記：

[一] 題依原卷。甲卷前題作「降魔變一卷」，無「文」字，當是簡稱。今有六卷，其中一卷裂爲兩段，實爲五卷。其目如下：

原卷　全卷完整，但裂爲二段。第一段在倫敦，編號爲斯五五一一。僅存開端九行。第二段在國內，驗

其筆跡及殘缺處，適與第一段相符合。

甲卷　斯四三九八　存開端四十一行。原卷兩段銜接處，文字多有破損，賴有此卷校補之。

乙卷　羅振玉舊藏，印入敦煌零拾中。未見原卷。羅氏迻錄，多以意改字，凡印本較勝處，未必可棄。如「九牛小子」印本作「牧牛小子」，雖較通順，但原卷未必如此。故採用羅印本處極少。讀者可自取參閱。

丙卷　伯四六一五　今已裂爲六段，極殘損。余未見原卷，據王慶菽鈔本校之。

丁卷　伯四五二四　全卷爲圖，即「降魔變文」畫卷也。卷背寫唱詞。今只校唱詞部份。

按此故事出賢愚經卷第十的「須達起精舍品第四十一」。

〔二〕甲卷「原」作「源」。

〔三〕甲卷「後」作「今」。

〔四〕甲卷「倒」作「到」。

〔五〕此句以上，依斯五五一一卷迻錄。

〔六〕「相」原作「想」，據甲卷改。

〔七〕「等」字據甲卷補。

〔八〕「舍」原作「舍」，據甲卷改。

〔九〕甲卷「數」作「四」。

[一〇]「與日月」原作「譽月」，據甲卷改。

[一一]甲卷「幾策」作「秘策」。

[一二]王慶菽云：「『五輪』不可解，疑當作『五體』」。

[一三]「仕」通作「事」。

[一四]「可」與「何」通。

[一五]「棹」疑當作「踔」。

[一六]「准」原作「唯」，據丙卷改。

[一七]丙卷「和」作「不」。

[一八]丙卷「帝子」作「太子」。

[一九]丙卷「長子」作「諍子」。

[二〇]用王慶菽校。

[二一]丙卷「衝牙」作「衙牙」。

[二二]丙卷「鼓將」作「誅擒」。

[二三]「懇款」原作「歎懇」，據丙卷改。

[二四]「來」原作「未」，據丙卷改。

[二五]丙卷「識知我手」作「諳知我首」。

〔二六〕丙卷「偎」作「猥」。

〔二七〕「示」原作「尔」，據羅卷改。

〔二八〕羅卷「蘭」作「欄」。

〔二九〕丁卷此句作「高下可有百由旬」。

〔三〇〕丁卷「辯翠」作「密葉」。

〔三一〕丁卷「礯」作「旟」。

〔三二〕此兩句據丁卷補。

〔三三〕丁卷此句作「六師不忿又爭先」。

〔三四〕丁卷此句作「良由聖力料難當」。

〔三五〕「理」原作「裹」，據丁卷改。

〔三六〕丁卷「如」作「奔」。

〔三七〕丁卷「迅抓」作「峻爪」。

〔三八〕丁卷「擬」作「捉」。

〔三九〕此兩句據丁卷補。

〔四〇〕丁卷「意極計無方」作「慘酢口爊黃」。

〔四一〕「衡」字原缺，據丁卷補。

〔四二〕丁卷「自」作「誇」。

〔四三〕丁卷「諍」作「爭」。

〔四四〕丁卷「一百」作「數十」。

〔四五〕丁卷「祗」作「只」。

〔四六〕以上十句據丁卷補。又下文「肋骨粉碎作微塵」四句，丁卷只作兩句：「血流遍地已成泥，瞬息之間僉吸了。」

〔四七〕以上八句，丁卷作十六句。其詞如下：

「六師頻弱懷羞恥，　會中化出黃頭鬼。
神情異種醜屍骸，　望得四邊而怕畏。
舍利弗和顏悅不已，　保知定得强於彼，
遮莫你變現百千般，　不免歸降爲弟子。
場中化出大天王，　威稜赫奕精奇異。
身穿金甲曜三天，　腰間寶劍星霜起。
手中寶塔放神光，　長戟森森青煒煒。
天王怒目暫迴眸，　二鬼迷悶而躃地。」

〔四八〕丁卷「膽懾」作「忙怕」。

〔四九〕 丁卷「通容忍辱」作「直從放汝」。

〔五〇〕 丁卷無此二句。

〔五一〕 丁卷結尾唱辭不同，凡十句，迻錄如下：

「六師悔謝深慚耻，　比日無端長我仁。
忘飢失渴淹年歲，　終日驅馳仕大神，
担柴負草經艱苦，　徒勞自役枉辛勤。
鐵盥打尢禱厠鑼，　鐵鉗揣破柵泥塵。
一時慚謝歸三寶，　更莫癡心戀舊門，
一切蔟兒總去盡，　唯殘鈍鵮瞿曇恩。」

王重民校錄

【難陁出家緣起】〔一〕

次解難陁者，是佛親弟，姨母所生。相貌端嚴，世間希有。雖知世尊是親兄弟，且不肯出家。緣有孫陁羅〔二〕是妻，容顔殊勝，時爲戀着是妻。世尊千方萬便，敎化令敎出家，且不肯來，便言語無端，亂說辭章，緣戀着其妻。〔其妻〕何似生？

其妻容貌衆皆知，更能端正甚希其(奇)。
臉似桃花光灼灼，眉如細柳色輝輝，
顔容端正實難比，美貌論情世上希。
雖有師兄身是佛，被妻纓絆嬾來修。

自世尊種種方便，敎化難陁不得。忽於一日，難陁共妻飲次，世尊與他心惠明，遥觀見難陁根性熟，便卽敎化。

我佛牟尼大法王，觀見難陁氣慼傷，
兄弟之情還敎切，運身便卽現威光。
首托鉢盂光灼灼，足躡祥雲氣畢昂，
撣拍(彈指)之間身卽到，高聲門外唱家常。

〔四九〕丁卷「通容忍辱」作「直從放汝」。

〔五〇〕丁卷無此二句。

〔五一〕丁卷結尾唱辭不同，凡十句，迻錄如下：

「六師悔謝深慚耻，　比日無端長我仁。
忘飢失渴淹年歲，　終日驅馳仕大神，
担柴負草經艱苦，　徒勞自役枉辛勤。
鐵盥打充禱廁鑼，　鐵鉗揣破柵泥塵。
一時慚謝歸三寶，　更莫癡心戀舊門，
一切蔬兒總去盡，　唯殘鈍鳩瞿曇恩。」

王重民校錄

【難陁出家緣起】[一]

次解難陁者，是佛親弟，姨母所生。相貌端嚴，世間希有。雖知世尊是親兄弟，且不肯出家。緣有孫陁羅[二]是妻，容顏殊勝，時爲戀着是妻。世尊千方萬便，敎化令敎出家，且不肯來，便言語無端，亂說辭章，緣戀着其妻。〔其妻〕何似生？

其妻容貌衆皆知，更能端正甚希其（奇）。
臉似桃花光灼灼，眉如細柳色輝輝，
顏容端正實難比，美貌論情世上希。
雖有師兄身是佛，被妻纓絆嬾來修。

自世尊種種方便，敎化難陁不得。忽於一日，難陁共妻飲次，世尊與他心惠明，遙觀見難陁根性熟，便卽敎化。

我佛牟尼大法王，觀見難陁氣慇傷，
兄弟之情還敎切，運身便卽現威光。
首托鉢盂光灼灼，足躡祥雲氣異音，
撣拍（彈指）之間身卽到，高聲門外唱家常。

世尊直到難陁門前，道三兩聲家常。難陁勸飲之次，忽然聞門外世尊語聲，向妻道：「娘子！娘子！」

吟　有事諸聞娘子，　請籌蹔起却迴，
伏緣師兄道(到)來，　現在門前化飯。
欲擬如今不出，　又緣知我在家，
走到門前略看，　即便却來同飲。

斷　歡喜巡還正飲盃，　恐怕師兄乞飯來，
各請萬壽蹔起去，　見了師兄便入來。
飲酒勾巡一兩盃，　徐徐慢怕管絃催，
各盞待君下次勾，　見了抽身便却迴。

吟　難陁出門見佛，　便乃陽(佯)作喜歡，
合常(掌)禮拜起居，　不審師兄弟福。
爭得今朝降重，　將身入我貧家，
世尊親到門前，　令我一家獲福。
如來齋時已到，　轉轉即是日高，
如今看我師兄，　鉢中有何香飯？

斷　若論家內揥(辦)齋飡，　百味珍羞總不難，

唯願世尊莫形則，　要甚從頭請說看。

世尊道：「諸餘並不要，要汝鉢飯。」難陁捻得鉢孟(盂)來，便入廚中取飯。難陁家內長吹(炊)七瓫之香飯，所有神通，直交(教)勞盡。難陁七瓫飯，只得世尊半鉢盂已來飯。

斷　難陁家內飯常吹(炊)，　香粳士糠滑流時，

捻得鉢盂便撈廢，　專頂(怕)堂中妻怪遲。

一瓫兩瓫鉢中少，　三瓫五瓫轉希其(奇)，

撈(勞)盡難陁七瓫飯，　不知我佛不思議。

難陁取得半鉢飯，遂與世尊，便擬入來。佛道：「汝與我送到寺中，任你却來。」

吟　難陁只欲不去，　師兄處分再三，

便擬送佛世尊，　又怕家中妻怪。

兩意之間叵耐，　進退心口難爲，

不如快送師兄，　送到便來歸捨(舍)。

斷　將身便卽送如來，　專怕家中□妻怪，

不久之間便到寺，　難陁辭佛却歸來。

難陁送到寺，便擬却迴。佛語難陁道：「我緣今日齋去，是汝且與我看院。有四个水硑與添滿，更有

世尊直到難陁門前，道三兩聲家常，難陁勸飲之次，忽然聞門外世尊語聲，向妻道：「娘子！娘子！」

吟　有事諮聞娘子，請籌蹔起却迴，
伏緣師兄道(到)來，現在門前化飯。
欲擬如今不出，又緣知我在家，
走到門前略看，卽便却來同飲。

斷　歡喜巡還正飲盃，恐怕師兄乞飯來，
各請萬壽蹔起去，見了師兄便入來。
飲酒勾巡一兩盃，徐徐慢拍管絃催，
各盞待君下次勾，見了抽身便却迴。

吟　難陁出門見佛，便乃陽(佯)作喜歡，
合常(掌)禮拜起居，不審師兄弟福。
爭得今朝降重，將身入我貧家，
世尊親到門前，令我一家獲福。
如來齋時已到，轉轉卽是日高，
如今看我師兄，鉢中有何香飯？

斷　若論家內辯(辦)齋飡，　百味珍羞總不難，

唯願世尊莫形則，　要甚從頭請說看。

世尊道：「諸餘並不要，要汝鉢飯。」難陁捻得鉢盂(盂)來，便入廚中取飯。難陁家內長吹(炊)七瓮之香飯，所有神通，直交勞盡。難陁七瓮飯，只得世尊半鉢盂已來飯。

斷　難陁家內飯常吹(炊)，　香粳土糠滑流時，

捻得鉢盂便勞麽，　專頂(怕)堂中妻怪遲。

一瓮兩瓮鉢中少，　三瓮五瓮轉希其(奇)，

勞(撈)盡難陁七瓮飯，　不知我佛不思議。

難陁取得半鉢飯，遂與世尊，便擬入來。佛道：「汝與我送到寺中，任你却來。」

吟　難陁只欲不去，　師兄處分再三，

便擬送佛世尊，　又怕家中妻怪。

兩意之間叵耐，　進退心口難爲，

不如快送師兄，　送到便來歸捨(舍)。

斷　將身便卽送如來，　專怕家中□妻怪，

不久之間便到寺，　難陁辭佛却歸來。

難陁送到寺，便擬却迴。佛語難陁道：「我緣今日齋去，是汝且與我看院。有四个水硎與添滿，更有

院中田地，並須掃却，待我到來，一任汝去。」世尊道了，便即付（赴）齋。這難陁在院悶了不已，思量道：「阿誰能待得世尊」心中道了，又怕世尊嗔責。連忙取得四個瓶來，便着添瓶。纔添得三個，又到（倒）却兩個；又添得四個，到（倒）却三個，十遍五遍，總添不得。難陁惡發不添，盡打破。便即掃地。從東掃向西，又被西風吹向來［東］；周圍掃，又被祇風吹四面。掃又掃不得，難陁又怕妻怪，惡發便罵世尊：「輪王低此不紹作個師僧，□我他人！」

斷　師兄作處大由由，　不紹輪王剃却頭，
僧俗曉言皆有異，　何須如此苦相尤。
掃地風吹掃不得，　添瓶瓶到（倒）不知休，
歸家但得孫陁喜，　師兄惡發不能愁。
［□］（阿）誰能待世尊來，　聞早不汝歸家去，
忙忙走到加盤（伽藍）外，　早見師兄隊仗來。
驚忙恍忽走潛藏，　道旁有一枯樹下，
便即將身且迴避，　心中不願見如來。
世尊天眼早觀見，　電轉之間到樹所，
便勑龍王拔却樹，　化火登時便擬燒。
難陁怕走告師兄，　「陁在此間莫燒害，」

佛與慈悲方便化，　　却引難陁到寺中。

世尊引到寺中，難陁告佛，願放我歸家去。佛道：「我緣帝釋請我說法，今朝將汝看天宮去；共看一場，卽便歸來。」

斷　如來告訖見神通，　　將身一念便騰空，
足下彩雲也五色，　　頂上盤旋有八龍。
逡速已到青雲里(裏)，　　似降祥雲是不同。
只別人間彈指頃，　　難陁從佛到天宮。

吟　難陁雖然天上，　　一心思憶家中，
佛與帝□(釋)說經，　　便遣難陁觀看。

吟　且見樓臺殿各(閣)，　　皆是七寶合成，
更見每個房中，　　有一天男天女。
最後有一房中，　　其中不見天男。
空房天女孰然，　　難陁向前便問。

難陁天上觀看，見房內各有天男天女；最後房內，空有天女，並□(無)天男，難陁遂問：

「不審天中這個身，　　前生未委種何因？
此處想君得第一，　　不知夫主是何人？」

院中田地，並須掃却。待我到來，一任汝去。」世尊道了，便卽付(赴)齋。這難陁在院悶不已，思量道：「阿誰能待得世尊！」心中道了，又怕世尊嗔責。連忙取得四個瓶來，便着添瓶。纔添得三個，又到(倒)却兩個；又添得四個，到(倒)却三個。十遍五遍，總添不得。難陁惡發不添，「盡打破。便卽掃地。從東掃向西，又被西風吹向來[三]；周圍掃，又被祇風吹四面。掃又掃不得，難陁又怕妻怪，惡發便罵世尊：「輪王低此不紹作個師僧，□我他人！」

斷　師兄作處大由由，不紹輪王剃却頭，
僧俗曉言皆有異，何須如此苦相尤。
掃地風吹掃不得，添瓶瓶到(倒)不知休，
歸家但得孫陁喜，師兄惡發不能愁。
[□](阿)誰能待世尊來，閑早不汝歸家去，
忙忙走到加盤(伽藍)外，早見師兄隊仗來。
驚忙恍忽走潛藏，道旁有一枯樹下，
便卽將身且迴避，心中不願見如來。
世尊天眼早觀見，電轉之間到樹所，
便勑龍王拔却樹，化火登時便擬燒。
難陁怕走告師兄，「陁在此間莫燒害，」

佛與慈悲方便化，　卻引難陁到寺中。

世尊引到寺中，難陁告佛，願放我歸家去。佛道：「我緣帝釋請我說法，今朝將汝看天宮去；共看一場，卽便歸來。」

斷　如來告訖見神通，　將身一念便騰空，
足下彩雲也五色，　頂上盤旋有八龍。
逡速已到青雲里（裏），　似降祥雲是不同。
只別人間彈指頃，　難陁從佛到天宮。

吟　難陁雖然天上，　一心思憶家中，
佛與帝□（釋）說經，　便遣難陁觀看。

吟　且見樓臺殿各（閣），　皆是七寶合成，
更見每個房中，　有一天男天女。
最後有一房中，　其中不見天男。
空房天女孰然，　難陁向前便問。

難陁天上觀看，見房內各有天男天女；最後房內，空有天女，並□（無）天男，難陁遂問：

「不審天中這個身，　前生未委種何因？
此處想君得第一，　不知夫主是何人？」

「若說我家夫主，　不是等閑之人，
如今說着姓名，　凡是人皆總識。
那是閻浮提內，　五天印土之中，
迦毗羅國城中，　淨飯皇王太子，
釋迦如來親弟，　那是娀(姨)母所生。
他緣宿業因緣，　配我以爲夫主。」

斷

「如今現在閻浮提，　宿因相配作夫妻，
受限此人緣異盡，　房中何以獨孤栖？」

斷

「若說我家夫主，　佛弟難陁是也！」
難陁聞語笑哈哈，　如今有幸得相遇，
今日不來相頂謁，　只我如今便是陁。

難陁報天女曰：「只我便是佛弟難陁。」

吟

天女當時文(聞)語，　便卽却報難陁：
「我家夫主威儀，　不作俗人裝束。
他家剃頭落髮，　身被壞色袈裟，
若論進止威儀，　恰共如一(來)不別。

何處愚夫至此，　輒來認我爲妻，
不如聞早却迴，　莫大此時挫辱。」

斷　欲識我家夫主時，　他家還着福田衣，
不作俗人之貌相，　剃頭身作出家而(兒)。

難陁聞語歡喜，走到佛前，欲得出家。

吟　難陁聞說此來由，　走到佛前說至流，
唯願世尊相拯受，　與我如今剃却頭。
佛知難陁之意，　疑(擬)取天女爲妻。
報之「汝見有妻，　又要出家修去。
我終敎注文內，　精心一任出家；
都無清淨之心，　縱耳(爾)剃頭何益？」

斷　佛與慈悲出世間(閒)，　不但怨親總一般，
我今發心求剃度，　師兄緣甚暑艱難？
但得如一(米)與剃髮，　身被法服好因緣。

佛語難陁曰：「共汝暑到地獄，看去却來，便與汝剃頭不遲。」世尊道了，從天降下，直入地獄。向十八重中，與閻浮羅王說法，遣難陁觀看。行來去末後，見一個空閑鑊湯，有一獄子，於地獄叉鑊，立在

「若說我家夫主，　不是等閑之人，
如今說着姓名，　凡是人皆總識。
那是閻浮提內，　五天印土之中，
迦毗羅國城中，　凈飯皇王太子，
釋迦如來親弟，　那是城(姨)母所生。
他緣宿業因緣，　配我以爲夫主。」

斷　「如今現在閻浮提，　宿因相配作夫妻，
受限此人緣異盡，　房中何以獨孤栖？」

斷　「若說我家夫主，　佛弟難陁是也！」
難陁聞語笑哈哈，　如今有幸得相遇，
今日不來相頂謁，　只我如今便是陁。

難陁報天女曰：「只我便是佛弟難陁。」

吟　天女當時文(聞)語，　便即却報難陁：
「我家夫主威儀，　不作俗人裝束。
他家剃頭落髮，　身被壞色袈裟，
若論進止威儀，　恰共如一(來)不別。

何處愚夫至此，　輒來認我爲妻，
不如聞早却迴，　莫大此時挫辱。」
斷　欲識我家夫主時，　他家還着福田衣，
不作俗人之貌相，　剃頭身作出家而(兒)。
難陁聞語歡喜，走到佛前，欲得出家。
難陁聞說此來由，　走到佛前說豆流，
唯願世尊相拯受，　與我如今剃却頭。
吟　佛知難陁之意，　疑(擬)取天女爲妻，
報之「汝見有妻，　又要出家修去。
我終敎汝文內，　精心一任出家；
都無清凈之心，　縱耳(爾)剃頭何益？」
斷　佛與慈悲出世聞(間)，　不但怨親總一般，
我今發心求剃度，　師兄緣甚暑艱難？
但得如一(來)與剃髮，　身被法服好因緣。
佛語難陁曰：「共汝暑到地獄，看去却來，便與汝剃頭不遲。」世尊道了，從天降下，直入地獄。向十八重中，與閻浮羅王說法，遣難陁觀看。行來去末後，見一個空閑鑊湯，有一獄子，於地獄叉鑊，立在

湯邊。難陁便問獄子：

吟　「我今欲有是問，　不知聖主許此，
緣甚此湯空閑，　裏許幾人受罪？
鑊湯諸處見有，　因甚唯此空閑，
如今爲待阿誰？　擬向此間煎煮。」

獄子從何得相問，此間鑊湯，爲待佛弟難陁。不求佛敎，戀着色身，合向於此鑊湯煎煮。莫是難陁驚怕，失到地走向從吟。

難陁登時便走，　夜叉從後趕來，
牛頭喊叫連天，　獄子發聲動地。
怕怖莫知爲計，　魂飛膽戰心惟，
口稱南无世尊，　惟願師兄相救。

斷　纔聞世尊名字[四]，　鑊湯煙焰總消除。
難陁走到佛前頭，　禮拜如來雙淚流。
「昔日昏迷行惡行，　今朝覺悟懺愆尤，
三塗根本因次捨，　五毒惡緣此日休。
若得出家修道去，　菩提佛想（相）一心求。」

發心從此轉慇勤，　啓首皈衣(依)禮世尊，
便遣目連與剃度，　當時得作比丘身。
如來爲說因緣法，　言下還城(成)羅漢僧，
當日祇園談淨土，　同向連(蓮)宮作聖人。
羅漢經中總得名，　□今盡解登(證)其生，
違(圍)遶世尊虔敬佛，　一心聽說淨名經。
寶諷才文增福惠，　今言茲益善其生，
十念彌陁雖卽少，　功德沾施福不輕。
勤心念佛捨娑婆，　努力修行出愛河，
一串數珠長在手，　常常相續念彌陁。
若能如此勤修道，　臨命終時瑞相多，
彌陁[□]到西方去，　論情快樂更无過。

校記：

[一] 此卷編號爲伯二三二四。無前後題，考之釋家譜的「釋迦從弟孫陁羅難陁出家緣記」，和佛本行集經卷五

湯邊。難陁便問獄子：

吟　「我今欲有是問，　不知聖主許此，
緣甚此湯空閑，　裏許幾人受罪？
鑊湯諸處見有，　因甚唯此空閑，
如今爲待阿誰？　擬向此間煎煮。」

獄子從何得相問，此間鑊湯，爲待佛弟難陁。不求佛敎，戀着色身，合向於此鑊湯煎煮。莫是難陁驚怕，劣到地走向從吟。

難陁登時便走，　夜叉從後趕來，
牛頭喊叫連天，　獄子發聲動地。
怕怖莫知爲計，　魂飛膽戰心惟，
口稱南无世尊，　惟願師兄相救。

斷　纔聞世尊名字[四]，　鑊湯煙焰總消除。
難陁走到佛前頭，　禮拜如來雙淚流。
「昔日昏迷行惡行，　今朝覺悟懺愆尤，
三塗根本因次捨，　五毒惡緣此日休。
若得出家修道去，　菩提佛想（相）一心求。」

發心從此轉慇勤，稽首皈衣(依)禮世尊，
便遣目連與剃度，當時得作比丘身。
如來爲說因緣法，言下還城(成)羅漢僧，
當日祇園談淨土，同向連(蓮)宮作聖人。
羅漢經中總得名，□今盡解登(證)其生，
達(圍)遶世尊虔敬佛，一心聽說淨名經。
寶躅才文增福惠，今言茲益善其生，
十念彌陁雖即少，功德沾施福不輕。
勤心念佛捨娑婆，努力修行出愛河，
一串數珠長在手，常常相續念彌陁。
若能如此勤修道，臨命終時瑞相多，
彌陁[□]到西方去，論情快樂更无過。

校記：

[一] 此卷編號爲伯二三二四。無前後題，考之釋家譜的「釋迦從弟孫陁羅難陁出家緣記」，和佛本行集經卷五

十七的「難陁出家因緣品」，首尾完備，因依佛本行經補題爲：「難陁出家緣起」。

〔二〕孫陁羅在各佛經中多作孫陁利。

〔三〕「向來」疑當作「向東」。

〔四〕此句內應脫一字。

王重民校錄

【祇園因由記】〔一〕

又〔二〕到祇樹處，是僧園也，説經處，此以上合不殊。稻疏言：祇者，祇陁也。此國傍有城主，先日不賓（實），頻舉兵戰不降，後因戰勝。先王兵强，戰勝之時，生此祇陁，綠（緣）立此名，號曰祇陁，此名戰勝。言祇樹者，有其因由：其國有大長者號曰能施，其一子名號善始，与寶嚴瓔。人乞与之，終無慳滯。漸漸時長，王勑乳母，從今不許其子出門。我非慳惜，其王中情，瓔總是寶，難可求覓，不許出門。後王出浴，其母將子共浴，父王不許，恐溺水也，子便啼泣。乳母口羕（承）母一加，保（抱）到水之傍，乃於水中抛（拋）出四釜黃金。父王大悅，「汝何能見水中之金？」其子答曰：「非但此金，世間一切伏藏未出之者，我能盡見。」王曰：「若能如是，一任布施，縱施不畏。」因此之事，號曰善施。善施者，卽須達是也。須達者，梵語也。其後受濟貧之號与給孤獨。

其須達後有七子，六箇婚騁（聘）已訖，弟（第）七小者未取妻房，須達常憂。朋友見憂而問之曰：「何不悅？」「憂此小子上來之事。」其友曰：「勿憂，与公間（諫—揀）此之妻。」便往王舍城而到一大富長者之家，有一美女，將食給施。友問女曰：「汝少適否？」答言未出。友曰：「我要汝父，事必相見。」卽便出來，苦（互）相慰問。其友保曰：「舍衞長者大臣聞君有女，故來求婚。」長者護勒彌答曰：「此則門當戶對，要馬百疋，黃金千量〔三〕，青衣百口，襯物〔四〕百車。」應聲許之。友便遺書往至須達，上來十七的「難陁出家因緣品」，首尾完備，因依佛本行經補題爲：「難陁出家緣起」。

〔二〕孫陁羅在各佛經中多作孫陁利。

〔三〕「向來」疑當作「向東」。

〔四〕此句內應脫一字。

王重民校錄

【祇園因由記】〔一〕

又〔二〕到祇樹處，是僧園也，說經處，此以上合不殊。稻疏言：祇者，祇陁也。此國傍有城主，先日不賓（賓），頻舉兵戰不降，後因戰勝。先王兵强，戰勝之時，生此祇陁，練（緣）立此名，號曰祇陁，此名戰勝。言祇樹者，有其因由：其國有大長者號曰能施，其一子名號善始，与寶嚴瓔，人乞与之，終無慳滯。漸漸時長，王勑乳母，從今不許其子出門。我非慳惜，其王中情，瓔總是寶，難可求覓，不許出門。後王出浴，其母將子共浴，父王不許，恐溺水也，子便啼泣。乳母口羕（承）母一加，保（抱）到水之傍，乃於水中拋（抛）出四釜黄金。父王大悅，「汝何能見水中之金？」其子答曰：「非但此金，世間一切伏藏未出之者，我能盡見。」王曰：「若能如是，一任布施，縱施不畏。」因此之事，號曰善施。善施者，即須達是也。須達者，梵語也。其後受濟貧之號与給孤獨。

其須達後有七子，六箇婚娉（聘）已訖，弟（第）七小者未取妻房，須達常憂。朋友見憂而問之曰：「何不悅？」「憂此小子上來之事。」其友曰：「勿憂，与公間（諫—揀）此之妻。」便往王舍城而到一大富長者之家，有一美女，將食給施。友問女曰：「汝父適否？」答言未出。友曰：「我要汝父，事必相見。」即便出來，苦（互）相慰問。其友保曰：「舍衛長者大臣聞君有女，故來求婚。」長者護彌答曰：「此則門當戶對，要馬百疋，黄金千量〔三〕，青衣百口，驟物〔四〕百車。」應聲許之。友便遣書往至須達，上來所許，備辦速來。須達得書，便來至此。其夜嚴飾宅宇，廣敷茵蓐，大小奔馳，營辦食飲。須達愴（倉）至，莫知所由，爲屈王耶？臣耶？護彌答曰：「請仏（佛，下同）供養。」須達問曰：「佛是何人？」「佛者，是雪山之北，香山之南，有城名迦毗羅淨飯王子號悉達多，此子生時，相師曰：『作金輪之王。若也出家，爲作三界大師。』已成正覺，今見住城南，去城不遠。」

須達聞已，身毛皆豎，即自思惟，佛若是賤人，肯供敬而至。思惟專佇天明，即思進駕。忽然半夜，佛施神光，朗而（如）白日。須達既見，將爲天明，嚴駕順路行至城南，到天祠邊，其名（明）即沒，方之半夜。須達思念：適來明是何妖魅之所幻（誑）患（惑），我須却迴，待明方往。迴駕擬歸。其迴之處，在天嗣（祠）傍，其須達先友〔五〕因食致患，身子目連与看病，聞法已死，得生於四天王宮，遂往帝釋，乞在王舍城南安置。拔（跋）願與之，其天得生此天嗣（祠）中。已見須達擬迴，爲是宿友，空中語曰：「卿不須迴，去城不遠，即至佛所。」天神言訖，須達根熟，令得見佛。佛放光明，依前見道，尋光直至如來之前。到已不解儀（儀）則，相挹而已，亦不作禮。佛慰問已，便坐仏前。尒時四天王見須達不閑（嫻）禮則，化爲四人而來拜佛，而請問法。須達却蹔（整）衣冠，然始作禮問法。佛爲說法，得預流果。遂請佛往舍衞。佛言：「夫出家之人，所置須有伽藍，汝能辦否？」須達言：「我不解儀則，令仏弟子与我指受。」佛即觀彼城人，與誰有緣，而得度脫。維舍利弗勑令，俱彼相隨。

迴家至舍衞城南，乃見祇陁之園，不近不遠，方堪置寺，餘並不堪。須達獨自入城，道行作計王之園也。誰肯出事，須詎其太子。以此思量，入城往於太子之宮。一見太子，而謂言曰：「臣適出城，見太子園有其不祥之事，太子可須賣却。」太子與須達伴行伴語，並駕相隨。太子曰：「△(其)若須賣者，地則須補(鋪)黄[金]，樹須盡掛銀錢。」作是語時，太子拼口兩箇，並到城南，遥望於園，並無異相。語大臣須達曰：「臣欲圖我園，妄說是非。」須達執言太子自許買(賣)園，責臣何過。二人欲見斷爭，首陁天王恐斷事人爲太子故。自化爲斷事[之][六]老人，忽現駕前，詢問所諍(爭)。太子具上被誑之由，次補(鋪)金之事。老人意爲須達免言，所說太子具[七]是。遂責須達大臣：「太子、王之嗣，豈合輒爾相誑，舉其過[八]也不輕。然大臣既是王之匡補(輔)，法令於人，若道言无准定，如何敗(助)軍(君)治化。雖然東宮且先許他，言地補(鋪)黄金，樹掛銀錢。太子即是於王。夫、人王也，出語成勑，一言之後，不合改移。太子一旦領金，其園須與長者。」須達聞斷，唱喏便歸。綿(像)載黄金，於時補(鋪)合，唯殘少地。太子到來，長者暫思，意籌金藏若開，長者恐金不充，欲開大藏，恐金有剩。喑吟之間，太子不側(測)，謂言无金，報大臣曰：「若也无金，休去不遲，何故駛(遲)疑，情爭[九]不決。」大臣須達而謂言曰：「具上剩少，一一答之。」太子方知長者重意。太子自惟，佛若不是良被福田，長者豈能輕金而重土。遂語長者，其空地及樹，不許致金，吾自便將此地，已(以)充門樓之地。樹立[一〇]盡迴，供養佛僧。

長者与舍利弗度量此地。諸外道等盡集到來，便云我[与]瞿曇分界已了，此處不如何，輒尔造寺須達答：「汝共佛分界，一任我之財物，不與汝合。我出金買地，造其精舍，任(干)公何事。」六師徒黨，至死不放。遂云：「必要如此，請佛弟子與我角其神力，强則任致，弱則不許。」舍利弗聞已，一任便爲[一一]。又身子入定觀諸六師，何時堪度。乃見却後七日，其根合熟。遂却語須達，至第七日決任。爲外道既所許，備辦速來。須達得書，便來至此。其夜嚴飾宅宇，廣敷茵蓐，大小奔馳，營辦食飲。須達愴（倉）至，莫知所由，爲屈王耶？臣耶？護彌答曰：「請仏（佛，下同）供養。」須達問曰：「佛是何人？」「佛者，是雪山之北，香山之南，有城名迦毗羅淨飯王子號悉達多，此子生時，相師曰：『作金輪之王。若也出家，爲作三界大師。』已成正覺，今見住城南，去城不遠。」

須達聞已，身毛皆豎，卽自思惟，佛若是賤人，肯供敬而至。思惟專佇天明，卽思進駕。忽然半夜，佛施神光，朗而（如）白日。須達既見，將爲天明，嚴駕順路行至城南，到天祠邊，其名（明）卽沒，方之半夜。須達思念，適來明是何妖魅之所幼（誘）患（惑），我須却迴，待明方往，迴駕擬歸。其迴之處，在天嗣（祠）傍，其須達先友〔五〕因食致患，身子目連与看病，聞法已死，得生於四天王宮，遂往帝釋，乞在王舍城南安置。抆（依）願與之，其天得生此天嗣（祠）中。已見須達擬迴，爲是宿友，空中語曰：「卿不須迴，去城不遠，卽至佛所。」天神言訖，須達根熟，令得見佛。佛放光明，依前見道，尋光直至如來之前。到已不解儀（儀）則，相揖而已，亦不作禮。佛慰問已，便坐仏前。尒時四天王見須達不閑（嫻）禮則，化爲四人而來拜佛，而請問法。須達却盤（整）衣冠，然始作禮問法。佛爲說法，得預流果。遂請佛往依舍衞。佛言：「夫出家之人，所置須有伽藍，汝能辦否？」須達言：「我不解儀則，令仏弟子与我指受。」佛卽觀彼城人，與誰有緣，而得度脫。維舍利弗勑令，得彼相隨。

迴家至舍衞城南，乃見祇陁之園，不近不遠，方堪置寺，餘並不堪。須達獨自入城，道行作計王之園也。誰肯出事，須詃其太子。以此思量，入城往於太子之宮。一見太子，而謂言曰：「臣適出城，見太子園有其不祥之事，太子可須賣却。」太子與須達伴行伴語，並駕相隨。太子曰：「△（某）若須賣者，地則須補（鋪）黄〔金〕，樹須盡掛銀錢。」作是語時，太子拼口兩箇，並到城南，遙望於園，並無異相。語大臣須達曰：「臣欲圖我園，妄說是非。」須達執言太子自許買（賣）園，責臣何過。二人欲見斷事，首陁天主恐斷事人爲太子故。自化爲斷事〔之〕〔六〕老人，忽現駕前，詢問所諍（爭）。太子具上被誑之由，設補（鋪）金之事。老人意爲須達先言，所說太子具〔七〕是。遂責須達大臣：「太子、王之嗣，豈合輒爾相誑，舉其過〔八〕也不輕。然大臣既是王之匡補（輔），法令於人，若道言无准定，如何助（助）軍（君）治化。雖然東宮且先許他，言地補（鋪）黄金，樹掛銀錢。太子卽是於王。夫、人王也，出語成勑，一言之後，不合改移。太子一旦領金，其園須與長者。」須達聞斷，唱喏便歸。爲（象）載黄金，於時補（鋪）合，唯殘少地。太子到來，長者暫思，意籌金藏若開，長者恐金不充，欲開大藏，恐金有剩。唱吟之間，太子不側（測），謂言无金，報大臣曰：「若也无金，休去不遲，何故馳（遲）疑，情爭〔九〕不決。」大臣須達而謂言曰：「具上剩少，一一答之。」太子方知長者重意。太子自惟，佛若不是良被福田，長者豈能輕金而重土。遂語長者，其空地及樹，不許致金，吾自便將此地，已（以）充門樓之地。樹立〔一〇〕盡迴，供養佛僧。

長者与舍利弗度量此地。諸外道等盡集到來，便云我〔与〕瞿曇分界已了，此處不如何輒尔造寺。須達答：「汝共佛分界，一任我之財物，不與汝合。我出金買地，造其精舍，忏（干）公何事。」六師徒黨，至死不放。遂云：「必要如此，請佛弟子與我角其神力，强則任致，弱則不許。」舍利弗聞已，一任便爲〔一一〕。又身子入定觀諸六師，何時堪度。乃見却後七日，其根合熟。遂却語須達，至第七日決任。爲外道既

〔一三〕聞，自惟共慮，推後七日者，此无法〔一三〕我也。或緣自不能爲，更召於伴耶？爲復迯(逃)走〔去〕〔一四〕耶？作思計已，並集徒黨，有一外道，號曰勞度差，此云赤眼，解其咒迹(術)。七日已滿，就於城南庋(廣)場之地，遂建道場。舍利弗獨居一座，赤眼灸(炙)登其座。其時勝光王及國人皆集於此。兩家推讓。舍利弗自忖外道，无勞神力，未可先爲。遂言我是客，汝是主，言汝合先。勞度差起至道場心，不現(見)。忽有一樹蔭覆大衆，上蔽日光，森聳如此，大衆咸言外道勝也。忽於道場之內有大惡風，吹樹倒地，化如極微，白(目)不能覩，此是弟身子强也。勞度〔差〕〔一五〕忽於道場之中，化出寶池，中有美妙蓮花；場中忽有象直入池中，騰蹈一匝，當時士(土)起，花等並无。又勞度差化爲龍，或云七頭，或云十；忽有鳥金翅，捻〔龍〕〔一六〕忝却。又現一起屍，呪法之中，說有死人无瘢痕者，取之作法，一手中置輪，一手中置刀，法成能害人；其時有此起屍，被外道呪持刀往身子；舍利〔弗〕之力，令却趂(趁)勞度〔差〕。又彼被趁急，遂失脚走，被舍利弗化火遮之，不能去。旣見諸處，並有大望，舍利弗邊並無火，卽〔一七〕自行走。旋思彼是大力之人，我須投歸，使(便)來求救，並諸徒黨盡亦咸伏，願爲弟子。

於中有煩之熏者不賓，而由(猶)頗態，終須作計以酬。便各思惟，於造精舍之處，外道來自雇身，因乍親擬覓方便。身子言知，化一力士，執持鐵杖，驅逐作人不得停憩。外道見舍利弗在傍，欲思加被此所化力士驅馳又不得，便自身困乏，不可言說。外道處分力士暫放憩。身子依請，亦勑力士。外道暫得安樂。外道方思，彼是有福德〔一八〕之人，我須依歸。歸依已，便得度。

其時舍利〔弗〕与須達度量其地，各把繩衩，身子微笑。善德怪問。身子答云：「此須量地，長者天宮於四王宮處早已現也。」須達問曰：「諸天之中，何最快樂？」身子答曰：「諸天於（相）似，若論殊益，無過兜率、一樂，二聞法。」須達迴心，其長者宮殿於兜率，見身子又告，故知善業因果，速疾如此。

（原文完）

校記：

〔一〕本卷有兩本，今以編號伯二三四四一卷爲原卷，校以伯三七八四卷（今稱爲甲卷）。標題原卷原缺，據甲卷尾題補。

按此故事源出賢愚經卷第十「須達起精舍品第四十一」。

〔二〕原文從「又」字起，其前並無殘痕。

〔三〕周一良云「量」即「兩」字，唐人爲避「雨」「兩」之易混淆，常以「量」代「兩」。

〔四〕周一良云「覶物」，佛經中習語，謂餽贈之物。

〔五〕「犮」，王重民、啓功均以爲「發」字。但王慶菽則以爲應是朋友之「友」字，然後上下文義始明。

〔六〕「之」字據甲卷補。

〔七〕甲卷「具」作「且」。

〔八〕「其過」原作「共通」，據甲卷改。

〔二〕聞，自惟共慮，推後七日者，此无法〔三〕我也。或緣自不能爲，更召於伴耶？爲復迯（逃）走〔去〕〔四〕耶？作思計已，並集徒黨，有一外道，號曰勞度差，此云赤眼，解其咒述（術）。七日已滿，就於城南庚（廣）場之地，遂建道場。舍利弗獨居一座，赤眼灸（亦）登其座。其時勝光王及國人皆集於此。兩家推讓。舍利弗自忖外道，无勞神力，未可先爲。遂言我是客，汝是主，言汝合先。勞度差起至道場心，不現（見）。忽有一樹蔭覆大衆，上蔽日光，森聳如此，大衆咸言，外道勝也；忽於道場之內有大惡風，吹樹倒地，化如極微，自（目）不能覩，此是弟身子强也。勞度〔差〕〔五〕忽於道場之中，化出寶池，中有美妙蓮花；場中忽有象直入池中，騰蹈一匝，當時士（土）起，花等並无。又勞度差化爲龍，或云七頭，或云十；忽有鳥金翅，捻〔龍〕〔六〕忝却。又現一起屍，呪法之中，說有死人无瘢痕者，取之作法，一手中置輪，一手中置刀，法成能害人；其時有此起屍，被外道呪持刀往身子；舍利〔弗〕之力，令却趂（趁）勞度〔差〕。又彼被趂急，遂失脚走，被舍利弗化火遮之，不能去。既見諸處，並有大望，舍利弗邊並無火，即〔七〕自行走。旋思彼是大力之人，我須投歸，使（便）來求救，並諸徒黨盡亦咸伏，願爲弟子。

於中有煩之熏者不賓，而由（猶）頗態，終須作計以酬。便各思惟，於造精舍之處，外道來自屖身，因乍親擬覓方便。身子言知，化一力士，執持鐵杖，驅逐作人不得停憩。外道見舍利弗在傍，欲思加被此所化力士驅馳又不得，便自身困乏，不可言說。外道處分力士暫放憩。身子依請，亦勑力士。外道暫得安樂。外道方思，彼是有福德〔八〕之人，我須依歸。歸依已，便得度。

其時舍利〔弗〕与須達度量其地，各把繩次，身子微笑。善德怪問。身子答云：「此須量地，長者天宮於四王宮處早已現也。」須達問曰：「諸天之中，何最快樂？」身子答曰：「諸天於（相）似，若論殊益，無過兜率、一樂、二聞法。」須達迴心，其長者宮殿於兜率，見身子又告，故知善業因果，速疾如此。

（原文完）

校記：

[一] 本卷有兩本，今以編號伯二三四四一卷爲原卷，校以伯三七八四卷（今稱爲甲卷）。標題原卷原缺，據甲卷尾題補。

按此故事源出賢愚經卷第十「須達起精舍品第四十一」。

[二] 原文從「又」字起，其前並無殘痕。

[三] 周一良云「量」卽「兩」字，唐人爲避「雨」「兩」之易混淆，常以「量」代「兩」。

[四] 周一良云「覸物」，佛經中習語，謂餽贈之物。

[五] 「友」，王重民、啓功均以爲「發」字。但王慶菽則以爲應是朋友之「友」字，然後上下文義始明。

[六] 「之」字據甲卷補。

[七] 甲卷「具」作「且」。

[八] 「其過」原作「共通」，據甲卷改。

〔九〕甲卷「爭」作「事」。

〔一〇〕甲卷「立」作「上」。

〔一一〕甲卷「便爲」作「爲便」。

〔一二〕「旣」原作「已」，據甲卷改。

〔一三〕甲卷「法」作「怯」。

〔一四〕「去」字據甲卷補。

〔一五〕差字據上文補。

〔一六〕龍字據甲卷補。

〔一七〕「火郎」原作「大郎」，據甲卷改。

〔一八〕「德」原作「徒」，據甲卷改。

王慶菽校錄

周紹良批校《敦煌變文集》

王重民等 編　周紹良 批校

（下）

國家圖書館出版社

敦煌变文集

下集

王重民　王庆菽　向　达
周一良　启　功　曾毅公　编

人民文学出版社
一九五七年·北京

敦煌變文集卷五

長興四年中興殿應聖節講經文〔一〕

沙門△乙言：千年河變，萬乘君生；飲烏兎之靈光，抱乾坤之正氣。年□□日，彤庭別布於祥煙；歲歲重陽，寰海皆榮於嘉節。位尊九五，聖應一千。若非菩薩之潛形，卽是輪王之應位。

累劫精修福惠因，方爲人主治乾坤；
若居佛國名調御，來往神州號至尊。
徒(圖)世界安興帝道，要戈鋋息下天門；
但言日月照臨者，何處生靈不感恩。
金秋玉露裛塵埃，金殿瓊堦列寶臺；
掃霧金風吹塞靜，含煙金菊向天開。
金枝奮屬圍宸扆，金紫朝臣進壽盃；
願贊金言資聖壽，永固金石唱將來。

經：皇帝萬乘……

以此開讚，大乘所生功攻。謹奉上嚴尊號皇帝陛下　伏願聖枝萬葉，聖壽千春；等渤澥之深沈，並須弥之堅固。奉爲念佛

皇后伏願，常新令範，永播坤風。承萬乘之寵光，行六宮之惠愛。

淑妃伏願，靈椿比壽，刼石齊年。推恩之譽更言，內治之名唯遠。然後願君唱臣和，天成地平。峯(烽)煙息而寰海安，日月明而干戈靜。念佛

適來都講所唱經題，云仁王護國般若波羅蜜多經序品第一者：仁者，五常之首，王者，萬國之尊。護者，聖賢垂休，國者，華夷通貫，般若卽圓明智惠，波羅蜜多卽超渡恒河；經者顯示眞宗。此卽略明題目。然此經卽釋曰，大聖昔在靈山，召集十六大國王，擁從百千法聖衆。尔時有井(菩[illegible])天子波斯匿王，低金冠於海會衆中，禮慈相□(於)蓮花臺上。請宣十地，願曉三空。希護國之金言，望安時之玉偈。於□(時)世尊宣揚妙理，付囑明君。遠卽成佛度人，近卽安民治理。令行十善，以息三災。心行調而風雨亦調，法令正而星辰自正。眞風俗諦同行，而魚水相須；王法佛經共化，而雲龍契合。

意願乾坤永宴淸，淨心求說志心聽，
國中不忒雨風候，天上無虧日月星，
調御垂慈雖懇切，君王求法更丁寧，
如來與說安邦法，故號仁王護國經。

君王懇切祈花臺，　只望金言爲衆開；
慧日照推心上惡，　慈風吹散國中災，
殷勤敢望慈尊許，　悟解方應翠輦迴；
未審此經何處說，　甚人聞法唱將來？

經：

將釋此經，大科三段：第一、序分，第二、正宗，第三、流通。三分之中，且講序分。序分之中，依佛地論，科爲五種成就。「如是我聞」，信成就；「一時」兩字，時成就；「佛」之一字，敎主成就；「住王舍城鷲峯山中」，處所成就；「與大比丘衆千八百人俱」，聽衆成就。且第一如是我聞信成就者。如來說法，分付信心，或說億劫之因緣，動說河沙之功行。淺根難湊，深信方明。聞半偈而捐捨全身，求一言而祇供千載。若生信敬，方肯受持。信爲入法之初機，智爲究竟之玄術。亦如我皇帝翹心眞境，志信空門。修持三世之果因，敬重十方之佛法。若不然者，曷能得每逢降誕，別啓御筵。玉堦許坐於師僧，金殿高懸於聖像。躬瞻相好，自爇香煙。都由一片之信心堅，方得半朝聞法坐。

大覺牟尼化有緣，　親宣護國向靈山；
萬千徒衆聞金偈，　十六君王禮玉顏。
智惠寶舡希共上，　菩提花樹願同攀；
不因有信君王請，　爭得經文滿世間。

經：皇帝萬乘…………

以此開讚，大乘所生功功　謹奉上嚴尊號帝皇陛下。伏願聖枝萬葉，聖壽千春；等渤澥之深沈，並須弥之堅固。奉爲念佛

皇后伏願常新令範，永播坤風。承萬乘之寵光，行六宮之惠愛。

淑妃伏願靈椿比壽，刼石齊年。推恩之譽更言，內治之名唯遠。然後願君唱臣和，天成地平。□(烽)煙息而寰海安，日月明而干戈靜。念佛

適來都講所唱經題，云仁王護國般若波羅蜜多經序品第一者：仁者，五常之首；王者，萬國之尊；護者，聖賢垂休；國者，華夷通貫；般若卽圓明智惠；波羅蜜多卽超渡恒河；經者顯示眞宗。此卽略明題目。然此經卽釋曰，大聖昔在靈山，召集十六大國王，擁從百千法聖衆。尒時有□(菩薩，下同)天子波斯匿王，低金冠於海會衆中，禮慈相□(九)蓮花臺上。請宣十地，願曉三空。希護國之金言，望安時之玉偈。於□(時)世尊宣揚妙理，付囑明君。遠卽成佛度人，近卽安民治理。令行十善，以息三灾。心行調而風雨亦調，法令正而星辰自正。眞風俗諦同行，而魚水相須；王法佛經共化，而雲龍契合。

意願乾坤永宴清，淨心求說志心聽；
國中不忒雨風候，天上無虧日月星。
調御垂慈雖懇切，君王求法更丁寧；
如來與說安邦法，故號仁王護國經。

君王懇切礼花臺，只望金言爲衆開；
惠日照推心上惡，慈風吹散國中灾。
殷勤敢望慈尊許，悟解方應翠輦迴；
未審此經何處說，甚人聞法唱將來。

經：

將釋此經，大科三段：第一、序分，第二、正宗，第三、流通。三分之中，且講序分。序分之中，依佛地論，科爲五種成就。如是我聞，信成就；一時兩字，時成就；佛之一字，教主成就；住王舍城鷲峯山中，處所成就；與大比丘衆千八百人俱，聽衆成就。且第一如是我聞信成就者。如來說法，分付信心，或說億刼之因緣，動說河沙之功行。淺根難湊，深信方明。聞半偈而捐捨全身，求一言而祇供千載。若生信敬，方肯受持。信爲入法之初機，智爲究竟之玄術。亦如我皇帝翹心眞境，志信空門。修持三世之果因，敬重十方之佛法。若不然者，曷能得每逢降誕，別啓御筵。玉堦許坐於師僧，金殿高懸於聖像。躬瞻相好，自爇香煙。都由一片之信心堅，方得半朝聞法坐。

大覺牟尼化有緣，親宣護國向靈山；
萬千徒衆聞金偈，十六君王禮玉顏。
智惠寶舡希共上，菩提花樹願同攀；
不因有信君王請，爭得經文滿世間。

皇帝如今信敬開，每憑三寶殄微灾；
君王聽法登金殿，釋道譚經寶臺上。〔言〕
壽等松椿宜閏益，福如東海要添陪；
直緣萬乘君王信，天下師僧獻壽來。

第二、一時兩字時成就者。即世尊才說，徒衆便聞，表能所之無差，離師資之一相。人心渴望，仏(佛)口宣揚。如春風至而花開，似秋水清而月見。亦如我皇帝每年應聖，特展花筵，表八方逢時主之時，歌萬乘應流虹之日。一聲絲竹，迎堯舜君暫出深宮，數隊幡花，引僧道衆高昇寶殿。君臣會合，內外歡呼。明君面礼於三身，滿殿親瞻於八彩。牛香苒惹，魚梵虛徐。得過萬乘之道場，亦是一時之法界。

佛每談揚宣大慈，人天隨從願除疑；
花中既礼端嚴相，耳裏還聞甘露詞。
佛以聖心觀弟子，人將肉眼見牟尼；
直解說聽無前後，所以經文號一時。
風慢香煙滿殿飛，人人盡有祝堯詞；
君王樂引昇龍座，釋子宣來入鳳墀。
聖主淨心瞻月面，凡人洗眼見堯眉；
每年此日聞佛道，也似經中號一時。

第三、釋佛之一字者，即是第三教主成就也。娑婆教主，大覺牟尼，一丈六尺身軀，三十二般福相。聖凡皆仰，毁讚無搖，蕩蕩人天大道師，巍巍法界眞慈父。亦如我皇帝万邦之主，四海之尊。入出公私盡禮瞻，卷舒賢聖皆(呵)護。當時法會，四生調御爲尊；今日道場，萬乘君王爲主。

當時法會佛爲尊，解啓清涼解□門；
心鏡毫光含日月，慈雲法雨灑乾坤。
身過聖賢高低相，法契人天深淺根；
但有得超三界者，思量還是法王恩。
今朝法會帝王尊，不掩羲軒治化門；
普似雲雷搖海岳，明如日月照乾坤。
慈憐解惜邦家本，雨露能滋草木根；
但即得居安樂者，根基全是聖人恩。

住王舍城鷲峯山中者，即第四處所成就也。佛宣護國，居在靈山。千重之翠巘摩天，百道之寒溪噴雪。莓苔斑駮(斑駁)，鬭錦綉之花紋，松檜交加，盤黑龍鱗□之巨爪。山既高大，佛每經行。法王正坐於雲岳，徒衆來奔於煙樹。亦如我皇帝每逢金節迴彤庭，見天顏於上界宮前，排罪會於九重殿內。當時調御說經，居靈[illegible](鷲)高山，今日君王聽法，在龍宮寶殿。

巍巍佛相類金山，煩惱枯來万劫閑；

妙展慈悲安國界，巧將功力潤人間，
心燈不礙千門照，聲果長交万衆攀。
今說仁王護國法，鷲峯頂上見慈顏。
吾皇福德重如山，四海無塵心自閑，
聖應君臨千載內，秋豐夏稔十年間。
偊（[illegible]）湯道德應難比，堯舜仁慈稍可攀，
每到重陽僧與道，紫煙深處見龍顏。

與大比丘衆千八百人俱者，第五眷屬成就也。世尊行化，徒衆相隨，梵王帝釋及龍神國主，天王兼士女端嚴，丹（[illegible]）擁從。如來頭寶冠而足蓮花，言懸河而心巨海。堂堂羅漢，落落眞僧，兩點眉頭雪不消，一條帔上雲長在。行隨隊仗，坐遶花臺。如海湧於金山，若星攢於明月。亦如我皇帝聖枝万葉，皇祚千人，出乃百寮（[illegible]）歡忻，入則六宮瞻敬。后妃公主，徘徊於日月光中；太子王孫，圍遶於鑾輿影裏。幾生修穩，多劫因時。佛即有菩薩聲聞，王乃有金枝玉葉。

每遇慈尊轉法輪，聖賢圍遶紫金身，
慈風解熟修來果，甘露能清忘趣塵。
山似翠屏擎殿閣，佛如明月繞星辰，
直緣宿世修行到，方得長隨无漏人。

皇帝臨乾海內尊，　聖枝承雨露唯新，
宮闈心似依冬月，　文武班如拱北辰，
舜殿俳佪千乘主，　堯天麻曆万重親，
總因多劫因緣會，　方得長時近聖人。

臣聞：即知佛語爲經，王言成勅。經若行而捨凡成聖，勅若行而遠肅邇安。王恩及士品功商，佛慈布龍天釋梵。佛心清淨，令神通之者度人；王意分明，遣忠孝之臣佐國。當時佛會，已明四品之團圓，今日王宮，亦與五教之成就。

法會因緣及帝宮，　五教成就尚應同，
佛經是處皆尊重，　王勅何人不敬崇。
解稟憲章除禍患，　能依法語終神通，
若非皇帝心如佛，　釋子爭能到此中。

所以宋明帝謂求那跋摩曰：「弟子嘗欲齋戒不煞，迫以身徇物，不獲從志。法師何以教之？」

宋帝藏疑未決開，　問宣釋子向瑤堦，
難行君道知無儻，　每慮慈心尚有乖。
秖我國章難斷煞，　處他君位不能齋，
今朝敢請高僧說，　一語分明醒我懷。

妙展慈悲安國界，巧將功力潤人間。

心燈不礙千門照，聲果長交(万)衆攀；

今說仁王護國法，鷲峯頂上見慈顏。

吾皇福德重如山，四海無塵心自閑；

聖應君臨千載內，秋豐夏稔十年間。

㝢(禹)湯道德應難比，堯舜仁慈稍可攀；

每到重陽僧與道，紫煙深處見龍顏。

與大比丘衆千八百人俱者，第五眷屬成就也。世尊行化，徒衆相隨。梵王帝釋及龍神國主，天王兼士女，端嚴，𦬇(菩薩)擁從。如來頭寶冠而足蓮花，言懸河而心巨海。堂堂羅漢，落落眞僧。兩點眉頭雪不消，一條帔上雲長在。行隨隊仗，坐遶花臺。如海湧於金山，若星攢於明月。亦如我皇帝聖枝万葉，皇祚千人，出乃百隨(辟)歡忻，入則六宮瞻敬。后妃公主，徘徊於日月光中；太子王孫，圍遶於鑾輿影裏。幾生修穩，多劫因時。佛卽有菩薩聲聞，王乃有金枝玉葉。

每遇慈尊轉法輪，聖賢圍遶紫金身；

慈風解熱修來果，甘露能清忘趣塵。

山似翠屏攀殿閣，佛如明月統星辰；

直緣宿世修行到，方得長隨无漏人。

皇帝臨乾海內尊，　聖枝承雨露唯新；
宮闈心似依冬月，　文武班如拱北辰。
舜殿俳佪千乘主，　堯天庥蔭万重親；
總因多劫因緣會，　方得長時近聖人。

臣聞：即知佛語爲經，王言成勅。經若行而捨凡成聖，勅若行而遠肅邇安。王恩及士品功商，佛惠布龍天釋梵。佛心清淨，令神通之者度人，王意分明，遣忠孝之臣佐國。當時佛會，已明四品之團圓，今日王宮，亦與五敎之成就。

法會因緣及帝宮，　五敎成就尙應同；
佛經是處皆尊重，　王勅何人不敬崇。
解稟憲章除禍患，　能依法語終神通；
若非皇帝心如佛，　釋子爭能到此中。

所以宋明帝謂求那跋摩曰：「弟子嘗欲齋戒不殺，迫以身狥物，不獲從志。法師何以敎之？」

宋帝藏疑未決開，　問宣釋子向瑤堦；
難行君道知無儻，　每慮慈心尙有乖。
祇我國章難斷煞，　處他君位不能齋；
今朝敢請高僧說，　一語分明醒我懷。

跋摩曰，「帝王與匹夫所修各異。匹夫身賤，名劣，言令無威，如不役以苦躬，將何爲益。帝王以四海爲家，万民作子。出一嘉言，士女以悅，布一善政，人神以和。因當形不夭命，役無勞力，則風雨順時，寒暄應節，百穀滋繁，桑麻鬱茂。如此持齋，亦大矣，如此不煞，亦衆矣。寧在闕半日之飡，全一食之命，然後方爲弘濟耶！」帝撫几曰，「法師所言，眞爲開悟明達，百譚人天之際矣。懿哉若人！非獨誘進於空門，抑亦俾興於王化。」是知如來妙行，國主能修，非小聖之測量，豈凡夫之參類。一言才啓，四海皆承[illegible]懷中履孝，道廣德新[illegible]合義虧，仁者心驚膽懾。大鵬點翅，度九万里之山河，玉兔騰空，照十千重之宇宙。至焉所化，廣大如斯，振搖而不異雲雷，沃潤而還如春雨。

佛行王心可比儔，分明深廣纘無休，
只將國主半朝善，便抵凡夫万劫修。
倏忽絲綸安大國，滂沱雨露灑諸侯，
垂衣端拱深宮裏，一片慈心蓋九州。
聖主修行善不窮，須知凡小杳難同，
下爲宇宙華夷主，上契陰陽造化功。
四海豐登歸聖德，萬邦清泰荷宸聰，
君王福即生靈福，綰攝乾坤在掌中。

我皇帝欲淸四海，先誡六宮。令知織婦之劬勞，多識蚕家之忙迫。貌（皃）無粧飾，手有胼胝。

機梭抛處卽辛勤，錦綺着時令愛惜。

蚕家辛苦尙難裁，　終日何曾近鏡臺，
葉似蠅頭□得大，　蚕如蟻脚養將來，
半羅蠶就新蟬叫，　一絡絲成舊債催，
所以聖人誡宮女，　莫將羅綺掃塵埃。

我皇每臨美饍，嘗念耕夫。憂水旱之不調，恐賦租之難辦。所以每宣品飫，不苦烹炮。重顆粒以如珠，惜生靈之若子。

每念田家四季忙，　支持圖得滿倉箱，
髮於鬢上剛然白，　麥向田中方肯黃，
晚日照身歸遠舍，　曉鸎啼樹去開荒，
農人辛苦官家見，　輸納交伊自手量。

我皇帝國奢示人以儉，國儉示人以禮。所以兢兢在位，惕惕憂民。操持契合於天心，淡素恭修於王道。意欲永空囹圄，長息烽煙。與解網之仁慈，開結繩之政化。聖明兩備，畏愛雙彰。實爲五運之尊，眞是兆民之主。

招心平感國清平，　賞罰皆依天道行，
雨露洗來怨氣盡，　皇風吹□瑞煙開。

跋摩曰，「帝王與匹夫所修各異。匹夫身賤，名劣，言令無威，如不役以苦躬，將何爲益。帝王以四海爲家，万民作子。出一嘉言，士女以悅，布一善政，人神以和。因當形不夭命，役無勞力。則風雨順時，寒暄應節，百穀滋繁，桑麻鬱茂。如此持齋亦大矣，如此不煞亦衆矣。寧在闕半日之飡，全一食之命，然後方爲弘濟耶！」帝撫几曰，「法師所言，眞爲開悟明達，百譚人天之際矣。懿哉若人！非獨誘進於空門，抑亦俾與於王化。」是知如來妙行，國主能修，非小聖之測量，豈非夫之參類。一言才啓，四海皆承遺。懷中履孝，道廣德新，合力義虧，仁者心驚膽慴。大鵬點翅，度九万里之山河，玉兔騰空，照十千重之宇宙。至焉所化，廣大如斯，振搖而不異雲雷，沃潤而還如春雨。

佛行王心可比儔，分明深廣續無休；
只將國主半朝善，便抵凡夫万劫修。
倐忽絲綸安大國，滂沱雨露灑諸侯；
垂衣端拱深宮裏，一片慈心蓋九州。
聖主修行善不窮，須知凡小杳難同；
下爲宇宙華夷主，上契陰陽造化功。
四海豐登歸聖德，萬邦清泰荷宸聰；
君王福卽生靈福，綰攝乾坤在掌中。

我皇帝欲淸四海，先誡六宮。令知織婦之劬勞，交識蚕家之忙迫。貝（貌，十周）無粧飾，手有胼胝。

機梭抛處即辛勤，錦綺着時令愛惜。

蚕家辛苦尙難裁，　終日何曾近鏡臺；
葉似蠅頭□得大，　蚕如蟻脚養將來。
半羅蠒就新蟬叫，　一絡絲成舊債催；
所以聖人誡宮女，　莫將羅綺掃塵埃。

我皇每臨美饍，嘗念耕夫。憂水旱之不調，恐賦租之難辦。所以每宣品膳，不苦烹炮。重顆粒以如珠，惜生靈之若子。

每念田家四季忙，　支持圖得滿倉箱；
髮於鬢上剛然白，　麥向田中方肯黄。
晚日照身歸遠舍，　曉鸎啼樹去開荒；
農人辛苦官家見，　輸納交伊自手量。

我皇帝國奢示人以儉，國儉示人以禮。所以兢兢在位，惕惕憂民。操持契合於天心，淡素恭修於王道。意欲永空囹圄，長息烽煙。與解網之仁慈，開結繩之政化。聖明兩備，畏愛雙彰。實爲五運之尊，眞是兆民之主。

招心平感國清平，　賞罰皆依天道行；
雨露洗來怨氣盡，　皇風吹□瑞煙開。

經年不道干戈字，　滿耳唯聞絲竹聲，
□比嵩山無動轉，　萬年常鎮洛陽城。

臣聞水流万派，終歸四海之波，國烈（[illegible]）九州，須貢中原之主。所以感東川之灾息，西蜀心迴[illegible]。遙瞻日月而□歸龍樓，遠降絲綸而撫安龜郡。

修德修仁事莫裁，　山河荒鯁宛然開，
從今劍閣商徒入，　自此□州進貢來，
數道朝臣銜命去，　幾幡□表謝恩迴，
聖人更與封王後，　厭却西南多少灾。

我皇帝去奢去泰，既掩頓於八荒，無與無爲，乃朝宗於万國。祗如兩浙，遠隔蒼□，感大國之鴻恩，受明君之爵祿。長時有貢，志節寧虧。天使行而風水無虞，進貢來而舟航保吉。龍扶神助，過万里之蒼波，帆展風生，表千年之聖德。

兩浙宣傳知幾迴，　全无飄蕩不虞灾，
人攢丹闕千年主，　風蹴輕帆万里開，
鯨眼光生遙日月，　蜃龍煙吐化樓臺，
還解知道貢明主，　多少龍神送過來。

今則進加尊號，重播天勳。顯百辟之盡忠，表一人之實德。聖明之字，旌識見遠之功，神武之言，稱定亂安邦之業。德取則廣道弘人，弘人廣道。取文德彰而肅靜乾坤，恭孝厚而饗安宗廟。德過千古，美貫華夷。稱一德而率土咸歡，添四字而普天皆賀。

爲見君王契上天，　進加尊號義周旋，
一身超越古今主，　四字包含造化玄，
已表國昭令俗阜，　方知主聖感臣賢，
「法天廣道」稱尊後，　更治乾坤万万年。

我皇帝貴安宗社，更固鴻基。維城之義方堅，盤石之心益壯。所以數州令哲，同日封王。堯風扇而金葉芬芳，舜雨滋而玉潢澄湛。東西南北，烈帝子以驚天；内外公私，賀皇親而捧日。

封王數郡里還强，　已表瓊枝次第張，
湛湛玉潢滋大國，　巍巍金柱鎮諸方，
乍聞車輅恩無極，　重拜天書喜莫量，
何以効酬天地力，　只將忠孝報君王。

我皇帝言非枉啓，願不虛陳。感百靈之消殄灾祥，荷三寶之禱祈福祚。玉泉山上，聖人重飾寶蓮宮；金谷河邊，皇后經藏殿[illegible]。上資宗廟，下福生靈。表日月之同明，顯陰陽之合德。

玉泉山上寺重新，　荷雨施功滿國聞，
曉日虹梁光已合，　青煙鴛瓦色寧分。

經年不道干戈字，　滿耳唯聞絲竹聲；
□比嵩山無動轉，　萬年常鎮洛陽城。

臣聞水流万派，終歸四海之波，國刈（列）九州，須貢中原之主。所以感東川之灾息，西蜀心迴[四]。遥瞻日月而□歸龍樓，遠降絲綸而撫安龜郡。

修德修仁事莫裁，　山河荒鯾苑然開；
從今劍閣商徒入，　自此刁州進貢來。
數道朝臣銜命去，　幾幡□表謝恩迴；
聖人更與封王後，　厭却西南多少灾。

我皇帝去奢去泰，既掩頓於八荒，無與無爲，乃朝宗於万國。祗如兩浙，遠隔蒼□，感大國之鴻恩，受明君之爵祿。長時有貢，志節寧虧。天使行而風水無虞，進貢來而舟航保吉。龍扶神助，過万里之蒼波，帆展風生，表千年之聖德。

兩浙宣傳知幾迴，　全无飄蕩不虞灾；
入攢丹闕千年主，　風蹴輕帆万里開。
鯨眼光生遥日月，　蜃龍煙吐化樓臺；
還解知道貢明主，　多少龍神送過來。

今則進加尊號，重播天勳。顯百辟之盡忠，表一人之實德。聖明之字，旌識見遠之功，神武之言，稱定亂安邦之業。德取則廣道弘人，弘人廣道。取文德彰而肅靜乾坤，恭孝厚而饗安宗廟。德過千古，美貫華夷。稱一德而率土咸歡，添四字而普天皆賀。

爲見君王契上天，進加尊號義周旋；
一身超越古今主，四字包含造化玄。
已表國昵令俗阜，方知主聖感臣賢；
法天廣道稱尊後，更治乾坤万万年。

我皇帝貴安宗社，更固鴻基。維城之義方堅，盤石之心益壯。所以數州令哲，同日封王。堯風扇而金葉芬芳，舜雨滋而玉潢澄湛。東西南北，烈帝子以驚天，内外公私，賀皇親而捧日。

封王數郡里還强，已表瓊枝次第張；
湛湛玉潢滋大國，巍巍金柱鎮諸方。
乍聞車輅恩無極，重拜天書喜莫量；
何以効酬天地力，只將忠孝報君王。

我皇帝言非枉啓，願不虛陳。感百靈之消弥灾祥，荷三寶之禱祈福祚。玉泉山上，聖人重飾寶蓮宮，金谷河邊，皇后經藏殿〔五〕。上資宗廟，下福生靈。表日月之同明，顯陰陽之合德。

玉泉山上寺重新，荷雨施功滿國聞；
曉日虹梁光已合，青煙鴛瓦色寧分。

殿鋪石地澄寒水，　堂烈(列)仙僧擁亂雲，
釋子力微何所建，　重修須遇聖明君。

我皇帝宮圍西面，園苑新成。斜分玉兎之光，平注金鵝之水。心[口]臺榭，安排起自於天機，御道林巒，行烈(列)全因於宸聲。好花万種，布影而錦纖池中；瑞鳥千般，和鳴而樂陳林裏。皇居匪遠，天步頻遊。撐舡而衝破蓮荷，奏曲而驚飛鴛鷺。澄波似鏡，影包万里之山河；瑞氣如雲，花捧千年之樓閣。

異木奇花烈幾層，　一池常見綠澄澄；
戲遊魚動開輪面，　賞玩人行遶鏡稜。
秋後蓮荷蜀地錦，　夜深星月水仙燈；
人人盡指黃龍舫，　願見明君万遍昇。

今則四五葉之堯蓂，含煙裊娜；百千叢之金菊，惹露芬芳。當流虹應瑞之晨，是大電繞樞之日。君臣合會，僧道俳佪。談經上福於龍圖，持論用資於鳳扆。

露灑風驅衆象淸，　鸞飛鳳舞九霄明；
碧天才降千年主，　嵩岳連呼万歲聲。
每節幡花排御殿，　今朝絲竹滿寰瀛；
將知天輔乾坤主，　恰向登高節日生。

此日是人慶賀，是處歡呼。上應將相王侯，下至士農工賈，皆瞻舜日，盡祝堯天。有人煙處，羅烈

(焚)香花，有僧道處，修持齋戒，醮醶麻道廣，虔禱心同。唯希國土永淸平，只願聖人長壽命。

今日多聞絲竹聲，滿乾坤賀聖人生，
恩同玉露家家滴，貴並金花處處呈，
宮上盤旋非霧重，天邊搖拽稱雲輕，
臣僧禱祝資天算，願見黃河百度淸。
三載秦王差遣臣，今朝舜日近堯雲，
磨礱一軸無私語，貢獻千年有道君，
只把宣揚申至道，別無門路展功勳，
又從今日簾前講，名字還交四海聞。

宋王忠孝奉堯天，算得焚香託聖賢，未得詔宣難入闕，夢魂長在聖人邊。
潞王英特坐岐州，安撫生靈稱烈(列)侯，既有英雄匡社稷，閑西不在聖人憂。
□□尽節奉明君，數片祥雲捧日輪，自古詩書明有語，須知主聖感賢臣。
幾家歡樂夢先成，欠負官火(錢)勾却名，煩惱之人皆快活，須交皇帝福田生。
此時恩澤徹西東，功德何(河)沙算不窮，不計諸州兼縣鎮，共驚牢獄一時空。
旣沾恩澤異尋常，夜對星辰焚寶香，何路再申忠孝意，開經一藏報君王。
万生修種行無差，方得身過帝主家，皇帝忽然賜疋馬，交臣騎着滿京誇。

殿鋪石地澄寒水，　堂列(列)仙僧擁亂雲；
釋子力微何所建，　重修須遇聖明君。

我皇帝宮闈西面，園苑新成。斜分玉兎之光，平注金鵝之水。心〔穴〕臺榭，安排起自於天機，御道林巒，行列全因於宸聲。好花万種，布影而錦儭池中，瑞鳥千般，和鳴而樂陳林裏。皇居匪遠，天步頻遊。撑舡而衝破蓮荷，奏曲而驚飛鴛鷺。澄波似鏡，影包万里之山河，瑞氣如雲，花捧千年之樓閣。

異木奇花列幾層，　一池常見淥澄澄；
戲遊魚動開輪面，　賞玩人行遶鏡稜。
秋後蓮荷蜀地錦，　夜深星月水仙燈；
人人盡指黃龍舫，　願見明君万遍昇。

今則四五葉之堯蓂，含煙裊娜；百千叢之金菊，惹露芬芳。當流虹應瑞之晨，是大電繞樞之日。君臣合會，僧道俳佪。談經上福於龍圖，持論用資於鳳扆。

露灑風驅衆象清，　鸞飛鳳舞九霄明；
碧天才降千年主，　嵩岳連呼万歲聲。

每節幡花排御殿，　今朝絲竹滿寰瀛；
將知天補乾坤主，　恰向登高節日生。

此日是人慶賀，是處歡呼。上應將相王侯，下至士農工賈，皆瞻舜日，盡祝堯天。有人煙處，羅列

（剩）香花，有僧道處，修持齋戒。醮[illegible]麻道廣，虔禱心同。唯希國土永清平，只願聖人長壽命。

今日多聞絲竹聲，滿乾坤賀聖人生；
恩同玉露家家滴，貴並金花處處呈。
宮上盤旋非霧重，天邊搖拽稱雲輕；
臣僧禱祝資天算，願見黃河百度清。
三載秦王差遣臣，今朝舜日近舜雲；
磨礱一軸無私語，貢獻千年有道君。
只把宣揚申至道，別無門路展功勳；
又從今日簾前講，名字還交四海聞。

宋王忠孝奉堯天，算得焚香託聖賢。未得詔宣難入闕，夢魂長在聖人邊。
路王英特坐岐州，安撫生靈稱[illegible]（列）侯。既有英雄匡社稷，開西不在聖人憂。
□□日節奉明君，數片祥雲捧日輪。自古詩書明有語，須知主聖感賢臣。
幾家歡樂夢先成，欠負官[illegible]（錢）勾却名。煩惱之人皆快活，須交皇帝福田生。
此時恩澤徹西東，功德何（河）沙算不窮。不計諸州兼縣鎮，共驚牢獄一時空。
既沾恩澤異尋常，夜對星辰焚寶香。何路再申忠孝意，開經一藏報君王。
万生修種行無差，方得身過帝主家。皇帝忽然賜疋馬，交臣騎着滿京誇。

何人不解愛榮華，猛利身心又好誇，堪羡忠臣延廣□，捨榮剃髮報官家。

聖慈如似日輪開，照燭光明遍九垓，都是皇恩契神佛，天感西僧赴道場來。

程過十万里流沙，唐國來朝帝主家，師號紫衣恩賜與，總交將向本鄉誇。

江頭忽見小蛇虫，試與捻拋深水中，因此碧潭學養性，近來也解使雷風。

闊見枯池少水魚，流波涓滴與□(溝)渠，近來稍似成鱗甲，便道群龍總不如。

見伊鸚鵡語分明，不惜功夫養得成，近日自知毛羽壯，空中長作怨人聲。

可憎猧子色茸茸，擡舉何勞餧飼濃，點眼怜伊圖守護，誰知反吠主人公。

鴨兒水上學浮沈，任性略無顧戀心，可惜愍鷄腸寸斷，豈知他是負恩禽。

蜘蛛夜夜吐絲多，來往空中織網羅，將爲一心居舊處，豈知他意別尋窠。

玉蹄紅耳槽頭時，餧飼眞交稱體肥，不望垂韁兼待步，近來特地却難騎。

樗櫖凡木遶亭臺，□(伐)倒何須又却栽，只是一場虛費力，終歸不作棟梁材。

人間大小莫知聞，去就昇常並不存，既是下流根本劣，爭堪取自伴郎君。

仁王般若經抄

校記：

〔一〕原卷編號爲伯三八〇八號。

〔二〕「寶臺上」原文如是，應作「上寶臺」方叶韻。

〔三〕根据上文應衍「鱗」字。

〔四〕這一句有脫字。

〔五〕根據上文，原本此句當脫二字。

〔六〕此句「心」字，當是衍文。

向　達校錄

何人不解愛榮華，猛利身心又好誇。　堪羨忠臣延廣□，捨榮剃髮報官家。

聖慈如似日輪開，照燭光明遍九垓。　都是皇恩契神佛，天感西僧赴道場來。

程過十万里流沙，唐國來朝帝主家。　師號紫衣恩賜與，總交將向本鄉誇。

江頭忽見小蛇虫，試與捻拋深水中。　因此碧潭學養性，近來也解使雷風。

閔見枯池少水魚，流波涓滴與搆(溝)渠。　近來稍似成鱗甲，便道群龍總不如。

見伊鸚鵡語分明，不惜功夫養得成。　近日自知毛羽壯，空中長作怨人聲。

可憎猧子色茸茸，擡舉何勞餧飼濃。　點眼怜伊圖守護，誰知反吠主人公。

鴨兒水上學浮沈，任性略無顧戀心。　可惜愍雞腸寸斷，豈知他是負恩禽。

蜘蛛夜夜吐絲多，來往空中織網羅。　將爲一心居舊處，豈知他意別尋窠。

玉蹄紅耳槽頭時，餧飼眞交稱體肥。　不望垂繮兼待步，近來特地却難騎。

檮榆凡木遶亭臺，代(伐)倒何須又却裁，只是一場虛費力，終歸不作棟梁材。

人間大小莫知聞，去就昇常並不存。　既是下流根本劣，爭堪取自伴郎君。

仁王般若經抄

校記：

〔一〕原卷編號爲伯三八〇八號。

〔二〕「寳臺上」原文如是，應作「上寳臺」方叶韻。

〔三〕根据上文應衍「鱗」字。

〔四〕這一句有脱字。

〔五〕根據上文，原本此句當脱二字。

〔六〕此句「心」字，當是衍文。

向　達校録

【金剛般若波羅蜜經講經文】（二）

上來總是（第一）十八上求佛地住處（門）中，次第解釋之中，且有三段經文：第一、（智）所緣境。經「須菩提（須菩提）於意云何，但（恆）河中所有沙」至「爾所國土中，所有（衆）生若干種心。」答也。第二、明佛能知。經「須菩提，如來悉知悉見」是也。第三、徵釋所已。經：「須菩提，如來說諸心皆爲非心，」至「未來心不可得。」是也。三段不同，且當第一智所緣境者：

五眼義門排遣了，若干心數又如何，
指示恆河沙數如（了），經中便請唱唱羅。

經：「須菩提，於意云何，」至「若干種心。」此唱經文。明用一恆河沙數諸恆河，緣用諸恆河中沙數諸佛世界。佛（問）須菩提，寧爲多不？須菩提言：甚多世尊。言：尒所國土中所有衆生，若干種心者，卽是爾所世界中，各有衆生，各有若干心也。

將沙數世世難窮，盡是諸佛國土中，
世界衆生無億數，各懷心義幾千重。
若國土、若干人，若干沙數若干身，
仏有若干光照耀，盡敎總得出沉淪。

仏有他心盡見伊，　若干心数總皆知，
筭（算）料不應取次說，　都公案上復如何。

經：「須廾，如來悉知見」等：

一河沙数衆河沙，　數盡恆河世界家，
一個衆生有多少意，　意中各自有千差。
牟尼仏有多方便，　變現令居百億花，
過去未來及現在，　三心難弁唱將羅。

經：「何以故？」如前所說也，答也。言如來說諸心者，先深衆心也。言皆爲非心者，言是名爲心者，是顛倒邪見之心也。乃至「未來〔心〕不可得」者，徵釋也。一切衆生耶（聞）〔云〕說諸心，乃爲實心，故与（得）〔中〕破遣，過去〔心〕已不（滅），未來心未至，現在心无住，三世求心，了（乃）〔至〕不可得，此明三皆空也。法喻合。

一心能起幾千心，　九轉十飜邪（那）畔（邊）尋。
纏絆網羅不用入，　无明顛倒莫敎侵。
現在未來並過去，　作用思惟事轉深，
仏意總敎除斷却，　此是菩薩大道心。
揀却邪心不用留，　无明妄相也須休，

【金剛般若波羅蜜經講經文】〔一〕

上來總是弟(第)〔二〕十八上求佛地住處(門)〔三〕中，次苐解釋之中，且有三段經文：第一、荀(智)〔四〕所緣境。經「須井(須菩提)，〔五〕於意云何，佀恒(恆)〔六〕河中所有沙」至「爾所國土中，所有𠂩(衆)〔七〕生若干種心。」答也。第二、明佛能知。經「須井，如來悉知悉見」是也。第三、徵釋所已。經：「須井，如來說諸心皆爲非心，」至「未來心不可得。」是也。三段不同，且當第一智所緣境者：

五眼義門排遣了，　若干心數又如何，

指示恒河沙數如(了)，　經中便請唱唱羅。

經：「須井，於意云何，」至「若干種心。」此唱經文。明用一恒河沙數諸恒河，緣用諸恒河中沙數諸佛世界。佛可(問)〔八〕須井，寧爲多不？須井言：甚多世尊。言：「尒所國土中所有衆生，若干種心者，即是爾所世界中，各有衆生，各有若干心也。

將沙數世世難窮，　盡是諸佛國土中，

世界衆生無億數，　各懷心義幾千重。

若國土、若干人，　若干沙數若干身，

仏有若干光照耀，　盡敎總得出沉淪。

仏有他心盡見伊，　若干心数總耆知，

筭(算)料不應取次說，　都公案上復如何。

經：「須井，如來悉知見」等：

一河沙数衆河沙，　數盡恆河世界家，

一個衆生有多少意，　意中各自有千差。

牟尼仏有多方便，　變現令居百億花，

過去未來及現在，　三心難弁唱將羅。

經：「何以故？」如前所說也，答也。言如來說諸心者，先深衆心也。言皆爲非心者，言是名爲心者，是顚倒邪見之心也。乃至「未來[心]不可得」者，徵釋也。一切衆生耳(聞)[九]說諸心，乃爲實心，故㝵(得)[一〇]破遣，過去[心]已㓕(滅)，未來心未至，現在心无住，三世求心，𠄎(乃)[一一]不可得，此明三皆空也。法喻合。

一心能起幾千心，　九轉十飜郍(那)胖(邊)尋，

繼絆網羅不用入，　无明顚倒莫教侵。

現在未來並過去，　作用思惟事轉深，

仏意總教除斷却，　此是菩薩大道心。

揀却邪心不用留，　无明妄相也須休，

持念金□(剛)般若法，　　百年之後便何憂。
須轉念、若蹉跎，　　知是漂沉不要過，
眼暗耳聾看即是，　　要力(身)［亡］曲台文如何。
直得剩轉金剛教，　　般若方(無)［□］過遍數多，
施惠万般求福德，　　三千七寶唱唱羅。

經：「須𦬇，於意云何？若「有」人滿三千大千世界七寶以用布施，」乃至「多不」者。問也。「經」「曰」：「如是世尊，此人以「是」因緣，得福甚多」者，答也。言：「經」「若福德有實，如來不說福德多，以福德無故，如來說德福得多」者，佛爲印成也。言三千七寶者，如上所解也。言是人所得福德寧爲多不？須𦬇言：甚「多」「□」世尊。此人以是因緣，德福甚多者。所爲本心顛倒，遂即依心起行修福，福亦顛倒。如醉人朦□(朧)而行，雖然即醉，隱□(願)望家行，任運欲達家，有骨肉相接，便至其家，醉醒方知。若早是醉迷，又望□(坑)而行，必見顛墜。此是(事)亦然。我身无量，生來早是沉迷，今又遇政法心欲邪宗，必逢顛也。言以福德无故，如來說得福多者，言有實者，爲有相福也。故言无相者，爲无相行，遂獲有相之福德。故曰以福得(德)无故，如來說得福多也。

上來有三：一、問，二、答，第三、如來□成。三段經文，合爲一唱，解釋已竟。

上來有一十八住門中第十八，上求仏地住處門中，先有六段經文：第一、國土莊嚴具足，解釋已了。第二、无上見智淨具足，已了。第三、色身具足。第四、相身具足。第五、語具足。第六、心具足。六段

經文，各各不同，前二已竟，今當第三色身具足者。

經：言道「須井，於意云何，仏可已（以）具足色身見不？」問也。「不也世尊。如來不應以具足色身」乃至「即非是名，」答也。此文有四：一、問，二、答，三、徵，四、釋。此明色身与法身有異，故不不可以色身見法身也。言如來說具足色身者，此明如來色身不離法身也。言即非者，不乖異也。言是名具足色身者，此明：

色法雖无本是一，法身无相本无刑（形），
現相權宜仏有情。身色端嚴長丈六，
八十種好自然明。慈悲處處垂方便，
喜捨頭頭願早成。但得衆生登果位，
便是天平與地平。深觀濁世苦偏多，
惡業持身不邪何，諸相未知何似許，
文中應有唱唱羅。

［經］：「須井，於意云何？仏可以具足諸相。色身具足，是名諸相具足。言不應以具足色身見諸相者，」乃至「是名諸相具足。」言不，此明相好与法身異故，故不可以相好見身也。言如來說諸相具足者，此明相好本從法身上起也。言是名諸相具足者，此明雖異，不乖一成弟（第）二句也。此是六段文中第四相身具足也。

如來若不現金身，　爭化得閻浮（閻浮）世上人，

百億垂形由不悟，　參差上自却沉淪。

四弘誓願深如海，　六度無邊布法雲，

蠢動含靈（情）皆利益，　不論胎卵盡沾恩。

黃金座、紫金臺，　一法門中萬法用，

假設虛施皆不用，　眞言實語唱將「來」。

經：「汝勿謂如來作是念，」乃至「無法可說，是名說法。」此是第五語〔相所在〕具足也。

此又有五：一、問，二、遮，三、徵，四、釋，五、成。言「汝勿爲如來作是念，我嘗（當）有所說法者，意言莫道如來，即法身能說法也。言莫作是念者，遮說也。言何以故？若人言如來有所說法，即爲謗仏，不能解我所說故者。若人言如來即法身，有所說離法身，更別有所說法，即是謗仏，不離法身所說也。色相之身，從法身而現化，萬法流行，從化身演出也。夲（本）相依止，源本法身也。經言：「須菩提，說法者，無法可說」者，約敎有說，就理無無（無）〔言〕」，是名說法者，明理敎相應，不即不離，是名說法也。

上來總是十八住處門中，且有六段經文，於色已竟，今當第六心具足者。就此文中分之爲六，即六種是也。言六種心者：第一、念處心，第二、政覺心，第三、施設大利法心，第四、攝（攝）〔不〕取法身心，第五、不住生死卌（涅槃）〔不死〕心，第六、住淨心，六段不同。且第一、念處心者，此文有四：問、答、徵、釋。

各請斂心合掌着，能加字數唱將「來」。

〔經〕：「尒時慧命須井，白仏言：世尊，頗有衆生於未來世，聞説是法，生信心不？問也。仏言：須井，彼非衆生，非不衆生，答也。何以故？徵也。須井，衆生衆生者，如來説非衆生，是名衆生，」釋也。言彼非衆生者，彼非者，從眞如上起差也。是人能行六度之行，得成聖位，即非衆生也。言非不衆生者，是人作衆生行，即非不衆生也。言如來説非衆生者，即今現受其身也。此六十字自豪州入[illegible]（冥）僧[illegible]（還）魂後，於石碑上得之也。

崇聖寺僧入　比唱經文意義長。
勸人達理悟無常　[illegible]（業）道之中由自念，
冥司稱讚足威光。　還魂記內分明說，
廣異文中有吉祥。　在世之中銷苦難，
臨終決定往西方。　世[illegible]〔間〕事白前存，
苦樂相兼有甚[illegible]（誇），　聽取經中沒語道，
分明好爲唱唱〔羅〕。

經：「須井白仏言：世尊，仏得阿耨多羅三井，爲無所得耶。」此是善現，發問也。言如是者，如來功成也。言：「須井，我於阿耨三井」乃至「無有少法可得者，」此性淨井，本來圓滿，無法可得。是井也，彼「須井，是法平等，無有高下」者，此是平等井也。言「是名阿耨井」者，以平等故。

此是六種心之中第二政（正）[illegible]（覺）心也。此文有二：第一、明善現發問，如來印成。明井[illegible]（果）

如來若不現金身，　　爭化得涵深（閻浮）世上人，
百億垂刑由不悟，　　參差上自却沉淪。
四弘誓願深如海，　　六度無邊布法雲，
蠢動含令（情）皆利益，　　不論胎卵盡沾恩。
黃金座、紫金臺，　　一法門中萬法用，
假設虛施皆不用，　　眞言實語唱將［來］。

經：「汝勿謂如來作是念，」乃至「無法可說，是名說法。」此是第五語［相］〔一六〕具足也。此又有五：一、問，二、遮，三、徵，四、釋，五、成。言汝勿爲如來作是念，我富（當）有所說法者，意言莫道如來，卽法身能說法也。言莫作是念者，遮說也。言何以故？若人言如來有所說法，卽爲謗仏，不能解我所說故者。若人言如來卽法身，有所說離法身，更別有所說法，卽是謗仏，不離法身所說也。色相之身，從法身而現化，萬法流行，從化身演出也。乐（本）相依止，源本法身也。經言：「須井，說法者，無法可說」者，約敎有說，就理無無歹歹〔一七〕，是名說法者，明理敎相應，不卽不離，是名說法也。

上來總是十八住處門中，且有六段經文，於色已竟，今當第六心具足者。就此文中分之爲六，卽六種是也。言六種心者：第一、念處心，第二、政覺心，第三、施設大利法心，第四、探（攝）〔一八〕取法身心，第五、不住生死卌（涅槃）〔一九〕心，第六、住淨心，六段不同。且第一、念處心者，此文有四：問、答、徵、釋。各請斂心合掌着，能加字數唱將［來］。

〔經〕：「尒時惠命須井，白仏言：世尊，頗有衆生於未來世，聞說是法，生信心不？問也。仏言：須井，彼非衆生，非不衆生，答也。何以故？徵也。須井，衆生者，如來說非衆生，是名衆生，」釋也。言彼非衆生者，彼非者，從眞如上起差也。是人能行六度之行，得成聖位，卽非衆生也。言非不衆生者，是人作衆生行，卽非不衆生也。言如來說非衆生者，卽今現受其身也。此六十字自豪州入貭（冥）僧遝（還）魂後，於石碑上得之也。

崇聖寺僧入　比唱經文意義長。
勸人達理悟無常　棠（業）道之中由自念，
冥司稱讚足威光。還魂記內分明說，
廣異文中有吉祥。在世之中銷苦難，
臨終決定住西方。世司〔三〇〕事白前存，
苦樂相兼有甚謗（誇），聽取經中沒語道，
分明好爲唱唱〔羅〕。

經：「須井白仏言：世尊，仏得阿耨多羅三井，爲無所得邪。」此是善現，發問也。言如是者，如來功成也。言：「須井，我於阿耨三井，」乃至「無有少法可得者，」此性淨井，本來圓滿，無法可得。是井也，彼「須井，是法平等，無有高下」者，此是平等井也。言「是名阿耨井」者，以平等故。

此是六種心之中第二政（正）〔三一〕竟（覺）心也。此文有二：第一、明善現發問，如來印成。明井杲（果）

芒（無）所得也，即適來所唱是也。第二、明卄因無所得者。

經：「以無我人等，修一切善法，即得卄〔卄〕所言善法者」乃至「即非是名也。」兩段不同，且當第一條果無所得者卄名有三：一、性淨卄；二、平等卄；三、方便卄。言是法平等，無高下者即是法身卄，在於六道身中，亦不減下。在仏身中亦不增高（高），名平等卄也。

卄大道本来圓，妙法多能助世間，
不減不增平等義，无高无下盡同旋（旋）。
六道身中无欠少，諸仏身上不偏（偏）多，
草木以來沾般若，叢林盡有六波羅。
悲願泣、或歡歌，或時相遇或蹉跑，
悟了還同仏境界，迷時衣（依）舊却成魔。
也剛[illegible]、也柔和，虛空遍塞滿娑婆，
此如来平等義，修何善法唱將羅。

經：「卄以無我人等」乃至「即是名也」。此是第二段，卄因無所得，以由緣也。緣无我（我）〔[illegible]〕人壽者，又作（修）〔行〕政法无漏，乃得卄也。言所言善法者，[illegible]（修求）善法也。言如来說非善法者，非世間漏善也。言是名善法者，是出世間无漏善法也。

善法直得次第修，虛施功果沒因由，

无漏果圓生淨土，乃爲功德日（行）〔直〕難籌。
祭神祀求鬼邪福，政見門中了（事）卅〔世〕不收，
一種是修諸善法，何如向仏法裏用心求。
非善法，不順修，見善法、切須修，
仏法名爲是善法，邪魔非法不堪修。
堅修善法沒人過，定證卄阿耨多。
向下經文沒語道，三千七寶唱將來。

〔經〕：「須卄 若三千大千世界中，所有諸須彌山王」乃至「若人以此般若波羅蜜經」乃至「喻不能及者」，此是第三施設大利心也。就此之中，分之爲二：第一、政法利益，校量勝劣，適来所唱是也。第二、安立第一義，順成返顯，揀異凡夫。兩段不同，且當第一，政施法利者，言三千大千者如上事也。七寶須彌，亦如上説也。（醫）〔譬〕喻所不能及者，校量顯勝，滅惡生善，勝劣之間，亦不相似，爲因感果不相似也。

三千七寶若須彌，未勝常將般若持，
捨施福田□廣大，高遷未必證菩提。
百千萬億無疆福，究竟沉淪定亡（有）〔已〕期，
念得一抽清淨教，三塗六道鎮相隨。

卌(無)所得也，即適來所唱是也。第二、明井因無所得者。

經：「以無我人等，修一切善法，即得井〔三二〕所言善法者」乃至「即非是名也。」兩段不同，且當第一條果無所得者井名有三：一、性淨井二、平等井三、方便井。言是法平等，無高下者即是法身井，在於六道身中，亦不減下。在仏身中亦不增亐(高)，名平等井也。

井大道本来圓，　妙法多能助世間，
不減不增平等義，　无高无下盡同旅(旋)。
六道身中无欠少，　諸仏身上不徧(偏)多，
草木以來沾般若，　蘩林盡有六波羅。
悲願泣、或歡歌，　或時相遇或蹉跎，
悟了還同仏境界，　迷時衣(依)舊却成魔。
也剛築、也柔和，　虛空逼塞滿娑婆，
此如来平等義，　修何善法唱將羅。

經：「井以無我人等」乃至「即是名也」。此是第二段，井因無所得，以由緣也。緣无忝(我)〔三三〕人壽者，又脩(修)〔三四〕政法无漏，乃得井也。言所言善法者，阡求(修求)善法也。言如来說非善法者，非世間漏善也。言是名善法者，是出世間无漏善法也。

善法直得次第修，　虛施功果沒因由，

无漏果圓生淨土，　乃爲功德川(行)〔三五〕難籌。
祭神祀求鬼邪福，　政見門中る(事)〔三六〕不收，
一種是修諸善法，　何如向仏法裏用心求。
非善法、不順修，　見善法、切須修，
仏法名爲是善法，　邪魔非法不堪修。
堅修善法沒人過，　定證井阿耨多。
向下經文沒語道，　三千七寶唱將來。

〔經〕：「須井，若三千大千世界中，所有諸須彌山王」乃至「若人以此般若波羅蜜經」乃至「喻不能及者」，此是第三施設大利心也。就此之中，分之爲二：第一、政法利益，校量勝劣，適来所唱是也。第二、安立第一義，順成返顯，揀異凡夫。兩段不同，且當第一，政施法利者，言三千大千者如上事也。七寶須彌，亦如上說也。辟(譬)喻所不能及者，校量顯勝，滅惡生善，勝劣之間，亦不相似，爲因感果不相似也。

三千七寶若須彌，　未勝常將般若持，
捨施福田□廣大，　高遷未必證菩提。
百千萬億無疆福，　究竟沉淪定乞(有)〔三七〕期，
念得一抽清淨敎，　三塗六道鎮相隨。

校量功德言談了，　揀異凡夫事若何，
大衆殷心合掌着，　高聲「念唱將羅羅」。

經：「須井於意云何？汝等勿謂（謂）如来作是念，」乃至「說非凡夫者」，此是第二順成返題也。言勿謂（謂）如来度衆生者，准平等理中無衆生也。言實無有衆生如来度者，一切衆生平等，皆有眞如法身，非是度始事有也。言（言）「若有衆生如来度者，」如来有我者，世間若有一個衆生，是如来度，如来卽有我人壽者也。如水之在雍，决之卽流，信之心，勸之卽發也。言：「須井如来說有我，卽非有我者，」蓋緣凡夫之人，用（以）爲有我，如来与斷也。言卽非凡夫者，無實凡夫，若是爲凡夫，卽不言證聖也。

凡夫由来沒定期，　祇是全由造業時，
政信乃（乃）然生淨土，　邪心祇是自家欺。
聖諦本来修政行，　凡夫因地自生疑，
事在目前無錯謬，　金剛經上盡（盡）皆知。
三十二相如何說，　偈頌（頌）長行讚呵誰，
六段文中第四段，　都公案上「唱唱羅」。

經：「須井於意云何，可以三十二相觀如来不？」問也。「須井」言：「如是如是」，答也。「仏言。須井若以卅二〔三十二相〕觀如来者，轉輪聖王卽是如来。如来質也。須井白仏言。世尊，如我解仏所

說義，不應以三十二相觀如来。」領解也。

尒時世尊而說偈言：「若以色見我，」至「不能見如来。」此即緣須𦬇見相之心未息，如来取以此偈勸之，令生實信也。此義是仏語，須𦬇不應以卅二相，修成功德之身，比並[illegible](法)身本来之身也。法喻合。如世間官職也，章服雖同，得業各異，仏与輪王亦然也。

雖然万法總皆[illegible](空)，　依負還立祖宗，
大有顏[illegible](容)相似者，　争那尊卑事不同。
輪王相有三十二，　不離[illegible](循環)六道中，
牟尼萬劫超三界，　仏与輪王行不同。
用色相、以音聲，　不能如促(但)解修行，
此個名爲邪見相，　仏果大難成。
塞讒(譖)驀(罵)，世間術，　莫行邪行莫徒[illegible](疾)，
眼見先霊(虚)皆妄語，　耳聽天樂不着實。
終朝只是行邪道，　甚時政見一花臺，
偈[illegible](頌)適来言已了，　長行好爲唱[illegible][唱羅]。

經：「須𦬇，汝若作是念，如来不以具足相故，得阿𦬇。須𦬇，莫作是念，如来不以具足相故，得阿耨𦬇者。」此是第四[illegible](攝)取法身心中第二段經文。此唱經文是須𦬇聞從法身，非修成相，意爲報身

校量功德言談了，　　揀異凡夫事若何，
大衆斅心合掌着，　　高聲ㄅ[爲唱將羅羅]。

經：「須井，於意云何？汝等勿爲(謂)如来作是念，」乃至「說非凡夫者」此是第二順成返顯也。言勿爲(謂)如来度衆生者，准平等理中無衆生也。言實無有衆生如来度者，一切衆生平等，皆有眞如法身，非是度始事有也。　亍(言)「若有衆生如来度者，」如来有我者，世間若有一個衆生，是如来度，如来卽有我人壽者也。如水之在雍，决之卽流，信之心，勸之卽發井也。言：「須井，如来說有我，卽非有我者，」蓋緣凡夫之人，用(以)爲有我，如来与斷也。言卽非凡夫者，無實凡夫，若是爲凡夫，卽不言證聖也。

凡夫由来沒定期，　祇是全由造業時，
政信ㄋ(自)然生淨土。　邪心祇是自家欺。
聖諦本来修政行，　凡夫因地自生疑，
事在目前無錯謬，　金剄經上叁(盡)[二八]皆知。
三十二相如何說，　偈訟(頌)長行讚呵誰，
六段文中第四段，　都公案上[唱唱羅]。

經：「須井，於意云何，可以三十二相觀如来不？」問也。「須井[言]：如是如是」，答也。「仏言。須井，若以世二(三十二相)[二九]觀如来者，轉輪聖王卽是如来。如来質也。須井白仏言。世尊，如我解仏所

說義，不應以三十二相觀如来。」頌解也。

尒時世尊而說偈言：「若以色見我，」至「不能見如来。」此卽緣須井見相之心未息，如来取以此偈勸之，令生實信也。此義是仏語，須井不應以卅二相，修成功德之身，比並厷（法）身本来之身也。法喻合。如世間官職也，章服雖同，得業各異，仏与輪王亦然也。

雖然万法總皆宐（空），依負還立祖宗，
大有顔客（容）相似者，爭那尊卑事不同。
輪王相有三十二，不離巡還（循環）六道中，
牟尼萬劫超三界，仏与輪王行不同。
用色相、以音聲，不能如伹（但）解修行，
此個名爲邪見相，仏果大難成。
塞謁（謾）藹（罵），世間術，莫行邪行莫徒庆（疾），
眼見先霊（虛）皆妄語，耳聽天樂不着實。
終朝只是行邪道，甚時政見一花臺，
偈訟（頌）適来言已了，長行好爲唱ㄅ[唱羅]。

經：「須井，汝若作是念，如来不以具足相故，得阿井。須井，莫作是念，如来不以具足相故，得阿耨井者。」此是第四捄（攝）取法身心中第二段經文。此唱經文是須井聞從法身，非修成相，意爲報身

𦬊，亦非修成相，改遮也。

空生錯會如来意，　爲是眞如本自修，
大聖世尊重爲說，　令敎覺吾（悟）志心求。
說斷滅、復如何，　特地應得說向他，
六種之心第五段，　又分兩段唱將来。

經：「須𦬊，汝若作是念，發阿耨𦬊者，說諸法斷滅[相][illegible]。莫作是念，何以故？」徵也。汝能發𦬊心，卽須求法，不說斷滅相。此唱經，名不住𣵀（涅槃）也。經言，說諸法斷滅者，仏語須𦬊，汝若便言法身既是本来，何用修者，此是起斷滅相也。言莫作是念者，仏爲遮也。言何以故？徵也。汝若發𦬊者，卽[illegible]（須[illegible]）本来法上，不生斷滅相，爲度衆生故，故言求法不說斷滅相也。法喻合。

證得𦬊金色相，　只徒三界度衆生，
貪趁向𣵀安處座，　衆生因甚肯修行。
千般變化時時現，　作用神通處處呈，
仏法常敎不斷滅，　專心演說大乘經。
捨七寶、又如何，　盡勝常持阿耨多，
功德未知[何]似許，　不敎貪處唱將来。

經：「須𦬊，若𦬊以滿恒河沙等世界七寶[布施][illegible]，言施福雖多也。若復有人求（知）[illegible]一切法，无我得成於忍，此𦬇勝[illegible]（前）〔五百〕𦬇所得功德者。是人持經功德，成無上道也。施福雖多，必竟沉墜也。是人因世間持經，獲出世間福，證𦬇果，知諸法[illegible]（空）〔[illegible]〕也。乃勝施寶也。言「諸𦬇不[illegible]（受）〔[illegible]〕福德者，𦬇由无我无生解，故不受有漏福報。言「須𦬇白仏言：世尊，云何𦬇不受福德者。」此是須𦬇問𦬇〔[illegible]〕何以不受福耶？答：「𦬇所作福德，不應貪着，是故說不受福德也。」是𦬇得我法，[illegible]（空），故不生貪也。恒河七寶，如前解了。此唱經文，明第五修不住生死。初、問劣二、問勝也。三千七寶施含蠢動，世世受福，福盡還墜，四句偈文，能銷无量重業，究竟成仏也。

七寶持来惠有情，感果人中天上生，
此則名爲有漏福，不如常轉大乘經。
有漏福、受榮花，何似持經種善芽，
𦬇不貪如是福，如来義理唱將羅。

經：「須𦬇，若人言如来，若来若去，若坐若[illegible]（臥）〔云〕，是人不解我所說義者，顯非也。何以故者？徵也。如来者，无所從来，亦无所去，故名如来者，釋義也。若由如也，如人言也。上来總是六種心中，第六凹〔无〕住淨心也。此門之中，第六通合，都有七唱經文，段段別分，六唱是長行，二唱是偈[illegible]（頌）也。適来所唱，是第一威儀行住淨也。

經：「須𦬇，若有人言如来，若来若去座（坐）臥者」乃至「无所從来亦无所去，故名如来者。」若人言眞身，亦有去来，即是人不解如来所說[illegible]（義）也。眞身應身雖有異，義歸一也。言无所從来，又无所去井，亦非修成相，政遮也。

空生錯會如来意，爲是眞如本自修，
大聖世尊重爲說，令敎覺語（悟）志心求。
說斷滅、復如何，特地應得說向他，
六種之心第五段，又歹兩段唱將来。

經：「須井，汝若作是念，發阿耨井者，說諸法斷滅［相］〔三〇〕。莫作是念，何以故？」徵也。汝能發井心，卽須求法，不說斷滅相。此唱經，名不住苷（涅槃）也。經言，說諸法斷滅者，仏語須井，汝若便言法身既是本来，何用修者，此是起斷滅相也。言莫作是念者，仏爲遮也。言何以故？徵也。汝者發井者，卽匹丐（須求）本来法上，不生斷滅相，爲度衆生故，故言求法不說斷滅相也。法喻合。

證得井金色相，只徒三界度衆生，
貪趁向苷安處座，衆生因甚肯修行。
千般變化時時現，作用神通處處呈，
仏法常敎不斷滅，專心演說大乘經。
捨七寶、又如何，盡勝常持阿耨多，
功德未知［何］似許，不敎貪處唱將来。

經：「須井，若井以滿恒河沙等世界七寶［布施］〔三一〕，言施福雖多也。若復有人求（知）〔三二〕一切法，无我得成於忍，此井勝す(前)〔三三〕井所得功德者。」是人持經功德，成無上道也。施福雖多，必竟沉墜也。是人因世間持經，獲出世間福，證菩果，知諸法乞三(空)〔三四〕也。乃勝施寶也。言「諸井不灵(受)〔三五〕福德者，」井由无我无生解，故不受有漏福報。言「須井白仏言：世尊，云何井不受福德者。」此是須井問井(佛)，何以不受福耶。答：「井所作福德，不應貪着，是故說不受福德也。」

是井得我法，乞三(空)故不生貪也。恒河七寶，如前解了。此唱經文，明第五修不住生死　初、問劣二、問勝也。三千七寶施舍蠢動，世世受福，福盡還墜，四句偈文，能鉡无量重業，究竟成仏也。

七寶持来惠有情，　感果人中天上生，
此則名爲有漏福，　不如常轉大乘經。
有漏福、受榮花，　何似持經種善芽，
井不貪如是福，　如来義理唱將羅。

經：「須井，若人言如来，若来若去，若坐若卧(臥)〔三六〕，是人不解我所說義者，顯非也。何以故者？徵也。如来者，无所從来，亦无所去，故名如来者，釋義也。若由如也，如人言也。」上来總是六種心中，第六匸〔三七〕住淨心也。此門之中，第六通合，都有七唱經文，段段別分，六唱是長行，一唱是偈訟(頌)也。適来所唱，是第一威儀行住淨也。

經：「須井，若有人言如来，若来若去座卧者」乃至「无所從来亦无所去，故名如来者。」若人言眞身，亦有去来，即是人不解如来所說儀(義)也。眞身應身雖有異，義歸一也。言无所從来，又无所去去者，卽眞常不動也。報身如来者，六度十一空，化身從如實道，卽是三身如来也。

一眞法界本無差，　平等能均万万家，
坐臥去来權示現，　化身百億喻河沙。
湛然不動超三界，　六道常行自利他，
法報二身人不會，　由如何等唱將來。

經：「須井，若善男子善女人，以三千大千世界碎（碎）爲微（微）塵，於（於）意云何。是微塵衆，寧爲多不，問也。甚多世尊，答也。何以故？微也。若是微塵，衆實有者，仏卽不（不字爲衍文）不說是微塵衆，釋也。所以者何？難也。言仏說微塵衆，卽非微生（塵）〔于仏〕衆，是名微塵衆者，乃至「如来所說三千大千世界，卽非世界，是名世界者。」此唱經文是第二蘊體非實也。

微塵能成世界，應身能顯眞身。言碎世界爲塵多不？甚多者，此喻顯從眞見，應非定一義也。後顯諸仏斷滅煩惱（惱）盡儀也。且世界是塵所成，塵從世界上起。且化身本自眞身，眞身因化而顯。非塵不成其界，非化不顯其眞。且從年至歲駈塵，塵不離於世界。從刧至刧度衆生，衆生元在法界。不動卽止，仏及衆生亦然也。塵不動卽是止也，煩惱不動卽是滅（滅）〔盡〕也。言何以故？是微塵衆實有者，仏則不說，此明微塵不實，煩惱亦不實也。言則非是名者，明仏說碎世界作微塵，喻諸仏斷煩惱盡，於眞如法界處，非定一儀也。

且塵在世界，而世界能名（容），煩惱（惱）在法界，而法界不染。或云煩惱在仏，而惟仏能滅，塵在世界，而世界能受也。

且若非世界，焉能容尒許多微塵，且若非如来，焉能滅尒許多煩惱。且世界是空，而微塵亦空，且眞如是空，而煩惱亦空，故曰非定一義也。

世界非常可晨寛，容納塵埃有甚難，
五岳四橨皆總受，不論江海及諸山。
藂林花藥兼松竹，六道三塗及四禪，
直是上生非相處，風輪水際總成[illegible]（閑）。
眞常法界還如此，煩惱摧滅有甚難，
不揀四生兼六類，盡得无餘證[illegible]（涅槃）。
微塵道理稱揚了，向下經文事若何，
各請殷心合掌手，衣（依）前好了〔唱唱羅〕。

經：「何以故？若世界實有者，則是一合相」乃至「貪着其事者。」

此唱經文是第二約二諦，弁爲重成也。言若世界實有，是一合相者，何以得在世界不實耶？若世界定實有性，法身如来，喻如世界。一切煩惱，喻如塵埃。微（塵）從世界而起，世是微塵所成，非煩惱不顯法身，非塵埃不顯世也。若駈出衆微塵，從他方而着，他方置，不是世耶？若驅出衆煩惱，從別處而着，別處起，不是法界也。此微塵之事義，其事甚深也。

去者，卽眞常不動也。報身如来者，六度十一空，化身從如實道，卽是三身如来也。

一眞法界本無差，平等能均万万家，
坐臥去来權示現，化身百億喻河沙。
湛然不動超三界，六道常行自利他，
法報二身人不會，由如何等唱將將。

經：「須井，若善男子善女人，以三千大千世界碎（碎）爲徵（微）塵，扵（於）意云何。是微塵衆，寧爲多不，問也。甚多世尊，答也。何以故？徵也。若是微塵，衆實有者，仏卽不（不字爲衍文）不說是微塵衆，釋也。所以者何？難也。言仏說微塵衆，卽非微生（塵）〔三八〕衆，是名微塵衆者，」乃至「如来所說三千大千世界，卽非世界，是名世界者。」此唱經文是第二蘊體非實也。

微塵能成世界，應身能顯眞身。言碎世界爲塵多不？甚多者，此喻顯從眞見，應非定一義也。後顯諸仏斷滅煩慍（惱）盡儀也。且世界是塵所成，塵從世界上起。且化身本自眞身，眞身因化而顯。非塵不成其界，非化不顯其眞。且從年至歲駈塵，塵不離於世界。從刼至刼度衆生，衆生元在法界。不動卽止，仏及衆生亦然也。塵不動卽是止也，煩惱不動卽是㳄（滅）〔三九〕也。言何以故？是微塵衆實有者，仏則不說，此明微塵不實，煩惱亦不實也。言則非是名者，明仏說碎世界作微塵，喻諸仏斷煩惱盡，於眞如法界處，非定一儀也。

且塵在世界，而世界能客（容），煩煩（惱）在法界，而法界不染。或云煩惱在仏，而惟仏能滅。塵在世界，而世界能受也。

且若非世界，焉能容尔許多微塵，且若非如来，焉能滅尔許多煩惱。且世界是空，而微塵亦空，且眞如是空，而煩惱亦空，故曰非定一儀也。

世界非常可晨寛，　容納塵埃有甚難，
五岳四瀆皆總受，　不論江海及諸山。
藂林花藥兼松竹，　六道三墜及四禪，
直是上生非相處，　風輪水祭總成冞(閑)。
眞常法界還如此，　煩惱摧滅有甚難，
不揀四生兼六類，　盡得无餘證槃(涅槃)。
微塵道理稱揚了，　向下經文事若何，
各請殷心合掌手，　衣(依)前好了[唱唱羅]。

經：「何以故？若世界實有者，則是一合相」乃至「貪着其事者。」

此唱經文是第二約二諦，弁爲重成也。言若世界實有，是一合相者，何以得在世界不實耶？若世界定實有性，法身如来，喻如世界。一切煩惱，喻如塵埃。微(塵)從世界而起，世是微塵所成，非煩惱不顯法身，非塵埃不顯世也。若駈出衆微塵，從他方而着，他方置，不是世耶？若驅出衆煩惱，從別處而着，別處起，不是法界也。此微塵之事義，其事甚深也。

不揀山河大地，　不揀日月星辰，
不論三惡道中，　不說十方世界。
將来打碎作成塵，　我仏身似三千界，
煩惱由如世上塵，　世界本因塵土造。
衆生能變作仏身，　世界上有塵埃。
衆生身上有如来，　仏与衆生不塞離，
衆生貪變却輪迴。　過衆（素）

經云：如来一合相者，緣微塵世界，被人一合相。如来向說云，被人計一合相。法喻合。若准仏意本来云，卽非定性一合相也。經云：是名一合相者，卽是假名一合相也。明非也，明異也。經云：一合相者，卽是不可說，但凡夫之人，貪着其事者，若世界有性，卽名然合也，非有此理，故不可呵。但凡夫之人，虛妄貪着，妄計爲實也。

微塵可得遇着風，　當時幅塞滿虛空，
信脚夜行迷暗走，　不知南北与東西。
衆生身分還如此，　貪變（戀）无明欲火中，
仏与衆生雖不遠，　无緣隔壁鎮長聾。
世間貪變（戀）是凡夫，　不悟身中珠明月，

當日如来親為說， 都公案上復何如。

經云：「若人言仏說我見」至「所說義不？」問也。「世尊，是人不解〔[illegible]〕如来所說義，」答也。「何以故？」徵也。「世尊說，我見人見乃至即非……是名壽者」釋也。此是七唱之中，第四如所不分別，即无能見也。蓋為衆生故，如来說衆生病，衆生聞說為是如来有此我人壽者見也。就釋文中解，初句明凡夫我見，二句明凡夫我[illegible](執)「[illegible]」，三句明凡夫妄計有我，故如来為說，即非是名也。

衆生執為我實有， 世尊為說總皆[illegible](空)，
不解所說如来義， 强生分別入[illegible](樊)籠。
金剛般若眞常法， 解具三明證六通，
五百世中能轉念， 惡道三途永不逢。
向下更有一唱經， 便是如来相勸處，
各請殷心合手掌， 斷除法相唱將來。

經：「須𦬇，發[illegible]耨三𦬇者，科文云：何人不分別，問也。於一切法，應如是知，如是見，如是信解不生法相。須𦬇，所言法相者，如来說即非「法相」「[illegible]」，是名法相者。」

科文云：問於何人不分別？又問於何法不分別？此是答求一切法等也，此是法空也，應如是無我知，如是無我見，如是無我，如是信解不生法相矣，指法之言。所言法相者，如来說即非法相，此二諦法相也。言二諦者，即世諦第一義諦也。言是名法相者，是名取着法相也。

不揀山河大地，　不揀日月星辰，
不論三惡道中，　不說十方世界。
將来打碎作成塵　我仏身似三千界，
煩惱由如世上塵，　世界本因塵土造，
衆生能變作仏身，　世界上有塵埃，
衆生身上有如来，　仏与衆生不塞離，
衆生貪變却輪迴。　過棗(素)

經云：如来一合相者，緣微塵世界，被人一合相。如来向說云，被人計一合相。法喻合。若准仏意本来云，卽非定性一合相也。經云：是名一合相者，卽是假名一合相也。明非也，明異也。經云：一合相者，卽是不可說，但凡夫之人，貪着其事者，若世界有性，卽名然合也，非有此理，故不可呵。但凡夫之人，虛妄貪着，妄計爲實也。

微塵可得遇着風，　當時幅塞滿虛空，
信脚夜行迷暗走，　不知南北与東西。
衆生身分還如此，　貪變(戀)无明欲火中，
仏与衆生雖不遠，　无緣隔壁鎮長聾。
世間貪變(戀)是凡夫，　不悟身中珠明月，

當日如来親爲説，　都公案上復何如。

經云：「若人言仏説我見」至「所説義不？」問也。「世尊，是人不解[四〇]如来所説義，」答也。「何以故？」徵也。「世尊説，我見人見乃至即非……是名壽者」釋也。此是七唱之中，第四如所不分別，即无能見也。蓋爲衆生故，如来説衆生病，衆生聞説爲是如来有此我人壽者見也。就釋文中解，初句明凡夫我見，二句明凡夫我七(執)[四一]，三句明凡夫妄計有我，故如来爲説，即非是名也。

衆生執爲我實有，　世尊爲説總皆七(空)，
不解所説如来義，　强生分別入繁(樊)籠。
金剛般若眞常法，　解具三明證六通，
五百世中能轉念，　惡道三塗永不逢。
向下更有一唱經，　便是如来相勸處，
各請斂心合手掌着，　斷除法相唱將来。

經：「須𦬇，發三耨三𦬇者，科文云：何人不分別，問也。於一切法，應如是知，如是見，如是信解不生法相。須𦬇，所言法相者，如来説即非[法相][四二]，是名法相者。」

科文云：問於何人不分別？又問於何法不分別？此是答求一切法等也，此是法空也，應如是無我知，如是無我見，如是無我，如是信解不生法相矣，指法之言。所言法相者，如来説即非法相，此二諦法相也。言二諦者，即世諦第一義諦也。言是名法相者，是名取着法相也。

俗諦門中事相多，　眞空道理沒偏坡(陂[illegible])，

曉悟大乘无相理，　自然心裏伏天魔。

又將七寶依前施，　不假演說事如何，

无量阿僧祇劫數，　淸令雅調唱將羅。

經：「須𦬁，若有人以滿无量阿僧祇[劫]世界七寶持用布施。」

此舉无數劫七寶布施也，布施不如持經也。言發𦬁心者，勝彼者，此唱經緣前文中明眞身不動，衆生疑，爲是化身如來，所說經法无福報故，此所以舉化仏之敎，巨有福報尙不如持於此經。七寶布施滿(滿)僧祇界，亦不能持此經也。若人以无量七寶滿僧祇界布施，不如發大𦬁心，持經如經得行也。此唱經文是七段中，第五校量顯勝也。若廣引持經現世鍛驗、及當得𦬁，可無盡也。

无量阿僧祇世界，　七寶持將惠有情，

布施雖獲無限福，　不如常轉大乘經。

施寶能招多快樂，　官職尊崇次第榮，

假饒身命皆將捨，　未勝常持般若經。

此是如来眞淨法，　勸人依此學修行，

世間貪愛沉淪福，　爭須似蓮花朵上生。

持四句、滅千災，　任運心中覺性開，

既解持經莫取相，　如如不動唱將来。

經：「云何爲人演說，不取於相如如不動者，此是七唱之中第六段，政明說法不染也。言云何爲人演說者，此問應化仏身既爲人說法，如何不取世間相也。答：如如不動是也。且仏化應身，雖然爲人說法，如似眞如不搖不動也，故經答言如如不動是也。

發心疑轉大乘經，　總未排比不要明。
會得經中眞經路，　无過嘿嘿學修行。
裝香轉念尋常事，　不用[illegible]（誇）張到處呈。
經上令敎不取相，　如如不動自然成。
有爲法、右絕多，　觀行觀伊事若何。
夢幻之身應不久，　再三相勸唱將来。

經：「何以故？」徵也。卽徵詰前来有爲之相也。「一切有爲法，如夢幻泡影，如露亦如電，應作如是觀」者，此唱是七唱之中，第七流轉不染也。言一切有爲法者，總[illegible]有爲之法也。言如夢幻泡影露電者，約六喻解釋也。言夢者，過去法如夢也。淨名經云：爲虛妄見也。言幻者，現在法如幻也。淨名經：從顚倒起也。約注過法如夢，現在法如電，依報如幻，政報如露，三受如泡，業行如影。言三受法者，卽苦受，樂受，不苦不樂受也。言應作如是觀者，仏勸令於有爲法中，但作此觀，故得如如不動也。

俗諦門中事相多，　眞空道理沒偏坡(陂—頗)，
曉悟大乘无相理，　自然心裏伏天魔。
又將七寶依前施，　不襞演說事如何，
无量阿僧祇刼數，　淸令雅調唱將羅。

經：「須𦬠，若有人以滿无量阿僧祇刼世界七寶持用布施。」

此舉无數刼七寶布施也，布施不如持經也。言發𦬠心者，勝彼者，此唱經緣前文中明眞身不動，衆生疑，爲是化身如來，所說經法无福報故，此所以舉化仏之敎，巨有福報尙不如持於此經。七寶布施㒼(滿)僧祇界，亦不能持此經也。若人以无量七寶滿僧祇界布施，不如發大𦬠心，持經如經得行也。此唱經文是七段中，第五校量顯勝也。若廣引持經現世、鍛驗、及常得𦬠，可無盡也。

无量阿僧祇世界，　七寶持將惠有情，
布施雖獲無限福，　不如常轉大乘經。
施寶能招多快樂，　官職尊崇次第榮，
假饒身命皆將捨，　未勝常持般若經。
此是如来眞淨法，　勸人依此學修行，
世間貪變沉淪福，　爭須似蓮花朵上生。
持四句、滅千灾，　任運心中覺性開，

既解持經莫取相，　如如不動唱將来。

經：「云何爲人演說，不取於相如如不動者，」此是七唱之中第六段，政明說法不染也。言云何爲人演說者，此問應化仏身旣爲人說法，如何不取世間相也。答：如如不動是也。且仏化應身，雖然爲人說法，如似眞如不搖不動也，故經答言如如不動是也。

發心疑轉大乘經，　總未排比不要明。
會得經中眞經路，　无過嘿嘿學修行。
裝香轉念尋常事，　不用諦（誇）張到處呈。
經上令敎不取相，　如如不動自然成。
有爲法、右絕多，　觀行觀伊事若何。
夢幻之身應不久，　再三相勸唱將来。

經：「何以故？」徵也。卽徵詰前来，有爲之相也。「一切有爲法，如夢幻泡影，如露亦如電，應作如是觀」者，此唱是七唱之中，第七流轉不染也。言一切有爲法者，總乳〔四三〕有爲之法也。言如夢幻泡影露電者，約六喻解釋也。言夢者，過去法如夢也。淨名經云：爲虛妄見也。言幻者，現在法如幻也。淨名經：從顛倒起也。約注過法如夢，現在法如電，依報如幻，政報如露，三受如泡，業行如影。言三受法者，卽苦受，樂受，不苦不樂受也。言應作如是觀者，仏勸令於有爲法中，但作此觀，故得如如不動也。

散勸文

亦是結勸行人，應當學仏作如是觀也。

從前已過人間事，隱影思量夢一般，
現在榮華如似電，未來虛幻不堪觀。
中秋八月演朝露，滴滴如珠草上懸，
也似人身无兩種，未㝐(容)快樂却巡鐶(循環)。
一泡破、一泡成，雨点如珠水上行，
也似人身无兩種，這邉(邊)續(纔)死那邊生。
業如影、行如身，行業還同影与人，
善業感招生勝處，業緣重卽却沉淪。
仏敎如是觀虛幻，辨取前生識取因，
莫在有爲心有相，如如不動是名眞。
序分政宗今講了，流通末後意如何，
一段經文三段唱，且當第一唱將羅。

經：「仏說是已者」，此是流通分中，第一標仏化畢也。言已者，畢竟了絕之義也。

仏是牟尼三界主，經是金剛一卷經，

說是慈尊親爲說，　人天總得悟無生。
辭法座、捨花臺，　修羅大衆意徘佪(徊)，
奉計當時聞法了，　誰人領解唱將羅。

經：「長老須𦬇及諸比丘、比丘尼」至「聞仏所說者。」此是第二段，表衆同聞也。言長老者須𦬇者，已如上弁。仏比丘者，亦如上弁也。

言比丘尼者，仏度大(姨)母之時，阿難三請如来。言三請者：一、直請，二、舉恩請，三、舉過去，諸仏皆有四衆，然可度也。尼者女也，尼有八敬，百罵、舉、受、懺、請、安、恣，是其八也。優婆塞者，近仏男也。優婆夷者，近仏女也。光淨曉潔，名之爲天，有多恩義，名之爲人。言修羅者，唐言不斷疑神。問：何名不斷疑？答：此人修行五度，而生悔心，取名不斷疑也，亦名不飲酒神也。七勸

祇園會裏談眞教，　能問慈尊是阿誰，
算料別人應不敢，　莫過長老須𦬇。
解空羅漢多方便，　起坐如来鎭塞隨，
不遣四生著有相，　三乘總要悟無爲。
比丘僧、比丘尼，　同聞般若契根機，
不說當初仏在日，　如今聞說也帰(歸)依。
一會人、一會天，　梵王帝釋及諸仙，

散勸文

亦是結勸行人，應當學仏作如是觀也。

從前已過人間事，　隱影思量夢一般，
現在榮華如似電，　未來虛幻不堪觀。
中秋八月演朝露，　滴滴如珠草上懸，
也似人身无兩種，　未客(容)快樂却巡鐶(循環)。
一泡破、一泡成，　雨点如珠水上行，
也似人身无兩種，　這邀(邊)繞(繞)死那邊生。
業如影、行如身，　行業還同影与人，
善業感招生勝處，　業緣重卽却沉淪。
仏敎如是觀虛幻，　弁取前生識取因，
莫在有爲心有相，　如如不動是名眞。
序分政宗今講了，　流通末後意如何，
一段經文三段唱，　且當第一唱將羅。

經：「仏說是已者」此是流通分中，第一標仏化畢也。言已者，畢竟了絕之義也。

仏是牟尼三界主，　經是金剛一卷經，

說是慈尊親爲說，　人天總得悟無生。
辭法座、捨花臺，　修羅大衆意徘佪(徊)，
奉計當時聞法了，　誰人領解唱將羅。

經：「長老須井、及諸比丘、比丘尼」至「聞仏所說者。」此是第二段，表衆同聞也。言長老者須井者，已如上弁。仏比丘者，亦如上弁也。

言比丘尼者，仏度夷(姨)母之時，阿難三請如来。言三請者：一、直請，二、舉恩請，三、舉過去，諸仏皆有四衆，然可度也。尼者女也，尼有八敬、百罵、舉、受、懺、請、安、恣，是其八也。優婆塞者，近仏界也。優婆夷者，近仏女也。光淨曉潔，名之爲天，有多恩義，名之爲人。言修羅者，唐言不斷疑神。問：何名不斷疑？答：此人修行五度，而生悔心，取名不斷疑也，亦名不飲酒神也。七勸

祇園會裏談眞教，　能問慈尊是阿誰，
算料別人應不敢，　莫過長者須井。
解空羅漢多方便，　起坐如来鎮塞隨，
不遣四生著有相，　三乘總要悟無爲。
比丘僧、比丘尼，　同聞般若契根機，
不說當初仏在日，　如今聞說也皈(歸)依。
一會人、一會天，　梵王帝釋及諸仙，

為聽金剛般若法，　同時總在世尊前。

此經一卷最幽玄，〔句□〕

夜叉衆、乹撻婆，　修羅又有緊那羅，

八部龍神千万衆，　五音六律奏箏歌。

圍寶座、遶花臺，　覺道井心已開，

信受奉行歡喜處，　分明好為唱將羅。

經：「皆大歡喜，信受奉行」者，第三歡喜奉行也。言歡喜者有三清淨。言三清淨者：一、能說清淨，是仏也；二、所說清□（淨）是敎也；三、聞經得果清□（淨）是衆也。具此三義，做得歡喜奉行也。

上来有三：一、序分，二、政宗，三、流通。初從「如是我聞」至「敷坐而座」為序分；二、從「長老須井在大衆中」至「應作如是觀」已来，為政宗分也〔□〕。三、從「仏說是經已」至「信受奉行」名流通分。三段不〔同〕。就流通分有三：第一、標仏化畢，即「仏說是經文者」是也。第二、表衆同聞，即「長老須井聞仏所說」是也。第三、歡喜奉行，即「皆大歡喜信受奉行」是也。三段不同，總是一卷經文。

解釋已竟，從此外任覔□（送）路而走，七勸任用者也。

貞明六年正月□日，食堂後面書抄清密〔□〕，故記之爾。

校記：

〔一〕本卷編號爲伯二一三三，標題原缺，今據內容所演繹之經擬題。按此講經文乃根據姚秦三藏鳩摩罗什譯：「金剛般若波罗蜜多經」。

〔二〕本卷凡「第」字均作「弟」，今一律改爲「第」。

〔三〕本卷凡「門」字，均簡寫作「冂」，今一律改爲「門」。

〔四〕本卷「苜」字，據金剛經文知爲「智」字，今一律改爲「智」。

〔五〕本卷所稱之「須井」，據金剛經文卽爲「須菩提」，今只於第一條標出，以後照原卷寫「須井」。又「井」一字，在佛經中是「菩薩」二字之合寫字。故以後凡「井」字均照寫。

〔六〕本卷凡「恆」字，均寫作「亘」或「洹」，今一律改爲「恆」。

〔七〕本卷凡「衆」字，均寫作「乑」字，今一律改爲「衆」。

〔八〕本卷凡「問」字，均簡寫作「问」，今一律改爲「問」。

〔九〕本卷凡「聞」字，均簡寫作「闻」，今一律改爲「聞」。

〔一〇〕本卷凡「得」字，均寫作「㝵」，今一律改爲「得」。

〔一一〕本卷凡「乃」字均簡寫作「𠄎」，今一律改爲「乃」。

爲聽金剛般若法，　同時總在世尊前。
此經一卷最幽玄，廾句[四四]
夜叉衆、乹撻婆，　修羅又有緊那羅，
八部龍神千万衆，　五音六律奏箏歌。
圍寶座、遶花臺，　覺道廾心已開，
信受奉行歡喜處，　分明好爲唱將羅。

經：「皆大歡喜，信受奉行」者，第三歡喜奉行也。言歡喜者有三清淨。言三清淨者：一、能說清淨，是仏也；二、所說清ㄣ(淨)是敎也；三、聞經得果清ㄣ(淨)是衆也。具此三義，做得歡喜奉行也。

上来有三：一、序分，二、政宗，三、流通。初從「如是我聞」至「敷坐而座」爲序分；二、從「長老須丼在大衆中」至「應作如是觀」已来，爲政宗分也[四五]。三、從「仏說是經已」至「信受奉行」名流通分。三段不[同]。就流通分有三：第一、標仏化畢，即「仏說是經文者」是也。第二、表衆同聞，即「長老須丼聞仏所說」是也。第三、歡喜奉行，即「皆大歡喜信受奉行」是也。三段不同，總是一卷經文。

解釋已竟，從此外任覔送(迳)路而走，七勸任用者也。

貞明六年正月□日，食堂後面書抄清密[四六]，故記之爾。

校記：

〔一〕本卷編號爲伯二一三三，標題原缺，今據內容所演繹之經擬題。按此講經文乃根據姚秦三藏鳩摩罗什譯：「金剛般若波罗蜜多經」。

〔二〕本卷凡「第」字均作「弟」，今一律改爲「第」。

〔三〕本卷凡「門」字，均簡寫作「门」，今一律改爲「門」。

〔四〕本卷「萅」字，據金剛經文知爲「智」字，今一律改爲「智」。

〔五〕本卷所稱之「須井」，據金剛經文卽爲「須菩提」，今只於第一條標出，以後照原卷寫「須井」。又「井」一字，在佛經中是「菩薩」二字之合寫字。故以後凡「井」字均照寫。

〔六〕本卷凡「恆」字，均寫作「恒」或「洹」，今一律改爲「恆」。

〔七〕本卷凡「衆」字，均寫作「乑」字，今一律改爲「衆」。

〔八〕本卷凡「問」字，均簡寫作「司」，今一律改爲「問」。

〔九〕本卷凡「聞」字，均簡寫作「耳」，今一律改爲「聞」。

〔一〇〕本卷凡「得」字，均寫作「㝵」，今一律改爲「得」。

〔一一〕本卷凡「乃」字均簡寫作「𠄎」，今一律改爲「乃」。

〔一二〕本卷凡「身」字，均簡寫作「ㄌ」，今一律改爲「身」。
〔一三〕本卷凡「無」字，均簡寫作「乥」，今一律改爲「無」。
〔一四〕「經」字據金剛經文補。
〔一五〕「多」字據金剛經文補。
〔一六〕「語」原作「經」，據金剛經文改，又「相」字亦據金剛經文補。
〔一七〕原「歹歹」，似「可」字或「歹」字，未詳。
〔一八〕原「採」字，據金剛經文爲「攝」。
〔一九〕原「帯」字，據金剛經文爲「涅槃」二字。
〔二〇〕本卷凡「間」字，均簡寫作「司」，今一律改爲「間」。
〔二一〕「正」原作「政」字，據金剛經文改。
〔二二〕「卽得井」三字，原金剛經文爲「則得阿耨多羅三藐三菩提」。
〔二三〕本卷凡「我」字，均寫作「豖」，今一律改爲「我」。
〔二四〕本卷凡「修」字，均寫作「吆」，今一律改爲修。
〔二五〕本卷凡「行」字，均簡寫作「川」，今一律改爲「行」。
〔二六〕本卷凡「事」字，均簡寫作「る」，今一律改爲「事」。
〔二七〕本卷凡「有」字，均簡寫作「厷」，今一律改爲「有」。

〔二八〕本卷凡「盡」字，均簡寫作「圣」，今一律改爲「盡」。

〔二九〕本卷凡「三十二相」，均寫作「世二」，今一律改爲「三十二相」。

〔三〇〕「相」字據金剛經文補。

〔三一〕「布施」二字據金剛經文補。

〔三二〕經文「求一切法」作「知一切法」。

〔三三〕原「歬」字，今據金剛經文改爲「前」字。

〔三四〕原「𠀪」字，疑「空」字。

〔三五〕本卷凡「受」字，均寫作「叏」，今一律改爲「受」。

〔三六〕本卷凡「臥」字，均寫作「卧」字，今一律改爲「臥」。

〔三七〕原「乢」字，未詳，疑爲仏字。

〔三八〕本卷凡「塵」字，均寫作「尘」，今一律改爲「塵」。

〔三九〕本卷凡「滅」字，均寫作「殅」，今一律改爲「滅」。

〔四〇〕原作「解不式」，據金剛經文改爲「不解」，刪去「式」字。

〔四一〕此處「圭」字，疑應作「執」字。

〔四二〕「法相」二字，據金剛經文補。

〔四三〕原「𥝩」字，未詳。

〔四四〕「此經一卷最幽玄」廿句，此句放在此處，應是衍文。因下八句是屬上文一節的，而全詩共廿四句，又不合廿句之數。疑當放在本詩文末。或在「七勸」二字之後，卽本詩之前。

〔四五〕在「已來爲政宗分也」句下，原有「此經一卷最幽」六字，因此句与下文文義不連貫，故删去。

〔四六〕「淸密」二字，原似有墨塗去。

王慶菽校錄

【佛說阿彌陀經講經文】[一]

(上缺)□宮振動者驚怖，　童子眞心福惑招；

從此必應成正覺，　誓向菩提駕法橋。

第一名曰怖魔，第二何名乞事。上從諸佛乞法，下從檀越乞食。

袈裟纔掛體，　便得爲僧相。

生涯[已]不結周，　不求於利養。

隨分且過時，　不起於溢蕩。

早願證生空，　生死休來往。

一件袈裟掛在身，　威義(儀)去就與常人。

周遊雲水爲家舍，　到處青山與作隣。

禁制貪嗔除望(妄)想，　經行樹下廣修眞。

上從諸佛求眞法，　下化迷徒出苦津。

周遊雲水不爲難，　掌鉢巡門化一餐，

百納(衲)遍身且過日，　一瓶添了鎮長閑。

〔四四〕「此經一卷最幽玄」廾句，此句放在此處，應是衍文。因下八句是屬上文一節的，而全詩共廾四句，又不合廾句之數。疑當放在本詩文末。或在「七勸」二字之後，卽本詩之前。

〔四五〕在「已來爲政宗分也」句下，原有「此經一卷最幽」六字，因此句与下文文義不連貫，故刪去。

〔四六〕「淸密」二字，原似有墨塗去。

王慶菽校錄

【佛說阿彌陀經講經文】〔一〕

上缺□宮振動皆驚怖，　童子眞心福惑招；
從此必應成正覺，　誓向菩提駕法橋。

第一名日怖魔，第二何名乞事。上從諸佛乞法，下從檀越乞食。

袈裟纔掛體，　便得爲僧相。
生湌〔三〕不結周，　不求於利養。
隨分且過時，　不起於溢蕩。
早願證生空，　生死休來往。

一件袈裟掛在身，　威議（儀）去就與常人。
周遊雲水爲家舍，　到處青山與作隣。
禁制貪嗔除望（妄）想，　經行樹下廣修眞。
上從諸佛求眞法，　下化迷徒出苦津。
周遊雲水不爲難，　掌鉢巡門化一餐，
百納（衲）遍身且過日，　一瓶添了鎮長閑。

看經每向雲中寺，　欹枕遙思海上山；
觀此世徒(途)渾似夢，　誰能終日帶愁顏。

第三名曰淨持戒。

既辭父母作沙門，　意願修行出世塵，
軌範每常長不闕，　威儀未省暫離身。
行時不離三依(衣)眠[坐]，　出宿還須普告陳，
進上(止)終諸過馬勝[匹]，　威馳(逶迤)行步與常倫。
松篁勁節，未可化其堅貞；
霜雪瑩明，難可儔於皎白。
禁制身心無毀犯，　名聞利養弟隨身。
由持戒故得定，　因定乃得神通，
功德憑此周圓，　任連(運)[免]無惡業。
欲得當來登彼岸，　要持淨戒護浮囊。

或云淨命則乞事中，攝離四邪五邪等。或云破惡卽淨持戒，如魔思女持戒，猶如破毒氣，直到命終不犯戒故。以下解衆。言衆者上略故。具足義說云：衆和合，故梵語僧伽，此云和合。僧具理和事和、僧德僧類，四人已上，訢遵揭離雜諍敬(競)，故云和合。戒和若聖若凡，必同遵；見和隨淺隨深，須總解

利和一錢一鐵悉同沾。
身和共住長幼，回(同)居伽藍。
只和不爭不譚善惡絕氣云。
意和蜜蜜修行不違皆。
六事依行無欠闕，　終須便是好師僧。

不論崔盧柳鄭，　莫說姓薛姓裴，
僧家和合爲門，　到處悉皆一種。
尊化存其夏臘，　任軍(運)已遣榮枯。
同向解脫門中，　合受如斯覆陰(蔭)。
一縷袈裟身上掛，　堪與門徒長福田。
身披縷褐福田衣，　堪與門徒作所歸，
戒似天邊秋夜月，　防非止惡要精持。
僧家只合爲和順，　也不行藏說是非；
唯有出家佛弟子，　和合所以得如斯。

經云：「千二百五十人俱，」名舉數也。憍陳如等五人，迦葉兄弟並諸眷屬共一千人，舍利弗目乾連並眷屬二百人，耶舍長者子又領五十人，共計一千二百五十人。除五不論。與者共也，兼也，並也看經每向雲中寺，　欹枕遥思海上山；
觀此世徒(途)渾似夢，　誰能終日帶愁顔。

第三名曰淨持戒。

既辭父母作沙門，　意願修行出世塵，
軌範每常長不闕，　威儀未省暫離身。
行時不離三依(衣)眠〔三〕，　出宿還須普告陳，
進上(止)終諸過馬勝〔四〕，　威虵(逶迤)行步與常倫。
松篁勁節，未可化其堅貞；
霜雪瑩明，難可儔於皎白。
禁制身心無毁犯，　名聞利養弟隨身。
由持戒故得定，　因定乃得神通，
功德遏此周圓，　任軍(運)〔五〕無之惡業。
欲得當來登彼岸，　要持淨戒護浮囊。

或云淨命則乞事中，攝離四邪五邪等。或云破惡卽淨持戒，如魔思女持戒，猶如破毒氣，直到命終不犯戒故。以下解衆。言衆者上略故。具足義記云：衆和合，故梵語僧伽，此云和合。僧具理和事和、僧德僧類，四人已上，訢遵揭離雜諍兢(競)，故云和合。戒和若聖若凡，必同遵；見和隨淺隨深，須總解。

利和一錢一鐵悉同沾。
身和共住長幼，周(同)居伽藍。
口和不淨不譚善惡絕氣云。
意和蜜蜜修行不違背。
六事依行無欠闕， 終須便是好師僧。

不論崔盧柳鄭， 莫說姓薛姓裴，
僧家和合爲門， 到處悉皆一種。
尊化存其夏臘， 任軍(運)已遣榮枯。
同向解脫門中， 合受如斯覆陰(蔭)。
一縷袈裟身上掛， 堪與門徒長福田。
身披縷褐福田衣， 堪與門徒作所歸，
戒似天邊秋夜月， 防非止惡要精持。
僧家只合爲和順， 也不行藏說是非；
唯有出家佛弟子， 和合所以得如斯。

經云：「千二百五十人俱，」名舉數也。憍陳如等五人，迦葉兄弟並諸眷屬共一千人，舍利弗目乾連並眷屬二百人，那舍長者子又領五十人，共計一千二百五十人。除五不論。與者共也，兼也，並也之義。大得約數得名。即門（問）何等之人？經說比丘之衆；其數都來多少？經："千二百五十人俱。"

若說當日其（祇）園會，　羅漢莫非皆上皆（智），
盡具三明及六通，　個個出來能自在。
忽見神通化衆人，　瞻禮悉能皆滅罪。
若非見者發人心，　能與衆生作依類。
虔虔任意近花臺，　合掌顒顒嚱善哉。
聞道世尊居法會，　諸天聖衆競推排。
焚香不離芙蓉坐，　瞻覩常於翡翠臺。
盡赴祇園清淨會，　願聞正法唱將來。

經云："皆是大阿羅漢，衆所知識。"此兩句是總標千二百五十人俱也。法華經云，此經略嘆。維摩經云金丸各隨道理。"大者有其三義：第一爲大，超有學故。第二智大，盡煩惱（惱）故。第三用大，具三明六通故。"阿羅漢"者釋有三義：第一云永害煩惱賊故。第二不生，更不招感，後有身故。第三云應共（供）堪消人間廣大供養。"衆所知識"者，指諸大羅漢嘆也。德位既大，卓爾異常，孰（孰）不知名，而欽云。孰（孰）不知之貌仰之故。衆所知識皆是者，德位既大，行業相似，故云皆是大也。

偉哉羅漢，位極難階。超有學之流，越凡夫之輩。智具十智，通具六通，叨掘三明，包含八解，礳磨□劍，斷六賊於解脫之場；張縮定弓，射四魔於菩提之路。用精進爲甲冑射煩惱賊，射煩惱之賊，破

無明之惡，生死之箭爰傷。以念之戈矛，算无明而莫鄙，斷五明之株杌，忍草猶是不令生；燒煩惱之叢林，遣覺花而漸茂。父母胞胎而不受，人間供養而堪消，現大身而偪(逼)塞虛空，化少身形如芥子。忽湧身於霄漢，頭上火焰而炵炵；或隱質於地中，足下清波而浩浩。供養者現世獲福，毀謗者墮落於阿鼻。

名聞遐邇共遵，　道得(德)名高已遠。
擁搭霞衣親在會，　同聞出世甚深經。
結使皆能斷，　身登解脫床，
神通人莫側(測)，　心智福無疆。
盡已超凡界，　去住是尋常，
若能瞻禮者，　罪滅幾生殃。
神通羅漢盡知名，　見者能令福智生，
不向三塗親往返，　免於六道受身形。
個個盡皆除結使，　人人各自化羣情，
未委當初佛會裏，　慈悲請爲列(列)其名。
龍天八部竟徘徊，　合常(掌)顒顒唱善哉，
菩薩聲聞皆赴會，　諸天聖衆盡相摧(催)。
三三盡遶蓮花坐，　兩兩相隨近寶臺，

之義。大得約數得名。卽門(問)何等之人？經說比丘之衆；其數都來多少？經：「千二百五十人俱。」

若說當日其(祇)園會，　羅漢莫非皆上皆(智)，
盡具三明及六通，　個個出來能自在。
忽見神通化衆人，　瞻禮悉能皆滅罪。
若非見者發人心，　能與衆生作依類。
虔虔住意近花臺，　合掌頤頤囋善哉。
聞道世尊居法會，　諸天聖衆競推排。
焚香不離芙蓉坐，　瞻覩常於翡翠臺。
盡赴祇園清淨會，　願聞正法唱將來。

經云：「皆是大阿羅漢，衆所知識。」此兩句是總標千二百五十人俱也。法華經云，此經略嚝。維摩經云，金无各隨道理。大者有其三義：第一爲大，超有學故。第二智大，盡煩腦(惱)故。第三用大，具三明六通故。「阿羅漢」者釋有三義：第一云永害煩惱賊故。第二不生，更不招感，後有身故。第三云應共(供)堪消人間廣大供養。「衆所知識」者，指諸大羅漢嘆也。德位既大，卓爾異常，熟(孰)不知名，而欽云。熟(孰)不知之貌仰之故。衆所知識皆是者，德位既大，行業相似，故云皆是大也。

偉哉羅漢，位極難階。超有學之流，越凡夫之輩。智具十智，通具六通，叨掘三明，包含八解，破磨□劍，斷六賊於解脫之場；張縮定弓，射四魔於菩提之路。用精進馬甲冑射煩惱賊，射煩惱之賊，破

無明之惡，生死之箭爰傷。以念之戈矛，算无明而莫鄙，斷五明之株杌，忍草猶是不令生；燒煩惱之叢林，遺覺花而漸茂。父母胞胎而不受，人間供養而堪消，現大身而僃(逼)塞虛空，化少身形如芥子。忽湧身於霄漢，頭上火焰而炵炵；或隱質於地中，足下清波而浩浩。供養者現世獲福，毁謗者墮落於阿鼻。

名聞遐邇共遵，　道得(德)名高已遠。
擁搭霞衣親在會，　同聞出世甚深經。
結使皆能斷，　身登解脫床，
神通人莫側(測)，　心智福無疆。
盡已超凡界，　去住是尋常，
若能瞻禮者，　罪滅幾生殃。
神通羅漢盡知名，　見者能令福智生，
不向三塗親往返，　免於六道受身形。
個個盡皆除結使，　人人各自化羣情，
未委當初佛會裏，　慈悲請爲烈(列)其名。
龍天八部竟徘徊，　合常(掌)顒顒唱善哉，
菩薩聲聞皆赴會，　諸天聖衆盡相摧(催)。
三三盡遶蓮花坐，　兩兩相隨近寶臺，

大衆虔心合掌着，　　要問名字唱將來。

經云：「長老舍利弗，摩訶目犍連，摩訶迦葉，摩訶迦旃延，摩訶俱絺羅離婆多，周離盤陀伽「難陀，阿難陀」「六」，羅睺羅，嬌梵波提賓頭盧頗羅墮迦留陁夷、摩訶刼「賓」那「薄俱羅」阿㝹婁馱。」言「長老」者，年高臘長，僧中上首之倍（輩）也。舍利弗者具足云奓舍利佛怛羅，此云身子。以母氏身品異常，名（是）彼之子，故云身子。亦云鶖子，謂舍利弗是鳥，唐言鶖鷺。此鳥眼目明利，其母相似，故以爲是彼之子也，故云鶖子。王舍城內，有大論師，號摩陁羅，是鶖子之外氏矣。王見聰惠，博達多心，遂封賞一邑，充爲捧（俸）祿。其有一女鶖鷺。後時南天竺國有一論師，詣上籍（茅）「宮」城，名憂波提，以鐵葉之頭，恐溢出經書，頭載（戴）火盆，表離愚暗，卽扣論擊鼓，告集國人，欲與摩陁羅定其優劣。

摩陁旣食國捧（俸），　　合與新來論譚。
離家疑（擬）去論臺，　　路見二牛相觝：
南邊其形稍黑，　　北牸（畔）來者體黃，
四脚距地而起，　　噴嗾嚂呫而雲非，
南牸（畔）觝退北邊牛，　　心裏此時便驚怖。

摩陁羅見此事，遂乃自思惟：「今日對揚，我定將失。南邊之者，以况新來，北牸（畔）之徒，擬將似我。墮負之迯，先現於前；以此因由，我定輸失。」西天之法，論善最遵（尊），緣有新來，咸皆集會。帝王宰輔，鑾珮雲臻，刹利首陁，車騎先至。

摩陁心中驚怕，　　今日又逢作者，
脚踹步步懶(懶)行，　　恍惚不知高下。
各自盡到論場，　　國王親排御駕，
看他賓主往來，　　問答不曾放捨。
陁羅國內盡知名，　　論鼓譚，最有聲，
提舍忽然從外入，　　擊陽(揚)法鼓更聽時。
窮究三枝源本末，　　更兼喻，甚能驚(驚)，
問難往來如劈竹，　　放關辭辯似流星。
陁羅論義不如他，　　詞辯縱横不那何，
嘲誚分明如馬勝，　　機關深遂(邃)若玄何[八]。
詞峯峻辯人難並，　　提舍其如雷震嚮(響)，
恰到浮圖卓勢力，　　論情聽利更無過。

捨提(提舍)得勝，齊唱好聲。王詔所司，合封一邑。羣臣商議：不久論言，國不嫌寬，何由害邑。但奪陁羅之捧(俸)與提舍論師，又不危國祚，賞罰齊施。輸者自合甘心，嬴(贏)者無妨感激。遂依臣命，奪邑賞之。提舍此時，會身不得也。王臣散後，士庶歸家，於後別時，乃看陁羅，申其罪過。

「小輩非常罪過，　　不合忘(妄)申彼我，

大衆虔心合掌着，　要問名字唱將來。

經云：「長老舍利弗，摩訶目犍連，摩訶迦葉，摩訶迦旃延，摩訶俱絺羅離婆多，周離盤陁伽〔難陀，阿難陀〕〔六〕，羅睺羅，嬌梵波提賓頭盧頗羅墮迦留陁夷，摩訶劫〔賓〕那〔薄俱羅〕阿㝹婁駄。」言「長老」者，年高臘長，僧中上首之倍（輩）也。舍利弗者具足云奢舍利佛怛羅，此云身子。以母氏身品異常，之（是）彼之子，故云身子。亦云鶖子，謂舍利弗是鳥，唐言鶖鷺。此鳥眼目明利，其母相似，故以爲是彼之子也，故云鶖子。王舍城內，有大論師，號摩陁羅，是鶖子之外氏矣。王見聰惠，博達多心，遂封賞一邑，充爲捧（俸）祿。其有一女鶖鷺。後時南天竺國有一論師，詣上第（茅）〔七〕城，名憂波提，以鐵葉之頭，恐溢出經書，頭栽（戴）火盆，表離愚暗，卽扣論擊鼓，告集國人，欲與摩陁羅定其優劣。

摩陁旣食國捧（俸），　合與新來論譚。
離家疑（擬）去論臺，　路見二牛相觝：
南邊其形稍黑，　北伴（畔）來者體黃，
四脚距地而起，　噴㖃嚂呞而雲非，
南伴（畔）觝退北邊牛，　心裏此時便驚怖。

摩陁羅見此事，遂乃自思惟：「今日對揚，我定將失。南邊之者，以况新來，北伴（畔）之徒，擬將似我。墮負之逃，先現於前；以此因由，我定輸失。」西天之法，論善最遵（尊），緣有新來，咸皆集會。帝王宰輔，鑾珮雲臻，刹利首陁，車騎先至。

摩陁心中驚怕，　今日又逢作者，
脚澁步步嬾(懶)行，　恍惚不知高下。
各自盡到論場，　國王親排御駕，
看他賓主往來，　問答不曾放捨。
陁羅國內盡知名，　論鼓譚，最有聲，
提舍忽然從外入，　擊陽(揚)法鼓更聽時。
窮究三枝源本末，　更兼喻，甚能鶩(驚)，
問難往來如劈竹，　放闢辭辯似流星。
陁羅論義不如他，　詞辯縱横不那何，
嘲誚分明如馬勝，　機關深遂(邃)若玄何〔八〕。
詞峯峻辯人難並，　提舍其如雷震嚮(響)，
恰到浮圖卓勢力，　論情聰利更無過。

捨提(提舍)得勝，齊唱好聲。王詔所司，合封一邑。羣臣商議，不久論言，國不嫌寬，何由害邑。但奪陁羅之捧(俸)與提舍論師，又不危國祚，賞罰齊施。輸者自合甘心，羸(贏)者無妨感激，遂依臣命，奪邑賞之。提舍此時，會身不得也。王臣散後，士庶歸家，於後別時，乃看陁羅，申其罪過。

「小輩非常罪過，　不合望(妄)申彼我，

爲對國王大臣，　不免便昇高坐(座)。
客主也合相饒，　不合望外折挫，
慈悲願賜哀怜，　今日特來酬賀！
縱有言辭輕觸處，　幸垂佛眼悉相□。」

摩陁羅報提舍曰：

「何幸得陪高論，　慶喜至心不盡，
何異擲石成金，　有似抛塼之分。
想料非吾底(抵)對，　墮負誓不相恨。
問難深愜王臣，　封邑合當本分。
我有一女在家，　性行不方(妨)柔順，
見汝少俊聰明，　且要從其□□。
羨君持論世間無，　藝業精通盡不如，
感得王臣生□□，　□□□□□□□。
我有端嚴一個女，　願聽他門給事須[九]。

(下缺)

校記：

〔一〕原卷編號爲伯二九三一。首尾殘缺，依內容補題名。

經文起「與大比丘僧」，至「阿㝹樓馱」。所據經本爲鳩摩羅什所譯。

〔二〕啓疑「漼」應作「涯」。

〔三〕周云：「當是三衣，指僧伽梨，鬱多羅僧和安陀會三種衣。謂不脫衣而睡。」

〔四〕周云：「西域記卷九『阿濕薄恃比丘，唐言馬勝』，馬勝以威儀舉止著稱。」

〔五〕周云：「任軍疑當作任運，猶言自然。」

〔六〕「難陀，阿難陀」原作「阿難」，依經本校補。又下文依經本補「賓」「薄俱羅」四字。

〔七〕用向說。

〔八〕「玄何」疑當作「懸河」。周云：「不一定是懸河，可能是人名，與馬勝相對」。

〔九〕此句有誤，疑當作「願許他門給事頻」。

王重民校錄

【佛說阿彌陀經講經文】[一]

昇坐已了，先念偈，焚香，稱諸仏𦬁薩名。

自從大覺啓玄門，鹿菀(苑)靈山轉法論(輪)。
五部三乘諸海藏，流傳天下總沾恩。
僧尼四衆來金地，持花執蓋似奔雲，
此日既能抛火宅，暫時莫閙聽經文。
三乘聖教實堪聽，句句能教業鄣輕，
不但當來成仏果，必應累刼罪山崩。
朝朝只是憂家業(業)，何曾一日得聞經。
大乘暫時合掌着，聽法斉(齊)心能不能。
但少僧生逢濁世，濫處僧倫全无學。

解之能，虛受人天信施，東遊唐國幸(華)都，望君賞紫丞(承)恩，特加師號。擬五臺山上，松攀(攀松)竹以經行，文殊殿前，獻香花而度日。欲施普化，爰別中幸(華)。負一錫以西來，途經數載。製三衣於沙磧(磧)，遠達崑峒(崙)[王]。親牛頭山，巡於闐國(國)。更欲西登雪嶺，親詣靈山。自嗟業鄣尤深，身逢病疾，遂乃遠（違）持微德，來達此方。覩我聖天可汗大廻鶻國〔三〕，莫不地寬萬里，境廣千山，國大兵多，人强馬壯。天王乃名傳四海，得（德）布乾坤，卅餘年國安人泰。早授諸仏之記。頼（賴）蒙賢聖加持，權稱帝主人王，實乃化身菩薩。堅叶九之寵，爰丞聖主諸恩，端正无雙。諸天公主邓（鄧）林等，莫不貌奪羣仙，顔如桃李，慈人玉潤。諸天特懃〔四〕，莫不赤心奉國，忠孝全身，掃我虜於山川，但勞隻前（箭），靜妖紛（氛）於紫塞，不假絣絃。遂得葛祿藥摩〔五〕，異貌達但〔六〕，競來歸伏，爭獻珠金。獨西乃納駞馬，土蕃（蕃）送寶送金。拔悉密〔七〕則元是家生，黠戞私（斯）〔八〕則本來奴婢。諸蕃部落，如雀怕鷹，責（□）近州城，如羊見虎。實稱本國，不是虛言。□僧幸在釋門，□敢稱讚。更有諸宰相、達干、都督、勑使、薩溫、梅錄、庄使、扡（地）略〔九〕，應是天王左右，助佐□〔一〇〕金門，官僚將相等，莫如〔一一〕延國界，內奉忠懃，爲主爲君，无詞（辭）曉夜。善男善女檀越，信心奉戒持齋，精修不倦。更有諸都統毗尼法師、三藏法律僧政，寺主禪師陁尼衆阿姨師等，不及一一稱名，並乃戒珠朗耀，法水澄清，作人天師，爲國中寶。更欲廣申讚歎，恐度時光，不及仔細談揚，以下聊陳懺悔。凡是聽法必須衣冤（求哀），發露懺悔，先受三歸，以請五戒，方可聞法，增長善根，然後唱經，必獲祐福，稱三五聲仏名。佛子

長嗟累刧沉生死，輪廻六道幾時休，
三塗地獄受辛懃，只爲多生造惡業。
煞生偷盜邪婬罪，妄語朝朝謗聖賢，
綺語兩舌出惡言，不怕當來三惡道。

【佛說阿彌陀經講經文】[一]

昇坐已了，先念偈，焚香，稱諸仏菩薩名。

自從大覺啓玄門，　鹿菀(苑)靈山轉法論(輪)。
五部三乘諸海藏，　流傳天下總沾恩。
僧尼四衆來金地，　持花執蓋似奔雲，
此日既能抛火宅，　暫時莫鬧聽經文。
三乘聖敎實堪聽，　句句能敎業鄣輕，
不但當來成仏果，　必應累刼罪山崩。
朝朝只是憂家菜(業)，　何曾一日得聞經。
大衆暫時合掌着，　聽法斉(齊)心能不能，
但少僧生逢濁世，　濫處僧倫全无學。

解之能虛受人天信施，東遊唐國幸(華)都，聖君賞紫丞(承)恩，特加師號。擬五臺山上，松攀(攀松)竹以經行，文殊殿前，獻香花而度日。欲施普化，爰別中幸(華)，負一錫以西來，途經數載。製三衣於沙磧(磧)，遠達崑峒(崙)[三]，親牛頭山，巡於闐國(國)。更欲西登雪嶺，親詣靈山。自嗟業鄣尤深，身逢病

疾，遂乃遠(遠)持微德，來達此方。覩我聖天可汗大廻鶻國[三]，莫不地寬萬里，境廣千山，國大兵多，人强馬壯。天王乃名傳四海，得(德)布乾坤，卅餘年國安人泰，早授諸仏之記。頪(賴)蒙賢聖加持，權稱帝主人王，實乃化身菩薩。堅叶九之寵，爰丞聖主諸恩，端正无雙。諸天公主𨚗(鄧)林等，莫不貌奪羣仙，顏如桃李，慈人玉潤，諸天特懃[四]。莫不赤心奉國，忠孝全身，掃我虜於山川，但勞隻箭(隻箭)，静妖紛(氛)於紫塞，不假絣紘。遂得葛祿藥摩[五]，異貌達但[六]，竟來歸伏，爭獻珠金。獨西乃納馳馬，土蕃(蕃)送寶送金。拔悉密[七]則元是家生，黠戛私(斯)[八]則本來奴婢。諸蕃部落，如雀怕鷹，責(側)近州城，如羊見虎。實稱本國，不是虛言。少僧幸在釋門，□敢稱讚。更有諸宰相、達干、都督、勑使、薩溫、梅錄、莊使、坦(地)略[九]，應是天王左右，助作[一〇]金門，官僚將相等，奠收[一一]延國界，內奉忠懃，爲主爲君，无詞(辭)曉夜。善男善女檀越，信心奉戒持齋，精修不倦。更有諸都統毗尼法師、三藏法律僧政，寺主禪師陁尼衆阿姨師等，不及一一稱名，並乃戒珠朗耀，法水澄清，作人天師，爲國中寶。更欲廣申讚歎，恐度時光，不及子細諮揚，以下聊陳懺悔。凡是聽法必須表宴(求哀)，發露懺悔，先受三歸，以(已)請五戒，方可聞法，增長善根，然後唱經，必獲祐福，稱三五聲仏名。佛子

長嗟累刼沉生死，　輪廻六道幾時休，
三塗地獄受辛懃，　只爲多生造惡業。
煞生偷盜邪婬罪，　妄語朝朝誑聖賢，
綺語兩舌出惡言，　不怕當來三惡道。

貪嗔邪見愚癡業，定作三塗惡道因，
不逢善友爲哀怜，牛頭夜叉諍肯敵？
抛在鑊湯爐炭內，鐵叉攪轉問根由，
前生爲什沒不修行，今日還來惱亂我。
刀山劍樹駈(驅)令上，猛火爐灰急遣行，
鐵鷹來啅眼睛穿，鐵搯(狗)競來食心髓。
黑繩十字縱橫朾(釘)，如似碁盤十字絣，
後敎獄卒下鑿(鑿)冠，聚集嗥咷稱哲痛。
若說三塗諸苦惱，百千萬刧實難言，
鉄(鐵)人聞談邊心愎，善男善女豈不怕。
只爲平生無善友，不敎讖(懺)悔悔前愆，
凡夫十惡未能抛，努力今朝須懺悔。稱佛子
十脩(條)惡業最難言，百千萬刧刧(却)无緣。
今日齊心須懺謝，刹那(那)命盡便生天。

門徒弟子，今日既來法會，大須努力，齊心合掌，與弟子懺悔十惡五逆(逆)之罪，洗除垢穢，起殷(殷)心淨心，來世往生西方淨土。連(蓮)花化生，永抛三惡道，長得見彌陁，願不願？能不能？善哉善哉！

稱可仏心，龍天歡喜，必當罪滅三世。諸仏國地之日，總是凡夫，皆因善知識，發露懺悔，得成仏果。過去諸仏已成仏，現[在]諸仏今成仏，未來諸仏當成仏。門徒弟子，既解懺悔，改往修來，未來世中，必定成仏，更莫生疑。稱名次諸十方仏爲作證明。弟子某甲等，合道場人，无始已來，造諸惡業，煞生偸盜邪婬，□□□□□□□□造貪嗔癡，飲酒食肉，煞父害母，破塔壞寺，破和合僧，出仏身血。男起染心，汚淨行尼。女起染心，汚持淨戒僧。與身口意，毁駡僧尼。用三寶物，依官叶勢，驅逼僧尼，刼奪(奪)田水。或時驅使(使)僧伽奴婢，或因王法，出兵抄刼。擄掠他人，奪他妻女，刼他財物。勞(撈)魚放火，焚燒山林，開決渠河，乾煞水族。行住坐臥，傷其含識。耕田伐木，誤傷蟲命。放鷹走狗，煞害生靈。夫背其妻，別求(求)美色。妻背其夫，別貪男子，已(以)此而言，身口意業(業)「□□」，造一切罪。今日今時，對(對)十方仏，對十方并，對三乘經，對十方僧，對諸大衆，不敢覆藏，志心懺悔，願罪消滅(三說)。

凡夫造罪若須彌，　從來不覺總不知，
不懺定應沉(沉)惡道，　若能懺悔便无疑。
如似積柴過北叶(斗陡)，　車牛般載定應遲，
當風只消一把火，　當時柴堆(摧)便成灰。
弟子等名生作福，　今生又得人身，
朝朝聽法聞經，　日日持齋受戒。

貪嗔邪見愚癡業，定作三塗惡道因，
不逢善友爲哀怜，牛頭夜叉諍肯赦。
抛在鑊湯爐炭內，鐵叉攪轉問根由，
前生爲什沒不修行？今日還來惱亂我。
刀山劍樹甎(驅)令上，猛火爐灰急遣行，
鐵鷹來啅眼睛穿，鐵揹(狗)競來食心髓。
黑繩十字縱橫朾(釘)，如似碁盤十字絣，
後敎獄卒下鏊(鑿)寇，聚集嗥咷稱苦痛。
若說三塗諸苦惱，百千萬刼實難言，
鐡(鐵)人聞談邊心愎，善男善女豈不怕。
只爲平生無善友，不敎鐡(懺)悔悔前愆，
凡夫十惡未能抛，努力今朝須懺悔。稱佛子
十倐(條)惡業最難言，百千萬刼郘(却)无緣。
今日齊心須懺謝，刹般(那)命盡便生天。

門徒弟子，今日既來法會，大須努力，齊心合掌，與弟子懺悔十惡五逆(逆)之罪，洗除垢穢，起殷(假)心淨心，來世往生西方淨土。連(蓮)花化生，永抛三惡道，長得見彌陀，願不願？能不能？善哉善哉！

稱可仏心，龍天歡喜，必當罪滅三世。諸仏國地之日，總是凡夫，皆因善知識，發露懺悔，得成仏果。過去諸仏已成仏，現[在]諸仏今成仏，未來諸仏當成仏。門徒弟子，既解懺悔，改往修來，未來世中，必定成仏，更莫生疑。稱名次諸十方仏爲作證明。弟子某甲等，合道場人，无始已來，造諸惡業，煞生偸盜邪婬，□□□□□□□□□□造貪嗔癡，飲酒食肉，煞父害母，破塔壞寺，破和合僧，出仏身血。男起染心、汚淨行尼。女起染心、汚持淨戒僧。輿身口意，毀罵僧尼。用三寶物，依官叶勢，驅逼僧尼，刼奪(奪)田水。或時驅便(使)僧伽奴婢，或因王法，出兵抄刼。擄掠他人，奪他妻女，刼他財物。勞(撈)魚放火，焚燒山林，開決渠河，乾煞水族。行住坐臥，傷其含識。耕田伐木，誤傷蟲命。放鷹走狗，煞害生靈。夫背其妻，別永(求)美色。妻背其夫，別貪男子，已(以)此而言，身口意茎(業)[三]，造一切罪。今日今時，𦬇(對)十方仏，𦬇十方廾，對三乘經，對十方僧，對諸大衆，不敢覆藏，志心懺悔，願罪消滅說(三説)。

凡夫造罪若須彌，　從來不覺總不知，
不懺定應海(沉)惡道，　若能懺悔便无疑。
如似積柴過北叶(斗陡)，　車牛般載定應遲，
當風只消一把火，　當時柴埵(堆)便成灰。
弟子等名生作福，　今生又得人身，
朝朝聽法聞經，　日日持齋受戒。

縱有些些罪障，　懺悔急遣消除，

如斯清淨之心，　必須龍花三會。

懺悔已了，此受三歸，復持五戒，便得行願相扶，福智圓滿，將永仏果，永[illegible](脫)輪廻。必受三歸，免沉邪道，歸依仏者，不[illegible](墮)地獄。歸依法者，不受鬼身。歸依僧者，不作畜生。門徒弟子，受此三歸，能不能？願不願？稱仏名。佛子

歸依三寶福難陳，　免落三塗受苦辛，

不但未來成仏果，　定知累劫出沉淪，

那謨[illegible]耶，那謨捺摩耶，那謨僧伽耶，三說。歸依仏兩足尊，歸依法離欲尊，歸依僧衆中尊，三說。門徒弟子，言歸依仏者，歸依何仏？且不是[illegible](摩)尼仏，又不是波斯仏，亦不是火祆仏，乃是清淨法身，圓滿報身，千百億化身釋迦牟尼仏。歸依法者，乃五千卷藏經，名之爲法。歸依僧者，號出家。乃是四[illegible](果)四向，剃[illegible](髮)染衣，二部僧衆，眞仏弟子，號出家人。且如西天有九十六種[illegible](外)道，此間則有波斯、摩尼、火祆[一三]、哭神之輩，皆言我已出家，永離生死，並是虛誑，欺謾人天。唯有釋迦弟子，是其出家，堪受人天廣大供養。稱仏名。

其嗟外道百千般，　忍飢受渴𡷊杄(存)[一四]顛，

自[illegible][illegible](誑誑)他無利益，　何曾死後得生天。

生天先要調心地，　持齋布施入深禪，

每到日西獨喫飯，　飢人遥望眼𥇦(睛)穿。

念仏。次下請十方仏，作大𧦦(證)明，便受五戒，門徒弟子，能不能？願不願？善哉善哉！夫五戒者，是成仏之良因，爲八(入)聖之要略，三千威儀，八方細行，比丘有二百五十戒，丘尼五百戒，近事男，近是女，八戒十戒，並從五戒而生，天名五星，地名五岳，在道教爲五行，在儒爲五常，在釋爲五戒。

第一、不得煞能持否：

仏在靈鷲山之日，　有一長者婆羅門，
向前合掌間(問)如來，　相好端嚴何日徳(得)。
仏言長者聽吾語，　諸仏如來多刼修，
未曾故煞一衆生，　因此面輪如滿月。
三十二相同金色，　八十種好悉圓明，
一一相好進修時，　先用身心持五戒。
含靈有識永長囗，　豈忍將刀煞害他，
或是并化身來，　或是諸仏慈悲性。
或是父母爲畜類，　或是兄弟作牛羊，
凡夫不識是親姻，　肉眼何曾分聖衆。
利刀截割將來喫，　養者凡夫惡棊(業)身，

縱有些些罪鄣，　　懺悔急遣消除，
如斯清淨之心，　　必須龍花三會。

懺悔已了，此受三歸，復持五戒，便得行願相扶，福智圓滿，將永仏果，永曉(免)輪廻。必受三歸，免沉邪道，歸依仏者，不隨(墮)地獄。歸依法者，不受鬼身。歸依僧者，不作畜生。門徒弟子，受此三歸，能不能？願不願？稱仏名。佛子

歸依三寶福難陳，　　免落三塗受苦辛，
不但未來成仏果，　　定知累刼出沉淪，

那謨那耶，那謨捺摩耶，那謨僧伽耶，三說。歸依仏兩足尊，歸依法離欲尊，歸依僧衆中尊，三說。門徒弟子，言歸依仏者，歸依何仏？且不是磨(摩)尼仏，又不是波斯仏，亦不是火祆仏，乃是清淨法身，圓滿報身，千百億化身釋迦牟尼仏。歸依法者，乃五千卷藏經，名之爲法。歸依僧者，號出家。乃是四呆(果)四向，剃鬀(髮)染衣，二部僧衆，眞仏弟子，號出家人。且如西天有九十六種収(外)道，此間則有波斯、摩尼、火祆〔一三〕，哭神之輩，皆言我已出家，永離生死，並是虛誑，欺謾人天。唯有釋迦弟子，是其出家，堪受人天廣大供養。稱仏名。

其嗟外道百千般，　　忍飢受渴㬊杅(存)〔一四〕顛，
自誰誰(誑誑)他無利益，　　何曾死後得生天。
生天先要調心地，　　持齋布施入深禪，

每到日西獨喫飯，　　飢人遙望眼精（睛）穿。

念仏。次下請十方仏，作大燈（證）明，便受五戒，門徒弟子，能不能？願不願？善哉善哉！夫五戒者，是成仏之良因，爲人（入）聖之要略，三千威儀，八方細行，比丘有二百五十戒，丘尼五百戒，近事男，近是女，八戒十戒，並從五戒而生，天名五星，地名五岳，在道敎爲五行，在儒爲五帝，在釋爲五戒。

第一、不得煞能持否：

仏在靈鷲山之日，　　有一長者婆羅門，
向前合掌聞（問）如來，　　相好端嚴何日德（得）。
仏言長者聽吾語，　　諸仏如來多刧修，
未曾故煞一衆生，　　因此面輪如滿月。
三十二相同金色，　　八十種好悉圓明，
一一相好進修時，　　先用身心持五戒。
含靈有識永長□，　　豈忍將刀煞害他，
或是井化身來，　　或是諸仏慈悲性。
或是父母爲畜類，　　或是兄弟作牛羊，
凡夫不識是親姻，　　肉眼何曾分聖衆。
利刀截割將來喫，　　養者凡夫惡葉（業）身，百千萬劫墮三塗，　奉勸門徒不須煞。
廣說煞生因果業，　百劫宣揚无盡期，
善男善女要思量，　今日須聽法師語。

第二、不得偸盜能持否：

仏在鹿野園中日，　巍巍相好似金山，
梵王帝釋散香茄，　八部龍神陳供養。
有一商人來獻供，　請問如來往昔因，
毫光遠照若須彌，　因地之中持何戒。
仏言商人聽吾語，　我於過去百千生，
下至寸草不曾偸，　未記黃昏偸他物。
八十種好過人相，　三十二相勝天尊，
一一相好進修時，　皆用身心持五戒。
若人故意偸他物，　必感當來貧賤因，
作驢作馬自償他，　含鐵帶鞌(鞍)多飢渴。
蹄穿要(腰)[illegible]虫[由]咀唼，　口中橫骨不能言，
重馱捧打遍身穿，　只爲前生偸他物。

或爲奴婢償他力，　衣飯何曾得具全，
夜頭早去阿郎嗔，　日午齋時娘娘打。
露頭赤脚看牛馬，　冬寒夏熱敢辭辛，
年年轉賣作良人，　如以（似）行錢無定住。
行傴現世遭枷鏁，　世人眼見不虛言，
來生還債極爲難，　今日須聽法師語。

第三、不得邪婬能持否：

仏在祇園精舍内，　五百居士獻香花，
人天大衆聽經文，　善男善女聞妙法。
如來爲有邪婬罪，　能爲生死作根由，
百刼千萬受沉淪，　莫不皆因含欲境。
妻若邪婬抛兒壻（婿），　來生還感沒丈夫，
朝夕獨自守空房，　日日孤單無倚託（托）。
夫若邪婬抛女子，　來生妻子不忠良，
見夫出後便私行，　只是街頭覓共事。
未客（容）命斷沉三有，　獄卒牛頭不放君，

百千萬刧墮三塗，奉勸門徒不須煞。
廣說煞生因果業，百刧宣揚无盡期，
善男善女要思量，今日須聽法師語。

第二、不得偸盜能持否：

仏在鹿野園中日，巍巍相好似金山，
梵王帝釋散香茄，八部龍神陳供養。
有一商人來獻供，請問如來往昔因，
毫光遠照若須彌，因地之中持何戒。
仏言商人聽吾語，我於過去百千生，
下至寸草不曾偸，未記黃昏偸他物。
八十種好過人相，三十二相勝天尊，
一一相好進修時，皆用身心持五戒。
若人故意偸他物，必感當來貧賤因，
作驢作馬自償他，含鐵帶鼓(鞍)多飢渴。
蹄穿喬(腰)〔一五〕虫〔□〕咀唼，口中橫骨不能言，
重馱捧打遍身穿，只為前生偸他物。

或爲奴婢償他力，　衣飯何曾得具全，
夜頭早去阿郎嗔，　日午齋時娘娘打。
露頭赤脚看牛馬，　冬寒夏熱敢辭辛，
年年轉賣作良人，　如攸（似）行錢無定住。
行偷現世遭枷鏁，　世人眼見不虛言，
來生還債極爲難，　今日須聽法師語。

第三、不得邪婬能持否：

仏在祇園精舍內，　五百居士獻香花，
人天大衆聽經文，　善男善女聞妙法。
如來爲有邪婬罪，　能爲生死作根由，
百刧千萬受沉淪，　莫不皆因舍欲境。

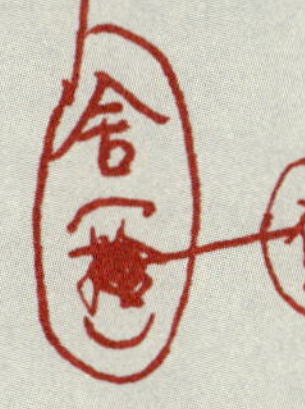

妻若邪婬抛兒聟（婿），　來生還感沒丈夫，
朝夕獨自守空房，　日日孤單無倚秅（托）。
夫若邪婬抛女子，　只是街頭覓共事。
見夫出後便私行，
未客（容）命斷沉三有，　獄卒牛頭不放君，男抛銅柱爲邪婬，　女臥鐵床爲逃走。
自家夫婦須知限，　莫抱非處及非時，
若在寺院及僧房，　行非便得邪婬罪。
或時持齋受八戒，　或時絜淨入壇場，
夫妻相俥（觸）破威儀，　應知亦犯邪淫罪。
非道依男女相，　不得餘處犯根門，
莫同大石縱愚癡，　不揀前頭及後面。
法師今朝分明說，　只怨（恐）門徒不覺知，
自今已後要分明，　莫似往前行草草。

第四，不得妄語能持否：

仏在王舍城中日，　提婆達多共王親，
敕敎國內及州城，　第一不得供養仏。
如來乞食巡三匝，　都來檀越不開門，
有一老婢出來迎，　布施如來一團飯。
如來及與諸賢聖，　塗檀結淨便充齋，
諸仏神力不思儀，　變城（成）上味天甘路（露）。

如來親自與發願，　願教善女早生天，
外道尼乾自相驚，　大家聚集呵呵笑。
衢（瞿）曇深解虛詃（誑）語，　忍飢不得出妄言，
一團乾飯不將難，　如何便得生天杲（果）。
如來報言尼乾不，　我仏因果不思儀（議），
如似良田用水澆，　一㪷種時收千㪷。
不同外道愚癡輩，　誰感人天養活身，
如似種子醎田中，　種却一石收伍㪷。
仏如尼俱律陁樹，　子小如似黑由麻，
垂條聳榛百千尋，　五百乘車蔭總遍。
如來應時舒舌相，　上至諸天世界中，
吾從累刧不虛言，　因此得城（成）无上覺。
故諸端語便城（成）仏，　虛誑能招惡業因，
來生舌相不團圓，　凡所出言人不信。
自誑誑他无利益，　現世人聞不喜勸，
墮於地獄劒山中，　拔出舌相利刀斬。

男抛銅柱爲邪婬，　女卧鐵床爲逃走。
自家夫婦須知限，　莫抱非處及非時，
若在寺院及僧房，　行非便得邪婬罪。
或時持齋受八戒，　或時絜淨入壇場，
夫妻相髑(觸)破威儀，　應知亦犯邪淫罪。
非道依男女相，　不得餘處犯根門，
莫同大石縱愚癡，　不揀前頭及後面。
法師今朝分明說，　只怒(恐)門徒不覺知，
自今已後要分明，　莫以往前行草草。

第四、不得妄語能持否：

仏在王舍城中日，　提婆達多共王親，
敕敎國內及州城，　第一不得供養仏。
如來乞食巡三匝，　都來檀越不開門，
有一老婢出來迎，　布施如來一團飯。
如來及與諸賢聖，　塗檀結淨便充齋，
諸仏神力不思儀，　變城(成)上味天甘路(露)。

如來親自與發願，願敎善女早生天，
外道尼乹自相驚，大家聚集呵呵笑。
衢（瞿）曇深解虛誑（誑）語，忍飢不得出妄言，
一團乾飯不將難，如何便得生天杲（果）。
如來報言尼乹子，我仏因果不思儀（議），
如似良田用水澆，一㪷種時收千㪷。
不同外道愚癡輩，誰感人天養活身，
如似種子鹹田中，種却一石收伍㪷。
仏如尼倶律陁樹，子小如似黑由麻，
垂條聳榛百千尋，五百乘車蔭總遍。
如來應時舒舌相，上至諸天世界中，
吾從累刼不虛言，因此得城（成）无上覺。
故諸端語便城（成）仏，虛誑能招惡業因，
來生舌相不團圓，凡所出言人不信。
自誑誑他无利益，現世人聞不喜勸，
墮於地獄劍山中，拔出舌相利刀斬。

第五、不得飲酒食肉能持戒否：

仏在拔提何(河)邊日，　有一善女請僧齋，
次當羅漢赴齋時，　檀越好心敎飲酒。
要諸羅漢諸風疾，　不興惡念醉僧人，
齋了到來寺門前，　鉢盂樸(撲)碎街頭臥。
袈裟到(倒)拽方裙破，　錫杖梯抛帽子偏，
醉臥如同丑(母)蝦蟆，　來往人看拍手笑。
仏卽甞(當)時集僧衆，　與拽將來入寺中，
三番結磨五彼立[一六]，　從此僧尼遺斷酒。
煞父害母皆因酒，　破墖(塔)壞寺爲甜將(漿)[一七]，
三巡呷了便顛狂，　不怕閻羅兼獄卒。
食肉從來仏不開，　爲因(圖)香美煞將來，
爛擣椒薑滿椀著，　更兼好酒唱三臺。
不怕未來地獄生，　如今且要肚贏垂，
自家身上割些喫，　有罪無罪便應知。
或是諸仏爲畜類，　或是菩薩化身來，

若能不食衆生肉，　　　賢聖同聲讚善哉。

上來已與門徒弟子，受三歸五戒了，更欲廣說无邊，窮刼不盡。次下便與門徒弟子唱經，能不能？願不願？念仏三五聲，仏說彌阿陀經。將釋此經，且分三段，初乃序分，次則正宗，後乃流通，一句一偈，價値百千兩金，我門徒弟子細解說。卽將已此開讚，大乘阿彌陁經，所生功得(德)，先用莊嚴可汗天王，伏願壽同日月，命等乾坤，四方之戎虜來庭，八表之華夷啓伏，奉爲可汗大王。念一切佛。諸天公主，伏願雲仙化態，鶴質恆芳，長承聖主之恩，永沐皇王之龍(寵)。念佛。諸天特懃，奉願命同松林，不逢彫(凋)謝之災，福等山河，永在聖天諸後。諸僧統大師，伏願瑠璃殿內，高然(燃)般若諸燈，阿耨池邊，永讚无生之偈。諸宰相，伏願福齊海岳，壽對松椿，永佐[□]金門，長光聖代。諸都督、梅錄、達干、勑使、瘂使、薩溫、地[略]，應是在語諸官人等，總願人人增祿位，冬冬保遐(延)年，官職漸高遷，居家長安泰。諸寺毗尼、法律僧政、法師、律師，諸僧衆、尼衆、阿姨師，總願龍花三會，同登解脫之床，賢刼數中，早證无爲之果。諸優婆塞、優婆姨，伏願善根日進，皆逢千仏之光，不過(退)信心，亦値龍花三會。更三塗息苦，地獄停悛。在床病人，早得痊差。懷胎難月，母子平安。獄內囚人，速蒙放赦。侏(殊)鄉遠客，早達家山，路上行人，不逢災難。爲奴爲婢，願[□]憍(嬌)怜。負債負財，恩寬平取。聾者能聽，啞者能言，䟦(跛)者能行，盲者能見。已(以)此而言，四百四病，總願消除。一切願心，早得圓滿。兵戈不起，疫癘休生。五榖(穀)豐登。一人[□]樂業，總持十善，十惡休行，同俉(悟)眞乘，斷除邪見，普共未來，同城(成)仏果。爲此因緣，念一切仏。佛子。

第五、不得飲酒食肉能持戒否：

仏在拔提何(河)邊日，有一善女請僧齋，
次當羅漢赴齋時，檀越好心敎飲酒。
要諸羅漢諸風疾，不與惡念醉僧人，
齋了到來寺門前，鉢盂撲(撲)碎街頭臥。
袈裟到(倒)拽方裙破，錫杖梯抛帽子偏，
醉臥如同无(母)蝦蟆，來往人看拍手笑。
仏卽常(當)時集僧衆，與拽將來入寺中，
三番結磨五彼立[一六]，從此僧尼遺斷酒。
煞父害母皆因酒，破盞(塔)壞寺爲甜將(漿)[一七]，
三巡呷了便顛狂，不怕閻羅兼獄卒。
食肉從來仏不開，爲徒(圖)香美煞將來，
爛擣椒薑滿椀著，更兼好酒唱三臺。
不怕未來地獄生，如今且要肚贏垂，
自家身上割些喫，有罪無罪便應知。
或是諸仏爲畜類，或是菩薩化身來，

若能不食衆生肉，　　　賢聖同聲讚善哉。

上來已與門徒弟子，受三歸五戒了，更欲廣說无邊，窮刼不盡。次下便與門徒弟子唱經，能不能？願不願？念仏三五聲，仏說彌阿陀經。將釋此經，且分三段，初乃序分，次則正宗，後乃流通，一句一偈，價値百千兩金，我門徒弟子細解說。卽將已此開讚，大乘阿彌陁經，所生功得（德），先用莊嚴可汗天王，伏願壽同日月，命等乾坤，四方之戎虜來庭，八表之華夷啓伏，奉爲可汗大王。念一切佛。諸天公主，伏願雲仙化態，鶴質恆芳，長丞聖主之恩，永沐皇王之寵（寵）。念佛。諸天特勳，奉願命同松林，不逢彫（凋）謝之災，福等山河，永在聖天諸後。諸僧統大師，伏願瑠璃殿內，高然（燃）般若諸燈，阿耨池邊，永讚无生之偈。諸宰相，伏願福齊海岳，壽對松椿，永佐[一八]金門，長光聖代。諸都督、梅錄、達干、勑使、莊使、薩溫、地[略]，應是在語諸官人等，總願人人增祿位，冬冬保迓（延）年，官職漸高遷，居家長安泰。諸寺毗尼、法律僧政、法師、律師、諸僧衆、尼衆、阿姨師，總願龍花三會，同登解脫之床，賢刼數中，早證无爲之果。諸憂婆塞、憂婆姨，伏願善根日進，皆逢千仏之光，不追（退）信心，亦値龍花三會。更三塗息苦，地獄停悛。在床病人，早得痊差。懷胎難月，母子平安。獄內囚人，速蒙放赦。殊（殊）鄉遠客，早達家山，路上行人，不逢災難。爲奴爲婢，願[□]憍（嬌）怜。負債負財，恩寬平取。聾者能聽，啞者能言，跃（跛）者能行，盲者能見。已（以）此而言，四百四病，總願消除。一切願心，早得圓滿。兵戈不起，疫癘休生。五槃（穀）豐登。一人一[一九]樂業，總持十善，十惡休行，同梧（悟）眞乘，斷除邪見，普共未來，同城（成）仏果。爲此因緣，念一切仏。佛子。

大乘功得(德)最難量，先將因果奉天王，
壽命延長千萬歲，福同日月放神光。
四遠總來朝寶座，七州安泰賀時康，
現世且登天子位，未來定作法中王。
鄧林公主似神仙，不但凡夫仏也怜，
欲識從前生長處，應知總在率陁天。
雖居欲界超凡位，晨昏每向聖王前，
願生正見除邪見，來生早坐紫金連(蓮)。
更欲廣談名相，又恐虛度時光，
不如講說經文，早得菩提仏果。
但緣(緣)總愛聲色，所以汚出言詞，
莫怪偈須重重，切要門徒勸喜，
至如娑婆世界，須將聲色化身，
上方香積如來，聞香便成仏果，
或有因味悟道，或有因觧(解)發心。
五大乘者，五境總成仏事，

一切物並是眞如。　蓮花出在汚泥裏，
煩惱變城（成）果。　不同大乘執見，
每生別泣心。　不知五境本空，
便言障人道果。
聲香味觸本來空，　空與不空總是空，
法界无來本清淨，　都不關他空不空。

此娑婆世界，次音聲爲仏事，如來斦（所）次現世（卅）二相。但聞聲敎，便成道果。維摩經說：香積仏國，人但聞香，便成仏果。法花經說：法喜禪悅，食了卽是味，故知次味爲仏事。花嚴經說：善哉童子，參善諸識，逢一婬女，婬女告童子曰：「我有一法，能度衆生，一切男子煩惱。輕者手觸我身，便成仏果；煩惱稍重者，來抱我身，其我口子，便成仏果；煩惱極重者，共我宿臥，便成道果。」故知次觸爲仏事。此身香味觸，悟其空性，卽與眞如不別，迷其空理，卽是六塵煩惱。法師卽將少許偈讚，化人无罪過。已下便卽講經，大衆聽不聽？能不能？願不願？仏說阿彌陁經。

梵語母那，唐言名仏。仏者覺也，有三覺：一者是覺勝諸凡夫，凡夫之人不自覺悟。二者覺他，勝諸獨覺，雖自覺悟，不能覺他衆。三者覺滿，勝諸𦬇。所以者何？菩薩雖修三齊，了未圓滿，云（云）何得知。經說十地𦬇隔如輕羅而覩日月，如隔蟬紗而覩仏性。故知覺行未圓，福智由少。唯仏大覺，三覺圓明，出過三乘，故名爲仏。且如釋迦如來於三无數劫，修持萬行，六婆羅密。第一僧祇劫中，供養七

大乘功得(德)最難量，　先將因果奉天王，
壽命延長千萬歲，　福同日月放神光。
四遠總來朝寶座，　七州安泰賀時康，
現世且登天子位，　未來定作法中王。
鄧林公主似神仙，　不但凡夫仏也怜，
欲識從前生長處，　應知總在率陁天。
雖居欲界超凡位，　晨昏每向聖王前，
願生正見除邪見，　來生早坐紫金連(蓮)。
更欲廣談名相，　又恐虛度時光，
不如講說經文，　早得菩提仏果。
但緣(緣)總愛聲色，　所以汚出言詞，
莫怪偈須重重，　切要門徒勸喜，
至如娑婆世界，　須將聲色化身，
上方香積如來，　聞香便成仏果，
或有因味悟道，　或有因解(觧)發心。
五大乘者，　五境總成仏事，

一切物並是眞如。　蓮花出在汚泥裏，
煩惱變城(成)果。　不同大乘執見，
每生別泣心。　不知五境本空，
便言障人道果。
聲香味觸本來空，　空與不空總是空，
法界无來本清淨，　都不關他空不空。

此娑婆世界，次音聲爲仏事，如來肵(所)次現世(卅)二相。但聞聲教，便成道果。維摩經說：香積仏國，人但聞香，便成仏果。法花經說：法喜禪悅，食了卽是味，故知次味爲仏事。花嚴經說：善哉童子，參善諸識，逢一婬女，婬女告童子曰：「我有一法，能度衆生，一切男子煩惱。輕者手觸我身，便成仏果；煩惱稍重者，來抱我身，其我口子，便成仏果；煩惱極重者，共我宿臥，便成道果。」故知次觸爲仏事。此身香味觸，悟其空性，卽與眞如不別，迷其空里，卽是六塵煩惱。法師卽將少許偈讚，化人无罪過。已下便卽講經，大衆聽不聽？能不能？願不願？仏說阿彌陁經。

梵語母那，唐言名仏。仏者覺也，有三覺：一者是覺，勝諸凡夫，凡夫之人不自覺悟。二者覺他，勝諸獨覺，雖自覺悟，不能覺他衆。三者覺滿，勝諸井。所次者何？菩薩雖修三齊，了未圓滿，之(云)何得知。經說十地井，隔如輕羅而覩日月，如隔蟬紗而覩仏性。故知覺行未圓，福智由少。唯仏大覺，三覺圓明，出過三乘，故名爲仏。且如釋迦如來於三无數刼，修持萬行，六婆羅密。第一僧祇刼中，供養七萬五千仏，最後如來名曰寶髻。第二僧祇刧中，供養七萬六千仏，最後如來名曰然燈。第三僧祇刧中，供養七萬七千仏，最後如來名曰勝觀。三无數刧外，於一百刧中修相好業。金剛經云：我於然燈仏前，得値八百四千萬億那由他仏，悉皆供養无空過者。花嚴經云：

刹（刹）塵心念數可知，大海中水可飲盡，
虛空可量風可計，无能説仏功德者。

梵言阿彌陁，言无量壽。且知應言阿波嚾米多，阿之字，唐言是无。波嚾二字，唐言是量。米多二字，唐言是壽。梵云糸（素）怛嚾，唐言是經，或言是綫。前言「仏説」，乃是釋迦如來金口所説。説者，言説屬其聲，故知此界，因聲悟道。无量壽者，乃是仏名。問此如來，在於何處

西方去此十恆沙，有仏如來似釋迦，
城（成）仏已來經十刧，長於彼國坐連（蓮）花。
十方雖有諸賢聖，就中此國最堪誇，
不同此界多煩惱，莊嚴𡧳是法王家。
地是黃金山是玉，林是瑠璃水是茶，
三春早喫頻婆果，此間四月咬生瓜。
他家淨土人端正，釋迦世界瘦吒暇［三〇］，
頻伽共命生西國，此處由來足老鵶。

大體阿彌陁國，　不同別處天堂，
一切煩惱全无，　只是聞經念仏。
不逢生老病死，　又无恩愛別離，
有情雖是化生，　不同此間業力。
既无秋冬春夏，　豈逢冷熱交煎，
朝朝合掌花間，　日日彌陁受記。

上來所唱阿彌陁經，唐言无量壽，卽是无量壽仏國中，行萬行，六波羅密，及至果位，遂得壽命无量，卽是從果爲名。次言無量壽國，乃從化主爲名。如言漢國，漢是其人，國是其境，亦乃從人爲名。今言无量壽國，或言淨土，或稱極樂世界，或稱常樂之鄉，或稱安養之方，差別衆名，不可具說。且初言淨方，言淨土者，有兩般淨：弟（第）一有情淨，第二无〔情淨〕〔二一〕。言有情淨者，无三惡道，无十善不，无四百四病，无黃門二形，无蚖蛇蝎及諸毒虫、毒鳥、毒獸等。无有女人，緫（總）〔二二〕是男子。无百八煩惱，皆共卅七菩分法。无有聲聞，緫是𦬊。无有胎生、卵生、濕生，皆是化生。非異熟（熱）業之招感，並一生補處，十地𦬊蓮（蓮）花生，不同諸處受異熟業，虫蛆金翅鳥等，受化生身。无有刀兵，无有奴婢，无有欺屈，无有飢饉，无有王官。卽是无量壽仏爲國王，觀音勢𡗝（至）〔二三〕爲宰相。藥上藥王作梅錄，化生童子是百姓。不是納穀納麥，納酒納布。唯是朝獻花香，暮陳梵讚，男（更）冗（无）別役〔二四〕。已（以）此如（而）言，无有十悲、八苦，无有一切不可意事。唯有共命頻伽之鳥。非是宗（業）力及（受）此鳥身，皆是萬五千仏，最後如來名曰寶髻。第二僧祇刧中，供養七萬六千仏，最後如來名曰然燈。第三僧祇刧中，供養七萬七千仏，最後如來名曰勝觀。三无數刧外，於一百刧中修相好業。金剛經云：我於然燈仏前，得值八百四千萬億那由他仏，悉皆供養无空過者。花嚴經云：

剎（剎）塵心念數可知，　大海中水可飲盡，
虛空可量風可計，　无能說仏功德。

梵言阿彌陁，言无量壽。且知應言阿波嚩米多，阿之字，唐言是无。波嚩二字，唐言是量。米多二字，唐言是壽。梵云索（素）怛嚩，唐言是經，或言是綖。前言「仏說」，乃是釋迦如來金口所說。說者，言說屬其聲，故知此界，因聲悟道。无量壽者，乃是仏名。問此如來，在於何處。

西方去此十恆沙，　有仏如來似釋迦，
城（成）仏已來經十刧，　長於彼國坐連（蓮）花。
十方雖有諸賢聖，　就中此國最堪誇，
不同此界多煩惱，　莊嚴爰是法王家。
地是黃金山是玉，　林是瑠璃水是茶，
三春早喫頻婆果，　此間四月咬生瓜。
他家淨土人端正，　釋迦世界瘦吒嘏〔三〇〕，
頻伽共命生西國，　此處由來足老鵶。

大體阿彌陁國，　不同別處天堂，
一切煩惱全无，　只是聞經念仏。
不逢生老病死，　又无恩愛別離，
有情雖是化生，　不同此間業力。
既无秋冬春夏，　豈逢冷熱交煎，
朝朝合掌花間，　日日彌陁受記。

上來所唱阿彌陁經，唐言无量壽，卽是无量壽仏國中，行萬行，六波羅密，及至果位，遂得壽命无量，卽是從果爲名。次言無量壽國，乃從化主爲名，如言漢國，漢是其人，國是其境，亦乃從人爲名。今言无量壽國，或言凈土，或稱極樂世界，或稱常樂之鄉，或稱安養之方，差別衆名，不可具說。且初言凈方，言淨土者，有兩般淨：弟（第）一有情淨，第二无〔情凈〕〔三二〕。言有情凈者，无三惡道，无十善不，无四百四病，无黃門二刑，无蚖蟡蝎及諸毒虫、毒鳥、毒獸等。无有女人，絃（總）〔三三〕是男子。无百八煩惱，皆共卅七薙分法。无有聲聞，絃是井。无有胎生、卵生、濕生，皆是化生。非異熱（熟）業之枱感，並一生補處，十地井連（蓮）花生，不同諸處受異熟業，虫蛆金翅鳥等，受化生身。无有刀兵，无有奴婢，无有欺屈，无有飢饉，无有王官，卽是无量壽仏爲國王，觀音勢志（至）〔三三〕爲宰相。藥上藥王作梅錄，化生童子是百姓。不是納穀納麥，納酒納布。唯是朝獻花香，暮陳梵讚，男（更）九（无）別伇〔三四〕。已（以）此如（而）言，无有十悲、八苦，无有一切不可意事，唯有共命頻伽之鳥。非是菒（業）力受（受）此鳥身，皆是无量壽仏宣流變，欲令發音念仏念僧之聲。或言極樂世界者，无有衆苦，但受法樂。非是五欲不淨之樂迆（也）或（世）或稱常樂。常受法樂，无有苦辛（辛），故稱常樂。不同此土，早朝唱歌，日午苦來，發聲便哭。或稱安養之鄉，乃是安樂養神之地。更欲廣說，恐廢時光，上來總說有情淨。次下言无情〔淨〕者，爲地、水、火、風、色、聲、香、味、觸、法、六塵等。……言地淨者，金銀等七寶，爲地所草，不〔言〕並是香花，或是衆寶。无有荆刺（棘）沙礫鹹鹵之地，无有高下坑坎埠，无有岩溪澗溝洫，无有毒草毒木苦參等物。巳（以）此如（而）言，无有一切不可意物，唯有可意花香珍寶等物。言水淨者，所有泉自水池，具八功德，皆生衆寶，雜色蓮（蓮）花，大如車輪。池底金沙，四邊寶樹波動作聲，皆念三寶名。也无有清泥臭（臭）穢。魚鼈蟖水族之類。亦无增无減（減），冷熱混濁，澄清如鏡，照耀諸天，一切聖賢，皆共讚歎。言火清（淨）者，此乃有情、无情內外火也。言有情內火者，四大調適，无熱病瘡腫煩惱之火，及次。婬欲熱惱之火。有情雖（雖）具，四大不同，此國有增有減，咸惱亂衆生也。言无情外火者，此无量壽國，既是淨土，故无三災，亦无憂熱。不同此土，三災起時，七日並出，焚燒欲界及二禪等，兼諸地獄日夜火起，焚燒有情。巳（以）此而言，无有憂熱之火也。言風淨者，亦具有情、无情內外之風者。有情內風者，无卅六般風黃之疾。言无情外風者，无團風、黑風、黃風等，吹山拔樹之風也。及三災起時，壞三禪等。淨土雖有內外之風，內風滋潤衆生，外風乃開花結子，或吹林木，雅韻清和，念三寶名，說八正道也。前言六塵淨者，第一色清（淨）者，二十種色者，聊申棟（棟）別，青皇（黃）赤白四種色，經中具說有四般蓮（蓮）花也。影、光、明、三種色亦（亦）有。故經說有樹林，故有影也。光者：一則仏光，二乃聖者身光，三者日月光。雖言淨土，亦有日月，不同諸天身光自照，故無日月。何以得知淨土有日月？經云：長於晨旦，持衆妙花供養十方无億仏，卽次食時，還到本國。經言晨旦食時，故知有日月也。无有日月，卽便有闇，所以者何？一日一月，照四天下，故有晝夜。不可一日一月，長在淨土之上，而不運行，无此道理。或言仏神力，故光照无闇，卽便有理也。煙、雲、塵、霚（霧），此四種色，淨土應无。何以得知

（下缺）

校記：

［一］本卷編號爲斯六五五一，今據文內講說佛說阿彌陀經，因擬今題。

按此文所根據之經文見鳩摩羅什譯「佛說阿彌陀經」。

［二］原「岬」字，啓功云疑卽「崙」字或「崘」字

［三］向達云：「這一本講經文是一位在于闐的和尙所寫。其所以稱于闐國王爲聖天可汗大廻鶻國，因爲于闐在九世紀以後便爲西方的廻鶻族所佔領，故稱大廻鶻國。敦煌曹氏時代石窟壁畫題名中于闐國王卽稱聖天可汗，可以證明。」

［四］向達云：「特懃」一作「特勤」，爲突厥官名，廻鶻也襲用突厥制度。

［五］向達云：「吐蕃部族中有葛祿一部，於公元後七九一年爲廻鶻所敗。這裏的葛祿當卽指吐蕃部族而言。藥

无量壽仏宣流變，欲令發音念仏念僧之聲。或言極樂世界者，无有衆苦，但受法樂。非是五欲不淨之樂，边(也或世)或稱常樂。常受法樂，无有苦辟(辛)，故稱常樂。不同此土，早朝唱歌，日午苦來，發聲便哭。或稱安養之鄉，乃是安樂養神之地。更欲廣說，恐廢時光，上來總說有情淨。次下言无情[淨]者，爲地、水、火、風、色、聲、香、味、觸、法、六塵等。……言地淨者，金銀等七寶，爲地所草，不〔三五〕並是香花，或是衆寶。无有荆刹(棘)沙礫鹹鹵之地，无有高下坑坎埠，无有岩溪澗溝洫，无有毒草毒木苦參等物。已(以)此如(而)言，无有一切不可意物，唯有可意花香珍寶等物。言水淨者，所有泉白水池，具八功德，皆生衆寶，雜色連(蓮)花，大如車輪，池底金沙，四邊寶樹波動作聲，皆念三寶名。也无有清泥昆(臭)穢。魚鼈蝌水族之類。亦无增无減(減)，冷熱混濁，澄清如鏡，照耀諸天，一切聖賢，皆共讚歎。言火清(淨)者，此乃有情、无情內外火也。言有情內火者，四大調適，无熱病瘡腫煩惱之火，及次。婬欲熱惱之火。有情蝆(雖)具，四大不同，此國有增有減，咸惱亂衆生也。言无情外火者，此无量壽國，既是淨士，故无三災，亦无憂熱。不同此土，三災起時，七日並出，焚燒欲界及二禪等，兼諸地獄日夜火起，焚燒有情。已(以)此而言，无有憂熱之火也。言風淨者，亦具有情、无情內外之風者。有情內風者，无卅六般風黃之疾。言无情外風者，无團風、黑風、黃風等，吹山拔樹之風也。及三災起時，懷三禪等。淨土雖有內外之風，內風滋潤衆生，外風乃開花結子，或吹林木，雅韻清和，念三寶名，說八正道也。前言六塵淨者，第一色清(淨)者，二十種色者，聊申楝(揀)別，青莫(黃)赤白四種色，經中具說有四般連(蓮)花也。影、光、明，三種色赤(亦)有，故經說有樹林，故有影也。光者：一則仏光，二乃聖者身光，三者日月光。雖言淨土，亦有日月，不同諸天身光自照，故無日月。何以得知淨土有日月？經云：長於晨旦，持衆妙花供養十方无億仏，即次食時，還到本國。經言晨旦食時，故知有日月也。无有日月，即便有闇，所以者何？一日一月，照四天下，故有晝夜。不可一日一月，長在淨土之上，而不運行，无此道理。或言仏神力，故光照无闇，即便有理也。煙、雲、塵、霚（霧），此四種色，淨土應无，何以得知。

（下缺）

校記：

［一］本卷編號爲斯六五五一，今據文內講說佛說阿彌陀經，因擬今題。

按此文所根據之經文見鳩摩羅什譯：「佛說阿彌陀經」。

［二］原「岬」字，啓功云疑即「崙」字或「崗」字

［三］向達云：「這一本講經文是一位在于闐的和尙所寫。其所以稱于闐國王爲聖天可汗大廻鶻國，因爲于闐在九世紀以後便爲西方的廻鶻族所佔領，故稱大廻鶻國。敦煌曹氏時代石窟壁畫題名中于闐國王即稱聖天可汗，可以證明。」

［四］向達云：「特懃」一作「特勤」，爲突厥官名，廻鶻也襲用突厥制度。

［五］向達云：「吐蕃部族中有葛祿一部，於公元後七九一年爲廻鶻所敗。這裏的葛祿當即指吐蕃部族而言。粲

摩一名待考。」

〔六〕向達云：「達但即達怛，後來又作達靼，爲古代一部族名。」

〔七〕向達云：「拔悉密爲唐宋時代據有今新疆古城子一帶的一部族。」

〔八〕向達云：「黠戛斯即今柯爾克玆族。」

〔九〕向達云：「宰相、達干、都督、梅錄、敕使、狂使，都是廻鶻的官名。薩溫疑即相溫或左溫的異譯，也是廻鶻官名。地略待考。」

〔一〇〕周一良云：「助作」當是「助佐」。

〔一一〕夂字原缺下半，不知究爲何字。

〔一二〕「茎」字原缺下半，應是「業」字。

〔一三〕向達云：「波斯、摩尼、火祆，都是起於古代西亞的宗教。波斯教即景教，爲古代基督教的一別派。」

〔一四〕「杍」字，啓功疑爲「存」字。

〔一五〕周一良云：「喬」當是「腰」。

〔一六〕「彼立」二字原缺下半截，不知何字。

〔一七〕「將」字原缺下半，應爲「獎」字。

〔一八〕周一良云：「永佐」依上文當是「助佐」。

〔一九〕周一良云：「一人一樂業」應是「人人樂業」。

〔三〇〕「哏」不知何字。

〔三一〕「情淨」二字，據阿彌陀經補。

〔三二〕「総」字，啓功疑是「總」字。

〔三三〕「勢恚」即「勢至」，菩薩號也。

〔三四〕原「勇九別傻」，依周一良云，應是「更无別役」。

〔三五〕「不」字疑是衍文。

王慶菽校錄

【佛說阿彌陀經講經文】[二]

（上缺）復次，舍利弗，彼國有種種奇妙雜色之鳥。

此鳥韻□分五：一、總標羽陈（族），二、別顯會名，三、轉和雅音，四、詮論妙法，五、聞聲動念。

西方仏淨土，從來九異禽，
偏翻呈瑞氣，寥（嘹）亮演清音。
每見祛塵網，時聞益道心，
彌陀親所化，方悟願緣深。
青黃赤白數多般，端政珍奇顏色別，
不是鳥身受業報，並是彌陀化出來。

白野鵲，鄜州進。輕毛坫（沾）雪翅開霜，紅觜（嘴）能深練尾長，
名應玉符朝北闕，體柔天性瑞西方。
不憂雲路闤（闊）河遠，爲對天顏送喜忙，
從此定知栖息處，月宮瓊樹是家鄉。
西方鳥即不如然，毛色雖同性還別，

各各解談微妙敎，　聞者咸皆發道心。
上來一唱不思議，　總說西方有好鳥，
向下烈(列)其名字，　不知道理如何。
都講闍梨道德高，　音律清冷(泠)能宛轉，
好韻宮商申雅調，　高著聲音唱將來。

經：「白鶴、孔雀、鸚鵡、舍利迦陵頻伽共命之鳥」(下缺)

王慶菽校錄

校記：

【一】本卷編號伯二九五五，標題原缺，今據內容所演繹之「佛說阿彌陀經」擬題。

【佛說阿彌陀經講經文】[一]

(上缺)復次，舍利弗，彼國有種種奇妙雜色之鳥。

此鳥韻□分五：一、總標羽唉(族)，二、別顯會名，三、轉和雅音，四、詮論妙法，五、聞聲動念。

西方仏淨土，從來九異禽，
偏翻呈瑞氣，寥(嘹)亮演清音。
每見袪塵網，時聞益道心，
彌陀親所化，方悟願緣深。

青黃赤白數多般，端政珍奇顏色別，
不是鳥身受業報，並是彌陀化出來。

白野鵲，鄜州進。輕毛呫(沾)雪翅開霜，紅觜(嘴)能深練尾長，
名應玉符朝北闕，體柔天性瑞西方。
不憂雲路闔(閡)河遠，爲對天顏送喜忙，
從比定知栖息處，月宮瓊樹是家鄉。
西方鳥即不如然，毛色雖同性還別，

各各解談微妙敎，　　聞者咸皆發道心。
上來一唱不思議，　　總說西方有好鳥，
向下烈(列)其名字，　　不知道理如何。
都講闍梨道德高，　　音律淸冷(泠)能宛轉，
好韻宮商申雅調，　　高著聲音唱將來。

經：「白鶴、孔雀、鸚鵡、舍利迦陵頻伽共命之鳥」(下缺)

校記：

〔一〕本卷編號伯二九五五，標題原缺，今據內容所演繹之「佛說阿彌陀經」擬題。

王慶菽校錄

【佛說阿彌陀經講經文】〔一〕

地獄苦吟

欲明大敎之由漸，先須讚嘆大師，
慈悲化道多般，練行修因三刧滿。
親說一乘眞實敎，爲度羣生歸本源，
娑婆世界不堪居，巡曆(歷)三塗輪轉苦。
劍樹刀山霜雪白，有人見者總心寒，
盡是前生不孝身，受報罪根何日息。
火起燒身生復死，何時得受福人身。
畜生修羅也不堪，餓鬼不聞漿水字。
更有鐵城千萬丈，四門煙起火炎炎，
東西馳走苦聲高，南北交分空里叫。
奉勸門徒之(知)果報，先須孝順二慈親。佛子佛子
若說生身父母恩，出血書經皮作紙，

身肉悉皆充供養，　經過千刼不爲難。
今朝成長作人身，　一一皆願父母得，
願捨家緣來聽法，　不作三塗罪報（根）身。
此經難遇復難逢，　若有得聞皆作仏，
大寶花王成正覺，　永捨凡夫惡業身。

願不願？此下白道願者還須早至道場聽一回。如法人勸多人，求經作仏，若是信心，卽須覺悟。諸仏說法，意在如恩。能不能，能者高聲念阿彌陀佛，講下時用[一]阿彌陀經

頂禮無邊功德山，　歸命難思清淨海，
四智三身隨衆願，　慈悲丈六釋迦尊。
雖卽雙林入涅盤，　長在世間行敎化，
今欲說經申讚歎，　唯願慈悲來證知。
題稱淨土仏彌陀，　王舍城南竹園內，
先告聲聞舍利弗，　廣演日方日沒宮。
去此娑婆十萬强，　寶閣珠臺齊日月，
八水冷冷分九曲，　行行寶樹網羅遮。
雙雙聖鳥玉堦傍，　兩兩化生池裏坐，

【佛説阿彌陀經講經文】[一]

地獄苦吟

欲明大敎之由漸，　先須讚嘆大師，
慈悲化道多般，　練行修因三刼滿。
親說一乘眞實敎，　爲度羣生歸本源，
娑婆世界不堪居，　巡曆（歷）三塗輪轉苦。
劍樹刃山霜雪白，　有人見者總心寒，
盡是前生不孝身，　受報罪根何日息。
火起燒身生復死，　何時得受福人身，
畜生修羅也不堪，　餓鬼不聞漿水字。
更有鐵城千萬丈，　四門煙起火炎炎，
東西馳走苦聲高，　南北交分空里叫。
奉勸門徒之（知）果報，　先須孝順二慈親。佛子佛子
若說生身父母恩，　出血書經皮作紙，

身肉悉皆充供養，　經過千刼不爲難。
今朝成長作人身，　一一皆願父母得，
願捨家緣來聽法，　不作三塗罪報(根)身。
此經難遇復難逢，　若有得聞皆作仏，
大寶花王成正覺，　永捨凡夫惡業身。

願不願？此下白道願者還須早至道場聽一回。如法人勸多人，求經作仏，若是信心，即須覺悟。諸仏說法，意在如恩。能不能，能者高聲念阿彌陀佛，講下時用〔三〕阿彌陀經

頂禮無邊功德山，　歸命難思清淨海，
四智三身隨衆願，　慈悲丈六釋迦尊。
雖即雙林入涅盤，　長在世間行敎化，
今欲說經申讚歎，　唯願慈悲來證知。
題稱淨土仏彌陁，　王舍城南竹園內，
先告聲聞舍利弗，　廣演[illegible]方日沒宮。
去此娑婆十萬强，　寶閣珠臺齊日月，
八水泠泠分九曲，　行行寶樹網羅遮。
雙雙聖鳥玉堦傍，　兩兩化生池裏坐，

白鶴迦陵和雅韻，　共命頻迦讚苦空。
閻浮濁惡實堪悲，　老病終朝長似醉。
既捨喧喧求出離，　端坐身心能不能，
能者虔恭合掌着，　清涼商調唱將來。

此下唱經

以此開讚，修多羅藏，所生功德，唯願光明普照三千界，佛到微塵國土中。毫光總得証菩提，齊出愛河生死苦。二十八天聞妙法，天男天女散天花。龍吟鳳舞彩雲中，琴瑟鼓吹和雅韻。帝釋前行持寶蓋，梵王從後捧舍（金）爐。各領無邊眷屬俱，總到圓成極樂會。三光四王八部衆，日月星辰所住宮，雲擎樓閣下長空，掣拽羅衣來入會。伏願我今聖皇帝，寶位常安萬萬年。海晏河清樂奏平，四海八方長奉國。六條寶階堯風扇，舜日光輝照帝城。東宮內苑彩頻（嬪）妃，太子諸王金葉茂。公主永承天壽祿，郡主將爲松比年。朝廷卿相保忠貞，州縣官寮順家國。又願遠行千里者，各隨本意稱求心。早到家鄉拜尊堂，莫遣慈親倚門望。病苦連綿枕席者，觀音勢至賜醍醐。更有懷胎難月人，願誕聰明孝養子。若有三塗受苦者，鐵床釘體數千般，刀山劍樹悉摧殘，地獄鑊湯化蓮沼。鐵犁耕舌洋（烊）銅灌，磨磨碓擣作微塵。如斯苦痛滿其中，總是多生謗三寶。普願今朝聞妙法，永捨三塗六道身。仏前坐持[三]寶蓮花，齊証如來無漏體。遍野飛禽兼走獸，莫遭網羅喪微軀。北狄雄軍早廻戈，邏莎城頭烽火靜。亡過魂靈生淨土，寶地岸側弄金沙。常持[四]衣裓散天花，卽到食時歸本國。從此永爲不退轉，證取如來金色身，三十二相悉周圓，八十種因從此得。普勸門徒修眞行，學仏修行能不能？

化生童子仏宮生，　便得眞珠網裏行，
耳邊〔五〕惟聞念三寶，　時時更聽樹相撑。
化生童子上金橋，　五色雲擎寶座搖，
合掌惟稱无量壽，　八十一刼罪根消。
化生童子仏金床，　天雨天花動地香，
更有諸方共獻果，　委花𦆭〔六〕被鳥銜將。
化生童子食天〔七〕廚，　百味馨香各自殊，
無限天人持寶器，　瑠璃鉢飯似眞珠。
化生童子見飛仙，　落花空中左右旋〔八〕，
微妙歌音雲外聽，　盡言極樂勝諸天。
化生童子問春冬，　自到西方見未分，
極樂國中無晝夜，　花開花合辯（辨）朝昏。
化生童子道心强〔九〕，　衣裓盛花供十方，
恰（恰）〔一〇〕到齋時還本國，　聽經念仏亦無妨。
化生童子舞金田，　鼓瑟簫韶半在天，

白鶴迦陵和雅韻，　共命頻迦讚苦空。
閻浮濁惡實堪悲，　老病終朝長似醉。
既捨喧喧求出離，　端坐身心能不能，
能者虔恭合掌着，　清涼商調唱將來。

此下唱經

以此開讚，修多羅藏，所生功德，唯願光明普照三千界，佛到微塵國土中。蒙光總得証菩提，齊出愛河生死苦。二十八天聞妙法，天男天女散天花。龍吟鳳舞彩雲中，琴瑟鼓吹和雅韻。帝釋前行持寶蓋，梵王從後捧含(金)爐。各領無邊眷屬俱，總到圓成極樂會。三光四王八部衆，日月星辰所住宮，雲擎樓閣下長空，掣拽羅衣來入會。伏願我今聖皇帝，寶位常安萬萬年，海晏河清樂泰平。四海八方長奉國，六條寶階堯風扇，舜日光輝照帝城。東宮內苑彩頻(嬪—嬪)妃，太子諸王金葉茂。公主永承天壽祿，郡主將爲松比年。朝廷卿相保忠貞，州縣官寮順家國。又願遠行千里者，各隨本意稱求心，早到家鄉拜尊堂，莫遣慈親倚門望。病苦連綿枕席者，觀音勢至賜醍醐。更有懷胎難月人，願誕聰明孝養子。若有三塗受苦者，鐵床釘體數千般，刀山劍樹悉摧殘，地獄鑊湯化蓮沼。鐵犁耕舌洋(汁)銅灌，磨磨碓擣作微塵，如斯苦痛滿其中，總是多生謗三寶。普願今朝聞妙法，永捨三塗六道身，仏前坐持[三]寶蓮花，齊証如來無漏體。遍野飛禽兼走獸，莫遣網羅喪微軀。北狄雄軍早廻戈，邏莎城頭烽火靜。亡過魂靈生淨土，寶地岸側弄金沙。常持[四]衣祴散天花，即到食時歸本國。從此永爲不退轉，證取如來金色身，三十二相悉周圓，八十種因從此得。普勸門徒修眞行，學仏修行能不能。

化生童子仏宮生，便得眞珠網裏行，
耳邊[五]惟聞念三寶，時時更聽樹相撑。
化生童子上金橋，五色雲擎寶座搖，
合掌惟稱无量壽，八十劫罪根消。
化生童子仏金床，天雨天花動地香，
更有諸方共獻果，委花極[六]被鳥銜將。
化生童子食天[七]廚，百味馨香各自殊，
無限天人持寶器，瑠璃鉢飯似眞珠。
化生童子見飛仙，落花空中左右旋[八]，
微妙歌音雲外聽，盡言極樂勝諸天。
化生童子問春冬，自到西方見未分，
極樂國中無晝夜，花開花合辯(辨)朝昏。
化生童子道心强[九]，衣裓盛花供十方，
恰(恰)[一〇]到齋時還本國，聽經念仏亦無防。
化生童子舞金田，鼓瑟簫韶半在天，

舍利鳥吟常樂韻，　迦陵齊唱離攀緣。
化生童子本無情，　盡向蓮花朵裏生，
七寶池中洗塵垢，　自然清淨是修行。
化生童子自相誇，　爲得如來許出家，
矩(短)髮天然宜剃度，　空披荷葉作袈裟。（原文至此已完。）

校記：

〔一〕阿彌陀經講經文內容相同者共有三卷，標題均原缺，今據內容所演繹之「佛說阿彌陀經」擬題。並以伯二一二二號爲原卷，而以伯三二一〇號爲甲卷，北京藏殷字六十二號爲乙卷，用作比勘。
〔二〕原「用」字，似「用」字。
〔三〕甲卷「持」作「待」。
〔四〕甲卷「持」作「將」。
〔五〕甲卷「邊」作「裏」。
〔六〕甲卷「極」作「擬」，未詳何字。

〔七〕乙卷「天」作「大」。

〔八〕乙卷「旋」作「施」。

〔九〕乙卷「强」作「經」。

〔一〇〕乙卷「怜」作「拾」。

王慶菽校錄

【妙法蓮華經講經文】〔一〕

經：「擊鼓宣令四方求法，誰能爲我說大乘者，吾〔當〕〔二〕終身供給走使。」　大王道：「王有私願，求經無倦。」聞佛號兮受持，得蓮經□(兮)諷轉。便上高樓，扣其鐘鼓。鐘聲哄哄兮皆聞，鼓響蓬蓬兮滿路；鍾鼓聲中，出其言語。「誰人解講法花經？萬刧千生終不負。」

樓上搥鍾建道場，　六時不絕爇名香。
日日滿空呈瑞綵，　時時四遠有貞(禎)祥。
天龍數數垂加護，　賢聖頻頻又讚揚。
諸佛總來相激勸，　一時爲放白毫光。
豪光照，喜難才，　猛利之心轉又開。
何日交余聞妙法，　幾時令我免淪(輪)迴。
大王既若心專至，　賢聖多應總感(愍)哀。
未審誰人能爲說？　是何名字唱將來？

經：「時有仙人，來白王言：我有大乘，名妙法蓮花。若不違我，當爲宣〔三〕說。」　此唱經文是仙人來也，問於大王：

仙人常居山裏，高閑無比。風吹叢竹兮韻合宮商，鶴笑柧（孤）松兮聲和角徵。隊隊野猿，潺潺流水。有心永住隴泉，無意暫遊帝里。忽聞空中人言，又見菴前雲起。思量兮未迴來由，發言兮問其所以。空中告言，別無意旨。緣有個大國輪王求法，願抛生死。仙人幸有蓮經，何爲攝爲弟子？大王兮要禮仙人，仙人兮收來驅使。

自居山內學修行，不省因循入帝京。
無事菴中唯念佛，有時林下只持經。
雙雙瑞鶴添香印，兩兩靈禽注水瓶。
只有仙人修至業，神祇遵奉各丁寧。
於一日，感祥禎，忽向菴前瑞氣生。
道有國王求妙法，虔心啓告審分明。

仙人問大王：

當日仙人，離於山野，詣王城兮只躡綵雲，往龍樓兮豈憑鶴駕。不作威儀，不要侍者，獨自騰空，來於闕下，便問王言肺懷，請寫說：「人倫兮寶位尊高，富貴兮因何割捨？」

仙人欲擬入皇京，一隊祥雲捧足行，
賢聖空中彈指送，天人路上獻花迎。
時未久，到王宮，宮裏當時瑞氣濃。

【妙法蓮華經講經文】[一]

經：「擊鼓宣令四方求法，誰能爲我說大乘者，吾[當][二]終身供給走使。」 大王道：「王有私願，求經無倦。」聞佛號兮受持，得蓮經□(兮)諷轉。便上高樓，扣其鐘鼓。鐘聲哄哄兮皆聞，鼓響蓬蓬兮滿路；鍾鼓聲中，出其言語。「誰人解講法花經？萬劫千生終不負。」

樓上搥鍾建道場，　六時不絕爇名香。
日日滿空呈瑞綵，　時時四遠有貞(禎)祥。
天龍數數垂加護，　賢聖頻頻又讚揚。
諸佛總來相激勸，　一時爲放白毫光。
豪光照，喜難才，　猛利之心轉又開。
何日交余聞妙法，　幾時令我免淪(輪)迴。
大王既若心專至，　賢聖多應總敏(愍)哀。
未審誰人能爲說？　是何名字唱將來？

經：「時有仙人，來白王言：我有大乘，名妙法蓮花。若不違我，當爲宣[三]說。」 此唱經文是仙人來也，問於大王：

仙人常居山裏，高閑無比。風吹叢竹兮韻合宮商，鶴笑柧(孤)松兮聲和角徵。隊隊野猿，潺潺流水。有心永住臨泉，無意暫遊帝里。忽聞空中人言，又見菴前雲起。思量兮未迴來由，發言兮問其所以。空中告言，別無意旨。緣有個大國輪王求法，願拋生死。仙人幸有蓮經，何不攝爲弟子？大王兮要禮仙人，仙人兮收來驅使。

自居山內學修行，不省因循入帝京。
無事菴中唯念佛，有時林下只持經。
雙雙瑞鶴添香印，兩兩靈禽注水瓶，
只有仙人修至業，神祇遵奉各丁寧。
於一日，感祥禎，忽向菴前瑞氣生，
道有國王求妙法，虔心啓告審分明。

仙人問大王：

當日仙人，離於山野，詣王城兮只躡綵雲，往龍樓兮豈憑鶴駕。不作威儀，不要侍者，獨自騰空，來於闕下，便問王言肺懷，請寫說：「人倫兮寶位尊高，富貴兮因何割捨？」

仙人欲擬入皇京，一隊祥雲捧足行，
賢聖空中彈指送，天人路上獻花迎。
時未久，到王宮，宮裏當時瑞氣濃。

仙見大王心喜悅，　　王聞仙到意虔恭。
「有何意，捨榮花，　　剛要求聞妙法花！
未審大王緣甚事？　　心中乂不〔四〕戀嬌奢。」

大王告仙人：

「我見如今人，終日懷嗔喜。个个美順言，人人愁逆耳。貪財何日肯休！愛色幾時能止！笙歌兮美女萬人，富貴兮金輪千子。衣着香薰，錦幃玉履。男意氣兮淩雲，女端嚴兮皓齒。若說嬌奢，誰人到此。未容旬日歡娛，已道厶（某）人身死。生前不曾修福，死墮阿昧（鼻）地獄，永屬冥司，長受苦毒，或鐵烏啄髓，或銅蛇噉肉。惡業現兮萬死萬生，痛苦逼兮千啼千哭。或尸糞熡煨，或磨摩碓擣，終日淩持（遲），多般捶拷。飢吞鐵丸，渴飲銅汁。劔（劍）樹利兮森森，刀山聳兮岌岌。免斯因緣，有何方術？除非聽受法花經，如此灾殃方得出。」

思量浮世事堪傷，　　富貴嬌奢不久長；
有意只求圓佛果，　　無心戀作轉輪王。
直饒珠寶如山岳，　　遮不綾羅滿殿堂。
煞鬼忽然來到後，　　阿誰能替我无常。

大王道：「思量如斯，不戀榮華；便乃鋪陳道場，請仙人說法。」

今朝既得遇仙人，　　我心終不敢因循。

齋飯見令廚內造， 道場處分便鋪陳。
香煙靄靄旋爲蓋， 宮樹蒙蒙自變春。
雖未得聞中道敎， 大王其日甚懽忻。
便禮拜，祈慈悲， 我願仙人必合知。
忽若便能談妙法， 身充奴僕不相違。

仙人請大王入山，卽說：

「王居宮室，簫韶每日，艷境既多，凡情悉積，增益愆尤，足其過失。蓮經此處難宣，大王且須通悉。我居山中，風光罕疋，菴前兮異果皆生，嶺上兮名花總出。」

「王住宮中快樂多， 更於終日奏笙歌，
飲饌朝朝皆酒肉， 衣裳對對是綾羅。
貪愛忽然衣（依）舊起， 修行從此又蹉䟐（蹉跎）；
若要求聞微妙法， 隨我山中得也摩（麼）？」

大王肯去也：

國王聞語喜難偕， 此事深將㥦（愜）我懷。
但得仙人談妙法， 誰憂山內忍飢齋。
辭骨肉，欲相陪， 宮中眷屬起悲哀。

仙見大王心喜悅，　王聞仙到意虔恭。

「有何意，捨榮花，　剛要求聞妙法花！

未審大王緣甚事？　心中斗不〔四〕戀嬌奢。」

大王告仙人：

「我見如今人，終日懷嗔喜。个个美順言，人人愁逆耳。貪財何日肯休！愛色幾時能止！笙歌兮美女萬人，富貴兮金輪千子。衣着香薰，錦幃玉履。男意氣兮凌雲，女端嚴兮皓齒。若說嬌奢，誰人到此。未容旬日歡娛，已道△（某）人身死。生前不曾修福，死墮阿毗（鼻）地獄，永屬冥司，長受苦毒，或鐵烏啄髓，或銅蛇噉肉。惡業現兮萬死萬生，痛苦逼兮千啼千哭。或尸糞燈煨，或磨摩碓擣，終日淩持（遲），多般捶考。飢吞鐵丸，渴飲銅汁。釼（劍）樹利兮森森，刀山聳兮岌岌。免斯因緣，有何方術？除非聽受法花經，如此灾殃方得出。」

思量浮世事堪傷，　富貴嬌奢不久長；

有意只求圓佛果，　無心戀作轉輪王。

直饒珠寶如山岳，　遮不綾羅滿殿堂。

煞鬼忽然來到後，　阿誰能替我无常。

大王道：「思量如斯，不戀榮華；便乃鋪陳道場，請仙人說法。」

今朝既得遇仙人，　我心終不敢因循。

齋飯見令廚內造，　道場處分便鋪陳。
香煙靄靄旋爲蓋，　宮樹蒙蒙自變春。
雖未得聞中道敎，　大王其日甚懽忻。
便禮拜，所慈悲，　我願仙人必合知。
忽若便能談妙法，　身充奴僕不相違。

仙人請大王入山，卽說：

「王居宮室，簫韶每日，豔境旣多，凡情恣積，增益愆尤，足其過失。蓮經此處難宣，大王且須通悉。我居山中，風光罕疋，菴前兮異果皆生，嶺上兮名花總出。」

「王住宮中快樂多，　更於終日奏笙歌，
飲饌朝朝皆酒肉，　衣裳對對是綾羅。
貪愛忽然衣（依）舊起，　修行從此又䮠馳（蹉跎）；
若要求聞微妙法，　隨我山中得也摩（麼）？」

大王肯去也：

國王聞語喜難偕，　此事深將㑢（愜）我懷。
但得仙人談妙法，　誰憂山內忍飢齋。
辭骨肉，欲相陪，　宮中眷屬起悲哀。

大王心裏生歡喜，　隨他去也唱將來。

經：「王聞其語〔五〕，歡喜踊躍，卽便隨仙〔六〕，供給所須。採果汲〔七〕水，拾薪設食，乃至以身而爲床座。」

于時奉事，經於千歲，爲於法故，精勤給侍，令無所乏。

此唱經文慈恩疏科有二：初難行能行，後難事能久。于時奉侍經於千歲已下，大王辭別宮內。大王臨行，別其慈母，兼及太子臣寮。更與后妃公主：「今欲辭違，願垂允許！」公主聞兮苦死留連，慈母見兮慇懃安撫，后妃悲啼，臣寮失緒，人人交仙者却迴，个个願大王不去。夫人聞言，淚流如雨，抛却粧臺起來，拽得髭鬚呪咀：「一自爲親，幾經寒暑，今朝忽擬生離，天地爭交容許！」

起坐共君長一處，　擬走東西大𪄳難。

大王在五色祥雲之中，隨仙人入山修道。

仙人當日運神通，　綵霧迎王出帝宮。
賢聖讚揚千族族，　天人懽喜萬叢叢。
無意戀於居寶位，　一心專待到山中。
不抵門徒彈指傾（頃），　王逐仙人到碧峯。
纔欲到，未多時，　王告仙人願察知：
「所許蓮經便請說，　不要如今有踊移！」
仙者告：「莫癡愚，　何假頻頻煎迫吾，

直待修行有次第，　爲汝宣揚得也無？」

大王修行，身心踴（勇）猛；拋却王宮，願居雲嶺。摘果在於高山，取水長於遠井。新（辛）懃而不憚春秋，驅使而豈辭寒冷。

大王求道甚精專，　苦行修行沒退緣；
供侍仙人情轉切，　要聞妙法意能堅。
朝朝設食尋仙果，　日日添瓶取美泉，
如此心中無退倦，　俄然已度一千年。

大王摘果，路上忽逢獸王。奉事仙人，心不莾（莽）鹵，終日新（辛）懃，千秋已度。汲水下萬丈洪崖，採果上千峯綠樹。持果子兮擬欲歸菴，見獸王兮居其要路。面載（戴）驚惶，心生怕怖，一一申陳，重重告訴。欲過齋時，將臨日午。

緣憂仙者怪遲，　所以朕懷愁苦。
「伏願獸王通過路，　放我歸菴事大仙。」

獸王却問：「大王自己是萬乘之尊，七寶隨身，千官擁從，行時音樂，坐乃簫韶，如此富貴多般，早是累生修種，何得於此終日驅驅，求甚事意？」獸王問那大王：

獸王當問大王言：　「汝往山中多少年？

大王心裏生歡喜，　隨他去也唱將來。

經：「王聞其語〔五〕，歡喜踊躍，卽便隨仙〔六〕，供給所須。採果汲〔七〕水，拾薪設食，乃至以身而爲床座。」　于時奉事，經於千歲，爲於法故，精勤給侍，令無所乏。

此唱經文慈恩疏科有二：初難行能行，後難事能久。于時奉侍經於千歲已下，大王辭別宮內。大王臨行，別其慈母，兼及太子臣寮。更與后妃公主：「今欲辭違，願垂允許！」公主聞兮苦死留連，慈母見兮慇懃安撫，后妃悲啼，臣寮失緒，人人交仙者却迴，个个願大王不去。夫人聞言，淚流如雨，抛却粧臺起來，拽得髭鬚呪咀：「一自爲親，幾經寒暑，今朝忽擬生離，天地爭交容許！」

起坐共君長一處，　擬走東西大嘸難。

大王在五色祥雲之中，隨仙人入山修道。

仙人當日運神通，　綵霧迎王出帝宮。
賢聖讚揚千蔟蔟，　天人懽喜萬叢叢。
無意戀於居寶位，　一心專待到山中。
不抵門徒彈指傾（頃），　王逐仙人到碧峯。
纔欲到，未多時，　王告仙人願察知：
「所許蓮經便請說，　不要如今有踴移！」
仙者告：「莫癡愚，　何假頻頻煎迫吾，

直待修行有次第，　　為汝宣揚得也無？」

大王修行，身心踴（勇）猛；抛却王宮，願居雲嶺。摘果在於高山，取水長於遠井。新（辛）懃而不憚春秋，驅使而豈辭寒冷。

大王求道甚精專，　苦行修行沒退緣；
供侍仙人情轉切，　要聞妙法意能堅。
朝朝設食尋仙果，　日日添瓶取美泉，
如此心中無退倦，　俄然已度一千年。

大王摘果，路上忽逢獸王。

奉事仙人，心不漭（莽）鹵，終日新（辛）懃，千秋已度。汲水下萬丈洪崖，採果上千峯綠樹。持果子兮擬欲歸菴，見獸王兮居其要路。面載（戴）驚惶，心生怕怖，一一申陳，重重告訴。欲過齋時，將臨日午。

緣憂仙者怪遲，　　所以朕懷愁苦。
「伏願獸王通過路，　放我歸菴事大仙。」

獸王却問：「大王自己是萬乘之尊，七寶隨身，千官擁從，行時音樂，坐乃簫韶，如此富貴多般，早是累生修種，何得於此終日驅驅，求甚事意？」獸王問那大王：

獸王嘗問大王言：　「汝往山中多少年？

日日拾薪於晚後，　朝朝採果向齋前。
拋棄皇宮心不慳，　伏事仙人意却專，
如此辛懃能忍受，　不生退屈有何緣？」

大王報獸王曰：「我非是今生修種。悟解累劫之中，厭幻此身，曾於三界上下，六道循環，生死往來，不得出離者，皆因貪財愛色之所拘繫。我雖於大內，竊聞妙法蓮花經是南閻浮提衆生病之良藥。又說此經駕白牛三車，誘火宅之諸子，普將法雨，沃潤三根，脫窮子弊垢之衣，繫親友醉中之寶，所以捐捨國位，委正(政)太子，不樂大內嬌奢，豈愛深宮快樂！頻度星霜，頗更寒暑，苦志不移，希聞妙法！」大王向獸王道：

大王却報獸王聽：　「我住山中有懇情。
驅使不辭無別事，　只緣願聽法花經。」
獸王見，甚懽忻，　勸君從此嘫慇勤。
若能不退從前至(志)，　妙法多應便得聞。

大王到菴，果然怪遲。仙人道：「大王！大王！近日多不精懃，汲水即一日不來，採菓乃午時方到。若是生心退屈，故請便却歸迴；王免每日驅馳，交我終朝發業。」

「要去任王歸國去，　下官決定不相留。」

大王告仙人言，具說前事。

「我也不生懈怠，　殊無退敗之心。
今朝採果來遲，　只爲逢於差事。
路上見个師子，　威德甚是希奇，
忽然口發人言，　説却多般事意。
我道山(仙)人修學，　今日已滿千年，
合聞妙法之時，　故現身來相報。」
「伏望仙人聽我説，　今日來遲有所因。
採果汲水却廻來，　忽向道中逢猛獸。
噭(叫)吼振威纔始住，　從茲便卽發人言。
妙法蓮花今日聞，　師子口中親(浸)淫説，
不敢虛言相枉(誑)忘(妄)，　唯願仙人察我心！」

當日仙人甚是喜悦。

當日仙人，發言相賀。千年而不怛(憚)劬勞，一日兮滿其功德。聞法是時，更莫慵墮！「汝今要聽法花經，爲我須求七寶坐！」

能求七寶爲高坐，　要説蓮經有甚難。

大王道：「朕若在位時，富貴難喻。樓臺瑪瑙修，堦道瑠璃布，黄金作棟樑，白玉爲瑑(椽)柱，窗牖水

　日日拾薪於晚後，　朝朝採果向齋前。
　拋棄皇宮心不悋，　伏事仙人意却專，
　如此辛懃能忍受，　不生退屈有何緣？」

大王報獸王曰：「我非是今生修種。悟解累刼之中，厭幻此身，曾於三界上下，六道循寰，生死往來，不得出離者，皆因貪財愛色之所拘繫。我雖於大內，竊聞妙法蓮花經是南閻浮提衆生病之良藥。又說此經駕白牛三車，誘火宅之諸子，普將法雨，沃潤三根，脫窮子弊垢之衣，繫親友醉中之寶，所以捐捨國位，委正（政）太子，不樂大內嬌奢，豈愛深宮快樂！頻度星霜，頗更寒暑，苦志不移，希聞妙法！」大王向獸王道：

　大王却報獸王聽：　「我住山中有懇情。
　驅使不辭無別事，　只緣願聽法花經。」
　獸王見，甚懽忻，　勸君從此緻慇勤。
　若能不退從前至（志），　妙法多應便得聞。

大王到菴，果然怪遲。仙人道：「大王！大王！近日多不精懃，汲水卽一日不來，採菓乃午時方到。若是生心退屈，故請便却歸迴；王免每日驅馳，交我終朝發業。」

　「要去任王歸國去，　下官決定不相留。」

大王告仙人言，具說前事。

「我也不生懈怠，　殊無退敗之心。
今朝採果來遲，　只爲逢於差事。
路上見个師子，　威德甚是希奇，
忽然口發人言，　說却多般事意。
我道山(仙)人修學，　今日已滿千年，
合聞妙法之時，　故現身來相報。」
「伏望仙人聽我說，　今日來遲有所因。
採果沒水却廻來，　忽向道中逢猛獸。
嗷(叫)吼振威纔始住，　從茲便卽發人言。
妙法蓮花今日聞，　師子口中親(浸)淫說，
不敢虛言相狂(誑)忘(妄)，　唯願仙人察我心！」

當日仙人甚是喜悅。

當日仙人，發言相賀。千年而不怛(憚)劬勞，一日兮滿其功德。聞法是時，更莫慵墮！「汝今要聽法花經，爲我須求七寶坐！」

能求七寶爲高坐，　要說蓮經有甚難。

大王道：「朕若在位時，富貴難喻。樓臺瑪瑙修，堦道瑠璃布，黃金作棟樑，白玉爲椽(椽)柱，窗牖水

精粧，門戶摩尼作。眞珠結作問(門)簾，珊瑚排爲行樹。八珍兮終歲如山，七寶兮長年滿庫。

當時若要蓮花座，　每日重修有甚難，」
「如今身又住山中，　國位抛來時已久，
寶座令余何處得，　蓮臺敎朕那邊求？
仙人唯願起慈悲，　察我心中無計交，
且把栴檀〔亼〕作个座，　便爲宣揚得也麽(麼)？」
「若是世間七寶，　只首交汝難求，
可能捨得己身，　與我充爲高座？」
大王當時聞語，　心中歡喜非常，
但知說得蓮經，　此事有何不得？
「便請仙人昇脊(背)上，　與我如今早說經。」
大王當日告仙人：　「高座甘心捨自身，
只要當來圓佛果，　不辭今日受艱辛。」
是仙者，察王情，　知道修行去轉精。
報答千年懃苦力，　爲宣七卷法花經。
聞法後，更修行，　歷過三祇不轉亭，

證得菩提歸淨土，　又起慈悲化有情。
化身三類向娑婆，　說法三乘相接引，
直待衆生根性埶(熟)，　還宣中道法花經。
意徃會下聽經人，　知道蓮花難得遇，
廣說多生勤苦事，　爲求妙法不疲勞。
奉勸今朝聽法人：　聞經切要生恭敬，
不唯能長河沙福，　亦得无邊罪障消。
因何國主苦求哀，　爲□長刼免淪洄(輪迴)。
前解長行文已了，　重宣偈誦唱將來。

經：「尔時世尊，欲重宣此義，而說偈言：

我念過去刼□　爲求大法故　雖作世國王
不貪五欲樂　搥鍾告四方　誰有大法者
若爲我解說　身當爲奴僕」

此唱經文慈恩疏科爲二頌求法，所以：

佛向靈山說此經，　告命諸人令讚重，
此法甚深難得遇，　多刼修行方始聞。

精粧，門戶摩尼作。眞珠結作間(門)簾，珊瑚排爲行樹，八珍兮終歲如山，七寶兮長年滿庫。

當時若要蓮花座，　每日重修有甚難，」

「如今身又住山中，　國位抛來時已久，

寶座令余何處得，　蓮臺教朕那邊求？

仙人唯願起慈悲，　察我心中無計交，

且把毡檀〔八〕作个座，　便爲宣揚得也摩(麼)？」

「若是世間七寶，　只首交汝難求，

可能捨得己身，　與我充爲高座？」

大王當時聞語，　心中歡喜非常，

但知說得蓮經，　此事有何不得？

「便請仙人昇輩(背)上，　與我如今早說經。」

大王當日告仙人：　「高座甘心捨自身，

只要當來圓佛果，　不辭今日受艱辛。」

是仙者，察王情，　知道修行去轉精。

報答千年懃苦力，　爲宣七卷法花經。

聞法後，更修行，　歷過三祇不轉停，

證得菩提歸凈土，　又起慈悲化有情。
化身三類向娑婆，　說法三乘相接引，
直待衆生根性熱(熟)，　還宣中道法花經。
意在會下聽經人，　知道蓮花難得遇，
廣說多生勤苦事，　爲求妙法不疲勞。
奉勸今朝聽法人：　聞經切要生恭敬，
不唯能長河沙福，　亦得无邊罪障消。
因何國主苦求哀，　爲因長刼免淪洄(輪迴)。
前解長行文已了，　重宣偈誦唱將來。

經：「尔時世尊，欲重宣此義，而說偈言：

我念過去刼[九]　爲求大法故　雖作世國王
不貪五欲樂　搥鍾告四方　誰有大法者
若爲我解說　身當爲奴僕」

此唱經文慈恩疏科爲二頌求法，所以：

佛向靈山說此經，　告命諸人令讚重，
此法甚深難得遇，　多刼修行方始聞。

我念過去刼中時，　身作國王求妙法，
捨却國城兼寶位，　不貪五欲願修行。
終日搥鍾告四方，　長時擊鼓鳴三界，
爐上香雲天斷絶，　心中憶念法花經。
至心啓告十萬尊，　誰解宣揚微妙法，
若能爲我談眞敎，　身爲奴僕不爲難。
但得聞於一句經，　捨此王身渾是易，
誓願不爲（違）於說者，　碎身粉骨効驅馳。
王即當時發是言，　未審何人來與說，
向下得聞說敎主，　阿誰名字唱將來？

經：「時有阿私仙〔人〕來，白於大王〔言〕，我有微妙法，世間所希有，若能修行者，吾當爲汝說。」梵語阿私仙，此云无比相，緣相貌无比，威德无比。慈恩疏：「人由法已成德，法藉人已弘宣。」

王既求聞不退心，　日夜搥鍾兼擊鼓，
乃感仙人來下降，　直到王前許說經。

仙人道大王：
「我有蓮花中道經，　世間之中應罕有，

如似墨花無兩種，　難逢難遇大(復)難聞。」

一个輪王出世來，　一朶優曇花始發；

一个世尊來出世，　一遍宣揚妙法經。

希有希有衆經王，　幸尒尋求爭便說，

若能精進修行者，　吾當爲汝必宣揚。

仙人既許說經聞，　內要修行惡業催(摧)，

王聞是□便隨順，　心生懽喜唱將來。

經：「時王聞仙言，心生大喜悅，卽便隨仙人，供給於所須〔一二〕。採薪〔一三〕及果蓏〔一四〕，隨時供給與。情存妙法故，身心无懈倦〔一五〕。」

此唱經文慈恩疏科爲求法隨順。

王既懃心求法，　仙人許與宣揚，

勸交努力修行，　王卽心生歡悅。

抛却龍樓鳳闕，　不居王輦帝宮，

將身隨逐仙人，　便往山中修道。

承事不生疲惓，　身如僕從何殊，

任從仙者指揮，　日夜隨其走使。

我念過去刼中時，　身作國王求妙法，
捨却國城兼寶位，　不貪五欲願修行。
終日搥鍾告四方，　長時擊鼓鳴三界，
爐上香雲天斷絕，　心中憶念法花經。
至心啓告十萬尊，　誰解宣揚微妙法，
若能爲我談眞教，　身爲奴僕不爲難。
但得聞於一句經，　捨此王身渾是易，
誓願不爲(違)於說者，　碎身粉骨効驅馳。
王即當時發是言，　未審何人來與說，
向下得聞說敎主，　阿誰名字唱將來？

經：「時有阿私仙[一〇]來，白於大王[一一]，我有微妙法，世間所希有，若能修行者，吾當爲汝說。」　梵語阿私仙，此云无比相，緣相貌无比，威德无比。慈恩疏：「人由法已成德，法藉人已弘宣。」

王既求聞不退心，　日夜搥鍾兼擊鼓，
乃感仙人來下降，　直到王前許說經。

仙人道大王：
「我有蓮花中道經，　世間之中應罕有，

如似墨花無兩種，　難逢難遇伏(復)難聞。」

一个輪王出世來，　一朵優曇花始發；

一个世尊來出世，　一遍宣揚妙法經。

希有希有衆經王，　幸尔尋求爭便說，

若能精進修行者，　吾當爲汝必宣揚。

仙人既許說經聞，　內要修行惡業催(摧)，

王聞是□便隨順，　心生懽喜唱將來。

經：「時王聞仙言，心生大喜悅，卽便隨仙人，供給於所須〔一二〕。採薪〔一三〕及果苽〔一四〕，隨時供給與。情存妙法故，身心无懈倦〔一五〕。」

此唱經文慈恩疏科爲求法隨順。

王既懃心求法，　仙人許與宣揚，

勸交努力修行，　王卽心生歡悅。

抛却龍樓鳳闕，　不居王輦帝宮，

將身隨逐仙人，　便往山中修道。

承事不生疲倦，　身如僕從何殊，

任從仙者指揮，　日夜隨其走使。

採果已充齋食，　汲水洗鉢添瓶，
情存妙法花經，　轉更心生恭敬。
奉事仙人千歲滿，　一點殊無退敗心。
山裏修行精進多，　爲法不曾生懈怠，
念念欲求无上道，　心心只願度衆生。
千年山裏効驅馳，　身爲床坐求聞法，
不爲己身貪五欲，　爲諸含識唱將來。

（下缺）

校記：

〔一〕原卷編号爲伯二三〇五。此講經文所據經文，出於「添品妙法蓮華經」卷四的「見寶塔品」，（大正大藏經第九冊一六九頁。）因據擬補篇題。又原卷雖無前題開端不似有殘缺。卷末結句「为諸含識唱將来」，則一定有殘缺。檢查經本，此後尚有八句偈文未說，則所殘缺部份似不很多。

〔二〕「當」字，依經本補。

〔三〕大藏經本「宣」作「演」。宋元明藏均作「宣」，與講經文所據本同。

〔四〕周云：「斗不疑卽陡不。」余疑「都不」。向云：「作陡較好。」

〔五〕經本「語」作「言」。

〔六〕經本「卽便隨仙」作「卽隨仙人」。

〔七〕「汲」原作「給」，據經本改。

〔八〕周云：「毡檀卽旃檀。」

〔九〕「去扨」原作「世去」，據經本改。

〔一〇〕大藏經本「時有阿私仙」作「爾時有仙人」。宋元明藏与講經文所據本同。

〔一一〕大藏經本「於大王」作「大王言」，宋元明藏与講經文所據本同。

〔一二〕大藏經本「須」作「欲」，宋元明藏作「須」。

〔一三〕「薪」原作「新」，據經本改。

〔一四〕經本「苽」作「蓏」。

〔一五〕「倦」原作「怠」，據經本改。

王重民校錄

【妙法蓮華經講經文】〔一〕

禮拜觀音福最强，靈山會上佛稱揚，
天龍聞了稱希有，卄（菩薩）聽時讚吉祥。
恭敬便生千種福，受持還兑（免）百般殃，
世尊所以殷勤說，功德須知不可量。
禮拜了，又虔虔，利益還添百万般，
仏把諸人修底刂（行），校量多少唱看看。

經：「无盡意卄，若有「人」〔二〕受持六十二億恆河砂卄名字」黃鷹云云——詩天邊

恰似黃鷹架上，天邊飛去[illegible]心，
還因世上凡夫，出離死生有意。
鷹在人家架上，心專長在碧霄，
衆生雖在凡間，眞性本同諸佛。
黃西（鷹）雖在架頭安，心膽終歸碧谷（落）間，
衆生雖在娑婆界，心共如來恰一般。

鷹也有心飛去，　未知誰解解縧，
衆生大擬出與，　未知誰人救拔。
黃鷹爪拒(距)極纖芒，　爭那絲縧未解長(張)，
凡夫仏性雖明了，　爭那貪嗔業力强。
有一聰明智惠人，　解与黃鷹解縈絆，
有一釋迦三界主，　解解衆生惡業繩。
絲縧解解架頭鷹，　飛入碧霄不可見，
斷業繩斷處超三界，　却覓凡夫大瞭[往]難。
勸君速解架頭鷹，　從他多翼飛雲外，
勸君速斷貪嗔網，　早覓高飛去淨方。
絲縧斷處碧雲間，　万里青霄去不難，
爭那忘(妄)心貪愛縛，　万劫輪廻不暫閑。
淨土高飛未盡程，　凡夫顛到(倒)忘(妄)心生，
既無少善資身業，　合眼三塗路上□(行)。
須覺悟，早修行，　浮世終歸不久停，
煞鬼豈曾饒富貴，　无常未肯怕公卿。

【妙法蓮華經講經文】[一]

禮拜觀音福最强，　靈山會上佛稱揚，
天龍聞了稱希有，　井(菩薩)聽時讚吉祥。
恭敬便生千種福，　受持還兌(免)百般殃，
世尊所以殷勤說，　功德須知不可量。
禮拜了，又虔虔，　利益還添百万般，
仏把諸人修底丿(行)，　校量多少唱看看。

經：「无盡意井，若有「人」[二]受持六十二億恆河砂井名字」黃鷹云云——詩天邊

恰似黃鷹架上，　天邊飛去々心，
還因世上凡夫，　出離死生有意。
鷹在人家架上，　心專長在碧霄，
衆生雖在凡間，　眞性本同諸佛。
黃頭(鷹)雖在架頭安，　心膽終歸碧浴(落)間，
衆生雖在娑婆界，　心共如來恰一般。

鷹也有心飛去，未知誰解解縚，
衆生大擬出與，未知誰人救拔。
黃鷹爪拒(距)極纖芒，爭那絲縚未解弦(張)，
凡夫仏性雖明了，爭那貪嗔業力强。
有一聰明智惠人，解与黃鷹解縈絆，
有一釋迦三界主，解解衆生惡業繩。
絲縚解解架頭鷹，飛入碧霄不可見，
斷業繩斷處超三界，却覓凡夫大眂〔三〕難。
勸君速解架頭鷹，從他多翼飛雲外，
勸君速斷貪嗔網，早覓高飛去淨方。
絲縚斷處碧雲間，万里青霄去不難，
爭那忘(妄)心貪愛縛，万刧輪迴不暫閑。
淨土高飛未盡程，凡夫顛到(倒)忘(妄)心生，
旣無少善資身業，合眼三塗路上刂(行)。
須覺悟，早修行，浮世終歸不久停，
煞鬼豈曾饒富貴，无常未肯怕公卿。

直須認取浄生理，　不要貪眞(嗔)沒底沉，
来世示君何處好，　西方浄土証无生。
頻聽講，學三乘，　休向人間定愛憎，
聞健速須求解脫，　會取蓮經能不能。
鷹解了，法門開，　堪与門徒沵(弭)鄣灾，
淨土碧霄終(四)不遠，　遨遊飛去也唱將來。

經：「无盡意，若有人受持六十二億恆河砂井名字。」言六十二億，是校量也。十万爲億，梵語亦磽吙(伽)河在五印土，六十二億個恆河砂菩薩名字，仏言若有一個人念六十二億个恒河砂菩薩名字厶云：

若說磽伽河裏，　沙細人間莫比，
恰如粉面一般，　和水渾流不止。
東西各一由旬，　南北四十餘里，
一砂將喻一人，　都計不知有幾。
此水東流急似輪，　水中砂細細如塵，
舉頭極目無青草，　浪底深沉少白蘋。
若算此沙應少有，　比方要見且無因，

仏將喻我諸菩薩，　一個砂同一個人。

仏言：若有一人供養受持六十二億個恒河沙云：

有一凡夫專切(切)，　供養諸大𦬇，

六十二億恆河，　數盡由尙未徹。

專專虔懇不停，　念念用心不闕〔五〕，

如斯一志精勤，　晝夜略無暫歇。

十方𦬇廣稱名，　一志虔心更不停，

只用恒沙爲數目，　更將身意作功程。

如斯數滿長無倦，　能把因緣更轉精，

仏告會中无盡意，　這個修行何似生。

空稱名號以難偕，　決定將身座□(寶臺)。

更问諸餘𦬇道，　盡形供養唱將来。

經：「復盡形供養飲食、衣服、臥具、醫藥。」

此人既受持六十二億〔六〕恒河沙𦬇，又復盡形供養以四事：飲食、衣服、臥具、醫〔藥〕。第一飲食者：或穌(蘇)陁味甘露珍羞，玉盂成百味之馨香，金椀捧千般之美味。或乳糜蘇洛(酥酪)，香飲朝嚴，同□(寶)積之所陳，似純陁〔七〕之所戲(獻)。山前林下，採仙果之青蔬(蔬)。江上溪邊，摘香

直須認取浮生理，　不要貪闐(嗔)沒底沉，
来世示君何處好，　西方淨土証无生。
頻聽講，學三乘，　休向人間定愛憎，
聞健速須求解脫，　會取蓮經能不能。
鷹解了，法門開，　堪与門徒弥(弭)鄣灾，
淨土碧霄終〔四〕不遠，　遨遊飛去也唱將來。

經：「无盡意，若有人受持六十二億恆河砂井名字。」言六十二億，是校量也。十万爲億，梵語小殑吻(伽)河，在五印土，六十二億個恆河砂菩薩名字，仏言若有一個人念六十二億个恒河砂菩薩名字

云云：

若說殑伽河裏，　沙細人間莫比，
恰如粉面一般，　和水渾流不止。
東西各一由旬，　南北四十餘里，
一砂將喻一人，　都計不知有幾。
此水東流急似輪，　水中砂細細如塵，
舉頭極目無青草，　浪底深沉少白蘋。
若算此沙應少有，　比方要見且無因，

仏將喻我諸菩薩，　　一個砂同一個人。

仏言：若有一人供養受持六十二億個恒河沙云：

有一凡夫專切(切)，　　供養諸大井，

六十二億恒河，　　數盡由尚未徹。

專專虔懇不停，　　念念用心不闕[五]，

如斯一志精勤，　　晝夜略無暫歇。

十方井廣稱名，　　一志虔心更不停，

只用恒沙爲數目，　　更將身意作功程。

如斯數滿長無倦，　　能把因緣更轉精，

仏告會中无盡意，　　這個修行何似生。

空稱名號以難偕，　　決定將身座门莚(寶臺)。

更问諸餘井道，　　盡形供養唱將来。

經：「復盡形供養飲食、衣服、卧具、醫藥。」

此人既受持六十二億六十二億[六]恒河沙井，又復盡形供養以四事：飲食、衣服、卧具、醫[藥]。

第一飲食者：或穌(蘇)陁味甘露珍羞，玉盂成百味之馨香，金椀捧千般之美味。或乳糜穌洛(酥酪)，香飲朝嚴，同宀(寶)積之所陳，似純陁[七]之所戲(獻)。　山前林下，採仙果之青蔬(蔬)。江上溪邊，摘香新之蓮藕。

供養十方并，　且要飲饌精珍，
巖(嚴)持最上香羞，　唯新鮮之蔬菜。
或用醍醐澆浸，　或將甘露調和，
如斯不敢因循，　畢竟一生供養。
百般珍饌總芳名，　嚴潔從頭用意精，
甘露飯將金椀捧，　醍醐飲用玉盂成。
粳糧何異純陁獻，　乳粥還同二女擎，
如此每朝申供養，　恒沙并与垂形。

第二，衣服供養，六十二億恒河沙并云云：

若用名衣供養，　功德无邊无量，
只將人世綺羅，　裁作天宮模樣。
或添纓絡身中，　或綴宝冠(寶冠)頭上，
或者五色熒煌，　或作輕盈晃浪。
一生供養不曾休，　長將疋段旋新羞，
每把金襴安膝上，　更將銀縷掛肩頭。

冬天厚暖應難比，　　一月輕紗一切周，
到老一生長供養，　　西方淨土必遨遊。

第三，臥具者，或象牙爲床，金蓮作座，錦絪綺褥，氈毯氍毹，一事事自手鋪陳，多處處將心供養。

若將臥具廣鋪陳，　　供養還須事事新，
白角簟中安錦褥，　　象牙床上布紅絪。
時時掃洒擣香水，　　處處莊嚴淨土塵，
六十二億卄衆[之]，　　朝朝供養倍精勤。

第四，醫藥者云云：

人間醫藥實難量，　　先且尋求要好方，
奉仏永交增福利，　　獻僧長得滅灾殃。
令人搗（擣）合交（如）法，　　及月收来必異常，
莫說来世無病患，　　且交見（現）世命延長。

以上四事供養，若有一人以四事供養，又受持六十二億恒河沙卄名字，所得功德，仏不自言，乃問無盡意卄，言多否？

此人供養不休，　　四事般般皆有，
更兼一志受持，　　六十二億沙數。

新之蓮藕。

供養十方井，　且要飲饌精珍，
巖(嚴)持最上香羞，　唯新鮮之蔬菜。
或用醍醐澆浸，　或將甘露調和，
如斯不敢因循，　畢竟一生供養。
百般珍饌總芳名，　嚴潔從頭用意精，
甘露飯將金椀捧，　醍醐飲用玉盂成。
粳糧何異純陁獻，　乳粥還同二女擎，
如此每朝申供養，　恒沙井与垂形。

第二，衣服供養，六十二億恒河沙井云云：

若用名衣供養，　功德无邊无量，
只將人世綺羅，　裁作天宮模樣。
或添瓔珞身中，　或綴宀冠(寶冠)頭上，
或者五色熒煌，　或作輕盈晃浪。
一生供養不曾休，　長將疋段旋新羞，
每把金襴安膝上，　更將銀縷掛肩頭。

冬天厚暖應難比，　一月輕紗一切周，
到老一生長供養，　西方浄土必遨遊。
第三，臥具者，或象牙爲床，金蓮作座，錦絪綺褥，氈毯氍毹，一事事自手鋪陳，多處處將心供養。
若將臥具廣鋪陳，　供養還須事事新，
白角簟中安錦褥，　象牙床上布紅絪。
時時掃洒擅香水，　處處莊嚴浄土塵，
六十二億井衆[八]，　朝朝供養倍精勤。
第四，醫藥者云云：
人間醫藥實難量，　先且尋求要好方，
奉仏永交增福利，　獻僧長得滅灾殃。
令人搗（搗）合交ぬ（如）法，　及月收来必異常，
莫説来世無病患，　且交見（現）世命延長。
以上四事供養，若有一人以四事供養，又受持六十二億恒河沙井名字，所得功德，仏不自言，乃問无盡意井，言多否？
此人供養不休，　四事般般皆有，
更兼一志受持，　六十二億沙數。

盡生供養不停，　功德名爲多否，
世尊不自說之，　遂問觀音不謬。
四般供養卆(卒)難偕，　又顯稱名聖意開，
非唯福利千千億，　兼使灾消万万垓。
世尊不自親稱讚，　總要諸多廾裁，
卽問會中无盡意，　名爲多不唱將来。

經：「於汝意云何？是善男子善女人，功德多不？无盡〔意〕〔廾〕言：甚多，世尊。」

言於汝意前，問无盡意也。善男子者，諸大廾方名善男子，供養六十二億恒河沙廾人，仏道此人，功德我自知。於汝意云何？能行廾總名善男子云云。

修行淨行不貪嗔，　向佛於僧意自純，
每日參禪求問道，　終年結社作良因。
不交意地迷三惑(惑)，　豈遣心因沩(涉)六塵，
凡是修行諸弟子，　經中喚作善男身。

言善女人者，能持淨戒，解念眞經，不貪聲色云云。

不把花鈿粉飾身，　解持仏戒斷貪嗔，
數珠專念彌陁佛，　心地長修解脫因。

三八鎭遊諸寺舍，十齋長具斷𦵔(葷)辛，
如斯凈行淸高衆，經內呼爲善女人。
仏道善男善女，供養受持無數，
能將仏事爲心，不把世緣作務。
六十二億恒沙，廾實知心普，
功夫滿足之時，這個名爲多否。
不可摩[一〇]佛言供養最爲多[一一]，具事精强更不過，
若有智人能計算，此人功德復如何。
仏既問、沒偏坡(陂頗)，福田沙數等恒河，
大士名爲无盡意，答言功德實爲多。

故經云：「甚多世尊」云。言世尊者，且(具)一切智𢀛(慧)果，三障斷除，入三解脫門，得四无畏[一二]，五根堅固，六度周圓，七覺支分開張，八聖道豁馥。斷地[一三]前煩惱，證十地之眞如，百年功得(德)周圓，万億化身自在。此方他土，無不歸依，天上人間，悉皆瞻禮。

世出世間皆盡化，只此名爲大世尊，
世尊普告斷疑懷，功得(德)如今不可裁。
若據觀音垂妙力，還同諸佛座花臺，

盡生供養不停，　功德名爲多否，
世尊不自說之，　遂問觀音不謬。
四般供養卆（卒）難偕，　又顯稱名聖意開，
非唯福利千千億，　兼使災消万万垓。
世尊不自親稱讚，　總要諸多井裁，
卽問會中无盡意，　名爲多不唱將來。

經：「於汝意云何？是善男子善女人，功德多不，无盡〔意〕〔九〕言：甚多，世尊。」

言於汝意前，問无盡意也。善男子者，諸大井方名善男子，供養六十二億恒河沙井人，仏道此人，功德我自知，於汝意云何？能行井總名善男子云云：

修行淨行不貪嗔，　向佛於僧意自純，
每日參禪求問道，　終年結社作良因。
不交意地迷三彧（惑），　豈遺心因涉（涉）六塵，
凡是修行諸弟子，　經中喚作善男身。

言善女人者，能持淨戒，解念眞經，不貪聲色云云：

不把花鈿粉飾身，　解持仏戒斷貪嗔，
數珠專念彌陁佛，　心地長修解脫因。

三八鎭遊諸寺舍，十齋長具斷昏(葷)辛，
如斯凈行清高衆，經內呼爲善女人。
仏道善男善女，供養受持無數，
能將仏事爲心，不把世緣作務。
六十二億恒沙，井實知心普，
功夫滿足之時，這個名爲多否。

不可摩[一〇]佛言供養最爲多[一一]，具事精强更不過，
若有智人能計算，此人功德復如何。
仏既問、沒偏坡(陂—頗)，福田沙數等恒河，
大士名爲无盡意，答言功德實爲多。

故經云：「甚多世尊」云。言世尊者，且(具)一切智具(慧)果，三障斷除，入三解脫門，得四无畏[一二]五根堅固，六度周圓，七覺支分開張，八聖道紛馥。斷地[一三]前煩惱，證十地之眞如，百由功得(德)周圓，万億化身自在。此方他土，無不歸依，天上人間，悉皆瞻禮。

世出世間皆盡化，只此名爲大世尊，
世尊普告斷疑懷，功得(德)如今不可裁。
若據觀音垂妙力，還同諸佛座花臺，

六十二億雖無量，　百歲身形實異哉。
若有一時同禮拜，　一般獲福唱將來。

經云：「仏言：若復有人受持觀世音𦬇名號，乃至一時禮拜供養，是二人福正等無異，於百千万億刼不可窮盡。」

佛言者，卽佛告一般也。言仏者有二義：一者，如睡眠覺，[二者]如蓮花開。如睡眠[覺]者，夜永忽然夢見遊於諸道，或遊花下，或是身作貧人，或是富貴，總在夢中。

寒更漏永睡稠繆(綢繆)，　魂夢將心處處遊，
或見歡娛花樹下，　或逢寂寞遠江頭。
或歸鄉井心中喜，　或夢他鄉客思遊，
恰被曉鍾(鐘)驚覺後，　夢中行處一時休。
居在無常夜永，　還同永漏更長，
貪嗔煩惱昏沉，　也似睡夢何別。
暫得身居天上，　還如花下一般，
却歸世上爲人，　便似江頭寂寞。
或卽身貴榮貴，　不殊夢裏喜歡，
忽然處在貧窮，　還似夢中惡發。

无明生死夜長遥，　六道循環自感招，
天上暫隨波浪起，　人間長被業行飄。
悲啼只爲身貧病，　歡喜還緣遇富饒，
成佛似鍾(鐘)驚覺後，　万般煩惱一時消。

言蓮花忽開者，似秋池碧沼，小浦長溪，如万朵蓮花：

碧水清波暎石臺，　白蓮花藥不全開，
遊人四散還嫌晚，　蝴蝶高飛恨未栽。
美女摘時皆却去，　魚(漁)人不見又須廻，
雖然蕊內含香氣，　爭那金風未到来。
仏性眞如望寶臺，　只緣功得(德)未全開，
天龍四散皆嫌晚，　幷歸依恨不栽。
八部禮時皆却去，　四生覔處又輪廻，
忽然智惠(慧)風吹了，　万種分生總到来。
只在三千世界，　還同池沼一般，
衆生盡把眞心，　還似蓮花未折。
諸仏化君不得，　也同遊客却廻，

六十二億雖無量，　百歲身形實異哉。

若有一時同禮拜，　一般獲福唱將来。

經云：「仏言：若復有人受持觀世音井名號，乃至一時禮拜供養，是二人福正等無異，於百千万億劫不可窮盡。」

佛言者，卽佛告一般也。言仏者有二義：一者，如睡眼覺，［二者］如蓮花開。如睡眼［覺］者，夜永忽然夢見遊於諸道，或遊花下，或是身作貧人，或是富貴，總在夢中。

寒更漏永睡稠穆（綢繆），　魂夢將心處處遊，

或見歡娛花樹下，　或逢寂寞遠江頭。

或歸鄉井心中喜，　或夢他鄉客思遊，

恰被曉鍾（鐘）驚覺後，　夢中行處一時休。

居在無常夜永，　還同永漏更長，

貪嗔煩惱昏沉，　也似睡夢何別。

暫得身居天上，　還如花下一般，

却歸世上爲人，　便似江頭寂寞。

或卽身貴榮貴，　不殊夢裏喜歡，

忽然處在貧窮，　還似夢中惡發。

无明生死夜長遥，六道循環自感招，
天上暫隨波浪起，人間長被業行飄。
悲啼只爲身貧病，歡喜還緣遇富饒，
成佛似鍾(鐘)驚覺後，万般煩惱一時消。

言蓮花忽開者，似秋池碧沼，小浦長溪，如万朵蓮花：

碧水清波暎石臺，白蓮花蘂不全開，
遊人四散還嫌晚，蝴蝶高飛恨未栽。
美女摘時皆刦去，魚(漁)人不見又須廻，
雖然蕊內含香氣，爭那金風未到来。
仏性眞如望寶臺，只緣功得(德)未全開，
天龍四散皆嫌晚，井歸依恨不栽。
八部禮時皆刦去，四生覓處又輪廻，
忽然智惠(慧)風吹了，万種分生總到来。
只在三千世界，還同池沼一般，
衆生盡把眞心，還似蓮花未折。
諸仏化君不得，也同遊客刦廻，

𦬇到来不逢，　便是採蓮人去。
羅漢嫌君不度，　還同舞蝶不来，
齊聞見了却歸，　便是遊人不至。
凡夫三界似池塘，　仏性長含解脫香，
未遇善緣相鼓擊，　且遭煩惱相埋藏。
千生万刼長如此，　六道三塗不可忘，
智恵（慧）好風吹散後，　三身四智自開張。

仏道：若有善女善男，能受持觀世音𦬇名號，乃至一時禮拜供養，与前来供養六十二億𦬇之人，一般功得（德）一等。言一時，卽十二時，佛言一日六時供養云云：

若是寅時：

好中（生）供養諸仏，　遊行世間歸向済。
日初落兮天地陵，　日初出兮天地朗，
此時禮拜歸依，　功德感招无量。
晨朝清爽好追尋，　砌上庭前霧色侵，
早日東方明未出，　蟾蜍西面影初沉。
情田潔凈塵皆息，　意把晴明道力深，

此際若能申禮拜，　十方化仏總親臨。

第二午時：

若是正當午際，　好便禮拜世尊，
日輪正在中天，　還似仏居寳座。
并願行敎化，　法王欲擬說經，
此時禮拜志心，　堪与衆生長福。
午時供[養]福難量，　諸仏端然坐道場，
白玉椀中添淨水，　黃金爐裏爇名香。
鋪陳法座来祈請，　仏滅經文詩讚揚，
此際虔心生鄭重，　必敎功德勝尋常。

第三黃昏：

黃昏時節獻香花，　定与門徒長道牙，
日影沉時須覺悟，　蟾蜍出卽便諮嗟。
浮生歲月如流水，　世露光陰似落花，
此際十方皆暗昧，　聖賢多在善人家。

初夜、与中夜、後夜此三時亦須禮拜供[養]求仏：

井到来不逢，　便是採蓮人去。
羅漢嫌君不度，　還同舞蝶不来，
齊聞見了却歸，　便是遊人不至。
凡夫三界似池塘，　仏性長含解脫香，
未遇善緣相鼓擊，　且遭煩惱相埋藏。
千生万刼長如此，　六道三塗不可忘，
智惠(慧)好風吹散後，　三身四智自開張。

仏道：若有善女善男，能受持觀世音井名號，乃至一時禮拜供養，与前来供養六十二億井之人，一般功得(德)一等。言一時，即十二時，佛言一日六時供養云云：

若是寅時：

好申(生)供養諸仏，　遊行世間歸向淸。
日初落兮天地陵，　日初出兮天地朗，
此時禮拜歸依，　功德感招无量。
晨朝淸爽好追尋，　砌上庭前霧色侵，
早日東方明未出，　蟾蜍西面影初沉。
情田潔凈塵皆息，　意把晴明道力深，

此際若能申禮拜，十方化仏總親臨。

第二午時：

若是正當午際，好便禮拜世尊，
日輪正在中天，還似仏居寶座。
幷願行敎化，法王欲擬說經，
此時禮拜志心，堪与衆生長福。

午時供[養]福難量，諸仏端然坐道場，
白玉椀中添淨水，黃金爐裏爇名香。
鋪陳法坐來祈請，仏滅經文詩讚揚，
此際虔心生鄭重，必敎功德勝尋常。

第三黃昏：

黃昏時節獻香花，定与門徒長道牙，
日影沉時須覺悟，蟾蜍出卽便諮嗟。
浮生歲月如流水，世露光陰似落花，
此際十方皆晤昧，聖賢多在善人家。

初夜、与中夜、後夜，此三時亦須禮拜供[養]求仏：

二更纔動名初夜，　供［養］仏僧於坐下，
逡巡時節到三更，　中夜亦須思敎化。
後夜深，須凈意，　莫遣无明忩眠睡，
殘燈切要再重挑，　頻頻更要添香水。
轉精勤，莫容易，　夜竫（靜）三更思妙理，
此時禮拜佛兼僧，　最好將身求出離。
仄（仄）後夜三更供仏僧，　須知功德卒難稱，
爐中莫使無殘火，　籠裏休敎暗燭燈。
請仏坐禪心點點，　聖賢息念坐澄澄，
此時禮拜偏添福，　免被无明睡思仍。

上来六時之內，有一人受持觀世音名號，乃至禮拜者，所德（得）功德，与供［養］稱念六十二億恒河沙卄之人，功德一般云云：

只此六時之內，　有人就能一時，
好生供養觀音，　還要虔恭禮拜。
所得身中功德，　便共前人一般，
六十二億雖多，　此乃正等无異。

少許時中行不難，　還能禮拜使心堅，
六十二億雖无量，　兩個因緣恰一般，
仏自說、表奇哉，　爲顯觀音力普垓，
由恐會中人不信，　更作何讚嘆唱將來。

〔經〕〔七〕：「无盡意，受持觀世音井名號，得如是无量无邊福德之利」云云。

鏡湌云云

（全文至此已完）

校記：

〔一〕本卷編號爲伯二一三三，標題原缺，今據內容所根據演繹之妙法蓮華經擬題。

〔二〕「人」字據妙法蓮華經補。

〔三〕原「[illegible]」字，未詳。

〔四〕「終」字旁邊原有「去」字。

〔五〕「闕」字旁邊原有「專切」二字。

〔六〕「六十二億」四字，重，疑衍文。

二更纔動名初夜，　供［養］仏僧於坐下，
逡巡時節到三更，　中夜亦須思教化。
後夜深、須凈意，　莫遣无明忝眼睡，
殘燈切要再重挑，　頻頻更要添香水。
轉精勤，莫容易，　夜靖（静）三更思妙理，
此時禮拜佛兼僧，　最好將身求出離。
乏（从）後夜三更供仏僧，　須知功德卒難稱，
爐中莫使無殘火，　籠裏休教暗燭燈。
請仏坐禪心點點，　聖賢息念坐澄澄，
此時禮拜偏添福，　免被无明睡思仍。

上来六時之內，有一人受持觀世音名號，乃至禮拜者，所德（得）功德，与供［養］稱念六十二億恒河沙井之人，功德一般云云：

只此六時之內，　有人就能一時，
好生供養觀音，　還要虔恭禮拜。
所得身中功德，　便共前人一般，
六十二億雖多，　此乃正等无異。

少許時中行不難，　　還能禮拜使心堅，
六十二億雖无量，　　兩個因緣恰一般，
仏自說、表奇哉，　　爲顯觀音力普垓，
由恐會中人不信，　　更作何讚嘆唱將来。

〔經〕〔一四〕：「无盡意，受持觀世音并名號，得如是无量无邊福德之利」云云。

鏡瀹云云　　（全文至此已完）

校記：

〔一〕本卷編號爲伯二一三三，標題原缺，今據內容所根據演繹之妙法蓮華經擬題。

〔二〕「人」字據妙法蓮華經補。

〔三〕原「蹠」字，未詳。

〔四〕「終」字旁邊原有「去」字。

〔五〕「闕」字旁邊原有「專切」二字。

〔六〕「六十二億」四字，重，疑衍文。

〔七〕周一良云：「純陁——人名，佛最後受他供養。」

〔八〕原爲「所」字，但旁邊原有「衆」字，故採用「衆」字。

〔九〕「意」字據妙法蓮華經補。

〔一〇〕「不可摩」三字原有，不知何意。

〔一一〕原「難量」二字，但旁邊有「爲多」二字，今採用「爲多」。

〔一二〕原「曟」字，疑即「晨」字。

〔一三〕「地」，疑應作「九」字。

〔一四〕「經」字據妙法蓮華經補。

王慶菽校錄

【維摩詰經講經文】〔一〕

〔二〕（上缺）□有何所□表□□□□者□□有□解信不敢廣談。□□五種且第一，依顯揚論：信爲七聖財之天胎，謂信炅（靈）一數爲七聖財。若世財爲生死之本，能沉溺有情，出世財者，得於解脫之樂。夫欲求寶，先有其信□□，如世商人入海求寶，喻修行人於眞如法中求寶，卽知仏身體上，有何（河）沙万德法寶。□□□究竟可証之處，先須有信，信有七聖財，□淨名經云：資財无量，攝諸貧民。此性七聖財，能於現在、未来俱益。若世財但利現在，不□能濟嶮道。第二、依唯識論云：信如水淸□，能淸於濁水，能治不信。自性渾濁，意云：□信自性渾濁，如泥狀（鯢鰍）魚，將身入淸水，水亦變爲泥。若將珠投之，隨珠濁水便淸。第三、依俱舍論云：信拔衆生，出生死泥。意云：正法爲仏手，信爲衆生手，卽序分也，兩手相接，出生死泥。第四、信者，如人泛大溟海，假手行舟，渡生死河，信爲其手。第五、如華嚴經云：如人有手，自在採取珍寶；若无手者，空無所獲，入仏法者，亦復如是。已下不能廣解也。若論經首置「如是」兩字，已表信也者，若據慈恩解信，理有十般，不敢廣談，聊申五種：且第一、依顯揚論，解信是七種聖財之天胎，可謂信戍（戒）聞相惠，慚愧爲七聖財，信爲一數。且信名除疑財，既能發信，除蕩疑心，悟身邊有出世之財，知經內有成仏之路。遂除懈怠，便卽進修。喻如入海無殊，恰似求珠不異。若能入海，必遇金銀，解聽經文，獲聖果，世上七珍之寶，偏除現在貧窮，身中七聖之財，能救當

〔七〕周一良云：「純陁——人名，佛最後受他供養。」

〔八〕原爲「所」字，但旁邊原有「衆」字，故採用「衆」字。

〔九〕「意」字據妙法蓮華經補。

〔一〇〕「不可摩」三字原有，不知何意。

〔一一〕原「難量」二字，但旁邊有「爲多」二字，今採用「爲多」。

〔一二〕原「昮」字，疑即「晨」字。

〔一三〕「地」，疑應作「九」字。

〔一四〕「經」字據妙法蓮華經補。

王慶菽校錄

【維摩詰經講經文】（二）

（二）（上缺）□有何所□表□□□□者□□有□解信不敢廣談。□□五種且第一，依顯揚論：信爲七聖財之无胎，謂信旲（靈）一數爲七聖財。若世財爲生死之本，能沉溺有情，出世財者，得并解脫之樂。夫欲求寶，先有其信□□，如世商人入海求寶，喻修行人於眞如法中求寶，即知仏身體上，有何（河）沙万德法寶。□□□究竟可証之處，先須有信，信有七聖財，□淨名經云：貧財无量，攝諸貧民。此性七聖財，能於現在、未來俱益。若世財但利現在，不□能濟嶮道。第二、依唯識論云：信如水清□，能清於濁水，能治不信。自性渾濁，意云：□信自性渾濁，如泥狀（鰍）魚，將身入清水，水亦變爲泥。若將珠投之，隨珠濁水便清。第三、依俱舍論云：信拔衆生，出生死泥。意云：正法爲仏手，信爲衆生手，即序分也，兩手相接，出生死泥。第四、信者，如人泛大溟海，假手行舟，渡生死河，信爲其手。第五、如華嚴經云：如人有手，自在採取珍寶；若无手者，空無所獲，入仏法者，亦復如是。已下不能廣解也。若論經首置「如是」兩字，已表信也者，若據慈恩解信，理有十般，不敢廣談，聊申五種。且第一、依顯揚論，解信是七種聖財之无胎，可謂信戎（戒）聞捐惠，慚愧爲七聖財，信爲一數。且信名除疑財，既能發信，除蕩疑心，悟身邊有出世之財，知經內有成仏之路。遂除懈怠，便卽進修。喻如入海無殊，恰似求珠不異。若能入海，必遇金銀。解聽經文之獲聖果，世上七珍之寶，偏除現在貧窮。身中七聖之財，能救當来嶮道。急由起信差与揀擇，所已經云：勸令悟解。第二、依唯識論云：信如水清沫（珠），能清於濁水者，喻若一池淨水，徹底澄清，觀瞻而鏡面無殊，體瑩而瑠璃不異，自然清淨，豈有灰塵。忽被個鯤鰍之魚，抛入水池之內，渾身不淨，遍體腥膻，滿池之清水渾濁，徹底之澄泉臭穢。未委作何計較，令水體而再仗（復）本源，不知有甚因依，遣池內之「水」却令清淨。幸有明珠一顆，積光之皎潔无叚（瑕），但將放在池中，其水自然清淨。煩惱喩如濁水，信心便是明珠，信心堅若勞，煩惱自然清淨。第三、依俱舍論云：所信能拔衆生出生死泥。意云：正法如佷手，信爲衆生手，兩手既能相接，定出生死之泥，永抛三界之中，不住四生之內，改愚癡而却爲智恵，變懈怠而令作精勤。量由自己信心，認得人間善惡。所已論云：能拔衆生生死泥。第四、論云：信者，如入泛大溟海，假自手已行舟者，且如人將投大海，願泛洪波，不揮停而難已行舟，不舉掉而如何進步，須憑自手，方可施爲。若无手而沉溺滄海，自有手而必達彼岸。經內信心爲首，人間生死爲河，信心識內不堅勞，生死河中□峻出。今則既於經首，勸發信心，聽如来指示之言，是我輩修持之處。第五、華嚴經中解信者如人有手，自在採取珍寶，若無手者，空無所獲。前我輩將看經敎，須發信心，信心生而智恵生，信心滅而愚癡盛。聽聞經敎，如逢七寶之山，解起信心，認得一乘之理。如或信心不起，似無手足一般，直饒得到寶山，空手並無所獲。今如經首[illegible]女（得實）「三」「如是」之（者），一爲結集之詞，二要勸人生信五般道理，各有敎文，以非虛謬之詞，總是如来之語。

信心若解修持得，　必定行藏沒疏失，
惡事長時与破除，　善緣未者敎沉屈。

尋常舉動見聞深，凡所施爲功行密，
是故經中廣讚揚，万般一切由心識。
信心最上說功能，七聖財中爲第一，
休自頭頭作妄緣，眞須處處行眞（斟）酌。
斷除邪見絶施爲，莫把經文起違逆。
是故經中廣讚揚，万般一切由心識。
信心喻似氷（水）精珠，濁水偏能教令變，
直使流泉深渾時，方知珠寶功勳力。
還須念念發精勤，莫使頭頭行遊逸。
智慧愚癡咫尺間，万般一切由心識〔[illegible]〕。
衆生煩惱被纏縛，生死泥中久涉曆（歷），
我等□能□信心，如来引接令教出。
便令証得解脫身，抛却形軀虛㓜（幻）質，
是故如来廣讚揚，万般一切由心識。
如人泛海欲行舟，万里波瀾看咫尺，
有手方能避嶮[illegible]（巇），无時必定遭沉溺。

来嶮道。欲由起信差与揀擇，所已經云：勸令悟解。第二、依唯識論云：信如水清沫（珠），能清於濁水者，喻若一池淨水，徹底澄清，覩瞻而鏡面無殊，體瑩而瑠璃不異，自然清淨，豈有灰塵。忽被個鯢鰍之魚，抛入水池之內，渾身不淨，遍體腥臊，滿池之清水渾濁，徹底之澄泉臭穢。未委作何計較，令水體而再伏（復）本源，不知有甚因依，遣池內之「水」却令清淨。幸有明珠一顆，積光之皎潔无假（瑕），但將放在池中，其水自然清淨。煩惱喻如濁水，信心便是明珠，信心堅若勞，煩惱自然清淨。第三、依俱舍論云：所信能拔衆生出生死泥。意云：正法如仏手，信爲衆生手，兩手既能相接，定出生死之泥，永抛三界之中，不住四生之內，改愚癡而却爲智惠，變懈怠而令作精勤。量由自己信心，認得人間善惡。所已論云：能拔衆生生死泥。第四、論云：信者，如入泛大溟海，假自手已行舟者，且如人將投大海，願泛洪波，不揮停而難已行舟，不舉掉而如何進步，須憑自手，方可施爲。若无手而沉溺滄海，自有手而必達彼岸。經內信心爲首，人間生死爲河，信心識內不堅勞，生死河中□晚出。今則既於經首，勸發信心，聽如来指示之言，是我輩修持之處。第五、華嚴經中解信者如人有手，自在採取珍寶，若無手者，空無所獲。前我輩將看經敎，須發信心，信心生而智惠生，信心滅而愚癡盛。聽聞經敎，如逢七寶之山，解起信心，認得一乘之理。如或信心不起，似無手足一般，直饒得到寶山，空手並無所獲。今如經首㕦女（得置）〔三〕「如是」之（者），一爲結集之詞，二要勸人生信五般道理，各有敎文，以非虛謬之詞，總是如来之語。

信心若解修持得，必定行藏沒疏失，
惡事長時与破除，善緣未者敎沉屈。

尋常舉動見聞深，凡所施爲功行密，
是故經中廣讚揚，万般一切由心識。
信心最上說功能，七聖財中爲第一，
休自頭頭作妄緣，具須處處行眞(斟)酌。
斷除邪見絕施爲，莫把經文起違逆。
是故經中廣讚揚，万般一切由心識。
信心喻似承(水)精珠，濁水偏能敎令變，
直使流泉深渾時，方知珠寶功勳力。
還須念念發精勤，莫使頭頭行遊逸。
智慧愚癡咫尺間，万般一切由心識〔四〕。
衆生煩惱被纏縛，生死泥中久涉曆(歷)，
我等□能□信心，如来引接令敎出。
便令証得解脫身，抛却形軀虛幼(幻)質，
是故如来廣讚揚，万般一切由心識。
如人泛海欲行舟，万里波瀾看咫尺，
有手方能避嶮希(巇)，无時必定遭沉溺。

能將機櫓身邊揉，解把楫棹(篙撑)来往撼，
喻似門徒起信心，万般一切由心識。
如人得到寶山中，百種珠珍遍尋覓，
有手方能採得他，无時空往終無益。
經文深妙理難過，无上菩提從此出，
只要門徒發信根，万般一切由心識。
既聞時、須斧側，勤把經文与尋□。
好向情由自覺知，休將心行成慳僻(僻)，
惡緣須向意中除，善事莫臨苦正(止)境，
所以如来說此經，總敎平穩行心識。

平
經文正引好修行，只是徒心發赤誠，
拂㦸(拭)意珠令皎潔，洗磨心鏡自分明。
慈悲作用勤修進，懈怠施爲□(旋)改更，
總遣信生敎悟解，從頭皆与斷擬(疑)□(猜)。
信心若解聽眞經，智惠心頭旋旋生，
心上莫令敎執着，心中勤与斷无明。

心能了處頭頭了，心若精時事事精，
一念信心堅固得，𦬊（菩提）心裏自然成。
邪心不要亂施程，邪見直須旋改更。
邪行思量頻与斷，邪婬斟酌早宜停。
邪諂若能除戒得，邪曲爭敎智者行，
邪癡多是愚人作，𦬊心裏自然成。
休敎煩惱久纏縈，休把貪嗔起戰爭，
休遣信根沉愛網，休令迷性長愚情，
休於世上求榮貴，休向人間覓利名，
休得百般愚見解，𦬊心裏自然成。
聽經只要信心開，切怕門徒起妄猜，
迷了𦬊多諫斷，悟時生死免輪迴。
休貪愛戀人間寶，須是希求出世財。
如是与君解了也，我聞次弟處唱將來。

經曰：「我聞，」一此唱分多段，先問答「我」義，後「我聞」合□（釋）。問：諸敎之中，皆破我執，如何經首□標「我」名？問：智度論云：有五種不淨，皆破我執。且第一，種子不淨。內有諸□（業）煩

能將機櫓身邊棌，解把檣樑(篙撑)来往撼，
喻似門徒起信心，万般一切由心識。
如人得到寶山中，百種珠珍遍尋覓，
有手方能採得他，无時空往終無益。
經文深妙理難過，无上菩提從此出，
只要門徒發信根，万般一切由心識。
既聞時、須并側，勤把經文与尋□。
好向情由自覺知，休將心行成慳搦(僻)，
惡緣須向意中除，善事莫臨苦正(止)境，
所以如来說此經，總敎平穩行心識。
平經文正引好修行，只是徒心發赤誠，
拂擳(拭)意珠令皎潔，洗磨心鏡自分明。
慈悲作用勤修進，懈怠施爲㫌(旋)改更，
總遣信生敎悟解，從頭皆与斷擬(疑)□(猜)。
信心若解聽眞經，智惠心頭旋旋生，
心上莫令敎執着，心中勤与斷无明。

心能了處頭頭了，心若精時事事精，
一念信心堅固得，𦬊（菩提）心裏自然成。
邪心不要亂施程，邪見直須旋改更。
邪行思量頻与斷，邪婬斟酌早宜停。
邪癡多是愚人作，邪曲爭敎智者行，
邪諂若能除戒得，𦬊心裏自然成。
休敎煩惱久纏縈，休把貪嗔起戰爭，
休遣信根沉愛網，休令迷性長愚情，
休於世上求榮貴，休向人間覓利名，
休得百般愚見解，𦬊心裏自然成。
聽經只要信心開，切怕門徒起妄猜，
迷了𦬊多諫斷，悟時生死免輪迴。
休貪愛戀人間寶，須是希求出世財。
如是与君解了也，我聞次弟處唱將來。

經曰：「我聞，」此唱分多段，先問答「我」義，後「我聞」合擇（釋）。問：諸敎之中，皆破我執，如何經首□標「我」名？問。智度論云：有五種不淨，皆破我執。且第一，種子不淨。內有諸葉（業）煩惱，外種父母遺體。智論云：

是身種不淨，　非由妙寶物，
不從白淨生，　但從穢道出。

第二，住處不淨，於母腹中。智論云：

是身如是穢，　不從花開生，
不因薝蔔生，　又不出寶山。

第三，自體不淨，爲四大變成改食。賁（智）論云：

地水火風質，　能變成不淨，
頃海洗此身，　不能令香潔。

第四，外相不淨，九孔常流。智論云：

種種不淨物，　充滿甚〔主〕，
常流出不止，　如漏囊成（盛）物。

第五，究竟不淨，終歸敗壞。智論云：

審諦觀此身，　必得於死處，
雖御無返覆，　皆恩如小兒。

意云：供事百年，豈知恩義壽暖，及識三法，□□□□□□□慚注報恩酬德。智論偈云：

□□□□□，暖氣且失待。（原文至此殘缺）

（首缺）去時豈能□，□□□□□。

□□泡幼（幻）身，畢竟□□□。

□□□□□，終是蠅蛆哺。

裝色熾盛時，處處逐榮□。

但暢眼前歡，寧知沒後惡。

送屍荒野山，兩眼烏鷲啗。

切思如此身，何處有貪着。

問：如此之身，豈有我耶？答：我六種，所謂一、橫計我，二、俱生我，三、慢我，四、五蘊假我，五、世流布我，謂西國人相見，□□稱於我。六、人自在我。今阿難所稱，是第四、五蘊假我，第五、世流布我。謂順世敎化，故聞凡夫稱「我」，已順世流。阿難聖人，何不順敎，稱「無我」耶？答：若稱「無我」，恐衆生生怖懼心。謂凡夫執身有我，方乃隨順，各懷勝心，願□□□。若言無我，□□□身（原文至此殘缺）

（首缺）當果□□□□□□□□□我修行爲誰，恐衆生生於退心，故聞衆生稱「我」。後合釋「我聞」者，「我聞」兩字，是阿難所稱，我從仏邊聞如是法，故曰「我聞」。問：阿難是仏得道夜生，廿方爲侍者。從前敎法，未曾聞，故何〔若〕稱我聞？答：若依諸部律中，仏爲再說。問：何故再說？若唯報恩經云：仏令阿難爲侍者，阿難就仏乞於三願：一、不願着故衣，二、不得誡別請，三、廿五年前敎惱，外種父母遺體。智論云：

是身種不淨，　非由妙寶物，
不從白淨生，　但從穢道出。

第二，住處不淨，於母腹中。智論云：

是身如是穢，　不從花開生，
不因薝蔔生，　又不出寶山。

第三，自體不淨，爲四大變成改食。資（智）論云：

地水火風質，　能變成不淨，
傾海洗此身，　不能令香潔。

第四，外相不淨，九孔常流。智論云：

種種不淨物，　充滿耆〔五〕，
常流出不止，　如漏囊成（盛）物。

第五，究竟不淨，終歸敗壞。智論云：

審諦觀此身，　必得於死處，
雖禦無返覆，　皆恩如小兒。

意云：供事百年，豈知恩義壽暖，及識三法，□□□□□□慚注報恩酬德。智論偈云：

□□□□□，暖氣且失待。（原文至此殘缺）

（首缺）去時豈能□，□□□□□。

□□泡㓜（幻）身，畢竟□□□。

□□□□□，終是蠅蛆哺。

裝色熾盛時，處處逐榮□。

但暢眼前歡，寧知沒後惡。

送屍荒野山，兩眼烏鷲啗。

切思如此身，何處有貪着。

問：如此之身，豈有我耶？答：我六種，所謂一、橫計我，二、俱生我，三、慢我，四、五蘊假我，五、世流布我，謂西國人相見，□□稱於我。六、人自在我。今阿難所稱，是第四、五蘊假我，第五、世流布我。謂順世敎化，故問凡夫稱「我」，已順世流。阿難聖人，何不順敎，稱「無我」耶？答：若稱「無我」，恐衆生生怖懼心。謂凡夫執身有我，方乃隨順，各懷勝心，願□□□。若言無我，□□□身（原文至此殘缺）

（首缺）當果□□□□□□□□□我修行爲誰，恐衆生生於退心，故聞衆生稱「我」。後合釋「我聞」者，「我聞」兩字，是阿難所稱，我從仏邊聞如是法，故曰「我聞」。問：阿難是仏得道夜生，廿方爲侍者，從前敎法，未曾聞，故何〔亦〕稱我聞。答：一若依諸部律中，仏爲再說。問：何故再說？若唯報恩經云：仏令阿難爲侍者，阿難就仏乞於三願：一、不願着故衣，二、不得誡別請，三、廿五年前敎法，爲我再說。又有解云：阿難得仏受記之時，自然悟解。法花經云：世尊甚希有，令我念過去，無量諸仏法，如今日所聞。已下不能廣解。總因適来所唱經文道：「如是我聞。」

經云：「我聞」者，是阿難所稱之語，因迦□□葉結集之時，說妙法於畢鉢羅窟中，擊揵椎於白須彌山頂上，這日阿難昇座現三十二相之身，衆聖觀瞻，有八十端嚴之貌，皆生異念，咸起擬(疑)心，阿難纔唱於「我聞」，羅漢盡除於錯見。而又阿難稱「我聞」者，有何道理？意云：一切諸經律部，選甚大乘小乘，皆於往日之時，親向仏邊聽受。我於毗耶國內，或於王舍城中，鷲峯之大闡三乘，祇樹之廣談四諦。自後或於曠野，或在山林，金言而句句親聞，玉偈而行〔行〕聽受。三藏敎法，無不通明，一厤(歷)耳根，未曾妄(忘)失。今則傳持末代，利益衆生，爲於仏處親聞，故唱「我聞」之字。問：阿難言一切衆經，稱「我聞」者，事亦不然。且世尊初成正覺，阿難方始誕生，後乃年至廿，方与仏爲弟子。已前敎法，何得聞之？今稱「如是我聞」，應莫經中虛謬？答：今據諸部律中，仏爲再說。又問何爲再說？答：報恩經云：仏向大圓鏡上後德智中，觀阿難而久已根熟，与世尊而堪爲侍者。仏乃頻過御𦬊(苑)，數到王宮，設方便之言音，開誘化之門路。与談三界，爲說四生，令知幼(幻)質之非堅，遣語□(榮)花之不久。時阿難既聞仏語，遂卽發心雖(離或羅)諦，受巳歸依，乞世尊之三願：一、不願着仏故衣。二、不得誡我別請。三、廿年前所談之數，爲我再宣。阿難啓告，仏起慈悲，尋時便度出家，諮得須陁洹果。廿年前已談敎法，仏爲再宣。今於經首之前，敢唱「我聞」二字。又難(問)云：一切衆經，皆破我執，阿難何得稱於我名？答：若言无我，恐衆生起退敗之心，權順世流，從我輩與進修之意。已除我執，叚(假)立其名。經中雖道於我聞，聖上全無於我見。聊申略解，不備廣談，聽時速起信心，聞者早生於悟解。

側吟：

阿難欲擬宣仏語，　羅漢之中傳美譽，
昔日多聞衆共推，　此時聰惠人皆許。
當時窟內結集時，　不計高低相贊舉，
忽現三十二相形，　敎他滿會生疑慮。
忽然聽唱我聞名，　會下喧喧方指住，
滿窟高僧始信知，　一筵羅漢皆開悟。
此時結集正經文，　總是如来金口語，
今日分明說似君，　遍敎人衆除疑慮。
万千經典息（悉）通達，　聞者咸能生戀暮（慕），
往日皆於法會中，　親曾聽受如来處。
三乘五姓遠流通，　八難四生令離苦，
後代傳持事不虛，　從敎人衆除疑慮。
釋迦尊，悲願主，　說法頭頭蒙告[illegible]（喩誨），
悉遣虔心聽受持，　今於末代流傳取。

法，爲我再說。又有解云：阿難得仏受記之時，自然悟解。法花經云：世尊甚希有，令我念過去，無量諸仏法，如今日所聞。已下不能廣解。總因適来所唱經文道：「如是我聞。」

經云：「我聞」者，是阿難所稱之語，因迦□□棄結集之時，說妙法於畢鉢羅窟中，擊揵植於向須彌山頂上，這日阿難昇座現三十二相之身，衆聖觀瞻，有八十端嚴之貌，皆生異念，咸起擬（疑）心，阿難纔唱於「我聞」，羅漢盡除於錯見。而又阿難稱「我聞」者，有何道理？意云：一切諸經律部，選甚大乘小乘，皆於往日之時，親向仏邊聽受。我於毗耶國內，或於王舍城中，鷲峯之大闡三乘，祇樹之廣談四諦。自後或於壙野，或在山林，金言而句句親聞，玉偈而行［行］聽受，三藏敎法，無不通明，一曆（歷）耳根，未曾妄（忘）失。今則傳持末代，利益衆生，爲於仏處親聞，故唱「我聞」之字。問：阿難言一切衆經，稱「我聞」者，事亦不然，且世尊初成正覺，阿難方始誕生，後乃年至廿，方与仏爲弟子，已前敎法，何得聞之？今稱「如是我聞」，應莫經中虛謬？答：今據諸部律中，仏爲再說。又問何爲再說？答：報恩經云：仏向大圓鏡上後德智中，觀阿難而久已根熟，与世尊而堪爲侍者。仏乃頻過御菀（苑），數到王宮，設方便之言音，開誘化之門路，与談三界，爲說四生，令知幼（幻）質之非堅，遣語縈（榮）花之不久。時阿難既聞仏語，遂郎發心雖（離或羅）諦，受已歸依，乞世尊之三願：一、不願着仏故衣。二、不得誡我別請。三、廿年前所談之數，爲我再宣。阿難啓告，仏起慈悲，尋時便度出家，證得須陁洹果。廿年前已談敎法，仏爲再宣。今於經首之前，敢唱「我聞」二字。又難（問）云：一切衆經，皆破我執，阿難何得稱於我名？答：若言无我，恐衆生起退敗之心，權順世流，從我輩與進修之意，已除我執，賈（假）立其名。經中雖道於我聞，聖上全無於我見。聊申略解，不備廣談，聽時速起信心，聞者早生於悟解。

側吟：

阿難欲擬宣仏語，羅漢之中傳美譽，
昔日多聞衆共推，此時聽惠人皆許。
當時窟內結集時，不計高低相贊舉，
忽現三十二相形，敎他滿會生疑慮。
忽然聽唱我聞名，會下喧喧方指住，
滿窟高僧始信知，一筵羅漢皆開悟。
此時結集正經文，總是如来金口語，
今日分明說似君，途敎人衆除疑慮。
万千經典息(悉)通達，聞者咸能生戀慕(慕)，
往日皆於法會中，親曾聽受如来處。
三乘五姓遠流通，八難四生令離苦，
後代傳持事不虛，從敎人衆除疑慮。
釋迦尊，悲願主，說法頭頭蒙告御(喩或語)，
悉遣虔心聽受持，合於末代流傳取。

聲聞數內獨稱吾，
今日經中道我聞，
仏威神，令曉悟，
聽受身心者(諸)法中，
長時事事發精勤，
今日分明說似君，
平
當日牟尼大世尊，
阿難名字頭頭喚，
我要流傳於末代，
今朝結集如来敎，
□□□□□□□，
(首缺)遣仏入滅爲波旬，
只緣自己自邪曲，
今日結集當日法，
阿難受得如来語，
處處如来流法門，

大衆筵中長囑付，
總敎各各無疑慮。
末者經云生猒(厭)募(慕)，
未曾妄失於行句。
不向頭頭生指攄，
總敎各各除疑慮。
每於法會說經文，
囑付言音處處陣(陳)。
須汝記當莫因循。
所以經中道我聞。
□□見解豈堪□。(原文至此殘缺)
愚癡□□□□論，
刖着言詞請世尊。
昔時經敎此時陳，
所以經中道我聞。
阿難仏囑最慇懃，

只緣智惠過人解，爲有聰明出衆群。
見解自知無拙惡，情由爭不感深恩，
今朝結集三乘敎，所以經文道我聞。
珍重牟尼主，黃金丈六身，
面圓如皎日，縲髺（螺髻）若青雲。
蕩蕩應難及，巍巍莫比輪（比倫），
鷲峯親說法，一一我曾聞。
當日菴園會，相隨仏世尊，
聖賢多示現，長者化王孫，
各各抛三殿，人人捨六塵，
毗耶親說法，一一我曾聞。
廣讚西方事，彌陀化主身，
金繩金界道，寶殿寶香勳（薰）。
遣衆生虔敬，敎人發志勤，
祇園親說法，一一我曾聞。
每共常隨衆，經行諸國頻，

聲聞數內獨稱吾，大衆筵中長囑付，
今日經中道我聞，總敎各各無疑慮。
仏威神，令曉悟，未者經云生猒(厭)募(慕)，
聽受身心法(諸)法中，未曾妄失於行句。
長時事事發精勤，不向頭頭生指據，
今日分明說似君，總敎各各除疑慮。
平當日牟尼大世尊，每於法會說經文，
阿難名字頭頭喚，囑付言音處處陣(陳)。
我要流傳於末代，須汝記當莫因循。
今朝結集如来敎，所以經中道我聞。
□□□□□□□，□□見解豈堪□。(原文至此殘缺)

(首缺)遣仏入滅爲波旬，愚癡□□□□論，
只緣自己自邪曲，刖着言詞請世尊。
今日結集當日法，昔時經敎此時陳，
阿難受得如来語，所以經中道我聞。
處處如来流法門，阿難仏囑最慇懃，

只緣智惠過人解，爲有聰明出衆群。
見解自知無拙惡，情由爭不感深恩，
今朝結集三乘敎，所以經文道我聞。
珍重牟尼主，黃金丈六身，
面圓如皎日，騾詰（螺髻）若青雲。
蕩蕩應難及，巍巍莫此輪（比倫），
鷲峯親說法，一一我曾聞。
當日菴園會，相隨仏世尊，
聖賢多示現，長者化王孫，
各各抛三殿，人人捨六塵。
毗耶親說法，一一我曾聞。
廣讚西方事，彌陀化主身，
金繩金界道，寶殿寶香勳（薰）。
遣衆生虔敬，敎人發志勤，
祇園親說法，一一我曾聞。
每共常隨衆，經行諸國頻，

有時談四諦，或卽讚三乘，
敎化群生類，令抛虛幻身，
鹿園親說法，開張六度因，
帝釋皆来請，一一我曾聞。
總齊心悟解，布施仏珠珍，
說富貴如風燭，言榮花似電雲，
天宮親說法，一一我曾聞。
更被修羅衆，皆来請益頻，
和平令苑（宛）順，除蕩刼貪嗔，
敎發慈悲行，休與鬪戰軍，
須彌山說法，一一我曾聞。
龍衆来相請，齊將願力申，
笙歌聲遼遶，花雨落芬芬，
地振山川動，風吹草木春，
龍宮親說法，一一我曾聞。
哀愍衆生類，閑於地獄巡，

刀山青似鏡，　劍樹白如銀，
爐炭停煙焰，　鑊湯罷沸騰，
冥司親說法，　一一我曾聞。
總是經中說，　殊非謬斷裁，
我聞羅漢唱，　如是仏親開，
聽受除煩惱，　聞經滅妄猜，
我聞解了也，　次弟處唱將来。

經云：「一時」。一時者，諫異餘時，故曰一時。又解云：說者聽者，互相會遇，更無前後，[illegible]（啐）啄同時，故曰一時。

經云：一時者。於是我佛在毗耶城內，菴羅園中，將與方便之門，欲啓慈悲之願，爲救四生熱惱，愍傷三界含靈，說法而廣度有緣，利益而不論高下。這日地搖六振，天雨四花，十方之聖賢俱臻，八部之龍神盡至。於是人天皓皓，聖衆喧喧，空中散新色之衣，地上排七珍之寶，帝釋梵王之衆，捧玉案於師子座前。龍王夜叉之徒，執寶幢於世尊四面。各各盡辭於天界，一時總到菴園，螺鈸擊掙攙之聲音，樂奏嘈嗩之曲。更有阿修羅等，調[illegible]（颯）玲玲之[illegible]（弋）琵琶，緊那羅王，敲駁犖犖之羯鼓。婆乾闥衆，吹妙曲於雲中，迦樓羅王，動簫韶於空裏。齊来聽法，盡願結緣，遶紫磨之身形，禮黃金之面貌。皆梵龍腦，競爇檀檳，虔恭者憶憶（億億）垓垓，贊嘆者千千万万，一時總到菴園會中，覩大聖之希逢，候如来之說

有時談四諦，　或卽讚三乘，
敎化群生類，　令拋虛幻身。
鹿園親說法，　一一我曾聞。
帝釋皆来請，　開張六度因，
總齊心悟解，　布施仏珠珍。
說富貴如風燭，　言榮花似電雲，
天宮親說法，　一一我曾聞。
更被修羅衆，　皆来請益頻，
和平令苑(宛)順，　除蕩刼貪嗔，
敎發慈悲行，　休興鬪戰軍，
須彌山說法，　一一我曾聞。
龍衆来相請，　齊將願力申，
笙歌聲遼遶，　花雨落芬芬，
地振山川動，　風吹草木春，
龍宮親說法，　一一我曾聞。
哀愍衆生類，　閑於地獄巡，

刀山青似鏡，　　劍樹白如銀，
爐炭停煙焰，　　鑊湯罷沸騰，
冥司親說法，　　一一我曾聞。
總是經中說，　　殊非謬剸裁，
我聞羅漢唱，　　如是仏親開，
聽受除煩惱，　　聞經滅妄猜，
我聞解了也，　　次弟處唱將来。

經云：「一時」。一時者，諫異餘時，故曰一時。又解云：說者聽者，互相會遇，更無前後，啐（啐）啄同時，故曰一時。

經云：一時者。於是我佛在毗耶城內，菴羅園中，將興方便之門，欲啓慈悲之願，爲救四生熱惱，愍傷三界含靈，說法而廣度有緣，利益而不論高下。這日地搖六振，天雨四花，十方之聖賢俱臻，八部之龍神盡至。於是人天皓皓，聖衆喧喧，空中散新色之衣，地上排七珍之寶，帝釋梵王之衆，捧玉案於師子座前。龍王夜叉之徒，執寶幢於世尊四面。各各盡辭於天界，一時總到菴園，螺鈸擊搟摐之聲音，樂奏嘈嗩之曲。更有阿修羅等，調颾（颯）玲玲之瑟〔七〕琵琶，緊那羅王，敲駮犖犖之羯鼓。婆乾闥衆，吹妙曲於雲中。迦樓羅王，動簫韶於空裏。齊来聽法，盡願結緣，遶紫磨之身形，禮黃金之面貌。皆梵龍腦，競爇檀栴，虔恭者憶憶（億億）垓垓，贊嘆者千千万万，一時總到菴園會中，覩大聖之希逢，候如来之說法。更有幾多羅漢，無限聖人，皆到筵中，盡臨法會。並乃神情爽朗，儀貌(邈)孤標，持五拨而此十化緣，杖六鐶而他［方］遊曆。三底異越，和雲水已(以)隨身，五德超倫，共溫恭而淡佇。身堅離染，身爲相貌之身，行解行時，行作出塵之行。三明曉了，八解周圓，以出離於娑婆，不沉埋於生死。當初佛會，欲擬說經，無前後而趨筵，盡一時而赴會，如鷄附卵，啐啄同時，所以經云，故曰「一時」。

龍天這日威儀軌，隊仗神通實可愛，
帝釋忙忙掛寶衣，仙童各各離宮內，
遙知我仏說眞經，各發情誠来禮拜，
盡向空中散妙花，一時總到菴園會。
就中更有梵天王，相貌巍巍多自在，
各各抛離妙寶宮，人人略到娑婆界，
皆持花菓呈威光，盡是神道無障礙，
聞仏欲說大乘經，一時總到菴園會。
阿修羅衆聖偏殊，覆海移山功力大，
上仕須彌福德强，平扶日月感神軌，
可於意地發精虔，只是心田興妒害，
當日遙聞法義開，一時總到菴園會。

乾闥婆衆亦歸依，
每向仏前奏五音，
琵琶絃上韻含(春)嚶(鶯)，
當日遙聞法義開，
諸天人衆莫知涯，
百寶冠中惹瑞霞，
皆陳異寶若殷勤，
當日遙聞欲說經，
百千釋梵聖賢身，
一志修行絕四流，
住山中、居窟內，
知仏欲說大乘經，
久修因、兼奉戒，
誓出煩(樊)籠生死河，
能持五掇入王城，
知仏欲說大乘經，

歌樂長於心上愛，
恰如人得眞三昧，
羯鼓杖頭敲玉碎，
一時總到菴園會。
各向空中持傘蓋，
六殊(銖)衣上鐃光彩，
盡向香花申懇戴，
一時總到菴園會。
咸其威儀皆廣大，
網羅割斷抛三界，
或歸坐禪或嘆唄，
一時總到菴園會。
苦切練麼(魔)心不退，
已達聖智眞如海，
解執六鐶他界外，
一時總到菴園會。

法。更有幾多羅漢，無限聖人，皆到筵中，盡臨法會。並乃神情爽朗，儀貌(貌)孤標，持五掇而此土化緣，杖六鐶而他［方］遊曆。三底異越，和雲水已(以)隨身，五德超倫，共溫恭而淡佇。身堅離染，身爲相貌之身。行解行時，行作出塵之行。三明曉了，八解周圓，以出離於娑婆，不沉埋於生死。當初佛會，欲擬說經，無前後而趨筵，盡一時而赴會，如鷄附卵，啐啄同時，所以經云，故曰「一時」。

龍天這日威儀整，隊仗神通實可愛，
帝釋忙忙掛寶衣，仙童各各離宮內。
遙知我仏說眞經，各發情誠来禮拜，
盡向空中散妙花，一時總到菴園會。
就中更有梵天王，相貌巍巍多自在，
各各抛離妙寶宮，人人略到娑婆界。
皆持花菓呈威光，盡是神道無障礙，
聞仏欲說大乘經，一時總到菴園會。
阿修羅衆聖偏殊，覆海移山功力大，
上住須彌福德强，不扶日月威神整。
可於意地發精虔，只是心田興妒害，
當日遙聞法義開，一時總到菴園會。

乾闥婆衆亦歸依，　歌樂長於心上愛，
每向仏前奏五音，　恰如人得眞三昧，
琵琶絃上韻香（春）鸎（鶯），　羯鼓杖頭敲玉碎，
當日遙聞法義開，　一時總到菴園會。
諸天人衆莫知涯，　各向空中持傘蓋，
百寶冠中惹瑞霞，　六殊（銖）衣上鐃光彩。
皆陳異寶若殷勤，　盡向香花申懇戴，
當日遙聞欲說經，　一時總到菴園會。
百千釋梵聖賢身，　咸其威儀皆廣大，
一志修行絕四流，　網羅割斷抛三界。
住山中、居窟內，　或歸坐禪或嘆唄，
知仏欲說大乘經，　一時總到菴園會。
久修因、兼奉戒，　苦切練歷（魔）心不退，
誓出煩（樊）籠生死河，　已達聖智眞如海。
能持五掇入王城，　解執六鐶他界外，
知仏欲說大乘經，　一時總到菴園會。

平當日如来欲說經，
忙忙天上抛歡樂，
帝釋靈深誇隊仗，
高低總到菴園會，
无限龍神遍四唯（維），
爲逢賢聖趨筵速，
雲內唯觀人閙塞，
逡巡總到菴園會，
羅漢忙忙逞變威，
刹（剎）那恐怕呈（程）途遠，
身上一條雲作被，
神通總到菴園內，
百千聖衆鬧喧喧，
念念盡来趨寶座，
雲中只見天花墜，
只是如今揮止傾（彈指頃），

幾多賢聖礜先知，
浩浩雲中整寶衣，
梵王行里逞威儀，
所以經文道一時。
百千音樂滿叨空，
只見天龍到處飛，
空中不見日光輝，
所㠯經文道一時。
罷鋪針毳補田衣，
傾刻（頃刻）由（猶）疑赴會遲，
面門多點雪成眉，
所㠯經中道一時。
各各身心發志虔，
人人皆欲禮金僊，
雲內唯聞龍腦煙，
一時總到法王前。

若凡若聖遠徘徊，　總向菴園法會排，
滿意盡希傾法雨，　一心專望振春雷。
虔恭各各言希有，　合掌顒顒贊善哉，
當日一時齊赴會，　在何處聽說也唱將[来]□。

（首缺）衆所知識，乃至已□是位登十地，法究一乘，□道□四弘誓願之心，未□皆□昏□穢邦，助釋迦之視現身形，位婆娑而化諸群品。河沙界而衆知衆識，億（億）万土而響德聞名。智惠頗彰，神通大建，作法門之牆壍，爲仏使之護持。師子吼而天地鳴，名聞遠而十方衆。應四生之根器，便爲施張，向三寶之良田，紹□□絕。普使於魔怨（冤）稽首，悉令於□□□□心清淨之皎月無殊，纏（纏）蓋之塵□□□。心常安樂，住无礙之解脫，念㝎（定）總持使辨才而不斷。布施誘慳貪之見，持戒除毀禁之徒，行忍辱而屏跡貪嗔，發精進而全忘懈怠。禪定乃一心不亂，狂迷者覩相皆除。智惠使万法不移，愚暗者勑招曉會。巧施方便，勤行憐愍之情，善受和平，接引愛憎（憎）之輩。於化道之能令隨順，自發心而轉不退輪，得法相之淺深，認衆生之相力。於大衆有仰瞻之懇，或說法無怖畏之懷，智惠豈彈（殫）於化緣，功德每修於心識。色像本來之好醜，形軀豈在於莊嚴。名稱之遠遠皆聞，須彌之高高不異。信心不退，堅牢而喻若金剛法寶，潤澤利益，而何殊甘露。言音柔耎微妙，正眞深入化緣。離諸邪見，歸向菩提之一路，斷作空有之兩邊。講法如師子吼聲，談論似春雷震響，敎化等量於高下，根機取捨於淺深。集衆寶而巧會法門，似道師之能諳海路珍寶。而道師取得妙義，而并能詮見

平當日如来欲說經，幾多賢聖譽先知，
忙忙天上抛歡樂，浩浩雲中整寶衣，
帝釋靈深誇隊仗，梵王行里逞威儀，
高低總到菴園會，所以經文道一時。
无限龍神遍四唯（維），百千音樂滿晴空，
爲逢賢聖趨筵速，只見天龍到處飛，
雲內唯覩人閤塞，空中不見日光輝，
逡巡總到菴園會，所已經文道一時。
羅漢忙忙逞變威，罷鋪針毳補田衣，
察（刹）那恐怕呈（程）途遠，傾尅（頃刻）由（猶）疑赴會遲。
身上一條雲作被，面門多點雪成眉，
神通總到菴園內，所已經中道一時。
百千聖衆鬧喧喧，各各身心發志虔，
念念盡来趨寶座，人人皆欲禮金僊。
雲中只見天花墜，雲內唯聞龍腦煙，
只是如今撣止傾（彈指頃），一時總到法王前。

若凡若聖遠徘徊，　總向菴園法會排，
滿意盡希傾法雨，　一心專望振春雷。
虔恭各各言希有，　合掌顒顒贊善哉，
當日一時齊赴會，　在何處所說也唱將[来][△]。

（首缺）衆所知識，乃至已[　　　　]〔是位登十地，法究一乘，□道[　　　　]四弘誓願之心，未□皆□昏[　　　　]穢邦助釋迦之視現身形，位婆娑而化諸群品。河沙界而衆知衆識，憶（億）万土而響德聞名。智惠頗彰，神通大建，作法門之牆壍，爲仏使之護持。師子吼而天地鳴，名聞遠而十方衆。應四生之根器，便爲施張。向三寶之良田，紹□□紹。普使於魔寃（冤）稽首，悉令於□□□□心清淨之皎月無殊。纒（纏）蓋之塵□□□，心常安樂，住无礙之解脫。念定（定）總持使辨才而不斷，布施誘慳貪之見，持戒除毀禁之徒，行忍辱而屏跡貪嗔，發精進而全忘懈怠。禪定乃一心不亂，狂迷者覩相皆除。智惠使万法不移，愚暗者敎招曉會。巧施方便，勤行憐愍之情，善受和平，接引愛增（憎）之輩。於化道之能令隨順，自發心而轉不退輪，得法相之淺深，認衆生之相力。於大衆有仰瞻之戀，或說法無怖畏之懷，智惠豈彈（殫）於化緣，功德每修於心識。色像本來之好醜，形軀豈在於莊嚴。名稱之遠遠皆聞，須彌之高高不異。信心不退，堅牢而喻若金剛法寶，潤澤利益，而何殊甘露。言音柔耎微妙，正眞深入化緣。離諸邪見，歸向菩提之一路，斷作空有之兩邊。講法如師子吼聲，談論似春雷震響，敎化等量於高下，根機取捨於淺深。集衆寶而巧會法門，似道師之能諳海路珍寶。而道師取得妙義，而井能詮見衆生之生死往來，入惡道之修羅地獄。盡河沙界之人心。差□一念，皆知可塵，億數之煩惱踦驅，分毫弁（辨）別。惡趣之門窻永閉，𦬊之道路非遙。而又變現難窮，神工罕測。攬長河爲蘇酪，只在逡巡，變大地爲黃金，都來須臾（頃刻）。□肉山之魚米，救飢餓之衆生。須彌山間，手中擎大海水於毛內吸。視慈雲則普垓三界，施利濟卽廣度四生。無邊之智惠悉成，諸仏之威儀皆悟。善别三乘之理，巧施六度之門。瓔珞珊珊，頭冠耀耀，相嚴清淨，如蓮開碧治（沼）之中，皎潔圓明，似月處清宵（霄）之內。如斯功行，皆欲進修，大數標三万二千，總在於菴園會裏。

𦬇神通衆，　都三万二千，
威光多種種，　祥序百□□，
項臂垂瓔珞，　珠珍閗寶冠，
心心希聽受，　當日到菴園。
衆所皆知識，　文殊及普賢，
神通修具足，　功德悉因圓，
巨海毛中吸，　須彌掌內安，
如斯功力大，　當日到菴園。
盡步婆娑界，　黃金夢不難，
或逢飢饉劫，　化出米魚山。

善豁三乘理，能開六度關，
如斯功行力，當日到菴園。
化物門門入，名聞遠遠傳，
調柔諸外道，伏練衆魔冤（寃），
智鏡能清淨，心殊離蓋纏，
如斯功行足，當日在菴園。
三界無限（拘）繫，十方去又還，
如雲寧障礙，似日沒遮□，
皎皎波中月，澄澄水上蓮，
幾多功行足，皆已□□□。
隨順衆生意，慈心滿大千，
凡夫多惡相，弁（辨）認得根□，
戒定心心進，襄念念攀，
如斯功力足，當日在菴園。
智解無多種，修持盡一般，
莊嚴皆光耀，相好越人天。

衆生之生死往來。入惡道之修羅地獄，盡河沙界之人心。差□一念，皆知可塵，億數之煩惱踦驅，分毫弁（辨）別。惡趣之門寔永閉，蓰之道路非遙。而又變現難窮，神工罕測。攬長河爲蘇酪，只在逡巡。變大地爲黃金，都來頃尅（頃刻）。□肉山之魚米，救飢餓之衆生。須彌山間，手中擎大海水於毛內吸。視慈雲則普垓三界，施利濟卽廣度四生。無邊之智惠悉成，諸仏之威儀皆悟。善別三乘之理，巧施六度之門。瓔珞珊珊，頭冠耀耀，相嚴清淨，如蓮開碧治（沼）之中，皎潔圓明，似月處清宵（霄）之內。如斯功行，皆欲進修，大數標三万二千，總在於菴園會裏。

井神通衆，　都三万二千，
威光多種種，　祥序百□□。
項臂垂瓔珞，　珠珍鬪寶冠。
心心希聽受，　當日到菴園。
衆所皆知識，　文殊及普賢，
神通修具足，　功德悉因圓。
巨海毛中吸，　須彌掌內安，
如斯功力大，　當日到菴園。
盡步娑娑界，　黃金蓺不難，
或逢飢饉刼，　化出米魚山。

善豁三乘理，能開六度關，
如斯功行力，當日到菴園。
化物門門入，名聞遠遠傳，
調柔諸外道，伏練衆魔寃(窟)。
智鏡能清淨，心殊離蓋纏，
如斯功行足，當日在菴園。
三界無俱(拘)繫，十方去又還，
如雲寧障礙，似日沒遮□。
皎皎波中月，澄澄水上蓮，
幾多功行足，皆已□□□。
隨順衆生意，慈心滿大千，
凡夫多惡相，弁(辨)認得根□。
戒定心心進，攈念念攀，
如斯功力足，當日在菴園。
智解無多種，修持盡一般，
莊嚴者光耀，相好越人天。

聽法金臺畔，綵經寶樹間，
如斯功行足，當日在菴園。
甘露時時洒，能除熱惱煎，
金剛堅固力，摧斫衆邪□，
□□談中道，頭頭去二邊，
如斯功行足，當日在菴園。
接引無僻憚，高低末者偏，
降魔師子吼，講論電雷喧，
千力勳求就，三乘會得全，
如斯功行足，當日在菴園。
法寶皆能雨，人求要不難，
早達滄海路，已到七珍灘，
地獄憂心切，浮心救苦專，
如斯功行足，當日在菴園。
當日菴園會，高低集聖賢，
如花攢碧落，如錦□□□，

竸覩千珍座，　頻捻七寶冠，
珠珍齊曆曆，　珂珮響□□。
或執琉瑠盞，　或擎琥珀盤，
象牙□□□，　□□□□□，
□□□□□，　□發志虔□，
□□□□□，　□□□□□。（原文至此殘缺）

[九]（首缺）眼深［　　　　］　［　　　　］
百脉酸因心□□　四□□□□□□，
若能點藥求醫療，　日夜何愁病不除。

第二，世間父母，憂其男女病。　偈：

父母人間恩最深，　憂男憂女不因循。
那堪疾瘵纏（連）綿苦，　豈謂纏痾惹患速（迍）。
藥餌未逢痊減得，　呻吟難止怨愁聞，
爲於兒子心心切，　恨不將身替病身。

卄憂念三界衆生，愛如若子。所以向下經云：「譬如長者，唯有一子，子若得病，父母亦病。云云。」

卄施於法藥，所以觀音經云：「應以仏身得度者云云」乃至「地獄衆生病者，內有三毒病，」乃至「五苦

聽法金臺畔，經經寶樹間，
如斯功行足，當日在菴園。
甘露時時洒，能除熱惱煎，
金剛堅固力，摧斫衆邪□。
□□談中道，頭頭去二邊，
如斯功行足，當日在菴園。
接引無辭憚，高低末者偏，
降魔師子吼，講論電雷喧。
千力勳來就，三乘會得全，
如斯功行足，當日在菴園。
法寶皆能雨，人求要不難，
早達滄海路，已到七珍灘。
地獄憂心切，浮心救苦專，
如斯功行足，當日在菴園。
當日菴園會，高低集聖賢，
如花攢碧落，如錦□□□。

覽覩千珍座，　頻捻七寶冠，

珠珍齊曆曆，　珂珮響□□。

或執琉璢盞，　或擎琥珀盤，

象牙□□□，　□□□□□。

□□□□□，　□發志虔□，

□□□□□，　□□□□□。（原文至此殘缺）

[九]（首缺）眼深□□□□　□□□□□□□

百脈酸因心□□　四□□□□□□，

若能點藥求醫療，　日夜何愁病不除。

第二，世間父母，憂其男女病。　偈：

父母人間恩最深，　憂男憂女不因循。

那堪疾瘵虺（尫）龜苦，　豈謂纏痾惹患迋（迍）。

藥餌未逢痊減得，　呻吟難止怨愁聞，

爲於兒子心心切，　恨不將身替病身。

并憂念三界衆生，愛如若子。所以向下經云：「譬如長者，唯有一子，子若得病，父母亦病。云云。」并施於法藥，所以觀音經云：「應以仏身得度者云云」乃至「地獄衆生病者，內有三毒病，」乃至「五苦八苦。若是世間醫者能醫身病，并法藥能醫得身心二病，永出離於生死，是名痊癒，衆生病愈，并亦病愈。

經云：「爲大醫王，若（善）療衆病，應病與藥令得服行者。」

喻似世間恩愛，莫越眷屬之情，父母繫心最切，是腹生之子。小時愛護，看如掌上之珠，到大憂怜，惜似家中之寶。抱持養育，不彈（憚）劬勞。咽其吐甘，豈辭嫌厭，迴乾就濕，恐男女之片時不安，洗浣濯時，怕癡騃之等閑失色。臨河傍井，常憂漂溺之危，弄戈捻刀，每慮嗆傷之苦。世間之事，都未諳知，父母憂心，漸令誘引。年才長大，稍會東西，不然遣學經營，或即令習文筆，男須如此。女又別論。每交不出閨幃，長使調脂弄[illegible]（[illegible]）。或親歌樂，曲調分明，或倣裁縫，針頭巧妙。男及弱冠，女及笄□（年），□□騁（聘）婚姻，盡皆次第。頭頭憂念，種種——（原文至此殘缺）

（首缺）推□遺報斷頻情，另低向□□□□□□數焚名香，於寺院內，許僧齋，設男女，未敎棱憂疑，父容日日尩羸，母貌朝朝憔悴。纔聞減損，稍獲痊平，渾家頓改憂愁，父母當時歡悅。并心意亦復如然，慈含識而意似親生，怜凡夫而愛如赤子。不欲見四生流浪，長行救護之心，嘆常於三界輪迴，但作救拔之願。愚情未悟，破六塵鎮昧於情田，眞理難分，致三毒長時於染汚。并每觀於我輩，恰同病患之無殊。聖人常見於凡流，一似纏疴之不異。所以搗羅法藥，應病根機，總令誡斷於貪嗔，悉遣修持於智惠。四流波上，遣不憂沉溺之危。六道輪中，敎永斷去來之逕。捨無常之五蘊，獲五分之法身，證無漏之菩提，拋有爲之相貌。方稱并，始號醫王。河沙煩惱病消除，并慈悲方願滿。

所以經云：「以現其身爲大醫王，善療衆病，應病與藥，令得服行」乃至「如是等三万二千人。」

若論并修持行，　喜捨功能堪讚詠，
三大僧祇捨愛増(憎)，　四弘願力難相並，
愛慈悲，嫌諂侫(佞)，　救療衆生終未定，
愍恤長時繫在心，　恰如父母憂怜病。
在凡夫，長暗瞑，　鎖染貪嗔難剷整，
事事貪婪似綿牽，　頭頭忘(妄)令如針釘，
縱文有漏姿(恣)狂迷，　鬪聘(騁)無明誇拗硬，
并慈悲繫在心，　恰如父母憂怜病。
爲凡夫，聲色媚，　虛妄攀緣逐矯僞，
萬種歌中悅愛情，　三春境上迷眞性，
人間姿(恣)縱悟心田，　地獄如何謾業(業)鏡，
并慈悲与藥醫，　恰如父母憂怜病。
每事毫，多諍競，　善事聞時都不聽，
設使迴心只暫時，　不曾貯意能長永，
贖香分減兩三文，　買笑銀璫七八挺，

八苦。」若是世間醫者能醫身病，井法藥能醫得身心二病，永出離於生死，是名痊癒，衆生病愈，井亦病愈。

經云：「爲大醫王，若(善)療衆病，應病與藥令得服行者。」

喻似世間恩愛，莫越眷屬之情，父母繫心最切，是腹生之子。小時愛護，看如掌上之珠，到大憂怜，惜似家中之寶。抱持養育，不彈(憚)劬勞。咽其吐甘，豈辭嫌厭，迴乾就濕，恐男女之片時不安，洗浣濯時，怕癡騃之等閑失色。臨河傍井，常憂漂溺之危。弄戈捻刀，每慮嗞傷之苦。世間之事，都未諳知，父母憂心，漸令誘引。年才長大，稍會東西，不然遣學經營，或即令習文筆，男須如此。女又別論，每交不出閨幃，長使調脂弄麪(面)。或親歌樂，曲調分明。或倣裁縫，針頭巧妙。男及弱冠，女及笄□(年)，□□騁(聘)婚姻，盡皆次第。頭頭憂念，種種［　　　　］(原文至此殘缺)

(首缺)推□遣報斷頻情，另低向□□□□□數焚名香，於寺院内，許僧齋，設男女，未敎校憂疑，父容日日尪羸，母貌朝朝憔悴。纔聞減損，稍獲痊平，渾家頓改憂愁，父母當時歡悅。井心意亦復如然，愍含識而意似親生，怜凡夫而愛如赤子。不欲見四坐流浪，長行撈摝之心，嘆常於三界輪迴，但作救拔之願。愚情未悟，破六塵鎮昧於情田，眞理難分，致三毒長時於染汚。井每觀於我輩，恰同病患之無殊，聖人常見於凡流，一似纏疴之不異。所以搗維法藥，應病根機，總令誡斷於貪嗔，悉遣修持於智惠。四流波上，遣不憂沉沉之危，六道輪中，敎永斷去來之逕。捨無常之立蘊，獲五分之法身，證無漏之菩提，抛有爲之相貌。方稱井，始號醫王，河沙煩惱病消除，井慈悲方願滿。

所以經云：「以現其身爲大醫王，善療衆病，應病與藥，令得服行」乃至「如是等三万二千人。」

若論𦬇修持行，喜捨功能堪讚詠。
三大僧祇捨愛增(憎)，四弘願力難相並。
愛慈悲、嫌諂佞(佞)，救療衆生終未定，
愍恤長時繫在心，恰如父母憂怜病。
在凡夫、長暗暝，鎖染貪嗔難剷整，
事事貪婪似綿牽，頭頭忘(妄)令如針釘。
縱文有漏姿(恣)狂迷，鬭聘(騁)無明誇拗硬，
𦬇慈悲繫在心，恰如父母憂怜病。
爲凡夫、聲色媚，虛妄攀緣逐矯僞，
萬種歌中悅愛情，三春境上迷眞性。
人間姿(恣)縱悟心田，地獄如何謾葉(業)鏡，
𦬇慈悲与藥醫，恰如父母憂怜病。
每育毫、多諍競，善事聞時都不聽，
設使迴心只暫時，不曾貯意能長永。
贖香分減兩三文，買笑銀擂七八挺，

𦬇慈悲与藥醫，
厭善緣，貪惡境，
萬種隨心沒慚慚，
鎮壞(瓌)宅舍覓高榮，
𦬇慈悲与藥醫，
沒尊卑，少遵敬，
唯於見解縱乖愚，
𦬇慈悲与藥醫，
狂癡心，煎似鍋，
虛忘(妄)波瀾徹底渾，
有人告託解楊聲，
𦬇慈悲与藥醫，
自貧窮，不嘆命，
覩物情懷發惡心，
夜叉行解幾時拋？
𦬇慈悲与藥醫，

恰如父母憂怜病。
早晚情田能戒者(省)，
纖毫爲(違)意嫌灾橫，
卜問邪師求喜慶，
爲君躭染愚癡病。
我慢禮樂謙恭令，
早晚行藏能撥淨，
爲君躭染剛强病。
焰焰添[illegible](薪)烟天猛，
貪婪山岳侵天迥，
邪路求財能似聖，
爲君纏染貪嗔病。
豈料榮枯皆分定，
見人於色行蛆倿，
羅刹機籌何日屛？
爲君纏染狂迷病。

偝(背)眞原，暮(墓)邪逕，　誇俊誇能頭上騁，
少盛當年說我强，　傳杯弄盞相邀請。
風前月下掇新詩，　水畔花間飜惡令，
卄慈悲与藥醫，　爲君好逸邪癡病。
忘(妄)緣情，難比娉，　百歲爭知如電影，
好個聰明人相全，　忍交鬼使牛頭領。
凡夫遇境處昏衢，　不弃迷途驀(墓)坑井，
卄慈悲与藥醫，　總交痊瘉衆生病。
平處處垂慈不偶然，　還如男女一般看，
提攜總出娑婆界，　救度皆抛苦惱原。
病眼未開怯矓染，　患身難喻解纏綿，
人人盡遺休生滅，　卄悲怜始得安。
傷嗟病患久縈沉，　賢聖憂怜行願深，
解應根機相勸誘，　能將法藥与醫針。
菩提道路敎登涉，　嶮惡門窻斷去尋，
個個總令齊悟了，　慈悲方始稱身心。

井慈悲与藥醫，恰如父母憂怜病。
厭善緣、貪惡境，早晚情田能戒者（省），
萬種隨心沒感慚，纖毫爲（違）意嫌灾横。
鎮壞（禳）宅舍覓高榮，卜問邪師求喜慶，
井慈悲与藥醫，爲君躭染愚癡病。
沒尊卑、少遵敬，我慢禮樂謙恭令。
唯於見解縱乖愚，早晚行藏能撥淨，
井慈悲与藥醫，爲君躭染剛强病。
狂癡心、煎似鍋，焰焰添莘（薪）煨天猛，
虛忘（妄）波瀾徹底渾，貪婪山岳侵天迥，
有人告託解楊聾，邪路求財能似聖，
井慈悲与藥醫，爲君纏染貪嗔病。
自貧窮、不嘆命，豈料榮枯皆分定，
覩物情懷發惡心，見人於色行蛆佞。
夜叉行解幾時抛，羅刹機籌何日屏，
井慈悲与藥醫，爲君纏染狂迷病。

皆(背)眞原、驀(暮)，邪逕，　誇俊誇能頭上騁，
少盛當年説我强，　傳杯弄盞相邀請。
風前月下役新詩，　水畔花間飜惡令，
𦬇慈悲与藥醫，　爲君好逸邪癡病。
惡(妄)緣情，難比娉，　百歲爭知如電影，
好個聰明人相全，　忍交鬼使牛頭領。
凡夫遇境處昏衢，　不弁迷途驀(暮)坑井，
𦬇慈悲与藥醫，　總交痊瘉衆生病。
平處處垂慈不偶然，　還如男女一般看，
提携總出娑婆界，　救度皆抛苦惱原。
病眼未開怯矒染，　患身難喻解纏綿，
人人盡遣休生滅，　𦬇悲怜始得安。
傷嗟病患久縈沉，　賢聖憂怜行願深，
解應根機相勸誘，　能將法藥与醫針。
菩提道路敎登涉，　喩惡門窻斷去尋，
個個總令齊悟了，　慈悲方始稱身心。

如斯功行救輪迴，　廣發悲吟起慜哀，
乎(手)內楊枝除障惱，　瓶中甘露滅迍灾，
豈辭利濟勞兼倦，　不憚辛懃去又來，
長向娑婆興救度，　總交病眼豁然開。
鏘鏘稽(蹡)稽杖嵬嵬，　總在菴園會裏排，
只候覓皇傾法雨，　專希大聖振春雷，
頭冠耀處黃金簇，　衣縷揉成錦葉塠，
萬萬層層光瑞影，　似林寶樹好花開。
菴園浩浩聖賢催，　瑞色祥雲遍九垓，
芥周圍三萬衆，　聲聞遶壤百千迴，
梵螺奏唄音寮(嘹)亮，　鈸磬轟敲韻響催，
當日世尊欲說法，　因更有甚人來也唱將來。

經云：「復有萬二千天帝，亦從餘曰天下，來詣仏所而聽法。」乃至「俱來會座」一偈，

浩浩轟轟隊仗排，　梵王天衆下天堦，
分分空裏弦歌鬧，　族族雲中錦繡塠。
龍惱氤氳香撲撲，　玉爐旋捧色暄暄(暟暟)，

總抛宮殿嬌奢事，　入向菴園聽法來。

第二、萬二千天帝釋來，偈：

瓊樓玉殿鑿遨翔，　彩女雙雙列隊行，
雜寶樹林珍菓美，　六殊（銖）衣惹異花香，
流泉屈曲琉璃砌，　臺檻高低翡翠莊。
聞道我仏宣妙法，　總來瞻禮白毫光。

第三、天龍鬼神等來，偈：

闐塞虛空烈（列）鼓旗，　奔雷掣電走分（紛）非（飛），
修羅展臂楨雙眼，　龍神降顋努兩眉，
豎電似身呈忿怒，　血盆如口震雄威，
忙忙雲裏相催促，　猶怕菴園聽法遲。

第四、比丘、比丘尼等四衆來，偈：

四衆畚（奔）波意似催，　曉鷄纔暑（曙）禁宮開，
六和似月孤高仕，　八敬如蓮冰雪裁，
一國綺羅闐塞路，　萬門莫信滿長街，
高僧隊隊如雲雨，　總到菴園會裏來。

如斯功行救輪迴，　廣發悲吟起愍哀。
平(手)內楊枝除障惱，　瓶中甘露滅迍灾，
豈辭利濟勞兼倦，　不憚辛懃去又來。
長向娑婆興救度，　總交病眼豁然開。
鏘鏘穧(躋)穧杖嵬嵬，　總在菴園會裏排，
只候覓皇傾法雨，　專希大聖振春雷。
頭冠耀處黃金簇，　衣縷揉成錦葉塠，
萬萬層層光瑞影，　似林寶樹好花開。
菴園浩浩聖賢催，　瑞色祥雲遍九垓，
井周圍三萬衆，　聲聞遠壤百千迴。
梵螺奏唄音寮(嘹)亮，　鈸磬轟敲韻響催，
當日世尊欲說法，　因更有甚人來也唱將來。

經云：「復有萬二千天帝，亦從餘曰天下來詣仏所而聽法，」乃至「俱來會座」偈。

浩浩轟轟隊仗排，　梵王天衆下天堦，
分分空裏弦歌鬧，　簇簇雲中錦繡塠。
龍惱氤氳香撲撲，　玉爐旋捧色暄暄(暟暟)，

總抛宮殿嬌奢事，　入向菴園聽法來。

第二、萬二千天帝釋來，偈：

瓊樓玉殿整遨翔，　彩女雙雙列隊行，
雜寶樹林珍菓美，　六殊（銖）衣惹異花香。
流泉屈曲琉璃砌，　臺檻高低翡翠莊，
聞道我仏宣妙法，　總來瞻禮白毫光。

第三、天龍鬼神等來，偈：

闐塞虛空烈（列）鼓旗，　奔雷掣電走分（紛）非（飛），
修羅展臂楨雙眼，　龍神降顒努兩眉。
監電似身呈忿怒，　血盆如口震雄威，
忙忙雲裏相催促，　猶怕菴園聽法遲。

第四、比丘、比丘尼等四衆來，偈：

四衆逩（奔）波意似催，　曉鷄纔暑（曙）禁宮開，
六和似月孤高仕，　八敬如蓮冰雪裁。
一國綺羅闐塞路，　萬門莫信滿長街，
高僧隊隊如雲雨，　總到菴園會裏來。

所以經云：「復有萬梵天王尸棄□□乃至天龍……」（原文至此有殘缺）

（首缺）夜叉、比丘尼等，俱來會座。

於是四天大梵，思法會而散下雲頭，六欲諸天，相菴園而趨瞻聖主。各將侍從天女天男，盡擁嬪妃，逶迤遙拽。別天宮而雲中苑（宛）轉，離上界而霧裏盤旋。頂戴珠珍，身嚴玉珮。執金幢者紛紛（紛紛）雲墜，擎寶節者，苒苒煙籠。奏樂器於青霄，散祥花於碧落。皆呈法曲，盡捧名衣，思大聖之情專，想慈尊而意切。總發難遭之解，感伸敬禮之猶。騁（瑪）瑙盃中琥珀傾，象牙盤裏眞珠撒。檀栴（檀）靄靄，龍麝勳（薰）。情田早啓於虔祈，雅旨倍生於翹仰。更有諸天人衆，向大覺以歸心，八部龍神，望金僊而啓首。龍王龍獸，赫示（奕）威光，龍子龍孫，騰身自在，跳躑踴躍，廣現神通，不施忿怒之容，盡發慈悲之願。更有三頭八臂，五眼六通，掣霜劍而夜目藏光，掛金甲而朝霞斂燿。呼吸毒氣，鼓擊狂風，徹海底之沙飛，使天邊之霧卷。擲崑崙上（山）於背上，納滄海水於腹中。眼斜走電之光，口寫血河之色。總來聽法，皆願結緣。一羣羣瞻由曼空，一隊隊遮雲滿霧。咸離寶殿，下到娑婆。只如彈指中間，已入菴園會裏。更有毗耶城內，無限聽流，高低之仕女兩徒，凡聖之僧尼二種，咸持花菓，也捧珠珍。車軒之紫陌喧喧，羅綺之紅塵壤壤。乾坤晃耀，日月光輝。滿園如万種花敷，遍野似千般障展，皆趨聖會，齊赴法筵。遶白玉之蓮花，上黃金之講殿。傾贍化主，翹仰慈尊。同渴士欲飲於瓊將（漿），比旱苗（苗）待沐於春雨。滿意望宣於妙法，誠心願證於春雷。闔塞菴園列聖賢，駢闐仏會排龍鬼。

所以經云道：「復有萬梵天王尸棄等，從餘四天下，來詣仏所而聽法」乃至「俱來會座」云云。

大梵諸天衆，遙聞法會張，
喧喧皆讚嘆，浩浩總談揚，
彩霧呈佳瑞，霞雲現吉祥，
擁擁排隊仵（伍），瞻禮法輪王。
帝釋離宮殿，儀容喜倍常。
聲螺齊響亮，珂珮韻玎璫，
競捧瑠璃寶，齊擎龍腦香，
擁擁排隊仵，瞻禮法輪王。
無限天龍衆，相催更又忙，
心中傾懇志，雲內禮毫光，
身色皆藍淀（靛），情田盡虎狼，
擁擁排隊伍，瞻禮法輪王。
無限羅叉衆，跳躑喜三場，
高高雲上湧，閃閃電中藏，
頭髮比沙森，身毛摘色狂，
擁擁排隊伍，瞻禮法輪王。

所以經云：「復有萬梵天王尸棄□□乃至天龍……」（原文至此有殘缺）

（首缺）夜叉，比丘尼等，俱來會座。

於是四天大梵，思法會而散下雲頭，六欲諸天，相菴園而趍瞻聖主。各將侍從天女天男，盡擁嬪妃，透迤遙拽，別天宮而雲中苑（宛）轉，離上界而霧裏盤旋，頂戴珠珍，身嚴玉珮。執金幢者分分（紛紛）雲墜，擎寶節者，苒苒煙籠。希樂器於青霄，散祥花於碧落，皆呈法曲，盡捧名衣，思大聖之情專，想慈尊而意切，總發難遭之解，感伸敬禮之猶。駐（瑪）瑙盃中琥珀傾，象牙盤裏眞珠撒，檀柟（旃）靄靄，龍麝勳勳（薰薰），情田早啓於虔祈，雅旨倍生於翹仰。更有諸天人衆，向大覺以歸心，八部龍神，望金僊而啓首。龍王龍獸，赫示（奕）威光，龍子龍孫，騰身自在，跳躑踴躍，廣現神通，不施忿怒之容，盡發慈悲之願。更有三頭八臂，五眼六通，掣霜劍而夜目藏光，掛金甲而朝霞斂耀。呼吸毒氣，鼓擊狂風，得海底之沙飛，使天邊之霧卷。擲崑崙上（山）於首上，納滄海水於腹中。眼斜走電之光，只寫血河之色。總來聽法，皆願結緣。一羣羣瞪目曼空，一隊隊遮雲滿霧。咸離寶殿，下到娑婆。只如彈指中間，已入菴園會裏。更有毗耶城內，无限聽流，高低之仕女兩徒，凡聖之僧尼二種，咸持花菓，也捧珠珍。車軒之紫陌喧喧，羅綺之紅塵壤壤。乾坤晃耀，日月光輝。滿園如万種花敷，遍野似千般障展，皆趍聖會，齊赴法筵。遶白玉之蓮花，上黃金之講殿。傾瞻化主，翹仰慈尊。同渴士欲飲於瓊將（漿），比旱鼣（苗）待沐於春雨。滿意望宣於妙法，誠心願證於春雷。闔寨菴園烈聖賢，駢闐仏會排龍鬼。

所以經云道：「復有萬梵天王尸棄等，從餘四天下，來詣仏所而聽法」乃至「俱來會座」云云。

大梵諸天衆，遥聞法會張，
喧喧皆讚嘆，浩浩總談揚。
彩霧呈佳瑞，霞雲現吉祥，
摐摐排隊仵（伍），瞻禮法輪王。
帝釋離宮殿，儀容喜倍常。
鼙螺齊響亮，珂珮韻玎璫。
競捧瑠璃寶，齊擎龍腦香，
摐摐排隊仵，瞻禮法輪王。
無限天龍衆，相催更又忙，
心中傾懇志，雲內禮毫光。
身色皆藍淀（靛），情田盡虎狼，
摐摐排隊伍，瞻禮法輪王。
無限羅叉衆，跳躑喜三場，
高高雲上湧，閃閃電中藏。
頭髮比沙森，身毛摘色狂，
摐摐排隊伍，瞻禮法輪王。

無限乾闥衆，　爭捻樂器行，
琵琶絃上急，　揭鼓杖頭忙，
競奏簫兼笛，　齊吹笙與篁（簧），
攙攙排隊伍，　瞻禮法輪王。
無限修羅衆，　皆擎日月光，
嗔心迴躍躍，　喜色改鏘鏘，
旋遶須彌畔，　趨臻寶座傍，
攙攙排隊伍，　瞻禮法輪王。
無限迦樓衆，　雄雄氣宇長，
毒龍由被喫，　猛獸等閑傷，
口眼喊喲哈，　觔拳怒健剛，
攙攙排隊伍，　瞻禮法輪王。
無限那羅衆，　神通解湧鼉，
乾坤推吸呇，　日月平瀾彰，
盡欲菴園聽，　皆焚海岸香，
攙攙排隊伍，　瞻禮法輪王。

人与非人等，　清霄闔塞排，
一時空裏降，　齊總下雲來，
瑞彩千般擁，　祥花萬種塠，
象牙攢迨匝，　龍腦熱徘徊。
更有毗耶衆，　奔波百萬垓，
六和持寶鉢，　八敬捧金臺，
羅綺携香印，　英賢掌寶槐，
滿街塡塞鬧，　喜遇覺花開。
競到菴園會，　駢塡卒(萃)莫裁，
稠盈難下脚，　闔塞坐莓苔。
各各稱希有，　人人讚善哉，
世尊現何祥瑞也？　便請唱將來。

(首缺)聖賢同□□□□，　□□□□□□□，
滿園并星詠蔟，　一會□□□□□，
魚梵奏時聲下遶，　金憧(幢)搖處韻釘鐺，
顒顒翹仰心專切，　萬萬千層禮覺皇。

無限乾闥衆，　爭捻樂器行，
琵琶絃上急，　揭鼓杖頭忙。
競奏簫兼笛，　齊吹笙與篁(簧)，
攏攏排隊伍，　瞻禮法輪王。
無限修羅衆，　皆擎日月光，
嗔心迴躍躍，　喜色改鏘鏘。
旋遶須彌峰，　趨臻寶座傍，
攏攏排隊伍，　瞻禮法輪王。
無限迦樓衆，　雄雄氣宇長，
毒龍由被喫，　猛獸等閑傷。
口眼嘁喲哈，　觔拳怒健剛，
攏攏排隊伍，　瞻禮法輪王。
無限那羅衆，　神通解湧颺，
乾坤推吸峇，　日月平瀾彰。
盡欲菴園聽，　皆焚海岸香，
攏攏排隊伍，　瞻禮法輪王。

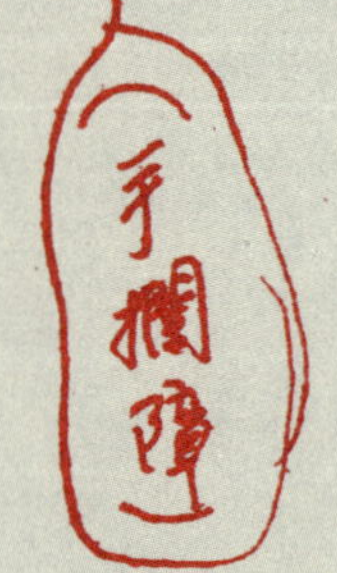

人与非人等，　清霄闓塞排，
一時空裏降，　齊總下雲來。
瑞彩千般擁，　祥花萬種堆，
象牙攢迨匝，　龍腦熱徘徊。
更有毗耶衆，　奔波百萬垓，
六和持寶鉢，　八敬捧金臺。
羅綺携香印，　英賢掌寶槐，
滿街塡塞鬧，　喜遇覺花開。
競到菴園會，　駢塡卆（卒）莫裁，
稠盈難下脚，　闐塞坐莓苔。
各各稱希有，　人人讚善哉，
世尊現何祥瑞也，　便請唱將來。

（首缺）聖賢同□□□□，　□□□□□□□。
滿園并星詠蔟，　一會□□□□□。
魚梵奏時聲了遶，　金憧（幢）搖處韻釘鐺。
顒顒翹仰心專切，　萬萬千層禮覺皇，

第二、辟如須彌山王，顯于大海師子之坐。偈：

佡力難思變現强，　迥於羣衆揭超詳，
巍巍岳色冲天淨，　蕩蕩金容比日光，
三界鎮時爲巨燭，　四生長是□□□，
須彌高廣將爲喻，　顯我如來大法王。

第三、聲於一切諸來大衆。偈：

盛德巍巍逈不羣，　此時方顯相儀眞，
黄金足下千花印，　紫磨胸前万字新，
青眼似蓮澄碧浩(沼)，　□毫如鏡照乾坤，
菴園盛會河沙衆，　沒一个端嚴似世尊。

所以經云：「聲於一切諸來大衆。」

於是巍巍聖主，蕩蕩慈尊，居賢聖之中，處菴園會裏，聲聞可八千之衆，道貌鏘鏘。其乃三萬餘人，威儀濟濟。梵王之獻花獻菓，合掌勤勤，帝釋之持蓋持旛，虔誠切切。天龍及夜叉之輩，想金容而翹注不移。修羅与羅刹之流，瞻玉毫而志心戀(慕)戀。更有迦羅樓羅衆，奏了了清音，緊那羅王調鈴鈴雅樂，簫笛絃管，螺鈸鉑銅，齊聲而覽(韭)演宮商，合韻而皆吟法曲。更有六和上士，坐竹徑而遙視如□(來)，□□□躡莓苔之仰瞻大覺。萬千英彥，無數綺羅，心貞志而躍躍舆舆，體逶迤而遙遙拽拽。

滿筵大衆，合會天人，園世尊而百匝千番，在菴園而駢塡僩塞。如衆星攢於夜月，似羣岳族於須彌。落落無倫，堂堂其迥然之相好，天人多種而嚴莊。梵王威德故難論，帝釋形儀渾不及。若對我佛福相，無漏眞容。狀螢火敵於日輪，同丘土齊於山岳。實難赱喻，莫已等量，難得有相之身，陪瘦無爲之體。致使仏光取勝，掩耀羣霞。聖力獨超，遮闌宇宙。菴園演唱，法會開宣，如須彌迥聳於千峯，似巨海淹流於萬泒。所以龍天仰望，賢聖瞻攀，人人歌希有之麩，個個稱善哉之字。這日何□意之稽首，塵數心之歸依，只希大振於春雷，咸願廣治法雨。聖心未測，聖意難思。聖貌忻忻，聖顏躍躍。放白毫之眉相，閃爍東西，舒紫磨之身光，超過南北。山川響振，天地傾搖。盈空之花雨四般，滿會之光分五彩，遙遙璨爛，遠遠鮮凝。乾坤如把繡屏楨，世界似將紅錦展，日月廣呈於瑞色，江河大變於佳祥。菴園衆聖罕希逢，莫測此時神妙力。

所以經云：「辟如須彌山王顯於大海，安處衆寶師子之坐，顯(蔽)於一切諸來大衆。」

菴園聽衆如雲赴，浩浩聖凡難正御，
并周圍三萬餘，比丘圍繞千千數。
盡神通，皆衆具，道貌鏘鏘無比喻，
大懸威儀十相全，端嚴爭似牟尼主。
比須彌，滄海豎，金玉諸山總朝聚，
迥聳清霄突兀高，接連碧海天臺柱。

第二、辟如須彌山王，顯于大海師子之坐。偈

佛力難思變現强，　迥於羣衆揭超詳，
巍巍岳色冲天淨，　蕩蕩金容比日光。
三界鎮時爲巨燭，　四生長是□□□，
須彌高廣將爲喻，　顯我如來大法王。

第三、斃於一切諸來大衆。偈：

盛德巍巍逈不羣，　此時方顯相儀眞，
黃金足下千花印，　紫磨胸前万字新。
青眼似蓮澄碧治(沼)，　□毫如鍊照乾坤，
菴園盛會河沙衆，　沒一个端嚴似世尊。

所以經云：「斃於一切諸來大衆。」

於是巍巍聖主，蕩蕩慈尊，居賢聖之中，處菴園會裏，聲聞可八千之衆，道貌鏘鏘。并乃三萬餘人，威儀濟濟。梵王之獻花獻菓，合掌勤勤，帝釋之持蓋持勢，虔誠切切。天龍及夜叉之輩，想金容而翹注不移。修羅与羅刹之淸，瞻玉毫而志心暮(慕)戀。更有迦羅樓羅衆，奏瑟了了淸音。緊那羅王調鈴鈴雅樂，簫笛絃管，螺鈸鉑銅，齊聲而覽(並)演宮商，合韻而皆吟法曲。更有六和上士，坐竹徑而遙視如□(來)，□□□躡苺苔之仰瞻大覺。萬千英彥，無數綺羅，心貞志而躍躍與與，體透迤而遙遙拽拽。

滿筵大衆，合會天人，圍世尊而百匝千番，在菴園而駢塡偈塞。如衆星攢於夜月，似羣岳簇於須彌。落落無倫，堂堂井，逈然之相好，天人多種而嚴莊。梵王威德故難論，帝釋形儀渾不及。若對我佛福相，無漏眞容。狀螢火敵於日輪，同丘土齊於山岳。實難疋喻，莫已等量，難得有相之身，陪瘦無爲之體。致使仏光取勝，掩耀羣霞。聖力獨超，遮闌宇宙。菴園演唱，法會開宣，如須彌逈聳於千峯，似巨海淹流於萬派。所以龍天仰望，賢聖瞻攀，人人歌希有之詼，個個稱善哉之字。這日何□意之稽首，塵數心之歸依，只希大振於春雷，咸願廣治法雨。聖心未測，聖意難思。聖貌忻忻，聖顏躍躍。放白毫之眉相，閃爍東西，舒紫磨之身光，超過南北。山川響振，天地傾搖。盈空之花雨四般，滿會之光分五彩，遙遙璨爛，遠遠鮮凝。乾坤如把繡屏楨，世界似將紅錦展，日月廣呈於瑞色，江河大變於佳祥。菴園衆聖罕希逢，莫測此時神妙力。

所以經云：「辟如須彌山王顯於大海，安處衆寶師子之坐，弊（蔽）於一切諸來大衆。」

菴園聽衆如雲赴，　浩浩聖凡難正御，
井周圍三萬餘，　比丘圍繞千千數。
盡神通、皆衆具，　道貌鏘鏘無比喻，
大熙威儀十相全，　端嚴爭似牟尼主。
比須彌、滄海豈，　金玉諸山總朝聚，
逈聳清霄突屼高，　接連碧海天臺柱。

千珍合就鉀煙雲，衆寶裝成籠瑞霧，
萬岳羣峯盡不如，端嚴將喻牟尼主。
梵天王，天衆部，福德威光咸仰輔，
百寶冠新盡戀瞻，六珠（銖）衣晃皆談許，
巍巍人相比金蓮，偪偪形身如玉柱，
恰到菴園仏會中，端嚴爭似牟尼主。
諸天人，帝釋侶，也在如來說法處，
曜曜衣裝百玉紋，遥遥寶彩金黃縷。
威儀滿足盡欽違，福相周圓咸戀暮（慕），
及至菴園仏會中，端嚴爭似牟尼主。
滿菴園，荓數，各各神通呈祥序，
幾刼修持福惠彰，無邊練行功勳普，
降魔除黨每勤勤，運智興慈長楚楚，
大瞅威儀十相全，端嚴爭似牟尼主。
比丘僧，羅漢數，雅淡風標人嘆譽，
公子停車馬上瞻，邪禽點羽空中覷。

雪眉深深宴松巒，雲帔輕輕沾彩霧，
大慗威儀十相全，端嚴爭似牟尼主。
天龍神，烈旗鼓，八臂三頭多忿怒，
忽爾崑崙把動搖，等閑滄海捻傾注，
有時踴躍會中來，或助跳躑空裏去，
總到菴園大聖前，威光難似牟尼主。
聖賢園，鬼神護，執劒擎槍相左(佐)助(助)，
只爲如來演法音，徒交凡衆沾甘露。
梵王持菓獻金僊，帝釋捻香添玉注，
總向菴園會一排，高低歸仰牟尼主。
仏慈悲心願赴覆，累刧僧祇修六度，
每使和平離愛增(憎)，任持智惠令堅固，
巍巍相貌白蓮花，蕩蕩身形紫金柱，
萬種威光總不如，方稱三界神通主。
聖賢羅烈(列)百千張，旋繞如來紫磨光，
瞻現玉毫無暫捨，只希金口早宣揚，

千珍合就靄煙雲，　衆寶裝成籠瑞霧，
萬岳羣峯盡不如，　端嚴將喻牟尼主。
梵天王、天衆部，　福德威光咸仰輔，
百寶冠新盡戀瞻，　六殊（銖）衣晃皆談許。
巍巍人相比金蓮，　偘偘形身如玉柱，
恰到菴園仏會中，　端嚴爭似牟尼主。
諸天人、帝釋侶，　也在如來說法處，
曜曜衣裝百玉紋，　遙遙寶彩金黃縷。
威儀滿足盡欽逢，　福相周圓咸戀暮（慕），
及至菴園仏會中，　端嚴爭似牟尼主。
滿菴園、卄數，　各各神通呈祥序，
幾刼修持福惠彰，　無邊練行功勳普。
降魔除黨每勤勤，　運智興慈長楚楚，
大瞅威儀十相全，　端嚴爭似牟尼主。
比丘僧、羅漢數，　雅淡風標人嘆譽，
公子停車馬上瞻，　邪禽點羽空中覷。

雪眉深深宴松巒，雲帔輕輕沾彩霧，
大瞅威儀十相仝，端嚴爭似牟尼主。
天龍神、烈旌鼓，八臂三頭多忿怒，
忽爾崑崙把動搖，等閑滄海捻傾注。
有時踴躍會中來，或助跳躑空裏去，
總到菴園大聖前，威光難似牟尼主。
聖賢園、鬼神護，執劍擎槍相左(佐)肋(助)，
只爲如來演法音，徒交凡衆沾甘露。
梵王持菓獻金僊，帝釋捻香添玉注，
總向菴園會一排，高低歸仰牟尼主。
仏慈悲心願赴覆，累刧僧祇修六度，
每使和平離愛增(憎)，任持智惠令堅固。
巍巍相貌白蓮花，蕩蕩身形紫金柱，
萬種威光總不如，方稱三界神通主。
聖賢羅烈(列)百千張，旋繞如來紫磨光，
瞻現玉毫無暫捨，只希金口早宣揚。

衆於會裏伸翹仰，仏向眉間現吉祥，
浩浩菴園皆讚嘆，方稱三界法輪王。
大覺巍巍寶焰裝，迴於花坐擢芬芳，
丹唇似菓頻婆色，雙眼如蓮戒定香。
昔日威神咸啓仰，此時人相倍尋常，
眉間毫彩分明現，閑（閉）却菴園萬種光。
黃金丈六處花臺，將欲敷楊法義開，
面上五條光彩彩，眉邊萬道色皚皚。
乾坤似把紅羅展，世界如鋪錦繡堆，
廣現百般希有事，看看便是振春雷。
菴園這日繞徘佪，浩浩傾瞻讚善哉，
天雨四花空閃閃，地搖六振響塠塠。
聖心未委宣何法，人意難思莫測猜，
高下此時皆作念，阿誰爲衆請如來。
牟尼愍察衆情懷，花坐頤頤喜色開，
欲應根機傾法寶，擬嗟羣品雨珍中。

朱脣啓處紅蓮坼，　皓齒凝詩(時)白玉排，
大覺世界纔說法，　更有阿誰後到也〔唯將來也〕。

所以經云：「尒時毗耶離城中，有長者子名曰寶積，與五百長者子，俱持七寶蓋來詣仏所。」問：尒五百長者皆是國王之子，卽合戀暮(慕)王宮，嬌奢快樂，因甚厭棄奢花，也來聞法？答：緣毗耶城內，有一居士，名號維摩，他緣是東方無垢世界金粟如來，意欲助仏化人，暫住娑婆穢境。緣國無二王，世無二仏，所以權爲長者之身，示現有妻子男女。在毗耶城內，頭頭接物，處處利生，處城中無不歸依，在皇闕尋常敎化。毗耶國王，禮爲國老。知道我仏世尊，在菴園說法，欲彰利濟之心，遂入王宮敎化得五百太子，第一王宮敎化：

知道菴園演正眞，　入王宮內化王孫。
如煙柳下排公子，　似錦花前烈(列)綵嬪，
畫舸信從流水去，　白醪携得滿盃斟，
維摩直到貪歡處，　敎化合交禮世尊。

時寶積等聞維摩此語，却問居士曰：「不委菴園世尊何時說法？」居士曰：「汝速排枇(比)，今整(正)是時。」居士遺　偈：

貪在王宮取意爲，　花蔭柳影從嬪妃，
紫雲樓上排絲竹，　皇□庭前舞拓(柘)枝，

衆於會裏伸翹仰，仏向眉間現吉祥，
浩浩菴園皆讚嘆，方稱三界法輪王。
大覺巍巍寶焰裝，迴於花坐搵芬芳，
丹唇似菓頻婆色，雙眼如蓮戒定香。
昔日威神咸啓仰，此時人相倍尋常，
眉間毫彩分明現，閇(閉)却菴園萬種光。
黄金丈六處花臺，將欲敷楊法義開，
面上五條光彩彩，眉邊蕩道色皚皚。
乾坤似把紅羅展，世界如鋪錦繡堆，
廣現百般希有事，看看便是振春雷。
菴園這日繞徘徊，浩浩傾瞻讚善哉，
天雨四花空閃閃，地搖六振響塠塠。
聖心未委宣何法，人意難思莫測猜，
[illegible]下此時皆作念，阿誰爲衆請如來。
牟尼愍察衆情懷，花坐顒顒喜色開，
欲應根機傾法寶，擬嗟羣品雨珍中。

朱脣啓處紅蓮坼，　皓齒凝特(時)白玉排，

大覺世界纔說法，　更有阿誰後到也[唱將來][二〇]。

經云：[illegible]寶積，與五百長者子，俱持七寶蓋來詣仏所。一問：尒五百長者皆是國王之子，卽合戀慕(慕)王宮，嬌奢快樂，因甚厭棄奢花，也來聞法。答：緣毗耶城內，有一居士，名號維摩，他緣是東方無垢世界金粟如來，意欲助仏化人，暫住娑婆穢境。緣國無二王，世無二仏，所以權爲長者之身。示現有妻子男女，在毗耶城內，頭頭接物，處處利生，處城中無不歸依，在皇闕尋常敎化。毗耶國王，禮爲國老。知道我仏世尊，在菴園說法，欲彰利濟之心，遂入王宮敎化得五百太子，第一王宮敎化：

知道菴園演正眞，　入王宮內化王孫。

如煙柳下排公子，　似錦花前烈(列)綵嬪，

晝舸信從流水去，　白醪携得滿盃斟。

維摩直到貪歡處，　敎化合交禮世尊。

時寶積等聞維摩此語，却問居士曰：「不委菴園世尊何時說法？」居士曰：「汝速排枇，今整(正)是時。」居士遣　偈：

貪在王宮取意爲，　花蔭柳影從嬪妃，

紫雲樓上排絲竹，　皇□庭前舞拓(柘)枝。

空戀笙歌嫌景促，　不憂虛幻恰心遲。
汝須火急相催去，　算得宣揚整(正)是時。

尒時居士種種說法，敎化王孫，令往菴園，禮仏聽法。當時五百王子寶積等，請居士同去。偈：

旣沐慈悲化小才，　衷心感激百千迴，
若非勤誘迷徒切，　爭得舟航嶮浪開。
願借光陰与引道，　全憑巨力作[illegible]楳，
弟兄五百慇懃請，　居士相隨也去來。

居士曰：比欲相隨，今願倍(陪)從。偈：

深謝蒙邀賜挈倍(陪)，　自然淸眼眼雙開，
菩提道徑希逢遇，　嶮路舟舡罕得楳。
似玉磨籠多巧妙，　如鷄負卵應時摧。
畢期有意親聞法，　情願相隨也去來。

於是五百長者各持七寶傘蓋，遂與居士相隨，皆出王宮去也。偈：

雕[illegible]，　寶蓋[illegible]，
白玉闕成龍鳳巧，　黃金縷出象牙邊，
煙霞飛晃光明耀，　珠網玎璫響韻連，

浩浩滿街人總看，　此子王子往菴園。

時五百長者與居士，相隨出毗耶離城，行至路邊，忽然染患壘成方丈，偈問：

果何合子轉成義，　驀地維摩染病羸，
窗透遠風衣半蓋，　門開秋月枕斜欹，
迴身往往合雙眼，　喘息頻頻皺多眉，
居士患從何事得，　交吾兄弟總懷疑。

維摩良久爲王孫說法云：

永拋不久停，　陽焰非眞實。
我今略說汝須聽，　吾此身軀幼(幻)化成，
死未到頭何處覓，　病未侵體恐誰爭。
一塊德質爲根本，　三尺荒墳是去呈(程)，
四大違和常日事，　不勞君等驀然驚。

居士曰：汝等五百弟兄，但往菴園禮仏聽法，吾緣染患，寸步難移，遂即將別，吟成數偈：　七首

王孫不用苦籌良，　早入菴園道理長，
我命恰如凝草露，　吾身也似綴花霜，
蟬聲返覆穿疎牖，　柳影彫(凋)殘對病床。

空戀笙歌嫌景促，　不憂虛幻悟心遲。

汝須火急相催去，　算得宣揚整(正)是時。

尒時居士種種說法，敎化王孫，令往菴園。禮仏聽法。當時五百王子寶積等，請居士同去。偈：

旣沐慈悲化小才，　衷心感激百千迴，

若非勤誘迷徒切，　爭得舟航嶮浪開。

願借光陰与引道，　全憑巨力作樸楳，

弟兄五百慇懃請，　居士相隨也去來。

居士曰：比欲相隨，今願倍(陪)從。偈：

深謝蒙邀賜挈倍(陪)，　自然清眼眼雙開，

菩提道徑希逢遇，　嶮路舟舡罕得楳。

似玉磨籠多巧妙，　如鷄負卵應時堆，

畢期有意親聞法，　情願相隨也去來。

於是五百長者各持七寶傘蓋，遂與居士相隨，皆出王宮去也。偈：

[illegible]　寶蓋裝持色樣鮮

白玉闕成龍鳳巧，　黃金縷出象牙邊。

煙霞飛晃光明耀，　珠網玎璫響韻連，

浩浩滿街人總看， 此子王子往菴園。

時五百長者與居士，相隨出毗耶離城，行至路邊，忽然染患壘成方丈，偈問：

窻透遠風衣半蓋， 門開秋月枕斜欹。
迴身往往合雙眼， 喘息頻頻皺多眉，
居士患從何事得， 交吾兄弟總懷疑。

維摩良久爲王孫說法云：

永抛不久停， 陽焰非眞實。
我今略說汝須聽， 吾此身軀幼（幻）化成。
死未到頭何處覓， 病來侵體恐誰爭。
一塲德質爲根本， 三尺荒墳是去呈（程），
四大違和常日事， 不勞君等驀然驚。

居士曰：汝等五百弟兄，但往菴園禮仏聽法，吾緣染患，寸步難移，遂即將別，吟成數偈： 七首

王孫不用苦籌良， 早入菴園道理長。
我命恰如凝草露， 吾身也似綴花霜，
蟬聲返覆穿踈牖， 柳影彫（凋）殘對病床。

屈指算伊金(今)古了，從來誰是免無常。
今朝大欲禮空王，眞爲纏眠(綿)又嘆傷，
無力整衣甘寂寞，有心開戶受恓惶，
千般羅綺能簽眼，萬種笙歌解割腸，
汝等弟兄聽我語，從來誰是免無常。
休誇英彥會文章，令格清詞韻雪霜，
揵(健)筆也曾施敎化，冥(冥)搜幾度勘陰陽，
螢窗苦志何方去，雪嶠工勳甚處藏，
汝等弟兄聽我語，從來誰是免無常。
直宜早去禮空王，寶蓋莊嚴莫改張，
日照珠珍光燦爛，風敲金玉韻玎璫，
九種陌上爲佳瑞，一國人中作吉祥，
汝等好須參聖主，卻來應是我無常。
[illegible]
方丈且無慈鏡照，菴園純有覺花香，
稜層岳色多羸枕，慘淡人煙到病床，

汝等觀吾形狀劣，　參差應見我無常。
直須更改舊行藏，　莫戀紅樓宴會昌，
若重慈尊能說法，　不悋嬪綵解梳粧，
眞珠簾外停絲竹，　玳瑁筵中罷令章，
記取今朝相勸語，　這身看卽是無常。
分襟此處最恓惶，　不得倍隨入道場，
深羡九宮清信士，　歡忻先禮白毫光，
金枝一一排龍象，　寶蓋雙雙鬭鳳凰，
唯我此時難去得，　逡巡定是我無常。

時寶積等旨（[illegible]）受維摩勸誘，記當居士敎招，重整威儀，再排隊仵（伍），皆往菴園，禮仏去也。於是寶積等，聞維摩勸切，見居士病深，聽處分而一一依從，取敎招而人人稟受。遂卽安排寶蓋，整頓金冠，專心而待赴菴園，愴戀而難別方丈。寶積爲居士曰：「暫時分手，傾刻（頃刻）別離，辭居士兮千難萬難，禮大聖兮任去便去。伏望居士，善爲將息，好自調和。紅爐溫長子之湯，淥醑（醑）下公卿之藥。況已時光寂莫（寞），窗前之蕭洒清風，節序凋零，砌畔之芬菲黄葉（葉）。滿枕之蟬聲聒聒，盈門之秋色濃濃。偃（偃）臥高床，尫羸壞室。居士之病容轉盛，喘息微微，吾曹之愁色倍深，呼嗟急急。我等蒙維摩提持恩切，法乳（[illegible]）情深，誰知居士纏綿（綿），變作王孫病苦。臨臨取別，依迴而愁結雙眉，漸漸分襟，攀仰而淚垂丹臉。

屈指算伊金(今)古了，　從來誰是免無常。
今朝大欲禮空王，　眞爲纏眠(綿)又嘆傷，
無力整衣甘寂寞，　有心開戶受恓惶。
千般羅綺能簽眼，　萬種笙歌解割腸。
汝等弟兄聽我語，　從來誰是免無常。
休誇英彥會文章，　令格清詞韻雪霜，
揵(健)筆也曾施教化，　窅(冥)搜幾度勘陰陽。
螢窗苦志何方去，　雪嶠工勳甚處藏，
汝等弟兄聽我語，　從來誰是免無常。
直宜早去禮空王，　寶蓋莊嚴莫改張，
日照珠珍光燦爛，　風敲金玉韻玎璫。
九種陌上爲佳瑞，　一國人中作吉祥，
汝等好須參聖主，　却來應是我無常。
吾身稍似得安康，　未肯慵於禮法王，
方丈且無慈鏡照，　菴園純有覺花香。
稜層岳色多羸枕，　慘淡人煙到病床，

汝等觀吾形狀劣，參差應見我無常。
直須更改舊行藏，莫戀紅樓宴會昌，
若重慈尊能說法，不怜嬪綵解梳粧。
眞珠簾外停絲竹，玳瑁筵中罷令章，
記取今朝相勸語，這身看卽是無常。
分襟此處最悽惶，不得倍隨入道場，
深羡九宮淸信士，歡忻先禮白毫光。
金枝一一排龍象，寶蓋雙雙鬬鳳凰，
唯我此時難去得，逡巡定是我無常。

時寶積等盲(旨)受維摩勸誘，記當居士敎招，重整威儀，再排隊仵(伍)，皆往菴園，禮仏去也。於是寶積等，聞維摩勸切，見居士病深，聽處分而一一依從，取敎招而人人禀受。遂卽安排寶蓋，整頓金冠，專心而待赴菴園，愴戀而難別方丈。寶積爲居士曰：「暫時分手，傾尅(頃刻)別離，辭居士兮千難萬難，禮大聖兮任去便去。伏望居士，善爲將息，好自調和。紅爐溫長子之湯，淥醑(醽)下公卿之藥。況已時光寂莫(寞)，窗前之蕭洒淸風，節序凋零，砌畔之芬菲黃葉(葉)。滿枕之蟬聲聒聒，盈門之秋色濃濃。偃(偃)臥高床，尫羸壞空。居士之病容轉盛，喘息微微，吾曹之愁色倍深，呼嗟急急。我等蒙維摩提持恩切，法乳(□)情深，誰知居士纏眠(綿)，變作王孫病苦。臨臨取別，依迴而愁結雙眉，漸漸分襟，攀仰而淚垂丹臉。

看天失色，望日無光。凝思而惆悵盈懷，賠想而嗚呼滿抱。皆和淚語，總帶愁顏。切須保攝精懃，莫使纏眠(綿)更甚。我等暫瞻大聖，略禮慈尊，逡巡便出菴園，傾(頃刻)却看居士。由是停移寶蓋，整頓金冠，玲瓏而牢地朱瓔，敲磕而塞堦珂珮。琉璃頂上，煙霄而一行秋天，水玉稜頭，香榭而半輪明月。摩瓏虎(琥)珀，彫尅(雕刻)珊瑚，祥風由動於馨香，瑞霧上凝於光彩。半千寶蓋，行行而總已擎持，一國英賢，浩浩而齊聲讚嘆。行也行也，去時去時，万家之隣女後隨，滿路之簫韶前引。喧天絲竹，驚迴碧落之雲，匝地綺羅，暎榭青春之蕊。變毗耶國為極樂城，九衢裝凝日之樓，万戶展長春之障。漸辭方丈，已遠毗耶，看看欲到於菴園，盡禮於花臺聖主。

凡事皆依居士裁，　俱持寶蓋意徘徊，
臨辭室內愁眉結，　頻被堦前日影催，
啼樹晚鶯同助哭，　語簷秋燕共添哀，
分襟頃刻又惆悵，　待禮牟尼對寶臺。
驀被命終難脫免，　不得因循摐病歹，
煎湯幸有黃金銚，　息然身敕大婁羅，
善惡多般須攝治，　熬藥寧无白玉鍋，
況當時景已秋深，　莫交迴迴見蹉跎。
　　　　　　　　　刮地蟬聲出晚林，

露綴晚雲(疑松或林)千滴玉，菊搖寒砌一藂(叢)金，
淸風冷淡牽愁思，黃葉凋零打病心，
居士切須勤攝治，莫教死相便來侵。
我重維摩法乳([illegible])悟，一從得病我愁生，
如今方丈英賢臥，有似愁天皓月傾，
愁色聚眉長不散，淚痕垂臉更分明，
心中又待菴園去，和喜和悲步步行。
收拾寶蓋整威儀，玉珮玎璫滿路歧，
鬪闒車渠光璨爛，摩瓏琥珀色參差，
眞珠網，白雲霥，寶蓋光明照晚空，
一國仕流春色內，半千王子玉光中。
人浩浩，語喧喧，雲疊重重暎碧天，
手撼珊瑚鸚鵡動，風揭珂珮鳳凰編。
名隊仗，實難逢，百萬人民作一藂，
寶蓋手持光㙮㙮，金冠頂戴色融融。
滿堤羅綺裝紅日，塞地笙歌聒瑞風，

看天失色，𡑹日無光。凝思而惆悵盈懷，暗想而嗚呼滿抱。皆和淚語，總帶愁顏。切須保攝精懃，莫使纏眠(綿)更甚。我等暫瞻大聖，略禮慈尊，逡巡便出菴園，傾尅(頃刻)却看居士。」由是停移寶蓋，整頓金冠，玲瓏而宇地朱瓔，敲磕而搴揩珂珮。琉璃頂上，煙霄而一行秋天，水玉稜頭，香榭而半輪明月。摩瓏虎(琥)珀，彫尅(雕刻)珊瑚，祥風由動於礬香，瑞霧上凝於光彩。半千寶蓋，行行而總已擎持。一國英賢，浩浩而齊聲讚嘆。行也行也，去時去時，万家之隣女後隨，滿路之簫韶前引。喧天絲竹，驚迴碧落之雲，匝地綺羅，暎榭青春之蕊。變毗耶國爲極樂城，九衢裝凝日之樓，万戶展長春之障。漸辭方丈，已遠毗耶，看看欲到於菴園，盡禮於花臺聖主。

凡事皆依居士裁，俱持寶蓋意徘徊，
臨辭室內愁眉結，頻被堦前日影催。
唏樹晚鶯同助哭，語簷秋燕共添哀，
分襟頃刻又惆悵，待禮牟尼對寶臺。
且希居士好調和，不得因循攤病歹，
驀被命終難脫免，忽然身敎大婁羅。
煎湯幸有黃金銚，熬藥寧无白玉鍋，
善惡多般須攝治，莫交迴迴見蹉跎。
況當時景已秋深，刮地蟬聲出晚林，

露綴晚公(疑松或菘)千滴玉，　菊搖寒砌一蘩(叢)金。
清風冷淡牽愁思，　黃葉凋零打病心。
居士切須勤攝治，　莫敎死相便來侵。
我重維摩法乳([illegible])悟，　一從得病我愁生。
如今方丈英賢臥，　有似愁天皓月傾。
愁色聚眉長不散，　淚痕垂臉更分明。
心中又待菴園去，　和喜和悲步步行。
收拾寶蓋整威儀，　玉珮玎璫滿路歧。
闢闥車渠光璨爛，　摩瓏琥珀色參差。
眞珠網、白雲霥，　寶蓋光明照晚空。
一國仕流春色內，　半千王子玉光中。
人浩浩、語喧喧，　雲疊重重暎碧天。
手撼珊瑚鸚鵡動，　風搗珂珮鳳凰編。
名隊丈、實難逢，　百萬人民作一蘩。
寶蓋手持光塌塌，　金冠頂戴色融融。
滿堤羅綺裝紅日，　塞地笙歌聒瑞風。

帝子庶人生踴躍，　一時遙禮玉毫中。
稱美譽、實奇哉，　五百王孫禮寶臺，
貪愛水波因此竭，　菩提花樹當時開。
聖賢嗟嘆千千遍，　凡庶歌揚万万迴，
總到菴園齊禮仏，　作何禮敬也唱將來。（原卷至此已完）

校記：

〔一〕本卷編號爲斯四五七一，標題原缺，今據內容所根據演繹之「維摩詰所說經」擬題。按演繹「維摩詰所說經」之講經文共七卷，原經爲姚秦三藏鳩摩羅什所譯。

〔二〕本卷原分爲多頁，爲倫敦博物館整理時誤黏，秩序倒置，文義不通。今據所演繹之維摩詰經經文之先後，將全卷原有內容編排次序改正。例如：演繹經首「如是我聞一時」數字之講經文，原卷編號爲(7)(9)(8)(5)，今改正爲(1)(2)(3)(4)段。　又原卷各頁之首、末均略有殘缺，故本卷在文末註明（原文至此殘闕），而另一行開端有（首缺）二字。

〔三〕「叚妄」疑爲「得置」二字。

〔四〕「由心識」三字只第一句原有，以下重句均寫「——」，今均依第一句補足。

〔五〕原句只三字，「晢」字未詳。

〔六〕「何」字疑衍。

〔七〕「瑟」字疑衍。

〔八〕「來」字據上例補。

〔九〕此段原卷本放在下文「所以經云復有萬梵天王尸棄□□乃至天龍……」之後，今將之移在此處，文義始通。

〔一〇〕「唱將來」三字據上例補。

王慶菽校錄

【維摩詰經講經文】[一]

經：「尒時長者寶積說[此偈已，白仏言：……願聞得仏國土清淨，唯願世尊說[二]諸菩薩淨土之行。」

經：尒時長者寶積，經云□[三]此偈已，白仏言：世尊，是五百長子□（皆）[四]已發阿□□（耨多）[五]羅三藐三菩提心，願聞得仏國土清淨，唯願世尊說諸卄淨土之行 即是卄淨土，當來不諂衆生來生，其國若有不諂不詐，心無所曲，衆生即生卄淨土中，隨其直心，則能發行。若□（隨）一切衆□生，皆有直心，則□起一切善行。隨其發行，則得深心。若發一切衆善，則具甚□□。若具深妙之心，則能調伏其意。若調伏意已，則所聞如其所說修□。若依其說修行，則衆善悉能迴向與一切衆生。若能廻向與一切衆生，則具足種種方便。既具足種種方便，則能成就一切衆生。若成就得一切衆□（生），即使仏國嚴淨。隨仏土淨，即說法淨。仏土既得嚴淨，則一切之法皆淨。若說法淨，則智惠淨。智慧能淨，其心清淨。其心淨已，則一切功德清淨。是故寶積□（若）卄欲得淨土，當淨其心。卄摩訶薩若要身居淨土，即先[淨][七]其心。如何淨心？不嫉、不妬、不諂、不誑、不憍慢、不掉舉、不兩舌、不惡口，無貪、無嗔、無諍、無競，不煞，不盜，不婬、不□（妄）、不飲酒，常行慈悲，濟貧拔苦，歸將有餘救不足者，將安樂施危厄者。乃頭目髓腦，身肉手足，將內外財帛，施身爲床座，求聞妙法。

淨土深沉理， 聞來莫可知，
那邊通穩便， 何處是修□。
望救衆生苦， 希求出淤泥，
此時申請問， 幸願賜慈悲。
必可除邪見， 應須滅衆灾。
幸逢金色相， 欣遇法門開。
禮拜親花坐， 虔心近寶臺，
此時垂敎道， 決定絕疑猜。
欲望開眞路， 專希振法雷，
勑文令諦聽， 便請唱將來。

經：「諦聽諦聽，善思念之，」乃至「受敎而聽。」〔五六〕

尒時長子寶積及五百長者子，既獻七寶蓋已，乃說偈讚歎世[illegible](尊)訖，乃白仏言：「世尊世尊，我等五百長者子發元(无)上正等道心，願聞如來國土清淨之事，惟願世尊說諸菩薩，摩訶卄𠘨(所)修行淨土之行。世尊大慈，爲我廣說，我等聞已，誓願修學。」〔五七〕

仏言：善哉，寶積。善哉者，言義，我仏又贊成寶積長者，能問於我卄修行淨土之行，及爲諸卄又問如來淨土之行，我爲汝等說之，汝等諦聽諦聽。言諦聽者，諦者，審也，個個審實思慮，用心淨(靜)聽，勿

【維摩詰經講經文】〔一〕

經：「尒時長者寶積說〔此偈已，白仏言……願聞得仏國土清淨，唯願世尊說〕〔二〕諸菩薩淨土之行。」

經：尒時長者寶積，經云〔三〕此偈已，白仏言：世尊，是五百長子公（皆）〔四〕已發阿□□（耨多）〔五〕羅三藐三菩提心，願聞得仏國土清淨，唯願世尊說諸井淨土之行。卽是井淨土，當來不諂衆生來生，其國若有不諂不詐，心無所曲，衆生卽生井淨土中，隨其直心，則能發行。若陀（隨）一切衆〔六〕生，皆有直心，則□起一切善行。隨其發行，則得深心。若發一切衆善，則具甚□□。若具深妙之心，則能調伏其意。若調伏意已，則所聞如其所說修□。若依其說修行，則衆善悉能迴向與一切衆生。若能廻向與一切衆生，則具足種種方便。旣具足種種方便，則能成就一切衆生。若成就得一切衆□（生），卽便仏國嚴淨。隨仏土淨，卽說法淨。仏土旣得嚴淨，則一切之法皆淨。若說法淨，則智惠淨。智慧能淨，其心清淨。其心淨已，則一切功德清淨。是故寶積丁（若）井欲得淨土，當淨其心。井摩訶薩若要身居淨土，卽先〔淨〕〔七〕其心。如何淨心？不嫉、不妬、不諂、不誑、不憍慢、不掉舉、不兩舌、不惡口，無貪、無嗔、無諍、無競，不煞，不盜、不婬、不忘（妄）、不飲酒，常行慈悲，濟貧拔苦，歸將有餘救不足者，將安樂施危厄者。乃頭目髓腦，身肉手足，將內外財帛，施身爲床座，求聞妙法。

淨土深沉理，　聞來莫可知，
那邊通穩便，　何處是修□。
望救衆生苦，　希求出淤泥，
此時申請問，　幸願賜慈悲。
必可除邪見，　應須滅衆灾。
幸逢金色相，　欣遇法門開。
禮拜親花坐，　虔心近寶臺，
此時垂敎遵，　決定絕疑猜。
欲望開眞路，　專希振法雷，
勑文令諦聽，　便請唱將來。

經：「諦聽諦聽，善思念之，」乃至「受敎而聽。」云云

尒時長子寶積及五百長者子，既獻七寶蓋已，乃說偈讚歎世𠀤(尊)訖，乃白仏言：「世尊世尊，我等五百長者子發元(无)上正等道心，願聞如來國土清淨之事，惟願世尊說諸菩薩，摩訶廾乩(井所)修行淨土之行。世尊大慈，爲我廣說，我等聞已，誓願修學。」云云

仏言：善哉，寶積。善哉者，言義，我仏又贊成寶積長者，能問於我廾修行淨土之行，及爲諸廾又問如來淨土之行，我爲汝等說之，汝等諦聽諦聽。言諦聽者，諦者，審也，個個審實思慮，用心淨(靜)聽，勿

生疑惑，聞已修學，善思念之。我説與汝，汝聞應善歎思量其義，聞其義已，記念在心，令莫忘失。云云

欲得聞眞妙，還須志意聽，
言言宜穩審，句句要分明。
莫慮實難會，何愁理不精，
此時申講説，隨類心均平。
定見除迷路，終諗(息)斷所猜，
然須消放逸，莫遺亂心壞(懷)。
自此邪門閉，因茲法戶開，
有情皆得果，無處不消灾。
禱祝須心志，虔誠莫縱乖，
一齋(齊)咸悄悄，説也唱將來。

□(經)：「如是寶積菩薩隨其直心別能發行，」乃至「是故寶積，若菩薩欲得淨土，當淨其心，隨其心淨，則仏土淨。」

於是長者子寶積五百人等，受仏誨淨心，淨聽仏言，寶積當知直心是卄淨土。卄成仏時，不諂衆生，來生其國。衆生其心正直，無有邪曲，入仏知見，悟仏知見，悲歎平等。勸一切衆生，皆如赤子。知身是空，了達實法。即仏是心，即心是仏，心外无法，法外无心，淨穢同體，无有分別。穢方淨土，皆猶

(由)心變。無有根本，亦无生滅，三界唯識，萬法唯心。了悟心源，即是淨土。若悟眞理，卉生與土，悉同是一也。即是心淨，即仏土淨云。別仏土淨云。側

淨土何曾遠，認得還須顯，
都來咫尺間，迷心終不見。
見了只在心，心了淨方現，
莫更苦尋求，只此除方便。
淨方道理只居心，心攝唯言義校深，
悟了只於心上取，心迷何處漫追尋。
心明自在來還去，心亂空論古與今，
畢竟若未除心內黑，定隨心意定漂沉。
心了了、意咍咍，心若尋常有亂犢(猜)，
若解分明生曉悟，眼前便是寶花開。
淸淨土、紫蓮臺，莫遠尋求使意懷，
會內一人都不悟，忽然起問唱將來。

經：「尒時舍利弗，承仏威神，作是念，」乃至「而是仏土不淨若此。」

尒時舍利弗承仏之威神，又不敢發問，默然作念。作念者，是舍利[弗]內心思惟仏言，若卉心淨，

生疑惑，聞已修學，善思念之。我說與汝，汝聞應善歎思量其義，聞其義已，記念在心，令莫忘失。云云

欲得聞眞妙，　還須志意聽，
言言宜穩審，　句句要分明。
莫慮實難會，　何愁理不精，
此時申講說，　隨類心均平。
定見除迷路，　終⿰礻息(息)斷所猜。
然須消放逸，　莫遣亂心壞(懷)。
自此邪門閉，　因茲法戶開，
有情皆得果，　無處不消灾。
禱祝須心志，　虔誠莫縱乖，
一齋(齊)咸悄悄，　說也唱將來。

□(經)：「如是寶積菩薩隨其直心別能發行，」乃至「是故寶積，若菩薩欲得淨土，當淨其心，隨其心淨，則仏土淨。」

於是長者子寶積五百人等，受仏誨淨心，淨聽仏言，寶積當知直心是井淨土。井成仏時，不諂衆生，來生其國。衆生其心正直，無有邪曲，入仏知見，悟仏知見，悲歎平等。勸一切衆生，皆如赤子。知身是空，了達實法。卽仏是心，卽心是仏，心外无法，法外无心，淨穢同體，无有分別。穢方淨土，皆猶

(由)心變。無有根本，亦无生滅，三界唯識，萬法唯心。了悟心源，即是淨土。若悟眞理，井土與土，悉同是一也。即是心淨，即仏土淨云。別仏土淨云。側

淨土何曾遠，　認得還須顯，
都來咫尺間，　迷心終不見。
見了只在心，　心了淨方現，
莫更苦尋求，　只此除方便。
淨方道理只居心，　心拙唯言義校深，
悟了只於心上取，　心迷何處漫追尋。
心明自在來還去，　心亂空論古與今，
畢竟若未除心內黑，　定隨心意定漂沉。
心了了、意咍咍，　心若尋常有亂猜(猜)，
若解分明生曉悟，　眼前便是寶花開。
清淨土、紫蓮臺，　莫遠尋求使意懷，
會內一人都不悟，　忽然起問唱將來。

經：「尒時舍利弗，承仏威神，作是念，」乃至「而是仏土不淨若此。」

尒時舍利弗承仏之威神，又不敢發問，默然作念。作念者，是舍利[弗]內心思惟仏言，若井心淨，

則仏土淨者。我世尊本爲菩之時，是萬行精修，意豈不淨。意豈不淨者，云仏過去因中仏之心意，豈是不淨，感果來於穢土。此之仏土，便不得清淨，被有而此穢濁之事云。

忽整威儀從坐起，　合掌殷勤申敬禮，
迷心此際有疑猜，　唯願慈悲說妙義。
世尊身、在因地，　豈不修持清淨意，
如斯穢土顯然間，　難會如斯深道理。
今辰幸乞賜慈悲，　願決昏昏一段疑，
適道□（隨）其心意淨，　如何穢土現如斯。
終不曉、周難知，　衆惡山川總見之，
我仏當爲菩薩日，　爭無臻志苦修持。
猶未悟、尙疑猜，　特望金言借辯才，
所貴裏心生了悟，　輒然方敢近花臺。
垂憫念、賜悲□（哀），　幸乞毫光照下懷，
大聖呵呵添幸色，　與他說喻唱將來。

經：「仏知其念，卽告之言，」乃至「日月豈不淨也。」云云

仏知其念者，世尊以他心智，知舍利弗作念。仏便告言，汝舍利弗，於汝意云何，日月豈是不淨也。

舍利弗，日之與月，兩耀齊明，一日一夜，照四天下，嘵(曉)昏侯(候)睹〔人〕除熱得涼，蕩蕩巍巍，淨无瑕穢，功德廣大，難贊難思，引導衆生，豈不清淨。而肓(盲)者不見，仏言譬如生盲之人，自无肉眼，不見日月，豈日月无也。小(舍)利弗曰：不也不也，世尊世尊。不然，世尊，即是生盲之人，自己過罪，非是日月之愆也。答也。仏告舍利弗，衆生種不見如來仏國嚴淨，非如來咎(過)。即是衆生宿業深重，根智羞(差)殊，小果之徒，障累未除，不能自覺，又不覺他，因甚得見仏國嚴淨。且十住菩尚不見仏智，況乎小果穢劣智微，如何覩見仏國嚴淨之事。云云

日光兼與天邊月，常向天邊多(多)晈絜，
非於日月沒光明，自是盲人不分別。
仏國土、事不遠，汝爲迷莫可見，
若交智惠得開張，仏國淨方皆總現。
他家日月自分明，不科之方目已盲，
不解賂言光皎皎，無非只道色寞寞(寞或冥)
終不曉、尙含情，何異時人帶恨誠，
若解持心開了悟，須臾便是淨方生。
認取理、莫疑猜，休縱迷心繼在懷，
莫更恨他日月闇，自緣紉(幼)目不曾開。

則仏土淨者。我世尊本爲井之時，是萬行精修，意豈不淨。意豈不淨者，云仏過去因中仏之心意，豈是不淨，感果來於穢土。此之仏土，便不得清淨，被有而此穢濁之事云。

忽整威儀從坐起，　合掌殷勤申敬禮，
迷心此際有疑猜，　唯願慈悲說妙義。
世尊身、在因地，　豈不修持清淨意，
如斯穢土顯然間，　難會如斯深道理。
今辰幸乞賜慈悲，　願決昏昏一段疑，
適道墮(隨)其心意淨，　如何穢土現如斯。
終不曉、周難知，　衆惡山川總見之，
我仏當爲菩薩日，　爭無臻志苦修持。
猶未悟、尙疑猜，　特望金言借辯才，
所貴裹心生了悟，　輒然方敢近花臺。
垂憫念、賜悲裹(哀)，　幸乞毫光照下懷，
大聖呵呵添幸色，　與他說喻唱將來。

經：「仏知其念，卽告之言，」乃至「日月豈不淨也。」云云

仏知其念者，世尊以他心智，知舍利弗作念。仏便告言，汝舍利弗，於汝意云何，日月豈是不淨也。

舍利弗，日之與月，兩耀齊明，一日一夜，照四天下消(曉)昏假(候)賂〔八〕除熱得涼，蕩蕩巍巍，淨无瑕穢，功德廣大，難贊難思，引導衆生，豈不清淨。而旨(盲)者不見，仏言譬如生盲之人，自无肉眼，不見日月，豈日月无也。尒(舍)利弗曰：不也不也，世尊世尊。不然，世尊，卽是生盲之人，自己過罪，非是日月之愆也。答也。仏告舍利弗，衆生種不見如來仏國嚴淨，非如來各(過)。卽是衆生宿業深重，根智荖(差)殊，小果之徒，障累未除，不能自覺，又不覺他，因甚得見仏國嚴淨。且十住井尙不見仏智，况乎小果穢劣智微，如何覩見仏國嚴淨之事。云云

日光兼與天邊月，常向天邊乡(多)晈絜，
非於日月沒光明，自是盲人不分別。
仏國土、事不遠，汝爲迷莫可見，
若交智惠得開張，仏國淨方皆總現。
他家日月自分明，不科之方目已盲，
不解賂言光皎皎，無非只道色寞寞(寞或冥)，
終不曉、尙含情，何異時人帶恨誠，
若解持心開了悟，須臾便是淨方生。
認取理、莫疑猜，休縱迷心繼在懷，
莫更恨他日月闇，自緣紉(幼)目不曾開。

世尊說、振春雷，　　百万天人唱善哉，
螺髻梵王請指引，　　分明更説唱將來。

經：「尒時螺髻梵王語舍利弗，勿昨是意，謂此仏土以爲不淨，」乃至「心有高下，不依仏惠，故見此土爲不淨耳。」

尒時螺髻梵王語舍利弗：勿作是意，謂此仏土將爲不淨。螺髻梵王者，卽是初禪梵王，髮如螺髻，與仏无殊，修四空四禪，有大智大惠，根(熟)果滿，識量弘深，見此穢土，如似自在天宮。言舍利弗勿作是意，便將此土爲不淨世界。舍利弗又云：我見此土丘陵坑坎，荆棘沙礫，□(土)石諸山，穢惡充滿。丘陵坑坎，卽是高下不平；荆棘沙礫，粗惡之義；土石諸山，方是穢垢。緣舍利弗身居小果，與仏及𦬇所見不同，彼〔其〕甚似瑩(螢)火對於日光，泥彈同於月愛，全不相承，故但見穢惡，不見清淨。螺髻梵王又告舍利弗，仁者心有高下，不依仏惠，故見此土爲不淨耳。云仁者，自己心中高下不平，穢惡□滿。何不依仏智惠，除遺疑惑，淨穢兩途，皆是自生分別。淨穢无殊，不悟不淨，不下不高，无有差殊，卽爲平等。云云

梵王既見生疑惧，　　引接發言尋保護，
汝令(今)勿作此輕言，　　自爲未明清淨土。
我心誠、看此境，　　瑩徹分明如寶鏡，
略無穢惡眼前生，　　只見眞如𠏉大聖。

舍利弗，我見處，　　荆棘丘山及惡趣，
裏心常有此疑猜，　　一段疑猜終不去。
我見如來土，　　坈(坑)丘自顯然，
雖聞螺髻說，　　猶訝梵王言。
迷意終難改，　　癡心尚纏綿，
窮思深妙理，　　不可會幽玄。
聞說依希悞(悟)，　　愚心漸次開，
目前觀穢濁，　　莫可決疑猜。
大聖施神變，　　天人國未裁，
十方清淨土，　　齊現唱將來。

經："「於是仏以足指案地，即時三千大千世界若干百千珍寶，」乃至「自見坐寶蓮花。」"云云

於是仏將足指案地，尒時世尊見舍利弗心疑，言此仏土決定穢濁。世尊即以足指案地，即時三千大千世界若干百千珍寶嚴飾。若干者，无數百千雜寶百(間)廁，不狀不及。譬如寶莊嚴仏无量功德，寶莊嚴土如寶莊嚴仏國，以无量无邊珍寶嚴飾其土。仏爲舍利弗有疑，乃變即丘陵坑坎之屬，示其衆寶莊嚴：

忽然大聖施神變，　　應見有靈皆總見，

世尊說、振春雷，　百万天人唱善哉，
螺髻梵王請指引，　分明更說唱將來。

經：「尒時螺髻梵王語舍利弗，勿昨是意，謂此仏土以爲不淨，」乃至「心有高下，不依仏惠，故見此土爲不淨耳。」

尒時螺髻梵王語舍利弗：勿作是意，謂此仏土將爲不淨。螺髻梵王者，卽是初禪梵王，髮如螺髻，與仏无殊，修四空四禪，有大智大惠，根熱（熟）果滿，識量弘深，見此穢土，如似自在天宮。言舍利弗勿作是意，便將此土爲不淨世界。舍利弗又云：我見此土丘陵坑次，荊棘沙礫，□（土）石諸山，穢惡充滿。丘陵坑次，卽是高下不平；荊棘沙礫，粗惡之義；土石諸山，方是穢垢。緣舍利弗身居小果，與仏及井所見不同，佽〔九〕甚似營（螢）火對於日光，泥彈同於月愛，全不相承，故但見穢惡，不見清淨。螺髻梵王又告舍利弗，仁者心有高下，不依仏惠，故見此土爲不淨耳。云仁者，自己心中高下不平，穢惡□滿。何不依仏智惠，除遣疑惑，淨穢兩途，皆是自生分別。淨穢无殊，不悟不淨，不下不高，无有差殊，卽爲平等。云云

梵王既見生疑惧，　引接發言尋保護，
汝令（今）勿作此輕言，　自爲未明清淨土。
我心誠、看此境，　瑩徹分明如寶鏡，
略無穢惡眼前生，　只見眞如兼大聖。

舍利弗、我見處，　荆棘丘山及惡趣，
裏心常有此疑猜，　一段疑猜終不去。
我見如來土，　坑(坑)丘自顯然，
雖聞騾髻說，　猶訝梵王言。
迷意終難改，　癡心尚繼纏，
窮思深妙理，　不可會幽玄。
聞說依希悞(悟)，　愚心漸次開，
目前覩穢濁，　莫可決疑猜。
大聖施神變，　天人國未裁，
十方清淨土，　齊現唱將來。

經：「於是仏以足指案地，卽時三千大千世界若干百千珍寶，」乃至「自見坐寶蓮花。」云云

於是仏將足指案地，尒時世尊見舍利弗心疑，言此仏土決定穢濁。世尊卽以足指案地，卽時三千大千世界若干百千珍寶嚴飾。若干者，无數百千雜寶惱(間)廁，不狀不及。譬如寶莊嚴仏无量功德，寶莊嚴土如寶莊嚴仏國，以无量无邊珍寶嚴飾其土。仏爲舍利弗有疑，乃變卽丘陵坑坎之屬，示其衆寶莊嚴：

忽然大聖施神變，　應見有靈皆總見，

淨方次第眼前生，快樂莊嚴無不現。
玉爲樓，金爲殿，鸚鵡頻迦咸讚歎，
非論菩薩似恆沙，光內親觀諸仏面。
如來神力忽昭（回）彰，淨國從空便顯揚，
紫殿總將白玉砌，碧霄皆是白毫光。
菩薩衆，貌堂堂，瓔珞渾身百寶裝（莊），
千衆樂音齊嚮亮，万般花木自芬芳。
聞法衆，百千位（億），並覩莊嚴讚善哉，
尊者忽然瞻囑後，便同陰裏撥雲開。
咸頂禮，各徘徊，諸佛分明座法臺，
大聖迴看舍利弗，問見與不見唱將來。

經：「一切大衆，歎未曾〔有〕，」乃至「仏告舍利佛（弗）嚴淨悉現。」一切大衆，歎未曾有，而皆見坐寶蓮花，是會中一切大衆各各自見，身坐蓮花。又仏告舍利弗，汝且觀是仏土嚴淨，令舍利弗自觀仏土嚴淨之事。舍利弗告仏唯然。唯然者，信受之辭。本所不見，本所不聞，云我未曾見者，今見；未曾聞者，今聞；今仏國土嚴淨，悉皆顯現，我已見聞。

側　淨土莊嚴汝見否？　可煞（煞或然）丘山有衆苦，

如斯顯現一場間，　王乃都□之如不都。

舍利弗，尋讚歎，　我本眼看全不見，

令(今)朝比並極分明，　迷意當時皆已遣。

祈心瞻(瞻)禮又瞻依，　此事千年万劫希，

自喜想生新覺悞(悟)，　旋知已遣舊時疑。

託聖力，賴慈悲，　息却夕(多)生無限迷，

又更會前申禮讚，　聲聲唯道不思議。

添福惠，斷疑情，　今日褒(衷)心喜又台，

恨發疑情多懇意，　莫非專切禮花臺。

我淨土，鎮鋪排，　令汝今朝智惠開，

更怕人心猶不悟，　分別說喻唱將來。

經：「仏語舍利弗，我仏國土常淨若此，」乃至「若人心淨，便見此土功德莊嚴。」

經：仏語舍利弗，我仏國土常淨若此。告云：我之國土尋常清淨如此，是汝小果小智，隔在智鏡，不同不見我土嚴淨，常生不淨之見。爲欲度斯下劣人，故示是衆惡不淨耳。我爲度下劣之輩，個個漸入仏智，示現如是衆惡不淨土耳。譬如諸天共一寶器中食，各隨其福德，飯(飯)色有異，如諸天之人，共一寶器中食，各隨自己福[田]力，其飯各各差別，滋味不等。聖凡福業有異，所以觀淨穢不同如是。舍利

淨方次第眼前生，　快樂莊嚴無不現。
玉爲樓、金爲殿，　鸚鵡頻迦咸讚歎，
非論菩薩似恆沙，　光內親觀諸仏面。
如來神力忽昭[□]彰，　淨國從空便顯揚，
紫殿總將白玉砌，　碧霄皆是白毫光。
菩薩衆、貌堂堂，　瓔珞渾身百寶莊(裝)，
千衆樂音齊嚮亮，　万般花木自芬芳。
聞法衆、百千佐(位)，　並覩莊嚴讚善哉，
尊者忽然瞻囑後，　便同陰裏撥雲開。
咸頂禮、各俳佪，　諸佛分明座法臺，
大聖迴看舍利弗，　問見與不見唱將來。

經：「一切大衆，歎未曾[有]，」乃至「仏告舍利佛(弗)嚴淨悉現。」一切大衆，歎未曾有，而皆見坐寶蓮花，是會中一切大衆各各自見，身坐蓮花。又仏告舍利弗，汝且觀是仏土嚴淨，令舍利弗自觀仏土嚴淨之事。舍利弗告仏唯然。唯然者，信受之辭，本所不見，本所不聞，云我未曾見者，今見；未曾聞者，今聞；今仏國土嚴淨，悉皆顯現，我已見聞。

側　淨土莊嚴汝見否，　可煞(煞或然)丘山有衆苦，

如斯顯現一場間，　王乃都〔一一〕之如不都。
舍利弗、尋讚歎，　我本眼看全不見，
令(今)朝比並極分明，　迷意當時皆已遣。
祈心瞻(瞻)禮又瞻依，　此事千年万刼希，
自喜想生新覺悞(悟)，　旋知已遣舊時疑。
託聖力、賴慈悲，　息却乡(衆)生無限迷，
又更會前申禮讚，　聲聲唯道不思議。
添福惠、斷疑情，　今日褁(裏)心喜又台，
恨發疑情多懇意，　莫非專切禮花臺。
我淨土、鎮鋪排，　令汝今朝智惠開，
更怕人心猶不悟，　分明說喻唱將來。

經：「仏語舍利弗，我仏國土常淨若此，」乃至「若人心淨，便見此土功德莊嚴。」

經：仏語舍利弗，我仏國土常淨若此。　告云：我之國土尋常清淨如此，是汝小果小智，隔在智鏡，不同不見我土嚴淨，常生不淨之見。　爲欲度斯下劣人，故示是衆惡不淨耳。　我爲度下劣之輩，個個漸入仏智，示現如是衆惡不淨土耳。　譬如諸天共一寶器中食，各隨其福德，飦(飯)色有異，如諸天之人，共一寶器中食，各隨自己福〔一三〕力，其飯各各差別，滋味不等。　聖凡福業有異，所以觀淨穢不同如是。　舍利

弗，若人心淨，便見此土功德莊嚴，人若心淨，平等無差，即見佛國清淨之耳。云云

清幽國土長如此，　衆寶莊嚴皆若是，
只緣自意有高伭(低)，　迷意凡心難得至。
似諸天，一寶器，　食饌臨時各有異，
福微之者遂蔬食，　福盛之人皆上味。
修行少，心未至，　即見穢方皆若此，
既能意氣達菩提，　便都(覩)莊嚴極樂事。
長者蒙垂勸，　明明斷所猜，
自然知勝法，　各各了奇才。
居士聞言化，　尋時悎(悟)意開，
既無貪戀中，　淨肯愛珍財。
所喜旋添意，　清涼適惬(愜)壞(懷)，
幾多方便處，　便請唱將來。

經：「若在剎利，剎利中尊，除其我慢。若在婆羅門，婆羅門中尊，除其我慢。」

若在剎利，剎利中尊，敎以忍辱。剎利者，是西天王種，爲厭居王佐，不樂諠囂，弃捨國城，入於林藪，修忍□(辱)力，除瞋恚心，內能捨頭目身軀，外能捨珠珍妻兒，自能忍辱，亦勸敎人，終歲无閑，經年

不惓。

在婆羅門，除其我慢。婆羅門者，是淨行之種，世祖已來，修閆淨行，自有堅志，勸人無厭，求離世間，希生天果。或偏緣臥棘，五熱炙身，持雞狗戒，事日月天。但知執我執人，亦說无因无報。邪山增長，慢海添流，是他非常生我慢。居士在彼，亦爲其尊，說法化之，令除慢易，皆令出衆，未使入流故。云云

意爲衆生故，權爲羅剎尊，
初還行嫉妬，後即斷貪嗔。
指示心歸正，令交懇募(慕)眞，
但行忍辱行，必見脫泥津。
旣遇婆羅衆，其中亦作尊，
令除我慢意，却作善和人。
便去貪邪意，抛離外道因，
忙然歸大道，當下出囂塵。
各各除疑意，人人有悟懷，
莫作含喜捨，尋便抱悲哀。
我慢何曾有，貪嗔已遣迴，

弗，若人心淨，便見此土功德莊嚴，人若心淨，平等無差，卽見仏國清淨之耳。云云

清幽國土長如此，衆寶莊嚴皆若是，
只緣自意有高佉(低)，迷意凡心難得至。
似諸天、一寶器，食饌臨時各有異，
福微之者遂蔬食，福盛之人皆上味。
修行少、心未至，卽見穢方皆若此，
旣能意氣達菩提，便都(覩)莊嚴極樂事。
長者蒙垂勸，明明斷所猜，
自然知勝法，各各了奇才。
居士聞言化，尋時悞(悟)意開，
旣無貪繼半，淨肯愛珍財。
所喜旋添意，清涼迴愜(惬)壞(懷)，
幾多方便處，便請唱將來。

經：「若在剎利，剎利中尊，除其我慢。若在婆羅門，婆羅門中尊，除其我慢。」

若在剎利，剎利中尊，敎以忍辱。剎利者，是西天王種，爲厭居王佐，不樂諠囂，弃捨國城，入於林藪，修忍□(辱)力，除腹恚心，內能捨頭目身軀，外能捨珠珍妻兒，自能忍辱，亦勸敎人，終歲无閑，經年

不惓。

在婆羅門，除其我慢。婆羅門者，是淨行之種，世祖已來，修閻淨行，自有堅志，勸人無厭，求離世間，希生天果。或徧緣臥棘，五熱炙身，持雞狗戒，事日月天。但知執我執人，亦說无因无報。邪山增長，慢海添流，是他非常生我慢。居士在彼，亦爲其尊，說法化之，令除慢易，皆令出衆，未使入流故。云云

意爲衆生故，　權爲羅剎尊，
初還行嫉妬，　後卽斷貪嗔。
指示心歸正，　令交懇慕（慕）眞，
但行忍辱行，　必見脫泥津。
旣遇婆羅衆，　其中亦作尊，
令除我慢意，　却作善和人。
便去貪邪意，　抛離外道因，
忙然歸大道，　當下出囂塵。
各各除疑意，　人人有悟懷，
莫作含喜捨，　尋便抱悲哀。
我慢何曾有，　貪嗔已遣迴，

總達方便理，　請爲唱將來。

經：「若在大臣，大臣中尊，敎以正法。若在王子，王子中尊，示以忠孝。」

若在大臣，大臣中尊，敎以正法。大臣者，或是當朝相座，或是出鎮藩方，爲天子之腹心，作聖人之耳目，成邦立國，爲社禝（稷）之柱石。定難除竟（危或兇），作朝廷之離屏。然後示其正法常王，遂諷人陳以直言，無施邪敎命，天子金枝永茂，玉葉（葉）長榮，子子孫孫，相承相代，出將入相，燮理陰陽，恕（恕）物接人，行思（恩）布惠。使千年萬歲，皇風不墜，帝道無傾。顯名於鳳閣之中，畫影向驎（麟）臺之上。以著書史，紀德紀功，是名太（大）臣。我維摩居士於此大臣之中，亦爲第一，更以方便，令其不枉人民，是故於此中尊。云云

若在王子，王子中尊，示以忠孝。言王子者，是國王之太子，或是遠從，或是親王，但是皇屬，總得名爲王子。並須鏘鏘濟濟，有孝有忠，始末一心，無懷二意，同匡家社，共治邦家。使根固枝繁永不枯，四海万方爲一統。上則忠勤於主，次則孝養於親，是王子之行。我維摩居士亦於次中，而得第一。仍以微妙方筞（策）而敎誨之，王子信行，又使皇圖霸盛。云云

爲人不得多愚癡，　認取眞常深妙敎，
若悟永不受沉輪（淪），　眞（眞）須在意行忠孝。
忠不施，孝不展，　神道虛空皆總見，
須臾致得禍臨身，　妻男眷屬遭除剪，

忠旣行，孝旣展，　必見官高名位顯，
善神密護鎮隨身，　自然災行常除遣。
事須依勸莫因巡，　切要修持此個身，
凡有行藏平隱作，　仾(低)防禍幻(患)使心神。
常孝順，母忠貞，　必遂高零(齡)得顯榮，
儻若欺謾小子事，　當時迍厄便施行。
蒙化後，轉情開，　節勤之心斂意懷，
行孝行忠多少闕(關)，　修仁修德有所咍。
然福祐，息迍災，　各願歸依近法臺，
總待周旋行化後，　現身有病唱將來。

〔經：「若在內官，內官中尊，化政宮女。」〕〔一三〕

若有內官，內官中尊，化政宮女。云內官者，是黃門也，亦不〔一四〕名閹官，近伐(代)無記，及四十餘年，此官絕滅。西天亦有此色，不唯中國有之。凡是官(宮)禁食宿中，皆爲親密，出銜帝命，入當綵綸。食宿不離於殿庭，行坐常隨於輦輅。宮人妓女，無不依屬，內監嬪妃，皆令官(宮)處。治爲四方之監護，作一國之威權。百辟稟承，千官取別。重仏重法，好侈好奢，共佐皇風，同居紫禁。我維摩居士，亦於此中，爲其法則，敎化是等，悉使孜(發)心。云云

總達方便理，　　請爲唱將來。

經：「若在大臣，大臣中尊，敎以正法。若在王子，王子中尊，示以忠孝。」

若在大臣，大臣中尊，敎以正法。大臣者，或是當朝相座，或是出鎭藩方，爲天子之腹心，作聖人之耳目，成邦立國，爲社禮(稷)之柱石，定難除危(危或兇)，作朝廷之籬屏。然後示其正法常王，遂諷人陳以直言，無施邪敎命，天子金枝永茂，玉菜(葉)長榮，子子孫孫，相承相伐，出將入相，燮理陰陽，慇(愍)物接人，行思(恩)布惠。使千年萬歲，皇風不墜，帝道無傾。顯名於鳳閣之中，畫影向驎(麟)臺之上。以著書史，紀德紀功，是名丈(大)臣。我維摩居士於此大臣之中，亦爲第一，更以方便，令其不枉人民，是故於此中尊。云云

若在王子，王子中尊，示以忠孝。言王子者，是國王之太子，或是遠從，或是親王，但是皇屬，總得名爲王子。並須鏘鏘濟濟，有孝有忠，始末一心，無懷二意，同匡家社，共治邦家。使根固枝繁永不枯，四海万方爲一統。上則忠勤於主，次則孝養於親，是王子之行。我維摩居士亦於次(此)中，而得第一。仍以微妙方筞(策)而敎誨之，王子信行，又使皇圖霸盛。云云

爲人不得多愚奧，　認取眞常深妙敎，
若悟永不受沉輪(淪)，　眞(直)須在意行忠孝。
忠不施、孝不展，　神道虛空皆總見，
須臾致得禍臨身，　妻男眷屬遭除剪，

忠旣行、孝旣展，必見官高名位顯，
善神密護鎮隨身，自然灾行常除遣。
事須依勸莫因巡，切要修持此個身，
凡有行藏平隱作，佤(低)防禍幻(患)使心神。
常孝順、母忠貞，必遂高零(齡)得顯榮，
儻若欺謾小子事，當時迍厄便施行。
蒙化後、轉情閑，飭勸之心殺意懷，
行孝行忠多少闕(闕)，修仁修德有所咍。
然福祐、息迍灾，各願歸依近法臺，
總待周旋行化後，現身有病唱將來。

〔經：「若在內官，內官中尊，化政宮女。」〕〔一三〕

若有內官，內官中尊，化政宮女。云內官者，是黃門也，亦不〔一四〕名閹官，近伐(代)無記，及四十餘年，此官絕滅。西天亦有此色，不唯中國有之。凡是官(宮)禁食宿中，皆爲親密，出銜帝命，入當絲綸。食宿不離於殿庭，行坐常隨於輦輅。宮人妓女，無不依屬，內監嬪妃，皆令官(宮)處。治爲四方之監護，作一國之威權，百僻稟承，千官取別。重仏重法，好侈好奢，共佐皇風，同居紫禁。我維摩居士，亦於此中，爲其法則，敎化是等，悉使𤼵(發)心。云云

不可思議居士，化誘有千般道理，
非論說法不(多)途，勸誨王孫帝子。
宰官居士之屬，和愜如同魚水，
婆羅門人我如山，[我]悉遣除慢易。
最是難化調伏，豪貴尊嚴剎利，
盡因大士歸拯(從)，滅却貢高之意。
更有國主兒孫，遠近宗枝王子，
皆令忠孝君親，悉使皇風不墜。
又有國內庶民，傳勢修生意氣，
當因開士指南，個個聞經會儀。
又逢閹豎之徒，直至宮中侍婢，
忽逢居士誡呵，一一消亡罪累。
內侍黃門輩，無非執化權，
見僧常禮重，求法每精專。
起敬傾家產，營齋請福田，
寫經兼鑄像，謀後世良緣。

空不支那有，　多應在五天，
少時還美妙，　醜拙是臨年。
富貴學宮裏，　嬌奢做(傲)殿前，
忽然思(恩)寵盡，　被配守陵原。
恰愚(遇)維摩詰，　談空甚喜歡，
一時生厭離，　合掌入菴園。

有一內侍罷官，居於山水，忽得疾病，令人尋醫。有人言某村、某聚落，有一處士名醫，急令人召到，便令候脈，候脈了。其人云：更不是別疾病，是因(坐)後風。其大官甚怒，便令從人拖出，數人一時打決。其人叫呼，更有一人內侍，亦是罷官，看來見外面鬧，內使多露頭插[illegible]於墻頭出面曰：此人村坊下輩，不識大官，不要打捧，便令放去。其醫人忽爾擡頭，見此中官，更言曰：阿娍道(到)底是那。

長者維摩詰如是等无量方便，云何名，以如是等无量方便，即是上來奈([illegible])[菩]在利利，利利中尊。直至今在護護戒(伐)中尊已來。居士以種種百千方便，於中誘誨，善說諸法，敎化多般，悉令信受，隨其類趣，依稟修學。皆於本事通達解了，又令速發无([illegible])上正等之心。居士爲愍衆生及小果之輩，意欲廣談妙法，示現有疾於方丈室中，獨寢一床，以疾而臥。是要度脫迷暗，總出昏衢，令知身命不堅，幻化爲體。四大假合，五蘊成形，欻尔无常，颯然空寂。維摩居士尚悟如斯，況我輩之徒，如何不覺。云

云

不可思議居士，化誘有千般道理，
非論說法不(多)途，勸誨王孫帝子。
宰官居士之屬，和悏如同魚水，
婆羅門人我如山，[我]悉遣除慢易。
最是難化調伏，豪貴尊嚴刹利，
盡因大士歸挺(從)，滅却貢高之意。
更有國主兒孫，遠近宗枝王子，
皆令忠孝君親，悉使皇風不墜。
又有國內庶民，傳勢修生意氣，
當因開士指南，個個聞經會儀。
又逢閹豎之徒，直至宮中侍婢，
忽逢居士誡呵，一一消亡罪累。
內侍黃門輩，無非執化權，
見僧常禮重，求法每精專。
起敬傾家產，營齋請福田，
寫經兼鑄像，謀後世良緣。

空不支那有，　多應在五天，
少時還美妙，　醜拙是臨年。
富貴學宮裏，　嬌奢傚(傲)殿前，
忽然思(恩)寵盡，　被配守陵原。
恰愚(遇)維摩詰，　談空甚喜歡，
一時生厭離，　合掌入菴園。

有一內侍罷官，居於山水，忽得疾病，令人尋醫。有人言某村、某聚落，有一處士名醫，急令人召到，便令候脉，候脉了。其人云：更不是別疾病，是㘴(坐)後風。其大官甚怒，便令從人拖出，數人一時打決。其人叫呼，更有一人內侍，亦是罷官，看來見外面鬧，內使多露頭插挄於墻頭出面曰：此人村坊下輩，不識大官，不要打捧，便令放去。其醫人忽爾擡頭，見此中官，更言曰：阿姨道(到)底是那。

長者維摩詰如是等无量方便，云何名，以如是等无量方便，即是上來兊(說)[一五]在刹利，刹利中尊。直至兊在護護戈戈中尊已來。居士以種種百千方便，於中誘誨，善說諸法，敎化多般，悉令信受，隨其類趣，依稟修學。皆於本事通達解了，又令速發之(无)上正等之心。居士爲愍衆生及小果之輩，意欲廣談妙法，示現有疾於方丈室中，獨寢一床，以疾而臥。是要度脫迷暗，總出昏衢，令知身命不堅，幻化爲體。四大假合，五蘊成形，欻尔无常，颯然空寂。維摩居士尙悟如斯，況我輩之徒，如何不覺。云云

到處行方便，頭頭盡化情，
心無刹異事，意即爲衆生。
若獲清涼界，皆弘喜悅誠，
因茲親引力，切切事分明。
以此多饒益，尋時現病身，
廣談人世事，四大似浮塵。
遂顯身羸掇，令交歸正眞，
只徒來問疾，意要話其因。
旣有秀黃貌，兼陳捎弱懷，
說人如電轉，言也似雲雷。
若有一生質，刀(都)變四大灾，
總交知若此，普爲唱將來。

經：「以其疾故，國王、大臣、長者、居士、婆羅門等，及諸王子幷餘官屬無數千人，皆往問疾。」云云

以其疾故，國王大臣長者居士婆羅門等，及諸王子幷餘官屬，共數千人皆往問疾。長者卽寶積等五百獻蓋之徒，居士卽如維摩居士之輩，婆羅門卽淨門之衆，及諸國王、兼國王子，幷國內官屬百千萬衆，聞居士有疾，皆來體問。言居士居士，何故有疾？爲移是四大違和，爲復是敎化疲倦，願爲我

等，說此病緣。

纔聞居士病榮(縈)身，　凡是有靈皆怪訝，
病臥只居方丈內，　飢羸起坐甚艱難。
國王子盡(太)奔波，　居士宰官咸禮覲，
一切天人皆到會，　果然見一病維摩。
多將湯藥問因依，　大照國師尋斬候，
雖卽悉(至)心[illegible]申體察，　莫知來處辯其因。
謝諸人者賜相哀，　四大元知有此灾，
舊日神情威似虎，　今來體骨瘦如柴。
深貴汝，倍憂懷，　我此身形自嘆哉，
因有如斯縈病故，　廣陳妙法唱將來。

經：「其徃(往)者，維摩詰因以身[疾][七]廣爲說法。諸仁者，見(是)身无常，无强，無力，無堅，速朽之法，不可信也。爲苦、爲惱，衆病所集。」云云

其徃(往)者，維摩詰因以身疾，廣爲說法，因爲國王、居士等百千萬人皆來體問，居士便以身疾，廣博解說，令其人輩，生厭捨心。諸仁者，是身无常，无常者，卽不常也。上生非想處，下至轉輪王云云，无有常定也。无强无力，人若無疾無惱，身心强盛，氣力勁直。若或有病，故是身力衰羸。人有四百四

到處行方便，頭頭盡化情，
心無刹異事，意卽爲衆生。
若獲清涼界，皆弘喜悦誠，
因茲親引力，切切事分明。
以此多饒益，尋時現病身，
廣談人世事，四大似浮塵。
遂顯身羸掇，令交歸正眞，
只徒來問疾，意要話其因。
旣有秀黃貌，兼陳捎弱懷，
說人如電轉，言也似雲雷。
若有一生質，刀(都)憂四大灾，
總交知若此，普爲唱將來。

經：「以其疾故，國王、大臣、長者、居士、婆羅門等，及諸王子幷餘官屬無數千人，皆往問疾。」云云

以其疾故，國王、大臣、長者、居士、婆羅門等，及諸王子幷餘官屬，共數千人皆往問疾。長者卽寶積等五百獻蓋之徒，居士卽与如維摩居士之輩，婆羅門卽淨門之衆，及諸國王、兼國王子，幷國內官屬百千萬衆，聞居士有疾，皆來體問。言居士居士，何故有疾？爲移是四大違和，爲復是敎化疲倦。願爲我

等，說此病緣。

纔聞居士病榮(縈)身，凡是有靈皆怪訝，
病臥只居方丈內，飢羸起坐甚艱難。
國王子盡大奔波，居士宰官咸禮覲，
一切天人皆到會，果然見一病維摩。
多將湯藥問因依，大照國師尋斬候，
雖即恣(至心)[一六]申體察，莫知來處辯其因。
謝諸人者賜相哀，四大元知有此灾，
舊日神情威似虎，今來體骨瘦如柴。
深貴汝、倍憂懷，我此身形自嘆哉，
因有如斯縈病故，廣陳妙法唱將來。

經：「其徃(往)者，維摩詰因以身[疾][一七]廣爲說法。諸仁者，見(是)身无常、无强、無力、無堅、速朽之法，不可信也。爲苦、爲惱、衆病所集。」云云

其徃(往)者，維摩詰因以身疾，廣爲說法，因爲國王、居士等百千萬人皆來體問，居士便以身疾，廣博解說，令其人輩，生厭捨心。請仁者，是身无常，无常者，即不常也。上生非想處，下至轉輪王云云，无有常定也。无强无力，人若無疾無惱，身心强盛，氣力勁直。若或有病，故是身力衰羸。人有四百四

病，皆屬四大主持，若或一脈不調，百一病起。緣地水火風，假立其體，諸邪相伏。今日脈陳頭疼，口苦渴死，唱生腹脹，唯乾稱㤪(怨)乞命，四支(肢)不舉，兩眼无光，坐臥人扶，飲食少味，脣燋耳返，[illegible](齒)黑爪青，身生紫黶，語話非常，見鬼見神，乍寒乍熱。有時似如湯火，有時冰鐵何殊。腸胃內恰似車鳴，筋骨中也似刀攪。渾家怕怖，滿坐驚張。一時拍臆搥胸，忙亂澆茶酹酒，醫□□□□脈候，直是□□□者又道年灾過［　　］〔一八〕

早時欝霧最殀(芳)芳，　並向薗(園)中廣到行，
九憂(歇)取涼招掃洒，　三春賞玩到宮商。
枝垂嬈婀朝盛露，　花坼輕風脫帶香，
恰到鋒刀斫折從，　便同人質卽无常。
又無门(斤—勁)、又無力，　何處得堅難可惜，
葉(葉)彫(凋)枝落並皆枯，　洩(況)植萬般爭改易。
漫行行，徒歷歷，　舞蝶休飛蜂覓覓，
根株除併暫時間，　看來只是留蹤跡。
人身病，似枯樹，　苦惱灾危成積聚，
看看卽是落黃泉，　何處令人能久住。
直須認取速行行，　不請無端戀意情，

且要健時爲利益，　莫交病臥善心生。
我此病，似花榮，　葉若黃金葉又青，
及到遮身今有疾，　何殊枯樹卽須傾。
何處折，幾時開？　只是枯危掩夜臺，
莫待此身有疾病，　卽宜聞早使心懷。
休愛羨，莫疑猜，　却要分明自搏才，
更怕衆中迷未息，　廣鋪此喻唱將來。

［經：「是身如聚沫……如泡、夢、影……」乃至「是身如雷電……」］〔一九〕

是身如聚沐，譬如水中聚沐如河，撮摩以手觸之，自然後壊（壞）。是身如泡者，亦如水上浮隨（漚），念念之間，卽當壞滅。如炎者，如似荒郊陽炎，那得久停，瞬息之間，自然消歇。又如芭蕉不堅，芭蕉雖葉綠花紅，爭那彼不實，皆是虛朽。又如夢想，如人夜眠作夢，覺時一段虛華，千般萬種之中，无有一件實處。又身如人影，及衆物皆有影逐，人物若在，影卽隨之，人物忌（改）無，影從何有，身滅影沉，影生人顯。是身如電，念念不住，辟（譬）如雲裏電光，瞥然之間，卽便不見。又如石中有火，欻有忽滅，豈可久留。又如風中秉燭，不易保持十全。也似河水東流，一去似難再復。輕志易落，更更〔二〇〕無返樹之期。細雨晴天，豈有歸雲之日。也似機開傀儡，皆因繩索抽牽，或舞或歌，或行或走，曲罷事畢，抛（拋）向一邊。直饒萬劫驅遣，不肯行得時，轉動皆是之緣，共助便被幻惑人情。若夜斷却諸緣，甚處有傀儡病，皆屬四大主持，若或一脈不調，百一病起。緣地水火風，假立其體，諸邪相伏。今日脈陳頭疼，口苦渴死，唱生腹脹，唯乾稱惌(怨)乞命，四支(肢)不舉，兩眼无光，坐臥人扶，飲食小味，脣焦耳返，瑿(齒)黑爪青，身生紫黶，語話非常，見鬼見神，乍寒乍熱。有時似如湯火，有時冰鐵何殊。腸胃內恰似車鳴，筋骨中也似刀攪。渾家怕怖，滿坐驚張。一時拍臆搥胸，忙亂澆茶酹酒，醫□□□□脈候，直是□□□者又道年灾過▯▯▯▯[一八]

早時欝霧最分(芬)芳，　並向薗(園)中廣到行，
九憂(秋)取涼招掃洒，　三春賞玩到宮商。
枝垂嬈婀朝盛露，　花拆輕風脫帶香，
恰到鋒刀斫折從，　便同人質卽无常。
又無门(斤—勁)、又無力，　何處得堅難可惜，
業(葉)彫(凋)枝落並皆枯，　浣(況)植萬般爭改易。
漫行行、徒歷歷，　舞蝶休飛蜂覓覓，
根株除併暫時間，　看來只是留蹤跡。
人身病、似枯樹，　苦惱灾危成積聚，
看看卽是落黃泉，　何處令人能久住。
直須認取速行行，　不請無端戀意情，

且要健時爲利益，　莫交病臥善心生。
我此病、似花榮，　葉若黃金葉又青，
及到遮身今有疾，　何殊枯樹卽須傾。
何處折、幾時開，　只是枯危掩夜臺，
莫待此身有疾病，　卽宜聞早使心懷。
休愛羨、莫疑猜，　却要分明自搏才，
更怕衆中迷未息，　廣鋪此喻唱將來。

［經：「是身如聚沫……如泡、夢、影……」乃至「是身如電……」］[一九]

是身如聚沫，譬如水中聚沫如河，撮摩以手觸之，自然後懷（壞）。是身如泡者，亦如水上浮漚（漚），念念之間，卽當壞滅。如炎者，如似荒郊陽炎，那得久停，瞬息之間，自然消歇。又如芭蕉不堅，芭蕉雖葉綠花紅，爭那彼不實，皆是虛朽。又如夢想，如人夜眠作夢，覺時一段虛華，千般萬種之中，无有一件實處。又身如人影，及衆物皆有影逐，人物若在，影卽隨之，人物叚（改）無，影從何有，身滅影沉，影生人顯。是身如電，念念不住，辟（譬）如雲裏電光，暫然之間，卽便不見。又如石中有火，焌有忽滅，豈可久留。又如風中秉燭，不易保持十全。也似河水東流，一去似難再復。輕志易落，更更[二〇]無返樹之期。細雨辟天，豈有歸雲之日。也似機開傀儡，皆因繩索抽牽，或舞或歌，或行或走，曲罷事畢，拋（抛）向一邊。直饒萬劫驅遣，不肯行得時，轉動皆是之緣，共助使被幻惑人情。若夜斷却諸緣，甚處有傀儡各□。所以玄宗皇帝從罡地迴，肅宗代位，册玄宗爲上皇，在於西內。是政已歸於太子，凡事皆不自專，四十八年爲君，一旦何曾自在。齒衰髮白，面皺(皺)身羸，乃裁請(詩)自喻甚逐：剋木牽絲作老翁，鷄皮鷄髮與眞同，須臾曲罷還無事，也似人生一世中。玄宗尙且如此，我等寧不傷身，奉勸門徒云云。諸□□以身名(明)知者所不怙，是身如聚沫，不可攬(攬)摩。是身如泡，不得久立。是身如炎，從渴愛生。是身如芭蕉，中無有堅。是身如幻，從顚到(倒)起。是身如梦，爲虛妄見。是身如影，業緣現。是身如浮雲，須臾變。乃至念念不移。

是身如聚沫，　不可能摩撮。
將喻一生身，　誰人得兒(免)脫，
是身如泡起，　盤旋於淥(綠)水，
將喻一生身，　那能得久倈(住)。
如炎自得愛，　大豔(猶焰)須臾昧，
將喻一生身，　要君生曉會。
身如芭蕉樹，　莫見堅實處，
將喻一生身，　要君深會取。
是身如夢幻，　顚倒爲其見，
將喻一生身，　何曾事得現。

是身如影現，　一切莫緣見，
將喻一生身，　實處何曾顯。
是身如雷電，　何曾得久現，
將喻一生身，　須臾卽不見。
上來說喻要君知，　還把身心細認之，
淸旦何妨專繼念，　夜深却請細尋思。
人身事，豈堅持，　聚散都來幾許時，
若究寶珍論實處，　只須歸依不思議。
无常事，掩泉臺，　虛幻身軀自搏才，
認取一眞深妙理，　休交六道受輪廻。
惠慮假，只貪才，　早晚曾將智惠開，
更怕會中還不悟，　說伊四大處唱將來。

經：「是身無主爲如地，是身無我爲如火，是身無壽爲如風，是身無人爲如水，是身不實四大爲家。」

是身無主爲如地，譬如大地，得河爲主，高山鎭壓，厤（疑衍文）深海橫截，枝木叢林，悉生土上，穢濁盈溢，淹漫於中，鑿穿斷掘，有何主相。是身無我爲如火，譬如大火，我相終无，熱性週遍，有何差殊。若夜起得悉平等，不以玉石金土，一等燋然，㨆（揀）甚大地山河，一時傾滅。是身无壽爲如風，風無定各□。所以玄宗皇帝從蜀地迴，肅宗代位，册玄宗爲上皇，在於西內。是政已歸於太子，凡事皆不自專，四十八年爲君，一旦何曾自在。齒衰髮白，面皺(皺)身羸，乃裁請(詩)自喻甚遂：尅木牽絲作老翁，鷄皮鶴髮與眞同，須臾曲罷還無事，也似人生一世中。玄宗尚□如此，我等寧不傷身，奉勸門徒云云。

諸□□以身名(明)知者所不怙，是身如聚沫，不可撮(撮)摩。是身如泡，不得久立。是身如炎，從渴愛生。是身如芭蕉，中無有堅。是身如幻，從顛到(倒)起。是身如夢，爲虛妄見。是身如影，葉縁現。是身如浮雲，須臾變。乃至念念不移。

是身如聚沫，不可能摩撮。
將喻一生身，誰人得兌(免)脫。
是身如泡起，盤旋於淥(綠)水，
將喻一生身，那能得久俟(住)。
如炎自得愛，大豔(猶炎)須臾昧，
將喻一生身，要君生曉會。
身如芭蕉樹，莫見堅實處，
將喻一生身，要君深會取。
是身如夢幻，顛倒爲其見，
將喻一生身，何曾事得現。

是身如影現，　一切莫緣見，
將喻一生身，　實處何曾顯。
是身如雷電，　何曾得久現，
將喻一生身，　須臾卽不見。
上來說喻要君知，　還把身心細認之，
淸旦何妨專繼念，　夜深却請細尋思。
人身事、豈堅持，　聚散都來幾許時，
若究寶珍論實處，　只須歸仏不思議。
无常事、掩泉臺，　虛幻身軀自搏才，
認取一眞深妙理，　休交六道受輪廻。
惠虛假、只貪才，　早晚會將智惠開，
更怕會中還不悟，　說伊四大處唱將來。

經：「是身無主爲如地，是身無我爲如火，是身無壽爲如風，是身無人爲如水，是身不實四大爲家。」

是身無主爲如地，譬如大地，得河爲主，高山鎭壓，壓（疑衍文）深海橫截，枝木聚林，悉生生上，穢濁盈溢，淹漫於中，鑿穿斵掘，有何主相。是身無我爲如火，譬如大火，我相終无，熱性週遍，有何差殊。若夜起得悉平等，不以玉石金土，一等燋然，楝（揀）甚大地山河，一時傾滅。是身无壽爲如風，風無定性，亦是一種，更無多般，忽若動時，拔樹鳴條，傾江覆海，無其形影，不見蹤由，既無定期，有何壽相。是身如水無人水，亦無定質分流，分流萬谷千山，能方能圓，曲直自若，擁(壅)之則住，決之則流，霧露泉源皆是一性。是身不實四大爲家，既：

騁(騁)我騁人何曾久，　四大合成爲所有，
假饒富貴似石崇，　持爲長如彭祖壽。
執我身，我眼手，　地水火風假合就，
他家四大一齊歸，　便見形體總枯朽。
逐緣生，隨葉(業)報，　魂魄遊遊無去處，
曾終十善重仏僧，　敬莫交身沉六趣。
四大身何執，　持身自酌量，
亦非多圴(巧)說，　不是謾分張。
地水終須去，　火風沒處藏(藏)、
唯存魂與識，　不兔(免)受忙忙。
爭似修眞路，　何如慕法財，
不逢地獄苦，　必見紫蓮臺。
永處清虛道，　令君斷有裁，

猶疑未曉了，　　　更說唱將來。

經：「是身爲虛爲(僞)」，「雖假」[一]以澡浴衣食，必歸磨滅。」

是身虛僞，雖假以澡浴衣食，畢歸磨滅。我等凡夫，內心不淨，雜惡充滿，三十六物，共成此身。糞穢增多，猶如行廁。愚癡不悟，常將世間清冷之水，澡浴磨滅。只是洗得外邊塵垢，心中諸惡，不能去除。貪嗔癡慢，諂誑邪僞，覆藏其中，未曾少許改□(悟)。更有大小便利，膿血交流，不唯一日三時，以皂莢水浣濯，未得果位間。假使百千萬年，以滄海水洗之，亦不能淨。又常以衣裳覆蓋，不令倮露身形，年年裁剪綾羅，歲歲割截綺□綵，以遮醜拙，用障□骸。如似盡(□)瓶，用盛糞穢，忽然破裂，一改乖張。又假以飲食，以活其命，若何充其口腹，濟以飢瘡，饘粥之屬，可以救療，不須廣爲宰□(割)。漫作□[三]烹庖，直饒養鴨□(□)鵝，熊生虎炙，雜新羅閘[三]魏福□建乾(□)薑，恣意齟嚼，欣心吞噉，終是傾於糞讓(壤)，不免填彼溝坑。應須裝束誡奢，飲食知足，一旦身殂命殞，自受□一生。雖福力如斯，臨去時勢盡還墮。如何(河)邊枯□(□)，不久摧折。似天畔閑雲，□(眨)時散滅。速生厭離，不用攀緣。求生四禪四空，莫受八寒八熱。　云云

[經]：「是身爲灾，百一病惱，」已上至說也。

想此色身無准定，　愛逞无明名諍貢，
菓(業)□癡心莫可當，　不悟年秋身有病。
有此身，便有病，　荒語心迷猶惜命，

性，亦是一種，更無多般，忽若動時，拔樹鳴條，傾江覆海，無其形影，不見蹤內，既無定期，有何壽相。是身如水無人水，示無定質分流，分流萬谷千山，能方能圓，曲直自若，擁(壅)之則住，決之則流，霧露泉源皆是一性。是身不實四大爲家，既：

騁(騁)我騁人何曾久，　四大合成爲所有，
假饒富貴似石崇，　持爲長如彭祖壽。
執我身，我眼手，　地水火風假合就，
他家四大一齊歸，　便見形體總枯朽。
逐緣生、隨葉(業)報，　魂魄遊遊無去處，
曾終十善重仏僧，　敬莫交身沉六趣。
四大身何執，　持身自酌量，
亦非多圬(巧)說，　不是謾分張。
地水終須去，　火風沒處蔵(藏)。
唯存魂與識，　不兌(免)受忙忙。
爭似修眞路，　何如募法財，
不逢地獄苦，　必見紫蓮臺。
永處清虛道，　令君斷有裁，

更說唱將來。

猶疑未曉了，

經：「是身爲虛爲(僞)，「雖假」[三一]以澡浴衣食，必歸磨滅。」

是身虛僞，雖假以澡浴衣食，畢歸磨滅。我等凡夫，內心不淨，雜惡充滿，三十六物，共成此身。糞穢增多，猶如行廁。愚癡不悟，常將世間清冷之水，澡浴磨滅。只是洗得外邊塵垢，心中諸惡，不能去除。貪嗔癡慢，諂誑邪僞，覆藏其中，未曾少許改□(悟)。更有大小便利，膿血交流，不唯一日三時，以皂莢水浣濯，未得果位間。假使百千萬年，以滄海水洗之，亦不能淨。又常以衣裳覆蓋，不令倮露身形，年年裁剪綾羅，歲歲割截綺珠綵，以遮醜拙，用障筋骸。如似盡(畫)瓶，用盛糞穢，忽然破裂，一改乖張。又假以飲食，以活其命，若何充其口腹，濟以飢瘡，饘粥之屬，可以救療，不須廣爲宰剝(割)。漫作幸[三二]烹庖。直饒羨鴨𪆍(燕)鵝，熊生虎炙，雜新羅問[三三]魏福見建乾(乾)薑，恣意咀嚼，欣心吞噉，終是傾於糞讓(壤)，不免塡彼溝坑。應須裝束誡奢，飲食知足，一旦身殂命殞，自受自一生。雖福力如斯，臨去時勢盡還墮。如何(河)邊枯挂(桂)，不久摧折。似天畔閑雲，泛(貶)時散滅。速生厭離，不用攀緣，求生四禪四空，莫受八寒八熱。云云

〔經〕：「是身爲灾，百一病惱，」已至說也。

想此色身無准定，　愛遝无明名諍竟，
葉(業)莊癡心莫可當，　不悟年秋身有病。
有此身、便有病，　荒語心迷猶惜命，

若或五月炎天死，遍體蠅蛆甚處淨？
勸門徒、須覺悟，一世爲人難值遇，
粧束於身道是榮，來往娑婆千萬度。
誡身心，少嫉妬，遂速時光早已暮，
貪活貪計入黃泉，男女不肯替受苦。
此個身色何准則？澡浴之時如洗墨，
若交淨潔似珍寄（奇），使君江河終不得。
自還知，自要見，休苦貪求添愛羨，
不論富貴與高低，皆似水中墨一片。
若徒淨潔淨其心，要頻將熱水霖（淋），
直饒便得洗至骨，拾（恰）如將水洗烏金。
虛後覓，亂求尋，意淨終無穢惡侵，
我仏世尊陳此喻，恐人不會受漂沉。
要君察，道心開，此事因依義理排，
使却幾多江海水，定應不得離塵埃。
眞道理，決疑猜，若能迴心必免灾，

說身如毒虵唱將「來」。

居士万般施敎化，

經：「是身如毒「蛇」，如怨賊，如空聚，陰界諸人（入）「言」所共合成……」　　[下缺]

校記：

[一] 本卷編號爲斯三八七二，標題原缺，今據內容所根據演繹之「維摩詰所說經」擬題。

[二] 「此偈已，白仏言：……願聞得仏國土淸淨，唯願世尊說」等字原缺，據維摩詰經補。

[三] 「經云」二字，據上文意，應作「說」字。

[四] 原「公」字，據維摩詰經文應作「皆」。

[五] 「耨多」二字據維摩詰經補。

[六] 本卷凡「衆」字均寫作「𠘩」，今一律改爲「衆」。

[七] 「凈」字據維摩詰經補。

[八] 原「假睹」，不知何意。

[九] 「伙」字疑衍。

[一〇] 原「照」字，但旁原有「昭」字，今採用「昭」字。

[一一] 「都」疑即「睹」字。

若或五月炎天死，遍體蠅蛆甚處淨。
勸門徒、須覺悟，一世爲人難值遇，
粧束於身道是榮，來往娑婆千萬度。
誡身心、少嫉妬，逡速時光早已暮，
貪活貪計入黃泉，男女不肯替受苦。
此個身色何准則，澡浴之時如洗墨，
若交淨潔似珍寄(奇)，使君江河終不得。
自還知、自要見，休苦貪求添愛羡，
不論富貴與高低，皆似水中墨一片。
若徒淨潔淨其心，要頻將熱水霖(淋)，
直饒便得洗至骨，拾(恰)如將水洗烏金。
虛後覓、亂求尋，意淨終無穢惡侵，
我仏世尊陳此喻，恐人不會受漂沉。
要君察、道心開，此事因依義理排，
使却幾多江海水，定應不得離塵埃。
眞道理、決疑猜，若能迴心必免灾，

說身如毒蚰唱將〔來〕。

居士万般施敎化，

經：「是身如毒〔蛇〕，如怨賊，如空聚，陰界諸人（入）〔三四〕所共合成……」　〔下缺〕

校記：

〔一〕本卷編號爲斯三八七二，標題原缺，今據內容所根據演繹之「維摩詰所說經」擬題。

〔二〕「此偈已，白仏言：……願聞得仏國土淸淨，唯願世尊說」等字原缺，據維摩詰經補。

〔三〕「經云」二字，據上文意，應作「說」字。

〔四〕原「公」字，據維摩詰經文應作「皆」。

〔五〕「耨多」二字據維摩詰經補。

〔六〕本卷凡「衆」字均寫作「乑」，今一律改爲「衆」。

〔七〕「淨」字據維摩詰經補。

〔八〕原「假睹」，不知何意。

〔九〕「伙」字疑衍。

〔一〇〕原「照」字，但旁原有「昭」字，今採用「昭」字。

〔一一〕「都」疑即「睹」字。

〔一二〕按「德飦色有異，如諸天之人，共一寶器中食，各隨自己福」卄一字原卷寫作小字，不知是補鈔，或是用作解釋。

〔一三〕「經：若在內官，內官中尊。化政宮女。」十三字據維摩詰經補。

〔一四〕「不」字衍文。

〔一五〕「兌」字疑「說」字。

〔一六〕敦煌寫本內，凡「恷」字，即多爲「至心」二字。

〔一七〕「疾」字據維摩詰經補。

〔一八〕按原文至此殘缺一行。

〔一九〕「經：是身如聚沫……如泡、夢、影……」至「是身如雷電……」一句據維摩詰經補。

〔二〇〕「更」字衍文。

〔二一〕「雖假」二字據維摩詰經補。

〔二二〕「幸」字疑衍。

〔二三〕原「冏」字，疑「問」字。

〔二四〕「入」字據維摩詰經改。

王慶菽校錄

【維摩詰經講經文】〔一〕

三界去來生死苦，淪(輪)迴六道未曾休。

唯有寶積學修行，請問世尊淨土行。

我仏嘿然而受請，爲說蕯淨土因，

六度万行盡令修，皆契如來淨土果。

心淨本源仏土淨，身子懷擬(疑)問世尊。

我仏將喻日光明，月淨秋輪霄漢外，

三界長空皆總照，是其冒(盲)者不能分。

螺髻從座問聲聞，勿是恩(思)唯仏土穢，

我見即今釋迦土，地平如掌寶天宮。

隨其心淨見如思(斯)，不是如來土不淨，

自是本心心垢重，隨其心垢見丘陵。

五百長者發歡心，啓(稽)首仏前而讚歎，

无量聲聞法眼淨，遠陳離垢捨輪廻。

〔一二〕按「德飾色有異，如諸天之人，共一寶器中食，各隨自己福」廿一字原卷寫作小字，不知是補鈔，或是用作解釋。

〔一三〕「經：若在內官，內官中尊。化政宮女。」十三字據維摩詰經補。

〔一四〕「不」字衍文。

〔一五〕「兑」字疑「說」字。

〔一六〕敦煌寫本內，凡「⿱至心」字，即多爲「至心」二字。

〔一七〕「疾」字據維摩詰經補。

〔一八〕按原文至此殘缺一行。

〔一九〕「經：是身如聚沫……如泡、夢、影……」至「是身如雷電……」一句據維摩詰經補。

〔二〇〕「更」字衍文。

〔二一〕「雖假」二字據維摩詰經補。

〔二二〕「幸」字疑衍。

〔二三〕原「冋」字，疑「問」字。

〔二四〕「入」字據維摩詰經改。

王慶菽校錄

【維摩詰經講經文】〔一〕

三界去來生死苦，淪（輪）迴六道未曾休。
唯有寶積學修行，請問世尊淨土行。
我仏嘿然而受請，爲說菩淨土因，
六度万行盡令修，皆契如來淨土果。
心淨本源仏土淨，身子懷擬（疑）問世尊。
我仏將喻日光明，月淨秋輪霄漢外，
三界長空皆總照，是其肓（盲）者不能分。
螺髻從座問聲聞，勿是恩（思）唯仏土穢，

我見卽今釋迦土，地平如掌寶天宮。
隨其心淨見如思（斯），不是如來土不淨，
自是本心心垢重，隨其心垢見丘陵。
五百長者發歡心，啓（稽）首仏前而讚歎，
无量聲聞法眼淨，遠陳離垢捨輪廻。

只此維磨(摩)三卷經，能引衆生出生死，
若有得聞清淨敎，當來同得法王身。
終朝散〔□〕日死王摧，何所栖心求解脫，
聽取維摩圓滿敎，不受阿毗罪報([illegible])身。

方便品

毗耶離國地中心，寶樹光暉金琛爛，
多出仁賢性慈[illegible]，久曾過去早修行。
居士維磨(摩)衆中尊，十德圓明仁(人)所重，
彼近无邊三世仏，故號維磨(摩)長者身。
行住坐臥宿根深，善解門中觀妙行，
芥納須彌吞巨海，万門化行足威儀。
爲度毗耶多衆人，現疾室中方便故，
種種多般而化道，珍財布施攝貧人。
六度一一設弘宣，總是如來眞密印，
示有妻兒修梵行，衣著三界見居家。
外典經書雖盡明，常樂如來眞淨敎，

一切有情皆敬重，　　四衢要路益衆生。
若有善法寶堂中，　　開論崢嶸師子吼，
道引大乘爲衆首，　　處其長者最居尊。
□密客〔三〕能般若宗，　　國主大臣全忍辱，
外意之中除我慢，　　在其王子孝尊親。
內苑（苑）嬪妬（妃）宮女中，　　敎化皆令捨五欲，
一切庶人無福力，　　令其修學道衆生。

（原文至此完）

王慶菽校錄

校記：

〔一〕本卷編號伯二二九二，標題原缺，今據內容所根據演繹之「維摩詰所說經」擬題。

〔二〕原「敎」字，似「散」字。

〔三〕「客」字旁原有「圅」字，不知何意。

只此維磨(摩)三卷經，能引衆生出生死，
若有得聞淸淨敎，當來同得法王身。
終朝散〔三〕日死王摧，何所栖心求解脫，
聽取維摩圓滿敎，不受阿毗罪報(根)身。

方便品

毗耶離國地中心，寶樹光暉金璨爛，
多出仁賢性慈敏，久曾過去早修行。
居士維磨(摩)衆中尊，十德圓明仁(人)所重，
彼近无邊三世仏，故號維磨(摩)長者身。
行住坐臥宿根深，善解門中觀妙行，
芥納須彌吞巨海，万門化行足威儀。
爲度毗耶多衆人，現疾室中方便故，
種種多般而化道，珍財布施攝貧人。
六度一一設弘宣，總是如來眞密印，
示有妻兒修梵行，衣著三界見居家。
外典經書雖盡明，常樂如來眞淨敎，

一切有情皆敬重，　四衢要路益衆生。
若有善法寶堂中，　開論崢嶸師子吼，
道引大乘爲衆首，　處其長者最居尊。
□密客〔三〕能般若宗，　國主大臣全忍辱，
外意之中除我慢，　在其王子孝尊親。
內菀（苑）嬪姤（妃）宮女中，　敎化皆令捨五欲，
一切庶人無福力，　令其修學道衆生。

（原文至此完）

王慶菽校錄

校記：

〔一〕本卷編號伯二一二二，標題原缺，今據內容所根據演繹之「維摩詰所說經」擬題。

〔二〕原「敎」字，似「散」字。

〔三〕「客」字旁原有「宮」字，不知何意。

【維摩詰經講經文】[一]

經云：「佛告彌勒𦬇：汝行詣維摩詰問疾。」

世尊見諸聲聞五百並總不堪。此𦬇位超十地，果滿三祇，十號將圓，一生成道。證不可說之實際，解不可說之法門。神通能動於十方，智惠廣弘於沙界。隨無量之欲性，現無量之身形。入慈不捨於四弘，觀察唯除於六道。其相貌也，面如滿月，目若青蓮，白毫之光彩晞暉，紫磨之身形隱約。諸根寂靜，手指纖長。戴七寶之天冠，著六[illegible]（銖）之妙服。說法則青音廣大，辯才乃洪注流波。外道怖雷吼而心降，小聖蒙密言而意解。是以諸仏与記，衆聖保持，成佛向未来世界中，度脫於龍花會裏。現居兜率，来到菴園。世尊遣問維摩，便於衆中喚出。·彌勒承於聖旨，忙忙從座起来。動天冠而花寶玲瓏，整妙服而珠瓔灑落。禮儀有度，威德無倫。仰瞻三界之師，旋遶七珍之座。合十指掌，近兩足尊，立在仏前，專希處分。世尊乃告彌勒：「此時有事商量，維摩臥疾於毗耶，今日与吾問去。吾之弟子十大聲聞，尋常盡覓於名能，誠使多般而辭退。舍利弗林間宴座，欻被輕呵。目揵連里巷談經，儘遭摧挫。大迦葉求貧於富，平等之道理全乖。須[illegible]求富捨貧，鮮空之聲名虛忝。富樓那、迦旃[illegible]（延）之輩，總因說法遭呵。阿那律、優波離之徒，盡是因[illegible]風被辱。羅睺說出家有利，不知無利無爲。阿難乞乳憂疾，不了牟尼示現。總推智短，盡說才微，皆言怕懼維摩，不敢過他方丈。況汝位超十地，果滿三祇，障盡習除，福圓恚滿，將成佛果，看座花臺。無私若杲日當天，不染似白蓮出水。人間天上，此界他方。四生賴汝提携，六道蒙君救度。汝已竭愛曾（憎）海，汝已消煩惱魔，汝已代（伐）愛稠林，汝已割貪羅網。已度无邊衆，已絕有漏因，已到涅槃城，已上金剛座。仏法中龍象，賢聖內鳳鄰（麟）。在會若鶴處鷄群，出衆似鵰遊霄漢。賢惠威德，衆所稱揚。居士丈室染疾，使汝毗耶傳語，速須排比，不要推延。若与維摩相見時，慰問所疾痊可否。」詩云：

小乘昔日總遭嗔，若待分踈各說因。
知汝神通超小聖，想君詞辯越聲聞。
不唯早證三身位，兼亦曾修万行門。
今爲維摩身染疾，事須專傳語莫因循。
世尊喚命其彌勒，彌勒忩忩從座起，
合十指爪說卑儀，向千花座聽尊旨。
六銖衣裓襯金霞，七寶簪官（冠）動朱翠（翠），
立在師前候聖言，仁天見者生歡喜，
辯才無㝵（碍）衆降伏，感德難儔仏讚美（羨）。
牟尼這日發慈言，交往毗耶問居士。
智惠圓，福德備，仏果將成出生死，

【維摩詰經講經文】〔一〕

經云：「佛告彌勒井，汝行詣維摩詰問疾。」

世尊見諸聲聞五百並總不堪。此井位超十地，果滿三祇，十號將圓，一生成道。證不可說之實際，解不可說之法門。神通能動於十方，智惠廣弘於沙界。隨無量之欲性，現無量之身形。入慈不捨於四弘，觀察唯除於六道。其相貌也，面如滿月，目若青蓮，白毫之光彩晞暉，紫磨之身形隱約。諸根寂靜，手指纖長。戴七寶之天冠，著六殊（銖）之妙服。說法則青音廣大，辯才乃洪注流波。外道怖雷吼而心降，小聖蒙密言而意解。是以諸仏与記，衆聖保持，成佛向未来世界中，度脫於龍花會裏。現居兜率，来到菴園。世尊遣問維摩，便於衆中喚出。彌勒承於聖旨，忙忙從座起来。動天冠而花寶玲瓏，整妙服而珠瓔瀝落。禮儀有度，感德無倫。仰瞻三界之師，旋遶七珍之座。合十指掌，近兩足尊，立在仏前，專希處分。世尊乃告彌勒：「此時有事商量，維摩臥疾於毗耶，今日与吾問去。吾之弟子十大聲聞，尋常盡覓於名能，誠使多般而辭退。舍利弗林間宴座，勲被輕呵。目健連里巷談經，儘遭摧挫。大迦葉求貧於富，平等之道理全乖。須菩提求富捨貧，鮮空之聲名虛忝。富樓那、迦旃廷（延）之輩，總因說法遭呵。阿那律、優波離之徒，盡是因逢自風被辱。羅睺說出家有利，不知無利無爲。阿難乞乳憂疾，不了牟尼示現。總推智短，盡說才微，皆言怕懼維摩，不敢過他方丈。況汝位超十地，果滿三祇，障盡習除，福圓惠滿，將成佛果，看座花臺。無私若杲日當天，不染似白蓮出水。人間天上，此界他方。四生賴汝提携，六道蒙君救度。汝已竭愛增(憎)海，汝已消煩惱魔，汝已代(伐)愛稠林，汝已割貪羅網。已度无邊衆，已絕有漏因，已到涅槃城，已上金剛座。仏法中龍象，賢聖內鳳鱗(麟)。在會若鶴處鷄群，出衆似鵰遊霄漢。賢惠威德，衆所稱揚。居士丈室染疾，使汝毗耶傳語，速須排比，不要推延。若与維摩相見時，慰問所疾痊可否。」詩云：

小乘昔日總遭嗔，若待分疎各說因，
知汝神通超小聖，想君詞辯越聲聞。
不唯早證三身位，兼亦曾修万行門。
今爲維摩身染疾，事須与傳語莫因循。
世尊喚命其彌勒，彌勒忩之從座起，
合十指爪說卑儀，向千花座聽尊旨。
六銖衣裓襯金霞，七寶簪冦(冠)動朱翆(翠)，
立在師前候聖言。仁天見者生歡喜，
辯才無㝵(碍)衆降伏，感德難儔仏讃羙(美)。
牟尼這日發慈言，交往毗耶問居士。
智惠圓、福德備，仏果將成出生死，

牟尼這日發慈言，　交往毗耶問居士。
戴天冠，服寶帔(帔)，　相好端嚴法王子，
牟尼這日發慈言，　交往毗耶問居士。
越三賢，超十地，　福德周圓入仏位，
牟尼這日發慈言，　交往毗耶問居士。
足詞才，多智惠，　出語總歸无相里，
牟尼這日發慈言，　交往毗耶問居士。
果報圓，已受記，　来世成佛號慈氏，
牟尼這日發慈言，　交往毗耶問居士。
難測度，難思議，　不了二門自他利，
牟尼這日發慈言，　交往毗耶問居士。
牟尼這日發慈言，　處分他家語再三，
十大聲聞多恐失，　一生共計應堪。
清詞辯海人難及，　妙智如泉衆共談，
若見維摩傳慰問，　好生面對莫羞慚。
吾今對衆苦求哀，　望汝依言莫逆懷，

小聖從頭遭挫辱，　大擢次第合推排，
隨時行李看將去，　奈曾排比不久廻。
更莫分疎說理路，　便須与去唱將來。

經云：「彌勒白仏言：世尊，我不堪往詣彼問疾。所以者何？憶念我昔爲兜率天王及其眷屬，說不退轉地之行時，」乃至「不退轉地之行。」

是時彌勒，重親花座，再近蓮臺，三禮牟尼，一伸辭退。彌勒名叨𦬇，位忝無生，化人之方便素豎（虧），度衆之懃勞未省。剜眼截頭之苦行，未省施爲，捨身捨命之殊因，何曾暫作。蒙世尊授記，沐衆聖保持，成佛果於當来，度有情於苦海。受灌頂職位，爲法王孫，居兜率陁天，是一生補處。適来蒙世尊，不以智惠淺劣，詞辯荒虛，勅往方丈室中，慰問有疾𦬇，述十大聲聞之過，贊一生調御之能。勞聖選差，伏蒙奬錄，道理直應前去，不合推辭。憶昔爲兜率天王，說不退轉地之行。且兜率天王者，以十善果報，生六欲天中，受妙樂於外宮，離囂塵於內院。雖則朝朝聽法，會會聞經，心求无上𦬷，誓志當（堅）於福菜（業）。當初便領諸眷屬，聽法特来我所。我便交修六度，遣救四生，要施平等之心，仍須不偏不儻。忍辱无我，不計冤親，精進禪寂，長依修攝，般若智惠，觀照圓通。令捨內財外財，交修白業淨業。尚慮信根深淺，法種輕微，只恐生返覆心，与說不退轉行，天王及其眷屬，座前合掌，聽法聞經，忽見居士到来，儘被他家呵責。詩云：

雖居兜率具深慈，　常念才微智又微，

牟尼這日發慈言，　交往毗耶問居士。
戴天冠、服寶怶（帔），　相好端嚴法王子，
牟尼這日發慈言，　交往毗耶問居士。
越三賢、超十地，　福德周圓入仏位，
牟尼這日發慈言，　交往毗耶問居士。
足詞才、多智惠，　出語總歸无相里，
牟尼這日發慈言，　交往毗耶問居士。
果報圓、已受記，　来世成佛號慈氏，
牟尼這日發慈言，　交往毗耶問居士。
難測度、難思議，　不了二門自他利，
牟尼這日發慈言，　交往毗耶問居士。
牟尼這日發慈言，　處分他家語再三，
十大聲聞多恐失，　一生井計應堪。
清詞辯海人難及，　妙智如泉衆共談，
若見維摩傳慰問，　好生祗對莫羞慚。
吾今對衆苦求哀，　望汝依言莫逆懷，

小聖從頭遭挫辱，　　大摧次第合推排，
隨時行李看將去，　　奔魯排比不久廻。
更莫分疎說理路，　　便須与去唱將来。

經云：「彌勒白仏言：世尊，我不堪往詣彼問疾。所以者何？憶念我昔爲兜率天王及其眷屬，說不退轉地之行。時，」乃至「不退轉地之行。」是時彌勒，重親花座，再近蓮臺，三禮牟尼，一伸辭退。彌勒名叨井，位忝無生，化人之方便素𧶘（虧），度衆之懃勞未省。剜眼截頭之苦行，未省施爲，捨身捨命之殊因，何曾暫作。蒙世尊授記，沐衆聖保持，成佛果於當来，度有情於苦海。受灌頂職位，爲法王孫，居兜率陁天，是一生補處。適来蒙世尊，不以智惠淺劣，詞辯荒虛，勑往方丈室中，慰問有疾井，述十大聲聞之過，賛一生調御之能。勞聖選差，伏蒙獎錄，道理直應前去，不合推辭。憶昔爲兜率天王，說不退轉地之行。且兜率天王者，以十善果報，生六欲天中，受妙樂於外宮，離囂塵於內院。雖則朝朝聽法，會會聞經，心求无上菩提，誓志醟（營）於福茱（業）。當初便領諸眷屬，聽法特来我所。我便交修六度，遣救四生，要施平等之心，仍須不偏不儻。忍辱无我，不計怨親，精進禪寂，長依修攝，般若智惠，觀照圓通。令捨內財外財，交修白業淨業。尙慮信根深淺，法種輕微，只恐生返覆心，与說不退轉行，天王及其眷屬，座前合掌，聽法聞經，忽見居士到来，儘被他家呵責。詩云：

雖居兜率具深慈，　　常念才微智又微，

並小乗(乘)人通似勝，　對維摩詰力還虧。
詞疏理寡(寡)非他說，　識淺情幽每自知，
若遣問疾爲使去，　必應有辱我牟尼。
彌勒蒙仏親揀選，　在會聖凡皆總見，
幾廻旋繞百花臺，　一注仰瞻圓月面。
合柔(柔)軟手向牟尼，　以美妙言伸讚嘆，
須將卑懇啓尊懷，　伏乞慈悲垂憫念。
我昔時，因勸善，　爲兜率天王及從眷，
恐伊返歸正眞心，　總遣修行不退轉。
處花宮，居寶殿，　皆於妙樂生貪戀，
爲說諸仏堅固門，　總是修行不退轉。
初出塵，絕離染，　習種性根猶浮淺，
与說修行堅固門，　總遣習於不退轉。
且精懃，勿疎散，　要把眼花空裏玩，
与說諸仏堅固門，　總遣修行不退轉。
福德微，神力軟，　多被魔家来惱亂，

与說諸仏堅固門，　總遣修行不退轉。
出愛河，到彼岸，　令發四弘廣大願，
与說諸仏堅固門，　總遣修行不退轉。
天王聞說愜深情，　各各歡忻不可名，
爭取天花伸供養，　競將異寶表虔成(誠)。
昔時迷處從茲悟，　往日昏夌此日星(醒)，
因得聽聞不退轉，　起来禮謝不休停。
發大願，唱奇哉，　感賀慈悲化利開，
因得聽聞不退行，　從今修進救輪迴。
天王禮謝言希有，　彌勒慈悲未盡懷，
更擬爲他重解說，　被維摩見也唱將来。

經云：「時維摩詰来謂我言：彌勒，世尊授仁者記，一生當得阿耨多羅三貇三𦬇，爲用何生得授記乎？過去耶？未来耶？現在耶？若過去生，過去已滅；若未来生，未来生未至；若現在生，現在生莫住。如仏所說比丘，汝今卽時亦生，亦老，亦滅。」……

不［堪］任詣彼問疾。

彌勒告世尊，往日遭維摩呵責事。彌勒道：我思往昔，爲兜率天王及其眷屬說不退轉地之文，忽見

並小栗(乘)人通似勝，對維摩詰力還虧。
詞疏理寡(寡)非他說，識淺情幽每自知，
若遣問疾爲使去，必應有辱我牟尼。
彌勒蒙仏親揀選，在會聖凡皆總見，
幾廻旋繞百花臺，一注仰瞻圓月面。
合柔(柔)軟手向牟尼，以美妙言伸讚嘆，
須將卑懇啓尊懷，伏乞慈悲垂憫念。
我昔時、因勸善，總遣修行不退轉。
恐伊返歸正眞心，爲兜率天王及從眷，
處花宮、居寶殿，皆於妙樂生貪戀，
爲說諸仏堅固門，總是修行不退轉。
初出塵、絕離染，習種性根尠浮淺，
与說修行堅固門，總遣習於不退轉。
且精懃、勿疎散，愛把眼花空裏玩，
与說諸仏堅固門，總遣修行不退轉。
福德微、神力軟，多被魔家来惱亂，

与說諸仏堅固門，　總遣修行不退轉。

出愛河、到彼岸，　令發四弘廣大願，

与說諸仏堅固門，　總遣修行不退轉。

天王聞說愜深情，　各各歡忻不可名，

爭取天花伸供養，　競將異寶表虔成（誠）。

昔時迷處從茲悟，　往日昏交此日星（醒），

因得聽聞不退轉，　起来禮謝不休停。

發大願、唱奇哉，　感賀慈悲化利開，

因得聽聞不退行，　從今修進救輪迴。

天王禮謝言希有，　彌勒慈悲未盡懷，

更擬爲他重解說，　彼維摩見也唱將来。

經云：「時維摩詰来謂我言：彌勒，世尊授仁者記，一生當得阿耨多羅三狠三𦬇，爲用何生得授記乎？過去耶？未来耶？現在耶？若過去生，過去已滅；若未来生，未来生未至；若現在生，現在生莫住。如仏所說比丘，汝今卽時亦生，亦老，亦滅。」

不［堪］〔三〕任詣彼問疾。

彌勒告世尊，往日遭維摩呵責事。彌勒道：我思往昔，爲兜率天王及其眷屬說不退轉地之次，忽見

維摩髮籠離垢之繒，手柱(拄)弱棄之杖，謂我言道：「彌勒：汝久居聖位，已出煩(樊)籠，三僧祇刼修行，百万生中精進。福惠具足，種性尊高，六度已圓，十身備歷。所以世尊授仁者記，一生成仏。未委三生之中，何生得記，過去未来現在？若言過去、過去已滅，若言未来、未来未至，若言現在、現在不住，况生住異滅，念念遷移，云何彌勒得授記乎？又莫是无生得受記也？若是無生得受記者，如無有生，若以如滅得受記者，如無有滅。眞如不屬生滅，无去无来。又一切衆生，皆有眞如。若彌勒得授記者，一切衆生，亦合得記。若過去得菩提，即是菩提无住相，若未来得菩提，未来之事有何憑，現在推窮又是無。」居士道：

偈

如柰(何)狂或(惑)諸賢聖，眞如既也無差別，
法性因何有丙(兩)種，菩提不是觸塵收。
何處説言身上覓，菩提不是觸塵攝，
爭得交他性上求。菩提相狀既全无，
菩提長矩(短)何曾有。菩提微妙難知故，
莫將有所得心求。

彌勒告世尊：「世尊，維摩居士說尔許多東西，我於當日都無秖(祇)對。會中有二百天人，聞居士談揚，盡懷歡喜之心，皆獲无生法忍。唯增慚赧(赧)，尚自憂惶，聞說便瞻(膽)戰心驚，豈得交吾曹爲使。伏乞世尊，特開惠鏡，朗鑒卑情，會中菩薩亟(極)多，且望慈悲別請。」讚嘆維摩有偈：

維摩神力不同常，誰肯將心敢抵當，
智似碧天消闇霧，詞如紅日爍輕霜。
聲名遠振千千界，變現遐傳於万万方。
憶昔尚由懷戰灼，爭堪爲使共談揚。
善哉彌勒法王子，到涅槃城出生死，
現居補處住天宮，来世成仏居寶位。
智無雙、德難比，十方諸仏盡讚美，
解爲天王及眷屬，能說難思不退地。
蒙世尊、与授記，三世之中何世値，
我今不會與咨陳，伏望慈悲略開示。
過去生、過去生已滅，諸行無常不曾止，
如空中鳥跡更无別，怎生得受菩提記。
未来、未来生現無，色相莊嚴且未至，
唯承仏果理全虧，怎生得受菩提記。
現在、現在生不停，念念遷流无住滅，
昨朝今日事全殊，怎生得受菩提記。

維摩髮籠離垢之繒，手柱(拄)弱梨之杖，謂我言道：「彌勒：汝久居聖位，已出煩(樊)籠，三僧祇劫修行，百万生中精進。福惠具足，種性尊高，六度已圓，十身備歷。所以世尊授仁者記，一生成仏。未委三生之中，何生得記，過去未来現在？若言過去，過去已滅，若言未来，未来未至，若言現在，現在不住，況生住異滅，念念遷移，云何彌勒得授記乎？又莫是无生得受記也？若是無生得受記者，如無有生，若以如滅得受記者，如無有滅，眞如不屬生滅，无去无來。又一切衆生，皆有眞如。若彌勒得授記者，一切衆生，亦合得記。若過去得蕹，卽是蕹无住相。若未来得蕹，未来之事有何憑，現在推窮又是無。」居士道：

偈

如来(何)狂或(惑)諸賢聖，　眞如旣也無差別，
法性因何有兩(兩)種，　菩提不是觸塵收。
何處說言身上覓。　菩提不是觸塵攝，
爭得交他性上求。　菩提相狀旣全无，
菩提長矩(短)何曾有。　菩提微妙難知故，
莫將有所得心求。

彌勒告世尊：「世尊，維摩居士，說尔許多東西，我於當日都無祇(祗)對。會中有二百天人，聞居士談揚，盡懷歡喜之心，皆獲无生法忍。唯增慚赧(赧)，尚自憂惶，聞說便瞻(膽)戰心驚，豈得交吾曹爲使。伏乞世尊，特開惠鏡，朗鑒卑情，會中菩薩極(極)多，且望慈悲別請。」讚嘆維摩有偈：

維摩神力不同常，誰肯將心敢抵當，
智似碧天消闇霧，詞如紅日爍輕霜。
聲名遠振千千界，變現遐傳於万万方。
憶昔尚由懷戰灼，爭堪爲使共談揚。
善哉彌勒法王子，到涅槃城出生死，
現居補處住天宮，来世成仏居寶位。
智無雙、德難比，十方諸仏盡讚美，
解爲天王及眷屬，能說難思不退地。
蒙世尊、与授記，三世之中何世値，
我今不會與咨陳，伏望慈悲略開示。
過去生、過去生已滅，諸行無常不會止，
如空中鳥跡更无別，怎生得受菩提記。
未来、未来生現無，色相莊嚴且未至，
唯承仏果理全虧，怎生得受菩提記。
現在、現在生不停，念念遷流无住滅，
昨朝今日事全殊，怎生得受菩提記。

若以无生得受記，无生卽是其正位，
正位方中絕因果，怎生得授菩提記。
如生如滅理皆明，无相无爲法不貳，
聖賢彌勒一雷同，怎生得受菩提記。
衆生畢竟總成仏，无以此法誘天子，
莫分莫別是玄河，怎生得受菩提記。
我時聞說沒言讎，對彼天人懶出頭，
演解脫言詞遠順，說菩提理事玄幽。
維摩才辯誰人對，居士神通卒莫籌，
交我著過方丈去，思量往昔至今羞。
其時彌勒告如來，往昔遭呵不是推，
我卽還同聞（鳴）布鼓，維摩直似擊春雷。
不辭便往傳尊旨，必被他家挫辱廻。
幸有光嚴童子里，不交伊去唱將來。

經云：「仏告光嚴童子，汝行詣維摩詰問疾。」

三万二千菩薩，八千餘數聲聞，盡總顒顒合掌，無非楚楚斂容，宣命者各抱慚惶，怕差者盡懷憂懼。

會中悄悄，飲氣吞聲。天花落一枝兩枝，甘露灑十點五點。世尊乃重開金口，別選一人，傳牟尼安慰之詞，問居士纏綿之相。有一童子，名曰光嚴，相圓明而特異衆人，心朗曜而迥然高士。修行曩劫，磨練多生，煩惱之海欲枯，智惠之山將就。隨緣化物，愛處俗塵，如蓮不染於淤泥，似桂樹(無)侵於霜雪。諸仏秘藏，說之而義若湧泉，菩薩法門，入之而去同流水。身三口四，喻日月之分別，言直心眞，現孾(嬰)童之純禮。不居淨土，也住娑婆，渾俗塵寧顯姓名，爲道者全亡人事。此日聽仏說法，亦在菴園，貯謙謹於情懷，處卑微之座位。仏於大衆，乃命光嚴，汝須從座起来，聽我今朝勑命。光嚴被喚，便整容儀，纖手舉而淡泞風光，玉步移而威儀庠序。虔恭三禮，仰示慈尊。寶冠岊而風颻花枝，瓔珞搖而霞飛錦樹。天人齊看，凡聖皆歡。卓然立在於仏前，側耳專聽於勑命。世尊告曰：「汝且須知，吾有一大事因緣，藉汝與吾仏弘傳至敎。城外維摩居士，是我門徒，作俗中引道之師，爲世上照人之鏡。忽爾乖於攝治，今有病生，纏綿於文室枕床，妨碍於大城遊履。塵生麈尾，蘗滿[illegible]〔[illegible]〕窻，有心凭抗以呻吟，無力丈業而敎化。我今愍念，欲擬安存，聊伸法乳[illegible]之情，貴表師資之義。我尋乎小聖，五百聲聞，分疎之皆曰不任，盡總乃苦遭罵辱。我也委知難去，不是階齊，如螢火之光明，敵太陽之赫弈。必知菩薩，問得維摩，二空之理既同，七辯之詞不異，末上先呼彌勒，令入毗耶，成仏雖在龍華，爲使不任詣彼。誰知彌勒也有瑕玼，對知足天人之前，曾被維摩問難。適来汝見彌勒，苦理推詞，問疾仏使，不可暫停，居士便長時懸望。我今知汝，[illegible](最)敎聰明，無瑕玼似童子一般，有行解与維摩無量。汝於今日，更莫推詞，共爲苦海之舟航，同作人天之眼目。莫藏智劍，勿搖囊錐，事須爲我分憂，問疾略過方丈。」云云：

若以无生得受記，　无生卽是其正位，
正位方中絕因果，　怎生得授菩提記。
如生如滅理皆明，　无相无爲法不貳，
聖賢彌勒一雷同，　怎生得受菩提記。
衆生畢竟總成仏，　无以此法誘天子，
莫分莫別是玄河，　怎生得受菩提記。
我時聞說沒言雠，　對彼天人懶出頭，
演解脫言詞遠順，　說菩提理事玄幽。
維摩才辯誰人對，　居士神通卒莫籌，
交我若過方丈去，　思量往昔至今羞。
其時彌勒告如來，　往昔遭呵不是推，
我卽還同明（鳴）布鼓，　維摩直似振春雷。
不辭便往傳尊旨，　必被他家挫辱廻。
幸有光嚴童子里，　不交伊去唱將來。

經云：「仏告光嚴童子，汝行詣維摩詰問疾。」

三万二千菩薩，八千餘數聲聞，盡總顒顒合掌，無非楚楚斂容，宣命者各抱慚惶，怕差者盡懷憂懼。

會中悄悄，飲氣呑聲。天花落一枝兩枝，甘露灑十點五點。世尊乃重開金口，別選一人，傳牟尼安慰之詞，問居士纏綿之相。有一童子，名曰光嚴，相圓明而特異衆人，心朗曜而迥然高士。修行曩玏，磨練多生，煩惱之海欲枯，智惠之山將就。隨緣化物，愛處俗塵，如蓮不染於淤泥，似桂𢀸(無)侵於霜雪。諸仏秘藏，說之而義若湧泉，菩薩法門，入之而去同流水。身三口四，喻日月之分別，言直心眞，現嬰(嬰)童之純禮。不居淨土，也住娑婆，渾俗塵寧顯姓名，爲道者全亡人事。此日聽仏說法，亦在菴園，貯謙謹於情懷，處卑微之座位。仏於大衆，乃命光嚴，汝須從座起来，聽我今朝勑命。光嚴被喚，便整容儀，纖手舉而淡泞風光，玉步移而威儀庠序。虔恭三禮，仰示慈尊。寶冠岦而風颯荷枝，瓔珞搖而霞飛錦樹。天人齊看，凡聖皆歡。卓然立在於仏前，側耳專聽於勑命。世尊告曰：「汝且須知，吾有一大事因緣，藉汝與吾仏弘傳至敎。城外維摩居士，是我門徒，作俗中引道之師，爲世上照人之鏡。勿爾乖於攝治，今有病生，纏綿於大室枕床，妨碍於大城遊履。麈生麈尾，藥滿鷄[三]窻，有心凭扤以呻吟，無力丈梨而敎化。我今愍念，欲擬安存，聊伸法乳[illegible]之情，貴表師資之義。我尋乎小聖，五百聲聞，分疎之皆曰不任，盡總乃苦遭罵辱。我也委知難去，不是階齊，如熒火之光明，敵太陽之赫弈。必知菩薩，問得維摩，二空之理既同，七辯之詞不異，末上先呼彌勒，令入毗耶，成仏雖在龍華，爲使不任詣彼。誰知彌勒也有瑕玼，對知足天人之前，曾被維摩問難。適来汝見彌勒，苦理推詞，問疾仏使，不可暫停，居士便長時懸望。我今知汝，寂(最)敎聰明，無瑕玼似童子一般，有行解与維摩無量。汝於今日，更莫推詞，共爲苦海之舟航，同作人天之眼目。莫藏智劍，勿恡囊錐，事須爲我分憂，問疾略過方丈。」云云：

仏告光嚴聽我語，有事今朝汝須去，
暫於丈室問維摩，更莫依前有詞訴。
心既明行又普，清淨光明无比喻，
逢顛危處解安存，是闡提人能救度。
汝須聽莫疑悟，丈室維摩身病苦，
領吾言了便須行，更莫推辭問疾去。
是天人兼八部，見解聖凡無不許，
既能如此有佳名，更莫推辭問疾去。
汝爲賓他爲主，他且如龍君似虎，
兩家彼此是俗人，更莫推辭問疾去。
此道場難抵遇，居士身心勿怕懼，
共伊彼此是丈夫兒，更莫推辭問疾去。
諸緣人各有故，問得遍曾遭觸悞，
汝似明珠絕點瑕，更莫推辭問疾去。
仏言童子汝須聽，切爲維摩病苦縈，
四體有同臨岸樹，雙眸无異井中星。

心中憶問何曾罷，　丈室思吾更不停，
斟酌光嚴能問得，　吾今對衆遣君行。
丁寧金口讚當才，　切莫依前也讓推，
汝見維摩情款曲，　維摩見汝喜徘徊。
不於年臘人中選，　直向聰明衆裏差，
必足分憂能問病，　便須排當唱將來。

經云：「光嚴白仏言：世尊，我不堪任詣彼問疾。」

光嚴聞告，憂喜滿懷，後說憂心，先論喜事。論其喜事，數有四級，願仏慈悲，許我諮告。一、世尊告命，二、對衆吹噓，三、問處勝强，四、位陪彌勒。我聞百憶(億)世界，唯仏最尊，金容現而日月藏暉，神力呈而乾坤振動，万生難遇，億刼罕逢。人逢也，葉(業)海便枯，世有也，苦輪頓息。我今慶幸，得覩如來，又蒙對衆呼名，令我問維摩居士。金口之語，玉齒慈音，呼我名於蓮花舌中，喚我號於人天會裏。又見菴園會上，凡聖人多，此方𦬇微塵，他土聖賢沙數。不邀諸德，偏道我名，對彌勒前却記纖塵，向海水畔偏誇滴露。深生慙(慚)愧，豈敢忘恩。令瓦礫似生光，遣枯林之花秀。又所蒙處分，令問維摩，聞名之如露入心，共語似醍醐灌頂。心同日月，辯似江河。被呵責者𦬇聲聞，爲弟子者國王宰相。令交問處，直爲勝强。隨風氣而鸞雀也高飛，處驥尾而蚊蜹致遠。又見世尊告命，彌勒上人授記於祇樹園中，成仏於龍花會裏，慈氏洋言已過，不問維摩。誰知彌勒下頭，便沐更呼我號。以小計大，將鍮諭(喻)金，

仏告光嚴聽我語，有事今朝汝須去，
暫於丈室問維摩，更莫依前有詞訴。
心既明、行又普，清淨光明无比喻，
逢饑危處解安存，是闡提人能救度。
汝須聽、莫疑悟，丈室維摩身病苦，
領吾言了便須行，更莫推辭問疾去。
是天人、兼八部，見解聖凡無不許，
既能如此有佳名，更莫推辭問疾去。
汝爲賓、他爲主，他且如龍君似虎，
兩家彼此是俗人，更莫推辭問疾去。
此道場、難逅遇，居士身心勿怕懼，
共伊彼此是丈夫兒，更莫推辭問疾去。
諸緣人、各有故，問得遍會遭觸悮，
汝似明珠絕點瑕，更莫推辭問疾去。
仏言童子汝須聽，切爲維摩病苦縈，
四體有同臨岸樹，雙眸无異井中星。

心中憶問何曾罷，　丈室思吾更不停，
斟酌光嚴能問得，　吾今對衆遣君行。
丁寧金口讚當才，　切莫依前也讓推，
汝見維摩情款曲，　維摩見汝喜徘徊。
不於年臘人中選，　直向聰明衆裏差，
必足分憂能問病，　便須排當唱將來。

經云：「光嚴白仏言：世尊，我不堪任詣彼問疾。」

光嚴聞告，憂喜滿懷，後說憂心，先論喜事。論其喜事，數有四般，願仏慈悲，許我諮告。一、世尊告命，二、對衆吹噓，三、問處勝强，四、位陪彌勒。我聞百憶(億)世界，唯仏最尊，金容現而日月藏暉，神力呈而乾坤振動，万生難遇，億刼罕逢。人逢也、茉(業)海便枯，世有也、苦輪頓息。我今慶幸，得覲如來，又蒙對衆呼名，令我問維摩居士。金口之語，玉齒慈音，呼我名於蓮花舌中，喚我號於人天會裏。又見菴園會上，凡聖人多，此方并微塵，他土聖賢沙數。不邀諸德，偏道我名，對彌勒前却記纖塵，向海水畔偏誇滴露。深生暫(慚)愧，豈敢忘恩。令瓦礫似生光，遣枯林之花秀。又所蒙處分，令問維摩，聞名之如露入心，共語似醍醐灌頂。心同日月，辯似江河。被呵責者并聲聞，爲弟子者國王宰相。令交問處，直爲勝强。隨風氣而鸞雀也高飛，處驥尾而蚊蛄致遠。又見世尊告命，彌勒上人授記於祇樹園中，成仏於龍花會裏，慈氏洋言已過，不問維摩。誰知彌勒下頭，便沐更呼我號。以小計大，將鍮喻(喻)金，得陪離苦之人，我有成仏之望。一蒙世尊呼命，四喜齊生，便合唱諾而行。子細思量，又乃不可。喜有四件，憂有四般，不如對我世尊，一一分明說破。第一、揣己無德，第二、去易迴難，第三、恐辱世尊，第四，昔遭挫辱。云云。

夫量力度德者，是君子之常言，省行察仁者，是聖賢之恒範。如我者，發心日淺，迷性時深。於六度中，稍悟進修，向八識內，由藏人我。見四生六道，便擬開敎化之門，向一性三乘，才欲啓修行之路。雖名井，多處俗塵。在火宅而任運葉（業）生，習綱維而等閑惡長。而況維摩大士，莫測津涯。說万事如在掌中，談三界境不離心內。貌同野鶴，性比閑雲。洒甘露於麈尾稍（梢）頭，起慈雲於蓮花舌上。詞同頃（傾）海，弁（辯）似湧泉，若令交我問他，遠比百千万陪（倍）。第一、便承勅命，不阻尊情，辭千花座上世尊，問方丈室中居士，將仏言語，傳問維摩。忽然別有事端，到彼如何祗對？分疎不意，便値責呵，如秋葉之逢霜，似輕水之畏日。去時稍易，迴時極難，非唯取笑於傍人，兼亦自添於慚悚。第二、縱被維摩呵責，事也爲等閑。即將忍辱祗當，居士自然息怒。却恐爲使不了，辱着世尊。弟子尚自如斯，師主想應不然。因觀魚目，有似類珠，爲見鉛刀，兼輕龍劍。此時問病，須揀英才。他時別有指呼，不敢有違勅命。第三、又緣我初悟道，未曉眞源，己曾被居士叱呵，空立一無祗對。明珠有瑿（翳），白玉沾瑕。於俗諦深覺慚惶，在眞理頗多悟（悞）解。尊卑極遠，深淺全殊。抱四喜与四憂，懷万驚及万怕。有勞聖旨，直阻尊情。却緣自審荒虛，不敢問祂居士。

我見世尊宣勅命，　　令問維摩居士病，

初聞道著我名時，　心裏不妨懷喜慶。
金口言丿堪可敬，　旡漏梵音本清淨，
依言便合入毗耶，　不合推辭阻大聖。
願世尊丿慈愍故，　聽我今朝懇詞訴，
仏有慈悲正遍知，　有數件因依不敢去。
我少年丿智未具，　仏法之中未曉悟，
切緣居士辯才多，　所以思量不敢去。
況維摩丿難比喻，　語似河傾兼海注，
問我無言向對他，　所以如今不敢去。
我遭呵，不怕懼，　去恐辱著三界主，
自知爲使不當才，　怕帶纇（纍—累）世尊不敢去。
數年前丿於道路，　恰合城門前逢遇，
被他痛切割摧殘，　所以如今不敢去。
願世尊丿且容許，　專聖慈悲垂擁護，
會中賢聖數極多，　便乞金言別喚取。
居士神通不可論，　情聲美譽滿乾坤，

得陪離苦之人，我有成仏之望。一蒙世尊呼命，四喜齊生，便合唱諾而行。子細思量，又乃不可。喜有四件，憂有四般，不如對我世尊，一一分明說破。第一、揣己無德，第二、去易迴難，第三、恐辱世尊，第四，昔遭挫辱。云云：

夫量力度德者，是君子之常言，省行察仁者，是聖賢之恒範。如我者，發心日淺，迷性時深，於六度中，稍悟進修，向八識內，由藏人我。見四生六道，便擬開敎化之門。向一性三乘，才欲啓修行之路。雖名并，多處俗塵。在火宅而任運菓（業）生，習網羅而等閑惡長。而況維摩大士，莫測津涯，說万事如在掌中，談三界境不離心內。貌同野鶴，性比閑雲。洒甘露於塵尾稍（梢）頭，起慈雲於蓮花舌上。詞同頃（傾）海，弁（辯）似湧泉，若令交我問他，遠比百千万陪（倍）。第一、便承勑命，不阻尊情，辭千花座上世尊，問方丈室中居士，將仏言語，傳問維摩。忽然別有事端，到彼如何祗對。分疎不怠，便値責呵，如秋葉之逢霜，似輕水之畏日。去時稍易，迴時極難，非唯取笑於傍人，兼亦自添於慚悚。第二、縱被維摩呵責，事也爲等閑，卽將忍辱祗當，居士自然息怒。却恐爲使不了，辱着世尊。弟子尙自如斯，師主想應不煞。因觀魚目，有似類珠，爲見鉛刀，兼輕龍劍。此時問病，須揀英才。他時別有指呼，不敢有違勑命。第三、又緣我初悟道，未曉眞源，己曾被居士叱呵，空立一無祗對。明珠有瞖（翳），白玉沾瑕，於俗諦深覺慚惶，在眞理頗多悟（悞）解，尊卑極遠，深淺全殊。抱四喜与四憂，懷万驚及万怕，有勞聖旨，直阻尊情，却緣自審荒虛，不敢問他居士。

我見世尊宣勑命，　　令問維摩居士病，

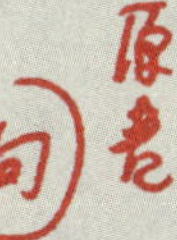

初聞道著我名時，心裏不妨懷喜慶。
金口言、堪可敬，无漏梵音本清淨，
依言便合入毗耶，不合推辭阻大聖。
願世尊、慈愍故，聽我今朝懇詞訴，
仏有慈悲正遍知，有數件因依不敢去。
我少年、智未具，仏法之中未曉悟，
切緣居士辯才多，所以思量不敢去。
況維摩、難比喻，語似河傾兼海注，
問我無言向對他，所以如今不敢去。
我遭呵，不怕懼，去恐辱著三界主，
自知爲使不當才，怕帶顡（類—累）世尊不敢去。
數年前、於道路，恰合城門前逢遇，
被他痛切劃摧殘，所以如今不敢去。
願世尊、且容許，專聖慈悲垂擁護，
會中賢聖數極多，便乞金言別喚取。
居士神通不可論，情聲美譽滿乾坤，

六根磨鍊三祇刼，一語苞(包)藏萬法通。
方丈室中身染疾，合敎傳語賜安存，
忽然被問無詞對，却恐臨時辱世尊。
合啓讓，禮花臺，問疾多應不是才，
彌勒上猶言淺智，光嚴爭敢不辭推。
道傳咫尺非難往，秖對乖張不易迴，
仏見光嚴言語切，喚將盤問唱將来。

經云：「所以者何？」

於是仏呼童子，再近花臺，汝聽吾丁寧處分：「汝是吾之弟子，吾是汝之大師，發一言而便合依從，況再囑而因何辭謝(訴)？我也深知你見解，酌度你根機，與維摩不敎些些，爲甚如今謙退？有何所以？請與我宣，儻成實有理窮，吾卽別差人去。」光嚴白仏言曰：「殊勝之事，雖不敢爲。蒙仏對衆以吹嘘，故合依言而便往。如或世尊不信，應須一一分疎，不言有似暗含，未說直如謙退。我於往日，初發道心，不知五欲之无常，豈暮(慕)一乘之究竟。忽思梵剎(刹)，求問道場，乃取父母指揮，將少香花供養。便辭父母，欲詣菴園，或於郊野之中，逢見維摩居士。」云云　有偈道：

童子天然悟志眞，起居父母便辭陳，
我今暫擬離甘旨，略入伽藍聽法輪。

一炷名香充供養，　百枝花蕊表慇勤，
願見禮仏諸功德，　迴施莊嚴奉二親。

父母有偈道云：

父母聞言道大奇，　少年本分正嬌癡，
却思城外花臺禮，　不把庭前竹馬騎。
又擬道場中供養，　善緣和合正當時，
事須速疾來歸舍，　只向門前待我兒。

光嚴既聞父母允許，便乃拜別尊堂，不乘寶馬輕車，遂乃步行途路。臨辭華弟（第），乃命家童，捧數合之香花，擎幾般之幡蓋。威儀庠序，服錦新鮮。抛火宅於城中，禮花臺於郭外。街坊競看，仕庶咸嗟，嘆幼年能發於善心，怪髫（齠）齔解辭於俗網。

行次途着居士　有偈言曰：

光嚴貪喜（善）去波波，　一族家童侍衛多，
戴霧花枝香爛熳，　惹煙幡蓋勢巍峩。
道場决定親瞻禮，　火宅多應出網羅，
正是喜懽行次第，　城門忽尒遇維摩。

光嚴整行之次，忽見維摩，道貌凛然，儀形磊落。右手掌拂塵之麈尾，左手擎化物之寒錫。万莖之

六根磨鍊三祇劫，一語苞（包）藏萬法通。

方丈室中身染疾，合敎傳語賜安存，

忽然被問無詞對，却恐臨時辱世尊。

合啓讓、禮花臺，問疾多應不是才，

彌勒上猶言淺智，光嚴爭敢不辭推。

道傳咫尺非難往，祗對乖張不易迴，

仏見光嚴言語切，喚將盤問唱將来。

經云：「所以者何？」

於是仏呼童子，再近花臺，汝聽吾丁寧處分：「汝是吾之弟子，吾是汝之大師，發一言而便合依從，况再囑而因何辭訢（訴）。我也深知你見解，酌度你根幾，與維摩不敎些些，爲甚如今謙退。有何所以？請與我宣，儻或實有理窮，吾卽別差人去。」光嚴白仏言曰：「殊勝之事，雖不敢爲。蒙仏對衆以吹噓，故合依言而便往。如或世尊不信，應須一一分踈，不言有似暗含，未說直如謙退。我於往日，初發道心，不知五欲之无常，豈暮（慕）一乘之究竟。忽思梵剎（刹），求問道場，乃取父母指揮，將少香花供養。便辭父母，欲詣菴園，或於郊野之中，逢見維摩居士。」云云　有偈道：

童子天然悟志眞，起居父母便辭陳，

我今暫擬離甘旨，略入伽藍聽法輪。

一炷名香充供養，　百枝花蕊表慇勤，
願兒禮仏諸功德，　迴施莊嚴奉二親。

父母有偈道云：

父母聞言道大奇，　少年本分正嬌癡，
却思城外花臺禮，　不把庭前竹馬騎。
又擬道場申供養，　善緣和合正當時，
事須速疾來歸舍，　只向門前待我兒。

光嚴既聞父母允許，便乃拜別尊堂，不乘寶馬輕車，遂乃步行途路。臨辭華弟（第），乃命家童，捧數合之香花，擎幾般之幡蓋。威儀庠序，服錦新鮮。抛火宅於城中，禮花臺於郭外。街坊競看，仕庶咸嗟，嘆幼年能發於善心，怪齠（齠）齔解辭於俗網。

行次途着居士　有偈言曰：

光嚴貪善（善）去波波，　一蔟家童侍衛多，
戴霧花枝香爛熳，　惹煙幡蓋勢巍峩。
道場決定親瞻禮，　火宅多應出網羅，
正是喜懽行次第，　城門忽尒遇維摩。

光嚴整行之次，忽見維摩，道貌凜然，儀形磊落。右手掌拂塵之麈尾，左手擎化物之寒筇，万莖之

鶴髮垂肩，數寸之雪眉覆目，襤褸道眼，貼天上之雲霞，歷歷星冠，奪人間之皓月。遙望而淸風宛在，鶴處鷄群，近觀而光彩射人，龍來洞口。光嚴才見，趨驟近前，五體投誠，虔恭便禮，重重禮敬，問許（評）起居。「不審維摩尊體萬福，一自仏前分首，已隔寒暄。難尋似鶴之蹤，莫覩如雲之跡。長思道行，每想英聰。修書而无鴈可憑，顯戀而有夢頻託。不知別後，况味如何，說法化道於晨昏，接物必勞於德用。我知今日，交下遭逢，深慚瞻禮於花臺，何幸得逢於居士。」居士對曰：「少禮光嚴，吾緣仏事驅忙，不得頻頻相見。我長於諸處，誇汝婁羅，心田無荊棘之林，性行絕波濤之險。有善比作，無惡不除。仏會之中，顯汝名性。法敎之內，汝獨聰明。更須勤苦，莫退菩提，共汝進修，同證无爲之果。」光嚴聞語，喜不自勝，舉步向前，問居士曰：「我見居士，忩忩行李，忩忩入城，未委新別何方，唯願慈悲指示。」

光嚴禮仏於城外，簇錦攢花作一隊，
人擎寶蓋響珊珊，風引金爐香靄靄。
好威儀，足自在，誰不咨嗟生敬愛，
行程纔到大城門，恰道維摩相遇會。
便向前，合手掌，禮拜虔恭途路上，
重敍（叙）寒暄問起居，志心一向懷瞻仰。
久辭違，長憶想，終日有心伸供養，

何期今日道途間，得逢居士慈悲相。
在俗中，智惠朗，只有維摩无比量，
昨霄(宵)眼(眠)夢有徵祥，今朝得見慈悲相。
我心中，喜無量，貧處得逢珍寶藏，
正當我發善心時，誰知得知慈悲相。
搖麈尾，抱犁丈(杖)，何處爲人斷疑網，
忩忩獨自入城門，行止因由請宣唱。
我今歡喜百千重，暗夜明燈忽尒逢，
明月半輪居世上，慈雲一片入城中。
遙覩以覺人風美，近禮方知法味濃，
我仏(仏)上由(尙猶)常嘆仰，光嚴爭不志虔恭。
禮居士，五三迴，瞻仰尊顔問大才，
行李適來離甚處，入城忙怕使人猜。
爲當他國施方便，爲復靈山禮寶臺，
居士莫辭與我說，一心願聽唱將来。

經云："憶念我昔出毗耶離大城，時維摩詰方入城，我卽爲作禮而問言，居士從何所來？答我言，鶴髮垂肩，數寸之雪眉覆目，禧禧道眼，貼天上之雲霞，歷歷星冠，奪人間之皓月。遙望而淸風宛在，鶴處鷄群。近觀而光彩射人，龍來洞口。光嚴才見，趨驟近前，五體投誠，虔恭便禮，重重禮敬，問訊(許)起居。「不審維摩尊體萬福，一自仏前分首，已隔寒暄。難尋似鶴之蹤，莫覩如雲之跡。長思道行，每想英聰。修書而无鴈可憑，顒戀而有夢頻託。不知別後，況味如何，說法化道於晨昏，接物必勞於德用。我知今日，交下遭逢，深慚瞻禮於花臺，何幸得逢於居士。」居士對曰：「少禮光嚴，吾緣仏事驅忙，不得頻頻相見。我長於諸處，誇汝婁羅，心田無荊棘之林，性行絕波濤之險。有善比作，無惡不除。仏會之中，顯汝名性。法敎之内，汝獨聰明。更須勤苦，莫退遶，共汝進修，同證无爲之果。」光嚴聞語，喜不自勝，舉步向前，問居士曰：「我見居士，忩忩行李，悤悤入城，未委新別何方，唯願慈悲指示。」

光嚴禮仏於城外，　蔟錦攢花作一隊，
人擎寶蓋嚮珊珊，　風引金爐香靄靄。
好威儀、足自在，　誰不咨嗟生敬愛，
行程纔到大城門，　恰遇維摩相遇會。
便向前、合手掌，　禮拜虔恭途路上，
重廂(叙)寒暄問起居，　志心一向懷瞻仰。
久辭違、長憶想，　終日有心伸供養，

何期今日道途間，得逢居士慈悲相。
在俗中、智惠朗，只有維摩无比量，
昨霄(宵)眼(眠)夢有徵祥，今朝得見慈悲相。
我心中、喜無量，貧處得逢珍寶藏，
正當我發善心時，誰知得知慈悲相。
搖麈尾、抱梨丈(杖)，何處爲人斷疑網，
忩忩獨自入城門，行止因由請宣唱。
我今歡喜百千重，暗夜明燈忽尔逢，
明月半輪居世上，慈雲一片入城中。
遥觀以覺人風美，近禮方知法味濃，
我化(仏)上由(尚猶)常嘆仰，光嚴爭不志虔恭。
禮居士、五三迴，瞻仰尊顏問大才，
行李適來離甚處，入城忙怕使人猜。
爲當他國施方便，爲復靈山禮寶臺，
居士莫辭與我說，一心願聽唱將来。

經云：「憶念我昔出毗耶離大城，時維摩詰方入城，我卽爲作禮而問言，居士從何所来？答我言，吾從道場来。」云云……

光嚴合掌，啓白維摩，唯願慈悲，聽我咨問。我爲猒(厭)居火宅，有心深暮(慕)善緣，命三五個家童，排一兩對幡蓋，欲出城外，往詣伽藍。忽向此間，得逢居士。我知維摩所行之處，必有利益因緣，不是說法化人，只是禮化問道。未委適来居士，行程近遠，甚處迴歸？我要知此蹤由，所貴漸明法眼。維摩見問，微笑點頭，解能如此問吾，大是聰明童子。我適離處，別却道場，甚生富貴端嚴，可畏光花熾盛。

這日光嚴纔問了，大聖維摩便迴告，
念君惹子大童兒，便解與吾論志道。
抛火宅，厭煩惱，數入伽藍聽微妙，
甚能忍辱及精勤，見說於家又慈孝。
心鏡明，長鑒照，寂靜修行弃喧閙(鬧)，
忽然只把這身心，自然不久抛生老。
問我二，我以會，要甚行由知所在，
問我新從何處来，聽取老夫細祇對。
問我身，是四大，假合因緣作依賴，
究竟推尋總是眞，人我既空無主宰。

問我心、歸性海，　性海直應非內外，
既无內外及中間，　何得更言来所在。
如此說，你未解，　恐怕交君無取採，
若論目下別何方，　吾且新辭道場內。
纔見維摩別道場，　光嚴歡喜異尋常，
今朝不往逢居士，　與我心頭恰塞當。
要寶藏人得寶藏，　求清涼（凉）者得清涼，
慈悲隔事相提挈，　未委何方是道場。
重禮拜，乞慈哀，　獲幸今朝遇大才，
本意道場求善請，　恰逢居士道場迴。
東西南北希宣說，　遠近高低指引開，
已是受恩莫責過，　直言去處唱將來。

經云：「我問道場者何所是？答曰：直心是道場，無虛假故。發行是道場，能辯事故。深心是道場，增益功德故。菩心是道場，無錯謬故。」

光嚴合掌，又白維摩，近別道場，我以知委。爲復山巖寺宇，爲復城廓伽藍，是何堂殿樓臺，有甚幡花寶蓋，多少来田地，幾許多僧徒，深知重疊諮聞，伏乞慈悲爲說。光嚴有詩：

吾從道場来。」云云……

光嚴合掌，啓白維摩，唯願慈悲，聽我咨問。我爲猒(厭)居火宅，有心深暮(慕)善緣，命三五個家童，排一兩對幡蓋，欲出城外，往詣伽藍。忽向此間，得逢居士，我知維摩所行之處，必有利益因緣，不是説法化人，只是禮仏問道。未委適来居士，行程近遠，甚處迴歸，我要知此蹤由，所貴漸明法眼。維摩見問，微笑點頭，解能如此問吾，大是聰明童子。我適離處，別却道場，甚生富貴端嚴，可畏光花熾盛。

這日光嚴纔問了，　大聖維摩便迴告，
念君惹子大童兒，　便解與吾論志道。
抛火宅、厭煩惱，　數入伽藍聽微妙，
甚能忍辱及精勤，　見説於家又慈孝。
心鏡明、長鑒照，　寂靜修行弃喧閑(鬧)，
忽然只把這身心，　自然不久抛生老。
問我二、我以會，　要甚行由知所在，
問我新從何處来，　聽取老夫細祇對。
問我身、是四大，　假合因緣作依賴，
究竟推尋總是眞，　人我既空無主宰。

問我心、歸性海，　性海直應非內外，
既无內外及中間，　何得更言来所在。
如此說，你未解，　恐怕交君無取採，
若論目下別何方，　吾且新辭道場內。
纔見維摩別道場，　光嚴歡喜異尋常，
今朝不往逢居士，　與我心頭恰塞當。
要寶藏人得寶藏，　求清凉（涼）者得清涼，
慈悲隔事相提挈，　未委何方是道場。
重禮拜、乞慈哀，　獲幸今朝遇大才，
本意道場求善請，　恰逢居士道場迴。
東西南北希宣說，　遠近高低指引開，
已是受恩莫責過，　直言去處唱將来。

經云：「我問道場者何所是？答曰：直心是道場，無虛假故。發行是道場，能辯事故。深心是道場，增益功德故。菩提心是道場，無錯謬故。」

光嚴合掌，又白維摩，近別道場，我以知委。爲復山巖寺宇，爲復城廓伽藍。是何堂殿樓臺，有甚幡花寶蓋。多少来田地，幾許多僧徒。深知重疊諮聞，伏乞慈悲爲說。光嚴有詩：

願抛火宅上牛車，　又遇維摩長善来(才)，
未委道場何寺宇？　算應供養有幡花。
梵螺吹處清三業，　金磬敲時斷八邪，
端的忽然知去處，　將身願入法王家。

居士問光嚴：汝求者，元是有相道場。此處說毬場，有相道場，有十件利益，有十件不利益，言利益者：一是有相，二是有作，三感人天果報，四長福，五消灾，六有限，七具緣，八邪心，九破壞，十利益不普。無相道場：十件利益全，一是无相，二得𦬇，三利衆生，四隨方即就，五超過三界，六万法包含，七增益智惠，八諸仏讚揚，九根源无盡，十眞實法門。夫欲逃生死，先須令心平等。万法而皆自心生，三界乃本從識上。况乎擬求仏果，將出本源，須開眞實之道場，必賴證修於功德。豈有攀緣有相，愛慕聲色，憣花無證理之期，香火有消灾之分。此是如来方便，接引初心，今覩相已虔恭，遣因嚴而發善。光嚴，我見汝常親仏會，早入法門，准承已悟於无爲，誰料由貪於有相。波波求法，无殊趁影之人，劫劫趨名，不異映冰之士。𦬇是道，心法是場。能於心法之場，生得𦬇之道。汝於今日，實爲遭逢，只於一句言詞，斷劫万生疑。

居士有道場偈：

修心修行是眞修，　莫學愚人向外求，
愛慕憣花雲餘意，　攀緣香火大彼彼(攸攸)。

鍾(鐘)聲豈滅輪迴苦，　聲韻難消生死憂，
與汝個修行疾路，　須知万法在心頭。

與汝眞道場偈：

若要拋離生死鄉，　須知內外作津梁，
即心有似言詞妙，　約行求眞道理强。
救苦逍遙勝磬韻，　心珠照耀勝燈光，
勸君更莫懷猶顡(預)，　這個修行是道場。

光嚴謝居士有詩：

自知情識久昏昏，　不曉眞心是法門，
有相燔花何是說，　无爲功德始譏論。
喜於里巷逢居士，　恰共靈山見世尊，
隔事莫辭子細說，　万生不敢忘深恩。

所以經云：「直心是道場，無錯謬故。」

夫欲修万行，先要直心。心既無諂佞之機，果豈有曲邪之報。由心直故，利有數般，所以直心之場，能蕟之道。由心直故，具其十條：一不入於邪見，二不入惡道，三鬼神敬奉，四無諂佞，五懷抱无事，六怨親平等，七人天敬重，八疑心不生，九度分祈求，十速得成仏。由此直心爲本，別引法起心生，

願抛火宅上牛車，　又遇維摩長善牙(才)，
未委道場何寺宇，　算應供養有幡花。
梵螺吹處清三業，　金磬敲時斷八邪，
端的忽然知去處，　將身願入法王家。

居士問光嚴：汝求者，元是有相道場。此處說毬場，有相道場，有十件利益，有十件不利益，言利益者：一是有相，二是有作，三感人天果報，四長福，五消灾，六有限，七具緣，八邪心，九破壞，十利益不普。無相道場：十件利益全，一是无相，二得𦯋，三利衆生，四隨方卽就，五超過三界，六万法包含，七增益智惠，八諸仏讚揚，九根源无盡，十眞實法門。夫欲逃生死，先須令心平等。万法而皆自心生，三界乃本從識上。況乎擬求仏果，將出本源，須開眞實之道場，必賴證修於功德。豈有攀緣有相，愛慕聲色，幡花無證理之期，香火有消灾之分。此是如來方便，接引初心，今覩相已虔恭，遣因嚴而發善。光嚴，我見汝常親仏會，早入法門，准承已悟於无爲，誰料由貪於有相。波波求法，无殊趁影之人，刧刧趨名，不異映冰之士。𦯋是道，心法是場。能於心法之場，生得𦯋之道。汝於今日，實爲遭逢，只於一句言詞，斷刧万生疑。

居士有道場偈：

修心修行是眞修，　莫學愚人向外求，
愛慕幡花霊慇慇，　攀緣香火大攸攸(攸攸)。

鍾(鐘)聲豈滅輪迴苦，　謦韻難消生死憂，
與汝個修行疾路，　須知万法在心頭。
與汝眞道場偈：
若要拋離生死鄉，　須知內外作津梁，
卽心有似言詞妙，　約行求眞道理强。
救苦逍遙勝謦韻，　心珠照耀勝燈光，
勸君更莫懷猶頹(預)，　這個修行是道場。
光嚴謝居士有詩：
自知情識久昏昏，　不曉眞心是法門，
有相幡花何是說，　无爲功德始堪論。
喜於里巷逢居士，　恰共靈山見世尊，
隔事莫辭子細說，　万生不敢忘深恩。

所以經云：「直心是道場，無錯謬故。」

夫欲修万行，先要直心。心旣無諂佞之機，果豈有曲邪之報。由心直故，利有數般，所以直心之場，能[illegible]之道。由心直故，具其十條：一不入於邪見，二不入惡道，三鬼神敬奉，四無諂佞，五懷抱无事，六怨親平等，七人天敬重，八疑心不生，九度分祈求，十速得成仏。由此直心爲本，別引法起心生，

發起四種願心，更運万般善業。恐此二心，深淺相續，更起深心。深深擬證无爲，念念堅修功德，敬要何爲。復起提之心，正證七大之果。此四心者，名爲道場，十方諸仏讚揚，三世如来修學。一念念漸消煩惱，一心心契證提。王(往)賊水火不侵，生老病死不染。若或功圓菜(業)就，善滿惡除，感三十二相莊嚴，得一百四十功德。巍巍金相，光明而日月藏暉，皎皎玉毫，燦爛而乾坤換色。此之利益，起自何来，皆因清凈直心，置證逍遥之位。

善心之内何心重，只有直心堪敬奉，
一直心起万邪亡，些些煩惱勤移動。
無諂曲、少恣縱，偏解消除邪見夢，
但校一念直心生，自然衆善来隨從。
喚光嚴、我相告，直心場上能生道，
所以直心是道場，若能行得偏爲好。
有直心、要豈(登)造，地獄傍生長不到，
世世人天路上行，若能行得偏爲好。
直心人、少憂惱，神鬼无因能攪擾，
只爲直心不怕伊，君能行得偏爲好。
直心人、須心好，富貴不親貧不笑，

目慢心士不曾爲，君能行得偏爲好。
直心人、無奸巧，心上不曾藏怨懷，
好惡言詞道了休，君能行得偏爲好。
直心人、不草草，到處能令人愛樂，
儻理尋常不儻親，君能行得偏爲好。
不耎(柔輭)直、最爲妙，不得凶粗多强拗，
無益上直心不要爲，君能行得偏爲好。
仏法中、最濟要，萬善皆由心變造，
直心人、功不小，又緣不久抛生老。
且應日下滅憂愁，萬事欲行能返照，
光嚴若立得直心場，自然生得菩提道。
若要修行遂速程，直心直行直須平，
歲寒不易和松㯓(操)，鑒照无虧似鏡明。
祇把練魔求志理，不將諂曲順人情，
直心場上招何果，諸仏莫此處生。
四心清淨道場排，總在心王爲剸栽，

發起四種願心，更運万般善業。恐此二心，深淺相續，更起深心。深深擬證无爲，念念堅修功德，敬要何爲。復起𦬇之心，正證七大之果。此四心者，名爲道場，十方諸仏讚揚，三世如来修學。一念念漸消煩惱，一心心契證𦬇。王(三)賊水火不侵，生老病死不染。若或功圓菉(業)就，善滿惡除，感三十二相莊嚴，得一百四十功德。巍巍金相，光明而日月藏暉，皎皎玉毫，燦爛而乾坤換色。此之利益，起自何来，皆因清凈直心，置證逍遥之位。

善心之內何心重，只有直心堪敬奉，
一直心起万邪亡，些些煩惱勤移動。
無諂曲，少恣縱，偏解消除邪見夢，
但校一念直心生，自然衆善来隨從。
喚光嚴，我相告，直心場上能生道，
所以直心是道場，若能行得偏爲好。
有直心，要豈(登)造，地獄傍生長不到，
世世人天路上行，若能行得偏爲好。
直心人，少憂惱，神鬼无因能攪擾，
只爲直心不怕伊，君能行得偏爲好。
直心人，須心好，富貴不親貧不笑，

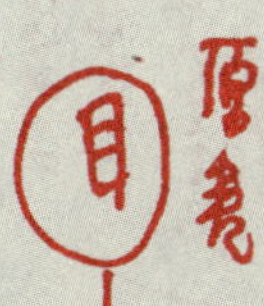

目慢心士不曾爲，君能行得偏爲好。
直心人、無姧巧，心上不曾藏怨懷，
好惡言詞道了休，君能行得偏爲好。
直心人、不草草，到處能令人愛樂，
儻理尋常不儻親，君能行得偏爲好。
宋突（柔輭）直、最爲妙，不得凶粗多强拗，
無益上直心不要爲，君能行得偏爲好。
仏法中、最濟要，萬善皆由心變造，
且應只下滅憂愁，又緣不久抛生老。
直心人、功不小，萬事欲行能返照，
光嚴若立得直心場，自然生得菩提道。
若要修行邌速程，直心直行直須平，
歲寒不易和松樸（操），鑒照无虧似鏡明。
祇把練魔求志理，不將諂曲順人情，
直心場上招何果，諸仏蕤此處生。
四心清淨道場排，總在心王爲剸裁，

心裏嶇崎招損汚，　不中平穩免輪迴。
光嚴歡喜言不盡，　爲見維摩心鏡開，
居士恐伊心未悟，　更論心靜唱將來。

經云：「布施是道場，不望報故。持戒是道場，得願具足故。忍辱是道場，於衆生心無碍故。精進是道場，不懈退故。禪定是道場，心調柔故。智惠是道場，見諸法故。慈是道場，等衆生故。悲是道場，……故我不任詣彼問疾。」云云

於是維摩居士，爲光嚴童子，指引多般道場云云……

平光嚴汝聽我宣揚，　萬行皆於心內藏，
光嚴著也專心聽，　一一方名眞道場。
長行布施莫希亡，　无住心中誰短長，
一切處與人安樂著，　此個名爲眞道場。
一志任持蘂戒香，　整齊三業保行藏，
心珠皎潔无瑕翳，　此個名爲眞道場。
又須忍辱離剛强，　怨境來時莫與忙，
觀行破除含忍却，　此個名爲眞道場。
摩練身心似鏡光，　能行精進力堅剛，

睡眠懈怡(怠)全除改，　此個名爲眞道場。
卓定深沉莫測量，　心猿意馬罷顚狂，
情同枯木除虛妄，　此個名爲眞道場。
智劍鋒寒比雪霜，　不交煩惱滿身藏，
六根門裏長尋捉，　此個名爲眞道場。
慈悲愍念受灾殃，　六道三途往返忙，
拔濟總交登彼岸，　此個名爲眞道場。
歡喜逢人但讚揚，　莫生嗔怒縱心王，
若能滿面長含笑，　此個名爲眞道場。
觀察身心必意亡，　少貪名利忝乖張，
但於分上能求得，　此個名爲眞道場。
一點无明火要防，　焚燒善法更難當，
滅除只在心池水，　此個名爲眞道場。
貢高我慢比天長，　折挫應交虛見傷，
耎(輭)弱柔和如似水，　此個名爲眞道場。
且要身心不越常，　能於苦海作橋樑，

心裏嶇崎招損汚，　平中平穩免輪迴。
光嚴歡喜言不盡，　爲見維摩心鏡開，
居士恐伊心未悟，　更論心靜唱將來。

經云：「布施是道場，不望報故。持戒是道場，得願具足故。忍辱是道場，於衆生心無礙故。精進是道場，不懈退故。禪定是道場，心調柔故。智惠是道場，見諸法故。慈是道場，等衆生故。悲是道場，……故我不任詣彼問疾。」云云

於是維摩居士，爲光嚴童子，指引多般道場云云……

平光嚴汝聽我宣揚，　萬行皆於心內藏，
光嚴若也專心聽，　一一方名眞道場。
長行布施莫希亡，　无住心中誰短長，
一切處與人安樂著，　此個名爲眞道場。
一志任持蘐戒香，　整齊三業保行藏，
心珠皎潔无瑕翳，　此個名爲眞道場。
又須忍辱離剛强，　怨境來時莫與忙，
觀行破除含忍却，　此個名爲眞道場。
摩練身心似鏡光，　能行精進力堅剛，

睡眠懈怡(怠)全除改，此個名爲眞道場。
卓定深沉莫測量，心猿意馬罷顛狂，
情同枯木除虛妄，此個名爲眞道場。
智劍鋒寒比雪霜，不交煩惱滿身藏，
六根門裏長尋捉，此個名爲眞道場。
慈悲愍念受灾殃，六道三途往返忙，
拔濟總交登彼岸，此個名爲眞道場。
歡喜逢人但讚揚，莫生嗔怒縱心王，
若能滿面長含笑，此個名爲眞道場。
觀察身心必意亡，少貪名利恣乖張，
但於分上能求得，此個名爲眞道場。
一點无明火要防，焚燒善法更難當，
滅除只在心池水，此個名爲眞道場。
貢高我慢比天長，折挫應交虛見傷，
耎(輭)弱柔和如似水，此個名爲眞道場。
且要身心不越常，能於苦海作橋樑，

不論高下皆如一，此個名爲眞道場。
隨處隨時有吉祥，不言此界與他方，
臺(擡)足舉頭皆利益，此個名爲眞道場。
交吾若是廣分張，如此微塵不可量，
略與光嚴說少許，君須一一記持將。
我時聞語自慙(慚)惶，方省從來錯道場，
今日再差交問疾，尋思此事不相當。
道場之語讚揚開，我即懽忻幾萬迴(回)，
只向心中有善業，錯於城外禮花臺。
今朝更遣過方丈，自揣荒虛不是才，
持世上人多智惠，好交問去唱將來。

廣政十年八月九日在西川靜眞禪院寫此第廿卷文書，恰遇抵黑，書了，不知如何得到鄉地去。

年至四十八歲，於州中應明寺開講，極是溫熱。

（原文完）

校記：

〔一〕此卷編號爲伯二二九二，標題原缺，今據內容所根據演繹之「維摩詰所說經」擬題。

〔二〕「堪」字，據維摩詰經補。

〔三〕「[illegible]」字疑即「鷄」字。

什么維摩詰經，何以查不出此字？

王慶菽校錄

不論高下皆如一，此個名爲眞道場。
隨處隨時有吉祥，不言此界與他方，
𢕃(擡)足舉頭皆利益，此個名爲眞道場。
交吾若是廣分張，如此微塵不可量，
略與光嚴說少許，君須一一記持將。
我時聞語自暫(慚)惶，方省從來錯道場，
今日再差交問疾，尋思此事不相當。
道場之語讚揚開，我卽懽忻幾萬個(回)，
只向心中有善業，錯於城外禮花臺。
今朝更遣過方丈，自揣荒虛不是才，
持世上人多智惠，好交問去唱將來。

廣政十年八月九日在西川靜眞禪院寫此第廿卷文書，恰遇抵黑，書了，不知如何得到鄉地去。

年至四十八歲，於州中應明寺開講，極是溫熱。

（原文完）

王慶菽校錄

校記：

〔一〕此卷編號為伯二二九二，標題原缺，今據內容所根據演繹之「維摩詰所說經」擬題。

〔二〕「堪」字，據維摩詰經補。

〔三〕「[illegible]」字疑即「鷄」字。

【維摩詰經講經文】(二)

持世𦬇第二

經云：時魔波旬從万二千天女狀帝釋鼓樂弦歌，來詣我所。

是時也波旬設計，多排婇女嬪妃，欲惱聖人。剩烈(盛裝)奢化(華)，艷質希奇，魔女一万二千，最異珍珠千般結果。出塵𦬇不易惱他，持世上人如何得退。莫不剩(盛)裝美貌，无非多着嬋娟。若見時交[illegible]姤(巧)出言詞，稅調者必生退敗。其魔女者，一个个如花菡萏，一人人似玉无殊。身柔軟兮新下巫山，貌娉婷兮纔離仙洞。盡帶桃花之臉，皆分柳葉之眉。徐行時若風颭芙蓉，緩步處似水搖蓮亞。朱脣旖旋，能赤能紅；雪齒齊平，能白能淨。輕羅拭體，吐異種之馨香；薄縠掛身，曳殊常之翠彩。排於坐右，立在宮中。青天之五色雲舒，碧沼之千般花發。罕有罕有，奇哉奇哉。空將魔女嬈他，亦恐不能驚動。更請分爲數隊，各逞逶迤。擎鮮花者殷懃獻上，焚異香者備切虔心。合玉指而禮拜重重，出巧言而詐言切切。或擎樂器，或即吟哦；或施窈窕，或即唱歌。休誇越女，莫說曹娥。任伊持世堅心，見了也須退敗。大好大好，希哉希哉。如此麗質嬋娟，爭不妄生動念。自家見了，尚自魂迷；他人覩之，定當亂意。任伊修行緊切，稅調着必見迴頭；任伊鐵作心肝，見了也須粉碎。魔王道：「我只伇去，定是𦬇識我。不如作帝釋隊仗，問許伊時𦬇。」於是魔王大作奢花，欲出宮城，從天降下。周廻捧擁，百匝千連，樂韻弦歌，分爲二十四隊。步步出天門之界，遥遥別本住宫中。波旬自乃前行，魔女一時從後。擎樂器者喧喧奏曲，響聒清霄；爇香火者灑灑煙飛，氤氳碧落。竟作奢華美貌，各申窈窕儀容。擎鮮花者共花色无殊，捧珠珍者共珠珍不異。琵琶弦上，韻合春鸎（鶯）；簫笛管中，聲吟鳴鳳。杖敲揭（羯）鼓，如抛碎玉杅（於）盤中；手弄奏（秦）箏，似排雁行杅（於）弦上。輕輕絲竹，太常之美韻莫偕；浩浩唱歌，胡部之豈能比對。妖容轉盛，艷質更豐。一羣羣若四色花敷，一隊隊似五雲秀麗。盤旋碧落，苑（宛）轉清霄。遠看時意散心驚，近覩者魂飛目斷。從天降下，若天花亂雨於乾坤；初出魔宫，似仙娥芬霏於宇宙。天女咸生喜躍，魔王自己欣歡。此時計較得成，持世修行必退。容貌恰如帝釋，威儀一似梵王。聖人必定无疑，持世多應不怪。天女各施於六律，人人調弄五音。唱歌者詐作道心，供養者假爲虔敬。莫遣聖人省悟，莫交（教）覺知。發言時直要停藤，税調處直如穩審。各請擎鮮花於掌內，爲吾燒沉麝於爐中。呈珠艷而穠（濃）逞妖容，展玉貌而更添艷麗。浩浩簫韶前引，喧喧樂韻齊聲。一時皆下於雲中，盡入修禪之室內。

［吟］魔王隊仗利（離）天宫，欲惱聖人來下界，
廣設香花申供養，更將音樂及弦歌，
清冷空界韻嘈嘈，影亂雲中聲響亮；
胡亂莫能相比並，龜茲（兹）不易對量他。
遥遥樂引出魔宫，隱隱排於霄漢內；

【維摩詰經講經文】[一]

持世井第二

經云：時魔波旬從万二千天女狀，帝釋鼓樂弦歌，來詣我所。

是時也波旬設計，多排婇女嬪妃，欲惱聖人。剩烈(盛裝)奢化(華)，艷質希奇，魔女一万二千，最異珍珠千般結果，出塵井，不易惱他，持世上人如何得退。莫不剩(盛)裝美貌，无非多着嬋娟。若見時交㘭(巧)出言詞，稅調者必生退敗。其魔女者，一个个如花菡萏，一人人似玉无殊。身柔軟兮新下巫山，貌娉婷兮纔離仙洞。盡帶桃花之臉，皆分柳葉之眉。徐行時若風颯芙蓉，緩步處似水搖蓮蚩。朱脣旖旎，能赤能紅；雪齒齊平，能白能淨。輕羅拭體，吐異種之馨香；薄縠掛身，曳殊常之翠彩。排於坐右，立在宮中。青天之五色雲舒，碧沼之千般花發。罕有罕有，奇哉奇哉。空將魔女嬈他，亦恐不能驚動。更請分爲數隊，各逞逶迤。擎鮮花者殷懃獻上，焚異香者備切虔心。合玉指而禮拜重重，出巧語而詐言切切。或擎樂器，或卽吟哦；或施窈窕，或卽唱歌。休誇越女，莫說蓸娥。任伊持世堅心，見了也須退敗。大好大好，希哉希哉。如此麗質嬋娟，爭不妄生動念。自家見了，尙自魂迷；他人覩之，定當亂意。任伊修行緊切，稅調着必見迴頭；任伊鐵作心肝，見了也須粉碎。魔王道：「我只俀去，定是井識我。不如作帝釋隊仗，問許伊時井。於是魔王大作奢花，欲出宮城，從天降下。周廻捧擁，百匝千連，樂韻弦歌，分爲二十四隊。步步出天門之界，遥遥別本住宮中。波旬自乃前行，魔女一時從後。擎樂器者喧喧奏曲，嚮聒清霄；爇香火者灑灑煙飛，氤氳碧落。竟作奢華美貌，各申窈窕儀容。擎鮮花者共花色无殊，捧珠珍者共珠珍不異。琵琶弦上，韻合春鶯（鶯）；簫笛管中，聲吟鳴鳳。杖敲揭（羯）鼓，如抛碎玉栓（於）盤中；手弄奏（秦）箏，似排雁行栓（於）弦上。輕輕絲竹，太常之美韻莫偕；浩浩唱歌，胡部之豈能比對。妖容轉盛，艷質更豐。一羣羣若四色花敷，一隊隊似五雲秀麗。盤旋碧落，菀（宛）轉清霄。遠看時意散心驚，近覩者魂飛目斷。從天降下，若天花亂雨於乾坤；初出魔宮，似仙娥芬霏於宇宙。天女咸生喜躍，魔王自己欣歡。此時計較得成，持世修行必退。容貌恰如帝釋，威儀一似梵王。聖人必定无疑，持世多應不怪。天女各施於六律，人人調弄五音。唱歌者詐作道心，供養者假爲虔敬。莫遣聖人省悟，莫交并覺知。發言時直要停藤，稅調處直如穩審。各請擎鮮花於掌內，爲吾燒沉麝於爐中。呈珠璣而剩（勝）逞妖容，展玉貌而更添艷麗。浩浩簫韶前引，喧喧樂韻齊聲。一時皆下於雲中，盡入修禪之室內。

[吟] 魔王隊仗利（離）天宮，欲惱聖人來下界；
廣設香花申供養，更將音樂及弦歌。
清冷空界韻嘈嘈，影亂雲中聲響亮；
胡亂莫能相比並，龜蒸（茲）不易對量他。
遥遥樂引出魔宮，隱隱排於霄漢內；

香爇煙飛和湍(瑞)氣，花擎寮(繚)亂動祥雲，
琵琶弦上弄春鶯，簫笛管中鳴錦鳳，
楊鼓杖頭敲碎玉，秦箏絲上落珠珍。
各裝美貌逞逶迤，盡出玉顏誇艷態，
个个盡如花亂發，人人皆似月娥飛，
從天降下閉乾坤，出彼宮中遮宇宙，
乍見人人魂膽碎，初覩个个盡心驚。

[韻]

波旬是日出天來，樂亂淸霄碧落排，
玉女貌如花艷坼(拆)，仙娥體是月空開。
妖桃強逞魔弄，羨美質徒惱聖懷，
皷樂弦歌千万隊，相隨捧擁竟徘徊。
誇艷質，逞身才，窈窕如花向日開，
十指纖纖如削玉，鸞(彎)眉隱隱似刀裁。
擎樂器，又吹嚾，菀(宛)轉雲頭漸下來，
簫笛音中聲遠遠，琵琶弦上韻哀哀。
歌瀝瀝，笑咍咍，圍遶波旬逭迎排，

隊杖恰如帝釋下，威儀直似梵王來。
須隱審，莫教積，詐作虔誠禮法臺，
問諱莫教生驚覺，慇懃勿遣有遺乖。
沉與麝，手中擡，供養權時盡意懷，
莫持聖人心錯亂，隨伊動處嬈將來。
須記當，領心懷，莫遣修行法眼開，
持世若教成道後，魔家眷屬定須摧。
巧稅調，好安排，强着言詞說意懷，
着相見時心墮落，隨情順處誘將廻。
歌與樂，竟吹噪，合雜喧嘩溢路排，
魔女魔王入室也，作生嬈惱處唱將來。

經云：與其眷屬啓首我足，合掌恭敬，及主而修堅法。

時波旬有偈：

詩　爲重修禪向此居，我今時因下雲衢，
欽依戒行如蟾淨，憶想清高似嶽孤。
入定不知功行久，坐禪未委法何如？

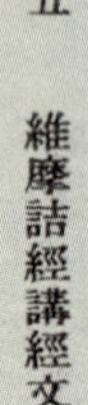

香爇煙飛和湍(瑞)氣，花擎寮(繚)亂動祥雲。
琵琶弦上弄春鶯，簫笛管中鳴錦鳳；
楊鼓杖頭敲碎玉，秦箏絲上落珠珍。
各裝美貌逞逶迤，盡出玉顏誇艷態；
个个盡如花亂發，人人皆似月娥飛。
從天降下閉乾坤，出彼宮中遮宇宙；
乍見人人魂膽碎，初覩个个盡心驚。

[韻]波旬是日出天來，樂亂清霄碧落排；
玉女貌如花艷圻(坼)，仙娥體是月空開。
妖桃强逞魔幷，羨美質徒惱聖懷；
皷樂弦歌千万隊，相隨捧擁竟徘徊。
誇艷質、逞身才，窈窕如花向日開；
十指纖纖如削玉，䨨(雙)眉隱隱似刀裁。
擎樂器、又吹嚾，莞(宛)轉雲頭漸下來；
簫笛音中聲遠遠，琵琶弦上韻哀哀。
歌瀝瀝、笑咍咍，圍遶波旬逾迎排；

隊杖恰如帝釋下，　威儀直似梵王來。
須隱審，莫教積，　詐作虔誠禮法臺；
間諍莫教生驚覺，　慇懃勿遣有遺乖。
沉與麝，手中臺，　供養權時盡意懷；
眞侍聖人心錯亂，　隨伊動處嬈將來。
須記當，領心懷，　莫遣修行法眼開；
持世若教成道後，　魔家眷屬定須摧。
巧稅調，好安排，　强着言詞說意懷；
着相見時心墮落，　隨情順處誘將廻。
歌與樂，竟吹嚯，　合雜喧嘩溢路排；
魔女魔王入室也，　作生嬈惱處唱將來。

經云：與其眷屬啓首我足，合掌恭敬，及至而修堅法。

時波旬有偈：

詩　爲重修禪向此居，　我今時固下雲衢；
欽依戒行如蟾淨，　憶想淸高似嶽孤。
入定不知功行久，　坐禪未委法何如；

今將眷屬來瞻禮，　不審師兄萬福無？

白：尔時波旬語持世曰，「上人修行日久，禪定時多。勞法德以柄持，繼心神如守志。茅堂閴靜，石室幽虛。想知辰夜寂寮(寥)，伏計日常勞倦。禪門深遠，空法難明。不知所證淺深，未委有何功行。我辭空界，來下天宮。爲思德行无殊，爲憶孤高有異。今朝欣逢，伏望大聖慈悲，與我小談法味。」

魔王又偈：

平詩　暫抛五欲下天來，　要禮師兄禪坐臺；
鼓樂弦歌申供養，　香花珍菓表心懷；
欣瞻大士欣千度，　喜禮高人喜百迴；
伏望慈悲宣妙法，　我今總望滅塵埃。

爾時持世不識魔王，將爲嬌尸迦，錯認作帝釋，所以：

經言：我言爲是帝釋，而語之言：善來，憍尸迦！　乃至與修堅法。

白：當日持世并告言帝釋曰：「天宮壽福有期，莫將富貴奢花(華)，便作長時久遠。起坐有自然音樂，順意笙歌。所以多異種香花，隨心自在。天男天女，捧擁无休；寶樹寶林，巡遊未歇。隨心到處，便是樓臺；逐意行時，自成寶香。花開便爲白日，花合卽是黃昏。思衣卽羅綺千重，要飯卽珍羞百味。如斯富貴，實卽奢花(華)。皆爲未久之因緣，盡是不堅之福力。帝釋，帝釋，要知，要知。休於五欲留心，莫向天宮恣意。雖卽壽年長遠，還無究竟之多；雖然富貴驕奢，豈有堅牢之處。壽天力盡，終歸地獄三途；福德纔無，却入輪迴之路。如火然盛，木盡而變作塵埃；似煎(箭)射空，勢盡而終歸墮地。未逃生死，不出无常。速指内外之珍財，證取無爲之妙果。懃於仏法，悟取眞如。少戀榮華，了知是患。深勞帝釋，將謝道從。與君略出，甚深悟取，超於生死。」

古吟上下：

天宫未免得无常，　福德纔徽却墮落，
富貴驕奢終不久，　笙歌恣意未爲堅。
任誇玉女貌嬋娟，　任逞月娥多艷態，
任你奢花(華)多自在，　終歸不免却無常。
任誇錦繡幾千重，　任你珍羞湌百味，
任你所須皆總到，　終歸難免却無常。
任㪟福德相嚴身，　任你眷屬長圍遶，
任你隨情多快樂，　終歸難免却无常。
任㪟清樂奏弦歌，　任使樓臺隨處有，
任遣妃嬪隨後擁，　終歸難免也无常。
任伊美貌最希奇，　任使天宫多富貴，
任有花開香滿路，　終歸難免却无常。
莫於上界恣身心，　莫向天中五欲深，

今將眷屬來瞻禮，　不審師兄萬福無？

白：尒時波旬語持世曰，「上人修行日久，禪定時多。勞法德以柄持，繼心神如守志。茅堂閴靜，石室幽虛。想知辰夜寂寮(寥)，伏計日常勞倦。禪門深遠，空法難明。不知所證淺深，未委有何功行。我辭空界，來下天宮。爲思德行无殊，爲憶孤高有異。今朝欣逢，伏望大聖慈悲，與我小談法味。」

魔王又偈：

平詩　暫拋五欲下天來，　要禮師兄禪坐臺；
鼓樂弦歌申供養，　香花珍菓表心懷。
欣瞻大士欣千度，　喜禮高人喜百迴；
伏望慈悲宣妙法，　我今總望滅塵埃。

爾時持世不識魔王，將爲嬌尸迦，錯認作帝釋，所以：

經言：我言爲是帝釋，而語之言：善來，嬌尸迦！乃至與修堅法。

白：當日持世井告言帝釋曰：「天宮壽福有期，莫將富貴奢花(華)，便作長時久遠。起坐有自然音樂，順意笙歌。所以多異種香花，隨心自在。天男天女，捧擁无休；寶樹寶林，巡遊未歇。隨心到處，便是樓臺；逐意行時，自成寶香。花開便爲白日，花合卽是黃昏。思衣卽羅綺千重，要飯卽珍羞百味。如斯富貴，實卽奢花(華)。皆爲未久之因緣，盡是不堅之福力。帝釋，帝釋，要知，要知。休於五欲留心，莫向天宮恣意。雖卽壽年長遠，還無究竟之多；雖然富貴驕奢，豈有堅牢之處。壽天力盡，終歸地獄三途；福德纔無，却入輪迴之路。如火然盛，木盡而變作塵埃；似煎(箭)射空，勢盡而終歸墮地。未逃生死，不出无常。速指內外之珍財，證取無爲之妙果。懃於仏法，悟取眞如。少戀榮華，了知是患。深勞帝釋，將謝道從。與君略出，甚深悟取，超於生死。」

古吟上下：天宮未免得无常，　福德纔微却墮落；
富貴驕奢終不久，　笙歌恣意未爲堅。
任誇玉女貌嬋娟，　任逞月娥多艷態；
任你奢花(華)多自在，　終歸不免却無常。
任誇錦繡幾千重，　任你珍羞滄百味；
任你所須皆總到，　終歸難免却無常。
任敎福德相嚴身，　任你眷屬長圍遶；
任你隨情多快樂，　終歸難免却无常。
任敎清樂奏弦歌，　任使樓臺隨處有；
任遺妃嬪隨後擁，　終歸難免也无常。
任伊美貌最希奇，　任使天宮多富貴；
任有花開香滿路，　終歸難免却无常。
莫於上界恣身心，　莫向天中五欲深；

莫把驕奢爲究竟，莫躭富貴不修行。

還知彼處有傾摧，如蚍(箭)射空隨志(墮)地，

多命財中能知了，修行他不出无常。

索將勞帝釋下天來，深謝弦歌皷樂排，

玉女盡皆覺悟取，嬋娟各要出塵埃。

天宮富貴何時了，地獄煎熬幾万迴，

身命財中能悟解，使能久遠出三災。

須記取，傾心懷，上界天宮却請迴，

五欲業山隨日滅，躭迷障嶽逐時摧。

身中始得堅牢藏，心上還除染患胎；

帝釋敢(感)師兄說法力，着何酬答唱將來。

經：卽語我言，正士受是万二千天女，可備掃洒。

白：爾時魔王告持世因曰，「我暫別欲界，來下天宮，喜瞻𦬇威儀，得到修禪室內。幸蒙慈念，迴賜宣揚，深知五欲不堅，稍會天中未久。多邊障染，從今應是去除；心上塵埃，自此多應屏跡。蒙沾法雨，洗滌塵勞，得飲醍醐，頓消熱惱。以感千生之便，得漸萬善之恩。我今無異寶珠珍報答，用酬尊德，唯將天女一万二千奉上師兄，可酬說法。幸望慈悲鑒納，乞垂大士容留。且令逐日祗供，可備晨昏驅使。

禪堂幽靜，空室寂寥，令伊旦夕添香，日夜禪堂暖熱，莫生憂慮，我清疑積。師兄便望收留，弟子今朝布施。」

假帝釋有一偈告持世𦬇：

爲欽德行和(離)天宮，　得禮慈悲大聖容，
喜飲醍醐消熱惱，　傾沾法雨蕩塵濛。
來時不奉諸珍寶，　報答何酬說法功，
一万二千天上女，　師兄收取且祗恭。

持世告假帝釋曰，「我是修行𦬇；我是出世高人。一身尙自有餘，何要你許多天女？我以離於染欲，不住世情，知諠譁爲生死之因，悟艷質是洄□之本。況此之天女，盡是嬌奢恣意染欲之身，射迷者定入生死，趣向者必沉地獄。我以修於仏果，證取眞乘，不居塵世之中，不尋事情之內。修禪觀行，宜合寂靜省緣，練意澄心，何要爾多衆人？帝釋帝釋，要知要知，何時將艷麗之人，便向吾前布施，但望自家收耳！卻請迴歸，速還本住天宮，早和(離)修禪室內。莫使凡情驚怪，莫敎淺促疑猜，道吾禪定不堅，道我修行退敗。林間寂靜，早請廻還，室內幽閑，不宜久住。我要修於仏果，汝須速上天宮，莫將諸女獻陳我家，當知不受。持世有偈：

深勞帝釋下天涯，　侍從親來問我耶，
室內籬(窮)疏談法久，　天宮遲滯路歧賒。

莫把驕奢爲究竟，莫躭富貴不修行。
還知彼處有傾摧，如煎(箭)射空隨志(墮)地；
多命財中能知了，修行他不出无常。
索將勞帝釋下天來，深謝弦歌皷樂排；
玉女盡皆覺悟取，嬋娟各要出塵埃。
天宮富貴何時了，地獄煎熬幾万迴；
身命財中能悟解，使能久遠出三灾。
須記取，傾心懷，上界天宮却請迴；
五欲業山隨日滅，躭迷障嶽逐時摧。
身中始得堅牢藏，心上還除染患胎；
帝釋敢(感)師兄說法力，着何酬答唱將來。

經：卽語我言，正士受是万二千天女，可備掃洒。

白：爾時魔王告持世因曰，「我暫別欲界，來下天宮，喜瞻井威儀，得到修禪室內。幸蒙慈念，迴賜宣揚，深知五欲不堅，稍會天中未久。多邊障染，從今應是去除；心上塵埃，自此多應屏跡。蒙沾法雨，洗湯塵勞，得飲醍醐，頓消熱惱。以感千生之便，得沾萬善之恩。我今無異寶珠珍報答，用酬尊德，唯將天女一万二千奉上師兄，可酬說法。幸望慈悲鑒納，乞垂大士容留。且令逐日祇供，可備晨昏驅使。

禪堂幽靜，空室寂寥，令伊旦夕添香，日夜禪堂暖熱，莫生憂慮，我淸疑積。師兄便望收留，弟子今朝布施。」

假帝釋有一偈告持世井：

爲欽德行利（離）天宮，得禮慈悲大聖容；
喜飲醍醐消熱惱，傾沾法雨蕩塵濛。
來時不奉諸珍寶，報答何酬說法功；
一万二千天上女，師兄收取且祇恭。

持世告假帝釋曰，「我是修行井，我是出世高人。一身尙自有餘，何要你許多天女？我以離於染欲，不住世情，知諠譁爲生死之因，悟豔質是洄□之本。況此之天女，盡是嬌奢恣意染欲之身，躭迷者定入生死，趣向者必沉地獄。我以修於仏果，證取眞乘，不居塵世之中，不尋事情之內。修禪觀行，宜合寂靜省緣，練意澄心，何要爾多衆人？帝釋帝釋，要知要知，何時將豔麗之人，便向吾前布施，但望自家收耳！却請迴歸，速還本住天宮，早利（離）修禪室內。莫使凡情驚怪，莫教淺促疑猜，道吾禪定不堅，道我修行退敗。林間寂靜，早請廻還，室內幽閑，不宜久住。我要修於仏果，汝須速上天宮，莫將諸女獻陳我家，當知不受。持世有偈：

深勞帝釋下天涯，侍從親來問我耶；
室內簫（蕭）疏談法久，天宮遲滯路歧賒。

山間欲晚清林闇，　峯上光移紅日(月)斜，
帝釋此時莫久住，　領諸天女早歸家。

魔王道云：我聞修行之者，不逆人情；并之人，巧隨根器。欲發萌芽之種，須洒春雨膏；欲開蟄戶之門，應時雷震。我今發意，余定迴心，願酬說法之功，布施何當不要！況此天女一个个形如白玉，一个个貌似鮮花。妖桃而乃越姮娥，艷質而休誇妲妃。能歌律呂，行雲而不竟佐(低)垂；解奏宮商，織女而忽然亭罷。繡成盤鳳，對芙蓉而爭承嚬羞；刺出鴛鴦，並芍藥而豈無慚恥。鬓釵斜墜，須鳳髻而如花倚菡(藥)欄；玉貌頻舒，素娥眉而似風吹蓮葉。亦能侍奉，偏解祗(祇)承，低眉而便會人情，動目而早知心事。四時湯藥，亦解調和，逐日齋飡，深知冷暖。禪堂掃洒，淸風而不起埃塵；幽室鋪陳，滿座而旋成瑞氣。前件天女，粗知佛法，深有道心，他家願効慇懃，亦望慈悲驅使。并并，師兄師兄！如今勿更遲疑，此際望垂收取。悶卽交伊合曲，閑來卽遣唱歌。禪堂裏莫使寂寥，幽室內莫交冷落。棄居上界，來下天宮，深憂大德無人，只恐師兄寂寞。一萬二千天女，人人盡有道心，我今定以捨之，天上承能將去，收取，收取！莫疑，莫疑！誓爲并之門人，願作師兄之弟子。帝釋告曰：

側：并慈悲莫疑慮，　禪堂寂靜無依怙；
修行直感動天宮，　入定伏得龍兼虎。
我今來，䝉法雨，　塵勞已滅心開悟，
報答何酬說法恩，　師兄收取天宮女。

出天門，下雲路，
得禮慈悲大法王，
來時不捧法珍寶，
師兄收取天宮女。

解歌音，能律呂，
日夜交伊媛法堂，
簫韶直得陰雲布，
師兄收取天宮女。

巧裁縫，能繡補，
个个能裝百納衣，
刺成盤鳳須甘雨，
師兄收取天宮女。

會人心，巧言語，
禪堂驅使好祗承，
爭忍空交却迴去，
師兄收取天宮女。

貌如花，體如素，
堪作禪堂學法人，
似雪如花花又語，
師兄收取天宮女。

我今時圖下天來，
得禮高人忻百度，
爲見師兄禪坐開，
喜瞻天喜千迴。

豪宣法味令齋解，
酬答並無法異物，
又休談楊決乘懷，
惟將天女作賚排。

與汝受，莫疑猜，
誓與師兄爲弟子，
上界從今承願迴，
永充菩薩花臺。

山間欲晚清林闇，　峯上光移紅月(日)斜；
帝釋此時莫久住，　領諸天女早歸家。

魔王道云云：我聞修行之者，不逆人情；井之人，巧隨根器。欲發萌芽之種，須洒春雨膏；欲開蟄戶之門，應時雷震。我今發意，余定迴心，願酬說法之功，布施何當不要！況此天女一个个形如白玉，一个个貌似鮮花。妖桃而乃越姮娥，艷質而休誇妲妃。能歌律呂，行雲而不竟伍(禁低)垂；解奏宮商，織女而忽然亭罷。繡成盤鳳，對芙蓉而爭承嘶羞；刺出鴛鴦，並芍藥而豈無慚恥。鬟釵斜墜，須鳳髻而如花倚菓(藥)欄；玉貌頻舒，素娥眉而似風吹蓮葉。亦能侍奉，偏解祗(祇)承，低眉而便會人情，動目而早知心事。四時湯藥，亦解調和，逐日齋飡，深知冷暖。禪堂掃洒，清風而不起埃塵；幽室鋪陳，滿座而旋成瑞氣。前件天女，粗知佛法，深有道心，他家願効慇懃，亦望慈悲驅使。井井，師兄師兄！如今勿更遲疑，此際望垂收取。悶卽交伊合曲，閑來卽遣唱歌。禪堂裏莫使寂寥，幽家內莫交冷落。棄居上界，來下天宮，深憂大德無人，只恐師兄寂寞。一萬二千天女，人人盡有道心，我今定以捨之，天上承能將去。收取，收取！莫疑，莫疑！誓爲井之門人，願作師兄之弟子。帝釋告曰：

側：　井慈悲莫疑慮，　禪堂寂靜無依怙；
修行直感動天宮，　入定伏得龍兼虎。
我今來，　蒙法雨，　塵勞已滅心開悟；
報答何酬說法恩，　師兄收取天宮女。

出天門，下雲路，來時不捧法珍寶；
得禮慈悲大法王，師兄收取天宮女。
解歌音，能律呂，簫韶直得陰雲布；
日夜交伊暖法堂，師兄收取天宮女。
巧裁縫，能繡補，刺成盤鳳須甘雨；
个个能裝百納衣，師兄收取天宮女。
會人心，巧言語，爭忍空交却迴去；
禪堂驅使好祗承，師兄收取天宮女。
貌如花，體如素，似雪如花花又語；
堪作禪堂學法人，師兄收取天宮女。
我今時固下天來，爲見師兄禪坐開；
得禮高人忻百度，喜瞻井喜千迴。
蒙宣法味令齋解，又休談楊決乘懷；
酬答並無法異物，惟將天女作賫排。
與棄受，莫疑猜，上界從今承願迴；
誓與師兄爲弟子，永充井遶花臺。

乘道力，乞慈哀，　赴乘情誠察乘懷，
有願施時須與受，　无乖見處定无乖。
禪堂內，設支排，　寂寞應知承易偕，
日夜交伊歌浩浩，　晨昏須遣樂哈哈。
有斜指，巧難裁，　供養祗承順意懷，
分禪補坊兼刺繡，　更能逐日辦(辦)香齋。
陳百種，獻千迴，　爲感師兄說法開，
一万二千天上女，　莫辭收取唱將來。

經云：我言憍尸迦，無已(以)此非法之物，邀我沙門釋子，此非我宣。

白語：爾時持世井語帝釋曰，「我聞當空月闇，爲有浮雲，寶鏡无光，皆因塵坌(埃)。未成仏道，爲有貪嗔，不出輪廻，盡因染欲。况此天女，盡是貪嗔之本，地獄余(餘)殃，未合井之儀，不是沙門見解。夫修行者，專心苦行，志意澄神，念浮華爲石火〔□〕〔□〕之光，想人世似風中□燭。」持世告假帝釋曰：「我修行日久，悟法分明，不可取你人情，交我再沉惡道。况此乙女等，三從備體，五障經身。他把身爲究竟身，便把體爲究竟體。我所以棄如灰土，自力修行，如今看卽證𦬇，不可交却墮落。」持世不肯受天女，有偈：

斷：三從五障在身邊，　十惡縈仍被徼纏，

佛性昏迷於此退， 眞乘差錯爲他牽。
修行𦬇心能捨， 出世高僧意不看，
多少往來沉溺者， 皆因染欲失根源。

白：爾時持世語帝釋曰，「我三途不出，皆因貪愛所迷，仏果未成，盡是欲之顛墜。我以修於禪觀，不染塵心，願出世間，希求利樂。帝釋勿言感我，嬌尸迦不用惱人。莫將天人施沙門，休把嬌姿與𦬇。眷屬便不是我之所愛，非當持世戀之。我今若愛時與，必是曹(遭)人毁謗！帝釋，帝釋，要知，要知！眷屬便望却收，天女我當不要。禪堂迮(窄)隘，實卽難留；幽家非寬，无門受納。況又修行之路，不假人多；出世之門，宜須寂靜。我以超於生死，不住愛何(河)向出塵勞，拋居障海。垢染之穢，纖暇(瑕)不巧，塵濛之小，許難沾智。圓與看燈，𦬊漏盡，何欲明法眼。此時若受，如紅(鴻)雁再入於網羅；今日若收，似白鹿重遭於纏(纏)絆。不敢，不敢，何當，何當！交吾失却雨(兩)程，令我修持退敗。謝來於小室，勞君別却天宮。山林中无可交恭，幽室內慚虧看侍。天門極遠，上界程遙，白雲嶺上漸生，紅日看將欲沒。不憍室中久住，速望迴歸；莫於此處留心，虛勞氣力。千万，千万，速歸，速歸！帝釋莫發狂言，天女我今不受。」

吟上下：莫將天女與沙門， 休把眷屬惱𦬇。
我以修行求出世， 不於染慾掛身心。
天宮去此路程賒， 上界却迴歸又遠，

乘道力，乞慈哀，　赴乘情成察乘懷；
有願施時須與受，　无乖見處定无乖。
禪堂內，設支排，　寂寞應知承易偕；
日夜交伊歌浩浩，　晨昏須遣樂咍咍。
有斜指，巧難裁，　供養祇承順意懷；
分禪補坊兼刺繡，　更能逐日辯(辦)香齋。
陳百種，獻千迴，　爲感師兄說法開；
一万二千天上女，　莫辭收取唱將來。

經云：我言嬌尸迦，無已(以)此非法之物，邀我沙門釋子，此非我宜。

白語：爾時持世井語帝釋曰，「我聞當空月闇，爲有浮雲，寶鏡无光，皆因塵坌(坋)。未成仏道，爲有貪嗔，不出輪廻，盡因染欲。況此天女，盡是貪嗔之本，地獄余(餘)殃，未合井之儀，不是沙門見解。夫修行者，專心苦行，志意澄神，念浮華爲石火令〔三〕之光，想人世似風中□燭。」持世告假帝釋曰：「我修行日久，悟法分明，不可取你人情，交我再沉惡道。況此之女等，三從備體，五障經身。他把身爲究竟身，便把體爲究竟體。我所以棄如灰土，自力修行，如今看即證菩，不可交却墮落。」持世不肯受天女，有偈：

斷：三從五障在身邊，　十惡縈仍被徼纏；

佛性昏迷於此退，　眞乘差錯爲他牽。
修行井心能捨，　出世高僧意不看；
多少往來沉溺者，　皆因染欲失根源。

白：「爾時持世語帝釋曰，「我三途不出，皆因貪愛所迷，仏果未成，盡是欲之顛墜。我以修於禪觀，不染塵心，願出世間，希求利樂。帝釋勿言感我，嬌尸迦不用惱人。莫將天女施沙門，休把嬌姿與井。不是我之所愛，非當持世戀之。我今若愛時與，必是曹（遭）人毁謗！帝釋，帝釋，要知，要知！眷屬便望却收，天女我當不要。禪堂迮（窄）隘，實卽難留；幽家非寬，无門受納。况又修行之路，不假人多；出世之門，宜須寂靜。我以超於生死，不住愛何（河），向出塵勞，拋居障海。垢染之穢，纖暇（瑕）不巧，塵濛之小，許難沾智。圓與看澄，䝷漏盡，何欲明法眼。此時若受，如紅（鴻）雁再入於網羅；今日若收，似白鹿重遭於繼（羈）絆。不敢，不敢，何當，何當！交吾失却雨（兩）程，令我修持退敗。謝來於小室，勞君別却天宮。山林中无可交恭，幽室內慚虧看侍。天門極遠，上界程遙，白雲嶺上漸生，紅日看將欲沒。不情室中久住，速望迴歸；莫於此處留心，虛勞氣力。千万，千万，速歸，速歸！帝釋莫發狂言，天女我今不受。」

吟上下：莫將天女與沙門，　休把眷屬惱井；
我以修行求出世，　不於染慾掛身心。
天宮去此路程賒，　上界却迴歸又遠；

紅日看將山上沒，白雲又向嶺頭生。
汝今帝釋早須歸，領取眷屬却迴去，
莫向室中爲久住，休於林內發狂言。
修行之者不合疑，并之人總不要，
幽室豈堪留眷屬，禪堂不假衆人多。
我聞貪愛走輪迴，欲染眷屬沒生死，
我以修行成道果，此諸天女却將御。
平：
室中不消更遲疑，上界程遙去是時，
天女奢華不是事，笙歌音樂亦非宜。
白雲嶺上微微出，紅日山頭漸漸垂，
不要此中爲久住，領諸天女早須歸。
我不要，却將迴，不願笙歌亂意懷，
安坐只宜寂默默，修禪須是沒人來。
謝布施，感心懷，幽室天人不易排，
掃洒盡應人定怪，祇承必恐衆宜猜。
立室內，遶禪臺，爲汝宣揚法義開，

莫把嬌姿染污我，　休將天女惱人來。
修行久，出塵埃，　已見眞如道路開，
取受人情應墮落，　收君天女定輪廻。
莫久住，速須廻，　千萬今朝察我懷，
天女當時不肯去，　阿誰與解救唱將來。

持世菩薩第二卷〔三〕

向　達校錄

校記：

〔一〕原凡兩本均無標題，據伯二二九二號補。
原卷　北京光字九四號
甲卷　伯三〇七九
〔二〕令字應是衍文。
〔三〕甲卷無此尾題。

【維摩詰經講經文】〔一〕

經云:「仏告文殊師利,汝行詣維摩詰問疾。」

白 言仏告者,是仏相命之詞。緣仏於會上,告盡聖賢,五百聲聞,八千卉,從頭遣問,盡曰不任。皆被責呵,無人敢去。酌量才辯,須是文殊。其他小小之徒,實且故非難往,失來妙德,亦是不堪。今仗文殊,便專問去。於是有語告文殊曰:

斷詩 三千界內總聞名, 皆道文殊藝解精,
體似蓮花敷一朵, 心如明鏡照漂淸,
常宣妙法邪山碎, 解演眞乘障海傾,
今日筵中須授勅, 與吾爲使廣嚴城。

白 於是菴園會上,勅喚文殊:「勞君暫起於花臺,聽我今朝勅命。吾爲維摩大士,染疾毗耶,金粟上人,見眠方丈。會中有八千卉 筵中見五百個聲聞,從頭而告盡遍差,至仏而無人敢去。舍利弗聰明第一,陳情而若不堪任;迦葉是德行最尊,推辭而爲年老邁。十人告盡,咸稱怕見維摩;一會遍差,差着者怕於居士。吾又見告於彌勒,兼及持世上人,光嚴則辭退千般,善德乃求哀萬種。堪爲使命,須是文殊。敵論維摩,難偕妙德。汝今與吾爲使,親往毗耶,詰病本之因由,陳金僊之懇(懇)意。汝看吾之面,

勿更推辭，領師主之言，便須受勑。況乃汝久成證覺，果滿三祇。爲七仏之祖師，作四生之慈父。來辭妙喜，助我化緣。下降娑婆，爾現於𦬅之相。你且身嚴瓔珞，光明而似月舒空，頂覆金冠，清淨而如蓮映水。一名超於法會，衆望難偕，詞辯迥播於筵中，五天讚說。慈悲之行廣布，該三途六道之中，救苦之心遍施，散三千界之刹內。當生之日，瑞相十般，表𦬅之最尊，彰大士之无比。而又眉彎春柳，舒揚而宛轉芬芳，面若秋蟾，皎潔而光明晃曜。有如斯之德行，好對維摩，具爾許多威名，堪過丈室。況以居士，見染纏疴，久語而上算不任，對論多應虧汝，勿生辭退，便仰前行。領大衆而速別菴園，逞威儀而早過方丈。龍神盡敎引路，一伴同行，人天總去相隨，兩邊圍繞。到彼見於居士，申達慈父之言，道吾憂念情深，故遣我來相問。」

仏有偈告讚文殊：

牟尼會上稱宣陳，　問疾毗耶要顯眞，
受勑且希離法會，　依言勿得有辭辛，
維摩丈室思吾切，　臥病呻吟已半旬，
望汝今朝知我意，　權時作個慰安人。

斷

又有偈告文殊曰：

八千𦬅衆難偕，　盡道文殊足辯才，
身作大僊師主久，　名標三世號如來。

神道解滅邪山碎，智慧能銷障海摧，
爲使與吾過丈室，便須速去別花臺。
世尊會上告文殊，爲使今朝過丈室，
傳吾意旨維摩處，中間慇懃勿得遲，
前來會裏衆聲聞，個個推辭言不去，
皆陳大士維摩詰，盡道毗耶我不任。
衆中彌勒又推辭，筵內光嚴申懇款，
八千大士无人去，五百聞聲沒一個過，
汝今便請速排諧，萬一與吾爲使去，
平側
威儀一隊相隨逐，銜勑毗耶問淨名。
𦬇身爲七仏師，久證功圓三世仏，
親辭淨土來凡世，助我宣揚轉法輪，
巍巍身若一金山，蕩蕩衆中無比對，
眉分皎潔三秋月，臉寫芬芳九夏蓮。
堪爲丈室慰安人，堪共維摩相對論，
堪將大衆菴園去，堪作毗耶一使人，

便依吾勑赴前程，　便請如今別法會，
若逢大士維摩詰，　問取根由病所因。
文殊德行十方聞，　妙德神通百億說，
能摧外道皆歸正，　能遣魔軍盡隱藏，
依吾告命速前行，　依我指蹤過丈室，
慇懃慰問維摩去，　巧着言詞問淨名。
是時聖主振春雷，　萬億龍神四面排，
見道文殊親問病，　人天會上喜咍咍，
此時便起當筵立，　合掌顒然近寶臺，
由讚淨名名稱煞，　如何白仏也唱將來。

經云：「文殊師利」乃至「詣彼問疾」。

此唱經文分之爲三：一、文殊謙讓白仏；二、讚居士經云道：「彼上人者，」至「皆以得度」；三、託仏神力，敢往問疾。經云：雖然承仏聖旨。且第一文殊，蒙仏告勑，起立筵中，欲申師資之恩，謙讓自己之事，合十指掌，立在筵中，啓三界慈尊向佛於會上。

文殊有偈白佛：

斷　特蒙慈父會中宣，　感激牟尼爭不專，

自揣荒虛无辯海，　度量智慧未周圓，
金仁既遣過方丈，　妙德須遵大覺儀，
去卽不辭爲使去，　幸憑聖力賜恩憐。

又有偈讚維摩：

斷　方丈維摩足辯才，　詞江浩浩泉難儕，
能談妙法邪山碎，　解講眞經障海隈，
六通每朝興教網（網），　三途長日救輪迴，
雖爲居士同凡輩，　心似秋蟾霧裏開。

白　陳情謙讓，多爲使於毗耶，讚彼淨名，表上人之難對。聲聞五百，證八智於身中，甚三千，超十地於會上。文殊雖承聖旨，當日思忖千般，只擬辭退於筵中，又怕逆如來之語。只欲便於方丈，有恥衆內之高人，世尊若差我去時，今日定當過丈室。

時文殊有偈：

斷　旣蒙聖主遣慇懃，　不敢推辭向會陳，
銜勑定過方丈室，　宣恩要見淨名尊，
金冠動處祥光現，　月面舒時瑞色新，
此日聖賢皆總去，　吾爲首領盡陪輪。

白文殊受仏告勑，起立花臺，整百寶之頭冠，動八珍之瓔珞。香風颯颯，搖玉佩以珊珊；瑞色氤氳，惹珠衣而瀝瀝。適蒙慈悲聖主，會上宣揚，大覺牟尼，筵中告語，千般讚嘆，何以勝當，百種談論，實斯悚惕。世尊遣敎爲使，往問維摩，彼上之人，難爲酬對。况文殊雖居井之位，理未通和，於仏會之中，言非出衆。世尊勑交爲使，不敢推辭，銜仏命而多恐不任，仗聖力而必應去得。状以維摩居士，具四般之才辯，告以難俻，現廣大之神通，鹵莽不易。深達實相，善契諸仏之心，无滯詞峯，法式井之語。總持祕密，無不通和，上中下類之音，悉皆盡會。今我若自往問，實愧不任，須仗聖威，然乃去得。由是文殊受勑，大衆忻然，菴園草草盡商量，隨從文殊過丈室。

側　文殊啓白慈悲主，　蒙仏會中盡告語，
敎往毗耶問淨名，　自慚詞淺如何去。
世尊處分苦丁寧，　不敢筵中陳懇素，
若遣毗耶問淨名，　遥憑大聖垂加護。
維摩詰，金粟主，　四智三身功久具，
若遣須交問淨名，　遥憑大聖垂加護。
辯才无礙是維摩，　深入諸仏之意趣，
問疾毗耶恐不任，　遥憑大聖垂加護。
世尊會上特申宣，　遣往毗耶方丈去，

對敵維摩恐不任，　須憑大聖垂加護。
我今藝解實非堪，　狂(枉)受如來垂蔭覆，
問疾毗耶恐不任，　遙憑大聖垂加護。
金粟尊，號調御，　示現白衣毗耶住，
既沐如來敎問時，　遙憑大聖垂加護。
往毗耶，辭化主，　逡巡卽是登途去，
今朝銜勑問維摩，　遙憑大聖垂加護。

斷

既蒙聖主遣殷懃，　今日當爲問疾人，
銜勑定應離法會，　捧恩須是往宣陳，
此時對論除迷執，　這遍談揚顯正眞，
必使天龍開道眼，　敎伊八部悟深因。

經

文殊會上啓情懷，　遙贊維摩足辯才，
此卽定應銜勑去，　全須仗託我如來，
聲聞會裏喧喧鬧，　并筵中浩浩催，
雖乃未離於聖主，　何人論說唱將來。

經云：「於是衆中」乃至「皆欲隨從」。

由是文殊受勑，爲使毗耶，將傳聖主之言，垂問維摩大士。會上有八千個卉筵中五百個聲聞，見文殊問疾毗耶，盡願相命爲伴。三三五五，皆願隨車。不論天衆夜叉，咸道陪充恃(侍)從。於是人天浩浩，龍衆喧喧，空中散百種之花，地上排七珍之寶。帝釋梵王之衆，捧玉幢於師子座前，龍王夜叉之徒，執寶幢於卉四面。雖卽未離於仏會，威儀已出於菴園。螺鈸繫(擊)琤樅之聲，音樂奏嘈讚之曲。阿修羅等，調颷玲玲之琵琶；緊那羅王敲駿犖犖之羯鼓，乾闥婆衆，吹妙曲於雲中；迦樓羅王奏簫韶於空裏。是時菴園會上，聖衆無邊，文殊將別於世尊，大衆咸言於恃(侍)從。比丘尼等，爭爇旃檀之香；優婆夷徒，各競焚於龍腦。盡乞隨於大士，齊聲同白世尊，願仏聽許從文殊，往問維摩居士去。慈尊聽許，大衆歡忻，園七仏之祖師，過一丈之石室。

側吟　維摩臥疾於方丈，仏勑文殊專問當，
宣與天龍及鬼神，滿空滿路人無量。
仏勑下，排儀仗，帝釋梵王亦令往，
不揀迦樓乾闥婆，鼓樂清歌任吹唱。
緊那羅，藥叉將，要去如來不攔障，
讚法低邪左右排，浩浩喧喧皆悅暢。
烈英雄，皆拒抗，卓犖神姿魔膽喪，
外振威俑(勇)蘊內慈，當時總願趨方丈。

萬千萬千皆偶儅(儻)，勢似滄溟排巨浪，
維沓奔騰盡願行，隊隊叢叢皆別樣。
卄僧，小或長，盡白慈尊願隨往，
善男善女亦陪行，一一如來无怪障。
排枇了，甚爽朗，簫瑟箜篌箏留響，
爐焚沉檀雜寶香，萬萬千千皆合掌。
文殊謙，世尊獎，卄聲聞小爲長，
便須部領衆人行，不要遲疑住時餉。
文殊辭，盡瞻仰，銜命毗耶論義廣，
爲看維摩說法功，一齊禮別黃金相。
到彼中，見法匠，切磋琢磨要爽朗，
普使人天悟正眞，一齊禮謝黃金相。
沐慈尊，總容放，去入毗耶宿因曩，
得遇論空二上人，一齊禮謝黃金相。
散香花，乘寶象，獅子金毛最爲上，
去送文殊問疾源，一齊暫別黃金相。

語喧喧，樂繚亮，　妙德威風上中上，
八千𦬇與聲聞，　一齊暫別黃金相。

經平　大人𦬇此時排，　圍繞文殊百萬垓，
或執寶花空裏散，　或呈妙曲繚伴側。
龍神走霧於前引，　鬼卒飛雲從後擁（催），
既別世尊說法會，　不知威儀何似唱將來。

經云：「於是文殊」乃至「入城」。

文殊受勑，領衆前行，聲聞五百同隨，𦬇八千爲伴。於是菴園會上，聽衆无邊，陪大士盡往於毗耶，從文殊同過於方丈。時當春景，千花競笑於園林；節屆青陽，萬木皆榮於山野。由是文殊師利，親往方丈之中，遂設威儀，排比行李。於是寶冠覆頂，瓔珞嚴身，辭千花臺上世尊，問一丈室中居士。龍神引路，𦬇前迎，瑞氣盈空，天花映日。幢幡乃雙雙排路，龍節而隊隊前行。毫光與晃日爭輝，雅樂與梵音合雜。𦬇八千侍從，聲聞五百同行，一時禮別慈尊，盡赴維摩問疾。是時也，人浩浩，語喧喧，雜沓雲中，歡呼日下。遏翠微之瑞氣，散遶繞之祥霞。肉髮峨峨，珠衣灼灼，曳六銖之妙服，戴七寶之頭冠，蹙金縷以叠重，動香風而邐迤。領雄雄之師子，舉步可以延風，座千葉之蓮花，含水煙之翠色。領天徒之衆類，離仏會之菴園。天女天男，前迎後遶，空中化物，雲裏遙瞻。整肅威儀，指揮徒衆，毗耶城裏人皆見，盡道神通大煞生。

萬千萬千皆倜儻(儻)，　勢似滄溟排巨浪，
雜沓奔騰盡願行，　隊隊叢叢皆別樣。
幷僧、小或長，　盡白慈尊願隨往，
善男善女亦陪行，　一一如來无怪障。
排枇了、甚爽朗，　簫瑟箜篌箏留響，
爐焚沉檀雜寶香，　萬萬千千皆合掌。
文殊謙、世尊奬，　幷聲聞小爲長，
便須部領衆人行，　不要遲疑住時餉。
文殊辭、盡瞻仰，　一齊禮別黃金相。
爲看維摩說法功，　銜命毗耶論義廣，
到彼中、見法匠，　切磋琢磨要爽朗，
普使人天悟正眞，　一齊禮謝黃金相。
沐慈尊、總容放，　去入毗耶宿因曩，
得遇論空二上人，　一齊禮謝黃金相。
散香花、乘寶象，　獅子金毛最爲上，
去送文殊問疾源，　一齊暫別黃金相。

語喧喧、樂嚮亮，　　妙德威風上中上，
八千井與聲聞，　　一齊暫別黃金相。
經平　大人井此時排，　　圍繞文殊百萬垓，
或執寶花空裏散，　　或呈妙曲嚮俳佪。
龍神走霧於前引，　　鬼卒飛雲從後摧（催），
既別世尊說法會，　　不知威儀何似唱將來。

經云：「於是文殊」乃至「入城」。

文殊受勑，領衆前行，聲聞五百同隨，井八千爲伴。於是菴園會上，聽衆无邊，陪大士盡往於毗耶，從文殊同過於方丈。時當春景，千花競笑於園林，節屆青陽，萬木皆榮於山野。由是文殊師利，親往方丈之中，遂設威儀，排比行李。於是寶冠覆頂，瓔珞嚴身，辭千花臺上世尊，問一丈室中居士。龍神引路，井前迎，瑞氣盈空，天花映日。幢幡乃雙雙排路，龍節而隊隊前行，毫光與晃日爭輝，雅樂與梵音合雜。井八千侍從，聲聞五百同行，一時禮別慈尊，盡赴維摩問疾。是時也，人浩浩，語喧喧，雜沓雲中，歡呼日下。遏翠微之瑞氣，散遼繞之祥霞。肉髮峨峨，珠衣灼灼，曳六銖之妙服，戴七寶之頭冠，蹙金縷以叠重，動香風而邐迤。領雄雄之師子，舉步可以延風，座千葉之蓮花，含水煙之翠色。領天徒之衆類，離仏會之菴園。天女天男，前迎後遶，空中化物，雲裏遙瞻。整肅威儀，指揮徒衆，毗耶城裏人皆見，盡道神通大煞生。

文殊隊仗實堪誇，暫別牟尼聖主家，
迎引仙童千萬隊，相隨𦬠數河沙，
金冠玉佩輝青目，雲服珠瓔惹翠霞，
獅子骨崙前後引，翻身却坐寶蓮花。

斷

隊仗高低滿路排，層層節節映金臺，
金爐玉案空中現，龍節幢幡霧裏開，
𦬠相隨皆躍躍，聲聞從後樂欬欬（咳咳），
未容開眼分明見，早到維摩會裏來。
寶希有，法中王，示跡權爲妙吉祥，
金紫曜明衣內寶，眉間時放白毫光，
花臺瑞相時時現，蓮座希奇別有名，
傾（頃）刻便過方丈室，爭趨願禮法中王。

斷

聲聞浩浩滿虛空，𦬠喧喧入室中，
傘蓋雲頭盈路下，幡花霧應響玲瓏，
龍神[illegible][illegible]（[illegible]）皆彈指，讚歎文殊紫磨容，
遍滿維摩方丈室，若凡若聖萬千重。

斷　相隨聽衆數无邊，　盡立文殊寶座前，
八部罷吟魚梵曲，　四王隊仗遶金蓮，
空中只見天花墜，　雲裏惟聞龍腦煙，
萬億聽徒由浩浩，　千羣聖衆鬧喧喧。
經　文殊隊仗實奇哉，　凡聖相隨百萬垓，
菩薩兩邊遶(圍)寶座，　聲聞四面遶花臺，
菴園會上遙瞻禮，　方丈筵中瑞彩開，
居士見文殊入室內，　如何排枇也唱將來。

文殊問疾第一卷

校記：

〔一〕本卷原見羅振玉敦煌零拾所載，現用西陲秘籍叢殘書內本卷影印本重新校訂並加以斷句。標題原有。「文殊問疾第一卷」數字，原在篇末，是此卷尾題。但因本卷與以上各卷均爲演繹「維摩詰經」，故改擬今題。

王慶菽校錄

文殊隊仗實堪誇，暫別牟尼聖主家，
迎引仙童千萬隊，相隨井數河沙。
金冠玉佩輝青目，雲服珠瓔惹翠霞，
獅子骨崙前後引，翻身却坐寶蓮花。

斷

隊仗高低滿路排，層層節節映金臺，
金爐玉案空中現，龍節幢幡霧裏開。
井相隨皆躍躍，聲聞從後樂咳咳(咳咳)，
未容開眼分明見，早到維摩會裏來。
實希有、法中王，示跡權爲妙吉祥，
金紫曜明衣內實，眉間時放白毫光。
花臺瑞相時時現，蓮座希奇別有名，
傾(頃)刻便過方丈室，爭趨願禮法中王。

斷

聲聞浩浩滿虛空，井喧喧入室中，
傘蓋雲頭盈路下，幡花霧[illegible]嚮玲瓏。
龍神駮礐礐(犖犖)皆彈指，讚歎文殊紫磨容，
遍滿維摩方丈室，若凡若聖萬千重。

斷

相隨聽衆數无邊，　盡立文殊寶座前，

八部罷吟魚梵曲，　四王隊仗遶金蓮。

空中只見天花墜，　雲裏惟聞龍腦煙，

萬億聽徒由浩浩，　千羣聖衆鬧喧喧。

經　文殊隊仗實奇哉，　凡聖相隨百萬垓，

菩薩兩邊逵(圍)寶座，　聲聞四面遶花臺。

菴園會上遙瞻禮，　方丈筵中瑞彩開，

居士見文殊入室內，　如何排枇也唱將來。

文殊問疾第一卷

校記：

〔一〕本卷原見羅振玉敦煌零拾所載，現用西陲秘籍叢殘書內本卷影印本重新校訂並加以斷句。標題原有。「文殊問疾第一卷」數字，原在篇末，是此卷尾題。但因本卷與以上各卷均爲演繹「維摩詰經」，故改擬今題。

王慶菽校錄

【佛說觀彌勒菩薩上生兜率天經講經文】[一]

(前缺)菩下去提，薩下去埵，故名菩薩。此云覺有情。故疏云：梵云菩提薩埵，此云菩薩。菩覺處，智所求果；薩埵有情處，悲所度生。依弘誓語，故云菩薩。即是依二利，以立其名。上求菩提是自利，下度有情是利他。何名自利？喻如進士，為見宰相身坐廟堂，日食萬錢，遂苦心為詩作賦。為此，菩薩要證菩提，三十二相，八十種好，永受法樂，不屬生死，遂即修行，勇猛精進。

擬覓朝廷一品榮，讀書進業莫敢停，
長齊(齋)冷飯充朝夕，縵絹麁絁蓋裸形，
五月吟詩嫌日短，三冬為賦恨天明，
如斯辛苦無勞倦，必得人間第一名。
擬覓身為三界王，精勤勇猛要驅忙，
四弘誓願專相續，六種波羅莫改張，
外遇違解終不退，內修觀行又時長，
如斯多劫心無倦，必得金軀坐道場。

上來道理，自利行也。從此利他行者，下度有情者。亦如進士在學堂中，見天下不平之事，遂擬發意平治，條流天下，廣致太平。菩薩亦然。修行之次，見於六道受苦衆生，欲併除地獄，不要畜生，咸使出離。

進士書堂學業時，　天涯有意擬平治，
人人長遺如魚水，　戶戶咸令識禮儀，
凡遇善流皆獎賞，　但逢惡事不容伊，
若令四海全無事，　進士心中願滿時。
菩薩修時十地中，　善觀三界起愁容，
人人總勸修慈定，　个个咸令起惠風，
地獄與心全併當（摒擋），　畜生有意總教空，
若令我等皆成佛，　卄心中願始終。
若說慈尊憫念情，　尋常六道救衆生，
長教拋（抛）却娑婆界，　咸使親登解脫城，
若見惡人常引接，　忽逢善者遣修行，
都緣有此慈悲願，　所以呼爲菩薩名。

然彌勒實已成佛，今在因中，蓋示跡尔。故下疏云：道圓上果，跡履下因，祈覺運生，假稱卄。

上來解菩薩二字已竟。從此解上生二字者。疏云：上生卽往昇，卽彌勒菩薩當日之時，於人間般涅槃

【佛說觀彌勒菩薩上生兜率天經講經文】〔一〕

（前缺）菩下去提，薩下去埵，故名菩薩。此云覺有情。故疏云 梵云菩提薩埵，此云菩薩。提覺處，智所求果；薩埵有情處，悲所度生。依弘誓語，故云菩薩。即是依二利，以立其名。上求菩提是自利，下度有情是利他。何名自利？喻如進士，爲見宰相身坐廟堂，日食萬錢，遂苦心爲詩作賦。爲此，菩薩要證菩提，三十二相，八十種好，永受法樂，不屬生死，遂即修行，勇猛精進。

擬覓朝廷一品榮，讀書進業莫敢停。
長薺（齋）冷飯充朝夕，縵絹奄絁蓋裸形，
五月吟詩嫌日短，三冬爲賦恨天明。
如斯辛苦無勞倦，必得人間第一名。
擬覓身爲三界王，精勤勇猛要驅忙。
四弘誓願專相續，六種波羅莫改張，
外遇違解終不退，內修觀行又時長。
如斯多刼心無倦，必得金軀坐道場。

上來道理，自利行也。從此利他行者，下度有情者。亦如進士在學堂中，見天下不平之事，遂擬發意平治，條流天下，廣致太平。菩薩亦然。修行之次，見於六道受苦衆生，欲併除地獄，不要畜生，咸使出離。

進士書堂學業時，天涯有意擬平治：
人人長遺如魚水，戸戸咸令識禮儀，
凡遇善流皆奬賞，但逢惡事不容伊。
若令四海全無事，進士心中願滿時。
菩薩修時十地中，善觀三界起愁容。
人人總勸修慈定，个个咸令起惠風，
地獄與心全併當(摒擋)，畜生有意總敎空。
若令我等皆成佛，卄心中願始終。
若說慈尊憫念情，尋常六道救衆生，
長敎拋(拋)却娑婆界，咸使親登解脫城。
若見惡人常引接，忽逢善者遣修行，
都緣有此慈悲願，所以呼爲菩薩名。

然彌勒實已成佛，今在因中，蓋示跡尔。故下疏云：道圓上果，跡履下因，祈覺運生，假稱卄。

上來解菩薩二字已竟。從此解上生二字者。疏云：上生卽往昇，卽彌勒菩薩當日之時，於人間般涅盤後，上生兜率也。問：上生來多少時節？答：從此經後十二年。所以知者，下內果〔三〕經佛答云：「却後十二年一等至「身紫金色，光明艷赫，如百千日，上至兜率陁天」是也。於是彌勒既辭人世，欲往天宮，乃現神色，便昇空裏。雲生足下，霧擁身邊，風遥(搖)七寶之冠，香惹六銖之服，見月輪之咫尺，覩世界而微芒(茫)。仙樂隱隱以引前，天女依依而後送，一道光明可畏：

彌勒當時既現色，一彈指項(頃)便昇空。
祥雲似箭横銀漢，瑞氣如星度月宮，
仙女千群乘綵霧，龍神萬隊散香風。
未容本國商量次，便到天邊內院中。

經云：「其身舍利，如鑄金像，不動不搖。身圓光中，有首楞嚴三昧般若波羅蜜，字義炳然。時諸天人，尋卽爲起衆妙寶塔，供養舍利。」

慙愧慈尊戒定身，修心練行出埃塵，
堅貞豈算千千刼，不懷(壞)何論萬萬春。
寶塔年多猶尚滅，眞身歲久色唯新。
自從一鎮閻浮界，度刼河沙多少人。

問：彼時天人，爭解造塔？答：亦是佛曾有敎，意要利益未來。末世衆生不信佛法者，忽因塔及見舍利，便發信心，願求佛果，所以造塔，令人禮敬。

佛道我滅度後，　衆生漸多過咎。
終朝逐色貪聲，　每日追歡戀酐，
師僧不易勸他，　經敎大難化誘。
直須得見遺形，　方解發心信受。
後代之中有惡流，　忽因閑暇寺中遊，
舉頭乍見眞身塔，　廻目還瞻舍利樓。
或即散花施供養，　或時旋遶小(少)低頭。
佛解知有如斯福，　普勸人天切要修。

由此天人，尋卽爲起衆寶妙塔，供養舍利。所造之塔還何如？其塔用黃金作柱，白玉爲基，琉璃緣(椽)架起七重，瑪碯(瑙)枋䕩成八面。摩尼枓栱，琥珀斜梁，瓦斲珊瑚，簾彫玳瑁。眞(珠)珠羅網交加閒處處之音聲；寶鐸瓊幡響亮拂層層之煙靄。梵王稱歎，帝釋觀瞻，竭天上之珍奇，爲人間之寶塔，可謂巍巍屹屹侵雲漢，盡眼方能見相輪。

天人造塔有何難，　傾克(頃刻)莊嚴幾萬般。
百寶合成深可羨，　千花間錯更堪觀。
塵砂賢聖周廻遶，　無限龍神左右旋。
音樂幡花與螺鈸，　迎將舍利此中安。

後，上生兜率也。問：上生來多少時節？答：從此經後十二年。所以知者，下內果〔三〕經佛答云：「一劫後十二年」等至「身紫金色，光明艷赫，如百千日，上至兜率陁天」是也。於是彌勒既辭人世，欲往天宮，乃現神色，便昇空裏。雲生足下，霧擁身邊，風遙（搖）七寶之冠，香惹六銖之服，見月輪之咫尺，覩世界而微忙（茫）。仙樂隱隱以引前，天女依依而後送，一道光明可畏：

彌勒當時既現色，一彈指傾（頃）便昇空。
祥雲似箭橫銀漢，瑞氣如星度月宮，
仙女千群乘綵霧，龍神萬隊散香風。
未容本國商量次，便到天邊內院中。

經云：「其身舍利，如鑄金像，不動不搖。身圓光中，有首楞嚴三昧般若波羅蜜，字義炳然。時諸天人，尋卽爲起衆妙寶塔，供養舍利。」

慙愧慈尊戒定身，修心練行出埃塵，
堅貞豈算千千刧，不懷（壞）何論萬萬春。
寶塔年多猶尙滅，眞身歲久色唯新。
自從一鎮閻浮界，度刧河沙多少人。

問：彼時天人，爭解造塔？答：亦是佛曾有敎，意要利益未來。末世衆生不信佛法者，忽因塔及見舍利，便發信心，願求佛果，所以造塔，令人禮敬。

佛道我滅度後，　衆生漸多過咎。
終朝逐色貪聲，　每日追歡戀醉，
師僧不易勸他，　經教大難化誘。
直須得見遺形，　方解發心信受。
後代之中有惡流，　忽因閑暇寺中遊，
舉頭乍見眞身塔，　廻目還瞻舍利樓。
或即散花施供養，　或時旋遶小(少)低頭。
佛解知有如斯福，　普勸人天切要修。

由此天人，尋即爲起衆寶妙塔，供養舍利。所造之塔還何如？其塔用黃金作柱，白玉爲基，琉璃椓(椽)架起七重，瑪璃(瑙)枋蔟成八面。摩尼枓栱，琥珀斜梁，瓦釿珊瑚，簾彫玳瑁。眞(珍)珠羅網，交加閙處處之音聲；寶鐸瓊幡，響亮拂層層之煙霧。梵王稱歎，帝釋觀瞻，竭天上之珍奇，爲人間之寶塔，可謂巍巍屹屹侵雲漢，盡眼方能見相輪。

天人造塔有何難，　傾克(頃刻)莊嚴幾萬般。
百寶合成深可羨，　千花間錯更堪觀。
塵砂賢聖周廻遶，　無限龍神左右旋。
音樂幡花與螺鈸，　迎將舍利此中安。

經云：「時兜率陁天，七寶臺內，摩尼殿上，師子床座，忽然化生。」至「以嚴天冠」等云。說彌勒菩薩，當在內宮，所現形後，甚生端正。莫不眉勻綠柳，目淨青蓮，耳稱垂璫，鼻眞截竹。如雪如珂之齒，一口分明；似花似玉之容，兩臉齊美。匈（胸）題万字，足蹈千文。十指纖長之網縵，雙臂修直而綿覆。白毫照處，一輪之秋月當天；紺髮旋時，如片之春雲在岳。相好巍巍看不盡，十由旬更六由旬。

青螺肉髻頂中生，紫磨金容身上現。
萬種端嚴纔化出，十方世界盡傾搖。
諸天競泛綵雲來，仙衆爭持花果獻。
帝釋宮前排隊仗，梵王天上集笙歌。
幢幡寶蓋滿雲空，玉鐸金鈴振寰宇。
四个善神持杵引，十垓鬼將躡雲隨。
飛砂不用喚風師，降雨豈勞追電母。
把戟夜叉肥蹇[illegible]，持鎗（槍）羅剎瘦筋䏓。
龍王迊出鬼神前，師子散隨音樂後。
齊到內宮菩薩處，百匝千重禮拜來。
紺摩尼殿內宮開，彌勒初生坐寶臺，

經云：「其天寶冠有百萬億色，一一色中，有無量「百千」「[illegible]」化佛。諸化菩薩，以爲侍者」等。

頂上花冠光繚繞，身邊瓔珞鄉(響)徘徊。
祇承天女千千隊，侍從天男萬萬垓。
應是他方佛盡喜，各將菩薩相看來。

經：「與諸天子，各坐花座，晝夜六時，恒[常]說不退轉地法輪之行。」

若說內宮天子，个个盡皆堅志，
朝朝樂聽深經，日日忻聞妙法。
既解如說修行，又不思唯世事，
從此彌勒慈尊，旦夕爲傳法義。
彌勒天宮好願生，花間經得六時聽，
免如此世爲人苦，暫入寺來心不寧。

經云：「如是處兜率陁天，」乃至「五十六億萬歲」等云。

若說天男天女，壽量大難算數，
全勝往日麻仙，也越當時彭祖。
人人咸盡天年，个个延經刼數，
朝朝長處花臺，日日不離寶樹。
天人个个壽難思，長鎮花臺沒歇時。

經云：「時兜率陁天，七寶臺內，摩尼殿上，師子床座，忽然化生。」至「以嚴天冠」等云。說彌勒菩薩，當在內宮，所現形後，甚生端正。莫不眉勻綠柳，目淨青蓮，耳稱垂璫，鼻眞截竹。如雪如珂之齒，一口分明；似花似玉之容，兩臉齊美。匈(胸)題万字，足蹈千文。十指纖長之網縵，雙臂修直而綿覆。白毫照處，一輪之秋月當天；紺髮旋時，如片之春雲在岳。相好巍巍看不盡，十由旬更六由旬。

青螺肉髻頂中生，紫磨金容身上現。
萬種端嚴纔化出，十方世界盡傾搖。
諸天競泛綵雲來，仙衆爭持花果獻。
帝釋宮前排隊仗，梵王天上集笙歌。
幢幡寶蓋滿靈空，玉鐸金鈴振寰宇。
四个善神持杵引，十垓鬼將躡雲隨。
飛砂不用喚風師，降雨豈勞追電母，
把戟夜叉肥薹趍，持鏘(鎗)羅刹瘦筋吒。
龍王迴出鬼神前，師子散隨音樂後，
齊到內宮菩薩處，百匝千重禮拜來。

經云：「其天寶冠有百萬億色，一一色中，有無量〔百千〕〔三〕化佛。諸化菩薩，以爲侍者」等。

紺摩尼殿內宮開，彌勒初生坐寶臺，

頂上花冠光繚繞，　身邊瓔珞響(響)徘徊。
祇承天女千千隊，　侍從天男萬萬垓。
應是他方佛盡喜，　各將菩薩相看來。

經：「與諸天子，各坐花座，晝夜六時，恒[四]說不退轉地法輪之行。」

若說內宮天子，　个个盡皆堅志，
朝朝樂聽深經，　日日忻聞妙法。
既解如說修行，　又不思唯世事，
從此彌勒慈尊，　旦夕爲傳法義。
彌勒天宮好願生，　花間經得六時聽，
免如此世爲人苦，　暫入寺來心不寧。

經云：「如是處兜率陁天，」乃至「五十六億萬歲」等云。

若說天男天女，　壽量大難算數，
全勝往日麻仙，　也越當時彭祖。
人人咸盡天年，　个个延經刼數，
朝朝長處花臺，　日日不離寶樹。
天人个个壽難思，　長鎮花臺沒歇時。

王母全成小女子，老君渾是阿孩兒。
又無疲倦妨聞法，只是歡忻遶本師。
盖爲曾持不煞戒，今朝果報得如斯。

上來解上生二字已竟，從此解兜率者。具足梵語應云兜率陁，或云覩史多，唐言知足。知欲樂足，故疏云兜率，此云知足。問：何以此天偏於五欲境而知足？答：內宮天男天女，先爲人時，曾持佛戒，互相觀察，知非究竟，遂厭欲也。且辯天男觀女生厭。

誰家麗質好姿容？南國西施貌不及。
拽紫拖緋當二八，雲鬟鳳髻勝三千。
綠窗絃上撥伊州，紅錦筵中歌越調，
皓齒似開花競笑，翠娥纔轉柳爭春。
心貞不共楚王言，眉淡每教張敞畫，
端正豈能長占得，逡巡又被歲年侵。
魚釵强插數行絲，鸞鏡動抛多少刼，
方鄉（響）罷敲長恨曲，琵琶休撥想夫憐。
漸成衰朽漸尫羸，忘却向前歌舞處。
次第只應如此也，爭似修行得久長。

次辯天女當在人間，觀其男子而生厭離云。

堂堂好个丈夫兒，頭面身才皆稱斷。
二十三十并四十，英雄總擬占春光。
京羅綺裏合令(吟)時，麗句高吟拋古調。
詩賦却嫌劉禹錫，令章爭笑李稍雲。
一場人我壯胸襟，一个無常專伺候。
五十六十兼七十，骨枯皮皺更何爲？
眼中冷淚耳中聾，口裏强誇心裏劣。
富貴兒孫爭奉侍，貧窮朝夕自營謀。
千辛萬苦爲誰人？十短九長解甚事？
泉下不怜多伎倆，松間總是作塵埃。
以此思量這丈夫，何必將心生愛戀，
不如斷欲修行去，願見天宮補處尊。

既行此願，便得升天。故經云「於蓮花上，結加(跏)趺坐。」

得生兜率大奇哉，須刻(頃刻)香蓮葉自開，
幡蓋影中聞磬鈸，香花雲裏見樓臺。

王母全成小女子，　老君渾是阿孩兒。
又無疲倦妨聞法，　只是歡忻遠本師。
盖爲曾持不煞戒，　今朝果報得如斯。

上來解上生二字已竟，從此解兜率者。具足梵語應云兜率陁，或云覩史多，唐言知足。知欲樂足，故疏云兜率，此云知足。問：何以此天偏於五欲境而知足？答：內宮天男天女，先爲人時，曾持佛戒，互相觀察，知非究竟，遂厭欲也。且辯天男觀女生厭。

誰家麗質好姿容？　南國西施貌不及。
拽紫拖緋當二八，　雲鬟鳳髻勝三千。
綠窗絃上撥伊州，　紅錦筵中歌越調，
皓齒似開花競笑，　翠娥纔轉柳爭春。
心貞不共楚王言，　眉淡每教張敞畫，
端正豈能長占得，　逡巡又被歲年侵。
魚釵强插數行絲，　鸞鏡動抛多少劫，
方嚮（響）罷敲長恨曲，　琵琶休撥想夫憐。
漸成衰朽漸尪羸，　忘却向前歌舞處。
次第只應如此也，　爭似修行得久長。

次辯天女當在人間，觀其男子而生厭離云。

堂堂好个丈夫兒，頭面身才皆稱斷。
二十三十幷四十，英雄總擬占春光。
京羅綿裹合今(衾)時，麗句高吟抛古調。
詩賦却嫌劉禹錫，令章爭笑李稍雲。
一場人我壯胸襟，一个無常專伺候。
五十六十兼七十，骨枯皮皺更何爲？
眼中冷淚耳中聾，口裏强誇心裏劣。
富貴兒孫爭奉侍，貧窮朝夕自營謀。
千辛萬苦爲誰人？十短九長解甚事？
泉下不怜多伎倆，松間總是作塵埃。
以此思量這丈夫，何必將心生愛戀，
不如斷欲修行去，願見天宮補處尊。

既行此願，便得升天。故經云「於蓮花上，結加(跏)趺坐。」

得生兜率大奇哉，傾尅(頃刻)香蓮葉自開，
幡盖影中聞磬鈸，香花雲裏見樓臺。

此時喜悅應難似，　這日容儀不可倍（陪），
便是舊諸天子見，　一齊讚歎近前來。

以此今日，並得生天。承前所修，於欲不染。相見猶如兄弟姊妹無異也。

此時天上解修行，　蓋爲從前習性成。
男見女時如見妹，　女逢男處似逢兄。
免於花下生他意，　唯向雲間暢道情，
欲樂既能無所染，　自然知足得其名。

上來別解兜率二字已竟。從此別解天之一字者。疏云：自在，光潔，神用名天，即有三義也。且第一自在義名天者，蓋爲天人凡所施爲，皆得自在也。且無庫藏，又沒庖廚，厭棄綺羅衣裳，常喫蘇陁品味。行處五雲從後，坐時七寶隨身，不曾一日憂煎，只是長時快樂。

可中修善到諸天，　居處生涯一切全，
要飯未曾燒火燭，　須衣何省用金錢。
花開花合分朝暮，　龍起龍眠辯（辨）歲年。
忽若共君生那裏，　尋常自在免憂煎。

第二光潔名天者，諸天人□各有身光，以相照耀。（下缺）

校記：

〔一〕原卷編號爲伯三〇九三。首尾殘缺，依內容補題名。按此講經文所據經本爲宋沮渠京聲所譯。

〔二〕「內果」二字有誤。以下接引經文，意謂「下面的經內」。

〔三〕「百千」二字據經本補。

〔四〕經本「恒」作「常」。

王重民校錄

【无常經講經文】[一]

西方好、卆(卒)[已]難論，實是奢(奢)花不省聞，
忽爾這力(身)[已]生那裏，千年萬歲沒沉輪(淪)。
濁世溺、不須論，八若(苦)三灾豈忍聞，
好行未曾行一點，不依公道望千春。
刀山耀日，劍樹淩雲，
何曾安樂，業火燒身。
動說十刼五刼，不曾快活逡巡，
爭如淨土，并[□]爲隣。
閑向八德池中弄水，閦來七重樹下遊春。
或登門殿，或禮經文。
或驅孔雀，或臂迦陵。
或來昇瑞採(彩)，或去入祥雲。
或即晨登門殿，或時夜禮慈尊。

鎮聞妙法，　常歷耳根，
到彼永超生死，　因茲漸得仙身。
日晚且須歸去，　阿婆屋裏乾嗔。

且人生一世、喻若漂蓬，貴賤雖殊、无常一蓋。上至帝主，下及庶民，富貴即有高低，无常且還一種。故无常經云：上生非想處云云

上三皇，下四皓，　潘岳美容彭祖少，
洿(誇)爲紅顏一世中，　也遭白髮驅摧老(老)。
文宣王，五常敎，　誇騁文章詞麗揬(藻)，
將爲他家得長久，　也遭「白髮驅摧老」云，
說西施，恅([illegible])己貌，　在日紅顏誇窈(窈)窕，
只留名字在人間，　也遭「白髮驅摧老」。
或是僧，或是道，　清淨蓮臺持釋敎，
將爲无常免得身，　也遭「白髮驅摧老」。
或經營，或工巧，　閑樣尖新呈妙好，
假饒富貴似石崇，　也遭「白髮驅摧老」。
持齋戒，眞要妙，　聽取經文大勿(乘)敎，

【无常經講經文】〔一〕

西方好、本(卒)〔二〕難論，寶是菩(善)花不省聞，
忽爾這力(身)〔三〕生那裏，千年萬歲沒沉輪(淪)。
濁世溺、不須論，八若(苦)三灾豈忍聞，
好行未曾行一點，不依公道望千春。
刀山耀日，劍樹淩雲，
何曾安樂，業火燒身。
動說十劫五劫，不曾快活逡巡，
爭如淨土，井〔四〕爲隣。
閑向八德池中弄水，悶來七重樹下遊春。
或登門殿，或禮經文。
或驅孔雀，或臂加陵。
或來昇瑞採(彩)，或去入祥雲。
或卽晨登門殿，或時夜禮慈尊。

鎮聞妙法，常歷耳根，
到彼永超生死，因茲漸得仙身。
日晚且須歸去，阿婆屋裏乾嗔。

且人生一世，喻若漂蓬，貴賤雖殊、无常一蓋。上至帝主，下及庶民，富貴卽有高低，无常且還一種。故无常經云：上生非想處云云

上三皇、下四皓，潘岳美容彭祖少，
浮（將）爲紅顏一世中，也遭白髮驅攞考（老）。
文宣王、五常敎，誇騁文章詞麗操（藻），
將爲他家得長久，也遭［白髮驅攞老］［五］，
說西施、怛（妲）己貌，在日紅顏誇窃（窈）窕，
只留名字在人間，也遭［白髮驅攞老］。
或是僧、或是道，清淨蓮臺持釋敎，
將爲无常免得身，也遭［白髮驅攞老］。
或經營、或工巧，聞樣尖新呈妙好，
假饒富貴似石崇，也遭［白髮驅攞老］。
持齋戒、眞要妙，聽取經文大分（乘）敎，

休於濁世醉昏昏，　須臾便是无常到。

上來敎化總須聽，　思量却是於身好，

莫着擬心樂色身，　須臾便是无常到。

大丈夫，自斟酌，　何事驅驅爲十惡，

七十八年猶自希，　何須更作千年約。

强聞經，相取語，　幻化之身無正主，

假饒貪戀色兼聲，　限來却被无常取。

金輪王，四州主，　統領万方養黎庶，

國王富貴沒人過，　限來也[被无常取]□。

樹提伽，石崇富，　世代傳名至今古，

思量榮貴暫時間，　限來也[被无常取]。

說恆娥，談落(洛)浦，　美貌人間難比喻，

端嚴將爲百千年，　限來也[被无常取]。

大丈夫，實凬(風)措，　欲行弄影勸(勸)迴顧(顧)，

少年休更騁(騁)婁羅，　限來也[被无常取]。

或是僧，伽藍住，　古貌慢慢如龍虎，

清霄寺宇好安身，限來也［被无常取］。
或入道，求仙侶，燒練長生爐裏煮，
饒君多有駐顏方，限來也［被无常取］。
不論貴賤與高低，揀甚僧尼及道侶，
除却牟尼一個人，餘殘總［被无常取］。
講多時，言有據，日色偏斜留不住，
高聲念仏且須歸，只向階前領偈去。
不修行，悟經義，逐色躭聲迷與醉，
人生一世暫然間，不修實是愚癡意。
或貧窮，或富貴，第一身心行自利，
无常忽到一生休，不修［實是愚癡意］［七］。
有錢財，不布施，更擬貪監（婪）於自己，
忽然擘手向兩邊頭，不修［實是愚癡意］。
大蒙頭，分明利，五妾（妾）三妻心裏喜，
前呈（程）一一自家耽（躭），不修［實是愚癡意］。
兄弟居，男幼稚，莫便分張非與是，

同泡(胞)共乳長爲人，　不修［實是愚癡意］。
不修行，求出離，　百歲人生如夢昧(寐)，
波吒一一自家當，　不修［實是愚癡意］。
世間情，終不恥，　託手心頭懃比試，
忽然失脚落三塗，　不修［實是愚癡意］。
倘(上)來勸化總須聽，　各各自家須使意，
到家各自省差殊，　相勸直論好底事。
說多時，日色破，　珍重門徒從座起，
明日依時早聽來，　念仏階前領取偈。

人生一世，蹩(瞥)尔之間，如石火電光，非能久住。奉勸門徒，速求出利。

勸門徒，修福着(善)，　休受(愛)春光堪賞玩，
思量能得幾多時，　必竟於身爲大患。
眷屬多，難相管，　前路自家常(嘗)苦難，
閑來託手自思量，　也是與(伱)［身爲大患］［八］。
𢘫(戀)西施，暮(慕)月面，　多傾美容生敬善，
嫉心淨意試思量，　也是與［身爲大患］。

煞猪羊，羞玉饌，　屈命親情恣歡晏(宴)，
烹炮宰煞自家嘗，　也是與[身爲大患]。
懈慢心，難誘勸，　揀點師僧論貴賤，
凡道聖有偏坡，　也是與[身爲大患]。
生死心，謗修善，　口轉經時心不轉，
仏言如此闡提人，　也是與[身爲大患]。
釋迦師，巧方便，　演說蓮花經七卷，
千方萬便化衆生，　意惡總交登彼岸。
便慇懃，能精練，　虔懇身心頻發願，
不唯空見阿彌陁，　定往天宮兜率院。
更擬說，日西垂，　坐下門徒各要歸，
忽然逢着故醋擔，　五十茄子兩旁箕。

我輩門徒，善男善女，生在娑婆五濁惡世，唯躭生死，不惜无常。四相遷、小四相，說五粘喻。

天晴開，喻諸(辯)議。

恰似人生一世，　貪愛聲色無異，
鬢邊白髮到來，　何處將身迴避。

同泡(胞)共乳長爲人，　不修[實是愚癡意]。
不修行、求出離，　百歲人生如夢寐(寐)，
波吒一一自家當，　不修[實是愚癡意]。
世間情、終不耻，　託手心頭懃比試，
忽然失脚落三塗，　不修[實是愚癡意]。
尙(上)來勸化總須聽，　各各自家須使意，
到家各自省差殊，　相勸直論好底事。
說多時、日色被，　珍重門徒從座起，
明日依時早聽來，　念仏階前領取偈。

人生一世，瞥(瞥)尔之間，如石火電光，非能久住。奉勸門徒，速求出利。

勸門徒、修福着(善)，　休受(愛)春光堪賞玩，
思量能得幾多時，　必竟於身爲大患。
眷屬多、誰相管，　前路自家尝(嘗)苦難，
閑來託手自思量，　也是與(於)[身爲大患][八]。
恋(戀)西施、暮(慕)月面，　多傾美容生敬善，
皴心淨意試思量，　也是與[身爲大患]。

煞猪羊、羞玉饌，屈命親情恣歡宴(晏)，
烹炮宰煞自家嘗，也是與［身爲大患］。
懈慢心、難誘勸，揀點師僧論貴賤，
凡道聖有偏坡，也是與［身爲大患］。
生死心、誇修善，口轉經時心不轉，
仏言如此闡提人，也是與［身爲大患］。
釋迦師、巧方便，演說蓮花經七卷，
千方萬便化衆生，意惡總交登彼岸。
便慇懃、能精練，虔懇身心頻發願，
不唯空見阿彌陁，定往天宮兜率院。
更擬說、日西垂，坐下門徒各要歸，
忽然逢着故醋擔，五十茄子兩旁箕。

我輩門徒，善男善女，生在娑婆五濁惡世，唯躭生死，不惜无常。四相遷、小四相，說五粘喻。天晴開、喻辧(辯)議。

恰似人生一世，貪愛容色無異，
鬢邊白髮到來，何處將身廻避。

耳聾眼闇腰疼，猶自憂家憂計，
四支(肢)沉重難行，形貌汪尫燋(憔)悴，
死亾(亡)忽尒到來，前路有何次第，
閻王問你之時，看甚言詞祗備。
莫推男女成行，准望他家修皷，
直饒每日設齋，爭似自家親[祗]備。
囑兒孫、行孝義，禮念六時金殿裏，
直饒依語便如斯，不如在世[親祗備][九]。
更遺言、相委記，盡取閻王禎子跪，
饒君跪得一千雙，不如在[世親祗備]。
勸門徒、修福利，一一祗承來世事，
免於沒後囑兒孫，聞健自家[親祗備][一〇]。
念觀音、求勢至，極樂門開隨取意，
一彈指頃到西方，大聖弥陁見歡喜。
更聞經、兼受記，必定當來値慈氏，
永拋濁世苦娑婆，不向三塗受沉墜。

更擬說、日西止，道理多般深奥義，
明朝早到與君談，且向堦前領取偈。

五千經卷仏標錄，要悟人生時急速，
百歲何殊石火光，一生大似凡(風)中燭。
既竟知、須打撲，休更頭頭起貪欲，
直墮黃金北斗齊，心中也是無厭足。
壘珠珍、砌白玉，滿庫陵(綾)羅有千束，
有人更與送將來，心中[也是無厭足][illegible]。
買莊田、修舍屋，賣盡人家好林木，
直饒滿國是生涯，心中[也是無厭足]。
溢倉圖、收麥粟，万石千車冬收畜(蓄)，
諸人種蒔總將來，也是心中[無厭足]。
剩穿坑、盡搆(購)來，開得眼來行諂曲，
交你似石崇家總[有]，心中[也是無厭足]。
怕日斜、恨時促，只爲家中多骨肉，
交你騎馬着綾羅，心中[也是無厭足]。

耳聾眼闇腰疼，　猶自憂家憂計，
四支(肢)沉重難行，　形貌汪尫撨(憔)悴，
死王(亡)忽尔到來，　前路有何次第，
閻王問你之時，　看甚言詞祗備。
莫推男女成行，　准望他家修致，
直饒每日設齋，　爭似自家親[祗]備。
囑兒孫、行孝義，　禮念六時金殿裏，
直饒依語便如斯，　不如在世[親祗備][九]。
更遺言、相委記，　盡取閻王禎子跪，
饒君跪得一千雙，　不如在[世親祗備]。
勸門徒、修福利，　一一祗丞來世事，
免於沒後囑兒孫，　聞健自家[親祗備][一〇]。
念觀音、求勢至，　極樂門開隨取意，
一彈指頃到西方，　大聖弥陁見歡喜。
更聞經、兼受記，　必定當來值慈氏，
永抛濁世苦娑婆，　不向三塗受沉墜。

更擬說、日西止，道理多般深奥義，
明朝早到與君談，且向堦前領取偈。
五千經卷仏標錄，要悟人生時急速，
百歲何殊石火光，一生大似风(風)中燭。
旣覺知、須打撲，休更頭頭起貪欲，
直墮黃金北斗齊，心中也是無厭足。
有八更與送將來，滿庫陵(綾)羅有千束，
壘珠珍、礎白玉，心中[也是無厭足][一二]。
買莊田、修舍屋，賣盡人家好林木，
直饒滿國是生涯，心中[也是無厭足]。
溢倉圖、收麥粟，万石千車冬收畜(蓄)，
諸人種蒔總將來，也是心中[無厭足]。
剩穿坑、盡攜(購)來，開得眼來行諂曲，
交你假石崇家總[一三]，心中[也是無厭足]。
怕日斜、恨時促，只爲家中多骨肉，
交你騎馬着綾羅，心中[也是無厭足]。

怕見人，擬求屬，　鄒（皺）却兩眉難皺觸，
無事徒煩發善心，　有灾淨處求師卜。
空中總是善龍神，　天上也无惡星宿，
當情道着莫生嫌，　辟病說時徒戒助。
數數頻將業剪除，　時時好抱心調伏，
敬師僧，憨孤獨，　却可捥逃穿地獄，
饒你兒孫列滿行，　去時只解空啼哭。
若要欲得眼親逢，　學取經文便合同，
海水毛吞渾不異，　須弥界納事相容。
若能改喚（換）由勘處，　依舊身心總不中，
日晚念仏飯舍，　事須傳語親屬記。
南閻浮提界虛皆僞，　無問富饒貧與貴，
富者貪心日日生，　貧人忘（妄）念朝朝起。
得富饒，沒慚愧，　來世却貧怨天地，
是個經中總有言，　不論貧富皆沉墜。
鑊湯誰管足才能，　爐炭不憑君意氣，

白玉生前爲得人，　黃金死了難相閇(閉)。
往(枉)施爲、沒計避，　一點點怨家相逢值，
所以如來[三]勸世人，　不如聞健日先祇備。
望兒孫、囑神鬼，　把閻王登子千廻跪，
直饒你跪得一千雙，　不如聞健親祇備。
望兒孫、剩燒𥿄(紙)，　相共冥間出道理，
賊過後張弓虛費工，　也不如[聞健先祇備][一四]。
望兒孫、行孝義，　保塞我一生錯使意，
饒你保塞總无騫，　也不如[聞健先祇備]。
望兒孫、羞飦味，　壘七修齋兼遠忌，
饒你壘七總周旋，　也不如[聞健先祇備]。
望兒孫、行施捨，　鑄像寫經痛相爲，
饒你鑄得一千軀，　也不如[聞健先祇備]。
生前自作七分收，　死後爲之得一分，
只那施爲一分時，　時時往往虛抛擲。
貪爲身、貪爲己，　垂憶二親遭拷捶，

怕見人、擬求屬，　鄒(皺)却兩眉難敲觸，
無事徒煩發善心，　有灾淨處求師卜。
空中總是善龍神，　天上比无惡星宿，
當情道着莫生嫌，　辟病說時徒飛助。
數數頻將業剪除，　時時好抱心調伏，
敬師僧、愍孤獨，　却可捥逃穿地獄，
饒你兒孫列滿行，　去時只解空啼哭。
若要欲得眼親逢，　學取經文便合同，
海水毛吞渾不異，　須弥界納事相容。
若能改攙(換)由勘處，　依舊身心總不中，
日晚念仏皈舍，　事須傳語親屬記。
滿閻浮提界虛皆僞，　無問富饒貧與貴，
富者貪心日日生，　貧人忘(妄)念朝朝起。
得富饒、沒慚愧，　來世却貧怨天地，
是個經中總有言，　不論貧富皆沉墜。
鑊湯誰管足才能，　爐炭不憑君意氣，

白玉生前爲得人，黃金死了難相閇(閉)。
往(枉)施爲、沒計避，一點點怨家相逢値，
所以如來[三]勸世人，不如聞健日先祗備。
望兒孫、囑神鬼，把閻王憕子千廻跪，
直饒你跪得一千雙，不如聞健親祗備。
望兒孫、剩燒絺(紙)，相共冥間出道理，
賊過後張弓虛費工，也不如[聞健先祗備][四]。
望兒孫、行孝義，保塞我一生錯使意，
饒你保塞總无䨥，也不如[聞健先祗備]。
望兒孫、羞飦味，壘七修齋兼遠忌，
饒你壘七總周旋，也不如[聞健先祗備]。
望兒孫、行施捨，鑄像寫經痛相爲，
饒你鑄得一千軀，也不如[聞健先祗備]。
生前自作七分收，死後爲之得一分，
只那施爲一分時，時時往往虛抛䙫。
貪爲身，貪爲己，垂憶二親遭拷捶，

莫道思量救拔門，眼裏參差兼沒淚。
盡推日月間人情，皆道世塗難辦致，
大欲將錢爲二親，且緣久闕如何是。
可昔心、錯鈍擬，在後兒孫不勘(堪)矣。
聞身强健早修行，不如自………〔一五〕。

自作得、自家收，旋把灾殃旋旋抽，
須自鈍丞方免難，望他着力沒因由。
奉勸門徒行行眞，直須前路覓不身，
破除罪垢休怗(沾)惹，辟牒還須見地頭。
設使這身歸大夜，是伊不作也无憂。
必生兜率更何擬(疑)，便向閻浮永別離，
身具光明飡玉饌，心无苦惱卦天衣。
眼前只是逢賢聖，口裏徒傾(煩)道是非，
日晚念仏歸舍去，莫交老………〔一六〕。

休誇似玉如花貌，年去年來數便老，
須知浮世片時間，莫作久長千歲調。

劈星言、劈星道，劈面道時合醒噪，
頭上緣何白髮多，只這个是无常抛暗號。
經營克可生機拵，分定不由人計料，
富貴須知宿種來，如今必定難廻拗。
莫遑聰明誇計校，計校得成身已老，
更捻眼暗答身邊，只這个是[无常抛暗號]。
只趁事持誇窈窕，鬬艷爭輝呈面[illegible](俏)，
酒肉茶粁(莊)盡恣情，見說諜(講)開却失笑。
刼時光，且覓好，阿誰聽你閑經敎，
看看面皺尚覓强良，由不悟[无常抛暗號]。
休趁閑行兼不紹，不紹交君沉惡道，
如今盡狂亂施爲，寘(冥)司業鏡分明照。
那磨時，无拗校，一任磨磨兼碓[illegible](搗)，
況今情序頓昏沉，由不悟[无常抛暗號]。
人生百歲尋常道，阿那个得七十身不[illegible](妖)？
纔亡三日早安排，送向荒郊看古道。

莫道思量救拔門，眼裏參差兼沒淚。
盡推日月間人情，皆道世塗難辦致，
大欲將錢爲二親，且緣久闕如何是。
可昔心、錯鈍擬，在後兒孫不勘(堪)矣。
聞身强健早修行，不如自………〔一五〕。
自作得、自家收，旋把灾殃旋旋抽，
須自鈍柔方免難，望他着力沒因由。
奉勸門徒行行眞，直須前路覓不身，
破除罪垢休粘(沾)惹，辟牒還須見地頭。
設使這身歸大夜，是伊不作也无憂。
必生兜率更何擬(疑)，便向閻浮永別離，
身具光明滄玉饌，心无苦惱卦天衣。
眼前只是逢賢聖，口裏徒慎(煩)道是非，
日晚念仏歸舍去，莫交老………〔一六〕。
休誇似玉如花貌，年去年來數便老，
須知浮世片時間，莫作久長千歲調。

劈星言、劈星道，劈面道時合醒燥，
頭上緣何白髮多，只這个是无常抛暗號。
經營克可生機措，分定不由人計料，
富貴須知宿種來，如今必定難廻拗。
莫逞聰明誇計校，計校得成身已老，
更捻眼暗答身邊，只這个是[无常抛暗號][一七]。
只趁事持誇窈窕，鬭艷爭輝呈面峭(俏)，
酒肉茶粧(莊)盡恣情，見說諜(講)開却失笑。
刼時光、且覓好，阿誰聽你閑經敎，
看看面皺尚覓强良，由不悟[无常抛暗號]。
休趁閑行兼不紹，不紹交君沉惡道，
如今盡狂亂施爲，窅(冥)司業鏡分明照。
那磨時、无拗校，一任磨磨兼碓擣(搗)，
況今情序頓昏沉，由不悟[无常抛暗號]。
人生百歲尋常道，阿那个得七十身不媄(妖)，
纔亡三日早安排，送向荒郊看古道。

送迴來，男女鬧，
看看此事到頭來，
火宅驅牽長煎炒，
恰到病來臥在床，
心惆惶，生熱惱，
轉眼艱難聲喚頻，
爲人却要心明了，
只磨貪婪沒盡期，
莫委悽(恓)，盡亂造，
直不病時耆年也耳聾，
如今世上多顛到(倒)，
他緣壽命各差殊，
却孤窮，無依[illegible](靠)，
更添腰曲在身邊，
非干於事休纏擾，
鎮長煩惱相枸牽，

爲分財物不停懷[illegible](懊)惱，
由不悟无[常拋暗號]。
千頭万序何時了，
一无支擬(抵)前途道。
寃恨健時不預造，
由不悟无[常拋暗號]。
莫學掠虛多帝了，
也須支准前程道。
病來不怕君年少，
由不悟无[常拋暗號]。
莫便准承他幼小，
影向於身先自夭。
終日寃嗟懷懊惱，
猶不悟无常[拋暗號]。
纏擾於身心不好，
陷墮這身失計料。

或披枷，受鞭考(拷)，淚似流星誰處告，
這般灾難不由天，禍本无門人自召。
從今後，休惹鬧，有高聲處身莫到，
勑君一世沒灾迍，行處自然人道好。
富貴奢花(華)未是好，財多害己招煩惱，
影响因茲墮却身，只爲貪求心不了。
遇干戈，披(被)鞭拷，地下深藏與他道，
一一君親眼見來，由[不悟无常抛暗號]。
見他榮貴休生惱，富貴貧窮由宿造，
但知穩自用身心，衣食自然長恰好。
慢仏僧，輕神道，爭使這身人愛樂，
直須折得形骸鬼不如，由[不悟无常抛暗號]。
十般道理與君宣，側耳摩心淨莫喧，
總是門徒身上事，速須打撲鏁心猨(猿)。
若依前不肯抛貪愛，的沒倫(輪)迴去不還，
儻若今朝相取語，西方必見禮金仙。

送迴來、男女鬧，爲分財物不停懷愕(懊)惱，
看看此事到頭來，由不悟无[常抛暗號]。
火宅驅牽長煎炒，千頭万序何時了，
恰到病來臥在床，一无支拯(抵)前途道。
心悃惶、生熱惱，寃恨健時不預造，
轉出艱難聲喚頻，由不悟无[常抛暗號]。
爲人却要心明了，莫學掠虛多帝了，
只磨貪婪沒盡期，也須支准前程道。
莫姿愢(恣懷)、盡亂造，病來不怕君年少，
直不病時耆年也耳聾，由不悟无[常抛暗號]。
如今世上多顛到(倒)，莫便准承他幼小，
他緣壽命各差殊，影向於身先自夭。
却孤竆、無依槁(靠)，終日寃嗟懷懊惱，
更添腰曲在身邊，猶不悟无常[抛暗號]。
非干於事休纏擾，纏擾於身心不好，
鎮長煩惱相构牽，陷墮這身失計料。

或披枷、受鞭考(拷)，　淚似流星誰處告，
這般灾雖不由天，　禍本无門人自召。
從今後、休惹鬧，　有高聲處身莫到，
敎君一世沒灾迍，　行處自然人道好。
富貴奢莘(華)未是好，　財多害己招煩惱，
影响因茲墮却身，　只爲貪求心不了。
遇干戈、披(被)鞭拷，　地下深藏與他道，
一一君親眼見來，　由[不悟无常抛暗號]。
見他榮貴休生惱，　富貴貧窮由宿造，
但知穩自用身心，　衣食自然長恰好。
慢仏僧、輕神道，　爭使這身人愛樂，
直須折得形骸鬼不如，　由[不悟无常抛暗號]。
十般道理與君宣，　側耳摩心淨莫喧，
總是門徒身上事，　速須打撲鏁心猨(猿)。
若依前不肯抛貪愛，　的沒淪(輪)迴去不還，
儻若今朝相取語，　西方必見禮金仙。

生到蓮花仏國裹(裏)，快樂逍遙難可比，
水流風動悟死生，鈴鐸樹搖聞四諦。
迦陵形，孔雀項(頸)，盡是阿弥陁仏化起，
不似閻浮禽鳥聲，聲聲盡道眞空理。
韻清玲，聲琦琨，聽着令人皆出離，
坌勝娑婆五濁中，四想遷移无定止。
早求生，速抛此，莫厭聞經頻些子，
須知聽法是津樑(梁)，若闕津樑爭到彼，
勸卽此日申間勸，且乞時時過講院，
莫辭暖熱成持，各望開些方便。
還道講來數朝，施利若无大叚(段)，
念仏各自歸家，明日却來相伴。

（原文至此完）

校記：

〔一〕本卷編號爲伯二三〇五，標題原缺，啓功云：據文內引及无常經云：「上生非想處」等句，內容上均闡述无

常之義，故擬定今題。

〔二〕本卷凡「卒」均寫成「卆」，今一律寫成「卒」。

〔三〕本卷凡「身」均寫成「为」，今一律寫成「身」。

〔四〕本卷凡「井」字，即「菩薩」二字

〔五〕以下各句原爲「也遭……」，今均照上句補「白髮驅摧老」五字。

〔六〕以下各句的「被无常取」四字，均據上句補。

〔七〕以下各句的「實是愚癡意」五字，均據上句補。

〔八〕以下各句的「身爲大患」四字，均據上句補。

〔九〕以下各句的「親祇備」三字，均據上句補。

〔一〇〕此處原有倒寫「歲如山」三字，但在敦煌卷子中多無倒寫字，疑此三字與此文無關。

〔一一〕以下各句的「也是無厭足」五字，均據上句補。

〔一二〕「總」字旁原有乙號，應指「總」字移至本句首。

〔一三〕「如來」二字原倒置。

〔一四〕「鬧健先祇備」五字，據上句補。

〔一五〕原「……」，未知補何字。

〔一六〕原「……」，未知補何字。

〔一七〕以下各句的「无常拋暗號」五字，均據上句補。

王慶菽校錄

生到蓮花仏國裒(裏)，快樂逍遙難可比，
水流風動悟死生，鈴鐸樹搖聞四諦。
迦陵形、孔雀頸(頸)，盡是你弥陁仏化起，
不似閻浮禽鳥聲，聲聲盡道眞空理。
韻清玲、聲琦琚，聽着令人皆出離，
全勝娑婆五濁中，四想遷移无定止。
早求生、速抛此，莫厭聞經頻些子，
須知聽法是津粮(梁)，若闕津粮爭到彼。
勸卽此日申間勸，且乞時時過講院，
莫辭暖熱成持，各望開些方便。
還道講來數朝，施利若无大叚(段)，
念仏各自歸家，明日却來相伴。

(原文至此完)

校記：

〔一〕本卷編號爲伯二三〇五，標題原缺，啓功云：據文內引及无常經云：「上生非想處」等句，內容上均闡述无

常之義，故擬定今題。

〔二〕本卷凡「卒」均寫成「卆」，今一律寫成「卒」。

〔三〕本卷凡「身」均寫成「为」，今一律寫成「身」。

〔四〕本卷凡「井」字，即「菩薩」二字

〔五〕以下各句原爲「也遭……」，今均照上句補「白髮軀摧老」五字。

〔六〕以下各句的「被无常取」四字，均據上句補。

〔七〕以下各句的「實是愚癡意」五字，均據上句補。

〔八〕以下各句的「身爲大患」四字，均據上句補。

〔九〕以下各句的「親祇備」三字，均據上句補。

〔一〇〕此處原有倒寫「歲如山」三字，但在敦煌卷子中多無倒寫字，疑此三字與此文無關。

〔一一〕以下各句的「也是無厭足」五字，均據上句補。

〔一二〕「總」字旁原有乙號，應指「總」字移至本句首。

〔一三〕「如來」二字原倒置。

〔一四〕「聞健先祇備」五字，據上句補。

〔一五〕原「……」，未知補何字。

〔一六〕原「……」，未知補何字。

〔一七〕以下各句的「无常拋暗號」五字，均據上句補。

王慶菽校錄

【父母恩重經講經文】[一]

經：佛告阿難，我觀衆生，雖沾人品，心行愚懞，不思耶娘，有大恩德，不生恭敬，无有人(仁)慈。

此唱經文是世尊呵責也。前來父母有十種恩德，皆父母之養育，是二親之劬勞。

世尊道，阿難，我觀娑婆世界一切衆生，雖具人相，不知耶娘有大恩德，不生酬答，不解報恩。命終必墮三途，永刼不逢出離。

傷嗟世上人男女，成長了不能边思慮；
未省修治孝順心，空將習斈无憑據。
縱愚癡，多扺(抵)拒，父母試眞樸匙筯；
只管於家弄性霊(靈)，爭知門外傳聲譽。
熱時太熱爲恩怜，寒卽盡寒爲蓋舉；
兒喜渾家始得安，兒嗔一舍无情緒。
盡驅馳，受煎煑，豈解酌量些子許；
容易抛離不肯皈(歸)，等閑弃背他鄉土。
不會結識好知聞，空是剜荆惡伴侶；

家內長懷父母言，　外頭却信他人語。
大愚癡，不覺悟，　恣縱身心起辜負；
佛道如斯五逆人，　莫覓託生好去處。
重重地獄有何因，　只爲閻浮五逆人；
莫問歲寒煎煑罪，　不論年月擣磨身。
自知无理從搥斷，　伏請哀赦(拶)任苦辛；
縱尔却來人間世，　從生至老是寒貧。

佛言，阿難，若行五逆之人，命終必墮惡道。縱生人世，疾病貧窮，凡是所爲，不得稱遂此者，皆因云——若欲得來生相周圓，有財多福，有衣有食，須於今生，行其孝養。

若徒感果周圓相，　多福多財多義讓；
舉措長交遇吉祥，　施爲不遣逢灾障。
入爲侯，　出爲將，　土地保持人敬仰；
別處門中可惜心，　擬經无過行孝養。
若於父母解周旋，　土地神龍盡喜歡；
灾障年年无一點，　吉祥日日有多般。
行藏逐意皆能遂，　出入遂心到處安；

【父母恩重經講經文】(一)

經：佛告阿難，我觀衆生，雖沾人品，心行愚懞，不思耶娘，有大恩德，不生恭敬，无有人(仁)慈。

此唱經文是世尊呵責也。前來父母有十種恩德，皆父母之養育，是二親之劬勞。

世尊道，阿難，我觀娑婆世界一切衆生，雖具人相，不知耶娘有大恩德，不生酬答，不解報恩。命終必墮三途，永刧不逢出離。

傷嗟世上人男女，成長了不能这思慮；
未省修治孝順心，空將習李无憑據。
縱愚癡，多拞(抵)拒，父母試眞楪匙筯；
只管於家弄性霊(靈)，爭知門外傳聲譽。
熱時太熱爲恩怜，寒卽盡寒爲蓋舉；
兒喜渾家始得安，兒嗔一舍无情緒。
盡驅馳，受煎煑，豈解酌量些子許；
容易抛離不肯皈(歸)，等閑弃背他鄉土。
不會結識好知聞，空是剜剕惡伴侶；

家內長憐父母言，　外頭却信他人語。
大愚癡，不覺悟，　忞縱身心起辜負；
佛道如斯五逆人，　莫覓託生好去處。
重重地獄有何因，　只爲閻浮五逆人；
莫問歲寒煎煑罪，　不論年月擣磨身。
自知无理從搥斷，　伏請哀兢(矜)任苦辛；
縱尔却來人間世，　從生至老是寒貧。

佛言，阿難，若行五逆之人，命終必墮惡道。縱生人世，疾病貧窮，凡是所爲，不得稱遂此者，皆因

云—若欲得來生相周圓，有財多福，有衣有食，須於今生，行其孝養。

若徒感果周圓相，　多福多財多義讓；
舉措長交遇吉祥，　施爲不遣逢灾障。
入爲侯，出爲將，　土地保持人敬仰；
別處門中可惜心，　擬經无過行孝養。
若於父母解周旋，　土地神龍盡喜歡；
灾障年年无一點，　吉祥日日有多般。
行藏逐意皆能遂，　出入隨心到處安；

設使命終皈大夜，三途還是不相忓。

佛言，阿難，爲人若解行孝，見世得人敬奉，命終又不入三途。大凡世上不孝人，多在家費父母心神，出入又不依時節。致使父心愁戚，母意憂惶，終日倚門，空垂血淚云—。書云：「積穀防饑，養子備老。」縱年成長，識會東西，抛却耶娘，向南向北。男女雖然不孝，父母未省增嫌。如斯恩德最多，爭忍抛離出外。父母在，勸君莫向他鄉住。

世人不孝堪傷嘆，於父娘邊起輕謾；
不會懷躭（胎）煞苦辛，豈知乳甫（哺）多疲惓。
恣爲非，隨惡伴，輕駡尊親毁良善；
佛道如斯一類人，生大不易見如來面。
佛言濁世一般人，恣意爲非不可論；
縱見惡人心裏喜，亦逢善者却生眞（嗔）。
親情勸着何曾聽，父母敎招似不聞；
仕宦經營全不肯，長期閑散恣因循。
父母終朝只是憂，見兒愛伴惡時流；
貪歡逐樂无時歇，打論樗蒲更不休。
日日倚門垂血淚，朝朝煩惱向心頭；

佛言此輩非人子，　死入三途堪嘆愁。
始從懷姙至孾(嬰)孩，　長得身軀六尺才；
弃德背恩行不孝，　貪聲逐色縱心懷。
三年洧(乳)哺誠堪嘆，　十月懷胎足可哀；
不念二親恩養力，　辜繞弃(養)育也唱將來。

經云：弃德背恩。

此唱經文，是我佛世尊述五逆衆生，弃背恩德也。不孝父母，走在他鄉，抛弃尊親，不皈□舍。命終惡道，受大苦辛。只爲前生不孝父母。△—經說：過去世中，有一罪人，頂上長被熱鐵輪旋遶。問目連言，△—只爲前生不孝父母，

出來形狀堪驚恐，　見者皆言業障重；
熱鐵輪於頂上旋，　不論時節常疼痛。
未審緣何受此殃，　盡因前世親修種；
爲伯叔處无心起敬崇，　二親邊不省生虔奉。
佛言此鬼業難論，　頭上長旋熱鐵輪；
日日每遭諸苦惱，　朝朝不歇受艱辛。
皆因不孝於慈父，　盡爲辜僥向母親；

設使命終皈大夜，　三途還是不相忏。

佛言，阿難，爲人若解行孝，見世得人敬奉，命終又不入三途。大凡世上不孝人，多在家費父母心神，出入又不依時節。致使父心愁戚，母意憂惶，終日倚門，空垂血淚云—。書云：「積穀防饑，養子備老。」縱年成長，識會東西，抛却耶娘，向南向北。男女雖然不孝，父母未省增慊。如斯恩會最多，爭忍抛離出外。父母在，勸君莫向他鄉住。

世人不孝堪傷嘆，　於父娘邊起輕慢；
不會懷躭(胎)煞苦辛，　豈知乳甫(哺)多疲惓。
恣爲非，隨惡伴，　輕罵尊親毀良善；
佛道如斯一類人，　生大不易見如來面。
佛言濁世一般人，　恣意爲非不可論；
縱見惡人心裏喜，　亦逢善者却生眞(嗔)。
親情勸着何曾聽，　父母敎招似不聞；
仕宦經營全不肯，　長期閑散恣因循。
父母終朝只是憂，　見兒愛伴惡時流；
貪歡逐樂无時歇，　打論樗蒲更不休。
日日倚門垂血淚，　朝朝煩惱向心頭；

佛言此輩非人子，　死入三途堪嘆愁。
始從懷姙至孾(嬰)孩，　長得身軀六尺才；
弃德背恩行不孝，　貪聲逐色縱心懷。
三年浮(乳)哺誠堪嘆，　十月懷胎足可哀；
不念二親恩養力，　辜繞弃(養)育也唱將來。

經云：弃德背恩。

此唱經文，是我佛世尊述五逆衆生，弃背恩德也。不孝父母，走在他鄉，抛弃尊親，不皈□舍。命終惡道，受大苦辛。只爲前生不孝父母。△—經說：過去世中，有一罪人，頂上長被熱鐵輪旋遶。問曰逆言，△—只爲前生不孝父母，

出來形狀堪驚恐，　見者皆言業障重；
熱鐵輪於頂上旋，　不論時節常疼痛。
未審緣何受此殃，　盡因前世親修種；
爲伯叔處无心起敬崇，　二親邊不省生虔奉。
佛言此鬼業難論，　頭上長旋熱鐵輪；
日日每遭諸苦惱，　朝朝不歇受艱辛。
皆因不孝於慈父，　盡爲辜僥向母親；

普勸今朝聞法者，　速須孝順莫因循。

且如侍奉父母，怜念弟兄，見必喜懽，逢之賞嘆。二時問訊，晝夜恭承，扇枕溫床，須知時節。此卽是眞孝子若是必生不孝，拋弃父娘，在外經年，无心皈舍，此卽非是孝子也。更有父母約束，都不信言，應對高聲，所作違背。甘辛美味，妻子長喰，苦澁飯食，與父喫者。此孝子非也書云曾叅

佛交濁世男兼女，　成長了眞須孝父母；
暮省朝叅莫但(憚)勞，　溫床枕扇无辭苦。
莫遣耶娘怨恨生，　承旨侯(候)顏交得所；
不但人皆讚嘆君，　兼交賢聖垂加護。
恭承侍養返心安，　孝順名應世上傳；
書內曾叅人盡說，　經中羅卜廣弘宣。
皆慚乳哺多恩德，　盡感懷胎足敏(憫)恰；
佛道若能行孝養，　見生來世沒迍邅。
不孝人，難說喻，　返倒二親非母父；
家內喧諍拗父娘，　門前相罵牽宗祖。
絞(攪)擬交招便氣築天，　試佯約束懷眞(嗔)怒；
佛道如斯五逆人，　命終大不易拋苦辛。

佛言五逆惡衆生，　業報當來實不輕；
於六道中來又去，　向三途內死還生。
直緣不感懷胎德，　蓋爲全無養育情；
所以向三途惡道裏，　長時受苦不休停。
堪慜念，又堪哀，　望却深恩大苦栽（哉）；
禽獸上由（猶）行孝義，　爲人爭合縱心懷。
三年乳哺由（猶）爲可，　十月懷胎苦莫裁；
佛向經中親自說，　道如何擎重擔也唱將來。

經云：「阿娘懷子，十月之中，起座不安，如擎重擔；飲食不下，如長病人。」

此唱經文，是世尊重明懷任（妊）艱難也。前來十恩中第一懷胎守護恩 准花嚴經說：「我等身攬父母赤白二物，成此身形。此有五色，初生羯邏藍 △——三十八七日方知我等於母腹內，受多少苦辛。阿娘形貌尪羸。△——

十月懷胎諸弟子，　萬苦千辛逐日是；
起坐朝朝體似山，　施爲日日如心醉。
鳳釵鸞鏡不曾撿，　玉貌花容轉枯悴；
念佛求神卽有心，　看花逐樂都无意。

普勸今朝聞法者，　速須孝順莫因循。

且如侍奉父母，怜念弟兄，見必喜懽，逢之賞嘆。二時問訊，晝夜恭承，扇枕溫床，須知時節。此即是眞孝子若是必生不孝，抛弃父娘，在外經年，无心皈舍，此即非是孝子也。更有父母約束，都不信言，應對高聲，所作違背。甘辛美味，妻子長喰，苦澁飯食，與父喫者。此孝子非也書云曾叅。

佛交濁世男兼女，　成長了眞須孝父母；
暮省朝叅莫但（憚）勞，　溫床枕扇无辭苦。
莫遣耶娘怨恨生，　承旨侯（候）顔交得所；
不但人皆讚嘆君，　兼交賢聖垂加護。
恭承侍養返心安，　孝順名應世上傳；
書內曾叅人盡說，　經中羅卜廣弘宣。
皆慚乳哺多恩德，　盡感懷胎足敏（愍）怜；
佛道若能行孝養，　見生來世沒迍邅。
不孝人，　難說喻，　返倒二親非母會；
家內喧諍拗父娘，　門前相罵牽宗祖。
縱（纔）擬交招便氣築天，　試佯約束懷眞（嗔）怒；
佛道如斯五逆人，　命終大不易抛苦辛。

佛言五逆惡衆生，　業報當來實不輕；
於六道中來又去，　向三途內死還生。
直緣不感懷胎德，　蓋爲全無養育情；
所以向三途惡道裏，　長時受苦不休停。
堪慜念，又堪哀，　望却深恩大苦栽（哉）；
禽獸上由（尚猶）行孝義，　爲人爭合縱心懷。
三年乳哺由（猶）爲可，　十月懷胎苦莫裁；
佛向經中親自說，　道如何擎重擔也唱將來。

經云：阿娘懷子，十月之中，起座不安，如擎重擔；飲食不下，如長病人。

此唱經文，是世尊重明懷任（妊）艱難也。前來十恩中第一懷胎守護恩 准花嚴經說，我等身攬父母赤白二物，成此身形。此有五色，初生羯邏藍△——三十八七日 方知我等於母腹內，受多少苦辛。阿娘形貌汪羸。△——

十月懷胎諸弟子，　萬苦千辛逐日是；
起坐朝朝體似山，　施爲日日如心醉。
鳳釵鸞鏡不曾檢，　玉貌花容轉枯悴；
念佛求神卽有心，　看花逐樂都无意。

十月懷胎弟子身，　如擎重擔苦難論；
翠眉桃臉潛消瘦，　玉貌花顏頓改春。
雲髻不梳經累月，　鏡臺一任有埃塵；
緣貪保偕(惜)懷中子，　長皺雙眉有淚痕。
行嘆恨，坐悲愁，　懷胎十月抵(熬)千秋；
心中不醉長如醉，　竟似无憂恰似憂。
聞語唉(笑)時无意聽，　見歌歡處不擡頭；
專希母子身安樂，　念佛焚香百種求。

慈母自從懷任(妊)，憂惱(惱)千般，或坐或行，如擎重擔。所喫飲食，嗞味都无。只憂身命，片時阿那裏，有心語話。

思量慈母生身日，　苦惱(惱)千般難可述；
淚落都緣惜此身，　愁生只爲憂形質。
忽然是孝順女兼男，　一旦生來極峻疾；
若是寃家託蔭來，　阿娘身命逡巡失。
如此思量，　一場苦事，
萬刼千生，　酬塡不畢(足)。

只須受戒聞經，　此外難申孝義。
今日座中人，　分明須總記。
思量慈母養君時，　萬苦千辛總不辭；
消瘦容顏爲醜差，　改張花[貌]作汪羸。
控(低)頭不語長如病，　控(低)頰无言恰似癡；
日夜專憂分娩苦，　等閑惆悵淚雙垂。
懷胎十月事堪哀，　苦惱千般不可裁；
念佛求神希救護，　焚香發願乞无災。
專憂煞鬼相追捉，　怕被无常一會催；
經說母親臨產月，　受汝量多苦惱也唱將來。

經：月滿生時，受諸痛苦，須臾好惡，只怒无常，如煞猪羊，血流洒地。

此唱經文，明產相貌也。孩(孩)子未降，母憂性命逡巡，及至生來，血流洒地。渾家大小，各自忙然，只怕身命參差，急乎看其好惡。 孩月滿生時，受諸苦痛至徹。

月滿初生下，　慈母懷驚怕，
只恐命無常，　赤血滂沲洒。
苦惱莫能言，　是事都來罷，

十月懷胎弟子身，　如擎重擔苦難論；
翠眉桃臉潛消瘦，　玉貌花顏頓改春。
雲鬢不梳經累月，　鏡臺一任有埃塵；
緣貪保借(惜)懷中子，　長皺雙眉有淚痕。
行嘆恨，坐悲愁，　懷胎十月拞(抵)千秋；
心中不醉長如醉，　竟似无憂恰似憂。
聞語哭(笑)時无意聽，　見歌歡處不臺頭；
專希母子身安樂，　念佛焚香百種求。

慈母自從懷任(妊)，憂惱(惱)千般，或坐或行，如擎重擔。所喫飲食，嗞味都无。只憂身命，片時阿那裏，有心語話。

思量慈母生身日，　苦惱(惱)千般難可述；
淚落都緣惜此身，　愁生只爲憂形質。
忽然是孝順女兼男，　一旦生來極峻疾；
若是寃家託蔭來，　阿娘身命逡巡失。
如此思量，　一場苦事，
萬刼千生，　酬塡不巽(易)。

只須受戒聞經，　此外難中孝義。
今日座中人，　分明須總記。
思量慈母養君時，　萬苦千辛總不辭；
消瘦容顏爲醜差，　改張花[貌]作汪羸。
𢫬(低)頭不語長如病，　𢫬(抵)頰无言恰似癡；
日夜專憂分娩苦，　等閑惆悵淚雙垂。
懷胎十月事堪哀，　苦惱千般不可裁；
念佛求神希救護，　焚香發願乞无災。
專憂煞鬼相追捉，　怕被无常一會催；
經說母親臨產月，　受汝量多苦惱也唱將來。

經：月滿生時，受諸痛苦，須臾好惡，只怒无常，如煞猪羊，血流洒地。

此唱經文，明產相貌也。孩(哀)子未降，母憂性命逡巡，及至生來，血流洒地。渾家大小，各自忙然，只怕身命參差，急乎看其好惡。孩月滿生時，受諸苦痛至徹。

月滿初生下，　慈母懷驚怕，
只恐命無常，　赤血滂沲洒。
苦惱莫能言，　是事都來罷，

保借(惜)若違和，　便是身乖差。
生時百骨自開張，　諕得渾家手脚忙；
未降孩兒慈母怕，　及乎生了似屠羊。
千憂万慮由(猶)堪忍，　十月三年苦更長；
既得這身成長了，　大須孝順阿孃(耶)娘。

所以書云：曾子曰，「百行之先，无以加於孝矣。夫孝者，是天之經地之義。孝感於天地也，通於神明。孝至於天，則風雨順序；孝至於地，則百穀成熟；孝至於人，則重則來；孝至於神，則冥靈祐助。」又太公家教「孝子事親，晨省暮省，知飢知渴，知暖知寒。憂則共戚，樂卽同歡。父母有病，甘美(羹)不飡。食无求飽，居无求安，聞樂不樂，見戲不看。不修身體，不整衣冠，待至疾愈，整易不難。」又經云：「天地世界之大者，不過父母之恩。」經書之內，皆說父母之恩，奉勸門徒，大須行孝。

經書各有多般理，　皆勸門徒行孝義；
只怕因循不報恩，　故於經上明宣示。
勸門徒，　諸弟子，　暮省朝參勤奉侍；
永永交君播好名，　長長不見逢灾累。
思想身生十月間，　五般色相互推遷；
細觀不但堪愁嘆，　疑諸須知苦百般。

草上落時風觸體，　尖聲號叫不能言；
血流洒地如屠宰，　母命逡巡喪百年。
既今成長爲人子，　凡事掙攡十相全；
相勸事須行孝順，　莫將恩德看爲閑。
慈母德，實堪哀，　十月三年受苦災；
冒熱衝寒勞氣力，　迴乾就濕費心懷。
憂怜不啻千千度，　養育寧論萬萬迴；
既有許多恩德事，　爭合孤負也唱將來。

經：「受如是苦，生我此身，咽苦咁吐（吐甘），抱持養育。洗濯不淨，无憚劬勞，忍熱受寒，不辭辛苦。乾處兒臥，濕處母眠。三年之中，飲母白血。」

此唱經文，分之爲二。初解辛勤保護，次解迴乾就濕。兩段不同。且是第一辛苦保護。經道：「如是辛苦，生我此身。」

此是世尊告阿難道。娑婆濁世，一切衆生，皆因父母所生，咽苦吐甘，專心保護，抱持養育，不離懷中。洗濁（濯）之時，豈辭寒熱。若是家翁在上，伯叔性難。晝夜不憚劬勞，旦夕常懷憂懼。衝寒受熱，蓋是尋常，擡舁（舉）女男，不辭辛苦。顏容頓顇（憔悴）形貌泜羸。爭忍長成，不生酬答。

若是嚴天月，　苦惱難申說。

保借(惜)若違和，　便是身乖差。

生時百骨自開張，　諕得渾家手脚忙；

未降孩兒慈母怕，　及乎生了似屠羊。

千憂万慮由(猶)堪忍，　十月三年苦更長；

既得這身成長了，　大須孝順阿㚷(耶)娘。

所以書云：曾子曰，「百行之先，无以加於孝矣。夫孝者，是天之經，地之義。孝感於天地也，通於神明。孝至於天，則風雨順序；孝至於地，則百穀成熟；孝至於人，則重則來；孝至於神，則冥靈祐助。」又太公家教「孝子事親，晨省暮省，知飢知渴，知暖知寒。憂則共戚，樂則同歡。父母有病，甘美(羹)不飡。食无求飽，居无求安，聞樂不樂，見戲不看。不修身體，不整衣冠，待至疾愈，整易不難。」又經云：「天地世界之大者，不過父母之恩。」經書之內，皆說父母之恩，奉勸門徒，大須行孝。

經書各有多般理，　皆勸門徒行孝義；

只怕因循不報恩，　故於經上明宣示。

勸門徒，諸弟子，　暮省朝恭勤奉侍；

永永交君播好名，　長長不見逢灾累。

思想身生十月間，　五般色相互推遷；

細觀不但堪愁嘆，　疑諸須知苦百般。

草上落時風觸體，　尖聲號叫不能言；
血流洒地如屠宰，　母命逡巡喪百年。
既今成長爲人子，　凡事掙撥十相全；
相勸事須行孝順，　莫將恩德看爲閑。
慈母德，實堪哀，　十月三年受苦灾；
冒熱衝寒勞氣力，　迴乾就濕費心懷。
憂怜不啻千千度，　養育寧論萬萬迴；
既有許多恩德事，　爭合孤負也唱將來。

經：受如是苦，生我此身，咽苦咁吐(吐甘)，抱持養育。洗濯不淨，无憚劬勞。忍熱受寒，不辭辛苦。乾處兒臥，濕處母眠。三年之中，飲母白血。

此唱經文，分之爲二。初解辛勤保護，次解迴乾就濕。兩段不同。且是第一辛苦保護。經道如是辛苦，生我此身。至不辭辛苦。

此是世尊告阿難道。娑婆濁世，一切衆生，皆因父母所生，咽苦吐甘，專心保護，抱持養育，不離懷中。洗濁(濯)之時，豈辭寒熱。若是家翁在上，伯叔性難。晝夜不憚劬勞，旦夕常懷憂懼。衝寒受熱，蓋是尋常，臺飛(舉)女男，不辭辛苦。顏容領領(憔悴)形貌汪羸。爭忍長成，不生酬答。

若是嚴天月，　苦惱難申說。

手冷徹心酸，　十指從頭烈(裂)。
一伴餵孩兒，　伏仕又依時節。
伯叔及翁婆，　由(猶)更嫌癡惱。
往往淚如婆，　時時心似割。
无處說心誠，　苦惱如何徹。
只爲小嬰孩，　顛墜身羸勞。
更深上(尚)未眠，　洗濁(濯)无時節。
就中苦是阿娘身，　臺舉孩兒豈但頻；
洗浣寧辭寒與熱，　抱持不惓苦兼辛。
時時愛被翁婆怪，　往往頻遭伯叔嗔(嗔)；
只爲這嬰孩相繫絆，　致令日夜費心神。

所以經云，「受如是苦，咽苦吐甘，抱持養育」云云至不辭辛苦」。上說第一、辛苦保護也。第二、迴乾就濕者。經道「乾處兒臥濕處母眠，三年之中，飲母白血」。若是九夏洗浣，稍似不難，窮是三冬，異常辛苦。有人使喚，由(猶)可辛懃，若是无人，皆須自去。堂前翁婆伯叔，日日祗承懷抱吮駛小孩兒，及朝朝臺飛(舉)之頭洗濁(濯)穢汚，一伴餵飼女男。濕處母眠，乾處兒臥。十月之內，受无限難辛，三年之中，飢汝量多血乳。致使娘娘形貌，日日汪羸，慈母顏容，朝朝瘦悴。

迴乾就濕爲常事，　三載辛勤情不已；
辛苦朝朝有淚垂，　煎熬夜夜无眠睡。
貌汪羸，形瘦悴，　鸞鏡鳳釵皆厭棄；
往往人前恰似癡，　時時座地由（猶）如醉。
只爲長時，　驅馳辛苦，
形貌精神，　都來失緒。
一頭承仕翁□，　一件又剸縛男女。
日夜不曾閑，　往往啼如雨。
迴乾就濕最艱難，　終日駈馳（驅馳）更不閑；
洗浣無論朝與暮，　驅馳何憚熱兼寒。
每將乾暖交兒臥，　濕處尋常母自眠；
三載長來長若此，　不報深恩爭得安。

所以經云，「乾處兒臥，濕處母眠。三年之中，飲母白血」。孩子始從生下，直至三年，飲母胷（胸）前白乳。漸漸離於懷抱，身作童兒，轉繫母心百般憂念。念臨河淺井，常憂漂溺之虞，弄狗檢刀，每慮嚙傷之苦。云——

孩兒漸長成童子，　慈母憂心不捨離；

手冷徹心酸，　十指從頭烈(裂)。
一伴餵孩兒，　伏仕又依時節。
伯叔及翁婆，　由(猶)更嫌癡惱。
往往淚如婆，　時時心似割。
无處說心誠，　苦惱如何徹。
只爲小嬰孩，　洗濁(濯)无時節。
更深上(尙)未眠，　顛墜身羸劣。
就中苦是阿娘身，　臺舉孩兒豈但頻；
洗浣寧辭寒與熱，　抱持不惓苦兼辛。
時時愛被翁婆怪，　往往頻遭伯叔眞(嗔)；
只爲這嬰孩相繫絆，　致令日夜費心神。

所以經云，受如是苦，咽苦吐甘，抱持養育云云至不辭辛苦。上說第一、辛苦保護也。第二、迴乾就濕者。經道乾處兒臥濕處母眠，三年之中，飲母白血。若是九夏洗浣，稍似不難，竊是三冬，異常辛苦。有人使喚，由(猶)可辛懃，若是无人，皆須自去。堂前翁婆伯叔，日日要承懷抱吱駃小孩兒，又朝朝臺兲(舉)，[illegible]頭洗濁(濯)穢汚，一件又餵飼女男。濕處母眠，乾處兒臥。十月之內，受无限難辛，三年之中，飢汝量多血乳。致使娘娘形貌，日日汪羸，慈母顏容，朝朝瘦悴。

迴乾就濕爲常事， 三載辛勤情不已；
辛苦朝朝有淚垂， 煎熬夜夜无眠睡。
貌汪羸，形瘦悴， 鸞鏡鳳釵皆厭棄；
往往人前恰似癡， 時時座地由(猶)如醉。
只爲長時， 驅馳辛苦，
形貌精神， 都來失緒。
一頭承仕翁仕□， 一伴又劇縛男女。
日夜不曾閑， 往往啼如雨。
迴乾就濕最艱難， 終日駈駈(驅馳)更不閑；
洗浣無論朝與暮， 驅馳何憚熱兼寒。
每將乾暖交兒臥， 濕處尋常母自眠；
三載長來長者此， 不報深恩爭得安。

所以經云，乾處兒臥，濕處母眠。三年之中，飲母白血。孩子始從生下，直至三年，飲母胷(胸)前白乳。漸漸離於懷抱，身作童兒，轉繫母心百般憂念。念臨河滐井，常憂漂溺之虞，弄狗撿刀，每慮嚙傷之苦。云——

孩兒漸長成童子， 慈母憂心不捨離；

近火專憂紅焰燒，臨河恐墜清波死。
捉蝴蝶，趁猧子，弄土擁泥向街裏；
蓋爲嬌癡正是時，直緣騃小方如此。
漸離懷抱作嬰孩，葡蔔（匍匐）初行傍砌階；
語似嬌鶯初囀舌，笑如春樹野花開。
渾家愛惜心無足，眷屬嬌憐意莫裁；
門外忽聞啼哭也，慈母奔波早到來。
嬰孩漸長作童兒，兩頰桃花色整輝；
五五相隨騎竹馬，三三結伴趁猧兒。
貪逐胡（蝴）蝶拋家遠，爲釣青苔忘却取（趣）；
慈母引頭千度覓，心心只怕被人欺。
故知慈母惜嬰孩，怜念交招役意懷；
日月遷移年漸長，仕農工巧各躋排。
一頭訓誨交仁義，一件求婚爲咋（作）媒；
佛向經中說着裏，依文便請唱將來。

經：嬰孩童子，乃至盛年，奬敎禮儀，婚嫁宦學。爲求財產，携荷艱辛，勤苦至終，不言恩德。

此唱經文，分之爲二。初明成長敎示，後說母不說恩。成長敎示中又分爲二：初明獎敎禮儀，後說婚嫁宦學。成長敎示。經道嬰孩童子，乃至盛年，獎敎禮儀。人家男女，從小至大，須交禮儀。是男卽七歲十歲以來，便交入學。（孔明宜入學，曾子須努力。）論語云：耕也，餒在其中矣。學也云。曲禮云：君子如欲化民成俗，其必由乎敎。又書：玉不琢云——，功高由至云——，有好男女有弱男女，人家女亦復如是。云——

女男漸長成人子，一一父娘親訓示；
臺舉還徒立得身，招交只要修仁義。
囑侁（先）生，交文字，孝養禮儀須具備；
未待敎招一二年，等閑讀盡諸書史。
高低盡道好兒郎，遠近皆言骨氣異；
成長了身爲大丈夫，風流儒雅眞公子。
堂堂六尺丈夫身，雪色衣裳稱舉人；
霄漢會當承雨露，高科登第出風塵。
多應不允逢新喜，何異成龍脫故鱗；
酒熟花開三月裏，但知排打曲江春。

上來說敎禮儀也。所以經云：嬰孩童子，乃至盛年，獎敎禮儀。何名婚嫁宦學？婚姻又別，宦學又近火專憂紅焰燒，臨河恐墜清波死。
捉蝴蝶，趁猧子，弄土擁泥向街裏；
蓋爲嬌癡正是時，直緣騃小方如此。
漸離懷抱作嬰孩，葡萄(匍匐)初行傍砌階；
語似嬌鶯初囀舌，笑如春樹野花開。
渾家愛惜心無足，眷屬嬌怜意莫裁；
門外忽聞啼哭也，慈母奔波早到來。
嬰孩漸長作童兒，兩頰桃花色整輝；
五五相隨騎竹馬，三三結伴趁猧兒。
貪逐胡(蝴)蝶抛家遠，爲釣青苔忘却取(歸)；
慈母引頭千度覓，心心只怕被人欺。
故知慈母惜嬰孩，怜念交招役意懷；
日月遷移年漸長，仕農工巧各躋排。
一頭訓誨交仁義，一伴求婚爲咋(作)媒；
佛向經中說着裏，依文便請唱將來。

經：嬰孩童子，乃至盛年，奬教禮儀，婚嫁官學。爲求財產，攜荷艱辛，勤苦至終，不言恩德。

此唱經文，分之爲二。初明成長敎示，後說母不說恩。成長敎示中又分爲二，初明奬敎禮儀，後說婚嫁宦學。成長敎示。經道嬰孩童子，乃至盛年，奬敎禮儀。人家男女，從小至大，須交禮儀。是男即七歲十歲以來，便交入學。孔明宜入學曾子須努力 論語云：耕也，餒在其中矣。學也云——。曲禮云：君子如欲化民成俗，其必由乎矣。又書：玉不琢云——，功高由至云——，有好男女有弱男女 人家女亦復如是。云——

女男漸長成人子，　一一父娘親訓示；
臺舉還徒立得身，　招交只要修仁義。
囑仙(先)生，交文字，　孝養禮儀須具備；
未待敎招一二年，　等閑讀盡諸書史。
高低盡道好兒郎，　遠近皆言骨氣異；
成長了身爲大丈夫，　風流儒雅眞公子。
堂堂六尺丈夫身，　雪色衣裳稱舉人；
霄漢會當承雨露，　高科登第出風塵。
多應不允逢新喜，　何異成龍脫故鱗；
酒熟花開三月裏，　但知排打曲江春。

上來說敎禮儀也。所以經云，嬰孩童子，乃至盛年，奬敎禮儀。何名婚嫁宦學，婚姻又別，宦學又別，宦爲士宦，學爲學業。今言婚姻者。書云：男既壯而有室，女初笄年而從人。男既長須求婚云——

處若是好男女。△——有一類人家兒子，不行孝養，不會禮儀，△——縱婚姻時，△——

有一類門徒弟子，　爲人去就乖疏；
不修仁義五常，　不管溫良恭儉。
抄手有時望却，　萬福故是隔生；
齋場上謝座早從，　吊孝有時失笑。
阿娘幾度與君婚，　說着人皆不欲聞；
纔始安排交仕宦，　等閑早被使頭眞(瞋)。
不然與本教經紀，　媿在徒兒立得身；
產業莊園折損盡，　儱嚧惡紹豈成人。

上來說男既成長，須爲婚姻了。從此女從幼(幼)小交示成長了，須爲娉(聘)他門。

爲女身，更不異，　最先須且教針指；
呈線呈針鬪意長，　對鷄對鳳誇心智。
學音聲，屈博士，　弄鉢調絃渾舍喜；
長大了擇時聘與人，　六親九族皆歡美。
天生惠性異常人，　疑是巫山降段雲；

鬢似寒蟬雙展翅，　面如蟾月展秋輪。
眉懸栁(柳)葉和烟翠，　臉奪桃花帶雨新；
聘與他門榮九族，　一場喜慶卒難論。
若是爲人智惠微，　從初至大異常癡；
逢人未省知良善，　共語何曾識禮儀。
刺繡裁縫无意學，　調恬弄麴不曾爲；
自家縫綻由(猶)嫌拙，　阿那個門肯素伊。
慈母意，總恩憐，　護惜都來一例看；
是女纏盤求爲聘，　是男婚娶致歌懽。
男須文墨兼仁義，　女要裁縫及管絃；
一個個總交成立後，　阿娘方始可憂煩。

上來總是第一，明成長敎示了也。從此第二，母不說恩。經道勤苦至終不言恩德。此之經意只是說慈母十月懷胎三年乳哺，迴乾就濕，咽苦吐甘，乃至男女成長了。千般怜惜，萬種敎招。女聘男婚，總皆周備。受如此苦辛，不曾於一個人前，說養育恩德。云——似世尊怜念法界內一切衆生，飛者、走者、无足、二足、四足、多足，三途六道，五趣四生，天上人間，是貴是賤，是高是下，師僧尼衆，善女善男，一個個交出離苦源，人人盡登常樂了。我佛无心說少許恩德，說少許辛苦。似家人慈母，養育一切別，宦爲士宦，學爲學業。今言婚姻者。書云：男既壯而有室，女初笄年而從人。男既長須求婚云——處若是好男女。△——有一類人家兒子，不行孝養，不會禮儀，△——縱婚姻時，△——

有一類門徒弟子，爲人去就乖疏；
不修仁義五常，不管溫良恭儉。
抄手有時望却，萬福故是隔生；
豪場上謝座早從，吊孝有時失笑。
阿娘幾度與君婚，說着人皆不欲聞；
纔始安排交仕宦，等閑早被使頭眞（嗔）。
不然與本敎經紀，媿在徒兒立得身；
產業莊園折損盡，懦魄惡紹豈成人。

上來說男既成長，須爲婚姻了。從此女從幻（幼）小交示成長了，須爲娉（聘）他門。

爲女身，更不異，最先須且敎針指；
呈線呈針鬪意長，對鷄對鳳誇心智。
學音聲，屈博士，弄鉢調絃渾舍喜；
長大了擇時聘與人，六親九族皆歡美。
天生惠性異常人，疑是巫山降段雲；

鬢似寒蟬雙展翅，　面如蟾月展秋輪。
眉懸栁(柳)葉和烟翠，　臉奪桃花帶雨新；
聘與他門榮九族，　一場喜慶卒難論。
若是爲人智惠微，　從初至大異常癡；
逢人未省知良善，　共語何曾識禮儀。
刺繡裁縫无意學，　調脂弄麵不曾爲；
自家縫綻由(猶)嫌拙，　阿那個門蘭肯素伊。
慈母意、總恩怜，　護惜都來一例看；
是女纏盤求爲聘，　是男婚娶致歌懽。
男須文墨兼仁義，　女要裁縫及管絃；
一個個總交成立後，　阿娘方始可憂煩。

上來總是第一，明成長敎示了也。從此第二，母不說恩。經道勤苦至終不言恩德。此之經意只是說慈母十月懷胎三年乳哺，迴乾就濕，咽苦吐甘，乃至男女成長了。千般怜惜，萬種敎招。女聘男婚，總皆周備。受如此苦辛，不曾於一個人前，說養育恩德。云——似世尊怜念法界內一切衆生，飛者、走者、无足、二足、四足、多足，三途六道，五趣四生，天上人間，是貴是賤，是高是下，師僧尼衆，善女善男，一個個交出離苦源，人人盡登常樂了。我佛无心說少許恩德，說少許辛苦。似家人慈母，養育一切衆生女男，不言恩德无二。

釋迦聖主慈悲力，　但是衆生總怜惜；
個個提携證涅盤（槃），　不曾有意言恩德。
慈母心，无順逆，　但是女男皆護惜；
个个教抬立得身，　不曾有意言恩德。
佛惜衆生，　母怜男女。
一例丞情，　從頭愛護。
佛如母意无殊，　母似佛心堪諭。
今日座中人，　分明須會取。
三千國土釋迦尊，　怜會衆生不可論；
處處提拔交出離，　頭頭接引越迷津。
不於愚智生偏曲，　不向怨親作等倫；
一個個總交成佛了，　未曾有意備言恩。
慈母德，卒難陳，　養育門徒弟子身；
十月懷胎遭苦惱，　三年乳哺受艱辛。
不於女處生嫌厭，　不向兒邊起愛親；

一个个敎招兼保惜，　　未曾有意略言見。

慈母德，卒難裁，　　万論千經贊莫偕；

自是女男多五逆，　　等閑逃走不皈迴。

眷屬日日懸心望，　　慈母朝朝膽欲摧；

兒向外邊行万里，　　母心隨後去也唱將來。

經：「兒行千里，母行千里，兒行万里，母行万里。」男女有病，父母亦病；子若病除，父母方差。

此唱經文，科之爲二：一、母心不忘；二、子病懷憂；兩段不同。且說母心不忘。經道「兒行千里，母行千［里］。」——男女成長已後，各須仕宦，經營總出他州，母心相逐。朔方征戍，而三年目斷長城；劍嶺興生，半歲而魂隨錦水。書云：「父母之年不可不知。」

思量我等生身母，　　終日憂怜男與女；

爲兒子抛出外邊，　　阿娘悲泣無情緒。

或仕宦，居職務，　　離別耶娘經歲數；

見四時八節未皈來，　　阿娘悲泣

或經營，去（逐）利去，　　或住他鄉或道路；

兒子雖然向外安，　　阿娘悲泣

或在都，差鎮戍，　　三載防邊受辛苦；

衆生女男，不言恩德无二。

釋迦聖主慈悲力，　但是衆生總怜惜；
個個提携證涅盤(槃)，　不曾有意言恩德。
慈母心，无順逆，　但是女男皆護惜；
个个敎招立得身，　不曾有意言恩德。
佛惜衆生，　母怜男女。
一例承情，　從頭愛護。
佛如母意无殊，　母似佛心堪諭。
今日座中人，　分明須會取。
三千國土釋迦尊，　怜會衆生不可論；
處處提拔交出離，　頭頭接引越迷津。
不於愚智生偏曲，　不向怨親作等倫；
一個個總交成佛了，　未曾有意備言恩。
慈母德，卒難陳，　養育門徒弟子身；
十月懷胎遭苦惱，　三年乳哺受艱辛。
不於女處生嫌厭，　不向兒邊起愛親；

一个个敎招兼保惜，　未曾有意略言見。
慈母德，卒難裁，　万論千經贊莫偕；
自是女男多五逆，　等閑逃走不皈迴。
眷屬日日懸心望，　慈母朝朝膽欲摧；
兒向外邊行万里，　母心隨後去也唱將來。

經：兒行千里，母行千里，兒行万里，母行万里。男女有病，父母亦病，子若病除，父母方差。

此唱經文，科之爲二：一、母心不忘，二、子病懷憂；兩段不同。且說母心不忘。經道兒行千里，母行千[里]。云——男女成長已後，各須仕宦，經營總出他州，母心相逐。朔方征戍，而三年目斷長城；劍嶺興生，半歲而魂隨錦水。書云：「父母之年不可不知。」

思量我等生身母，　終日憂怜男與女；
爲兒子抛出外邊，　阿娘悲泣無情緒。
或仕宦，居職務，　離別耶娘經歲數；
見四時八節未皈來，　阿娘悲泣
或經營，去(逐)利去，　或仕他鄉或道路；
兒子雖然向外安，　阿娘悲泣
或在都，差鎮戍，　三載防邊受辛苦；

信息希疏道路遥，阿娘悲泣。
兒於万里母先於，終日憂愁淚如雨；
念佛求神百種爲，只希闇裏垂加護。
損形容，各腸肚，乞待兒皈再團聚；
思想慈親這个恩，門徒爭忍生孤負。
經求仕宦住他鄉，或在軍中鎮外方；
兒向他州雖吉健，母於家內每憂惶。
心隨千里陷容貌，意恨三年哭斷腸；
直待皈來相見了，阿娘方始有精光。
慈母德，大難酬，憶念之心更不休；
奉勸門徒諸弟子，莫抛父母住他州。

此是第一，母心不忘也。第二，子病懷憂者。經道男女有病，父母亦病，子若病除，母病方差。人家男女，父母憍（嬌）怜，忽失保持，身染疾患，便使父心切切，母意惶惶。罷寝停飡，休生忘活。煎羹煮粥，无辝曉夜之勞，拜鬼看書，豈憚往來之惓。男女稍若病差，父母頓解愁心。——

人家父母恩偏煞，於女男邊倍怜愛；
日日交招意不移，朝朝護惜心无退。

忽然男女病纏身，　父母憂煎心欲碎；
念佛求神乞護持，　尋醫卜問希痊瘥。
无睡眠，沒光彩，　煎炒心神形貌改；
直待兒身四體安，　阿娘方竟心寬泰。
女男得病阿娘憂，　未教終須血淚流；
茶飯不曾着次弟，　罷施紅粉懶梳頭。
尋醫卜問无時歇，　拜鬼求神更不休；
直待女男安健了，　阿娘方始不憂愁。
思量人世事難裁，　父母恩深不可偕；
纔見女男身病患，　早憂性命掩泉臺。
一頭出藥交醫療，　一件邀僧爲滅灾；
病交了便合行孝順，　却生五逆也唱將來。

經：如斯養育，願早成人，及其長大，翻爲不孝。尊親共語，應對違情。拗眼列(裂)睛，不知恩義。

此唱經文分二：一、不會重德，二、背恩違情，兩段。一、不會重德者。經道如斯養育，願早成人，及其長大翻爲不孝。前來經文說父母種種養育，千辛万苦，不憚寒喧(暄)，乞求長大成人，且要紹繼宗祖。及其長大，无孝順心，不報恩德，由(遊)閑逐日，更返倒父母。云——

信息希疏道路遙，　阿娘悲泣

兒於万里母先於，　終日憂愁淚如雨；

念佛求神百種爲，　只希闇裏垂加護。

損形容，各腸肚，　乞待兒皈再團聚；

思想慈親這个恩，　門徒爭忍生孤負。

經求仕宦住他鄉，　或在軍中鎮外方；

兒向他州雖吉健，　母於家內每憂惶。

心隨千里陪容貌，　意恨三年哭斷腸；

直待皈來相見了，　阿娘方始有精光。

慈母德，大難酬，　憶念之心更不休；

奉勸門徒諸弟子，　莫抛父母住他州。

此是第一，母心不忘也。第二，子病懷憂者。經道男女有病，父母亦病，子若病除，母病方差。人家男女，父母憍(嬌)怜，忽失保持，身染疾患，便使父心切切，母意惶惶。罷寢停飡，休生忘活。煎羹煮粥，无辝曉夜之勞，拜鬼看書，豈憚往來之惓。男女稍若病差，父母頓解愁心。——

人家父母恩偏煞，　於女男邊倍怜愛；

日日交招意不移，　朝朝護惜心无退。

忽然男女病纏身，父母憂煎心欲碎；
念佛求神乞護持，尋醫卜問希痊瘥。
无睡眠，沒光彩，煎炒心神形貌改；
直待兒身四體安，阿娘方竟心寬泰。
女男得病阿娘憂，未敎終須血淚流；
茶飯不曾着次弟，罷施紅粉懶梳頭。
尋醫卜問无時歇，拜鬼求神更不休；
直待女男安健了，阿娘方始不憂愁。
思量人世事難裁，父母恩深不可皆；
纔見女男身病患，早憂性命掩泉臺。
一頭出藥交醫療，一伴邀僧爲滅灾；
病交了便合行孝順，却生五逆也唱將來。

經：如斯養育，願早成人，及其長大，翻爲不孝。尊親共語，應對違情。拗眼列（裂）睛，不知恩義。

此唱經文分二：一、不會重德，二、背恩違情，兩段。云——不會重德者。經道如斯養育，願早成人，及其長大翻爲不孝。前來經文說父母種種養育，千辛万苦，不憚寒喧（暄），乞求長大成人，且要紹繼宗祖。及其長大，无孝順心，不報恩德，由（遊）閑逐日，更返倒父母。云——

人家父母多恩育，憂念女男心不足；
乞求長大得成人，紹繼門風榮爵祿。
誰知漸識會東西，時把父娘生毀辱；
佛道婆婆這個人，命終必墮阿鼻獄。
爲人不孝負於天，輕慢耶娘似等閑；
侍奉終朝无一點，返張逐日有千般。
等閑屋裏高聲喊，影向人前亂登言；
佛道此人纔命謝，必淪惡道出无年。

所以經云「如斯養育，願早成人，及其長成，翻爲不孝。」上來第一，說不會重德了也。從此第二，背恩違情。經道：「尊親共語，應對違情，拗眼烈（裂）睛，不知恩義。」此者並是辜恩負德，五逆之人。不思養育深恩，不念劬勞大德。自小阿娘臺舉，長成嚴父敎招，誰知近來稍似成人，却學乖背恩德，逐日則長隨惡伴，終朝則不近好［人］。時時兩手不抄，任仕（徘徊）便三言不遜（遜）。父母喚來約束，肬脣不語生眞（嗔）：有時拗眼烈（裂）睛，或即高聲應對。

爲人不解恩恩德，返倒父娘生五逆；
共語高聲應對人，擬眞嗔眼如相喫。
伴惡人，爲惡跡，飲酒樗蒲難勸激；

長遺慈親血淚垂，　每令骨肉懷愁慼。
釋迦尊，留敎勑，　看取經文須審的；
若是長行五逆人，　這身乃計應難覓。
爲人爭不審思量，　豈合將心返父娘；
應對高聲由（猶）可怒（恕），　嗔眉努眼更堪傷。
不思十月懷胎苦，　不念三年乳哺忙；
佛道如斯五逆者，　无因得見法輪王。

奉勸門徒，云——**慈烏返哺之報，爲人爭合。**云——

幸因講說佛經語，　輒勸門徒孝父母；
禽獸由（猶）知養育恩，　爲人爭合相辜負。
十月懷胎，　三年哺乳。
論苦惱兮多般，　說恩怜兮幾度。
今旣成人，　還須報賽，
莫學愚人，　返生逆害。
約束時直要諦聽，　嗔罵則莫生祇對。
何假生西方，　自生極樂界。

爲人何處是聰明，　莫若酬愼養育情；
不但長時逢吉慶，　兼交永不見刀兵。
施爲一切皆和合，　所作多應總得成；
命謝了永辭濁惡世，　蓮花朶裏託身生。
須取勸，莫疑猜，　聞了還須改性懷；
莫學愚人生拗拒，　不行孝養忝情乖。
交招則亂發言千種，　約束早嗔眉努兩頭，
應是眷屬兼骨肉，　總遭毀罵也唱將來。

經云：欺凌伯叔，打罵弟兄，毀辱尊親，无有禮義，不遵（奉）師長。——

誘俗第六　天成二年八月七日一学書

校記：

〔一〕原卷編號爲伯字二四一八。無標題，兹以意擬補。北京圖書館藏河字十二號一卷，亦爲敷衍父母恩重經故事，但與巴黎本不同，當又是一種，故另爲著錄。本卷卷末有「誘俗第六」的卷尾標題，可見變文形式，一篇中又分作若干部分，每一部分各有小題。

向　達校錄

【父母恩重經講經文】(二)

□□□□□□□，爭般於家不孝；
□□□□□□□，到處崇重惡人。
□□□□□□□，不識人間罪福；
□□□□□□等，此是最下之下。
□□□□□□衢，衝突賢良之□；
□□□□□□傾，更須受盡百生身。
□□□□□□分，逢人豈解行禮讓；
□□□□□□捲，勸着經營使努頭。
□□□□□□情，結伴離家街巷裏；
三三五五等閑去，影響經旬捨不歸。
慈母心心只是憂，恐怕這兒落姦便；
惡人楪點連形獄，到此无人救得伊。
倚門只是安(望)歸來，過盡人行都不見；

羅袖斑斑新淚點，　一心專憶外頭兒。
人家積穀本防飢，　養子還徒(圖)被老時；
可料長成都不孝，　直饒十個也何爲。
始從懷抱作嬰孩，　長大成人六尺材；
弃德輩(背)恩多五逆，　惟行不孝縱癡哈。
三年乳哺由(猶)閑事，　十月懷胎足可哀；
每見二親多慢易，　不生恭敬唱將來。

經云：不生恭敬，弃恩(德)輩(背)恩，无有人(仁)慈，不孝禮儀。過去九十一劫，有一罪人不孝父母，常行五逆，死後當墮大坑地獄，頭上長有鐵輪盤旋。不惟頂上，

直爲罪根深重，　都緣不孝二親。
從此撲入坑中，　常有鐵輪在頂。
動經千劫萬劫，　不知早晚復人身。
一落此中千萬劫，　晝夜常常苦辛。
爲緣不孝墮深坑，　受苦无因得暫停。
晝夜鐵輪居頂上，　早經百劫與千生。
勸居(君)行孝莫因循，　子細思量這個身。

咽苦吐甘檯舉得，莫交孤負阿孃恩。
供承隨順遣心安，父母時長見喜歡。
孝行永標經史上，直交萬代廣流傳。
懷胎十月千般苦，起坐身心早晚安。
都講闍黎著氣力，如擎重擔唱看看(將來)。

經云：阿孃懷子，十月闆(艱)辛，起坐不安，如擎重擔；飲食不下，如長病人。

十月懷胎弟子身，晝夜恰如持重擔；
翠眉抛臉潛移改，噯色萎黃暗裏來。
行亦愁，座亦愁，懷胎十月極(似)千秋；
昏昏不醉長如醉，兀兀無憂恰似憂。
悦目管絃成逆耳，含羞到此不能羞；
直須分免(娩)豪平善，慈母心安始徹頭。
十月懷胎弟子，畫(晝)夜身心安不；
形容日日衰羸，即漸轉加憔悴。
幾度親情屈喚，無心擬去相隨；
縱然家內延賓，實是孀陪歡笑。

羅袖班班新淚點，　一心專憶外頭兒。
人家積穀本防飢，　養子還徒(圖)被老時；
可料長成都不孝，　直饒十個也何爲。
始從懷抱作嬰孩，　長大成人六尺材；
弃德輩(背)恩多五逆，　惟行不孝縱癡咍。
三年乳哺由(猶)閑事，　十月懷胎足可哀；
每見二親多慢易，　不生恭敬唱將來。

經云：不生恭敬，弃恩(德)輩(背)恩，无有人(仁)慈，不孝禮儀。過去九十一劫，有一罪人不孝父母，常行五逆，死後當墮大坑地獄，頭上長有鐵輪盤旋。不惟頂上，

直爲罪根深重，　都緣不孝二親。
從此撲入坑中，　常有鐵輪在頂。
動經千劫萬劫，　不知早晚復人身。
一落此中千萬劫，　晝夜常常苦辛。
爲緣不孝墮深坑，　受苦无因得暫停。
晝夜鐵輪居頂上，　早經百劫與千生。
勸居(君)行孝莫因循，　子細思量這個身。

咽苦吐甘檯舉得，莫交孤負阿孃恩。
供承隨順遣心安，父母時長見喜歡。
孝行永標經史上，直交萬代廣流傳。
懷胎十月千般苦，起坐身心早晚安。
都講闍黎著氣力，如擎重擔唱看看（將來）。

經云：阿孃懷子，十月間（艱）辛，起坐不安，如擎重擔；飲食不下，如長病人。

十月懷胎弟子身，晝夜恰如持重擔；
翠眉抛臉潛移改，噣色萎黃暗裏來。
行亦愁，座亦愁，懷胎十月桓（抵）千秋；
昏昏不醉長如醉，兀兀無憂恰似憂。
悅目管絃成逆耳，含羞到此不能羞；
直須分免（娩）豪平善，慈母心安始徹頭。
十月懷胎弟子，盡（晝）夜身心安不；
形容日日衰羸，即漸轉加憔悴。
幾度親情屈喚，無心擬去相隨；
縱然家內延賓，實是嬾陪歡笑。

龍髮不梳累月，鳳釵不插經旬；
裝樓汚見眼前，鸞鏡任從塵土。
自於懷任腹中子，舊日裝梳不欲爲；
思量十月養君多，爭忍因循不報恩。
阿嬢消瘦如花貌，變化萎黄疾病多；
雲鬢不梳經數月，鳳釵抛擲如閑事。
不逐少姑花不去，懶陪伯母趁嬌兒；
幾度親情命看花，數遍藏鈎夜歡笑。
百般美味不形相，□□□□□□□；
這身無病如長病，拓懶終朝復皺眉。
百般美味不形相，是種珍饈（羞）不嘗啜；
甘甜縱喫匹黄蘗，只苦口乾不欲飡。
懷胎十月欲將臨，苦切之聲不忍聞；
千迴念佛求加護，万遍燒香請世尊。
將臨十月怯身災，秖怕无常一念催；
那邊禮佛聲遼（嘹）亮，這件全（金）經次第開。

共宰猪羊無兩種，　血流遍地唱將來。

經云：月滿生時，受諸苦痛，須臾好惡，只恐无常。爲(如)煞猪羊，血流遍地，受如是苦。

奉勸坐中弟子，　大須孝養二親。
晨朝問信起居，　且莫失恭顔色。
父母忽然處分，　輒莫應對二親。
夕陽出入兢兢，　此者是其孝子。
泣竹臥冰也不及，　百年侍養莫交虧。
十月迢迢在母胎，　乞求分免(娩)誕嬰孩；
三朝爲喜蒙平善，　滿月延僧息障災。
隣里爭怜看不足，　親情瞻矚意徘徊；
從此阿孃怜不已，　吐甘餵飼唱將來。

經云：生得此身，咽甘吐苦。洗濯不淨，不憚劬勞。忍熱忍寒，不辭辛苦。乾處兒臥，濕處母眠。三年之中，飲母白血。

不憚吐甘咽苦，　洗浣蓋是尋常。
或時忍熱忍寒，　慈母不辭辛苦。
可忍這身成長後，　恣行不孝妄(忘)深恩。

龍髮不梳累月，鳳釵不插經旬；
裝檯汚見眼前，鸞鏡任從塵土。
自於懷任腹中子，舊日裝梳不欲爲；
思量十月養君多，爭忍因循不報恩。
阿孃消瘦如花貌，變化萎黃疾病多；
雲鬢不梳經數月，鳳釵抛擲如閑事。
不遂少姑花不去，懶陪伯母趁嬌兒；
幾度親情命看花，數遍藏鈎夜歡笑。
百般美味不形相，□□□□□□□；
這身無病如長病，拓賴終朝復皺眉。
百般美味不形相，是種珍修（羞）不嘗啜；
甘甜縱喫□黃蘗，只苦口乾不欲飡。
懷胎十月欲將臨，苦切之聲不忍聞；
千迴念佛求加護，万遍燒香請世尊。
將臨十月怯身災，秖怕无常一念催；
那邊禮佛聲遼（嘹）亮，這伴全（金）經次第開。

共宰猪羊無兩種，　　血流遍地唱將來。

經云：月滿生時，受諸苦痛，須臾好惡，只恐无常。爲(如)煞猪羊，血流遍地，受如是苦。

奉勸坐中弟子，　　大須孝養二親。
晨朝問信起居，　　且莫失恭顏色。
父母忽然處分，　　輒莫應對二親。
夕陽出入兢兢，　　此者是其孝子。
泣竹臥冰也不及，　　百年侍養莫交虧。
十月迢迢在母胎，　　乞求分免(娩)誕嬰孩；
三朝爲喜蒙平善，　　滿月延僧息障災。
隣里爭怜看不足，　　親情瞻囑意徘徊；
從此阿孃怜不已，　　吐甘餵飼唱將來。

經云：生得此身，咽甘吐苦。洗濯不淨，不憚劬勞。忍熱忍寒，不辭辛苦。乾處兒臥，濕處母眠。三年之中，飲母白血。

不憚吐甘咽苦，　　洗浣蓋是尋常。
或時忍熱忍寒，　　慈母不辭辛苦。
可忍這身成長後，　　忩行不孝妄(忘)深恩。

甘甜美味與兒飡，苦澁一般母自喫。

忍熱忍寒那思倦，抱持起坐妄(忘)苦辛；

迴乾就濕是尋常，乳哺三年非莽鹵。

豈料長成都不孝，妄(忘)却從前掬養恩。

漸離懷抱，身作童子，常繫母心，百般憂慮。(下缺)

校記：

〔一〕原卷編號爲北京河字十二號。補題依據，說見上篇。

向　達校錄

敦煌變文集卷六

目連緣起〔一〕

昔有目連慈母，號曰青提夫人，住在西方，家中甚富，錢物無數，牛馬成羣，在世慳貪，多饒殺害。自從夫主亡後，而乃霜居。唯有一兒，小名羅卜，慈母雖然不善，兒子非常道心，拯恤孤貧，敬重三寶，行檀(壇)布施，日設僧齋，轉讀大乘，不離晝夜。偶自一日，欲往經營，先至堂前，白於慈母：「兒擬外州，經營求財，侍奉尊親。家內所有錢財，今擬分爲三分：一分兒今將去，一分侍奉尊親，一分留在家中，將施貧乏之者。」孃聞此語，深快(愜)本情，許往外州，經營求利。

一自兒子去後，家中咨(恣)情，朝朝宰殺，日日熝爆(炮)，無念子心，豈知善惡。逢師僧時，遣家僮打棒，見孤老者，放狗咬之。不經旬日之間，羅卜經營却返，欲見慈母，先遣使報來。慈母聞道兒歸，火急鋪設花幡，遶繞院庭，縱橫草穢狼藉。一兩日間，兒子便到，跪拜起居：「自離左右多時，且喜阿娘萬福。」阿娘見兒來歡喜：「自汝出向他州，我在家中，常修善事。」兒於一日行到鄰家，見說慈母，日不曾修善，朝朝宰殺，祭祀鬼神，三寶到門，盡皆凌辱。聞此語惆悵歸家，問母來由，要知虛□(實)。母聞說已，怒色向兒：「我是汝母，汝是我兒，母子之情，重如山岳，出語不信，納他人之閑詞，將爲是實。汝若今朝不信，我設咒誓，願我七日之内命終，死墮阿鼻地獄。」兒聞此語，雨淚向前，願母不賜嗔容，莫作如斯咒誓。慈母作咒，冥道早知，七日之間，母身將死，墮阿鼻地獄，受無間之餘殃。羅卜見母身亡，狀若天崩地滅，三年至孝，累七修齋。思憶如何報其恩德，唯有出家最勝，況如來在世。羅卜投仏出□(寺)，便得神通第一，世尊作號，名曰大目連，三明六通具解，身超羅漢。既登聖賢之位，思報父母之深恩，遂乃天眼觀占二親，託生何處。慈父已生於天上，終朝快樂逍遙，母身墮在阿鼻，日日唯知受苦。

目連慈母號青提，　本是西方長者妻。
在世慳貪多殺害，　命終之後落泥犂。
身臥鐵床無暫歇，　有時驅逼上刀梯。
確(碓)擣磑磨身爛壞，　遍身恰似淤青泥。

於是目連見於慈母，墮在地獄，遂白仏言：「如來，請陳上事：

慈母生前修善，　將爲死後生天，
今日墮在阿鼻，　此事有何所以。
目連雖証羅漢，　神通智慧未全，
不了慈親罪因，　雨淚仏前啓告。
神通弟子目犍連，　攝步登時白仏言，

唯願世尊慈愍我，　得知慈母罪根源。
母在世時修十善，　將爲死後得生天，
自從一旦身亡後，　何期慈母落黃泉。

於是世尊聞，喚目連近前。

汝今諦聽吾言，　不要聡聡啼哭。

汝母在生之日，都無一片善心，終朝殺害生靈，每日欺凌三寶。自作自受，非天與人。今既墮在阿鼻受苦，何時得出。

我佛慈悲告目連，　不要忩忩且近前，
汝母在世多殺害，　慳貪廣造惡因緣。
三塗受苦應難出，　一墮其中萬萬年，
自作之時還自受，　有何道理得生天。

目連聞金口所說，不覺悶絕號咷。既知受罪因緣，欲往三塗救拔。切恨神通力小，難開地獄之門。我今欲見阿娘，力小不能自往，伏願世尊慈悲，少借威光，忽若得見慈親，生死不孛(辜)恩德。

目連聞說事因由，　悶絕號咷雨淚流，
哀哀慈母黃泉下，　乳哺之恩不易酬。
我今欲見慈親面，　地獄難行不可求，

怒色向兒：「我是汝母，汝是我兒，母子之情，重如山岳，出語不信，納他人之閑詞，將爲是實。汝若今朝不信，我設咒誓，願我七日之內命終，死墮阿鼻地獄。」兒聞此語，雨淚向前，願母不賜嗔容，莫作如斯咒誓。慈母作咒，冥道早知，七日之間，母身將死，墮阿鼻地獄，受無間之餘殃。羅卜見母身亡，狀若天崩地滅，三年至孝，累七修齋。思憶如何報其恩德，唯有出家最勝。況如來在世，羅卜投仏出□(家)，便得神通第一，世尊作號，名曰大目連，三明六通具解，身超羅漢。既登聖賢之位，思報父母之深恩，遂乃天眼觀占二親，託生何處。慈父已生於天上，終朝快樂消遙，母身墮在阿鼻，日日唯知受苦。

目連慈母號青提，本是西方長者妻。
在世慳貪多殺害，命終之後落泥犂。
身臥鐵床無暫歇，有時驅逼上刀梯。
確(碓)擣磑磨身爛壞，遍身恰似淤青泥。

於是目連見於慈母，墮在地獄，遂白仏言：如來，請陳上事。

慈母生前修善，將爲死後生天，
今日墮在阿鼻，此事有何所以。
目連雖証羅漢，神通智慧未全，
不了慈親罪因，雨淚仏前啓告。
神通弟子目犍連，攝步登時白仏言，

唯願世尊慈愍我，　得知慈母罪根源。
母在世時修十善，　將爲死後得生天，
自從一旦身亡後，　何期慈母落黃泉。

於是世尊聞，喚目連近前。

汝今諦聽吾言，　不要聰聦啼哭。

汝母在生之日，都無一片善心，終朝殺害生靈，每日欺凌三寶。自作自受，非天與人。今既墮在阿鼻受苦，何時得出。

我佛慈悲告目連，　不要忩忩且近前，
汝母在世多殺害，　慳貪廣造惡因緣。
三塗受苦應難出，　一墮其中萬萬年，
自作之時還自受，　有何道理得生天。

目連聞金口所說，不覺悶絶號咷。既知受罪因緣，欲往三塗救拔。切恨神通力小，難開地獄之門。我今欲見阿娘，力小不能自往，伏願世尊慈悲，少借威光，忽若得見慈親，生死不孛（辜）恩德。

目連聞說事因由，　悶絶號咷雨淚流，
哀哀慈母黃泉下，　乳哺之恩不易酬。
我今欲見慈親面，　地獄難行不可求，

願仏慈悲方便力，　暫時得見死生休。

於是世尊威力不可思議。目連告訴再三，我仏哀怜懇切，借十二鐶錫杖，七寶之鉢盞(盂)，方便又賜神通，須臾振錫騰空，傾刻(頃刻)便登地獄。

目連蒙仏賜威雄，　須臾直(擲)鉢便騰空，
去往由如彈指頃，　乘雲往返疾如風。
手托鉢盞(盂)携淨水，　振錫三聲到獄中，
重門關鏁難開得，　振錫之聲總自通。

其地獄者黑壁千重，烏門千刃，鐵城四面，銅咴喊呀，紅焰黑烟，從口而出。其中受罪之人，一日萬生萬死。或刀山劍樹，或鐵犂耕舌。或洋(烊)銅灌口，或吞熱鐵火丸。或抱銅柱，身體爞然爛壞。枷鏁枊械，不曾離身。牛頭每日凌遲，獄卒終朝來拷。鑊湯煎煑，痛苦難當。受罪既若不休，所以名為無間。目連慈母，墮在其中。

受罪早經所歲，　煎煮不曾休歇，
差惡身體乾枯，　豈有平生之貌。
目連欲見其母，　求他獄卒再三，
一心欲見慈親，　不免低顏哀懇。

是時慈母聞喚數聲，擡身强强起來，狀似破車，無異於是。牛頭把捧，獄卒擎叉。夜叉點領罪人，

鬼使令交逐後，須臾領出，得見慈親。目連兩淚向前抱母，掩淚再三借問：「不知體氣如何？在生修善旣多，何得今朝受苦？」

目連見母哭嗚呼，良久之間氣不蘇，
自離左右經年歲，未審娘娘萬福無？
在世每常修十善，將爲生天往淨女(土)，
因甚自從亡沒後，阿娘特地落三塗？

慈母告目連：「我爲前生造業，廣殺猪羊，善事都總不修，終日咨情爲惡。今來此處，受罪難言。漿□(水)不曾聞名，飯食何曾見面，渾身遍體，總是瘡疾。受罪旣旦夕不休，一日萬生萬死。」慈母喚目連近前，目連，目連：

我緣在世不思量，慳貪終日殺猪羊，
將爲世間無善惡，何期今日受新(辛)殃。
地獄每常長飢渴，煎煮之時入鑊湯，
或上刀山幷劍樹，或卽長期臥鐵床。
更有犂耕兼拔舌，洋(烊)銅灌口苦難當，
數載不聞漿水氣，飢羸遍體盡成瘡。
於是目連聞說，心中惆悵轉加，

願仏慈悲方便力，　暫時得見死生休。

於是世尊威力不可思議。目連告訴再三，我仏哀愍懇切，借十二鐶錫杖，七寳之鉢蓋(盂)，方便又賜神通，須臾振錫騰空，傾尅(頃刻)便登地獄。

目連蒙仏賜威雄，　須臾直(擲)鉢便騰空，
去往由如彈指頃，　乘雲往返疾如風。
手托鉢蓋(盂)携淨水，　振錫三聲到獄中，
重門關鏁難開得，　振錫之聲總自通。

其地獄者黑壁千重，烏門千刃，鐵城四面，銅嘴喊呀，紅焰黑烟，從口而出。其中受罪之人，一日萬生萬死。或刀山劍樹，或鐵犂耕舌。或洋(汁)銅灌口，或吞熱鐵火丸。或抱銅柱，身體燋然爛壞。枷鏁杻械，不曾離身。牛頭每日凌遲，獄卒終朝來拷。鑊湯煎煑，痛苦難當。受罪既若不休，所以名爲無間。目連慈母，墮在其中。

受罪早經所歲，　煎煮不曾休歇，
差惡身體乾枯，　豈有平生之貌。
目連欲見其母，　求他獄卒再三，
一心欲見慈親，　不免低顔哀懇。

是時慈母聞喚數聲，擡身强强起來，狀似破車，無異於是。牛頭把捧，獄卒擎叉。夜叉點領罪人，

鬼使令交逐後，須臾領出，得見慈親。目連兩淚向前抱母，掩淚再三借問，不知體氣如何，在生修善既多，何得今朝受苦。

目連見母哭烏呼，　良久之間氣不蘇，
自離左右經年歲，　未審娘娘萬福無。
在世每常修十善，　將爲生天往淨方(土)，
因甚自從亡沒後，　阿娘特地落三塗。

慈母告目連：「我爲前生造業，廣殺猪羊，善事都總不修，終日咨情爲惡。今來此處，受罪難言。漿□(水)不曾聞名，飯食何曾見面，渾身遍體，總是瘡疾。受罪既旦夕不休，一日萬生萬死。」慈母喚目連近前，目連，目連：

我緣在世不思量，　慳貪終日殺猪羊，
將爲世間無善惡，　何期今日受新(斯)殃。
地獄每常長飢渴，　煎煮之時入鑊湯，
或上刀山并劍樹，　或即長期臥鐵床。
更有犁耕兼拔舌，　洋(汁)銅灌口苦難當，
數載不聞漿水氣，　飢羸遍體盡成瘡。
於是目連聞說，　心中惆悵轉加，

慈母旣被淩遲，　舊日形容改變。
一自娘娘崩背，　思量無事報恩，
遂乃投仏出家，　獲得神通羅漢。
今有瓊漿香飰，　我仏令遣將來，
母若飢渴時多，　香飰瓊漿便喫。
目連見母被淩遲，　如何受苦在阿鼻，
遍體悉皆瘡癬甚，　形體苦（枯）老改容儀。
累歲不聞漿水氣，　乾枯渴乏鎮長飢。
娘娘且是親生母，　我是娘娘親褔（腹）兒，
自從老母身亡後，　出家侍仏作闍梨。
香飰瓊漿都一鉢，　願母今朝喫一匙，
目連手擎香飰，　充濟慈母之飢。
奈何惡業又深，　爭那慳貪障重，
漿水來變作銅汁，　香飰欲飱變成猛火。
卽知慳貪障重，　所招惡業如斯，
奉勸座下門徒，　一一須生覺悟。

莫縱无明造業，　他時必墮三塗，
今朝覺悟修行，　定免如斯惡業。
母爲前生造罪多，　積集慳貪結網羅，
毀仏謗僧无敬信，　不曾將口念彌陀。
死墮三塗无間獄，　終朝受罪苦波波，
見飯之時成猛火，　水來近口作滅(鹹)河。
目連見其慈母，　飰食都總不飡，
且知慈母罪深，　雨淚渾搥自武。
慈母却歸地獄，　依前受苦不休，
目連振錫却迴，　告訴如來悲泣。
適奉世尊威力，　令往地獄之中，
見母受罪千重，　一日萬生萬死。
所奉瓊漿鉢飰，　唯願聖主慈悲，
更賜方圓救濟。　目連心中孝順，
再三告訴如來，　唯願賜母之方，
得離三塗之苦。

慈母旣被淩遲，舊日形容改變。
一自娘娘崩背，思量無事報恩，
遂乃投仏出家，獲得神通羅漢。
今有瓊漿香飰，我仏令遣將來，
母若飢渴時多，香飰瓊漿便喫。
目連見母被淩遲，如何受苦在阿鼻，
遍體悉皆瘡癬甚，形體苦(枯)老改容儀。
累歲不聞漿水氣，乾枯渴乏鎮長飢。
娘娘且是親生母，我是娘娘親福(腹)兒，
自從老母身亡後，出家侍仏作闍梨。
香飰瓊漿都一鉢，願母今朝喫一匙，
目連手擎香飰，充濟慈母之飢。
奈何惡業又深，爭那慳貪障重，
漿水來變作銅汁，香飰欲飡變成猛火。
卽知慳貪障重，所招惡業如斯，
奉勸座下門徒，一一須生覺悟。

莫縱无明造業，他時必墮三塗，
今朝覺悟修行，定免如斯惡業。
母爲前生造罪多，積集慳貪結網羅，
毀仏謗僧无敬信，不曾將口念彌陀。
死墮三塗无間獄，終朝受罪苦波波，
見飯之時成猛火，水來近口作減(鹹)河。
目連見其慈母，飳食都總不飡，
且知慈母罪深，雨淚渾搥自武。
慈母却歸地獄，依前受苦不休，
目連振錫却迴，告訴如來悲泣。
適奉世尊威力，令往地獄之中，
見母受罪千重，一日萬生萬死。
所奉瓊漿鉢飳，唯願聖主慈悲，
更賜方圓救濟。目連心中孝順，
再三告訴如來，唯願賜母之方，
得離三塗之苦。

目連見母淚灌灌，　　須臾躃地自渾搥(塠)，
母即依前歸地獄，　　目連振錫返身迴。
纔到仏前頭面禮，　　放聲大哭告如來。
母向三塗作飢鬼，　　冥冥數載掩泉臺。
受罪千重難說盡，　　自言萬計轉悲哀。
世尊更賜威光便，　　免交慈母受迍灾。

仏以慈悲，極切敎化，萬般方便，設法千重，悲心萬種。遂告目連曰：「汝能行孝，願救慈母，欲酬乳哺之恩，其事甚爲希有。汝至衆僧解夏之日，羅漢九旬告必之辰。賢聖得於祇園，羅漢騰空於石室。辦香花之供養，置于蘭之妙盆。獻三世之如來，奉十方之賢聖。仍須懇告努力，虔誠諸仏，必賜神光，慈母必離地獄。但若依吾敎勑，便爲孝順之因。慈悲敎法流傳，直至於今不絕。世尊道：目連，目連：

汝須努力莫爲難，　　造取些些好菓盤，
待到衆僧解夏日，　　羅漢騰空盡喜歡。
諸神慈悲來救濟，　　必賜神通慧眼觀，
都設上來諸供養，　　救母三塗受苦酸。
早願慈悲離地獄，　　免在三塗呑鐵丸，
仏在世時留此敎，　　故今相歡(勸)造盂蘭。

目連聞金口所說，甚是喜歡，依敎奉行，辦諸供養。於是幡花滿座，珠寶百味珍羞，爐焚海岸之香，供設蘇陁蜜味，獻珍饌千般羞味，造盂蘭百寶裝成，虔心供養如來，啓告十方諸仏。願救泥犂之苦，休居惡道之中，冥冥獄卒休嗔，惡業寃家解脫。

目連依敎設香花，　百味珍羞及菓瓜，
奉獻十方三世仏，　願見慈母離寃家。
冥官業道成悲念，　獄卒牛頭及夜叉，
放捨阿娘生淨土，　莫交業道受波吒。

於是盂蘭既設，供養將陳，諸仏慈悲，便賜方圓救濟，目連慈母，得離阿鼻地獄，免交遭煎苦之憂。蓋緣惡增深，未得於人道，託陰（蔭）王城內，化爲女狗（苟）之身，終朝只向街衢，每日常飡不淨。

目連供仏說慇懃，　不彈劬勞受苦辛，
稽首十方三界仏，　心心惟願救慈親。
慈母當時離地獄，　又向王舍作狗身，
終日食他人不淨，　罪深由未得人身。

於是目連天眼，觀見慈母，已離地獄，將身又向王城化作狗身受苦。目連心中孝順，行到王城，步步府（俯）近狗邊。狗見沙門歡喜。目連知是慈母，不覺雨淚向前。遂問阿娘，久居地獄，受苦多時，今乃得離阿鼻，深助娘娘。今在人間作狗，何如地獄之時？阿娘被問來由，不覺心中歡喜，告兒目連

曰：

我在阿鼻地獄，　受苦者是自爲，
聞汝廣設盂蘭，　供養十方諸仏。
今得離於地獄，　化爲母狗之身，
不淨乍可食之，　不欲當時受苦。

阿鼻受苦已多時，　不論日夜受凌遲，
今日喜歡離地獄，　淨心慚愧我嬌兒。
汝設盂蘭將供養，　故知仏力不思議，
我乍人間食不淨，　不能時向在阿鼻。

目連見母作狗，自知救濟無方，火急却來白仏：適如來敎勑，廣陳救母之方，依前敎不敢有違，盡依處分。又蒙仏慈悲之力，阿娘得出阿鼻地獄。自知罪業增深，又向王舍作狗。願仏慈悲怜念，母子情深，卽頭(頭)請陳救母之方。吾今賜汝威光，一一事須記取，當往祇園之內，請僧卅(四十)九人，七日鋪設道場，日夜六時禮懺，懸幡點燈，行道放生，轉念大乘，請諸仏以虔成(誠)。目連依敎奉行，使置道場供養，虔心聖主，願救慈親。蒙我仏之威光，母必離於地獄，生於天上。

慈親作狗受迍殃，　惡業須交一一當，
今朝若欲生天去，　結淨依吾作道場。

七日六時長禮懺，爐焚海岸六銖香，
點燈作道懸幡蓋，救拔慈親恰相當。
目連蒙仏賜威光，依教虔誠救阿孃，
不彈(憚)劬勞申供養，投仏號咷哭一場。
聖賢此時來救濟，世尊又施白毫光，
皆是目連行孝順，慈親便得上天堂。
將知目連行孝，慈親便離三塗，
千般萬計虔誠，二種方圓救濟。
奉勸座下弟子，孝順學取目連，
二親若也在堂，甘旨切須侍奉。
父母忽然崩背，修齋聞法酬恩，
莫學一輩愚人，不報慈親恩德。
六畜禽獸之類，由懷乳哺之恩，
況爲人子之身，豈不行於孝順。
且如董永賣身，還殯葬其父母，
敢(感)得織女爲妻。郭巨爲母生埋子，

曰：

我在阿鼻地獄，　受苦皆是自爲，
聞汝廣設盂蘭，　供養十方諸仏。
今得離於地獄，　化爲母狗之身，
不淨乍可食之，　不欲當時受苦。
阿鼻受苦已多時，　不論日夜受淩遲，
今日喜歡離地獄，　淨心慚愧我嬌兒。
汝設盂蘭將供養，　故知仏力不思議，
我乍人間食不淨，　不能時向在阿鼻。

目連見母作狗，自知救濟無方，火急却來白仏。適如來敎勅，廣陳救母之方，依前敎不敢有違，盡依處分。又蒙仏慈悲之力，阿娘得出阿鼻地獄。自知罪業增深，又向王舍作狗。願仏慈悲怜念，母子情深，即頭(願)請陳救母之方。吾今賜汝威光，一一事須記取，當往祇園之內，請僧卅(四十)九人，七日鋪設道場，日夜六時禮懺，懸幡點燈，行道放生，轉念大乘，請諸仏以虔成(誠)。目連依敎奉行，便置道場供養，虔心聖主，願救慈親。蒙我仏之威光，母必離於地獄，生於天上。

慈親作狗受迍殃，　惡業須交一一當，
今朝若欲生天去，　結淨依吾作道場。

七日六時長禮懺，爐焚海岸六銖香，
點燈佈道懸幡蓋，救拔慈親恰相當。
目連蒙仏賜威光，依敎虔誠救阿孃，
不彈（憚）劬勞申供養，投仏號咷哭一場。
聖賢此時來救濟，世尊又施白毫光，
皆是目連行孝順，慈親便得上天堂。
將知目連行孝，慈親便離三塗，
千般萬計虔誠，二種方圓救濟。
奉勸座下弟子，孝順學取目連，
二親若也在堂，甘旨切須侍奉。
父母忽然崩背，修齋聞法酬恩，
莫學一輩愚人，不報慈親恩德。
六畜禽獸之類，由懷乳哺之恩，
況爲人子之身，豈不行於孝順。
且如董永賣身，遷殯葬其父母，
敢（感）得織女爲妻。郭巨爲母生埋子，

天賜黃金五百斤。

孟宗泣竹，冬日笋生。

王祥臥冰，寒溪魚躍。

慈烏返報（哺），書使（史）皆傳，

跪乳之牛（羊），從前且說。

上來稱讚目連因，只是西方羅漢僧，

母號青提多造罪，命終之後却沉輪（淪）。

奉勸聞經諸聽衆，大須布施莫因循，

託若專心相用語，免作青提一會人。

須覺悟，用心聽，閑念彌陀三五聲，

火宅忙忙何日了，世間財寶少經營。

无上菩提懃苦作，聞法三塗豈不驚，

今日爲君宣此事，明朝早來聽眞經。

界道眞本記

校記：

〔一〕此卷編號爲伯二一九三，標題原有。

王慶菽校錄

大目乾連冥間救母變文并圖一卷 并序〔一〕

夫爲七月十五者，天堂啓戶，地獄門開，三塗業消，「十善增長」〔二〕，爲衆僧吾下此日會福之神，八部龍天，盡來斂福。「承供養者」〔三〕，現世福資，爲亡者轉生于勝處。於是盂蘭百味，「飾貢於」〔四〕三尊。仰大衆之恩，先救倒懸之窘急。昔仏在世時，弟「子厥號」〔五〕目連，在俗未出家時，名曰羅卜，深信三寶，敬重大乘。「於一時間」〔七〕欲往他國興易。遂即支分財寶，令母在後設齋供「養諸仏法僧及諸乞」〔六〕来者。及其羅卜去後，母生慳恡(悋)之心，所囑咐資財，並私隱匿。兒子不經旬月，事了還家。母語子言：「依汝付囑營」〔八〕齋作福。因茲欺誑凡聖，命終遂墮阿鼻地獄中，受諸「劇」〔一〇〕苦。羅卜三周禮畢，遂即投仏出家，丞(承)宿習因聞法證「得阿羅」〔九〕漢果。即以道眼訪覓慈親，六道生死，都不見母。目連從「定起含」〔一一〕悲，諮白世尊：「慈母何方受於快樂？」爾時世尊報目連曰：「汝母已落阿鼻，見受諸苦。汝雖位登聖果，知欲何爲。若非十方衆僧解下「勝」〔一二〕脫之日，曰(以)衆力乃可救之。」故仏慈悲，開此方便，用建盂蘭盆者，即是其事也。

羅卜自從父母沒，禮泣〔一三〕三周復制畢，

聞樂〔一四〕不樂損形容，食旨不甘傷飭(蝕)骨。

聞道如来在鹿宛(苑)，一切人天皆無(撫)恤，

我今學道覓如来，往詣雙林而問仏。
尒時仏自便逡巡，稽首和尚兩足尊，
左右摩訶釋梵衆，東西大將散諸〔一五〕神。
看(眉)前万字頗梨〔一四〕色，項後圓光像月輪，
欲知百寶千花上，恰似天邊五色雲。
弟子凡愚居五〔欲〕〔一六〕，不能捨離去貪嗔，
直爲平生罪業重，殃入慈母入泉〔門〕〔一七〕。
只恐無常相逼迫，苦海沉淪生死津，
願仏慈悲度弟子，學道專心報二親。
世尊當聞羅卜說，知其正直不心邪，
屈指先論四諦去，後聞應當沒七遮。
縱令積寶凌雲漢，不及交人暫出家，
恰似盲龜遇浮木，由如大火出蓮花。
炎炎火宅難逃避，滔滔苦海瀾無邊，
直爲衆生分別故，如来所已(以)立三車。
仏喚阿難而剃髮，衣裳變化作袈裟，

大目乾連冥間救母變文并圖一卷 并序〔一〕

夫爲七月十五者，天堂啓戶，地獄門開，三塗業消，「十善增長」〔二〕，爲衆僧咨下此日會福之神，八部龍天，盡来歆福。「承供養者」〔三〕，現世福資，爲亡者轉生于勝處。於是盂蘭百味，「飾貢於」〔四〕三尊。仰大衆之恩，先救倒懸之窘急。昔仏在世時，弟「子厥號」〔五〕目連，在俗未出家時，名曰羅卜，深信三寶，敬重大乘。「於一時間」〔六〕欲往他國興易。遂即支分財寶，令母在後設齋供「養諸仏法僧及諸乞」〔七〕来者。及其羅卜去後，母生慳恡（悋）之心，所囑咐資財，並私隱匿。兒子不經旬月，事了還家。母語子言，依汝「付囑營」〔八〕齋作福。因茲欺誑凡聖，命終遂墮阿鼻地獄中，受諸「劇」〔九〕苦。羅卜三周禮畢，遂即投仏出家，丞（承）宿習因聞法證「得阿羅」〔一〇〕漢果。即以道眼訪覓慈親，六道生死，都不見母。目連從「定起含」〔一一〕悲，諮白世尊，「慈母何方受於快樂？」爾時世尊報目連曰：「汝母已落阿鼻，見受諸苦。汝雖位登聖果，知欲何爲。若非十方衆僧解下「勝」〔一二〕脫之日，已（以）衆力乃可救之。故仏慈悲，開此方便，用建盂蘭盆者，即是其事也。

羅卜自從父母沒，禮泣〔一三〕三周復制畢，
聞樂〔一四〕不樂損形容，食旨不甘傷觔（筋）骨。
聞道如来在鹿宛（苑），一切人天皆無（憮）恤，

我今學道覓如來，往詣雙林而問仏。
尒時仏自便逡巡，稽首和尙兩足尊，
左右摩訶釋梵衆，東西大將散諸[一五]神。
看(覩)前万字頗黎[一六]色，項後圓光像月輪，
欲知百寶千花上，恰似天邊五色雲。
弟子凡愚居五[欲][一七]，不能捨離去貪嗔，
直爲平生罪業重，殃入慈母入泉[門][一八]。
只恐無常相逼迫，苦海沉淪生死津，
願仏慈悲度弟子，學道專心報二親。
世尊當聞羅卜說，知其正直不心邪，
屈指先論四諦去，後聞應當沒七遮。
縱令積寶凌雲漢，不及交人蹔出家，
恰似盲龜遇浮木，由如大火出蓮花。
炎炎火宅難逃避，滔滔苦海瀾無邊，
直爲衆生分別故，如來所已(以)立三車。
仏喚阿難而剃髮，衣裳變化作袈裟，

登時證得阿難(羅)漢，　後受婆羅提木叉。
羅卜當時在佛前，　金爐怕怕起香煙，
六種瓊林動天地，　四花標樣葉清天。
千般錦繡補(鋪)床座，　万道珠[一九]幡空裏玄(懸)，
佛自稱言我弟[子][二〇]，　號曰神通大目連。

當時目連於雙林樹下，證得阿羅漢果。何爲如此，准法華經云：窮子品先受其價[二一]然後除糞，此卽是也。先得阿難(羅)[漢][二二]果，後當學道，看目連深山坐禪之處。[若爲][二三]：

目連剃除須(鬚)髮了，　將身便卽入深山，
幽深地淨無人處，　便卽觀空而坐禪。
坐禪觀空知善惡，　降心住心無所著，
對鏡澄澄不動遙(搖)，　以舌著上萼(腭)，
端身坐盤石，　左脚還須押右脚。
白骨盡皆空，　氣息無交錯。
當時羣鹿止[二四]吟林，　逼近清潭望海頭，
明月庭前聽[二五]法眼，　青山松下坐唯禪。
天邊海氣無遐換[二六]，　隴外青山望戍[二七]樓，

秋風瑟瑟林中度，　黃葉飄零水上浮。
目連宴坐虛無境，　內外證心漸漸修，
通達聲聞居望地，　出入山間得自由。
目連從定出，　迅速作神通，
來如霹靂急，　去似一團風。
海雁啼繒徹(繽紛)，　鶬鷹脫網籠，
諠(霧)中烟霞碧，　天淨遠路紅。
通神得自在，　擲鉢便騰空，
于時一向子，　上至梵天宮。
目連一向至天庭，　耳裏唯聞鼓樂聲。
紅樓半映黃金殿，　碧牖渾淪白玉成。
錫杖敲門三五下，　胷前不覺淚瀊瀊〔卅〕。
長者出來如(而)共語，　合掌先論中孝情。
啓言「長者相識否，　頻(貧)〔卅一〕道南閻浮提人，
少小身遭父母喪，　其家大富少兒孫。
孤遺(窮)〔卅二〕更亦無途當，　貧道慈母號青提，

登時證得阿難(羅)漢，後受婆羅提木叉。
羅卜當時在仏前，金爐怕怕起香煙，
六種瓊林動天地，四花標䕸葉清天。
千般錦繡補(鋪)床座，万道珠[一九]幡空裏玄(懸)，
仏自稱言我弟[子][二〇]，號曰神通大目連。

當時目連於雙林樹下，證得阿羅漢果。何爲如此，准法華經云：窮子品先受其價[二一]然後除糞，此即是也。先得阿難(羅)[漢][二二]果，後當學道，看目連深山坐禪之處。[若爲][二三]：

目連剃除須(鬚)髮了，將身便即入深山，
幽深地淨無人處，便即觀空而坐禪。
坐禪觀空知善惡，降心住心無所著，
對鏡澄澄不動遙(搖)，左脚還須押右脚。
端身坐盤石，以舌著上萼(腭)，
白骨盡皆空，氣息無交錯。
當時羣鹿止[二四]吟林，逼近清潭望海頭，
明月庭前聽[二五]法眼，青山松下坐唯禪。
天邊海氣無遐換[二六]，隴外青山望戍[二七]樓，

秋風瑟瑟林中度，黃葉飄零水上浮。
目連宴坐虛無境，內外證心漸漸修，
通達聲聞居望地，出入山間得自由。
目連從定出，迅速作神通，
來如霹靂急，去似一團風。
海雁啼縎徹（蹭蹬），鶺鷹脫網籠，
譚（潭）中烟霞碧，天淨遠路紅。
通神得自在，擲鉢便騰空，
于時一向子，上至梵天宮。
目連一向至天庭，耳裏唯聞鼓樂聲。
紅楼半映黃金殿，碧牖渾淪白玉成。
錫杖敲門三五下，胷前不覺淚盈盈〔二八〕。
長者出來如（而）共語，合掌先論中孝情。
啓言長者相識否，頻（貧）〔二九〕道南閻浮提人，
少小身遭父母喪。其家大富小兒孫，
孤淳（孚）〔三〇〕更亦無途當，貧道慈母號青提，

阿耶名輔[三一]相。

一生多造福田因，亡過合生此天上。
可連(憐)富貴嬌[三二]奢地，望覩[三三]令人心悅暢。
鍾(鐘)鼓鏗鏘和[三四]雅音，鼓瑟也以聲遼喨。
哀哀劬勞長不捨，乳哺之恩難可忘。
別後安和好在否，比來此處相尋訪。
長者聞語意以悲，心裏迴惶出語遲。
弟子閻浮有一息，不省既有出家兒。
和尚莫怪苦盤問，世上人倫有數般。
乍覩出語將爲異，收氣之時稍似難。
俗間大有同名姓，相似顏容幾百般。
形容大省[三五]曾[三六]相識，只竟思量沒處安。
闍梨苦死來相認，更說家中[三七]事意看。

目連到天宮尋父，至一門見長者[三八]，白言長者：「貧道小時，名字羅卜。父母亡沒已後，投仏出家，剃除鬚[三九]髮，號曰大目乾連，神通第一。」長者見說小時名字，卽知是兒：「別久，好在已否？」羅卜目連認得慈父，起居問訊[四〇]已了：「慈母今在何方，受於快樂？」長者報言羅卜：「汝母生存在日，與我行業不同。我修十善五戒，死後神織(識)得[生][四]天上。汝母平生在日，廣造諸罪。命終之後，遂墮地獄。汝向閻浮提冥路之中，尋問阿孃，即知去處。」目連聞語，便辭長者，頓身下降南閻浮提，向冥路之中，尋覓阿孃不見。且見八九個男子女人，閑閑無事，目連向前問其事由之處：

「但且莫禮拜，賢者是何人？
此間都集會，閑閑無一事，
遊城墎外來。
貧道今朝至此間，心中只手深相怪。」
諸人咨言啓和尚：「只爲同名復同姓，
名字交錯被追來。勘當恰經三五日，
無事得放却歸迴。早被妻兒送墳墓，
獨自兒(拋)我在荒效(郊)。
孤(狐)狼鵶鵲競分張。
王邊披訴語聲哀。判放作鬼閑無事，
受其餘報更何哉。死生路今而已隔，
一掩泉門不再開。塚上縱有千般食，
何曾濟得腹中飢。唬(號)咷大哭終無益，

阿耶名輔[三一]相。　一生多造福田因，
亡過合生此天上。　可連(憐)富貴嬌[三三]奢地，
望覲[三二]令人心悅暢。　鍾(鐘)鼓鏗鎗和[三四]雅音，
鼓瑟也以聲遼亮。　哀哀劬勞長不捨，
乳哺之恩難可忘。　別後安和好在否，
比來此處相尋訪。　長者聞語意以悲，
心裏迴惶出語遲。　弟子閻浮有一息，
不省既有出家兒。　和尚莫怪苦盤問，
世上人倫有數般。　乍觀出語將爲異，
收氣之時稍似難。　俗間大有同名姓，
相似顏容幾百般。　形容大省[三五]曾[三六]相識，
只竟思量沒處安。　闍梨苦死來相認，

更說家中[三七]事意看。

目連「到天宮尋父，至一門見長者」[三八]，白言長者：「貧道小時，名字羅卜。父母亡沒已後，投仏出家，剃除鬚[三九]髮，號曰大目乾連，神通第一。」長者見說小時名字，即知是兒，「別久，好在已否？」羅卜目連認得慈父，起居問訊[四〇]已了，慈母今在何方，受於快樂？長者報言羅卜：「汝母生存在日，

與我行業不同。我修十善五戒，死後神織(識)得[生][四二]天上。汝母平生在日，廣造諸罪。命終之後，遂墮地獄。汝向閻浮提冥路之中，尋問阿孃，卽知去處。」目連聞語，便辭長者，頓身下降南閻浮提，向冥路之中，尋覓阿孃不見。且見八九個男子女人，閑閑無事，目連向前問其事由之處：

但且莫禮拜，　　賢者是何人。
此間都集會，　　閑閑無一事，
遊城墎外來。
貧道今朝至此間，　　心中只手深相怪。
諸人答言啓和尙，　　只爲同名復同姓，
名字交錯被追來。　　勘當恰經三五日，
無事得放却歸迴。　　早被妻兒送墳墓，
獨自尅(抛)我在荒祁(郊)。　　四邊更無親伴侶，
孤(狐)狼鴟鵂競分張。　　宅舍破壞無投處，
王邊披訴語聲哀。　　判放作鬼閑無事，
受其餘報更何哉。　　死生路今而已隔，
一掩泉門不再開。　　塚上縱有千般食，
何曾濟得腹中飢。　　唬(號)咷大哭終無益，

徒煩攪紙作錢財。　寄語家中男女道，

勸令修福救冥災[罪]。

目連良久而言：「識一青提夫人已否？」諸人答言，「盡皆不識。」目連又問「閻羅大王，住在何處？」諸人答言「和尚向北更行數步，遙見三重門樓，有千萬個壯士皆持刀捧，即是閻羅大王門。」目連聞語，向北更行數步，即見三重門樓，有壯士驅無量罪人入來。目連向前尋問阿娘不見，路旁大哭，哭了前行，被(拔)所由得見於王。門官引入見大王，問目連事之處：

大王既見目連入，　合掌逡巡而欲立。

和尚又[甚]沒事由來？　連忙案後相祗揖[揖]。

暫(慚)愧闍梨至此間，　弟子處在冥途間，

栲定罪人生死，　雖然不識和尚，

早箇知其名字。　爲當佐使至此間，

別有家私事意。　太山[望]定罪卒難移，

總是天曹地筆批(亦)。　罪人業報隨緣起，

造此何人救得伊。　腥血凝脂長夜臰(臭)，

惡染闍梨清淨衣。　冥途不可多時住，

伏願闍梨早去歸。　目連啓言不得說，

大王照知否？　　貧道生年有父母，
日夜持齋常矩午，　　據其行事在人間，
亡過合生於淨土。　　天堂獨有阿耶居，
慈母諸天覓總無，　　計亦不應過地獄，
只恐黃天橫被誅。　　追放縱由天地邊，
悲嗟悔恨乃長噓。　　業報若來過此界，
大王縉（晉）亦得知否？

目連言訖，大王便喚上殿，乃見地藏菩薩，便即禮拜。「汝覓阿孃來？」目連啓言：「是覓阿孃來。」「汝母生存在日，廣造諸罪，無量無邊，當墮地獄。汝且向前，吾當即至。」大王便喚菓（業）官伺命司錄，應時即至。「〔是〕〔單〕和尚阿孃名青提夫人，亡後多少時？」業官啓言大王：「青提夫人〔亡來〕〔單〕已經三載，配罪案總在天曹錄事司太山都尉一本。」王喚善惡二童子，向太山檢青提夫人在何地獄？大王啓言和尚：「共童子相隨，問五道將軍，應知去處。」目連聞語，便辭大王即出。行經數步，即至奈河之上，見無數罪人，脫衣掛在樹上，大哭數聲，欲過不過，迴迴惶惶，五五三三，抱頭啼哭。目連問其事由之處：

奈河之水西流急，　　碎石讒（巉）巖行路澁，
衣裳脫掛樹枝傍，　　被趁不交時向立。

徒煩擲紙作錢財。　寄語家中男女道，

勸令修福救冥災[四二]。

目連良久而言：「識一青提夫人已否？」諸人答言，「盡皆不識。」目連又問「閻羅大王，住在何處？」諸人答言：「和尚，向北更行數步，遙見三重門樓，有千萬個壯士皆持刀棒，即是閻羅大王門。」目連聞語，向北更行數步，即見三重門樓，有壯士驅無量罪人入來。目連向前尋問阿娘不見，路旁大哭，哭了前行，被(披)所由得見於王。門官引入見大王，問目連事之處：

大王既見目連入，　合掌逡巡而欲立。

和尚又[四三]沒事由來，　連忙案後相祗揖[四四]。

暫(慚)愧闍梨至此間，　弟子處在冥途間，

栲定罪人生死，　雖然不識和尚，

早箇知其名字。　爲當仏使至此間，

別有家私事意。　太山[四五]定罪卒難移，

總是天曹地筆枇(批)。　罪人業報隨緣起，

造此何人救得伊。　腥血凝脂長夜臰(臭)，

惡染闍梨清净衣。　冥途不可多時住，

伏願闍梨早去歸。　目連啓言不得說，

大王照知否？　　貧道生年有父母，
日夜持齋常短午，　　據其行事在人間，
亡過合生於淨土。　　天堂獨有阿耶居，
慈母諸天覓總無，　　計亦不應過地獄，
只恐黃天橫被誅。　　追放縱由天地邊，
悲嗟悔恨乃長噓。　　業報若來過此界，
大王繒(曾)亦得知否？

目連言訖，大王便喚上殿，乃見地藏菩薩，便即禮拜。「汝覓阿孃來？」目連啓言：「是覓阿孃來。」「汝母生存在日，廣造諸罪，無量無邊，當墮地獄。汝且向前，吾當即至。」大王便喚葉(業)官伺命司錄，應時即至。「[是]〔四六〕和尚阿孃名青提夫人，亡後多少時？」業官啓言大王：「青提夫人[亡來]〔四七〕已經三載，配罪案總在天曹錄事司太山都尉一本。」王喚善惡二童子，向太山檢青提夫人在何地獄？大王啓言和尚：「共童子相隨，問五道將軍，應知去處。」目連聞語，便辭大王即出。行經數步，即至奈河之上，見無數罪人，脫衣掛在樹上，大哭數聲，欲過不過，迴迴惶惶，五五三三，抱頭啼哭。目連問其事由之處：

奈河之水西流急，　　碎石讒(巉)巖行路澁，
衣裳脫掛樹枝傍，　　被趁不交時向立。

河畔問他點名字，胷[四八]前不覺沾衣濕，
今日方知身死來，雙雙傍樹長悲泣。
生時我舍事吾珍，今軒駟馬駕珠倫(輪)，
爲言萬古無千改，誰知早箇化惟(灰)塵。
嗚呼哀哉心裏痛，徒埋白骨爲高塚，
南槽龍馬子孫乘[四九]，北牖香車妻接(奉)用[五〇]。
異口咸言不可論，長嘘嘆息更何怨，
造罪諸人落地獄，作善之者必生[五一]天。
如今各自隨緣業，定是相逢後迴[五二]難，
握手[五三]丁寧須努力，迴頭拭淚飽相看。
耳裏唯聞唱道急，万衆千羣驅向前，
牛頭把棒河南岸，獄卒擎叉水北邊。
水裏之人眼盼盼，岸頭之者淚涓涓，
早知別後艱辛地，悔不生時作福田。
目連問言奈河樹，下人曰：天堂地獄乃非虛，
行惡不論天所罪[五四]，應時冥零[五五]亦共誅。

貧道慈親不積善，　亡魂亦復落三塗，
聞道將來入地獄，　但曰知其逍(消)息否。
罪人總見目連師，　一切啼哭損雙眉，
「弟子死來年月近，　和尚慈親實不知。
我等生時多造罪，　今日受苦方始悔，
縱令妻妾滿山川，　誰肯死來相替代。
何時更得別泉門，　爲報家中我子孫，
不須白玉爲棺槨，　徒勞［五六］黃金葬墓墳。
長悲惌(怨)歎終無益，　鼓樂絃歌我不聞，
欲得亡人沒苦難，　無過修福救冥魂。

和尚却歸，［与諸人］［五七］爲傳消息，交令造福，以救亡人。除佉(佛)一人，無由救得，願和尚攝(菩)提涅槃，尋常不沒。運載一切衆生智惠鈕，勤［五八］磨不煩惱林，而諸(諸)威行普心於世界，而諸佉之大願。儻若出離泥犁，是和尚慈親普降。」目連問以(已)，更往前行，時向中間，即至五道將軍坐所，問阿孃消息處：

五道將軍性令惡，　金甲明晶劍光交錯，
左右百万餘人，　總是接飛手脚。

河畔問他點名字，胷[四八]前不覺沾衣濕，

今日方知身死來，雙雙傍樹長悲泣。

生時我舍事吾珍，今軒驅馬駕珠倫（輪），

爲言萬古無千改，誰知早箇化惟（爲）塵。

嗚呼哀哉心裏痛，徒埋白骨爲高塚，

南槽龍馬子孫乘[四九]，北牖香車妻接（妾）用[五〇]。

異口咸言不可論，長嘘嘆息更何怨，

造罪諸人落地獄，作善之者必生[五一]天。

如今各自隨緣業，定是相逢後迴[五二]難，

握手[五三]丁寧須努力，迴頭拭淚飽相看。

耳裏唯聞唱道急，万衆千羣驅向前，

牛頭把棒河南岸，獄卒擎叉水北邊。

水裏之人眼盼盼，岸頭之者淚涓涓，

早知別後艱辛地，悔不生時作福田。

目連問言奈河樹，下人曰：天堂地獄乃非虛，

行惡不論天所罪[五四]，應時冥零[五五]亦共誅。

貧道慈親不積善，　亡魂亦復落三塗，
聞道將來入地獄，　但曰知其逍(消)息否。
罪人總見目連師，　一切唏哭損雙眉，
弟子死來年月近，　和尙慈親實不知。
我等生時多造罪，　今日受苦方始悔，
縱令妻妾滿山川，　誰肯死來相替代。
何時更得別泉門，　爲報家中我子孫，
不須白玉爲棺槨，　徒勞〔五六〕黃金葬墓墳。
長悲惌(怨)歎終無益，　鼓樂絃歌我不聞，
欲得亡人沒苦難，　無過修福救冥魂。

和尙却歸，〔与諸人〕〔五七〕爲傳消息，交令造福，以救亡人。除仏一人，無由救得，願和尙捕(菩)提涅槃，尋常不沒。運載一切衆生智惠鈕，勤〔五八〕磨不煩惱林，而誅(諸)威行普心於世界，而諸仏之大願。儻若出離泥犁，是和尙慈親普降。目連問以(已)，更往前行，時向中間，即至五道將軍坐所，問阿孃消息處：

五道將軍性令惡，　金甲明晶劍光交錯，
左右百万餘人，　總是接飛手脚。

叫諴(喊)似雷驚振動，怒目得電光耀鶴[五九]，

或有劈腹開心，或有面皮生剝。

目連雖是聖人，亦得魂驚膽[六〇]落。

目連啼哭念慈親，神通急速若風雲，

若聞冥途刑要處，無過此箇大將軍。

左右攢槍當大道，東西立杖万餘人，

縱然舉目西南望，正見俄俄五道神。

守此路來經幾劫，千軍万衆定刑名，

從頭各自隨緣業，貧道慈母傍行檀。

魂魄飄流冥路間，若向三塗何處苦。

咸言五道鬼門關。畜生惡道人偏遶，

好道天堂朝暮閑。一切罪人於此過，

伏願將軍爲檢看。將軍合掌啓闍梨，

不須啼哭損容儀，尋常此路恒沙衆，

卒問青提知是誰。太山都要多名部，

察會天曹并地府，文牒知司各有名，

符弔下來過此處。　今朝弟子是名官，

遞與閻梨檢尋看，　可中果報逢名字，

放覓縱由亦不難。

將軍問左右曰：「見一青提夫人以否？」左邊有一都官啟言將〔軍〕：「三年已前，有一青提夫人，一被阿鼻地獄牒上索將，「今〔見〕見在阿鼻地獄受苦。」目連聞語，啟言將軍：「〔將軍〕〔報〕報言和尚，一切罪人皆從王邊斷決，然始下來。目連貧道阿孃，緣何不見王面？」將軍報言和尚：「世間兩種〔善〕人不得見王面：第一之人，平生在日，修於十善五戒，死後神識得生天上；第二之人，生存在日，不修善業，廣造之罪，命終之後，便入地獄，亦不得見王面。唯有半惡半善之人，將見王面斷決，然始託生，隨緣受報。」目連聞語，便向諸地獄尋覓阿孃之處：

目連淚落憶逍逍〔六四〕，　衆生業報似風飄，

慈親到沒艱辛地，　魂魄於時早已消。

鐵倫(輪)往往從空入，　猛火時時脚下燒，

心腹到處皆零落，　骨宍(肉，下同)尋時似爛燋。

銅鳥萬道望心擮，　鐵計(汁)千迴頂上澆，

借(惜)問前頭劍樹苦，　何如剉碓斬人腰。

不可論凝脂碎宍似津，　莽蕩周迴數百里，

叫諴(喊)似雷驚振動，　怒目得電光耀鶴[五九]，
或有劈腹開心，　或有面皮生剝。
目連雖是聖人，　亦得魂驚膽[六〇]落。
目連啼哭念慈親，　神通急速若風雲，
若聞冥途刑要處，　無過此箇大將軍。
左右攢槍當大道，　東西立杖万餘人，
縱然舉目西南望，　正見俄俄五道神。
守此路來經幾刧，　千軍万衆定刑名，
從頭各自隨緣業，　貧道慈母傍行檀。
魂魄飄流冥路間，　若向三塗何處苦，
咸言五道鬼門關。　畜生惡道人偏遶，
好道天堂朝暮閑。　一切罪人於此過，
伏願將軍爲檢看。　將軍合掌啓闍梨，
不須啼哭損容儀，　尋常此路恒沙衆，
卒問青提知是誰。　太山都要多名部，
察會天曹并地府，　文牒知司各有名，

符弔下來過此處。　　今朝弟子是名官，
覷與闍梨檢尋看，　　可中果報逢名字，
放覓縱由亦不難。

將軍問左右曰：「見一青提夫人以否？」左邊有一都官啟言將〔軍〕：「三年已前，有一青提夫人，被阿鼻地獄牒上索將，〔今〕〔六一〕見在阿鼻地獄受苦。」目連聞語，啟言將軍：「〔將軍〕〔六二〕報言和尚，一切罪人皆從王邊斷決，然始下來。目連貧道阿孃，緣何不見王面？」將軍報言和尚：「世間兩種〔六三〕人不得見王面：第一之人，平生在日，修於十善五戒，死後神識得生天上。第二之人，生存在日，不修善業，廣造之罪，命終之後，便入地獄，亦不得見王面。唯有半惡半善之人，將見王面斷決，然始託生，隨緣受報。」目連聞語，便向諸地獄尋覓阿孃之處：

目連淚落憶逍逍〔六四〕，　　眾生業報似風飄，
慈親到沒艱辛地，　　魂魄於時早已消。
鐵倫（輪）往往從空入，　　猛火時時脚下燒，
心腹到處皆零落，　　骨宍（肉，下同）尋時似爛燋。
銅鳥萬道望心撖，　　鐵計（汁）千迴頂上澆，
昔（借）問前頭劍樹苦，　　何如剉碓斬人腰。
不可論凝脂碎宍似津，　　莾蕩周迴數百里，

嵯峨向下一由旬。　鐵鏘萬鍛安其下，
烟火千重遮四門，　借門(問)此中何物罪
只是浮閻殺罪人。

目連言訖向前行，須臾之間，至一地獄。目連啟言獄主：「此個地獄中有青提夫人已否？是貧道阿孃，故來訪覓。」獄主報言和尚：「此獄中總是男子，并無女人。向前問有刀山地獄之中，問必應得見。」目連前行[又]至[一]地獄[左]，左名刀山，右名劍樹。地獄之中，鋒劍相向，涓涓血流。見獄主驅無量罪人入此地獄。目連問曰：「此箇名何地獄？」羅察(剎)答言：「此是刀山劍樹地獄。」目連問曰：「獄中罪人作何罪業，當墮此地獄？」獄主報言：「獄中罪人，生存在日，侵損常住游泥伽藍，好用常住水菓，盜常住柴薪。今日交伊手攀劍樹，支支節節皆零落處：」

刀山白骨亂縱橫，　劍樹人頭千萬顆。
欲得不攀刀山者，　無過寺家填好土。
械(栽)接[突]菓木入伽藍，　布施種子倍常住。
阿你箇罪人不可說，　累劫受罪度恒沙，
縱仏涅盤仍未出。　此獄東西數百里，
罪人亂走肩相棖。　業風吹火向前燒，
獄卒杷杈從後插。　身手應是如瓦碎，

手足當時如粉沫。　沸鐵騰光向口頄（灌），
著者左穿如右穴。　銅箭傍飛射眼精（睛），
劍輪直下空中割。　爲言千載不爲人，
鐵把樓聚還交活。

目連聞語，啼哭咨嗟向前問言獄主：「此箇地獄中，有一青提夫人已否？」獄主啟言和尚：「是何親眷？」目連啟言：「是貧道慈母。」獄主報言和尚：「此箇獄中無青提夫人。向前地獄之中，總是女人，應得相見。」目連聞以（已）[illegible]，更往前行。至一地獄，高下可有一由旬，黑烟蓬勃，臭氣熏（[illegible]）天。見一馬頭羅刹，手把鐵杈，意[氣][illegible]而立。目連問曰：「此箇名何地獄？」羅刹答言：「此是銅柱鐵床地獄。」目連問曰：「獄中罪人，生存在日，有何罪業，當墮此獄？」獄主答言：「在生之日，女將男子，男將女人，行婬欲於父母之床，弟子於師長之床，奴婢於曹主之床，當墮此獄之中。東西不可[illegible]，男子女人，相合一半。」

女臥鐵床釘釘[宂]身，　男抱銅柱胷[illegible]懷爛，
鐵鑽長交利鋒釼，　饞牙快似如錐鑽。
腸空即以鐵丸充，　唱喝還將鐵計（汁）灌。
蒺蔾入腹如刀臂（[illegible]），　空中劍戟跳星亂。
刀剜骨肉斤斤破，　劍割肝腸寸寸斷。

嵯峨向下一由旬。　鐵鏘萬釵安其下，
烟火千重遮四門，　借門(問)此中何物罪，
只是浮閻殺罪人。

目連言訖向前行，須臾之間，至一地獄。目連啟言獄主：「此個地獄中有青提夫人已否？是貧道阿孃，故來訪覓。」獄主報言和尙：「此獄中總是男子，并無女人。向前問有刀山地獄之中，問必應得見。」目連前行[又]至[一]地獄[六五]，左名刀山，右名劍樹。地獄之中，鋒劍相向，涓涓血流。見獄主驅無量罪人入此地獄。目連問曰：「此箇名何地獄？」羅察(刹)答言：「此是刀山劍樹地獄。」目連問曰：「獄中罪人作何罪業，當墮此地獄？」獄主報言：「獄中罪人，生存在日，侵損常住游泥伽藍，好用常住水菓，盜常住柴薪。今日交伊手攀劍樹，支支節節皆零落處：」

刀山白骨亂縱橫，　劍樹人頭千萬顆。
欲得不攀刀山者，　無過寺家塡好土。
橶(栽)接[六六]菓木入伽藍，　布施種子倍常住。
阿你箇罪人不可說，　累劫受罪度恒沙，
從仏湼盤仍未出。　此獄東西數百里，
罪人亂走肩相機。　業風吹火向前燒，
獄卒杷杈從後插。　身手應是如瓦碎，

手足當時如粉沫。沸鐵騰光向口傾(顚)，
著者左穿如右穴。銅箭傍飛射眼精(睛)，
劍輪直下空中割。爲言千載不爲人，
鐵把樓聚還交活。

目連聞語，啼哭咨嗟向前問言獄主：「此箇地獄中，有一青提夫人已否？」獄主啟言和尙：「是何親眷。」目連啟言：「是貧道慈母。」獄主報言和尙：「此箇獄中無青提夫人。向前地獄之中，總是女人，應得相見。」目連聞以(已)[六七]，更往前行。至一地獄，高下可有一由旬，黑烟蓬勃，臭氣勳(熏)天。見一馬頭羅刹，手把鐵杈，意[氣][六八]而立。目連問曰：「此箇名何地獄？」羅刹答言：「此是銅柱鐵床地獄。」目連問曰：「獄中罪人，生存在日，有何罪業，當墮此獄？」獄主答言：「在生之日，女將男子，男將女人，行婬欲於父母之床，弟子於師長之床，奴婢於曹主之床，當墮此獄之中。東西不可筭，男子女人，相合一半。」

女臥鐵床釘釘[六九]身，男抱銅柱胷[七〇]懷爛，
鐵鑽長交利鋒鈒，饞牙快似如錐鑽。
腸空卽以鐵丸充，唱喝還將鐵計(汁)灌。
蒺蔾入腹如刀臂(擘)，空中劍戟跳星亂。
刀剜骨肉斤斤破，劍割肝腸寸寸斷。

不可言地獄天堂相對疋，天堂曉夜樂轟轟，
地獄無人相求出。父母見存爲造福，
七分之中而獲一。縱令東海變桑田，
受罪之人仍未出。

目連言訖，更往前行。須臾之間，至一地獄。啟言獄主：「此箇獄中，有一青提夫人已否？」獄主報言：「青提夫人，是和尚阿孃？」目連啟言：「是慈母。」獄主報和尚曰：「三年已前，有一青提夫人，亦到此間獄中。被阿鼻地獄牒上索將，今見在阿鼻地獄中。」目連悶絕僻〔倒〕，良久氣通，漸漸前行，即逢守道羅刹問處：

目連行步多愁惱，刀劍路傍如野草。
側身遙聞地獄間，風大一時聲號號。
爲憶慈親長（腸）欲斷，前路不要行即到。
忽然逢着夜叉王，按劍坐蝭（地）當大道。
啟言貧道是釋迦如來佛弟子，證見三明出生死。
哀哀慈母號青提，亡過魂靈落於此。
擿（適）來巡厯（歷）諸餘獄，問者咸言稱不是。
近云將母入阿鼻，大將亦應之（知）此事。

有無實說莫沈吟，人間乳哺最恩深，
聞說慈親骨髓痛，造此誰知貧道心。
夜叉聞語心遑遑，直言更亦無形(影)迹。
和尚孝順古今希，冥途不憚親巡歷。
青提夫人欲似有，影響不能全指的。
灌鐵爲城銅作壁，葉(業)風雷振一時吹，
到者身體似狠藉[籍]。勸諫闍梨早皈舍，
徒煩此處相尋覓。不如早去見如來，
搥胸懊惱知何益。

目連見說地獄之難，當卽迴。擲鉢騰空，須臾之間，卽至婆羅林所，遶仏三匝，却坐一面，瞻[仰][世]尊顏，目不暫舍。白言世尊處：

闕事如來日已遠，追放縱由天地遍，
阿耶惟得生天上，慈母不曾重會面。
聞道阿鼻見受罪，思之不覺肝腸斷，
猛火龍蛇難向前，造次無由作方便。
如來神力移山海，一切衆生多(苦)愛戀，

不可言地獄天堂相對疋，　天堂曉夜樂轟轟，
地獄無人相求出。　父母見存爲造福，
七分之中而獲一。　縱令東海變桑田，
受罪之人仍未出。

目連言訖，更往前行。須臾之間，至一地獄。啟言獄主：「此箇獄中，有一青提夫人已否？」獄主報言：「青提夫人，是和尚阿孃？」目連啟言：「是慈母。」獄主報和尚曰：「三年已前，有一青提夫人，亦到此間獄中。被阿鼻地獄牒上索將，今見在阿鼻地獄中。」目連悶絕僻[倒]，良久氣通，漸漸前行，即逢守道羅刹問處：

目連行步多愁惱，　刀劍路傍如野草。
側身遙聞地獄間，　風大一時聲號號。
爲憶慈親長(腸)欲斷，　前路不婁行即到。
忽然逢着夜叉王，　按劍坐蚍(地)當大道。
啟言貧道是釋迦如來仏弟子，　證見三明出生死。
哀哀慈母號青提，　亡過魂靈落於此。
擿(適)來巡曆(歷)諸餘獄，　問者咸言稱不是。
近云將母入阿鼻，　大將亦應之(知)此事。

有無實說莫沈吟，　人間乳哺最恩深，
聞說慈親骨髓痛，　造此誰知貧道心。
夜叉聞語心遏遏，　直言更亦無刑（形）迹。
和尚孝順古今希，　冥途不憚親巡歷。
青提夫人欲似有，　影响不能全指的。
灌鐵爲城銅作壁，　葉（業）風雷振一時吹，
到者身體似狠藉[七一]。　勸諫闍梨早皈舍，
徒煩此處相尋覓。　不如早去見如來，
搥胸懊惱知何益。

目連見說地獄之難，當即迴。擲鉢騰空，須臾之間，即至婆羅林所，遶仏三匝，却坐一面，瞻[仰][七二]尊顏，目不蹔舍。白言世尊處：

闕事如來日已遠，　追放縱由天地遍，
阿耶惟得生天上，　慈母不曾重會面。
聞道阿鼻見受罪，　思之不覺肝腸斷，
猛火龍虵難向前，　造次無由作方便。
如來神力移山海，　一切衆生多（受）愛戀，

臣急由来解告君，　如何慈母重相見。
世尊喚言大目連，　且莫悲哀泣，
世間之罪由如繩，　不是他家尼碾来。
火急將吾錫杖與，　能除八難及三灾，
但知懃念吾名字，　地獄應「當」爲如(汝)開。

目連丞(承)佛威力，騰身向下，急如風箭，須臾之間，即至阿鼻地獄。空中見五十箇牛頭馬腦，羅刹夜叉，牙如劍樹，口似血盆，聲如雷鳴，眼如掣電，向天曹當直。逢着目連，遥報言：「和尚莫來，此間不是好道，此是地獄之路。西邊黑煙之中，總是「獄中」「主」毒炁(氣)着，和尚化爲灰塵處。」

和尚不聞道阿鼻地獄，　鐵石過之皆得殃。
地獄爲言何處在，　西邊怒那黑煙中。
目蓮(連)念佛若恒沙，　地獄元(原)來是我家，
拭涙空中遥(摇)錫杖，　鬼神當即倒如麻。
白汗交流如雨濕，　昏迷不覺自嘘嗟。
手中放却三慢棒，　臂上遥抛六舌叉。
如來遣我看慈母，　阿鼻地獄救波吒，
目連不往騰身過，　獄卒相看不敢遮。

目連行前，至一地獄，相去一百餘步，被火氣吸着，而欲仰倒。其阿鼻地獄，且鐵城高峻，莽蕩連雲，劍戟森林，刀槍重疊。劍樹千尋，以(似)芳撥針刺相楷，刀山萬仞，橫連巃(巄)嵒亂倒。猛犬(火)掣浚，似雲吼跳踉滿天。劍輪簇簇，似星明灰塵模(驀)地。鐵蛇吐火，四面張鱗。銅狗吸煙，三邊振吠。蒺蔾空中亂下，穿其男子之胸，錐鑽天上旁飛，剜刺女人之背。鐵杷踔眼，赤血西流。銅叉剉腰，白膏東引。於是刀山入爐炭，髑髏碎，骨肉爛，筋皮折，手膽斷。碎肉迸濺於四門之外，凝血滂沛於獄墻之畔。聲號叫天，岌岌汗汗。雷地隱隱岸岸向上，雲烟散散漫漫向下。鐵鏘撩撩亂亂。箭毛鬼嘍嘍竄竄，銅嘴鳥咤咤叫喚。獄卒數萬餘人，總是牛頭馬面。饒君鐵石爲心，亦得亡魂膽戰處：

目連執錫向前聽，爲念阿鼻意轉盈，
一切獄中皆有息，此箇阿鼻不見停。
恆沙之衆同時入，共變其身作一刑，
忽若無人獨自入，其身亦滿鐵圍城。
案案難難振鐵，吸岌雲空，
轟轟鏘鏘栝地雄。長蛇皎皎三曾黑，
大鳥崖柴兩翅青。萬道紅爐扇廣炭，
千重赤炎迸流星。東西鐵鑽讒凶肋，
左右銅鍈石眼精。金鏘亂下如風雨，

鐵詩(汁)空中似灌傾。　哀哉苦哉難可忍，
更交腹背下長釘。　目連見已(以)唱苦(哉)哉，
專心念佛幾千迴。　風吹毒氣遙呼吸，
看著身爲一聚灰。　一振黑城關鏁落，
再振明門兩扇開。　目連那邊伋來喚，
獄卒擎叉(叉)便出來。　「和尚欲覓阿誰消息？」
其城廣闊萬由旬，　卒倉沒人關閉得。
刀劍晶光阿點點，　受罪之人愁懺懺，
大火終融滿地明，　煙霧滿滿悵天黑。
忽見闍梨於此立，　又復從來不相識，
縱由算當更無人，　應是三寶慈悲力。

獄主啟言：「和尚緣何事開地獄門？」報言：「貧道不開阿誰開？世尊[甚]寄物來開。」獄主問言：「寄甚[生]物來開？」目連啟獄主：「寄十二環錫杖來開。」獄卒又問：「和尚緣何事來至此？」目連啟言：「貧道阿孃名青提夫人，故來訪覓看。」獄主聞語，却入獄中高樓之上，迢白幡打鐵鼓，第一隔中有青提夫人已否？第一隔中無。過到第二隔中，迢黑幡，打鐵鼓，第二隔中有青提夫人已否？第二隔中亦無。過到第三隔中，迢黃幡，打鐵鼓，第三隔中有青提夫人已否？亦無。過到第四隔中亦無。卽至

第五隔中問，亦道無。過到第六隔中，亦道無青提夫人。獄卒行至第七隔中，迎碧旛，打鐵鼓，第七隔中有青提夫人已否？」其時青提〔夫人在〕〔其〕第七隔中，身上下卌九道長釘，釘〔其〕在鐵床之上，不敢應獄主。獄主更問：「第七隔中有青提夫人已否？」「若看覓青提夫人者，罪身卽是。」「早箇緣甚不應？」「恐畏獄主，更將別處受苦，所以不敢應獄主。」獄主報言：「門外有一三寶，剃除髭髮，身披法服，稱言是兒，故來訪看。」青提夫人聞語，良久思惟，報言：「獄主，我無兒子出家，不是莫錯？」獄主聞語，却迴行至高樓，報言：「和尚，緣有何事，詐認獄中罪人是阿孃，緣沒事謾語？」目連聞語，悲泣雨淚。啓言：「獄主，貧道解〔來〕〔[illegible]〕傳語錯。貧道小時名〔[illegible]〕羅卜，父母亡沒已後，投佛出家，剃除髭髮，號曰大目乾連。獄主莫嗔，更問一迴去。」獄主聞語，却迴至第七隔中，報言罪人：「門外三寶小時[illegible]（字）羅卜，父母終沒已後，投佛出家，剃除髭髮，號曰大目乾連。」青提夫人聞語：「門外三寶，若小時字羅卜，卽是兒也〔○〕。罪身一寸腸嬌子。」獄主聞語，扶起青〔提〕夫人，提拔〔[illegible]〕卌九道長釘，鐵鏁鏁腰，生杖圍遶，驅出門外，母子相見處：

生杖魚鱗似雲集，千年之罪未可知，
七孔之中流血汁，猛火從孃口中去，
蒺蔾步步從空入，由如五百乘破車聲，
腰脊豈能於管拾。獄卒擎叉左右遮，
牛頭把鎖東西立。一步一倒向前來，

鐵計（汁）空中似灌傾。　哀哉苦哉難可忍，
更交腹背下長釘。　目連見以（已）唱其（奇）哉，
專心念仏幾千迴。　風吹毒氣遙呼吸，
看著身爲一聚灰。　一振黑城關鏁落，
再振明門兩扇開。　目連邢邊伋来喚，
獄卒擎支（叉）便出來。　和尚欲覓阿誰消息，
其城廣闊萬由旬，　卒倉沒人關閉得。
刀釖皛光阿點點，　受罪之人愁懺懺，
大火終融滿地明，　煙霧滿滿悵天黑。
忽見闍梨於此立，　又復從來不相識，
縱由算當更無人，　應是三寶慈悲力。

獄主啟言：「和尚緣何事開地獄門？」報言：「貧道不開阿誰開？世尊〔七四〕寄物來開。」獄主問言：「寄甚〔七五〕物來開？」目連啟獄主：「寄十二環錫杖來開。」獄卒又問：「和尚緣何事來至此？」目連啟言：「貧道阿孃名青提夫人，故來訪覓看。」獄主聞語，却入獄中高樓之上，迢白幡打鐵鼓，第一隔中有青提夫人已否？第一隔中無。過到第二隔中，迢黑旛打鐵鼓，第二隔中有青提夫人已否？第二隔中亦無。過到第三隔中，迢黃旛，打鐵鼓，第三隔中有青提夫人已否？亦無。過到第四隔中亦無。卽至

第五隔中問，亦道無。過到第六隔中，亦道無青提夫人。獄卒行至第七隔中，迢碧旛，打鐵鼓，第七隔中有青提夫人已否？其時青提[夫人在]〔七六〕第七隔中，身上下卅九道長釘，釘〔七七〕在鐵床之上，不敢應獄主。獄主更問：「第七隔中有青提夫人已否？」「若看覓青提夫人者，罪身卽是。」「早箇緣甚不應？」「恐畏獄主，更將別處受苦，所以不敢應獄主。」獄主報言：「門外有一三寶，剃除髭髮，身披法服，稱言是兒，故來訪看。」青提夫人聞語，良久思惟，報言：「獄主，我無兒子出家，不是莫錯。」獄主聞語，却迴行至高樓，報言：「和尙，緣有何事，詐認獄中罪人是阿孃，緣沒事謾語。」目連聞語，悲泣雨淚。啓言：「獄主，貧道解[來]〔七八〕傳語錯。貧道小時名〔七九〕羅卜，父母亡沒已後，投仏出家，剃除髭髮，號曰大目乾連。獄主莫嗔，更問一迴去。」獄主聞語，却迴至第七隔中，報言罪人：「門外三寶小時自(字)羅卜，父母終沒已後，投仏出家，剃除髭髮，號曰大目乾連。」青提夫人聞語，門外三寶，若小時字羅卜，卽是兒也〔八〇〕。罪身一寸腸嬌子。獄主聞語，扶起青[提]夫人，提拔〔八一〕卅九道長釘，鐵鏁鏁腰生杖圍遶，驅出門外，母子相見處：

千年之罪未可知，生杖魚鱗似雲集，
猛火從孃口中去，七孔之中流血汁，
由如五百乘破車聲，蒺䔧步步從空入，
獄卒擎叉左右遮，腰脊豈能於管拾。
一步一倒向前來，牛頭把鎖東西立。

目連抱母號咷泣。哭曰由如不孝順，
殃及慈母落三塗。積善之家有餘慶，
皇天只沒殺無辜。阿孃昔日勝潘安，
如今憔悴頓摧殘。曾聞地獄多辛苦，
今日方知行路難。一從遭禍耶孃死，
每日墳陵常祭祀。孃孃得食喫已否，
一過容顏總燋悴。阿孃既得目連言，
嗚呼怕搦淚交連。昨與我兒生死隔，
誰知今日重團圓。阿孃生時不修福，
十惡之愆皆具足。當時不用我兒言，
受此阿鼻大地獄。阿孃昔日極芬榮，
出入羅(幃)錦障行。那堪受此泥梨苦，
變作千年餓鬼行。口裏千迴拔出舌，
兇(胸)前百過鐵犂耕。骨節筋皮隨處斷，
不勞刀劍自彫(凋)零。一向須臾千迴[生]死，
於時唱道却迴生。入此獄中同受苦，

不[八三]論貴賤與公卿。汝向家中懃祭祀，
只得鄉閭孝順名[八四]。縱向墳中澆瀝(灑)酒，
不如抄寫一行經。目連哽噎啼如雨，
便卽迴頭諮獄主，貧道須(雖)是出家兒，
力小那能救慈母。五服之中相容隱，
此卽古來聖賢語。惟願獄主放却孃，
我身替孃長受苦。獄主爲人情性剛[八五]，
嗔心點點[八六]色蒼芒(茫)。弟子雖然爲獄主，
斷决皆由平等王。阿孃有罪阿孃受，
阿師受[八七]罪阿師當。金牌玉[八八]諫(簡)無揩洗，
卒亦無人輒改張。受罪只今[八九]時以至，
須將刑殿上刀槍。和尚欲得阿孃出，
不如歸家燒寶香。目連慈母語聲哀，
獄卒擎叉兩畔催。欲至獄[門][九〇]前而欲到(倒)，
便卽長悲好住來。青提夫人一箇手，
託住獄門迴顧盼。言好住來，

目連抱母號咷泣。　哭曰由如不孝順，
殃及慈母落三塗。　積善之家有餘慶，
皇天只沒殺無辜。　阿孃昔日勝潘安，
如今燋悴頓摧殘。　曾聞地獄多辛苦，
今日方知行路難。　一從遭禍耶孃死，
每日墳陵常祭祀。　孃孃得食喫已否，
一過容顏總燋悴。　阿孃旣得目連言，
嗚呼怕搦淚交連。　昨與我兒生死隔，
誰知今日重團圓。　阿孃生時不修福，
十惡之愆皆具足。　當時不用我兒言，
受此阿鼻大地獄。　阿孃昔日極芬榮，
出入羅偉（幃）錦障行。　那堪受此泥梨苦，
變作千年餓鬼行。　口裏千迴拔出舌，
兇（胸）前百過鐵犁耕。　骨節筋皮隨處斷，
不勞刀劍自彫（凋）零。　一向須臾千迴[八二]死，
於時唱道却迴生。　入此獄中同受苦，

不[八三]論貴賤與公卿。
汝向家中懃祭祀，
只得鄉閭孝順名[八四]。
縱向墳中澆歷(瀝)酒，
不如抄寫一行經。
目連哽噎啼如雨，
便卽迴頭諮獄主，
貧道須(雖)是出家兒，
力小那能救慈母。
五服之中相容隱，
此卽古來聖賢語。
惟願獄主放却孃，
我身替孃長受苦。
獄主爲人情性剛[八五]，
嗔心點點[八六]色蒼芒(茫)。
弟子雖然爲獄主，
斷決皆由平等王。
阿孃有罪阿孃受，
阿師受[八七]罪阿師當。
金牌玉[八八]諫(簡)無揩洗，
卒亦無人輒改張。
受罪只今[八九]時以至，
須將刑殿上刀槍。
和尚欲得阿孃出，
不如歸家燒寶香。
目連慈母語聲哀，
獄卒擎叉兩畔催。
欲至獄門[九〇]前而欲到(倒)，
便卽長悲好住來。
青提夫人一箇手，
託住獄門迴顧盼。
言好住來，

罪身一寸長腸嬌子，
不具來生業報恩。
廣殺豬羊祭鬼神。
寧知冥路拷亡魂。
方知及[九二][illegible]悔自家身。
覆水難收大俗[九三]云。
豈敢承望重作人。
足解[九四]知之父母恩。
莫望([illegible])孃孃地獄受艱辛。
恨不將身而自滅。
七孔之中皆灑血。
迴頭更聽兒一言。
乳哺之恩是自然。
定知相見在何年。
其心楚痛鎮懸懸。
唯知號叫大稱怨。

孃孃昔日行慳妬([illegible])，
言作天堂沒地獄，
但悅其身眼下樂，
如今既受泥梨苦，
悔時悔亦知何道，
何時出離波吒苦，
阿師是[九五]如來仏弟子，
忽若一朝登聖覺，
目連既見孃孃別，
舉身自撲太山崩，
啓言孃孃且莫入，
母子之情天性也，
兒與孃孃今日別，
那堪聞此諴([illegible])咤苦，
地獄不容相替代，
隔是不能相救濟，

兒亦隨孃孃身死獄門前。

目連見母，却入地獄，切骨傷心，哽噎聲嘶，遂乃舉身自撲，由如五太山崩，七孔之中皆流迸血。良久而死，復乃重甦，兩手按地起來，政(整)頓衣裳，騰空往至世尊處：

目連情地總昏昏，人語冥冥似不聞，
良久沈吟而性悟，擲鉢騰空問世尊。
目連對佛稱怨苦，且說刀山及劍樹，
蒙佛神力借餘威，得向阿鼻見慈母。
鐵城烟焰火騰騰，劍刃森林數萬層，
人脂碎肉和銅汁，迸肉含潭[九五]血裏凝。
慈親容貌豈堪任，長夜遭他刀釼侵，
白骨萬迴登釼樹，紅顏百過上刀林。
天下之中何者重，父母之情恩最深，
如來是衆生慈父母，願照愚迷方寸心。
如來本自大慈悲，聞語慘地斂雙眉，
衆生出沒於輪網，恰似蠊蝨兎望絲。
汝母時多昔造罪，魂神一往落阿鼻，

此罪刼移仍未出，　非仏凡夫不可知。
仏喚[阿][九六]難徒衆等，　吾往冥途自救之。

如來領八部龍天，前後圍遶，放光動地，救地獄[之]苦[處][九七]：

如來聖智本均平，　慈悲地獄救衆生。
無數龍神八部衆，　相隨一隊向前行。
隱隱逸逸，　天上天下無如疋。
左邊沉，右邊沒，　如山岌岌雲中出。
催催（崔崔）嵬嵬，　天堂地獄一時開。
行如雨，動[九八]如雷，　似月圍圍（團團）海上來。
獨自俄俄師子步，　虎行偘偘象王迴。
雲中天樂吹楊柳，　空裏鑌（繽）分下落梅。
帝擇（釋）向前持玉寶[九九]，　梵王從後奉金牌。
不可論中不可論，　如來神力救泉門。
左右天人八部衆，　東西持衛四方神。
眉間毫相千般色，　項後圓光五綵[一〇〇]雲。
地獄沾光消散盡，　劍樹刀林似碎塵。

獄卒沾光皆跼跪，　合掌一心而頂禮，

如來今日起慈悲，　地獄摧賤(殘)悉破壞。

鐵丸化作磨(摩)尼寶，　刀山化作瑠璃地，

銅汁變作功德水，　清良(涼)屈由(曲)遶池流。

鵰鴟鴛鴦扶淚淚，　紅波夜夜碧煙生，

錄(綠)樹朝朝紫雲，　罪人總得生天上。

唯有目連阿孃爲餓鬼〔一〇二〕，　地獄一切並變化，

總是釋迦聖仏威。

目連蒙仏威力，得見慈母。罪根深結，業力難排，雖免地獄之酸，墮在餓鬼之道，悲辛不等，苦樂玄(懸)殊。若並前途，感其百千萬倍。咽如針孔，渧(滴)水不通，頭似太山，三江難滿。無聞漿水之名，累月經年，受飢羸之苦。遙見清源(涼)冷水，近著變作膿河，縱得美食香飡，便卽化爲猛火。「孃孃見今飢困，命若懸絲，汝若不起〔一〇三〕〔慈〕悲，豈名孝順之子。生死路隔，後會難期。欲救懸沙(絲)之危，事亦不應遲晚〔一〇四〕。出家之法，依信施而安存。縱有常住飲食，恐難消化。」「兒〔一〇五〕辭阿孃〔一〇六〕往向王舍城中，取飯與孃(阿)孃相見。」目連辭母，擲鉢騰空，須臾之間，卽到王舍城中，次第乞飯，行到長者門前。長者見目連非時乞食，盤問逗留之處：「和尚且(是)齋已過，食時已過，乞飯將用何爲？」目連啓言長者

此罪刧移仍未出，　非仏凡夫不可知。
仏喚〔阿〕〔九六〕難徒衆等，　吾往冥途自救之。

如來領八部龍天，前後圍遶，放光動地，救地獄〔之〕苦〔處〕〔九七〕。

如來聖智本均平，　慈悲地獄救衆生。
無數龍神八部衆，　相隨一隊向前行。
隱隱逸逸，　天上天下無如疋。
左邊沉、右邊沒，　如山岌岌雲中出。
催催（崔崔）嵬嵬，　天堂地獄一時開。
行如雨、動〔九八〕如雷，　似月圍圍（團團）海上來。
獨自俄俄師子步，　虎行偘偘象王迴。
雲中天樂吹楊柳，　空裏鑌（繽）芬下落梅。
帝擇（釋）向前持玉寶〔九九〕，　梵王從後奉金牌。
不可論中不可論，　如來神力救泉門。
左右天人八部衆，　東西持衛四方神。
眉間毫相千般色，　項後圓光五綵〔一〇〇〕雲。
地獄沾光消散盡，　劍樹刀林似碎塵。

獄卒沾光皆蹦跪，　合掌一心而頂禮，
如來今日起慈悲，　地獄摧賤（殘）悉破壞。
鐵丸化作磨（摩）尼寶，　刀山化作瑠璃地，
銅汁變作功德水，　清良（涼）屈由（曲）遶池流。
鵝鴨鴛鴦拔淚淚，　紅波夜夜碧煙生，
錄（綠）樹朝朝紫雲氣，　罪人總得生天上。
唯有目連阿孃爲餓鬼〔一〇一〕，　地獄一切並變化，
總是釋迦聖仏威。

目連蒙仏威力，得見慈母。罪根深結，業力難排，雖免地獄之酸，墮在餓鬼之道。悲辛不等，苦樂玄（懸）殊。若並前途，感其百千萬倍。咽如針孔，滰（滴）水不通。頭似太山，三江難滿。無聞漿水之名，累月經年，受飢羸之苦。遥見清源（涼）冷水，近著變作膿河。縱得美食香飡，便即化爲猛火。孃孃見今飢困，命若懸絲，汝若不起〔一〇二〕〔慈〕〔一〇三〕悲，豈名孝順之子。生死路隔，後會難期。欲救懸沙（絲）之危，事亦不應遲晚〔一〇四〕。出家之法，依信施而安存。縱有常住飲食，恐難消化。兒〔一〇五〕辭阿孃〔一〇六〕往向王舍城中，取飯與孃（[illegible]）孃相見。目連辭母，擲鉢騰空，須臾之間，即到王舍城中，次第乞飯，行到長者門前。長者見目連非時乞食，盤問逗留之處：「和尚且（早）齋已過，食時已過，乞飯將用何爲？」目連啓言：長者，

「貧道阿孃亡過後，魂神一往落阿鼻，
近得如來相救出，身如枯骨氣如絲。
貧道肝腸寸寸斷，痛切傍人豈得知，
計亦不合非時乞，爲以慈親而食之。」
長者聞言大驚[illegible]（[illegible]），思忖〔一〇七〕無常情不樂，
金鞍永絶晶珠心，玉貌無由上莊（粧）閣。
但且歌，但且樂，人命由由（攸攸）如轉燭〔一〇八〕，
何覓〔一〇九〕天堂受快樂，唯聞地獄罪人多。
有時喫，有時著，莫學愚人多貯積。
不如廣造未來因，誰能保命存朝夕。
兩兩相看不覺死，錢財必莫於身惜。
一朝擲手入長棺，空澆塚上知何益。
智者用錢多造福，愚人將金買田宅。
平生辛苦覓錢財，死後總被他分擘〔一一〇〕。
長者聞語忽驚疑，三寶福田難可遇，
急催左右莫交遲，家中取飯與〔一一一〕闍梨。

地獄忽然消散盡，　　明知諸佛不思議。
長者手中執得飯，　　過以(與)闍梨發大願，
非但和尚奉慈親，　　合獄罪人皆飽滿。
目蓮(連)乞得秋(粳)良(粱)飯，　　持鉢將來獻〔一二〕慈母，
于時行至大荒交(郊)，　　手把〔一三〕金匙而自哺。

青提夫人，雖遭地獄之苦，慳貪久(究)竟未除，見兒將得飯鉢來，望風即生悋惜。「來者三寶，即是我兒，爲我人間取飯，汝等令人息心。我今自齋(濟)，况復更能相濟。」目連將飯并鉢奉上，阿嬢恐被侵奪，舉眼連看四伴(畔)，左手鄣(障)鉢，右手團食。食未〔一四〕入口，變爲猛火。長者雖然願重〔一五〕，不那慳鄣(障)〔一六〕尤深。目連見母如斯，肝膽猶如刀割。我今聲聞力劣，智小人微。唯有啓問世尊，應知濟拔〔之〕〔一七〕路。且〔一八〕看〔與〕母飯處：

夫人見飯〔一九〕向前遮(迎)，　　慳貪未喫且空爭，
「我兒遠取人間飯，　　持來自擬療飢坑。
獨喫猶看不飽足，　　諸人息意慢承忘。」
青提慳貪業力重，　　入口喉中猛火生，
目連見母喫飯成猛火，　　渾搥自撲如山崩，
耳鼻之中皆流血，　　哭言黃天我嬢嬢。

貧道阿孃亡過後，魂神一往落阿鼻，
近得如來相救出，身如枯骨氣如絲。
貧道肝腸寸寸斷，痛切傍人豈得知，
計亦不合非時乞，爲以慈親而食之。
長者聞言大驚萼（愕），思忖［一〇七］無常情不樂，
金鞍永絕晶珠心，玉貌無由上莊（粧）閣。
但且歌、但且樂，人命由由（攸攸）如轉燭［一〇八］，
何覓［一〇九］天堂受快樂，唯聞地獄罪人多。
有時喫、有時著，莫學愚人多貯積。
不如廣造未來因，誰能保命存朝夕。
兩兩相看不覺死，錢財必莫於身惜。
一朝擗手入長棺，空澆塚上知何益。
智者用錢多造福，愚人將金買田宅。
平生辛苦覓錢財，死後總被他分擘［一一〇］。
長者聞語忽驚疑，三寶福田難可遇，
急催左右莫交遲，家中取飯與［一一一］闍梨。

地獄忽然消散盡，　明知諸仏不思議。

長者手中執得飯，　過以(與)闍梨發大願，

非但和尚奉慈親，　合獄罪人皆飽滿。

目蓮(連)乞得秔(粳)良(粱)飯，　持鉢將來獻〔一二〕慈母，

于時行至大荒交(郊)，　手把〔一三〕金匙而自哺。

青提夫人，雖遭地獄之苦，慳貪久(究)竟未除，見兒將得飯鉢來，望風即生恡惜。來者三寶，即是我兒，爲我人間取飯，汝等令人息心。我今自寮(療)，況復更能相濟。目連將飯并鉢奉上，阿孃恐被侵奪，舉眼連看四伴，左手鄣(障)鉢，右手團食。食未〔一四〕入口，變爲猛火。長者雖然願重〔一五〕，不那慳鄣〔一六〕尤深。目連見母如斯，肝膽猶如刀割。我今聲聞力劣，智小人微。唯有啓問世尊，應知濟拔〔之〕〔一七〕路。且〔一八〕看〔與〕母飯處：

夫人見飯〔一九〕向前遮(迎)，　慳貪未喫且空爭，

我兒遠取人間飯，　持來自擬療飢坑。

獨喫猶看不飽足，　諸人息意慢承忘，

青提慳貪業力重，　入口喉中猛火生。

目連見母喫飯成猛火，　渾搥自撲如山崩，

耳鼻之中皆流血，　哭言黃天我孃孃。

南閻浮提施此飯，　飯上有七尺往[一二〇]神光，

將作是香美飲食，　飯未入口便成火。

口爲慳貪心不改，　所以連年受其罪，

如今痛切更無方，　業報不容相替代。

世人[不][一二一]須懷嫉妬，　一落三塗罪未畢，

香飲(飯)未及入咽喉，　猛火從孃口中出。

俗間之罪滿娑婆，　唯有慳貪罪最多，

火旣無端從口出，　明知業報不由他。

一切常行平等意，　亦復壽心念彌陀，

但能捨却貪心者，　淨土天堂隨意至。

青提喚言孝順兒，　罪業之身不自亡，

不得阿孫(師)行孝道，　誰肯艱辛救耶孃。

見飯未能抄入口，　見火無端却損傷[一二二]，

慳貪去得將心念，　只應過有百[一二三]餘殃。

阿師是孃孃孝順子，　與我冷水濟虛腸。

目連聞阿孃索水，氣咽聲嘶。思忖[一二四]中間，忽憶王舍城南有大水，灂浪無邊，名曰恆河之水，

亦應救得阿孃火難之苦。南閻浮提衆生，見水卽是清涼之水。諸天見水，卽是瑠璃寶池。〔魚〕〔一二五〕鼈見此水，卽是潤澤。青提見水，卽〔一二六〕是膿河猛火。行至水頭未見兒咒願，更〔一二七〕卽左手托岸良由慳，右手抄水良由貪，直爲慳貪心不止。水未入口便成〔火〕〔一二八〕。目連見阿孃喫飯成猛火，喫水成猛火，搥胸怕(拍)憶(臆)，悲號啼哭。來向仏前，遶仏三匝，却住一面，白言：「世尊，弟子阿孃造諸不善，墮襍(雜)三塗，蒙世尊〔一二九〕慈悲，救得阿孃之苦。只今喫飯成火，喫水成火，如何〔一三〇〕救得阿孃火難之苦？」世尊喚言：「目連，汝阿孃如今未得飯喫，無過周匝一年七月十五日，廣造盂蘭盆，始得飯喫。」目連見阿孃飢，白言：「世尊，每月十三、十四日可不〔得〕〔一三一〕否。要須待一年之中，七月十五日始得飯喫？」世尊報言：「非但汝阿孃當須此日，廣造盂蘭盆，諸山坐禪戒下日，羅漢得道日，提婆達多罪滅日，閻羅王歡喜〔一三二〕日，一切餓鬼總得普同飽滿〔一三三〕。」目連承仏明教，便向王舍城邊塔廟之前，轉讀大乘經典，廣造〔一三四〕盂蘭盆善根，阿孃就此盆中，始得一頓飽飯喫。從得飯已來，母子更不見。目連諸處尋覓阿孃不見，悲泣雨淚，來向仏前，遶仏三匝，却住一面，合掌蹦跪。白言：「世尊，阿孃喫飯成火，喫水成火，蒙世尊慈悲，救得阿孃火難之苦。從七月十五日得一頓飯喫已來，母子更不相見，爲當墮〔於〕〔一三五〕地獄。爲復向餓鬼之途？」世尊報言：「汝母亦不墮地獄〔及〕〔一三六〕餓鬼之途。〔得〕〔一三七〕汝轉經功德，造盂蘭盆善根，汝母轉餓身之鬼，向王舍城中作黑狗身去。汝欲得見阿娘者，心行平等，次第乞貪(食)，莫問貧富。行至大富長者家門前，有黑狗出來，捉汝袈裟，銜著作人語，卽是汝阿孃也。」目連蒙仏勅〔一三八〕，遂卽托鉢持盂，尋覓阿孃。不問貧富坊巷，行衣匝合〔一三九〕，總不見阿孃。

行至一長者家門前，見一黑狗身，從宅裏出來，便捉目連袈裟。咸(銜)着即作人語〔一四〇〕。言：「阿娘孝順子，忽是能向地獄冥路之中救阿孃來，因何不救狗身之苦？」目連啓言：「慈母，由兒不孝順，殃及慈母，墮落三塗〔一四一〕，寧作狗身於此？你作餓鬼之途？」阿孃喚言：「孝順兒，受此狗身音啞報，行住坐臥得存。飢即於坑中食人不淨，渴飲長流以濟虛。朝聞長者念三寶，𦬇(菩)聞〔一四二〕娘子誦尊經。寧作狗身受大地不淨，耳中不聞地獄之名。」目連引得阿娘往於王舍城中仏塔之前，七日七夜，轉誦大乘經典，懺悔念戒。阿娘乘此功德，轉却狗身，退却狗皮，掛於樹上，還得女人身，全具人狀〔一四三〕圓滿。目連啓言：「阿娘，人身難得，衆〔一四四〕國難生，仏法難聞，善心難發。喚言阿娘，今得人身，便即修福。」目連將母於娑羅雙樹下，遶仏三匝，却住一面，白言：「世尊，與弟子阿孃看業道已來，從頭觀占，更有何罪？」世尊不違目連之語，從三業道觀看，更亭私〔人〕〔一四五〕之罪。目連見母罪滅，心甚歡喜，啓言：「阿娘，歸去來，閻浮提世界不堪停。生住死，本來無住處，西方仏國最爲精。」感〔一四六〕得〔天〕〔一四七〕龍奉行其前，亦得天女來迎接，一往迎〔一四八〕前人(以)利天受快樂。最初說偈度俱輪。當時此經時，有八萬菩薩〔一四九〕、八萬僧、八萬優婆塞、八萬〔優婆〕〔一五〇〕姨，作禮圍遶，歡喜信受奉行。

大目犍連變文一卷

貞明柒年辛巳歲四月十六日淨土寺學郎薛安(安)俊寫

張保達文書

校記：

〔一〕「大目乾連冥間救母變文并圖一卷并序」，標題原有，見斯二六一四號。按此故事乃根據西晋月氏三藏竺法護譯：「佛說盂蘭盆經」加以演繹。其內容詞句和結構完全相同的，共有九卷。今以斯二六一四號爲原卷，原文首尾完整，祇首段有十行下截均殘闕數字。

伯二三一九號爲甲卷，原文首尾完整，但其中有缺漏，或較爲詳贍之處，正可與上本互相補校，二本互勘，可得其全。

伯三四八五號爲乙卷，原文首全尾缺。

伯三一〇七號爲丙卷，原文首全尾缺。

伯四九八八號爲丁卷，原文首尾不全。

北京盈字七十六號爲戊卷，原文首缺尾全。

北京麗字八十五號爲已卷，原文首尾不全。

北京霜字八十九號爲庚卷，原文首尾不全。

斯三七〇四號爲辛卷，原文首尾不全。

〔二〕「十善增長」四字，據甲、乙、丙卷補。

〔三〕「承供養者」四字，據甲、乙、丙卷補。

〔四〕「飾貢於」三字，據甲、乙、丙卷補。

〔五〕「子厥號」三字，據甲、乙、丙卷補。

〔六〕「於一時間」四字，據甲、乙、丙卷補。

〔七〕「養諸佛法僧及諸乞」八字，據甲、乙、丙卷補正。

〔八〕「付囑營」三字，據甲、乙、丙卷補。

〔九〕「劇」字，據甲、乙、丙卷補。

〔一〇〕「得阿羅」三字，據甲、乙、丙卷補。

〔一一〕「定起含」三字，據甲、乙、丙卷補。

〔一二〕「勝」字，據甲、乙卷補。

〔一三〕「泣」原作「竝」，據甲、丙卷改。

〔一四〕原於「不」前有「道」字，今據乙卷刪。

〔一五〕「諸」原作「支」，據乙卷改。

〔一六〕丙本「頗黎」作「波利」，卽玻璃。

〔一七〕「欲」字，據丙卷補。

〔一八〕「門」字，據丙卷補。

〔一九〕「珠」原作「殊」，據丁卷改。

〔二〇〕「子」字，據戊卷補。

〔二一〕戊卷「價」作「位」。

〔二二〕原「難」字，今意改爲「羅」，並補「漢」字。

〔二三〕「若爲」二字，據丁卷補。

〔二四〕乙卷「止」作「正」。

〔二五〕丁卷「聽」作「看」。

〔二六〕丁卷「遐換」作「霞喚」。

〔二七〕「戊」原作「或」，丁卷作「𢦏」，依王重民云改爲「戊」。

〔二八〕乙、丁卷「溢盈」作「交盈」。

〔二九〕本卷凡「貧」字均作「頻」，今一律改爲「貧」。

〔三〇〕丁卷「㝩」作「瓊」。

〔三一〕乙卷「輔」作「輸」。

〔三二〕乙卷「嬌」作「驕」，丁卷作「橋」。

〔三三〕乙卷「覩」作「都」。

〔三四〕「和」原作「知」，據丁卷改。

〔三五〕丁卷「省」作「性」。

〔三六〕「會」原作「繪」，據丁卷改。

〔三七〕「中」原作「徒」，據丁卷改。

〔三八〕「到天宮尋父，至一門見長者」十一字，據甲卷補。

〔三九〕「鬚」原作「須」，據丁卷改。

〔四〇〕「訊」原作信，據甲、丁卷改。

〔四一〕「生」字，據甲、丁卷補。

〔四二〕「災」原作「灰」，據甲卷改。

〔四三〕乙卷「又」作「有」。

〔四四〕「挹」原作「色」，據甲卷改。乙卷作「邑」。

〔四五〕依王重民云「太山」應作「泰山」，即十王內之泰山王。下同。

〔四六〕「是」字，據乙卷補。

〔四七〕「亡來」二字，據甲卷補。

〔四八〕「胷」原作「兇」，據甲、乙卷改。

〔四九〕「龍馬子孫乘」原作「龍子孫乘用」，據乙卷改。

〔五〇〕「用」原作「兩」，據乙卷改。

〔五一〕「生」原作「人」，據乙卷改。

〔五二〕乙卷「迴」作「會」。

〔五三〕「手」原作「力」，據乙卷改。

〔五四〕甲、乙卷「罪」作「罰」。

〔五五〕乙卷「零」作「遷」。

〔五六〕丙卷「労」作「浪」。

〔五七〕「與諸人」三字，據甲卷補。

〔五八〕「勤」原作「勒」，據甲卷改。

〔五九〕甲卷「燿鶴」作「輝霍」。

〔六〇〕「膽」原作「膻」，據甲卷改。

〔六一〕「今」字，據甲卷補。

〔六二〕「將軍」二字，據甲卷補。

〔六三〕「種」原作「衆」，據甲卷改。

〔六四〕甲卷「逍逍」作「遙遙」。

〔六五〕「至」字前之「又」字，「地」字前之「一」字，均據甲卷補。

〔六六〕甲卷「接」作「插」。

〔六七〕甲卷「以」作「語」。

〔六八〕「氣」字，據甲卷補。

〔六九〕甲卷「釘釘」作「釘其」。

〔七〇〕「胸」原作「兇」，據甲卷改。

〔七一〕「藉」原作「寂」，據甲卷改。

〔七二〕「仰」字，據甲卷補。

〔七三〕「獄中」二字，據甲卷補。

〔七四〕「世尊」原作「和尚」，據甲、戊卷改。

〔七五〕「甚」原作「沒」，據甲卷改。

〔七六〕「夫人在」三字，據戊卷補。

〔七七〕「釘」原作「鼎」，據甲卷改。

〔七八〕「來」字據戊卷補。

〔七九〕「名」原作「自」，據甲、戊卷改。

〔八〇〕「卽是兒也」原作「是也」二字，據甲卷改。

〔八一〕「提拔」原作「升嘍」，據戊卷改。

〔八二〕「迴」原作「過」，據戊卷改。

〔八三〕「不」原作「一」，據戊卷改。

〔八四〕「名」原作「明」，據戊卷改。

〔八五〕己卷「情性剛」作「性自剛」。

〔八六〕己卷「點點」作「默默」。

〔八七〕戊卷「受」作「遶」，疑即「有」。

〔八八〕「玉」原作「士」，據己卷改。

〔八九〕「今」原作「金」，據戊卷改。

〔九〇〕「門」字，據己卷補。

〔九一〕己卷「及」作「反」。

〔九二〕「俗」原作「偕」，據己卷改。

〔九三〕「是」原作「子」，據戊、己卷改。

〔九四〕「解」原作「斛」，據己卷改。

〔九五〕戊卷「潭」作「漂」。

〔九六〕「阿」字，據戊、己卷補。

〔九七〕「之處」二字，據甲卷補。

〔九八〕「動」原作「座」，據甲、己卷改。

〔九九〕己卷「賨」作「諫」，即「簡」。

〔一〇〇〕「綵」原作「採」，據甲、戊卷改。又己卷作「色」。

〔一〇一〕甲卷「爲餓鬼」三字作「飢」一字。並於「飢」字下，多「地獄一切並變化，總是釋迦聖佛威」。

〔一〇二〕「起」原作「去」，據己卷改。

〔一〇三〕「慈」字，據甲、己卷補。

〔一〇四〕「晚」原作「曉」，據己卷改。

〔一〇五〕「兒」原作「而」，據甲、己卷改。

〔一〇六〕「阿孃」原作「孃孃」，據己卷改。

〔一〇七〕「忖」原作「寸」，據甲卷改。

〔一〇八〕此句各本有出入：甲卷作「人命猶如而轉燭」；戊卷作「人命由由而轉燭」；己卷作「人命由由知旣（幾）何」。

〔一〇九〕甲卷「何覓」作「不見」。

〔一一〇〕「擘」原作「柏」，據甲卷改。

〔一一一〕「與」原作「以」，據甲卷改。

〔一一二〕「獻」原作「憲」，據甲、戊卷改。

〔一一三〕「把」原作「捉」，據甲、己卷改。

〔一一四〕「未」原作「来」，據甲卷改。

〔一一五〕「重」原作「票」，據甲、庚卷改。

〔一一六〕「鄣」原作「部」，據庚卷改。

〔一一七〕「之」字，據己卷補。

〔一一八〕「且」原作「具」，據庚卷改。又「與」字亦據庚卷補。

〔一一九〕「飯」原作「願」，據庚卷改。

〔一二〇〕「往」字衍，庚卷無此字。

〔一二一〕「不」字，據庚卷補。

〔一二二〕庚卷「傷」作「腸」。

〔一二三〕「百」字，據戊卷補。又庚卷此句作「只應過去有餘央」。

〔一二四〕「忖」原作「寸」，據甲卷改。

〔一二五〕「魚」字，據甲、庚卷補。

〔一二六〕庚卷「郎」作「唯」。

〔一二七〕庚卷「更」作「便」。

〔一二八〕「火」字，據甲卷補。

〔一二九〕「弟子阿孃造諸不善，墮樂（落）三塗，蒙世尊」十五字，據庚卷補。

〔一三〇〕「何」原作「今」，據庚卷改。

〔一三一〕「得」字，據甲、戊卷補。

〔一三二〕庚卷「歡喜」作「勸善」。

〔一三三〕甲、戊卷「飽滿」下，多「曰」字。

〔一三四〕「造」原作「罪」，據戊卷改。

〔一三五〕「於」字，據甲卷補。

〔一三六〕「及」字，據甲卷補。

〔一三七〕「得」字，據甲卷補。

〔一三八〕庚卷「勑」作「明敎」二字。

〔一三九〕甲卷「衣匝合」作「於迨匝」；戊卷作「於匝合」；庚卷作「於九迊」。

〔一四〇〕原「語語」二字，據庚卷删去一「語」字。又甲卷只作一「曰」字。

〔一四一〕辛卷「塗」作「途」。

〔一四二〕甲卷「莫聞」作「夜間」。

〔一四三〕「狀」原作「扶」，據甲、戊卷改。

〔一四四〕原卷於「衆」字旁有「中」字，甲卷「衆」作「中」字。

〔一四五〕「人」字，據庚卷補。

〔一四六〕「感」原作「敢」，據甲卷改。

〔一四七〕「天」字，據庚卷補。

〔一四八〕「迎」原作「仰」，據戊卷改。

〔一四九〕「菩薩」二字原作「薾」，據戊卷改。

〔一五〇〕「優婆」二字，據甲卷補。

〔一五一〕戊卷文末有「太平興國二年，歲在丁丑潤六月五日，顯德寺學仕郎楊願受一人思微，發願作福，寫盡此目連變一卷。後同釋迦牟尼仏一會弥勒生作仏爲定。後有衆生同發信心，寫盡目連變者，同池（持）願力，莫墮三途」數行字，今抄之以作參考。

王慶菽校錄

【目連變文】〔一〕

上來所說序分竟，自下第二正宗者。

昔佛在日，摩竭國中有大長者，名拘離陁。其家巨富，財寶无論，於三寶有信重之心，向十善起精崇之志。宮中夫人，號曰靖(青)提，端正雖世上無雙，慳貪又欺誑佛法。生育一子，號曰目連，塵刦而深種善因，承事於恒沙諸佛。未見我佛在俗之時，家竭所有七珍，設齋布施於一切。忽於一日，思往他方，家財分作於三亭，二分留與於慈母，內之一分，用充慈父之衣粮，更分資財，縈(營)齋布施於四遠。囑付已畢，拜別而行。母生慳悋之心，不肯設家布施。到後目連父母壽盡，各取命終。父承善力而生天，母招慳報墮地獄。或值刀山劍樹，穿穴五藏而分離；或招爐炭灰河，燒炙碎塵於四體。或在餓鬼受苦，瘦損軀骸，百節火然，形容憔醉(悴)。咽如(則)細如針鼻，飲嚥滴水而不容；腹藏則寬於太山，盛集三江而難滿。當爾之時，有何言語？

目連父母並凶亡，輪迴六道各分張；
母招惡報墮地獄，父承善力上天堂。
思衣羅繡千重現，思食珍羞百味香；
足躡庭臺七寶地，身倚幃帳白銀床。

㝠(冥)間母受多般苦，　穿刺燒𦶇不可量；
鐵磑磑來身粉碎，　鐵叉叉得血汪汪。
飢飡猛(狂)火傷喉腈(胃)，　渴飲鎔銅損肝膓(腸)；
錢財豈肯隨己益，　不救三塗地獄殃。

目連葬送父母，安置丘墳，持服三周，追齋十忌。然後捨却榮貴，投佛出家，精懃持誦修行，遂證阿羅漢果。三明自在，六用神通，能遊三千大千，石壁不能障碍(礙)。尋即晏座禪定，觀訪二親：父在忉利天宮，受諸快樂；却觀慈母，不見去處蹤由。道眼他心，莫知次第。

目連父母亡沒，　殯送三周禮畢；
遂即投佛出家，　得蒙如來賑恤。
頭上鬚髮自落，　身裏袈裟化出；
精修證大阿羅，　六用神通第一。

目連出俗證阿羅，　六通自在沒人過；
身往虛空噗日月，　傍遊世界遍娑婆。
履水如地無搖動，　入地如水現騰波；
忽下山宮澄禪觀，　威淩相貌其[三]巍峨。

目連雖割親愛，捨俗出家，偏向二親，甚能孝道，尋思往[日]乳哺，未有報答劬勞。先知父在天宮，

【目連變文】〔一〕

上來所說序分竟，自下第二正宗者。

昔佛在日，摩竭國中有大長者，名拘離陁。其家巨富，財寶无論，於三寶有信重之心，向十善起精崇之志。宮中夫人，號曰靖（青）提，端正雖世上無雙，慳貪又欺誑佛法。生育一子，號曰目連，塵刦而深種善因，承事於恒沙諸佛。未見我佛在俗之時，家竭所有七珍，設齋布施於一切。忽於一日，思往他方。家財分作於三亭，二分留與於慈母，內之一分，用充慈父之衣粮，更分資財，縈（營）齋布施於四遠。囑付已畢，拜別而行。母生慳悋之心，不肯設齋布施。到後目連父母壽盡，各取命終。父承善力而生天，母招慳報墮地獄。或值刀山劍樹，穿穴五藏而分離；或招爐炭灰河，燒炙碎塵於四體。或在餓鬼受苦，瘦損軀骸，百節火然，形容憔醉（悴）。咽別（則）細如針鼻，飲嘸滴水而不容；腹藏則寬於太山，盛集三江而難滿。當爾之時，有何言語？

目連父母並凶亡，　輪迴六道各分張；
母招惡報墮地獄，　父承善力上天堂。
思衣羅繡千重現，　思食珍羞百味香；
足躡庭臺七寶地，　身倚幃幌白銀床。

寘(寘)間母受多般苦，　穿刺燒煮不可量；
鐵磑磑來身粉碎，　鐵叉叉得血汪汪。
飢飡孟(猛)火傷喉膶(胃)，　渴飲鎔銅損肝脹(腸)；
錢財豈肯隨己去，　不救三塗地獄殃。

目連葬送父母，安置丘墳，持服三周，追齋十忌。然後捨却榮貴，投佛出家，精懃持誦修行，遂證阿羅漢果。三明自在，六用神通，能遊三千大千，石壁不能障㝵(礙)。尋即晏座禪定，觀訪二親：父在忉利天宮，受諸快樂；却觀慈母，不見去處蹤由。道眼他心，草知次第。

目連父母亡沒，　殯送三周禮畢；
遂即投佛出家，　得蒙如來賑恤。
頭上鬚髮自落，　身裏袈裟化出；
精修證大阿羅，　六用神通第一。
目連出俗證阿羅，　六通自在沒人過；
身往虛空嘷日月，　傍遊世界遍娑婆。
履水如地無搖動，　入地如水現騰波；
忽下山宮澄禪觀，　威淩相貌其[三]巍峨。

目連雖割親愛，捨俗出家，偏向二親，甚能孝道，尋思往[日]乳哺，未有報答劬勞。先知父在天宮，先知父在天堂[三]，未審母生何界，遂卽騰身天上，到於父前，借問孃孃，趣向甚處？

是時目連運神通，　須臾鄭騰鄭[四]到天宮；
足下外欄琉璃地，　金錫令敲門首鐘。
父聞從內走出戶，　下基祇接禮虔恭；
臺頭合掌問和尙：　本從何來到此中？

目連道：「貧道生自下界，長自閻浮。母是靖(靑)提夫人，父名拘離長者。貧道少生，名字號曰羅卜。父母並遭衰喪，我自投佛出家。果證羅漢，功就神通，道眼他心，隨無障碍。見父生於天上，封受自然，未知母在何方，受諸快樂，故來騰身到此，而問因由。願父莫惜情懷，說母所生之處。」

長者聞言情愴悲，　始知和尙是親兒；
互訴寒溫相借問，　不覺號咷淚雙垂。
報言我子能出俗，　斯知心願不思議；
爲僧能消萬劫苦，　在俗惡業墮阿鼻。
汝母生存多慳詃，　受之業報亦如斯；
常在冥間受苦痛，　大難得逢出離期。

爾時其父長者，聞說情懷，踟蹰尊前，迴答所以。「我昔在於世上，信佛敬僧，受持五戒八齋，得生天上。汝母在生慳詃，欺妄三尊，不能捨施濟貧，現墮阿鼻地獄。夫妻雖然恩愛，各修行業不同。天地路殊，久隔互不相見。雖則日夜思憶，无力救牠。願尊「者」起大慈悲，速往冥間尋問。」目連聞此，哽噎悲哀，自撲渾搥，口稱禍苦。當卽辭於天界，速(迅)往下方，趣入冥間，訪覓慈母。

目連聞此哭哀哀，　渾搥自撲不可裁；
父子相接皆號叫，　應見諸天淚濕顋。
父雖備設天廚供，　聖者不飡唱苦哉；
當卽返身辭上界，　速就冥間救母來。

聖者來於幽逕，行至奈河邊，見八九個男子女人，逍遙取性无事。其人遙見尊者，禮拜於謁再三。和尙近就其前，便卽問其所以。

「善男善女是何人，　共行幽逕沒災迍；
閑閑夏泰禮貧道，　欲說當本修何因。

諸人見和尙問着，共白情懷，啓言和尙。

「同姓同名有千姟，　煞鬼交錯枉追來；
斷點已經三五日，　无事得放却歸迴。
早被妻兒送墳塚，　獨臥荒郊孤土塠；
四邊爲是无親眷，　狠鵶□□□□□。(下缺)

校記：

〔一〕原卷編號爲北京成字九六號。原本無標題，兹據斯二六一四號「大目犍連冥間救母變文」，定爲目連變文。

〔二〕王慶菽疑「其」當作「甚」。

〔三〕王慶菽謂：「先知父在天堂」當是衍文，涉上文「先知父在天宮」一句誤出，可删。

〔四〕「鄭騰鄭到天宮」，原文當是「擲騰」或「騰擲」，衍一鄭字。

向　達校錄

【地獄變文】〔一〕

(前闕)覓得一條鐵棒，運業道之身，來到墓所。

纔生餓鬼道，受罪何時了。
行似破車聲，臥如枯木倒。
遍身煙焰生，口里如煙道。
一日之中百度燒，長年受苦何時了，
阿過多時業不離，怨家惡業鎮相隨，
朝朝日日難除渴，假假生生未免飢。
受苦恨無解橋路，受迍多了解尋思，
推尋惡業誰人造，省得前身自己爲。
宜司恨無推緣受，復攝思量怨死屍，
覓得一條長鐵棒，墳間呵責盡頭搥。

旣將鐵棒，直至墓所，尋得死屍，且亂打一千鐵棒。呵責道，「恨你在生之日，慳貪疾姤(妬)，日夜只是算人，無一念饒益之心，只是萬般損害。頭頭增罪，種種造殃，死墮三塗。號：菩薩佛子

校記：

〔一〕原卷編號爲北京成字九六號。原本無標題，玆據斯二六一四號「大目犍連冥間救母變文」，定爲目連變文。

〔二〕王慶菽疑「其」當作「甚」。

〔三〕王慶菽謂：「先知父在天堂」當是衍文，涉上文「先知父在天宮」一句誤出，可删。

〔四〕「鄭騰鄭到天宮」，原文當是「擲騰」或「騰擲」，衍一鄭字。

向　達校錄

【地獄變文】〔二〕

(前闕)覓得一條鐵棒，運業道之身，來到墓所。

繞生餓鬼道，受罪何時了。
行似破車聲，臥如枯木倒。
遍身煙焰生，口里如煙道。
一日之中百度燒，長年受苦何時了，
阿過多時業不離，怨家惡業鎮相隨，
朝朝日日難除渴，假假生生未免飢。
受苦恨無解樀路，受迍多了解尋思，
推尋惡業誰人造，省得前身自己爲。
宜可恨無推緣受，復攝思量怨死屍，
覓得一條長鐵棒，墳間呵責盡頭搥。

旣將鐵棒，直至墓所，尋得死屍，且亂打一千鐵棒。呵責道，「恨你在生之日，慳貪疾姤(妬)，日夜只是算人，無一念饒益之心，只是萬般損害。頭頭增罪，種種造殃，死値三塗。號：菩薩佛子在生恨你極無量，　貪愛之心日夜忙；
老去和頭全換却，　少年眼也擬梳將。
百般放聖謾依着，　千種爲難爲口粮；
在生憂他總恰好，　業按眷屬不分張。
緣男爲女添新業，　憂家憂計走忙忙；
盡頭呵責死屍了，　鐵棒高擡打一場。

從次第二。　怨死屍在生日，於父母受不孝中親處無情；兄弟致詞，向姊妹處死義。菩薩佛子

恨汝生迷智，　不曾聞好人。
五逆向耶孃，　萬般惡業累。
虎狼性縱恣，　禽獸心長起。
姊妹似參晨(辰)，　兄弟如火水。
內親長不近，　外族難知己。
責處罪過沒休時，　永劫沉輪爲餓鬼；
念君在世過爲灾，　一去三途更不迴。
直爲在生行不孝，　又將鐵棒打屍來；(下闕)

校記：

〔一〕 原本無題，依故事內容擬補。原卷編號爲北京衣字三十三號。

向 達校錄

頻婆娑羅王后宮綵女功德意供養塔生天因緣變［一］

年來年去暗更移，沒一箇將心解覺知，
只昨日顋邊紅艷艷，如今［三］頭上白絲絲。
尊高縱使千人諾，逼促都緣一夢期。
更期［四］老年腰背曲，驅驅猶自爲妻兒。觀世音菩薩

君不見生來死去，似蟻循還［四］；爲衣爲食，如蠶作繭。假使有拔山舉頂（鼎）之士，終埋在三尺土中。直饒玉提金繡之徒，未免一械灰燼（燼）。莫爲久住，看則去時，雖論有頂之天，總到無常之地。小妻恩厚，難爲與替死之門；愛子情深，終不代君受［苦］［五］，忙忙（茫茫）濁世，爭戀久居；摸摸（漠漠）昏迷，如何擬去。不集開常意樹，欲折覺花，天宮快樂處，須生地獄下。波吒莫嘆死，去了却生來。合嗟傷。爭堪你却不思量：

一世似風燈虛［六］沒沒，百年如春夢苦忙忙。
心頭託手細參詳，世事從來不久長，
遮莫金銀盈庫藏，死時爭豈爲君將？
紅顏漸漸雞皮皺，綠鬢看看鶴髮倉（蒼），

更有向前相識者，　從頭老病總無常。
春夏秋冬四序摧(催)，　致令人世有輪迴，
千山白雪分明在，　萬樹紅花闇欲開。
燕來燕去時復促，　花榮花謝競推排，
聞健直須知覺悟，　當來必定免輪迴。觀世音菩薩

內宮爾時以此開讚功德，我府主太保千秋萬歲，永蔭龍沙，夫人松柏同貞，長永(承)貴寵。城偟(隍)泰樂，五稼豐登，四塞澄清，狼煙罷驚，法輪常轉，佛日恆明。眞宗有召伐之興，俗亘(民)有堯年之樂。時衆運志誠，心大稱念，摩阿(訶)

功德意供養塔生天緣

過去久遠，往昔世時，我佛大慈，出興於世。遍遊三界，普化四生，開八萬甘露之門，杜四千塵勞之逕。時則有王舍大城頻婆娑羅王統渥(握)瞻部，紹繼黔黎，常以政法治國，不邪枉諸民。衆心行于平等，遠近愍而嗄生，意起寬慈，恕親慰同赤子。爲王賢善，風雨順時。年常之五穀豐饒，庫藏之珍財盈滿。感得四方晏靜，八表欽威，外無草動而塵飛，內有安家而樂業。人民歡泰，嘆美其王。天神讚揚，亦皆敬護。加以深崇三寶，重敬佛僧，弃捨高榮，懇修功德。時遇世尊，行化說法度人；其王渴仰歸誠，遂作在家弟子。佛即不違王願，隨樂許之。王請佛於迦蘭陁竹林敷演於甚深密藏。每日將大臣眷屬，三時往就林中，步步而行，參禮於佛。經年度月，恒無懈怠之心，日日三界，不但(憚)往來之苦。

頻婆娑羅王后宮綵女功德意供養塔生天因緣變〔一〕

年來年去暗更移，　沒一箇將心解覺知，
只昨日顋邊紅艷艷，　如今〔二〕頭上白絲絲。
尊高縱使千人諾，　逼促都緣一夢期。
更期〔三〕老年腰背曲，　驅驅猶自為妻兒。　觀世音菩薩

君不見生來死去，似蟻循還〔四〕，為衣為食，如蠶作繭。假使有拔山舉頂（鼎）之士，終埋在三尺土中。直饒玉提金繡之徒，未免一械灰賮（燼）。莫為久住，看則去時，雖論有頂之天，總到無常之地。小妻恩厚，難為與替死之門；愛子情深，終不代君受〔苦〕〔五〕，忙忙（茫茫）濁世，爭戀久居；摸摸（漠漠）昏迷，如何擬去。不集開常意樹，欲折覺花，天宮快樂處，須生地獄下。波吒莫嘆死，去了卻生來，合嗟傷。爭堪你卻不思量：

一世似風燈虛〔六〕沒沒，　百年如春夢苦忙忙。
心頭託手細參詳，　世事從來不久長，
遮莫金銀盈庫藏，　死時爭豈為君將？
紅顏漸漸雞皮皺，　綠鬢看看鶴髮倉（蒼），

更有向前相識者，從頭老病總無常。
春夏秋冬四序摧（催），致令人世有輪迴，
千山白雪分明在，萬樹紅花闇欲開。
燕來燕去時復促，花榮花謝競推排，
聞健直須知覺悟，當來必定免輪迴。觀世音菩薩

內宮爾時以此開讚功德，我府主太保千秋萬歲，永蔭龍沙，夫人松柏同貞，長永（承）貴寵。城隍（隍）泰樂，五稼豐登，四塞澄清，狼煙罷驚，法輪常轉，佛日恆明。眞宗有召伐之興，俗亘（民）有堯年之樂。時衆運志誠，心大稱念，摩阿（訶）！

功德意供養塔生天緣

過去久遠，往昔世時，我佛大慈，出興於世。遍遊三界，普化四生，開八萬甘露之門，杜四千塵勞之遙。時則有王舍大城頻婆娑羅王統渥（提）瞻部，紹繼黔黎，常以政法治國，不邪枉諸民。衆心行于平等，遠近慇而嗄生，意起寬慈，恕親慰同赤子。爲王賢善，風雨順時。年常之五穀豐饒，庫藏之珍財盈滿。感得四方晏靜，八表欽威，外無草動而塵飛，內有安家而樂業。人民歡泰，嘆美其王。天神讚揚，亦皆敬護。加以深崇三寶，重敬佛僧，弃捨高榮，懇修功德。時遇世尊，行化說法度人；其王渴仰歸誠，遂作在家弟子。佛卽不違王願，隨樂許之。王請佛於迦蘭陁竹林敷演於甚深密藏。每日將大臣眷屬，三時往就林中，步步而行，參禮於佛。經年度月，恒無懈怠之心，日日三界，不但（俾）往來之苦。

婆羅大王治黔黎，　常生十善化羣迷。
於諸衆生普平等，　威(感)得時和內外清。
七珍百寶無所近，　年交五稼有豐盈，
人民歡喜皆稱嘆，　諸天愛護讚神明。
加以傾心敬三寶，　不貪高貴世間榮。
是時佛在山林內，　三時就禮每精誠。
大臣眷屬相隨從，　往來途路步而行，
諸佛演說三乘教，　普益一切諸衆生。

於是大王後乃漸漸老大，體重力微，難可故往於山林，日日三時而禮謁。然以端居寶殿，正念思惟，非分憂惶，忸怩反側。今若休罷禮拜，仗(伏)恐先願有違；若乃頂謁參永(承)，力劣不能來往。即朝大臣眷屬，隱(穩)便商宜，中內有一智臣，出來白王一計。

佛有他心聖智，　預知衆生心意，
大王意欲參永(承)，　莫煩耳(爾)多憂慮。
今日往於林中，　佛前虔恭𨁟跪，
求請小(少)許髮爪，　還宮敬造塔寺。
安置佛之毫信，　依此禮拜專志，

共往山林之中，　福分也合同比。

時王取臣之計，遂往林中，即於佛前，求哀乞罪。「弟子不是懈怠輕慢〔七〕。「〔八〕其說四諦法，心開意解，得須陁洹果。」爾時［　　　　　］〔九〕道果，踊悅心懷，即於佛前，歡喜讚嘆：

巍巍大聖尊，　最勝無有比，
父母及師長，　功德無及□。
□□□□□，　超越白骨山，
閇塞三惡道，　能開三善門。

讚嘆佛已，復作是言。「自念我昔，積於白骨，過於須彌。涕泣雨淚，多於巨海。乾竭血肉，徒喪身命。」終無利益。我今於佛如來，隨生一念，一轉之間，得此妙果。超越輪迴，値人天遥。「作是語已，遶佛三匝，還歸天宮」處，若爲陳說：

天子頂上戴天冠，　兼之身上七寶纏，
威容端政如菩薩，　身光朗曜日暉鮮。
□□大衆來下界，　各執香花就佛前，
合掌虔恭而作禮，　令其光影照雙間。

婆羅大王治黔黎，　常生十善化羣迷。
於諸衆生普平等，　威(感)得時和內外淸。
七珍百寶無所近，　年交五稼有豐盈，
人民歡喜皆稱嘆，　諸天愛護讚神明。
加以傾心敬三寶，　不貪高貴世間榮。
是時佛在山林內，　三時就禮每精誠。
大臣眷屬相隨從，　往來途路步而行，
諸佛演說三乘敎，　普益一切諸衆生。

於是大王後乃漸漸老大，體重力微，難可故往於山林，日日三時而禮謁。然以端居寶殿，正念思惟，非分憂惶，忸怩反側。今若休罷禮拜，仗(伏)恐先願有違；若乃頂謁參永(承)，力劣不能來往。即朝大臣眷屬，隱(穩)便商宜，中內有一智臣，出來白王一計。

佛有他心聖智，　預知衆生心意，
大王意欲參永(承)，　莫煩耳(爾)多憂慮。
今日往於林中，　佛前虔恭蝴跪，
求請小(少)許髮爪，　還宮敬造塔寺。
安置佛之毫信，　依此禮拜專志，

共往山林之中，　福分也合同比。

時王取臣之計，遂往林中，卽於佛前，求哀乞罪。「弟子不是懈怠輕慢〔七〕。

「〔八〕其說四諦法，心開意解，得須陁洹果。」爾時［　　　　］〔九〕道果，踊悅心懷，卽於佛前，歡喜讚嘆：

巍巍大聖尊，　最勝無有比，
父母及師長，　功德無及□。
□□□□□，　超越白骨山，
閇塞三惡道，　能開三善門。

讚嘆佛已，復作是言。「自念我昔，積於白骨，過於須彌。涕泣雨淚，多於巨海。乾竭血肉，徒喪身命。」終無利益。我今於佛如來，隨生一念，一轉之間，得此妙果。超越輪迴，值人天遥。「作是語已，遶佛三匝，還歸天宮」處，若爲陳說：

天子頂上戴天冠，　兼之身上七寶纏，
威容端政如菩薩，　身光朗曜日暉鮮。
□□大衆來下界，　各執香花就佛前，
合掌虔恭而作禮，　令其光影照雙間。

□□爲彼說四句，　天子諦受住心田，
當便心意令開解，　得證初位須陁洹。
□□道果懷歡慶，　即佛功德讚無邊，
自念無始從來事，　修還六趣是因緣。
□□□於四海水，　聚骨過於富羅山，
只爲無明相繫縛，　邅迴不遇出頭年。
□□□□略開演，　菩提道果化周圓，
作是語已禮佛足，　又遶三匝却歸天。

「[時諸比]〔一〇〕丘，至明淸旦，合掌向佛，白言世尊，昨夜光明，倍踰於常。爲[是帝釋]梵天，爲是四天王子(乎)？廿八部鬼神大將也。令其夜分，照曜竹林。　諸比丘道：

□□光明倍尋常，　照曜竹林及禪房，
爲是上界天帝釋？　爲是梵衆四天王？
□□佛會禪林內，　能令夜分現禎祥。
惟願世尊愍四衆，　解說昨夜見底光。」

[佛告]〔一一〕諸比丘，非是帝釋，亦非梵天鬼神大將，乃是頻婆娑羅王[后]宮綵女，名功德意，供養塔故，爲阿闍世王被害命終，生忉利天，今還下界，來供養我，是彼光耳。」　佛道：

汝等昨夜見底光？　非是釋梵四天王，
乃是王宮功德意，　爲先捨命掃佛堂。
被害命終生天上，　還來下界至此方，
執持香花供養我，　令其夜分現禎祥。

佛法寬廣，濟度无涯，至心求道，無不獲果。但保宣[三]空門薄藝，梵宇荒才，經教不便於根源，論典罔知於底漠。輒陳短見，綴秘密之因由；不懼羞慚，緝甚深之緣喻。

維大周廣順叁年癸丑歲肆月二十日三界寺禪僧法保自手寫記。

校記：

〔一〕依甲卷原題。題後緊接押座文，押座文訖，又出箇題「功德意供養塔生天緣」。

甲卷　斯三四九一　未鈔完，即接鈔「破魔變文」。蓋兩變文共同使用同一押座文，故押座文在一卷上鈔寫兩次。此押座文又見伯二一八七。

乙卷　伯三〇五一　此爲變文末段。

丙卷　伯二一八七　原爲「破魔變文」，亦有同一押座文。

按此故事出於「撰集百緣經」卷六「功德意供養塔生天緣」（「大正大藏經」第四卷，二二九——二三〇頁。）

□□爲彼說四句，　天子諦受住心田，
當便心意令開解，　得證初位須陁洹。
□□道果懷歡慶，　即佛功德讚無邊，
自念無始從來事，　修還六趣是因緣。
□□□於四海水，　聚骨過於富羅山，
只爲無明相繫縛，　遭廻不遇出頭年。
□□□□略開演，　菩提道果化周圓，
作是語已禮佛足，　又遶三匝却歸天。

「[時諸比]〔一〇〕丘，至明清旦，合掌向佛，白言世尊，昨夜光明，倍踰於常。爲[是帝釋]梵天，爲是四天王子（乎）？廿八部鬼神大將也。令其夜分，照曜竹林。　諸比丘道：

□□光明倍尋常，　照曜竹林及禪房，
爲是上界天帝釋？　爲是梵衆四天王？
□□佛會禪林內，　能令夜分現禎祥。
惟願世尊愍四衆，　解說昨夜見底光？

[佛告]〔一一〕諸比丘，非是帝釋，亦非梵天鬼神大將，乃是頻婆娑羅王[后]宮綵女，名功德意，供養塔故，爲阿闍世王被害命終，生忉利天，今還下界，來供養我，是彼光耳。」　佛道：

汝等昨夜見底光？　非是釋梵四天王，
乃是王宮功德意，　爲先捨命掃佛堂。
被害命終生天上，　還來下界至此方，
執持香花供養我，　令其夜分現禎祥。

佛法寬廣，濟度无涯，至心求道，無不獲果。但保宣〔三〕空門薄藝，梵宇荒才，經教不便於根源，論典罔知於底漠。輒陳短見，綴秘密之因由，不懼羞慚，緝甚深之緣喻。

維大周廣順叁年癸丑歲肆月二十日三界寺禪僧法保自手寫記。

校記：

〔一〕依甲卷原題。題後緊接押座文，押座文訖，又出箇題「功德意供養塔生天緣」。

甲卷　斯三四九一　未鈔完，即接鈔「破魔變文」。蓋兩變文共同使用同一押座文，故押座文在一卷上鈔寫兩次。此押座文又見伯二一八七。

乙卷　伯三〇五一　此爲變文末段。

丙卷　伯二一八七　原爲「破魔變文」，亦有同一押座文。

按此故事出於「撰集百緣經」卷六「功德意供養塔生天緣」（「大正大藏經」第四卷，二二九——二三〇頁。）

以與甲乙兩卷相校，只缺中間阿闍世太子殺害父王與功德意灑掃供養塔被殺的一段。因推知此變文存者約有二分之一。

〔二〕甲卷第二寫本「今」下有「朝」字，第一寫本、丙卷並無。

〔三〕第二寫本及丙卷「期」並作「見」。

〔四〕第二本及丙卷「循還」並作「修遠」，詳「破魔變文」校語。

〔五〕「苦」字據第二本及丙卷補。

〔六〕第二本「虛」作「驅」。

〔七〕原甲卷止此，此下接鈔「破魔變押座文」（即前所謂第二本）及「破魔變文」。茲依「撰集百緣經」將中間所缺部份補記如下：

「時王太子阿闍世共提婆達多共爲陰謀，殺害父王，自立爲主。尋勅宮內，不聽禮拜供養彼塔，有犯之者，罪在不請。於其後時七月十五日僧自恣時，有一宮人，字功德意，而自念言：此塔乃大王所造，今者坌汙，無人掃灑，我今奴身，分受刑戮。掃灑彼塔，香花燈明，而供養之。作是念已，尋即然燈，供養彼塔。時阿闍世王遙在樓上，見彼燈明，即大瞋恚。尋即遣人，往看是誰。見功德意然燈供養。使者還來，以狀白王；王勅喚來，問其所由，時功德意即答王曰：今此塔者，先王所造供養之處，以此良日，掃除淸潔，燃燈供養。時阿闍世聞是語已，告功德意，汝不聞我先所約勅？功德意言，聞王所勅。然王今者其所治化不勝先王。時阿闍世聞是語已，倍增瞋恚，即以劍斬殺。功德意乘此善心，即便命終，生忉利天，身光照耀，滿一由旬，時天帝釋及諸天等，咸來觀看，而問之言：汝造何福，得來生此？光明殊特，倍勝諸天？爾時王子，卽以偈頌答帝釋。」

〔八〕乙卷開始於「佛卽爲其說四諦法」句，「佛卽爲」以上斷去。敍述文句中，凡使用「撰集百緣經」原文者，均用括弧括出。

〔九〕此處約缺六七字。

〔一〇〕此段文字與「撰集百緣經」稍異，經文作「時諸比丘，於其晨朝，白世尊言。昨夜光明，殊倍於常，爲是帝釋梵天四天王乎？二十八部鬼神大將也。」原卷不淸晰處，依經本補出括弧內六字。又「乎」字原卷作「子」。

〔一一〕此段較經文多出「非是帝釋」，「今還下界」八字。其原卷不淸晰處，亦依經本補出括弧內三字。

〔一二〕「保宣」當是此變文的作者。

王重民校錄

【歡喜國王緣】〔一〕

謹案藏經說：西天有國名歡喜，有王歡喜王。王之夫人，名有於（相）者。夫人容儀窈窕，玉貌輕盈，如春日之夭桃，類秋池之河（荷）葉；盈盈素質，灼灼嬌姿，實可漫漫，偏稱王心。

吟　自入王宮仕（侍）聖居（君），　高低皆說猧（猥）承恩，

若論舞〔二〕勝當如品，　縱使清歌每動頻。

出入排房嬪彩亂〔三〕，　安存宮監惠唯新，

普天咸荷寵王聖，　有相賢和助一人。

這夫人容儀〔四〕既麗，婦德彌章（彰），有日月處皆智（知），滿乾坤而盡許。王之顧念，日夕不離數（椒）房，旦暮歡於金殿。如斯富貴，可笑殊嚴。忽地一朝，別聞惡事：

〔側〕〔五〕王卽情偏寵，　其如命不長，

〔側〕　忽因歌舞次，　死於（相）王邊彰。

一道深〔深〕〔六〕氣，　看看七日亡，

聖君纔見了，　流淚兩三〔七〕行。

〔斷〕　忽地夫人氣色昏〔八〕，　淚流如線莫能勝，

定知玉貌終皈七，　爭忍夫人化作塵！
這度清鸞纔失［九］伴，　後迴花小（笑）爲誰春？
國王見此心驚怪，　嬪彩皆言悟一人。

這有［相］夫人顏貌平正［一〇］，又復能歌。一日殿中起舞，正歌之次，歡喜國王見這［一一］夫人面上身邊［一道］［一二］氣色，知其有相，七日身亡。王乃含悲，心懷惆悵。有於（相）夫人見王垂淚，不測事［一三］由，舞有罷斂容儀。［云了］［一四］觀世音菩薩　仏（佛）子

斷：「臣［一五］今歌舞有訶乖？　王忽延（筵）中淚落來，
爲復言詞相觸悟（牾），　爲當去就枇（拙）旋迴。
希王善惡如今說，　莫使宮嬪總亂猜。
皇帝旣遭親顧問，　一場惆悵口難開。」

皇帝旣被有於（相）夫人再三頻問，唯唯惆悵，轉轉悲渧（啼）良久，大王語其有相夫人：「朕無餘事［一六］惆悵，夫人適來作舞［一七］之時，朕見夫人耳邊，有一道氣色，此氣色案於世書圖藉（籍）［一八］，號曰死文；却後七日，夫人必死。朕今已見，恐喪夫人，不免心中憂懷惆悵。」觀世音菩薩　佛子

側：王被夫人顧問，　登時遂即申陳，
報言有相須知：「却後七朝身死。
朕得舞筵之內，　忽占面色憂文，

【歡喜國王緣】[一]

謹案藏經說：西天有國名歡喜，有王歡喜王。王之夫人，名有於(相)者。夫人容儀窈窕，玉貌輕盈，如春日之天桃，類秋池之河(荷)葉；盈盈素質，灼灼嬌姿；實可漫漫，偏稱王心。

吟　自入王宮仕(侍)聖居(君)，　高低皆說猜(猥)承恩，
若論舞[二]勝當如品，　縱使清歌每動頻。
出入排房嬪彩亂[三]，　安存宮監惠唯新，
普天咸荷靡王聖，　有相賢和助一人。

這夫人容儀[四]既麗，婦德彌章(彰)，有日月處皆智(知)，滿乾坤而盡許。王之顧念，日夕不離數(椒)房，旦暮歡於金殿，如斯富貴，可笑殊嚴。忽地一朝，別聞惡事：

[側][五]王郎情偏寵，　其如命不長，
[側]　忽因歌舞次，　死於(相)千邊彰。
一道深[深][六]氣，　看看七日亡，
聖君纔見了，　流淚兩三[七]行。
[斷]　忽地夫人氣色昏[八]，　淚流如線莫能勝，

定知玉貌終皈七，　爭忍夫人化作塵。
這度淸鸞纔失〔九〕伴，　後迴花小（雀）爲誰春，
國王見此心驚怪，　嬪彩皆言悟一人。

這有〔相〕夫人顏貌平正〔一〇〕，又復能歌。一日殿中起舞，正歌之次，歡喜國王見這〔一一〕夫人面上身邊〔一道〕〔一二〕氣色，知其有相，七日身亡。王乃含悲，心懷惆悵。有於（相）夫人見王垂淚，不測事〔一三〕由，舞有罷斂容儀。〔云了〕〔一四〕觀世音菩薩　仏（佛）子

斷：臣〔一五〕今歌舞有詞乖，　王忽延（筵）中淚落來，
爲復言詞相觸悟（牾），　爲當去就柮（拙）旋迴。
希王善惡如今說，　莫使宮嬪總亂猜。
皇帝既遭親顧問，　一場惆悵口難開。

皇帝既被有於（相）夫人再三頻問，唯唯惆悵，轉轉悲渧（啼），良久，大王語其有相夫人：「朕無餘事〔一六〕惆悵，夫人適來作舞〔一七〕之時，朕見夫人耳邊，有一道氣色，此氣色案於世書圖藉（籍）〔一八〕，號曰死文；却後七日，夫人必死。朕今已見，恐喪夫人，不免心中憂懷惆悵。」觀世音菩薩　佛子

側：王被夫人顧問，　登時遂即申陳，
報言有相須知：　「却後七朝身死。
朕得舞筵之內，　忽占面色憂文，

定知與我相離，　所以適來惆悵。」

〔吟斷〕說了夫人及大王，　兩情相顧又迴惶，

「誰知賤妾天年盡，　爭忍拋人便夭亡。」

金殿乍開(聞)皆失色，　只言知了盡悲傷，

咸賀有於(相)能平正〔一九〕，　也被無常暗取將。

夫人聞了，又自悲傷。知道這〔二〇〕身，看看命謝。與王相伴，又得兩〔二一〕朝，夫人語大王曰：「占看氣色，道奴身亡，却後七朝，已過兩日。臣今恐命定不存留，暫擬皈舍，辭別父母，伏願帝聽，放奴歸家。」王曰：「夫人氣色，命有五朝，看卽與朕不得相見。莫辭且住，更忍兩朝。後三日中，辭別父母。」大王言訖，於是夫人〔二二〕處分不(有)司：

〔斷〕從此夫人別大王，　歸家來見親父娘〔二三〕，

六宮送處皆垂淚，　三殿辭時哭斷腸。

這度雙鸞愁失伴，　後應孤影必潛傷，

慇懃既出椒房後，　數日看時只待亡。

夫人既去，王乃難留，便使嬪妃，相隨至舍。莫不晨參暮省，送藥送茶〔二四〕。賜之以七寶百珍，賞之以綾羅錦彩。夫人至舍，父母歡忻。及問因由，一家惆悵。〔云云〕

〔側〕有相辭王出，　歸家別父娘，

萬人皆失色，　百壁（辟）盡悲傷。
父母初聞說，　悲啼哭斷腸，
只緣薄福德，　不久見身亡。
及其〔二五〕聞說淚沾巾，　莫怪今朝勸善貧（頻），
父母初逢端正貌，　爭忍交爲化〔二六〕作塵！
便喚醫師尋妙藥，　卽求方術擬案（安）魂，
人人皆道天年盡，　無計留他這個人。

有於（相）夫人辞王皈舍，父母愛恰（怜），卽便檢藥尋醫，擬延女命。国師財見〔二七〕，盡說不能。卽有一夫人語人曰：「人命無常，色如山水，佛願有偈，聞者由（猶）驚。〔偈〕〔二八〕云：是日已至，命卽隨陷，如少水魚。勸請隨喜衆，勤學証無餘〔二九〕。」又云：「一失人身，萬劫不逢。身謝命終。去此不遠，有一名山，山中有僧，名之石室。此比丘尼，有大威德，護念他人。往被河（彼求）之〔三十〕，已（以）延身命。」於是有相夫人，與至（王）家眷〔三一〕，卽往山內比丘所，禮拜供養，永〔三二〕乞神功。佛子　憂疑之此（次），有人傳語：

〔斷〕
僧住城南万刧山，　我將救度局（向）人間，〔三三〕
道德衆推能敏物〔三四〕，　慈悲皆說度人天。
如今况在前生福，　好似相將暫結緣，
必若有人延得〔三五〕命，　與王齊受（壽）百千年。

定知與我相離，　所以適來惆悵。」

[吟斷] 說了夫人及大王，　兩情相顧又迴惶，

「誰知賤妾天年盡，　爭忍拋人便夭亡。」

金殿乍開(聞)皆失色，　只言知了盡悲傷，

咸賀有於(相)能平正[一九]，　也被無常暗取將。

夫人聞了，又自悲傷。知道這[二〇]身，看看命謝，與王相伴，又得兩[二一]朝。夫人語大王曰：「占看氣色，道奴身亡，却後七朝，已過兩日。臣今恐命定不存留，暫擬皈舍，辭別父母，伏願帝聽，放奴歸家。」王曰：「夫人氣色，命有五朝，看卽與朕不得相見。莫辭且住，更忍兩朝。後三日中，辭別父母。」大王言訖，於是夫人[二二]處分不(有)司：

[斷] 從此夫人別大王，　歸家來見親父娘[二三]，

六宮送處皆垂淚，　三殿辭時哭斷腸。

這度雙鸞愁失伴，　後應孤影必潛傷，

殷懃既出椒房後，　數日看時只待亡。

夫人既去，王乃難留。便使嬪妃，相隨至舍。莫不晨參暮省，送藥送茶[二四]；賜之以七寶百珍，賞之以綾羅錦彩。夫人至舍，父母歡忻。及問因由，一家惆悵。[云云]

[側] 有相辭王出，　歸家別父娘，

萬人皆失色，　百壁(辟)盡悲傷。
父母初聞說，　悲啼哭斷腸，
只緣薄福德，　不久見身亡。
及其〔二五〕聞說淚沾巾，　莫怪今朝勸善貧(類)，
父母初逢端正貌，　爭忍交爲化〔二六〕作塵。
便喚醫師尋妙藥，　即求方術擬案(安)魂，
人人皆道天年盡，　無計留他這個人。

有於(相)夫人辞王皈舍，父母愛恰(怜)，即便檢藥尋醫，擬延女命。国師財見〔二七〕，盡說不能。即有一夫人語人曰：「人命無常，色如山水，佛願有偈，聞者由(猶)驚。〔偈〕〔二八〕云：是日已至，命即隨陷，如少水魚。勸請隨喜衆，勤學証無餘〔二九〕。」又云：「一失人身，萬刼不逢。身謝命終。去此不遠，有一名山，山中有僧，名之石室。此比丘尼，有大威德，護念他人。往被河(彼求)之〔三〇〕，已(以)延身命。」於是有相夫人，與至(王)家眷〔三一〕，即往山內比丘所，禮拜供養，永〔三二〕乞神功。佛子憂疑之此(次)，有人傳語：

〔斷〕　僧住城南万刼山，　我將救度扃(向)人間，〔三三〕
道德衆推能敏物〔三四〕，　慈悲皆說度人天。
如今況在前生福，　好似相將暫結緣，
必若有人延得〔三五〕命，　與王齊受(壽)百千年。

[吟]　忽爾聞人說，　夫人便訪尋，
不居城槨(郭)[三六]內，　終日住山林。
求已[三七]重重禮，　陳情切切深，
欲求神妙藥，　免被死亡[三八]侵。

[斷]　死苦爲計遍此身，　便於山裏禮名僧，
初占(瞻)月面精神爽，　後得[三九]談經去夜昏[四〇]。
欲識心珠先發願，　要窮佛法傳香燈，
但於[四一]言下知歸處，　誓學牟尼六度門。

夫人聞說，遂向山中，禮拜此僧，乞延壽命。於是虔恭合掌，歸依而不憚[四二]驅馳，懺(懺)悔投誠，發露而未經傾剋(頃刻)。夫人曰："和尚。賤身生居草也(野)，長向王宮，三五日前，大王占相道故，却後七日命絡(終)，放我歸家，令辭父母。適聞人說，和尚慈悲，故故起居，乞延受(壽)法。"和尚道："夫人，夫人！浮生遶速，不可不留，可惜心神，以求延受(壽)法[四三]。"夫人曰："人間矩燭[四四]，弟子常[四五]當知，未委何方，命壽長遠？"和尚曰："天中壽命，與此不同。快樂逍遙，又勝人世。"和尚於是與夫人說三界九地人所生之處，壽命無限等事。　觀世音菩薩　佛子

[側]　浮生難長久，　生來死去亡，
爭如天上[四六]福，　快樂是尋常。

念食天廚飯，　思衣寶伏（服）香，
若求生去者，　八戒是津粮（梁）。
〔斷〕僧与夫人說此緣，　欲求長命欲生天？
出去瑞雲承兩足，　歸來光相遶身邊。
五音日日聲盈耳，　七寶朝朝滿眼看，
須知浮世俄〔四七〕爾是，　聞早迴心莫等閑。

於是石室比丘尼勸有相夫人了，交求生天，莫求浮世壽命。夫人問和尚曰：「凡生人間，修何法則？凡生天中上，修何法行？」和尚答曰：「欲生人世，修持五戒。求生天者〔四八〕，須持八戒。一日一夜，若能至心，受如來清淨八戒，必生天上，快樂自在。」於是有於（相）夫人，聞是事已。於求（求於）石室比丘尼所，求受如是清淨八戒。授八戒已了。歸家日滿，便乃身亡，生在天中，受諸快樂。〔云云〕

〔斷側〕當日夫人聞說，　卽時日夜堅持，
果然七日身亡，　生在他〔四九〕居天上。
禮拜比丘尼舍，　人間年限將終，
夫人既有身亡，　家內營其殯送。
〔斷〕夫人受戒却回來，　七日身修（休）掩夜臺，
國主乍聞心痛切，　朝臣知了淚摧摧。

［吟］忽爾聞人說，　夫人便訪尋，
不居城墎(郭)［三六］內，　終日住山林。
求已［三七］重重禮，　陳情切切深，
欲求神妙藥，　免被死亡［三八］侵。
［斷］死苦爲計遍此身，　便於山裏禮名僧，
初占(瞻)月面精神爽，　後得［三九］談經去夜昏［四〇］。
欲識心珠先發願，　要窮佛法傳香燈，
但於［四一］言下知歸處，　誓學牟尼六度門。

夫人聞說，遂向山中，禮拜此僧，乞延壽命。於是虔恭合掌，歸依而不憚［四二］驅馳，懴(懺)悔投誠，發露而未經傾剋(頃刻)。夫人曰：「和尚。賤身生居草也(野)，長向王宮，三五日前，大王占相道故，却後七日命絡(終)，放我歸家，令辞父母。適聞人說，和尚慈悲，故故起居，乞延受(壽)法。」和尚道：「夫人，夫人！浮生迭速，不可不留，可惜心神，以求延受(壽)法［四三］。」夫人曰：「人間矩燭［四四］，弟子常［四五］當知，未委何方，命壽長遠？」和尚曰：「天中壽命，與此不同。快樂逍遙，又勝人世。」和尚於是與夫人說三界九地人所生之處，壽命無限等事。觀世音菩薩　佛子

［側］浮生難長久，　生來死去亡，
爭如天上［四六］福，　快樂是尋常。

念食天廚飯，　思衣寶伏(服)香，
若求生去者，　八戒是津粮(梁)。
[斷]　僧与夫人說此緣，　欲求長命欲生天？
出去瑞雲承兩足，　歸來光相遶身邊。
五音日日聲盈耳，　七寶朝朝滿眼看，
須知浮世俄[四七]爾是，　聞早迴心莫等閑。

於是石室比丘尼勸有相夫人了，交求生天，莫求浮世壽命。夫人問和尚曰：「凡生人間，修何法則？凡生天生上，修何法行？」和尚答曰：「欲生人世，修持五戒。求生天者[四八]，須持八戒。一日一夜，若能至心，受如來清淨八戒，必生天上，快樂自在。」於是有於(相)夫人，聞是事已。於求(求於)石室比丘尼所，求受如是清淨八戒。授八戒已了。歸家日滿，便乃身亡，生在天中，受諸快樂。[云云]

[斷側]　當日夫人聞說，　卽時日夜堅持，
果然七日身亡，　生在他[四九]居天上。
禮拜比丘飯舍，　人間年限將終，
夫人旣有身亡，　家內營其殯送。
[斷]　夫人受戒却回來，　七日身修(休)掩夜臺，
國主乍聞心痛切，　朝臣知了淚摧摧。

六宮參(慘)切情何極，　九族臨𠷔(喪)盡悲〔五〇〕哀，

揀日擇時便殯葬，　凶儀於(相)送塞香街。

有於(相)夫人於石室比丘尼所，受戒了，歸來七日滿，身終也。歡喜國王出天丈(仗)，如法殯葬後。夫人又經半年，生在天上。於天中忽爾思唯：「我昔何緣，來此寶界。」良久入定，觀此身前是歡喜國王夫人，因國王〔五一〕於我知七日身亡，遂皈父母家。及往山中石室比丘尼所，得聞妙法及〔受〕〔五二〕八戒，七日命終，生於天上。我須今日，却下於天界，往歡喜國，報其天〔五三〕恩供養。言說夫人遂与天女，同來下界。　觀世音菩薩　佛子

〔斷〕一自夫人受戒皈，　命終身謝見無期，

因緣已感生天上，　果報還招福自隨。

受命豈論年與月，　歌娛寧有是兼非，

忽然入定辞前世，　歡喜王宮国后妃。

思憶須是下天界，　彩女於(相)將數十人，

四衆瑞云(雲)〔五四〕光錯落，　五音歌管乱紛紜。

臨帝坐，入王宮，　霧駕庭庭滿碧空，

只向雲中拋(抛)寶玩，　五天皆悉現神通。

於是有相夫人〔曰〕〔五五〕國王道：「殿前何故種種名〔花〕〔五六〕異香，及諸珍玩？」於虛空中，喚其大

王，遂([illegible])[五七]相慰喻。「時吾聞諸，驚愕失次，及國土內，凡諸人民，皆見是「有」於(相)夫人。」

[側] 歡喜王宮裏，　當初忽尔聞，
忽然驚與嘆，　兼要重精神。
出殿望空禮，　承空問祓(彼)人，
何緣生端(瑞)相，　願說此來因。

[斷] 王与夫人兩不同，　人間天上喜相逢，
殷懃顧問當初事，　屈曲還至此日功，
道是因憑八戒力，　感枯得身敬上天宮，
今朝故故來相報，　火急修持且莫慵。

大王語夫人曰：「夫人自皈家內，七日身亡，以何因緣，而[五八]來下界？」夫人道：「我自離宮內，便入山中，禮拜比丘尼，永[五九]受八關齋(齋)戒。一日一夜，志心境(敬)持，便[六〇]得上生兜率(率)天上。今朝到此，來報大王，伏望不戀閻(閻)浮，求生天上，與爲同止，再遂忠(衷)腸[六一]，千万再三，速求出離。」

[側] 大王聞說便心迴，　日夜燒香礼聖臺，
自別夫人經數月，　思量好是苦持齋。
每相(想)夫人辭家出，　夜夜尋看房卧路口，
玉貌定知皈郍(那)裏，　且喜恩霑說修持，

今日若能得上界，　施与如来國內財。
相勸諫，速持齋，　莫戀閻(閻)浮急出來，
座下惣(總)須聽此說，　當來畢定免輪迴〔六二〕。

於是大王受諫，有相迴皈，凡是後來，也持八戒，還生天上，福德〔六三〕自隨。〔云云〕

〔側〕有相夫人報大王，　盈盈玉貌也无常，
傾國傾城人聞說，　尚与國王有分離。
懃菝(發)〔願〕，速修行，　濁世娑婆莫戀營(營)，
便須受戒皈政法，　淨土天中還相逢。
無限難思意味長，　速須覺悟禮空王，
三八中須斷酒肉，　十齋眞要剎(剡)燒香，
更能長念如來好，　一切時中得吉祥。
好道理，不思議，　記當修行莫勇〔六四〕伊，
念佛座前領取偈，　剩拋(拋)散施總〔　〕知〔六五〕。

歡喜國王緣一本寫記

乙卯年七〔六六〕月六日三界寺僧戒淨寫耳

故事出於雜寶藏經之卷八之優陀羨王緣

校記：

〔一〕原卷：分裂成二段，前段自「謹案」起至「國主乍聞心痛切」止；上虞羅氏舊藏，曾印入「敦煌零拾」，今藏上海市文物保管委員会；後段自「朝臣知了淚摧摧」至尾，在法國，編號伯三三七五背。前題據尾題補。甲卷：卷首殘，自「若論舞」起，前三行每行下半缺七字，以下至卷末，有名款，無篇題。藏上海市文物保管委員會。

〔二〕「論舞」原卷作「倫無」，此从甲卷。以下改从之字，俱出甲卷。

〔三〕「亂」甲卷作「離」。

〔四〕「容儀」甲卷作「儀容」。

〔五〕「側」據甲卷補，下同。甲卷凡「側」、「断」及「觀世音菩薩佛子」等字，俱用硃筆寫。

〔六〕「深」字原卷脫，據甲卷補。

〔七〕「兩三」原卷作「一兩」。

〔八〕「昏」原卷作「潛」。

〔九〕「失」原卷作「朱」。

〔一〇〕「正」原卷作「止」。

今日若能得上界，　施与如來國內財。
相勸諫，速持齋，　莫戀閻（閻）浮急出來，
座下惣（總）須聽此說，　當來畢定免輪迴〔六二〕。

於是大王受諫，有相迴皈，凡是後來，也持八戒，還生天上，福德〔六三〕自隨。〔云云〕

〔側〕有相夫人報大王，　盈盈玉貌也无常，
傾國傾城人聞說，　尚与國王有分離。
懃菝（發）〔願〕，速修行，　濁世娑婆莫戀営（營），
便須受戒皈政法，　淨土天中還相逢。
無限難思意味長，　速須覺悟禮空王，
三八士須斷酒肉，　十齋眞要剁（剩）燒香，
更能長念如來好，　一切時中得吉祥。
好道理，不思儀，　記當修行莫勇〔六四〕伊，
念佛座前領取偈，　剩抛（抛）散施總〔□〕知〔六五〕。

歡喜國王緣一本寫記　乙卯年七〔六六〕月六日三界寺僧戒淨寫耳

校記：

〔一〕 原卷：分裂成二段，前段自「謹案」起至「國主乍聞心痛切」止；上虞羅氏舊藏，曾印入「敦煌零拾」，今藏上海市文物保管委員会；後段自「朝臣知了淚摧摧」至尾，在法國，編號伯三三七五背。前題據尾題補。甲卷：卷首殘，自「若論舞」起，前三行每行下半缺七字，以下至卷末，有名款，無篇題。藏上海市文物保管委員會。

〔二〕 「論舞」原卷作「倫無」，此从甲卷。以下改从之字，俱出甲卷。

〔三〕 「亂」甲卷作「離」。

〔四〕 「容儀」甲卷作「儀容」。

〔五〕 「側」據甲卷補，下同。甲卷凡「側」、「断」及「觀世音菩薩佛子」等字，俱用硃筆寫。

〔六〕 「深」字原卷脫，據甲卷補。

〔七〕 「兩三」原卷作「一兩」。

〔八〕 「昏」原卷作「涽」。

〔九〕 「失」原卷作「朱」。

〔一〇〕 「正」原卷作「止」。

〔一一〕「這」原卷作「者」。
〔一二〕「一道」二字據甲卷補。
〔一三〕「測事」原卷作「側士」。
〔一四〕「云了」二字及以下各「云云」字，皆據甲卷補。
〔一五〕「臣」原卷作「神」。
〔一六〕「事」原卷作「士」。
〔一七〕「舞」原卷作「無」。
〔一八〕「籍」原卷作「藉」。
〔一九〕「平正」原卷作一「悉」字。
〔二〇〕「這」原卷作「者」。
〔二一〕「兩」原卷作「後」。
〔二二〕「夫人」甲卷作「大王」。
〔二三〕「親父娘」甲卷作「父兼娘」。
〔二四〕「茶」原卷作「恭」。
〔二五〕「及其」原卷作「父母」。
〔二六〕「化」原卷作「何」。

〔二七〕「財見」甲卷作「待詔」。

〔二八〕「偈」字據甲卷補。

〔二九〕「勤學証無餘」甲卷作「無餘思有何樂」。

〔三〇〕「往被河之」甲卷作「事往問之」。

〔三一〕「眷」原卷作「卷」。

〔三二〕「永」甲卷作「求」。

〔三三〕甲卷自「永乞神功」句下至此作：「菩薩佛子。憂疑之次有人傳，僧住城南万仞山。」

〔三四〕「物」字原卷模糊，似「抑」字。

〔三五〕「得」甲卷作「德」。

〔三六〕「榔」原卷作「檄」。

〔三七〕「已」原卷作「與」。

〔三八〕「亡」原卷作「王」。

〔三九〕「得」原卷作「德」。

〔四〇〕「香」原卷作「賢」。

〔四一〕「於」原卷作「知」。

〔四二〕「憚」甲卷作「彈」。

[四三] 甲卷無「法」字。
[四四] 「矩燭」甲卷作「短促」。
[四五] 「常」字甲卷用硃筆刪去。
[四六] 「上」甲卷作「下」。
[四七] 「俄」原卷作「我」。
[四八] 「者」甲卷作「青」。
[四九] 「他」甲卷作「地」。
[五〇] 「悲」甲卷作「物」。
[五一] 「國王」二字原卷作「緣」。
[五二] 「受」字據甲卷補。
[五三] 「天」原卷作「王飲」二字。
[五四] 此四字甲卷作「四種瑞花」。
[五五] 「曰」字據甲卷補。
[五六] 「花」字據甲卷補。
[五七] 「遞」甲卷作「牙」。
[五八] 「而」甲卷作「如」。

〔五九〕「永」甲卷作「求」。

〔六〇〕「便」甲卷作「勸」。

〔六一〕「腸」甲卷作「場」。

〔六二〕此段韻語十四句甲卷作十二句如下：

王問緣由知子細，凭蘭(欄)目視深垂涕，
自別夫人已隔生，何期再到余家弟(第)。
每想夫人辭家出，夜夜交人淚如雨，
王(玉)皃(貌)須臾變作灰，且希恩寵備從容，
今朝何期入後宮，金馬豈望重相覩！
儻垂琴瑟當時久，我也修行弃九重。

〔六三〕「德」甲卷作「樂」。

〔六四〕此字甲卷作「勇」。

〔六五〕此段韻語十八句甲卷作二十句如下：

有相夫人經上說，盈盈玉皃兒(胸)前雪，
傾國傾城衆所知，尙與國王重死別。
速修行，懃發願，濁世娑婆不堪戀，

勸須受戒數聞經，淨土天堂還相見。

無限難思義味長，速須覺悟禮空王，

持齋奉戒朝朝作，禮拜虔恭日日忙，

三八事須斷酒肉，十齋直要數焚香，

更能長念如來號，一切時中得吉祥。

好道理，不思儀，記當修行□(莫)勇伊，

念佛銜領取偈，剩抛散施總須知。

〔六六〕此行名歎原卷倒寫在「濁世娑婆」句後行間空處。甲卷亦有，「七月」作「六月」。

啓　功校錄

醜女緣起[一]

我佛因地曠刼修行，投厓飼虎，救鴿尸毗，爲求半偈，心地不趍。剜身然燈，供養辟支善支，求珠貧迷，父王有病，取服獻之。

大聖慈悲因地，　曠刼修行堅志，
也曾供養辟支，　帝釋天来誠[□]。
割肉祭於父王，　山內長時伏氣，
去世因[□]修行，　三界大師便是。
世尊當日度行壇，　爲救衆生業障纏，
也解求珠於大海，　尸毗救鴿結良緣。
三徒(途)地獄來往走，　六道輪廻作舟舡，
爲度門徒生善相，　感賀(荷)如來聖力潛。

我佛當日[二]爲救門徒六道輪廻，猶如舟船，般[運][三]衆生，達於彼岸。此時總得見佛，今世足衣足食[四]，修行時至，勤須發願。有餘供養佛僧，得數結紹見。此時更若修行，來世勝於定見。

我佛慈悲世莫誇，　救度衆生遍河沙，

勸須受戒數聞經，淨土天堂還相見。

無限難思義味長，速須覺悟禮空王，

持齋奉戒朝朝作，禮拜虔恭日日忙，

三八事須斷酒肉，十齋直要數焚香，

更能長念如來號，一切時中得吉祥。

好道理，不思儀，記當修行□(莫)勇伊，

念佛銜領取偈，剩抛散施總須知。

〔六六〕此行名欵原卷倒寫在「濁世婆婆」句後行間空處。甲卷亦有，「七月」作「六月」。

啓　功校錄

醜女緣起[一]

我佛因地曠刧修行，投座飼虎，救鴿尸毗，爲求半偈，心地不趍。剜身然燈，供養辟支善支，求珠貧迷，父王有病，取服獻之。

大聖慈悲因地，　曠刧修行堅志，
也曾供養辟支，　帝釋天来誠[□]。
割肉祭於父王，　山內長時伏氣，
去世因[□]修行，　三界大師便是。
世尊當日度行壇，　爲救衆生業障纏，
也解求珠於大海，　尸毗救鴿結良緣。
三徒(途)地獄來往走，　六道輪廻作舟舡，
爲度門徒生善相，　感賀(荷)如來聖力潛。

我佛當日[二]爲救門徒六道輪廻，猶如舟船，般[運][三]衆生，達於彼岸。此時總得見佛，今世足衣足食[四]，修行時至，勤須發願。有餘供養佛僧，得數結紹見。此時更若修行，來世勝於定見。

我佛慈悲世莫誇，　救度衆生遍河沙，

總得到於无爲處，　今生富貴足嬌閨。
人身不久如燈炎，　世事浮空似雲遮，
供養佛僧消滅障，　來生必定禮龍花。

來如（如來）長說誘勸門徒，焚香發願，勤念彌陁，修齋造善。布施有多功德，一一不及廣讚。設齋歡喜，果報圓滿。若己些些手攢眉，來世必當醜面。

佛在之日，有一善女，也曾供養羅漢〔五〕，雖有布施之緣，心裏便生輕賤。不得三五日間，身死。有何靈驗？此女當時身死，向何處託生？

於波斯匿王宮內託生，此是布施因緣，得生於國王之家。輕罵賢聖之業，感得果報，元在於我大王夫人。

纔生三日，進與大王：「大王」〔六〕纔見之〔時〕非常驚訝。世間醜陋，生於貧下。前生修甚因緣，今世形容轉差〔七〕？大王道：

只首思量也大奇，　朕今王種豈〔八〕如斯？
醜陋世間人總有，　未見今朝惡相儀。
穹崇跼蹜如龜鱉〔九〕，　渾身又似野猪皮，
饒你丹青心裏巧，　彩色千般畫不成。
獸頭渾是可憎兒，　國內計應無比並，

〔若論此女形貌相〕〔一〇〕，　長大將身娉阿誰。

大王羞恥，嘆訝非常。遂處分宮人，不得唱說，便遣送至深宮，更莫將來，休交朕見。

女緣醜陋世間希，　渾身一似黑䵟皮〔一一〕，
雙脚跟頭皴又僻，　髮如驢尾〔一二〕一枝枝。
看人左右和身轉，　舉步何曾會禮儀。
十指纖纖如露柱，　一雙眼子似木槌離〔一三〕。

大王再三形相，嗟嘆數聲，「何事最招，如斯醜陋？」

公主全無窈窕，　差事非常不小，
上脣半斤有餘，　鼻孔竹同(筒)渾小。
生來未省〔一四〕歡喜，　見說三年一笑。
覓他行步風流，　却是趙土襪脚〔一五〕。
大王見女醜〔一六〕形骸，　常與夫人手託〔顋〕〔一七〕，
憂念沒心求駙馬，　慚惶誰更覓良媒。
雖然富貴居樓殿，　恥辱緣無傾國財〔一八〕，
勅下令交便鎖閉，　深宮門戶不交開。

爾時波斯匿王自念世(女)醜，由不如人，遂遣在深宮，更不令頻出。日來月往，年漸長成。夫人宿夜愁

總得到於无爲處，　今生富貴足嬌閣。
人身不久如燈炎，　世事浮空似雲遮，
供養佛僧消滅障，　來生必定禮龍花。

來如(如來)長說誘勸門徒，焚香發願，勤念彌陁，修齋造善。布施有多功德，一一不及廣讚。設齋歡喜，果報圓滿。若已些些手攢眉，來世必當醜面。

佛在之日，有一善女，也曾供養羅漢[五]，雖有布施之緣，心裏便生輕賤。不得三五日間，身死。有何靈驗？此女當時身死，向何處託生？

於波斯匿王宮內託生，此是布施因緣，得生於國王之家。輕罵賢聖之業，感得果報，亦在於我大王夫人。

纔生三日，進與大王：「大王」[六]纔見之「時」非常驚訝。世間醜陋，生於貧下。前生修甚因緣，今世形容轉差[七]。大王道：

只首思量也大奇，　朕今王種豈[八]如斯，
醜陋世間人總有，　未見今朝惡相儀。
脊崇蹋蹐如龜鱉[九]，　渾身又似野猪皮，
饒你丹青心裏巧，　彩色千般畫不成。
獸頭渾是可憎兒，　國內計應無比並，

〔若論此女形貌相〕〔一〇〕，　長大將身娉阿誰。

大王羞恥，嘆訝非常。遂處分宮人，不得唱說，便遣送至深宮，更莫將來，休交朕見。

女緣醜陋世間希，　渾身一似黑皼皮〔一一〕，
雙脚跟頭皴又僻，　髮如驢尾〔一二〕一枝枝。
看人左右和身轉，　舉步何曾會禮儀。
十指纖纖如露柱，　一雙眼子似木槌離〔一三〕。

大王再三形相，嗟嘆數聲，「何事最招，如斯醜陋！」

公主全無窈窕，　差事非常不小，
上脣半斤有餘，　鼻孔竹同(筒)渾小。
生來未省〔一四〕歡喜，　見說三年一笑。
覓他行步風流，　却是趙土襪脚〔一五〕。
大王見女醜〔一六〕形骸，　常與夫人手託〔顋〕〔一七〕，
憂念沒心求駙馬，　慚惶誰更覓良媒。
雖然富貴居樓殿，　恥辱緣無傾國財〔一八〕，
勑下令交便鎖閉，　深宮門戶不交開。

爾時波斯匿王自念世(女)醜，由不如人，遂遣在深宮，更不令頻出。日來月往，年漸長成。夫人宿夜愁

恐，大王不肯發遣。後因遊戲之次，夫人歛容進步，「向前咨白大王云云」〔一九〕

賤妾常慚（慚）醜〔二〇〕質身，　虛霑宮宅與王親，
日日眼前多富貴，　朝朝惟是用珠珍。
宮人侍婢常隨後，　使喚東西是大臣〔二一〕，
慚恥這身無得解，　大王寵念赴乾坤。
妾今有事須親奏，　願王歡喜莫生嗔：
「金剛醜女年成長，　爭忍令交不仕〔二二〕人！」

於是大王「聞奏」〔二三〕，良久沉吟〔二四〕，未容發言，夫人又奏云云

姊妹三人總一般，　端正醜陋結〔二五〕因緣，
並是大王親骨肉，　願王一納賜恩憐。
向今成長深宮內，　發遣令交使向前，
十指從頭長與短，　各各從頭施交看〔二六〕。

大王見夫人奏勸再三，不免咨告夫人云云

我緣一國帝王身，　眷屬由來宿〔二七〕業因，
爭那就中容貌差〔二八〕，　交奴恥見國朝臣。
心〔二九〕知是朕親生女，　醜差都來不似人，

說着上由（尙猶）皆驚怕〔三〇〕，　如何祝婢〔三一〕向他門。

〔夫人又告大王〕〔三二〕：「大王若無意發遣，妾也不敢再言。有心令遣他人，聽妾今朝一計。私地詔〔三三〕一宰相，交覓薄落兒郎，官職金玉與伊，祝婢爲夫婦。」於是大王取其夫人之計，卽詔一臣，交作良媒，便卽私地發遣。臣下〔蒙詔〕〔三四〕，速赴內廳，面對處分天勑，受王進旨。王告臣曰：

「卿令聽朕語，　子細說來處：
緣是國大王〔三五〕，　有一親生女。
天生貌不强，　只要直牒貯〔三六〕，
覓取一〔三七〕兒郎，　婢與爲夫婦。」

〔大王又向臣下道〕〔三八〕：

「卿爲臣下我爲君，　今日商量只兩人，
朝暮切須看聽審〔三九〕，　惆悵莫交外人聞。
相當莫厭無才藝，　莽路〔四〇〕何嫌徹骨貧，
萬計事須相就取，　陪些房臥（具）莫爭論。」

於是宰相〔受勑〕〔四一〕，拜辭出內，便卽私行坊市。〔巡歷〕諸州，處處問人，朝朝尋覓。後忽經行街巷，見貧生子姓王，施問再三，當時便肯。領到內門，〔先入見王，言奏〕尋得。皇帝大悅龍顏，遂詔宰相，速令引到。

恐，大王不肯發遣。後因遊戲之次，夫人歛容進步，「向前咨白大王云云」〔一九〕

賤妾常慚(慚)醜〔二〇〕質身，　虛霑宮宅與王親，
日日眼前多富貴，　朝朝惟是用珠珍。
宮人侍婢常隨後，　使喚東西是大臣〔二一〕，
慚恥這身無得解，　大王寵念赴乾坤。
妾今有事須親奏，　願王歡喜莫生嗔：
「金剛醜女年成長，　爭忍令交不仕〔二二〕人！」

於是大王「聞奏」〔二三〕，良久沉吟〔二四〕，未容發言，夫人又奏云云

姊妹三人總一般，　端正醜陋結〔二五〕因緣，
並是大王親骨肉，　願王一納賜恩憐。
向今成長深宮內，　發遣令交使向前，
十指從頭長與短，　各各從頭施交看〔二六〕。

大王見夫人奏勸再三，不免咨告夫人云云

我緣一國帝王身，　眷屬由來宿〔二七〕業因，
爭那就中容貌差〔二八〕，　交奴恥見國朝臣。
心〔二九〕知是朕親生女，　醜差都來不似人，

說着上由（尚猶）皆驚怕〔三〇〕，　　如何祝娉〔三一〕向他門。

［夫人又告大王］〔三二〕：「大王若無意發遣，妾也不敢再言。有心令遣仕人，聽妾今朝一計。私地詔〔三三〕一宰相，交覓薄落兒郎，官職金玉與伊，祝娉爲夫婦。」於是大王取其夫人之計，卽詔一臣，交作良媒，便卽私地發遣。臣下［蒙詔］〔三四〕，速赴內廳，面對處分天勑，受王進旨。王告臣曰：

「卿今聽朕語，　子細說來處：
緣是國大王〔三五〕，　有一親生女。
天生貌不強，　只要直牒貯〔三六〕，
覓取一〔三七〕兒郎，　娉與爲夫婦。」

［大王又向臣下道］〔三八〕：

「卿爲臣下我爲君，　今日商量只兩人，
朝暮切須看聽審〔三九〕，　惆悵莫交外人聞。
相當莫厭無才藝，　莽路〔四〇〕何嫌徹骨貧，
萬計事須相就取，　陪些房臥莫爭論。」

於是宰相［受勑］〔四一〕，拜辭出內，便卽私行坊市。［巡歷］諸州，處處問人，朝朝尋覓。後忽經行街巷，見貧生子姓王，施問再三，當時便肯。領到內門，［先入見王，言奏］尋得。皇帝大悅龍顏，遂詔宰相，速令引到。

皇帝座相寶殿，　宰相曲躬來見，
前時奉勑覓人，　今日得依王願。
門前有一兒郎，　性行不妨慈善，
出來好個[四二]面貌，　只是有些些舌短云云
大王聞說喜徘徊，　倦(捲)上珠簾御帳開，
既強聖人心裏事，　也兼皇后樂嘵嘵。
嬪妃綵女[四三]令詔入，　內監忙忙迤邐催，
便把被衫揩拭面，　打扳精神強入來。

王郎登時見皇帝，道何言語：

於是貧仕豪詔，　跪拜大王已了。
叉手又說寒溫，　直下令人失笑。
更道下情無任，　得仕(事)父母阿孃，
起居進步向前，　下情不勝忭好[四四]。

其是(時)大王處分：俳(排)備燕會，屈請郎。既到座筵，遣宮人引其公主對王郎。當爾之時，道何言語：

新婦出來見王郎，　都緣面貌多不强，
綵女嬪妃左右擁，　前頭掌扇鬧芬芳。

金釵玉釧滿頭粧[四五]，　錦繡羅衣馥鼻香，
王郎纔見公主面，　聞來魂魄轉飛傷。

於是王郎既被誂倒，左右宮人，一時扶接，以水洒面，良久乃蘇。宮人道何言語：

女緣前生貌不敫(數)，　每看恰似獸頭牟[四六]，
天然既沒紅桃色[四七]，　遮莫七寶叫身鋪[四八]。
夫主誂來身已倒，　宮人侍婢一時扶，
多少內人噴(噴)水救，　須臾得活却醒甦。

於是兩個阿姊，恐被王郎恥嫌醜陋，不肯却歸；左右宮人，令皆總急。阿姊無計，思寸(忖)且著卑辭，報答王郎云云

「王郎不用怪笑，　只緣新婦幼少，
妹子雖不端嚴，　手頭裁縫最巧。
官職王郎莫愁，　從此富貴到老，
些些醜陋不嫌，　新婦正當年少。」

王郎道苦，彼謀(媒)人悞我。將來今日目前，見這箇弱事，乃可不要富貴，亦不藉你官職；然相合之時，爭忍見其醜貌。思寸再三，沉疑不語。阿姊又道：

不要稱怨道苦，　早晚得這箇新婦，

皇帝座相寶殿，　宰相曲躬來見，
前時奉勑覓人，　今日得依王願。
門前有一兒郎，　性行不妨慈善，
出來好個[四二]面貌，　只是有些些舌短云云
大王聞說喜徘徊，　倦(捲)上珠簾御帳開，
既强聖人心裏事，　也兼皇后樂嘵嘵。
嬪妃綵女[四三]令詔入，　內監忙忙迤邐催，
便把被衫揩拭面，　打扳精神强入來。

王郎登時見皇帝，道何言語：

於是貧仕蒙詔，　跪拜大王已了。
叉手又說寒溫，　直下令人失笑。
更道下情無任，　得仕(事)父母阿嬢，
起居進步向前，　下情不勝恰好[四四]。

其是(時)大王處分：俳(排)備燕會，屈請郎。既到座筵，遣宮人引其公主對王郎。當爾之時，道何言語：

新婦出來見王郎，　都緣面貌多不强，
綵女嬪妃左右擁，　前頭掌扇鬧芬芳。

金釵玉釧滿頭粧[四五]，　錦繡羅衣馥鼻香，
王郎纔見公主面，　悶來魂魄轉飛傷。
於是王郎既被諕倒，左右宮人，一時扶接，以水洒面，良久乃蘇。宮人道何言語：
女緣前生貌不敫(數)，　每看恰似獸頭牟[四六]，
天然既沒紅桃色[四七]，　遮莫七寶叫身鋪[四八]。
夫主諕來身已倒，　宮人侍婢一時扶，
多少內人噴(噴)水救，　須臾得活却醒甦。
於是兩個阿姊，恐被王郎恥嫌醜陋，不肯却歸；左右宮人，令皆總急。阿姊無計，思寸(忖)且著卑辭，報答王郎云云
「王郎不用怪笑，　只緣新婦幼少，
妹子雖不端嚴，　手頭裁縫最巧。
官職王郎莫愁，　從此富貴到老，
些些醜陋不嫌，　新婦正當年少。」
王郎道苦，彼謀(媒)人悞我。將來今日目前，見這箇弱事，乃可不要富貴，亦不藉你官職；然相合之時，爭忍見其醜貌。思寸再三，沉疑不語。阿姊又道：
不要稱怨道苦，　早晚得這箇新婦，

雖則容貌不强，　且是國王之女。
向今正直年少，　又索得當朝公主[四九]，
鬼神大驪僂儸，　不敢猥門傍戶。

於是王郎恥嫌不得，兩箇相合，作爲夫婦。阿姊見成親，心裏喜歡非常，到於宮中，拜賀父母。當時甚道云云

小娘子如今嫁了，　免得父孃煩惱，
推得精怪出門，　任他到舍相抄(吵)。
王郎咨申大姊：　萬事今朝總了，
[且須遣妻不出][五〇]，　恐怕朋友怪笑。
小娘子莫顛莫强，　不要出頭出惱(腦)，
總王郎心裏不嫌，　前世業遇須要。

[妻語夫曰：

王郎心裏莫野，　出去早些歸舍，
莫抛我一去不來，　交我共誰人語話。
爭肯出門出戶，　如今時徒轉差，
門人過往人多，　恐怕驚他驢[□]。][五一]

於是貧仕既蒙駙馬，與高品知聞，書題往來，已相邀會。遂赴朝官之宴，同拜玉階，侍御郎中，共相出入。州官縣宰，相伴駙馬之筵，僕射尚書，同歡一座。已前諸官，密計相宜，要看宮(公)主。遞斗傳扃，流行屈到家中，事須妻出勸酒。既[五三]無形積例，皆見女出妻，盡接座筵。日日不備歡樂，次第漸到王郎，俳備酒饌。惟憂妻貌不强，思慮恥於往還，遂乃精神不安，宿夜憂愁。妻見兒婿怨煩，不免再三盤問。王郎被問，遂乃於實，諮告妻曰：

「每日將身赴會筵，家家妻女作周旋，
玉貌細看花一搮，蟬鬢窈窕似神仙。
朝官次第相邀會，飲食朝朝數千般，
後日我家俳酒饌，也須娘子見朝官。」

王郎遂向公主，具說根由。「我到他家中，盡見妻妾，數巡勸酒，對坐周娵。若諸朝官赴我筵會，小娘子事須出來相見，我恥此事，所以憂愁，怨恨自身，尋相不樂。」王郎道云

「我無怨恨亦無嗔，自嗟前生惡業因，
只爲思君多醜貌，我今恥辱會諸賓。
來朝若也朝官至，還須娘子勸酒巡；
出到坐延相見了，交著恥辱沒精神。」

公主既聞此事，哽噎不可發言，慚見醜質，嘶氣淚落。前世種何因果，今生之中，感得醜陋。夫主去後，

雖則容貌不强，　且是國王之女。
向今正直年少，　又索得當朝公主[四九]，
鬼神大矖僂儸，　不敢猥門傍戶。

於是王郎恥嫌不得，兩箇相合，作爲夫婦。阿姊見成親，心裏喜歡非常，到於宮中，拜賀父母。當時甚道云云

小娘子如今娉了，　免得父孃煩惱，
推得精怪出門，　任他到舍相抄(吵)。
王郎咨申大姊：　萬事今朝總了，
[且須遣妻不出][五〇]，　恐怕朋友怪笑。
小娘子莫顛莫强，　不要出頭出惱(腦)，
總王郎心裏不嫌，　前世業遇須要。

[妻語夫曰：
王郎心裏莫野，　出去早些歸舍，
莫抛我一去不來，　交我共誰人語話。
爭肯出門出戶，　如今時徒轉差，
門人過往人多，　恐怕驚他驢[□]。][五一]

於是貧仕既蒙駙馬，與高品知聞，書題往來，已相邀會。遂赴朝官之宴，同拜玉階，侍御郎中，共相出入。州官縣宰，相伴駙馬之筵，僕射尚書，同歡一座。已前諸官，密計相宜，要看宮（公）主。遞斗傳局，流行屈到家中，事須妻出勸酒。既〔五三〕無形積例，皆見女出妻，盡接座筵。日日不備歡樂，次第漸到王郎，俳備酒饌。惟憂妻貌不强，思慮恥於往還，遂乃精神不安，宿夜憂愁。妻見兒婿怨煩，不免再三盤問。王郎被問，遂乃於實，諮告妻曰：

「每日將身赴會筵，家家妻女作周旋，
玉貌細看花一揆，蟬鬢窈窕似神仙。
朝官次第相邀會，飲食朝朝數千般，
後日我家俳酒饌，也須娘子見朝官。」

王郎遂向公主，具說根由。「我到他家中，盡見妻妾，數巡勸酒，對坐周娛。若諸朝官赴我筵會，小娘子事須出來相見，我恥此事，所以憂愁，怨恨自身，尋相不樂。」王郎道云：

「我無怨恨亦無嗔，自嗟前生惡業因，
只爲思君多醜貌，我今恥辱會諸賓。
來朝若也朝官至，還須娘子勸酒巡；
出到坐延相見了，交著恥辱沒精神。」

公主既聞此事，哽噎不可發言，慚見醜質，嚥氣淚落。前世種何因果，今生之中，感得醜陋。夫主去後，便捻香爐，向於靈山，禮拜發願。

公主纔聞淚數行〔五三〕，　聲中哽咽轉悲傷，
怨恨前生何罪業，　今生醜陋異尋常〔五四〕。
再三自家嗟嘆了，　無計遂罪粧臺中。

億（詣）佛乞垂加護：

懊惱今生貌不强，　緊盤雲髻罷紅粧，
豈料我無端正相，　致令暗裏〔五五〕苦商量。
胭脂合子捻拋却，　釵朵瓏璁擲一傍，
雨淚焚香思法會，　遙告靈山大法王。

於是娥媚（蛾眉）不掃，雲鬟罷梳，遙〔□〕靈山，便告世尊：

珠淚連連怨復嗟〔五六〕，　一種爲人面貌差。
玉葉不生端正相〔五七〕，　金膚結朵野田花。
見說牟尼長丈六〔五八〕，　八十隨形號釋迦，
惟願世尊加被我，　三十二相與些些。

佛以他心通，遙知〔五九〕金剛醜女，焚香發願。遂於醜女居處〔堦〕〔六〇〕前，從地踊出，親垂加被。醜女忽見大聖世尊，破身〔六一〕堦前，魂搥〔六二〕自撲，起來禮拜，哽咽悲涕〔恰似四鳥而分離，思念自身，不恨誠

沒而入地」〔六三〕，啓告世尊，乞垂加護。醜女告世尊：

自嘆前生惡業因，罰（致）令醜陋不如人。

毁謗聖賢多造罪，敢昭容貌似烟薰。

生身父母多嫌棄，姊妹朝朝一似嗔，

夫主入來無喜色，親羅未看見慇懃。

時時懊惱流雙淚，往往咨嗟怨此身，

聞道靈出（山）三界主，所以焚香告世尊。

佛有他心道眼，當時遂遥觀見，

現身公主前頭，交令懺悔發願。

醜女佛前懺罪愆，所爲宿業自招（昭）然，

懺悔纔終兼發願，當時果報福團圓。

醜女見佛現身，歡喜倍常，遂讚嘆如來，「願我身與佛無異！」

公主見佛至，顏容世無比，

髮紺旋螺文，眉如初月翠，

口似頻婆果，四十二牙齒，

兩目海澄澄，胸前題萬字。

便捻香爐，向於靈山，禮拜發願。

公主纔聞淚數行[五三]，　聲中哽咽轉悲傷，
怨恨前生何罪業，　今生醜陋異尋常[五四]。
再三自家嗟嘆了，　無計逐罪粧臺中。

億(詣)佛乞垂加護：

懊惱今生貌不強，　緊盤雲髻罷紅粧，
豈料我無端正相，　致令暗裏[五五]苦商量。
胭脂合子捻拋却，　釵朵瓏璁調一傍，
雨淚焚香思法會，　遙告靈山大法王。

於是娥媚(蛾眉)不掃，雲鬢罷梳，遙[□]靈山，便告世尊：

珠淚連連怨復嗟[五六]，　一種爲人面貌差。
玉葉不生端正相[五七]，　金騰結朵野田花。
見說牟尼長丈六[五八]，　八十隨形號釋迦，
惟願世尊加被我，　三十二相與些些。

佛以他心通，遙知[五九]金剛醜女，焚香發願。遂於醜女居處[堦][六〇]前，從地踊出，親垂加被。醜女忽見大聖世尊，硊身[六一]堦前，魂䭾[六二]自撲，起來禮拜，哽咽悲涕。[恰似四鳥而分離，思念自身，不恨滅

沒而入地」〔六三〕，啓告世尊，乞垂加護。醜女告世尊：

自嘆前生惡業因，置（致）令醜陋不如人。
毀謗聖賢多造罪，敢昭容貌似烟薰。
生身父母多嫌棄，姊妹朝朝一似嗔，
夫主入來無喜色，親羅未看見慇懃。
時時懊惱流雙淚，往往咨嗟怨此身，
聞道靈出（山）三界主，所以焚香告世尊。
佛有他心道眼，當時遂遙觀見，
現身公主前頭，交令懺悔發願。
醜女佛前懺罪愆，所爲宿業自招（昭）然，
懺悔纔終兼發願，當時果報福團圓。

醜女見佛現身，歡喜倍常，遂讚嘆如來，「願我身與佛無異！」

公主見佛至，顏容世無比，
髮紺旋螺文，眉如初月翠，
口似頻婆果，四十二牙齒，
兩目海澄澄，胸前題萬字。

〔金剛醜女嘆佛已了，右繞三匝，退座一面。佛已（以）慈悲之力，逶（垂）金色臂，指醜女身，醜女形容，當時變改云云〕〔六四〕

歎佛了，求加被，　低頭禮拜心轉志，
容顏頓改舊時儀〔六五〕，　百醜變作千般媚。

醜女既得世尊加被，〔換舊時之醜質，作今日之面旋，醜陋形軀，變端嚴之相好〕〔六六〕。敢（感）得貌若春花，夫主入來不識。

公主輕盈世不過，　還同越女及姮（嫦）娥。
紅花臉似輕輕坼，　玉質如棉白雪和。
比來醜陋前生種，　今日端嚴遇釋迦。
夫主入來全不識，　却覓前頭醜阿婆。

妻云道「識我不？」夫云「不識。」「我是你妻，〔如何不識〔六七〕〕？」夫主云「唬人！」

娘子比來是獸頭，　交我人前滿面羞；
今日因何端正相，　請君與我說來由。

妻語夫曰：「自居（君）前時，憂我身醜陋，羞見他朝官。妾懊惱再三，遂乃焚香禱祝靈山〔世〕〔六八〕尊。蒙佛慈悲，便垂加佑，換却醜陋之形軀，變作端嚴之相好。」公主自道：

「我今天生貌不强，　深漸（慚）日夜尋（辱）王郎，遥想[六九]釋迦三界主，　不舍慈悲降此方。
便禮拜，更添香，　不覺形容頓改張，
我得今朝端正相，　感附[七〇]靈山大法王。」

王郎見妻端正，指手喜歡，道數聲可會，〻〻[七一]走入內裏，奏上大王。

王郎指手歡喜，　走入大王宮裏，
「丈人丈母不知，　今日渾成差事！
少(小)娘子如今變也，　不是舊時精魅，
欲識公主此是(時)容，　一似佛前菩薩子。」
大王聞說喜盈懷，　火急忙然覓女來，
夫人隊仗離宮內，　大王御輦到長街。
纔見女，喜徘徊，　灼灼桃花滿面開。
大王夫人喜歡囉，　因茲[七二]特地送資財。
公主因佛端正，　事須慚謝大聖，
明朝速往祇園，　禮拜至心恭敬。

於是槍旗耀日，皂纛隱騰，[七寶珍財，奉獻其佛][七三]。百寮從駕[如行]，千官咸命[從後]，同赴祇園，謝女端正。[經於一宿，已屆祇園，謝佛重恩，再三請問]：

「金剛醜女嘆佛已了，右繞三匝，退座一面。佛已(以)慈悲之力，遥(垂)金色臂，指醜女身，醜女形容，當時變改云云」〔六四〕

歎佛了，求加被，　　低頭禮拜心轉志，
容顔頓改舊時儀〔六五〕，　　百醜變作千般媚。

醜女既得世尊加被，「換舊時之醜質，作今日之面旋，醜陋形軀，變端嚴之相好」〔六六〕，敢(感)得貌若春花，夫主入來不識。

公主輕盈世不過，　　還同越女及娘(嫦)娥。
紅花臉似輕輕坼，　　玉質如棉白雪和。
比來醜陋前生種，　　今日端嚴遇釋迦。
夫主入來全不識，　　却覓前頭醜阿婆。

妻云道「識我不？」夫云「不識。」「我是你妻，「如何不識〔六七〕」？」夫主云「唬人！」

娘子比來是獸頭，　　交我人前滿面羞；
今日因何端正相，　　請君與我說來由。

妻語夫曰：「自居(君)前時，憂我身醜陋，羞見他朝官。妾懊惱再三，遂乃焚香禱祝靈山「世」〔六八〕尊。豪佛慈悲，便垂加佑，換却醜陋之形軀，變作端嚴之相好。」公主自道：

「我今天生貌不强，　　深漸(慚)日夜尋(辱)王郎，遙想[六九]釋迦三界主，不舍慈悲降此方。
便禮拜，更添香，不覺形容頓改張，
我得今朝端正相，感附[七〇]靈山大法王。」

王郎見妻端正，指手喜歡，道數聲可曾，𠆢[七一]走入內裏，奏上大王。

王郎指手歡喜，走入大王宮裏，
「丈人丈母不知，今日渾成差事！
少(小)娘子如今變也，不是舊時精魅，
欲識公主此是(時)容，一似佛前菩薩子。」
大王聞說喜盈懷，火急忙然覓女來，
夫人隊仗離宮內，大王御輦到長街。
纔見女，喜徘徊，灼灼桃花滿面開。
大王夫人喜歡矖，因茲[七二]特地送資財。
公主因佛端正，事須慚謝大聖，
明朝速往祇園，禮拜至心恭敬。

於是槍旗耀日，皂纛隱腠，「[七寶珍財，奉獻其佛」[七三]。百寮從駕「如行」，千官咸命「從後」，同赴祇園，謝女端正。「經於一宿，已屆祇園，謝佛重恩，再三請問」：

下御輦，禮金人，　更將珍寶獻慈尊。
「我女前生何罪過[七四]？　一塊醜陋卒難陳。
賴爲如來親加備，　還同枯木再生春[七五]，
惟願如來慈念力，　爲說前生修底因。」

[佛告波斯匿王：「諦聽諦聽，汝當有事悟汝，與說宿世因緣。佛道此女前生，曾供養辟支佛，雖然供養，唯道面醜。供養因緣生王家，輕慢聖賢之業，感得面貌醜陋。信心布施，直須歡喜，若人些些酸屑，則知果報不遂」][七六]。

前生爲謗辟支迦，　所以形容面貌差。
爲緣不識阿羅漢，　百般笑効苦芬葩[七七]。
將爲惡言發便了，　他家業報更不嗟。
得見牟尼身懺悔，　當時却似一團花。
只爲前生發惡言，　今朝果報不虛然；
毀謗阿羅漢果業，　致令人貌不周旋。
兩脚出來如露柱[七八]，　一雙可膊[七九]似龜椽（椽），
纔禮世尊三五拜，　當時白淨軟如綿[八〇]。

上來所說醜變[八一]

校記：

〔一〕此是乙卷前題。甲卷後題作「金剛醜女因緣一本」，丙卷題作「醜女金剛緣」。凡有五個寫本，原編號如下：

甲卷　斯四五一一　自「我佛當日」起，在開端處較乙卷少一百四十八字。

乙卷　伯三〇四八　起首較甲卷多一段，末尾多一句，然全書似仍未完。

丙卷　斯二一一四

丁卷　伯三五九二

戊卷　伯二九四五　寫於卷背，字蹟不清，不詳校。

右五卷中，甲、乙兩卷最完備，然文字互有詳略。因此，選取兩卷中較詳和較好的部分，拼成底本。一般異同，不一一校出。開端部分用乙卷作底本。

按此故事在佛經中頗流行。百緣經有「波斯匿王醜女緣」，雜寶藏經有「醜女賴提緣」，賢愚經亦有「波斯匿王女金剛品第八」。

〔二〕甲卷從此句開始。

〔三〕「運」字，據甲、丙兩卷增。

〔四〕丙、丁兩卷「食」作「飯」。

下御輦，禮金人，　更將珍寶獻慈尊。

「我女前生何罪過[七四]？　一塊醜陋卒難陳。

賴爲如來親加備，　還同枯木再生春[七五]，

惟願如來慈念力，　爲說前生修底因？」

「佛告波斯匿王：諦聽諦聽，汝當有事悟汝，與說宿世因緣。佛道此女前生，曾供養辟支佛，雖然供養，唯道面醜。供養因緣生王家，輕慢聖賢之業，感得面皃醜陋。信心布施，直須歡喜，若人些些酸屑，則知果報不遂」[七六]。

前生爲謗辟支迦，　所以形容面貌差。

爲緣不識阿羅漢，　百般笑効苦芬葩[七七]。

將爲惡言發便了，　他家業報更不嗟。

得見牟尼身懺悔，　當時却似一團花。

只爲前生發惡言，　今朝果報不虛然；

毀謗阿羅嘆果業，　致令人貌不周旋。

兩脚出來如露柱[七八]，　一雙可膊[七九]似麁椓（椽），

纔禮世尊三五拜，　當時白淨軟如棉[八〇]。

上來所說醜變[八一]

校記：

〔一〕此是乙卷前題。甲卷後題作「金剛醜女因緣一本」，丙卷題作「醜女金剛緣」。凡有五個寫本，原編號如下：

甲卷　斯四五一一　自「我佛當日」起，在開端處較乙卷少一百四十八字。

乙卷　伯三〇四八　起首較甲卷多一段，末尾多一句，然全書似仍未完。

丙卷　斯二一一四

丁卷　伯三五九二

戊卷　伯二九四五　寫於卷背，字蹟不清，不詳校。

右五卷中，甲、乙兩卷最完備，然文字互有詳略。因此，選取兩卷中較詳和較好的部分，拚成底本。一般異同，不一一校出。開端部分用乙卷作底本。

按此故事在佛經中頗流行。百緣經有「波斯匿王醜女緣」，雜寶藏經有「醜女賴提緣」，賢愚經亦有「波斯匿王女金剛品第八」。

〔二〕甲卷從此句開始。

〔三〕「運」字，據甲、丙兩卷增。

〔四〕丙、丁兩卷「食」作「飯」。

〔五〕甲卷「羅漢」作「辟支佛」。

〔六〕「大王」二字，及下「時」字均據甲、丙、丁三卷補。

〔七〕甲、丙兩卷「轉差」作「醜乍」，乙、丁兩卷作「轉乍」。按「乍」即「差」。

〔八〕「豈」原作「起」，據甲、丙、丁三卷改。

〔九〕甲、丙、丁三卷此句並作「彎山倉縕縮如龜」。

〔一〇〕乙、丁兩卷無此句，據甲、丙兩卷補。乙卷「獸頭渾是可憎兒」句上，有「宮人見到皆驚怕」一句，因與上下句不協韻，故删該句，補此句。

〔一一〕甲、丙、丁三卷此句作「遮莫身上掛羅衣」。

〔一二〕甲卷「驢尾」作「總樹」，丙、丁卷作「宗樹」。

〔一三〕甲卷此句作「一雙眼似木堆梨」丙、丁卷作「禾堆離」。

〔一四〕乙卷「省」作「有」，依甲、丙卷改。

〔一五〕丙、丁、戊三卷作「趙十橪櫟」。

〔一六〕乙卷「女醜」作「醜女」，據甲、丙、丁三卷改。

〔一七〕乙卷原脱「顋」字，據甲、丙兩卷補。

〔一八〕甲、丙兩卷「財」作「容」。

〔一九〕乙卷原作「向諸白」三字，括弧內八字據甲、丙卷補。

〔二〇〕乙卷「醜」作「陋」。從此句以後，用甲卷作底本。

〔二一〕乙卷「大臣」作「內臣」。

〔二二〕乙卷「仕」作「事」。

〔二三〕「聞奏」二字據乙卷補。

〔二四〕「吟」甲、丁兩卷作「音」，據乙卷改。

〔二五〕乙卷「結」作「計」。

〔二六〕乙卷「施交看」作「誠咬看」，丁卷作「施咬看」。

〔二七〕乙丁兩卷「宿」作「斷」。

〔二八〕「差」甲、丁兩卷作「乍」，據乙卷改。下文「醜差」同，亦據乙卷改。

〔二九〕乙、丁兩卷「心」作「深」。

〔三〇〕乙卷「皆驚怕」作「心裹怕」。

〔三一〕乙卷「祝娉」作「囑娉」。

〔三二〕「夫人又告大王」六字據甲卷補，乙卷作「夫人道」。

〔三三〕「詔」原作「朝」，據乙卷改。

〔三四〕「蒙詔」兩字據乙、丁兩卷補。

〔三五〕甲、丁兩卷「大王」作「夫人」，乙卷作「夫王」，皆有誤，茲以意改爲「大王」。

〔三六〕乙卷「直牒貯」作「且躡駐」。丁卷作「且牒貯」。

〔三七〕「一」原作「好」，據乙、丁卷改。

〔三八〕此句據乙卷補。

〔三九〕乙卷「聽審」作「穩審」。丁卷作「隱審」。

〔四〇〕乙卷「路」作「鹵」，丁卷作「菌」。

〔四一〕此段內「受勑」「巡歷」「先入見王，言奏」等括弧內十字，皆據乙卷補。

〔四二〕「個」甲、丁卷作「哥」，據乙卷改。

〔四三〕乙卷「綵女」作「傳下」。

〔四四〕丁卷止此。

〔四五〕此句乙卷作「金與玉，滿頭裝」，爲三字句。

〔四六〕此句乙卷作「每看如似獸形軀」。

〔四七〕乙卷「色」作「臉」。

〔四八〕此句乙卷作「占不頭盈白王梳」。

〔四九〕此句原作「色得唐朝公主」。據乙、丙兩卷改。按「色得」即「索得」。

〔五〇〕此句據丙卷補，乙卷作「王郎遣妻不出」。

〔五一〕以上五行據乙卷補。

〔五二〕「旣」原作「說」，據乙卷改。

〔五三〕從此以下改用乙卷作底本。

〔五四〕原卷「尋常」上衍「子」字，下句「粧臺」下衍「心」字。

〔五五〕「致」原作「置」，據甲卷改。又「暗裹」甲卷作「闇地」。

〔五六〕「嗟」原作「差」，據甲卷改。

〔五七〕甲卷「相」作「樹」。

〔五八〕此句甲卷作「惟願慈悲加護我」。

〔五九〕甲卷「知」作「見」。

〔六〇〕「堦」字據甲卷補。

〔六一〕「砙身」砙字不可識，丙卷作「舉身」，疑此當作「現身」。

〔六二〕丙卷「魂搥」作「渾搥」。

〔六三〕此十八字據甲、丙兩卷補。

〔六四〕從「金剛」至「云云」，共四十字，乙卷無，依甲、丙兩卷補。

〔六五〕「儀」原作「容」，據甲、丙兩卷改。

〔六六〕括弧內二十二字據甲、丙兩卷補，乙卷只作「換却舊時醜質」六字。

〔六七〕「如何不識」四字據甲、丙兩卷補。

〔六八〕「世」字據甲、丙兩卷補。

〔六九〕「想」乙卷作「相」，據甲、丙兩卷改。

〔七〇〕甲、丙兩卷「感附」作「感賀」。

〔七一〕「巜」卽古文「快」字。

〔七二〕「因茲」原作「囚慈」，據甲卷改。

〔七三〕此段內，四個括弧中，共二十八字，皆據甲卷補。

〔七四〕甲卷「何罪過」作「修何業」。

〔七五〕甲卷「春」作「枝」。

〔七六〕此一大段文字，甲、乙兩卷不同，甲卷較明白，故據甲卷。乙卷原文如下：

「佛告波斯匿王言：此女前生發言，曾輕慢聖賢，感得此生形容醜陋。世尊又道：此女前生供養辟支佛，爲道面醜。供養因緣生於國王家爲女，發惡言之事，感得面貌不强。佛勸諸人布施，直須喜歡。」

〔七七〕甲卷「篦」作「拿」。

〔七八〕「露柱」乙卷作「露主」，據甲卷改。

〔七九〕甲卷「可膞」作「膈膞」。

〔八〇〕甲卷止此。

〔八一〕乙卷止此。

王重民校錄

秋吟一本〔一〕

□□言：澄潭萬丈，潛龍之必奪錦鱗；峻嶽千層，□鳳之須張翠翼。魚有澤潭之志，人愡（懷）宝募（慕）德之□，□讚偈於朱門，諷金言於碧砌者。蓋以厶（某）官德風□□，□露遐彰，躡黃蝎（歇）之前蹤，繼田文之後跡。軒庭峭峻，□□穹崇，朱蘭（闌）逞曉日之光，渌（綠）牖寫募（暮）雲之色。此乃經文□□（畢），偈讚休吟，謹課葩（芭）詞，略申讚嘆。

吟　□□□門景置（致），　遠近花軒難比，
朱蘭（闌）間錯光輝，　□□□崇旖旎。
雲敫（敷）瑞草萱葶，　風引詳（祥）花邐迤，
□□讚佛吟經，　感果多般福利。

斷　□□旖旎世難論，　碧砌朱蘭（闌）次第分。
渌（綠）牖乍開光爍爍，　□□□望色氛氳（氳）。
葶（亭）臺森聳鶡聲鬧，　池惌（苑）深沉鴨涉均，
□□□絃絲竹靜，　暫聽緇侶演金文。

□□也，金言大啓，玉偈宏談，緇徒座夏於九旬，毳客安禪於三□。□行課誦，長辞有草之堦，動止

〔六八〕「世」字據甲、丙兩卷補。

〔六九〕「想」乙卷作「相」，據甲、丙兩卷改。

〔七〇〕甲、丙兩卷「感附」作「感賀」。

〔七一〕「巜」即古文「快」字。

〔七二〕「因茲」原作「因慈」，據甲卷改。

〔七三〕此段內，四個括弧中，共二十八字，皆據甲卷補。

〔七四〕甲卷「何罪過」作「修何業」。

〔七五〕甲卷「春」作「枝」。

〔七六〕此一大段文字，甲、乙兩卷不同，甲卷較明白，故據甲卷。乙卷原文如下：

「佛告波斯匿王言：此女前生發言，曾輕慢聖賢，感得此生形容醜陋。世尊又道：此女前生供養辟支佛，爲道面醜。供養因緣生於國王家爲女，發惡言之事，感得面貌不强。佛勸諸人布施，直須喜歡。」

〔七七〕甲卷「箆」作「拿」。

〔七八〕「露柱」乙卷作「露主」，據甲卷改。

〔七九〕甲卷「可膊」作「膈膊」。

〔八〇〕甲卷止此。

〔八一〕乙卷止此。

王重民校錄

秋吟一本[一]

□□言澄潭萬丈，潛龍之必奪錦鱗；峻嶽千層，□鳳之須張翠翼。魚有澤潭之志，人懷(懷)[二]慕(慕)德之□，□讚偈於朱門，諷金言於碧砌者。蓋以厶(某)官德風□□，□露遐彰，躡黃蝎(歇)之前蹤，繼田文之後跡。軒庭峭峻，□□穹崇，朱蘭(闌)逞曉日之光，淥(綠)牖寫募(暮)雲之色。此乃經文□□(罷)[三]，偈讚休吟，謹課苣(芭)詞，略申讚嘆。

吟　□□□門景置(致)，　遠近花軒難比，
朱蘭(闌)間錯光輝，　□□□崇婍妮。
雲敷(數)瑞草萓葶，　風引詳(祥)花邐迤，
□□讚佛吟經，　感果多般福利。

斷　□□婍妮世難論，　碧砌朱蘭(闌)次弟分。
淥(綠)牖乍開光爍爍，　□□□望色氛氳(氳)。
葶(亭)臺森聳鸜鵒聲鬧，　沁窓(苑)深沉鴨涉均，
□□□絃絲竹靜，　暫聽緇侶演金文。

□□也，金言大啓，玉偈宏談，緇徒座夏於九旬，毳客安禪於三□。□行課誦，長辝有草之堦，動止

清音，須踐無蟲之□（龍）。□□講論，有摧邪顯正之能；翫賦修文，抱擲地談天之□，□（班）超立志，猶申握管之悲，司馬强能，尚着題橋之恨。僧□佛戒，禁足九旬，合持匪石之堅，將益如松之操。金（今）以安居告□，□□深仁，罄寫肺肝，特陳來旨：

吟　□□□開教綱，　廣与人天敬仰，
九旬讚咀（唄）眞文，　□□安居爲上。
無蚉之地旣行，　有草之堦豈往，
□□護命護生，　長益含靈無量。

斷　□□□□事難名，　愍念之心豈暫寧（亭—停），
禁足九旬緣物命（命），　□□□旨爲含靈。
堦前有草何曾涉，　路上無虫始敢行，
□□賞勞今（金）口說，　特將丹懇話忠（衷）情。

文並　□□□成漸退，涼氣頻施，孤鴻叫鳴噎之聲，塞鴈□□□之韻。蟬吟歷歷，豈聞於公子樓前，砧嚮（響）令令（泠泠），偏□於侶（旅）人坐側。風高月冷，露結霜凝，秋天寫一色之淸（青）屛，□□墜數般之碧砌。洪鐘暮擊，聲聲而引碎鄉心，晝□□□，伯伯而傷殘侶（旅）夢。

吟　□□消追難可說，　擬寫愁情聲傷咽，
曉鍾（鐘）驚夢肺肝消，　□□□（巴）（傷）魂肝膽烈（裂）。

天邊鴈緒去還來，　月下螢光生又滅，
□□□破異鄉心，　侶(旅)客傍惶情慘切。

斷

□□月朗碧霄青，　萬里炎光色漸輕，
鴻鴈上(尙)吟離塞韻，　□□猶叫怯寒聲。
霜凝逈𨐄(繫)殊鄉思，　露結偏傷侶(旅)客情，
□□□風吹入戶，　愁心不覺夢魂驚。

□□□□尋篋笥，點檢箱囊，貧縮無一金半金，素帛有三縷□□。□褸(襖)即空存昆(毗)領，裙袴乃惟見碎腰。袈裟兮茱(葉)相□□，□(座)具兮方(芳)蘭絕有。想王張(章)之說困，由(猶)臥牛衣，嘆顏子□□□，且被鶉服。僧以廚虧瓊粒，望元(原)憲而似石崇，架□□(裝)，見違衢(?)而如觀楊秀(羊綉)□亞。悽遲委地，卒話難周，既逢□□之人，方述侶(旅)傷之恨。

吟

□□□□情悄悄，　露冷風高光景曉，
箱囊(囊)罄盡又無衣，　□□□燈應朗照。
匣中經數卷(卷數)難盈，　架上殘衣隙漸少，
□□棃(藜)杖若隨身，　便是僧家移轉了。

吟

□□□□奎倍行，　忽覓清風入洞房，
月下望螢添客思，　□□□鴈最堪傷。

寒裝頓乏驚朝露，　絺綌疏單怯夜霜，

□□篋詞呈摂(猥)韻，　遠趍門仞話愁腸。

□□經收寶藏，疏卷金函，獸爐罷燓(焚)於旃檀，梘(猊)座林(休)施□□□。□(赤)髭論伯，停(停)飛吼石之關，白足高僧，住演摧峯(鋒)□□。共邀流輩，各結同人，吟聒地之清音，諷遶樑之雅韻。

□□因緣道理，　深奉牟尼聖止(旨)，

玉爐罷爇沉檀，　□□□傳妙義。

安禪動止鏘鏘，　舉醋(措)威儀濟(濟)濟，

□□□別蓮宮，　遠詣花軒之地。

相將機(磯)步出蓮宮，　□□經收梵宇中，

乍離洪衢情悄悄，　纔辭竹戶意忡忡。

□□罷讚三乘義，　白足休傳四帝(諦)宗，

滿面慚顏陳瑣薄(薄)，　□□□□謁人風。

伏惟厶(某)官，清同秋水，行比春蘭，□□子建之能，武播田文之略，東堂貴客，無非朱紫之流，□□□賓，並事(是)綺羅之艷[illegible]。既辭朱夏，看逼新秋，希□□□濟(濟)殊鄉之釋衆。

吟

露冷新秋已度，　□□□天將暮，

僧徒渴仰情(清)風，　遠睎尘(塵)衢之路。

□□石氏名家，德播田文貴戶，
不因五利賞勞，□□□逢難遇。
將身何事立堦庭，幸遇秋吟五利時，
□□□留迎暑服，囊(囊)中頓乏禦寒衣。
炎天逐樂拳(攀)金鐙(磴)，□□追歡捧玉盃，
綽綻洒霑尘(塵)點染，願開惠施賞迦提。

□□□□三從讚美，四德傳芳，鳳釵兮斜綴清(青)絲，□□□具銜素質。庭前賞翫，綺羅呈艷拽之衣，簾□□□，霧縠顯輕盈之服。衆生與熟，調貯箱中，何□□□迦提，換取無薑(疆)之福。

吟

宿種因緣道理，□□□□播美，
綺羅香引輕盈，霧縠花紅艷曳。
□□賫插難皆，龍釧金銜珠麗，
更能惠施迦提，□□□般福利。
身披異種綺羅裳，四德三從豈讚揚，
□□□□衣晃耀，簾前𧞬(襪)步惹殘香。
嫌生不着虛盈櫃，□□□披調貯箱，
闇惡不堪重掛體(體)，施僧功德福无壃(疆)。

□□□□文武，義讓㳟(恭)，或弄筆以綴花文，或彎弓而□□□。凋按(雕鞍)駿騎，打毬綽綻之衣；玉管金盃，令舞酒沾□□。□因五利，難謁冰霜。將退故之名衣，作緇徒之冬服。

□□□彰播美，　禮樂謙恭難比，
吟詩弄筆題橋，　□□□聲擲地。
打毬汗透羅裳，　令舞酒沾半臂，
□□□掛之衣，　願施迦提五利。

斷

□□□藝世難量，　翫賦修文豈並常，
悶卽後薗(園)逞武藝，　□□花下綴文章。
羅衣不掛因蟲齩(嚙)，　半臂休穿爲酒傷，
□□□□□五利，　特將丹懇化寒裝。

□□□閨素質，花嬾瓊(瓊)姿，吹笙管以調淸音，弄琵琶□□新曲。珊瑚窓下，蓟(對)鳳凰而悞繡鴛鴦，翡(翡)翠簾前，□□□□□成師子。閑來花下，趁蝴蝶兒(而)掛禎(損)之衣，悶上朱□，□□鸚而悞傷羅服。

吟

畫閣香閨素質，　□□□姿難疋，
累生宿種因緣，　感果榮華(華)此日。
□□□素馨香，　龍釧鳳釵奪日，

端嚴富貴嬌奢，□□多般福利。

斷　香閨艷曳滿庭春，□□□□螢雪身，

霧縠苗（描）成鸚雀對（對），紅羅更繡鳳凰勻。

□□□□嫌生服，退故休披愛着新，

箱貯成虛盈溢[六]，□□□□德福難論。

更擬說，恐周遮，未蒙惠施嬾歸家，

□□□□談唱後，維那再舉白蓮花。

偈子

校記：

[一] 此卷編號伯三六一八。題目原有。全文接寫於梵音佛讚卷尾。

[二] 本文止存一本，無從比對，脫、疑、衍、誤各字，俱從意校。

[三] 此字殘存下半「能」，應是「罷」字。

[四] 此字殘存右下半「勿」，應是「傷」字。

[五] 劉盼遂先生云，應是「羊琇」，見晉書外戚傳。

[六] 此句原脫一字。

啓　功校錄

【不知名變文】[一]

娑婆世界，高下不平，富貴貧窮，各性本異。種時不能自種，只是怨天不平。見他富貴家榮，我即終朝貧困。佛子

上無片瓦可停居，　自長身來一物無，
乂勤（勤）[二]夫妻嚬咒願，　只求富貴免軀貧。
兒覓富貴百千般，　不道前生惡業牽，
蓋得肚皮脊背露，　脚根有襪指頭串（穿）。
朝求暮乞不成喰，　有日無夜着甚眩（眠），
唯恨前生不修種，　垂知貧苦最艱難。

自家早是貧困，日受飢恓。更不料量，須索新婦，一處作活。更被妻女，說言道語，道個甚言語也：

憶得這身待你來，　交人不省傍粧臺，
洗面河頭因擔水，　梳頭坡下拾柴迴。
煎水滓來無米煮，　何時且遇有資財，
可惜却娘娘百疋錦，　衒（違倒）敎這裏忍飢來。

他兒聟（聟—壻）還說道里（理），道個甚言語也：

娘子今日何置言，　貧富多（前）〔生〕生惡業牽，
不是交娘得如此，　下情終日也飢寒。
初定之時無衫袴，　大歸娘子沒浛房。
娘子空來我空手，　奈何の〔四〕媒人所砰（秤）量，
娘子既言百疋錦，　娘娘呼我作上馬郎。
彼此赤身相奉侍，　門當戶對恰相當，
白日起〔□〕無飯喫，　夜頭擬臥沒氈眠。
大擬妻夫展脚睡，　凍來直〔□〕野鷄盤。

仏子，仏子。

娑婆國裏且無貧，　拾得金珠亂過與人，
弟子收來壘寶座，　合掌齊聲請世尊。
寶座既成諸天繞，　彌陀即便自來（乘）雲，
將爲化生來說法，　定證金剛不壞身。
門徒切要審思量，　念仏更燒五分香，
閑來不守三歸界，　如何生死作橋樑。

【不知名變文】[一]

娑婆世界，高下不平，富貴貧窮，各性本異。種時不能自種，只是怨天不平。見他富貴家榮，我即終朝貧困。佛子

上無片瓦可亭居，自長身來一物無，
豆勤（勤）[二] 夫妻嘶咒願，只求富貴免軀貧。
兒覓富貴百千般，不道前生惡業牽，
蓋得肚皮脊背露，脚根有襪指頭串（穿）。
朝求暮乞不成喰，有日無夜着甚眠（眠），
唯恨前生不修種，垂知貧苦最艱難。

自家早是貧困，日受飢恓。更不料量，須索新婦，一處作活。更被妻女，說言道語，道個甚言語也：

憶得這身待你來，交人不省傍粧臺，
洗面河頭因擔水，梳頭坡下拾柴迴。
煎水滓來無米煮，何時且遇有資財，
可惜却娘娘百疋錦，徜（道—倒）敎這裏忍飢來。

他兒聟(聟—壻)還說道里(理)，道個甚言語也：

娘子今日何置言，貧富多(前)〔三〕生惡業牽，
不是交娘得如此，下情終日也飢寒。
初定之時無衫袴，大歸娘子沒沿房。
娘子空來我空手，奈何の〔四〕媒人所秤(秤)量，
娘子既言百疋錦，娘娘呼我作上馬郎。
彼此赤身相奉侍，門當戶對恰相當，
白日起〔□〕無飯喫，夜頭擬臥沒氈眠。
大擬妻夫展脚睡，凍來直〔□〕野鷄盤。

仏子，仏子。

娑婆國裏且無貧，拾得金珠亂過與人，
弟子收來壘寶座，合掌齊聲請世尊。
寶座既成諸天繞，彌陀即便自乘(乘)雲，
將爲化生來說法，定證金剛不壞身。
門徒切要審思量，念仏更燒五分香，
閑來不守三歸界，如何生死作橋樑。

欲得千年長富貴，　無過念仏往西方，
合掌階前領取偈，　明日聞鐘早聽來。

校記：

〔一〕本卷編號爲伯三一二八，標題原缺，不知演繹何經，姑擬今題。王重民云：疑是押座文的另一種體式。

〔二〕原「乂勤」，「乂」字未詳。「勤」疑「勤」字。

〔三〕「多生」據前句應爲「前生」。

〔四〕原「の」字，疑「如」字。

王慶菽校錄

【不知名變文】〔一〕

（首缺）得今朝便差，更有師師謾語一段，脫空下□燒香呵，來出頃去，逡巡呼亂說詞。弟（第）一旦（且）道上頭庢（底）。弟二東頭庢。弟三更道西頭庢。華北太山天帝釋、北君神、白華樹神、可暹廻鎮靈公、何伯（河伯）將軍、獵射王子、利市將軍、水草道路、金頭龍王、可汗大王，如此配當，終不道著老師闍梨。傾剋（頃刻）中間，燒錢斷送。若是浮災横疾，漸次滅除。儻或大限到來，如何免脫。死王强拙（壯）。奪人命根。一息不來便歸後。假使千人防援（援），直饒你百種醫術。自從渾沌（沌）已來，到而〔今〕留得幾個，總爲灰燼，何處堅牢。大地山河，尚猶杇（朽）壞，況乎泡電之質，那得久停？故老子曰：「吾有大患，爲吾有身，及其無身，患將何有。」身是病本，生是死源。若乃無病，死何有。若要不生、不老、不病、不死，除仏世尊，自餘小聖，寧得免矣。以下說陰陽人謾（慢）語話，更說師婆慢語話。

瓊枝奇樹早含芳，　開拆春錦繡粧，
清旦每多鶯巧語，　晚時甚有蝶飛忙。
輝花（華）瓓（爛）對如生艶，　灼爍連行似有光，
拾到葉（葉）彫（凋）身朽故，　便同厄病卽无常。

（原文至此完）

欲得千年長富貴，　無過念仏往西方，
合掌階前領取偈，　明日聞鐘早聽來。

校記：

〔一〕本卷編號爲伯三一二八，標題原缺，不知演繹何經，姑擬今題。王重民云：疑是押座文的另一種體式。

〔二〕原「乂莇」，「乂」字未詳。「莇」疑「勤」字。

〔三〕「多生」據前句應爲「前生」。

〔四〕原「の」字，疑「如」字。

王慶菽校錄

【不知名變文】〔二〕

(首缺)得令朝便差，更有師師謾語一段，脫空下□燒香呵，來出頭去，逡巡呼亂說詞。弟(第)一旦(旦)道上頭㡯(底)。弟二東頭㡯。弟三更道西頭㡯。華化太山天帝釋、北君神、白華樹神，可暹廻鎮靈公、何怕(河伯)將軍、獵射王子、利市將軍、水草道路、金頭龍王、可汗大王，如此配當，終不道著老師闍梨。傾尅(頃刻)中間，燒錢斷送。若是浮災橫疾，漸次減除。儻或大限到來，如何免脫。死王强拄(壯)。奪人命根。一息不來便歸後。假使千人防揆(撲)，直饒你百種醫術。自從渾沍(沌)已來，到而〔今〕留得幾個，總爲灰燼，何處堅牢。大地山河，尚猶杇(朽)壞，況乎泡電之質，那得久停？故老子曰：「吾有大患，爲吾有身，及其無身，患將何有。」身是病本，生是死源。若乃無病，死何有。若要不生、不老、不病、不死，除仏世尊，自餘小聖，寧得免矣。以下說陰陽人擽(慢)語話，更說師婆慢語話。

瓊枝奇樹早含芳，　開折春錦繡粧，
清旦每多鶯巧語，　晚時甚有蝶飛忙。
輝荸(華)㺯(屬)對如生艷，　灼爍連行似有光，
拾到蕖(葉)彫(凋)身朽故，　便同厄病卽无常。

(原文至此完)

校記：

〔一〕本卷編號爲斯四三二七，標題原缺。今以體裁仍似變文形式，姑擬今題。

王慶菽校錄

【不知名變文】[一]

直神与智卜(木或卜)

昔時大雪山南面，有一梵志婆羅門僧，敎學八萬個徒弟，善惠爲上座。六年苦行，八万伽他之偈，幷五部仏心，无有不識，无有不會。姜(善)惠却往還不，和上(尙)又遶(遣)三般物色：一，是五百文金錢；上二，五百個金舍勒，三，五百個金三故。過大雪山北面，言道王舍大城，有一大笛長者，常年四月八日，設個無遮大會，供養八万個僧：並是猛龍(盲聾)音(喑)啞，无數(數)供養。八萬個僧，各布施五百文金錢，五百個金舍勒，五百個金錢三故。善惠四月八日，至到王舍大城，到是大笛長者宅內，四部僧衆齊坐念誦。善惠發四弘盛乢(願)[二]，言道四部僧衆，不先是上界菩薩，不先是下界腰(妖)精望兩(魍魎)，便是遶善惠口稱我是上界菩薩，不是下界腰精網兩(魍魎)。不是[三]善惠却問僧衆：「大雪山南面，有一梵志婆羅門僧，敎學八萬個徒弟，曾聞不聞？」四部僧衆却道：「聞之。」「八万個徒弟，上坐善惠，曾聞不聞？」「曾聞。」「記(旣)先(已)知聞，某乙便是善惠。」四部僧衆，便請爲上坐。常年四月八日發乢(願)，舊上坐數年發乢。今日是個童子替其某乙，心中便是發其惡心。你得仏聲仏酬，得人聲人酬，喫齋敬来善惠。其大乢給孤長者，心中大越(悅)，偏(偏—徧)布施五百個童身，五百個童女，五百頭牸牛並犢子，金錢、舍勒、三故，便是請仏爲王說法。給孤長者問耆陁[四]太子言道：「某乙不知。」後問貧波(婆)娑衆(羅)王，王却問給孤長者：「有其何事？」長者啓貧波娑羅王：「別无何事，請仏爲王說法。」給孤長者啓王：「王凾(園)計地多少？」「其園八十頃。」貧波娑羅王言道：「樹價金錢，地满(滿)銀鏧。」給孤長者言道：「便得。」貧波娑帶(羅)王同發盛心，記樹千年，地满銀鏧，當還過，請仏園中說法。千二百五十人俱聽法。「因何爲如(名)給孤長者？」「箭(接)濟貧人，並戀僜貝漏猛(盲)聾音(喑)啞，捨財无數，名爲給孤長者。」善惠說法已，必却歸大雪山南面，到蓮花城中，什(數)設道場，縣零(鈴)朾(打)鈸。善惠問其僧衆有何事意？僧衆言道：「蓮花城中然燈城中，有然燈仏出世。」善惠大雪山南面，不到蓮花城中，如信數麦覓其蓮花，並總不得蓮花。成節度使出勑，須人買却蓮花者，付五百文金錢。須人並總不肯買却蓮花。善惠便元欲思量，在一流水邊如(而)坐，心中便是思惟者之事。世尊到來，不用者(者)七珍八寶，則要蓮花轉巽〔五〕。有一個小下女之(子)族(逐)水如(而)來，浣(瓶)〔六〕中有七支蓮花。便善惠言道：「娘娘賣其蓮花兩支，與五百文金錢。」言(然)婢女言道：「某乙蓮花並總不買，名曰(明日)然燈仏到蓮花成(城)中供養世尊。」善惠却便發心供養，一支兩支便足，不用廣多。婢女却道：「不用與價，某乙今刼拒之，不爲他人，使不得自在。如行不改形，食不充口，到後刼之中，某乙得個自在女人之名；和上(尚)後刼之中，本得個孩子之身，共爲夫妻。之者得罪磨(麼)？」善惠便道：「逢着埧(兒)兒布施，逢着女人布施，逢妻妻布施，得罪磨(麼)？」女人却道：「得。」七支蓮花都與善惠，同其一會，到第二日早去。世尊到來，善惠便是供養如行。世尊取其蓮花兩手如把五支僻着一面与行，兩支僻着，一面與行。(下缺)

校記：

〔一〕本卷編號爲斯三〇五〇，標題原缺。因不知演繹何經，姑擬今題。

〔二〕「乣」字疑是「願」字。

〔三〕「不是」二字疑衍。

〔四〕「耆陁」即祇陁太子。

〔五〕原爲「宣」字，「巽」字在旁邊。

〔六〕原「⿰氵瓦」字，疑是「瓶」字。

王慶菽校錄

敦煌變文集卷七

八相押座文[一]

始從兜率降人間，先向王宮示生相。
九龍齊噴香和水，爭浴蓮花葉上身。
聖主摩耶往後園，頻(嬪)妃綵女走樂喧，
魚透碧波堪賞玩，無憂花色最宜觀。
無憂花樹葉敷榮，夫人彼中緩步行，
舉手或攀枝余(餘)葉，釋迦聖主袖中生。
釋迦慈父降生來，還從右脇出身胎，
九龍灑水早是衩，千輪足下有瑞蓮。
阿斯陁仙啓大王，太子瑞應□(極)貞祥，
不是尋常等閑事，必作箇薩大法王。

前生與殿下結良緣，　賤妾如今豈敢專，
是日耶輸再三請，　太子當時脫指環。
長成不戀世榮華，　猒（厭）患深宮爲太子，
捨却金輪七寶位，　夜半逾城願出家。
六年苦行在山中，　鳥獸同㞐（居）爲伴侶，
長飢不食眞修飯，　麻麥將來便短終。
得證菩提樹下身，　降伏衆魔成正覺，
鷲領（嶺）峯頭放毫相，　鹿苑初度五俱輪。
先開有敎益羣情，　次說空宗令悟解，
後向靈山談妙法，　益今利後不思議。
今晨擬說此甚深經，　唯願慈悲來至此，
聽衆聞經願罪消滅。
今晨□□□□□□□□□不似聽經求（原文至此缺）。〔二〕

〔三〕賦就中地足悲哀，　暫到城南便不迴，
侵晨行早尋沙徑，　簿（薄）暮休程傍水偎。

憶兒母子應長(腸)斷，應須會裏見如來，
今日講經功德分，願因逢便早歸來。
就中此地足別離，每夜唯聞處處悲，
借問因何懷悵惘，昨朝强賊捉余兒。
孤貧臨老遭如此，啓告黃(皇)天願照之，
當(儻)令母子重相見，由如枯樹再生枝。
弟子布施一索分難之時，願平善孩兒早出來，
久住令賤。

[四]此方日沒西方照，莫道西沈日便無。
此方入滅化餘方，莫道世尊眞滅度。
譬如長天有月，被浮雲障翳不出來。
身中有仏性甚分明，被業障覆藏都不現。
欲長空月現，先須要假狂風。
欲得身中仏性明，事須懃聽大乘經。
綫(殘)雲被狂風吹散去，月影長空便出來。

前生與殿下結良緣，賤妾如今豈敢專，
是日耶輸再三請，太子當時脫指環。
長成不戀世榮華，猒（厭）患深宮爲太子，
捨却金輪七寶位，夜半逾城願出家。
六年苦行在山中，鳥獸同屋（居）爲伴侶，
長飢不食眞修飯，麻麥將來便短終。
得證菩提樹下身，降伏衆魔成正覺，
鷲領（嶺）峯頭放毫相，鹿苑初度五俱輪。
先開有教益羣情，次說空宗令悟解，
後向靈山談妙法，益今利後不思議。
今晨擬說此甚深經，唯願慈悲來至此，
聽衆聞經願罪消滅。
今晨□□□□□□□□□□不似聽經求（原文至此缺）。〔二〕

〔三〕賦就中地足悲哀，暫到城南便不廻，
侵晨行早尋沙徑，博（薄）暮休程傍水偎。

憶兒母子應長(腸)斷，　應須會裏見如來，
今日講經功德分，　願因逢便早歸來。
就中此地足別離，　每夜唯聞處處悲，
借問因何懷悵惘，　昨朝强賊捉余兒。
孤貧臨老遭如此，　啓告黃(皇)天願照之，
黨(儻)令母子重相見，　由如枯樹再生枝。
弟子布施一索分離之時，　願平善孩兒早出來，
久住令賤。

[四]此方日沒西方照，　莫道西沈日便無。
此方入滅化餘方，　莫道世尊眞滅度。
譬如長天有月，　被浮雲障翳不出來。
身中有仏性甚分明，　被業障覆藏都不現。
欲長空月現，　先須要假狂風。
欲得身中仏性明，　事須懃聽大乘經。
纔(殘)雲被狂風吹散去，　月影長空便出來。

在聽甚深微妙法，身中仏性甚分明。

一沾兩沾三沾雨，滅却衢中多少塵。

一句兩句大乘經，滅却身中多少罪。

我擬請仏恐八坐多時，便擬說經。願不願，願者檢心掌待着。

[五]西方還有白銀臺，四衆聽法心總開，

願聞法者合掌着，都講經題唱將來。

（原文至此完）

校記：

[一] 本卷編號爲斯二四四〇，標題原有。

[二] 「八相押座文」至此已缺。

[三] 按「八相押座文」後，接書兩段，乃爲另一押座文，文題已佚，今錄之以作參考。本文是其中之一首，開端殘闕，疑首有闕文。

[四] 按此又爲另一首押座文。

[五] 按原卷另錄一行，不知是否爲上首押座文之末句。

王慶菽校錄

三身押座文[一]

常嗟多刼處輪廻，末法世中多障難。
慚愧我世尊悲願重，唯留佛敎在世間。
向娑婆世界作舟船，五濁刼中爲導首。
只是衆生惡業重，敬信之心大麗[罕]希。
見人造惡處强攢頭，聞道說經則伴不採(睬)，
今生少善不曾作，來世覓人身大麗難。
不知不覺大忙忙，不怕不驚長造罪，
若不是□死王押頭着，准擬千年餘萬年。
今朝希遇大乘經，似見優曇花一種；
暫解聞聽微妙法，萬刼身中惡業消。
輪王髻寶此時逢，窮子衣珠今日得，
十法行中行一行，六千功德用嚴身。
旣能來至道場中，定是願聞微妙法；

在聽甚深微妙法，　身中仏性甚分明。
一沾兩沾三沾雨，　滅却衢中多少塵。
一句兩句大乘經，　滅却身中多少罪。
我擬請仏恐人坐多時，　便擬說經。願不願，願者檢心掌待着。

[五]西方還有白銀臺，　四衆聽法心總開，
願聞法者合掌着，　都講經題唱將來。

（原文至此完）

校記：

[一] 本卷編號爲斯二四四〇，標題原有。
[二] 「八相押座文」至此已缺。
[三] 按「八相押座文」後，接書兩段，乃爲另一押座文，文題已佚，今錄之以作參考。本文是其中之一首，開端殘闕，疑首有闕文。
[四] 按此又爲另一首押座文。
[五] 按原卷另錄一行，不知是否爲上首押座文之末句。

王慶菽校錄

解座文

三身押座文〔一〕

常嗟多刼處輪廻，末法世中多障難。
慚愧我世尊悲願重，唯留佛敎在世間。
向娑婆世界作舟船，五濁刼中爲導首。
只是衆生惡業重，敬信之心大曬〔三〕希。
見人造惡處强攢頭，聞道説經則佯不採（睬），
今生少善不會作，來世覓人身大曬難。
不知不覺大忙忙，不怕不驚長造罪，
若不是□死王押頭着，准擬千年餘萬年。
今朝希遇大乘經，似見優曇花一種；
暫解聞聽微妙法，萬刼身中惡業消。
輪王髻寶此時逢，窮子衣珠今日得，
十法行中行一行，六千功德用嚴身。
既能來至道場中，定是願聞微妙法；

樂者一心合掌着，經題名字唱將來。
今朝法師說其眞，坐下聽衆莫因循；
念佛急手歸舍去，遲歸家中阿婆嗔。

王重民校錄

校記：

〔一〕原卷編號爲斯二四四〇。

〔二〕啓云：「曬」疑卽「煞」之同音字。

維摩經押座文[一]

頂禮上方香積世，妙喜如來化相身。

示[二]有妻兒眷屬徒，心淨常修於梵行。

智力神通難[三]可測，手搖日月動須彌。念菩薩佛子

我佛如來在菴園，宣說甚深普集敎；

長者身心歡喜了，持其寶蓋詣[四]如來。念菩薩佛子

偏偏搖動布金鈴[五]，七寶雙雙相送遠，

直到菴園法會上，捧[六]其寶蓋上如來。佛子

五百花蓋立其前，聖力合成爲一蓋，

日月星辰皆總現，山河大地及龍宮。佛子

世界搖時寶蓋搖，世界動時寶蓋動，

一切十方諸淨土，三世如來悉現中。佛子

毗耶離國地中心[七]，寶樹光暉金璨爛，

多出人賢惟慈愍，久曾過去早修行。佛子

樂者一心合掌着，經題名字唱將來。
今朝法師説其眞，坐下聽衆莫因循；
念佛急手歸舍去，遲歸家中阿婆嗔。

校記：

〔一〕原卷編號爲斯二四四〇。

〔二〕啓云：「矖」疑卽「煞」之同音字。

王重民校錄

維摩經押座文[一]

頂禮上方香積世，妙喜如來化相身。
示[二]有妻兒眷屬徒，心淨常修於梵行。
智力神通難[三]可測，手搖日月動須彌。念菩薩佛子
我佛如來在菴園，宣說甚深普集敎；
長者身心歡喜了，持其寶蓋詣[四]如來。念菩薩佛子
偏偏搖動布金鈴[五]，七寶雙雙相送遠，
直到菴園法會上，捧[六]其寶蓋上如來。佛子
五百花蓋立其前，聖力合成爲一蓋，
日月星辰皆總現，山河大地及龍宮。佛子
世界搖時寶蓋搖，世界動時寶蓋動，
一切十方諸凈土，三世如來悉現中。佛子
毗耶離國地中心[七]，寶樹光暉金璨爛，
多出人賢惟慈愍，久曾過去早修行。佛子

居士維摩衆中尊，十德圓明人所重，
親近無邊三世佛，故號維摩長者身。佛子
五百聲聞皆被訶，住相法空分所證，
更〔八〕有光嚴彌勒衆，身心皆拜道徒中。佛子
不二眞門性自融，只有維摩親證悟，
示疾〔九〕室中而獨臥，廣談六品不思議。佛子
大聖牟尼悲願深，一一親呼十大衆，
皆曰不堪而問疾，唯有文殊千佛師。佛子
巍巍身動寶星〔一〇〕宮，岌岌珠搖飛寶座，
八萬仙人香滿國〔一一〕，千千聖衆遍長空。佛子
請飯上方香積中，化座燈王師子吼，
盡到毗耶方丈室〔一二〕，作其佛事對弘經〔一三〕。佛子
今晨擬說甚深文〔一四〕，惟願慈悲來至此，
聽衆聞經罪消滅，總證菩提法寶身。佛子
火宅茫茫〔一五〕何日休，五欲終朝〔一六〕生死苦，重述
不似〔一七〕聽經求解脫，學佛修行能不能？

能者虔恭合掌着，　經提（題）名目〔七〕唱將來！

校記：

〔一〕凡五寫本，其編號及校次如下：

原卷　斯二四四〇　在同一卷上依不同流傳本鈔錄兩遍。第一鈔本有殘缺，故以第二鈔本爲原卷。

甲卷　斯二四四〇　即第一鈔本。

乙卷　伯三二一〇

丙卷　斯一四四一

丁卷　伯二一二二

〔二〕「示」原作「是」，據乙、丙兩卷改。

〔三〕丁卷「難」作「能」。

〔四〕乙、丙、丁三卷「寶蓋詣」作「花蓋供」。

〔五〕甲卷「鈴」作「雲」，乙卷作「靈」。

〔六〕甲卷「捧」作「持」。

〔七〕甲、乙、丙三卷並無此句至「故號維摩長者身」八句。

〔八〕丁卷「更」作「便」。

〔九〕乙、丙、丁三卷「示疾」作「示病」。

〔一〇〕乙卷「星」作「皇」。

〔一一〕甲卷「國」作「圓」。

〔一二〕丙卷「室」作「宮」。

〔一三〕「弘經」原卷作「弘揚」，據丙、丁兩卷改。乙卷作「紅經」。

〔一四〕「文」原作「經」，據乙、丙、丁三卷改。

〔一五〕乙、丁兩卷「茫茫」作「忙忙」。

〔一六〕「朝」原作「招」，據甲卷改。

〔一七〕乙卷「似」作「傾」。

〔一八〕丙卷「目」作「字」。

王重民校錄

温室經講唱押座文〔一〕

頂禮上方大覺尊，〔二〕　歸命難思清淨衆〔三〕，
四智三身隨衆願，　慈悲丈六釋迦文〔四〕。
百年（千）萬刼作輪王，　不樂王宮恩愛事，
捨命捨身千萬刼，　直至今身證菩提。
生死海中久沉淪，　不覺不知業力引，
垢障消除今覩佛，　光照三千世界中。
毗耶離國有菴園，　奈女還生奈花中，
寶樹枝條光色好，　非凡非聖化生身。
祇域还從奈女生，　妙通法術救衆生，
能療衆病一切差，　國稱之宝大醫王。
父號祇婆慈愍賢，　下針之疾立輕便，
名高八國爲長者，　廻喪起死閻浮中。
祇域思念牟尼尊，　明旦勑家俱詣佛，

[八] 丁卷「更」作「便」。

[九] 乙、丙、丁三卷「示疾」作「示病」。

[一〇] 乙卷「星」作「皇」。

[一一] 甲卷「國」作「園」。

[一二] 丙卷「室」作「宮」。

[一三] 「弘經」原卷作「弘揚」，據丙、丁兩卷改。乙卷作「紅經」。

[一四] 「文」原作「經」，據乙、丙、丁三卷改。

[一五] 乙、丁兩卷「茫茫」作「忙忙」。

[一六] 「朝」原作「招」，據甲卷改。

[一七] 乙卷「似」作「傾」。

[一八] 丙卷「目」作「字」。

王重民校錄

温室經講唱押座文[一]

頂禮上方大覺尊[二]，　歸命難思清浄衆[三]，
四智三身隨衆願，　慈悲丈六釋迦文[四]。
百年(千)萬刼作輪王，　不樂王宮恩愛事，
捨命捨身千萬刼，　直至今身證菩提。
生死海中久沉淪，　不覺不知業力引，
垢障消除今覲佛，　光照三千世界中。
毗耶離國有菴園，　奈女還生奈花中，
寶樹枝條光色好，　非凡非聖化生身。
祇域还從奈女生，　妙通法術救衆生，
能療衆病一切差，　國稱之宝大醫王。
父號祇婆慈愍賢，　下針之疾立輕便，
名高八國爲長者，　廻喪起死閻浮中。
祇域思念牟尼尊，　明旦勑家俱詣佛，

直到灵山法會上，請佛沐浴及凡僧。
佛說七物各有功，不違祈願浴法身，
香湯能凈凡聖衆，功德無量滿願中。
今晨擬說甚深文，唯願慈悲來至此，
听衆聞經罪消滅，總証菩提法宝身。
閻浮濁惡實堪悲，老病終期長似醉，
已捨喧喧求出離，端坐聽經能不能？
能者虔恭合掌着，經題名字唱將來。

校記：

〔一〕凡兩寫本，校次如下：
原卷　斯二四四〇
甲卷　伯三二一〇
〔二〕甲卷「上方大覺尊」作「無边功德山」。
〔三〕甲卷「衆」作「海」。
〔四〕甲卷「文」作「尊」。

王重民校錄

故圓鑒大師二十四孝押座文〔一〕

〔左街僧錄圓鑒大師賜紫雲辯述〕〔二〕

世門福惠〔三〕，　莫越如來，
相好端嚴，　神通自在。
佛身尊貴因何得？　根本曾行孝順來。
須知孝道善無疆，　三教之中廣讚揚。
若向二親能孝順，　便招千佛護行藏。
目連已救青提母，　我佛肩舁淨梵〔[illegible]〕王
萬代史書謌舜主，　千年人口讚王祥。
慈烏返哺猶懷感，　鴻鴈纔飛便著行。
郭巨願埋親子息，　老萊歡著綵衣裳。
最難誑惑謾衷懇，　不易輕欺對上蒼。
泣竹笋生名最重，　臥冰魚躍義難量。
若能自己除讒謗，　免被他人却毀傷，

直到灵山法會上，請佛沐浴及凡僧。
佛說七物各有功，不違祈願浴法身，
香湯能凈凡聖衆，功德無量滿願中。
今晨擬說甚深文，唯願慈悲來至此，
听衆聞經罪消滅，總証菩提法宝身。
閻浮濁惡實堪悲，老病終朝長似醉，
已捨喧喧求出離，端坐聽經能不能？
能者虔恭合掌着，經題名字唱將來。

校記：

〔一〕凡兩寫本，校次如下：
原卷　斯二四四〇
甲卷　伯三二一〇

〔二〕甲卷「上方大覺尊」作「無边功德山」。

〔三〕甲卷「衆」作「海」。

〔四〕甲卷「文」作「尊」。

王重民校錄

故圓鑒大師二十四孝押座文〔一〕

〔左街僧錄圓鑒大師賜紫雲辯述〕〔二〕

世門福惠〔三〕，莫越如來，
相好端嚴，神通自在。
佛身尊貴因何得？根本曾行孝順來。
須知孝道善無疆，三教之中廣讚揚。
若向二親能孝順，便招千佛護行藏。
目連已救青提母，我佛肩舁淨梵〔四〕王。
萬代史書謌舜主，千年人口讚王祥。
慈烏返哺猶懷感，鴻鴈纔飛便著行。
郭巨願埋親子息，老萊歡著綵衣裳。
最難誑惑謾衷懇，不易輕欺對上蒼。
泣竹笋生名最重，臥冰魚躍義難量。
若能自己除譏謗，免被他人却毀傷，

犬解報恩能職草，馬能知主解垂韁。
休消賄貨耽婬慾，莫惱慈親縱酒狂。
男女病來聲喘喘，父娘啼得淚汪汪。
兩肩荷負非爲重，千遶須彌未可償〔五〕，
勤奉晝昏知動靜，專看顏色問安康。
吐甘嚥苦三年內，在腹懷娠十月强，
試出去遙和夢逐，稍歸來晚立門傍。
孝慈必感天宮福，五〔六〕逆能招地獄殃，
勤苦却須歸己分，貲財深忌入私房。
須憂陰隲相摩折，莫信妻兒說短長，
自是意情無至孝，却怨庚甲有相妨。
四鄰忿怒傳揚出，五逆名聲遠近彰，
若是弟兄爭在戶，必招隣里鬧遷〔七〕墻。
至親骨肉須同食，深分交朋尚併粮，
祇對語言宜款曲，領承教示要參詳。
識乖斟酌虧恩義，稍錯停騰失紀綱，

切要撫憐於所使，倍須安卹向孤孀。
「姑姨舅氏孤孀子，收向家中賜寵光，
貧闕親知垂濟惠，崎嶇道路置橋樑。
佛道若能依此敎，號曰慈悲大道場。」〔六〕
晨昏早遣兒妻起，酒食先敎父母嘗，
共住不遙還有別，相看非久即無常。
生前直懶供茶水，沒後虛勞〔七〕酹酒漿，
志意順從同信佛，美言參問勝燒香。
柔和諫要慈親會，醜漏〔八〕名須自己當，
正酷熱天須扇枕，遇嚴凝月要溫床。
殘年改易如流速，甘旨供承似火忙，
若解在生和水乳，却勝亡後祭猪羊。
爭無里巷明宣說，自有神祇闇記將，
共樹共枝爭判割，同胞同乳忍分張。
如來演說五千卷，孔氏譚論十八章，
莫越言言宣孝順，無非句句述溫良。

孝心號曰眞菩薩，孝行名爲大道場，
孝行昏衢爲日月，孝心苦海作梯航。
孝心永有淸涼國，孝行常居悅樂鄉。
孝行不殊三月雨，孝心何異百花芳。
孝心廣大如雲布，孝心分明似日光。
孝行万災咸可度，孝心千禍總能禳〔二〕。
孝爲一切財中寶，孝是千般善內王。
佛道孝爲成佛本，事須行孝向耶娘。
見生稱意免輪迴，孝養能消一切災，
能向老親行孝足〔三〕，便同終日把經開。
善言要使親情喜，甘旨何須父母催，
要似世尊端正相，不過孝順也唱將來。

左街僧錄大師壓座文

校記：

〔一〕凡存三卷，原編號及校夾如下：

原卷　斯七　刻本

王重民校錄

甲卷　伯三三六一

乙卷　斯三七二八　只缺末一句。

〔二〕此行原本無，據甲、乙兩卷補。斯四四七二有左街僧錄雲辯「與緣人遺書」，知雲辯卒於廣順元年（九五一）。啓云：「雲辯與楊凝式同時，曾居洛，與妓女作詩嘲諷，事見宋張齊賢洛陽縉紳舊聞記」。又伯三八八六卷一「美瓜沙僧獻款詩」有「右街千福寺內道場應制大德圓鑒」的五言詩。在廣順前約早百年，當是另一圓鑒。此押座文刻於雲辯死後，已經是五代末或宋初了。

〔三〕甲卷「惠」作「慧」。

〔四〕甲、乙兩卷「梵」並作「飯」。

〔五〕「償」原作「嘗」，據甲、乙兩卷改。

〔六〕甲、乙兩卷「五」作「背」。

〔七〕乙卷「闇還」作「閱于」，較佳。

〔八〕甲、乙兩卷並無以上六句。

〔九〕甲卷「虛勞」作「靈前」。

〔一〇〕甲、乙兩卷「漏」並作「惡」，較佳。曾云「漏同陋」。

〔一一〕「禳」原作「穰」，據甲卷改。

〔一二〕乙卷「足」作「順」。

左街僧錄大師壓座文[一]

勑天下三十州內，建造舍利塔，差天使僧人共同，取午時入夾（木），一時起塔。節度刺史縣令通常務檢校用正庫錢物修造。

三界衆生多愛癡，致令煩惱鎮相隨，
改頭換面無休日，死去生來沒了期。
饒俊（縱）須遭更姓字，任姧終被變形儀，
直敎心裏分明著，合眼前程[illegible]（總）不知。
假饒不被改形儀，得箇人身多少時，
十月處胎添相貌，三年乳[illegible]（哺）作嬰兒。
寧無命向瞎風樹，也有恩從撮口離，
子細思量爭不怕，纔生便有死相隨。
設使身成童子兒，年登七八歲
髻鬟（雙）垂父憐，[illegible]（編）草竹爲馬，
母惜胭頤黛染眉。女郎使聞周氏敎，

兒還敎念百家詩。　算應未及甘羅貴，
早被无常暗裏追。　筭年弱冠又可（何）多，
漸漸顔高卽可知。（原文寫至此止）

王慶菽校錄

校記：

〔一〕此卷編號爲斯三七二八。

押座文[一]

善哉調御大覺世尊，　四智圓光三明具足，
百億化形如月影，　万類分身度有情。
只爲慈悲愍念多，　現八相人閒(間)成正覺，
先向鹿園(苑)談四諦，　後到靈山說一乘。
座中弟子信心人，　曠刼輪迴不植(値)仏，
今朝既能来法會，　各各虔心合掌着，
經題名目唱將来。

(原文已完)

校記：

[一] 此卷編號爲伯二〇四四。

王慶菽校錄

【押座文】[一]

仏世難遇，似憂(優)曇鉢花，我輩得逢，似盲龜値木。
生死海中千万刧，轉換從來多少身，
億億万刧數雖多，幾度得逢仏出世。
必若當初逢着仏，爭肯將身向者(這)裏來，
縱緣心願見慈尊，卽漸擬求親近去。
動說无邊无量刧，日月時長大曬難，
見仏不是暫時間，百千万刧長時見。
欲得来生者个數，聽文能不能，
能者便生渴仰心，似見世尊須一種。
樂者虔恭合掌[着]，經題名字唱將来。

王慶菽校錄

校記：

[一] 此卷編號爲斯四四七四，標題原缺，據文體擬題。

押座文〔一〕

善哉調御大覺世尊，四智圓光三明具足，
百億化形如月影，万類分身度有情。
只爲慈悲愍念多，現八相人聞(間)成正覺，
先向鹿園(苑)談四諦，後到靈山說一乘。
座中弟子信心人，曠刧輪迴不植(値)仏，
今朝既能來法會，各各虔心合掌着，
經題名目唱將來。

(原文已完)

校記：

〔一〕此卷編號爲伯二〇四四。

王慶菽校錄

【押座文】[一]

仏世難遇、似憂(優)曇鉢花，　我輩得逢、似盲龜値木。
生死海中千万刼，　轉換從來多少身，
億億万刼數雖多，　幾度得逢仏出世。
必若當初逢着仏，　爭肯將身向者(這)裏來，
縱緣心願見慈尊，　即漸擬求親近去。
動說无邊无量刼，　日月時長大矖難，
見仏不是暫時間，　百千万刼長時見。
欲得来生者个數，　聽文能不能
能者便生渴仰心，　似見世尊須一種。
樂者虔恭合掌[着]，　經題名字唱將来。

王慶菽校錄

校記：

[一] 此卷編號爲斯四四七四，標題原缺，據文體擬題。

季布詩詠[一]

漢高皇帝詔得韓信於彭城，垓下作一陣，楚滅漢興。張良見韓信煞人交（較）多。張良奏曰：「臣且[二]唱楚詞，散却楚軍。」詞曰：

張良奉命入中宮[三]，處分兒郎速聽聽，
今夜揀人三五百，解踏楚歌總須呈。
張良說計甚希有，其夜圍得楚家營，
恰至三更調練熟，四畔齊唱楚歌聲。

詞曰：

今年蕭率度壕梁，玉霜芬芬滿澗霜[四]；
丈夫既得高官職[五]，如何忘却阿耶孃。
人總俱從父母生，生子還從父母養，
三年不食胸前乳，六尺之軀何處長！
養兒只合知家計，四時八節供甘脆，
甘脆由來總不供，抛却耶孃虛[六]度世。

躭人負戰已數年[七]，百戰百傷命轉然，
夢時有時槍下臥，覺來原在鼙鼓邊，
千萬之卒何處徹，[雁足之書早脫廻。
戰馬有時恒被着，一弓無夜不張弦][八]。
急攜(兮)急攜(兮)摧人老[九]，速攜(兮)速攜(兮)摧人早，
開山磻[一〇]礴路行難，那箇是我家鄉道。
楚卒聞言雙淚垂[一一]，器械槍旗總抛却，
三三五五總波濤(逃)[一二]，各自思歸營幕內[一三]。
恰至三更半，楚王然始覺，
攢星拔劍出營來，早見五星競[一四]交錯。
切藉精神大丈夫，奈何今日天邊輪，
五六年[來]征戰苦[一五]，彭城垓下會一輪。
失時不利[天喪余][一六]，天喪奈何，
既有拔山舉頂(鼎)羽，此時不忘(亡)若何爲！
千金不傳老頭春，醉臥階前忘[一七]却貧，
世上若也無此物，三分愁煞二分人。

季布詩詠[一]

漢高皇帝詔得韓信於彭城，垓下作一陣，楚滅漢興。張良見韓信煞人交(較)多。張良奏曰：「臣且[二]唱楚謌，散却楚軍。」謌曰：

張良奉命入中宮[三]，處分兒郎速覽聽，
今夜揀人三五百，解踏楚歌總須呈。
張良說計甚希有，其夜圍得楚家營，
恰至三更調練熟，四畔齊唱楚歌聲。

詞曰：

今年蕭率度壕梁，玉霜芬芬滿澗霜[四]；
丈夫既得高官職[五]，如何忘却阿耶孃。
人總俱從父母生，生子還從父母養，
三年不食胸前乳，六尺之軀何處長！
養兒只合知家計，四時八節供餇餵，
餇餵由來總不供，抛却耶孃虛[六]度世。

躭八負戰已數年[七]，百戰百傷命轉然，
夢時有時槍下臥，覺來原在鼙鼓邊，
千萬之卒何處徹，[雁足之書早脫廻。
戰馬有時恒被着，一弓無夜不張弦][八]。
急攜(兮)急攜(兮)摧人老[九]，速攜(兮)速攜(兮)摧人早，
開山磻[一〇]磚路行難，那箇是我家鄉道。
楚卒聞言雙淚垂[一一]，器械槍旗總拋却，
三三五五總波濤(逃)[一二]，各自思歸營幕內[一三]。
恰至三更半，楚王然始覺，
攢星拔劍出營來，早見五星競[一四]交錯。
切藉精神大丈夫，奈何今日天邊輸，
五六年[來]征戰苦[一五]，彭城垓下會一輸。
失時不利[天喪余][一六]，天喪奈何，
既有拔山舉頂(鼎)羽，此時不忘(亡)若何爲！
千金不傳老頭春，醉臥階前忘[一七]却貧，
世上若也無此物，三分愁煞二分人。

〔季布一卷〕

天福四年□四日記〔一八〕

校記：

〔一〕 凡兩卷，原編號及校次如下：

原卷　伯三六四五

甲卷　斯一一五六　有尾題及年月。

按此詩明是咏張良事，不知前後題爲何均題季布。

〔二〕 甲卷「臣且」作「與臣」。

〔三〕 甲卷「宫」作「營」。

〔四〕 「滿」字原缺，據甲卷補。又第二「霜」字甲卷作「雪」，疑全句應作「玉雪芬芬滿澗霜」。

〔五〕 原卷「丈」作「大」，「既」作「躭」，「職」作「謝」，均據甲卷改。

〔六〕 「虛」原作「處」，據甲卷改。

〔七〕 甲卷「人」作「入」。又「數」原作「後」，據甲卷改。

〔八〕 以上三句據甲卷補。

〔九〕此句「老」字與下句「早」字，甲卷互易。

〔一〇〕甲卷「磻」作「盤」。

〔一一〕甲卷「楚」作「士」，「垂」作「落」。

〔一二〕用周校。周云："波逃猶言奔波逃跑，「張淮深變文」屢見波逃字樣，蓋唐人習語，亦見「廬山遠公話」。

〔一三〕原作「各自思歸□營幕」，甲卷作「各自惡□榮墓內」，甲卷「惡□」「榮墓」皆形誤字，但可證原卷缺字應在句末，即「內」字。

〔一四〕甲卷「競」作「更」。

〔一五〕「來」字據甲卷補。則原卷爲兩個三字句，而甲卷作七字句。

〔一六〕「天喪余」三字據甲卷補。

〔一七〕甲卷「忘」作「望」。

〔一八〕後題及年月兩行原卷無，依甲卷補。

王重民校錄

蘇武李陵執別詞[一]

於是泣涕相送：漸過峻溪(浚稽)。見峻嶺千重，洪崖萬丈(仞)。東連渤海，西接雁門。春草不榮，夏仍降雪。猿啼似哭，鶴叫如歌。野樹枯生，寒草亂墜，白雲散漫，黃葉飛微。幽澗冰生，鴻鳴逐[illegible]。時聞篪(羌)笛，聽且愁人。曉渡胡川，覆縱連黜。時降(逢)務(牧)羊客，不見採樵人。蘇大使忽見單于，李將軍羞看漢節。或悲或恨，再笑再吟。知千万之珍重，況戀河而阻隔，是罰(時)三人相對下泣。酌別酒於路傍，按離琴而(於)膝上。

蘇武把酒廻謝韓曾曰：「僕是大漢之將，久沒陷在沙場，不因△來，寧無歸[?]，銘肌陋(鏤)骨，起(豈)望辜恩。」言由(猶)未了，廻看李陵。且見李陵，身卦(掛)胡裘，頂帶胡帽，脚趻赤荆。問李陵曰：「將軍是大漢之將，豈不望在隴西，積代已來，[?]名露頂，朱門烈戰(列戟)，南面於人。出入香宮，高官險路。奈何將軍，遊遊沙漠，儻如骨肉，陷在虜[三]庭，言不人之所笑。」

李陵聞誚，直得身皮骨解，陪生(背主)辭親，陵雖有力，過有身而云可。令(今)無家而可歸。已(以)手把胷，望天大哭。李陵所帶胡鄉之帽，棄在沙場。遂向腰間取仞(刃)，已(以)說往年，共遙呈長安。

乃卽言曰：「憶借(昔)陵初儁(攜)步年(卒)，不滿五千，深入虜庭，踰(戰)過万[四]□，□行至到峻溪山南，龍勒河北，地迥無泉，空砂無水。陵下□未清，見單于兵馬十万餘□，一罰(時)全□。陵此日擬戰，彼晨（衆）我寡，陵擬不戰，□公在攸羊懾憶吾賢，不免自從旗隊，陣號越華，□右射右虛，兇奴傾□）〔五〕衆，時前街（衝）漢將爭功，抽刀淨（爭）入，看遠□云彫了□玉虛而星刃，斬虜集（奪）旗，是日也，感德（得）文超（天起）陣雲，地生戰霧，兇奴傾敗，當卽抽〔軍〕。

漢將得勝，約行二十餘里，猶未迴旗。無賴當卽抽軍，漢將德（得）勝，遂被狂寇順風放火，紅解連天。陵在火中，事洽難爲。不免詐降戰（單）于，准擬喫□，心飴突□，日夜定鬦，校亂相煞，偸路還家。□陵□中□滅、奈何武帝□取佞臣之言，道陵上祖已來，三代沓漢〔？〕。勑下所司，捕捉陵之家口，一男一女，攦入雲陽。馬乖行顯，准法處分。少妻幼女，無罪枉殊（誅）。陵有老母，八十有五，走待人扶，養須人餵，負天何辜，也被誅戮！

乍可□□沙漠，恓恓虜庭，北闕之下，求得錐寸置利（身），煞父天子，誰能手事！足下如万□，陵無廻心，老母墳前，慇懃爲時日拜著。到武帝殿前，爲陵忱（披）訴。儻逢人信，時附一音；若遇來鴻，芳菲一行。」

是日也，酌別酒，敲鞭鞍，唱如歌。蘇武未語不見，遂乃再趁李陵，拘馬搖鞭，各自題詩一首：

涼風趁□煙，□（旅）〔穴〕雁遠思邊，
蘇武歸南国，雖陵何負天！
羡他失伴鳥，塞北仍是蕃，
漢軍日雲下，咸陽路幾千？

蘇武和曰：

勸軍(君)所賜酒，過後爲君愁，
欲知相憶處，思君稟水頭，
有時無雁翼，群臣並是憂。

己巳年六月五日[七]

校記：

[一] 此卷編號伯三五九五。

[二] 本文止存此一本，無從比對，脫、疑、衍、誤各字，俱從意校。並爲分段。

[三] 此字原卷止寫上半「虍」頭，應是「虜」字。

[四] 自此以下「□」號處俱是原卷抄寫空字處，並非殘損。

[五] 此字原卷止寫左半「酉」旁。

[六] 此字原卷止寫左半「才」旁，應是別體「旅」字。

[七] 原卷抄寫年月下，尚有雜寫多字，模糊不可辨。

啓　功校錄

百鳥名 君臣儀仗〔一〕

是時二月向盡，纔始〔二〕三春。百鳥林中而弄翼，魚翫水而躍鱗，花照勺(灼)色輝鮮，花初發而笑日，葉含芳而起津。山有大蟲爲長，鳥有鳳凰爲尊。是時之鳥〔三〕即至，雨集雲奔，排備儀仗，一放〔四〕人君。

白鶴身爲宰相，山鵲鸛直諫忠臣，
翠碧鳥爲紈壇侍御，鶻子爲遊奕將軍，
鶬鷹作六軍神策，孔雀王專知禁門，
護澤鳥偏知別當，細逕子通事舍人，
鴻雁專知禮部，鴻鶴太史修文，
日月鳥夜觀星象，赤觜鵶晝望煙雲，
突厥鳥權知蕃館，老鵶專望煙雲，
印尾鳥爲無才技，專心遏舞鄉村。
白練帶，色如銀，久在山間別作羣。
聞道鳳凰林裏現，將男獲女悉來臻。

薰胡鳥、鵲鵲師〔五〕、鴻娘子、鴿鶵兒、赤觜鵶、碧生（玉）鷄，鴛鴦作伴，對對雙飛，奉符追喚，不敢延遲，從此是鳥即至，亦不相違。

濤河鳥，脚趰趚〔六〕，　尋常傍水覓魚喫，
野鵶遙見角鵶來，　刺頭水底〔七〕覓不得。
白鸚鵡，赤鷄赤，　身上毛衣有五色，
兩兩三三傍水波，　向日遙覿眞錦翼。
銜茅花，拾柳絮，　樹梢頭，養男女，
巧女子，怜怜害〔八〕，　窠裏金針誰解取？
隴有道，出鸚鵡，　教得分明解人語。
人衷般粮總不如，　籠裏將來獻明珠（主）。
[illegible]鶹亦曾作老鼠，　身上無毛生肉羽，
恰至黃昏即出來，　白日何曾慕風雨！
念佛鳥，提胡盧，　尋常道酒不曾酤。
澤雉沿身百種有，　鵂鶹向後一物無。
獨春鳥，悉鼻舁，　出性爲便高樹枝，
雀公身寸惹子大，　却謙（嫌）老鵶沒毛衣。

吉祥鳥，最靈喜，出在臺山巖長裏，
忽然現出彩雲中，但是人人皆頂禮。
花沒鴿，色能美，一生愛踏伽藍地，
野鵲人家最有靈，好事於先來送喜。
黑鸛鵐，黃花樓，飛來飛去傍山頭，
山鵲觜紅得人愛，羣神身獨處飛[九]。
寒豪(號)[□]，夜夜號，青雀兒色能青[一〇]，
毛衣五色甚[□]明，聞道鳳凰林裏現，
皆來拜儛在天庭了也

百鳥名一卷

庚寅年十二月日押牙索不子自手□□

校記：

[一] 原卷首尾完備，且有前後題及書寫年月。存兩卷，其編號如下：

原卷　斯三八三五

甲卷　斯五七五二　在同卷上抄寫兩次。第一寫本書法尚佳；第二寫本太惡劣，且不完全。

〔二〕甲卷第一寫本衍「始」字，第二寫本不衍。

〔三〕甲卷「之鳥」作「諸鳥」。

〔四〕甲卷「慠」作「放」。

〔五〕甲卷「鵠鵠師」作「保報師」。

〔六〕甲卷「脚趨趚」作「脚曆剌」。

〔七〕甲卷「水底」作「水中」。

〔八〕甲卷「㤥怜喜」作「可怜許」。

〔九〕句中應脫一字。

〔一〇〕句中應脫一字。

王重民校錄

四獸因緣〔一〕

過去久遠，往昔世時，有一個大國號曰迦尸。人則安樂，五稼豐稔，四序調和，無諸災疫。其王稱云：「是我之福感德〔二〕如此，國界清平。」其王夫人亦云：「是妾之福。」太子云：「是寘（寡）人福。」三箇各爭不定，王遂問修道仙人，決曉所疑。仙人答曰：「非王所感，亦非夫人太子之福。彼是山林之中，迦毗羅鳥、兔、及獼猴、爲（象）等四獸，結爲兄弟，行恩布義，互相遵（尊）敬，感此事也。」王遂往看，果如其言。國內人民，盡知此事。其爲（象）鳥等，以何因由識得大小？鳥問象云：「汝先到此樹邊之時，其樹大小？」白象答云：「我到樹邊之時，倚樹指痒，樹纔勝我也。」次問獼猴：「汝見樹時，其樹大小？」獼猴答云：「我於樹上捉其枝絛（條）騰躍跳擲，勝得我也。」又問其兔：「汝到樹時，其樹大小？」兔子答云：「我到樹邊，喫嚙樹葉，口到樹頭，枝杋花葉。」其鳥云：「我昔山中食此樹菓，遺子此地，乃生其樹。」因此樹故，如上四獸，識得大小。鳥最居長，兔得第二，獼猴第三，白象最小。如是（是）四獸，由恩義故，於後命終，盡得生天，帝釋諸天，異口同音，歎喜讚嘆。爾時如來告諸大衆：彼時鳥者，即我身是，兔是舍利，獼猴即是大目乾連，白象即今阿難陁是。四獸行恩，尙感如是廣大功德，豈况其人，如無恩義也。

唐僧統和尙讚述四獸恩義頌。〔三〕

爲先修行孝因果，今感得成佛之緣，其由如是。

奇哉四獸，　能結好事，
敬大識小，　以樹爲類。
布義行恩，　低心下意。
動止相隨，　匪辭重累。
連襟綴袖，　陳雷莫比。
感世清平，　灾殃不起。
風雨順時，　吉祥呈瑞。
迦尸國人，　無不歡喜。
聖教稱揚，　諸天讚美。
後得成佛，　福因由此。

按此文前有行半字云：「又將稱讚功德，奉用莊嚴，我都僧統和尚，伏願長承帝澤，爲灌頂之圀（國）師，永鎮台堦，讚明王於理化。」〔四〕

校記：

〔一〕本卷原有編號爲伯二一八七。

〔二〕「德」疑當作「得」。

〔三〕王重民云：唐僧統和尚，敦煌人，有傳。

〔四〕按此文前之字所云，可見本文是僧統和尚講經。

王慶菽校錄

齖𪘏書一卷[一]

夫齖𪘏新婦者，本自天生，闘唇閙市，務在暄(喧)爭。欺兒踏聟，罵詈高聲，翁婆共語，殊總不聽。入廚惡發，𩞁粥撲羹[二]，轟盆打甕，雹釜打鐺。嗔似水牛料鬪，笑似轆轤作聲。若說軒裙撥[三]尾，直是世間無比。闘亂親情，欺隣(鄰)逐里[四]。向[五]婆嗔着，終不合觜。將頭自[六]檔，竹天竹地，莫(摸)著臥床，佯病不起。見聟入來，滿眼流淚。夫問來由，有何事意？沒可分梳，口[七]稱是事[八]。翁婆罵我，作奴作婢之相，只是擔(金)[九]眠(眠)夜睡(睡)，莫与飯[一〇]喫，餓[一一]急自起。阿婆向[一二]兒言說，索得个屈期醜物入來，与[一三]我作底。新婦聞之，從床忽起，當衩(初)緣甚不嫌，便即不(下)財下禮，色我將來，道我是底！未許之時，求神拜鬼，及至入[一四]來，說我如此。新婦乃索離書，[廢我別嫁，可會夫婿。翁婆聞道色離書][一五]，忻忻喜喜。且[一六]与緣[一七]房衣物，更別造一床氈被。乞求趁却，願更莫逢相值。新婦道辭便去，口裏咄咄罵詈，不徒錢財產業，且離怨[一八]家老鬼。新婦慣喚[一九]向村中自由自在，禮宜(儀)不學，女蓺(藝)[二〇]不愛，只是手提竹籠，恰似傍田拾菜。如此之流，須爲監解，看是名家之流，不交自解。本性齖𪘏，打煞也不改。已後与兒色[二一]婦，大須穩[二二]審，趁逐莫取媒人之配。阿家詩曰：

齖𪘏新婦甚典硯，直得親[二三]情不許見，千約万來不取語，　惱得老人腸肚爛。

新婦詩曰：

本性斷斷處處知，　阿婆何用事悲悲〔二四〕，

若覓下官〔二五〕行婦禮，　更須換却百重皮。

自從塞〔二六〕北起煙塵，　禮樂詩書總不存，

不見父兮（兮）子不子，　不見君今臣不臣。

暮聞戰鼓［雷］〔二七〕天動，　曉看帶甲似魚鱗，

只是偷生〔二八〕時暫（暫）過，　〔二九〕誰知［久後］〔三〇〕不成身。

願得再逢堯舜日，　勝朝宴儛（晏武）却修文，

懃學不辭貧与賤，　發憤長歌十二時〔三一〕。

平旦寅（寅）、　少年勤學莫辭貧，

君不見、朱買〔三二〕未得貴，　由自行歌自〔三三〕負薪。

日出卯、　人生在世須臾〔三四〕老，

男兒不學讀詩書，　恰似園中肥（肥）地草。

食時辰、　偷光鑿壁事慇懃，

丈夫學問隨身寶，　白玉黃金未是珍。

隅中巳、專心發憤尋詩書，
每憶賢人羊角哀〔三五〕，求學山中併粮〔死〕〔三六〕。
日南午、讀書不得辭辛苦，
如今聖主召賢才，去耳中華長用我(武)。
日昳未、暫時貧賤何着(羞)耻，
昔日相如未遇時，恓惶賣卜於纏市。
晡時申、懸頭刺股士蘇秦，
貧病卽令妻嫂行，意(衣)錦還鄉爭拜秦。
日入酉、金罇多瀉〔三七〕蒲菟(桃)酒，
喚〔三八〕君莫棄失〔三九〕徒人，結交承己須朋友。
黃昏戌、嗦(琴)書獨坐茅庵室，
天子不將印信迎，誓隱山林終不出。
人定亥、君子須(雖)貧禮常〔四〇〕在，
松柏縱然經歲寒，一片貞心常不改。
夜半子、莫言屈滯長如此，
鴻鳥只思羽翼齊〔四一〕，點翅飛騰千万里。

鷄鳴丑、　　莫惜黃金結朋友，
蓬蒿豊得久榮華　　飄颻万里隨風走。

呪曰：唱帝唱帝[四二]。沒處安身，乃爲入舍女婿。鳴羅鳴羅，刼我新婦，必欺我、打我，弄我、罵我，只是使我，取此燒火，獨春（舂）獨磨，一覺不過，由嗔嬾[四三]墮（惰）。空地磨秫（秫）[四四]大戾。急休急休，不要你縚（絹）[紬][四五]，跪拜丈人兩拜，當時領妻便發。後有詩人乃爲讚越（曰）：

可惜英雄大夫兒，　　如今被使不如奴，
買取鍾鼓上怗看，　　腰間兩[四六]面打桃符。

（原文完）

校記：

[一] 按「齖䶗書一卷」共有三卷，標題原有，原卷作「齖䶗一首」，乙卷作「齖䶗書一卷」，今從乙卷取題。以伯二五六四號爲原卷，而以伯二六三三號作爲甲卷、斯四一二九號作爲乙卷比勘。

[二] 「羹」原作「餧」，據甲卷改。

[三] 甲卷「撥」作「鏺」。

[四] 「隣逐里」，疑應作「凌妯娌」。

〔五〕乙卷「向」作「阿」。

〔六〕「自」原作「白」，據甲卷改。

〔七〕甲卷「口」作「只」。

〔八〕甲卷「是事」作「是是」。

〔九〕「擔」原作「擅」，甲卷作「擔」，應爲「貪」。

〔一〇〕「飰」原作「飯」，據甲卷改。敦煌卷子多寫「飯」作「飰」。

〔一一〕甲卷「餓」作「我」。

〔一二〕「向」原作「問」，據甲卷改。

〔一三〕「与」原作「巳」，據甲卷改。

〔一四〕甲卷「入」作「將」。

〔一五〕「廢我別嫁，可會夫婿。翁婆聞道色离書」十五字據甲卷補。

〔一六〕甲卷「且」作「是」。

〔一七〕甲卷「緣」作「沿」。

〔一八〕「怨」原作「恐」，據甲卷改。

〔一九〕甲卷無「喚」字。

〔二〇〕周一良認爲「埶」，應作「藝」。

[二一] 乙卷「色」作「索」。按敦煌寫本，「色」「索」二字常通用。

[二二] 「穩」原作「隱」，據乙卷改。

[二三] 甲卷「親」作「新」。

[二四] 甲卷「悲悲」作「卑卑」。

[二五] 甲卷「官」作「棺」。

[二六] 「塞」原作「賽」，據乙卷改。

[二七] 「雷」字據甲、乙卷補。

[二八] 「偷生」原作「側光」，據甲、乙卷改。

[二九] 原有「語」字，據甲、乙卷刪。

[三〇] 「久後」二字據甲卷補。

[三一] 甲卷「十二時」下多一「辰」字。

[三二] 甲卷於「君不見」下無「買」字，有「朱」字。乙卷在「君不見」下，爲「見買未得貴」。今改爲「朱買未得貴。」按「朱買」卽指「朱買臣」。漢會稽人，字翁子。好讀書。武帝時，拜中大夫。微時，賣薪自給，且行且讀。

[三三] 乙卷「自」作「背」。

[三四] 「臾」原作「史」，據乙卷改。

〔三五〕「羊角哀」原作「陽角泉」，據甲卷改。

〔三六〕「死」字據甲卷補。

〔三七〕「瀉」原作「寫」，據甲、乙卷改。

〔三八〕甲、乙卷「喚」作「歡」。

〔三九〕甲卷「失」作「出」。

〔四〇〕「常」原作「上」，據甲、乙卷改。

〔四一〕甲卷「齊」作「成」。

〔四二〕周一良云：「唱帝唱帝」當是「揭諦揭諦」，是多心經咒之第一句。

〔四三〕「嬾」原作「賴」，據乙卷改。

〔四四〕乙卷「秋」作「抹」。

〔四五〕「紬」字據乙卷補。

〔四六〕乙卷「兩」作「深」。

王慶菽校錄

敦煌變文集卷八

搜神記一卷

句道興撰〔一〕

行孝第一

昔有樊寮至孝，內親早亡，繼事後母。後母乃患惡腫，內結成癰，楚毒難忍，風(夙)夜不寐。寮即愁頫，衣冠不解，一月餘日，刑(形)体羸瘦，人皆不識。寮欲喚師針灸，恐痛，與口於母腫上吮之，即得小差，以膿血數口流出，其母至夜，便得眠臥安穩。夜中夢見皃(鬼)來語母曰：「其瘡上復得鯉魚哺之，後得無病，壽命延長。若不得鯉魚食之，即應死矣。」寮聞此語，憂心恐懼，仰面向天而歎曰：「我之不孝，今乃如此，十一月冬冰結凝之時，何由得此魚食？」即抱母頭而別，出入行哭，悲啼泣淚，仰天而歎曰：「天若憐我，願魚感出，無神休也。」寮乃脫衣覆冰之上，不得魚，遂赤體臥冰之上。天知至孝，當寮背下，感出鯉魚一雙。心生歡悅，將歸与母食之，及哺之於瘡上，即得差矣。命得長遠，延年益壽，乃得一百一十而終也。樊寮至孝，松柏終不改易。

昔有張嵩者，隴西人也，有至孝之心。年始八歲，母患臥在牀，忽思堇菜而食之。嵩聞此語，蒼(倉)忙而走，向地覓堇菜，全無所得，遂乃發聲大哭云：「哀哀父母，生我劬勞，今得患，何時得差。天若憐我，願堇菜化生。」從旦至午，哭聲不絕，天感至孝，非時爲生堇菜。遂將歸家，奉母食之。因食堇菜，母得痊〔二〕愈。嵩後長大成人，母患命終。家中富貴〔三〕，所造棺槨墳墓，並自手作，不役〔四〕奴僕之力。葬送亦不用車牛人力，惟夫婦二人，身自負上母棺，已(以)力擎於車上推之，遣妻牽挽而向墓所。其時日有卒風暴雨，泥塗沒膝，然葬送道上，淸塵而(不)起。嵩葬旣訖，於墓所三年親自負土培墳，哭聲不絕，頭髮落盡，哭聲不止。天知至孝，於墓所直北起雷之聲，忽有一道風雲而來到〔五〕嵩邊，抱嵩置墓東八十步，然始霹靂冢開，出其棺，棺額上云：「張嵩至孝，通於神明，今日孝感至誠，放母却活延命，更得三十二年。任將歸孀侍奉〔六〕。聞者無不嗟嘆斯事，「自古至今，未聞斯事，天子」〔七〕遂拜嵩爲□(令—金)〔八〕城太守，後遷爲尙書左僕射，事出織終傳。

昔有焦華〔九〕〔者〕〔一〇〕至孝，長安人也。漢末時，〔爲〕〔一一〕尙書左僕射，其父身上患□，焦華甚有孝心，侍養父母，衣冠不解，晝夜憂心，恐懼所及〔一二〕。其父困患，華歸家曰：「兄弟二人，父若不差，身死地下，誰當事父？」父曰：「汝身長嬌能非輕，不可絕其後嗣，汝更勿言。比来夢惡，定知不活，聞我精好之時，汝等卽報內外諸親，在近者喚取，將與分別。」華問父曰：「患来夢惡何事？」父曰：「吾夢見天人下来取我，語曰：『汝欲得活，時得瓜(苽)食之一頓，卽活君也。而不得瓜食之，不經旬日，終須死矣。』今十二月非時，何由可得苽食，是故知死。」華聞此語，氣咽含悲，食飲不下，聲塞頓絕。乃至十日，後始更甦〔一三〕。夢見神喚焦華，汝有孝心，上感於天，天使我送苽一雙与汝来，君宜領取，與父充藥。華遂夢中跪拜而受苽。夢覺，即於手中有苽一雙，香氣滿室，而奉其父，父得苽食，其病得差。故語云：仲冬思苽告焦華，父得食之。凡人須有善心，孝者天自吉之。事出史記。

[榆附（俞跗）]

昔皇（黄）帝時，有榆（俞）附者，善好良醫，能迴喪車，起死人。榆附死後，更有良醫。至六國之時，更有扁鵲。漢末，開腸腴，洗五臟，劈腦出虫，乃爲魏武帝所殺。

[扁鵲　二十卷本卷无　八卷本卷一]

昔有扁鵲，善好良醫，遊行於國，聞虎（虢）君太子患，死已經八日，扁鵲遂請入見之，還出語人曰：「太子須（雖）死，猶故可活之。」虢君聞之，遂喚扁鵲，入活太子，遂還得活。虢君大悅，即賜金銀寶璧與鵲，鵲辭而不受。虢君曰：「今活吾子，即事不違，乃不取受者，何也？」鵲曰：「太子命故未盡，非臣卒能活得。」遂不受之去也。

[管輅　二十卷本卷三　八卷本卷一]

昔有管輅〔一四〕字公明，善好良才。尒時六時中旬，行過平原，見一年少〔一五〕始可十八九矣，在道南刈麥，然管輅嗟嘆而過。其年少問老人曰：「何以嗟嘆？」管輅復問年少曰：「汝姓何字誰？」年少對曰：「姓趙名顏子。」〔公明〕〔一六〕曰：「向者更無餘事，直以憐卿好年少，明日午時忽然卒死，是故嗟嘆也。」顏子問曰：「丈人豈非管輅？」曰：「我是。」顏子即叩頭，隨逐乞命。管輅曰：「命在於天，非我能活。〔卿且去〕〔一七〕，宜急告父母知，莫令忩忩（匆匆）。」顏子於是歸家，速告父母。父母得此語已，遂即乘〔一八〕馬奔趁，行至十里趁及。遂拜管輅，諮請之曰：「〔小〕〔一九〕兒明日午時將死，〔管聖如〕〔二〇〕何憂憐，方可救命。」管輅曰：「君但且還家，備覓麋鹿脯一合，清酒一㪷，明日午時尅（刻）到君家，方始救之，未知得否？」其父遂卽還，備覔酒脯而待之。管輅明日於期卽至，語顏子曰：「卿昨日刈麥地南頭大桒(桑)樹下，有二人樗蒱博戲，今〔卿〕〔二一〕將酒脯往其處酌合裏置脯，往其處酌，他自取之，若借問於卿嗔怒，〔但向拜之，愼勿言，其中有一人救卿〕〔二二〕，吾在此專待卿消息。」顏子行管輅之言，卽將酒脯到大桑樹下，乃見二人博戲，前後欲休，侍從非常〔二三〕。顏子遂酌酒與之，其人得酒卽飲，貪博戲不看。飲酒欲盡，博戲欲休，北邊坐人，舉頭見顏子，忽然大怨(怒)曰：「小人〔二四〕，我遣你早去，因何違他期日！如午時不去，何由態(能)仍酌我酒来。」顏子再拜，不敢更言，南邊坐人語北邊坐人曰：「凡喫人一食，慚人一色〔二五〕，喫人兩食，与人著力。朝来飲他酒脯，豈可能活取此人？」北邊坐人曰：「文案已定，何由可改。」南邊坐人曰：「暫借文書看之。」〔此年始十九，易可改之〕〔二六〕。把筆顛倒句著，語顏子曰：「你合壽年十九卽死，今放你九十合終也。」〔自尔已来，世間有行文書顛倒者，卽乙復〕〔二七〕，因斯而起。迴到家，見管輅，始語顏子曰：「北邊坐人是北斗，南邊坐人是南斗。凡人受胎皆從南斗過，見一人生，無量歡喜。北斗注殺，見一人死，皆大歡喜，此之是也。」〔事出異勿(物)志〕。〔二八〕

昔齊〔二九〕景公夜夢見病鬼作二虫(豎)得病，著人遂向外國請醫人秦瑗(緩)〔三〇〕至齊國境內〔三一〕。景公夜夢見病鬼作二枚虫(豎)從景公鼻出，化作二童子，並著青衣，於景公牀前而立，遞相言語〔三二〕，秦緩者，大好良醫，今来入齊境內，必殺我二人，共作逃避之計。有一童子不肯，〔曰〕：「天遣我等取景公〔三三〕，如何走去。你居膏腴(肓)之上，我居膏肓之下，針灸所不能及，醫藥所不能至，此是禁穴，縱秦緩至，能奈我何。」其二童子，還化作二虫，從景公口入腸中。夢覺，卽知死矣。不經旬日，秦緩到来，遂與景公體(候)[三四]脉，良久，語景公曰：「病不可治也。何爲？緣病鬼在膏肓之上，膏肓之下，此是禁穴，針灸所不能及，醫藥所不能至，必死矣，無知(可)奈何[三五]。」景公曰：「一如朕夢。」遂不治之。後加重贈，以禮發遣。秦緩去後，經三日便死。事出史記。

昔有劉安者，河間人也，年少時得病死，經七日而乃復甦。帝命然得歸，遂能善卜，与人占之，上(尚)猶(尤)知未来之事[三六]。萬不失一。河間有一家，姓趙名廣，櫪上有一白馬，忽然變作人面，其家大驚怕，往問先生劉安。安曰：「此怪大惡，君須急速還家，去舍三里，披髮[三七]大哭。」其家人大小聞哭聲，並悉驚怖，一時走出往看。合家出後，四合瓦舍，忽然崩落，其不出者，合家總死[三八]。廣於後更問「劉安曰：「是何灾異也。」安曰：「無他」[三九]，公堂舍西頭壁下深三尺，有三箇石龍[四〇]，今日災禍已過，愼莫發看，發看必令人貧矣。若不發看，後克[四一]富貴，此是神龍「也。」而」[四二]廣不用劉安之言，遂發看之，有一赤物[四三]大如屋椽，衝突出去上天。其後廣家大貧困，終日常行乞食而活生命。事出地理志。

昔有辛道度者，隴西人也。在外遊學，来至雍州城西五里，望見四合瓦舍赤壁白柱，有青衣女郎在門外而行，道度粮食乏盡，飢渴不濟，遂至門前乞食。語女郎曰：「我是隴西辛道度，遊學他方，粮食乏盡，希望娘子爲道度向主人傳語，乞覓一餐。」女子遂入告女郎，且說度語，報知女郎。女郎曰：「此人既遠方學問，必是賢才，語客入来，我須見之。」女子還出迎来，然道度趨蹡而入，已至閤門外，覺非生人，辭欲却出，遂不敢還，卽却入見秦女。女郎相拜訖，度遂令西牀上坐，女郎東牀上坐，遂卽供給食飲。

女郎卽諮度曰：「我是〔秦〕〔四四〕文王女，小遭不幸，無夫獨居，經今廿三年，在此棺壙之中。今乃與君相逢，希爲夫婦，情意如何？」度遂乃數有辭相問，卽爲夫婦之禮。宿經三日，女郎語度曰：「君是生人，我是死鬼，共君生死路殊，宜早歸去，不能久住。」度曰：「再宿一夜而稠（綢）繆，今日以何分別，將何憑爲信記〔四五〕。」女郎遂於後牀上，取九子鹿（簏）中開取繡花枕，價値千金，與度〔四六〕爲信。其簏中更有一金枕，〔度是生人，貪心金枕，乃不肯取繡枕，欲得金枕〕〔四七〕。女郎曰：「金枕是我母遺贈之物，不忍與君。」度再三從乞金枕，女郎遂不能違，卽與金枕爲信。還〔四八〕遣青衣女子二人，送度出門外。忽然不見瓦舍，唯見〔四九〕大墳巍巍，松柏參天，度慌怕，銜林走出墓外。看之，懷中金枕仍在。遂將詣〔秦〕〔五〇〕市賣之。其時正見秦文王夫人乘車入市觀看，遂見金枕，識之，問度曰：「何處得之？」度與實言答之。夫人遂卽悲泣，哽咽不能〔自〕〔五一〕勝。發使遂告秦王。王曰不信，遂遣兵士開墓發棺看之。送葬之物，事事總在，惟少金枕。解縛看之，遂有夫婦行禮之處。秦王夫婦然後始歡喜，歎曰：「我女有聖德通於神明，乃能與生人通婚，眞是我女夫。」遂封度爲駙馬都尉，勞賜以玉帛車馬侍從，令還本鄉。因此已来，後人學之，國王女夫名爲駙馬，萬代流傳不絕。事出史記。

昔有侯霍，〔白馬縣人也〕〔五二〕，在田營作，聞有哭聲，不見其形，經餘六十日。秋間因行田，露濕難入，乃從畔上褰衣而入至地中，遂近畔邊有一死人髑髏，半在地上，半在地中〔五三〕，當眼匡裏一枝禾生，早以欲秀。霍愍之，拔却，其髑髏與土擁之，遂成小墳。從此已後，哭聲遂卽絕矣。後至八〔五四〕月，侯霍在田刈禾，至暮還家，覺有一人，從霍後行，霍急行，人亦急行，霍遲行，人亦遲行。霍怪之，問曰：「君是何人，從我而行？」答曰：「我是死鬼也。」霍曰：「我是生人，你是死鬼，共你異路別鄉[五五]，因何從我而行？」鬼曰：「我蒙君鋤禾之時，恩之厚重，無物相報。知君未取妻室，所以我明年十一月一日，尅定爲君取妻，君宜以生人禮待之。」霍得此語，卽忍而不言。遂至十一月一日，聚集親情眷屬，槌牛釀酒，只道取妻，本不知迎處。父母兄弟親情怪之，借問，亦不言委由，常在村南候望不住。欲至晡時[五六]，從西方黄塵風雲及卒雨来，直至霍門前，雲霧闇黑，不相覩見。霍遂入房中，有一女子，年可十八九矣，幷牀褥氈被，隨身資妝，不可稱說。見霍入来，女郎語霍曰：「你是何人，入我房中。」霍語女郎曰：「娘子是何人，入我房中。」女郎復語霍曰：「我是遼西太守梁合[五七]龍女，今嫁与遼東太守毛伯達兒[五八]爲婦。今日迎車在門前，因大風，我漸出来看風，卽還家入房中[五九]，其房此(不)是君房[六〇]？」霍曰：「遼西去此五千餘里，女郎因何共我爭房？如其不信，請出門看之。」女郎[驚起][六一]，出門看之，全非己之舍宅。遂於牀後，取九子篦開看，遂有一玉版上有金字，分明云：天付應合与侯霍爲妻。因爾已來，後人學之，作迎親版通婚書出，因此而起。死鬼尚自報恩，何况生人。事出史記。

昔有侯光侯周兄弟二人，親是同堂，相隨多將財物遠方興易。侯光貨易多利，侯周遂乃損抑，卽生惡心，在於郭歡地邊殺兄，抛著叢林之中，遂先還家。光父母借問周，汝早到來，兄在何處？周答曰：「兄更廿年，方可到來。」郭歡在田營作此地頭，林中鳥鵲，遼亂而鳴，郭歡怪之，往看，乃見一死人，心生哀愍，遂卽歸家，將鍬钁則爲埋藏。營作休罷。中間每日家人送食飯來祭之。經九十餘日，粟麥收了，欲擬歸家，遂辭死人，呪願曰：「我乃埋你死屍靈在此，每日祭祀，經三個月，不知汝姓何字誰，從今已後「不」祭汝，汝自努力。」即相分別。後年四月，歡在田鋤禾，乃有一人，忽然在前頭而立，問曰：「君是何人，乃在我前而立？」此人答曰：「我是鬼。」歡曰：「我是生人，你是死鬼，共你異路別鄉，何由来也。」鬼曰：「蒙君前時恩情厚重，無物報恩。今日我家大有飲食，故迎君来，兼有報上之物，終不相違。」歡疑，遂共相隨而去。神鬼覆蔭，生人不見，須臾之間，引入靈牀上坐。其祭盤上具有飲食，侯光共歡即喫直淨盡，諸親驚怪，皆道神異，須臾之間，弟侯周入來，向兄家檢校。兄忽然見弟，語歡曰：「殺我者，此人也。生時被殺，死亦怕他。」便即畏懼走出。郭歡無神靈覆蔭，遂即見身，從靈牀上起来，具說委由，向侯光父母兄弟，遂即將侯周送縣，一問即口承如法。侯光父母賜歡錢物車馬侍從，相隨取兒神歸來葬之，故曰：侯光作鬼，尚自報恩，何況生人。事出史記。

昔有王景伯者，會稽人也。乘船向遼水興易。時會稽太守劉惠明當官孝滿，遂將死女屍靈歸来，共景伯一處。上宿憂思，月明夜靜，取琴撫弄，發聲哀切。時太守死女聞琴聲哀怨，起屍聽之，来於景伯船外，發弄釵釧。聞其笑聲，景伯停琴曰：「似有人聲，何不入船而来？」鬼女曰：「聞琴聲哀切，故来聽之，不敢輙入。」景伯曰：「但入有何所疑。」向前便入，並將二婢，形容端正，或(惑)亂似生人，便即賜坐，溫涼以(已)訖。景伯問曰：「女郎因何單夜来至此間？」女曰：「聞君獨弄哀琴，故来看之。」女亦小解撫弄。即遣二婢取其氈被，並將酒肉飲食来，共景伯宴會。既訖，景伯還琴撫弄，出聲數曲，即授与鬼女。鬼女得琴，即嘆哀聲甚妙。二更向盡，亦可綢繆，鬼女歌訖還琴。景伯遂與彈，作詩曰：「今夜嘆孤愁，哀怨復難休，嗟娘有聖德，單夜共綢繆。」女郎云：「實若愁妾恩，當別報道得。」停琴煞(爇)燭，遣婢出船，二人盡飲，不異生人。向至四更，其女遂起梳頭，悲傷泣淚，更亦不言。景伯問曰：「女郎是誰家之女，姓何字誰，何時更来相見？」女曰：「妾今泉壤，不覩已来，今經七載，聞君獨弄哀琴，故来解釋。如今一去，後會難期。」執手分別，忽然不見。景伯雙淚銜目，慷慨畏辭，思憶花容，悲情哽咽。良久歎訖，卽入船中而坐。漸欲天明，惠女屍邊遂失衣裳雜物，尋覓搜求，遂向景伯船上得，卽欲論官。景伯曰：「昨夜孤愁夜靜，月下撫弄，忽有一女郎並將二婢，来入我船，鼓琴戲樂，四更辭去。卽與我行帳一具，縷繩一雙，錦被一張，与我爲信。我與他牙梳一枚，白骨籠子一具，金釧一雙，銀指環一雙。願女屍邊檢看，如無此物，一任論官。」惠明聞夫婦之禮，於後吉凶逆牙相追。聞者皆稱異哉。

昔秦時韓陵太守趙子元出遊城外〔六二〕，見一女子姿容甚美，年可十五六矣。太守遙〔六三〕問何處女子獨遊無伴。「女子答曰：「女是客人，寄在城外，是以無伴。」「太守」〔六四〕不知是鬼，乃問之曰：「女能作衣以否，我家雇作衣。」女子曰：「善能作衣也。」卽將女子至家〔六五〕。太守卽將彩帛遣作衣裳，與〔六六〕錢五〔六七〕百文。三年之中，每来太守家內，爲太守怜愍，恆多與價〔六八〕。「臨欲去時，復重到太守家梠念，復」〔六九〕賜金鋌一枚，金釵兩雙，絹兩疋，「女郎」再拜辭「太守曰：「女明日日中卽還鄉里，不得来也」。〔七〇〕」太守遣「人」〔七一〕，送出門外，辭別而去。「明日城南一百五十步，「乃有一塚，女死在下」〔七二〕。女父母「路還家」〔七三〕，迎喪靈還家墳葬。在家中發出棺木裏得金鋌〔七四〕無數，並金鋌、絹兩疋。其父母驚愕怪之。推尋此理，女庸(傭)力，「太守與之」〔七五〕。女死有此變異，計非通化，不可得知矣。「事出晉傳」〔七六〕。

昔劉泉〔七七〕時，梁元皓段子京，並是平陽人也。小少相愛，對門居，出入同遊，甚相敬重，契爲朋友，誓不相遺〔七八〕。後至長大，皆有英藝之風，俱事劉泉〔七九〕。元皓爲尙書左丞相，子京爲黃門侍郎。雖卽官職有異，二人相愛，曉夜不相離別，天子已下，咸悉知之。於後劉泉拜元皓爲京(荆)州刺史，子京爲秦州刺史，二人始相分別，各赴所任〔八〇〕，經三年，元皓在京州卒，患失音而死。然元皓未𨁝報之間，心〔八一〕憶子京欲囑後事，今爲失音，無處申說，停經一旬，神靈見身，不許殯葬，須待子京。妻子驚怕，莫知爲計。元皓神靈，遂往秦州通夢與子京語曰：「因患命終，与弟面別，今得見弟。遺語妻子，不解吾語，方欲葬我。我未共弟別，停留在家，弟宜速去埋我。」子京睡中，忽然夢覺，而坐嘆曰：「元皓何意(疑當作竟)死也。平生神靈与我殊別，計此夢中之言，必不虛也。」子京忽起，動表奏馳，驛馬奔走，往到京州，具如夢中不虛也。失聲大哭，死後再甦，欲至晡時，煩怨嗟嘆。忽出門看，遂見元皓来至子京前，還似平生無異。元皓曰：「弟埋我，死將廿(分)別，我臥處牀西頭函子中，有子書七卷，彈琴玉爪一枚，紫檀如意杖一所，与弟爲信。願弟領取，若相憶，取如(而)習之。」子京曰：「弟来蒼(忩)忙，淤身更無餘物，遂乃解靴縚一雙，奉上兄爲信。」二人慇懃，遂相分別。子京還入向元皓妻子，具論斯事。元皓遂將子京奉上之縚作同心結，而繫自身兩脚，家人皆見云異哉。於是𨁝葬已訖，子京乃還秦州。後經一年，云地下太山主簿崩，閻羅王六十日選擇不得好人。皓憶子京，遂至王前，稱秦州刺史段子京神志精勤，甚有實行，堪任爲主簿，王可召而授之。王曰：「其人壽命長短？」卽令鬼使檢子京帳壽命，合得九十七，今「者始年」〔八二〕卌二。王曰：「雖是好人，年命未合死，不可中夭，追来驅使。」皓重啓王曰：「以子京小来親交，情同魚水，若非實是好人，何敢詮舉。皓往自喚取去，請与侍從，子京必當歡喜而来。」

於是王卽給皓行從並手力精騎，往秦州喚子京。皓遂變成生人，威儀隊仗，乘馬而行。衆人見者，皆避道而過。欲至秦州，先遣人通報。子京忽然驚愕，元皓已終，因何得向此来？遂出走迎，引入廳共坐。良久，供食酒脯訖，州縣諸子及子京家口兒子，並言好客都来，不知元皓是鬼。酒食〔訖〕，二人相將入房而坐，元皓乃云：「王遣我喚弟来，擬与太山主簿，令弟須去。」子京心情不樂，忽然灑淚而言曰：「大丈夫秦州刺史，坊州牧伯，却爲太山主簿，官位不可卑小。」元皓〔曰〕〔八三〕：「不然，生官賤，死官位不得相望。」元皓恐子京不肯去，遂起拔刀，卽欲殺之，以見威力而逼。子京自知不免，卽從乞假一年。元皓曰：「閻羅大王今見停選待弟，弟須去，更不得延遲。」子京曰：「若如兄言，豈敢違命。〔可不放弟共妻兒取別〕〔八四〕？」皓曰：「弟既云從命，且放弟再宿三日，日中尅取弟来，〔弟須〕〔八五〕嚴備裝束待我。」於是二人相送而別。別後，子京卽喚親眷辭別，卽令遣造棺木衣衾被褥所是送葬之具，事事嚴備，內外諸親，及州縣官寮，悉皆怪之，卽問曰：「使君家內，安然無事，造作凶具，擬將何用？」子京曰：「我共是梁元皓爲朋友，其人先死，今已奏聞閻羅王遣喚我来，共他爲期，不可失時。」子京則香湯沐浴，裝束已了，出門遥望，正見梁元皓鞍馬隊仗到来。卽語妻子眷屬曰：「我今死矣，使君見到門来，我不得久住，汝等共我辭別。〔別訖〕〔八六〕，取衣衾覆我面上。」遂卽命終。子京死後一年，方来歸舍，檢校住三箇月，還却去。見者並言異哉，方知子京爲太山主簿非虛也。故語云：梁元皓命終天，段子京吉凶之和，事有萬途。王子眞（非）得鬼力，段子京得〔鬼〕〔八七〕殃。故曰：爲力不同科，此之是也。〔事凶（出）妖言傳〕〔八八〕。

昔有段孝眞[八九]者，京兆人也。漢景帝時，舉孝眞爲長安縣令。孝眞志性清勤，歌揚聲於遐外，孝眞以所乘之馬甚快[九〇]，日行五百餘里。雍州刺史梁元緯與帝連婚，倚恃形勢，見眞馬好，遂索眞馬。眞曰：「此馬已老不堪，又是父所乘之馬，不忍捨離，不敢輒奉使君，賜廳而坐。」緯恨嫌，卽私遣人言道眞取物，付獄禁身，不聽家人往看。眞知枉死，密使人私報其子：「刺史今爲此馬，欲殺我，恨汝等幼小，未能[九一]官府，汝等但買[細好][九二]紙三百張，筆五[九三]管，墨十挺，埋我之時著於我前頭，我自申論。」刺史於獄中自令棒殺。經一月餘日，漢景帝大會羣臣政朝之次，眞卽將表而詣殿前，將使君梁元緯事條。眞卽變爲生人見身，道緯貪洶被枉殺臣，臣今錄梁元緯罪狀條目如右，伏願陛下爲臣究問。景帝收表訖，忽然不見孝眞，景帝驚怪曰：「宇宙之內，未見此事。」遂捉梁元緯依狀究問，其事是實，帝知枉殺孝眞，卽將梁元緯等罪人於眞墓前斬之訖。遂拜眞男爲長安縣令。莫言鬼無神異，段孝眞神通感也。出博物傳。

昔有秦始皇時，王道憑者，九嶇縣人也[九四]。小少之時，共同村人唐叔諧女文榆花色相知，共爲夫婦。道憑乃被征討，沒落南蕃，九年不歸。文榆父母，見憑不還，欲娉與劉元祥爲妻。其女先與王憑志重，不肯改嫁。父母憶逼，遂適與劉元祥爲妻。已經三年，女卽恚死。死後三年，王憑遂却還家，借問此女在否？村人曰：「其女適與劉元祥爲妻，已早死来三年。」憑遂訪知墳墓[處，往到墓][九五]前三喚女名，悲哭哽噎，良久乃甦，達(遶)墳三匝，遂啓言曰：「本存終始，生死契不相違，吾爲公事牽轗，遂使許時離隔，望同昔日，暫往相看。若有神靈，使吾覩見，若也無神，從此永別。」其女郎遂卽見身，一如生存之時，問諍(訊)起居：「本情契要至重，以緣父母憶逼，爲君永世不来，遂適與劉氏爲妻，已經三年。H夕相憶情深，恚怨而死。今郎來還，遂爲夫婦。速掘墓破棺，我必活矣。」憑曰：「審如此語，實是精靈通感，天地希有。一人信者，立身之本。」憑遂郎發冢破棺，女郎郎起結〔九六〕束，隨憑還家。其後夫劉元祥驚怪，深悵異哉。經州下辭，言王憑，州縣無文可斷，遂奏秦始皇。始皇判與王道憑爲妻。得一百十年而命終也。

昔有劉寄〔九七〕者，馮翊人也。將牛一頭，向瀛〔九八〕州市賣〔九九〕，得絹二十三疋。迴還向家，至城一百九十里，投主人王僧家止宿。王僧兄弟三人，遂殺劉寄，拋屍靈在東園〔枯井〕〔一〇〇〕裏埋之。然寄精靈通感，郎夜向家屬夢與兄云：「〔昨向〕〔一〇一〕瀛州賣牛，得絹二十三疋。迴還去州，行至城南一百九十里裏，〔投寄主人王僧田家宿。爲主人煞我，埋在舍東園裏枯井中，取絹東行南頭屋裏〕〔一〇二〕櫃子中藏之。」然兄夢覺驚恐，今有斯事，煩怨思慕，其弟今被賊所殺，夜來夢屬之言，必應實也。遂郎訪問王僧家衣(之)舍，東園裏〔枯井〕〔一〇三〕捉獲弟屍靈，屋裏南頭櫃中得本絹二十三疋，一如神夢之言。郎捉王僧送州推勘，事事依實，都市([illegible])思尋鬼語，大有所憑，如此通於神明，坐作立報。事出南妖皇(異？)記〔一〇四〕。

昔有周宣王，信讒言，枉殺忠臣杜伯。杜伯臨死之時，仰面向天曰：「〔杜伯無罪〕〔一〇五〕，王曲取讒佞之言，枉殺臣。〔今死矣，無罪知復何言。如其當先天下〕〔一〇六〕。經三年，必殺王。王莫不知〔一〇七〕。」王知之大怒曰：「我是萬乘之主，縱枉殺三五人，有何罪過。」遂殺之，後更至〔一〇八〕三年，宣王遂出城田獵，行至城南[門外]〔一〇九〕，見杜伯前後侍從鬼兵隊仗，乘赤馬，朱籠冠，赫奕，手執弓箭，當路向宣王射之。[王]〔一一〇〕走退無路，百寮已下，咸而（面）見之。政（正）射著王心，[王心痛]〔一一一〕，便卽還宮。不經三日，宣王死矣。古詩云：凡人不可枉殺，立當得報〔一一二〕，事出太史。

昔有劉義狄者，中山人也。甚能善造千日之酒，飲者醉亦千日，時青州劉玄石善能飲酒，故來就狄飲千日之酒。狄語玄石曰：「酒沸未定，不堪君喫。」玄石再三求乞取嘗，狄自取一盞與嘗，飲盡。玄石更索，狄知克（已）醉，語玄石曰：「今君已醉，待醒更來，當共君同飲。」玄石嗔而遂去。玄石至家，乃卽醉死。家人不知來由，遂卽埋之。至三年，狄往訪之玄石家，借問玄石。家人驚怪，玄石死來，今見三載，服滿以（已）除脫訖，於今始覓。狄具言曰：「本共君飲酒之時，計應始醒，但往發冢破棺，看之的不死尒。」家人卽如狄語，開冢看之，玄石面上白汗流出，開眼而臥，遂起而言曰：「你等是甚人，向我前頭？飲酒醉臥，今始得醒。」冢上人看來，得醉氣，猶三日不醒，是人見者，皆云異哉。

昔有吳王孫權時，有李純者，襄陽紀南人也。有一犬字烏龍，純甚憐愛，行坐之處，每將隨。後純婦家飲酒醉，乃在路前野田草中倒臥。其時襄陽太守劉遐出獵，見此地中草木至深，不知李純在草醉臥，遂遣人放火燒之。然純犬見火來逼，與口曳純牽脫，不能得勝。遂於臥處直北相去六十餘步，有一水澗，其犬乃入水中，腕（宛）轉欲濕其體，來向純臥處四邊草上，周遍臥[處]合（令）草濕。火至濕草邊，遂卽滅矣，純得免難，犬燃死。太守及鄉人等與造棺木墳墓，高千餘尺，以禮葬之。今紀南有義犬冢，卽此是也。聞之者皆云：異哉，狗犬猶能報主之恩，何况人乎。

李信 二十卷本无 八卷本卷三

昔有李信者，陳留信義人也。爲人慈孝，善事父母。年三十八，夜中夢見伺命鬼來取，將信向閻羅王前過，卽判付司依法處分。信卽經王訴云：「信與老母偏苦，小失父蔭，今旣命盡，豈敢有違。但信母年老孤獨，信今來後，更無人看侍，伏願大王慈恩，乞命於後。」問信母年命，合得幾許？鬼使曰：「檢信母籍年壽命，合得九十，更餘二十七年未盡。」王曰：「少在二十七年，亦矜放之。」鬼使更奏曰：「如信之徒，天下何限，今若放之，恐獲例者衆。」王聞此語，還判從死。鬼衆嗔信越訴，遂截頭手，拋著鑊中煑之。于時大王使人喚來，却欲放信還家，侍養老母。鬼使曰：「你頭手已入鑊中煑損，無由可得。且借你別頭手，著過王了，却來至此，與你好頭手將歸，愼勿私去。今緣事逼，且與你胡頭，王且放歸家侍養老母。」信聞放歸，心生歡喜，便卽來還，忘却放鬼使邊取好頭手。〔忽〕然夢覺，其頭手並是胡人，信卽煩惱，語其妻曰：「卿識我語聲否？」妻曰：「語聲一衆，有何異也？」信曰：「我昨夜夢見異事，卿若曉起時，將被覆我頭面。若欲送食至牀前，閉門而去，自取食之。」其妻卽依夫語，捉被覆之而去。及送食來，語其夫曰：「有何異事？」忽卽發被看之，乃有一胡人牀上而卧。其婦驚懼，走告姑曰：「阿家兒昨夜有何變怪，今有一婆羅門胡，在新婦牀上而卧。」姑聞此語，卽將棒杖亂打信頭面，不聽分疏。隣里聞聲者走來，問其事由。信方始得說委曲，始知是兒，遂抱悲哭。漢帝聞之，怪而問曰：「自古至今，未聞此事，雖則假託胡頭，孝道之至，通於神明。」卽拜信爲孝義大夫。神夢之感，乃至如此，異哉。

王子珍 二十卷本无 八卷本卷三

昔王子珍者，太原人也。父母憐愛，歎曰：「我兒一身未得好學，遂〔遣〕〔二三〕向定州博士邊孝先生下入學〔一四〕，先生是陳留信義人也。其先生〔一五〕廣涉稽古，問對無窮，自孔子歿後，唯有邊先生一人，領徒三千，莫如歸伏，天下之人，無有勝〔一六〕者，是以四海之內，皆就邊先生學問。子珍行至定州境內三十里，在路側槐樹下止息。有一鬼變作生人，復如此樹下止息。子珍信爲生人，不知是鬼。珍〔因而問〕〔一七〕曰：「君從何處來？」鬼復問珍曰：「年少從何處來？」珍答曰：「父母以珍學問淺薄，故遣我向定州邊先生處入學，更無餘事。」鬼復問珍曰：「年少姓何字誰？」珍曰：「姓王字子珍，太原人也。」鬼曰：「我是勃海人也，姓李名玄，父母早亡，兄弟義居，兄以〔一八〕我未學，遣我往於邊先生處入學。於今已後，共卿同學。」珍見其年長，遂起拜玄共爲兄弟。同行至定州主人家，飲酒契爲朋友，生死貴賤，誓不可〔一九〕相違。李玄在學三年中，才藝過於邊先生。先生問李玄：「非是聖人乎？何故神明甚異於衆。先自多能，今者不如李生也。更有何術，願爾一法（説）。」李玄於是再拜邊先生曰：「弟子宿會有緣，得先生敎授，不知何意如此〔二〇〕。」邊先生即用玄爲助敎授，敎授諸徒，皆感玄。感得學內，並皆無有非法。如有非法者〔二一〕，即當決罪。仍於〔二二〕私房，敎子珍解義，如不得，即決罪。珍事玄喻如師父。更不自專，珍〔之〕〔二三〕學問，因此得成。後有太子舍人王仲祥，太原人也，先與子珍微親，遂來過學，一夜同宿，乃覺李玄是鬼。明日路上，共珍執手取別，遂語珍曰：「我與弟親故，今見異事，不可不道。弟今朋友，不得〔二四〕好人。」珍曰：「李玄今日若論學問，即是儒士君子。至容貌，世間希有，更嫌何事，云不得好人。」〔祥曰〕〔二五〕：「我之所論，非言『人事容貌，弟是生人，李玄是鬼』〔二六〕，生死有別，焉〔二七〕爲朋友。弟若不信，今夜取新草一束，鋪之而臥，弟與別頭而臥。

早起看之，弟臥處草實，鬼臥處草虛。」然後檢草鋪之，明日起看，果如仲祥之言，子珍始知是鬼。方便語玄曰：「外有風言〔二八〕，云兄是鬼，未審實否？」玄曰：「我是鬼也。昨〔夜〕〔二九〕王仲祥來，覺我是鬼，故語弟知，何人知我變化。但閻羅王見我年少，用我爲省事。王以我學問不廣，故遣我就邊先生處學問，若三年卽達，卽與我太山主簿，如其不達，退入〔三〇〕平人。蒙邊先生敎誨，不經周年，學問得達，以任太山主簿，已經二年。直爲弟未還家，情恩眷戀，爲此未去。弟今知我是鬼，私情畏懼，我亦不共弟同遊，我宜還矣。我前者患背痛之時，直爲言弟父之人，道我阿黨，不與判斷。王不問委由，直决痛杖一百，是以背痛也。王更近來親自執問判事。弟父今見身，實欲斷入死簿。弟須急去家，父若猶生氣，直將酒脯於交道祭我，三喚我名，卽來救之，必得活矣。若氣已絕，無可救濟，知復奈何！知復奈何！弟今學問，應得成也。但好努力立身愼行，我能與弟延年益壽，諮請上帝，與弟太原郡太守、光州刺史。」子珍遂與分別。去至家內，見父猶有氣存，卽將清酒鹿脯，往至交道祭之，三喚其名，應時而至，乘白馬朱衣籠冠，前後騎從無數，非常赫奕。別有青衣〔童子〕〔三一〕二人，〔前頭〕〔三二〕引道，與珍相見，還〔如〕〔三三〕同學之時。卽〔三四〕問珍父患狀如何？珍答曰：「父今失音不語，少有生氣見存，願兄救命。」卽語珍曰：「〔弟且合眼，將弟見父。」珍卽合眼，須臾之間，玄將珍至閻羅王府門前，並向北。玄復語珍曰〕〔三五〕：「向者欲將弟見父，父在獄中禁身，形容顦顇，不可看之，弟無勞見之。今有一人著白袴，徒跣，戴紫錦帽子，手把文書一卷，是言弟父之人，卽將後衙，向我前來。今與弟取弓箭在此專待專待，遥見來時，便射殺之，父患差矣。如不殺之，父入死簿，終不得活。」言未絕之間〔三六〕，其人卽來。玄卽指示子珍，「此人是也，宜好射之。我須向衙頭判事去，不得在此久住，他人怪我。」[玄][一三七]上衙去後，所言之人[一三八]直來接近珍邊過，[珍][一三九]便卽挽弓而射之，乃著左眼，失落文書，掩眼走出。珍卽檢取文書讀看，文書兩紙，並是父名。玄語珍曰：「[羅][一四〇]王聞生人之梟(氣)[一四一]，弟須早[一四二]去，不得久住在此。怨家之人射著何處？」珍答曰：「射着左眼。」玄曰：「乃不見著要處，眼差還來相害。弟父今且得片時將息，弟到家訪覓怨家殺却，然得免其難。」珍[曰][一四三]「實不知[怨家][一四四]何人是也。」[玄][一四五]又語珍曰：「但與弟舊怨者殺之。」當時煩惱與別，更審[一四六]借問怨家姓名，弟但到家思維。珍卽至家，與舊怨者亦無。唯失白公鷄，不鳴已經七日，不知何處在，東西求覓，乃在籠[一四七]中見之，瞎左眼而臥[一四八]。珍曰：「我怨家者，卽此是也。所射左眼，著白袴者，是鷄身[一四九]，徒跣者，鷄足也，著紫錦帽子者，頭上冠也，此是我怨家。」遂殺作羹，與父食之，因此病差也。子珍爲太原郡太守。漢景帝時，拜子珍光州刺史，壽命得一百三十八年[一五〇]而終矣。天下得鬼力，無過王子珍。故語曰：白公鷄，不合畜，畜卽害家長；白狗不得養，養卽妨主人，此之爲(謂)也。[事出幽名錄][一五一]。

昔有田崑崙者，其家甚貧，未娶妻室。當家地內，有一水池，極深淸妙。至禾熟之時，崑崙向田行，乃見有三個美女洗浴。其崑崙欲就看之，遙見去百步，卽變爲三箇白鶴，兩箇飛向池邊樹頭而坐，一箇在池洗垢中間。遂入穀茇(茇)底，匍匐而前往來看之。其美女者乃是天女，其兩箇大者抱得天衣乘空而去。小女遂於池內不敢出池，其天女遂吐實情，向崑崙道：「天女當共三箇姊妹，出來暫於池中游戲，被池主見之，兩個阿姊當時收得天衣而去。小女一身邂逅中間，天衣乃被池主收將，不得露形出池，幸願池主寬恩，還其天衣，用蓋形體出池，共池主爲夫妻。」崑崙進退思量，若與此天衣，恐卽飛去，崑崙報天女曰：「娘子若索天衣者，終不可得矣。若非吾脫衫，與且蓋形，得不？」其天女初時不肯出池，口稱至暗而去。其女延引，索天衣不得，形勢不似，始語崑崙，亦聽君脫衫，將來蓋我著出池，共君爲夫妻。其崑崙心中喜悅，急卷天衣，卽深藏之。遂脫衫與天女，被之出池。語崑崙曰：「君畏去時，你急捉我著還我天衣，共君相隨。」崑崙生死不肯與天女，卽共天女相將歸家見母。母實喜歡，卽造設席，聚諸親情眷屬之言日呼新婦。雖則是天女，在於世情，色欲交合，一種同居。日往月來，遂產一子，形容端正，名曰田章。其崑崙點著西行，一去不還。其天女曰：夫之去後，養子三歲，遂啓阿婆曰：「新婦身是天女，當來之時，身緣幼小，阿耶與女造天衣，乘空而來。今見天衣，不知大小，暫借看之，死將甘美。」其崑崙當行去之日，殷勤屬告母言：「此是天女之衣，爲深舉（弆），勿令新婦見之，必是乘空而去，不可更見。」其母告崑崙曰：「天衣向何處藏之，時得安穩？」崑崙共母作計，其房自外，更無牢處。惟只阿孃牀脚下作孔，盛著中央，恆在頭上臥之，豈更取得。遂藏弆訖，崑崙遂卽西行。去後天女憶念天衣，肝腸寸斷，胡至意日無歡喜，語阿婆曰：「暫借天衣著看。」頻被新婦咬齒，不違其意，卽遣新婦且出門外小時，安庠入來。新婦應聲卽出。其阿婆乃於牀脚下取天衣，遂乃視之。其新婦見此天衣，心懷愴切，淚落如雨，拂模形容，卽欲乘空而去。爲未得方便，却還分付與阿婆藏著。於後不經旬日，復語阿婆曰：「更借天衣暫看。」阿婆語新婦曰：「你若著天衣棄我飛去。」新婦曰：「先是天女，今與阿婆兒爲夫妻，又產一子，豈容離背而去，必無此事。」阿婆恐畏新婦飛去，但令牢守堂門。其天女著衣訖，卽騰空從屋窗而出。其老母搥胸懊惱，急走出門看之，乃見騰空而去。姑憶念新婦，聲徹黃天，淚下如雨，不自捨死，痛切心腸，終朝不食。其天女在於閻浮提經五年已上，天上始經兩日。其天女得脫到家，被兩箇阿姊皆罵老搖，你共他閻浮衆生爲夫妻，乃此悲啼泣淚其公母。乃兩箇阿姊語小女曰：「你不須乾啼濕哭，我明日共姊妹三人，更去游戲，定見你兒。」其田章年始五歲，乃於家啼哭，喚歌歌孃孃，乃於野田悲哭不休。其時乃有董仲先生來賢行，知是天女之男，又知天女欲來下界。卽語小兒曰：「恰日中時，你卽向池邊看，有婦人著白練裙，三箇來，兩箇舉頭看你，一箇低頭佯不看你者，卽是母也。」田章卽用董仲之言，恰日中時，遂見池內相有三箇天女，並白練裙衫，於池邊割菜。田章向前看之，其天女等遙見，知是兒來，兩箇阿姊語小妹曰：「你兒來也。」卽啼哭喚言阿孃，其妹雖然慚恥不看，不那腸中而出，遂卽悲啼泣淚。三箇姊妹遂將天衣，共乘此小兒上天而去。天公見來，知是㴊（外）甥，遂卽心腸憐愍，乃敎習學方術伎藝能。至四五日間，小兒到天上，狀如下界人間，經十五年已上學問。公語小兒曰：「汝將我文書八卷去，汝得一世榮華富貴。儻若入朝，惟須愼語。」小兒還（旋）卽下來，天下所有聞者，皆得知之，三才俱曉。天子知聞，卽召爲宰相。於後殿內犯事，遂以配流西荒之地。於後，官乘遊獵，在野田之中，射得一鶴，分付廚家烹之。廚家破割其鶴嗉中，乃得一小兒，身長三寸二分，帶甲頭牟，罵辱不休。廚家以事奏上官家，當時卽召集諸羣臣百寮、及左右問之，並言不識。王又遊獵野田之中，復得一板齒，長三寸二分，賫（齎）將歸回，擣之不碎。又問諸羣臣百官，皆言不識。遂卽官家出勑，頒宣天下，誰能識此二事，賜金千斤，封邑萬戶，官職任選。盡無能識者。時諸羣臣百官，遂共商議，惟有田章一人識之，餘者並皆不辯。官家遂發驛馬走使，急追田章到來。問曰：「比來聞君聰明廣識，其(甚)事皆知。今問卿天下有大人不？」田章答曰：「有。」「有者誰也？」「昔有秦故彥是皇帝之子，當爲昔魯家鬥戰，被損落一板齒，不知所在。有人得者，驗之官家，自知身得。」更款問曰：「天下有小人不？」田章答曰：「有。」「有者是誰也？」「昔有李子敖身長三寸二分，帶甲頭牟，在於野田之中，被鳴鶴吞之，猶在鶴嗉中遊戲，非有一人獵得者，驗之即知。」官家道好。又問：「天下之中有大聲不？」章答曰：「有。」「有者何也？」「雷震七百里，霹靂一百七十里，皆是大聲。」「天下有小聲不？」章答曰：「有。」「有者何也？」「三人並行，一人耳聲鳴，二人不聞，此是小聲。」又問：「天下之中，有大鳥不？」田章答曰：「有。」「有者何也？」「大鵬一翼起西王母，舉翅一萬九千里，然始食，此是也。」又問：「天下有小鳥不？」曰：「有。」「有有(者)何也？」「小鳥者無過鷦鷯之鳥，其鳥常在蚊子角上養七子，猶嫌土廣人稀。其蚊子亦不知頭上有鳥，此是小鳥也。」帝王遂拜田章爲僕射。因此以來，帝王及天下人民，始知田章是天女之子也。

史記曰：孫元覺者，陳留人也，年始十五，心愛孝順。其父不孝，元覺祖父年老，病瘦漸弱，其父憎嫌，遂縛筐轝舁棄深山。元覺悲泣諫父。父曰：「阿翁年老，雖有人狀，惛耄如此，老而不死，化成狐魅。」遂即舁父棄之深山。元覺悲啼大哭，隨祖父歸去於深山，苦諫其父。父不從。元覺於是仰天大哭，又將輿歸來。父謂覺曰：「此凶物，更將何用？」覺曰：「此是成熟之物，後若送父，更不別造。」父得此語，甚大驚愕：「汝是吾子，何得棄我。」元覺曰：「父之化子，如水之下流，既承父訓，豈敢違之。」父便得感悟，遂卽却將祖父歸來，精勤孝養，倍於常日。孔子歎曰：「孝子不違其親，此之爲也。」英才論云：「鄭弘仁義，與車馬衣物讓弟，不自著衣，名流天下，舉爲郡，位至司徒也。」

昔有郭巨者，字文氣，河内人也。家貧，養母至孝。巨有一子，年始兩歲，巨語妻曰：「今飢貧如此，老母年高，供懃孝養，恐不安存。所有美味，每減與子，令母飢羸，乃由此小兒。兒可再有，母難重見。今共卿殺子，而存母命。」妻從夫言，不敢有違。其妻抱子往向後園樹下，欲致子命。巨身掘地，欲擬埋之，語其妻曰：「子命盡未？」妻不忍卽害，必稱已死。巨掘地得一尺，乃得黄金一釜，釜上有銘曰：「天賜孝子之金。郭巨殺子存母命，遂賜黄金一釜。官不得奪，私不得取。」見金驚怪，以呼其妻，妻乃抱子往看。子得平存未死，妻乃喜悦。遂卽將送縣，縣牒上州，州送上臺省，天子下制，金還郭巨，供養其母，標其門閭，以立孝行，流傳萬代。後漢人也。

昔有丁蘭者，河内人也。早失二親，遂乃刻木爲母，供養過於所生之母。其妻曰：「木母有何所知，令我辛勤，日夜侍奉。」見夫不在，以火燒之。蘭卽夜中夢見亡母語蘭曰：「新婦燒我面痛。」寢寐心惶，往走來歸家，至木母前，倒卧在地，面被火燒之處。蘭卽泣淚悲啼，究問不知事由。妻當巨諱，抵死不招。其時妻面上瘡出，狀如火燒，疼痛非常，後乃求哀伏首，始得差也。

昔劉向孝子圖曰：有董永者，千乘人也。小失其母，獨養老父，家貧困苦，至於農月，與轆車推父於田頭樹蔭下，與人客作，供養不闕。其父亡歿，無物葬送，遂從主人家典田，貸錢十萬文。語主人曰：

「後無錢還主人時，求與歿身主人爲奴一世常（償）力。」葬父已了，欲向主人家去。在路逢一女，願與永爲妻。永曰：「孤窮如此，身復與他人爲奴，恐屈娘子。」女曰：「不嫌君貧，心相願矣，不爲恥也。」永遂共到主人家。主人曰：「本期一人，今二人來何也？」主人問曰：「女有何伎能？」女曰：「我解織。」主人曰：「與我織絹三百疋，放汝夫妻歸家。」女織經一旬，得絹三百疋。主人驚怪，遂放夫妻歸還。行至本相見之處，女辭永曰：「我是天女，見君行孝，天遣我借君償債。今旣償了，不得久住。」語訖，遂飛上天。前漢人也。

昔有楚王夫人鄭袖，年老不共同牀席，王遂遣之。有一美妾，憐愛非常，袖心恨怨，不出其口。遂於私處語妾曰：「王看你大好，惟憎你鼻大。」其妾因此已後，見王掩鼻。楚王私處問袖曰：「妾近來見我，掩其鼻，何也？」袖對曰：「王身體腥臭，是以掩鼻。」更不思慮，遂遣人入割却其鼻，由不慮也。

史記曰：孔嵩者，山陽人也。共鄉人范巨卿爲友。二人同行，於路見金一段，各自相讓，不取遂去。前行百步，逢鋤人語曰：「我等二人見金一段，相讓不取，今與君。」其人往看，唯見一死蛇在地，遂卽與鋤琢之兩段。却語嵩曰：「此是蛇也，何言金乎？」二人往看，變爲兩段之金。遂相語曰：「天之與我此金也。」二人各取一段，遂結段金之交也。

史記曰：楚莊王夜夢〔一三〕共後宮美女，並諸羣臣飲酒，燭滅未至之間，有一臣來逼於女。女卽告王，有一臣無禮逼妾，妾則挽其冠纓而斷。王遂遣左右，且止其燭，莫交而入。遂令諸臣悉挽纓而斷，始聽燭入，莫知誰過也，王曰：「飲人枉藥（狂藥），何得責人具禮。」其後數年，晉國兵馬數百萬衆來攻楚。楚人疋馬單槍，不惜身命。直來左右衝突，晉軍兵馬百萬餘衆，並皆退走無路。遂令晉軍大敗，收軍而還。楚王曰：「在陣沒身救朕者，誰也？」喚來。帝問曰：「君是何人，能濟寡人之難。」仕曰：「臣是昔有（者）斷纓之人也。當見王赦罪，每思報君恩也。」王曰：「善哉善哉，不可償也。」

昔孔子遊行，見一老人在路，吟歌而行，孔子問曰：「驗（臉）有飢色，有何樂哉？」老人答曰：「吾衆事已畢，何不樂乎？」孔子曰：「何名衆事畢也？」老人報曰：「黃金已藏，五馬與絆，滯貨已盡，是以畢也。」孔子曰：「請解其語。」老人報曰：「父母生時得供養，死得葬埋，此名黃金已藏。男已娶婦，此名五馬與絆。女並嫁盡，此名滯貨已盡。」孔子歎曰：「善哉善哉，此皆是也。」

昔周國有一人空車向魯國，魯國有一人負父逐糧，疲困不得前進。齊人遂與魯人載父，行六十里，始分別路而去。後齊人遭事楚身獄中。婦來送食，語其夫曰：「君從小已來，豈可無施恩之處？不見有一人來救君之難。」其夫語妻曰：「卿向魯市上唱聲大喚言曰：齊人空車，魯人負父。齊今遭難，魯在何處？如此必應有人救我命也。」其婦遂用夫言，往至魯市中喚曰：「齊人空車，魯人負父。齊今遭難，魯在何處？」唱聲未了，即有一人不識姓名，來唾婦耳中，更無言語，遂還去也。妻至暮間，更送食來。其夫問妻曰：「卿魯市上得何消息？」妻對夫曰：「唯有一人密來唾新婦耳中，即去也，更無餘語，不得姓名。」其夫曰：「出口入耳，必是好事，應有一人救矣。」即至其夜，乃來穿地作孔，直向牢裏取得齊子，遂免死也。時人云：齊人空車，魯人負父，此之爲（謂）也。

昔有楚王共羣臣坐食，盌中布（有）水蛭，惠王欲擊出，恐法廚官，遂即裹而食之。惠王先患冷病，因

食蛭，病遂吐。（底本原文至此已完）

〔一四〕昔有隨侯國使，路由漢水邊轉頭□□出，隨侯怜愍下馬，水中而去，達到齊國。經餘一，見一小兒，形容端正，手袍（抱）之而問曰：「卿今是何處？」小□（兒）□答曰：「我是漢水神龍，蹔出□□破。當爾之時，性命轉然，蒙君□□，將此珠以報大恩。」侯曰：我本□頭上血流，我心怜愍，以杖撥□□□□身，何敢取君珠也。小（下缺）

〔一五〕羊角哀得左伯桃神夢曰：「昔日恩義甚大，生死救之。」遂即將兵於墓大戰，以墼（擊）鼓動劍，大叫揮之，以助伯桃之戰。角哀情不能自勝，遂拔劍自刎而死，願於黃泉相助，以報併糧之恩。楚王曰：「朋有（友）之重，自刎其身，其（奇）哉，奇哉也。」（原文至此已完）

校記：

〔一〕本卷標題原有，作者句道興亦原有。見於羅振玉敦煌零拾所載，但羅氏所校，有漏去和隨意改換之字。現在從羅福頤先生處借得此卷日本中村不折藏本的影印本，重新校訂和加以斷句；並用倫敦、巴黎所藏的搜神記諸本作爲比勘：

斯五二五號爲甲卷，原文載故事十則。

斯六〇二二號爲乙卷，原文載故事六則。

伯二六五六號爲丙卷，原文載故事三則。又巴黎尚藏有一卷，編號爲伯五五四五。原卷甚殘闕，標題亦原有，共載故事十則。今因未影得此卷，故無從取勘。

〔二〕「痊」原作「除」，據丙卷改。又丙卷在「痊愈」下，有「事出搜神記也」數字。

〔三〕丙卷無「富貴」二字。

〔四〕丙卷「役」作「使」。

〔五〕丙卷「來到」二字作「至」字。

〔六〕丙卷「奉」作「養」。

〔七〕「自古至今，未聞斯事，天子」十字，據丙卷補。

〔八〕原缺一字，據丙卷補「今」字，即「金」字。

〔九〕丙卷「華」作「莘」。

〔一〇〕「者」字據丙卷補。又丙卷無「至孝」二字。

〔一一〕「爲」字據丙卷補。

〔一二〕丙卷「所及」作「無息」。

〔一三〕丙卷「後始更甦」作「死了復甦」。

〔一四〕「輅」原作「路」，據甲卷改，以下同。又甲卷開首作：「昔白公時有一先生姓管，名輅，字公明，名善術。」

〔一五〕甲卷「年少」作「少年」。

〔一六〕「公明」二字據甲卷補。

〔一七〕「卿且去」三字據甲卷補。

〔一八〕「乘」原作「棄」，據甲卷改。

〔一九〕「小」字據甲卷補。

〔二〇〕「管聖如」三字原作「以」一字，據甲卷改補。

〔二一〕「卿」字據甲卷補。

〔二二〕「但向拜之，愼勿言，其中有一人救卿」十四字原作「拜之勿言」四字，據甲卷改補。

〔二三〕甲卷「前後欲休，侍從非常」作「前後甚有騎從」。

〔二四〕「人」原作「兒」，據甲卷改。

〔二五〕「色」原作「邑」，據甲卷改。

〔二六〕「此年始十九，易可改之」九字據甲卷補。

〔二七〕「自爾已來，世間有行文書顚倒者，卽乙復」十六字原作「著脫字傍邊注」六字，據甲卷補改。

〔二八〕「事出異物志」五字，據甲卷補。

〔二九〕甲卷「齊」作「晋」，應作「齊」是。

〔三〇〕「緌」原作「璦」，據甲卷改爲「緌」，下同。

〔三一〕 甲卷「著人遂向外國請醫人秦緩至齊國境內」作「遣使秦國覓醫人，秦王卽遣秦緩與使相隨至晉境」。

〔三二〕 「迊相言話」原作「語景公曰」，據甲卷改。

〔三三〕 「天遣我等取景公」原作「我等天遣我取來」，據甲卷改。

〔三四〕 甲卷「体」作「候」。

〔三五〕 甲卷「必死矣，無可奈何」作「陛下所疾，無能治也」。

〔三六〕 甲卷「帝命然得歸，遂能善卜。與人占之，上猶知未來之事」作「而言：吾見天帝命，旣師得使鬼兵，又能善卜，常以人卜，已知須知未來之事」。

〔三七〕 「髮」原作「頭」，據甲卷改。

〔三八〕 甲卷「其不出者，合家總死」作「若不如此，合家並死矣」。

〔三九〕 「劉安曰是何灾異也安曰無他」原作「先生吉凶安曰」，據甲卷改補。

〔四〇〕 甲卷「龍」作「[illegible]」。

〔四一〕 「愼莫發看，發看必令人貧矣。若不發看，後克」原作「愼還發看其時廣卽大貧如不看後大」，據甲卷改補。

〔四二〕 「也而」二字據甲卷補。

〔四三〕 甲卷「物」作「龍」。

〔四四〕 「秦」字據甲卷補。

〔四五〕甲卷「再宿一夜而稠繆，今日以何分別，將何憑爲信記」作「雖經信宿，疇繆未盡，今日離別，望請一物爲信」。

〔四六〕「度」原作「君」，據甲卷改。

〔四七〕「度是生人，貪心金枕，乃不肯取繡枕，欲得金枕」十八字據甲卷補。

〔四八〕「還」原作「卽」，據甲卷改。

〔四九〕「唯見」原作「有」，據甲卷改。

〔五〇〕「秦」字據甲卷補。

〔五一〕「自」字據甲卷補。

〔五二〕甲卷「霍」作「雙」，「白馬縣人也」五字據甲卷補。

〔五三〕「半在地上，半在地中」原作「在地入土」，據甲卷改補。

〔五四〕甲卷「八」作「九」。

〔五五〕甲卷「異路別鄉」作「生死道殊」。

〔五六〕甲卷「村南候望不住欲至晡時」作「村東候看晡時」。

〔五七〕甲卷「合」作「匀」。

〔五八〕甲卷無「兒」字。

〔五九〕「我漸出來看風卽還家入房中」原作「暫出門看之」，據甲卷改、補。

〔六〇〕甲卷「其房此是君房」作「此是我室，因何共我爭室」。

〔六一〕「驚起」二字據甲卷補。

〔六二〕甲卷「昔秦時韓陵太守趙子元出遊城外」作「昔趙子元，晋愍帝時，零太守，夜私出門」。

〔六三〕「遙」原作「借」，據甲卷改。

〔六四〕「女子答曰女是客人寄在城外是以無伴太守」十八字據甲卷補。

〔六五〕「女能作衣以否我家雇作衣女子曰善能作衣也即將女子至家」廿五字，原作「女叵能善作也」六字，據甲卷改補。

〔六六〕「與」原作「金」，據甲卷改。

〔六七〕「五」原作「一」，據甲卷改。

〔六八〕「三年之中每來太守家內爲太守怜愍恆多與價」原作「自後每年太守家衣太守恆多與價值」，據甲卷改。

〔六九〕「臨欲去時復重到太守家柗念復」十三字據甲卷補。

〔七〇〕「再拜辭」三字之前，多「女郎」二字；復多「太守曰女明日日中郎還鄉里不得來也」十六字；均據甲卷補。又在「再拜辭」後，原卷有「謝別之」三字，亦據刪。

〔七一〕「人」字據甲卷補。

〔七二〕「明日城南一百五十步乃有一塚女死在下」十七字據甲卷補。

〔七三〕「路還家」三字，據甲卷補。

〔七四〕甲卷「釵」作「錢」。

〔七五〕「太守與之」四字據甲卷補。

〔七六〕「事出晉傳」四字據甲卷補。

〔七七〕甲卷「泉」作「淵」，作「淵」是，作「泉」者，乃避唐高祖諱，今一律照原卷作「泉」。按劉淵字元海，新興匈奴人，冒頓之後。有傳，見晉書卷一〇一載記一。

〔七八〕甲卷「遺」作「違」。

〔七九〕甲卷「泉」字下有「尚書」二字。

〔八〇〕「各赴所任」原作「爲任官」，據甲卷改。

〔八一〕「心」字據甲卷補。

〔八二〕「者始年」三字，據乙卷補。

〔八三〕「曰」字據乙卷補。

〔八四〕「可不放弟共妻兒取」八字據乙卷補，「別」字意補。

〔八五〕「弟須」二字據乙卷補。

〔八六〕「別訖」二字據乙卷補。

〔八七〕「鬼」字據乙卷補。

〔八八〕「事凶妖言傳」五字據乙卷補。

〔八九〕乙卷「眞」作「直」。

〔九〇〕乙卷「快」作「駃」。

〔九一〕乙卷「能」作「解」。

〔九二〕「細好」二字據乙卷補。

〔九三〕乙卷「五」作「十」。

〔九四〕乙卷「九嵸縣人也」作「長安九峻人也」按，「峻」應作「嵏」，與「嵸」通。

〔九五〕「處往到墓」四字據乙卷補。

〔九六〕乙卷「結」作「裝」。

〔九七〕甲卷「寄」作「寧」。

〔九八〕乙卷「瀛」作「營」。

〔九九〕「賣」原作「買」，據甲、乙卷改。

〔一〇〇〕「枯井」二字據甲卷補。

〔一〇一〕「昨向」二字據甲卷補。

〔一〇二〕「投寄主人王僧世家宿爲主人煞我埋在舍東園裏枯井中取絹東行南頭屋裏」三十一字據甲卷補。

〔一〇三〕「枯井」二字據甲卷補。

〔一〇四〕甲卷「南」下無缺字。

〔一〇五〕「杜伯無罪」四字據甲、乙卷補。

〔一〇六〕「今死矣無罪知復何言如其當先天下」十五字據甲、乙卷補。

〔一〇七〕「必殺王王莫不知」原作「願一如臣」，據甲、乙卷改、補。

〔一〇八〕甲卷「更至」作「比及」。

〔一〇九〕「門外」二字據甲、乙卷補。

〔一一〇〕「王」字據甲、乙卷補。

〔一一一〕「王心痛」三字據甲、乙卷補。

〔一一二〕甲、乙卷「殺立當得報」作「濫者，鬼尙報雠也」。

〔一一三〕「遣」字據甲卷補。

〔一一四〕「博士邊孝先生下入學」原作「邊先生處學問」，據甲卷改。

〔一一五〕甲卷無「其先生」三字。

〔一一六〕「勝」原作「緣」，據甲卷改。

〔一一七〕「因而問」三字據甲卷補。

〔一一八〕「兄以」原作「與」，據甲卷改。

〔一一九〕甲卷無「可」字。

〔一二〇〕甲卷「得先生教授，不知何意如此」作「得事先生，所受之書，自都誦得，實非聖人乎」。

〔一二一〕「如有非法者」原作「如有者法」，據甲卷改。

〔一二二〕「仍於」原作「乃至」，據甲卷改。

〔一二三〕「之」字據甲卷補。

〔一二四〕甲卷「得」作「是」。

〔一二五〕「祥曰」二字據甲卷補。

〔一二六〕「人事容貌弟是生人李玄是鬼」原作「悪乎第是死鬼」，據甲卷改、補。

〔一二七〕「焉」原作「若」，據甲卷改。

〔一二八〕甲卷「言」作「聲」。

〔一二九〕「夜」字據甲卷補。

〔一三〇〕甲卷「入」作「爲」。

〔一三一〕「童子」二字據甲卷補。

〔一三二〕「前頭」二字據甲卷補。

〔一三三〕「如」字據甲卷補。

〔一三四〕「卽」原作「借」，據甲卷改。

〔一三五〕「弟且合眼將弟見父珍卽合眼須臾之間玄將珍至閻羅王府門前並向北玄復語珍曰」三十四字，據甲卷補。

〔一三六〕 甲卷「言未絕之間」作「語由未了」。

〔一三七〕 「玄」字據甲卷補。

〔一三八〕 「人」原作「者」，據甲卷改。

〔一三九〕 「珍」字據甲卷補。

〔一四〇〕 「羅」字據甲卷補。

〔一四一〕 甲卷「堯」作「氣」。

〔一四二〕 甲卷「須早」作「急須」。

〔一四三〕 「曰」字據甲卷補。

〔一四四〕 「怨家」二字據甲卷補。

〔一四五〕 「玄」字據甲卷補。

〔一四六〕 甲卷「但與弟舊怨者殺之，當時煩惱與別，更審」作「但與舊怨即是。珍常家，忽尔云取別，更不用審思」。

〔一四七〕 甲卷「籠」作「俩」。

〔一四八〕 甲卷「瞎左眼而臥」作「左眼膿血出」。

〔一四九〕 「身」原作「公」，據甲卷改。

〔一五〇〕 甲卷只云「一百」，無「三十八年」四字。

〔一五一〕 甲卷「白公鷄，不合畜，畜即害家長；白狗不得養，養即妨主人，此之爲也」作「鷄不三，狗不六，白鷄狗，不可畜。即言家此也。」

〔一五二〕「事出幽名錄」五字，據甲卷補。向達云：「『幽名錄』應是『幽冥錄』之訛寫。」

〔一五三〕「夢」疑當作「宴」。

〔一五四〕按本文原屬倫敦博物館藏卷，編號斯六〇二二之搜神記，原文共有故事六篇。除五篇與原卷相同，用來比勘外，尚餘一篇，爲他本所無，今錄之。

〔一五五〕按本文原屬巴黎國家圖書館藏卷，編號伯二六五六之搜神記，原文共有故事三篇。除二篇與原卷相同，用以比勘外，尚餘一篇，爲他本所無，今錄之。

王慶菽校錄

【孝子傳】〔一〕

孝友舜子姓姚，字仲（重）華，父名瞽叟，更取後妻，生一子，名蒙（象）。舜有孝行，後母嫉之，語瞽叟曰：「爲我煞舜。」叟用妻言，遣舜涺〔二〕知母意，手持雙笠上舍。叟從後放火燒之，舜乃与雨（以兩）腋挾笠投身飛下，不損毫毛。後右（又）使舜濤（淘）井。舜旣父与灌（罐）羍（承）〔三〕泥，又感天降銀鈔致於井中。舜見銀鈔，上語父曰：「泥中有銀錢，可以收取。」父母見銀錢，凈（爭）頭競覓，如此往返，銀錢已盡。舜見井中傍有一龕，可以容身。上告父曰：「井泥已盡，可以槖（索求）出我。」父母遂生惡心，与大石鎭之，恃（持）土塡塞，驅牛而踐。夫妻相謂曰：「舜之（子）已亡。」於是舜傍掐一穴，內得次東家井連，從井中出，便投歷山，躬耕力作。時飢歉，舜獨豐熟。父至（自）塡井，兩目失明，母亦頑禺（愚），弟復史（失）音，如此辛苦，經十年不自存立。後母負薪向市易米，値舜粜（糶）米，於是舜見識之，遂便與〔米〕，佯不敢取錢，如是非一。叟怪之，語妻曰：「氏（是）我重華也。」妻曰：「百尺井底，大石鎭之，豈有治（活）理。」叟曰：「卿但牽我至市，觀是何人。」其妻於是將叟至，叟曰：「據子語音，正似我兒重華。」舜曰：「是也。」於是前抱父大哭，哀動天地。以手拭其父淚，兩眼重聞（明），母亦聽（聰）惠，弟復能言。市人見者，無不悲嘆，稱舜至孝。堯帝聞之，娉与二女，大者俄（娥）皇，小者女莫（英），堯王於是禪位與舜子。女英生子，號曰商均，成人不省，不省似像（彔）也，不堪嗣位。舜乃禪帝位而歸於爲（嬀）。出太史公本記。

[四]舜子者，冀邑人也。早喪慈母，獨養老父瞽叟。父取後妻，妻譖其夫，頻欲殺舜。令舜濤井，与石壓之，孝感於天，澈東家井出。舜奔耕歷山。後聞米貴，將来冀都而糶。及見後母，就舜買米。舜識是母，密與其錢及米置囊中。如此數度，[後母]到家，具說上事。[瞽]䁔(叟)擬(疑)是舜，令妻引手，遂往市都。高聲喚云：「子之語聲，以(似)吾舜子。」舜知是父，遂撥人向父親抱頭而哭，與(以)舌舐其父眼，其眼得再明。市人見之，无不驚怪。詩曰：

瞽叟塡井自目盲，　舜子從來歷山耕，
將来冀都逢父母，　以舌舐眼再還明。

又詩云：

孝順父母感于天，　舜子濤井得銀錢，
父母抛石壓舜子，　感得穿井東家連。

姜詩字士遊，廣漢人也。母好食江水，其妻取水不及時還。詩怒遂(逐)其妻。亦孝□□猶寄隣家不歸父母之弟(第)。詩母好食生魚，□□□□還家，於是舍傍忽生湧泉，味如江水之中。並□□□□魚，母得食之。此蓋孝子之誠，天所酬也。列女□(傳)。

蔡順字君長，汝南平輿人也。少失其父，獨養老母，王奔(莽)末，天下飢荒。綠桑擿椹，赤黑易器盛之。赤眉賊見，向前問之。答曰：「黑者奉充母[飢]，赤者自供。」賊等見知是孝子，遂不煞順。給米三升，牛蹄一雙，將事賢母。順母曾至婚家，飲酒過度，嘔吐顛到(倒)，順恐母中青(毒)，自嘗其口吐。母後命終，停喪堂上，東家火起，與順屋相連，獨身□不能移動。乃伏棺號泣，火遂飛過，越燒西家，一時蕩盡。順母生時怕雷，每至大震雷電，順便走繞墳大哭曰：「順在此，願孃莫驚。」太守聞之，若遇天雷，給順車馬，令往墓所。太守韓置用順爲南閤祭酒。出後漢書。

老萊子，楚人也，至孝。年七十，不言稱老，恐傷其母。衣五彩之服，示爲童子，以悅母請（情）。至於母前爲童兒之戲，或眠伏，或眠與母益養脚，跌地化作嬰兒之啼。楚王聞名，与金帛徵之，用爲令尹，辭而不就。六國時人。出孝子傳。

王循[五]，字叔治，北海人也。年七歲，至孝。母以社日亡，白秋隣里會，循憶念其母，哀慕號絶，隣里爲之罷社。仕至青州別駕，漢末魏初人。出孝子傳。

吳猛字世雲，豫（豫）章[六]人也。年七歲，有孝行。每至夏日，則伏於父母床下。[二][七]親問其故？答曰：「兒恐蚊虻來集父母，兒願代之。」晋時人，官至卿相。出孝子傳。又云：猛扇枕令冷，以進父母；冬則溫席，以奉二親。街得果者，實中不自食，抱持皈（歸）家，以獻老親。及長大甚有才俊也。

（杼）孟宗甚有至孝之心。母歿，冬節時，至笋上未生。宗入林，欲笋爲之樹列驚風，怨結吾丘之氣。丘吳子大哭於道，爲母孝，孔子來詢之也。

相投捐（杼）以傷懷。曾參爲人孝，有人以（與）曾參同名。忽有人告云：「曾參煞人。」其母自知子孝，必無此事。三度來告，母始投杼踰猛（牆）而走觀之。出史記。

思負来（米）而流涕。子路常孝，爲親百里外負米。後於父母前，乞遊行楚國尊官，願欲負米爲親，不可得也。

閔子騫,名捐(損),魯人也。父取後妻,生二子,騫供養父母,孝敬無怠。後母嫉之,所生親子,衣加綿絮,子騫與蘆花絮衣。其父不知,冬月,遣子御車,騫不堪甚,騫手凍,數失韁靷,父乃責之,騫終不自理。父密察之,知騫有寒色,父以手撫之,見衣甚薄,毁而觀之,始知非絮。後妻二子,純衣以綿。父乃悲歎,遂遣其妻。子騫雨淚前白父曰:「母在〔一〕子寒,母去三子單,願大人思之。」父慚而止,後母改過,遂以三子均平,衣食如一,得成慈母。孝子聞於天下。魯哀公召騫爲費邑宰,名列孔子之從,周敬王時。出春秋也。

董永,子(千)乘(乘)人也。少失其母,獨養於父,家貧傭力,蔦(篤)於孝養。至於農月,永以鹿車推父至於畔上,供養如故。後數載,父殁(歿),葬送不辦。遂〔与〕主人〔貸〕錢一万,即千貫也,將殯其父。葬殯已畢,遂來償債(債)。道逢一女,願欲與永爲妻。永曰:「僕貧寒如是,父終無已殯送,取主人錢一万,今充身償債爲奴,烏敦(敢)屈娘子。」婦人曰:「心所相樂,誠不耻也。」永〔不〕得已,遂與婦人同詣主人。主人曰:「汝本言一身,今二人同至,何也?」永曰:「買一得二,何怪也。」「有何所解也。」答曰:「會織絹。」主人〔云〕:「但与〔織〕絹三百疋,放汝夫妻皈還。」涓(絹)經一旬,得涓(絹)三百疋。主人驚怪,遂放二人歸迴。行至本期之處,妻辭曰:「我是天之織女,見君至孝,天帝故遣我助君償債。今旣免子之難,不合久在人間。」言訖,由升天。永掩淚不已。天子徵永,拜爲御史大夫。出孝子傳。

董黯,字孝理,會〔亼〕越州勾章人也。少失其父,獨養老母恭甚敬,每得甘菓美味,馳走獻母,每(母)

常肥悅。此(比)隣有王寄者，其家劇富。寄爲人不孝，每於外行惡，母常憂懷，形容羸瘦。寄母謂甗母曰：「夫人家貧年高，有何供養，恆常肥悅如是？」母曰：「我子孝順，是故示也。」甗母後語寄母曰：「夫人家富，美膳豐饒，何以羸瘦？」寄母答曰：「故瘦尔。」寄後聞之，乃煞三牲，致於母前，拔刀脅御(抑)令喫之。尃伺(尃伺)候董甗出外，直入甗家，[扌]他母下母床，苦辱而去。甗尋知之，即欲報怨，恐母憂愁，嘿然含愛。及母壽終，葬送已訖，乃斬其頭特(持)祭於母。日(自)縛詣官。會赦得免。出後漢書。

會稽錄。薩苞，不得[九]字孟常，汝南人也。後母增(憎)之，今(令)苞在外。至於夏日，踰垣竊(竊)入門內，洒掃而去。父母怒，復更趂之。苞不得已，結草奄(菴)於里巷之首，經營美味，輒請人送上父母。父母悔過，呼苞還家。漢時書也。

郭巨字大舉，河內人也。家[貧]，養[母]至孝。妻生一子，年三歲。巨謂妻曰：「家貧如此，時歲飢虛，不德尤[世]飲食，供養孝母，猶不充飽，更被嬰妓(孩)分母飲食。子可再有，母不可得。共卿埋子，以全母命不？」妻不敢違，從夫之意。巨自執鍫，妻乃抱兒來入後園。後令妻煞子，巨即掘地，纔深一丈[二]尺，掘着一鐵器，巨位(低)腰頋(顧)視，乃見一釜，釜中滿盈黃金。巨連(速)招妻。妻曰：「抱兒即至。」兒且猶活，妻不忍下手。夫謂妻曰：「卿見此釜之金，其上有一鐵劵云：『天帝賜孝子黃金，官不得奪，移(私)不許㑴(侵)。』」巨既得[金]驚怪不以(已)，乃陳於懸懸(縣，縣)已(以)申州，州与表奏天子。天子不(下)詔曰：「金還郭巨供養其母。」乃表門以彰孝德。[孝]子傳。

[一二]郭巨者，河內人也，養母至孝。時遇飢荒，夫人与人傭作，每至喫食，盛飲將歸，留餧老母。巨有一兒，常奪阿婆飯食，遂不得飽。巨告妻曰：「兒死再有，母重難得，你可煞兒存母。若不如是，母餓死。」遂令妻抱兒，巨自將鍬钁穿地三尺，擬欲埋之。天愍其孝，乃賜黃金一釜，并有一文，詞曰：「金賜孝子，官不得侵，私不許取。」詩曰：

郭巨專行孝養心，時年飢險苦来侵，
每被孩兒奪母食，生埋天感似(賜)黃金。

江草(革)字次翁，齊國臨淄人也。老母年邁，次載母不使牛馬，乃自居轅中，挽車令不動搖，恐母不安。後漢人也。出漢書。

鮑出字交才，京兆人也，家貧時亂，出於田捎得蓬子數升，令弟走送飯家以(与)母食。母在家中，被嚴賊數十人，以繩貫母掌，驅劫而去。弟見惶懼，走來報兄，具陳上事。出聞已大怒，便持刀逐[一三]賊，奔三五里趁趺(跌？)狂賊。於是數級賊相謂曰：「推[一四]母還他。」出既得母，欲却迴。北隣有一婦人亦落賊中，婦人遙呌(呼)頭(東)向，出知其意，迴更斬賊。賊自子何無智，還母已了，而更煞人。出指隣婦，此是我姨。賊復推与。出既兌(免)母死難，將母避亂，欲往南陽。每歷山險，出次母，母年老不使搖動，乃與籠盛母，背負如(而)行，「避於險難」[一五]。出有力，不畏險阻，路人見者，無不稱嘆。前漢靈末、魏文帝初時人也。出漢書[一六]。

鮑永字君長，上黨人也。永爲人至孝。妻以(於)母前叱孔(喝)狗，永責非禮，便即遣之。漢光武

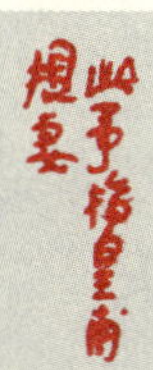

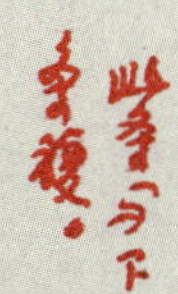

時，官至可隸(餘)校尉，今之御史是也。魯郡太守。出後漢書。

王祥字休徵，瑯琊人也。事後母〔孝〕。夜中伺祥臥，後母持刀〔一七〕欲往害祥，值祥少出〔一八〕，內遢少出是也。誤斫其被。祥心知之，口終不言，色養無殆〔一九〕。家庭有棗樹一林〔二〇〕，其子繁多〔二一〕，恐虫鼠及他人所食，令祥守之。時風雨大至〔二二〕，祥抱樹經宿徹旦〔二三〕，雪濕寒凍，母見惻然。祥以孝著稱，奇，〔官〕至太傅。魏時人。出魏書。

(首缺)字元偉，王修之孫也。晉高貴公司馬文王爲大將軍秉政，裒父名渧淚所沾着之樹，樹色慘以(与)語(餘)樹不同。

〔二四〕王裒，字元緯，修之孫也。魏高貴鄉公時，司馬文王爲將軍，改裒父儀爲大將軍。司□爲文王所害。裒葬□父廬前有柏樹，裒涕泣，所著之樹，樹色慘悴，与餘樹不同。及晉室踐祚，裒痛不已。命終，未常西向坐，祕不臣於晉。晉初人，出□陽春秋記。

〔二五〕王裒者，魏郡人也。養〔母〕至孝，母後命終，日〔夜〕〔二六〕語墳。墳側有松柏樹，裒著向墳啼哭，〔其樹〕〔二七〕爲之變色，枯林(悴)不同常〔二八〕日。母生在〔二九〕之日，常怕雷聲。王裒每聞雷驚〔三〇〕，即便奔赴墓所告曰：「裒今在此，願孃勿驚。」詩曰：

王裒慈母怕雷聲，　每至春間不得寧，

及至百年亡沒後，　語墳猶怕阿娘驚。

(首缺)義將軍，司馬趙孝，字長平，沛國人也。宋死貞潔去首(守)。扶風馬融之女，字珠也。其爲妻，一名顔也。歿其夫已，守志不嫁。時有董貞秉國政，將璧兩雙，雜綵千疋，奴婢百人，求欲娶之。父母見利欲許。珠俄歎曰："六安〔三一〕夫存立以五德，貞蘭執志，何忘鳥（夫）家。"聞婦人之不更，與王平原對戰，當爲君三捨。三捨者，兩軍對戰，与三度迴避，不放戰也。及至重耳歸晉，立爲文公。楚將子王（玉）与（與）師代（伐）宋。王生（告）急於晉。文公與兵救宋，以（与）楚軍對戰，文公爲三捨退以報，往（楚）軍遂（逐）之三捨。

文公縱兵大哭〔三二〕戰楚，王平、子玉被煞。

楚成王季扎吳之公子扎也。使於隣國，北過除（徐）君。除（徐）君見扎寶劍，不言欲之。扎之（知）其意，口不言許之。以往使未士逆（達），不受劍於徐君之墓去。書日（曰）：延陵之信也。出說夢。

孟子名軻，齊人也。孟子嬰孩之時，聞東家殺猪聲，聞其顔舜。（原文至此缺）

戊子年四月十日學郎員義寫書故記。　寫書不飲酒，恒日筆頭乾，且作隨疑過，郎与後人看。〔三三〕

〔三四〕伯夷叔齊者，親兄弟。是遼東孤竹君之子。其父薨，伯夷當立爲君，迺讓位與弟叔齊。叔齊不受，復讓與異女兄自奈（伯僚）。僚立爲□（君），夷齊二人俱歸。□□阻武王伐紂，夷齊叩馬而諫曰："父死不葬，而興兵衆，豈□□□諫曰："此人俱未通□□□不忠於湯□□□

□（原文至此缺）

〔三五〕（首缺）由不足，更被孩兒滅奪，老母眼見消瘦。遂旅將兒半路賣與王將軍。其〔妻〕見兒被他〔賣〕去，隨後連聲喚住，肝腸寸斷，割妳身亡。詩曰：

明達截母遂（逐）農粮，　每被孩兒奪剁將，阿□(耶)賣却孩兒去，　　賢妻割妳遂身亡。

〔三六〕文讓者，河三人也。至行孝道，今古罕聞，供承老母，未常離側。母終之後，讓乃誓身不仕，毁形坯墳。墳土未成，日夜不止，哀泣墳側。慟〔動〕莹(穹)蒼，遂感飛鳥走獸，銜土捧塊，助讓培墳。踰數朝，其墳乃成。天子聞之，遂與金帛，禮躬爲相，讓終退辭不就。詩曰：

至哀行聞(孝)感天聞，　　事母惶惶出衆羣，

乃至阿娘亡沒後，　　能令鳥獸助倍墳。

〔三七〕向生者，河内人也。慈母年老，兩目俱盲，時遇賊寇〔三八〕相陵。向生遂被討征。新婦在家，向生厭賤，好食自飡，粗食將與向母。向母自嗟嘆云：「不種著，因受艱苦。」新婦大怒，乃取猪糞和食与飡，又更罵辱。天具(見)不孝，降雷霹靂至死。又書背上曰：「向生妻五逆，天雷霹靂打煞。」阿家再明。詩曰：

向生養母値艱苑，　　被射(征)邊壚(疆)未得歸，

新婦家中行不孝，　　天雷霹靂背上亡。

〔三九〕王武子者，河陽人也。以開元年中征涉湖州，十年不歸。新婦至孝，家貧，日夜織履爲活。武母久患勞(癆)瘦，人謂母曰：「若得人肉食之，病得除差。」母荅人曰：「何由可得人肉？」新婦聞言，遂自割眼(股)上肉作羹，奉送武母。母得食之，病即立差。河南尹奏封武母爲國太夫人，新婦封郢郡夫人，仍編史册。開元廿三年。行下詩曰：

武子爲國遠從征，　母病飡人肉始輕，

新婦聞之方割股，　阿家喫了得疾平。

[四〇](首缺)丁蘭列(刻)木作慈親，　孝養之心感動神，

圖舍忽然偸斬如，　血流灑地眞如人。

[四一]ム内子子者，嘉夷國人也。父母年老，並皆瞢(喪)□。四子晨夕侍養無闕，帶着鹿□□□衣，與鹿爲伴，擔□取水，在鹿羣中，時遇(原文至此缺)

校記：

[一] 按敦煌寫本中孝子傳共有五卷。三卷藏於法國巴黎國家圖書館，二卷藏於英國倫敦不列顚博物館。標題均原缺，今據故事內容擬題。而以伯二六二一號爲原卷，用下列各卷作爲比勘。按原卷原文共有故事二十三則。

斯五七七六號爲甲卷，原文載故事六則。

斯三八九號爲乙卷，原文載故事五則。

伯三五三六號爲丙卷，原文載故事三則。

伯三六八〇號爲丁卷，原文載故事三則。

[二] 向達云「舜涯」下當有脫文。根據伯二七二一「舜子至孝變文」，「涯」字當是「泥」字。

〔三〕「舜既父与灌牽」句，疑有脱誤。啓功云「既父」二字應倒乙。

〔四〕按乙卷亦有舜孝子文，詞句与底本不同，今並錄之。又文末二詩與伯二七二一「舜子至孝變文」相同。丙卷亦有此文，与乙卷同，今用以比勘。

〔五〕甲本「王循」作「王修」。

〔六〕「章」原作草，據甲卷改。

〔七〕「二」字據甲卷補。

〔八〕「會」即會稽。

〔九〕「不得」二字衍文。

〔一〇〕「帀德老」三字，不知何意。

〔一一〕「丈」字衍文。

〔一二〕按乙卷亦有郭巨孝子文，詞句與底本不同，今並錄之。

〔一三〕「逐」原作「遂」，據甲卷改。

〔一四〕「推」原作「摧」，據甲卷改。

〔一五〕「避於險難」四字，據甲卷補。

〔一六〕甲卷「出漢書」作「出魏書」。

〔一七〕「刀」原作「乃」，據甲卷改。

〔一八〕甲卷「少出」作「小便出外」。

〔一九〕甲卷「殆」作「倦」。

〔二〇〕甲卷「林」作「棵」。

〔二一〕「繁多」原作「甚皺」，據甲卷改。

〔二二〕「恐虫鼠及他人所食，令祥守之，時風雨大至」原作「糸後及虫羣竊之，令祥看天時雨」，據甲卷改。

〔二三〕原卷至「徹旦」二字，原文缺，以後各句據甲卷補。

〔二四〕按甲卷亦有王褒一文，較原卷詳細，今並錄之。

〔二五〕按丙卷亦有王褒一文，內容與他卷略有不同，今並錄之。

〔二六〕「夜」字據丁卷補。

〔二七〕「其樹」二字據丁卷補。

〔二八〕丁卷「常」作「當」。

〔二九〕丁卷「在」作「存」。

〔三〇〕丁卷「驚」作「聲」。

〔三一〕原「六安」二字，未詳。

〔三二〕「戰楚」原作「楚戰」，疑倒置，故改。

〔三三〕按原卷原文甚長，是分類叢輯各種記載。本文乃自卷中「孝子篇」抄出，至此止。

〔三四〕　按此文爲甲卷所載，他卷所無，並錄之。

〔三五〕　按此文爲乙卷所載，他卷所無，並錄之。

〔三六〕　按此文爲乙卷所載，他卷所無，並錄之。

〔三七〕　按此文爲丙卷所載，乙卷亦載有一行，今以乙卷作爲比勘。

〔三八〕　「寇」原作「侵」，據乙卷改。

〔三九〕　按此文爲丁卷所載，他卷所無，並錄之。

〔四〇〕　按本文爲丁卷所載，他卷無，並錄之。

〔四一〕　按本文爲丁卷所載，他卷無，並錄之。

王慶菽校錄

敦煌變文論文目錄

曾毅公輯錄

一 目錄

敦煌所出俗講文學作品目錄 向達 「唐代俗講考」附錄二 又文史雜誌三卷九、十期（一九四三）

变文目 闞德棟 俗文學第六十四期 上海中央日報三十七年四月三日（一九四八）

二 錄文

敦煌零拾 羅振玉輯 上虞羅氏鉛印本 甲子（一九二四）正月 又東方學會本 收季布歌、降魔变、維摩詰經變、歡喜國王緣等四種，及句道興的搜神記

敦煌掇瑣 劉復輯 中央研究院歷史語言研究所刻本 上輯 一九二五 上輯收变文及詩等四十六種

沙州文錄補遺 羅福萇輯 一九二四仲冬上虞羅氏鉛印本 收孝子董永傳等三種未抄全

敦煌雜錄 許國霖編 上海商務印館鉛印本 收目連变等十二種

敦煌叢抄 向達輯 北平圖書館館刊五卷六號（一九三一） 六卷二號六號（一九三二） 收变文八種俗曲一種

八相变文 鄭振鐸校錄 「世界文庫」第九册 上海生活書店鉛印本十二册 一九三六

大目犍連冥間救母变文並序　鄭振鐸校錄　「世界文庫」第十册　同上

目連变文第二種　同上

目連变文第三種　同上

維摩詰經变文文殊問疾第一卷　同上　「世界文庫」第十一册

維摩詰經变文持世菩薩第二　同上

維摩詰經变文第二十卷　同上

舜子至孝变文　同上　第十二册

王昭君变文　同上

敦煌遺書第一集　伯希和、羽田亨編　一九二六　上海東亞考究會活字本　收明妃傳一種

貞松堂藏西陲秘籍叢殘　羅振玉輯　一九三三年上虞羅氏玻璃版影印本　第一集收維摩詰經变文文殊問疾

敦煌文鈔　盧前編　一九四八年九月正中書局鉛印本　收晏子賦韓朋賦等六篇

敦煌变文彙錄　周紹良編　一九五四年上海出版公司　又再版本

長興四年中興殿應聖節講經文　向達　「唐代俗講考」附錄二　又文史雜誌三卷九、十期合刊　一九四三

三　通論

敦煌發現唐朝之通俗詩及通俗小說　王國維　東方雜誌十七卷八號　一九二〇　又「考古學零簡」——東方文庫第七十一

種　上海商務印書館鉛印本　一九二三

敦煌發現佛曲俗文時代之推定　徐嘉瑞　文學週報第一百九十九期　一九二五

敦煌的俗文學　鄭振鐸　小說月報二十卷三號　一九二九　又「中國文學史－中世卷」第三章　上海商務印書館鉛印本　一九三〇

佛曲叙錄　鄭振鐸　「中國文學研究」下册（小說月報號外）　上海商務印書館鉛印本（一九二七）　又「中國文學論集」　上海開明書店鉛印本　一九三四

論唐代佛曲　向達（原題覺明）　小說月報二十卷十號　一九二九

記倫敦的敦煌俗文學　向達（原題方回）　新中華雜誌　第五卷第十三期

中國俗文學史研究底材料　狩野直喜著　汪馥泉譯　「中國文學研究譯叢」　上海北新書局鉛印本　一九三〇

变文的出現　鄭振鐸　「插圖本中國文學史」中卷中古文學第三十三章　北平樸社鉛印本　一九三二

敦煌石室裏的民俗文學　洪亮　「中國民俗文學史略」第六章第三節　上海羣衆圖書公司鉛印本　一九三四

三十年来中國文学新資料發現史略　鄭振鐸　文學第二卷六號　一九三四

從变文到彈詞　汪偉　民鐸半月刊第三期

唐代俗講考　向達　燕京學報十六期　一九三四　又文史雜誌三卷九、十期合刊　一九四三　據前稿增補若干新材料重寫

唐五代的俗文學　張長弓　「中國文學史新編」第十八章　上海開明書店鉛印本　一九三五

怎麼叫做变文和後來的寳卷諸宮調等文體有怎樣的關係　鄭振鐸　「文學百題」　上海生活書店鉛印本一九三五

变文的起來與俗文的遺留　譚正璧　「中國小說發達史」第四章第六節　上海光明書局鉛印本　一九三五

敦煌佛曲　徐嘉瑞　「近古文學概論」第二編第七章　上海北新書局鉛印本　一九三六

唐代民間的七字唱本　徐嘉瑞　「近古文學概論」第二編第八章　上海北新書局鉛印本　一九三六

唐代俗講之科範與體裁　孫楷第　國學季刊六卷二號　一九三六　又「論中國短篇白話小說」

從「变文」的產生說到佛敎文學在社會上之地位　覺先　人海燈四卷一期　一九三七

唐代的民間歌賦　鄭振鐸　「中國俗文學史」第五章　上海商務印書館鉛印本　一九三八　又人民文學出版社再版本
一九五四

变文　同上　「中國俗文學史」第六章

唐代的民間佛敎文學——变文　梅若　佛學月刊　一卷十二期　一九四二

敦煌俗文學之發見及其展開　傅芸子　中央亞細亞　一卷二期　一九四一　又「白川集」　日本文求堂鉛印本
一九四三

变文研究　刁汝鈞　文藝先鋒八卷一期　一九四五

俗曲　楊蔭深　「中國俗文學概論」第四章　上海世界書局鉛印本　一九四六

变文　同上　「中國俗文學概論」第十二章

俗講新考　傅芸子　新思潮一卷二期　一九四六

談变文　關德棟　覺羣週刊一卷一期至九期十一期　一九四六

遊仙窟與变文的關係　劉開榮　「唐代小說研究」第七章　上海商務印書館鉛印本　一九四六

讀「唐代俗講考」　周一良　圖書週刊第六期　天津大公報　一九四七年二月八日

讀「唐代俗講考」的商榷　關德棟　圖書週刊第十五期　天津大公報　一九四七年四月十二日

補說唐代俗講二三事兼答周一良關德棟兩先生　向達　圖書週刊第十八期　天津大公報　一九四七年五月九日

關於俗講考再說幾句話　周一良　圖書週刊第二十一期　天津大公報　一九四七年六月二十日

關於俗講考也說幾句話　吳曉鈴　俗文學第一、第十一期　北平華北日報　一九四七年七月四日，九月十二日

講唱的流行　林庚　「中國文學史」第二十九章　國立厦門大學鉛印本　一九四七

略說「变」字的來源　關德棟　通俗文學第二十五期　上海大晚報　一九四七年四月十四日

小說至唐代始達成立時期之原因　王慶菽　文史週刊第六十二期　南京中央日報　一九四七年十月六日

說經與說參請　徐士年　俗文學第三十期　上海中央日報　一九四七年五月二十日

中國長篇小說的起源　徐嘉瑞　俗文學　第六十一期　上海中央日報　一九四八年四月二日

說諸宮調與俗講的關係　閻萬章　俗文學第六十八期　北平華北日報　一九四八年十月十五日

讀變文雜識　孫楷第　現代佛學第一卷第十期　一九五一年六月

敦煌所出唐變文彙錄　周紹良　現代佛學一卷十期　一九五一年六月

佛教對中國小說的影響上、下　張又文　現代佛學一九五四年二月、四月號

漫談變文的起源　周叔迦　現代佛學　一九五四年二月號

話本　陸侃如馮沅君　「中國文學史稿十一」第十三之二　文史哲一九五五年五月號

試談變文的產生和影響　王慶菽　新建設　一九五七年三月號

四　專題研究和跋

敦煌本維摩詰經文殊師利問疾品演義跋　陳寅恪　中央研究院歷史語言研究所集刊二本一分　一九三〇　又海潮音十二卷九號　一九三一

講唱文學的遠祖——「八相變文」及其他（中國文學名著講話之六）　徐調孚　中學生第一八九期　一九四七

敦煌本維摩詰經問疾品演義書後　陳寅恪　清華週刊三十七卷九、十期合刊　一九三二

目連故事的演變　趙景深　「銀字集」　上海永祥印書館鉛印本　一九四六

寫在「目連變文」介紹之後　倉石武四郎著　汪馥泉譯　「中國文學研究譯叢」　上海北新書局鉛印本　一九三〇

關於敦煌遺書「目連緣起」「大目乾連冥間救母變文」及「降魔變押座文」　青木正兒著　汪馥泉譯　「中國文學研究譯叢」　上海北新書局鉛印本　一九三〇

中國俗文學三種的研究　青木正兒著　汪馥泉譯　北新半月刊三卷四號　一九二九

佛曲三種跋　羅振玉　「松翁近稿」　上虞羅氏東方學會鉛印本　一九二五

有相夫人生天因緣曲跋　陳寅恪　國學論叢一卷二號　一九二八　按此卽「歡喜國王緣」。

蓮花色尼出家因緣跋　陳寅恪　清華學報七卷一期　一九三二

敦煌本溫室經講唱押座文跋　傅芸子　「白川集」　日本文求堂鉛印本　一九四三　又北大文學第一輯　一九四四

須達起精舍因緣曲跋　陳寅恪　國學論叢一卷四號　一九二八

關於破魔變文——敦煌足本之發見　傅芸子　藝文一卷三期　一九四三

醜女緣起與賢愚經金剛品　傅芸子　藝文三卷三期　一九四三

「醜女緣起」故事的根據　關德棟　俗文學第九期　上海中央日報　一九四七年十二月十九日

舜子至孝變文跋　董康　「書舶庸譚」卷二　上海大東書局石印本　一九二〇　又誦芬室校刻本　一九三九

敦煌本伍子胥變文之研究　劉修業　圖書副刊第一八四期　天津大公報　一九四七年六月三日

唐寫本季布歌孝子董永傳跋　王國維　「觀堂別集補遺」　海寧王忠慤公遺書初集本　上虞羅氏鉛印本　一九二七

又翻印本　又「觀堂別集」卷三　海寧王靜安先生遺書本　上海商務印書館石印本　一九四〇

敦煌卷季布罵陣詞文考釋　吳世昌　史學集刊第三期　一九三九

敦煌本捉季布傳文　王重民　北平圖書館刊十卷一號　一九三六

季布歌考證　王慶菽　文史周刊第六十四期　南京中央日報　一九四七年一月二十日

季布罵陣詞文補校　馮沅君　文史哲第一卷第三期　一九五一

季布罵陣詞文補校的討論　黃雲眉、鄭靜遠、馮沅君　文史哲第一卷第四期　一九五一

敦煌本王陵變文　王重民　北平圖書館刊十卷六號　一九三六

敦煌本王陵變文跋　王重民　俗文學第八、九期　北平華北日報　一九四七年八月二十二、二十九日

跋敦煌本王陵變文　王重民　文史周刊第七十五期　南京中央日報　一九四八年一月五日

昭君變文跋　董康　「書舶庸譚」卷一　上海大東書局石印本　一九三〇　又誦芬室校刻本　一九三九

唐寫本明妃傳殘卷跋　容肇祖　民俗週刊第二十七、二十八合刊　一九二八　又「迷信與傳説」　廣州民俗學會鉛印本　一九二九

王昭君故事演變的點點滴滴　張壽林　文學年報第一期　一九三二

敦煌本韓朋賦考　容肇祖　「慶祝蔡元培先生六十五歲論文集」下册　中央研究院歷史語言研究所集刊外編第一種鉛印本　一九三五

敦煌本董永變文跋　王重民　圖書季刊新二卷三期　一九四〇　又俗文學第三期　北平華北日報　一九四七年七月十八日

敦煌石室所見董永董仲歌與擺夷所傳借錢葬父故事　邢慶蘭　邊疆人文三卷五、六期合刊（油印本）　一九四六

董永故事的演變　趙景深　「小説論叢」　上海日新出版社鉛印本　一九四七

敦煌寫本張議潮變文跋　孫楷第　圖書季刊三卷三期　一九三六

敦煌寫本張淮深變文跋　孫楷第　中央研究院歷史語言研究所集刊七本三分　一九三七

唐寫本殘小説跋（唐太宗入冥故事）　王國維　「觀堂集林」卷二十一　海寧王忠慤公遺書初集本　上虞羅氏鉛印本　一九二七　又翻印本　又王靜安先生遺書本　上海商務印書館石印本　一九四〇

唐太宗入冥故事的演變　陳志良　新壘月刊五卷一期　一九三五　又俗文學第三十五期（據前稿增補）　上海中央日報　一九四七年七月四日

圓鑒大師二十四孝押座文跋　董康　「書舶庸譚」卷四　上海大東書局石印本　一九三〇　又誦芬室校刻本　一九三九

茶酒論跋　董康　「書舶庸譚」卷六　誦芬室校刻本　一九三九

周紹良先生是世界上第一部變文類（敦煌俗文學中說唱故事類）原始錄文校釋彙集《敦煌變文匯錄》的編者。此書 1954 年出版，1955 年即再版，可見當時學術界需要之殷切。但當時英、法、俄、日等國所藏均未公開面世，我國學者僅靠北京圖書館已編並允許閱覽之一部分原卷，以及向覺明（達）、王有三（重民）等位先生自海外拍回之照片（大部分收藏在北京圖書館），還有若干錄文，進行校錄與研究。周先生所據即此。當時以業餘之有限時間，一人獨力完成，實屬不易。特別是對錄入的每篇均作出簡要的說明與考訂，具見功力。書前有《敘》，對這批材料的體制、源流等提出許多異於並超出前人的見解，影響深遠，爰及五十多年後的當代，餘波尚傳。

現在國際敦煌學界通用的此類資料彙集是《敦煌變文集》，由向達、王重民、啓功、周一良等位先生根據王慶菽先生從法、英等國拍攝帶回的膠捲、照片整理，寫定爲78篇。內容較《敦煌變文匯錄》多一倍以上，這是周紹良先生局限于當時國內所有而無法企及的。但是，後一部書的編集動機、方法等，很明顯地受到前一部書的影響。難得的是，周紹良先生十分謙挹，甘願爲此書作責任編輯。當時的編輯人員是不許署名的，更沒有稿費。從而見出周先生爲學術而而不計名利的高尚風格。後來，王慶菽先生常說她自己是責任編輯。實際上，王先生是從東北借調來人民文學出版社，以便就近編纂此書的編者，因爲，材料基本上都是她的，便於集中討論。她是列名的編者。出版社派出的責任編輯卻是周紹良先生。

大體上，周先生從二十世紀四十年代中開始涉足敦煌學領域，前後約六十年。主編了《敦煌變文論文錄》《敦煌變文集補編》《敦煌文學作品選》《敦煌變文講經文因緣輯校》等書，主編大型叢書《英藏敦煌文獻》十五大卷，《敦煌文獻分類輯校叢刊》等。所作有關論文，較早的收集於 1992 年出版的《〈敦煌文學芻議〉及其它》一書中。晚年的相關論文尚待輯錄。

平心而論，當時周先生在敦煌學方面的造詣，超過編纂《敦煌變文集》中的某幾位，後來更成爲國際敦煌學界的重鎮。周先生對《敦煌變文集》的錄文，也是不甚滿意的。後來，周先生在自己保留的一部《敦煌變文集》上，作有大量的文字改動。化文從學于先生時，先生常取此書爲底本之一部分，向化文作示範，說明繼續校勘之必要性，展示一部分成果。今周啓晉師弟取以見示，有如對故人之感焉。

爰作此讀後感，以志師門因緣，並發揚周先生之潛德爾。頤和退士白化文謹志。

2007年，丁亥年，端午節，志於紫霄園

白化文